通靈寶石
絳珠仙草

百十回全評石頭記

第二版

[清]曹雪芹 著・[清]脂砚斋 畸笏叟 评

张之 补著・唐孝方 闫震 补评

江苏大学出版社
JIANGSU UNIVERSITY PRESS
镇江

图书在版编目（CIP）数据

百十回全评石头记/(清）曹雪芹著；张之补著；（清）脂砚斋评，（清）畸笏叟评；唐孝方，闫震补评. —2 版. —镇江：江苏大学出版社，2019.5

ISBN 978-7-5684-1028-1

Ⅰ. ①百… Ⅱ. ①曹… ②张… ③脂… ④畸… ⑤唐… ⑥闫… Ⅲ. ①章回小说—中国—清代 ②《红楼梦》评论 Ⅳ. ①I242. 4②I207. 411

中国版本图书馆 CIP 数据核字（2018）第 288460 号

百十回全评石头记. 2 版

Baishihui Quanping Shitouji

著　　者/【清】曹雪芹　著·张　之　补著

【清】脂砚斋　畸笏叟　评·唐孝方　闫　震　补评

责任编辑/董国军　米小鸽　周凯婷

出版发行/江苏大学出版社

地　　址/江苏省镇江市梦溪园巷 30 号（邮编：212003）

电　　话/0511-84446464（传真）

网　　址/http://press.ujs.edu.cn

印　　刷/镇江文苑制版印刷有限责任公司

开　　本/787×1 092mm　1/16

印　　张/58

字　　数/1 381 千字

版　　次/2019 年 5 月第 2 版　2019 年 5 月第 2 次印刷

书　　号/ISBN 978-7-5684-1028-1

定　　价/238.00 元

如有印装质量问题请与本社营销部联系（电话：0511-84440882）

出版说明

一、《石头记》（又名《红楼梦》）全书110回，曹雪芹生前已写完，只是后30回迷失无稿，这是有脂批可考的。然而两百年来传世的只有16回、80回本等脂本，以及带有程、高续书40回的120回本。直到如今尚无110回本。有鉴于此，我们采用脂本（前80回）与张之先生所补《红楼梦新补》（后30回）合为110回本，首次还曹雪芹先生和读者以较为接近原稿之面貌。

二、前80回各脂本无论正文或批语都有待校之处。本书以甲戌本正文连同脂批为底本，甲戌本所缺之回以庚辰本正文连同脂批为底本，庚辰本所缺之第64、67回以戚序本为底本进行校订，主要参考蒙古王府本。庚辰本旁添之字多是后人之笔，特别是70回之后错舛较多，几不成句，盖用蒙、戚本正之。

三、所有校订力求保持脂本原貌，仅对不改动便语言不通或易引起歧义处作校订，订正处均有版本依据，或参考过有关专家意见。涉及当今文献有：《周汝昌校订批点本石头记》（漓江出版社2010年出版），蔡义江著《红楼梦诗词曲赋评注》（团结出版社1991年出版），邓遂夫校订《脂砚斋重评石头记甲戌校本》（作家出版社2000年出版），郑红枫、郑庆山辑校《红楼梦脂评辑校》（北京图书馆出版社2006年出版）等。为方便读者阅读，行文中未一一注明，谨此致歉，并表谢意。

四、脂批原分朱墨两色，有回前批、回后批、书眉批、行侧批、行中双行夹批5种。为方便排印，将侧批、眉批两种度其内容，置于相应正文后，批语前注明朱侧、墨侧、朱眉、墨眉等字样。原双行夹批亦注明朱夹、墨夹等字样。

五、前80回采用唐孝方先生校订本。后30回正文、批语采用《红楼梦新补》批注本（海燕出版社2005年出版），正文略有文字校订，批语略有增加，堪为《新补》定本。为了与前80回一致，所有注释、题咏、插图都未采用。

六、感谢张之先生及其家人对编者的信任。感谢唐孝方先生、闫震先生在“红学”研究、文字编校方面的大力支持。

七、因编者学术水平、业务能力所限，在编校过程中还会存在一些差错与疏漏，恳请专家、读者批评指正。

江苏大学出版社编辑部

2017年7月

本着对《石头记》这一传世经典著作的负责，我们对该书做了再版修订，主要修订内容如下：

一、出于对曹雪芹原著的尊重，删除了周汝昌《十年辛苦不寻常》、殷颖《红楼梦断千古恨　苍天补就万众欢》、张之《为曹雪芹〈红楼梦〉作补书的两个问题——答读友问》三篇代序。

二、评补人之一闫震先生为本书的初版做了大量编校工作，被本社聘为特约编辑。此次再版，为突出闫震先生的批语，经先生同意，调整为以补评人身份出现。原书中补评人“昆吾子春”也统一改为“昆吾闫震”。

三、修订、增补了个别地方文字内容。

诚恳期待专家、读者提供更多的意见和建议。

江苏大学出版社编辑部

2019年3月

前言

尊敬的读者，在此书面世之际，我们有两个问题敬告诸位。

一、关于笔误

周汝昌先生就《红楼梦》校订问题曾讲过：

尽量尊重著书人曹雪芹的文笔和书写特点，只要不伤害不改变原来的含义，哪怕明知是创稿的笔误，我们也不主张改正。

原因就是为了存真，为了说明问题，他曾举例：

《论语·学而》“学而时习之，不亦说乎”，“说”是“悦”的古写通用字。例二，《礼记·月令》中“鞠有黄华”句，谁也不会主张必须将它改成今天的“菊有黄花”。再如，《诗经·卫风》“一苇杭之”，谁也不会硬把“杭”字改为“航”字。牵涉到校订《红楼梦》的具体字，周先生举例：

如“旁”带不带立人偏旁是不必严格区分的。如旷、曠即今之逛；到茶与倒茶，嬷与嫫，狠与很等词字的同时存在，其例不少。本书宗旨为存雪芹原稿本貌，均不强加统一，盖历史之真实不应以目今流行之整理办法而使其一般化，尽失其原著特点。我们校订《红楼梦》前八十回也学步周汝昌先生，除上边的举例之外，还有如合与和，臊与燥，躺、淌与趟，陪与赔，座与坐，带与戴，吩咐与分付等字词的同时存在，例子不少，我们学周先生一句“本书宗旨为存雪芹原稿本貌，均不强加统一”。相信读者会理解我们。当然，原文中如“舅母”作“旧母”、“黛玉”作“代玉”、“鸳鸯”作“夗央”等，显为抄手故意省笔，则直改。

二、关于百十回和一百零八回

《红楼梦》成书过程非常复杂，曹雪芹在世时，还没有把书稿付之枣梨，装订成册，正式印行。虽然，从脂砚斋的批语中可见，已有末回的《情榜》，但脂本如第十七回、十八回还没有分开；有些回前诗或篇中诗歌还存在没有填补完整等现象。这说明曹雪芹大体上写完了这部著作，但还是一部不算完整，尚待修改的书稿，是未定本。在带有高鹗后四十回的一百二十回本出版之前，曹雪芹的真本，一直是以手抄本的形式在坊间流传。

《红楼梦》全书究竟是一百零八回还是百十回呢？周汝昌先生从《红楼梦》结构的大对称、古老的数字哲理、中华美学等多方面论定是一百零八回。就曹雪芹这样的文人的心理来思考，周汝昌先生的论断是合理可信的。那么和这个出版的百十回本是否矛盾呢？不矛盾。因为曹雪芹的《红楼梦》是未定稿，如果老天再给曹雪芹假以时日，让他从从容容修改敲定自己的心血之作，最后的定稿很可能正好是一百零八回。然而历史是没有“如果”的。

后三十回“迷失无稿”在红学界没有多大争议。因为，不止一个版本在第二十一回回前存在一条脂批：“按此回之文固妙，然未见后之三十回，犹不见此之妙……”张之先生拟补三十回书即是据此，加上原脂本八十回就形成了百十回本。曹雪芹的书是未定稿，“书未成，芹为泪尽而逝”的脂批就是明证。张之先生也不止一次地表示，在他有生之年，要不断地对《红楼梦新补》进行修改。后三十回实同样是未定稿。所以出版这样一部百十回本，并不否定一百零八回之说，我们赞同周先生这个结论。这个属于未定稿的百十回本，只是致力于接近和彰显曹雪芹原作的面貌。

唐孝方

2016 年 3 月

目录

凡例

《红楼梦》旨义。

是书题名极多：《红楼梦》是总其全部之名也；又曰《风月宝鉴》，是戒妄动风月之情；又曰《石头记》，是自譬石头所记之事也。此三名皆书中曾已点睛矣。如宝玉作梦，梦中有曲，名曰《红楼梦十二支》。此则《红楼梦》之点睛。又如贾瑞病，跛道人持一镜来，上面即錾“风月宝鉴”四字。此则《风月宝鉴》之点睛。又如道人亲眼见石上大书一篇故事，则系石头所记之往来。此则《石头记》之点睛处。然此书又名曰《金陵十二钗》，审其名，则必系金陵十二女子也。然通部细搜检去，上中下女子岂止十二人哉？若云其中自有十二个，则又未尝指明白系某某。极至“红楼梦”一回中，亦曾翻出金陵十二钗之薄藉，又有十二支曲可考。

书中凡写“长安”在文人笔墨之间，则从古之称；凡愚夫妇儿女子家常口角，则曰“中京”，是不欲着迹于方向也。盖天子之邦，亦当以中为尊，特避其“东”“南”“西”“北”四字样也。

此书只是着意于闺中。故叙闺中之事切，略涉于外事者则简，不得谓其不均也。

注：加点的三字为胡适之所补。

此书不敢干涉朝廷。凡有不得不用朝政者，只略用一笔带出。盖实不敢以写儿女之笔墨，唐突朝廷之上也，又不得谓其不备。

此书开卷第一回也，作者自云：因曾历过一番梦幻之后，故将真事隐去，而撰此《石头记》一书也。故曰："甄士隐梦幻识通灵"。但书中所记何事？又因何而撰是书哉？自云："今风尘碌碌，一事无成。忽念及当日所有之女子，一一细推了去，觉其行止见识皆出于我之上。何堂堂之须眉，诚不若彼一干裙钗？实愧则有余、悔则无益之大无可奈何之日也！当此时，则自欲将已往所赖，上赖天恩，下承祖德，锦衣纨绔之时，饫甘餍美之日，背父母教育之恩，负师兄规训之德，已致今日一事无成、半生潦倒之罪，编述一记，以告普天下人。虽我之罪固不能免，然闺阁中本自历历有人，万不可因我不肖，则一并使其泯灭也。虽今日之茅椽蓬牖，瓦灶绳床，其风晨月夕，阶柳庭花，亦未有伤于我之襟怀笔墨者。何为不用假语村言敷演出一段故事来，以悦人之耳目哉？故曰，"风尘怀闺秀"乃是第一回题纲正义也。开卷即云"风尘怀闺秀"，则知作者本意，原为记述当日闺友闺情，并非怨世骂时之书矣。虽一时有涉于世态，然亦不得不叙者，但非其本旨耳。阅者切记之。

诗曰：

浮生着甚苦奔忙，盛席华筵终散场。
悲喜千般同幻渺，古今一梦尽荒唐。
谩言红袖啼痕重，更有情痴抱恨长。
字字看来皆是血，十年辛苦不寻常。

第一回

甄士隐梦幻识通灵
贾雨村风尘怀闺秀

列位看官：你道此书从何而来？说起根由虽近荒唐，（朱侧：自占地步。自首“荒唐”，妙！）细谙则深有趣味。待在下将此来历注明，方使阅者了然不惑。

原来，女娲氏炼石补天之时，（朱侧：补天济世，勿认真，用常言。）于大荒山（朱侧：荒唐也。）无稽崖（朱侧：无稽也。）炼成高经十二丈、（朱侧：总应十二钗。）方经二十四丈（朱侧：照应副十二钗。）顽石三万六千五百零一块。娲皇氏只用了三万六千五百块，（朱侧：合周天之数。）只单单的剩了一块未用，（朱侧：剩了这一块便生出这许多故事。使当日虽不以此补天，就该去补地之坑陷，使地平坦，而不得有此一部鬼话。）便弃在此山青埂峰下。（朱眉：妙！自谓落堕情根，故无补天之用。）谁知此石自经煅炼之后，灵性已通，（朱侧：煅炼后性方通，甚哉！人、生不能，学也。）因见众石俱得补天，独自己无材，不堪入选，遂自怨自叹，日夜悲号惭愧。

一日，正当嗟悼之际，俄见一僧一道远远而来，生得骨格不凡，丰神迥别，说说笑笑来至峰下，坐于石边高谈快论。先是说些云山雾海神仙玄幻之事，后便说到红尘中荣华富贵。此石听了，不觉打动凡心，也想要到人间去享一享这荣华富贵，但自恨粗蠢，不得已，便口吐人言，（朱侧：竟有人问："口生于何处，其无心肝？"可笑可恨之极。）向那僧道说道："大师！弟子蠢物，（朱侧：岂敢岂敢！）不能见礼了。适闻二位谈那人世间荣耀繁华，心切慕之。弟子质虽粗蠢，（朱侧：岂敢岂敢。）性却稍通；况见二师仙形道体，定非凡品，必有补天济世之材，利物济人之德。如蒙发一点慈心，携带弟子得入红尘，在那富贵场中、温柔乡里受享几年，自当永佩洪恩，万劫不忘也。"二仙师听毕，齐憨笑道："善哉，善哉！那红尘中有却有些乐事，但不能永远依恃，况又有'美中不足，好事多魔'八个字紧相连属，瞬息间则又乐极悲生，人非物换，究竟是到头一梦，万境归空。（朱侧：四句乃一部之总纲。）到不如不去的好。"这石凡心已炽，那里听得进这话去，乃复苦求再四。二仙知不可强制，乃叹道："此亦静极思动，无中生有之数也。既如此，我们便携你去受享受享，只是到不得意时，切莫后悔。"石道："自然，自然。"那僧又道："若说你性灵，却又如此质蠢，并更无奇贵之处。如此，也只好踮脚而已。（朱侧：煅炼过尚与人踮脚，不学者又当如何？）也罢，我如今大施佛法助你助，待劫终之日，复还本质，（朱侧：妙！佛法亦须偿还，况世人之债乎？近之赖债者来看此句。所谓游戏笔墨也。）以了此案。你道好否？"石头听了，感谢不尽。那僧便念咒书符，大展幻术，（朱侧：明点"幻"字。好！）将一块大石登时变成一块鲜明莹洁的美玉，且又缩成扇坠大小的，可佩可拿。（朱侧：奇诡险怪之文，有如髯苏《石钟》《赤壁》用幻处。）那僧托于掌上，笑道："形体到也是个宝物了！（朱侧：自愧之语。）还只没有实在的好处。（朱侧：妙极！今之金玉其外败絮其中者，见此大不欢喜。）须得再镌上数字，使人一见便知是奇物方妙。（朱侧：世上原宜假，不宜真也。谚云："一日卖了三千假，三日卖不出一个真。"信哉！）然后好携你到那昌明隆盛之邦，（朱侧：伏长安大都。）诗礼簪缨之族，（朱侧：伏荣国府。）花柳繁华地，（朱侧：伏大观园。）温柔富贵乡（朱侧：伏紫芸轩。）去安身乐业。"（朱侧：何不再添一句云"择个绝世情痴作主人"？）石头听了，喜不能禁，乃问："不知赐了弟子那几件奇处，（朱侧：可知若果有奇贵之处，自己亦不知者。若自以奇贵而居，究竟是无真奇贵之人。）又不知携了弟子到何地方？望乞明示，使弟子不惑。"那僧笑道："你且莫问，日后自然明白的。"说着，便袖了这石，同那道人飘然而去，竟不知投奔何方何舍。（朱眉：昔子房后谒黄石公，惟见一石。子房当时恨不随此石去。余亦恨不能随此石而去也。聊供阅者一笑。）

后来，不知又过了几世几劫，因有个空空道人访道求仙，忽从这大荒山无稽崖青埂峰下经过，忽见一大石上字迹分明，编述历历。空空道人乃从头一看，原来就是无材补天，幻形入世，（朱侧：八字便是作者一生惭恨。）蒙茫茫大士、渺渺真人携入红尘，历尽离合悲欢炎凉世态的一段故事。后面又有一首偈云：

> 无材可去补苍天，（朱侧：书之本旨。）枉入红尘若许年。（朱侧：惭愧之言，呜咽如闻。）
>
> 此系身前身后事，倩谁记去作奇传？

诗后便是此石堕落之乡，投胎之处，亲自经历的一段陈迹故事。其中家庭闺阁琐事，以及闲情诗词到还全备，或（朱侧："或"字谦得好。）可适趣解闷，然朝代年纪、地舆邦国，却反失落无考。（朱侧：若用此套者胸中必无好文字，手中断无新笔墨。据余说，却大有考证。）空空道人遂向石头说道："石兄，你这一段故事，据你自己说有些趣味，故编写在此，意欲问世传奇。据我看来，第一件，无朝代年纪可考，（朱侧：先驳得妙。）第二件，并无大贤大忠、理朝廷、治风俗的善政，（朱侧：将世人欲驳之腐言预先代人驳尽。妙！）其中只不过几个异样的女子，或情或痴，或小才微善，亦无班姑、蔡女之德能。我纵抄去，恐世人不爱看呢！"石头笑答道："我师何太痴也！若云无朝代可考，今我师竟假借汉唐等年纪添缀，又有何难？（朱侧：所以答得好。）但我想，历来野史，皆蹈一辙，莫如我这不借此套者，反到新奇别致，不过只取其事体情理罢了，又何必拘拘于朝代年纪哉！再者，市井俗人喜看理治之书者甚少，爱看适趣闲文者特多。历来野史，或讪谤君相，或贬人妻女，（朱侧：先批其大端。）奸淫凶恶，不可胜数；更有一种风月笔墨，其淫秽污臭，涂毒笔墨，坏人子弟，又不可胜数。至若佳人才子等书，则又千部共出一套，且其中终不能不涉于淫滥，以致满纸潘安子建、西子文君，不过作者要写出自己的那两首情诗艳赋来，故假拟出男女二人名姓，又必傍出一小人其间拨乱，亦如剧中之小丑然。且鬟婢开口即者也之乎，非文即理。故逐一看去，悉皆自相矛盾，大不近情理之话。竟不如我半世亲睹亲闻的这几个女子，虽不敢说强似前代书中所有之人，但事迹原委，亦可以消愁破闷，也有几首歪诗熟话，可以喷饭供酒。至若离合悲欢，兴衰际遇，则又追踪摄迹，不敢稍加穿凿，徒为供人之目而反失其真传者。（朱眉：事则实事，然亦叙得有间架、有曲折、有顺逆、有映带、有隐有见、有正有闰，以致草蛇灰线、空谷传声、一击两鸣、明修栈道、暗渡陈仓、云龙雾雨、两山对峙、烘云托月、背面傅粉、千皴万染诸奇书中之秘法亦不复少。余亦于逐回中搜剔刮剖明白注释以待高明，再批示误谬。）今之人，贫者日为衣食所累；富者又怀不足之心，纵一时稍闲，又有贪淫恋色、好货寻愁之事，那里去有工夫看那理治之书？所以我这一段事，也不愿世人称奇道妙，也不定要世人喜悦检读，（朱侧：转得更好。）只愿他们当那醉余饱卧之时，或避世去愁之际，把此一玩，岂不省了些寿命筋力？就比那谋虚逐妄去，也省了口舌是非之害，腿脚奔忙之苦。再者，亦令世人换新眼目，不比那些胡牵乱扯，忽离忽遇，满纸才人淑女、子建文君、红娘小玉等通共熟套之旧稿。（朱眉：开卷一篇立意，真打破历来小说巢臼。阅其笔则是《庄子》《离骚》之亚。　朱眉：斯亦太过。）我师意为何如？"（朱侧：余代空空道人答曰："不独破愁醒盹，且有大益。"）

空空道人听如此说，思忖半晌，将这《石头记》（朱侧：本名。）再检阅一遍，（朱侧：这空空道人也太小心了，想亦世之一腐儒耳。）因见上面虽有些指奸责佞、贬恶诛邪之语，（朱侧：亦断不可少。）亦非伤时骂世之旨；（朱侧：要紧句。）及至君仁臣良、父慈子孝，凡伦常所关之处，皆是称功颂德，眷眷无穷，实非别书之可比。虽其中大旨谈情，亦不过实录其事，又非假拟妄称，（朱侧：要紧句。）一味淫邀艳约、私订偷盟之可比。因毫不干涉时世，（朱侧：要紧句。）方从头至尾抄录回来，问世传奇。因空见色，由色生情，传情入色，自色悟空，遂易名为情僧，改《石头记》为《情僧录》。至吴玉峰题曰《红楼梦》。东鲁孔梅溪则题曰《风月宝鉴》。（朱眉：雪芹旧有《风月宝鉴》

之书，乃其弟棠村序也。今棠村已逝，余睹新怀旧，故仍因之。）后因曹雪芹于悼红轩中披阅十载，增删五次，纂成目录，分出章回，则题曰《金陵十二钗》。（朱眉：若云雪芹披阅增删，然从开卷至此这一篇楔子又系谁撰？足见作者之笔狡猾之甚。后文如此处者不少。这正是作者用画家烟云模糊处，观者万不可被作者瞒蔽了去，方是巨眼。）并题一绝云：

满纸荒唐言，一把辛酸泪！

都云作者痴，谁解其中味？（朱夹：此是第一首标题诗。　朱眉：能解者方有辛酸之泪，哭成此书。壬午除夕，书未成，芹为泪尽而逝。余尝哭芹，泪亦待尽。每意觅青埂峰再问石兄，奈不遇癞头和尚何！怅怅！　朱眉：今而后惟愿造化主再出一芹一脂，是书何幸！余二人亦大快遂心于九泉矣！　甲午八月泪笔。）

至脂砚斋甲戌抄阅再评，仍用《石头记》。出则既明，且看石上是何故事。按那石上书云：（朱侧：以下系石上所记之文。）

当日地陷东南，这东南一隅有处曰姑苏，（朱侧：是金陵。）有城曰阊门者，最是红尘中一二等富贵风流之地。（朱侧：妙极！是石头口气，惜米颠不遇此石。）这阊门外有个十里（朱侧：开口先云势利，是伏甄、封二姓之事。）街，街内有个仁清（朱侧：又言人情，总为士隐火后伏笔。）巷，巷内有个古庙，因地方窄狭，（朱侧：世路宽平者甚少。亦凿。）人皆呼作葫芦（朱侧：糊涂也，故假语从此具焉。）庙。庙傍住着一家乡宦，（朱侧：不出荣国大族，先写乡宦小家，从小至大，是此书章法。）姓甄，（朱眉：真。后之甄宝玉亦借此音，后不注。）名费，（朱侧："废"。）字士隐。（朱侧：托言将真事隐去也。）嫡妻封（朱侧："风"。因风俗来。）氏，情性贤淑，深明礼义。（朱侧：八字正是写日后之香菱，见其根源不凡。）家中虽无甚富贵，然本地便也推他为望族了。（朱侧：本地推为望族，宁、荣则天下推为望族，叙事有层落。）只因这甄士隐禀性恬淡，不以功名为念，每日只以观花修竹，酌酒吟诗为乐，（朱侧：自是羲皇上人，便可作是书之朝代年纪矣。总写香菱根基，原与正十二钗无异。）到是神仙一流人品。只是一件不足：如今年已半百，膝下无儿，（朱侧：所谓"美中不足"也。）只有一女，乳名英莲，（朱侧：设云"应怜"也。）年方三岁。

一日，炎夏永昼。（朱侧：热日无多。）士隐于书房闲坐，至手倦抛书，伏几少憩，不觉朦胧睡去。梦至一处，不辨是何地方。忽见那厢来了一僧一道，（朱侧：是方从青埂峰袖石而来也，接得无痕。）且行且谈。只听道人问道："你携了这蠢物，意欲何往？"那僧笑道："你放心，如今现有一段风流公案正该了结，这一干风流冤家尚未投胎入世。趁此机会，就将此蠢物夹带于中，使他去经历经历。"那道人道："原来近日风流冤孽又将造劫历世去不成？但不知落于何方何处？"那僧笑道："此事说来好笑，竟是千古未闻的罕事。只因西方灵河岸上三生石畔，（朱侧：妙！所谓"三生石上旧精魂"也。朱眉：全用幻。情之至，莫如此。今采来压卷，其后可知。）有绛珠（朱侧：点"红"

字。细思“绛珠”二字岂非血泪乎。）草一株，时有赤瑕（朱侧：点“红”字“玉”字二。　朱眉：按“瑕”字本注：“玉小赤也，又：玉有病也。”以此命名恰极。）宫神瑛（朱侧：单点“玉”字二。）侍者，日以甘露灌溉，这绛珠草便得久延岁月。后来既受天地精华，复得雨露滋养，遂得脱却草胎木质，得换人形，仅修成个女体，终日游于离恨天外，饥则食蜜青果为膳，渴则饮灌愁海水为汤。（朱侧：饮食之名奇甚！出身履历更奇甚！写黛玉来历自与别个不同。）只因尚未酬报灌溉之德，（朱侧：妙极！恩怨不清，西方尚如此，况世之人乎？趣甚，警甚！）故其五衷便郁结着一段缠绵不尽之意。（朱眉：以顽石草木为偶，实历尽风月波澜，尝遍情缘滋味，至无可如何，始结此木石因果，以泄胸中悒郁。古人之“一花一石如有意，不语不笑能留人”，此之谓耶。）恰近日神瑛侍者凡心偶炽，（朱侧：总悔轻举妄动之意。）乘此昌明太平朝世，意欲下凡造历幻缘，（朱侧：点“幻”字。）已在警幻（朱侧：又出一警幻，皆大关键处。）仙子案前挂了号。警幻亦曾问及：‘灌溉之情未偿，趁此倒可了结的？’那绛珠仙子道：‘他是甘露之惠，我并无此水可还。他既下世为人，我也去下世为人，但把我一生所有的眼泪还他，也偿还得过他了。’（朱侧：观者至此请掩卷思想：历来小说可曾有此句千古未闻之奇文？　朱眉：知眼泪还债，大都作者一人耳。余亦知此意，但不能说得出。）因此一事，就勾出多少风流冤家来，陪他们去了结此案。”（朱侧：余不及一人者，盖全部之主惟二玉二人也。）那道人道：“果是罕闻，实未闻有还泪之说。想来这一段故事，比历来风月故事更加琐碎细腻了？”那僧道：“历来几个风流人物，不过传其大概以及诗词篇章而已，至家庭闺阁中一饮一食，总未述记。再者，大半风月故事，不过偷香窃玉、暗约私奔而已，并不曾将儿女真情发泄一二。想这一干人入世，其情痴色鬼，贤愚不肖者，悉与前人传述不同矣。”那道人道：“趁此，你我何不也去下世度脱几个，岂不是一场功德？”那僧道：“正合吾意，你且同我到警幻仙子宫中，将这蠢物交割清楚，待这一干风流孽鬼下世已完，你我再去。如今虽已有一半落尘，（朱侧：若从头逐个写去，成何文字？《石头记》得力处在此。丁亥春。）然犹未全集。”　道人道：“既如此，便随你去来。”

却说甄士隐俱听得明白，但不知所云“蠢物”系何东西。遂不禁上前施礼，笑问道：“二仙师请了！”那僧道也忙答礼相问。士隐因说道：“适闻仙师所谈因果，实人世罕闻者。但弟子愚浊，不能洞悉明白，若蒙大开痴顽，备细一闻，弟子则洗耳谛听，稍能警省，亦可免沉沦之苦。”二仙笑道：“此乃玄机不可预泄者。到那时只不要忘了我二人，便可跳出火坑矣。”士隐听了，不便再问，因笑道：“玄机不可预泄，但适云‘蠢物’，不知为何，或可一见否？”那僧道：“若问此物，到有一面之缘。”说着，取出递与士隐。士隐接了看时，原来是块鲜明美玉，上面字迹分明，镌着“通灵宝玉”四字，（朱侧：凡三四次始出明玉形，隐屈之至。）后面还有几行小字。正欲细看时，那僧便说已到幻境，（朱侧：又点“幻”字，云书已入幻境矣。）便强从手中夺了去，与道人竟过一大石牌坊，那牌坊大书四字，乃是“太虚幻境”。（朱侧：四字可思。）两边又有一幅对联，道是：

假作真时真亦假；

无为有处有还无。（朱夹：叠用真假有无字，妙！）

士隐意欲也跟了过去，方举步时，忽听一声霹雳，有若山崩地陷。士隐大叫一声，定睛一看，（朱侧：醒得无痕，不落旧套。）只见烈日炎炎，芭蕉冉冉，梦中之事便忘了对半。（朱侧：妙极！若记得，便是俗笔了。）又见奶姆正抱了英莲走来。士隐见女儿越发生得粉妆玉琢，乖觉可喜，便伸手接来，抱在怀中，斗他顽耍一回，又带至街前，看那过会的热闹。（朱侧：所谓“万境都如梦境看”也。）方欲进来时，只见从那边来了一僧一道，那僧则癞头跣足，那道跛足蓬头，疯疯癫癫，挥霍谈笑而至。

及到了他门前，（朱旁：此门是幻像。）看见士隐抱着英莲，那僧便哭起来，（朱侧：奇怪！所谓情僧也。）又向士隐道：“施主，你把这有命无运，累及爹娘（朱眉：八个字屈死多少英雄？屈死多少忠臣孝子？屈死多少仁人志士？屈死多少词客骚人？今又被作者将此一把眼泪洒与闺阁之中，见得裙钗尚遭逢此数，况天下之男子乎？看他所写开卷之第一个女子，便用此二语以订终身，则知托言寓意之旨，谁谓独寄兴于一“情”字耶！　武侯之三分，武穆之二帝，二贤之恨，及今不尽，况今之草芥乎？家国君父事有大小之殊，其理其运其数则略无差异。知运知数者则必谅而后叹也。）之物，抱在怀内作甚？”士隐听了，知是疯话，也不去睬他。那僧还说：“舍我罢，舍我罢！”士隐不耐烦，便抱着女儿撤身进去。那僧乃指着他大笑，口内念了四句言词，道是：

惯养娇生笑你痴，（朱侧：为天下父母痴心一哭。）菱花空对雪澌澌。（朱侧：生不遇时。遇又非偶。）

好防佳节元宵后，（朱侧：前后一样，不直云前而云后，是讳知者。）便是烟消火灭时。（朱侧：伏后文。）

士隐听得明白，心下犹豫，意欲问他们来历。只听道人说道：“你我不必同行，就此分手，各干营生去罢。三劫（朱眉：佛以世谓“劫”，凡三十年为一世。三劫者，想以九十春光寓言也。）后，我在北邙山等你，会齐了同往太虚幻境销号。”那僧道：“妙，妙，妙！”说毕，二人一去，再不见个踪影了。士隐心中此时自忖：这两个人必有来历，该试一问，如今悔却晚也。

这士隐正痴想，忽见隔壁（朱侧：“隔壁”二字极细极险，记清。）葫芦庙内寄居的一个穷儒，姓贾名化，（朱侧：假话。妙！）字表时飞，（朱侧：实非。妙！）别号雨村者，（朱侧：雨村者，村言粗语也。言以村粗之言演出一段假话也。）走了出来。这贾雨村原系胡州（朱侧：胡诌也。）人氏，原系诗书仕宦之族，因他出于末世，（朱侧：又写一末世男子。）父母祖宗根基已尽，人口衰丧，只剩得他一身一口，在家乡无益。因进京求取功名，再整基业。自前岁来此，又淹蹇住了，暂寄庙中安身，每日卖字作文为生，故士隐常与他交接。（朱侧：又夹写士隐实是翰林文苑，非守钱虏也，直灌入“慕雅女雅集苦吟诗”一回。）当下雨村见了士隐，施礼陪笑道：“老先生倚门伫望，敢街市上有甚新闻否？”士隐笑道：“非也。适因小女啼哭，引他出来作耍，正是无聊之甚，兄来得正妙，请入小斋一谈，彼此皆可消此永昼。”说着，便令人送女儿进去，自携了雨村来至书房中。小童献茶。方谈得三五句话，忽家人飞报：“严老爷来拜！”（朱侧：“炎”

也。炎既来，火将至矣。）士隐忙的起身谢罪道："恕诳驾之罪，略坐，即来陪。"雨村忙起身亦让道："老先生请便。晚生乃常造之客，稍候何妨。"说着，士隐已出前厅去了。

这里雨村且翻弄书籍解闷。忽听得窗外有女子嗽声，雨村遂起身往窗外一看，原来是一个丫鬟，在那里撷花，生得仪容不俗，眉目清朗，（朱侧：八字足矣。）虽无十分姿色，却亦有动人之处。（朱眉：更好。这便是真正情理之文。可笑近之小说中满纸"羞花闭月"等字。这是雨村目中，又不与后之人相似。）雨村不觉看得呆了。（朱侧：今古穷酸色心最重。）那甄家丫鬟撷了花，方欲走时，猛抬头见窗内有人，敝巾旧服，虽是穷贫，然生得腰圆背厚，面阔口方，更兼剑眉星眼，直鼻权腮。（朱侧：是莽、操遗容。朱眉：最可笑世之小说中，凡写奸人则用"鼠耳鹰腮"等语。）这丫鬟忙转身回避，心下乃想："这人生得这样雄壮，却又这样褴褛，想他定是我家主人常说的什么贾雨村了，每有意帮助周济，只是没甚机会。我家并无这样贫穷亲友，想定系此人无疑了。怪道又说他必非久困之人。"（朱眉：这方是女儿心中意中正文。又最恨近之小说中满纸红拂、紫烟。）如此想，不免又回头两次。雨村见他回了头，便自为这女子心中有意于他，（朱侧：今古穷酸皆会替女妇心中取中自己。）便狂喜不禁，自为此女子必是个巨眼英豪，风尘中之知己也。一时小童进来，雨村打听得前面留饭，不可久待，遂从夹道中自便出门去了。士隐待客既散，知雨村自便，也不去再邀。

一日，早又中秋佳节。士隐家宴已毕，乃又另具一席于书房，却自己步月至庙中来邀雨村。（朱侧：写士隐爱才好客。）原来雨村自那日见了甄家之婢曾回头顾他两次，自为是个知己，便时刻放在心上。今又正值中秋，不免对月有怀，因而口占五言一律云：（朱夹：这是第一首诗。后文香奁闺情皆不落空。余谓雪芹撰此书，中亦有传诗之意。）

未卜三生愿，频添一段愁。
闷来时敛额，行去几回头。
自顾风前影，谁堪月下俦？
蟾光如有意，先上玉人楼。

雨村吟罢，因又思及平生抱负，苦未逢时，乃又搔首对天长叹，复高吟一联云：

玉在匮中求善价；
钗于奁内待时飞。（朱侧：表过黛玉则紧接上宝钗。 朱夹：前用二玉合传，今用二宝合传，自是书中正眼。）

恰至士隐走来听见，笑道："雨村兄真抱负不浅也！"雨村忙笑道："岂敢，不过偶吟前人之句，何敢狂诞至此。"因问："老先生何兴至此？"士隐笑道："今夜中秋，俗谓'团圆之节'，想尊兄旅寄僧房，不无寂寞之感，故特具小酌，邀兄到敝斋一饮，不知可纳芹意否？"雨村听了，并不推辞，便笑道："既蒙谬爱，何敢拂此盛情。"（朱侧：写雨村豁达，气象不俗。）说着，便同了士隐复过这边书院中来。

须臾茶毕，早已设下杯盘，那美酒佳肴自不必说。二人归坐，先是款斟漫饮，次渐谈至兴浓，不觉飞觥限斝起来。当时街坊上家家箫管，户户弦歌，当头一轮明月，飞彩凝辉，二人愈添豪兴，酒到杯干。雨村此时已有七八分酒意，狂兴不禁，乃对月寓怀，口号一绝云：

> **时逢三五便团圆，**（朱侧：是将发之机。）**满把晴光护玉栏。**（朱侧：奸雄心事，不觉露出。）
>
> **天上一轮才捧出，人间万姓仰头看。**（朱眉：这首诗非本旨，不过欲出雨村，不得不有者。用中秋诗起，用中秋诗收，又用起诗社于秋日。所叹者三春也，却用三秋作关键。）

士隐听了，大叫："妙哉！吾每谓兄必非久居人下者，今所吟之句，飞腾之兆已见，不日可接履于云霓之上矣。可贺，可贺！"乃亲斟一斗（朱侧：这个"斗"字莫作升斗之斗看。可笑。　此语批得谬。）为贺。雨村因干过，叹道："非晚生酒后狂言，若论时尚之学，（朱侧：四字新而含蓄最广，若必指明，则又落套矣。）晚生也或可去充数沽名，是目今行囊路费一概无措，神京路远，非赖卖字撰文可能到者。"士隐不待说完，便道："兄何不早言？愚每有此心，但每遇兄时，兄并未谈及，愚故未敢唐突。今既及此，愚虽不才，'义利'二字却还识得。且喜明岁正当大比，兄宜作速入都，春闱一战，方不负兄之所学也。其盘费余事，弟自代为处置尔，不枉兄之谬识矣！"当下即命小童进去，速封五十两白银，并两套冬衣。又云："十九日乃黄道之期，兄可即买舟西上，待雄飞高举，明冬再晤，岂非大快之事耶！"（朱眉：写士隐如此豪爽，又全无一些粘皮带骨之气相，愧杀近之读书假道学矣。）雨村收了银、衣，不过略谢一语，并不介意，仍是吃酒谈笑。（朱侧：写雨村真是个英雄。）那天已交三鼓，二人方散。

士隐送雨村去后，回房一觉，直至红日三竿方醒。（朱侧：是宿酒。）因思昨夜之事，意欲再写两封荐书与雨村带至神京，使雨村投谒个仕宦之家为寄足之地。（朱侧：又周到如此。）因使人过去请时，那家人去了回来说："和尚说，贾爷今日五鼓已进京去了，也曾留下话与和尚转达老爷，说：'读书人不在黄道黑道，总以事理为要，不及面辞了。'"（朱侧：写雨村真令人爽快。）士隐听了，也只得罢了。

真是闲处光阴易过，倏忽又是元霄佳节矣。因士隐命家人霍启（朱侧：妙！祸起也。此因事而命名。）抱了英莲去看社火花灯，半夜中，霍启因要小解，便将英莲放在一家门槛上坐着。待他小解完了来抱时，那有英莲的踪影？急得霍启直寻了半夜，至天明不见，那霍启也就不敢回来见主人，便逃往他乡去了。那士隐夫妇，见女儿一夜不归，便知有些不妥，再使几个人去寻找，回来皆云连音响皆无。夫妻二人，半世只生此女，一旦失落，岂不思想？因此昼夜啼哭，几乎不曾寻死。（朱眉：喝醒天下父母之痴心。）看看一月，士隐先就得了一病，当时封氏孺人也因思女构疾，日日请医疗病。

不想这日三月十五，葫芦庙中炸供，那些和尚不加小心，致使油锅火逸，便烧着窗纸。此方人家多用竹篱木壁者多，（朱侧：土俗人风。）大抵也因劫数，于是接二连三，牵五挂四，（朱眉：写出南直召祸之实病。）将一条街烧得如火焰山一般。彼时虽有军民来救，那火已成了势，如何救得下去？直烧了一夜，方渐渐熄去，也不知烧了几家。只可怜甄家在隔壁，早已烧成一片瓦砾场了。只有他夫妇并几个家人的性命不曾伤了。急得士隐惟跌足长叹而已。只得与妻子商议，且到田庄上去安身。偏值近年水旱不收，鼠盗蜂起，无非抢粮夺食，鼠窃狗偷，民不安生，因此官兵剿捕，难以安身。士隐只得将田庄都折变了，便携了妻子与两个丫鬟投他岳丈家去。

他岳丈名唤封肃，（朱眉：托言大概如此之风俗也。）本贯大如州人氏，虽是务农，家中都还殷实。今见女婿这等狼狈而来，心中便有些不乐。（朱侧：所以大概之人情如是，风俗如是也。）幸而士隐还有折变地的银子未曾用完，拿出来托他随分就价薄置些须房地，为后日衣食之计。那封肃便半哄半赚，些须与他些薄田朽屋。士隐乃读书之人，不惯生理稼穑等事，勉强支持了一二年，越觉穷了下去。封肃每见面时，便说些现成话，且人前人后又怨他们不善过活，只一味好吃懒作等语。（朱侧：此等人何多之极！）士隐知投人不着，心中未免悔恨，再兼上年惊唬，急忿悲痛已伤，暮年之人，贫病交攻，竟渐渐的露出那下世的光景来。

可巧，这日拄了拐杖挣挫到街前散散心时，忽见那边来了一个跛足道人，疯狂落脱，麻屣鹑衣，口内念着几句言词，道是：

世人都晓神仙好，惟有功名忘不了。
古今将相在何方？荒冢一堆草没了。

世人都晓神仙好，只有金银忘不了。
终朝只恨聚无多，及到多时眼闭了。

世人都晓神仙好，只有娇妻忘不了。
君生日日说恩情，君死又随人去了。

世人都晓神仙好，只有儿孙忘不了。
痴心父母古来多，孝顺儿孙谁见了？

士隐听了，便迎上来道：“你满口说什么？只听见些‘好’‘了’‘好’‘了’。”那道人笑道：“你若果听见‘好’‘了’二字，还算你明白。可知世上万般，好便是了，了便是好。若不了，便不好，若要好，须是了。我这歌儿，便名《好了歌》。”士隐本是有宿慧的，一闻此言，心中早已彻悟。因笑道：“且住！待我将你这《好了歌》解注出来何如？”道人笑道：“你解，你解。”士隐乃说道：

陋室空堂，当年笏满床，（朱侧：宁、荣未有之先。）
衰草枯杨，曾为歌舞场。（朱侧：宁、荣既败之后。）

蛛丝儿结满雕梁，（朱侧：潇湘馆、紫芸轩等处。）绿纱今又糊在蓬窗上。（朱侧：雨村等一干新荣暴发之家。　朱眉：先说场面，忽新忽败，忽丽忽朽，已见得反复不了。）

说什么脂正浓，粉正香，如何两鬓又成霜？（朱侧：宝钗、湘云一干人。）

昨日黄土陇头送白骨，（朱侧：黛玉、晴雯一干人。）今宵红灯帐底卧鸳鸯。（朱眉：一段妻妾迎新送死，倏恩倏爱，倏痛倏悲，缠绵不了。）

金满箱，银满箱，（朱侧：熙凤一干人。）展眼乞丐人皆谤。（朱侧：甄玉、贾玉一干人。）

正叹他人命不长，那知自己归来丧！（朱眉：一段石火光阴，悲喜不了。风露草霜，富贵嗜欲，贪婪不了。）

训有方，保不定日后（朱侧：言父母死后之日。）作强梁；（朱侧：柳湘莲一干人。）

择膏粱，谁承望流落在烟花巷！（朱眉：一段儿女死后无凭，生前空为筹划计算，痴心不了。）

因嫌纱帽小，致使锁枷扛，（朱侧：贾赦、雨村一干人。）

昨怜破袄寒，今嫌紫蟒长。（朱侧：贾兰、贾菌一干人。　朱眉：一段功名升黜无时，强夺苦争，喜惧不了。）

乱烘烘你方唱罢我登场，（朱侧：总收。　朱眉：总收古今亿兆痴人，共历幻场，此幻事扰扰纷纷，无日可了。）反认他乡是故乡。（朱侧：太虚幻境青埂峰一并结住。）

甚荒唐，到头来都是为他人作嫁衣裳！（朱侧：语虽旧句，用于此妥极，是极！朱侧：苟能如此，便能了得。　朱眉：此等歌谣原不宜太雅，恐其不能通俗，故只此便妙极。其说得痛切处，又非一味俗语可到。）

那疯跛道人听了，拍掌笑道："解得切，解得切！"士隐便说一声"走罢！"（朱侧：如闻如见。朱眉："走罢"二字真悬崖撒手，若个能行？）将道人肩上褡裢抢了过来背着，竟不回家，同了疯道人飘飘而去。当下烘动街坊，众人当作一件新闻传说。封氏闻得此信，哭个死去活来，只得与父亲商议，遣人各处访寻，那讨音信？无奈何，少不得依靠着他父母度日。幸而身边还有两个旧日的丫鬟伏侍，主仆三人，日夜作些个针线发卖，帮着父亲用度。那封肃虽然日日抱怨，也无可奈何了。

这日，那甄家的大丫鬟在门前买线，忽听得街上喝道之声，众人都说新太爷到任。丫鬟于是隐在门内看时，只见军牢快手，一对一对的过去，俄而大轿内抬着一个乌帽猩袍的官府过去。（朱侧：雨村别来无恙否？可贺可贺。朱眉：所谓"乱哄哄，你方唱罢我登场"是也。）丫鬟到发个怔，自思："这官好面善，到像在那里见过的。"于是进入房中，也就丢过不在心上。（朱侧：是无儿女之情，故有夫人之分。）至晚间，正该歇息之时，忽听一片声打的门响，许多人乱嚷，说："本府太爷差人来，传人问话！"封肃听了，唬得目瞪口呆，不知有何祸事。

第二回 贾夫人仙逝扬州城 冷子兴演说荣国府

（墨）此回亦非正文本旨，只在冷子兴一人，即俗谓“冷中出热，无中生有”也。其演说荣府一篇者，盖因族大人多，若从作者笔下一一叙出，尽一二回不能得明，则成何文字？故借用冷字一人，略出其大半，使阅者心中已有一荣府隐隐在心，然后用黛玉、宝钗等两三次皴染，则耀然于心中眼中矣：此即画家三染法也。

未写荣府正人，先写外戚，是由远及近，由小至大也。若使先叙出荣府，然后一一叙及外戚，又一一至朋友、至奴仆，其死板拮据之笔，岂作十二钗人手中之物也？今先写外戚者，正是写荣国一府也。故又怕闲文赘累，开笔即写贾夫人已死，是特使黛玉入荣之速也。

通灵宝玉于士隐梦中一出，今于子兴口中一出，阅者已洞然矣。然后于黛玉、宝钗二人目中极精极细一描，则是文章锁合处。盖不肯一笔直下，有若放闸之水、燃信之爆，使其精华一泄而无余也。究竟此玉原应出自钗黛目中，方有照应。今预从子兴口中说出，实虽写而却未写。观其后文，可知此一回则是虚敲傍击之文，笔则是反逆隐回之笔。

诗云：

一局输赢料不真，香销茶尽尚逡巡。

欲知目下兴衰兆，须问傍观冷眼人。（朱侧：只此一诗便妙极！此等才情，自是雪芹平生所长，余自谓评书非关评诗也。朱眉：故用冷子兴演说。）

却说封肃因听见公差传唤，忙出来陪笑启问。那些人只嚷：（朱侧：一丝不乱。）“快请出甄爷来！”封肃忙陪笑道：“小人姓封，并不姓甄。只有当日小婿姓甄，今已出家一二年了，不知可是问他？”那些公人道：“我们也不知什么‘真’‘假’，（朱侧：点睛妙笔。）因奉太爷之命来问。他既是你女婿，便带了你去亲见太爷面禀，省得乱跑。”说着，不容封肃多言，大家推拥他去了。封家人各各惊慌，不知何兆。

那天约有二更时分，只见封肃方回来，欢天喜地。（朱侧：出自封肃口内，便省却多少闲文。）众人忙问端的。他乃说道：“原来本府新升的太爷姓贾名化，本湖州人氏，曾与女婿旧日相交。方才在咱门前过去，因见娇杏（朱侧：侥幸也。托言当日丫头回顾，故有今日，亦不过偶然侥幸耳，非真实得尘中英杰也。非近日小说中满纸红拂、紫烟之可比。）那丫头买线，所以他只当女婿移住于此。我一一将原故回明，那太爷倒伤感叹息了一回，又问外孙女儿，（朱侧：细。）我说看灯丢了。太爷说：‘不妨，我自使番役，务必采访回来。’（朱侧：为葫芦案伏线。）说了一回话，临走到送了我二两银子。”甄家娘子听了，不免心中伤感。（朱侧：所谓“旧事凄凉不可闻”也。）一宿无话。（朱眉：余批重出。余阅此书，偶有所得，即笔录之。非从首至尾阅过复从首加批者，故偶有复处。且诸公之批，自是诸公眼界；脂斋之批，亦有脂斋取乐处。后每一阅，亦必有一语半言，重加批评于侧，故又有于前后照应之说等批。）

至次日，早有雨村遣人送两封银子、四匹锦缎，答谢甄家娘子，（朱侧：雨村已是下流人物，看此，今之如雨村者亦未有矣。）又寄一封密书与封肃，转托他向甄家娘子要那娇杏作二房。（朱侧：谢礼却为此。险哉，人之心也！）封肃喜的屁滚尿流，巴不得去奉承，便在女儿前一力撺掇成了，（朱侧：一语道尽。）乘夜只用一乘小轿，便把娇杏送进去了。雨村欢喜，自不必说，乃封百金赠封肃，外又谢甄家娘子许多物事，令其好生养赡，以待寻访女儿下落。（朱侧：找前伏后。）封肃回家无话。（朱侧：士隐家一段小枯荣至此结住，所谓真不去假焉来也。）

却说娇杏这丫鬟，便是那年回顾雨村者。因偶然一顾，便弄出这段事来，亦是自己意料不到之奇缘。（朱侧：注明一笔，更妥当。）谁想他命运两济，（朱眉：好极！与英莲“有命无运”四字，遥遥相映射。莲，主也；杏，仆也。今莲反无运，而杏则两全，可知世人原在运数，不在眼下之高低也。此则大有深意存焉。）不承望自到雨村身边，只一年便生了一子，又半载，雨村嫡妻忽染疾下世，雨村便将他扶册作正室夫人了。正是：

偶因一着错；（墨夹：回顾。朱侧：妙极！盖女儿原不应私顾外人之谓。）

便为人上人。（朱侧：更妙！可知守礼俟命，终为饿莩。其调侃寓意不小。朱眉：从来只见集古、集唐等句，未见集俗语者。此又更奇之至！）

原来，雨村因那年士隐赠银之后，他于十六日便起身入都。至大比之期，不料他十分得意，已会了进士，选入外班，今已升了本府知府。虽才干优长，未免有些贪酷之弊，且又恃才侮上，那些官员皆侧目而视。（朱侧：此亦奸雄必有之理。）不上一年，便被上司寻了一个空隙，作成一本，参他“生性狡猾，擅纂礼仪，且沽清正之名，而暗结虎狼之属，致使地方多事，（朱侧：此亦奸雄必有之事。）民命不堪”等语。龙颜大怒，即批革职。该部文书一到，本府官员无不喜悦。那雨村心中虽十分惭恨，却面上全无一点怨色，仍是喜悦自若。（朱侧：此亦奸雄必有之态。）交代过公事，将历年做官积的些资本并家小人属送至原籍，安插妥协，（朱侧：先云“根基已尽”，故今用此四字，细甚！）却又自己担风袖月，游览天下胜迹。（朱侧：已伏下至金陵一节矣。）

那日，偶又游至维扬地面，因闻得今岁盐政点的是林如海。这林如海姓林名海，字表如海。（朱侧：盖云“学海文林”也。总是暗写黛玉。）乃是前科的探花，今已升至兰台寺大夫，本贯姑苏人氏，（朱侧：十二钗正出之地，故用真。）今钦点出为巡盐御史，（朱眉：官制半遵古名亦好。余最喜此等半有半无，半古半今，事之所无，理之必有，极玄极幻，荒唐不经之处。）到任方一月有余。原来这林如海之祖，曾袭过列侯，今到如海，业经五世。起初时，只封袭三世，因当今隆恩盛德，远迈前代，额外加恩，（朱眉：可笑近时小说中，无故极力称扬浪子淫女，临收结时，还必致感动朝廷，使君父同入其情欲之界，明遂其意，何无人心之至！不知彼作者有何好处，有何谢报到朝廷廊庙之上，直将半生淫污秽渎睿聪，又苦拉君父作一干证护身符，强媒硬保，得遂其淫欲哉！）至如海之父，又袭了一代；至如海，便从科第出身。虽系钟鼎之家，却亦是书香（朱侧：要紧二字，盖钟鼎亦必有书香方至美。）之族。只可惜这林家支庶不盛，子孙有限，虽有几门，却与如海俱是堂族而已，没甚亲枝嫡派的。（朱侧：总为黛玉极力一写。）今如海年已四十，只有一个三岁之子，偏又于去岁死了。虽有几房姬妾，（朱侧：带写贤妻。）奈他命中无子，亦无可如何之事。今只有嫡妻贾氏，生得一女，乳名黛玉，年方五岁。夫妻无子，故爱女如珍，且又见他聪明清秀，（朱侧：看他写黛玉，只用此四字。可笑近来小说中，满纸“天下无二”“古今无双”等字。）便也欲使他读书识得几个字，不过假充养子之意，聊解膝下荒凉之叹。（朱眉：如此叙法，方是至情至理之妙文。最可笑者，近小说中满纸班昭蔡琰、文君道韫。）

雨村正值偶感风寒，病在旅店，将一月光景，方渐愈。一因身体劳倦，二因盘费不继，也正欲寻个合适之处，暂且歇下。幸有两个旧友亦在此境居住，（朱侧：写雨村自得意后之交识也。又为冷子兴作引。）因闻得盐政欲聘一西宾，雨村便相托友力，谋了进去，且作安身之计。妙在只一个女学生，并两个伴读丫鬟，这女学生年又极小，身体又极怯弱，工课不限多寡，故十分省力。

堪堪又是一载的光阴，谁知女学生之母贾氏夫人一疾而终。女学生侍汤奉药，守丧尽哀，遂又将要辞馆别图。林如海意欲令女守制读书，故又将他留下。近因女学生哀痛过伤，本自怯弱多病的，（朱侧：又一染。）触犯旧症，遂连日不曾上学。（朱眉：上半回已终，写“仙逝”正为黛玉也。故一句带过，恐闲文有妨正笔。）雨村闲居无聊，每当风日晴和，饭后便出来闲步。

这日，偶至郭外，意欲赏鉴那村野风光。（朱眉：大都世人意料此，终不能此；不及彼者，而反及彼。故特书意在村野风光，却忽遇见子兴一篇荣国繁华气象。）忽信步至一山环水旋、茂林深竹之处，隐隐有座庙宇，门巷倾颓，墙垣朽败，门前有额，题着“智通寺”（朱侧：谁为智者？又谁能通？一叹。）三字；门旁又有一副旧破的对联，曰：

身后有余忘缩手；
眼前无路想回头。（朱夹：先为宁、荣诸人当头一喝，却是为余一喝。）

雨村看了，因想到：这两句话，文虽浅，其意则深。（朱侧：一部书之总批。）也曾游过些名山大刹，到不曾见过这话头，其中想必有个翻过筋斗来的，也未可知，（朱侧：随笔带出禅机，又为后文多少语录不落空。）何不进去试试？想着走入看时，只有一个龙钟老僧在那里煮粥。（朱侧：是雨村火气。）雨村见了，便不在意。（朱侧：火气。）及至问他两句话，那老僧既聋且昏，（朱侧：是“翻过”来的。）齿落舌钝，（朱侧：是翻过来的。）所答非所问。雨村不耐烦，便仍出来，（朱眉：毕竟雨村还是俗眼，只能识得阿凤、宝玉、黛玉等未觉之先，却不识得既证之后。　朱眉：未出宁、荣繁华盛处，却先写一荒凉小境；未写通部入世迷人，却先写一出世醒人。回风舞雪，倒峡逆波，别小说中所无之法。）意欲到那村肆中沽酒三杯，以助野趣，于是款步行来，刚入肆门，只见座上吃酒之客有一人起身大笑，接了出来，口内说：“奇遇，奇遇！”雨村忙看时，此人是都中古董行中贸易的号冷子兴者，（朱侧：此人不过借为引绳，不必细写。）旧日在都相识。雨村最赞这冷子兴是个有作为大本领的人，这子兴又借雨村斯文之名，故二人说话投机，最相契合。雨村忙亦笑问：“老兄何日到此？竟不知。今日偶遇，真奇缘也。”子兴道：“去年岁底到家，今因还要入都，从此顺路找个敝友说一句话，承他之情，留我多住两日。我也无甚紧事，且盘桓两日，待月半时也就起身了。今日敝友有事，我因闲步至此，且歇歇脚。不期这样巧遇！”一面说，一面让雨村同席坐了，另整上酒肴来。二人闲谈慢饮，叙些别后之事。（朱侧：好！若多谈则累赘。）

雨村因问：“近日都中可有新闻没有？”（朱侧：不突然，亦常问常答之言。）子兴道：“到没有什么新闻，到是老先生你贵同宗家，（朱侧：雨村已无族中矣，何及此耶？看他下文。）出了一件小小的异事。”雨村笑道：“弟族中无人在都，何谈及此？”子兴笑道：“你们同姓，岂非同宗一族？”（朱眉：同姓即同宗出，可发一笑。）雨村问：“是谁家？”子兴道：“荣国府贾府中，可也不玷辱了先生的门楣了？”（朱侧：刳小人之心肺，闻小人之口角。）雨村笑道：“原来是他家。若论起来，寒族人丁却不少，自东汉贾复以来，支派繁盛，各省皆有，谁能逐细考查？若论荣国一支，却是同谱。（朱侧：此话纵真，亦必谓是雨村欺人语。）但他那等荣耀，我们不便去攀扯，至今越发生疏难认了。”子兴叹（朱侧：叹得怪。）道：“老先生休如此说。如今这荣国两门，也都消疏了，不比先时的光景。”（朱侧：记清此句。可知书中之荣府已是末世了。）雨村道：“当日宁、荣两宅的人口极多，如何就消疏了？”（朱侧：作者之意原只写末世，此已是贾府之末世了。）冷子兴道：“正是，说来也话长。”雨村道：“去岁我到金陵地界，因欲游览六朝遗迹，那日进了石头城，（朱侧：点睛神妙。）从他老宅门前经过。街东是宁国府，街西是荣国府，二宅相连，竟将大半条街占了。大门前虽冷落无人，（朱侧：好！写出空宅。）隔着围墙一望，里面厅殿楼阁，也还都峥嵘轩峻，就是后（朱侧：“后”字何不直用“西”字？恐先生堕泪，故不敢用“西”字。）一带花园子里，树木山石也都还有蓊蔚洇润之气，那里象个衰败之家？”冷子兴笑道：“亏你是个进士出身，原来不通！古人有云：‘百足之虫，死而不僵。’如今虽说不似先年那样兴盛，较之平常仕宦之家，到底气象不同。如今生齿日繁，事务日盛，主仆上下，安富尊荣者尽多，运筹谋画者无一，（朱侧：二语乃今古富贵世家之大病。）其日用排场费用，又不能将就省俭。如今外面的架子虽未甚倒，（朱侧：“甚”字好！盖已半倒矣。）内囊却也尽上来了。这还是小事，更有一件大事。谁知这样钟鸣鼎食之家，翰墨诗书之族，（朱侧：两句写出荣府。）如今的儿孙，竟一代不如一代了！”（朱眉：文是极好之文，理是必有之理，话则极痛极悲之话。）

雨村听了，也纳罕道：“这样诗书之家，岂有不善教育之理！别家不知，只说这宁、荣两宅，是最教子有方的。”（朱侧：一转有力。）子兴叹道：“正说的是这两门呢。待我告诉你，当日宁国公（朱侧：演。）与荣国公（朱侧：源。）是一母同胞弟兄两个。宁公居长，生了四个儿子。（朱侧：贾蔷、贾菌之祖，不言可知矣。）宁公死后，长子贾代化袭了官，（朱侧：第二代。）也养了两个儿子。长子贾敷，至八九岁上便死了，只剩了次子贾敬袭了官，（朱侧：第三代。）如今一味好道，只爱烧丹炼汞，（朱侧：亦是大族末世常有之事。叹！叹！）余者一概不在心上。幸而早年留下一子，名唤贾珍，（朱侧：第四代。）因他父亲一心想作神仙，把官到让他袭了。他父亲又不肯回原籍来，只在都中城外和道士们胡羼。这位珍爷也到生了一个儿子，今年才十六岁，名叫贾蓉。（朱侧：至蓉五代。）如今敬老爹一概不管。这珍爷那肯读书，只是一味高乐不已，把宁国府竟翻了过来，也没有敢来管他。（朱侧：伏后文。）再说荣府你听，方才所说异事，就出在这里。自荣公死后，长子贾代善袭了官，（朱侧：第二代。）娶的金陵世勋史侯家的小姐为妻，（朱侧：因湘云，故及之。）生了两个儿子：长子贾赦，次子贾政。（朱侧：第三代。）如今代善早已去世，太夫人尚在。（朱侧：记真，湘云祖姑史氏太君也。）长子贾赦袭着官。次子贾政，自幼酷喜读书，祖父最疼。原欲以科甲出身的，不料代善临终时遗本一上，皇上因恤先臣，即时令长子袭官外，问还有几子，立刻引见，遂额外赐了这政老爹一个主事之衔，（朱侧：嫡真实事，非妄拟也。）令其入部习学，如今现已升了员外郎了。（朱侧：总是称功颂德。）这政老爹的夫人王氏，（朱侧：记清。）头胎生的公子，名唤贾珠，十四岁进学，不到二十岁就娶了妻生了子，（朱侧：此即贾兰也。至兰第五代。）一病死了。（朱眉：略可望者即死，叹！叹！）第二胎生了一位小姐，生在大年初一，这就奇了，不想次年又生了一位公子，说来更奇，一落胎胞，嘴里便衔下一块五彩晶莹的玉来，上面还有许多字迹，（朱侧：青埂顽石已得下落。）就取名叫作宝玉。

（朱眉：一部书中第一人，却如此淡淡带出，故不见后来玉兄文字繁难。）你道是新奇异事不是？”

雨村笑道：“果然奇异。只怕这人来历不小。”子兴冷笑道：“万人皆如此说，因而乃祖母便先爱如珍宝。那年周岁时，政老爹便要试他将来的志向，便将那世上所有之物摆了无数，与他抓取。谁知他一概不取，伸手只把些脂粉钗环抓来。政老爹便大怒了，说：‘将来酒色之徒耳！’因此便大不喜悦。独那史老太君还是命根一样。说来又奇，如今长了七八岁，虽然淘气异常，但其聪明乖觉处，百个不及他一个。说起孩子话来也奇怪，他说：‘女儿是水作的骨肉，男人是泥作的骨肉。（朱侧：真千古奇文奇情。）我见个女儿，我便清爽；见了男人，便觉浊臭逼人。’你道好笑不好笑？将来色鬼无疑了！”（朱侧：没有这一句，雨村如何罕然厉色，并后奇奇怪怪之论？）雨村罕然厉色忙止道：“非也！可惜你们不知道这人来历。大约政老前辈也错以淫魔色鬼看待了。若非多读书识事，加以致知格物之功，悟道参玄之力者，不能知也。”

子兴见他说得这样重大，忙请教其端。雨村道：“天地生人，除大仁大恶两种，余者皆无大异。若大仁者，则应运而生；大恶者，则应劫而生。运生世治，劫生世危。尧、舜、禹、汤、文、武、周、召、孔、孟、董、韩、周、程、张、朱，皆应运而生者。蚩尤、共工、桀、纣、始皇、王莽、曹操、桓温、安禄山、秦桧等，（朱侧：此亦略举大概几人而言。）皆应劫而生者。大仁者，修治天下；大恶者，挠乱天下。清明灵秀，天地之正气，仁者之所秉也；残忍乖僻，天地之邪气，恶者之所秉也。今当运隆祚永之朝，太平无为之世，清明灵秀之气所秉者，上至朝廷，下至草野，比比皆是。所余之秀气，漫无所归，遂为甘露、为和风，洽然溉及四海。彼残忍乖僻之邪气，不能荡溢于光天化日之中，遂凝结充塞于深沟大壑之内，偶因风荡，或被云催，略有摇动感发之意，一丝半缕，误而泄出者，偶值灵秀之气适过，正不容邪，邪复妒正，（朱侧：譬得好。）两不相下，亦如风水雷电，地中既遇，既不能消，又不能让，必至搏击掀发后始尽。故其气亦必赋人，发泄一尽始散。使男女偶秉此气而生者，上则不能成仁人君子，下亦不能为大凶大恶。（朱侧：恰极，是确论。）置之于万万之人之中，其聪俊灵秀之气，则在万万人之上，其乖僻邪谬不近人情之态，又在万万人之下。若生于公侯富贵之家，则为情痴情种，若生于诗书清贫之族，则为逸士高人，纵再偶生于薄祚寒门，断不能为走卒健仆，甘遭庸人驱制驾驭，亦必为奇优名娼。如前代之许由、陶潜、阮籍、嵇康、刘伶、王谢二族、顾虎头、陈后主、唐明皇、宋徽宗、刘庭芝、温飞卿、米南宫、石曼卿、柳耆卿、秦少游，近日之倪云林、唐伯虎、祝枝山，再如李龟年、黄旛绰、敬新磨、卓文君、红拂、薛涛、崔莺、朝云之流。此皆易地相同之人也。”（朱侧：《女仙外史》中论魔道已奇，此又非《外史》之立意，故觉愈奇。）

子兴道：“依你说，‘成则王侯败则贼’了。”雨村道：“正是这意。你还不知，我自革职以来，这两年遍游名省，也曾遇见两个（朱侧：先虚陪一个。）异样孩子。所以，方才你一说这宝玉，我就猜着了八九亦是这一派人物。不用远说，只金陵城内，钦差金陵省体仁院总裁（朱侧：此衔无考，亦因寓怀而设，置而勿论。）甄家，（朱眉：又一个真正之家，特与假家遥对，故写假则知真。）你可知么？”子兴道：“谁人不知！这甄府

通靈寶石
絳珠仙草

和贾府就是老亲，又系世交。两家来往，极其亲热的。便在下也和他家来往非止一日了。”（朱侧：说大话之走狗，毕真。）雨村笑道：“去年我在金陵，也曾有人荐我到甄家处馆。我进去看其光景，谁知他家那等显贵，却是富而好礼之家，（朱侧：如闻其声。朱眉：只一句便是一篇家传，与子兴口中是两样。）到是个难得之馆。但这一个学生，虽是启蒙，却比一个举业的还劳神。说起来更可笑，他说：‘必得两个女儿伴着我读书，我方能认得字，心里也明，不然我自己心里糊涂。’（朱侧：甄家之宝玉乃上半部不写者，故此处极力表明，以遥照贾家之宝玉，凡写贾宝玉之文，则正为真宝玉传影。）又常对跟他的小厮们说：‘这女儿两个字，极尊贵，极清净的，比那阿弥陀佛、元始天尊的这两个宝号还更尊荣无对的呢！（朱眉：如何只以释、老二号为譬，略不敢及我先师儒圣等人？余则不敢以顽劣目之。）你们这浊口臭舌，万不可唐突了这两个字，要紧。但凡要说时，必须先用清水香茶漱了口才可。’（朱侧：恭敬。）设若失错，（朱侧：罪过。）便要凿牙穿腮等事。其暴虐浮躁，顽劣憨痴，种种异常。只一放了学，进去见了那些女儿们，其温厚和平，聪敏文雅，（朱侧：与前八个字敌对。）竟又变了一个。因此，他令尊也曾下死笞楚过几次，无奈竟不能改。每打的吃疼不过时，他便‘姐姐’‘妹妹’乱叫起来。后来听得里面女儿们拿他取笑：‘因何打急了只管唤姐妹作甚？莫不是求姐妹去讨情讨饶？你岂不愧些！’他回答的最妙，他说：‘急疼之时，只叫“姐姐”“妹妹”字样，或可解疼也未可知。因叫了一声，便果觉不疼了，遂得了秘方。每疼痛之极，便连叫姊妹起来了。’你说可笑不可笑？（朱眉：以自古未闻之奇语，故写成自古未有之奇文。此是一部书中大调侃寓意处。盖作者实因鹡鸰之悲、棠棣之威，故撰此闺阁庭帏之传。）也因祖母溺爱不明，每因孙辱师责子，因此我就辞了馆出来。如今在巡盐御史林家坐馆了。你看，这等子弟，必不能守祖父之根基，从师友之规谏的。只可惜他家几个好姊妹都是少有的。”（朱侧：实点一笔，余谓作者必有。）

子兴道：“便是贾府中，现有三个亦不错。政老爹之长女，名元（朱侧：“原”也。）春，现因贤孝才德，选入宫中作女史（朱侧：因汉以前例，妙！）去了；二小姐乃赦老爹前妻所出，名迎（朱侧：“应”也。）春；三小姐乃政老爹之庶出，名探（朱侧：“叹”也。）春；四小姐乃宁府珍爷之胞妹，名唤惜（朱侧：“息”也。）春。因史老夫人极爱孙女，都跟在祖母这边一处读书，听得个个不错。”雨村道：“更妙在甄家之风俗，女儿之名，亦皆从男子之名命字，不似别家另外用这些‘春’‘红’‘香’‘玉’等艳字的，何得贾府亦落此俗套？”子兴道：“不然，只因现今大小姐是正月初一日所生，故名元春，余者方从了‘春’字。上一辈的，却也是从弟兄而来的。现有对证：目今你贵东家林公之夫人，即荣府中赦、政二公之胞妹，在家时名唤贾敏。不信时，你回去细访可知。”雨村拍案笑道：“怪道这女学生读至凡书中有‘敏’字，他皆念作‘密’字，每每如是；写字时遇着‘敏’字，又减一二笔，我心中就有些疑惑。今听你说，是为此无疑矣。怪道我这女学生言语举止另是一样，不与近日女子相同，度其母必不凡，方得其女，今知为荣府之孙，又不足罕矣。可伤上月竟亡故了。”子兴叹道：“老姊妹四个，这一个是极小的，又没有了。长一辈的姊妹，一个也没了。只看这少一辈的，将来之东床如何呢。”

雨村道："正是，方才说这政公，已有了一个衔玉之儿，又有长子所遗一个弱孙。这赦老竟无一个不成?"子兴道："政公既有玉儿之后，其妾后又生了一个，（朱侧：带出贾环。）到不知其好歹。只眼前现有二子一孙，却不知将来如何。若问那赦公，也有二子。长名贾琏，今已二十来往了，亲上作亲，娶的就是政老爹夫人王氏之内侄女，（朱侧：另出熙凤一人。）今已娶了二年。这位琏爷身上现竊的是个同知，也是不喜读书，于世路上好机变言谈去的，所以如今只在乃叔政老爷家住着，帮着料理些家务。谁知自娶了他令夫人之后，到上下无一人不称颂他夫人的，琏爷到退了一射之地。说模样又极标致，言谈又爽利，心机又极深细，竟是个男人万不及一的。"（朱侧：未见其人，先已有照。　朱眉：非警幻案下而来为谁!）

雨村听了，笑道："可知我前言不谬。（朱侧：略一总住。）你方才所说的这几个人，都只怕是那正邪两赋而来一路之人，未可知也!"子兴道："邪也罢，正也罢，只顾算别人家的帐，你也吃一杯酒才好。"雨村道："正是，只顾说话，竟多吃了几杯。"子兴笑道："说着别人家的闲话，正好下酒，（朱侧：盖云此一段话亦为世人茶酒之笑谈耳。）即多几杯何妨。"雨村向窗外看（朱侧：画。）道："天也晚了，仔细关了城。我们慢慢进城再谈，未为不可。"于是，二人起身，算还酒账。（朱侧：不得谓此处收得索然，盖原非正文也。）方欲走时，又听得后面有人叫道："雨村兄，恭喜了！特来报个喜信的。"（朱侧：此等套头，亦不得不用。）雨村忙回头看时——

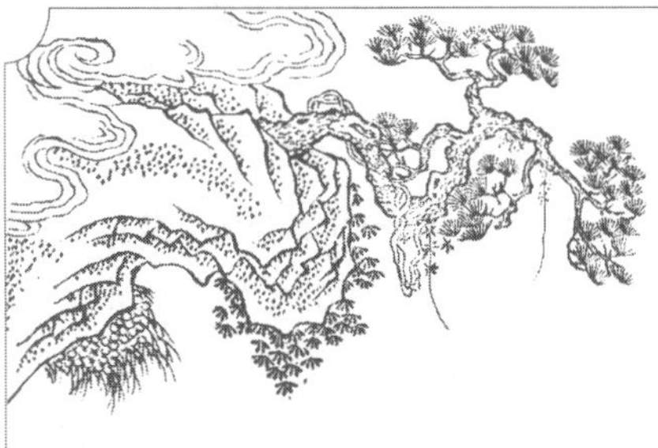

第二回 金陵城起复贾雨村 荣国府收养林黛玉

朱侧：（收养）二字触目凄凉之至。

却说雨村忙回头看时，不是别人，乃是当日同僚，一案参革的号张如圭者。（朱侧：盖言如鬼如蜮也，亦非正人正言。）他本系此地人，革职后家居，今打听得都中奏准起复旧员之信，他便四下里寻情找门路，忽遇见雨村，故忙道喜。二人见了礼，张如圭便将此信告诉雨村，雨村自是欢喜，忙忙的叙了两句，遂作别各自回家。（朱旁侧：画出心事。）冷子兴听得此言，便忙献计，（朱侧：毕肖！赶热灶者。）令雨村央烦林如海，转向都中去央烦贾政。雨村领其意，作别回至馆中，忙寻邸报看真确了。（朱侧：细！）

次日，面谋之如海。如海道："天缘凑巧，因贱荆去世，都中家岳母念及小女无人依傍教育，前已遣了男女船只来接，因小女未曾大痊，故未及行。此刻正思向蒙训教之恩未经酬报，遇此机会，岂有不尽心图报之理。但请放心，弟已预为筹画至此，已修下荐书一封，转托内兄务为周全协佐，方可稍尽弟之鄙诚，即有所费用之例，弟于内兄信中已注明白，亦不劳尊兄多虑矣。"雨村一面打恭，谢不释口，一面又问："不知令亲大人现居何职？只怕晚生草率，（朱侧：奸险小人欺人语。）不敢骤然入都干渎。”（朱侧：全是假，全是诈。）如海笑道：“若论舍亲，与尊兄犹系同谱，乃荣公之孙。大内兄现袭一等将军之职，名赦，字恩侯；二内兄名政，字存周，（朱侧：二名二字皆颂德而来，与子兴口中作证。）现任工部员外郎，其为人谦恭厚道，大有祖父遗风，非膏粱轻薄仕宦之流，故弟方致书烦托。否则，不但有污尊兄之清操，即弟亦不屑为矣。”（朱侧：写如海实亦写政老，所谓此书有不写之写是也。）雨村听了，心中方信了昨日子兴之言，于是又谢林如海。如海乃说：“已择了出月初二日小女入都，尊兄即同路而往，岂不两便？”雨村唯唯听命，心中十分得意。如海遂打点礼物并饯行之事，雨村一一领了。

那女学生黛玉，身体大愈，原不忍弃父而往，无奈他外祖母致意务去，且兼如海说：“汝父年将半百，再无续室之意，且汝多病，年又极小，（朱侧：可怜！）上无亲母教养，下无姊妹兄弟扶持，（朱侧：一句一滴血！一句一滴血之文！）今依傍外祖母及舅氏姊妹去，正好减我顾盼之忧，何云不往？”黛玉听了，方洒泪（朱侧：实写黛玉。）拜别，遂同奶娘及荣府中几个老妇人登舟而去。雨村另有一只船，带两个小童，依附黛玉而行。（朱侧：老师依附门生，怪道今时以收纳门生为幸！）

有日（朱侧：繁中减笔。）到了都中，进入神京，雨村先整了衣冠，（朱侧：且按下黛玉，以待细写。今故先将雨村安置过一边，方起荣府中之正文也。）带了小童，（朱侧：至此渐渐好看起来也。）拿着宗侄的名帖，（朱侧：此帖妙极！可知雨村的品行矣。）至荣府门前投了。彼时贾政已看了妹丈之书，即忙请入会见。雨村相貌魁伟，言谈不俗，且这贾政最喜读书人，礼贤下士，（朱侧：“君子可欺其方”也，况雨村正在“王莽谦恭下士”之时，虽政老亦为所惑，在作者系指东说西也。）拯溺济危，大有祖风，况又系妹丈致意，因此优待雨村，更又不同，便竭力内中协助，题奏之日，轻轻谋了（朱侧：《春秋》字法！）一个复职候缺，不上两个月，金陵应天府缺出，便谋补了此缺，（朱侧：《春秋》字法。）拜辞了贾政，择日到任去了，不在话下。（朱侧：因宝钗故及之，一语过至下回。　墨眉：予闻之故老云：贾政指明珠而言，雨村指高江村。盖江村未遇时，因明珠之仆以进身，旋膺奇福，擢显秩。及纳兰势败，反推井而下石焉。玩此光景，则宝玉之为容若无疑。请以质之知人论世者！同治丙寅季冬月，左绵痴道人记。）

且说黛玉（朱侧：这方是正文起头处。此后笔墨，与前两回不同。）自那日弃舟登岸时，便有荣国府打发了轿子并拉行李的车辆久候了。这黛玉常听得（朱侧：三字细。）母亲说过，他外祖母家与别家不同。他近日所见的这几个三等的仆妇，已是不凡了，何况今至其家。因此步步留心，时时在意，不肯轻易多说一句话，多行一步路，生恐被人耻笑了他去。（朱侧：写黛玉自幼之心机。）自上了轿，进入城中，便从纱窗向外瞧了一瞧，其街市之繁华，人烟之阜盛，（朱侧：先从街市写来。）自与别处不同。又行半日，忽见街北蹲着两个大石狮子，三间兽头大门，门前列坐着十来个华冠丽服之人。正门却不开，只有东西两角门有人出入。正门之上有一匾，匾上大书“敕造宁国府”五个大字。（朱侧：先写宁府，这是由东向西而来。）黛玉想到：这是外祖母之长房了。想着，又往西行，不多远，照样也是三间大门，方是荣国府了。却不进正门，只进了西边角门。那轿夫抬进去，走了一射之地，将转弯时，便歇下退出去了。后面婆子们已都下了轿，赶上前来。另换了三四个衣帽周全的十七八岁的小厮上来，复抬起轿子。众婆子步下围随至一垂花门前落下。众小厮退出，众婆子上来打起轿帘，扶黛玉下轿。林黛玉扶着婆子的手，进了垂花门，两边是抄手游廊，当中是穿堂，当地放着一个紫檀架子大理石的大插屏。转过插屏，小小三间内厅，厅后就是后面的正房大院。正面五间上房，皆是雕梁画栋，两边穿山游廊厢房，挂着各色鹦鹉、画眉等鸟雀。台矶之上，坐着几个穿红着绿的丫鬟，一见他们来了，便忙都笑迎上来，（朱侧：如见如闻，活现于纸上之笔。好看煞！）说："才刚老太太还念呢，可巧就来了。"于是三四人争着打起帘笼，（朱侧：真有是事，真有是事！）一面听得人回话："林姑娘到了。"

黛玉方进入房时，只见两个人搀着一位鬓发如银的老母迎上来，（朱眉：此书得力处，全是此等地方，所谓"颊上三毫"也。）黛玉便知是他外祖母。方欲拜见时，早被他外祖母一把搂入怀中，心肝儿肉叫着大哭起来。（朱侧：几千斤力量写此一笔。）当下地下侍立之人，无不掩面涕泣，（朱侧：旁写一笔，更妙！）黛玉也哭个不住。（朱侧：自然顺写一笔。）一时众人慢慢的解劝住了，黛玉方拜见外祖母——此即冷子兴所云之史氏太君也，贾赦、贾政之母。（朱侧：书中人目太繁，故明注一笔，使观者省眼。）当下贾母一一指与黛玉："这是你大舅母，（墨侧：赦老夫人。）这是你二舅母，（墨侧：政老夫人。）这是你先珠大哥的媳妇珠大嫂。（朱眉：书中正文之人，却如此写出，却是天生地设章法，不见一丝勉强。）"黛玉一一拜见过。贾母又说："请姑娘们来。今日远客才来，可以不必上学去了。"众人答应了一声，便去了两个。

不一时，只见三个奶嬷嬷并五六个丫鬟，（朱侧：声势如现纸上。）撮拥着三个姊妹来了。（朱眉：从黛玉眼中写三人。）第一个（墨侧：迎春。）肌肤微丰，（朱侧：不犯宝钗。）合中身材，腮凝新荔，鼻腻鹅脂，温柔沉默，观之可亲。（朱侧：为迎春写照。）第二个（墨侧：探春。）削肩细腰，（朱侧：《洛神赋》中云"肩若削成"是也。）长挑身材，鸭蛋脸面，俊眼修眉，顾盼神飞，文彩精华，见之忘俗。（朱侧：为探春写照。）第三个（墨侧：惜春。）身量未足，形容尚小。（朱眉：浑写一笔更妙！必个个写去则板矣。可笑近之小说中有一百个女子，皆是如花似玉一副脸面。）其钗环裙袄，三人皆是一样的妆饰。（朱侧：是极。　朱侧：毕肖！）黛玉忙起身迎上来见礼，（朱侧：此笔亦不可少。）互相厮认过，大家归坐。丫鬟们斟上茶来。不过说些黛玉之母如何得病，如何请医服药，如何送死发丧。不免贾母又伤感起来，（朱侧：妙！）因说："我这些儿女，所疼者惟有你母，今日一旦先舍我去了，连面不能一见，今见了你，我怎么不伤心！"说着，搂了黛玉在怀，又呜咽起来。众人忙都宽慰解释，方略略止住。（朱侧：为黛玉自此不能别往。）

众人见黛玉年纪虽小，其举止言谈不俗，（朱眉：从众人目中写黛玉。）身体面庞虽怯弱不胜，（朱侧：写美人是如此笔法，看官怎得不叫绝称赏！　朱眉：草胎卉质，岂能胜物耶？想其衣裙皆不得不勉强支持者也。）却有一段自然风流态度，（朱侧：为黛玉写照。众人目中，只此一句足矣。）便知他有不足之症。因问："常服何药，如何不急为疗治？"黛玉笑道："我自来是如此，从会吃饮食时便吃药，到今未断，请了多少名医修方配药，皆不见效。那一年我才三岁时，听得说（朱侧：文字细如牛毛。　墨侧：三岁上，尚未能甚记事，故云“听说”莫以为亲闻亲见。）来了一个癞头和尚，说要化我去出家，（朱眉：奇奇怪怪一至于此。通部中假借癞僧、跛道二人点明迷情幻海中有数之人也。非袭《西游》中一味无稽、至不能处便用观世音可比。）我父母固是不从。他又说：‘既舍不得他，只怕他的病一生也不能好的。若要好时，除非从此以后总不许见哭声，除父母之外，凡有外姓亲友之人，一概不见，（墨侧：唯宝玉是更不可见之人。）方可平安了此一世。’（朱眉：甄英莲乃付十二钗之首，却明写癞僧一点；今黛玉为正十二钗之冠，反用暗笔。盖正十二钗人或洞悉可知；副十二钗或恐观者忽略，故须极力一提，使观者万勿稍加玩忽之意耳。）疯疯癫癫，说了这些不经之谈，（朱侧：是作书者自注。）也没人理他。如今还是吃人参养荣丸。”（朱侧：人生自当自养荣卫。）贾母道：“这正好，我这里正配丸药呢。叫他们多配一料就是了。”（朱侧：为后菖菱伏脉。）一语未了，（墨侧：接榫甚便。史公之笔力！）只听后院中有人笑声，（朱侧：懦笔庸笔何能及此！朱眉：另磨新墨，搦锐笔，特独出熙凤一人。未写其形，先使闻声，所谓“绣幡开，遥见英雄俺”也。）说：“我来迟了，不曾迎接远客！”（朱侧：第一笔，阿凤三魂六魄已被作者拘定了，后文焉得不活跳纸上！此等非仙助亦非神助，从何而得此机括耶?）

黛玉纳罕道：“这些人个个皆敛声屏气，恭肃严整如此，这来者系谁，这样放诞无礼?”（朱侧：原有此一想。）心下想时，只见一群媳妇丫鬟围拥着一个人从后房门进来。这个人打扮与众姊妹不同，彩绣辉煌，恍若神妃仙子：头上戴着金丝八宝攒珠髻，绾着朝阳五凤挂珠钗，（朱侧：头。）项上戴着赤金盘螭璎珞圈，（朱侧：颈。）裙边系着豆绿宫绦，双衡比目玫瑰佩，（朱侧：腰。）身上穿着缕金百蝶穿花大红洋缎窄褃袄，外罩五彩刻丝石青银鼠褂，下着翡翠撒花洋绉裙。一双丹凤三角眼，两弯柳叶掉梢眉，身量苗条，体格风骚，粉面含春威不露，丹唇未启笑先闻。（朱侧：为阿凤写照。　朱眉：试问诸公：从来小说中可有写形追像至此者?）黛玉连忙起身接见。贾母笑道：（朱侧：阿凤一至，贾母方笑，与后文多少笑字作偶。）“你不认得他，他是我们这里有名的一个泼皮破落户儿，南省俗谓作‘辣子’，你只叫他‘凤辣子’就是。”（朱侧：阿凤笑声进来，老太君打诨，虽是空口传声，却是补出：一向晨昏起居，阿凤于太君处承欢应候一刻不可少之人，看官勿以闲文淡文也。）黛玉正不知以何称呼，只见众姊妹都忙告诉他道：“这是琏嫂子。”黛玉虽不识，亦曾听见母亲说道，大舅贾赦之子贾琏，娶的就是二舅母王氏之内侄女，自幼假充男儿教养的，学名叫王熙凤。（朱侧：奇想奇文！以女子曰“学名”固奇，然此偏有学名的反到不识字，不曰学名者反若彼。）黛玉忙陪笑见礼，以“嫂”呼之。这熙凤携着黛玉的手，上下细细的打谅了一回，（朱侧：写阿凤全部传神第一笔也。）便仍送至贾母身边坐下，因笑道：“天下真有这样标致人物，我今才算见了！（朱侧：这方是阿凤言语。若一味浮词套语，岂复为阿凤哉！　朱眉：“真有这样标致人物”出自凤口，黛玉丰姿可知。宜作史笔看。）况且这通身的气派，竟不象老祖宗的外孙女儿，竟是个嫡亲的孙女，（朱侧：仍归太君，方不失《石头记》文字，且是阿凤身心之至文。）怨不得老祖宗天天口头心头一时不忘！（朱侧：却是极淡之语，偏能恰投贾母之意。）只可怜我这妹妹这样命苦，（朱侧：这是阿凤见黛玉正文。）怎么姑妈偏就去世了！”（朱侧：若无这几句，便不是贾府媳妇。）说着，便用帕拭泪。贾母笑道：

"我才好了，（朱侧：文字好看之极。）你到来招我！你妹妹远路才来，身子又弱，也才劝住了，快再休提前话！"（朱侧：反用贾母劝，看阿凤之术亦甚矣。）这熙凤听了，忙转悲为喜道："正是呢！我一见了妹妹，一心都在他身上了，又是喜欢，又是伤心，竟忘记了老祖宗。该打，该打！"又忙携黛玉之手，问："妹妹几岁了？可也上过学？现吃什么药？在这里不要想家，想要什么吃的，什么玩的，只管告诉我，丫头老婆们不好了，也只管告诉我。"一面又问婆子们："林姑娘的行李东西可搬进来了？带了几个人来？（朱侧：当家的人事如此毕肖！）你们赶早打扫两间下房，让他们去歇歇。"

说话时，已摆了茶果上来，熙凤亲为捧茶捧果。（朱侧：总为黛玉眼中写出。）又见二舅母问他："月钱放完了不曾？"（朱侧：不见后文，不见此笔之妙。）熙凤道："月钱也放完了。才刚带着人到后楼上找缎子，（朱侧：接闲文，是本意避繁也。）找了这半日，（朱侧：却是日用家常实事。）也并没有见昨日太太说的那样。想是太太记错了？"王夫人道："有没有，什么要紧。"因又说道："该随手拿出两个来给你这妹妹去裁衣裳的。等晚上想着叫人再去拿罢，（朱侧：仍归前文。妙！妙！）可别忘了。"熙凤道："到是我先料着了，知道妹妹不过这两日到的，我已预备下了，等太太回去过了目（朱侧：试看他心机。）好送来。"王夫人一笑，点头不语。（朱侧：深取之意。　朱眉：余知此缎阿凤并未拿出，此借王夫人之语、机变欺人处耳。若信彼果拿出预备，不独被阿凤瞒过，亦且被石头瞒过了。）

当下茶果已撤，贾母命两个老嬷嬷带了黛玉去见两个母舅时。贾赦之妻邢氏忙亦起身，笑道："我带了外甥女过去，到也便宜。"贾母笑道："正是呢，你也去罢，不必过来了。"邢夫人答应一个"是"字，遂带了黛玉与王夫人作辞，大家送至穿堂前。出了垂花门，早有众小厮们拉过一辆翠幄青紬车来。邢夫人携了黛玉，坐上，众婆娘们放下车帘，方命小厮们抬起，拉至宽处，方驾上驯骡，亦出了西角门，往东过了荣府正门，便入一黑油大门中，至仪门前方下来。众小厮退出，方打起车帘，邢夫人搀了黛玉的手，进入院中。黛玉度其房屋院宇，必是荣府中之花园隔断过来的。（朱侧：黛玉之心机眼力。）进入三层仪门，果见正房厢庑游廊，悉皆小巧别致，不似方才那边轩峻壮丽，且院中随处之树木山石皆有。（朱侧：为大观园伏脉。试思：荣府园今在西，后之大观园偏写在东，何不畏难之若此？）一时进入正室，早有许多盛妆丽服之姬妾丫鬟迎着，（朱侧：这一句都是写贾赦，妙在全是指东击西、打草惊蛇之笔。若看其写一人即作此一人看，先生便呆了。）邢夫人让黛玉坐了，一面命人到外面书房中请贾赦。一时人来回说："老爷说了：'连日身上不好，见了姑娘彼此到伤心，（朱侧：追魂摄魄。　朱眉：余久不作此语矣，见此语未免一醒。）暂且不忍相见。（朱侧：若一见时，不独死板，且亦大失情理，亦不能有此等妙文矣。）劝姑娘不要伤心想家，跟着老太太和舅母，是同家里一样。姊妹们虽拙，大家一处伴着，（朱侧：赦老亦能作此语，叹！叹！）亦可以解些烦闷。或有委屈之处，只管说得，不要外道才是。'"黛玉忙站起来，一一听了。再坐一刻，便告辞。那邢夫人苦留吃过晚饭去，黛玉笑回道："舅母爱恤，吃饭原不应辞，只是还要过去拜见二舅舅，恐领赐去不恭，（朱侧：得体。）异日再领，未为不可。望舅母容谅。"邢夫人听说，笑道："这到是了。"遂命两三个嬷嬷用方才的车好生送了过去，于是黛玉告辞。邢夫人送至仪门前，又嘱咐众人几句，眼看着车去了方回来。

一时黛玉进入荣府，下了车。众嬷嬷引着，便往东转弯，穿过一个东西的穿堂，（朱侧：这一个穿堂，是贾母正房之南者，凤姐处所通者则是贾母正房之北。）向南大厅之后，仪门内大院落，上面五间大正房，两边厢房鹿顶耳房钻山，四通八达，轩昂壮丽，比贾母处不同。黛玉便知这方是正经正内室，一条大甬路，直接出大门的。进入堂屋中，抬头迎面先看见一个赤金九龙青地大匾，匾上写着斗大三个字，是“荣禧堂”，后有一行小字“某年月日，书赐荣国公贾源”，又有“万几宸翰之宝”。大紫檀雕螭案上，设着三尺来高青绿古铜鼎，悬着待漏随朝墨龙大画，一边是金蜼彝，（朱侧：蜼，音垒。周器也。）一边是玻璃盒。（朱侧：盒，音海。盛酒之大器也。）地下两溜十六张楠木交椅。又有一副对联，乃是乌木联牌，镶着錾银的字迹，（朱侧：雅而丽，富而文。）道是：

座上珠玑昭日月；
堂前黼黻焕烟霞。（朱夹：实贴。）

下面一行小字，道是：“同乡世教弟勋袭东安郡王穆莳拜手书。”（朱侧：先虚陪一笔。）

原来王夫人时常居坐宴息，亦不在这正室，只在这正室东边的三间耳房内。（朱侧：黛玉由正室一段而来，是为拜见政老耳，故进东房；若见王夫人，直写引至东廊小正室内矣。）于是老嬷嬷引黛玉进东房门来。临窗大炕上猩红洋罽，正面设着大红金钱蟒靠背，石青金钱蟒引枕，秋香色金钱蟒大条褥。两边设一对梅花式洋漆小几。左边几上文王鼎匙箸香盒，右边几上汝窑美人觚，觚内插着时鲜花卉，并茗碗唾壶等物。地下面西一溜四张椅上，都搭着银红撒花椅搭，底下四副脚踏。椅子两边，也有一对高几，几上茗碗花瓶俱备。其余陈设，自不必细说。（朱侧：此不过略叙荣府家常之礼数，特使黛玉一识阶级座次耳，余则繁。）老嬷嬷们让黛玉炕上坐，炕沿上却也有两个锦褥对设，黛玉度其位次，便不上炕，只向东边椅子上坐了。（朱侧：写黛玉心意。）本房内的丫鬟忙捧上茶来。黛玉一面吃茶，一面打谅那些丫鬟们，装饰衣裙，举止行动，果亦与别家不同。

茶未吃了，只见穿红绫袄青缎掐牙背心的一个丫鬟走来，（朱侧：金乎？玉乎？）笑说道：“太太说，请林姑娘到那边坐罢。”老嬷嬷听了，于是又引黛玉出来，到了东廊三间小正房内。正面炕上横设一张炕桌，桌上磊着书籍、（朱侧：伤心笔，堕泪笔。）茶具，靠东壁面西设着半旧青缎靠背引枕。王夫人却坐在西边下首，亦是半旧青缎靠背坐褥。见黛玉来了，便往东让。黛玉心中料定这是贾政之位。（朱侧：写黛玉心到眼到，伧夫但云为贾府叙座位，岂不可笑？）因见挨炕一溜三张椅子上，也搭着半旧的（朱侧：三字有神！）弹墨椅袱，（朱侧：此处则一色旧的，可知前正室中亦非家常之用度也。可笑近之小说中，不论何处，则曰“商彝”“周鼎”“绣幕”“珠帘”“孔雀屏”“芙蓉褥”等样字眼。　朱眉：近闻一俗笑语云：一庄农人进京回家，众人问曰：“你进京去可见些个世面否？”庄人曰：“连皇帝老爷都见了。”众罕然问曰：“皇帝如何景况？”庄人曰：“皇帝左手拿一金元宝，右手拿一银元宝，马上捎着一口袋人参，行动人参不离口。一时要屙屎了，连擦屁股都用的是鹅黄缎子，所以京中掏茅厕的人都富贵无比。”试思凡稗官写“富贵”字眼者，悉皆庄农进京之一流也。盖此时彼实未身经目睹，所言皆在情理之外焉。 朱眉：又如人嘲作诗者亦往往爱说富丽话，故有“胫骨变成金玳瑁，眼睛嵌作碧琉璃”之诮。余自是评《石头记》，非鄙薄前人也。）黛玉便向椅上坐了。王夫人再四携他上炕，他方挨王夫人坐了。王夫人因说：“你舅舅今日斋戒去了，（朱侧：点缀宦途。）再见罢。（朱侧：赦老不见，又写政老。政老又不能见，是重不见重，犯不见犯。作者惯用此等章法。）只是有一句话嘱咐你：你三个姊妹到都极好，以后一处念书认字学针线，或是偶一顽笑，都有尽让的。但我不放心的最是一件：我有一个孽根祸胎，（朱侧：四字是血泪盈面，不得已无奈何而下四字！是作者痛哭！）是这家里的‘混世魔王’，（朱侧：与“绛洞花王”为对看。）今日因庙里还愿去了，（朱侧：是富贵公子。）尚未回来，晚间你看见便知。你只以后不用睬他，你这些姊妹都不敢沾惹他的。”

黛玉亦常听见母亲说过，二舅母生的有个表兄，乃衔玉而诞，顽劣异常，（朱侧：与甄家子恰对。）极恶读书，（朱侧：是极恶每日“诗云”“子曰”的读书。）最喜在内帏厮混；外祖母又极溺爱，无人敢管。（朱眉：这是一段反衬笔法。黛玉心，用“猜度蠢物”等句对看去，方不失作者本旨。 朱眉：不写黛玉眼中之宝玉，却先写黛玉心中已早有一宝玉矣——幻妙之至！自冷子兴口中之后，余已极思欲一见，及今尚未得见——狡猾之至！）今见王夫人如此说，便知说的是这表兄了。因陪笑道：“舅母说的，可是衔玉所生的这位哥哥？在家时亦曾听见母亲常说，这位哥哥比我大一岁，小名就唤宝玉，（朱侧：以黛玉道宝玉名，方不失正文。）虽极憨顽，（朱侧：“虽”字是由情字宿根而发，勿得泛泛看过。）说在姊妹情中极好的。况我来了，自然和姊妹同处，（朱侧：又登开一笔，妙妙！）兄弟们自是别院另室的，岂得去沾惹之理？”王夫人笑道：“你不知原故。他与别人不同，自幼因老太太疼爱，原系同姊妹一处（朱侧：此一笔收回，是明通部同处原委也。）娇养惯了的。若姊妹们有日不理他，他到还安静些，纵然他没趣，不过出了二门，背地里拿着他的两三个小幺儿出气，咕唧一会子就完了。（朱侧：这可是宝玉本性真情，前四十九字迥异之批今始方知。盖小人口碑累累如是。是是非非任尔口角，大都皆然。）若这一日姊妹们和他多说一句话，他心里一乐，便生出多少事来。所以嘱咐你别睬他。他嘴里一时甜言蜜语，一时有天无日，一时疯疯傻傻，只休信他。”

黛玉一一的都答应着。只见一个丫鬟来回：“老太太那里传晚饭了。”王夫人忙携了黛玉从后房门（朱侧：后房门。）由后廊（朱侧：是正房后廊也。）往西，出了角门，（朱侧：这是正房后西界墙角门。）是一条南北宽夹道。南边是倒座三间小小抱厦厅，北边立着一个粉油大影壁，后有一半大门，小小一所房宇，王夫人笑指向黛玉道：“这是你凤姐姐的屋宇，回来你好往这里找他来，少什么东西，你只管和他说就是了。”这院门上也有（朱侧：二字是他处不写之写也。）四五个才总角的小厮，都垂手侍立。王夫人遂携黛玉穿过一个东西穿堂，（朱眉：这正是贾母正室后之穿堂也，与前穿堂是一带之屋，中一带乃贾母之下室也。记清！）便是贾母的后院了。（朱侧：写得清，一丝不错。）于是，进入后房门，已有多少人在此伺候，见王夫人来了，方安设桌椅。（朱侧：不是待王夫人用膳，是恐使王夫人有失侍膳之礼耳。）贾珠之妻李氏捧饭，熙凤安箸，王夫人进羹。贾母正面榻上独坐，两旁四张空椅，熙凤忙拉了黛玉在左边第一张椅上坐了，黛玉十分推让。贾母笑道："你舅母和嫂子们不在这里吃饭。你是客，原应如此坐的。"黛玉方告了座，坐了。贾母命王夫人坐了。迎春姊妹三个告了座方上来。迎春便坐右手第一，探春左第二，惜春右第二。旁边丫鬟执着拂尘、漱盂、巾帕。李、凤二人立于案旁布让。外间伺候之媳妇丫鬟虽多，却连一声咳嗽不闻。寂然饭毕，各有丫鬟用小茶盘捧上茶来。当日林如海教女以惜福养身，云饭后务待饭粒咽尽，过一时再吃茶，方不伤脾胃。（朱侧：夹写如海一派书气，最妙！）今黛玉见了这里许多事情不合家中之式，不得不随的，少不得一一的改过来，因而接了茶，毕。早有人捧过漱盂来，黛玉也照样漱了口。然后盥手毕，又捧上茶来，方是吃的茶。（朱侧：总写黛玉以后之事，故只以此一件小事略为一表也。 朱眉：余看至此，故想日前所闻：王敦初尚公主，登厕时不知塞鼻用枣，敦辄取而啖之，早为宫人鄙诮多矣。今黛玉若不漱此茶，或饮一口，不无荣婢所诮乎？观此则知黛玉平生之心思过人。）贾母便说："你们去罢，让我们自在说话儿。"王夫人听了，忙起身，又说了两句闲话，方引李、凤二人去了。

贾母因问黛玉念何书。黛玉道："只刚念了《四书》。"（朱侧：好极！稗官专用"腹隐五车书"者来看。）黛玉又问姊妹们读何书。贾母道："读的是什么书，不过是认得两个字，不是睁眼的瞎子罢了！"一语未了，只听外面一阵脚步响，（朱侧：与阿凤之来相映而不相犯。）丫鬟进来笑道："宝玉来了！"（朱侧：余为一乐。）黛玉心中正疑惑着：这个宝玉，不知是怎生个惫懒人物，（朱侧：文字不反，不见正文之妙，似此应从《国策》得来。）懵懂顽劣之童？到不见那蠢物（朱侧：这蠢物不是那蠢物，却有个极蠢之物相待。妙极！）也罢了。心中正想着，忽见丫鬟话未报完，已进来了一个轻年公子：头上戴着束发嵌宝紫金冠，齐眉勒着二龙抢珠金抹额，穿一件二色金百蝶穿花大红箭袖，束着五彩丝攒花结长穗宫绦，外罩石青起花八团倭缎排穗褂，登着青缎粉底小朝靴。面若中秋之月，（朱眉：此非套"满月"，盖人生有面扁而青白色者，则皆可谓之秋月也。用"满月"者不知此意。）色如春晓之花。（朱眉："少年色嫩不坚牢"，以及"非夭即贫"之语，余犹在心。今阅至此，放声一哭。）鬓如刀裁，眉如墨画，眼似桃瓣，睛若秋波。虽怒时而若笑，即嗔视而有情。（朱侧：真真写杀！）项上金螭璎珞，又有一根五色丝绦，系着一块美玉。黛玉一见，便吃一大惊，（朱旁：怪甚。）心下想道："好生奇怪，到象在那里见过的一般，何等眼熟到如此！"（朱侧：正是，想必有灵河岸上三生石畔曾见过。）只见这宝玉向贾母请了安，贾母便命："去见你娘来。"

宝玉即转身去了。一时回来，再看，已换了冠带：头上周围一转的短发，都结成了小辫，红丝结束，共攒至顶中胎发，总编一根大辫，黑亮如漆，从顶至梢，一串四颗大珠，用金八宝坠角，上穿着银红撒花半旧大袄，仍旧带着项圈、宝玉、寄名锁、护身符等物，下面半露松花撒花绫裤腿，锦边弹墨袜，厚底大红鞋。越显得面如敷粉，唇似施脂，转盼多情，语言常笑。天然一段风骚，全在眉梢，平生万种情思，悉堆眼角。看其外貌最是极好，却难知其底细。后人有《西江月》二词，批这宝玉极恰，其词曰：

无故寻愁觅恨，有时似傻如狂。纵然生得好皮囊，腹内原来草莽。 潦倒不通世务，愚顽怕读文章。行为偏僻性乖张，那管世人诽谤！

富贵不知乐业，贫穷难耐凄凉。可怜辜负好韶光，于国于家无望。　天下无能第一，古今不肖无双。寄言纨绔与膏粱：莫效此儿形状！（朱眉：二词更妙。最可厌野史“貌如潘安”“才如子建”等语。　朱眉：末二语最要紧。只是纨绔膏粱，亦未必不见笑我玉卿。可知能效一二者，亦必不是蠢然纨绔矣。）

贾母因笑道：“外客未见，就脱了衣裳，还不去见你妹妹！”宝玉早已看见多了一个姊妹，便料定是林姑母之女，忙来作揖。厮见毕归坐，细看形容,与众各别——两弯似蹙非蹙罥烟眉，（朱侧：奇眉妙眉，奇想妙想。）一双似泣非泣含露目。（朱侧：奇目妙目，奇想妙想。）态生两靥之愁，娇袭一身之病。泪光点点，娇喘微微。闲静时如娇花照水，行动时似弱柳扶风。（朱侧：至此八句是宝玉眼中。朱眉：又从宝玉目中细写一黛玉，直画一美人图。）心较比干多一窍，（朱侧：此一句是宝玉心中。　朱眉：更奇妙之至！多一窍固是好事，然未免偏僻了，所谓“过犹不及”也。）病如西子胜三分。（朱侧：此十句定评，直抵一赋。　朱眉：不写衣裙妆饰，正是宝玉眼中不屑之物，故不曾看见。黛玉之举止容貌，亦是宝玉眼中看、心中评。若不是宝玉，断不能知黛玉终是何等品貌。）宝玉看罢，因笑道：（朱侧：看他第一句是何话。　朱眉：黛玉见宝玉写一“惊”字，宝玉见黛玉写一“笑”字，一存于中，一发乎外，可见文于下笔，必推敲的准稳，方才用字。）“这个妹妹我曾见过的。”（朱侧：疯话。与黛玉同心，却是两样笔墨。观此则知玉卿心中有则说出，一毫宿滞皆无。）贾母笑道：“可又是胡说，你又何曾见过他？”宝玉笑道：“虽然未曾见过他，然我看着面善，心里就算是就相认识，（朱侧：一见便作如是语，宜乎王夫人谓之疯疯傻傻也。）今日只作远别重逢，未为不可。”（朱侧：妙极奇语。全作如是等语，怪人谓曰痴狂。作小儿语瞒过世人亦可。）贾母笑道：“更好，更好。若如此，更相和睦了。”（朱侧：亦是真话。）宝玉便走近黛玉身边坐下，又细细打谅一番，（朱侧：与黛玉两次打谅，一对。）因问：“妹妹可曾读书？”（朱侧：自己不读书，却问别人。妙！）黛玉道：“不曾读书，只上了一年学，些须认得几个字。”宝玉又道：“妹妹尊名是那两个字？”黛玉便说了名子。宝玉又问表字，黛玉道：“无字。”宝玉笑道：“我送妹妹一个妙字，莫若‘颦颦’二字极好。”探春（朱侧：写探春。）便问何出。宝玉道：“《古今人物通考》上说：‘西方有石名黛，可代画眉之墨。’况这林妹妹眉尖若蹙，用取这两个字，岂不两妙！”探春笑道：“只恐又是你的杜撰。”宝玉笑道：“除《四书》外，杜撰的太多，（朱侧：如此等语，焉得怪彼世人谓之怪？只瞒不过批书者。）偏只我是杜撰不成？”又问黛玉：“可也有玉没有？”（朱侧：奇极怪极，痴极愚极，焉得怪人目为痴哉？）众人不解其语，黛玉便忖度着：“因他有玉，故问我也有无。”因答道：“我没有那个。想来那玉亦是一件罕物，岂能人人有的？”（朱眉：奇之至，怪之至，又忽将黛玉亦写成一极痴女子，观此初会二人之心，则可知以后之事矣。）宝玉听了，登时发作起痴狂病来，摘下那玉，就狠命摔去，（朱侧：试问石兄：此一摔，比在青埂峰下萧然坦卧何如？）骂道：“什么罕物，连人之高低不择，还说‘通灵’不‘通灵’呢！我也不要这劳什子了！”吓的地下众人一拥争去拾玉。贾母急的搂了宝玉道：“孽障！（朱侧：如闻其声，恨极语却是疼极语。）你生气，要打骂人容易，何苦摔那个命根子！”（朱侧：一字一千斤重。）宝玉满面泪痕泣（朱侧：千奇百怪，不写黛玉泣，却反先写宝玉泣。）道：“家里姐姐妹妹都没有，单我有，我就没趣，如今来了这么一个神仙似的妹妹也没有，可知这不是个好东西。”（朱眉：“不是冤家不聚头”第一场也。）贾母忙哄他道：“你这妹妹原有这个来的，因你姑妈去世时，舍不得你妹妹，无法可处，遂将他的玉带了去了。一则全殉葬之礼，进你妹妹之孝心，二则你姑妈之灵，亦可权作见了女儿之意。因此他只说没有这个，不便自己夸张之意。你如今怎比得他？还不好生慎重带上，仔细你娘知道了。”说着，便向丫鬟手中接来，亲与他带上。宝玉听如此说，想一想竟大有情理，也就不生别论了。（朱侧：所谓小儿易哄，余则谓“君子可欺以其方”云。）

当下，奶娘来请问黛玉之房舍。贾母便说：“今将宝玉挪出来，同我在套间暖阁儿里面，把你林姑娘暂安置碧纱橱里。等过了残冬，春天再与他们收拾房屋，另作一番安置罢。”宝玉道：“好祖宗，（朱侧：跳出一小儿。）我就在碧纱橱外的床上很妥当，何必又出来闹的老祖宗不得安静。”贾母想了一想说：“也罢了。”每人一个奶娘并一个丫头照管，余者在外间上夜听唤。一面早有熙凤命人送了一顶藕合色花帐，并几件锦被缎褥之类。黛玉只带了两个人来：一个是自幼奶娘王嬷嬷，一个是十岁的小丫头，亦是自幼随身的，名唤雪雁。（朱侧：新雅不落套，是黛玉之文章也。）贾母见雪雁甚小，一团孩气，王嬷嬷又极老，料黛玉皆不遂心省力的，便将自己身边一个二等的丫头，名唤鹦哥者（朱眉：妙极！此等名号方是贾母之文章。最厌近之小说中，不论何处，满纸皆是红娘、小玉、嫣红、香翠等俗字。）与了黛玉。外亦如迎春等例，每人除自幼乳母外，另有四个教引嬷嬷，除贴身掌管钗钏盥沐两个丫鬟外，另有五六个洒扫房屋来往使役的小丫头。当下，王嬷嬷与鹦哥陪侍黛玉在碧纱橱内。宝玉之乳母李嬷嬷，并大丫鬟名唤袭人（朱侧：奇名新名，必有所出。）者，陪侍在外大床上。

原来这袭人亦是贾母之婢，本名珍珠。（朱侧：亦是贾母之文章。前鹦哥已伏下一鸳鸯，今珍珠又伏下一琥珀矣。以下乃宝玉之文章。）贾母因溺爱宝玉，生恐宝玉之婢无竭力尽忠之人，素喜袭人心地纯良，克尽职任，遂与了宝玉。宝玉因知他本姓花，又曾见旧人诗句上有“花气袭人”之句，遂回明贾母，即更名袭人。这袭人亦有些痴处：（朱侧：只如此写又好极！最厌近之小说中，满纸“千伶百俐”“这妮子亦通文墨”等语。）伏侍贾母时，心中眼中只有一个贾母，今与宝玉，心中眼中又只有个宝玉。只因宝玉性情乖僻，每每规谏，宝玉不听，心中着实忧郁。是晚，宝玉、李嬷嬷已睡了，他见里面黛玉和鹦哥犹未安歇，他自卸毕妆，悄悄进来，笑问：“姑娘怎还不安歇？”黛玉忙笑让：“姐姐请坐。”袭人在床沿上坐了。鹦哥笑道：“林姑娘正在这里伤心，（朱侧：可知前批不谬。）自己淌眼抹泪（朱侧：黛玉第一次哭却如此写来。）的说：‘今儿才来了，就惹出你家哥儿的狂病来，倘或摔坏那玉，岂不是因我之过！’（朱侧：所谓宝玉知己，全用体贴工夫。）因此便伤心。（朱眉：前文反明写宝玉之哭，今却反如此写黛玉，几被作者瞒过。这是第一次算还，不知下剩还该多少？）我好容易劝好了。”袭人道：“姑娘快休如此，将来只怕比这个更奇怪的笑话儿还有呢！若为他这种行止，你多心伤感，只怕你伤感不了呢——快别多心！”黛玉道：“姐姐们说的，我记着就是了。究竟不知那玉是怎么个来历？上头还有字迹？”袭人道：“连一家子也不知来历，听得说，落草时从他口里掏出来的。上头有现成的穿眼。（朱侧：癞僧幻术亦太奇矣。）让我拿来你看便知。”黛玉忙止道：“罢了，此刻夜深，明日再看不迟。”（朱侧：总是体贴，不肯多事。）大家又叙了一回，方才安歇。

次日起来，省过贾母，因往王夫人处来，正值王夫人与熙凤在一处拆金陵来的书信看，又有王夫人之兄嫂处遣了两个媳妇来说话的。黛玉虽不知原委，探春等却都晓得是议论金陵城中所居的薛家姨母之子姨表兄薛蟠，倚财仗势，打死人命，现在应天府案下审理。如今母舅王子腾得了信息，故遣人来告诉这边，意欲唤取进京之意。

第四回 薄命女偏逢薄命郎 葫芦僧乱判葫芦案

却说黛玉同姊妹们至王夫人处，见王夫人与兄嫂处的来使计议家务，又说姨母家遭人命官司等语。因见王夫人事情冗杂，姊妹们遂出来，至寡嫂李氏房中来了。

原来这李氏即贾珠之妻。（朱侧：起笔写薛家事，他偏写宫裁，是结黛玉，明李纨本末，又在人意料之外。）珠虽夭亡，幸存一子，取名贾兰，今已五岁，已入学攻书。这李氏亦系金陵名宦之女，父名李守中，（朱侧：妙！盖云人能以理自守，安得为情所陷哉！）曾为国子监祭酒，族中男女无有不诵诗读书者。（朱侧：未出李纨，先伏下李纹、李绮。）至李守中承继以来，便说“女儿无才便有（朱侧：“有”字改的好。）德”，故生了李氏时，便不十分令其读书，只不过将些《女四书》《列女传》《贤媛集》等三四种书，使他认得几个字，记得这前朝几个贤女便罢了，却只以纺绩井臼为要，因取名为李纨，字宫裁。（朱侧：一洗小说窠臼俱尽，且命名字，亦不见红香翠玉恶俗。）因此这李纨虽青春丧偶，且居处于膏粱锦绣之中，竟如槁木死灰一般，（朱侧：此时处此境，最能越理生事，彼竟不然，实罕见者。）一概无见无闻，唯知侍亲养子，外则陪侍小姑等针黹诵读而已。（朱侧：一段叙出李纨，不犯熙凤。）今黛玉虽客寄于斯，日有这般姐妹相伴，除老父外，余者也就无庸虑及了。（朱侧：仍是从黛玉身上写来，以上了结住黛玉，复找前文。）

如今且说贾雨村，因补授了应天府，一下马就有一件人命官司详至案下，乃是两家争买一婢，各不相让，以至殴伤人命。彼时雨村即问原告。那原告道："被殴死者乃小人之主人。因那日买了一个丫头，不想系拐子所拐来卖的。这拐子先已得了我家银子，我家小爷原说第三日方是好日子，再接入门。（朱侧：所谓"迟则有变"，往往世人因不经之谈误却大事。）这拐子便又悄悄的卖与了薛家，被我们知道了，去找拿卖主，夺取丫头。无奈薛家原系金陵一霸，依财仗势，众豪奴将我主人竟打死了。凶身主仆已皆逃走，无影无踪，只剩了几个局外之人。小人告了一年的状，竟无人作主。望太老爷拘拿凶犯，剪恶除凶，以救孤寡，死者感戴天恩不尽！"

雨村听了大怒道："岂有这样放屁的事！打死人命就白白的走了，再拿不来？"因发签差公人立刻将凶犯族中人拿来拷问，令他们实供藏在何处，一面再动海捕文书。未发签时，只见案边立着一个门子，使眼色儿不令他发签之意。雨村心中甚是疑怪，（朱侧：原可疑怪，余亦疑怪。）只得停了手。即时退堂，至密室，使从皆退去，只留下门子一人伏侍。这门子忙上来请安，笑问："老爷一向加官进禄，八九年来就忘了我了？"（朱侧：语气傲慢，怪甚！）雨村道："却十分面善得紧，只是一时想不起来。"那门子笑道："老爷真是贵人多忘事，把出身之地竟忘了，（朱侧：刹心语。自招其祸，亦因夸能恃才也。）不记当年葫芦庙里之事了？"雨村听了，如雷震一惊，（朱侧：余亦一惊，但不知门子何知，尤为怪甚。）方想起往事。原来这门子本是葫芦庙内一个小沙弥，因被火之后，无处安身，欲投别庙去修行，又耐不得清凉景况，因想这件生意到还轻省热闹，（朱侧：新鲜字眼。）遂趁年纪蓄了发，充了门子。（朱侧：一路奇奇怪怪，调侃世人，总在人意臆之外。）雨村那里料得是他，便忙携手笑道："原来是故人。"（朱侧：妙称！全是假态。）又让了座，好谈。（朱侧：假极！）这门子不敢坐。雨村笑道："贫贱之交不可忘，（朱侧：全是奸险小人态度，活现活跳。）你我故人也，二则此系私室，既欲长谈，岂有不坐之理？"这门子听说，方告了座，斜签着坐了。

雨村因问："方才何故不令发签？"这门子道："老爷既荣任到这一省，难道就没抄一张'护官符'（朱侧：可对"聚宝盆"，一笑。三字从来未见，奇之至！）来不成？"雨村忙问："何为'护官符'？（朱侧：余亦欲问。）我竟不知。"门子道："这还了得！连这个不知，怎能作得长远！（朱侧：骂得爽快！）如今凡作地方官者，皆有一个私单，上面写的是本府最有权有势，极富极贵的大乡绅名姓，各省皆然，倘若不知，一时触犯了这样的人家，不但官爵，只怕连性命还保不成呢！（朱侧：可怜可叹，可恨可气，变作一把眼泪也。）所以绰号叫作'护官符'。（朱侧：奇甚趣甚，如何想来？）方才所说的这薛家，老爷如何惹得他！他这一件官司并无难断之处，皆因都碍着情分脸面，所以如此。"一面说，一面从顺袋中取出一张抄写的"护官符"来，递与雨村，看时，上面皆是本地大族名宦之家的谚俗口碑。其口碑排写得明白，下面皆注着始祖官爵并房次。石头亦曾照样抄写一张，（朱侧：忙中闲笔用得好。）今据石上所抄云：

贾不假，白玉为堂金作马。（注：宁国、荣国二公之后，共二十房分，除宁、荣亲派八房在都外，现原籍住者十二房。）

阿房宫，三百里，住不下金陵一个史。（注：保龄侯尚书令史公之后，房分共十八。都中现住者十房，原籍现居八房。）

丰年好大雪，（朱夹：隐“薛”字。）珍珠如土金如铁。（注：紫薇舍人薛公之后，现领内府帑银行商，共八房分。）

东海缺少白玉床，龙王来请金陵王。（注：都太尉统制县伯王公之后，共十二房。都中二房，余在籍。）

雨村犹未看完，（朱眉：妙极！若只有此四家，则死板不活，若再有两家，又觉累赘，故如此断法。）忽闻传点人报：“王老爷来拜。”雨村听说，忙具衣冠出去迎接。（朱侧：横云断岭法，是板定大章法。）有顿饭工夫，方回来细问。这门子道：“这四家皆连络有亲，一损皆损，一荣皆荣，扶持遮饰，皆有照应的。（朱侧：早为下半部伏根。）今告打死人之薛，就系丰年大雪之‘薛’也。不单靠这三家，他的世交亲友在都在外者，本亦不少。老爷如今拿谁去？”雨村听如此说，便笑问门子道：“如你这样说来，却怎么了结此案？你大约也深知这凶犯躲的方向了？”

门子笑道：“不瞒老爷说，不但这凶犯躲的方向我知道，一并这拐卖之人（朱侧：斯何人也。）我也知道，死鬼买主也深知道。待我细说与老爷听：这个被打之死鬼，乃是本地一个小乡宦之子，名唤冯渊，（朱侧：真真是冤孽相逢。）自幼父母早亡，又无兄弟，只他一个人守着些薄产过日子。长到十八九岁上，酷爱男风，最厌女子。（朱侧：最厌女子，仍为女子丧生，是何等大笔！不是写冯渊，正是写英莲。）这也是前生冤孽，可巧（朱侧：善善恶恶，多从可巧而来，可畏可怕。）遇见着拐子卖丫头，他便一眼看上了这丫头，立意买来作妾，立誓再不交接男子，（朱侧：谚云：“人若改常，非病即亡。”信有之乎？）也再不娶第二个了，（朱侧：虚写一个情种。）所以三日后方过门。谁晓这拐子又偷卖与了薛家，他意欲卷了两家银子，再逃往他省。谁知道又不曾走脱，两家拿住，打了个臭死，都不肯收银，只要领人。那薛家公子岂是让人的，便喝着手下人一打，将冯公子打了个稀烂，抬回家去三日死了。薛家原是早已择定日子上京去的，头起身两日前，就偶然遇见了这丫头，意欲买了就进京的，谁知闹出这事来。既打了冯公子，夺了丫头，他便没事人一般，只管带了家眷走他的路。他这里自有兄弟奴仆在此料理，并不为此些些小事值得他一逃走的。（朱侧：妙极！人命视为些些小事，总是刻画阿呆耳。）这且别说，老爷你当被卖之丫头是谁？”（朱侧：问得又怪。）

雨村道：“我如何得知？”门子冷笑道：“这人算来还是老爷的大恩人呢！他就是葫芦庙旁住的甄老爷的小姐，名唤英莲。”（朱侧：至此一醒。）雨村罕然道：“原来就是他！闻得养至五岁被人拐去，却如今才来卖呢？”

门子道：“这一种拐子单管偷拐五六岁的儿女，养在一个僻静之处，到十一二岁时，度其容貌，带至他乡转卖。当日这英莲，我们天天哄他顽耍，虽隔了七八年，如今十二三岁的光景，其模样虽然出脱得齐整好些，然大概相貌，自是不改，熟人易认。况且他眉心中原有米粒大小的一点胭脂痣，从胎里带来的，（朱侧：宝钗之热，黛玉之怯，悉从胎中带来。今英莲有痣，其人可知矣。）所以我却认得。偏生这拐子又租了我的房舍居住，那日拐子不在家，我也曾问他。他是被拐子打怕了的，（朱侧：可怜！）万不敢说，只说拐子系他亲爹，因无钱偿债，故卖他。我又哄之再四，他又哭了，只说：'我原不记得小时之事！'这可无疑了。那日冯公子相看了，兑了银子，拐子醉了，他自叹道：'我今日罪孽可满了！'后又听得冯公子三日后才娶过门，他又转有忧愁之态。我又不忍其形，等拐子出去，又命内人去解释他：'这冯公子必待好日期来接，可知必不以丫鬟相看。况他是个绝风流人品，家里颇过得，素习最厌恶堂客，今竟破价买你，后事不言可知。只耐得三两日，何必忧闷！'他听如此说，方才略解忧闷，自为从此得所。谁料天下竟有这等不如意事，（朱侧：可怜真可怜！一篇《薄命赋》，特出英莲。）第二日，他偏又卖与了薛家。若卖与第二个人还好，这薛公子的混名人称'呆霸王'，最是天下第一个弄性尚气的人，而且使钱如土，（朱侧：世路难行钱作马。）遂打了个落花流水，生拖死拽，把个英莲拖去，如今也不知死活。（朱侧：为英莲留后步。）这冯公子空喜一场，一念未遂，反花了钱，送了命，岂不可叹！"（朱眉：又一首《薄命叹》。英、冯二人一段小悲欢幻境从葫芦僧口中补出，省却闲文之法也。所谓"美中不足，好事多魔"，先用冯渊作一开路之人。）

雨村听了，亦叹道："这也是他们的孽障遭遇，亦非偶然。不然冯渊如何偏只看准了这英莲？这英莲受了拐子这几年折磨，才得了个头路，且又是个多情的，若能聚合了，到是一件美事，偏又生出这段事来。这薛家纵比冯家富贵，想其为人，自然姬妾众多，淫佚无度，未必及冯渊定情于一人者。这正是梦幻情缘，恰遇见一对薄命儿女。（朱眉：使雨村一评，方补足上半回之题目。所谓此书有繁处愈繁，省中愈省；又有不怕繁中繁，只要繁中虚；不畏省中省，只要省中实。此则省中实也。）——且不要议论他，只目今这官司，如何剖断才好？"门子笑道："老爷当年何等明决，今日何翻成个没主意的人了！小的闻得老爷补升此任，亦系贾府、王府之力，此薛蟠即贾府之老亲，老爷何不顺水行舟，做个整人情，将此案了结，日后也好见贾、王二公的。"雨村道："你说的何尝不是。（朱侧：可发一长叹。这一句已见奸雄，全是假。）但事关人命，蒙皇上隆恩，起复委用，（朱侧：奸雄。）实是重生再造，正当殚心竭力图报之时，（朱侧：奸雄。）岂可因私而废法？（朱侧：奸雄。）我实不能忍为者。"（朱侧：全是假。）门子听了，冷笑道："老爷说的何尝不是大道，但只是如今世上是行不去的。岂不闻古人有云'大丈夫相时而动'，又曰'趋吉避凶者为君子'。（朱侧：近时错会书意者多多如此。）依老爷这一说，不但不能报效朝廷，亦且自身不保，还要三思为妥！"雨村低了半日头，（朱侧：奸雄欺人。）方说道："依你怎么样？"门子道："小人已想了个极好的主意在此：老爷明日坐堂，只管虚张声势，动文书发签拿人。原凶自然是拿不来的，原告固是定要，自然将薛家族中及奴仆人等拿几个来拷问。小的在暗中调停，令他们报个暴病身亡，合族中及地方上共递一张保呈，老爷只说善能扶鸾请仙，堂上设了乩坛，令军民人等只管来看。老爷就说：'乩仙批了，死者冯渊与薛蟠原因夙孽相逢，今狭路既遇，原应了结。薛蟠今已得了无名之症，（朱侧："无名之症"却是病之名，而反曰"无"，妙极！）被

警幻

冯魂追索已死。其祸皆由拐子某人而起，拐之人原系某乡某姓人氏，按法处治，余不略及’等语。小人暗中嘱托拐子，令其实招。众人见乱仙批语与拐子相符，余者自然也都不虚了。薛家有的是钱，老爷断一千也可，五百也可，与冯家作烧埋之费。那冯家也无甚要紧的人，不过为的是钱，见了这个银子，想也就无话了。老爷细想此计如何?”雨村笑道：“不妥，不妥。（朱侧：奸雄欺人。）等我再斟酌斟酌或可压服口声。”二人计议，天色已晚，别无说话。

至次日坐堂，勾取一应有名人犯，雨村详加审问，果见冯家人口稀疏，不过赖此欲多得些烧埋之费；薛家仗势倚情，偏不相让，故致颠倒未决。（朱侧：因此三四语收住，极妙！此则重重写来，轻轻抹去也。）雨村便徇情枉法，胡乱判断了此案。（朱侧：实注一笔，更好。不过是如此等事，又何用细写。可谓此书不敢干涉廊庙者，即此等处也。莫谓写之不到。盖作者立意写闺阁尚不暇，何能又及此等哉！）冯家得了许多烧埋银子，也就无甚说话了。（朱眉：盖宝钗一家不得不细写者。若另起头绪，则文字死板，故仍只借雨村一人穿插出阿呆兄人命一事，且又带叙出英莲一向之行踪，并以后之归结，是以故意戏用“葫芦僧乱判”等字样，撰成半回，略一解颐，略一叹世，盖非有意讥刺仕途，实亦出人之闲文耳。又注冯家一笔，更妥。可见冯家正不为人命，实赖此获利耳。故用“乱判”二字为题，虽曰不涉世事，或亦有微词耳。但其意实欲出宝钗，不得不做此穿插，故云此等皆非《石头记》之正文。）雨村断了此案，急忙作书信二封，与贾政并京营节度使王子腾，（朱侧：随笔带出王家。）不过说“令甥之事已完，不必过虑”等语。此事皆由葫芦庙内之沙弥新门子所知，雨村又恐他对人说出当日贫贱时的事来，因此心中大不乐业。（朱侧：瞧他写雨村如此，可知雨村终不是大英雄。）后来到底寻了个不是，远远的充发了才罢。（朱侧：至此了结葫芦庙文字。又伏下千里伏线。起用“葫芦”字样，收用“葫芦”字样，盖云一部书皆系葫芦提之意也，此亦系寓意处。）

当下言不着雨村。且说那买了英莲打死冯渊的那薛公子，（朱侧：本是立意写此，却不肯特起头绪，故意设出“乱判”一段戏文，其中穿插，至此却淡淡写来。）亦系金陵人氏，本是书香继世之家。只是如今这薛公子幼年丧父，寡母又怜他是个独根孤种，未免溺爱纵容些，遂至老大无成，且家中有百万之富，现领着内帑钱粮，采办杂料。这薛公子学名薛蟠，字表文龙，今年方十有五岁，性情奢侈，言语傲慢。虽也上过学，不过略识几字，（朱侧：这句加于老兄，却是实写。）终日惟有斗鸡走马，游山玩景而已。虽是皇商，一应经纪世事，全然不知，不过赖祖父旧日的情分，户部挂虚名，支领钱粮，其余事体，自有伙计老家人等措办。寡母王氏乃现任京营节度王子腾之妹，与荣国府贾政的夫人王氏，是一母所生的姊妹，今年方四十上下年纪，只有薛蟠一子。还有一女，比薛蟠小两岁，乳名宝钗，生得肌骨莹润，举止娴雅。（朱侧：写宝钗只如此，更妙！）当日有他父亲在日，酷爱此女，令其读书识字，较之乃兄竟高过十倍。（朱侧：又只如此写来，更妙！）自父亲死后，见哥哥不能体贴母怀，他便不以书字为事，只留心针黹家计等事，好为母亲分忧解劳。近因今上崇诗尚礼，征采才能，降不世出之隆恩，除聘选妃嫔外，凡世宦名家之女，皆报名达部，以备选择为宫主、郡主入学陪侍，充为才人、赞善之职。（朱侧：一段称功颂德，千古小说中所无。）二则自薛蟠父亲死后，各省中所有的买卖承局，总管、伙计人等，见薛蟠年轻不识世事，便趁时拐骗起来，京都中几处生意，渐亦消耗。薛蟠素闻得都中乃第一繁华之地，正思一游，便趁此机会，一为送妹待选，二为望亲，三因亲自入部销算旧帐目，再计新支——其实则为游览上国风景之意。因此早已打点下行装细软，以及馈送亲友各色土物人情等类，正择日已定，不想偏遇见了那拐子重卖英莲。薛蟠见英莲生得不俗，（朱侧：阿呆兄亦知不俗，英莲人品可知矣。）立意买了，又遇冯家来夺人，因恃强喝令手下豪奴将冯渊打死。他便将家中事务嘱托了族中人并几个老家人，他便同了母妹等竟自起身长行去了。人命官司一事，他却视为儿戏，自为花上几个臭钱，没有不了的。（朱侧：是极！人谓薛蟠为呆，余则谓是大彻悟。）

在路不记其日。（朱侧：更妙！必云程限则又有落套，岂暇又记路程单哉？）那日已将入都时，却又闻得母舅王子腾升了九省统制，奉旨出都查边。薛蟠心中暗喜道："我正愁进京去有个嫡亲的母舅管辖着，不能任意挥霍挥霍，偏如今又升出去了，可知天从人愿。"（朱侧：写尽五陵心意。）因和母亲商议道："咱们京中虽有几处房舍，只是这十来年没人进京居住，那看守的人未免偷着租赁与人，须得先着几人去打扫收拾才好。"他母亲道："何必如此招摇！咱们这一进京，原是先拜望亲友，或是在你舅舅家，（朱侧：陪笔。）或是你姨爹家。（朱侧：正笔。）他两家的房舍极是方便的，咱们先能着住下，再慢慢的着人去收拾，岂不消停些。"薛蟠道："如今舅舅正升了外省去，家里自然忙乱起身。咱们这工夫反一窝一拖的奔了去，岂不没眼色些。"他母亲道："你舅舅家虽升了去，还有你姨爹家。况这几年来，你舅舅、姨娘两处，每每带信稍书，接咱们来。如今既来了，你舅舅虽忙着起身，你贾家的姨娘未必不苦留我们。咱们且忙忙收拾房舍，岂不使人见怪？（朱侧：闲语中补出许多前文，此画家之云罩峰尖法也。）你的意思我却知道，（朱侧：知子莫如父。）守着舅舅、姨爹住着，未免拘紧了你，不如你各自住着，好任意施为的。（朱旁：寡母孤儿一段，写得毕肖毕真。）你既如此，你自己去挑所宅子去住。我和你姨娘，姊妹们别了这几年，却要厮守几日，我带了你妹子去投你姨娘家去，（朱侧：薛母亦善训子。）你道好不好？"薛蟠见母亲如此说，情知扭不过的，只得吩咐人夫一路奔荣国府来。

那时王夫人已知薛蟠官司一事，亏贾雨村就中维持了结，才放了心。又见哥哥升了边缺，正愁又少了娘家亲戚来往，（朱侧：大家尚义，人情大都是也。）略加寂寞。过了几日，忽家人传报："姨太太带了哥儿姐儿，合家进京，正在门外下车。"喜的王夫人忙带了媳妇女儿人等，接出大厅，将薛姨妈等接了进来。姊妹们暮年相见，自不必说悲喜交集，泣笑叙阔一番。忙又引了拜见贾母，将人情土物各种酬献了，合家俱厮见了，忙又治席接风。

薛蟠已拜见过贾政，贾琏又引着拜见了贾赦、贾珍等。贾政便使人上来对王夫人说："姨太太已有了春秋，外甥年轻不知世路，在外住着恐有人生事。咱们东北角上梨香院（朱侧：好香色。）一所十来间房，白空闲，赶着打扫了，请姨太太和哥儿姐儿住了甚好。"（朱眉：用政老一段，不但王夫人得体，且薛母亦免靠亲之嫌。）王夫人未及留，贾母也就遣人来说"请姨太太就在这里住下，大家亲密些"等语。（朱侧：老太君口气得情。偏不写王夫人留，方不死板。）薛姨妈正欲同居一处，方可拘紧些儿子，若另住在外，又恐他纵性惹祸，遂忙道谢应允。又私与王夫人说明："一应日费供给一概免却，（朱侧：作者题清，犹恐看官误认今之靠亲投友者一例。）方是处常之法。"王夫人知他家不难于此，遂任从其愿。从此后，薛家母子就在梨香院中住了。

原来这梨香院乃当日荣公暮年养静之所，小小巧巧，约有十余间房舍，前厅后舍俱全。另有一门通街，薛蟠家人就走此门出入。西南有一角门，通一夹道，出了夹道便是王夫人正房的东院了。每日或饭后，或晚间，薛姨妈便过来，或与贾母闲谈，或和王夫人相叙。宝钗日与黛玉、迎春姊妹等一处，（朱眉：金玉初见，却如此写，虚虚实实，总不相犯。）或看书着棋，或作针黹，到也十分乐业。（朱侧：这一句衬出后文黛玉之不能乐业，细甚妙甚！）只是薛蟠起初之心，原不欲在贾宅中居住者，生恐姨父管约拘禁，料必不自在的，无奈母亲执意在此，且贾宅中又十分殷勤苦留，只得暂且住下，一面使人打扫出自家的房屋，再移居过去的。（朱侧：交代结构，曲曲折折，笔墨尽矣。）谁知自在此间住了不上一月的日期，贾宅族中凡有的子侄，俱已认熟了一半，凡是那些纨绔气习者，莫不喜与他来往，今日会酒，明日观花，甚至聚赌嫖娼，渐渐无所不至，引诱着薛蟠比当日更坏了十倍。（朱侧：虽说为纨绔设鉴，其意原只罪贾宅，故用此等句法写来。）虽说贾政训子有方，治家有法，（朱侧：八字特写出政老来，又是作者隐意。）一则族大人多，照管不到这些，二则现任族长乃是贾珍，彼乃宁府长孙，又现袭职，凡族中事自有他掌管，三则公私冗杂，且素性潇洒，不以俗务为要，每公暇之时，不过看书着棋而已，余事多不介意。况且这梨香院相隔两层房舍，又有街门另开，任意可以出入，所以这些子弟们竟可以放意畅怀的，因此，遂将移居之念，渐渐打灭了。

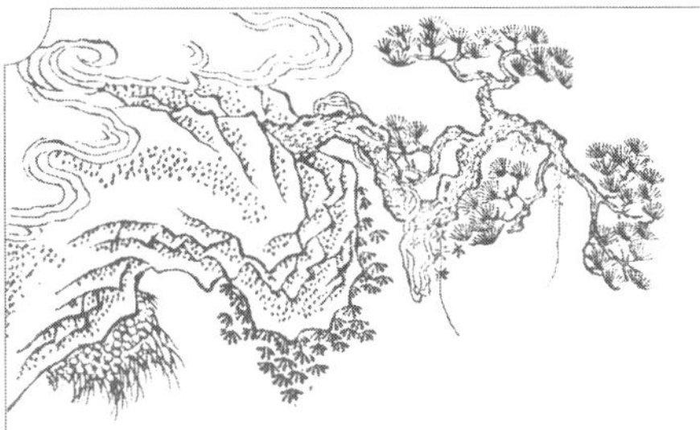

第五回 开生面梦演红楼梦 立新场情传幻境情

却说薛家母子在荣府中寄居等事略已表明，此回则暂不能写矣。（朱侧：此等处实又非别部小说之熟套起法。）如今且说林黛玉（朱眉：不叙宝钗，反仍叙黛玉。盖前回只不过欲出宝钗，非实写之文耳，此回若仍续写，则将二玉高搁矣，故急转笔仍旧归至黛玉，使荣府正文方不至于冷落也。今写黛玉神妙之至，何也？因写黛玉实是写宝钗，非真有意去写黛玉，几乎又被作者瞒过。）自在荣府以来，贾母万般怜爱，寝食起居，一如宝玉，（朱侧：妙极！所谓一击两鸣法——宝玉身份可知。）迎春、探春、惜春三个亲孙女到且靠后。（朱侧：此句写贾母。）便是宝玉和黛玉二人之亲密友爱，亦自较别个不同：（朱侧：此句妙，细思有多少文章。）日则同行同坐，夜则同息同止，真是言和意顺，略无参商。不想如今忽然来了一个薛宝钗，（朱侧：总是奇峻之笔，写来健拔，似新出之一人耳。）年岁虽大不多，然品格端方，容貌丰美，（朱眉：此处如此写宝钗，前回中略不一写，可知前回迥非十二钗之正文也。欲出宝钗便不肯从宝钗身上写来，却先款款叙出二玉，陡然转出宝钗，三人方可鼎立。行文之法又一变体。）人多谓黛玉所不及。（朱侧：此句定评，想世人目中各有所取也。按黛玉、宝钗二人，一如姣花，一如纤柳，各极其妙者，然世人性分甘苦不同之故耳。）而且宝钗行为豁达，随分从时，不比黛玉孤高自许，目无下尘，（朱侧：将两个行止摄总一写，实是难写，亦实系千部小说中未敢说写者。）故比黛玉大得下人之心。便是那些小丫头子们，亦多喜与宝钗去顽笑。因此黛玉心中便有些悒郁不忿之意，（朱侧：此一句是今古才人同病，如人人皆如我黛玉之为人，方许他妒。此是黛玉缺处。）宝钗却浑然不觉。（朱侧：这还是天性，后文中则是又加学力了。）那宝玉亦在孩提之间，况自天性所禀来的一片愚拙偏僻，（朱侧：四字是极不好，却是极妙。只不要被作者瞒过。）视姊妹弟兄皆出一体，并无亲疏远近之别。（朱侧：如此反谓"愚痴"，正从世人意中写也。）其中因与黛玉同随贾母一处坐卧，故略与别个姊妹熟惯些。既熟惯，则更觉亲密，既亲密，则不免一时有求全之毁，不虞之隙。（朱眉：八字为二玉一生文字之纲。 朱侧：八字定评，有趣。不独黛玉、宝玉二人，亦可为古今天下亲密人当头一喝。）这日不知为何，他二人言语有些不合起来，黛玉又气的独在房中垂泪，（朱侧："又"字妙极！补出近日无限垂泪之事矣，此仍淡淡写来，使后文来得不突然。）宝玉又自悔语言冒撞，（朱侧："又"字妙极！凡用二"又"字，如双峰对峙，总补二玉正文。）前去俯就，那黛玉方渐渐的回转来。（墨眉：此是头一次生气，以后似此者甚多，故于前略伏一笔，以后便不唐突。此文字一定章法也。）

因东边宁府中花园内梅花盛开，（朱侧：元春消息动矣。）贾珍之妻尤氏乃治酒，请贾母、邢夫人、王夫人等赏花。是日先携了贾蓉之妻，二人来面请。贾母等于早饭后过来，就在会芳园（朱侧：随笔带出，妙！字意可思。）游玩，先茶后酒，不过皆是宁、荣二府女眷家宴小集，并无别样新文趣事可记。（朱侧：这是第一家宴，偏如此草草写。此如晋人倒食甘蔗，渐入佳境一样。）一时宝玉倦怠，欲睡中觉，贾母命人好生哄着，歇息一回再来。贾蓉之妻秦氏便忙笑回道："我们这里有给宝叔收拾下的屋子，老祖宗放心，只管交与我就是了。"又向宝玉的奶娘丫鬟等道："嬷嬷姐姐们，请宝叔随我这里来。"贾母素知秦氏是个极妥当的人，（朱侧：借贾母心中定评）生得袅娜纤巧，行事又温柔和平，乃重孙媳中第一个得意之人，（朱侧：又夹写出秦氏来。）见他去安置宝玉，自是安稳的。

当下秦氏引了一簇人来至上房内间。宝玉抬头先看一副画贴在上面，画的人物固好，其故事乃是《燃藜图》，也不看系何人所画，心中便有些不快。又有一副对联，写的是：

> 世事洞明皆学问；
> 人情练达即文章。（朱夹：看此联极俗，用于此则极妙。盖作者正因古今王孙公子，劈头先下金针。朱眉：如此画联，焉能入梦？）

既看了这两句，纵然室宇精美，铺陈华丽，亦断断不肯在这里了，忙说："快出去！快出去！"秦氏听了笑道："这里还不好，可往那里去呢？不然往我屋里去吧。"宝玉点头微笑。有一嬷嬷说道："那里有个叔叔往侄儿的房里睡觉的礼？"（墨眉：当头一喝，故用反笔提醒。）秦氏笑道："嗳哟哟！不怕他恼。他能多大了，就忌讳这些个！上月你没看见我那个兄弟来了，虽然与宝叔同年，两个人若站在一处，只怕那一个还高些呢。"

（朱眉：伏下秦钟，妙！　朱侧：又伏下一人，随笔便出，得隙便入，精细之极。　墨眉：所谓“一支笔变出恒河沙数支笔也。”）宝玉道：“我怎么没见过？你带他来我瞧瞧。”（朱侧：侯门少年纨绔活跳下来。）众人笑道：“隔着二三十里，那里带去，见的日子有呢。”说着大家来至秦氏房中。刚至房门，便有一股细细的甜香（朱旁：此香名“引梦香”。）袭了人来。宝玉便愈觉得眼饧骨软，（朱侧：刻骨吸髓之情景，如何想得来，又如何写得来？）连说：“好香！”（墨眉：实实写得出来！）入房向壁上看时，有唐伯虎画的《海棠春睡图》，（朱侧：妙图。）两边有宋学士秦太虚写的一对联，其联云：

嫩寒锁梦因春冷；（朱夹：艳极，淫极！）
芳气笼人是酒香。（朱夹：已入梦境矣。）

案上设着武则天当日镜室中设的宝镜，（朱侧：设譬调侃耳，若真以为然，则又被作者瞒过。）一边摆着飞燕立着舞过的金盘，盘内盛着安禄山掷过伤了太真乳的木瓜。上面设着寿昌公主于含章殿下卧的榻，悬的是同昌公主制的连珠帐。（墨眉：历叙室内陈设，皆寓微意，勿作闲文看也。）宝玉含笑连说：“这里好！”秦氏笑道：“我这屋子大约神仙也可以住得了。”说着亲自展开了西子浣过的纱衾，移了红娘抱过的鸳枕，（朱侧：一路设譬之文，迥非《石头记》大笔所屑；别有他属，余所不知。）于是，众奶母伏侍宝玉卧好，款款散去，只留下袭人、（朱侧：一个再见。）媚人、（朱侧：二新出。）晴雯、（朱侧：三新出，名妙而文。）麝月（朱侧：四新出，尤妙！看此四婢之名，则知历来小说难与并肩。　朱眉：文至此不知从何想来。）四个丫鬟为伴。秦氏便吩咐小丫鬟们，好生在廊檐下看着猫儿狗儿打架。（朱侧：细极。　墨侧：寓言。）

那宝玉刚合上眼，便惚惚睡去，犹似秦氏在前，遂悠悠荡荡，随了秦氏，至一所在。（朱侧：此梦文情固佳，然必用秦氏引梦，又用秦氏出梦，竟不知立意何属？——惟批书人知之。　墨眉：何处睡卧不可入梦，而必用到秦氏房中，其意我亦知之矣。　我亦知之，岂独批书人。）但见朱栏白石，绿树清溪，真是人迹希逢，飞尘不到。（朱侧：一篇《蓬莱赋》。）宝玉在梦中欢喜，想道：“这个去处有趣，我就在这里过一生，总然失了家也愿意，强如天天被父母师傅打去。”（朱侧：一句忙里点出小儿心性。）正胡思之间，忽听山后有人作歌曰：

春梦随云散，（朱夹：开口拿“春”字，最紧要！）飞花逐水流。（朱夹：二句比也。）
寄言众儿女，何必觅闲愁。（朱夹：将通部人一喝。）

宝玉听了是女子的声音。（朱侧：写出终日与女儿厮混最熟。）歌音未息，早见那边走出一个人来，蹁跹袅娜，端的与人不同。有赋为证：

方离柳坞，乍出花房。但行处，鸟惊庭树；将到时，影度回廊。仙袂乍飘兮，闻麝兰之馥郁；荷衣欲动兮，听环佩之铿锵。靥笑春桃兮，云堆翠髻；唇绽樱颗兮，榴齿含香。纤腰之楚楚兮，回风舞雪；珠翠之辉辉兮，满额鹅黄。出没花间兮，宜嗔宜喜；徘徊池上兮，若飞若扬。蛾眉颦笑兮，将言而未语；莲步乍移兮，欲止而欲行。美彼之良质兮，冰清玉润；慕彼之华服兮，闪灼文章；爱彼之貌容兮，香培玉琢；美彼之态度兮，凤翥龙翔。其素若何？春梅绽雪。其洁若何？秋菊披霜。其静若何？松生空谷。其艳若何？霞映澄塘。其文若何？龙游曲沼。其神若何？月射寒江。应惭西子，实愧王嫱。吁奇矣哉——生于孰地，来自何方？信矣乎——瑶池不二，紫府无双！果何人哉？如斯之美也！（朱眉：按此书凡例本无赞赋闲文，前有宝玉二词，今复见此一赋，何也？盖此二人乃通部大纲，不得不用此套。前词却是作者别有深意，故见其妙。此赋则不见长，然亦不可无者也。）

宝玉见是一个仙姑，喜的忙上来作揖笑问道："神仙姐姐，（朱侧：千古未闻之奇称，写来竟成千古未闻之奇语。故是千古未有之奇文。）不知从那里来，如今要往那里去？我也不知这里是何处，望乞携带携带。"那仙姑笑道："吾居离恨天之上，灌愁海之中，乃放春山遣香洞太虚幻境警幻仙姑是也。（朱侧：与首回中甄士隐梦境一照。）司人间之风情月债，掌尘世之女怨男痴。因近来风流冤孽，（朱侧：四字可畏。）绵缠于此处，是以前来访察机会，布散相思。今忽与尔相逢，亦非偶然。此离吾境不远，别无他物，仅有自采仙茗一盏，亲酿美酒一瓮，素练魔舞歌姬数人，新填《红楼梦》（朱侧：点题。盖作者自云所历不过红楼一梦耳。）仙曲十二支，试随吾一游否？"宝玉听了，喜跃非常，便忘了秦氏在何处，（朱侧：细极。）竟随了仙姑，至一所在，有石牌横建，上书"太虚幻境"四个大字，两边一副对联，乃是：

假作真时真亦假；
无为有处有还无。（朱夹：正恐观者忘却首回，故特将甄士隐梦景，重一渝染。）

转过牌坊，便是一座宫门，也横书四个大字，道是"孽海情天"。又有一副对联，大书云：

厚地高天，堪叹古今情不尽；
痴男怨女，可怜风月债难偿。

宝玉看了，心下自思道："原来如此。但不知何为'古今之情'，又何为'风月之债'？从今到要领略领略。"宝玉只顾如此一想，不料早把些邪魔招入膏肓了。（朱侧：奇极妙文。）当下随了仙姑进入二层门内，只见两边配殿，皆有匾额对联，（朱眉：菩萨天尊皆因僧道而有，以点俗人，独不许幻造太虚幻境以警情者乎？观者恶其荒唐，余则喜其新鲜。有修庙造塔祈福者，余今意欲起太虚幻境以较修七十二司更有功德。）一时看不尽许多，惟见有几处写的是：“痴情司”“结怨司”“朝啼司”“夜哭司”“春感司”“秋悲司”。（朱侧：虚陪六个。）看了，因向仙姑道：“敢烦仙姑引我到那各司中游玩游玩，不知可使得?”仙姑道：“此各司中皆贮的是普天之下所有的女子过去未来的簿册。尔凡眼尘躯，未便先知的。”宝玉听了，那里肯依，复央之再四。仙姑无奈，说：“也罢，就在此司内略随喜随喜罢了。”宝玉喜不自胜，抬头看这司的匾上，乃是“薄命司”（朱侧：正文。）三字，两边对联写道是：

春恨秋悲皆自惹；
花容月貌为谁妍。

宝玉看了，便知感叹。（朱侧：“便知”二字是字法，最为紧要之至。）

进入门来，只见有十数个大厨，皆用封条封着。看那封条上，皆是各省地名。宝玉一心只拣自己的家乡封条看，遂无心看别省的了。只见那边厨上封条上大书七字云：“金陵十二钗正册”。（朱侧：正文题。）宝玉因问：“何为‘金陵十二钗正册’?”警幻道：“即贵省中十二冠首女子之册，故为‘正册’。”宝玉道：“常听人说，（朱侧：“常听”二字，神理极妙。）金陵极大，怎么只十二个女子？如今单我们家里，上上下下，就有几百女孩儿呢!”（朱侧：贵公子口声。）警幻冷笑道：“贵省女子固多，不过择其紧要者录之。下边二厨则又次之。余者庸常之辈，则无册可录矣。”宝玉听说，再看下首二厨上，果然一个写着“金陵十二钗副册”，又一个写着“金陵十二钗又副册”。宝玉便伸手先将“又副册”厨门开了，拿出一本册来，揭开一看，只见这首页上画着一副画，又非人物，亦非山水，不过水墨滃染的满纸乌云浊雾而已。后有几行字迹，写道是：

霁月难逢，彩云易散。心比天高，身为下贱。风流灵巧招人怨。寿夭多因诽谤生，多情公子空牵念。（朱夹：恰极之至！“病补雀金裘”回中与此合看。）

宝玉看了，又见后面画着一簇鲜花，一床破席。也有几句言词，写道是：

枉自温柔和顺，空云似桂如兰。
堪羡优伶有福，谁知公子无缘。（朱夹：骂死宝玉，却是自悔。）

宝玉看了不解。遂掷下这个，又去开了“副册”厨门，拿起一本册来，揭开看时，只见画着一株桂花，下面有一池沼，其中水涸泥干，莲枯藕败。后面书云：

根并荷花一茎香，（朱夹：却是咏菱妙句。）平生遭际实堪伤。
自从两地生孤木，（朱夹：拆字法。）致使香魂返故乡。

宝玉看了仍不解。便又掷下，再去取“正册”看。只见头一页上便画着两株枯木，木上悬着一围玉带，又有一堆雪，雪下一股金簪。也有四句言词，道是：

可叹停机德，（朱夹：此句薛。）堪怜咏絮才，（朱夹：此句林。）
玉带林中挂，金簪雪里埋。（朱夹：寓意深远，皆非生其地之意。）

宝玉看了仍不解。待要问时，情知他必不肯泄漏，待要丢下，又不舍。（朱眉：世之好事者争传《推背图》之说，想前人断不肯煽惑愚迷，即有此说，亦非常人供谈之物。此回悉借其法，为众女子数运之机。无可以供茶酒之物，亦无干涉政事，真奇想奇笔。）遂又往后看时，只见画着一张弓，弓上挂着一香橼。也有一首歌词云：

二十年来辨是非，榴花开处照宫闱。
三春争及初春景，（朱夹：显极。）虎兔相逢大梦归。

后面又画着两人放风筝，一片大海，一只大船，船中有一女子掩面泣涕之状。也有四句写云：

才自精明志自高，生于末世运偏消。（朱夹：感叹句，自寓。）
清明涕送江边望，千里东风一梦遥。（朱夹：好句！）

后面又画几缕飞云，一湾逝水。其词曰：

富贵又何为？襁褓之间父母违。
展眼吊斜晖，湘江水逝楚云飞。

后面又画着一块美玉，落在泥垢之中。其断语云：

欲洁何曾洁，云空未必空！
可怜金玉质，终陷淖泥中！

后面忽见画一恶狼，追扑一美女，欲啖之意。其书云：

子系中山狼，得志便猖狂。（朱夹：好句！）
金闺花柳质，一载赴黄梁。

后面便是一所古庙，里面有一美人在内看经独坐。其判云：

堪破三春景不长，缁衣顿改昔年妆。

可怜绣户侯门女，独卧青灯古佛旁。（朱夹：好句！）

后面便是一片冰山，上有一只雌凤。其判曰：

凡鸟偏从末世来，都知爱慕此身才。
一从二令三人木，（夹批：拆字法。）哭向金陵事更哀。

后面又有一座荒村野店，有一美人在那里纺绩。其判曰：

势败休云贵，家亡莫论亲。（朱夹：非经历过者，此二句则云：纸上谈兵过来人那得不哭！）
偶因济刘氏，巧得遇恩人。

诗后又画一盆茂兰，旁有一位凤冠霞帔的美人。也有判云：

桃李春风结子完，到头谁似一盆兰。
如冰水好空相妒，枉与他人作笑谈。（朱夹：真心实语。）

后面又画着高楼大厦，有一美人悬梁自缢。其判云：

情天情海幻情身，情既相逢必主淫。（墨眉：判中终是秦可卿真正死法，真正实事。书中掩却真面，却从此处透逗。）
漫言不肖皆荣出，造衅开端实在宁。

宝玉还欲看时，那仙姑知他天分高明，性情颖慧，（朱眉：通部中笔笔贬宝玉，人人嘲宝玉，语语谤宝玉，今却于警幻意中忽写出此八字来，真是意外之意。此法亦别书中所无。）恐把仙机泄漏，遂掩了卷册，笑向宝玉道："且随我去游玩奇景，（朱侧：是哄小儿语，细甚。）何必在此打这闷葫芦！"（朱侧：为前文"葫芦庙"一点。）

宝玉恍恍惚惚，不觉弃了卷册，（朱侧：是梦中景况，细极。）又随了警幻来至后面。但见珠帘绣幕，画栋雕檐，说不尽那光摇朱户金铺地，雪照琼窗玉作宫。更见仙花馥郁，异草芬芳，真好个所在。（朱侧：已为省亲别墅画下图式矣。）又听警幻笑道："你们快出来迎接贵客！"一语未了，只见房中又走出几个仙子来，皆是荷袂蹁跹，羽衣飘舞，姣若春花，媚如秋月。一见了宝玉，都怨谤警幻道："我们不知系何'贵客'，忙的接了出来！姐姐曾说今日今时必有绛珠妹子（朱侧：绛珠为谁氏？请观者细思首回。）的生魂前来游玩，故我等久待。何故反引这浊物来污染这清净女儿之境？"宝玉听如此说，便吓得欲退不能退，（朱侧：贵公子不怒而反退，却是宝玉天分中一段情痴。）果觉自形污秽不堪。（朱眉：奇笔摅奇文。作书者视女儿珍贵之至，不知今时女儿可知？余为作者痴心一哭，又为近之自弃自败之女儿一恨。）警幻忙携住宝玉的手，（朱侧：妙！警幻自是个多情种子。）向众姊妹笑道：“你等不知原委：今日原欲往荣府去接绛珠，适从宁府所过，偶遇宁、荣二公之灵，嘱吾云：‘吾家自国朝定鼎以来，功名奕世，富贵传流，虽历百年，奈运终数尽，不可挽回者。故遗之子孙虽多，竟无一可以继业。（朱侧：这是作者真正一把眼泪。）其中惟嫡孙宝玉一人，禀性乖张，生情怪谲，虽聪明灵慧，略可望成，无奈吾家运数合终，恐无人规引入正。幸仙姑偶来，万望先以情欲声色等事警其痴顽，（朱侧：二公真无可奈何，开一觉世觉人之路也。）或能使彼跳出迷人圈子，然后入于正路，亦吾弟兄之幸矣。’如此嘱吾，故发慈心，引彼至此。先以彼家上中下三等女子之终身册籍，令彼熟玩，尚未觉悟。故引彼再至此处，令其再历饮馔声色之幻，或冀将来一悟，亦未可知也。”（朱侧：一段叙出宁、荣二公，足见作者深意。）说毕，携了宝玉入室。但闻一缕幽香，竟不知所焚何物。宝玉遂不禁相问。警幻冷笑道：“此香尘世中既无，尔何能知！此香乃系诸名山胜境内初生异卉之精，合各种宝林珠树之油所制，名为‘群芳髓’。”（朱侧：好香！　朱眉：“群芳髓”可对“冷香丸”。）宝玉听了，自是羡慕。已而，大家入座，小鬟捧上茶来。宝玉自觉清香味异，纯美非常，因又问何名。警幻道：“此茶出在放春山遣香洞，又以仙花灵叶上所带宿露而烹。此茶名曰‘千红一窟’。”（朱侧：隐“哭”字。）宝玉听了，点头称赏。因看房内，瑶琴、宝鼎、古画、新诗，无所不有，更喜窗下亦有唾绒，奁间时渍粉污。壁上亦有一副对联，书云：

幽微灵秀地；（朱夹：女儿之心，女儿之境。）

无可奈何天。（朱夹：两句尽矣。撰通部大书不难，最难是此等处，可知皆从无可奈何而有。）

宝玉看毕，无不羡慕。因又请问众仙姑姓名：一名痴梦仙姑，一名钟情大士，一名引愁金女，一名度恨菩提，各各道号不一。少刻，有小丫鬟上来调桌安椅，设摆酒馔。真是：琼浆满泛玻璃盏，玉液浓斟琥珀杯。更不用再说那肴馔之盛。宝玉因闻得此酒清香甘冽，异乎寻常，又不禁相问。警幻道：“此酒乃是百花之蕊，万木之汁，加以麟髓之醅，凤乳之麯酿成，因名为‘万艳同杯’。”（朱侧：与“千红一窟”一对，隐“悲”字。）宝玉称赏不迭。

饮酒间，又有十二个舞女上来，请问演何词曲。警幻道：“就将新制《红楼梦》十二支演上来。”舞女们答应了，便轻敲檀板，款按银筝。听他歌道是：

“开辟鸿濛……”（朱夹：故作顿挫摇摆。）

方歌了一句，警幻便说道：“此曲不比尘世中所填传奇之曲，（墨眉：此语乃是作者自负之辞，然亦不为过谈。）必有生旦净末之别，又有南北九宫之限。此或咏叹一人，或感怀一事，偶成一曲，即可谱入管弦。若非个中人，（朱侧：三字要紧。不知谁是“个中人”——宝玉即个中人乎？然则石头亦个中人乎？作者亦系个中人乎？观者亦个中人乎?）不知其中之妙。料尔亦未必深明此调，若不先阅其稿，后听其歌，翻成嚼蜡矣。”（朱眉：警幻是个极会看戏人。近之大老观戏，必先翻阅脚本。目睹其词，耳听彼歌，却从警幻处学来。　朱眉：作者能处，惯于自站地步，又惯于擅起波澜，又惯于故为曲折，最是行文秘诀。）说毕，回头命小鬟取了《红楼梦》的原稿来，递与宝玉。宝玉揭开，一面目视其文，一面耳聆其歌曰：

第一支　红楼梦引子

开辟鸿濛，谁为情种？（朱侧：非作者为谁？余又曰：“亦非作者，乃石头耳。”　墨侧：石头即作者耳。）都只为风月情浓。趁着这奈何天，伤怀日，寂寞时，试遣愚衷。（朱侧：“愚”字自谦得妙！）因此上，演出这怀金悼玉的《红楼梦》。（朱夹：读此几句，翻厌近之传奇中必用开场副末等套，累赘太甚。　朱眉：“怀金悼玉”，大有深意。）

第二支　终身误

都道是金玉良姻，俺只念木石前盟。空对着，山中高士晶莹雪；终不忘，世外仙姝寂寞林。叹人间，美中不足今方信。纵然是齐眉举案，到底意难平。（朱眉：语句泼撒，不负自创北曲。）

第三支　枉凝眉

一个是阆苑仙葩，一个是美玉无瑕。若说没奇缘，今生偏又遇着他；若说有奇缘，如何心事终虚化？（墨眉：虚话。）一个枉自嗟呀，一个空劳牵挂。一个是水中月，一个是镜中花。想眼中能有多少泪珠儿，怎经得，秋流到冬尽、春流到夏！

宝玉听了此曲，散漫无稽，不见得好处，（朱侧：自批驳，妙极！）但其声韵凄惋，竟能销魂醉魄。因此也不察其原委，问其来历，就暂以此释闷而已。（朱眉：妙！设言世人亦应如此法看此《红楼梦》一书，更不必追究其隐寓。墨侧：此结是读《红楼梦》之要法。）因又看下面道：

第四支　恨无常

喜荣华正好，恨无常又到。眼睁睁，把万事全抛；荡悠悠，芳魂消耗。望家乡，路远山遥。故向爹娘梦里相寻告：儿命已入黄泉，天伦呵，须要退步抽身早！（朱夹：悲险之至！）

第五支　分骨肉

一帆风雨路三千，把骨肉家园齐来抛闪。恐哭损残年，告爹娘，休把儿悬念。自古穷通皆有定，离合岂无缘？从今分两地，各自保平安。奴去也，莫牵连。

第六支　乐中悲

襁褓中，父母叹双亡。纵居那绮罗丛，谁知娇养？（朱侧：意真辞切，过来人见之不免失声。）幸生来，英豪阔大宽宏量，从未将儿女私情略萦心上。好一似，霁月光风耀玉堂。厮配得才貌仙郎，博得个地久天长，准折得幼年时坎坷形状。终久是云散高唐，水涸湘江。这是尘寰中消长数应当，何必枉悲伤！（朱眉：悲壮之极，北曲中不能多得。）

第七支　世难容

气质美如兰，才华阜比仙。（朱侧：妙卿实当得起。）天生成孤僻人皆罕。你道是，啖肉食腥膻，（朱侧：绝妙！曲文填词中不能多见。）视绮罗俗厌。却不知，（朱夹：至语。）太高人愈妒，过洁世同嫌。（墨眉：为吾曹痛下针砭。）可叹这，青灯古殿人将老，辜负了，红粉朱楼春色阑。到头来，依旧是风尘肮脏违心愿。好一似，无瑕白玉遭泥陷，又何须，王孙公子叹无缘。

第八支　喜冤家

中山狼，无情兽，全不念当日根由。一味的骄奢淫荡贪还构。觑着那，侯门艳质同蒲柳；作践的，公府千金似下流。叹芳魂艳魄，一载荡悠悠。（朱夹：题只十二钗，却无人不有，无事不备。）

第九支　虚花悟

将那三春看破，桃红柳绿待如何？把这韶华打灭，觅那情淡天和。说什么，天上夭桃盛，云中杏蕊多。到头来，谁见把秋捱过？则看那，白杨村里人呜咽，青枫林下鬼吟哦。更兼着，连天衰草遮坟墓。这的是，昨贫今富人劳碌，春荣秋谢花折磨。似这般，生关死劫谁能躲？闻说道，西方宝树唤婆娑，上结着长生果。（朱夹：末句、开句、收句。）

第十支　聪明累

机关算尽太聪明，反算了卿卿性命。（朱侧：警拔之句。　墨眉：世之如阿凤者盖不乏人，然机关用尽，非孤即寡，可不惧哉？）生前心已碎，死后性空灵。家富人宁，终有个家亡人散各奔腾。枉费了，意悬悬半世心；好一似，荡悠悠三更梦。忽喇喇似大厦倾，昏惨惨似灯将尽。呀！一场欢喜忽悲辛。叹人世，终难定！（朱夹：见得到。　朱眉：过来人睹此，宁不放声一哭？）

第十一支　留余庆

留余庆，留余庆，忽遇恩人；幸娘亲，幸娘亲，积得阴功。劝人生，济困扶穷。休似俺那，爱银钱忘骨肉的狠舅奸兄！正是乘除加减，上有苍穹。

第十二支　晚韶华

镜里恩情，（朱夹：起得妙！）更那堪梦里功名！那美韶华去之何迅！再休提绣帐鸳衾。只这带珠冠，披凤袄，也抵不了无常性命。虽说是，人生莫受老来贫，也须要阴骘积儿孙。气昂昂头戴簪缨，气昂昂头带簪缨，光灿灿胸悬金印；威赫赫爵位高登，威赫赫爵位高登，昏惨惨黄泉路近。问古来将相可还存？也只是虚名儿与后人钦敬。

第十三支　好事终

画梁春尽落香尘。（朱侧：六朝妙句。）擅风情，秉月貌，便是败家的根本。箕裘颓堕皆从敬，（朱侧：深意他人不解。　墨眉：敬老悟元，以致珍蓉辈无以管束，肆无忌惮。故此判归咎此公，自是正论。）家事消亡首罪宁。宿孽总因情。（朱夹：是作者具菩萨之心，秉刀斧之笔，撰成此书，一字不可更，一语不可少。）

第十四支〔收尾〕　飞鸟各投林（朱夹：收尾愈觉悲惨可畏。）

为官的，家业凋零；富贵的，金银散尽。（朱侧：二句先总宁荣。）有恩的，死里逃生；无情的，分明报应。欠命的，命已还；欠泪的，泪已尽。冤冤相报岂非轻，分离聚合皆前定。欲知命短问前生，老来富贵也真侥幸。看破的，遁入空门；痴迷的，枉送了性命。（朱侧：将通部女子一总。）好一似食尽鸟投林，落了片白茫茫大地真干净！（朱夹：又照看“葫芦庙”。与“树倒猢狲散”反照。）

歌毕，还又歌副曲。（朱侧：是极！香菱、晴雯辈岂可无，亦不必再。）警幻见宝玉甚无趣味，因叹：“痴儿竟尚未悟！”那宝玉忙止歌姬不必再唱，自觉朦胧恍惚，告醉求卧。警幻便命撤去残席，送宝玉至一香闺绣阁之中，其间铺陈之盛，乃素所未见之物。更可骇者，早有一位女子在内，其鲜艳妩媚，有似乎宝钗，风流袅娜，则又如黛玉。（朱侧：难得双兼，妙极！）正不知何意。忽警幻道：“尘世中多少富贵之家，那些绿窗风月，绣阁烟霞，皆被淫污纨绔与那些流荡女子悉皆玷辱。（朱侧：真极！）更可恨者，自古来多少轻薄浪子，皆以‘好色不淫’为饰，又以‘情而不淫’作案，此皆饰非掩丑之语也。好色即淫，知情更淫。是以巫山之会，云雨之欢，皆由既悦其色，复恋其情所致也。（朱侧：“色而不淫”，今翻案，奇甚！）吾所爱汝者，乃天下古今第一淫人也。”（朱侧：多大胆量敢作如此之文！　朱眉：绛芸轩中诸事情景由此而生。　墨眉：石破天惊鬼夜哭。）宝玉听了，唬的忙答道：“仙姑错了。我因懒于读书，家父母尚每垂训饬，岂敢再冒‘淫’字？况且年纪尚小。不知‘淫’字为何物。”警幻道：“非也。淫虽一理，意则有别。如世之好淫者，不过悦容貌，喜歌舞，调笑无厌，云雨无时，恨不能尽天下之美女供我片时之趣兴，（朱侧：说得恳切恰当之至！）此皆皮肤滥淫之蠢物耳。如尔则天分中生成一段痴情，吾辈推之为‘意淫’。（朱侧：二字新雅。　朱侧：按宝玉一生心性，只不过是体贴二字，故曰“意淫”。）‘意淫’二字，惟心会而不可言传，可神通而不能语达。汝今独得此二字，在闺阁中，固可为良友，然于世道中未免迂阔怪诡，百口嘲谤，万目睚眦。（墨眉：坐此病者睹此，宁不自怨自艾，然亦是怨艾不来的。）今既遇令祖宁、荣二公剖腹深嘱，吾不忍君独为我闺阁增光，见弃于世道，是以特引前来，醉以灵酒，沁以仙茗，警以妙曲，再将吾妹一人，乳名兼美（朱侧：妙！盖指薛、林而言也。）字可卿者，（墨眉：可卿者，即秦也，是一是二，读者自省。）许配于汝。今夕良时，即可成姻。不过令汝领略此仙阁幻境之风光尚然如此，何况尘境之情景哉？而今后万万解释，改悟前情，将谨勤有用的工夫，置身于经济之道。"说毕便秘授以云雨之事，推宝玉入帐。

那宝玉恍恍惚惚，依警幻所嘱之言，未免有阳台巫峡之会。数日来，柔情缱绻，软语温存，与可卿难解难分。那日，警幻携宝玉、可卿闲游，至一个所在，但见荆榛遍地，狼虎同群，忽尔大河阻路，黑水淌洋，又无桥梁可通。（朱侧：若有桥梁可通，则世路人情犹不算艰难。）宝玉正自徬徨，只听警幻道："宝玉再休前进，作速回头要紧！"（朱侧：机锋。　墨眉：何减当头一棒！）宝玉忙止步问道："此系何处？"警幻道："此即迷津也。（墨眉：孽海茫茫，何处是岸？噫！沉沦堕落，谁为指迷？谁为拯救也。）深有万丈，遥亘千里，中无舟楫可通，只有一个木筏，乃木居士掌舵，灰侍者撑篙，不受金银之谢，但遇有缘者渡之。尔今偶游至此，如堕落其中，则深负我从前一番以情悟道、（墨眉：四字是作者一生得力处，人能悟此，庶不为情所迷。）守理衷情之言。"宝玉方欲回言，只听迷津内水响如雷，竟有一夜叉般怪物撺出直扑而来。唬得宝玉汗下如雨，一面失声喊叫："可卿救我！可卿救我！"慌得袭人媚人等上来扶起拉手说："宝玉别怕，我们在这里！"

秦氏在外听见，连忙进来。一面说："丫鬟们好生看着猫儿狗儿打架！"又闻宝玉口中连叫"可卿救我"，因纳闷道："我的小名这里没人知道，（朱侧："云龙作雨"。不知何为龙，何为云，何为雨？）他如何从梦里叫出来？"（墨眉：作者瞒人处，亦是作者不瞒人处，妙妙，妙妙！）

第六回 贾宝玉初试云雨情 刘姥姥一进荣国府

（墨）宝玉、袭人亦大家常事耳，写得是已全领警幻意淫之训。此回借刘妪，却是写阿凤正传，并非泛文，且伏“二进”“三进”及巧姐之归着。

此刘妪一进荣国府，用周瑞家的，又过下回无痕，是无一笔写一人文字之笔。

题曰：

朝叩富儿门，富儿犹未足。
虽无千金酬，嗟彼胜骨肉！

却说秦氏因听见宝玉从梦中唤他的乳名，心中自是纳闷，又不好细问。彼时宝玉迷迷惑惑，若有所失。众人忙端上桂圆汤来，呷了两口，遂起身整衣。袭人伸手与他系裤带时，不觉伸手至大腿处，只觉冰凉一片沾湿。唬的忙退出手来，问是怎么了。宝玉红涨了脸，把他手一捻。袭人本是个聪明女子，年纪本又比宝玉大两岁，近来也渐通人事，今见宝玉如此光景，心中便觉察了一半，不觉也羞的红涨了脸面，遂不敢再问。仍旧理好衣裳，遂至贾母处来，胡乱吃毕晚饭，过来这边。

袭人忙趁众奶娘丫鬟不在旁时，另取出一件中衣来与宝玉换上。宝玉含羞央告道："好姐姐，千万别告诉别人要紧。"袭人亦含羞笑问道："你梦见什么故事了？是那里流出来的些脏东西？"宝玉道："一言难尽。"说着便把梦中之事细说与袭人听了，然后说至警幻所授云雨之情，羞的袭人掩面伏身而笑。宝玉亦素喜袭人柔媚娇俏，遂强袭人同领警幻所训云雨之事。（朱侧：数句文完一回题纲文字。）袭人素知贾母已将自己与了宝玉的，今便如此，亦不为越理，（朱夹：写出袭人身份。）遂和宝玉偷试一番，幸得无人撞见。自此宝玉视袭人更与别个不同，（朱夹：伏下晴雯。）袭人待宝玉更为尽职。（朱夹：一段小儿女之态，可谓追魂摄魄之笔。）暂且别无话说。（朱夹：一句结住上回"红楼梦"大篇文字，另起本回正文。　墨眉：截断正文，另起一段，笔势蜿蜒纵肆，则《庄子》《南华》，差堪仿佛耳。）

按荣府中一宅人合算起来，人口虽不多，从上至下也有三四百丁，事虽不多，一天也有一二十件，竟如乱麻一般，并没个头绪可作纲领。正寻思从那一件事自那一个人写起方妙，恰好忽从千里之外，芥豆之微，小小一个人家，因与荣府略有些瓜葛，（朱侧：略有些瓜葛，是数十回后之正脉也。真千里伏线。）这日正往荣府中来，因此便就此一家说来，到还是头绪。你道这一家姓甚名谁，又与荣府有甚瓜葛？诸公若嫌琐碎粗鄙呢，则快掷下此书，另觅好书去醒目；若谓聊可破闷时，待蠢物（朱夹：妙谦，是石头口角。）逐细言来。

方才所说这小小一家，姓王，乃本地人氏，祖上曾作过小小的一个京官，昔年曾与凤姐之祖王夫人之父识认。因贪王家的势利，便连了宗认作侄子。（朱夹：与贾雨村遥遥相对。）那时只有王夫人之大兄、凤姐之父（朱夹：两呼两起，不过欲观者自醒。）与王夫人随在京中的，只有此一门远族，余者皆不识认。目今其祖已故，只有一个儿子，名唤王成，因家业萧条，仍搬出城外原乡中住去了。王成新近亦因病故，只有其子，小名狗儿。亦生一子，小名板儿。嫡妻刘氏，又生一女，名唤青儿。（朱夹：《石头记》中公勋世宦之家以及草莽庸俗之族，无所不有，自能各得其妙。）一家四口，仍以务农为业，因狗儿白日间又作些生计，刘氏又操井臼等事，青、板姊弟两个无人看管，狗儿遂将岳母刘姥姥（朱夹：音老，出《谐声字笺》。称呼毕肖。）接来一处过活。这刘姥姥乃是个久经世代的老寡妇，膝下又无儿女，只靠两亩薄田地度日。如今女婿接来养活，岂不愿意，遂一心一计，帮趁着女儿女婿过活起来。

因这年秋尽冬初，天气冷将上来，家中冬事未办，狗儿未免心中烦虑，吃了几杯闷酒，在家闲寻气恼，（朱夹：病此病人不少，请来看狗儿。）刘氏不敢顶撞。（朱眉：自《红楼梦》一回至此，则珍馐中之虀耳，好看煞！）因此刘姥姥看不过，乃劝道："姑爷，你别嗔着我多嘴。咱们村庄人，那一个不是老老诚诚的，多大碗儿吃多大的饭。（朱侧：能两亩薄田度日，方说的出来。）你皆因年小时，托着你那老的福，（朱夹：妙称，何肖之至！）吃喝惯了，如今所以把持不住。有了钱就顾头不顾尾，没了钱就瞎生气，成个什么男子汉大丈夫了！（朱侧：此口气自何处得来？　朱夹：为纨绔下针，却先从此等小处

黛玉

写来。）如今咱们虽离城住着，终是天子脚下。这长安城中，遍地都是钱，只可惜没人会拿去罢了。在家跳蹋也没中用的。”狗儿听说，便急道：“你老只会炕头儿上混说，难道叫我打劫偷去不成？”刘姥姥道：“谁叫你偷去呢。到底大家想方法儿裁度，不然那银子钱自己跑到咱家来不成？”狗儿冷笑道：“有法儿还等到这会子呢。我又没有收税的亲戚，（朱夹：骂死。）作官的朋友，（朱夹：骂死。）有什么法子可想的？便有，也只怕他们未必来理我们呢！”

刘姥姥道：“这到不然。谋事在人，成事在天。咱们谋到了，靠菩萨的保佑，有些机会，也未可知。我到替你们想出一个机会来。当日你们原是和金陵王家（朱夹：四字便抵一篇世家传。）连过宗的，二十年前，他们看承你们还好，如今自然是你们拉硬屎，不肯去俯就他，故疏远起来。想当初我和女儿还去过一遭。（朱夹：补前文之未到处。）他家的二小姐着实响快，会待人的，到不拿大。如今现是荣国府贾二老爷的夫人。听得说，如今上了年纪，越发怜贫恤老，最爱斋僧敬道，舍米舍钱的。如今王府虽升了边任，只怕这二姑太太还认得咱们。你何不去走动走动，或者他念旧，有些好处，也未可定。只要他发一点好心，拔一根寒毛比咱们的腰还粗呢。”刘氏一旁接口道：“你老虽说得是，但只你我这样个嘴脸，怎么好到他门上去的。先不先，他们那些门上人也未必肯去通报。没的去打嘴现世。”

谁知狗儿名利心甚重，（朱夹：调侃语。）听如此一说，心下便有些活动起来。又听他妻子这番话，便笑接道：“姥姥既如此说，况且当年你又见过这姑太太一次，何不你老人家明日就走一趟，先试试风头再说。”刘姥姥道：“嗳哟哟！（朱侧：口声如闻。）可是说的，‘侯门似海’，我是个什么东西，他家人又不认得我，我去了也是白去的。”狗儿笑道：“不妨，我教你老一个法子：你竟带了外孙子小板儿，先去找陪房周瑞，若见了他，就有些意思了。这周瑞先时曾和我父亲交过一桩事，我们极好的。”（朱夹：欲赴豪门，必先交其仆。写来一叹。）刘姥姥道：“我也知道他的。只是许多时不走，知道他如今是怎么样。这也说不得了，你又是个男人，又这样个嘴脸，自然去不得，我们姑娘年轻媳妇子，也难卖头卖脚去，到还是舍着我这付老脸去碰一碰。果然有些好处，大家都有益，便是没银子来，我也到那公府侯门见一见世面，也不枉我一生。”说毕，大家笑了一回。当晚计议已定。

次日天未明，刘姥姥便起来梳洗了，又将板儿教训几句。那板儿才亦五六岁的孩子，一无所知，听见带他进城逛去，（朱夹：音光，去声。游也。出《谐声字笺》。）便喜的无不应承。于是刘姥姥带他进城，找至宁荣街。（朱夹：街名。本地风光，妙！）来至荣府大门石狮子前，只见簇簇的轿马，刘姥姥便不敢过去，且掸掸衣服，又教了板儿几句话，然后彵（朱侧：“彵”字神理。）到角门前。只见几个挺胸叠肚指手画脚的人，坐在大凳上，说东谈西呢。（朱夹：不知如何想来，又为侯门三等豪奴写照。）刘姥姥只得彵上来问：“太爷们纳福。”众人打量了他一会，便问：“是那里来的？”刘姥姥陪笑道：“我找太太的陪房周大爷的，烦那位太爷替我请他出来。”那些人听了，都不瞅睬，半日方说道：“你远远的那墙角下等着，一会子他们家有人就出来的。”内中有一年老的说道：“不要误他的事，何苦耍他。”因向刘姥姥道：“那周大爷已往南边去了。他在后一带住着，他娘子却在家。你要找时，从这边绕到后街上后门上问就是了。”（朱夹：有年纪人诚厚，亦是自然之理。）

刘姥姥听了谢过，遂携了板儿，绕到后门上。只见门前歇着些生意担子，也有卖吃的，也有卖顽意物件的，闹烘烘三二十个孩子在那里厮闹。（朱夹：如何想来？合眼如见。）刘姥姥便拉住了一个道：“我问哥儿一声，有个周大娘可在家么？”孩子道：“那个周大娘？我们这里周大娘有三个呢，还有两个周奶奶，不知是那一行当上的？”刘姥姥道：“是太太的陪房周瑞。”孩子道：“这个容易，你跟我来。”说着，跳跳蹿蹿引着刘姥姥进了后门，（朱侧：因女眷，又是后门，故容易引入。）至一院墙边，指与刘姥姥道：“这就是他家。”又叫道：“周大妈，有个老奶奶来找你呢！”（朱眉：逼真孩子口气。）

周瑞家的在内听说，忙迎了出来，问：“是那位？”刘姥姥忙迎上来问道：“好呀，周嫂子！”周瑞家的认了半日，方笑道：“刘姥姥，你好呀！你说说，能几年，我就忘了。（朱侧：如此口角，从何处出来？）请家里来坐罢。”刘姥姥一壁走，一壁笑说道：“你老是贵人多忘事，那里还记得我们了。”说着，来至房中。周瑞家的命雇的小丫头到上茶来吃着，周瑞家的又问：“板儿长的这么大了！”又问些别后闲语。再问刘姥姥：“今日还是路过，还是特来的？”（朱侧：问的有情理。）刘姥姥便说：“原是特来瞧瞧你嫂子，二则也请请姑太太的安。若可以领我见一见更好，若不能，便借重嫂子转致意罢了。”（朱夹：刘婆亦善于权变应酬矣。）周瑞家的听了，便猜着几分意思。只因昔年他丈夫周瑞争买田地一事，其中多得狗儿之力，今见刘姥姥如此而来，心中难却其意，（朱夹：在今世，周瑞妇算是个怀情不忘的正人。）二则也要现弄自己体面。（朱眉：“也要显弄”句为后文作地步也，陪房本心本意实事。）听如此说，便笑说：“姥姥你放心，（朱侧：自是有“宠人”声口。）大远的诚心诚意的来了，岂有个不教你见个真佛去的？（朱夹：好口角。）论理，人来客至回话，却不与我们相干。我们这里都是各占一枝儿：（朱侧：略将荣府中带一带。）我们男的只管春秋两季地租子，闲时只带着小爷们出门就完了，我只管跟太太奶奶们出门的事。皆因你原是太太的亲戚，又拿我当个人，投奔了我来，我竟破个例，给你通个信去。但只一件，姥姥有所不知，我们这里又比不得五年前了。如今太太竟不大管事了，都是琏二奶奶当家。你道这琏二奶奶是谁？就是太太的内侄女，当日大舅爷的女儿，小名凤哥的。”刘姥姥听了，罕问道：“原来是他！怪道呢，我当日就说他不错呢。（朱夹：我亦说不错。）这等说来，我今儿还得见他了。”周瑞家的道：“这个自然的。如今太太事多心烦，有客来了，略可推得去的也就推过去了，都是这凤姑娘周旋迎待。今儿宁可不见太太，到要见他一面，才不枉这里来一遭。”刘姥姥道：“阿弥陀佛！这全仗嫂子方便了。”周瑞家的道：“说那里话。俗语说的：‘与人方便，自己方便。’不过用我说一句话罢了，害着我什么。”说着，便叫小丫头子到倒厅上（朱夹：一丝不乱。）悄悄的打听打听，老太太屋里摆了饭了没有？

小丫头去了。这里二人又说些闲话。刘姥姥因说：“这位凤姑娘今年大不过二十岁罢了，就这等有本事，当这样的家，可是难得的。”周瑞家的听了道：“嗐！我的姥姥，告诉不得你呢。这位凤姑娘年纪虽小，行事却比世人都大呢。如今出挑的美人一样的模样儿，少说些有一万个心眼子。再要赌口齿，十个会说话的男人也说他不过。回来你见了就信了。就只一件，待下人未免太严了些。”（朱夹：略点一句，伏下后文。）说着，只见小丫头回来说：“老太太屋里已摆完了饭，二奶奶在太太屋里呢。”周瑞家的听了，连忙起身，催着刘姥姥说：“快走，快走。这一下来他吃饭是一个空子，咱们先等着去。若迟一步，回事的人也多了，难说话。再歇了中觉，越发没了时候了。”（朱夹：写出阿凤勤劳冗杂，并骄矜珍贵等事来。　朱眉：写阿凤勤劳等事，然却是虚笔，故于后文不犯。）说着一齐下了炕，打扫打扫衣服，又教了板儿几句话，随着周瑞家的，逶迤往贾琏的住宅来。

先到了倒厅，周瑞家的将刘姥姥安插在那里略等一等。自己先过影壁，进了院门，知凤姐未下来，先找着了凤姐的一个心腹通房大丫头，（朱夹：着眼。这也是书中一要紧人。《红楼梦》内虽未见有名，想亦在副册内者也。）名唤平儿的。（朱夹：名字真极，文雅则假。）周瑞家的先将刘姥姥起初来历说明，（朱夹：细！盖平儿原不知此一人耳。）又说：“今日大远的特来请安。当日太太是长会的，今儿不可不见，所以我带了他进来了。等奶奶下来，我细细回明，奶奶想也不责备我莽撞的。”平儿听了，便作了主意：“叫他们进来，先在这里坐着就是了。”（朱夹：暗透平儿身份。）周瑞家的听了，忙出去领他两个进入院来。上了正房台矶，小丫头子打起了猩红毡帘，（朱夹：是冬日。）才入堂屋，只闻一阵香扑了脸来，（朱夹：是刘姥姥鼻中。）竟不辨是何香味，身子如在云端里一般。（朱夹：是刘姥姥身子。）满屋里之物都是耀眼争光，使人头悬目眩。（朱夹：是刘姥姥头目。）刘姥姥斯时惟点头咂嘴念佛而已。（朱夹：六字尽矣，如何想来。）

于是来至东边这间屋内，乃是贾琏的女儿大姐儿睡觉之所。（朱夹：记清。）平儿站在炕沿边，打量了刘姥姥两眼，（朱夹：写豪门侍儿。）只得（朱夹：字法。）问个好让坐。刘姥姥见平儿遍身绫罗，插金带银，花容玉貌的，（朱夹：从刘姥姥心中目中略一写，非平儿正传。）便当是凤姐儿了。（朱夹：毕肖。）才要称姑奶奶，忽听周瑞家的称他是平姑娘，又见平儿赶着周瑞家的称周大嫂，方知不过是个有些体面的丫头。于是让刘姥姥和板儿上了炕，平儿和周瑞家的对面坐在炕沿上，小丫头子斟上茶来吃茶。刘姥姥只听见“咯当”“咯当”的响声，大有似乎打箩柜筛面的一般，（朱夹：从刘姥姥心中意中幻拟出奇怪文字。）不免东瞧西望的。忽见堂屋中柱子上挂着一个匣子，底下又坠着一个秤砣般的一物，却不住的乱晃。（朱夹：从刘姥姥心中目中设譬拟想，真是镜花水月。）刘姥姥心中想着：“这是个什么爱物儿？有煞用呢？”正呆时，（朱夹：三字有劲。）陡听得“当”的一声，又若金钟铜磬一般，不防到唬的一展眼。接着又是一连（朱侧：写得出。）八九下。（朱夹：细！是巳时。）方欲问时，只见小丫头子们一齐乱跑，说：“奶奶下来了。”平儿与周瑞家的忙起身，命刘姥姥：“只管坐着，等是时候我们来请你呢。”说着，都迎出去了。

刘姥姥屏声侧耳默候。只听远远有人笑声，约有一二十妇人，衣裙悉率，渐入堂屋，（朱侧：写得侍仆妇。）往那边屋内去了。又见两三个妇人，都捧着大漆捧盒，进这东边来等候。听见那边说了一声“摆饭”，渐渐人才都散出，只有伺候端菜的几人。半日鸦雀不闻之后，忽见两个人抬了一张炕桌来，放在这边炕上，桌上碗盘森列，仍是满满的鱼肉在内，不过略动了几样。板儿一见了，便吵着要肉吃，刘姥姥一把掌打下他去。忽见周瑞家的笑嘻嘻走过来，招手儿叫他。刘姥姥会意，于是携了板儿下炕，至堂屋中，周瑞家的又和他唧唧了一会，方徜到这边屋内来。

只见门外錾铜钩上悬着大红撒花软帘，（朱侧：从门外写来。）南窗下是炕，炕上大红毡条，靠东边板壁立着一个锁子锦靠背与一个引枕，铺着金心绿闪缎大坐褥，旁边有银唾沫盒。那凤姐儿家常带着紫貂昭君套，围着攒珠勒子，穿着桃红撒花袄，石青刻丝灰鼠披风，大红洋绉银鼠皮裙，粉光脂艳，端端正正坐在那里，（朱夹：一段阿凤房室起居器皿家常正传，奢侈珍贵好奇货注脚，写来真是好看。）手内拿着小铜火炷儿拨手炉内的灰。（朱夹：这一句是天然地设，非别文杜撰妄拟者。　朱侧：至平，实至奇，稗官中未见此笔。）平儿站在炕沿边，捧着一个小小的填漆茶盘，盘内一小盖钟。凤姐儿也不接茶，也不抬头，（朱侧：神情宛肖。）只管拨手炉内的灰，慢慢的问道：（朱侧：此等笔墨，真可谓追魂摄魄。　墨眉：一幅美人图。然究是阿凤，不是别底美人。作者真是绘声绘影之笔。然非目睹情形，焉能得此出神入化之笔？勿以杜撰目之，则不致为作者瞒过矣。）“怎么还不请进来?”一面说，一面抬身要茶时，只见周瑞家的已带了两个人在地下站着了。这才忙欲起身，犹未起身，满面春风的问好，又嗔周瑞家的不早说。刘姥姥在地下已是拜了数拜，“问姑奶奶安”。凤姐忙说：“周姐姐，快搀住不拜罢。请坐。我年轻，不大认得，可也不知是什么辈数，不敢称呼。”（朱侧：凡三四句一气读下，方是凤姐声口。）周瑞家的忙回道：“这就是我才回的那姥姥了。”（朱侧：凤姐云“不敢称呼”，周瑞家的云“那个姥姥”。）凤姐点头。刘姥姥已在炕沿上坐下，板儿便躲在背后，百端的哄他出来作揖，他死也不肯。

凤姐儿笑（朱侧：二笑。）道：“亲戚们不大走动，都疏远了。知道的呢，说你们弃厌我们，不肯常来，（朱侧：阿凤真真可畏可恶。）不知道的那起小人，还只当我们眼里没人似的。”（墨眉：如闻如见。好笔！真亏他写得出！）刘姥姥忙念佛（朱侧：如闻。）道：“我们家道艰难，走不起，来了这里，没的给姑奶奶打嘴，就是管家爷们看着也不象。”凤姐儿笑（朱侧：三笑。）道：“这话叫人没的恶心。不过借赖着祖父虚名，作个穷官儿罢了，谁家有什么，不过是个旧日的空架子。俗语说，‘朝廷还有三门子穷亲’呢，何况你我。”说着，又问周瑞家的：（朱侧：一笔不肯落空。的是阿凤。）“回了太太了没有?”周瑞家的道：“如今等奶奶的示下。”凤姐儿道：“你去瞧瞧，要是有人有事就罢，得闲呢就回，看怎么说。”周瑞家的答应着去了。

这里凤姐叫人抓些果子与板儿吃，刚问些闲话时，就有家下许多媳妇管事的来回话。（朱侧：不落空家务事，却不实写。妙极！妙极！）平儿回了，凤姐道：“我这里陪客呢，晚上再回。若有很要紧的，你就带进来现办。”平儿出去，一会进来说：“我都问了，没有什么紧事，我就叫他们散了。”凤姐儿点头。只见周瑞家的回来，向凤姐道：“太太说了，今日不得闲，二奶奶陪着便是一样。多谢费心想着。白来逛逛呢便罢，若有甚说的，只管告诉二奶奶，都是一样。”刘姥姥道：“也没甚说的，不过是来瞧姑太太、姑奶奶，也是亲戚们的情分。”周瑞家的道：“没甚说的便罢，若有话，回二奶奶，是和太太一样的。”（朱侧：周妇系真心为老妪也，可谓得方便。）一面说，一面递眼色与刘姥姥。（朱侧：何如？余批不谬。）刘姥姥会意，未语先飞红的脸，欲待不说，今日又所为何来？只得忍耻（朱眉：老妪有忍耻之心，故后有招大姐之事。作者并非泛写，且为求亲靠友下一棒喝。）说道：“论理今儿初次见姑奶奶，却不该说的，只是大远的奔了你老这里来，也少不的说了。”刚说到这里，只听得二门上小厮们回说：“东府里小大爷进来了。”凤姐忙止刘姥姥：“不必说了。”一面便问：“你蓉大爷在那里呢？”（朱侧：惯用此等横云断山法。）

只听一路靴子脚响，进了一个十七八岁的少年，面目清秀，身材夭娇，轻裘宝带，美服华冠。（朱侧：如纨绔写照。）刘姥姥此时坐不是，立不是，藏没处藏。凤姐笑道：“你只管坐着，这是我侄儿。”刘姥姥方扭扭捏捏在炕沿上坐了。

贾蓉笑道：“我父亲打发我来求婶子，说上回老舅太太给婶子的那架玻璃炕屏，明日请一个要紧的客，借了略摆一摆就送过来的。”（朱侧：夹写凤姐好奖誉。）凤姐儿道：“说迟了一日，昨儿已经给了人了。”贾蓉听说，嘻嘻的笑着，在炕沿下半跪道：“婶子若不借，又说我不会说话了，又挨了一顿好打呢。婶子只当可怜侄儿罢。”凤姐笑（朱侧：又一笑，凡五。）道：“也没见我们王家的东西都是好的不成？一般你们那里放着那些东西，只是看不见我的才罢。”贾蓉笑道：“那里如这个好呢！只求开恩罢。”凤姐道：“碰一点儿，你可仔细你的皮！”因命平儿：“拿了楼门钥匙，传几个妥当人来抬去。”贾蓉喜的眉开眼笑，忙说：“我亲自带了人拿去，别由他们乱碰。”说着便起身出去了。

这里凤姐忽又想起一事来，便向窗外叫：“蓉儿回来！”（墨眉：奇峰突起，好笔奇笔！如此方是活笔，不是死笔。）外面几个人接声说：“蓉大爷快回来。”贾蓉忙复身转来，垂手侍立，听何指示。那凤姐只管慢慢的吃茶，出了半日神，方笑道：“罢了，你且去罢。晚饭后你来再说罢。这会子有人，我也没精神了。”（朱眉：传神之笔，写阿凤跃跃纸上。　墨眉：此等出神入化之笔，试问别书可曾有否？其中包藏东西不少，令阅者自会。作文者悟得此法，则耐人咀嚼，无意平语直之病矣。读此而不长进学问、开拓心胸者，真钝根人也。）贾蓉应了，方慢慢的退去。

这里刘姥姥心身方安，（朱侧：妙！却是从刘姥姥身边目中写来，度至下回。）方又说道：“今日我带了你侄儿来，也不为别的，只因为他老子、娘在家里，连吃的都没有。如今天又冷了，越想没个派头儿，只得带了你侄儿奔了你老来。”说着又推板儿道：“你那爹在家怎么教你了？打发咱们作煞事来？只顾吃果子咧。”凤姐早已明白了，听他不会说话，因笑止道：（朱夹：又一笑，凡六。自刘姥姥来凡笑五次，写得阿凤乖滑伶俐，合眼如立在前。若会说话之人便听他说了，阿凤厉害处正在此。问看官常有将挪移借贷已说明白了，彼仍推聋装哑，这人为阿凤若何？呵呵，一叹！）“不必说了，我知道了。”因问周瑞家的道：“这刘姥姥不知可用过饭没有呢？”刘姥姥忙道：“一早就往这里赶咧，那里还有吃饭的工夫咧。”凤姐听说，忙命快传饭来。一时周瑞家的传了一桌客馔来，摆在东边屋内，过来带了刘姥姥和板儿过去吃饭。凤姐说道：“周姐姐，好生让着些儿，我不能陪了。”于是过东边房里来。凤姐又叫过周瑞家的去，问他方才回了太太，说了些什么？周瑞家的道：“太太说，他们家原不是一家子，不过因出一姓，当年又与太老爷在一处做官，偶然连了宗的。这几年来也不大走动。当时他们来一遭，却也没空了他们。今儿既来了瞧瞧我们，是他的好意思，（朱侧：穷亲戚来看是“好意思”，余又自《石头记》中见了，叹！叹！　朱眉：王夫人数语，令余几欲哭出。）也不可简慢了他。便是有什么说的，叫二奶奶裁度着就是了。”凤姐听了说道：“我说呢，既是一家子，我如何连影儿也不知道。”

说话时，刘姥姥已吃毕饭，拉了板儿过来，舔唇抹嘴的道谢。凤姐笑道：“且请坐下，听我告诉你老人家。方才意思，我已知道了。若论亲戚之间，原该不待上门来就该有照应才是。（朱侧：点“不待上门就该有照应”数语，此亦于《石头记》再见话头。）但如今家里杂事太烦，太太渐上了年纪，一时想不到也是有的。况是我近来接着管些事，都不大知道这些个亲戚们。二则外头看着这里烈烈轰轰的，殊不知大有大的艰难去处，说与人也未必信罢了。今儿你既老远的来了，又是头一次见我张口，怎好叫你空回去的。（朱侧：也是《石头记》再见了，叹！叹！）可巧昨儿太太给我的丫头们作衣裳的二十两银子，我还没动呢，你们不嫌少，就暂且拿了去罢。”那刘姥姥先听见告艰难，只当是没有，心里便突突的，（朱侧：可怜，可叹！）后来听见给他二十两，喜的浑身发痒起来，（朱旁：可怜可叹！）说道：“嗳，我也是知道艰难的。但俗语说，‘瘦死的骆驼比马还大’，凭他怎么样，你老拔根寒毛比我们的腰还粗呢！”周瑞家的在旁听他说的粗鄙，只管使眼色止他。凤姐听了，笑而不睬，只命平儿把昨儿那包银子拿来，再拿一串钱来，（朱侧：这样常例亦再见。）都送至刘姥姥的跟前。凤姐乃道：“这是二十两银子，暂且给这孩子做件冬衣罢。若不拿着，可真是怪我了。这串钱雇了车子坐罢。改日无事，只管来逛逛，方是亲戚间的意思。天也晚了，也不虚留你们了，到家里该问好的问个好儿罢。”一面说，一面就站起来了。

刘姥姥只管千恩万谢，拿了银钱，随周瑞家的出来至外厢房。周瑞家的方道：“我的娘！你见了他怎么到不会说话了？开口就是‘你侄儿’。我说句不怕你恼的话，便是亲侄儿，也要说和柔些。那蓉大爷才是他的正经侄儿呢，他怎么又跑出这么个侄儿来了。”（朱夹：与前“眼色”针对，可见文章中无一个闲字。为财势一哭。）刘姥姥笑道：“我的嫂子，（朱侧：赧颜如见。）我见了他，心眼儿里爱还爱不过来，那里还说上话了。”二人说着，又至周瑞家坐了片时。刘姥姥便要留下一块银子与周瑞家的儿女买果子吃，周瑞家的如何放在眼里，执意不肯。刘姥姥感谢不尽，仍从后门去了。正是：

得意浓时易接济；
受恩深处胜亲朋！

（墨）一进荣府一回，曲折顿挫，笔如游龙，且将豪华举止令观者已得大概，想作者应是心花欲开之候。借刘妪入阿凤正文，“送宫花”写“金玉初聚”为引，作者真笔似游龙，变幻难测，非细究至再三再四不记数，那能领会也？叹！叹！

第七回 送宫花周瑞叹英莲 谈肄业秦钟结宝玉

题曰：

十二花容色最新，不知谁是惜花人？
相逢若问名何氏，家住江南姓本秦。

话说周瑞家的送了刘姥姥去后，便上来回王夫人话。（朱侧：不回凤姐，却回王夫人，不交代处，正交代得清趣。）谁知王夫人不在上房，问丫鬟们时，方知往薛姨妈那边闲话去了。（朱侧：文章只是随笔写来，便有流离生动之妙。）周瑞家的听说，便转东角门出至东院，往梨香院来。刚至院门前，只见王夫人的丫鬟名金钏儿者，（朱侧：金钏、宝钗互相映射。妙！）和一个才留了头的小女孩儿（朱侧：莲卿别来无恙否?）站在台阶上顽。见周瑞家的来了，便知有话回，因向内努嘴儿。（朱侧：画。）周瑞家的轻轻掀帘进去，只见王夫人和薛姨妈长篇大套的说些家务人情等语。周瑞家的不敢惊动，遂进里间来。（朱夹：总用双歧岔路之笔，令人估料不到之文。）

只见薛宝钗（朱侧：自入梨香院，至此方写。）穿着家常衣服，（朱夹：好！写一人换一副笔墨，另出一花样。　朱眉："家常爱着旧衣裳"是也。）头上只挽着纂儿，坐在炕里边，伏在小炕几上同丫鬟莺儿正描花样子呢。（朱侧：一幅《绣窗仕女图》，亏想得周到。）见他进来，宝钗便放下笔，转过身来，满面堆笑让："周姐姐坐。"周瑞家的也忙陪笑问："姑娘好？"一面炕沿边坐了，因说："这有两三天也没见姑娘到那边逛逛去，只怕是你宝玉兄弟（朱侧：一人不漏，一笔不板。）冲撞了你不成？"宝钗笑道："那里的话。只因我那种病，（朱眉："那种病""那"字，与前二玉"不知因何"二"又"字，皆得天成地设之体；且省却多少闲文，所谓"惜墨如金"是也。）又发了两天，所以且静养两日。"（朱侧：得空便入。）周瑞家的道："正是呢，姑娘到底有什么病根儿，也该趁早儿请了大夫来，好生开个方子，认真吃几剂药，一势除了根才好。小小的年纪倒坐下个病根，也不是顽的。"宝钗听说便笑道："再不要提吃药，为这病请大夫吃药，也不知白花了多少银子钱呢。凭你什么名医仙药，总不见一点儿效。后来还亏了一个秃头和尚，（朱侧：奇奇怪怪，真如云龙作雨，忽隐忽见，使人逆料不到。）说专治无名之症，因请他看了。他说我这是从胎里带来的一股热毒，（朱侧：凡心偶炽，是以孽火齐攻。）幸而我先天结壮，（朱侧：浑厚故也，假使颦、凤辈，不知又何如治之。）还不相干，若吃凡药，是不中用的。他就说了一个海上方，又给了一包末药作引，异香异气的。不知是那里弄来的。他说发了时吃一丸就好。到也奇怪，这到效验些。"（朱夹：卿不知从那里弄来，余则深知是从放春山采来，以灌愁海水和成，烦广寒玉兔捣碎，在太虚幻境空灵殿上炮制配合者也。）

周瑞家的因问道："不知是那个什么海上方儿？姑娘说了，我们也记着，说与人知道，倘遇见这样的病，也是行好的事。"宝钗见问，乃笑道："不问这方儿还好，若问起这方儿，真真把人琐碎坏了。东西药料一概都有现易得的，只难得'可巧'二字：要春天开的白牡丹花蕊十二两，（朱侧：凡用"十二"字样，皆照应十二钗。）夏天开的白荷花蕊十二两，秋天开的白芙蓉花蕊十二两，冬天开的白梅花蕊十二两。将这四样花蕊，于次年春分这日晒干，和在末药一处，一齐研好。又要雨水这日的雨水十二钱……"周瑞家的忙道："嗳哟！这样说来，这就得一二年的工夫。倘或这日雨水不下雨水，又怎处呢？"宝钗笑道："所以了，那里有这样可巧的雨，便没雨也只好再等罢了。白露这日的露水十二钱，霜降这日的霜十二钱，小雪这日的雪十二钱。把这四样水调匀，和了丸药，再加蜂蜜十二钱，白糖十二钱，丸了龙眼大的丸子，盛在旧磁罐内，埋在花根底下。若发了病时，拿出来吃一丸，用十二分黄柏煎汤送下。"（朱夹：末用黄柏更妙。可知"甘苦"二字，不独十二钗，世皆同有者。）周瑞家的听了笑道："阿弥陀佛，真巧死了人！等十年未必都这样巧的呢。"宝钗道："竟好，自他说了去后，一二年间可巧都得了，好容易配成一料。如今从南带至北，现就埋在梨花树下。"（朱侧："梨香"二字有着落，并未白白虚设。）周瑞家的又道："这药可有名子没有呢？"宝钗道："有。（朱侧：一字句。）这也是癞和尚说下的。叫作'冷香丸'。"（朱侧：新雅奇甚。）周瑞家的听了点头儿，因又说："这病发了时到底觉怎样？"宝钗道："也不觉什么，只不过喘嗽些，吃一丸也就罢了。"（朱夹：以花为药，可是吃烟火人想得出者？诸公且不必问其事之有无，只据此新奇妙文悦我等心目，便当浮一大白。）

周瑞家的还欲说话时，忽听王夫人问："是谁在里头？"周瑞家的忙出去答应了，趁便回了刘姥姥之事。略待半刻，见王夫人无话，方欲退出，（朱夹：行文原只在一二字，便有许多省力处。不得此窍者，便在窗下百般扭捏。）薛姨妈忽又笑道：（朱夹："忽"字"又"字与"方欲"二字对射。）"你且站住。我有一宗东西，你带了去罢。"说着便叫香菱。（朱夹：二字仍从"莲"上起来。盖"英莲"者，"应怜"也，"香菱"者亦"相怜"之意。此是改名之英莲也。）帘栊响处，方才和金钏儿顽的那个小女孩子进来了，问："奶奶叫我作什么？"（朱夹：这是英莲天生成的口气，妙甚！）薛姨妈道："把那匣子里的花儿拿来。"香菱答应了，向那边捧了个小锦匣来。薛姨妈乃道："这是宫里头作的新鲜样法，堆纱花儿十二枝。昨儿我想起来，白放着可惜旧了，何不给他们姊妹们戴去。昨儿要送去，偏又忘了。你今儿来的巧，就带了去罢。你家的三位姑娘，每人两枝，剩下六枝，送林姑娘两枝，那四枝给了凤哥儿罢。"（朱侧：妙文！今古小说中可有如此口吻者？）王夫人道："留着给宝丫头戴罢了，又想着他们。"薛姨妈道："姨妈不知道，宝丫头古怪呢！（朱侧："古怪"二字，正是宝卿身份。）他从来不爱这些花儿粉儿的。"（朱夹：可知周瑞一回，正为宝、菱二人所有，正《石头记》得力处也。）

说着，周瑞家的拿了匣子，走出房门，见金钏儿仍在那里晒日阳儿。周瑞家的因问他道："那香菱小丫头子，可就是时常说临上京时买的，为他打人命官司的那个小丫头子？"金钏道："可不就是。"（朱侧：出明英莲。）正说着，只见香菱笑嘻嘻的走来。周瑞家的便拉了他的手，细细的看了一回，因向金钏儿笑道："到好个模样儿，竟有些象咱们东府里蓉大奶奶的品格儿。"（朱夹：一击两鸣法，二人之美，并可知矣。再忽然想到秦可卿，何玄幻之极。假使说像荣府中所有之人，则死板之至，故远远以可卿之貌为譬，似极扯淡，然却是天下必有之情事。）金钏儿笑道："我也是这么说呢。"周瑞家的又问香菱："你几岁投身到这里？"又问："你父母今在何处？今年十几岁了？本处是那里人？"香菱听问，摇头说："不记得了。"（朱夹：伤痛之极，亦必如此收住方妙。不然，则又将作出"香菱思乡"一段文字矣。）周瑞家的和金钏儿听了，到反为他叹息伤感一回。

一时周瑞家的携花至王夫人正房后来。原来近日贾母说孙女儿们太多了，一处挤着倒不便，只留宝玉、黛玉二人在这边解闷，却将迎、探、惜三人移到王夫人这边房后三间小抱厦内居住，令李纨陪伴照管。（朱侧：不作一笔逸安之板矣。）如今周瑞家的故顺路先往这里来，只见几个小丫头子都在抱厦内听呼唤默坐。迎春的丫鬟司棋与探春的丫鬟侍书（朱夹：妙名！贾家四钗之鬟，暗以琴、棋、书、画四字列名，省力之甚，醒目之甚，却是俗中不俗处。）二人正掀帘出来，手里都捧着茶盘茶钟，周瑞家的便知他姊妹在一处坐着，遂进入内房，只见迎春、探春二人正在窗下围棋。周瑞家的将花送上，说明原故。他二人忙住了棋，都欠身道谢，命丫鬟们收了。周瑞家的答应了，因说："四姑娘不在房里？只怕在老太太那边呢。"丫鬟们道："在这屋里不是？"（朱夹：用画家三五聚散法写来，方不死板。）周瑞家的听了，便往这边屋内来。

只见惜春正同水月庵的小姑子智能儿两个一处顽笑，（朱夹：总是得空便入。百忙又带出王夫人喜施舍等事，可知一支笔作千百支用。又伏后文。）见周瑞家的进来，惜春便问他何事。周瑞家的便将花匣打开，说明原故。惜春笑道："我这里正和智能儿说，我明儿也剃了头同他作姑子去呢，可巧又送了花儿来，若剃了头，把这花可戴在那里？"（朱眉：闲闲一笔，却将后半部线索提动。）说着，大家取笑一回，惜春命丫鬟入画来收了。（朱夹：曰司棋，曰侍书，曰入画；后文补抱琴。琴、棋、书、画四字最俗，上添一虚字则觉新雅。）周瑞家的因问智能儿："你是什么时候来的？你师父那秃歪剌往那里去了？"智能儿道："我们一早就来了，我师父见过太太，就往于老爷府里去了，叫我在这里等他呢。"（朱夹：又虚贴一个于老爷，可知祈尚僧尼者，悉愚人也。）周瑞家的又道："十五的月例香供银子可得了没有？"智能儿摇头儿说："不知道。"（朱夹：妙！年轻未任事也。一应骗布施、哄斋供诸恶，皆是老秃贼设局。写一种人，一种人活像。）惜春听了，便问周瑞家的："如今各庙月例银子是谁管着？"周瑞家的道："是余信（朱侧：明点"愚性"二字。）管着。"惜春听了笑道："这就是了。他师父一来了，余信家的就赶上来，和他师父咕唧了半日，想是就为这事了。"（朱夹：一人不落，一事不忽，伏下多少后文，岂真为送花哉！）

那周瑞家的又和智能儿唠叨了一回，便往凤姐儿处来。穿夹道从李纨后窗下过，（朱夹：细极！李纨虽无花，岂可失而不写者？故用此顺笔便墨，间三带四，使观者不忽。）越过西花墙，出西角门进入凤姐院中。走至堂屋，只见小丫头丰儿坐在凤姐房门槛上，见周瑞家的来了，连忙（朱侧：二字着紧。）摆手儿叫他往东屋里去。周瑞家的会意，慌的蹑手蹑脚的往东边房里来，只见奶子正拍着大姐儿睡觉呢。（朱侧：总不重犯，写一次有一次的新样文法。）周瑞家的悄问奶子道："奶奶睡中觉呢？也该请醒了。"奶子摇头儿。（朱侧：有神理。）正问着，只听那边一阵笑声，却有贾琏的声音。接着房门响处，平儿拿着大铜盆出来，（朱侧：阅者试掩卷思之。）叫丰儿舀水进去。（朱夹：妙文奇想！阿凤之为人，岂有不着意于"风月"二字之理哉？若直以明笔写之，不但唐突阿凤声价，亦且无妙文可赏。若不写之，又万万不可。故只用"柳藏鹦鹉语方知"之法，略一皴染，不独文字有隐微，亦且不至污渎阿凤之英风俊骨。所谓此书无一不妙。 朱眉：余素所藏仇十洲《幽窗听莺暗春图》，其心思笔墨，已是无双，今见此阿凤一传，则觉画工太板。墨眉： 所谓行文有宾有主、有虎有鼠，《水浒传》惯用此法。作者又神而胜之。）平儿便进这边来，一见了周瑞家的便问："你老人家又跑了来作什么？"周瑞家的忙起身，拿匣子与他，说送花一事。平儿听了，便打开匣子，拿出四枝，转身去了。半刻工夫，手里又拿出两枝来，（朱侧：攒花簇锦文字，故使人耳目眩乱。）先叫彩明来吩咐他："送到那边府里给小蓉大奶奶带去。"（朱侧：忙中更忙，又曰"密处不容针"，此等处是也。）次后方命周瑞家的回去道谢。

周瑞家的这才往贾母这边来。穿过了穿堂，顶头忽见他女儿打扮着才从他婆家来。周瑞家的忙问："你这会子跑来作什么？"他女儿笑道："妈一向身上好？我在家里等了这半日，妈竟不出去，什么事情这样忙的不回家？我等烦了，自己先到了老太太跟前请了安了，这会子请太太安去。妈还有什么不了的差事，手里是什么东西？"周瑞家的笑道："嗳！今儿偏偏的来了个刘姥姥，我自己多事，为他跑了半日，这会子又被姨太太看见了，送这几枝花儿与姑娘奶奶们。这会子还没送清白呢。你这会子跑来，一定有什么事情的。”他女儿笑道：“你老人家到会猜。实对你老人家说，你女婿前儿因多吃了两杯酒，和人分争起来，不知怎的被人放了一把邪火，说他来历不明，告到衙门里，要递解还乡。所以我来和你老人家商议商议，这个情分，求那一个可了事？”周瑞家的听了道：“我就知道的。这有什么大不了的！你且家去等我，我送林姑娘的花儿去了就回家来。此时太太二奶奶都不得闲儿，你回去等我。这没有什么忙的。”他女儿听如此说，便回去了，还说：“妈，你好歹快来。”周瑞家的道：“是了。小人儿家没经过什么事情，就急得你这样子。”说着便到黛玉房中去了。（朱夹：又生出一小段来，是荣、宁中常事，亦是阿凤正文，若不如此穿插，直用一送花到底，亦太死板，不是《石头记》笔墨矣。）

谁知此时黛玉不在自己房中，却在宝玉房中大家解九连环作戏。（朱侧：妙极！又一花样。此时二玉已隔房矣。　墨眉：二玉隔房，只此一写化板为活，令阅者不觉。真是仙笔！）周瑞家的进来笑道：“林姑娘，姨太太着我送花儿与姑娘带。”宝玉听说，先便说：“什么花儿？拿来给我。”一面早伸手接过来了。（朱侧：瞧他夹写宝玉。）开匣看时，原来是两枝宫制堆纱新巧的假花。（朱侧：此处方一细写花形。）黛玉只就宝玉手中看了一看，（朱侧：妙！看他写黛玉。）便问道：“还是单送我一个人的，还是别的姑娘们都有？”（朱夹：在黛玉心中，不知有何丘壑。）周瑞家的道：“各位都有了，这两枝是姑娘的了。”黛玉再看了一看，（朱侧：“再看一看”传神！）冷笑道：“我就知道，别人不挑剩下的也不给我。替我道谢罢！”（朱侧：吾实不知黛卿胸中有何丘壑？）

周瑞家的听了，一声儿不言语。宝玉便问道：“周姐姐，你作什么到那边去了。”周瑞家的因说：“太太在那里，因回话去了，姨太太就顺便叫我带来了。”宝玉道：“宝姐姐在家作什么呢？怎么这几日也不过来？”周瑞家的道：“身上不大好呢。”宝玉听了，便和丫头们说：“谁去瞧瞧？就说我和林姑娘（朱侧：“和林姑娘”四字着眼。）打发来问姨娘、姐姐安，问姐姐是什么病，吃什么药。论理我该亲自来的，就说才从学里来的，也着了些凉，异日再亲来。”说着，茜雪便答应去了。周瑞家的自去无话。（朱眉：余阅“送花”一回，薛姨妈云“宝丫头不喜这些花儿粉儿的”，则谓是宝钗正传。又主阿凤、惜春一段，则又知是阿凤正传。今又到颦儿一段，却又将阿颦之天性，从骨中一写，方知亦系颦儿正传。小说中一笔作两三笔者有之，一事启两事者有之，未有如此恒河沙数之笔也。　朱眉：余观“才从学里来”几句，忽追思昔日形景，可叹！想纨绔小儿，自开口云“学里”，亦如市俗人开口便云“有些小事”，然何尝真有事哉！此掩饰推托之词耳。宝玉若不云“从学房里来凉着”，然则便云“因憨顽时凉着”者哉？写来一笑，继之一叹。）

原来这周瑞家的女婿，便是雨村的好友冷子兴，（朱侧：着眼。）近因卖古董和人打官司，故遣女人来讨情分。周瑞家的仗着主子的势利，把这些事也不放在心上，晚间只求求凤姐儿便完了。

至掌灯时分，凤姐已卸了妆，来见王夫人回话：“今儿甄家（朱侧：又提甄家。）送了来的东西，我已收了。（朱侧：不必细说方妙。）咱们送他的，趁着他家有年下进鲜的船去，一并都交给他们带去了。”王夫人点头。凤姐又道：“临安伯老太太千秋的礼已经打点了，太太派谁送去？”（朱侧：阿凤一生尖处。）王夫人道：“你瞧谁闲着，不管打发两个女人去就完了，又来当什么正经事问我。”（朱夹：虚描二事，真真千头万绪！纸上虽一回两回中或有不能写到阿凤之事，然亦有阿凤在彼处手忙心忙矣，观此回可知。）凤姐又笑道：“今儿珍大嫂子来，请我明日过去逛逛，明儿到没有什么事。”王夫人道：“有事没事都害不着什么。每常他来请，有我们，你自然不便意，他既不请我们，单请你，可知是他诚心叫你散淡散淡，别辜负了他的心，便是有事也该过去才是。”凤姐答应了。当下李纨、迎春等姐妹们亦曾定省毕，各自归房无话。

次日凤姐儿梳洗了，先回王夫人毕，方来辞贾母。宝玉听了，也要逛去。凤姐只得答应着，立等换了衣服，姐儿两个坐了车，一时进入宁府。早有贾珍之妻尤氏与贾蓉之妻秦氏婆媳两个，引了多少姬妾丫鬟媳妇等接出仪门。那尤氏一见了凤姐，必先笑嘲一阵，一手携了宝玉入上房来归坐。秦氏献茶毕，凤姐因说：“你们请我来作什么？有什么东西来孝敬，就献上来，我还有事呢。”尤氏、秦氏未及答话，地下几个姬妾先就笑说：“二奶奶今儿不来就罢，既来了就依不得二奶奶了。”正说着，只见贾蓉进来请安。宝玉因问：“大哥哥今日不在家？”尤氏道：“出城请老爷安去了。”又道：“可是你怪闷的，也坐在这里作什么？何不去逛逛？”秦氏笑道：“今日巧，上回宝叔立刻要见见我兄弟，他今儿也在这里，想在书房里，宝叔何不去瞧一瞧？”（朱眉：欲出鲸卿，却先小妯娌闲闲一聚，随笔带出，不见一丝作造。）宝玉听了，即便下炕要走。尤氏、凤姐都忙说：“好生着，忙什么？”一面便吩咐人，“好生小心跟着，别委屈着他，到比不得跟了老太太来就罢了。”（朱夹：“委屈”二字极不通，却是至情，写愚妇至矣！）凤姐儿道：“既这么着，何不请进这秦小爷来，我也瞧瞧。难道我就见不得他不成？”尤氏笑道：“罢，罢！可以不必见他，比不得咱们家的孩子们，胡打海摔的惯了。（朱夹：卿家“胡打海摔”，不知谁家方珍怜珠惜？此极相矛盾却极入情，盖大家妇人口吻如此。）人家的孩子都是斯斯文文惯了的，乍见了你这破落户，还被人笑话死了呢。”凤姐笑道：“普天下的人，我不笑话就罢，（朱侧：自负得起。）竟叫这小孩子笑话我不成？”贾蓉笑道：“不是这话，他生的腼腆，没见过大阵仗儿，婶子见了，没的生气。”凤姐啐道：“他是哪吒，我也要见一见！别放你娘的屁了。再不带去，看给你一顿好嘴巴子！”（朱眉：此等处写阿凤之放纵，是为后回伏线。）贾蓉笑嘻嘻的说：“我不敢强，就带他来。”

说着，果然出去带进一个小后生来，较宝玉略瘦巧些，清眉秀目，粉面朱唇，身材俊俏，举止风流，似在宝玉之上，只是怯怯羞羞，有女儿之态，（朱侧：伏笔也，不可不知）腼腆含糊的向凤姐作揖问好。凤姐喜的先推宝玉，笑道：“比下去了！”（朱侧：不知从何处想来。）便探身一把携了这孩子的手，就命他身傍坐下，慢慢问他年纪、读书等事，（朱侧：分明写宝玉，却先偏写阿凤。）方知他学名唤秦钟。（朱夹：设云“秦钟”。古诗云：“未嫁先名玉，来时本姓秦。”二语便是此书大纲目、大比托、大讽刺处。）早有凤姐的丫鬟媳妇们见凤姐初会秦钟，并未备得表礼来，遂忙过那边去告诉平儿。平儿素知凤姐与秦氏厚密，虽是小后生家，亦不可太俭，遂自作了主意，拿了一匹尺头，两个“状元及第”的小金锞子，交付与来人送过去。凤姐犹笑说太简薄等语。秦氏等谢毕。一时吃过饭，尤氏、凤姐、秦氏等抹骨牌，不在话下。（朱夹：一人不落，又带出强将手下无弱兵。）

宝玉、秦钟二人随便起坐说话。（朱侧：淡淡写来。）那宝玉只一见秦钟人品，心中便似有所失，痴了半日，自己心中又起了呆意，乃自思道："天下竟有这等人物！如今看来，我竟成了泥猪癞狗了。可恨我为什么生在这侯门公府之家，若也生在寒儒薄宦之家，早得与他交结，也不枉生了一世。我虽如此比他尊贵，（朱夹：这一句不是宝玉本意中语，却是古今历来膏粱纨绔之意。）可知绫锦纱罗，也不过裹了我这根死木；美酒羊羔，也只不过填了我这粪窟泥沟。'富贵'二字，不料遭我荼毒了！"（朱夹：一段痴情，翻"贤贤易色"一句筋斗，使此后朋友中无复再敢假谈道义，虚论情常。）秦钟自见了宝玉形容出众，举止不浮，（朱夹："不浮"二字妙，秦卿目中所取正在此。）更兼金冠绣服，骄婢侈童，（朱夹：这二句是贬，不是奖。此八字遮饰过多少魑魅纨绔。秦卿目中所鄙者。）秦钟心中亦自思道：（朱侧：所谓两情脉脉。）"果然这宝玉怨不得人人溺爱他。可恨我偏生于清寒之家，不能与他耳鬓交结，可知'贫富'二字限人，亦世间之大不快事。"（朱夹："贫富"二字中，失却多少英雄朋友！）二人一样的胡思乱想。（朱夹：作者又欲瞒过众人。）忽又（朱夹：二字写小儿得神。）有宝玉问他读什么书。（朱夹：宝玉问读书，亦想不到之大奇事。）秦钟见问，便因实而答。（朱夹：四字普天下朋友来看。）二人你言我语，十来句后，越觉亲密起来。一时摆上茶果吃茶，宝玉便说："我们两个又不吃酒，把果子摆在里间小炕上，我们那里坐去，省得闹你们。"（朱夹：眼见得二人一身一体矣。）于是二人进里间来吃茶。

秦氏一面张罗与凤姐摆酒果，一面忙进来嘱宝玉道："宝叔，你侄儿年小倘或言语不防头，你千万看着我，不要理他。他虽腼腆，却性子左强，不大随和些是有的。"（朱侧：实写秦钟，又映宝玉。）宝玉笑道："你去罢，我知道了。"秦氏又嘱了他兄弟一回，方去陪凤姐。一时凤姐、尤氏又打发人来问宝玉："要吃什么，外面有，只管要去。"宝玉只答应着，也无心在饮食，只问秦钟近日家务等事。（朱夹：宝玉问读书已奇，今又问家务，岂不更奇？）秦钟因说："业师于去岁病故，家父又年纪老迈，贱疾在身，公务繁冗，因此尚未议及再延师一事，目下不过在家温习旧课而已。再读书一事，也必须有一二知己（朱侧：眼。）为伴，时常大家讨论，才能进益。"宝玉不待说完，便答道："正是呢，我们家却有个家塾，合族中有不能延师的，便可入塾读书，子弟们中亦有亲戚在内可以附读。我因上年业师回家去了，也现荒废着。家父之意，亦欲暂送我去且温习着旧书，待明年业师上来，再各自在家亦可。家祖母因说：一则家学里子弟太多，生恐大家淘气，反不好；二则也因我病了几天，遂暂且耽搁着。如此说来，尊翁如今也为此事悬心。今日回去，何不禀明，就在我们这敝塾中来，我亦相伴，彼此有益，岂不是好事？"秦钟笑道："家父前日在家提起延师一事，（朱眉：真是可儿之弟。）也曾提起这里的义学到好，原要来和这里的亲翁商议引荐。因这里事忙，不便为这点小事来聒絮的。宝叔果然度小侄或可磨墨涤砚，何不速速作成，又彼此不致荒废，又可以常相谈聚，又可以慰父母之心，又可以得朋友之乐，岂不是美事？"（朱眉：真是可卿之弟。）宝玉笑道："放心，放心。咱们回来先告诉你姐夫、姐姐和琏二嫂子。你今日回家就禀明令尊，我回去再回明家祖母，再无不速成之理的。”二人计议一定。那天气已是掌灯时候，出来又看他们顽了一回牌。算帐时，却又是秦氏、尤氏二人输了戏酒的东道，（朱侧：自然是二人输。）言定后日吃这东道，一面又说了回话。

晚饭毕，因天黑了，尤氏因说：“先派两个小子送了这秦相公去。”媳妇们传出去半日，秦钟告辞起身。尤氏问：“派了谁送去？”媳妇们回说：“外头派了焦大，谁知焦大醉了，又骂呢。”（朱夹：可见骂非一次矣。）尤氏、秦氏都道：“偏又派他作什么！放着这些小子们，那一个派不得？偏要惹他去。”（朱侧：便奇！）凤姐道：“我成日家说你太软弱了，纵的家里人这样还了得呢。”尤氏叹道：“你难道不知这焦大的？连太爷都不理他的，你珍哥哥也不理他。只因他从小儿跟着太爷们出过三四回兵，从死人堆里把太爷背了出来，得了命，自己挨着饿，却偷了东西来给主子吃。两日没得水，得了半碗水给主子吃，他自喝马溺。不过仗着这些功劳情分，有祖宗时都另眼相待，如今谁肯难为他去。他自己又老了，又不顾体面，一味的㕵酒，一吃醉了，无人不骂。我常说给管事的，不要派他事，全当一个死的就完了。今儿又派了他。”凤姐道：“我何曾不知这焦大。到是你们没主意，有这样的，何不打发他远远的庄子上去就完了。”（朱眉：这是为后协理宁国伏线。）说着，因问：“我们的车可齐备了？”地下众人都应：“伺候齐了。”凤姐亦起身告辞，和宝玉携手同行。尤氏等送至大厅，只见灯烛辉煌，众小厮都在丹墀侍立。

那焦大又恃贾珍不在家——即在家亦不好怎样，更可以恣意的洒落洒落。因趁着酒兴，先骂（朱侧：来了。）大总管赖二，（朱夹：记清，荣府中则是赖大，又故意综错的妙。）说他不公道，欺软怕硬：“有了好差事就派别人，象这样黑更半夜送人的事，就派我。没良心的忘八羔子！瞎充管家！你也不想想，焦大太爷跷起一支脚，比你的头还高呢。二十年头里的焦大太爷眼里有谁？别说你们这把子的杂种忘八羔子们！”正骂的兴头上，贾蓉送凤姐的车出去，众人喝他不听，贾蓉忍不得，便骂了他两句，使人捆起来，“等明日醒了酒，问他还寻死不寻死了！”那焦大那里把贾蓉放在眼里，反大叫起来，赶着贾蓉叫：“蓉哥儿，（朱侧：来了。）你别在焦大跟前使主子性儿。别说你这样儿的，就是你爹，你爷爷，也不敢和焦大挺腰子呢！不是焦大一个人，你们做官儿，享荣华，受富贵？你祖宗九死一生挣下这个家业，到如今，不报我的恩，反和我充起主子来了。（朱侧：忽接此焦大一段，真可惊心骇目，一字化一泪，一泪化一血珠。）不和我说别的还可，若再说别的，咱们白刀子进去红刀子出来！”（朱夹：是醉人口中文法。一段借醉奴口角，闲闲补出宁、荣往事近故，特为天下世家一笑。）凤姐在车上说与贾蓉：“以后还不早打发了这没王法的东西！留在这里岂不是祸害？倘或亲友知道了，岂不笑话咱们这样的人家，连个王法规矩都没有。”贾蓉答应“是”。

众小厮见他太撒野不堪了，只得上来几个，揪翻捆倒，拖往马圈里去。焦大亦发连贾珍（朱侧：来了。）都说出来，乱嚷乱叫：“我要往祠堂里哭太爷去。（朱眉：“不如意事常八九，可与人言无二三！”——以二句批是段，聊慰石兄。）那里承望到如今生下这些畜牲来，（朱侧：来了！）每日家偷狗戏鸡，爬灰的爬灰，（墨旁：珍哥儿。）养小叔子的养小叔子，（墨旁：宝兄在内。）我什么不知道？咱们‘胳膊折了往袖子里藏’！”

（朱眉：一部《红楼》，淫邪之处，恰在焦大口中揭明。　墨眉：用背面宣染之法，揭出正文，读之便不觉污秽笔墨。此文字三昧也！）众小厮听他说出这些没天日的话来，唬的魂飞魄散，也不顾别的了，便把他捆起来，用土和马粪满满的填了他一嘴。

凤姐和贾蓉等也遥遥的闻得，便都装作（朱侧：是极。）听不见。宝玉在车上见这般醉闹，到也有趣，因问凤姐儿道："姐姐，你听他说'爬灰的爬灰'，什么是'爬灰'？"（朱侧：问得妙！墨眉：反是他来问。真耶？假耶？欺人耶？自欺耶？然天下人不易瞒也。呵呵！镜里藏春，任尔起灭，文情文心，真旷绝宇宙也！）凤姐听了，连忙立眉嗔目断喝道："少胡说！那是醉汉嘴里混唚。（朱侧：答得妙！）你是什么样的人，不说不听见，还到细问！等我回去回了太太，仔细捶你不捶你！"唬的宝玉连忙央告："好姐姐，我再不敢说这话了。"凤姐亦忙回色哄道：（朱侧：哄得妙。）"好兄弟这才是。等回去，咱们回了老太太，打发人往家学里说明白了，请了秦钟家学里念书去要紧。"说着，自回荣府而来。要知端的，且听下回分解。正是：

不因俊俏难为友；
正为风流始读书。（朱侧：原来不读书即蠢物矣。）

第八回 薛宝钗小恙梨香院 贾宝玉大醉绛芸轩

题曰：

古鼎新烹凤髓香，那堪翠斝贮琼浆。
莫言绮縠无风韵，试看金娃对玉郎。

话说凤姐和宝玉回家，见过众人。宝玉先便回明贾母秦钟要上家塾之事，自己也有了个伴读的朋友，正好发奋，（朱侧：未必。）又着实的称赞秦钟的人品行事，最使人怜爱。凤姐又在一旁帮着说“过日他还来拜老祖宗”等语，说的贾母喜悦起来。（朱侧：止此便十成了，不必繁文再表，故妙。偷度金针法。）凤姐又趁势请贾母后日过去看戏。贾母虽年老，却极有兴头。（朱侧：为贾母写传。）至后日，又有尤氏来请，遂携了王夫人、林黛玉、宝玉等过去看戏。至晌午，贾母便回来歇息了。（朱夹：叙事有法，若只管写看戏，便是一无见世面之暴发贫婆矣。写“随便”二字，兴高则往，兴败则回，方是世代封君正传。且“高兴”二字，又可生出多少文章来。）王夫人本是好清净的，（朱夹：偏与邢夫人相犯，然却是各有各传。）见贾母回来也就回来了。然后凤姐坐了首席，尽欢至晚无话。（朱侧：细甚，交代毕。）

却说宝玉因送贾母回来，待贾母歇了中觉，意欲还去看戏取乐，又恐扰的秦氏等人不便，（朱侧：全是体贴功夫。）因想起近日薛宝钗在家养病，未去亲候，意欲去望他一望。若从上房后角门过去，又恐遇见别事缠绕，再或可巧遇见他父亲，（朱侧：本意正传，实是曩时苦恼，叹！叹！）更为不妥，（朱侧：细甚。）宁可绕远路罢了。当下众嬷嬷丫鬟伺候他换衣服，见他不换，仍出二门去了。众嬷嬷丫鬟只得跟随出来，还只当他去那府中看戏。谁知到了穿堂，便往东向北绕厅后而去。偏顶头遇见了门下清客相公詹光（朱侧：妙！盖沾光之意。）、单聘仁（朱侧：更妙！盖善于骗人之意。）二人走来，一见了宝玉，便都笑着赶上来，一个抱住腰，一个携着手，都道："我的菩萨哥儿，（朱侧：没理没伦，口气毕肖。）我说作了好梦呢，好容易得遇见了你。"说着，请了安，又问好，劳叨了半日，方才走开。老嬷嬷叫住，因问："你二位爷是从老爷跟前来的不是？"（朱侧：为玉兄一人，却人人俱有心事，细致！）他二人点头（朱侧：使人起遐思。）道："老爷在梦坡斋（朱侧：妙！梦遇坡之处也。）小书房里歇中觉呢，不妨事的。"（朱侧：玉兄知己。一笑。）一面说，一面走了。说的宝玉也笑了。于是转弯向北奔梨香院来。可巧银库房的总领名唤吴新登（朱侧：妙！盖云无星戥也。）与仓上的头目名唤戴良，（朱侧：妙！盖云大量也。）还有几个管事的头目，共有七个人，从账房里出来，一见了宝玉走来，都一齐垂手站住。（朱眉：一路用"淡三色烘染行云流水" 之法，写出贵公子家常不即不离气致。经历过者，则喜其写真；未经者，恐不免嫌繁。）独有一个买办名唤钱华，（朱夹：亦钱开花之意。随事生情，因情得文。）因他多日未见宝玉，忙上来打千儿请安，宝玉忙含笑携他起来。众人都笑说："前儿在一处看见二爷写的斗方，字法越发好了，多早晚赏我们几张贴贴。"宝玉笑道："在那里看见了？"众人道："好几处都有，都称赞的了不得，还和我们寻呢。"（朱眉：余亦受过此骗，今阅至此，赧然一笑。此时有三十年前向余作此语之人在侧，观其形已皓首驼腰矣，乃使彼亦细听此数语，彼则潸然泣下，余亦为之败兴。）宝玉笑道："不值什么，你们说给我的小幺儿们就是了。"一面说，一面前走，众人待他过去，方都各自散了。（朱夹：未入梨香院，先故作若许波澜曲折。瞧他无意中又写出宝玉写字来，固是愚弄公子之闲文，然亦是暗透宝玉历来文课事。不然，后文岂不太突？）

闲言少述，（朱夹：此处用此句最当。）且说宝玉来至梨香院中，先入薛姨妈室中来，正见薛姨妈打点针黹与丫鬟们。宝玉忙请了安，薛姨妈忙一把拉了他，抱入怀内，笑说："这么冷天，我的儿，难为你想着我，快上炕来坐着罢。"命人倒滚滚的茶来。宝玉因问："哥哥不在家？"薛姨妈叹道："他是没笼头的马，天天逛不了，那里肯在家一日。"宝玉道："姐姐可大安了？"薛姨妈道："可是呢，你前儿又想着打发人来瞧他。他在里间不是，你去瞧他，里间比这里暖和，那里坐着，我收拾收拾就进去和你说话儿。"宝玉听说，忙下了炕来至里间门前，只见吊着半旧的红紬软帘。（朱侧：从门外看起，有层次。）宝玉掀帘一迈步进去，先就看见薛宝钗坐在炕上作针线，头上挽着漆黑油光的纂儿，蜜合色棉袄，玫瑰紫二色金银鼠比肩褂，葱黄绫棉裙，一色半新不旧，看来不觉奢华。唇不点而红，眉不画而翠，脸若银盆，眼如水杏。罕言寡语，人谓藏愚，安

寶釵

分随时，自云守拙。（朱夹：这方是宝卿正传。与前写黛玉之传一齐参看，各极其妙，各不相犯，使其人难其左右于毫末。　朱眉：画神鬼易，画人物难。写宝卿正是写人之笔，若与黛玉并写更难。今作者写得一毫难处不见，且得二人真体实传，非神助而何?）

宝玉一面看，一面口内问：“姐姐可大愈了?”宝钗抬头（朱侧：与宝玉迈步针对。）只见宝玉进来，（朱夹：此则神情尽在烟飞水逝之间，一展眼便失于千里矣。）连忙起来含笑答说：“已经大好了，到多谢记挂着。”说着，让他在炕沿上坐了，即命莺儿斟茶来。一面又问老太太、姨妈安，别的姊妹们都好。（朱侧：这是口中如此。）一面（朱侧：“一面”二，口中眼中，神情俱到。）看宝玉头上戴着缧丝嵌宝紫金冠，额上勒着二龙抢珠金抹额，身上穿着秋香色立蟒白狐腋箭袖，系着五色蝴蝶鸾绦，项上挂着长命锁、记名符，另外有那一块落草时衔下来的宝玉。宝钗因笑说道：“成日家说你的这玉，究竟未曾细细的赏鉴，我今儿倒要瞧瞧。”（朱夹：自首回至此，回回说有通灵玉一物，余亦未曾细细赏鉴，今亦欲一见。）说着便挪近前来。宝玉亦凑了上去，从项上摘了下来，递与宝钗手内。宝钗托于掌上，（朱夹：试问石兄：此一托，比在青埂峰下猿啼虎啸之声何如？　朱眉：余代答曰：“遂心如意。”）只见大如雀卵，（朱侧：体。）灿若明霞，（朱侧：色。）莹润如酥，（朱侧：质。）五色花纹缠护。（朱侧：文。）这就是大荒山中青埂峰下的那块顽石的幻相。（朱侧：注明。）后人曾有诗嘲云：

女娲炼石已荒唐，又向荒唐演大荒。

失去幽灵真境界，幻来亲就臭皮囊。（朱侧：二语可入道，故前引庄叟秘诀。）

好知运败金无彩，堪叹时乖玉不光。（朱侧：又夹入宝钗，不是虚图对的工。二语虽粗，本是真情，然此等诗只宜如此，为天下儿女一哭。）

白骨如山忘姓氏，无非公子与红妆。（朱侧：批得好。末二句似与题不切，然正是极贴切语。）

那顽石亦曾记下他这幻相并癞僧所镌的篆文，今亦按图画于后。但其真体最小，方能从胎中小儿口中衔下。今若按其体画，恐字迹过于微细，使观者大费眼光，亦非畅事。故今按其形式，无非略展放些规矩，使观者便于灯下醉中可阅。今注明此故，方无“胎中之儿口有多大，怎得衔此狼犺蠢大之物”等语之谤。（朱眉：又忽作此数语，以幻弄成真，以真弄成幻。真真假假，恣意游戏于笔墨之中，可谓狡猾之至。作人要老诚，作文要狡猾。）

通灵宝玉正面图式

通灵宝玉反面图式

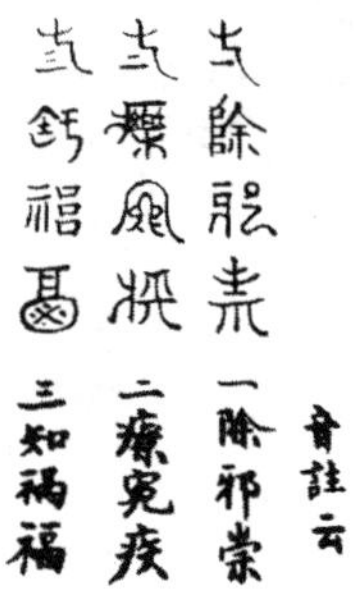

宝钗看毕，（朱夹：余亦想见其物矣。前回中总用草蛇灰线写法，至此方细细写出，正是大关节处。）又从翻过正面（朱侧：可谓真奇之至。）来细看，口内念道：“莫失莫忘，仙寿恒昌。”念了两遍，（朱侧：是心中沉吟，神理。　朱眉：《石头记》立誓一笔不写一家文字。）乃回头向莺儿笑道：“你不去倒茶，也在这里发呆（朱侧：阅者试思，此一句是何意思?）作什么?”（朱夹：请诸公掩卷合目想其神理，想其坐立之势，想宝钗面上口中。真妙!）莺儿嘻嘻笑道：“我听这两句话，到像和姑娘的项圈（朱侧：金针度矣。）上的两句话是一对儿。”（朱夹：又引出一个金项圈来，莺儿口中说出方妙。　朱眉：恨颦儿不早来听此数语，若使彼闻之，不知又有何等妙论趣语以悦我等心臆。　朱侧：不着而着。）宝玉听了，忙笑说道：“原来姐姐那项圈上也有八个字，（朱夹：补出素日眼中虽见而实未留心。　朱侧：又惊又喜。）我也赏鉴赏鉴!”宝钗道：“你别听他的话，（朱侧：写宝钗身分。）没有什么字。”宝玉笑央：“好姐姐，你怎么瞧我的呢。”宝钗被他缠不过，因说道：“是个人给了两句吉利话儿，所以錾上了，叫天天带着，不然，沉甸甸的有什么趣儿。”（朱夹：一句骂死天下浓妆艳饰富贵中之脂妖粉怪。）一面说，一面解排扣，（朱侧：细。）从里面大红袄上将那珠宝晶莹黄金灿烂的璎珞掏将出来。（朱夹：按，璎珞者，头饰也！想近俗即呼为项圈者是矣。）宝玉忙托了锁看时，果然一面有四个篆字，两面八个，共成两句吉谶。亦曾按式画下形相：

璎珞正面式

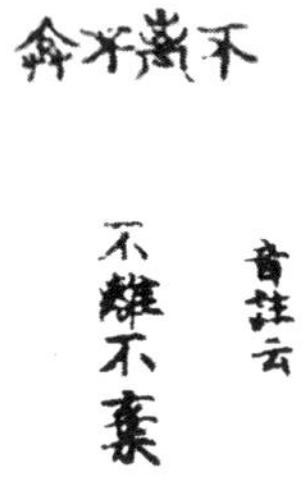

璎珞反面式

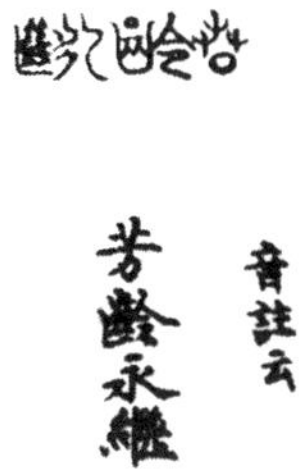

（朱侧：合前读之，岂非一对?）

宝玉看了，也念两遍，又念自己的两遍，因笑问：“姐姐这八个字倒真与我的是一对。”（朱夹：余亦谓是一对，不知干支中四注八字可与卿亦对否？朱侧：明明是一对儿。）莺儿笑道：“是个癞头和尚送的，他说必须錾在金器上。”宝钗不待说完，（朱眉：花看半开，酒饮微醉，此文字是也。）便嗔他（朱侧：写宝钗身分。）不去倒茶，一面又问宝玉从那里来。（朱侧：妙神妙理，请观者自思。）

宝玉与宝钗相近，只闻一阵阵凉森森甜丝丝的幽香，（墨眉：此香可得一闻否?）竟不知系何香气，遂问：“姐姐熏的是什么香？我竟从未闻见过这味儿。”（朱侧：不知比“群芳髓”又何如?）宝钗笑道：“我最怕熏香，好好的衣服，熏的烟燎火气的。”（朱侧：真真骂死一干浓妆艳饰鬼怪。）宝玉道：“既如此，这是什么香?”宝钗想了一想，笑道：“是了，是我早起吃了丸药的香气。”（朱侧：点“冷香丸”。）宝玉笑道：“什么丸药这么好闻？好姐姐，给我一丸尝尝。”（朱夹：仍是小儿语气。究竟不知别个小儿，只宝玉如此？）宝钗笑道：“又混闹了，一个药也是混吃的？”一语未了，忽听外面人说：“林姑娘来了。”（朱侧：紧处愈紧，密不容针之文。）

话犹未了，林黛玉已摇摇（朱侧：二字画出身。）的走了进来，一见了宝玉，便笑道：“嗳哟，我来的不巧了！”（朱侧：奇文，我实不知颦儿心中是何丘壑。）宝玉等忙起身笑让坐，宝钗因笑道：“这话怎么说？”黛玉笑道：“早知他来，我就不来了。”宝钗道：“我更不解这意。”黛玉笑道：“要来时一群都来，要不来一个也不来，今儿他来了，明儿我再来，如此间错开了来着，岂不天天有人来了？（朱侧：强词夺理。）也不至于太冷落，也不至于太热闹了。（朱侧：好点缀。）姐姐如何反不解这意思？”（朱夹：吾不知颦儿以何物为心为齿为口为舌，实不知胸中有何丘壑。）宝玉因见他外面罩着大红羽缎对衿褂子，（朱侧：岔开文字，避繁章法，妙极妙极！）因问：“下雪了么？”地下婆娘们道：“下了这半日雪珠儿了。”宝玉道：“取了我的斗篷来了不曾？”黛玉便道：“是不是，我来了你就该去了。”（朱侧：实不知有何丘壑。）宝玉笑道：“我多早晚说要去了？不过是拿来预备着。”宝玉的奶母李嬷嬷因说道：“天又下雪，也好早晚的了，就在这里同姐姐妹妹一处顽顽罢。姨妈那里摆茶果子呢。我叫丫头去取了斗篷来，说给小幺儿们散了罢。”宝玉应允。李嬷出去，命小厮们都各散去不提。

这里薛姨妈已摆了几样细巧茶果留他们吃茶。（朱侧：是溺爱，非势利。）宝玉因夸前日在那府里珍大嫂子的好鹅掌鸭信。（朱夹：为前日秦钟之事恐观者忘却，故忙中闲笔，重一渲染。）薛姨妈听了，忙也把自己糟的取了些来与他尝。（朱侧：是溺爱，非夸富。）宝玉笑道：“这个须得就酒才好。”薛姨妈便命人去灌了些上等的酒来。（朱侧：愈见溺爱。）李嬷嬷便上来道：“姨太太，酒到罢了。”宝玉笑央道：“好妈妈，我只吃一钟。”李嬷嬷道：“不中用！当着老太太、太太，那怕你吃一坛呢。想那日我眼错不见一会，不知是那一个没调教的，只图讨你的好儿，不管别人死活，给了你一口酒吃，葬送的我挨了两日骂。（朱眉：余最恨无调教之家，任其子侄肆行哺啜，观此则知大家风范。）姨太太不知道，他性子又可恶，（朱侧：补出素日。）吃了酒更弄性。有一日老太太高兴了，又尽着他吃，什么日子又不许他吃，何苦我白赔在里面。”（朱侧：浪酒闲茶，原不相宜。）薛姨妈笑道：“老货，（朱侧：二字如闻。）你只放心吃你的去。我也不许他吃多了。便是老太太问，有我呢。”一面命小丫鬟：“来，让你奶奶们去，也吃杯搪搪雪气。”那李嬷嬷听如此说，只得和众人且去吃些酒水。

这里宝玉又说：“不必烫热了，我只爱吃冷的。”薛姨妈忙道：“这可使不得，吃了冷酒，写字手打颤儿。”（朱侧：酷肖。）宝钗笑道：“宝兄弟，亏你每日家杂学旁收的，（朱侧：着眼。若不是宝卿说出，竟不知玉卿日就何业。　朱眉：在宝卿口中说出玉兄学业，是作微露卸春挂之萌耳，是书勿看正面为幸。）难到就不知道酒性最热，若热吃下去，发散的就快，若冷吃下去，便凝结在内，以五脏去暖他，岂不受害？从此还不快不要吃那冷的呢。”（朱夹：知命知身，识理识性，博学不杂，庶可称为佳人。可笑别小说中一首歪诗，几句淫曲，便自佳人相许，岂不丑杀？）宝玉听这话有情理，（朱夹：宝玉亦听的出有情理的话来，与前问读书家务，并皆大奇之事。）便放下冷的，命人暖来方饮。

黛玉磕着瓜子儿，只抿着嘴笑。（朱侧：实不知其丘壑，自何处设想而来？）可巧（朱侧：又用此二字。）黛玉的小丫鬟雪雁走来与黛玉送小手炉来，黛玉因含笑问他说："谁叫你送来的？难为他费心，那里就冷死了我！"（朱侧：吾实不知何为心，何为齿、口、舌。）雪雁道："紫鹃（朱夹：又顺笔带出一个妙名来，洗尽"春花""腊梅"等套。　朱侧：鹦哥改名矣。）姐姐怕姑娘冷，使我送来的。"黛玉一面接了，抱在怀中，笑道："也亏你到听他的话。我平日和你说的，全当耳旁风，怎么他说了你就依，比圣旨还快呢？"（朱夹：要知尤物方如此，莫作世俗中一味酸妒狮吼辈看去。）宝玉听这话，知黛玉借此奚落他，也无回复之词，只嘻嘻的笑了两阵罢了。（朱侧：这才好，这才是宝玉。）宝钗素知黛玉是如此惯了的，也不去睬他。（朱侧：浑厚天成，这才是宝钗。）薛姨妈因道："你素日身子弱，禁不得冷的，他们记挂着你到不好？"黛玉笑道："姨妈不知道。幸亏是姨妈这里，倘或在别人家，人家岂不恼？好说就看的人家连个手炉也没有，巴巴的从家里送个来。不说丫头们太小心过余，还只当我素日是这等轻狂惯了呢。"（朱夹：用此一解，真可拍案叫绝，足见其以兰为心，以玉为骨，以莲为舌，以冰为神。真真绝倒天下之裙钗矣。　墨眉：强词夺理，偏他说得如许,真冰雪聪明也!）薛姨妈道："你是个多心的，有这样想，我就没这样之心。"

说话时，宝玉已是三杯过去了。李嬷嬷又上来拦阻。宝玉正在心甜意洽之时，和宝、黛姊妹说说笑笑的，（朱夹：试问石兄：比当日青埂峰猿啼虎啸之声何如？）那肯不吃。宝玉只得屈意央告："好妈妈，我再吃两钟就不吃了。"李嬷嬷道："你可仔细老爷今儿在家，提防问你的书！"（朱侧：不入耳之言是也。　朱夹：不合提此话。这是李嬷嬷激醉了的，无怪乎后文。一笑。）宝玉听了此话，便心中大不自在，慢慢的放下酒，垂了头。（朱夹：画出小儿愁蹙之状，楔紧后文。）黛玉先忙的说："别扫大家的兴！舅舅（朱侧：二字指贾政也。）若叫你，只说姨妈留着呢。这个妈妈，他吃了酒，又拿我们来醒脾了！"（朱侧：这方是阿颦真意对玉卿之文。）一面悄推宝玉，使他赌气，一面悄悄的咕哝说："别理那老货，咱们只管乐咱们的。"那李嬷嬷也素知黛玉的，因说道："林姐儿，（朱侧：如此之称似不通，却是老妪真心道出。）你不要助着他了。你到劝劝他，只怕他还听些。"林黛玉冷笑道："我为什么助着他？我也犯不着劝他。你这个妈妈太小心了，往常老太太又给他酒吃，如今在姨妈这里多吃一杯，料也不妨事。必定姨妈这里是外人，不当在这里的也未可知。"李嬷嬷听了，又是急，又是笑，（朱侧：是认不得真，是不忍认真，是爱极颦儿、疼煞颦儿之意。）说道："真真这林姑娘，说出一句话来，比刀子还尖。这算了什么呢。"宝钗也忍不住笑着，把黛玉腮上一拧，（朱侧：我也欲拧。　墨眉：我则爱之不暇，岂忍拧耶？）说道："真真这个颦丫头的一张嘴，叫人恨又不是，喜欢又不是。"（朱侧：可知余前批不谬。）薛姨妈一面又说："别怕，别怕，（朱侧：是接前老爷问书之语。）我的儿！来了这里没好的你吃，别把这点子东西唬的存在心里，到叫我不安。只管放心吃，都有我呢。越发吃了晚饭去，便醉了，便跟着我睡罢。"因命："再热酒来！姨妈陪你吃两杯，可就吃饭罢。"（朱侧：二语不失长上之体，且收拾若干文，千斤力量。）宝玉听了，方又鼓起兴来。

李嬷嬷因吩咐小丫头子们："你们在这里小心着，我家去换了衣服就来，悄悄的回姨太太，别任他的性，多给他吃。”说着便家去了。这里虽还有三四个婆子，都是不关痛痒的，（朱侧：写的到。）见李嬷嬷走了，也都悄悄的自寻方便去了。只剩了两个小丫头子，乐得讨宝玉的欢喜。幸而薛姨妈千哄万哄的，只容他吃了两杯，就忙收过了。做了酸笋鸡皮汤，宝玉痛喝了两碗，吃了半碗饭碧粳粥。（朱侧：美粥名。）一时薛、林二人也吃完了饭，又酽酽的沏上茶来，每人吃了两碗。薛姨妈方放了心。雪雁等三四个丫头已吃了饭来伺候。黛玉因问宝玉道：“你走不走？”（朱侧：妙问。）宝玉乜斜倦眼（朱侧：醉意。）道：“你要走，我和你一同走。”（朱侧：妙答。此等话，阿颦心中最乐。）黛玉听说，遂起身道：“咱们来了这一日，也该回去了。还不知那边怎么找咱们呢。”说着，二人便告辞。小丫头忙捧过斗笠来，（朱侧：不漏。）宝玉便把头略低一低，命他带上。那丫头便将这大红猩毡斗笠一抖，才往宝玉头上一合，宝玉便说：“罢，罢！好蠢东西，你也轻些儿！难道没见过别人（朱侧：“别人”者，袭人、晴雯之辈也。）带过的？让我自己带罢。”黛玉站在炕沿上道：“啰唆什么，过来，我瞧瞧罢。”宝玉忙就近前来。黛玉用手整理，轻轻笼住束发冠，将笠沿拽在抹额之上，将那一颗核桃大的绛绒簪缨扶起，颤巍巍露于笠外。整理已毕，端相了端相，说道：“好了，披上斗篷罢。”（朱夹：若使宝钗整理，颦卿又不知有多少文章。）宝玉听了，方接了斗篷披上。薛姨妈忙道：“跟你们的妈妈都还没来呢，且略等等不是。”宝玉道：“我们到去等他们，有丫头们跟着也够了。”薛姨妈不放心，便命两个妇女跟随他兄妹方罢。他二人道了扰，一径回至贾母房中。

贾母尚未用晚饭，知是薛姨妈处来，更加欢喜。（朱侧：收的好极，正是写薛家母女。）因见宝玉吃了酒，遂命他自回房去歇着，不许再出来了。因命人好生看侍着。忽想起跟宝玉的人来，遂问众人：“李奶子怎么不见？”（朱侧：细。）众人不敢直说家去了，（朱侧：有是事，大有是事。）只说：“才进来的，想有事才去了。”宝玉踉跄回头道：“他比老太太还受用呢，问他作什么！没有他只怕我还多活两日。”一面说，一面来至自己卧室。只见笔墨在案，（朱侧：如此找前文最妙，且无逗榫之迹。）晴雯先接出来，笑说道：“好，好，要我研了那些墨，早起高兴，只写了三个字，丢下笔就走了，哄的我们等了一日。（朱侧：憨活现，余双圈不及。）快来给我写完这些墨才罢！”宝玉忽然想起早起的事来，（朱侧：补前文之未到。）因笑道：“我写的那三个字在那里呢？”晴雯笑道：“这个人可醉了。你头过那府里去，嘱咐我贴在这门斗上的，这会子又这么问。我生怕别人贴坏了，（朱侧：全是体贴一人。）我亲自爬高上梯的贴上，（朱侧：可儿，可儿。）这会子还冻的手僵冷的呢。”（朱侧：可儿，可儿。　朱夹：写晴雯，是晴雯走下来，断断不是袭人、平儿、莺儿等语气。）宝玉听了，笑（朱侧：是醉笑。）道：“我忘了。你的手冷，我替你渥着。”说着便伸手携了晴雯的手，同仰首看门斗上新书的三个字。（朱侧：究竟不知是三个什么字，妙！　朱眉：誓不作开门见山文字。）

一时黛玉来了，宝玉便笑道：“好妹妹，你别撒谎，你看这三个字那一个字好？”黛玉仰头看里间门斗上，新贴了三个字，写“绛芸轩”。（朱侧：出题妙。原来是这三字。）黛玉笑道：“个个都好。怎么写的这么好了？明儿也替我写一个匾。”（朱侧：滑贼。）宝玉嘻嘻的笑道：“又哄我呢。”说着又问：“袭人姐姐呢？”（朱侧：断不可少。）晴雯向里间炕上努嘴。（朱侧：画。）宝玉一看，只见袭人和衣睡着在那里。宝玉笑道："好，太渥早了些。"（朱侧：绛芸轩中事。）因又问晴雯道："今儿我在那府里吃早饭，有一碟子豆腐皮的包子，我想着你爱吃，和珍大奶奶说了，只说我留着晚上吃，叫人送过来的，你可吃了？"晴雯道："快别提。一送了来，我知道是我的，偏我才吃了饭，就搁在那里。后来李奶奶来了看见，说：'宝玉未必吃了，拿来给我孙子吃去罢。'他就叫人拿了家去了。"（朱夹：奶母之倚势亦是常情，奶母之昏愦亦是常情。然特于此处细写一回，与后文袭卿之酥酪遥遥一对，足见晴卿不及袭卿远矣。余谓晴有林风，袭乃钗副，真真不错。）接着茜雪捧上茶来。宝玉因让："林妹妹吃茶。"众人笑说："林妹妹（朱侧：三字是接上文口气而来，非众人之称。）早走了，还让呢。"（朱眉：写辇儿去，如此章法从何设想？奇笔奇文。）

宝玉吃了半碗茶，忽又想起（朱侧：醉态。逼真！）早起的茶来，（朱夹：偏是醉人搜寻的出细事，亦是真情。）因问茜雪道："早起沏了一碗枫露茶，（朱侧：与"千红一窟"遥映。）我说过，那茶是三四次后才出色的，这会子怎么又沏了这个来？"（朱侧：所谓闲茶是也，与前浪酒一般起落。）茜雪道："我原是留着的，那会子李奶奶来了，他要尝尝，就给他吃了。"（朱侧：又是李嬷，事有凑巧，如此类是。）宝玉听了，将手中的茶杯只顺手（朱侧：是醉后，故用二字，非有心动气也。）往地下一掷，豁啷一声，打个齑粉，泼了茜雪一裙子的茶。又跳起来问着茜雪道："他是你那一门子的奶奶，你们这么孝敬他？不过是仗着我小时候吃过他几日奶罢了。（朱侧：真醉了。）如今逞的他比祖宗还大了。如今我又吃不着奶了，白白的养着祖宗作什么！撵了出去，大家干净！"（朱侧：真真大醉了。）说着立刻便要去回贾母，撵他乳母。（朱眉：按警幻情榜，宝玉系"情不情"。凡世间之无知无识，彼俱有一痴情去体贴。今加"大醉"二字于石兄，是因问包子、问茶、顺手掷杯、问茜雪、撵李嬷，乃一部中未有第二次事也。袭人数语，无言而止，石兄真大醉也。　朱眉：余亦云实实大醉也。难辞醉闹，非薛蟠纨绔辈可比！）

原来袭人实未睡着，不过故意装睡，引宝玉来讴他顽耍。先闻得说字、问包子等事，也还可不必起来，后来摔了茶钟，动了气，遂连忙起来解释劝阻。早有贾母遣人来问是怎么了。（朱侧：断不可少之文。）袭人忙道："我才到茶来，被雪滑倒了，（朱侧：现成之至，瞧他写袭卿为人。）失了手砸了钟子。"一面又安慰宝玉道："你立意要撵他也好，（朱侧：二字奇，使人一惊。）我们也都愿意出去，不如趁势连我们一齐撵了，我们也好，你也不愁再有好的来伏侍你。"宝玉听了这话，方无了言语，被袭人等扶至炕上，脱换了衣服。不知宝玉口内还说些什么，只觉口齿缠绵，眼眉愈加饧涩，（朱侧：二字带出平素形象。）忙伏侍他睡下。袭人伸手从他项上摘下那通灵玉来，用自己的手帕包好，塞在褥下，次日带时便冰不着脖子。（朱夹：试问石兄：此一渥，比青埂峰下松风明月如何？）那宝玉就枕就睡着了。彼时李嬷嬷等已进来了，听见醉了，不敢前来再加触犯，只悄悄的打听睡了，方放心散去。（朱夹：交代清楚。"塞玉"一段，又为"误窃"一回伏线。晴雯、茜雪二婢又为后文先作一引。　朱眉：偷度金针法，最巧。）

次日醒来，（朱夹：以上已完正题，以下是后文引子，前文之余波。此回收法与前数回不同矣。）就有人回："那边小蓉大爷带了秦相公来拜。"宝玉忙接了出来，领了拜见贾母。贾母见秦钟形容标致，举止温柔，堪陪宝玉读书，（朱侧：娇养如此，溺爱如此！）心中十分欢喜，便留茶留饭，又命人带去见王夫人等。众人因素爱秦氏，今见了秦钟是这般的人品，也都欢喜，临去时都有表礼。贾母又与了一个荷包并一个金魁星——取“文星和合”之意。（朱眉：作者今尚记金魁星之事乎？抚今思昔，肠断心摧。）又嘱咐他道：“你家住的远，一时寒热饥饱不便，只管住在我这里，不必限定了。只和你宝叔在一处，别跟着那起不长进的东西学。”（朱侧：总伏后文。）秦钟一一答应，回去禀知他父亲秦业。（朱夹：妙名。业者，孽也，盖云情因孽而生也。）

这秦业现任营缮郎，（朱夹：官职更妙，设云因情孽而缮此一书之意。）年近七十，夫人早亡。因当年无儿女，便向养生堂抱了一个儿子并一个女儿。谁知儿子又死了，（朱侧：一顿。）只剩女儿，小名唤可儿，（朱夹：出名秦氏究竟不知系出何氏，所谓寓褒贬、别善恶是也。秉刀斧之笔、具菩萨之心亦甚难矣，如此写出可儿来历亦甚苦矣。又知作者是欲天下人共来哭此情字。　朱眉：写可儿出身自养生堂，是褒中贬。后死封龙禁尉，是贬中褒。灵巧一至于此。　墨眉：写秦氏出身，与史公写赵飞燕“其生微矣”同一笔法。）长大时，生的形容袅娜，性格风流。（朱侧：四字便有隐意。《春秋》字法。）因素与贾家有些瓜葛，故结了亲，许与贾蓉为妻。那秦业五旬之上方得了秦钟。因去岁业师亡故，未暇延请高明之士，只暂在家温习旧课。正思要和亲家（朱侧：指贾珍。）去商议送往他家塾中去，暂且不致荒废，可巧遇见了宝玉这个机会。又知贾家塾中现今司塾的是贾代儒，（朱侧：随笔命名，省事。）乃当今之老儒，秦钟此去，学业料必进益，成名可望，因此十分欢喜。只是宦囊羞涩，那贾府上上下下都是一双富贵眼睛，贽见礼必须丰厚，容易拿不出来，（朱侧：为天下读书人一哭、寒素人一哭。）又恐误了儿子的终身大事，（朱侧：原来读书是终身大事。）说不得东拼西凑的恭恭敬敬（朱侧：四字可思，近之鄙薄师傅者来看。）封了二十四两贽见礼，（朱夹：可知“宦囊羞涩”与“东拼西凑”等字样，是特为近日守钱虏而不使子弟读书之辈一大哭。）亲自带了秦钟，来代儒家拜见了。然后听宝玉上学之日，好一同入塾。（朱夹：不想浪酒闲茶一段金玉旖旎之文后，忽用此等寒瘦古拙之词收住，亦行文之大变体处。《石头记》多用此法，历观后文便知。）正是：

早知日后闲争气；

岂肯今朝错读书。（朱侧：这是隐语微词，岂独指此一事哉？余则谓读书正为争气。但此“争气”与彼“争气”不同。写来一笑。）

第九回 恋风流情友入家塾 起嫌疑顽童闹学堂

话说秦业父子专候贾家的人来送上学择日之信。原来宝玉急于要和秦钟相遇，却顾不得别的，遂择了后日一定上学。“后日一早，请秦相公到我这里，会齐了，一同前去。”——打发了人送了信。

至是日一早，宝玉起来时，袭人早已把书笔文物包好，收什的停停妥妥，坐在床沿上发闷。见宝玉醒来，只得伏侍他梳洗。宝玉见他闷闷的，因笑问道：“好姐姐，你怎么又不自在了？难道怪我上学去丢的你们冷清了不成?”袭人笑道：“这是那里话。读书是极好的事，不然就潦倒一辈子，终久怎么样呢。但只一件，只是念书的时节想着书，不念的时节想着家些。别和他们一处顽闹，碰见老爷不是顽的。虽说是奋志要强，那工课宁可少些，一则贪多嚼不烂，二则身子也要保重。这就是我的意思，你可要体量。”袭人说一句，宝玉应一句。袭人又道：“大毛衣服我也包好了，交出给小子们去了。学里冷，好歹想着添换，比不得家里有人照顾。脚炉手炉的炭也交出去了，你可逼着他们添。那一起懒贼，你不说，他们乐得不动，白冻坏了你。”宝玉道：“你放心，出外头我自己都会调停的。你们也别闷死在这屋里，长和林妹妹一处去顽笑着才好。”说着，俱已穿带齐备，袭人催他去见贾母、贾政、王夫人等。宝玉又去嘱咐了晴雯、麝月等几句，方出来见贾母。贾母也未免有几句嘱咐的话。然后去见王夫人，又出来书房中见贾政。

偏生这日贾政回家早些，正在书房中与相公清客们闲谈。忽见宝玉进来请安，回说上学里去，贾政冷笑道：“你如果再提‘上学’两个字，连我也羞死了。依我的话，你竟顽你的去是正理。仔细看站脏了我这地，靠脏了我的门！”众清客相公们都早起身笑道：“老世翁何必又如此。今日世兄一去，三二年就可显身成名的了，断不似往年仍作小儿之态了。天也将饭时，世兄竟快请罢。”说着便有两个年老的携了宝玉出去。

贾政因问：“跟宝玉的是谁？”只听外面答应了两声，早进来三四个大汉，打千儿请安。贾政看时，认得是宝玉的奶母之子，名唤李贵。因向他道：“你们成日家跟他上学，他到底念了些什么书！到念了些流言混语在肚子里，学了些精致的淘气。等我闲一闲，先揭了你的皮，再和那不长进的算账！”吓的李贵忙双膝跪下，摘了帽子，碰头有声，连连答应“是”，又回说：“哥儿已念到第三本《诗经》，什么‘呦呦鹿鸣’，‘荷叶浮萍’，小的不敢撒谎。”说的满座哄然大笑起来。贾政也掌不住笑了。因说道：“那怕再念三十本《诗经》，也都是掩耳偷铃，哄人而已。你去请学里太爷的安，就说我说了：什么《诗经》古文，一概不用虚应故事，只是先把《四书》一气讲明背熟，是最要紧的。”李贵忙答应“是”，见贾政无话，方退出去。

此时宝玉独站在院外屏声静候，待他们出来，便忙忙的走了。李贵等一面弹衣服，一面说道：“哥儿可听见了不曾？可先要揭我们的皮呢！人家的奴才跟主子赚些好体面，我们这等奴才白陪着挨打受骂的。从此后也可怜见些才好。”宝玉笑道：“好哥哥，你别委曲，我明儿请你。”李贵道：“小祖宗，谁敢望你请，只求听一句半句话就有了。”说着，又至贾母这边，秦钟已早来候着了，贾母正和他说话儿呢，于是二人见过，辞了贾母。宝玉忽想起未辞黛玉，因又忙至黛玉房中来作辞。彼时黛玉才在窗下对镜理妆，听宝玉说上学去，因笑道：“好！这一去，可定是要蟾宫折桂去了。我不能送你了。”宝玉道：“好妹妹，等我下了学再吃饭。和胭脂膏子也等我来再制。”劳叨了半日，方撤身去了。黛玉忙又叫住问道：“你怎么不去辞辞你宝姐姐呢？”宝玉笑而不答，一迳同秦钟上学去了。

原来这贾家之义学离此也不甚远，不过一里之遥，原系始祖所立，恐族中子弟有贫穷不能请师者，即入此中肄业。凡族中有官爵之人，皆供给银两，按俸之多寡帮助，为学中之费。特共举年高有德之人为塾堂，专为训课子弟。如今宝、秦二人来了，一一的都互相拜见过，读起书来。自此以后，他二人同来同往，同坐同起，愈加亲密。又兼贾母爱惜，也时常的留下秦钟，住上三天五日，与自己的重孙一般疼爱。因见秦钟不甚宽裕，更又助他些衣履等物。不上一月之后，秦钟在荣府便熟了。宝玉终是不安本分之人，竟一味的随心所欲，因此又发了癖性，又特向秦钟悄说道：“咱们两个人一样的年纪，况又是同窗，以后不必论叔侄，只论弟兄朋友就是了。”先是秦钟不肯，当不得宝玉不依，只叫他“兄弟”，或叫他的表字“鲸卿”，秦钟也只得混着乱叫起来。

原来这学中虽都是本族人丁与些亲戚的子弟，俗语说的好，“一龙生九种，种种各别”。未免人多了，就有龙蛇混杂，下流人物在内。自宝、秦二人来了，都生的花朵儿一般的模样，又见秦钟腼腆温柔，未语面先红，怯怯羞羞，有女儿之风；宝玉又是天生成惯能做小服低，赔身下气，情性体贴，话语绵缠，因此二人更加亲厚，也怨不得那起同窗人起了疑，背地里你言我语，诟谇淫议，布满书房内外。

原来薛蟠自来王夫人处住后，便知有一家学，学中广有青年子弟，不免偶动了龙阳之兴，因此也假来上学读书，不过是三日打鱼，两日晒网，白送些束脩礼物与贾代儒，却不曾有一些儿进益，只图结交些契弟。谁想这学内就有好几个小学生，图了薛蟠的银钱吃穿，被他哄上手的，也不消多记。更又有两个多情的小学生，亦不知是那一房的亲眷，亦未考真名姓，只因生得妩媚风流，满学中都送了他两个外号，一号“香怜”，一号“玉爱”。虽都有窃慕之意，将不利于孺子之心，只是都惧薛蟠的威势，不敢来沾惹。如今宝、秦二人一来了，见了他两个，也不免缱绻羡慕，亦因知系薛蟠相知，故未敢轻举妄动。香、玉二人心中，也一般的留情与宝、秦。因此四人心中虽有情意，只未发迹。每日一入学中，四处各坐，却八目勾留，或设言托意，或咏桑寓柳，遥以心照，却外面自为避人眼目。不意偏又有几个滑贼看出形景来，都背后挤眉弄眼，或咳嗽扬声，这也非止一日。

可巧这日代儒有事，早已回家去了，又留下一句七言对联，命学生对了，明日再来上书；将学中之事，又命贾瑞暂且管理。妙在薛蟠如今不大来学中应卯了，因此秦钟趁此和香怜挤眉弄眼，递暗号儿，二人假装出小恭，走至后院说体己话。秦钟先问他：“家里的大人可管你交朋友不管？”一语未了，只听背后咳嗽了一声，二人唬的忙回头看时，原来是窗友名金荣者。香怜本有些性急，羞怒相激，问他道：“你咳嗽什么？难道不许我两个说话不成？”金荣笑道：“你们说话，难道不许我咳嗽不成？我只问你们：有话不明说，许你们这样鬼鬼祟祟的干什么故事？我可也拿住了，还赖什么！先得让我抽个头儿，咱们一声儿不言语，不然大家就奋起来。”秦、香二人急的飞红的脸，便问道：“你拿住什么了？”金荣笑道：“我现拿住了是真的。”说着，又拍着手笑嚷道：“贴的好烧饼！你们都不买一个吃去？”秦钟、香怜二人又气又急，忙进去向贾瑞前告金荣，说金荣无故欺负他两个。

原来这贾瑞最是个图便宜没行止的人，每在学中以公报私，勒索子弟们请他。后又附助着薛蟠，图些银钱酒肉，一任薛蟠横行霸道，他不但不去管约，反助纣为虐讨好儿。偏那薛蟠本是浮萍心性，今日爱东，明日爱西，近来又有了新朋友，把香、玉二人又丢开一边。就连金荣亦是当日的好朋友，自有了香、玉二人，便弃了金荣。近日连香、玉亦已见弃。故贾瑞也无了提携帮衬之人，不说薛蟠得新弃旧，只怨香、玉二人不在薛蟠前提携帮补他，因此贾瑞、金荣等一干人，也正在醋妒他两个。今见秦、香二人来告金荣，贾瑞心中便更不自在起来，虽不好呵叱秦钟，却拿着香怜作法，反说他多事，着实抢白了几句，香怜反讨了没趣，连秦钟也讪讪的各归坐位去了。金荣越发得了意，摇头咂嘴的，口内还说许多闲话，玉爱偏又听了不忿，两个人隔座咕咕唧唧的角起口来。金荣只一口咬定说：“方才明明的撞见他两个在后院子里亲嘴摸屁股，两个商议定了，一对一肏，撅草棍儿抽长短，谁长谁先干。”金荣只顾得意乱说，却不防还有别人。谁知早又触怒了一个。你道这个是谁？

原来这一个名唤贾蔷，亦系宁府中之正派玄孙，父母早亡，从小儿跟着贾珍过活，如今长了十六岁，比贾蓉生的还风流俊俏。他弟兄二人最相亲厚，常相共处。宁府人多口杂，那些不得志的奴仆们，专能造言诽谤主人，因此不知又有什么小人诟谇谣诼之词。贾珍想亦风闻得些口声不大好，自己也要避些嫌疑，如今竟分与房舍，命贾蔷搬出宁府，自去立门户过活去了。这贾蔷外相既美，内性又聪明，虽然应名来上学，亦不过虚掩耳目而已。仍是斗鸡走狗，赏花玩柳，总恃上有贾珍溺爱，下有贾蓉匡助，因此族人谁敢来触逆于他。他既和贾蓉最好，今见有人欺负秦钟，如何肯依？如今自己要挺身出来报不平，心中且忖度一番，想道："金荣、贾瑞一干人，都是薛大叔的相知，向日我又与薛大叔相好，倘或我一出头，他们告诉了老薛，我们岂不伤和气？待要不管，如此谣言，说的大家没趣。如今何不用计制伏，又止息口声，又伤不了脸面。"想毕，也装作出小恭，走至外面，悄悄的把跟宝玉的书童名唤茗烟者唤到身边，如此这般调拨他几句。

这茗烟乃是宝玉第一个得用的，且又年轻不谙世事，如今听贾蔷说金荣如此欺负秦钟，连他爷宝玉都干连在内，不给他个利害，下次越发狂纵难制了。这茗烟无故就要欺压人的，如今得了这个信，又有贾蔷助着，便一头进来找金荣，也不叫金相公了，只说："姓金的，你是什么东西！"贾蔷遂跺一跺靴子，故意整整衣服，看看日影儿说："是时候了。"遂先向贾瑞说有事要早走一步。贾瑞不敢强他，只得随他去了。这里茗烟先一把揪住金荣，问道："我们肏屁股不肏屁股，管你毬毛相干？横竖没肏你爹去就罢了！你是好小子，出来动一动你茗大爷！"吓的满屋中子弟都怔怔的痴望。贾瑞忙吆喝："茗烟不得撒野！"金荣气黄了脸，说："反了！奴才小子都敢如此，我只和你主子说。"便夺手要去抓打宝玉、秦钟二人去。尚未去时，从脑后"飕"的一声，早见一方砚瓦飞来，并不知系何人打来的，幸未打着，却又打了傍人的座上，这座上乃是贾兰、贾菌。

这贾菌亦系荣国府近派的重孙，其母亦少寡，独守着贾菌，这贾菌与贾兰最好，所以二人同桌而坐。谁知贾菌年纪虽小，志气最大，极是淘气不怕人的。他在座上冷眼看见金荣的朋友暗助金荣，飞砚来打茗烟，偏没打着茗烟，便落在他桌上，正打在面前，将一个磁砚水壶打了个粉碎，溅了一书黑水。贾菌如何依得，便骂："好囚攮的们，这不都动了手了么！"骂着，也便抓起砚砖来要打回去。贾兰是个省事的，忙按住砚，极口劝道："好兄弟，不与咱们相干。"贾菌如何忍得住，便两手抱起书匣子来，照那边抡了去。终是身小力薄，却抡不到那里，刚到宝玉、秦钟桌案上就落了下来，只听"哗啷啷"一声，砸在桌上，书本纸片等至于笔砚之物撒了一桌，又把宝玉的一碗茶也砸得碗碎茶流。贾菌便跳出来，要揪打那一个飞砚的。金荣此时随手抓了一根毛竹大板在手，地狭人多，那里经得舞动长板。茗烟早吃了一下，乱嚷："你们还不来动手！"宝玉还有三个小厮：一名锄药，一名扫红，一名墨雨。这三个岂有不淘气的，一齐乱嚷："小妇养的！动了兵器了！"墨雨遂掇起一根门闩，扫红、锄药手中都是马鞭子，蜂拥而上。贾瑞急拦一回这个，劝一回那个，谁听他的话，肆行大闹。众顽童也有趁势帮着打太平拳助乐的，也有胆小藏在一边的，也有直立在桌上拍着手儿乱笑、喝着声儿叫打的，登时间鼎沸起来。

外边李贵等几个大仆人听见里边作起反来，忙都进来一齐喝住。问是何原故。众声不一，这一个如此说，那一个又如彼说。李贵且喝骂了茗烟四个一顿，撵了出去。秦钟的头上早撞在金荣的板上，打起一层油皮，宝玉正拿褂襟子替他揉呢，见喝住了众人，便命：“李贵，收书！拉马来，我去回太爷去！我们被人欺负了，不敢说别的，守礼来告诉瑞大爷，瑞大爷反倒派我们的不是，听着人家骂我们，还调唆他们打我们茗烟，连秦钟的头也打破，这还在这里念什么书！茗烟他也是为有人欺负我的。不如散了罢。”李贵劝道：“哥儿不要性急。太爷既有事回家去了，这会子为这点子事去聒噪他老人家，倒显的咱们没理。依我的主意，那里的事情那里了结好，何必去惊动他老人家。这都是瑞大爷的不是，太爷不在这里，你老人家就是这学里的头脑了，众人看着你行事。众人有了不是，该打的打，该罚的罚，如何等闹到这步田地还不管？”贾瑞道：“我吆喝着都不听。”李贵笑道：“不怕你老人家恼我，素日你老人家到底有些不正经，所以这些兄弟才不听。就闹到太爷跟前去，连你老人家也是脱不过的。还不快作主意撕罗开了罢。”宝玉道：“撕罗什么？我必是回去的！”秦钟哭道：“有金荣，我是不在这里念书的。”宝玉道：“这是为什么？难道有人家来的，咱们到来不得？我必回明白众人，撵了金荣去。”又问李贵：“金荣是那一房的亲戚？”李贵想了一想道：“也不用问了。若问起那一房的亲戚，更伤了兄弟们的和气。”

茗烟在窗外道：“他是东胡同子里璜大奶奶的侄儿，那是什么硬正仗腰子的，也来唬我们。璜大奶奶是他姑娘。你那姑妈只会打旋磨子，给我们琏二奶奶跪着借当头。我眼里就看不起他那样的主子奶奶！”李贵忙断喝不止，说：“偏你这小肏的知道，有这些蛆嚼！”宝玉冷笑道：“我只当是谁的亲戚，原来是璜嫂子的侄儿，我就去问问他来！”说着便要走，叫茗烟进来包书。茗烟包着书，又得意道：“爷也不用自己去见，等我到他家，就说老太太有说的话问他呢，雇上一辆车拉进去，当着老太太问他，岂不省事？”李贵忙喝道：“你要死！仔细回去我好不好先捶了你，然后再回老爷太太，就说宝玉全是你调唆的。我这里好容易劝哄好了一半了，你又来生个新法子。你闹了学堂，不说变法儿压息了才是，到要往大里闹！”茗烟方不敢作声儿了。

此时贾瑞也怕闹大了，自己也不干净，只得委曲着来央告秦钟，又央告宝玉。先是他二人不肯。后来宝玉说：“不回去也罢了，只叫金荣赔不是便罢。”金荣先是不肯，后来禁不得贾瑞也来逼他去赔不是，李贵等只得好劝金荣说：“原是你起的端，你不这样，怎得了局？”金荣强不得，只得与秦钟作了揖。宝玉还不依，偏定要磕头。贾瑞只要暂息此事，又悄悄的劝金荣说：“俗语说的好，‘杀人不过头点地’。你既惹出事来，少不得下点气儿，磕个头就完事了。”金荣无奈，只得进前来与宝玉磕头。且听下回分解。

第十回

金寡妇贪利权受辱　张太医论病细穷源

话说金荣因人多势众，又兼贾瑞勒令，赔了不是，给秦钟磕了头，宝玉方才不吵闹了。大家散了学，金荣回到家中，越想越气，说：“秦钟不过是贾蓉的小舅子，又不是贾家的子孙，附学读书，也不过和我一样。他因仗着宝玉和他好，他就目中无人。他既是这样，就该行些正经事，人也没的说。他素日又和宝玉鬼鬼祟祟的，只当人都是瞎子，看不见。今日他又去勾搭人，偏偏的撞在我眼睛里。就是闹出事来，我还怕什么不成?”

他母亲胡氏听见他咕咕嘟嘟的说，因问道：“你又要争什么闲气？好容易我望你姑妈说了，你姑妈千方百计的才向他们西府里的琏二奶奶跟前说了，你才得了这个念书的地方。若不是仗着人家，咱们家里还有力量请的起先生？况且人家学里，茶也是现成的，饭也是现成的。你这二年在那里念书，家里也省好大的嚼用呢。省出来的，你又爱穿件鲜明衣服。再者，不是因你在那里念书，你就认得什么薛大爷了？那薛大爷一年不给不给，这二年也帮了咱们有七八十两银子。你如今要闹出了这个学房，再要找这么个地方，我告诉你说罢，比登天的还难呢！你给我老老实实的顽一会子，睡你的觉去，好多着呢。”于是金荣忍气吞声，不多一时他自去睡了。次日仍旧上学去了。不在话下。

且说他姑娘，原聘给的是贾家玉字辈的嫡派，名唤贾璜。但其族人那里皆能像宁、荣二府的富势，原不用细说。这贾璜夫妻守着些小的产业，又时常到宁、荣二府里去请请安，又会奉承凤姐儿并尤氏，所以凤姐儿、尤氏也时常资助资助他，方能如此度日。今日正遇天气晴明，又值家中无事，遂带了一个婆子，坐上车，来家里走走，瞧瞧寡嫂并侄儿。

闲话之间，金荣的母亲偏提起昨日贾家学房里的那事，从头至尾，一五一十都向他小姑子说了。这璜大奶奶不听则已，听了，一时怒从心上起，说道："这秦钟小崽子是贾门的亲戚，难道荣儿不是贾门的亲戚？人都别忒势利了，况且都作的是什么有脸的好事！就是宝玉，也犯不上向着他到这个样。等我去到东府瞧瞧我们珍大奶奶，再向秦钟他姐姐说说，叫他评评这个理。"这金荣的母亲听了这话，急的了不得，忙说道："这都是我的嘴快，告诉了姑奶奶了，求姑奶奶别去，别管他们谁是谁非。倘或闹起来，怎么在那里站得住。若是站不住，家里不但不能请先生，反到在他身上添出许多嚼用来呢。"璜大奶奶听了，说道："那里管得许多，你等我说了，看是怎么样！"也不容他嫂子劝，一面叫老婆子瞧了车，就坐上往宁府里来。

到了宁府，进了车门，到了东边小角门前下了车，进去见了贾珍之妻尤氏。也未敢气高，殷殷勤勤叙过寒温，说了些闲话，方问道："今日怎么没见蓉大奶奶？"尤氏说道："他这些日子不知是怎么着，经期有两个多月没来。叫大夫瞧了，又说并不是喜。那两日，到了下半天就懒待动，说话也懒待，眼神也发眩。我说他：'你且不必拘礼，早晚不必照例上来，你就好生养养罢。就是有亲戚一家儿来，有我呢；就有长辈们怪你，等我替你告诉。'连蓉哥我都嘱咐了，我说：'你不许累掯他，不许招他生气，叫他静静的养养就好了。他要想什么吃，只管到我这里取来。倘或我这里没有，只管望你琏二婶子那里要去。倘或他有个好和歹，你再要娶这么一个媳妇，这么个模样儿，这么个性情的人儿，打着灯笼也没地方找去。'他这为人行事，那个亲戚，那个一家的长辈不喜欢他？所以我这两日好不烦，心焦的我了不得。偏偏今日早晨他兄弟来瞧他，谁知那小孩子家不知好歹，看见他姐姐身上不大爽快，就有事也不当告诉他，别说是这么一点子小事，就是你受了一万分的委曲，也不该向他说才是。谁知他们昨儿学房里打架，不知是那里附学来的一个人欺负了他了，里头还有些不干不净的话，都告诉了他姐姐。婶子，你是知道那媳妇的：虽则见了人有说有笑，会行事儿，他可心细，心又重，不拘听见个什么话儿，都要度量个三日五夜才罢。这病就是打这个秉性上头思虑出来的。今儿听见有人欺负了他兄弟，又是恼，又是气。恼的是那群混账狐朋狗友的扯是搬非、调三惑四的那些人；气的是他兄弟不学好，不上心念书，以致如此学里吵闹。他听了这事，今日索性连早饭也没吃。我听见了，我方到他那边安慰了他一会子，又劝解了他兄弟一会子。我叫他兄弟到那边府里找宝玉去了，我才看着他吃了半盏燕窝汤，我才过来了。婶子，你说我心焦不心焦？况且如今又没个好大夫，我想到他这病上，我心里到像针扎是的。你们知道有什么好大夫没有？"

金氏听了这半日话，把方才在他嫂子家的那一团要向秦氏理论的盛气，早吓的都丢在爪哇岛去了。听见尤氏问他有知道的好大夫的话，连忙答道："我们这么听着，实在也没见人说有个好大夫。如今听起大奶奶这个来，定不得还是喜呢。嫂子到别教人混治。倘或认错了，这可是了不得的。”尤氏道：“可不是呢。”正是说话间，贾珍从外进来，见了金氏，便向尤氏问道：“这不是璜大奶奶么？”金氏向前给贾珍请了安。贾珍向尤氏说道：“让这大妹妹吃了饭去。”贾珍说着话，就过那屋里去了。金氏此来，原要向秦氏说说秦钟欺负了他侄儿之事，听见秦氏有病，不但不能说，亦且不敢提了。况且贾珍、尤氏又待的狠好，反转怒为喜，又说了一会子话儿，方家去了。

金氏去后，贾珍方过来坐下，问尤氏道：“今日他来，有什么说的事情么？”尤氏答道：“到没说什么。一进来的时候，脸上到像有些着了恼的气色似的，及说了半天话，又提起媳妇这病，他到渐渐的气色平定了。你又叫让他吃饭，他听见媳妇这么病，也不好意思只管坐着，又说了几句闲话儿就去了，到没求什么事。如今且说媳妇这病，你到那里寻一个好大夫来与他瞧瞧要紧，可别耽误了。现今咱们家走的这群大夫，那里要得？一个都是听着人的口气儿，人怎么说，他也添几句文话儿说一遍。可到殷勤的狠，三四个人一日轮流着到有四五遍来看脉。他们大家商量着立个方子，吃了也不见效，到弄得一日换四五遍衣裳，坐起来见大夫，其实于病人无益。”贾珍说道：“可是。这孩子也糊涂，何必脱脱换换的，倘再着了凉，更添一层病，那还了得。衣裳任凭是什么好的，可又值什么，孩子的身子要紧，就是一天穿一套新的，也不值什么。我正进来要告诉你：方才冯紫英来看我，他见我有些抑郁之色，问我是怎么了。我才告诉他说，媳妇忽然身子有好大的不爽快，因为不得个好太医，断不透是喜是病，又不知有妨碍无妨碍，所以我这两日心里着实着急。冯紫英因说起他有一个幼时从学的先生，姓张名友士，学问最渊博的，更兼医理极深，且能断人的生死。今年是上京给他儿子来捐官，现在他家住着呢。这么看来，正是合该媳妇的病在他手里除灾亦未可知。我即刻差人拿我的名帖请去了。今日倘或天晚了若不能来，明日想来一定来。况且冯紫英又即刻回家亲自去求他，务必叫他来瞧瞧。等这个张先生来瞧了再说罢。”

尤氏听了，心中甚喜，因说道：“后日是太爷的寿日，到底怎么办？”贾珍说道：“我方才到了太爷那里去请安，兼请太爷来家来受一受一家子的礼。太爷因说道：‘我是清净惯了的，我不愿意往你们那是非场中去闹去。你们必定说是我的生日，要叫我去受众人些头，莫过你把我从前注的《阴骘文》给我令人好好的写出来刻了，比叫我无故受众人的头还强百倍呢。倘或后日这两日一家子要来，你就在家里好好的款待他们就是了。也不必给我送什么东西来，连你后日也不必来。你要心中不安，你今日就给我磕了头去。倘或后日你要来，又跟随多少人闹我，我必和你不依。’如此说了又说，后日我是再不敢去的了。且叫来升来，吩咐他预备两日的筵席。”尤氏因叫人叫了贾蓉来：“吩咐来升照旧例预备两日的筵席，要丰丰富富的。你再亲自到西府里去请老太太、大太太、二太太和你琏二婶子来逛逛。你父亲今日又听见一个好大夫，业已打发人请去了，想必明日必来。你可将他这些日子的病症细细的告诉他。”贾蓉一一的答应着出去了。正遇着方才去冯紫英家请那张先生的小子回来了，因回道：“奴才方才到了冯大爷家，拿了老爷的名帖请那张先生去。那张先生说道：‘方才这里大爷也向我说了。但是今日拜了一天的客，才回到家，此时精神实在不能支持，就是去到府上也不能看脉。’他说等调息一夜，明日务必到府。他又说，他‘医学浅薄，本不敢当此重荐，因我们冯大爷和府上的大人既已如此说了，又不得不去，你先替我回明大人就是了。大人的名帖实不敢当。’仍叫奴才拿回来了。哥儿替奴才回一声儿罢。”贾蓉转身复进去，回了贾珍、尤氏的话，方出来叫了来升来，吩咐他预备两日的筵席的话。来升听毕，自去照例料理。不在话下。

且说次日午间，人回道：“请的那张先生来了。”贾珍遂延入大厅坐下。茶毕，方开言：“昨承冯大爷示知老先生人品学问，又兼深通医学，小弟不胜欣仰之至。”张先生道：“晚生粗鄙下士，本知见浅陋，昨因冯大爷示知，大人家第谦恭下士，又承呼唤，敢不奉命。但毫无实学，倍增颜汗。”贾珍道：“先生何必过谦。就请先生进去看看儿妇，仰仗高明，以释下怀。”于是，贾蓉同了进去。到了贾蓉居室，见了秦氏，向贾蓉说道：“这就是尊夫人了？”贾蓉道：“正是。请先生坐下，让我把贱内的病说一说再看脉如何？”那先生道：“依小弟的意思，竟先看过脉再说的为是。我是初造尊府的，本也不晓得什么，但是我们冯大爷务必叫小弟过来看看，小弟所以不得不来。如今看了脉息，看小弟说的是不是，再将这些日子的病势讲一讲，大家斟酌一个方儿，可用不可用，那时大爷再定夺。”贾蓉道：“先生实在高明，如今恨相见之晚。就请先生看一看脉息，可治不可治，以便使家父母放心。”于是家下媳妇们捧过大迎枕来，一面给秦氏拉着袖口，露出脉来。先生方伸手按在右手脉上，调息了至数，宁神细诊了有半刻的工夫，方换过左手，亦复如是。诊毕脉息，说道：“我们外边坐罢。”

贾蓉于是同先生到外间房里床上坐下，一个婆子端了茶来。贾蓉道：“先生请茶。”于是陪先生吃了茶，遂问道：“先生看这脉息，还治得治不得？”先生道：“看得尊夫人这脉息：左寸沉数，左关沉伏，右寸细而无力，右关虚而无神。其左寸沉数者，乃心气虚而生火；左关沉伏者，乃肝家气滞血亏。右寸细而无力者，乃肺经气分太虚；右关虚而无神者，乃脾土被肝木克制。心气虚而生火者，应现经期不调，夜间不寐。肝家血亏气滞者，必然肋下疼胀，月信过期，心中发热。肺经气分太虚者，头目不时眩晕，寅卯间必然自汗，如坐舟中。脾土被肝木克制者，必然不思饮食，精神倦怠，四肢酸软。据我看这脉息，应当有这些症候才对。或以这个脉为喜脉，则小弟不敢从其教也。”傍边一个贴身扶侍的婆子道：“何尝不是这样呢。真正先生说的如神，到不用我们告诉了。如今我们家里现有好几位太医老爷瞧着呢，都不能的当真切的这么说。有一位说是喜，有一位说是病，这位说不相干，那位说怕冬至，总没有个准话儿。求老爷明白指示指示。”

那先生笑道：“大奶奶这个症候，可是那众位耽搁了。要在初次行经的日期就用药治起来，不但断无今日之患，而且此时已全愈了。如今既是把病耽误到这个地位，也是应有此灾。依我看来，这病尚有三分治得。吃了我的药看，若是夜里睡的着觉，那时又添了二分拿手了。据我看这脉息：大奶奶是个心性高强聪明不过的人，聪明特过，则不如意事常有，不如意事常有，则思虑太过。此病是忧虑伤脾，肝木特旺，经血所以不能按时而至。大奶奶从前的行经的日子问一问，断不是常缩，必是常长的。是不是？”这婆子答道：“可不是，从没有缩过，或是长两日三日，以至十日都长过。”先生听了道：“妙啊！这就是病源了。从前若能够以养心调经之药服之，何至于此。这如今明显出一个水亏木旺的症候来。待用药看看。”于是写了方子，递与贾蓉，上写的是：

益气养荣补脾和肝汤

人参二钱　白术二钱土炒　云苓三钱　熟地四钱

归身二钱酒洗　白芍二钱炒　川芎钱半　黄芪三钱

香附米二钱制　醋柴胡八分　怀山药二钱炒　真阿胶二钱蛤粉炒

延胡索钱半酒炒　炙甘草八分

引用建莲子七粒去心　红枣二枚

贾蓉看了，说："高明的狠。还要请教先生，这病与性命终久有妨无妨?"先生笑道："大爷是最高明的人。人病到这个地位，非一朝一夕的症候，吃了这药也要看医缘了。依小弟看来，今年一冬是不相干的。总是过了春分，就可望全愈了。"贾蓉也是个聪明人，也不往下细问了。于是贾蓉送了先生去了，方将这药方子并脉案都给贾珍看了，说的话也都回了贾珍并尤氏了。尤氏向贾珍说道："从来大夫不像他说的这么痛快，想必用的药也不错。"贾珍道："人家原不是混饭吃久惯行医的人。因为冯紫英我们好，他好容易求了他来了。既有这个人，媳妇的病或者就能好了。他那方子上有人参，就用前日买的那一斤好的罢。"贾蓉听毕话，方出来叫人打药去煎给秦氏吃。不知秦氏服了此药病势如何，下回分解。

元春

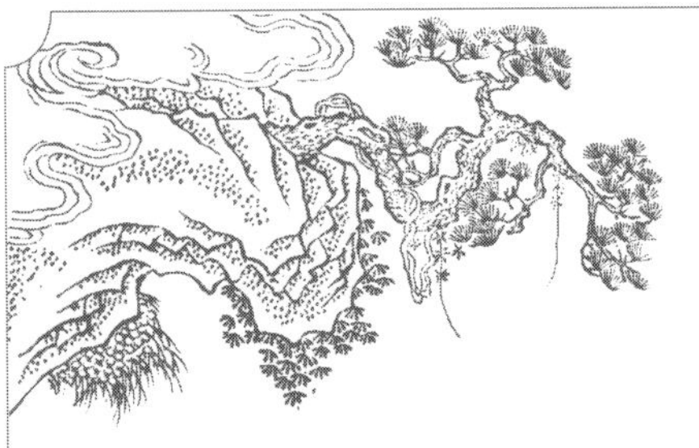

第十一回 庆寿辰宁府排家宴 见熙凤贾瑞起淫心

话说是日贾敬的寿辰，贾珍先将上等可吃的东西，稀奇些的果品，装了十六大捧盒，着贾蓉带领家下人等与贾敬送去，向贾蓉说道："你留神看太爷喜欢不喜欢，你就行了礼来。你说：'我父亲遵太爷的话未敢来，在家里率领合家都朝上行了礼了。'"贾蓉听罢，即率领家人去了。

这里渐渐的就有人来了。先是贾琏、贾蔷到来，先看了各处的座位，并问："有什么顽意儿没有？"家人答道："我们爷原算计请太爷今日来家来，所以并未敢预备顽意儿。前日听见太爷又不来了，现叫奴才们找了一班小戏儿并一档子打十番的，都在园子里戏台上预备着呢。"

次后邢夫人、王夫人、凤姐儿、宝玉都来了，贾珍并尤氏接了进去。尤氏的母亲已先在这里呢。大家见过了，彼此让了坐。贾珍、尤氏二人亲自递了茶，因说道："老太太原是老祖宗，我父亲又是侄儿，这样日子，原不敢请他老人家，但是这个时候，天气正凉爽，满园的菊花又盛开，请老祖宗过来散散闷，看着众儿孙热闹热闹，是这个意思。谁知老祖宗又不肯赏脸。"凤姐儿未等王夫人开口，先说道："老太太昨日还说要来着呢，因为晚上看着宝兄弟他们吃桃儿，老人家又嘴馋，吃了有大半个，五更天的时候就一连起来了两次，今日早晨略觉身子倦些。因叫我回大爷，今日断不能来了，说有好吃的要几样，还要很烂的。”贾珍听了笑道：“我说老祖宗是爱热闹的，今日不来，必定有个原故，若是这么着就是了。”

王夫人道：“前日听见你大妹妹说，蓉哥儿媳妇儿身上有些不大好，到底是怎么样？”尤氏道：“他这个，病的也奇。上月中秋还跟着老太太、太太们顽了半夜，回家来好好的。到了二十后，一日比一日觉懒，也懒待吃东西，这将近有半个多月了。经期又有两个月没来。”邢夫人接着说道：“别是喜罢？”

正说着，外头人回道：“大老爷、二老爷并一家子的爷们都来了，在厅上呢。”贾珍连忙出去了。这里尤氏方说道：“从前大夫也有说是喜的。昨日冯紫英荐了他从学过的一个先生，医道狠好，瞧了说不是喜，竟是狠大的一个症候。昨日开了方子，吃了一剂药，今日头眩的略好些，别的仍不见怎么样大见效。”凤姐儿道：“我说他不是十分支持不住，今日这样的日子，再也不肯不扎挣着上来。”尤氏道：“你是初三日在这里见他的，他强扎挣了半天，也是因你们娘儿两个好的上头，他才恋恋的舍不得去。”凤姐儿听了，眼圈儿红了半天，半日方说道：“真是‘天有不测风云，人有旦夕祸福’。这个年纪，倘或就因这个病上怎么样了，人还活着有甚么趣儿。”

正说话间，贾蓉进来，给邢夫人、王夫人、凤姐儿前都请了安，方回尤氏道：“方才我去给太爷送吃食去，并回说我父亲在家中伺候老爷们，款待一家子的爷们，遵太爷的话并未敢来。太爷听了甚喜欢，说：‘这才是。’叫告诉父亲母亲好生伺候太爷太太们，叫我好生伺候叔叔婶子们并哥哥们。还说那《阴骘文》，叫急急的刻出来，印一万张散人。我将此话都回了我父亲了。我这会子得快出去打发太爷们并合家爷们吃饭。”凤姐儿说：“蓉哥儿，你且站住。你媳妇今日到底是怎么着？”贾蓉皱皱眉说道：“不好么！婶子回来瞧瞧去就知道了。”于是贾蓉出去了。

这里尤氏向邢夫人、王夫人道：“太太们在这里吃饭阿，还是在园子里吃去好？小戏儿现预备在园子里呢。”王夫人向邢夫人道：“我们索性吃了饭再过去罢，也省好些事。”邢夫人道：“狠好。”于是尤氏就吩咐媳妇婆子们：“快送饭来。”门外一齐答应了一声，都各人端各人的去了。不多一时，摆上了饭。尤氏让邢夫人、王夫人并他母亲都上了坐，他与凤姐儿、宝玉侧席坐了。邢夫人、王夫人道：“我们来原为给大老爷拜寿，这不竟是我们来过生日来了么？”凤姐儿说道：“大老爷原是好养静的，已经修炼成了，也算得是神仙了。太太们这么一说，这就叫作‘心到神知’了。”一句话说的满屋里的人都笑起来了。

于是，尤氏的母亲并邢夫人、王夫人、凤姐儿都吃毕饭，漱了口，净了手，才说要往园子里去，贾蓉进来向尤氏说道：“老爷们并众位叔叔哥哥兄弟们也都吃了饭了。大老爷说家里有事，二老爷是不爱听戏又怕人闹的慌，都才去了。别的一家子爷们，都被琏二叔并蔷兄弟都让过去听戏去了。方才南安郡王、东平郡王、西宁郡王、北静郡王四家王爷，并镇国公牛府等六家，忠靖侯史府等八家，都差人持了名帖送寿礼来，俱回了我父亲，先收在帐房里了，礼单都上上档子了。老爷的领谢的名帖都交给各来人了，各来人也都照旧例赏了，众来人都让吃了饭才去。母亲该请二位太太、老娘、婶子都过园子里坐着去罢。”尤氏道：“也是才吃完了饭，就要过去了。”

凤姐儿说：“我回太太，我先瞧瞧蓉哥儿媳妇，我再过去。”王夫人道：“狠是，我们都要去瞧瞧他，到怕他嫌闹的慌，说我们问他好罢。”尤氏道：“好妹妹，媳妇听你的话，你去开导开导他，我也放心。你就快些过园子里来。”宝玉也要跟了凤姐儿去瞧秦氏去，王夫人道：“你看看就过去罢，那是侄儿媳妇。”于是尤氏请了邢夫人、王夫人并他母亲都过会芳园去了。

凤姐儿、宝玉方和贾蓉到秦氏这边来了。进了房门，悄悄的走到里间房门口，秦氏见了，就要站起来，凤姐儿说：“快别起来，看起猛了头晕。”于是凤姐儿就紧走了两步，拉住秦氏的手，说道：“我的奶奶！怎么几日不见，就瘦的这么着了！”于是就坐在秦氏坐的褥子上。宝玉也问了好，坐在对面椅子上。贾蓉叫：“快到茶来，婶子和二叔在上房还未喝茶呢。”

秦氏拉着凤姐儿的手，强笑道：“这都是我没福。这样人家，公公婆婆当自己的女孩儿似的待。婶娘的侄儿虽说年轻，却也是他敬我，我敬他，从来没有红过脸儿。就是一家子的长辈同辈之中，除了婶子到不用说了，别人也从无不疼我的，也无不合我好的。这如今得了这个病，把我那要强的心一分也没了。公婆跟前未得孝顺一天，就是婶娘这样疼我，我就有十分孝顺的心，如今也不能够了。我自想着，未必熬的过年去呢。”

宝玉正眼瞅着那《海棠春睡图》，并那秦太虚写的“嫩寒锁梦因春冷，芳气笼人是酒香”的对联，不觉想起在这里睡晌觉梦到“太虚幻境”的事来。正自出神，听得秦氏说了这些话，如万箭攒心，那眼泪不知不觉就流下来了。凤姐儿心中虽十分难过，但恐怕病人见了众人这个样儿反添心酸，到不是来开导劝解的意思了。见宝玉这个样子，因说道：“宝兄弟，你特婆婆妈妈的了。他病人不过是这么说，那里就到得这个田地了？况且能多大年纪的人，略病一病儿就这么想那么想的，这不是自己到给自己添病了么？”贾蓉道：“他这病也不用别的，只是吃得些饮食就不怕了。”凤姐儿道：“宝兄弟，太太叫你快过去呢。你别在这里只管这么着，到招的媳妇也心里不好。太太那里又惦着你。”因向贾蓉说道：“你先同你宝叔叔过去罢，我还略坐一坐儿。”贾蓉听说，即同宝玉过会芳园来了。

这里凤姐儿又劝解了秦氏一番，又低低的说了许多衷肠话儿，尤氏打发人请了两三遍，凤姐儿才向秦氏说道：“你好生养着罢，我再来看你。合该你这病要好，所以前日就有人荐了这个好大夫来，再也是不怕的了。”秦氏笑道：“任凭神仙也罢，治得病治不得命。婶子，我知道我这病不过是挨日子。”凤姐儿说道：“你只管这么想着，病那里能好呢？总要想开了才是。况且听得大夫说，若是不治，怕的是春天不好呢。如今才九月半，还有四五个月的工夫，什么病治不好呢？咱们若是不能吃人参的人家，这也难说了，你公公婆婆听见治得好你，别说一日二钱人参，就是二斤也能够吃的起。好生养着罢，我过园子里去了。”秦氏又道：“婶子，恕我不能跟过去了。闲了时候还求婶子常过来瞧瞧我，咱们娘儿们坐坐，多说几遭话儿。”凤姐儿听了，不觉得又眼圈儿一红，遂说道：“我得了闲儿必常来看你。”于是凤姐儿带领跟来的婆子丫头并宁府的媳妇婆子们，从里头绕进园子的便门来。但只见：

> 黄花满地，白柳横坡。小桥通若耶之溪，曲径接天台之路。石中清流激湍，篱落飘香；树头红叶翩翻，疏林如画。西风乍紧，初罢莺啼；暖日当暄，又添蛩语。遥望东南，建几处依山之榭；纵观西北，结三间临水之轩。笙簧盈耳，别有幽情；罗绮穿林，倍添韵致。

凤姐儿正自看园中的景致，一步步行来赞赏。猛然从假山石后走过一个人来，向前对凤姐儿说道："请嫂子安。"凤姐儿猛然见了，将身子望后一退，说道："这是瑞大爷不是?"贾瑞说道："嫂子连我也不认得了？不是我是谁!"凤姐儿道："不是不认得，猛然一见，不想到是大爷到这里来。"贾瑞道："也是合该我与嫂子有缘。我方才偷出了席，在这个清净地方略散一散，不想就遇见嫂子也从这里来。这不是有缘么?"一面说着，一面拿眼睛不住的觑着凤姐儿。

凤姐儿是个聪明人，见他这个光景，如何不猜透八九分呢，因向贾瑞假意含笑道："怨不得你哥哥时常提你，说你很好。今日见了，听你说这几句话儿，就知道你是个聪明和气的人了。这会子我要到太太们那里去，不得合你说话儿，等闲了咱们再说话儿罢。"贾瑞道："我要到嫂子家里去请安，又恐怕嫂子年轻，不肯轻易见人。"凤姐儿假意笑道："一家子骨肉，说什么年轻不年轻的话。"贾瑞听了这话，再不想到今日得这个奇遇，那神情光景亦发不堪难看了。凤姐儿说道："你快入席去罢，仔细他们拿住罚你酒。"贾瑞听了，身上已木了半边，慢慢的一面走着，一面回过头来看。凤姐儿故意的把脚步放迟了些儿，见他去远了，心里暗忖道："这才是知人知面不知心呢，那里有这样禽兽的人呢！他如果如此，几时叫他死在我的手里，他才知道我的手段!"

于是凤姐儿方移步前来。将转过了一重山坡，见两三个婆子慌慌张张的走来，见了凤姐儿，笑说道："我们奶奶见二奶奶只是不来，急的了不得，叫奴才们又来请奶奶来了。"凤姐儿说道："你们奶奶就是这么急脚鬼似的。"凤姐儿慢慢的走着，问："戏唱了几出了?"那婆子回道："有八九出了。"说话之间，已来到了天香楼的后门，见宝玉和一群丫头们在那里顽呢。凤姐儿说道："宝兄弟，别特淘气了。"有一个丫头说道："太太们都在楼上坐着呢，请奶奶就从这边上去罢。"

凤姐儿听了，款步提衣上了楼，见尤氏已在楼梯口等着呢。尤氏笑说道："你们娘儿两个特好了，见了面总舍不得来了。你明日搬来合他住着罢。你坐下，我先敬你一钟。"于是凤姐儿在邢、王二夫人前告了坐，又在尤氏的母亲前周旋了一遍，仍同尤氏坐在一桌上吃酒听戏。尤氏叫拿戏单来，让凤姐儿点戏，凤姐儿说道："太太们在这里，我如何敢点。"邢夫人、王夫人说道："我们合亲家太太都点了好几出了，你点两出好的我们听。"凤姐儿立起身来答应了一声，方接过戏单，从头一看，点了一出《还魂》，一出《弹词》，递过戏单去说："现在唱的这《双官诰》，唱完了，再唱这两出，也就是时候了。"王夫人道："可不是呢，也该趁早叫你哥哥嫂子歇歇，他们又心里不静。"尤氏说道："太太们又不常过来，娘儿们多坐一会子去，才有趣儿，天还早呢。"凤姐儿立起身来望楼下一看，说："爷们都往那里去了？"旁边一个婆子道："爷们才到凝曦轩，带了打十番的那里吃酒去了。"凤姐儿说道："在这里不便宜，背地里又不知干什么去了！"尤氏笑道："那里都像你这么正经人呢。"

于是说说笑笑，点的戏都唱完了，方才撤下酒席，摆上饭来。吃毕，大家才出园子来，到上房坐下，吃了茶，方才叫预备车，向尤氏的母亲告了辞。尤氏率同众姬妾并家下婆子媳妇们方送出来，贾珍率领众子侄都在车傍侍立，等候着呢，见了邢夫人、王夫人道："二位婶子明日还过来逛逛。"王夫人道："罢了，我们今日整坐了一日，也乏了，明日歇歇罢。"于是都上车去了。贾瑞犹不时拿眼睛觑着凤姐儿。贾珍等进去后，李贵才拉过马来，宝玉骑上，随了王夫人去了。这里贾珍同一家子的弟兄子侄吃过了晚饭，方大家散了。

次日，仍是众族人等闹了一日，不必细说。此后凤姐儿不时亲自来看秦氏。秦氏也有几日好些，也有几日仍是那样。贾珍、尤氏、贾蓉好不焦心。

且说贾瑞到荣府来了几次，偏都遇见凤姐儿往宁府那边去了。这年正是十一月三十日冬至。到交节的那几日，贾母、王夫人、凤姐儿日日差人去看秦氏，回来的人都说："这几日也没见添病，也不见甚好。"王夫人向贾母说："这个症候，遇着这样大节不添病，就有好大的指望了。"贾母说："可是呢，好个孩子，要是有些原故，可不叫人疼死。"说着一阵心酸，叫凤姐儿，说道："你们娘儿两个也好了一场，明日大初一，过了明日，你后日你再去看一看他去。你细细的瞧瞧他那光景，倘或好些儿，你回来告诉我，我也喜欢喜欢。那孩子素日爱吃的，你也常叫人做些给他送过去。"凤姐儿一一的答应了。

到了初二日，吃了早饭，来到宁府，看见秦氏的光景，虽未甚添病，但是那脸上身上的肉全瘦干了。于是合秦氏坐了半日，说了些闲话儿，又将这病无妨的话开导了一遍。秦氏说道："好不好，春天就知道了。如今现过了冬至，又没怎么样，或者好的了也未可知。婶子回老太太、太太放心罢。昨日老太太赏的那枣泥馅的山药糕，我到吃了两块，到像克化的动似的。"凤姐儿说道："明日再给你送来。我到你婆婆那里瞧瞧，就要赶着回去回老太太的话去。"秦氏道："婶子替我请老太太、太太安罢。"凤姐儿答应着就出来了，到了尤氏上房坐下。尤氏道："你冷眼瞧媳妇是怎么样？"凤姐儿低了半日头，说道："这实在没法儿了。你也该将一应的后事用的东西也该料理料理，冲一冲也好。"尤氏道："我也叫人暗暗的预备了。就是那件东西不得好木头，暂且慢慢的办罢。"于是凤姐儿吃了茶，说了一会子话儿，说道："我要回去回老太太的话去呢。"尤氏道："你可缓缓的说，别吓着老太太。"凤姐儿道："我知道。"于是凤姐儿就回来了。到了家中，见了贾母，说："蓉哥儿媳妇请老太太安，给老太太磕头，说他好些了，求老祖宗放心罢。他再略好些，还要给老祖宗磕头请安来呢。"贾母道："你看他是怎么样？"凤姐儿说："暂且无妨，精神还好呢。"贾母听了，沉吟了半日，因向凤姐儿说："你换换衣服歇歇去罢。"

凤姐儿答应着出来，见过了王夫人，到了家中，平儿将烘的家常的衣服给凤姐儿换了。凤姐儿方坐下，问道："家里没有什么事么？"平儿方端了茶来，递了过去，说道：

“没有什么事。就是那三百银子的利银，旺儿媳妇送进来，我收了。再有瑞大爷使人来打听奶奶在家没有，他要来请安说话。”凤姐儿听了，哼了一声，说道：“这畜生合该作死，看他来了怎么样！”平儿因问道：“这瑞大爷是因什么只管来？”凤姐儿遂将九月里宁府园子里遇见他的光景，他说的话，都告诉了平儿。平儿说道：“癞蛤蟆想天鹅肉吃，没人伦的混账东西，起这个念头，叫他不得好死！”凤姐儿道：“等他来了，我自有道理。”不知贾瑞来时作何光景，且听下回分解。

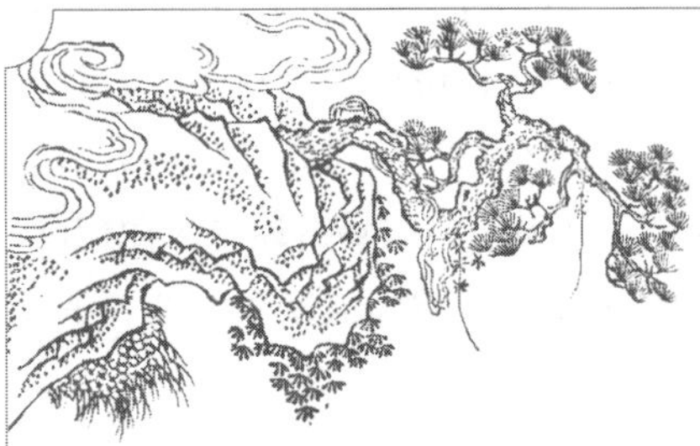

第十二回　王熙凤毒设相思局　贾天祥正照风月鉴

话说凤姐正与平儿说话，只见有人回说："瑞大爷来了。"凤姐急命：（朱侧：立意追命。）"快请进来。"贾瑞见往里让，心中喜出望外，急忙进来，见了凤姐，满面陪笑，（朱侧：如蛇。）连连问好。凤姐儿也假意殷勤，让茶让座。

贾瑞见凤姐如此打扮，益发酥倒，因饧了眼问道："二哥哥怎么还不回来？"凤姐道："不知什么原故。"贾瑞笑道："别是路上有人绊住了脚了，舍不得回来也未可知？"凤姐道："也未可知。男人家见一个爱一个也是有的。"贾瑞笑道：（墨夹：如闻其声。）"嫂子这话说错了，我就不这样。"（墨夹：渐渐入港。）凤姐笑道："像你这样的人能有几个呢，十个里也挑不出一个来。"（朱眉：勿作正面看为幸。畸笏。）贾瑞听了，喜的抓耳挠腮，又道："嫂子天天也闷的狠？"凤姐道："正是呢，只盼个人来说话解解闷儿。"贾瑞笑道："我到天天闲着，天天过来替嫂子解解闲闷可好不好？"凤姐笑道："你哄我呢，你那里肯往我这里来？"贾瑞道："我在嫂子跟前，若有一点谎话，天打雷劈！只因素日闻得人说，嫂子是个利害人，在你跟前一点也错不得，所以唬住了我。如今见嫂子最是个有说有笑极疼人的，（墨夹：奇妙！）我怎么不来。——死了也愿意！"

（朱侧：这到不假。）凤姐笑道："果然你是个明白人，比贾蓉两个强远了。我看他那样清秀，只当他们心里明白，谁知竟是两个糊涂虫，（朱侧：反文着眼。）一点不知人心。"

贾瑞听了这话，越发撞在心坎儿上，由不得又往前凑了一凑，觑着眼看凤姐带的荷包，然后又问带着什么戒指。凤姐悄悄道："放尊重着，别叫丫头们看了笑话。"贾瑞如听纶音佛语一般，忙往后退。凤姐笑道："你该走了。"（墨夹：叫去正是叫来也。）贾瑞说："我再坐一坐儿。好狠心的嫂子！"凤姐又悄悄的道："大天白日，人来人往，你就在这里也不方便。你且去，等着晚上起了更你来，悄悄的在西边穿堂儿等我。"（朱眉：先写穿堂，只知房舍之大，岂料有许多用处。）贾瑞听了，如得珍宝，忙问道："你别哄我。但只那里人过的多，怎么好躲的？"凤姐道："你只放心。我把上夜的小厮们都放了假，两边门一关，再没别人了。"贾瑞听了，喜之不禁，忙忙的告辞而去，心内已为得手。（朱侧：未必。）

盼到晚上，果然黑地里摸入荣府，趁掩门时，钻入穿堂。果见漆黑无一人，往贾母那边去的门户已锁倒，只有向东的门未关。贾瑞侧耳听着，半日不见人来，忽听咯噔一声，东边的门也倒关了。（朱侧：平平略施小计。）贾瑞急的也不敢则声，只得悄悄的出来，将门撼了撼，关的铁桶一般。此时要求出去，亦不能够。南北皆是大房墙，要跳亦无攀援。这屋内又是过门风，空落落；现是腊月天气，夜又长，朔风凛凛，侵肌裂骨，一夜几乎不曾冻死。（朱眉：可为偷情一戒。）好容易盼到早晨，只见一个老婆子先将东门开了，进去又开西门。贾瑞瞅他背着脸，一溜烟抱着肩跑了出来，幸而天气尚早，人都未起，从后门一迳跑回家去。

原来贾瑞父母早亡，只有他祖父代儒教养。那代儒素日教训最严，（朱眉：教训最严，奈其心何！一叹。）不许贾瑞多走一步，生怕他在外吃酒赌钱，有误学业。今忽见他一夜不归，只料定他在外非饮即赌，嫖娼宿妓，（朱侧：辗转灵活，一人不放，一笔不肖。）那里想到这段公案，（朱侧：世人万万想不到，况老学究乎！）因此气了一夜。贾瑞也捻着一把汗，少不得回来撒谎，只说："往舅舅家去了，天黑了，留我住了一夜。"代儒道："自来出门，非禀我不敢擅出，如何昨日私自去了？据此亦该打，何况是撒谎！"（朱眉：处处点父母痴心、子孙不肖。此书系自愧而成。）因此，发恨到底打了三四十板，不许吃饭，令他跪在院内读文章，定要补出十天的工课来方罢。贾瑞直冻了一夜，今又遭了苦打，且饿着肚子跪着在风地里读文章，其苦万状。（墨夹：祸福无门，惟人自招。）

此时贾瑞前心犹是未改，（朱侧：四字是寻死之根。朱眉：苦海无边，回头是岸。若个能回头也？叹！叹！壬午春。畸笏。）再想不到是凤姐捉弄他。过后两日，得了空，便仍来找凤姐。凤姐故意抱怨他失信，贾瑞急的赌身发誓。凤姐因见他自投罗网，（朱侧：可谓因人而使。）少不得再寻别计令他知改，（朱侧：四字是作者明阿凤身分，勿得轻轻看过。）故又约他道："今日晚上，你别在那里了。你在我这房后小过道子里那间空屋里等我，可别冒撞了。"（墨夹：伏的妙！）贾瑞道："果真？"凤姐道："谁可哄你，你不信就别来。"（朱侧：紧一句。）贾瑞道："来，来，来。死也要来！"（墨夹：不差。）凤姐道："这会子你先去罢。"贾瑞料定晚间必妥，（朱侧：未必。）此时先去了。

凤姐在这里便点兵派将，（朱侧：四字用得新，必有新文字好看。）设下圈套。

那贾瑞只盼不到晚上，偏生家里亲戚又来了，（墨夹：专能忙中写闲，狡猾之甚！）直等吃了晚饭才去。那天已有掌灯时候，又等他祖父安歇了，方溜进荣府，直往那夹道中屋子里来等着，热锅上的蚂蚁一般，只是干转。左等不见人影，右等也没声响，心下自思："别是又不来了，又冻我一夜不成？"正自胡猜，只见黑魆魆的来了一个人，（朱侧：真到了。）贾瑞便意定是凤姐，不管皂白，饿虎一般，等那人刚至门前，便如猫捕鼠的一般，抱住叫道："亲嫂子，等死我了。"说着，抱到屋里炕上就亲嘴扯裤子，满口里"亲娘""亲爹"的乱叫起来。那人只不作声，（朱侧：好极！）贾瑞拉了自己裤子，硬帮帮的就想顶入。（朱侧：将到矣。）忽然灯光一闪，只见贾蔷举着个捻子照道："谁在屋里？"只见炕上那人笑道："瑞大叔要臊我呢。"贾瑞一见，却是贾蓉，（墨夹：奇绝！）真臊的无地可入，（朱侧：亦未必真。）不知要怎么样才好，回身就要跑，被贾蔷一把揪住道："别走！如今琏二婶已经告到太太跟前，（朱侧：好题目。）说你无故调戏他。（朱眉：调戏还要有故？一笑！）他暂用了个脱身计，哄你在那边等着。太太气死过去，（朱侧：好大题目。）因此叫我来拿你。刚才你又拦住他，没的说，跟我去见太太！"

贾瑞听了，魂不附体，只说："好侄儿，只说没有见我，明日我重重的谢你。"贾蔷道："你若谢我，放你不值什么，只不知你谢我多少？况且口说无凭，写一文契来。"贾瑞道："如何落纸呢？"（朱侧：也知写不得。一叹！）贾蔷道："这也不妨，写一个赌钱输了外人账目，借头家银若干两便罢。"贾瑞道："这也容易。只是此时无纸笔。"贾蔷道："这也容易。"说罢，翻身出来，纸笔现成，（朱侧：二字妙！）拿来命贾瑞写。他两作好作歹，只写了五十两银，然后画了押，贾蔷收起来。然后撕罗贾蓉。贾蓉先咬定牙不依，只说："明日告诉族中的人评评理。"贾瑞急的至于叩头。贾蔷作好作歹的，也写了一张五十两欠契才罢。贾蔷又道："如今要放你，我就担着不是。（墨夹：又生波澜。）老太太那边的门早已关了，老爷正在厅上看南京的东西，那一条路定难过去，如今只好走后门。若这一走，倘或遇见了人，连我也完了。等我们先去哨探哨探，再来领你。这屋你还藏不得，少时就来堆东西。等我寻个地方。"说毕，拉着贾瑞，仍熄了灯，（墨夹：细。）出至院外，摸着大台矶底下，说道："这窝儿里好，你只蹲着，别哼一声，等我们来再动。"（朱侧：未必如此收场。）说毕，二人去了。

贾瑞此时身不由己，只得蹲在那里。心下正盘算，只听头顶上一声响，嗗拉拉一净桶尿粪从上面直泼下来，可巧浇了他一身一头，贾瑞掌不住嗳哟了一声，忙又掩住口，（墨夹：更奇。）不敢声张，满头满脸浑身皆是尿屎，冰冷打战。（朱侧：余料必有新奇解恨文字收场，方是《石头记》笔力。　朱眉：瑞奴实当如是报之。此一节可入《西厢记》批评内十大快中。畸笏。）只见贾蔷跑来叫："快走，快走！"贾瑞如得了命，三步两步从后门跑到家里，天已三更，只得叫门。开门人见他这般景况，问是怎的。少不得扯谎说："黑了，失脚掉在茅厮里了。"一面到了自己房中更衣洗濯，心下方想到是凤姐顽他，因此发一回恨。再想想凤姐的模样儿，（朱侧：欲根未断。）又恨不得一时搂在怀内，一夜竟不曾合眼。

自此满心想凤姐，（朱眉：此刻还不回头，真自寻死路矣。）只不敢往荣府去了。贾蓉两个常常的来索银子，他又怕祖父知道，正是相思尚且难禁，更又添了债务。日间工课又紧，他二十来岁人，尚未娶亲，迩来想着凤姐，未免有那指头告了消乏等事。更兼两回冻恼奔波，（墨夹：写得历历病源，如何不死？）因此三五下里夹攻，（朱侧：所谓步步紧。）不觉就得了一病：心内发膨胀，口内无滋味，脚下如绵，眼中似醋，黑夜作烧，白昼常倦，下溺连精，嗽痰带血。诸如此症，不上一年，都添全了。（朱侧：简捷之至！）于是不能支持，一头失倒，合上眼还只梦魂颠倒，满口乱说胡话，惊怖异常。百般请医疗治，诸如肉桂、附子、鳖甲、麦冬、玉竹等药，吃了有几十斤下去，也不见个动静。（墨夹：说得有趣。）

倏又腊尽春回，这病更又沉重。代儒也着了忙，各处请医疗治，皆不见效。因后来吃"独参汤"，代儒如何有这力量，只得往荣府来寻。王夫人命凤姐秤二两给他，（墨夹：王夫人之慈若是。）凤姐回说："前儿新近都替老太太配了药，那整的太太又说留着送杨提督的太太配药，偏生昨儿我已送了去了。"王夫人道："就是咱们这边没了，你打发个人往你婆婆那边问问，或是你珍大哥哥那府里再寻些来，凑着给人家。吃好了，救人一命，也是你的好处。"（墨夹：夹写王夫人。）凤姐听了，也不遣人去寻，只得将些渣末泡须凑了几钱，命人送去，只说："太太送来的，再也没了。"然后回王夫人，只说："都寻了来，共凑了有二两送去。"（墨夹：然便有二两独参汤，贾瑞固亦不能微好，又岂能望好，但凤姐之毒何如是？瑞之自失也。）

那贾瑞此时要命心胜，无药不吃，只是白花钱，不见效。忽然这日有个跛足道人（墨夹：自甄士隐随君一去，别来无恙否？）来化斋，口称专治冤业之症。贾瑞偏生在内就听见了，直着声叫喊（墨夹：如闻其声，吾不忍听也。）说："快请进那位菩萨来救我！"一面叫，一面在枕上叩首。（墨夹：如见其形，吾不忍看也。）众人只得带了那道士进来。贾瑞一把拉住，连叫："菩萨救我！"（墨夹：人之将死，其言也哀，作者如何下笔？）那道士叹道："你这病非药可医！我有个宝贝与你，你天天看时，此命可保矣。"说毕，从褡裢中（墨夹：妙极！此褡裢犹是士隐所抢背者乎？）取出一面镜子来（墨夹：凡看书人从此细心体贴，方许你看，否则此书哭矣。）——两面皆可照人，（墨夹：此书表里皆有喻也。）镜把上面錾着"风月宝鉴"四字（墨夹：明点。）——递与贾瑞道："这物出自太虚幻境空灵殿上，警幻仙子所制，（墨夹：言此书原系空虚幻设。　朱眉：与《红楼梦》呼应。）专治邪思妄动之症，（墨夹：毕真。）有济世保生之功。（墨夹：毕真。）所以带他到世上，单与那些聪明杰俊、风雅王孙等看照。（墨夹：所谓无能纨绔是也。）千万不可照正面，（朱侧：谁人识得此句！　墨夹：观者记之，不要看这书正面，方是会看。）只照他的背面，（墨夹：记之。）要紧，要紧！三日后吾来收取，管叫你好了。"说毕，佯常而去，众人苦留不住。

贾瑞收了镜子，想道："这道士到有意思，我何不照一照试试。"想毕，拿起"风月鉴"来，向反面一照，只见一个骷髅立在里面，（墨夹：所谓"好知青冢骷髅骨，就是红楼掩面人"是也。作者好苦心思。）唬得贾瑞连忙掩了，骂："道士混账，如何吓我！我到再照照正面是什么。"想着，又将正面一照，只见凤姐站在里面招手（朱侧：可怕是"招手"二字。）叫他。（墨夹：奇绝！）贾瑞心中一喜，荡悠悠的觉得进了镜子，（墨夹：写得奇峭，真好笔墨。）与凤姐云雨一番，凤姐仍送他出来。到了床上，“嗳哟”了一声，一睁眼，镜子从手里掉过来，仍是反面立着一个骷髅。贾瑞自觉汗津津的，底下已遗了一滩精。心中到底不足，又翻过正面来，只见凤姐还招手叫他，他又进去。如此三四次。到了这次，刚要出镜子来，只见两个人走来，拿铁锁把他套住，拉了就走。（墨夹：所谓醉生梦死也。）贾瑞叫道：“让我拿了镜子再走！”（墨夹：可怜！大众齐来看此。）——只说了这句，就再不能说话了。

旁边伏侍贾瑞的众人，只见他先还拿着镜子照，落下来，仍睁开眼拾在手内，末后镜子落下来便不动了。众人上来看看，已没了气，身子底下冰渍湿一大滩精，这才忙着穿衣抬床。代儒夫妇哭的死去活来，大骂道士，“是何妖镜！（墨夹：此书不免腐儒一谤。）若不早毁此物，（墨夹：凡野史俱可毁，独此书不可毁。）遗害于世不小。”（墨夹：腐儒。）遂命架火来烧，只听镜内哭道：“谁叫你们瞧正面了！你们自己以假为真，何苦来烧我？”（墨夹：观者记之。）正哭着，只见那跛足道人从外面跑来，喊道：“谁毁‘风月鉴’，吾来救也！”说着，直入中堂，抢入手内，飘然去了。

当下，代儒料理丧事，各处去报丧。三日起经，七日发引，寄灵于铁槛寺，（墨夹：所谓“铁门限”是也。先安一开路道之人，以备秦氏仙柩有方也。）日后带回原籍。当下贾家众人齐来吊问，荣国府贾赦赠银二十两，贾政亦是二十两，宁国府贾珍亦有二十两，别者族中贫富不等，或三两五两，不可胜数。另有各同窗家分资，也凑了二三十两。代儒家道虽然淡薄，到也丰丰富富完了此事。

谁知这年冬底，林如海的书信寄来，却为身染重疾，写书特来接林黛玉回去。贾母听了，未免又加忧闷，只得忙忙的打点黛玉起身。宝玉大不自在，争奈父女之情，也不好拦劝。于是贾母定要贾琏送他去，仍叫带回来。一应土仪盘缠，不消烦说，自然要妥贴。作速择了日期，贾琏与林黛玉辞别了众人，带领仆从，登舟往扬州去了。要知端的，且听下回分解。

（朱）此回忽遣黛玉去者，正为下回可儿之文也。若不遣去，只写可儿、阿凤等人，却置黛玉于荣府，成何文哉？故必遣去，方好放笔写秦，方不脱发。况黛玉乃书中正人，秦为陪客，岂因陪而失正耶？后大观园方是宝玉、宝钗、黛玉等正经文字，前皆系陪衬之文也。

第十三回
秦可卿死封龙禁尉 王熙凤协理宁国府

（墨）贾珍尚奢岂有不请父命之理因敬□□□[1]
要紧不问家事故得恣意放为□□□□□
若明指一州名似若西游□□□□□□□□□
地不待言可知是光天□□□□□□□□□□
矣不云国名更妙□□□□□□□□□□□
义之乡矣直与□□□□□□□□□□□□
今秦可卿托□□□□□□□□□□□□□
理宁府亦□□□□□□□□□□□□□□
凡□□□□□□□□□□
在封龙禁尉写乃褒中之贬，隐去天香楼一节是不忍下笔也。[2]

注：①“□”表示影印本上破失之文字。今将庚辰本中内容与之有关的数条脂批附后，供读者参考。
②“贬”“隐”二字原已破损，今从邓遂夫先生之见。

1. 此回可卿梦阿凤，盖作者大有深意存焉，可惜生不逢时，奈何！奈何！然必写出自可卿之意也。则又有他意寓焉。

2. 荣、宁世家，未有不遵家训者。虽贾珍尚奢，岂明逆父哉？故写敬老不管，然后恣意，方见笔笔周到。

诗曰：一步行来错，回头已百年。古今风月鉴，多少泣黄泉。

3. 奇文，若明指一州名似若西游之套，故曰至中之地，不待言可知是光天化日，仁风德雨之下矣。不云国名更妙，可知是尧街舜巷，衣冠礼义之乡矣。直与第一回呼应相接。

话说凤姐自贾琏送黛玉往扬州去后，心中实在无趣，每到晚间，不过和平儿说笑一回，就胡乱（朱侧："胡乱"二字奇。）睡了。这日夜间，正和平儿灯下拥炉倦绣，早命浓薰绣被，二人睡下，屈指算行程该到何处，（朱侧：所谓"计程今日到梁州"是也。）不知不觉已交三鼓。平儿已睡熟了。凤姐方觉星眼微蒙，恍惚只见秦氏从外走了进来，含笑说道："婶婶好睡！我今儿回去，你也不送我一程。因娘儿们素日相好，我舍不得婶婶，故来别你一别。还有一件心愿未了，非告诉婶子，别人未必中用。"（朱侧：一语贬尽贾家一族空顶冠束带者。）凤姐听了，恍惚问道："有何心愿？你只管托我就是了。"秦氏道："婶婶，你是个脂粉队内的英雄，连那些束带顶冠的男子也不能过你，你如何连两句俗语也不晓得？常言'月满则亏，水满则溢'；又道是'登高必跌重'。如今我们家赫赫扬扬，已将百载，一日倘或（朱侧："倘或"二字酷肖妇女口气。）乐极悲生，若应了那句'树倒猢狲散'的俗语，（朱眉："树倒猢狲散"之语，今犹在耳，屈指三十五年矣。哀哉伤哉，宁不痛杀！）岂不虚称了一世的诗书旧族了！"凤姐听了此话，心胸大快，十分敬畏，忙问道："这话虑的极是，但有何法可以永保无虞？"（朱侧：非阿凤不明，盖今古名利场中患失之同意也。）秦氏冷笑道："婶婶好痴也。否极泰来，荣辱自古周而复始，岂是人力能可保常的。但如今能于荣时筹画下将来衰时的世业，亦可谓常保永全了。即如今日诸事都妥，只有两件事未妥，若把此事如此一行，则日后可保永全。"

凤姐便问何事。秦氏道："目今祖茔虽四时祭祀，只是无一定的钱粮；第二，家塾虽立，无一定的供给。依我想来，如今盛时固不缺祭祀、供给，但将来败落之时，此二项有何出处？莫若依我定见，趁今日富贵，将祖茔附近多置田庄房舍地亩，以备祭祀、供给之费皆出自此处，将家塾亦设于此。合同族中长幼，大家定了则例，日后按房掌管这一年的地亩、钱粮、祭祀、供给之事。如此周流，又无争竞，亦不有典卖诸弊。便是有了罪，凡物可入官，这祭祀产业连官也不入的。便败落下来，子孙回家读书务农，也有个退步，祭祀又可永继。若目今以为荣华不绝，不思日后，终非长策。（朱眉：语语见道，字字伤心，读此一段，几不知此身为何物矣。松斋。）眼见不日又有一件非常喜事，真是烈火烹油、鲜花着锦之盛。要知道，也不过是瞬息的繁华，一时的欢乐，万不可忘了那'盛筵必散'的俗语。此时若不早为虑后，临期只恐后悔无益矣。"凤姐忙问："有何喜事？"秦氏道："天机不可泄漏。（朱侧：伏的妙！）只是我与婶子好了一场，临别赠你两句话，须要记着。”因念道：“三春去后诸芳尽，各自须寻各自门。”（朱侧：此句令批书人哭死。 朱眉：不必看完，见此二句，即欲堕泪。梅溪。）

凤姐还欲问时，只听得二门上传事云牌连叩四下——正是丧音，将凤姐惊醒。人回：“东府蓉大奶奶没了。”凤姐闻听，吓了一身冷汗，出了一回神，只得忙忙的穿衣服，往王夫人处来。彼时合家皆知，无不纳罕，都有些疑心。（朱眉：九个字写尽天香楼事，是不写之写。）那长一辈的，想他素日孝顺，平一辈的，想他素日和睦亲密，下一辈的，想他素日慈爱，以及家中仆从老小，想他素日怜贫惜贱、慈老爱幼之恩，莫不悲嚎痛哭之。

闲言少叙，却说宝玉因近日林黛玉回去，剩得自己孤凄，也不和人顽耍，（朱侧：与凤姐反对。淡淡写来，方是二人自幼气味相投，可知后文皆非突然文字。）每到晚间便索然睡了。如今从梦中听见说秦氏死了，连忙翻身爬起来，只觉心中似戳了一刀的不忍，哇的一声，喷出一口血来。（朱侧：宝玉早已看定可继家务事者可卿也，今闻死了，大失所望。急火攻心，焉得不有此血？为玉一叹！）袭人等慌慌忙忙来搀扶，问是怎么样，又要回贾母来请大夫。宝玉笑道：“不用忙，不相干，这是急火攻心，（朱侧：如何自己说出来了？）血不归经。”说着便爬起来，要衣服换了，来见贾母，即时要过去。袭人见他如此，心中虽放不下，又不敢拦，只是由他罢了。贾母见他要去，因说：“才咽气的人，那里不干净；二则夜里风大，明早再去不迟。”宝玉那里肯依。贾母命人备车，多派跟从人役，拥护前来。

一直到了宁国府前，只见府门洞开，两边灯笼照如白昼，乱烘烘人来人往，里面哭声摇山振岳。（朱侧：写大族之丧，如此起绪。）宝玉下了车，忙忙奔至停灵之室，痛哭一番。然后见过尤氏。谁知尤氏正犯了胃疼旧疾，睡在床上。（朱侧：妙！非此何以出阿凤！）然后又出来见贾珍。彼时贾代儒带领贾敕、贾效、贾敦、贾赦、贾政、贾琮、贾㻞、贾珩、贾珖、贾琛、贾琼、贾璘、贾蔷、贾菖、贾菱、贾芸、贾芹、贾蓁、贾萍、贾藻、贾蘅、贾芬、贾芳、贾兰、贾菌、贾芝等都来了。贾珍哭的泪人一般，（朱侧：可笑，如丧考妣，此作者刺心笔也。）正合贾代儒等说道：“合家大小，远亲近友，谁不知我这媳妇比儿子还强十倍。如今伸腿去了，可见这长房内绝灭无人了。”说着又哭起来。众人忙劝道：“人已辞世，哭也无益，且商议如何料理要紧。”贾珍拍手道：“如何料理，不过尽我所有罢了！”

正说着，只见秦业、秦钟并尤氏的几个眷属尤氏姊妹（朱侧：伏后文。）也都来了。贾珍便命贾琼、贾琛、贾璘、贾蔷四个人去陪客，一面吩咐去请钦天监阴阳司来择日，推准停灵七七四十九日，三日后开丧送讣闻。这四十九日，单请一百单八众禅僧在大厅上拜大悲忏，超度前亡后化诸魂，以免亡者之罪。另设一坛于天香楼上，（朱侧：删——却是未删之笔。）是九十九位全真道士，打四十九日解冤洗业醮。然后停灵于会芳园中，灵前另有五十众高僧、五十众高道，对坛按七作好事。那贾敬闻得长孙媳妇死了，因自为早晚就要飞升，如何肯又回家染了红尘，将前功尽弃呢，因此并不在意，只凭贾珍料理。贾珍见父亲不管，亦发恣意奢华。

看板时，几副杉木板皆不中用。可巧薛蟠来吊问，因见贾珍寻好板，便说道：“我们木店里有一副，叫作什么樯木，（朱眉：樯者，舟具也。所谓“人生若泛舟”而已，宁不可叹！）出在潢海铁网山上，（朱侧：所谓“迷津易堕，尘网难逃”也。）作了棺材，万年不坏。这还是当年先父带来，原系义忠亲王老千岁要的，因他坏了事，就不曾拿去。现今还封在店里，也没人出价敢买。你若要，就抬来罢了。”贾珍听了，喜之不禁，即命人抬来。大家看时，只见帮底皆厚八寸，纹若槟榔，味若檀麝，以手扣之，玎珰如金玉。大家都奇异称赏。贾珍笑问：“价值几何?”薛蟠笑道：“拿一千两银子来，只怕也没处买去。什么价不价，（朱侧：的是阿呆兄口气。）赏他们几两工银就是了。”贾珍听说，忙谢不尽，即命解锯糊漆。贾政因劝道：“此物恐非常人可享者，（朱侧：政老有深意存焉。）殓以上等杉木也就是了。”（朱侧：夹写贾政。）此时贾珍恨不能代秦氏之死，这话如何肯听。

因忽又听得秦氏之丫鬟名唤瑞珠者，见秦氏死了，他也触柱而亡。（朱侧：补天香楼未删之文。）此事可罕，合族中人也都称赞。（朱眉：写个个皆知，全无安逸之笔，深得《金瓶》壶奥！）贾珍遂以孙女之礼殓殡，一并停灵于会芳园之登仙阁。小丫鬟名宝珠者，因见秦氏身无所出，乃甘心愿为义女，誓任摔丧驾灵之任。贾珍喜之不尽，即时传下，从此皆呼宝珠为小姐。那宝珠按未嫁女之丧，在灵前哀哀欲绝。（朱侧：非恩惠爱人，那能如是？惜哉可卿，惜哉可卿！）于是，合族人丁并家下诸人，都各遵旧制行事，自不敢紊乱。（朱侧：两句写尽大家。）

贾珍因想着贾蓉不过是个黉门监，灵旛经榜上写时不好看，便是执事也不多，因此心下甚不自在。（朱侧：善起波澜。）可巧这日正是首七第四日，早有大明宫掌宫内相戴权，（朱侧：妙！大权也。）先备了祭礼遣人抬来，次后坐了大轿，打伞鸣锣，亲来上祭。贾珍忙接着，让至逗蜂轩（朱侧：轩名可思。）献茶。贾珍心中打算定了主意，因而趁便就说要与贾蓉蠲个前程的话。戴权会意，因笑道：“想是为丧礼上风光些?”（朱侧：得！内相机括之快如此。）贾珍忙笑道：“老内相所见不差。”戴权道：“事到凑巧，正有个美缺。如今三百员龙禁尉短了两员，昨儿襄阳侯的兄弟老三来求我，现拿了一千五百两银子，送到我家里。你知道，咱们都是老相遇，不拘怎么样，看着他爷爷的分上，胡乱应了。（朱侧：忙中写闲。）还剩了一个缺，谁知永兴节度使冯胖子来求，要与他孩子蠲，我就没工夫应他。既是咱们的孩子要蠲，快写个履历来。”（朱侧：奇谈，画尽阉官口吻。）贾珍听说，忙吩咐：“快命书房里人恭敬写了大爷的履历来。”小厮不敢怠慢，去了一刻，便拿了一张红纸来与贾珍。贾珍看了，忙送与戴权。戴权看时，上面写道：

> 江南江宁府江宁县监生贾蓉，年二十岁。曾祖，原任京营节度使世袭一等神威将军贾代化；祖，乙卯科进士贾敬；父，世袭三品爵威烈将军贾珍。

戴权看了，回手便递与一个贴身的小厮收了，说道：“回来送与户部堂官老赵，说我拜上他，起一张五品龙禁尉的票，再给个执照，就把那履历填上，明儿我来兑银子送去。”小厮答应了，戴权也就告辞了。贾珍十分款留不住，只得送出府门。临上轿，贾珍因问："银子还是我到部兑，还是一并送入老内相府中？"戴权道："若到部里，你又吃亏了。不如平准一千二百银子送到我家里就完了。"贾珍感谢不尽，只说："待服满后，亲带小犬到府叩谢。"于是作别。

接着，又听喝道之声，原来是忠靖侯史鼎的夫人来了。（朱侧：史小姐湘云消息也。）王夫人、邢夫人、凤姐等刚迎至上房，又见锦乡侯、川宁侯、寿山伯三家祭礼摆在灵前。少时，三家下轿，贾政等忙接上大厅。如此亲朋你来我去，也不能胜数。只这四十九日，宁国府街上一条白漫漫人来人往，（朱侧：是有服亲友并家下人丁之盛。）花簇簇官去官来。（朱侧：是来往祭吊之盛。）

贾珍命贾蓉次日换了吉服，领凭回来。灵前供用执事等物，俱按五品职例。灵牌疏上皆写"天朝诰授贾门秦氏恭人之灵位"。会芳园的临街大门洞开，现在两边起了鼓乐厅，两班青衣按时奏乐，一对对执事摆的刀斩斧齐。更有四面朱红销金大字牌对竖在门外，上面大书：

防护内廷紫禁道御前侍卫龙禁尉

对面高起着宣坛，僧道对坛榜文，榜上大书："世袭宁国公冢孙妇、防护内廷御前侍卫龙禁尉贾门秦氏恭人之丧。四大部州至中之地，奉天承运太平之国，总理虚无寂静教门僧录司正堂万虚、总理元始三一教门道录司正堂叶生等，敬谨修斋，朝天叩佛！"以及"恭请诸伽蓝、揭谛、功曹等神，圣恩普锡，神威远镇，四十九日消灾洗孽平安水陆道场"诸如等语，余者亦不消烦记。

只是贾珍虽然心意满足，但里头尤氏又犯了旧疾，不能料理事务，惟恐各诰命来往，亏了礼数，怕人笑话，因此心中不自在。当下正忧虑时，因宝玉在侧（朱侧：余正思如何高搁起玉兄了。）问道："事事都算安贴了，大哥哥还愁什么？"贾珍见问，忙将里面无人的话说了出来。宝玉听说笑道："这有何难，我荐一个人（朱侧：荐凤姐须得宝玉，俱龙华会上人也。）与你权理这一个月的事，管必妥当。"贾珍忙问："是谁？"宝玉见座间还有许多亲友，不便明言，走至贾珍耳边说了两句。贾珍听了喜不自禁，连忙起身笑道："果然安贴，如今就去。"说着拉了宝玉，辞了众人，便往上房里来。

可巧这日非正经日期，亲友来的少，里面不过几位近亲堂客，邢夫人、王夫人、凤姐并合族中的内眷陪坐。有人报说："大爷进来了。"唬的众婆娘唿的一声，往后藏之不迭，（朱侧：素日行止可知。作者自是笔笔不空，批者亦字字留神之至矣。）独凤姐款款站了起来。贾珍此时也有些病症在身，二则过于悲痛了，因拄了拐踱了进来。邢夫人等因说道："你身上不好，又连日事多，该歇歇才是，又进来做什么？"贾珍一面扶拐，扎挣着要蹲身跪下请安道乏。邢夫人等忙叫宝玉搀住，命人挪椅子来与他坐。贾珍断不肯坐，因勉强陪笑道："侄儿进来有一件事要恳求二位婶婶并大妹妹。"邢夫人等忙问："什么事？"贾珍忙笑道："婶婶自然知道，如今孙子媳妇没了，侄儿媳妇偏又病倒，我看里头着实不成个体统。怎么屈尊大妹妹一个月，在这里料理料理，我就放心了。"邢夫人笑道："原来为这个。你大妹妹现在你二婶子家，只合你二婶子说就是了。"王夫人忙道："他一个小孩子家何曾经过这样事，倘或料理不清，反叫人笑话，到是再烦别人好。"贾珍笑道："婶子的意思侄儿猜着了，是怕大妹妹劳苦了。若说料理不开，我包管必料理的开，便是错一点儿，别人看着还是不错的。从小儿大妹妹顽笑着就有杀法决断，如今出了阁，又在那府里办事，越发历练老成了。我想了这几日，除了大妹妹再无人了。婶婶不看侄儿、侄儿媳妇的分上，只看死了的分上罢！"说着滚下泪来。

王夫人心中怕的是凤姐儿未经过丧事，怕他料理不清，惹人笑话。今见贾珍苦苦的说到这步田地，心中已活了几分，却又眼看着凤姐出神。那凤姐素日最喜揽事办，好卖弄才干，虽然当家妥当，也因未办过婚丧大事，恐人还不服，巴不得遇见这事。今日见贾珍如此一来，他心中早已欢喜。先见王夫人不允，后见贾珍说的情真，王夫人有活动之意，便向王夫人道："大哥哥说的这么恳切，太太就依了罢。"王夫人悄悄的道："你可能么？"凤姐道："有什么不能的，外面的大事大哥哥已经料理清了，不过是里头照管照管，便是我有不知道的，问问太太就是了。"（朱侧：胸中成见已有之语。）王夫人见说的有理，便不则声。贾珍见凤姐允了，又陪笑道："也管不得许多了，横竖要求大妹妹辛苦辛苦。我这里先与妹妹行礼，等事完了，我再到那府里去谢。"说着，就作揖下去，凤姐儿还礼不迭。贾珍便向袖中取了宁国府对牌出来，命宝玉送与凤姐，又说："妹妹爱怎么样就怎么样，要什么只管拿这个取去，也不必问我。只别存心替我省钱，只要好看为上，二则也要与那府里一样待人才好，不要存心怕人抱怨。只这两件外，我再没不放心的了。"

凤姐不敢就接牌，只看着王夫人。王夫人道："你哥哥既这么说，你就照看照看罢了。只是别自作主意，有了事，打发人问你哥哥、嫂子要紧。"宝玉早向贾珍手里接过对牌来，强递与凤姐了。贾珍又问："妹妹还是住在这里，还是天天来呢？若是天天来，越发辛苦了。不如我这里赶着收拾出一个院落来，妹妹住过这几日到安稳。"凤姐笑道："不用。（朱侧：二字句，有神。）那边也离不得我，到是天天来的好。"贾珍听说，只得罢了。然后又说了一回闲话，方才出去。一时女眷散后，王夫人因问凤姐："你今儿怎么样？"凤姐儿道："太太只管请回去，我须得先理出一个头绪来，才回去得呢。"王夫人听说，先同邢夫人等回去，不在话下。

这里凤姐来至三间一所抱厦内坐了，因想：头一件是人口混杂，遗失东西；第二件，事无专执，临期推委；第三件，需用过费，滥支冒领；第四件，任无大小，苦乐不均；第五件，家人豪纵，有脸者不服钤束，无脸者不能上进。此五件实是宁国府中风俗。（朱眉：旧族后辈受此五病者颇多，余家更甚。三十年前事见书于三十年后，令余悲痛血泪盈面。）不知凤姐如何处治，且听下回分解。

正是：

金紫万千谁治国，

裙钗一二可齐家。（朱眉：此回只十页，因删去天香楼一节，少却四五页也。　朱侧："秦可卿淫丧天香楼"，作者用史笔也。老朽因有魂托凤姐贾家后事二件，嫡是安富尊荣坐享人能想得到处？其事虽未漏，其言其意则令人悲切感服，姑赦之，因命芹溪删去。）

探春

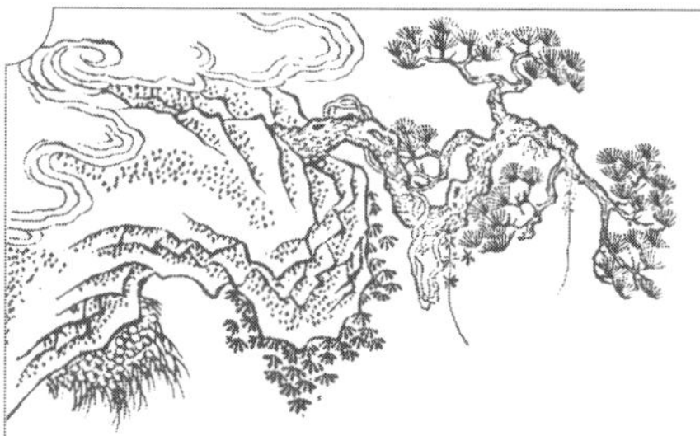

第十四回 林如海捐馆扬州城 贾宝玉路谒北静王

（墨）凤姐用彩明，因自识字不多，且彩明系未冠之童。

写凤姐之珍贵，写凤姐之英气，写凤姐之声势，写凤姐之心机，写凤姐之骄大。

昭儿回，并非林文、琏文，是黛玉正文。

牛，丑也。清，属水，子也。柳拆卯字。彪拆虎字，寅字寓焉。陈即辰。翼火为蛇，巳字寓焉。马，午也。魁拆鬼，鬼，金羊，未字寓焉。侯、猴同音，申也。晓鸣，鸡也，酉字寓焉。石即豕，亥字寓焉。其祖曰守业，即守夜也，犬字寓焉。此所谓十二支寓焉。

路谒北静王，是宝玉正文。

话说宁国府中都总管来升，闻得里面委请了凤姐，因传齐同事人等说道：“如今请了西府里琏二奶奶管理内事，倘或他来支取东西，或是说话，我们须要比往日小心些。每日大家早来晚散，宁可辛苦这一个月，过后再歇着，不要把老脸面丢了。那是个有名的烈货，脸酸心硬，一时恼了，不认人的。”众人都道：“有理。”又有一个笑道：“论理，我们里面也须得他来整治整治，都特不像了。”正说着，只见来旺媳妇拿了对牌来领取呈文京榜纸札，票上批着数目。众人连忙让坐到茶，一面命人按数取纸来抱着，同来旺媳妇一路行来至仪门口，方交与来旺媳妇自己抱进去了。（朱眉：宁府如此大家，阿凤如此身份，岂有使贴身丫头与家里男人答话交事之理呢？此作者忽略之处。）

凤姐即命彩明定造簿册。即时传来升媳妇，兼要家口花名册来查看，又限于明日一早传齐家人媳妇进来听差等话。大概点了一点数目单册，（朱侧：已有成见。）问了来升媳妇儿句话，便坐了车回家。一宿无话。

至次日，卯正二刻便过来了。那宁国府中婆娘媳妇闻得到齐，只见凤姐正与来升媳妇分派，众人不敢擅入，只在窗外听觑。（朱侧：传神之笔。）只听凤姐与来升媳妇道："既托了我，我就说不得要讨你们嫌了。（朱侧：先站地步。）我可比不得你们奶奶好性儿，由着你们去，再不要说你们'这府里原是这样'的，（朱侧：此话听熟了。一叹！）这如今可要依着我行，（朱侧：宛转得妙！）错我半点儿，管不得谁是有脸的，谁是没脸的，一例现清白处治。"说着，便吩咐彩明念花名册，按名一个一个的唤进来看视。一时看完了，便又吩咐道："这二十个分作两班，一班十个，每日在里头单管人来客往到茶，别的事不用他们管。这二十个也分两班，每日单管本家亲戚茶饭，别的事也不用他们管。这四十个人也分作两班，单在灵前上香添油，挂幔守灵，供饭供茶，随起举哀，别的事也不与他们相干。这四个人单在内茶房收管杯碟茶器，若少一件，便叫他四个描陪。这四个人单管酒饭器皿，少一件，便叫他四个描陪。这八个人单管监收祭礼。这八个人单管各处灯油、蜡烛、纸札，我总支了来，交与你八个，然后按我的定数再往各处去分派。这三十个每日轮流各处上夜，照管门户，监察火烛，打扫地方。这下剩的按着房屋分开，某人守某处，某处所有桌椅古董起，至于痰盒掸帚，一草一苗，或丢或坏，就合守这处的人算账描陪。来升家的每日揽总查看，或有偷懒的，赌钱吃酒的，打架拌嘴的，立刻来回我。你要徇情，经我查出，三四辈子的老脸就顾不成了。如今都有了定规，以后那一行乱了，只合那一行说话。素日跟我的，随身自有钟表，不论大小事，我是皆有一定的时辰。横竖你们上房里也有时辰钟。卯正二刻我来点卯，巳正吃早饭，凡有领牌回事者，只在午初刻，戌初烧过黄昏纸，我亲到各处查一遍，回来上夜的交明钥匙。第二日还是卯正二刻过来。说不得咱们大家辛苦这几日，（朱侧：是协理口气，好听之至！）事完了，你们家大爷自然赏你们。"

说毕，又吩咐按数发与茶叶、油烛、鸡毛掸子、笤帚等物。一面又搬取家伙：桌围、椅搭、坐褥、毡席、痰盒、脚踏之类。一面交发，一面提笔登记，某人管某处，某人领某物，开得十分清楚。众人领了去，也都有了投奔，不似先时只拣便宜的做，剩下苦差没个招揽。各房中也不能趁乱失迷东西。便是人来客往，也都安静了，不比先前正摆茶，又去端饭，正陪举哀，又顾接客。如这些无头绪、荒乱、推托、偷闲、窃取等弊，次日一概都蠲了。

凤姐儿见自己威重令行，心中十分得意。因见尤氏犯病，贾珍又过于悲哀，不大进饮食，自己每日从那府里煎了各色细粥，精致小菜，命人送来劝食。贾珍也另外吩咐每日送上等菜到抱厦内，单与凤姐。那凤姐不畏勤劳，天天于卯正二刻就过来点卯理事，独在抱厦内起坐，不与众妯娌合群，便有堂客来往，也不迎会。

这日乃五七正五日上，那应佛僧正开方破狱，传灯照亡，参阎君，拘都鬼，延请地藏王，开金桥，引幢幡；那道士们正伏章伸表，朝三清，叩玉帝；禅僧们行香，放焰口，拜水忏；又有十三众青年尼僧，搭绣衣，趿红鞋，在灵前默诵接引诸咒……十分热闹。那凤姐必知今日人客不少，在家中歇宿一夜，至寅正，平儿便请起来梳洗。及收拾完备，更衣盥手，喝了两口奶子糖粳米粥，漱口已毕，已是卯正二刻了。来旺媳妇率领诸人伺候已久。凤姐出至厅前，上了车，前面打了一对明角灯，大书“荣国府”三个大字，款款来至宁府。大门上门灯朗挂，两边一色戳灯，照如白昼，白茫茫穿孝仆从两边侍立。请车至正门上，小厮等退去，众媳妇上来揭起车帘。凤姐下了车，一手扶着丰儿，两个媳妇执着手把灯罩，簇拥着凤姐进来。宁府诸媳妇迎来请安接待。凤姐缓缓走入会芳园中登仙阁灵前，一见了棺材，那眼泪恰似断线珍珠，滚将下来。院中许多小厮垂手伺候烧纸。凤姐吩咐得一声：“供茶烧纸。”只听得一棒锣鸣，诸乐齐奏，早有人端过一张大圈椅来，放在灵前，凤姐坐下，放声大哭。于是里外男女上下，见凤姐出声，都忙接声嚎哭。一时贾珍、尤氏遣人来劝，凤姐方才止住。

来旺媳妇献茶漱口毕，凤姐方起身，别过族中诸人，自入抱厦内来，按名查点，各项人数都已到齐，只有迎送客上的一人未到。即命传到。那人已张惶愧惧。凤姐冷笑（朱侧：凡凤姐恼时，偏偏用“笑”字，是章法。）道：“我说是谁误了，原来是你！你原比他们有体面，所以才不听我的话。”那人道：“小的天天来的早，只有今日，醒了，觉得早些，因又睡迷了，来迟了一步，求奶奶饶过这次。”正说着，只见荣府中的王兴的媳妇来了，在面前探头。（朱侧：惯起波澜，惯能忙中写闲，又惯用曲笔，又惯综错，真妙！）凤姐且不发放这人，却先问：“王兴媳妇作什么?”王兴媳妇巴不得先问他完了事，连忙进来说：“领牌取线，打车轿网络。”说着，将个帖儿递上去。凤姐命彩明念道：“大轿两顶，小轿四顶，车四辆，共用大小络子若干根，用珠儿线若干斤。”凤姐听了，数目相合，便命彩明登记，取荣府对牌掷下。王兴家的去了。

凤姐方欲说话时，只见荣府四个执事人进来，都是要支取东西领牌来的。凤姐命彩明要了帖儿念过，听了共四件，凤姐因指两件说道：“这两件开销错了，再算清来取。”说着掷下帖子来。那二人扫兴而去。

凤姐因见张材家的在旁，因问道：“你有什么事?”张材家的忙取帖儿回说道：“就是方才车轿围做成，领取裁缝工银若干两。”凤姐听了，便收了帖子，命彩明登记。待王兴交过牌，得了买办的回押相符，然后方与张材家的去领。一面又命念那一个，是为宝玉外书房完竣，支买纸料糊裱。凤姐听了，即命收帖儿登记，待张材家的缴清，又发与这人去了。

凤姐便说道：“明儿他也睡迷了，后儿我也睡迷了，（朱侧：接上文，一点痕迹俱无，且是仍与方才诸人说话神色口角。）将来都没有人了。本来要饶你，只是我头一次宽了，下次人就难管，不如开发的好。”登时放下脸来，喝命：“带出去，打二十大板!”一面又掷下宁府对牌：“出去说与来升，革他一月银米!”众人听了，又见凤姐眉立，知是恼了，不敢怠慢，拖人的出去拖人，执牌传谕的忙去传谕。那人身不由己，已拖出去挨了二十大板，还要进来叩谢。凤姐道：“明儿再有误的，打四十，后日的六十，有不怕打的，只管误!”说着，吩咐：“散了罢。”窗外众人听说，方各自执事去了。彼时荣国、宁国二处执事领牌交牌的人，来往不绝，那抱愧被打之人含羞去了，（朱侧：又伏下文，非独为阿凤之威势费此一段笔墨。）这才知道凤姐利害。众人不敢偷安，自此兢兢业业，执事保守。不在话下。

如今且说宝玉，因见今日人众，恐秦钟受了委曲，因默与他商议，要同他往凤姐处来坐。秦钟道："他的事多，况且不喜人去，咱们去了，他岂不烦腻。"（朱侧：纯是体贴人情。）宝玉道："他怎好腻我们，不相干，只管跟我来。"说着，便拉了秦钟，直至抱厦。凤姐才吃饭，见他们来了，便笑道："好长腿子，快上来罢。"宝玉道："我们偏了。"凤姐道："在这边外头吃的，还是那边吃的？"宝玉道："这边同那些浑人（朱侧：奇称。试问谁是清人？）吃什么！原是那边，我们两个同老太太吃了来的。"一面归座。

凤姐吃毕饭，就有宁国府中的一个媳妇来领牌，支取香灯事。凤姐笑道："我算着你今日该来支取，总不见来，想是忘了。这会子到底来取，要忘了，自然是你们包出来，都便宜了我。"那媳妇笑道："何尝不是忘了，（朱侧：此妇亦善迎合。）方才想起来，再迟一步，也领不成了！"说毕，领牌而去。一时登记交牌。秦钟因笑道："你们两府里都是这牌，倘或别人私弄一个，支了银子跑了，怎样？"凤姐笑道："依你说，都没王法了。"宝玉因道："怎么咱们家没人来领牌子做东西？"凤姐道："人家来领的时候，你还做梦呢。我且问你，你们这夜书多早晚才念呢？"宝玉道："巴不得这如今就念才好，他们只是不快收拾出书房来，这也没法。"凤姐笑道："你请我一请，包管就快了。"宝玉道："你要快也不中用。他们该作到那里的，自然就有了。"凤姐笑道："便是他们作，也得要东西去——搁不住我不给对牌是难的。"宝玉听说，便猴向凤姐身上要牌，立刻说："好姐姐，给出牌子来，叫他们要东西去。"凤姐道："我乏的身上生疼，还搁的住你揉搓。你放心罢，今儿才领了纸裱糊去了，他们该要的还等叫去呢，可不傻了？"宝玉不信，凤姐便叫彩明查册子与宝玉看了。

正闹着，人回："苏州去的人昭儿来了。"（朱侧：接得好！）凤姐急命唤进来。昭儿打千儿请安。凤姐儿便问："回来作什么？"昭儿道："二爷打发回来的。林姑老爷是九月初三日巳时没的。二爷带了林姑娘同送林姑老爷的灵到苏州，大约赶年底就回来了。二爷打发小的来报个信请安，讨老太太示下，还瞧瞧奶奶家里好，叫把大毛衣服带几件去。"凤姐道："你见过别人了没有？"昭儿道："都见过了。"说毕，连忙退出。凤姐向宝玉笑道："你林妹妹可在咱们家住长了。"宝玉道："了不得，想来这几日他不知哭的怎样呢！"说着，蹙眉长叹。（朱眉：牽儿方可长居荣府之文。）

凤姐见昭儿回来，当着人未及细问贾琏，心中自是记挂，待要回去，争奈事情繁杂，一时去了，恐有延迟失误，惹人笑话。少不得奈到晚上回来，复命昭儿进来，细问一路平安信息。连夜打点大毛衣服，合平儿亲自检点包裹，再细细追想所需何物，一并包藏交付。又细细吩咐昭儿"在外好生小心伏侍，不要惹你二爷生气；时时劝他少吃酒，别勾引他认得浑账女人，（朱侧：切心事耶？）回来打折你的腿"（朱侧：此一句最要紧。）等语。赶乱完了，天已四更将尽，总睡下又走了困，不觉又是天明鸡唱，忙梳洗过宁府中来。

那贾珍因见发引日近，亲自坐了车，带了阴阳司吏，往铁槛寺来踏看寄灵所在。又一一嘱咐住持色空，好生预备新鲜陈设，多请名僧，以备接灵使用。色空看晚斋。贾珍也无心茶饭，因天晚不得进城，就在净空处胡乱歇了一夜。次日早，便进城来料理出殡之事，一面又派人先往铁槛寺，连夜另外修饰停灵之处，并厨茶等项接灵。

里面凤姐见日期在限，也预先逐细分派料理，一面又派荣府中车轿人从跟王夫人送殡，又顾自己送殡去占下处。目今正值缮国公诰命亡故，王、邢二夫人又去打祭送殡；西安郡王妃华诞，送寿礼；镇国公诰命生了长男，预备贺礼；又有胞兄王仁连家眷回南，一面写家信禀叩父母并带往之物；又有迎春染疾，每日请医服药，看医生启帖、症源、药案等事，亦难尽述。又兼发引在迩，因此忙的凤姐茶饭也没工夫吃得，坐卧不得清净。刚到了荣府，宁府的人又跟到荣府；既回到宁府，荣府的人又找到宁府。凤姐见如此，心中到十分欢喜，并不偷安推托，恐落人褒贬，因此日夜不暇，筹划得十分的整肃。于是合族上下无不称赞者。

这日伴宿之夕，里面两班小戏并耍百戏的与亲朋堂客伴宿，尤氏犹卧于内寝，一应张罗款待，都是凤姐一人周全承应。合族中虽有许多妯娌，但或有羞口的，或有羞脚的，或有不惯见人的，或有惧贵怯官的，种种之类，都不及凤姐举止舒徐，言语慷慨，珍贵宽大。因此也不把众人放在眼内，挥霍指示，任其所为，目若无人。（朱侧：写秦氏之丧，却只为凤姐一人。）一夜中灯明火彩，客送官迎，那百般热闹，自不用说的。至天明，吉时已到，一班六十四名青衣请灵。前面铭旌上大书：

> 奉天洪建兆年不易之朝，诰封一等宁国公冢孙妇防护内廷紫禁道御前侍值龙禁尉享强寿贾门秦氏恭人之灵柩。

一应执事陈设，皆系现赶着新做出来的，一色光艳夺目。宝珠自行未嫁女之礼外，摔丧驾灵，十分哀苦。那时官客送殡的，有镇国公牛清之孙现袭一等伯牛继宗，理国公柳彪之孙现袭一等子柳芳，齐国公陈翼之孙世袭三品威镇将军陈瑞文，治国公马魁之孙世袭三品威远将军马尚，修国公侯晓明之孙世袭一等子侯孝康；缮国公诰命亡故，其孙石光珠守孝不曾来得。这六家与宁、荣二家，当日所称“八公”的便是。（墨眉：不见“守业”字，何故？）余者更有南安郡王之孙，西宁郡王之孙，忠靖侯史鼎，平原侯之孙世袭二等男蒋子宁，定城侯之孙世袭二等男兼京营游击谢鲸，襄阳侯之孙世袭二等男戚建辉，景田侯之孙五城兵马司裘良。余者锦乡伯公子韩奇，神武将军公子冯紫英，陈也俊、卫若兰等诸王孙公子，不可枚数。堂客算来亦共有十来顶大轿，三四十顶小轿，连家下大小轿，车辆，不下百十余乘。连前面各色执事、陈设、百耍，浩浩荡荡，一带摆三四里远。

走不多时，路旁彩棚高搭，设席张筵，和音奏乐，俱是各家路祭：第一座是东平王府祭棚，第二座是南安郡王祭棚，第三座是西宁郡王祭棚，第四座是北静郡王祭棚。原来这四王，当日惟北静王功高，及今子孙犹袭王爵。现今北静王水溶年未弱冠，生得形容秀美，情性谦和。近闻宁国府冢孙妇告殂，因想当日彼此祖父相遇之情，同难同荣，未以异姓相视，因此不以王位自居，上日也曾探丧上祭，如今又设路奠，命麾下各官在此伺候。自己五更入朝，公事一毕，便换了素服，坐大轿鸣锣张伞而来，至棚前落轿。

手下各官两旁拥侍，军民人众不得往还。

一时只见宁府大殡浩浩荡荡，压地银山一般从北而至。早有宁府开路传事人看见，连忙回去报与贾珍。贾珍急命前面驻扎，同贾赦、贾政三人连忙迎来，以国礼相见。水溶在轿内欠身含笑答礼，仍以世交称呼接待，并不妄自尊大。贾珍道："犬妇之丧，累蒙郡驾下临，荫生辈何以克当。"水溶笑道："世交之谊，何出此言。"遂回头命长府官主祭代奠。贾赦等一傍还礼毕，复身又来谢恩。

水溶十分谦逊，因问贾政道："那一位是衔玉而诞者？几次要见一见，都为杂冗所阻，想今日是来的，何不请来一会？"贾政听说，忙回去，急命宝玉脱去孝服，领他前来。那宝玉素日就曾听得父兄亲友人等说闲话时，常赞水溶是个贤王，且生得才貌双全，风流潇洒，每不以官俗国体所缚。每思相会，只是父亲拘束严密，无由得会，今见反来叫他，自是欢喜。一面走，一面早瞥见那水溶坐在轿内，好个仪表人才。不知近看时又是怎样，下回便知。

第十五回 王凤姐弄权铁槛寺 秦鲸卿得趣馒头庵

（墨）宝玉谒北静王辞对神色，方露出本来面目，迥非在闺阁中之形景。

北静王问玉上字果验否，政老对以未曾试过，是隐却多少捕风捉影闲文。

北静王论聪明伶俐，又年幼时为溺爱所累，亦大得病源之语。

凤姐中火，写纺线村姑，是宝玉闲花野景亦得情趣。

凤姐另住，明明系秦、玉、智能幽事，却是为净虚钻营凤姐大大一件事作引。

秦、智幽情，忽写宝、秦事云："不知算何账目，未见真切，不曾记得，此系疑案纂创。"是不落套中，且省却多少累赘笔墨。昔安南国使有题一丈红句云："五尺墙头遮不得，留将一半与人看。"

话说宝玉举目见北静郡王水溶头上带着洁白簪缨银翅王帽，穿着江牙海水五爪坐龙白蟒袍，系着碧玉红鞓带，面如美玉，目似明星，真好秀丽人物。宝玉忙抢上来参见，水溶连忙从轿内伸出手来挽住。见宝玉带着束发银冠，勒着双龙出海抹额，穿着白蟒箭袖，围着攒珠银带，面若春花，目如点漆。（朱侧：又换此一句，如见其形。）水溶笑道："名不虚传，果然如'宝'似'玉'。"因问："衔的那宝贝在那里？"宝玉见问，连忙从衣内取了递与过去。水溶细细看了，又念了那上头的字，因问："果灵验否？"贾政忙道："虽如此说，只是未曾试过。"水溶一面极口称奇道异，一面理好彩绦，亲自与宝玉带上，（朱侧：钟爱之至。）又携手问宝玉几岁，读何书。宝玉一一答应。

水溶见他语言清楚，谈吐有致，一面又向贾政笑道："令郎真乃龙驹凤雏，非小王在世翁前唐突，将来'雏凤清于老凤声'，（朱侧：妙极！开口便是西昆体，宝玉闻之，宁不刮目哉？）未可谅也。"贾政忙陪笑道："犬子岂敢谬承金奖。赖藩郡余祯，果如是言，亦荫生辈之幸矣。"水溶又道："只是一件，令郎如是资致，想老太夫人、夫人辈自然钟爱极矣；但吾辈后生，甚不宜钟溺，钟溺则未免荒失学业。昔小王曾蹈此辙，想令郎亦未必不如是也。若令郎在家难以用功，不妨常到寒第。小王虽不才，却多蒙海上众名士，凡至都者，未有不另垂青目，是以寒第高人颇聚。令郎常去谈会谈会，则学问可以日进矣。"贾政忙躬身答应。

水溶又将腕上一串念珠卸了下来，递与宝玉道："今日初会，仓促竟无敬贺之物，此系前日圣上亲赐鹡鸰香念珠一串，权为贺敬之礼。"宝玉连忙接了，回身奉与贾政，贾政与宝玉一齐谢过。

于是贾赦、贾珍等一齐上来请回舆，水溶道："逝者已登仙界，非碌碌你我尘寰中之人也。小王虽上叩天恩，虚邀郡袭，岂可越仙輀而进也？"贾赦等见执意不从，只得告辞谢恩回来，命手下掩乐停音，滔滔然将殡过完，方让水溶回舆去了。不在话下。

且说宁府送殡，一路热闹非常。刚至城门前，又有贾赦、贾政、贾珍等诸同僚属下各家祭棚接祭，一一的谢过，然后出城，竟奔铁槛寺大路行来。彼时贾珍带贾蓉来到诸长辈前让坐轿上马，因而贾赦一辈的各自上了车轿，贾珍一辈的也将要上马。凤姐儿因记挂着宝玉，（朱侧：千百件忙事内不漏一丝。）怕他在郊外纵性逞强，不服家人的话，贾政管不着这些小事，惟恐有个失闪，难见贾母，因此便命小厮来唤他。宝玉只得来到他的车前。凤姐笑道："好兄弟，你是个尊贵人，女孩儿一样的人品，（朱侧：非此一句宝玉必不依，阿凤真好才情。）别学他们猴在马上。下来，咱们姐儿两个坐车，岂不好？"宝玉听说，便忙下了马，爬入凤姐车上，二人说笑前进。

不一时，只见从那边两骑马压地飞来，离凤姐车不远，一齐蹿下来，扶车回说："这里有下处，奶奶请歇、更衣。"凤姐急命请邢夫人、王夫人的示下，那人回来说："太太们说不用歇了，叫奶奶自便罢。"凤姐听了，便命歇歇再走。众小厮听了，一带辕马，岔出人群，往北飞走。宝玉在车内急命请秦相公。那时秦钟正骑马随着他父亲的轿，忽见宝玉的小厮跑来请他去打尖。秦钟看时，只见凤姐的车往北而去，后面拉着宝玉的马，搭着鞍笼，便知宝玉同凤姐坐车，自己也便带马赶上来，同入一庄门内。早有家人将众庄汉撵尽。那时庄人家无多房舍，婆娘们无处回避，只得由他们去了。那些村姑庄妇见了凤姐、宝玉、秦钟的人品衣服，礼数款段，岂有不爱看的？

一时凤姐进入茅堂，因命宝玉等先出去顽顽。宝玉等会意，因同秦钟出来，带着小厮们各处游玩。凡庄农动用之物，皆不曾见过。宝玉一见了锹、镢、镢、犁等物，皆以为奇，不知何项所使，其名为何。（朱侧：凡膏粱子弟齐来着眼。）小厮在旁一一的告诉了名色，说明原委。（朱侧：也盖因未见之故也。）宝玉听了，因点头叹道：“怪道古人诗上说：‘谁知盘中餐，粒粒皆辛苦。’正为此也。”（朱侧：聪明人自是一喝即悟。）一面说，一面又至一间房前，只见炕上有个纺车，宝玉又问小厮们：“这又是什么？”小厮们又告诉他原委。宝玉听说，便上来拧转作耍，自为有趣。只见一个约有十七八岁的村庄丫头跑了来乱嚷：“别动坏了！”众小厮忙断喝拦阻，宝玉忙丢开手，陪笑说道：“我因为无见过这个，所以试他一试。”那丫头道：“你们那里会弄这个，站开了，（朱侧：如闻其声，见其形。）我纺与你瞧。”秦钟暗拉宝玉笑道：“此卿大有意趣。”宝玉一把推开，笑道：“该死的！（朱侧：的是宝玉性生之言。）再胡说，我就打了！”说着，只见那丫头纺起线来。宝玉正要说话时，只听那边老婆子叫道：“二丫头，快过来！”那丫头听见，丢下纺车，一迳去了。

宝玉怅然无趣。（朱侧：处处点“情”，又伏下一段后文。）只见凤姐打发人来叫他两个进去。凤姐洗了手，换衣服抖灰土，问他们换不换。宝玉不换，只得罢了。家下仆妇们将带着行路的茶壶茶杯、十锦屉盒、各样小食端来，凤姐等吃过茶，待他们收拾完备，便起身上车。外面旺儿预备下赏封，赏了本村主人，庄妇等来叩赏。凤姐并不在意，宝玉却留心看时，内中并无二丫头。一时上了车，出来走不多远，只见迎头二丫头怀里抱着他小兄弟，同着几个小女孩子说笑而来。宝玉恨不得下车跟了他去，料是众人不依的，少不得以目相送，争奈车轻马快，一时展眼无踪。（朱侧：四字有文章。人生离聚亦未尝不如此也。）

走不多时，仍又跟上了大殡。早有前面法鼓金铙，幢幡宝盖：铁槛寺接灵众僧齐至。少时到入寺中，另演佛事，重设香坛。安灵于内殿偏室之中，宝珠安理寝室相伴。外面贾珍款待一应亲友，也有扰饭的，也有不吃饭而辞的，一应谢过乏，从公侯伯子男一起一起的散去，至未末时分方才散尽了。里面的堂客皆是凤姐张罗接待，先从显官诰命散起，也到晌午大错时方散尽了。只有几个亲戚是至近的，等做过三日安灵道场方去。那时邢、王二夫人知凤姐必不能回家，也便就要进城。王夫人要带宝玉去，宝玉乍到郊外，那里肯回去，只要跟凤姐住着。王夫人无法，只得交与凤姐便回来了。

原来这铁槛寺原是宁、荣二公当日修造，现今还是有香火地亩布施，以备京中老了人口，在此便宜寄放。其中阴阳两宅俱已预备妥贴，（朱夹：大凡创业之人，无有不为子孙深谋至细。今后辈仗一时之荣显，犹自不足，另生枝叶，虽华丽过先，奈不常保，亦足可叹，争及先人之常保其朴哉！近世浮华子弟来着眼。）好为送灵人口寄居。（朱侧：祖宗为子孙之心细到如此！）不想如今后辈人口繁盛，其中贫富不一，或性情参商，（朱夹：所谓“源远水则浊，枝繁果则稀”。余为天下痴心祖宗为子孙谋千年业者痛哭。）有那家业艰难安分的，（朱侧：妙在艰难就安分，富贵则不安分矣。）便住在这里了；有那尚排场有钱势的，只说这里不方便，一定另外或村庄或尼庵寻个下处，为事毕宴退之所。（朱侧：真真辜负祖宗体贴子孙之心！）即今秦氏之丧，族中诸人皆权在铁槛寺下榻，独有凤姐嫌不方便，（朱侧：不用说，阿凤自然不肯将就一刻的。）因而早遣人来和馒头庵的姑子净虚说了，腾出两间房子来作下处。

原来这馒头庵就是水月寺，因他庙里做的馒头好，就起了这个浑号，离铁槛寺不远。

（朱夹：前人诗云："纵有千年铁门限，终须一个土馒头。"是此意。故"不远"二字有文章。）当下和尚工课已完，奠过晚茶，贾珍便命贾蓉请凤姐歇息。凤姐见还有几个妯娌们陪着女亲，自己便辞了众人，带了宝玉、秦钟往水月庵来。原来秦业年迈多病，（朱侧：伏一笔。）不能在此，只命秦钟等待安灵罢了。那秦钟便只跟着凤姐、宝玉，一时到了水月庵，净虚带领智善、智能两个徒弟出来迎接，大家见过。凤姐等来至净室更衣净手毕，因见智能儿越发长高了，模样儿越发出息了，因说道："你们师徒怎么这些日子也不往我们那里去？"净虚道："可是这几天都无工夫，因胡老爷府里产了公子，太太送了十两银子来这里，叫请几位师父念三日《血盆经》，忙的无个空儿，（朱侧：虚陪一个胡姓，妙！言是胡涂人之所为也。）就无来请太太的安。"

不言老尼陪着凤姐。且说秦钟、宝玉二人正在殿上顽耍，因见智能过来，宝玉笑道："能儿来了。"秦钟道："理那个东西作什么？"宝玉笑道："你别弄鬼，那一日在老太太屋里，一个人无有，你搂着他作什么？（朱侧：补出前文未到处，细思秦钟近日在荣府所为可知矣！）这会子还哄我。"秦钟笑道："这可是没有的话。"宝玉笑道："有无有也不管你，你只叫住他到碗茶来我吃，就丢开手。"秦钟笑道："这又奇了，你叫他到去，还怕他不到？何必要我说呢。"宝玉道："我叫他到的是无情意的，不及你叫他到的是有情意的。"（朱侧：总作如是等奇语。）秦钟只得说道："能儿，到碗茶来给我。"那智能儿自幼在荣府走动，无人不识，因常与宝玉、秦钟顽耍。他如今大了，渐知风月，便看上了秦钟人物风流。那秦钟也极爱他妍媚，二人虽未上手，却已情投意合了。（朱侧：不爱宝玉，却爱秦钟，亦是各有情孽。）今能儿见了秦钟，心眼俱开，走去到了茶来。秦钟笑说："给我。"（朱侧：如闻其声。）宝玉叫："给我！"智能儿抿嘴笑道："一碗茶也来争，我难道手里有蜜！"（朱侧：一语毕肖，如闻其语，观者已自酥倒，不知作者从何着想。）宝玉先抢得了，吃着，方要问话，只见智善来叫智能去摆茶碟子，一时来请他两个去吃茶果点心。他两个那里吃这些东西？坐一坐仍出来顽笑。

凤姐也略坐片时，便回至净室歇息，老尼相送。此时众婆娘媳妇见无事，皆陆续散了，自去歇息，跟前不过几个心腹常侍小婢，老尼便趁机说道："我正有一事，要到府里求太太，先请奶奶一个示下。"凤姐因问何事。老尼道："阿弥陀佛！（朱侧：开口称佛，毕肖！可叹可笑！）只因当日我先在长安县内善才庵（朱侧："才"字妙。）内出家的时节，那时有个施主姓张，是大财主。他有个女儿小名金哥，（朱侧：俱从"财"一字上发出。）那年都往我庙里来进香，不想遇见了长安府府太爷的小舅子李衙内。那李衙内一心看上，要娶金哥，打发人来求亲，不想金哥已受了原任长安守备的公子的聘礼。张家若退亲，又怕守备不依，因此说有了人家。谁知李公子执意不依，定要娶他女儿。张家正无计策，两处为难。不想守备家听了此信，也不管青红皂白，便来作践辱骂，说一个女儿许几家，偏不许退定礼，就要打官司告状起来。（朱夹：守备一闻便问，断无此理。此不过张家惧府尹之势，必先退定礼，守备方不从，或有之。此时老尼，只欲与张家完事，故将此言遮饰，以便退亲——受张家之贿也。）那张家急了，（朱夹：如何便急了，话无头绪，可知张家理缺。此系作者巧摹老尼无头绪之语，莫认作者无头绪，正是神处奇处。摹一人，一人必到纸上活现。）只得着人上京求寻门路，赌气偏要退定礼。

（朱侧：如何？的是张家要与府尹攀亲！）我想如今长安节度云老爷与府上最契，可以求太太与老爷说声，打发一封书去，求云老爷和那守备说一声，不怕那守备不依。若是肯行，张家连孝敬，也都情愿。”（朱夹：坏极，妙极！若与府尹攀了亲，何惜张财不能再得？小人之心如此，良民遭害如此！）

凤姐听了笑道：“这事到不大，（朱侧：五字是阿凤心迹！）只是太太再不管这样的事。”老尼道：“太太不管，奶奶也可以主张了。”凤姐听说笑道：“我也不等银子使，也不作这样的事。”净虚听了，打去妄想，半晌叹道：“虽如此说，只是张家已知我来求府里，如今不管这事，张家知道没工夫管这事，不希罕他的谢礼，到像府里连这点子手段也无有的一般。”凤姐听了这话，便发了兴头，说道：“你是素日知道我的，从来不信什么阴司地狱报应的，凭是什么事，我说要行就行。你叫他拿三千两银子来，我就替他出这口气。”老尼听说，喜之不尽，忙说：“有！有！有！这个不难。”凤姐又道：“我比不得他们拉篷扯牵的图银子。这三千银子，不过是给打发说去的小厮作盘缠，使他赚几个辛苦钱，我一个钱也不要他的。便是三万两，我此刻还拿得出来。”（朱侧：阿凤欺人如此。）老尼连忙答应，又说道：“既如此，奶奶明日就开恩也罢了。”凤姐道：“你瞧瞧我忙的，那一处少了我？既应了你，自然快快的了结。”老尼道：“这点子事，在别人跟前就忙的不知怎么样，若是奶奶跟前，再添上些也不够奶奶一发挥的。只是俗语说的‘能者多劳’，太太因大小事见奶奶妥贴，越性都推给奶奶了，奶奶也要保重金体才是。”一路话奉承的凤姐越发受用了，也不顾劳乏，更攀谈起来。（朱侧：总写阿凤聪明中的痴人。）

谁想秦钟趁黑无人，来寻智能。刚到后面房中，只见智能独在房中洗茶碗，秦钟跑来便搂着亲嘴。智能急的跺脚说：“这算什么呢！再这么我就叫唤了。”秦钟求道：“好人，我已急死了。你今儿再不依，我就死在这里。”智能道：“你想怎么样？除非等我出了这个牢坑，离了这些人，才依你。”秦钟道：“这也容易，只是远水救不得近渴。”说着，一口吹了灯，满屋漆黑，将智能抱在炕上，就云雨起来。那智能百般挣挫不起，又不好叫的，少不得依他了。正在得趣，只见一人进来，将他二人按住，也不则声。二人不知是谁，唬的不敢动一动。只听那人嗤的一声掌不住笑了，二人听声方知是宝玉。秦钟连忙起身，抱怨道：“这算什么？”宝玉笑道：“你到不依，咱们就叫喊起来。”羞的智能趁黑地跑了。宝玉拉了秦钟出来道：“你可还和我强？”秦钟笑道：“好人，你只别嚷的众人知道，你要怎么样我都依你。”宝玉笑道：“这会子也不用说，等一会睡下，再细细的算帐。”一时宽衣安歇的时节，凤姐在里间，秦钟、宝玉在外间，满地下皆是家下婆子，打铺坐更。凤姐因怕通灵玉失落，便等宝玉睡下，命人拿来塞在自己枕边。宝玉不知与秦钟算何帐目，未见真切，未曾记得，此系疑案，不敢纂创。（朱夹：忽又作如此评断，似自相矛盾，却是最妙之文。若不如此隐去，则又有何妙文可写哉？这方是世人意料不到之大奇笔。若通部中万万件细微之事俱备，《石头记》真亦太觉死板矣。故特用此二三件隐事，借石之未见真切，淡淡隐去，越觉得云烟渺茫之中，无限丘壑在焉。）

一宿无话，至次日一早，便有贾母、王夫人打发了人来看宝玉，又命多穿两件衣服，无事宁可回去。宝玉那里肯回去，又有秦钟恋着智能，调唆宝玉求凤姐再住一天。凤姐想了一想：（朱侧：一想便有许多好处。真好阿凤！）凡丧仪大事虽妥，还有一半点小事未曾安插，可以指此再住一天，岂不又在贾珍跟前送了满情；二则又可以完净虚的那事；三则顺了宝玉的心，贾母听见，岂不欢喜？因有此三益，（朱侧：世人只云一举两得，独阿凤一举更添一得。）便向宝玉道："我的事都完了，你要在这里逛，少不得越性辛苦一日罢了，明日可是定要走的了。"宝玉听说，千姐姐万姐姐的央求："只住一天，明日必回去的。"于是又住了一夜。凤姐便命悄悄将昨日老尼姑之事，说与来旺儿。来旺儿心中俱已明白，急忙进城找着主文的相公，假托贾琏所嘱，修书一封，（朱侧：不细。）连夜往长安县来，不过百里路程，两日工夫俱已妥协。那节度使名唤云光，久欠贾府之情，这一点小事，岂有不允之理，给了回书，旺儿回来。且不在话下。（朱侧：一语过下。）

却说凤姐等又过了一日，次日方别了老尼，着他三日后往府里去讨信。（朱侧：过至下回。）那秦钟与智能百般不忍分离，背地里多少幽情密约，俱不用细述，只得含泪而别。凤姐又至铁槛寺中照望一番。宝珠执意不肯回家，贾珍只得派妇女相伴。后回再见。

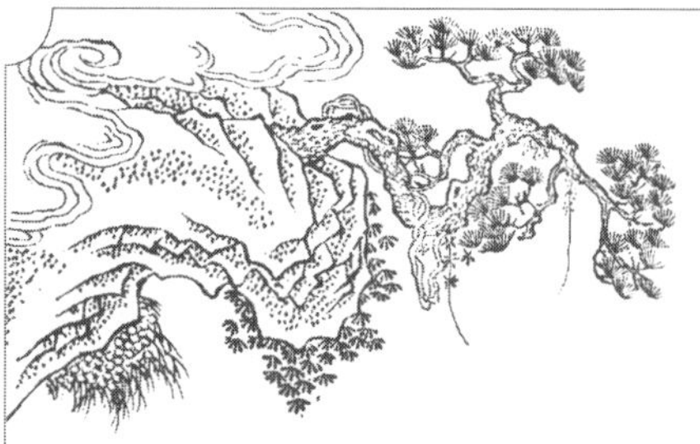

第十六回 贾元春才选凤藻宫 秦鲸卿夭逝黄泉路

（墨）幼儿小女之死，得情之正气，又为痴贪辈一针灸。凤姐恶迹多端，莫大于此件者——受赃婚以致人命。贾府连日闹热非常，宝玉无见无闻，却是宝玉正文。夹写秦、智数句，下半回方不突然。

黛玉回，方解宝玉为秦钟之忧闷，是天然之章法。平儿借香菱答话，是补菱姐近来着落。

赵妪讨情闲文，却引出通部脉络。所谓由小及大，譬如登高必自卑之意。细思大观园一事，若从如何奉旨起造，又如何分派众人，从头细细直写，将来几千样细事，如何能顺笔一气写清？又将落于死板拮据之乡。故只用琏、凤夫妻二人一问一答，上用赵妪讨情作引，下文蓉、蔷来说事作收，余者随笔顺笔略一点染，则耀然洞彻矣。此是避难法。

大观园用省亲事出题，是大关键处，方见大手笔行文之立意。

借省亲事写南巡，出脱心中多少忆昔感今。

极热闹极忙中，写秦钟夭逝，可知除“情”字，俱非宝玉正文。

大鬼小鬼论势利兴衰，骂尽攒炎附势之辈。

却说宝玉见收拾了外书房，约定与秦钟读夜书。偏那秦钟秉性最弱，因在郊外受了些风霜，又与智能儿偷期绻缱，未免失于调养，回来时便咳嗽伤风，懒进饮食，大有不胜之态，遂不敢出门，只在家中养息。（朱侧：为下文伏线。）宝玉便扫了兴头，只得付于无可奈何，且自静候大愈时再约。（朱侧：所谓“好事多磨”也。）那凤姐儿已是得了云光的回信，俱已妥协。老尼达知张家，果然那守备忍气吞声的收了前聘之物。谁知那个张财主虽如此爱势贪财，却养了一个知义多情的女儿，闻得父母退了亲事，他便一条绳索悄悄的自缢了。那守备之子闻得金哥自缢，他也是个极多情的，遂也投河而死，只落得张李两家没趣，真是人财两空。这里凤姐却坐享了三千两，王夫人等连一点消息也不知道。自此凤姐胆识愈壮，以后有了这样的事，便恣意的作为起来，也不消多记。（朱夹：一段收拾过阿凤心机胆量，真与雨村是一对乱世之奸雄。后文不必细写其事，则知其平生之作为。回首时，无怪乎其惨痛之态，使天下痴心人同来一警，或可期共入于恬然自得之乡矣。）

一日正是贾政的生辰，宁、荣二处人丁都齐集庆贺，闹热非常。忽有门吏忙忙进来，至席前报说：“有六宫都太监夏老爷来降旨。”唬得贾赦、贾政等一干人不知是何消息，忙止了戏文，撤去酒席，摆香案，启中门跪接。早见六宫都监夏守忠乘马而至，前后左右又有许多内监跟从。那夏守忠也不曾负诏捧敕，至檐前下马，满面笑容，走至厅上，南面而立，口内说：“特旨：立刻宣贾政入朝，在临敬殿陛见。”说毕，也不及吃茶，便乘马去了。贾政等不知是何兆头，只得急忙更衣入朝。

贾母等合家人等心中皆惶惶不定，不住的使人飞马来往报信。有两个时辰工夫，忽见赖大等三四个管家喘吁吁跑进仪门报喜，又说“奉老爷命，速请老太太带领太太等进朝谢恩”等语。那时贾母正心神不定，在大堂廊下伫立，邢夫人、王夫人、尤氏、李纨、凤姐、迎春姊妹以及薛姨妈等皆在一处，听如此信至，贾母便唤进赖大来细问端的。赖大禀道：“小的们只在临敬门外伺候，里头的信息一概不能得知。后来还是夏太监出来道喜，说咱家大小姐晋封为凤藻宫尚书，加封贤德妃。后来老爷出来亦如此吩咐小的。如今老爷又往东宫去了，速请老太太领着太太们去谢恩。”贾母等听了方心神安定，不免又都洋洋喜气盈腮。于是都按品大妆起来。贾母带领邢夫人、王夫人、尤氏，一共四乘大轿入朝。贾赦、贾珍亦换了朝服，带领贾蓉、贾蔷奉侍贾母大轿前往。于是宁、荣二处上下里外，莫不欣然踊跃，个个面上皆有得意之状，言笑鼎沸不绝。

谁知近日水月庵的智能私逃进城，（朱侧：好笔法，好机轴。）找至秦钟家下看视秦钟，不意被秦业知觉，将智能逐出，将秦钟打了一顿，自己气的老病发作，三五日的光景呜呼死了。秦钟本自怯弱，又值带病未愈，受了笞打，今见老父气死，此时悔痛无及，更又添了许多症候。因此宝玉心中怅然如有所失，虽闻得元春晋封之事，亦未解得愁闷。（朱夹：眼前多少文字不写，却从万人意外撰出一段悲伤，是别人不屑写者，亦别人之不能处。　朱眉：忽然接水月庵，似大脱泄。及读至后，方知紧收。此大段有如歌急调迫之际，忽闻戛然檀板截断，真见其大力量处，却便于写宝玉之文。）贾母等如何谢恩，如何回家，亲朋如何来庆贺，宁、荣两处近日如何热闹，众人如何得意，独他一个皆视有如无，毫不曾介意，因此众人嘲他越发呆了。（朱夹：大奇至妙之文，却用宝玉一人连用五“如何”，隐过多少繁华势利等文。试思若不如此，必至种种写到，其死板拮据、锁碎杂乱，何不胜哉？故只借宝玉一人如此一写，省却多少闲文，却有无限烟波。）

且喜贾琏与黛玉回来，先遣人来报信，明日就可到家，宝玉听了，方略有些喜意。（朱夹：不如此，后文秦钟死去，将何以慰宝玉？）细问原由，方知贾雨村亦进京陛见，皆由王子腾累上保本，此来候补京缺，与贾琏是同宗弟兄，又与黛玉有师徒之谊，故同路作伴而来。林如海已葬入祖坟了，诸事停妥，贾琏方进京的。本该出月到家，因闻得元春喜信，遂昼夜兼程而进，一路俱各平安。宝玉只闻得黛玉“平安”二字，余者也就不在意了。（朱夹：又从天外写出一段离合来，总为掩过宁、荣二处许多琐细闲笔。处处交代清楚，方好起大观园也。）好容易盼至明日午错，果然琏二爷和林姑娘进府了。见面时彼此悲喜交接，未免又大哭一阵，后又致喜庆之词。（朱夹：世界上亦如此，不独书中瞬息，观此便可省悟。）宝玉心中品度黛玉，越发出落的超逸了。黛玉又带了许多书籍来，忙着打扫卧室，安插器具，又将些纸笔等物分送宝钗、迎春、宝玉等人。宝玉又将北静王所赠鹡鸰香串珍重取出来，转赠黛玉。黛玉说：“什么臭男人拿过的！我不要他。”遂掷而不取。宝玉只得收回，暂且无话。（朱夹：略一点黛玉性情，赶忙收住，正留为后文地步。）

且说贾琏自回家参见过众人，回至房中。正值凤姐近日多事之时，无片刻闲暇之工，（朱夹：补阿凤二句最不可少。）见贾琏远路归来，少不得拨冗接待，房内无外人，便笑道：“国舅老爷大喜！国舅老爷一路风尘辛苦。（朱侧：娇音如闻，俏态如见，少年夫妻常事，的确有之。）小的听见昨日的头起报马来报，说今日大驾归府，略预备了一杯水酒掸尘，不知可赐光谬领否？”贾琏笑道：“岂敢岂敢，多承多承！”一面平儿与众丫鬟参拜毕，献茶。贾琏遂问别后家中的事，又谢凤姐操持劳碌。凤姐道：“我那里照管得这些事！见识又浅，口角又笨，心肠又直率，人家给个棒槌，我就认做针。脸又软，搁不住人给两句好话，心里就慈悲了。况且又无经历过大事，胆子又小，太太略有些不自在，就吓得我连觉也睡不着了。我苦辞了几回，太太又不容辞，到反说我图受用了，不肯习学了。除不知我是捻着一把汗儿呢。一句也不敢多说，一步也不敢多走。（朱眉：此等文字，作者尽力写来，欲诸公认识阿凤，好看后文，勿为泛泛看过。）你是知道的，咱们家所有的这些管家奶奶们，那一位是好缠的？（朱侧：独这一句不假。）错一点儿他们就笑话打趣，偏一点儿他们就指桑说槐的报怨。‘坐山观虎’‘借剑杀人’‘引风吹火’‘站干岸儿’‘推倒油瓶不扶’，都是全挂子的武艺。况且我年纪轻，头等不压众，怨不得不放我在眼里。更可笑那府里忽然蓉儿媳妇死了，珍大哥又再三再四的在太太跟前跪着讨情，只要请我帮他几日；我是再四推辞，太太断不依，只得从命。依旧被我闹了个马仰人番，更不成个体统，至今珍大哥还报怨后悔呢。你这一来了，明儿你见了他，好歹描补描补，就说我年纪小，原没见过世面，谁叫大爷错委他的。”（朱眉：阿凤之带琏兄如弄小儿，可思之至。）

正说着，（朱夹：又用断法方妙。盖此等文断不可无，亦不可太多。）只听外间有人说话，凤姐便问：“是谁？”平儿进来回道：“姨太太打发香菱妹子来问我一句话，我已经说了，打发他回去了。”贾琏笑道：“正是呢，方才我见姨妈去，不防和一个年轻的小媳妇子撞了个对面，生的好齐整模样。我疑惑咱家并无此人，说话时因问姨妈，谁知就是上京来买的那小丫头，名叫香菱的，竟与薛大傻子作了房里人，开了脸，越发出挑的标致了。那薛大傻子真玷辱了他。”（朱夹：垂涎如见，试问兄宁不有玷平儿乎？）凤姐道：“嗳！往苏杭走了一趟回来，也该见些世面了，（朱侧：这“世面”二字，单指女色也。）还是这么眼馋肚饱的。你要爱他，不值什么，我去拿平儿换了他来如何？（朱夹：奇谈，是阿凤口中方有此等语句。 朱眉：用平儿口头谎言，写补菱卿一项实事，并无一丝痕迹，而有作者有多少机括。）那薛老大（朱侧：又一样称呼，各得神理。）也是‘吃着碗里望着锅里’，这一年来的光景，他为要香菱不能到手，（朱侧：补前文之未到，且并将香菱身分写出来矣。）和姨妈打了多少饥荒。也因姨妈看着香菱的模样儿好，还是末则，其为人行事，却又比别的女孩儿不同，温柔安静，差不多的主子姑娘也跟他不上呢，（朱夹：何曾不是主子姑娘？盖卿不知来历也，作者必用阿凤一赞，方知莲卿尊重不虚。）故此摆酒请客的费事，明堂正道的与他作了妾。过了没半月，也看的马棚风的一般了，我到心里可惜了的。”（朱夹：一段纳宠之文，偏于阿凤口中补出，亦奸猾幻妙之至！）一语未了，二门上小厮传报：“老爷在大书房等二爷呢。”贾琏听了，忙忙整衣出去。

这里凤姐乃问平儿：“方才姨妈有什么事，巴巴的打发香菱来？”（朱侧：必有此一问。）平儿笑道：“那里来的香菱，我借他暂撒个慌。（朱侧：卿何尝谎言？的是补菱姐正文。）奶奶说说，旺儿嫂子越发连个承算也没了。”说着，又走至凤姐身边，悄悄说道：“奶奶的那利钱银子，迟不送来，早不送来，这会子二爷在家，他且送这个来了。（朱侧：总是补遗。）幸亏我在堂屋里撞见，不然时走了来回奶奶，二爷倘或问奶奶是什么利钱，奶奶自然不肯瞒二爷的，（朱侧：平姐欺看书人了。）少不得照实告诉二爷。我们二爷那脾气，油锅里的钱还要找出来花呢，听见奶奶有了这个梯己，他还不放心的花了呢。所以我赶着接了过来，叫我说了他两句，谁知奶奶偏听见了问，我就撒谎说香菱来了。”（朱夹：一段平儿的见识作用，不枉阿凤生平刮目，又伏下多少后文，补尽前文未到。）凤姐听了笑道：“我说呢，姨妈知道你二爷来了，忽喇八的反打发个房里人来了？原来你这蹄子肏鬼。”

说话时贾琏已进来，凤姐便命摆上酒馔来，夫妻对坐。凤姐虽善饮，却不敢任性，（朱夹：百忙中又点出大家规范，所谓无不周详，无不贴切。）只陪着贾琏。一时贾琏的乳母赵妈妈走来，贾琏与凤姐忙让他一同吃酒，令其上炕去。赵嬷执意不肯。平儿等早已炕沿下设下一杌子，又有一小脚踏，赵嬷嬷在脚踏上坐了。贾琏向桌上拣两盘肴馔与他放在杌上自吃。凤姐又道：“妈妈狠咬不动那个，到没的矼了他的牙。”因向平儿道：“早起我说那一碗火腿炖肘子狠烂，正好给妈妈吃，你怎么不取去赶着叫他们热来？”又道：“妈妈，你尝一尝你儿子带来的惠泉酒。”赵嬷嬷道：“我喝呢，奶奶也喝一钟，怕什么？只不要过多了就是了。（朱夹：宝玉之李嬷，此处偏又写一赵嬷，特犯不犯。先有梨香院一回，今又写此一回，两两遥对，却无一笔相重，一事合掌。）我这会子跑来，到也不为酒饭，到有一件正紧事，奶奶好歹记在心里，疼顾我些罢。我们的爷，只是嘴里说的好，到了跟前就忘了我们。幸亏我从小儿奶了你这么大。我也老了，有的是那两个儿子，你就另眼照看他们些，别人也不敢跐牙儿的。我还再四的求了你几遍，你答应的到好，到如今还是燥屎。这如今又从天上跑出这样一件大喜事来，那里用不着人？所以到是来求奶奶是正紧。靠着我们爷，只怕我还饿死了呢。”

凤姐笑道：“妈妈你放心，两个奶哥哥都交给我。你从小儿奶的，你还有什么不知道他那脾气的？拿着皮肉到往那不相干的外人身上贴。可是现放着奶哥哥，那一个不比人强？你疼顾照看他们，谁敢说个‘不’字儿？没的白便宜了外人。——我这话也说错了，我们看着是‘外人’，你却看着是‘内人’一样呢。”说的满屋里人都笑了。赵妈妈也笑个不住，又念佛道：“可是屋子里跑出青天来了。若说‘内人’‘外人’这些混账事，我们爷是没有，（朱侧：千真万真，是没有。一笑。）不过是脸软心慈，搁不住人求两句罢了。”凤姐笑道：“可不是呢，有‘内人’求的他才慈软呢，他在咱们娘儿们跟前才是刚硬呢！”赵妈妈笑道：“奶奶说的太尽情了，我也乐了，再吃一杯好酒。从此我们奶奶做了主，我就没的愁了。”

贾琏此时没好意思，只是讪笑吃酒，说“胡说”二字，“快盛饭来，吃碗子还要往珍大爷那边去商议事呢”。凤姐道：“可是别误了正事。才刚老爷叫你说什么？”贾琏道：“就为省亲。”（朱夹：二字醒眼之极，却只如此写来。）凤姐忙问道：（朱夹：“忙”字最要紧，特于阿凤口中出此字，可知事关巨要，是书中正眼矣。）“省亲的事竟准了不成？”（朱夹：问得珍重，可知是万人意外之事。）贾琏笑道：“虽不十分准，也有八分准了。”（朱夹：如此故顿一笔，更妙！见得事关重大，非一语可了者，亦是大篇文章，抑扬顿挫之至。）凤姐笑道：“可见当今的隆恩。历来听书看戏，古时从来未有的。”（朱夹：于闺阁中作此语，直与《击壤》同声。）赵妈妈又接口道：“可是呢，我也老胡涂了。我听见上上下下吵嚷了这些日子，什么‘省亲’不‘省亲’，（朱侧：补近日之事，启下回之文。）我也不理论他去；如今又说省亲，到底是怎么个原故？”（朱眉：赵嬷一问是文章家进一步门庭法则。　朱侧：大观园一篇大文，千头万绪，从何处写起，今故用贾琏夫妻问答之间，闲闲叙出，观者已省大半。后再用蓉、蔷二人重一渲染。便省却多少赘瘤笔墨。此是避难法。）贾琏道：“如今当今贴体万人之心，世上至大莫如‘孝’字，想来父母儿女之性，皆是一理，不是贵贱上分别的。当今自为日夜侍奉太上皇、皇太后，尚不能略尽孝意，因见宫里嫔妃才人等皆是入宫多年，以致抛离父母音容，岂有不思想之理？在儿女思想父母，是分所应当。想父母在家，若只管思念儿女，竟不能一见，倘因此成疾致病，甚致死亡，皆由朕躬禁锢，不能使其遂天伦之愿，亦大伤天和之事。故启奏上皇、太后，每月逢二六日期，准其椒房眷属入宫请候看视。于是太上皇、皇太后大喜，深赞当今至孝纯仁，体天格物。因此二位老圣人又下旨意，说椒房眷属入宫，未免有国体仪制，母女尚不能惬怀。竟大开方便之恩，特降谕诸椒房贵戚，除二六日入宫之恩外，凡有重宇别院之家，可以驻跸关防之处，不妨启请内廷銮舆入其私第，庶可略尽骨肉私情、天伦中之至性。此旨一下，谁不踊跃感戴？现今周贵人的父亲已在家里动了工了，修盖省亲别院呢。又有吴贵妃的父亲吴天佑家，也往城外踏看地方去了。（朱侧：又一样布置。）这岂不有八九分了？”赵嬷嬷道：“阿弥陀佛！原来如此。这样说，咱们家也要预备接咱们大小姐了？”贾琏道：“这何用说呢！不然，这会子忙的

是什么？”（朱旁：一段闲谈中补出多少文章。真是费长房壶中天地也。）凤姐笑道：“若果如此，我可也见个大世面了。可恨我小几岁年纪，若早生二三十年，如今这些老人家也不薄我没见世面了。（朱侧：忽接入此句，不知何意，似属无谓。）说起当年太祖皇帝访舜巡的故事，比一部书还热闹，我偏没造化赶上。”赵嬷嬷道：“嗳哟哟，那可是千载希逢的！那时候我才记事儿，咱们贾府正在姑苏扬州一带监造海舫，修理海塘，只预备接驾一次，把银子都花的淌海水似的！说起来——”凤姐忙接道：（朱侧：又截得好！ “忙”字妙！上文“说起来”必未完，粗心看去则说疑阙，殊不知正传神处。）“我们王府也预备过一次。那时我爷爷单管各国进贡朝贺的事，凡有的外国人来，都是我们家养活。（朱侧：点出阿凤所有外国奇玩等物。）粤、闽、滇、浙所有的洋船货物都是我们家的。”赵妈妈道：“那是谁不知道的？如今还有个口号儿呢，说‘东海少了白玉床，龙王来请江南王’，这说的就是奶奶府上了。还有如今现在江南的甄家，（朱侧：甄家正是大关键、大节目，勿作泛泛口头语看。）嗳哟哟，好势派！独他家接驾四次，若不是我们亲眼看见，告诉谁谁也不信的。别讲银子成了土泥，凭是世上所有的，没有不是堆山塞海的，‘罪过可惜’四个字竟顾不得了。”凤姐道：“我常听见我们太爷们也这样说，岂有不信的。只纳罕他家怎么就这么富贵呢？”赵嬷嬷道：“告诉奶奶一句话，也不过是拿着皇帝家的银子（朱侧：是不忘本之言。）往皇帝身上使罢了，谁家有那些钱买这个虚热闹去？”（朱侧：最要紧语。人苦不自知，能作是语者吾未尝见。）

正说的热闹，王夫人又打发人来瞧凤姐吃了饭不曾。凤姐便知有事等他，忙忙的吃了半碗饭，漱口要走，又有二门上小厮们回：“东府里蓉、蔷二位哥儿来了。”贾琏才漱了口，平儿捧着盆盥手，见他二人来了，便问：“什么话？快说。”凤姐且止步稍候，听他二人回些什么。贾蓉先回说：“我父亲打发我来回叔叔：老爷们已经议定了，从东边一带，借着东府里的花园起，转至北边，一共丈量准了，三里半大，可以盖造省亲别院了。已经传人画图样去了，明日就得。叔叔才回家，未免劳乏，不用过我们那边去，有话明日一早再请过去面议。”贾琏笑着说道：“多谢大爷费心体量，我就从命不过去了。正紧是这个主意才省事，盖的也容易。若采置别处地方去，那更费事，且到不成体统。你回去说这样狠好，若老爷们再要改时，全仗大爷谏阻，万不可另寻地方。明日一早我给大爷请安去，再议细话。”贾蓉忙应几个“是”。

贾蔷又近前回说：“下姑苏割聘教习，采买女孩子，置办乐器行头等事，大爷派了侄儿，带领着来管家两个儿子，还有单聘仁、卜固修两个清客相公，一同前往，所以命我来见叔叔。”贾琏听了，将贾蔷打谅了打谅，笑道：“你能在这一行么？这个事虽不甚大，里头大有藏掖的。”（朱侧：射利人微露心迹。）贾蔷笑道：“只好学习着办罢了。”贾蓉在身旁灯影下悄拉凤姐的衣襟，凤姐会意，因笑道：“你也太操心了，难道大爷比你还不会用人？偏你又怕他不在行了。谁都是在行的？孩子们已长的这么大了，‘没吃过猪肉，也看见过猪跑’。大爷派他去，原不过是个坐纛旗儿，难道认真的叫他去讲价钱会经纪去呢！依我说就很好。”贾琏道：“自然是这样。并不是我驳回，少不得替他筹算筹算。”因问：“这项银子动那一处的？”贾蔷道：“才也议到这里。赖爷爷（朱侧：此等称呼，令人酸鼻。）说，竟不用从京里带下去，江南甄家还收着我们五万银子。明日写一封书信会票我们带去，先支三万，下剩二万存着，等置办花烛彩灯并各色帘栊帐幔的使费。”贾琏点头道：“这个主意好。”

凤姐便向贾蔷道：（朱侧：再不略让一步，正是阿凤一生短处。）“既这样，我有两个在行妥当人，你就带他们去办，这个便宜了你呢。”贾蔷忙陪笑说：“正要和婶婶讨两个人呢，（朱侧：写贾蔷乖处。）这可巧了。”因问名字。凤姐便问赵妈妈，彼时赵妈妈已听呆了话，平儿忙笑推他，他才醒悟过来，忙说：“一个叫赵天梁，一个叫赵天栋。”凤姐道：“可别忘了，我可干我的去了。”说着便出去了。

贾蓉忙赶出来，又悄悄的向凤姐道：“婶子要带什么东西。”凤姐笑道：“别放你娘的屁！我的东西还没处撂呢，稀罕你们鬼鬼祟祟的？”说着已经去了。（朱侧：阿凤欺人处如此。忽又写到利弊，真令人一叹。）这里贾蔷也悄问贾琏：“要什么东西？顺便置来孝敬叔叔。”贾琏笑道：“你别兴头。才学着办事，到先学会这把戏。我短了什么，少不得写信去告诉你，且不要论到这里。”说毕，打发他二人去了。接着回事的人来，不止三四次，贾琏害乏，便传与二门上，一应不许传报，俱等明日料理。凤姐至三更时分方下来安歇，一宿无话。

次日早，贾琏起来，见过贾赦、贾政，便往宁府中来，合同老管事人等，并几位世交门下清客相公，审察两府地方，缮画省亲殿宇，一面参度办理人丁。自此后，各行匠役齐集，金银铜锡以及土木砖瓦之物，搬运移送不歇。先令匠役拆宁府会芳园墙垣楼阁，直接入荣府东大院中。荣府东边所有下人一带群房尽已拆去。当日宁、荣二宅，虽有一小巷界断不通，（朱侧：补明，使观者如身临足到。）然这小巷亦系私地，并非官道，故可以连属。会芳园本是从北拐角墙下引来一股活水，（朱侧：园中诸景，最要紧是水，亦必写明方妙。 余最鄙近之修造园亭者，徒以顽石土堆为佳，不知引泉一道。甚至丹青，惟知乱作山石树木，不知画泉之法，亦是恨事。）今亦无烦再引。其山石树木虽不敷用，贾赦住的乃是荣府旧园，其中竹树山石以及亭榭栏杆等物，皆可挪就前来。如此两处又甚近，凑来一处，省得许多财力，纵亦不敷，所添亦有限。全亏一个老明公号山子野者，（朱侧：妙号！随事生名。）一一筹画起造。

贾政不惯于俗务，只凭贾赦、贾珍、贾琏、赖大、来升、林之孝、吴新登、詹光、程日兴等几人安插摆布。凡堆山凿池，起楼竖阁，种竹栽花，一应点景之事，又有山子野制度。下朝闲暇，不过各处看望看望，最要紧处合贾赦商议商议便罢了。贾赦只在家高卧，有芥豆之事，贾珍等或自去回明，或写略节；或有话说，便传呼贾琏、赖大等来领命。贾蓉单管打造金银器皿。贾蔷已起身往姑苏去了。贾珍、赖大等又点人丁，开册籍，监工等事，一笔不能写到，不过是喧阗热闹非常而已。暂且无话。

且说宝玉近因家中有这等大事，贾政不来问他的书，心中是件畅事；无奈秦钟之病一日重似一日，也着实悬心，不能乐业。（朱旁：“天下本无事，庸人自扰之”，世上人各各如此，又非此情钟意切。 朱眉：偏于大热闹处写大不得意之文，却无丝毫牵强，且有许多令人笑不了、哭不了、叹不了、悔不了，惟以大白酬我作者。）这日一早起来才梳洗完毕，意欲回了贾母去望候秦钟，忽见茗烟在二门照壁前探头缩脑，宝玉忙出来问他：“作什么？”茗烟道：（朱侧：从茗烟口中写出，省却多少闲文。）“秦相公不中用了！”

宝玉听说，唬了一跳，忙问道：“我昨儿才瞧了他来了，还明明白白的，怎么就不中用了？”茗烟道：“我也不知道，才刚是他家的老头子特来告诉我的。”宝玉听了，忙转身回明贾母。贾母吩咐：“好生派妥当人跟去，到那里尽一尽同窗之情就回来，不许多耽搁了。”宝玉听了，忙忙的更衣出来，车犹未备，（朱侧：顿一笔方不板。）急的满厅乱转。一时催促的车到，忙上了车，李贵、茗烟等跟随。来至秦钟门首，悄无一人，（朱侧：目睹萧条景况。）遂蜂拥至内室，唬的秦钟的两个远房婶子并几个弟兄都藏之不迭。（朱侧：妙！这婶母兄弟是特来等分绝户家私的，不表可知。）

此时秦钟已发过两三次昏了，移床易箦多时矣。（朱侧：余亦欲哭。）宝玉一见，便不禁失声。李贵忙劝道：“不可不可，秦相公是弱症，未免炕上挺扛的骨头不受用，所以暂且挪下来松散些。哥儿如此，岂不反添了他的病。”宝玉听了，方忍住近前，见秦钟面如白蜡。宝玉叫道：“鲸兄！宝玉来了。”连叫三声，秦钟不睬。宝玉又道：“宝玉来了。”那秦钟早已魂魄离身，只剩得一口悠悠余气在胸，正见许多鬼判持牌提索来捉他。（朱夹：看至此一句令人失望，再看至后面数语，方知作者故意借世俗愚谈愚论设譬，喝醒天下迷人，翻成千古未见之奇文奇笔。）那秦钟魂魄，那里就肯去，又记念着家中无人掌管家务，（朱侧：扯淡之极，令人发一大笑。余请诸公莫笑，且请再思。）又记挂着父亲还有留积下的三四千两银子，（朱夹：更属可笑，更可痛哭。）又记挂着智能尚无下落，（朱夹：忽从死人心中补出活人原由，更奇更奇。）因此百般求告鬼判。无奈这些鬼判都不肯徇私，反叱咤秦钟道：“亏你还是读过书的人，岂不知俗语说的：‘阎王叫你三更死，谁敢留你到五更。’我们阴间上下都是铁面无私的，不比你们阳间瞻情顾意，有许多的关碍处。”

正闹着，那秦钟的魂魄忽听见“宝玉来了”四字，又央求道：“列位神差，略发慈悲，让我回去，合这一个好朋友说一句话就来的。”众鬼道：“又是什么好朋友？”秦钟道：“不瞒列位，就是荣国公孙子，小名宝玉的。”都判官听了，先就唬慌起来，忙喝骂鬼使道：“我说你们放回了他去走走罢，你们断不依我的话，如今只等他请出个运旺时盛的人来才罢。”（朱夹：如闻其声。试问谁曾见都判来？观此，则又见一都判跳出来。调侃世情固深，然游戏笔墨一至于此，真可压倒古今小说。这才算是小说。）众鬼见都判如此，也都忙了手脚，一面又报怨道：“你老人家先是那等雷霆电雹，原来见不得‘宝玉’二字。（朱侧：调侃“宝玉”二字，极妙！ 朱眉：世人见“宝玉”而不动心者为谁？）依我们愚见，他是阳间，我们是阴间，怕他也无益于我们。”（朱侧：神鬼也讲有益无益。）都判道：“放屁！俗语说的好，‘天下的官管天下的事’，阴阳本无二理。别管他阴也罢，阳也罢，敬着点没错了的。”

众鬼听说，只得将秦魂放回，哼了一声，微开双目，见宝玉在侧，乃勉强叹道：“怎么不肯早来？再迟一步也不能见了。”宝玉忙携手垂泪道：“有什么话留下两句。”秦钟道：“并无别话。以前你我见识自为高过世人，我今日才知自误。以后还该立志功名，以荣耀显达为是。”说毕，便长叹一声，萧然长逝。下回分解。

第十七回 大观园试才题对额 怡红院迷路探曲径

（墨）宝玉系诸艳之贯，故大观园对额必得玉兄题跋，且暂题灯匾联上，再请赐题，此千妥万当之章法。

诗曰：豪华虽足羡，离别却难堪。博得虚名在，谁人识苦甘？（墨夹：好诗，全是讽刺。　近之谚云："又要马儿好，又要马儿不吃草。"真骂尽无厌贪痴之辈。）

话说秦钟既死，宝玉痛哭不已，李贵等好容易劝解半日方住，归时犹是凄恻哀痛。贾母帮了几十两银子，外又另备奠仪，宝玉去吊纸。七日后便送殡掩埋了，别无述记。只有宝玉日日思慕感悼，然亦无可如何了。（墨夹：每于此等文后便用此语作结，是板定大章法，亦是此书大旨。）

又不知历几何时，（朱侧：惯用此等章法。　墨夹：年表如此写，亦妙！）这日贾珍等来回贾政："园内工程俱已告竣，大老爷瞧了，或有不妥之处，再行改造，好题匾额对联的。"贾政听了，沉思一回，说道："这匾额对联到是一件难事。论理该请贵妃赐题才是，然贵妃若不亲睹其景，大约亦必不肯妄拟。若直待贵妃游幸过再请题，偌大景致，若干亭榭，无字标题，也觉寥落无趣，任有花柳山水，也断不能生色。”众清客在傍笑答道：“老世翁所见极是。如今我们有个愚见：各处匾额对联断不可少，亦断不可定名。如今且按其景致，或两字、三字、四字，虚合其意，拟了出来，暂且做灯匾联悬了。待贵妃游幸时，再请定名，岂不两全?”贾政等听了，都道：“所见不差。我们今日且看看去，只管题了，若妥当便用。不妥时，然后将雨村请来，令他再拟。”（墨夹：点雨村，照应前文。）众人笑道：“老爷今日一拟定佳，何必又待雨村。”贾政笑道：“你们不知，我自幼于花鸟山水题咏上就平平，（朱侧：是纱帽头口气。）如今上了年纪，且案牍劳烦，于这怡情悦性文章上更生疏了，纵拟了出来，不免迂腐古板，反不能使花柳园亭生色，似不妥协，反没意思。”（朱眉：政老情字如此写。壬午季春。畸笏。）众清客笑道：“这也无妨。我们大家看了公拟，各举其长，优则存之，劣则删也，未为不可。”贾政道：“此论极是。且喜今日天气和暖，大家去逛逛。”（墨夹：音光，字去声，出《谐声字笺》。）说着起身，引众人前往。

贾珍先去园中知会众人。可巧近日宝玉因思念秦钟，忧戚不尽，贾母常命人带到园中来戏耍。（朱侧：现成榫楔，一丝不费力。若特唤出宝玉来，则成何文字?）此时亦才进去，忽见贾珍走来，向他笑道：“你还不出去，老爷就来了。”宝玉听了，带着奶娘小厮们，一溜烟就出园来。（朱侧：不肖子弟来看形容。余初看之，不觉怒焉，盖谓作者形容余幼年往事，因思彼亦自写其照，何独余哉?信笔书之，供诸大众同一发笑。）方转过弯，顶头贾政引众客来了，躲之不及，只得一边站了。贾政近因闻得塾掌称赞宝玉专能对对联，虽不喜读书，偏到有些歪才情似的，今日偶然撞见这机会，便命他跟来。（墨夹：如此偶然方妙，若特特唤来题额，真不成文矣。）宝玉只得随往，尚不知何意。

贾政刚至园门前，只见贾珍带领许多执事人来，一傍侍立。贾政道：“你且把园门都关上，我们先瞧了外面再进去。”（朱侧：是行家看法。）贾珍听说，命人将门关了。贾政先秉正看门。只见正门五间，上面桶瓦泥鳅脊；那门栏窗隔，皆是细雕新鲜花样，并无朱粉涂饰；一色水磨群墙，（墨夹：门雅，墙雅，不落俗套。）下面白石台矶，凿成西番草花样。左右一望，皆雪白粉墙，下面虎皮石，随势砌去，果然不落富丽俗套，自是欢喜。遂命开门，只见迎面一带翠嶂挡在前面。（墨夹：掩隐。好极。）众清客都道：“好山，好山!”贾政道：“非此一山，一进来园中所有之景悉入目中，则有何趣。”众人道：“极是。非胸中大有邱壑，焉想及此。”说毕，往前一望，见白石崚嶒，（墨夹：想入其中，一时难辨方向。用“前”“后”“这边”“那边”等字，正是不辨东西。）或如鬼怪，或如猛兽，纵横拱立，上面苔藓成斑，藤萝掩映，（墨夹：曾用两处旧有之园所改，故如此写方可，细极。）其中微露羊肠小迳，（墨夹：好景界，山子野精于此技。此是小迳，非行车辇通道，今贾政原欲游览其景，故指此等处写之。想其通路大道，自是堂堂冠冕气象，无庸细写者也。后于省亲之时则已得知矣。）贾政道：“我们就从此小迳游去，回来由那一边出去，方可遍览。”

说毕，命贾珍在前引导，自己扶了宝玉，逶迤进入山口。（朱侧：宝玉此刻已料定吉多凶少。 墨夹：此回乃一部之纲绪，不得不细写，尤不可不细批注。盖后文十二钗书，出入来往之境，方不能错乱，观者亦如身临足到矣。今贾政虽进的是正门，却行的是僻路，按此一大园，羊肠鸟道不止几百十条，穿东度西，临山过水，万勿以今日贾政所行之径，考其方向基址。故正殿反于末后写之，足见未由大道而往，乃逶迤转折而经也。）抬头忽见山上有镜面白石一块，（朱侧：新奇。）正是迎面留题处。（墨夹：留题处便精，不必限定凿金镂银一色恶俗，赖及枣梨之力。）贾政回头笑道："诸公请看，此处题以何名方妙？"众人听说，也有说该题"叠翠"二字，也有说该题"锦嶂"的，又有说"赛香炉"的，又有说"小终南"的，种种名色，不止几十个。原来众客心中早知贾政要试宝玉的功业进益如何，只将些俗套来敷衍。宝玉亦料定此意。（墨夹：补明好。）贾政听了，便回头命宝玉拟来。宝玉道："尝闻古人有云：'编新不如述旧，刻古终胜雕今。'（墨夹：未闻古人说此两句，却又似有者。）况此处并非主山正景，原无可题之处，不过是探景之一进步耳。（墨夹：此论却是。）莫若直书'曲迳通幽处'这句旧诗在上，到还大方气派。"众人听了，都赞道："是极！二世兄天分高，才情远，不似我们读腐了书的。"贾政笑道："不可谬奖。他年小，不过以一知充十用，取笑罢了。再从选拟。"

说着，进入石洞来，只见佳木笼葱，奇花烂灼，一带清流，从花木深处曲折泻于石隙之中。（墨夹：这水是人力引来做的。）再进数步，渐向北边，（墨夹：细极。后文所以云进贾母卧房后之角门，是诸钗日相来往之境也。后文又云，诸钗所居之处，只在西北一带，最近贾母卧室之后，皆从此"北"字而来。）平坦宽豁，两边飞楼插空，雕甍绣槛，皆隐于山坳树杪之间。俯而视之，则清溪泻雪，石磴穿云，（墨夹：前已写山至宽处，此则由低处至高处，各景皆遍。）白石为栏，环抱池沿，石桥三港，兽面衔吐。桥上有亭。（墨夹：前已写山写石，今则写池写楼，各景皆遍。）贾政与诸人上了亭子，倚栏坐了，（墨夹：此亭大抵四通八达，为诸小迳之咽喉要路。）因问："诸公以何题此？"诸人都道："当日欧阳公《醉翁亭记》有云：'有亭翼然。'就名'翼然'。"贾政笑道："'翼然'虽佳，但此亭压水而成，还须偏于水题方称。依我拙裁，欧阳公之'泻出于两峰之间'，竟用他这一个'泻'字。"有一客道："是极，是极。竟是'泻玉'二字，妙！"贾政拈髯寻思，因抬头见宝玉侍侧，便笑命他也拟一个来。宝玉听说，连忙回道："老爷方才所议已是。但是如今追究了去，似乎当日欧阳公题酿泉用一'泻'字则妥，今日此泉若亦用'泻'字，则觉不妥。况此处虽云省亲驻跸别墅，亦当入于应制之例，用此等字眼，亦觉粗陋不雅。求再拟较此蕴藉含蓄者。"贾政笑道："诸公听此论若何？方才众人编新，你又说不如述古；如今我们述古，你又说粗陋不妥。你且说你的来我听。"宝玉道："有用'泻玉'二字，则莫若'沁芳'（朱侧：真新雅。）二字，（墨夹：果然。）岂不新雅？"贾政拈髯点头不语。（朱眉：六字是严父大露悦容也。壬午春。）众人都忙迎合，赞宝玉才情不凡。贾政道："匾上二字容易，再作一副七言对联来。"宝玉听说，立于亭上，四顾一望，便机上心来，乃念道：

绕堤柳借三篙翠；（墨夹：要紧，贴切水字。）
隔岸花分一脉香。（墨夹：恰极，工极！绮靡秀媚，香奁正体。）

贾政听了，点头微笑。众人先称赞不已。

于是出亭过池，一山一石，一花一木，莫不着意观览。（墨夹：浑写两句，已见经行处愈远，更至北一路矣。）忽抬头看见前面一带粉垣，里面数楹修舍，有千百竿翠竹遮映。众人都道："好个所在！"（朱侧：此方可为颦儿之居。）于是大家进入，只见入门便是曲折游廊，（墨夹：不犯超手游廊。）阶下石子漫成甬路。上面小小两三间房舍，一明两暗，里面都是合着地步打就的床几椅案。从里间房内又得一小门，出去则是后院，有大株梨花兼着芭蕉。又有两间小小退步。后院墙下忽开一隙，得泉一派，开沟仅尺许，灌入墙内，绕阶缘屋至前院，盘旋竹下而出。

贾政笑道："这一处还罢了。（朱侧：一处。）若能月夜坐此窗下读书，不枉虚生一世。"说毕，看着宝玉，唬的宝玉忙垂了头。（墨夹：点一笔。）众客忙用话开释，（墨夹：客不可不有。）又说道："此处的匾该题四个字。"贾政笑问："那四字？"一个道是"淇水遗风。"贾政道："俗。"（墨夹：余亦如此。）又一个是"睢园雅迹"。贾政道："也俗。"贾珍笑道："还是宝兄弟拟一个来。"（朱眉：又换一章法。壬午春。）贾政道："他未曾作，先要议论人家的好歹，可见就是个轻薄人。"（朱侧：知子者莫如父。）众客道："议论的极是，其奈他何。"贾政忙道："休如此纵了他。"因命他道："今日任你狂为乱道，先设议论来，然后方许你作。（墨夹：又一格式，不然，不独死板，且亦大失严父素体。　朱眉：于作诗文时虽政老亦有如此令旨，可知严父亦无可奈何也。不学纨绔来看。畸笏。）方才众人，可有使得的？"宝玉见问，答道："都似不妥。"（墨夹：明知是故意要他搬驳议论，落得肆行施展。）贾政冷笑道："怎么不妥？"宝玉道："这是第一处行幸之处，必须颂圣方可。若用四字的匾，又有古人现成的，何必再作。"贾政道："难道'淇水''睢园'不是古人的？"宝玉道："这太板腐了。莫若'有凤来仪'四字。"（墨夹：果然，妙在双关暗合。）众人都哄然叫妙。贾政点头道："畜生，畜生，可谓'管窥蠡测'矣。"因命："再题一联来。"宝玉便念道：

> 宝鼎茶闲烟尚绿；（墨夹："尚"字妙极！不必说竹，然恰恰是竹中精舍。）
>
> 幽窗棋罢指犹凉。（墨夹："犹"字妙！"尚绿""犹凉"四字，使如置身于森森万竿之中。）

贾政摇头说道："也未见长。"说毕，引众人出来。

方欲走时，忽又想起一事来，因问贾珍道："这些院落房宇并几案桌椅都算有了，（朱侧：此一顿少不得。）还有那些帐幔帘子并陈设玩器古董，可也都是一处一处合式配就的？"（墨夹：大篇长文不如此顿，则成何话说？）贾珍回道："那陈设的东西早已添了许多，自然临期合式陈设。帐幔帘子，昨日听见琏兄弟说，还不全。那原是一起工程之时就画了各处的图样，量准尺寸，就打发人办去的。想必昨日得了一半。"（墨夹：补出近日忙冗，千头万绪景况。）贾政听了，便知此事不是贾珍的首尾，便命人去唤贾琏赶来。（墨夹：写出忙冗景况。）贾政问他共有几种，现今得了几种，尚欠几种。贾琏见问，忙向靴桶内取靴掖内装的一个纸折略节来，（墨夹：细极！从头至尾，誓不作一笔逸安苟且之笔。）看了一看，回道：“妆、蟒、绣、堆、（墨夹：一字一句。）刻丝、弹墨（墨夹：二字一句。）并各色紬绫、大小幔子一百二十架，昨日得了八十架，下欠四十架。帘子二百挂，昨日俱得了。外有猩猩毡帘二百挂，金丝藤红漆竹帘二百挂，墨漆竹帘二百挂，五彩线络盘花帘二百挂，每样得了一半，也不过秋天都全了。椅搭、桌围、床裙、桌套，每分一千二百件，也有了。”

一面走，一面说，（墨夹：是极！）倏尔青山斜阻。（墨夹：“斜”字细，不必拘定方向。诸钗所居之处，若稻香村、潇湘馆、怡红院、秋爽斋、蘅芜苑等，都相隔不远，究竟只在一隅。然处置得巧妙，使人见其千邱万壑，恍然不知所穷，所谓会心处不在乎远。大抵一山一水，一木一石，全在人之穿插布置耳。）转过山怀中，隐隐露出一带黄泥筑就矮墙，墙头皆用稻茎掩护。（墨夹：配的好！）有几百株杏花，如喷火蒸霞一般。里面数楹茅屋。外面却是桑、榆、槿、柘，各色树稚新条，随其曲折，编就两溜青篱。篱外山坡之下，有一土井，旁有桔槔、辘轳之属。下面分畦列亩，佳蔬菜花，漫然无际。（墨夹：阅至此，又笑别部小说中，一万个花园中，皆是牡丹亭、芍药圃、雕栏画栋、琼榭珠楼，略不差别。）

贾政笑道：“到是此处有些道理。固然系人力穿凿，此时一见，未免勾引起我归农之意。（墨夹：极热中偏以冷笔点之，所以为妙。）我们且进去歇息歇息。”说毕，方欲进篱门去，忽见路旁有一石碣，亦为留题之备。（朱侧：真妙真新。 墨夹：更恰当。若有悬额之处，或再用镜面石，岂复成文哉？忽想到“石碣”二字，又托出许多郊野气色来，一肚皮千邱万壑，只在这石碣上。）众人笑道：“更妙，更妙！此处若悬匾待题，则田舍家风一洗尽矣。立此一碣，又觉生色许多，非范石湖田家之咏不足以尽其妙。”（朱侧：赞得是，这个蔑翁有些意思。 墨夹：客不可不养。）贾政道：“诸公请题。”众人道：“方才世兄有云，‘编新不如述旧’，此处古人已道尽矣，莫若直书‘杏花村’妙极。”贾政听了，笑向贾珍道：“正亏提醒了我。此处都妙极，只是还少一个酒幌，明日竟作一个，不必华丽，就依外面村庄的式样作来，用竹竿挑在树梢。”贾珍答应了，又回道：“此处竟还不可养别的雀鸟，只是买些鹅、鸭、鸡类，才都相称了。”贾政与众人都道：“更妙。”贾政又向众人道：“‘杏花村’固佳，只是犯了正名，村名直待请名方可。”众客都道：“是呀。如今虚的，便是什么字样好？”大家想着，宝玉却等不得了，（墨夹：又换一格方不板。）也不等贾政的命，（墨夹：忘情有理。）便说道：“旧诗有云：‘红杏梢头挂酒旗。’如今莫若‘杏帘在望’（墨夹：妙在一“在”字。）四字。”众人都道：“好个‘在望’！又暗合‘杏花村’意。”宝玉冷笑道：（墨夹：忘情最妙。）“村名若用‘杏花’二字，则俗陋不堪了。又有古人诗云：‘柴门临水稻花香。’何不就用‘稻香村’的妙？”众人听了，亦发哄声拍手道：“妙！”贾政一声喝断：“无知的业障！（朱眉：爱之至，喜之至，故作此语。作者至此，宁不笑杀？壬午春。）你能知道几个古人，能记得几首熟诗，也敢在老先生前卖弄！你方才那些胡说的，不过是试你的清浊，取笑而已，你就认真了！”说着，引人步入苑堂，里面纸窗木榻，富贵气象一洗皆尽。贾政心中自是欢喜，却瞅宝玉道：“此处如何？”众人见问，都忙悄悄的推宝玉，教他说好。宝玉不听人言，便应声道：“不及‘有凤来仪’多矣。”（墨夹：公然自定名，妙！）贾政听了道："无知的蠢物！你只知朱楼画栋，恶赖富丽为佳，那里知道这清幽气象。终是不读书之过！"宝玉忙答道："老爷教训的固是，但古人常云'天然'二字，不知何意？"

众人见宝玉如此问答，都怪他呆痴不改。今见问"天然"二字，众人忙道："别的都明白，为何连'天然'不知？'天然'者，天之自然而有，非人力之所成也。"宝玉道："却又来！此处置一田庄，分明见得人力穿凿扭捏而成。远无邻村，近不负郭，背山山无脉，临水水无源，高无隐寺之塔，下无通市之桥，峭然孤出，似非大观。争似先处有自然之理，得自然之气，虽种竹引泉，亦不伤于穿凿。古人云'天然图画'四字，正畏非其地而强为地，非其山而强为山，虽百般精而终不相宜……"未及说完，贾政气的喝命："出去！"刚出去，又喝命："回来！"命再题一联："若不通，一并打嘴！"（朱眉：所谓奈何他不得也，呵呵！畸笏。）宝玉只得念道：

> 新涨绿添浣葛处；（墨夹：采《诗》颂圣最恰当。）
> 好云香护采芹人。（墨夹：采《风》采《雅》都恰当。然冠冕中又不失香奁格调。）

贾政听了，摇头说："更不好。"一面引人出来，转过山坡，穿花度柳，抚石依泉，过了荼蘼架，再入木香棚，越牡丹亭，度芍药圃，入蔷薇院，出芭蕉坞，盘旋曲折。（墨夹：略用套语一束，与前头破格不板。）忽闻水声潺湲，泻出石洞，上则萝薜倒垂，下则落花浮荡。（墨夹：仍是沁芳溪矣，究竟基址不大，全是曲折掩隐之巧可知。）众人都道："好景，好景！"贾政道："诸公题以何名？"众人道："再不必拟了，恰恰乎是'武陵源'三个字。"贾政笑道："又落实了，而且陈旧。"众人笑道："不然就用'秦人旧舍'四字也罢了。"宝玉道："这越发过露了。'秦人旧舍'说避乱之意，如何使得？莫若'蓼汀花溆'四字。"贾政听了，更批胡说。

于是要进港洞时，又想起有船无船。贾珍道："采莲船共四只，座船一只，如今尚未造成。"贾政笑道："可惜不得入了。"贾珍道："从山上盘道亦可以进去。"说毕，在前导引，大家攀藤抚树过去。只见水上落花愈多，其水愈清，溶溶荡荡，曲折萦迂。池边两行垂柳，杂着桃杏，遮天蔽日，真无一些尘土。忽见柳阴中又露出一个折带朱栏板桥来，（墨夹：此处才见一朱粉字样，绿柳红桥，此等点缀亦不可少。后文写芦雪广则曰蜂腰板桥，都施之得宜，非一幅死稿也。）度过桥去，诸路可通，（墨夹：补四字，细极！不然，后文宝钗来往，则将日日爬山越岭矣。记清此处，则知后文宝玉所行常径，非此处也。）便见一所清凉瓦舍，一色水磨砖墙，清瓦花堵。即大主山所分之脉，（墨夹：两见大主山，稻香村又云怀中，不写主山，而主山处处映带连络不断可知矣。）皆穿墙而过。（墨夹：好想。）

贾政道："此处这所房子，无味的狠。"（墨夹：先故顿此一笔，使后文愈觉生色，未扬先抑之法。盖钗、颦对峙有甚难写者。）因而步入门时，忽迎面突出插天的大玲珑山石来，四面群绕各式石块，竟把里面所有房屋悉皆遮住，而且一株花木也无。（墨夹：更奇妙！）只见许多异草：或有牵藤的，或有引蔓的，或垂山巅，或穿石隙，甚至垂檐绕柱，索砌盘阶，（墨夹：更妙！）或如翠带飘摇，或如金绳盘屈，或实若丹砂，或花如金桂，味芬气馥，非花香之可比。（墨夹：前三处皆还在人意之中，此一处则今古书中未见之工程也。连用几“或”字，是从昌黎《南山诗》中学得。）贾政不禁笑道：“有趣！（墨夹：前有“无味”二字，及云“有趣”二字，更觉生色，更觉重大。）只是不大认识。”有的说：“是薜荔藤萝。”贾政道：“薜荔藤萝不得如此异香。”宝玉道：“果然不是。这些之中也有藤萝薜荔，那香的是杜若蘅芜，那一种大约是茝兰，这一种大约是清葛，那一种是金簦草，这一种是玉蕗藤，红的自然是紫芸，绿的定是青芷。（墨夹：金簦草，见《字汇》。玉蕗，见《楚辞》“菎蕗杂于黀蒸”。茝、葛、芸、芷，皆不必注，见者太多。此书中异物太多，有人生之未闻未见者，然实系所有之物，或名差理同者亦有之。）想来《离骚》《文选》等书上所有的那些异草，也有叫作什么藿蒳姜荨的，也有叫什么纶组紫绛的，还有石帆、水松、扶留等样，（墨夹：左太冲《吴都赋》。）又有叫作什么绿荑的，还有什么丹椒、蘼芜、风连。（墨夹：以上《蜀都赋》。）如今年深岁改，人不能识，故皆像形夺名，渐渐的唤差了，也是有的。”（墨夹：自实注一笔，妙！）未及说完，贾政喝道：“谁问你来！”（墨夹：又一样止法。）唬的宝玉到退，不敢再说。

贾政因见两边俱是超手游廊，便顺着游廊步入。只见上面五间清厦连着卷棚，四面出廊，绿窗油壁，更比前几处清雅不同。贾政叹道：“此轩中煮茶操琴，亦不必再焚名香矣。（墨夹：前二处，一曰“月下读书”，一曰“勾引起归农之意”，此则“操琴煮茶”，断语皆妙。）此造已出意外，诸公必有佳作新题以颜其额，方不负此。”众人笑道：“再莫若‘兰风蕙露’贴切了。”贾政道：“也只好用这四字。其联若何？”一人道：“我到想了一对，大家批削改正。”念道是：

麝兰芳霭斜阳院；
杜若香飘明月洲。

众人道：“妙则妙矣，只是‘斜阳’二字不妥。”那人道：“古人诗云：‘蘼芜满院泣斜晖。’”，众人道：“颓丧，颓丧。”又一人道：“我也有一联，诸公评阅评阅。”因念道：

三迳香风飘玉蕙；
一庭明月照金兰。（墨夹：此二联皆不过为钓宝玉之饵，不必认真批评。）

贾政拈髯沉吟，意欲也题一联。忽抬头见宝玉在傍不敢则声，因喝道：“怎么你应说话时又不说了？还要等人请教你不成！”宝玉听说，便回道：“此处并没有什么‘兰麝’‘明月’‘洲渚’之类，若要这样着迹说起来，就题二百联也不能完。”贾政道：“谁按着你的头，叫你必定说这些字样呢？”宝玉道：“如此说，匾上则莫若‘蘅芷清芬’四字。”对联则是：

吟成豆蔻才犹艳；

睡足荼蘼梦也香。（墨夹：实佳。）

贾政笑道："这是套的'书成蕉叶文犹绿'，不足为奇。"众客道："李太白'凤凰台'之作，全套'黄鹤楼'，（朱侧：这一位蔑翁更有意思。）只要套得妙。如今细评起来，方才这一联，竟比'书成蕉叶'尤觉幽娴活泼。视'书成'之句，竟似套此而来。"贾政笑说："岂有此理！"

说着，大家出来。行不多远，则见崇阁巍峨，层楼高起，面面琳宫合抱，迢迢复道萦纡，青松拂檐，玉栏绕砌，金辉兽面，彩焕螭头。贾政道："这是正殿了。（墨夹：想来此殿在园之正中。按园不是殿方之基。西北一带通贾母卧室后，可知西北一带是多宽出一带来的，诸钗始便于行也。）只是太富丽了些。"众人都道："要如此方是。虽然贵妃崇节尚俭，天性恶繁悦朴，（朱侧：写出贾妃身分天性。）然今日之尊，礼仪如此，不为过也。"一面说，一面走，只见正面（墨夹：正面，细。）现出一座玉石牌坊来，上面龙蟠螭护，玲珑凿就。贾政道："此处书以何文？"众人道："必是'蓬莱仙境'方妙。"贾政摇头不语。宝玉见了这个所在，心中忽有所动，寻思起来，倒像那里曾见过的一般，却一时想不起那年月日的事了。（墨夹：仍归于葫芦一梦之太虚玄境。）贾政又命他作题，宝玉只顾细思前景，全无心于此了。众人不知其意，只当他受了这半日的折磨，精神耗散，才尽辞穷了，再要考难逼迫，着了急，或生出事来，到不便。遂忙都劝贾政："罢，罢，明日再题罢了。"贾政心中也怕贾母不放心，（墨夹：一笔不漏。）遂冷笑道："你这畜生，也竟有不能之时了。也罢，限你一日，明日若再不能，我定不饶。这是要紧一处，更要好生作来！"（朱眉：一路顺顺逆逆，已成千邱万壑之景，若不有此一段大江截住，直成一盆景矣。作者从何落笔着想！）

说着，引人出来，再一观望，原来自进门起，所行至此，才游了十之五六。（墨夹：总住，妙！伏下后文所补等处。若都入此回写完，不独太繁，使后文冷落，亦且非《石头记》之笔。）又值人来回，有雨村处遣人回话。（墨夹：又一紧，故不能终局也。此处渐渐写雨村亲切，正为后文地步。伏脉千里，横云断岭法。）贾政笑道："此数处不能游了。虽如此，到底从那一边出去，纵不能细观，也可稍览。"说着，引客行来，至一大桥前，见水如晶帘一般奔入。原来这桥便是通外河之闸，引泉而入者。（墨夹：写出水源，要紧之极！近之画家着意于山，苦不讲水。又造园圃者，惟知弄莽憨顽石壅笨冢辄谓之景，皆不知水为先着。此园大概一描，处处未尝离水，盖又未写明水之从来，今终补出，精细之至！）贾政因问："此闸何名？"宝玉道："此乃沁芳泉之正源，就名'沁芳闸'。"（墨夹：究竟只一脉，赖人力引导之功，园不易造，景非泛写。）贾政道："胡说！偏不用'沁芳'二字。"（墨夹：此以下皆系文终之余波，收的方不突。）

于是一路行来，或清堂茅舍，或堆石为垣，或编花为牖，或山下得幽尼佛寺，或林中藏女道丹房，或长廊曲洞，或方厦圆亭，贾政皆不及进去。（墨夹：伏下栊翠庵、芦雪广、凸碧山庄、凹晶溪馆、暖香坞等诸处，于后文一段一段补之，方得云龙作雨之势。）因说半日腿酸，未尝歇息，忽又见前面又露出一所院落来了，（朱眉：问卿此居比大荒山若何？）贾政笑道："到此可要进去歇息歇息了。"说着，一迳引人绕着碧桃花，

（墨夹：怡红院如此写来，用无意之笔，却是极精细文字。）穿过一层竹篱花障编就的月洞门，（墨夹：未写其居，先写其境。）俄见粉墙环护，绿柳周垂。（墨夹：与“万竿修竹”遥映。）贾政与众人进去，一入门，两边都是游廊相接。院中点衬几块山石，一边种着数本芭蕉；那一边乃是一颗西府海棠，其势若伞，丝垂翠缕，葩吐丹砂。众人赞道：“好花，好花！从来也见过许多海棠，那里有这样妙的。”贾政道：“这叫作‘女儿棠’，（墨夹：妙名。）乃是外国之种。俗传系出‘女儿国’中，（朱侧：出自政老口中，奇特之至！）云彼国此种最盛，亦荒唐不经之说罢了。”（朱侧：政老应如此语。）众人笑道：“然虽不经，如何此名传久了？”宝玉道：“大约骚人咏士，以此花之色红晕若施脂，轻弱似扶病，（墨夹：体贴的切，故形容的妙。　朱眉：十字，若海棠有知，必深深谢之。）大近乎闺阁风度，所以以‘女儿’命名。想因被世间俗恶听了，他便以野史纂入为证，以俗传俗，以讹传讹，都认真了。”（墨夹：不独此花，近之谬传者不少，不能悉道，只借此花数语驳尽。）众人都摇身赞妙。

一面说话，一面都在廊外抱厦下打就的榻上坐了。（墨夹：至阶又至檐，不肯轻易写过。）贾政因问：“想几个什么新鲜字来题此？”一客道：“‘蕉鹤’二字最妙。”又一个道：“‘崇光泛彩’方妙。”贾政与众人都道：“好个‘崇光泛彩’！”宝玉也道：“妙极。”又叹：“只是可惜了。”众人问：“如何可惜？”宝玉道：“此处蕉棠两植，其意暗蓄‘红’‘绿’二字在内。若只说蕉，则棠无着落；若只说棠，蕉亦无着落。固有蕉无棠不可，有棠无蕉更不可。”贾政道：“依你如何？”宝玉道：“依我，题‘红香绿玉’四字，方两全其妙。”贾政摇头道：“不好，不好！”

说着，引人进入房内。只见这几间房内收拾的与别处不同，竟分不出间隔来的，（朱侧：特为青埂峰下凄凉与别处不同耳。　墨夹：新奇希见之式。）原来四面皆是雕空玲珑木板，或“流云百蝠”，或“岁寒三友”，或山水人物，或翎毛花卉，或集锦，或博古，（墨夹：花样周全之极！然必用下文者，正是作者无聊，撰出新异笔墨，使观者眼目一新。所谓集小说之大成，游戏笔墨，雕虫之技，无所不备，可谓善戏者矣。又供诸人同学一戏，妙极。）或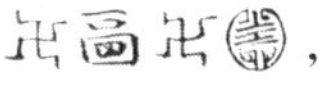，（墨夹：前金玉篆文是可考正篆，今则从俗花样，真是醒睡魔。其中诗词雅谜以及各种风俗学问，一概不必究，只据此等处便是一绝。）各种花样，皆是名手雕镂，五彩销金嵌宝的。（墨夹：至此方见一朱彩之处，亦必如此式方可。可笑近之园庭，行动便以粉油从事。）一隔一隔，或有贮书处，或有设鼎处，或安置笔砚处，或供花设瓶、安放盆景处，其隔各式各样，或天圆地方，或葵花蕉叶，或连环半壁。真是花团锦簇，剔透玲珑。倏尔五色纱糊就，竟系小窗；倏尔彩绫轻覆，竟系幽户。（墨夹：精工之极！）且满墙满壁，皆系随依古董玩器之形抠成的槽子。诸如琴、剑、悬瓶、（墨夹：悬于壁上之瓶也。）桌屏之类，虽悬于壁，却都是与壁相平的。（墨夹：皆系人意想不到，目所未见之文，若云拟编虚想出来，焉能如此？一段极清极细，后文鸳鸯瓶、紫玛瑙碟、西洋酒令、自行船等文，不必细表。）众人都赞：“好精致想头！难为怎么想来？”（墨夹：谁不如此赞？）

原来贾政等走了进来，未进两层，便都迷了旧路，左瞧也有门可通，右瞧又有窗暂隔，及到了跟前，又被一架书挡住。回头再走，又有窗纱明透，门径可行。及至门前，忽见迎面也进来了一群人，都与自己形相一样——却是玻璃大镜相照。及转过镜去，（朱侧：石兄迷否？）益发见门子多了。（朱侧：所谓投投是道是也。）贾珍笑道："老爷随我来。从这门出去，便是后院，从后院出去，到比先近了。"说着，又转了两层纱厨锦隔，果得一门出去，（朱侧：此方便门也。）院中满架蔷薇芬馥。转过花障，则见清溪前阻。（墨夹：又写水。）众人咤异："这股水又是从何而来？"贾珍遥指道："原从那闸起流至那洞口，从东北山坳里引到那村庄里，又开一道岔口，引到西南上，共总流到这里，仍旧合在一处，（朱侧：于怡红总一园之看，是书中大立意。）从那墙下出去。"众人听了，都道："神妙之极！"说着，忽见大山阻路。众人都道："迷了路了。"贾珍笑道："随我来。"仍在前导引，众人随他，直由山脚边忽一转，便是平坦宽阔大路，（朱侧：众善归缘，自然有平坦大道。）豁然大门前见。（墨夹：可见前进来是小路，曲；此云忽一转，便是平坦宽阔之正甬路也，细极！）众人都道："有趣，有趣，真搜神夺巧之至！"于是大家出来。（朱眉：以上可当《大观园记》。）

那宝玉一心只记挂着里边，又不见贾政吩咐，少不得跟到书房。贾政忽想起他来，方喝道："你还不去？难道还逛不足！（朱侧：冤哉冤哉！）也不想逛了这半日，老太太必悬挂着。快进去，疼你也白疼了。"（墨夹：如此去法，大家严父风范，无家法者不知。）宝玉听说，方退了出来。下回分解。

第十八回

庆元宵贾元春归省
助情人林黛玉传诗

却说宝玉来至院外，就有跟贾政的几个小厮上来拦腰抱住，都说：“今儿亏我们，老爷才喜欢，老太太打发人出来问了几遍，都亏我们回说喜欢；（朱侧：下人口气毕肖。）不然，若老太太叫你进去，就不得展才了。人人都说，你才那些诗比世人的都强。今儿得了这样的彩头，该赏我们了。”宝玉笑道：“每人一吊钱。”众人道：“谁没见那一吊钱！（朱侧：钱亦有没用处。）把这荷包赏了罢。”说着，一个上来解荷包，那一个就解扇囊，不容分说，将宝玉所佩之物尽行解去。又道：“好生送上去罢。”一个抱了起来，几个围绕，送至贾母二门前。（朱侧：好收煞。）那时贾母已命人看了几次。众奶娘丫鬟跟上来，见过贾母，知不曾难为着他，心中自是欢喜。

少时袭人到了茶来，见身边佩物一件无存，（朱侧：袭人在玉兄一身无时不照察到。）因笑道：“带的东西又是那起没脸的东西们解了去了。”林黛玉听说，走来瞧瞧，果然一件无存，因向宝玉道：“我给的那个荷包也给他们了？（朱侧：又起楼阁。）你明儿再想我的东西，可不能够了！”说毕，赌气回房，将前日宝玉所烦他作的那个香袋儿，才做了一半，赌气拿过来就铰。宝玉见他生气，便知不妥，忙赶过来，早剪破了。宝玉已见过这香囊，虽尚未完，却十分精巧，费了许多工夫，今见无故剪了，却也可气。因忙把衣领解了，从里面红袄襟上将黛玉所给的那荷包解了下来，递与黛玉瞧道："你瞧瞧，这是什么！我那一回把你的东西给人了？"林黛玉见他如此珍重，带在里面，（墨夹：按理论之，则是"天下本无事，庸人自扰之"。若以儿女子之情论之，则是必有之事，必有之理。又系今古小说中不能写到写得，谈情者亦不能说出讲出，情痴之至文也！）可知是怕人拿去之意，因此又自悔莽撞，未见皂白就剪了香袋，（墨夹：情痴之至！若无此悔便是一庸俗小性之女子矣。）因此又愧又气，低头一言不发。宝玉道："你也不用剪，我知道你是懒待给我东西。我连这荷包奉还，何如？"说着，掷向他怀中便走。（墨夹：这却难怪。）黛玉见如此，越发气起来，声咽气堵，又汪汪的滚下泪来，（墨夹：怒之极正是情之极。）拿起荷包来又剪。宝玉见他如此，忙回身抢住，笑道："好妹妹，饶了他罢！"（墨夹：这方是宝玉。）黛玉将剪子一摔，拭泪说道："你不用同我好一阵歹一阵的，要恼，就撂开手。这当了什么！"说着，赌气上床，面向里倒下拭泪。禁不住宝玉上来妹妹长妹妹短赔不是。

前面贾母一片声找宝玉。众奶娘丫鬟们忙回说："在林姑娘房里呢。"贾母听说道："好，好，好！让他姊妹们一处顽顽罢。才他老子拘了他这半天，让他开心一会子罢。只别叫他们拌嘴，不许扭了他。"众人答应着。黛玉被宝玉缠不过，只得起来道："你的意思不叫我安生，我就离了你。"说着往外就走。宝玉笑道："你到那里，我跟到那里。"一面仍拿起荷包来带上。黛玉伸手抢道："你说不要了，这会子又带上，我也替你怪臊的！"说着，嗤的一声又笑了。宝玉道："好妹妹，明儿另替我作个香袋儿罢。"黛玉道："那也只瞧我高兴罢了。"一面说，一面二人出房，到王夫人上房中去了，（墨夹：一段点过二玉公案，断不可少。）可巧宝钗亦在那里。

此时王夫人那边热闹非常。（墨夹：四字特补近日千忙万冗多少花团锦簇文字。）原来贾蔷已从姑苏采买了十二个女孩子，并聘了教习，以及行头等事来了。那时薛姨妈另迁于东北上一所幽净房舍居住，将梨香院早已腾挪出来，另行修理了，就令教习在此教演女戏。又另派家中旧有曾演学过歌唱的女人们，如今皆已皤然老妪了，（墨夹：又补出当日宁、荣在世之事，所谓此是末世之时也。）着他们带领管理。就令贾蔷总理其日用出入银钱等事，以及诸凡大小所需之物料账目。（墨夹：补出女戏一段，又伏一案。）又有林之孝来回："采访聘买的十个小尼姑、小道姑都有了，连新作的二十分道袍也有了。外有一个带发修行的，本是苏州人氏，祖上也是读书仕宦之家。因生了这位姑娘自小多病，买了许多替生儿皆不中用，促的这位姑娘亲自入了空门，方才好了，所以带发修行，今年才十八岁，法名妙玉。（墨夹：妙卿出现。至此细数十二钗，以贾家四艳再加薛林二冠有六，去秦可卿有七，再凤有八，李纨有九，今又加妙玉仅得十人矣。后有史湘云与熙凤之女巧姐儿者共十二人，雪芹题曰"金陵十二钗"，盖本宗《红楼梦》十二曲之义。后宝琴、岫烟、李纹、李绮皆陪客也，《红楼梦》中所谓副十二钗是也。又有又副册三断词乃晴雯、袭人、香菱三人而已，余未多及，想为金钏、玉钏、鸳鸯、茜雪、平儿等人无疑矣。观者不待言可知，故不必多费笔墨。 朱眉：妙玉世外人也，故笔笔带写，妙极妥极！畸笏。 朱眉：数处引十二钗总未的确，皆系漫拟也。至末回警幻情榜方知正、副、再副及三四副芳讳。壬午季春，畸笏。）如今父母俱已亡故，身边只有两个老嬷嬷，一个小丫头伏侍。文墨也极通，经文也不用学了，模样儿又极好。因听见长安都中有观音遗迹并贝叶遗文，去岁随了师父上来，（墨夹：因此方使妙卿入都。）现在西门外牟尼院住着。他师父极精演先天神数，于去冬圆寂了。妙玉本欲扶灵回乡的，他师父临寂遗言，说他'衣食起居不宜回乡，在此净居，后来自然有你的结果'。所以他竟未回乡……"王夫人不等回完，便说："既这样，我们何不接了他来。"林之孝家的回道："请他，他说：'侯门公府，必以贵势压人，我再不去的。'"（墨夹：补出妙卿身世不凡，心性高洁。）王夫人笑道："他既是官宦小姐，自然骄傲些，就下个帖子请他何妨。"林之孝家的答应了出去，命书启相公写请帖去请妙玉。次日遣人备车轿去接等后话，暂且阁过，此时不能表白。（墨夹：补尼道一段，又伏一案。）

当下又有人回，工程上等着糊东西的纱绫，请凤姐去开楼拣纱绫。又有人来回，请凤姐开库，收金银器皿。连王夫人并上房丫鬟等众，皆一时不得闲的。宝钗便说："咱们别在这里碍手碍脚，找探丫头去。"说着，同宝玉黛玉往迎春等房中来闲顽，无话。

王夫人等日日忙乱，直到十月将尽，幸皆全备：各处监管都清帐目；各处古董文玩，皆已陈设齐备；采办鸟雀的，自仙鹤、孔雀，以及鹿、兔、鸡、鹅等类，悉已买全，交于园中各处像景饲养；贾蔷那边也演出二十出杂戏来；小尼姑、道姑也都学念会了几卷经咒。贾政方略心意宽畅，（墨夹：好极！可见智者居心无一时驰怠！）又请贾母等进园，色色斟酌，点缀妥当，再无一些遗漏不当之处了。于是贾政方择日题本。（墨夹：至此方完大观园工程公案，观者则为大观园废尽精神，余则为若许笔墨却只因一个葬花塚。）本上之日，奉朱批准奏：次年正月十五上元之日，恩准贾妃省亲。贾府领了此恩旨，益发昼夜不闲，年也不曾好生过的。（墨夹：一语带过。是以"岁首祭宗祀，元宵开家宴"一回留在后文细写。）

展眼元宵在迩，自正月初八日，就有太监出来先看方向：何处更衣，何处燕坐，何处受礼，何处开宴，何处退息。又有巡察地方总理关防太监等，带了许多小太监出来，各处关防，挡围幕，指示贾宅人员何处退，何处跪，何处进膳，何处启事，种种仪注不一。外面又有工部官员并五城兵备道打扫街道，撵逐闲人。贾赦等督率匠人扎花灯烟火之类，至十四日，俱已停妥。这一夜，上下通不曾睡。

至十五日五鼓，自贾母等有爵者，皆按品服大妆。园内各处，帐舞蟠龙，帘飞彩凤，金银焕彩，珠宝争辉，（墨夹：是元宵之夕，不写灯月而灯光月色满纸矣。）鼎焚百合之香，瓶插长春之蕊，（墨夹：抵一篇大赋。）净悄无人咳嗽。（墨夹：有此句方足。）贾赦等在西街门外，贾母等在荣府大门外。街头巷口，俱系围幕挡严。正等的不奈烦，忽一太监坐大马而来，（墨夹：有是礼。）贾母忙接入，问其消息。太监道："早多着呢！未初刻用过晚膳，未正二刻还到宝灵宫拜佛，（墨夹：暗贴王夫人，细。）酉初刻进大明宫领宴看灯方请旨，只怕戌初才起身呢。"凤姐听了道：（朱侧：自然当家人先说话。）"既这么着，老太太、太太且请回房，等是时候再来也不迟。"于是贾母等暂且自便，园中悉赖凤姐照理。又命执事人带领太监们去吃酒饭。

一时传人一担一担的挑进腊烛来，各处点灯。方照完时，忽听外边马跑之声。（墨夹：净极故闻之。细极。）一时，有十来个太监都喘吁吁跑来拍手儿。（墨夹：画出内家风范。《石头记》最难之处别书中摸不着。）这些太监会意，（朱侧：难得他写的出，是经过之人也。）都知道是“来了，来了”，各按方向站住。贾赦领合族子侄在西街门外，贾母领合族女眷在大门外迎接。半日净悄悄的。忽见一对红衣太监骑马缓缓的走来，（墨夹：形容毕肖。）至西街门下了马，将马赶出围幕之外，便垂手面西站住。（墨夹：形容毕肖。）半日又是一对，亦是如此。少时便来了十来对，方闻得隐隐细乐之声。一对对龙旌凤翣，雉羽夔头，又有金销提炉焚着御香；然后一把曲柄七凤黄金伞过来，便是冠袍带履。又有值事太监捧着香珠、绣帕、漱盂、拂尘等类。一队队过完，后面方是八个太监抬着一顶金顶金黄绣凤版舆，缓缓行来。贾母等连忙路旁跪下。（朱侧：一丝不乱。）早飞跑过几个太监来，扶起贾母、邢夫人、王夫人来。那版舆抬进大门，入仪门往东去，到一所院落门前，有执拂太监跪请下舆更衣。于是抬舆入门，太监等散去，只有昭容、彩嫔等引领元春下舆。只见院内各色花灯烂灼，（朱侧：元春目中。）皆系纱绫扎成，精致非常。上面有一匾灯，写着“体仁沐德”四字。元春入室，更衣毕复出，上舆进园。只见园中香烟缭绕，花彩缤纷，处处灯光相映，时时细乐声喧，说不尽这太平气象，富贵风流。此时自己回想当初在大荒山中，青埂峰下，那等凄凉寂寞；若不亏癞僧、跛道二人携来到此，又安能得见这般世面。本欲作一篇《灯月赋》《省亲颂》，以志今日之事，但又恐入了别书的俗套。按此时之景，即作一赋一赞，也不能形容得尽其妙；即不作赋赞，其豪华富丽，观者诸公亦可想而知矣。所以倒是省了这工夫纸墨，且说正紧的为是。（墨夹：自“此时”以下皆石头之语，真是千奇百怪之文。　朱眉：如此繁华盛极花团锦簇之文忽用石兄自语截住，是何笔力！令人安得不拍案叫绝。试阅历来诸小说中有如此章法乎？）

且说贾妃在轿内看此园内外如此豪华，因默默叹息奢华过费。忽又见执拂太监跪请登舟。贾妃乃下舆。只见清流一带，势若游龙，两边石栏上，皆系水晶玻璃各色风灯，点的如银光雪浪；上面柳杏诸树虽无花叶，然皆用通草绸绫纸绢依势作成，粘于枝上的，每一株悬灯数盏；更兼池中荷荇凫鹭之属，亦皆系螺蚌羽毛之类作就的。诸灯上下争辉，真系玻璃世界，珠宝乾坤。船上亦系各种精致盆景诸灯，珠帘绣幕，桂楫兰桡，自不必说。已而入一石港，港上一面匾灯，明现着“蓼汀花溆”四字。按此四字，并“有凤来仪”等处，皆系上回贾政偶然一试宝玉之课艺才情耳，何今日认真用此匾联？况贾政世代诗书，来往诸客屏侍座陪者，悉皆才技之流，岂无一名手题撰，竟用小儿一戏之辞苟且搪塞？（朱眉：驳得好！）真似暴发新荣之家，滥使银钱，一味抹油涂朱毕则大书“前门绿柳垂金锁，后户青山列锦屏”之类，则以为大雅可观，岂《石头记》中通部所表之宁荣贾府所为哉！据此论之，竟大相矛盾了。诸公不知待蠢物（墨夹：石兄自谦，妙！可代答云：“岂敢！”）将原委说明，大家方知。（朱眉：《石头记》贯用特犯不犯之笔，读之真令人惊心骇目。）

当日这贾妃未入宫时，自幼亦系贾母教养。后来添了宝玉，贾妃乃长姊，宝玉为弱弟，贾妃之心上念母年将迈，始得此弟，是以怜爱宝玉，与诸弟待之不同。且同随祖母，刻未暂离。那宝玉未入学堂之先，三四岁时，已得贾妃手引口传，教授了几本书、数千

字在腹内了。（朱侧：批书人领过此教，故批至此竟放声大哭，俺先姊仙逝太早，不然余何得为废人耶?）其名分虽系姊弟，其情状有如母子。自入宫后，时时带信出来与父母说："千万好生扶养，不严不能成器，过严恐生不虞，且致父母之忧。"眷念切爱之心，刻未能忘。前日贾政闻塾师背后赞宝玉偏才尽有，贾政未信，适巧遇园已落成，令其题撰，聊一试其情思之清浊。其所拟之匾联虽非妙句，在幼童为之，亦或可取。即另使名公大笔为之，固不费难，然想来到不如这本家风味有趣。（朱侧：转得好。）更使贾妃见之，知系其爱弟所为，亦或不负其素日切望之意。（朱侧：有是论。　墨夹：一驳一解，跌宕摇曳之至，且写得父母兄弟体贴恋爱之情，淋漓痛切，真是天伦至情。）因有这段原委，故此竟用了宝玉所题之联额。那日虽未曾题完，后来亦曾补拟。（墨夹：一句补前文之不暇，启后文之苗裔。至后文凹晶馆黛玉口中又一补，所谓"一击空谷，八方皆应"。）

闲文少叙，且说贾妃看了四字，笑道："'花溆'二字便妥，何必'蓼汀'?"侍坐太监听了，忙下小舟登岸，飞传与贾政。贾政听了，即忙移换。（墨夹：每的周到可悦。）一时，舟临内岸，复弃舟上舆，便见琳宫绰约，桂殿巍峨。石牌坊上明显"天仙宝镜"四字，（墨夹：不得不用俗。）贾妃忙命换"省亲别墅"四字。（墨夹：妙！是特留此四字与彼自命。）于是进入行宫。但见庭燎烧空，（墨夹：庭燎最恰。）香屑布地，火树琪花，金窗玉槛。说不尽帘卷虾须，毯铺鱼獭，鼎飘麝脑之香，屏列雉尾之扇。真是：

金门玉户神仙府；
桂殿兰宫妃子家。

贾妃乃问："此殿何无匾额?"随侍太监跪启曰："此系正殿，外臣未敢擅拟。"贾妃点头不语。礼仪太监跪请升座受礼，两陛乐起。礼仪太监二人引贾赦、贾政等于月台下排班，殿上昭容传谕曰："免。"太监引贾赦等退出。又有太监引荣国太君及女眷等自东阶升月台上排班，（墨夹：一丝不乱，精致大方。有如欧阳公九九。）昭容再谕曰："免。"于是引退。

茶已三献，贾妃降座，乐止。退入侧殿更衣，方备省亲车驾出园。至贾母正室，欲行家礼，贾母等俱跪止不迭。贾妃满眼垂泪，方彼此上前厮见，一手搀贾母，一手搀王夫人，三个人满心里皆有许多话，只是俱说不出，只管呜咽对泣。（墨夹：《石头记》得力擅长全是此等地方。　朱眉：非经历过如何写得出！壬午春。）邢夫人、李纨、王熙凤、迎、探、惜三姊妹等，俱在傍围绕，垂泪无言。半日，贾妃方忍悲强笑，安慰贾母、王夫人道："当日既送我到那不得见人的去处，好容易今日回家娘儿们一会，不说说笑笑，反到哭起来。一会子我去了，又不知多早晚才来！"说到这句，不禁又哽咽起来。（墨夹：追魂摄魄，《石头记》传神摸影全在此等地方，他书中不得有此见识。）邢夫人等忙上来解劝。（墨夹：说完不可，不先说不可，说之不痛不可，最难说者是此时贾妃口中之语。只如此一说，方千贴万妥，一字不可更改，一字不可增减，入情入神之至!）贾母等让贾妃归座，又逐次一一见过，又不免哭泣一番。然后东西两府掌家执事人丁等在厅外行礼，及两府掌家执事媳妇领丫鬟等行礼毕。贾妃因问："薛姨妈、宝钗、黛玉因何不见?"王夫人启曰："外眷无职，未敢擅入。"（墨夹：所谓诗书世家，守礼如此。偏是暴发，骄妄自大。）贾妃听了，忙命快请。（墨夹：又谦之如此，真是世界好人物。）一时薛姨妈等进来，欲行国礼，亦命免过，上前各叙阔别寒温。又有贾妃原带进宫去的丫鬟抱琴等（墨夹：前所谓贾家四钗之鬟暗以琴棋书画排行，至此始全。）上来叩见，贾母等连忙扶起，命人别室款待。执事太监及彩嫔、昭容各侍从人等，宁国府及贾赦那宅两处自有人款待，只留三四个小太监答应。母女姊妹深叙些离别情景，（墨夹："深"字妙!）及家务私情。

又有贾政至帘外问安，贾妃垂帘行参等事。又隔帘含泪谓其父曰："田舍之家，虽齑盐布帛，终能聚天伦之乐；今虽富贵已极，骨肉各方，然终无意趣!"贾政亦含泪启道："臣，草莽寒门，鸠群鸦属之中，岂意得征凤鸾之瑞。（朱侧：此语犹在耳。）今贵人上锡天恩，下昭祖德，此皆山川日月之精奇、祖宗之远德钟于一人，幸及政夫妇。且今上启天地生物之大德，垂古今未有之旷恩，虽肝脑涂地，臣子岂能得报于万一！惟朝乾夕惕，忠于厥职外，愿我君万寿千秋，乃天下苍生之同幸也。贵妃切勿以政夫妇残犁为念，懑愤金怀，更祈自加珍爱。惟业业兢兢，勤慎恭肃以侍上殿，不负上体贴眷爱如此之隆恩也。"贾妃亦嘱"只以国事为重，暇时保养，切勿记念"等语。贾政又启："园中所有亭台轩馆，皆系宝玉所题；如果有一二稍可寓目者，请别赐名为幸。"元妃听了宝玉能题，便含笑说："果进益了。"贾政退出。贾妃见宝、林二人亦发比别姊妹不同，真是姣花软玉一般。因问："宝玉为何不进见?"（墨夹：至此方出宝玉。）贾母乃启："无谕，外男不敢擅入。"元妃命快引进来。小太监出去引宝玉进来，先行国礼毕，元妃命他进前，携手拦于怀内，又抚其头颈，（朱侧：作书人将批书人哭坏了。）笑道："比先竟长了好些……"一语未终，泪如雨下。（墨夹：只此一句便补足前面许多文字。）

尤氏、凤姐等上来启道："筵宴齐备，请贵妃游幸。"元妃等起身，命宝玉导引，遂同诸人步至园门前。早见灯光火树之中，诸般罗列非常。进园来先从"有凤来仪""红香绿玉""杏帘在望""蘅芷清芬"等处，登楼步阁，涉水缘山，百般眺览徘徊。一处处铺陈不一，一桩桩点缀新奇。贾妃极加奖赞，又劝："以后不可太奢，此皆过分之极。"已而至正殿，谕免礼归座，大开筵宴。贾母等在下相陪，尤氏、李纨、凤姐等亲捧羹把盏。

元妃乃命传笔砚伺候，亲搦湘管，择其几处最喜者赐名。按其书云：

"顾恩思义"匾额

天地启宏慈，赤子苍头同感戴；

古今垂旷典，九州万国被恩荣。

此一匾一联书于正殿。（墨夹：是贾妃口气。）"大观园"园之名，"有凤来仪"赐名曰"潇湘馆"。"红香绿玉"改作"怡红快绿"，即名曰"怡红院"。"蘅芷清芬"赐名曰"蘅芜苑"。"杏帘在望"赐名曰"浣葛山庄"。

正楼曰“大观楼”，东面飞楼曰“缀锦阁”，西面斜楼曰“含芳阁”；更有“蓼风轩”、“藕香榭”、（墨夹：雅而新。）“紫菱洲”、“荇叶渚”等名；又有四字的匾额十数个，诸如“梨花春雨”“桐剪秋风”“荻芦夜雪”等名，此时悉难全记。（墨夹：故意留下秋爽斋、凸碧山堂、凹晶溪馆、暖香坞等处为后文另换眼目之地步。）又命旧有匾联，俱不必摘去。于是先题一绝云：

衔山抱水建来精，多少工夫筑始成。
天上人间诸景备，芳园应锡大观名。（墨夹：诗却平平，盖彼不长于此也，故只如此。）

写毕，向诸姐妹笑道：“我素乏捷才，且不长于吟咏，妹辈素所深知。今夜聊以塞责，不负斯景而已。异日少暇，必补撰《大观园记》并《省亲颂》等文，以记今日之事。妹辈亦各题一匾一诗，随才之长短，亦暂吟成，不可因我微才所缚。且喜宝玉竟知题咏，是我意外之想。此中‘潇湘馆’‘蘅芜院’二处，我所极爱，次之‘怡红院’‘浣葛山庄’，此四大处，必得别有章句题咏方妙。前所题之联虽佳，如今再各赋五言律一首，使我当面试过，方不负我自幼教授之苦心。”宝玉只得答应了，下来自去构思。

迎、探、惜三人之中，要算探春又出于姊妹之上，然自忖亦难与薛、林争衡，（墨夹：只一语便写出宝、黛二人，又写出探卿知己知彼，伏下后文多少地步。）只得勉强随众塞责而已。李纨也勉强凑成一律。（墨夹：不表薛、林可知。）贾妃先挨次看姊妹们的，写道是：

“旷性怡情”匾额（迎春）
园成景备特精奇，奉命羞题额旷怡。
谁信世间有此景，游来宁不畅神思？

“万象争辉”匾额（探春）
名园筑出势巍巍，奉命何惭学浅微。
精妙一时言不出，果然万物生光辉。

“文章造化”匾额（惜春）
山水横拖千里外，楼台高起五云中。
园修日月光辉里，景夺文章造化功。（墨夹：更牵强。三首之中还算探卿略有作意，故后文写出许多意外妙文）

“文采风流”匾额（李纨）
秀水明山抱复回，风流文采胜蓬莱。（墨夹：超妙！）
绿裁歌扇迷芳草，红衬湘裙舞落梅。（墨夹：凑成。）

珠玉自应传盛世，神仙何幸下瑶台。

名园一自邀游幸，未许凡人到此来。（墨夹：此四诗列于前正为滃托下韵也。）

“凝晖钟瑞”匾额（墨夹：便又含蓄。）（薛宝钗）

芳园筑向帝城西，华日祥云笼罩奇。

高柳喜迁莺出谷，修篁时待凤来仪。（墨夹：恰极！）

文风已著宸游夕，孝化应隆归省时。

睿藻仙才盈彩笔，自惭何敢再为辞？（墨夹：好诗！此不过颂圣应酬耳，未见长，以后渐知。）

“世外仙园”匾额（墨夹：落思便不与人同。）（林黛玉）

名园筑何处，仙境别红尘。

借得山川秀，添来景物新。（墨夹：所谓“信手拈来无不是”，阿颦自是一种心思。）

香融金谷酒，花媚玉堂人。

何幸邀恩宠，宫车过往频？（墨夹：末二首是应制诗。余谓宝、林此作未见长，何也？盖后文别有惊人之句也。在宝卿有生不屑为此，在黛卿实不足一为。）

贾妃看毕，称赏一番，又笑道：“终是薛、林二妹之作与众不同，非愚姊妹可同列者。”原来林黛玉安心今夜大展奇才，将众人压倒，（墨夹：这却何必，然尤物方如此。）不想贾妃只命一匾一咏，到不好违谕多作，只胡乱作一首五言律应景罢了。（墨夹：请看前诗，却云是胡乱应景。）

彼时宝玉尚未作完，只刚做了“潇湘馆”与“蘅芜苑”二首，正作“怡红院”一首，起草内有“绿玉春犹卷”一句。宝钗转眼瞥见，便趁众人不理论，急忙回身悄推他道：“他（墨夹：此“他”字指贾妃。）因不喜‘红香绿玉’四字，改了‘怡红快绿’；你这会子偏用‘绿玉’二字，岂不是有意和他争驰了？况且蕉叶之说也颇多，再想一个字改了罢。”宝玉见宝钗如此说，便拭汗道：（墨夹：想见其构思之苦方是至情。最厌近之小说中满纸“神童”“天分”等语。）“我这会子总想不起什么典故出处来。”宝钗笑道：“你只把‘绿玉’的‘玉’字改作‘蜡’字就是了。”宝玉道：“‘绿蜡’（朱侧：好极！）可有出处？”宝钗见问，悄悄的咂嘴点头（朱侧：媚极！韵极！）笑道：“亏你今夜不过如此，将来金殿对策，你大约连‘赵钱孙李’都忘了呢！（墨夹：有得宝卿奚落，但就谓宝卿无情，只是较阿颦施之特正耳。）唐钱翊咏芭蕉诗头一句‘冷烛无烟绿蜡干’，你都忘了不成？”（墨夹：此等处便用硬证实处，最是大力量，但不知是何心思，是从何落想，穿插到如此玲珑锦绣地步。　朱眉：这样章法又是不曾见过的。　朱眉：如此穿插安得不令人拍案叫绝！壬午季春。）宝玉听了，不觉洞开心臆，笑道：“该死，该死！现成眼前之物偏到想不起来了，真可谓‘一字师’了。从此后我只叫你师父，再不叫姐姐了。”宝钗亦悄悄的笑道：“还不快作上去，只管姐姐妹妹的。谁是你姐姐？那上头穿黄袍才是你姐姐，你又认我这姐姐来了。”一面说笑，因说笑又怕他耽延工夫，遂抽身走开了。（墨夹：一段忙中闲文，已是好看之极，出人意外。）宝玉只得续成，共有了三首。

此时林黛玉未得展其抱负，自是不快。因见宝玉独作四律，大废神思，何不代他作两首，也省他些精神不到之处。（墨夹：写黛卿之情思，待宝玉却又如此，是与前文特犯不犯之处。朱眉：偏又写一样，是何心意构思而得？畸笏。）想着，便也走至宝玉案傍，悄问：“可都有了？”宝玉道：“才有了三首，只少‘杏帘在望’一首了。”黛玉道：“既如此，你只抄录前三首罢。赶你写完那三首，我也替你作出这首了。”说毕，低头一想，早已吟成一律，（墨夹：瞧他写阿颦只如此便妙极。）便写在纸条上，搓成个团子，掷在他跟前。（朱眉：纸团送递系应童生秘诀，黛卿自何处学得？一笑。丁亥春。）宝玉打开一看，只觉此首比自己所作的三首高过十倍，真是喜出望外，（墨夹：这等文字亦是观书者望外之想。）遂忙恭楷呈上。贾妃看道：

有凤来仪

臣宝玉谨题

秀玉初成实，堪宜待凤凰。（墨夹：起便拿得住。）

竿竿青欲滴，个个绿生凉。

迸砌防阶水，穿帘碍鼎香。（墨夹：妙句！古云：“竹密何妨水过？”今偏翻案。）

莫摇清碎影，好梦昼初长。

蘅芷清芬

蘅芜满净苑，萝薜助芬芳。（墨夹：“助”字妙！通部书所以皆善练字。）

软衬三春草，柔拖一缕香。（墨夹：刻画入妙。）

轻烟迷曲径，冷翠滴回廊。（墨夹：甜脆满颊。）

谁谓池塘曲，谢家幽梦长。

怡红快绿

深庭长日静，两两出婵娟。（墨夹：双起双敲，读此首始信前云“有蕉无棠不可，有棠无蕉更不可”等批非泛泛妄批驳他人，到自己身上则无能为之论也。）

绿蜡（墨夹：本是“玉”字，此尊宝卿改，似较“玉”字佳。）春犹卷，（墨夹：是蕉。）红妆夜未眠。（墨夹：是海棠。）

凭栏垂绛袖，（墨夹：是海棠之情。）倚石护青烟。（墨夹：是芭蕉之神。何得如此工恰自然？真是好诗，却是好书。）

对立东风里，（墨夹：双收。）主人应解怜。（墨夹：归到主人方不落空。王梅隐云：“咏物体又难双承双落，一味双拿则不免牵强。”此首可谓诗题两称，极工、极切、极流离妩媚。）

杏帘在望

杏帘招客饮，在望有山庄。（墨夹：分题作一气呵成，格调熟练，自是阿颦口气。）

菱荇鹅儿水，桑榆燕子梁。（墨夹：阿颦之心臆才情原与人别，亦不是从读书中得来。）

一畦春韭绿，十里稻花香。

盛世无饥馁，何须耕织忙。（墨夹：以幻入幻，顺水推舟，且不失应制，所以称阿颦。）

贾妃看毕，喜之不尽，说："果然进益了！"又指"杏帘"一首为前三首之冠。遂将"浣葛山庄"改为"稻香村"。（墨夹：如此服善，妙！　朱眉：仍用玉兄前拟"稻香村"，却如此幻笔幻体，文章之格式至矣尽矣！壬午春。）又命探春另以彩笺誊录出方才一共十数首诗，出令太监传与外厢。贾政等看了，都称颂不已。贾政又进《归省颂》。元妃又命以琼酥金脍等物，赐与宝玉并贾兰。（墨夹：百忙中点出贾兰，一人不落。）此时贾兰极幼，未达诸事，只不过随母依叔行礼，故无别传。贾环从年内染病未痊，自有闲处调养，故亦无传。（墨夹：补明方不遗失。）

那时贾蔷带领十二个女戏，在楼下正等的不耐烦，只见一太监飞来说："作完了诗，快拿戏目来！"贾蔷急将锦册呈上，并十二个花名单子。少时，太监出来，只点了四出戏：

第一出《豪宴》；（墨夹：《一捧雪》中伏贾家之败。）

第二出《乞巧》；（墨夹：《长生殿》中伏元妃之死。）

第三出《仙缘》；（墨夹：《邯郸梦》中伏甄宝玉送玉。）

第四出《离魂》。（墨夹：《牡丹亭》中伏黛玉死。所点之戏剧伏四事，乃通部书之大过节、大关键。）

贾蔷忙张罗扮演起来。一个个歌欺裂石之音，舞有天魔之态。虽是妆演的形容，却作尽悲欢情状。（墨夹：二句毕矣。）刚演完了，一太监执一金盘糕点之属进来，问："谁是龄官？"贾蔷便知是赐龄官之物，喜的忙接了，（墨夹：何喜之有？伏下后面许多文字，只用一"喜"字。）命龄官叩头。太监又道："贵妃有谕，说：'龄官极好，再作两出戏，不拘那两出就是了。'"贾蔷忙答应了，因命龄官做《游园》《惊梦》二出。龄官自为此二出原非本角之戏，执意不作，定要作《相约》《相骂》二出。（墨夹：《钗钏记》中总隐后文不尽风月等文。　墨夹：按近之俗语云："能养千军，不养一戏。"盖甚言优伶之不可养之意也。大抵一班之中此一人技业稍优出众，此一人则拿腔作势、辖众恃能种种可恶，使主人逐之不舍，责之不可，虽不欲不怜而实不能不怜，虽欲不爱而实不能不爱。余历梨园子弟广矣，各各皆然，亦曾与惯养梨园诸世家兄弟谈议及此，众皆知其事而皆不能言。今阅《石头记》至"原非本角之戏，执意不作"二语，便见其恃能压众、乔酸娇妒，淋漓满纸矣。复至"情悟梨香院"一回更将和盘托出，与余三十年前目睹身亲之人现形于纸上。使言《石头记》之为书，情之至极、言之至恰，然非领略过乃事、迷蹈过乃情，即观此，茫然嚼蜡，亦不知其神妙也。）贾蔷扭他不过，（墨夹：如何反扭他不过？其中隐许多文字。）只得依他作了。贾妃甚喜，命“不可难为了这女孩子，好生教习”，（墨夹：可知尤物了。）额外赏了两匹宫缎、两个荷包并金银锞子、食物之类。（墨夹：又伏下一个尤物，一段新文。）然后撤筵，将未到之处复又游玩。忽见山环佛寺，忙另盥手进去焚香拜佛，又题一匾云：“苦海慈航”。（墨夹：寓通部人事一篇热文，却如此冷收。）又额外加恩与一班幽尼女道。

少时，太监跪启：“赐物俱齐，请验等例。”乃呈上略节。贾妃从头看了，俱甚妥协，即命照此遵行。太监听了，下来一一发放。原来贾母的是金、玉如意各一柄，沉香拐杖一根，茄楠念珠一串，“富贵长春”宫缎四匹，“福寿绵长”宫绸四匹，紫金“笔锭如意”锞十锭，“吉庆有鱼”银锞十锭。邢夫人、王夫人二分，只减了如意、拐、珠四样。贾敬、贾赦、贾政等，每分御制新书二部，宝墨二匣，金、银爵各二支，表礼按前。宝钗、黛玉诸姊妹等，每人新书一部，宝砚一方，新样格式金银锞二对。宝玉亦同此。（墨夹：此中忽夹上宝玉，可思。）贾兰则是金银项圈二个，金银锞二对。尤氏、李纨、凤姐等，皆金银锞四锭，表礼四端。外表礼二十四端，清钱一百串，是赐与贾母、王夫人及诸姊妹房中奶娘众丫鬟的。贾珍、贾琏、贾环、贾蓉等，皆是表礼一分，金锞一双。其余彩缎百端，金银千两，御酒华筵，是赐东西两府凡园中管理工程、陈设、答应及司戏、掌灯诸人的。外有清钱五百串，是赐厨役、优伶、百戏、杂行人丁的。

众人谢恩已毕，执事太监启道：“时已丑正三刻，请驾回銮。”贾妃听了，不由的满眼又滚下泪来。却又勉强堆笑，拉住贾母、王夫人的手，紧紧的不忍释放，（墨夹：使人鼻酸。）再四叮咛：“不须挂念，好生自养。如今天恩浩瀚，一月许进内省视一次，见面是尽有的，何必伤惨。倘明岁天恩仍许归省，万不可如此奢华靡费了。”（墨夹：妙极之谶，试看别书中专能故用一不祥之语为谶。今偏不然，只有如此现成一语，便是不再之谶，只看他用一“倘”字，便隐讳，自然之至。）贾母等已哭的哽噎难言了。贾妃虽不忍别，怎奈皇家规范，违错不得，只得忍心上舆去了。这里诸人好容易将贾母、王夫人安慰解劝，搀扶出园去了。（朱眉：一回离合悲欢夹写之文，真如山阴道上令人应接不暇，尚有许多忙中闲、闲中忙小波澜，一丝不漏，一笔不苟。）正是——

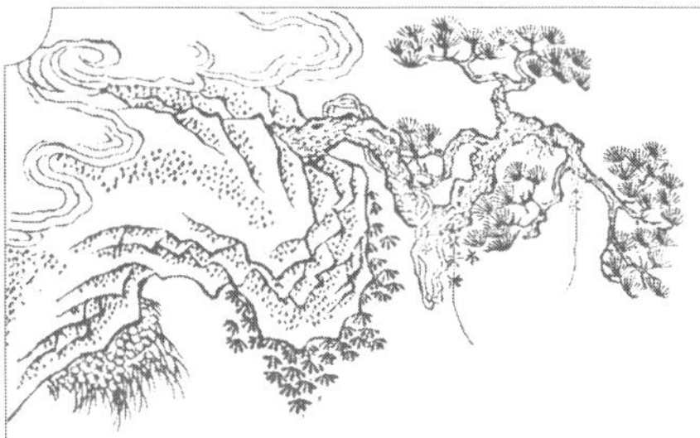

第十九回
情切切良宵花解语 意绵绵静日玉生香

话说贾妃回宫，次日见驾谢恩，并回奏归省之事，龙颜甚悦，又发内帑彩缎金银等物，以赐贾政及各椒房等员，（墨夹：补还一句，细。方见省亲不独贾家一门也。）不必细说。

且说荣、宁二府中因连日用尽心力，真是人人力倦，各各神疲，又将园中一应陈设动用之物收拾了两三天方完。第一个凤姐事多任重，别人或可偷安躲静，独他是不能脱得的；二则本性要强，不肯落人褒贬，只扎挣着与无事的人一样。（墨夹：伏下病源。）第一个宝玉是极无事最闲暇的。偏这日一早，袭人的母亲又亲来回过贾母，接袭人家去吃年茶，晚间才得回来。（墨夹：一回一回各生机轴，总在人意想之外。）因此，宝玉只和众丫头们掷骰子赶围棋作戏。（墨夹：写出正月光景。）正在房内顽的没兴头，忽见丫头们来回说："东府珍大爷来请过去看戏、放花灯。"宝玉听了，便命换衣裳。才要去时，忽又有贾妃赐出糖蒸酥酪来；（墨夹：总是新正妙景。）宝玉想上次袭人喜吃此物，便命留与袭人了。自己回过贾母，过去看戏。

谁想贾珍这边唱的是《丁郎认父》《黄伯央大摆阴魂阵》，更有《孙行者大闹天宫》

《姜子牙斩将封神》等类的戏文。（墨夹：真真热闹。）倏尔神鬼乱出，忽又妖魔毕露，甚至于扬幡过会，号佛行香，锣鼓喊叫之声远闻巷外。（墨夹：形容刻薄之至，弋阳腔能事毕矣。阅至此则有如耳内喧哗、目中离乱，后文至隔墙闻“袅晴丝”数曲，则有如魂随笛转、魄逐歌销。形容一事，一事毕真，石头是第一能手矣。）满街之人个个都赞：“好热闹戏，别人家断不能有的。”（墨夹：必有之言。）宝玉见繁华热闹到如此不堪的田地，只略坐了一坐，便走开各处闲耍。先是进内去和尤氏和丫环姬妾说笑了一回，便出二门来。尤氏等仍料他出来看戏，遂也不曾照管。贾珍、贾琏、薛蟠等只顾猜枚行令，百般作乐，也不理论，纵一时不见他在座，只道在里边去了，故也不问。至于跟宝玉的小厮们，那年纪大些的，知宝玉这一来了，必是晚间才散，因此偷空也有去会赌的，也有往亲友家去吃年茶的，更有或嫖或饮的，都私散了，待晚间再来；那小些的，都钻进戏房里瞧热闹去了。

宝玉见一个人没有，因想“这里素日有个小书房，名……，（唐按：此处有缺文。）内曾挂着一轴美人，极画的得神。今日这般热闹，想那里那美人自然是寂寞的，须得我去望慰他一回。”（墨夹：极不通极胡说中写出绝代情痴，宜乎众人谓之疯傻。）想着，便往书房里来。刚到窗前，闻得房内有呻吟之韵。宝玉到唬了一跳：敢是美人活了不成？（墨夹：又带出小儿心意，一丝不落。）乃乍着胆子，舔破窗纸，向内一看，那轴美人却不曾活，却是茗烟按着一个女孩子，也干那警幻所训之事。宝玉禁不住大叫：“了不得！”一脚踹进门去，将那两个唬开了，抖衣而颤。茗烟见是宝玉，忙跪求不迭。宝玉道：“青天白日，这是怎么说。（墨夹：开口便好。）珍大爷知道，你是死是活？”一面看那丫头，虽不标致，到还白净，些微亦有动人处，羞的脸红耳赤，低首无言。宝玉跺脚道：“还不快跑！”（墨夹：此等搜神夺魄至神至妙处只在囫囵不解中得。）一语提醒了那丫头，飞也似去了。宝玉又赶出去，叫道：“你别怕，我是不告诉人的。”（墨夹：活宝玉，移之他人不可。）急的茗烟在后叫：“祖宗，这是分明告诉人了！”宝玉因问：“那丫头十几岁了？”茗烟道：“大不过十六七岁了。”宝玉道：“连他的岁数也不问问，别的自然越发不知了。可见他白认得你了。可怜，可怜！”（墨夹：按此书中写一宝玉，其宝玉之为人是我辈于书中见而知有此人，实未目曾亲睹者。又写宝玉之发言每每令人不解，宝玉之生性件件令人可笑，不独于世上亲见这样的人不曾，即阅今古所有之小说奇传中亦未见这样的文字。于颦儿处更为甚。其囫囵不解之中实可解，可解之中又说不出理路，合目思之，却如真见一宝玉真闻此言者，移之第二人万不可，亦不成文字矣。余阅《石头记》中至奇至妙之文，全在宝玉、颦儿至痴至呆囫囵不解之语中，其诗词雅迷酒令奇衣奇食奇玩等类固他书中未能，然在此书中评之，犹为二着。）又问：“名字叫什么？”茗烟大笑道：“若说出名子来话长，真真新鲜奇文，竟是写不出来的。（墨夹：若都写得出来，何以见此书中之妙？脂砚。）据他说，他母亲养他的时节做了个梦，（墨夹：又一个梦，只是随手成趣耳。）梦见得了一匹锦，上面是五色富贵不断头卍字的花样，（墨夹：千奇百怪之想，所谓“牛溲马勃皆至药也，鱼鸟昆虫皆妙文也”，天地间无一物不是妙物，无一物不可不成文，但在人意舍取耳。此皆信手拈来随笔成趣，大游戏、大慧悟、大解脱之妙文也。）所以他的名子叫作卍儿。”（墨夹：音万。）宝玉听了笑道：

“真也新奇，想必他将来有些造化。”说着，沉思一会。

茗烟因问：“二爷为何不看这样的好戏？”宝玉道：“看了半日，怪烦的，出来逛逛，就遇见你们了。这会子作什么呢？”茗烟嗤嗤（朱眉：蚩音希；蚩蚩笑貌）笑道：“这会子没人知道，我悄悄的引二爷往城外逛逛去，一会子再往这里来，他们就不知道了。”（墨夹：茗烟此时只要掩饰方才之过，故设此以悦宝玉之心。）宝玉道：“不好，仔细花子拐了去。便是他们知道了，又闹大了，不如往熟近些的地方去，还可就来。”茗烟道：“熟近地方，谁家可去？这却难了。”宝玉笑道：“依我的主意，咱们竟找你花大姐姐去，瞧他在家作什么呢。”（墨夹：妙！宝玉心中早安了这着，但恐茗烟不肯引去耳。恰遇茗烟私行淫媾，为宝玉所胁，故以城外引以悦其心，宝玉始悦，出往花家去。非茗烟适有罪所胁，万不敢如此私引出外。别家子弟尚不敢私出，况宝玉哉？况茗烟哉？文字榫楔细甚。）茗烟笑道：“好，好！到忘了他家。”又道：“若他们知道了，说我引着二爷胡走，要打我呢？”（墨夹：必不可少之语。）宝玉道：“有我呢。”茗烟听说，拉了马，二人从后门就走了。

幸而袭人家不远，不过一半里路程，展眼已到门前。茗烟先进去，叫袭人之兄花自芳。（墨夹：随姓成名，随手成文。）彼时袭人之母接了袭人与几个外甥女儿、（墨夹：一树千枝，一源万派，无意随手，伏脉千里。）几个侄女儿来家，正吃果茶。听见外面有人叫“花大哥”，花自芳慌忙出去看时，见是他主仆两个，唬的惊疑不止，连忙抱下宝玉来，在院内嚷道：“宝二爷来了！”别人听见还可，袭人听了，也不知为何，忙跑出来迎着宝玉，一把拉着问：“你怎么来了？”宝玉笑道：“我怪闷的，来瞧瞧你作什么呢。”袭人听了，才放下心来，（墨夹：精细周到。）嗐了一声，笑道（墨夹：转至“笑”字，妙甚！）：“你也特胡闹了，（墨夹：该说，说得是。）可作什么来呢！”一面又问茗烟：“还有谁跟来？”（墨夹：细。）茗烟笑道：“别人都不知道，就只我们两个。”袭人听了，复又惊慌，（墨夹：是必有之神理，非特故作顿挫。）说道：“这还了得！倘或碰见了人，或是遇见了老爷，街上人挤车碰，马轿纷纷的，若有个闪失，也是顽得的！你们的胆子比斗还大。都是茗烟调唆的，回去我定告诉嬷嬷们打你。”（墨夹：该说，说得更是。脂砚。）茗烟撅了嘴道：“二爷骂着打着，叫我引了来，这会子推到我身上。我说别来罢，不然我们还去罢。”（墨夹：茗烟贼。）花自芳忙劝：“罢了，已是来了，也不用多说了。只是茅檐草舍，又窄又脏，爷怎么坐呢？”

袭人之母也早迎了出来。袭人拉了宝玉进去。宝玉见房中三五个女孩儿，见他进来，都低了头，羞惭惭的。花自芳母子两个百般怕宝玉冷，又让他上炕，又忙另摆果桌，又忙倒好茶。（墨夹：连用三“又”字，上文一个“百般”神理活现。脂砚。）袭人笑道：“你们不用白忙，（墨夹：妙！不写袭卿忙，正是忙之至。若一写袭人忙，便是庸俗小派了。）我自然知道，果子也不用摆，也不敢乱给东西吃。”（墨夹：如此至微至小中便带出家常情，他书写不及此。）一面说，一面将自己的坐褥拿了，铺在一个炕上，宝玉坐了；用自己的脚炉垫了脚，向荷包内取出两个梅花香饼儿来，又将自己的手炉掀开焚上，仍盖好，放与宝玉怀内；然后将自己的茶杯斟了茶，送与宝玉。（墨夹：叠用四“自己”字，写得宝、袭二人素日如何亲洽，如何尊荣，此时一盘托出。盖素日身居侯府绮罗锦绣之中，其安富尊荣之宝玉，亲密浃洽勤慎委婉之袭人，是分所应当，不必写者也。今于此一补，更见其二人平素之情义，且暗透此回中所有母女兄长欲为赎身角口等未到之过文。）彼时他母兄已是忙另齐齐整整摆上一桌子果品来。袭人见总无可吃之物，（墨夹：补明宝玉自幼何等娇贵，以此一句留与下部后数十回“寒冬噎酸虀，雪夜围破毡”等处对看，可为后生过分之戒。叹！叹！）因笑道：“既来了，没有空去之礼，好歹尝一点儿，也是来我家一趟。”（墨夹：得意之态，是才与母兄较争以后之神礼。最细。）说着，便拈了几个松子穰，（墨夹：惟此品稍可一拈，别品便大错了。）吹去细皮，用手帕托着送与宝玉。

宝玉看见袭人两眼微红，粉光融滑，（墨夹：八字画出才收泪之一女儿，是好形容，且是宝玉眼中意中。）因悄问袭人：“好好的哭什么？”袭人笑道：“何尝哭，才迷了眼揉的。”因此便遮掩过了。（墨夹：伏下后文所补未到多少文字。）当下宝玉穿着大红金蟒狐腋箭袖，外罩石青貂裘排穗褂。袭人道：“你特为往这里来又换新服，他们（墨夹：指晴雯、麝月等。）就不问你往那去的？”（墨夹：必有是问。阅此则又笑尽小说中无故家常穿红挂绿、绮绣绫罗等语，自谓是富贵语，究竟反是寒酸话。）宝玉笑道：“珍大爷那里去看戏换的。”袭人点头。又道：“坐一坐就回去罢，这个地方不是你来的。”宝玉笑道：“你就家去才好呢，我还替你留着好东西呢。”（朱侧：生受，切己之事。）袭人悄笑道：“悄悄的，叫他们听着什么意思。”（墨夹：想见二人来日情常。）一面又伸手从宝玉项上将通灵玉摘了下来，向他姊妹们笑道：“你们见识见识。时常说起来都当希罕，恨不能一见，今儿可尽力瞧了。再瞧什么希罕物儿，也不过是这么个东西。”（墨夹：行文至此，固好看之极，且勿论按此言固是袭人得意之话，盖言你等所稀罕不得一见之宝，我却常守常见视为平物。然余今窥其用意之旨，则是作者借此正为贬玉原非大观者也。）说毕，递与他们传看了一遍，仍与宝玉挂好。（朱眉：自“一把拉住”至此诸形景动作，袭卿有意微露锋芒，轩中隐事也。）又命他哥哥去或雇一乘小轿，或雇一辆小车，送宝玉回去。花自芳道：“有我送去，骑马也不妨了。”（朱侧：只知保重耳。）袭人道：“不为不妨，为的是碰见人。”（墨夹：细极！）

花自芳忙去雇了一顶小轿来，众人也不敢相留，只得送宝玉出去。袭人又抓果子与茗烟，又把些钱与他买花炮放，教他：“不可告诉人，连你也有不是。”一直送宝玉至门前，看着上轿，放下轿帘。花、茗二人牵马跟随。来至宁府街，茗烟命住轿，向花自芳道：“须等我同二爷还到东府里混一混，才好过去的，不然人家就疑惑了。”花自芳听说有理，忙将宝玉抱出轿来，送上马去。宝玉笑说：“到难为你了。”（朱侧：公子口气。）于是仍进后门来。俱不在话下。

却说宝玉自出了门，他房中这些丫环们都越性恣意的顽笑，也有赶围棋的，也有掷骰抹牌的，磕了一地瓜子皮。偏奶母李嬷嬷拄拐进来请安，瞧瞧宝玉，见宝玉不在家，丫头们只顾顽闹，十分看不过。（墨夹：人人都看不过，独宝玉看得过。）因叹道：“只从我出去了，不大进来，你们越发没了样儿了，（墨夹：说得是，原该说。）别的妈妈们越不敢说你们了。（墨夹：补明好！宝玉虽不吃乳，岂无伴从之媪妪哉？）那宝玉是个丈八的灯台——照见人家，照不见自家的。（墨夹：用俗语入妙。）只知嫌人家脏，这是他的屋子，由着你们遭塌，越不成体统了。”（墨夹：所以为今古未有之一宝玉。）这些丫头们明知宝玉不讲究这些，二则李嬷嬷已是告老解事出去的了，（墨夹：调侃入微，妙！妙！）如今管他们不着。因此只顾顽，并不理他。那李嬷嬷还只管问“宝玉如今一顿吃多少饭”“什么时辰睡觉”等语（墨夹：可叹）。丫头们总胡乱答应。有的说：“好一个讨厌的老货！”（朱侧：实在有的。）

李嬷嬷又问道：“这盖碗里是酥酪，怎不送与我去？我就吃了罢。”说毕，拿匙就吃。（墨夹：写龙钟奶母，便是龙钟奶母。）一个丫头道：“快别动！那是说了给袭人留着的，（墨夹：过下无痕。）回来又惹气了。（墨夹：照应茜雪枫露茶前案。）你老人家自己承认，别带累我们受气。”（墨夹：这等话语声口，必是晴雯无疑。）李嬷嬷听了，又气又愧，便说道：“我不信他这样坏了。别说我吃了一碗牛奶，就是再比这个值钱的，也是应该的。难道待袭人比我还重？难道他不想想怎么长大了？我的血变的奶，吃的长这么大，如今我吃他一碗牛奶，他就生气了？我偏吃了，看怎么样！你们看袭人不知怎样，那是我手里调理出来的毛丫头，什么阿物儿！”（墨夹：是暂委屈唐突袭卿，然亦怨不得李媪。）一面说，一面赌气将酥酪吃尽。又一丫头笑道：“他们不会说话，怨不得你老人家生气。宝玉还时常送东西孝敬你老去，岂有为这个不自在的。”（墨夹：听这声口，必是麝月无疑。）李嬷嬷道：“你们也不必妆狐媚子哄我，打量上次为茶撵茜雪的事我不知道呢。（墨夹：照应前文，又用一“撵”，屈杀宝玉，然在李媪心中口中毕肖。）明儿有了不是，我再来领！”说着，赌气去了。（墨夹：过至下回。）

少时，宝玉回来，命人去接袭人。只见晴雯淌在床上不动，（墨夹：娇态已惯。）宝玉因问：“敢是病了？再不然输了？”秋纹道：“他到是赢的。谁知李老太太来了，混输了，他气的睡去了。”宝玉笑道：“你别和他一般见识，由他去就是了。”说着，袭人已来，彼此相见。袭人又问宝玉何处吃饭，多早晚回来，又代母妹问诸同伴姊妹好。一时换衣卸妆。宝玉命取酥酪来，丫环们回说：“李奶奶吃了。”宝玉才要说话，袭人便忙笑说道：“原来是留的这个，多谢费心。前儿我吃的时候好吃，吃过了，好肚子疼，足闹的吐了才好。他吃了到好，搁在这里到白糟蹋了。（墨夹：与前文应失手碎钟遥对，通部袭人皆是如此，一丝不错。）我只想风干栗子吃，你替我剥栗子，我去铺床。”（墨夹：必如此方是。）

宝玉听了信以为真，方把酥酪丢开，取栗子来，自向灯前检剥。一面见众人不在房中，乃笑问袭人道：“今儿那个穿红的是你什么人？”（墨夹：若是见过女儿之后没有一段文字便不是宝玉，亦非《石头记》矣。）袭人道：“那是我两姨妹子。”宝玉听了，赞叹了两声。（墨夹：这一赞叹又是令人囫囵不解之语，只此便抵过一大篇文字。）袭人道：“叹什么？（墨夹：只一“叹”字便引出“花解语”一回来。）我知道你心里的缘故，想是说他那里配红的。”（墨夹：补出宝玉素喜红色，这是激语。）宝玉笑道：“不是，不是。那样的不配穿红的，谁还敢穿。（墨夹：活宝玉。）我因为见他实在好的狠，怎么也得他在咱们家就好了。”（墨夹：妙谈妙意。）袭人冷笑道：“我一个人是奴才命罢了，难道连我的亲戚都是奴才命不成？定还要拣实在好的丫头才往你家来？”（墨夹：妙答。宝玉并未说“奴才”二字，袭人连补“奴才”二字最是劲节，怨不得作此语。）宝玉听了，忙笑道："你又多心了。我说往咱们家来，必定是奴才不成？（墨夹：勉强，如闻。）说亲戚就使不得？"（墨夹：更勉强。）袭人道："那也搬配不上。"（墨夹：说得是。）宝玉便不肯再说，只是剥粟子。袭人笑道："怎么不言语了？想是我才冒撞冲犯了你？明儿赌气花几两银子买他们进来就是了。"（墨夹：总是故意激他。）宝玉笑道："你说的话，怎么叫我答言呢。我不过是赞他好，正配生在这深堂大院里，没的我们这种浊物（墨夹：妙号！后文又曰"须眉浊物"之称，今古未有之一人，始有此今古未有之妙称妙号。）到生在这里。"（墨夹：这皆宝玉意中心中确实之念，非前勉强之词，所以谓今古未有之一人耳。听其囫囵不解之言，察其幽微感触之心，审其痴妄委婉之意，皆今古未见之人，亦是未见之文字。说不得贤，说不得愚，说不得不肖，说不得善，说不得恶，说不得正大光明，说不得混账恶赖，说不得聪明才俊，说不得庸俗平□，说不得好色好淫，说不得情痴情种，恰恰只有一颦儿可对，令他人徒加评论，总未摸着他二人是何等脱胎、何等骨肉。余阅此书，亦爱其文字耳，实亦不能评出此二人终是何等人物。后观《情榜》评曰"宝玉情不情"，"黛玉情情"，此二评自在评痴之上，亦属囫囵不解，妙甚！）袭人道："他虽没这造化，到也是娇生惯养的呢，我姨爹姨娘的宝贝。如今十七岁，各样的嫁妆都齐备了，明年就出嫁。"（朱侧：所谓不入耳之言也。）

宝玉听了"出嫁"二字，不禁又嗐了两声。（墨夹：宝玉心思另是一样，余前评可见。）正是不自在，又听袭人叹道：（墨夹：袭人亦叹，自有别论。）"只从我来这几年，姊妹们都不得在一处。如今我要回去了，他们又都去了。"宝玉听这话内有文章，（墨夹：余亦如此。）不觉吃一惊，（墨夹：余亦吃惊。）忙丢下粟子，问道："怎么，你如今要回去了？"袭人道："我今儿听见我妈和哥哥商议，教我再耐烦一年，明年他们上来，就赎我出去的呢。"（墨夹：即余今日尤难为情，况当日之宝玉哉？）宝玉听了这话，越发怔了，因问："为什么要赎你？"袭人道："这话奇了！我又比不得是你这里的家生子儿，一家子都在别处，独我一个人在这里，怎么是个了局？"（墨夹：说得极是。）宝玉道："我不叫你去也难。"（墨夹：是头一句驳，故用贵公子声口，无理。）袭人道："从来没这道理。便是朝廷宫里，也有个定例，或几年一选，几年一入，也没有个长远留下人的理，别说你了！"（墨夹：一驳，更有理。）

宝玉想一想，果然有理。（墨夹：自然。）又道："老太太不放你也难。"（墨夹：第二层仗祖母溺爱，更无理。）袭人道："为什么不放？我果然是个最难得的，或者感动了老太太、太太，（墨夹：宝玉并不提王夫人，袭人偏自补出，周密之至！）必不放我出去的，设或多给我们家几两银子，留下我，然或有之；其实我也不过是个平常的人，比我强的多而且多。自我从小儿来了，跟着老太太，先伏侍了史大姑娘几年，（墨夹：百忙中又补出湘云来，真是七穿八达，得空便入。）如今又伏侍了你几年。如今我们家来赎，正是该叫去的，只怕连身价也不要，就开恩叫我去呢。若说为伏侍的你好，不叫我去，断然没有的事。那伏侍的好，是分内应当的，（朱侧：这却是真心话。）不是什么奇功。我去了，仍旧有好的来了，不是没了我就不成事。"（墨夹：再一驳，更精细更有理。）宝玉听了这些话，竟是有去的理，无留的理，（墨夹：自然。）心内越发急了，（墨夹：原当急。）因又道："虽然如此说，我只一心留下你，不怕老太太不和你母亲说。

多多给你母亲些银子，他也不好意思接你了。”（墨夹：急心肠，故入于霸道。无理。）袭人道：“我妈自然不敢强。且漫说和他好说，又多给银子；就便不好和他说，一个钱也不给，安心要强留下我，他也不敢不依。但只是咱们家从没有干过这倚势仗贵霸道的事。这比不得别的东西，因为你喜欢，加十倍利弄了来给你，那卖的人不得吃亏，可以行得。如今无故平空留下我，于你又无益，反叫我们骨肉分离，这件事，老太太、太太断不肯行的。”（墨夹：三驳，不独更有理，且又补出贾府自家慈善宽厚等事。）宝玉听了，思忖半晌，（墨夹：正是思忖只有去理实无留理。）乃说道：“依你说，你是去定了？”（墨夹：自然。）袭人道：“去定了。”（朱侧：口气像极。）宝玉听了，自思道：“谁知这样一个人，这样薄情无义。”（墨夹：余亦如此见疑。）乃叹道：“早知道都是要去的，（墨夹：“都是要去的”，妙！可谓触类傍通，活是宝玉。）我就不该弄了来，临了剩了我一个孤鬼儿。”（墨夹：可谓见首知尾，活是宝玉。）说着，便赌气上床睡去了。（墨夹：又到无可奈何之时了。）

原来袭人在家，听见他母兄要赎他回去，（墨夹：补前文。）他就说至死也不回去的。又说：“当日原是你们没饭吃，就剩我还值几两银子，若不叫你们卖，没有个看着老子娘饿死的理。（墨夹：补出袭人幼时艰辛苦状，与前文之香菱、后文之晴雯大同小异，自是又副十二钗中之冠，故不得不补传之。 朱侧：孝女，义女。）如今幸而卖到这个地方，（墨夹：可谓不幸中之幸。）吃穿和主子一样，又不朝打暮骂。况且如今爹虽没了，你们却又整理的家成业就，复了元气。若果然还艰难，把我赎出来，再多掏澄几个钱，也还罢了，（朱侧：孝女，义女。）其实又不难了。这会子又赎我作什么？权当我死了，（朱侧：可怜！可怜！）再不必起赎我的念头！”因此哭闹了一阵。（墨夹：以上补在家今日之事，与宝玉问哭一句针对。 朱侧：我也要哭。）

他母兄见他这般坚执，自然必不出来的了。况且原是卖倒的死契，明仗着贾宅是慈善宽厚之家，不过求一求，只怕身价银一并赏了，这是有的事呢。（墨夹：又夹带出贾府平素施为来，与袭人口中针对。）二则，贾府中从不曾作贱下人，只有恩多威少的。（墨夹：伏下多少后文。）且凡老少房中所有亲侍的女孩子们，更比待家下众人不同，平常寒薄人家的小姐，也不能那样尊重的。（墨夹：又伏下多少后文。先一句是传中陪客，此一句是传中本旨。）因此，他母子两个也就死心不赎了。（墨夹：既如此，何得袭人又作前语以愚宝玉？不知何意，且看后文。）次后忽然宝玉去了，他二个又是那般景况，（墨夹：一件闲事一句闲文皆无，警甚。）他母子二人心下更明白了，越发石头落了地，而且是意外之想，彼此放心，再无赎念了。（墨夹：一段情结。脂砚。）

如今且说袭人自幼见宝玉性格异常，（墨夹：四字好！所谓“说不得好，又说不得不好”也。）其淘气憨顽自是出于众小儿之外，更有几件千奇百怪口不能言的毛病儿。（墨夹：只如此说更好。所谓“说不得聪明贤良，说不得痴呆愚昧”也。）近来仗着祖母溺爱，父母亦不能十分严紧拘管，更觉放荡弛纵，（墨夹：四字妙评。脂砚。）任性恣情，（墨夹：四字更好。亦不涉于恶，亦不涉于淫，亦不涉于骄，不过一味任性耳。）最不喜务正。（墨夹：这还是小儿同病。）每欲劝时，料不能听，今日可巧有赎身之论，故先用骗词，以探其情，以压其气，然后好下箴规。（墨夹：原来如此。）今见他默默睡去了，知其情有不忍，气已馁堕。（墨夹：不独解语，亦且有智。）自己原不想栗子吃的，只因怕为酥酪又生事故，亦如茜雪之茶等事，（墨夹：可谓贤而多智术之人。）是以假以栗子为由，混过宝玉，不提就完了。于是命小丫头子们将栗子拿去吃了，自己来推宝玉。只见泪痕满面，（墨夹：正是无可奈何之时。）袭人便笑道："这有什么伤心的，你果然留我，我自然不出去了。"宝玉见这话有文章，（墨夹：宝玉不愚。）便说道："你到说说，我还要怎么留你，我自己也难说了。"（墨夹：二人素常情意。）袭人笑道："咱们素日好处，再不用说。但今日你安心留我，不在这上头。我另说出两三件事来，你果然依了我，就是你真心留我了，刀搁在脖子上，我也是不出去的了。"

宝玉忙笑道："你说，那几件？我都依你。好姐姐，好亲姐姐，（墨夹：叠二语，活见，从纸上走一宝玉下来，如闻其呼、见其笑。）别说两三件，就是两三百件，我也依。（墨夹："两三百"不成话，却是宝玉口中。）只求你们同看着我，守着我，等我有一日化成了飞灰，（墨夹：脂砚斋所谓"不知是何心思，始得口出此等不成话之至奇至妙之话"，诸公请如何解得，如何评论？所劝者正为此，偏于劝时一犯，妙甚！）——飞灰还不好，灰还有形有迹，还有知识。（墨夹：灰"还有知识"，奇之不可甚言矣！余则谓人尚无知识者多多。）等我化成一股轻烟，风一吹便散了的时候，你们也管不得我，我也顾不得你们了。那时凭我去，我也凭你们爱那里去就去了。"（墨夹：是聪明，是愚昧，是小儿淘气？余皆不知，只觉悲感难言，奇瑰愈妙。）话未说完，急的袭人忙握他的嘴，说："好好的，正为劝你这些，更说的狠了。"宝玉忙说道："再不说这话了。"（朱侧：只说今日一次。呵呵，玉兄，玉兄，你到底哄的那一个？）袭人道："这是头一件要改的。"宝玉道："改了。再要说，你就拧嘴。还有什么？"袭人道："第二件，你真喜读书也罢，假喜也罢，（朱侧：新鲜，真新鲜！）只是在老爷跟前或在别人跟前，你别只管批驳诮谤，只作出个喜读书的样子来，（墨夹：宝玉又诮谤读书人，恨此时不能一见如何诮谤。　朱侧：所谓"开方便门"。）也教老爷少生些气，（朱侧：大家听听，可是个丫鬟说的话。）在人前也好说嘴。他心里想着，我家代代读书，只从有了你，不承望你不喜读书，已经他心里又气又愧了。而且背前背后乱说那些混话，凡读书上进的人，你就起个名字叫作'禄蠹'；（墨夹：二字从古未见，新奇之至！难怨世人谓之可杀，余却最喜。）又说只除'明明德'外无书，都是前人自己不能解圣人之书，便另出己意，混编纂出来的。（墨夹：宝玉目中犹有"明明德"三字，心中犹有"圣人"二字。又素日皆作如是等语，宜乎人人谓之疯傻不肖。）这些话，怎么怨得老爷不气？不时时打你。叫别人怎么想你？"宝玉笑道："再不说了。那原是那小时不知天高地厚，信口胡说，如今再不敢说了。（墨夹：又作是语，说不得不乖觉，然又是作者瞒人之处也。）还有什么？"袭人道："再不可毁僧谤道，（墨夹：一件，是妇女心意。）调脂弄粉。（墨夹：二件，若不如此，亦非宝玉。）还有更要紧的一件，（墨夹：忽又作此一语。）再不许吃人嘴上擦的胭脂了，（墨夹：此一句是闻所未闻之语，宜乎其父母严责也。）与那爱红的毛病儿。"宝玉道："都改，都改。再有什么，快说。"袭人笑道："再也没有了。只是百事检点些，不任意任情的就是了。（墨夹：总包括尽矣。其所谓"花解语"者，大矣！不独冗冗为儿女之分也。）你若果都依了，便拿八人轿也抬不出我去了。"宝玉笑道："你在这里长远了，不怕没八人轿你坐。”袭人冷笑道：“这我可不希罕的。有那个福气，没有那个道理。纵坐了，也没甚趣。”（墨夹：调侃不浅，然在袭人能作是语，实可爱可敬可服之至，所谓“花解语”也。　朱眉：“花解语”一段乃袭卿满心满意将玉兄为终身得靠，千妥万当，故有是。余阅至此，余为袭卿一叹。丁亥春。畸笏叟。）

二人正说着，只见秋纹走进来，说：“快着，三更了，该睡了。方才老太太打发嬷嬷来问，我答应睡了。”宝玉命取表来（墨夹：照应前凤姐之文。）看时，果然针已指到亥正，（墨夹：表则是表的写法，前形容自鸣钟则是自鸣钟，各尽其神妙。）方从新盥漱，宽衣安歇，不在话下。

至次日清晨，袭人起来，便觉身体发重，头疼目胀，四肢火热。先时还扎挣的住，次后捱不住，只要睡着，因而和衣淌在炕上。（朱侧：过下引线。）宝玉忙回了贾母，传医诊视，说道：“不过偶感风寒，吃一两剂药疏散疏散就好了。”开方去后，令人取药来煎好，刚服下去，命他盖上被渥汗，宝玉自去黛玉房中来看视。（墨夹：为下文留地步。）

彼时黛玉自在床上歇午，丫环们皆出去自便，满屋内静悄悄的。宝玉揭起绣线软帘，进入里间，只见黛玉睡在那里，忙去上来推他道：“好妹妹，（墨夹：才住了“好姐姐”，又闻“好妹妹”，大约宝玉一日之中一时之内，此六个字未曾暂离口角。妙！）才吃了饭，又睡觉。”将黛玉唤醒。（墨夹：若是别部书中，写此时之宝玉一进来，便生不轨之心，突萌苟且之念，更有许多贼形鬼状等丑态邪言矣。此却反推唤醒他，毫不在意，所谓说不得淫荡是也。）黛玉见是宝玉，因说道：“你且出去逛逛，我前儿闹了一夜，今儿还没有歇过来，（墨夹：补出娇怯态度。）浑身酸疼。”宝玉道：“酸疼事小，睡出来的病大。我替你解闷儿，混过困去就好了。”（墨夹：宝玉又知养身。）黛玉只合着眼，说道：“我不困，只略歇歇儿，你且别处去闹会子再来。”宝玉推他道：“我往那去呢，见了别人就怪腻的。”（墨夹：所谓只有一颦可对，亦属怪事。）

黛玉听了，嗤的一声笑道：“你既要在这里，那边去老老实实的坐着，咱们说话儿。”宝玉道：“我也歪着。”黛玉道：“你就歪着。”宝玉道：“没有枕头，（墨夹：缠绵秘密入微。）咱们在一个枕头上。”（墨夹：更妙！渐逼渐近，所谓“意绵绵”也。）黛玉道：“放屁！（朱侧：如闻。）外头不是枕头？拿一个来枕着。”宝玉出至外间，看了一看，回来笑道：“那个我不要，也不知是那个脏婆子的。”黛玉听了，睁开眼，（墨夹：睁眼。）起身（墨夹：起身。）笑道：（墨夹：笑。）“真真你就是我命中的‘天魔星’！（墨夹：妙语，妙之至！想见其态度。）请枕这一个。”说着，将自己枕的推与宝玉，又起身将自己的再拿了一个来，自己枕了，二人对面倒下。

黛玉因看见宝玉左边腮上有钮扣大小的一块血渍，便欠身凑近前来，以手抚之细看，（墨夹：想见其缠绵态度。）又道：“这又是谁的指甲刮破了？”（墨夹：妙极！补出素日。）宝玉侧身，一面躲，（朱侧：对“推醒”看。）一面笑道：“不是刮的，只怕是才刚替他们淘漉胭脂膏子，蹭上了一点儿。”（墨夹：遥与后文平儿于怡红院晚妆时对照。）说着，便找手帕子要揩拭。黛玉便用自己的帕子替他揩拭了，（墨夹：想见情之脉脉，意之绵绵。）口内说道：“你又干这些事了。（墨夹：又是劝戒语。）干也罢了，（墨夹：

一转，细极！这方是颦卿，不比别人一味固执死劝。）必定还要带出幌子来。便是舅舅看不见，别人看见了，又当奇事新鲜话儿去学舌讨好儿，（墨夹：补前文之未到，伏后文之线脉。）吹到舅舅耳朵里，又该大家不干净，惹气。”（墨夹：“大家”二字何妙之至、神之至、细腻之至！乃父责其子，纵加以笞楚，何能使大家不干净哉？今偏大家不干净，则知贾母如何管孙责子怒于众，及自己心中多少抑郁。难堪难禁，代忧代痛，一齐托出。）

宝玉总未听见这些话，（墨夹：可知昨夜“情切切”之语亦属行云流水矣。　朱眉：一句描写玉刻骨刻髓，至矣尽矣。壬午春。）只闻得一股幽香，却是从黛玉袖中发出，闻之令人醉魂酥骨。（墨夹：却像似淫极，然究竟不犯一些淫意。）宝玉一把便将黛玉的袖子拉住，要瞧笼着何物。黛玉笑道：“冬寒十月，（朱侧：口头语，犹在寒冷之时。）谁带什么香呢。”宝玉笑道：“既然如此，这香是那里来的？”黛玉道：“连我也不知道。（墨夹：正是按谚云：“人在气中忘气，鱼在水中忘水。”余今续之曰：“美人忘容，花则忘香。”此则黛玉不知自骨肉中之香同。）想必是柜子里头的香气，衣服上熏染的也未可知。”（墨夹：有理。）宝玉摇头道：“未必。这香的气味奇怪，不是那些香饼子、香毬子、香袋子的香。”（墨夹：自然。）黛玉冷笑道（墨夹：冷笑便是文章。）：“难道我也有什么‘罗汉’‘真人’给我些香不成？便是得了奇香，也没有亲哥哥亲兄弟弄了花儿、朵儿、霜儿、雪儿替我炮制。（墨夹：活颦儿，一丝不错。）我有的是那些俗香罢了！”

宝玉笑道：“凡我说一句，你就拉上这么些，不给你个利害，也不知道，从今儿可不饶你了。”说着翻身起来，将两只手呵了两口，（墨夹：活画。）便伸手向黛玉膈肢窝内两胁下乱挠。黛玉素性触痒不禁，宝玉两手伸来乱挠，便笑的喘不过气来，口里说：“宝玉！你再闹，我就恼了。”（墨夹：如见如闻。）宝玉方住了手，笑问道：“你还说这些不说了？”黛玉笑道：“再不敢了。”一面理鬓笑道：“我有奇香，你有‘暖香’没有？”（墨夹：奇问。）

宝玉见问，一时解不来，（墨夹：一时原难解，终逊黛卿一等，正在此等处。）因问：“什么‘暖香’？”黛玉点头叹笑道：“蠢才，蠢才！你有玉，人家就有金来配你；人家有‘冷香’，你就没有‘暖香’去配？”宝玉方听出来。（墨夹：是颦儿，活画。然这是阿颦一生心事，故每不禁自及之。）宝玉笑道：“方才求饶，如今更说狠了。”说着，又去伸手。黛玉忙笑道：“好哥哥，我可不敢了。”宝玉笑道：“饶便饶你，只把袖子我闻一闻。”说着，便拉了袖子笼在面上，闻个不住。黛玉夺了手道：“这可该去了。”宝玉笑道：“去，不能。咱们斯斯文文的躺着说话儿。”说着，复又倒下。黛玉也倒下，用手帕子盖上脸。（墨夹：画。）宝玉有一搭没一搭的说些鬼话，（墨夹：先一总。）黛玉只不理。宝玉问他几岁上京，路上见何景致古迹，扬州有何遗迹故事，土俗民风。黛玉只不答。

宝玉只怕他睡出病来，（墨夹：原来只为此故，不暇傍人嘲笑，所以放荡无忌处不特此一件耳。）便哄他道：“嗳哟！（朱侧：像个说故事的。）你们扬州衙门里有一件大故事，你可知道？”黛玉见他说的郑重，且又正言厉色，只当是真事，因问：“什么事？”

妙玉

宝玉见问，便忍着笑顺口诌道：（朱侧：又哄我看书人。）“扬州有一座黛山，山上有个林子洞。”黛玉笑道：“这就扯谎，自来也没听见这山。”（朱侧：山名洞名，颦儿已知之矣。）宝玉道：“天下山水多着呢，你那里知道这些不成。等我说完了，（朱侧：不先了此句，可知此谎再诌不完的。）你再批评。”黛玉道：“你且说。”宝玉又诌：“林子洞里原来有群耗子精。那一年腊月初七日，老耗子升座议事，（墨夹：耗子亦能升座且议事，自是耗子有赏罚有制度矣。何今之耗子犹穿壁啮物，其升座者置而不问哉？）因说：‘明日乃是腊八，世上人都熬腊八粥。如今我们洞中果品短少，（朱侧：难道耗子也要腊八粥吃？一笑。）须得趁此打劫些来方妙。’（墨夹：议得是这事，宜乎为鼠矣。）乃拔令箭一枝，遣一能干的小耗（墨夹：原来能于此者便是小鼠。）前去打听。一时小耗回报：‘各处察访打听已毕，惟有山下庙里果米最多。’（墨夹：庙里原来最多，妙！妙！）老耗问：‘米有几样？果有几品？’小耗道：‘米豆成仓，不可胜记。果品有五种：一红枣，二栗子，三落花生，四菱角，五香玉。’老耗听了大喜，即时点耗前去。乃拔令箭问：‘谁去偷米？’一耗便接令去偷米。又拔令箭问：‘谁去偷豆？’又一耗接令去偷豆。然后一一的都各领令去了。（朱侧：玉兄也知琐碎，以抄近为妙。）只剩了香玉一种，因又拔令箭问：‘谁去偷香玉？’只见一个极小极弱的小耗（朱侧：玉兄，玉兄，唐突颦儿了！）应道：‘我愿去偷香玉。’老耗并众耗见他这样，恐不谙练，且怯懦无力，都不准他去。小耗道：‘我虽年小身弱，却是法术无边，口齿伶俐，机谋深远。（墨夹：凡三句暗为黛玉作评，讽得妙！）此去管比他们偷的还巧呢。’众耗忙问：‘如何比他们巧呢？’小耗道：‘我不学他们直偷。（朱侧：不直偷，可畏可怕。）我只摇身一变，也变成个香玉，滚在香玉堆里，使人看不出，听不见，却暗暗的用分身法搬运，（朱侧：可怕可畏。）渐渐的就搬运尽了。岂不比直偷硬取的巧些？’（墨夹：果然巧，而且最毒。直偷者可防，此法不能防矣。可惜这样才情这样学术却只一耗耳。）众耗听了，都道：‘妙却妙，只是不知怎么个变法？你先变个我们瞧瞧。’小耗听了，笑道：‘这个不难，等我变来。’说毕，摇身说‘变’，竟变了一个最标致美貌的一位小姐。（朱侧：奇文怪文。）众耗忙笑道：‘变错了，变错了。原说变果子的，如何变出小姐来？’（墨夹：余亦说变错了。）小耗现形笑道：‘我说你们没见世面，只认得这果子是香玉，却不知盐课林老爷的小姐才是真正香玉呢。’”（墨夹：前面有“试才题对额”，故紧接此一篇无稽乱话，前无则可，此无则不可，盖前系宝玉之懒为者，此系宝玉不得不为者。世人诽谤无碍，奖誉不必。）

黛玉听了，翻身爬起来，按着宝玉笑道：“我把你烂了嘴的！我就知道你是编我呢。”说着便拧，宝玉连连央告，说：“好妹妹，饶我罢，再不敢了！我因为闻你香，忽然想起这个故典来。”黛玉笑道：“饶骂了人，还说是故典呢。”（朱眉：“玉生香”是要与“小恙梨香院”对看，愈觉生动活泼，且前以黛玉后以宝钗，特犯不犯，好看煞！丁亥春。畸笏叟。）一语未了，只见宝钗走来，（墨夹：妙！）笑问：“谁说故典呢？我也听听。”黛玉忙让坐，笑道：“你瞧瞧，有谁！他饶骂了人，还说是故典。”宝钗笑道：“原来是宝兄弟，怨不得他，他肚子里的故典原多。（墨夹：妙讽。）只是可惜一件，（墨夹：妙转。）凡该用故典之时，他偏就忘了。（墨夹：更妙！）有今日记得的，前儿夜里的芭蕉诗就该记得。眼面前的到想不起来，别人冷的那样，你急的只出汗。（墨夹：

与前“拭汗”二字针对，不知此书何妙至如此，有许多妙谈妙语、机锋诙谐，各得其时，各尽其理，前梨香院黛玉之讽则偏而趣，此则正而趣，二人真是对手，两不相犯。）这会子偏又有记性了。”黛玉听了笑道：“阿弥陀佛！到底是我的好姐姐，你一般也遇见对子了。可知一还一报，不爽不错的。”刚说到这里，只听宝玉房中一片声嚷，吵闹起来。正是——

第二十回

王熙凤正言弹妒意 林黛玉俏语谑娇音

话说宝玉在林黛玉房中说“耗子精”，宝钗撞来，讽刺宝玉元宵不知“绿蜡”之典，三人正在房中互相讥刺取笑。那宝玉正恐黛玉饭后贪眠，一时存了食，或夜间走了困，皆非保养身体之法；（墨夹：云宝玉亦知医理，却只是在颦、钗等人前方露，亦如后回许多明理之语，只在闺前现露三分，越在雨村等经济人前如痴如呆，实令人可恨。但雨村等视宝玉不是人物，岂知宝玉视彼等更不是人物，故不与接谈也。宝玉之情痴，真乎？假乎？看官细评。）幸而宝钗走来，大家谈笑，那林黛玉方不欲睡，自己才放了心。忽听他房中嚷起来，大家侧耳听了一听，林黛玉先笑道：“这是你妈妈和袭人叫呢。那袭人也罢了，你妈妈再要认真排场他，可见老背晦了。（墨夹：袭卿能使颦卿一赞，愈见彼之为人矣，观者诸公以为如何?）

宝玉忙要赶过来，宝钗忙一把拉住道：（朱侧：的是宝钗行事。）“你别和你妈妈吵才是，他老糊涂了，到要让他一步为是。”（墨夹：宝钗如何？观者思之。）宝玉道：“我知道了。”说毕走来，只见李嬷嬷拄着拐棍，在当地骂袭人：（朱侧：活像过时奶妈骂丫头。）“忘了本的小娼妇！（朱侧：在袭卿身上去叫下撞天屈来。）我抬举起你来，这会子我来了，你大模大样的淌在炕上，见我来也不理一理。一心只想妆狐媚子哄宝玉，（朱侧：看这句几把批书人吓杀了。）哄的宝玉不理我，听你们的话。（朱侧：幸有此二句，不然我石兄、袭卿扫地矣。）你不过是几两臭银子买来的毛丫头，这屋里你就作耗，如何使得！好不好拉出去配一个小子，（朱侧：虽写得酷肖，然唐突我袭卿，实难为情。）看你还妖精似的哄宝玉不哄！”（朱侧：若知“好事多魔”，方会作者之意。）袭人先只道李嬷嬷不过为他淌着生气，少不得分辨说“病了，才出汗，蒙着头，原没看见你老人家”等语。后来只管听他说“哄宝玉”“妆狐媚”，又说“配小子”等，由不得又愧又委曲，禁不住哭起来。

宝玉虽听了这些话，也不好怎样，少不得替袭人分辨病了吃药等话，又说：“你不信，只问别的丫头们。”李嬷嬷听了这话，益发气起来了，说道：“你只护着那起狐狸，那里认得我了，叫我问谁去？（朱侧：真有是语。）谁不帮着你呢，（朱侧：真有是事。）谁不是袭人拿下马来的！（朱侧：冤枉冤哉！）我都知道那些事。（朱侧：囫囵语，难解。）我只和你在老太太、太太跟前去讲了。把你奶了这么大，（朱侧：奶妈拿手话。）到如今吃不着奶了，把我丢在一傍，逞着丫头们要我的强。”（朱眉：特为乳母传照，暗伏后文倚势奶娘线脉。《石头记》无闲文并虚字在此。壬午孟夏。畸笏老人。）一面说，一面也哭起来。彼时黛玉、宝钗等也走过来劝说：“妈妈，你老人家担待他们一点子就完了。”李嬷嬷见他二人（朱侧：四字，嬷嬷是看重二人身分。）来了，便拉住诉委屈，将当日吃茶，茜雪出去，与昨日酥酪等事，唠唠叨叨说个不清。（朱侧：好极，妙极，毕肖极！　朱眉：茜雪至“狱神庙”方呈正文。袭人正文标目曰“花袭人有始有终”，余只见有一次誊清时，与“狱神庙慰宝玉”等五六稿，被借阅者迷失，叹！叹！丁亥夏。畸笏叟。）

可巧凤姐正在上房算完输赢账，听得后面高声嚷动，便知是李嬷嬷老病发了，排揎宝玉的人。正值他今儿输了钱，（朱侧：找上文。）迁怒于人。（朱侧：有是争竞事。）便连忙赶过来，拉了李嬷嬷，笑道：“好妈妈，别生气。大节下老太太才喜欢了一日，你是个老人家，别人高声，你还要管他们呢，难道你反不知道规矩，在这里嚷起来，叫老太太生气不成？（朱侧：阿凤两提“老太太”，是叫老妪想袭卿是老太太的人，况又双关大体，勿泛泛看去。）你只说谁不好，我替你打他。我家里烧的滚热的野鸡，快来跟我吃酒去。”（朱侧：何等现成，何等自然，的是凤卿笔法。）一面说，一面拉着走，又叫：“丰儿，替你李奶奶拿着拐棍子，擦眼泪的手帕子。”（朱侧：一丝不漏。）那李嬷嬷脚不沾地跟了凤姐走了，一面还说：“我也不要这老命了，越性今儿没了规矩，闹一场子，讨个没脸，强如受那娼妇蹄子的气！”后面宝钗、黛玉随着，见凤姐儿这般，都拍手笑道：“亏这一阵风来，把个老婆子撮了去了。”（朱侧：批书人也是这样说。看官将一部书中人一一想来，收拾文字非阿凤俱有琐细引迹事。《石头记》得力处俱在此。）

宝玉点头叹道：“这又不知是那里的账，只拣软的排揎。昨儿又不知是那个姑娘得罪了，上在他账上。”一句未了，晴雯在傍笑道：“谁又不疯了，得罪他作什么。便得罪了他，就有本事承任，不犯带累别人！”袭人一面哭，一面拉宝玉道：“为我得罪了一个老奶奶，你这会子又为我得罪这些人，这还不够我受的，还只是拉别人。”宝玉见他这般病势，又添了这些烦恼，连忙忍气吞声，安慰他仍旧睡下出汗。又见他汤烧火热，自己守他，歪在傍边，劝他只养着病，别想着些没要紧的事生气。袭人冷笑道："要为这些事生气，这屋里一刻还站不得了。（朱侧：实言，非谬语也。）但只是天长日久，只管这样，可叫人怎么样才好呢？时常我劝你，别为我们得罪人，你只顾一时为我们那样，他们都记在心里，遇着坎儿，说的好说不好听，大家什么意思。"（朱侧：从"狐媚子"等语来，实实好语，的是袭卿。）一面说，一面禁不住流泪，又怕宝玉烦恼，只得又免强忍着。（朱眉：一段特为怡红袭人、晴雯、茜雪三环之性情见识身分而写。己卯冬夜。）

一时杂使的老婆子煎了二和药来。宝玉见他才有汗意，不肯叫他起来，自己便端着就枕与他吃了，即命小丫头子们铺炕。袭人道："你吃饭不吃饭，到底老太太、太太跟前坐一会子，（朱侧：心中时时刻刻正意语也。）和姑娘们顽一会子再回来。我就静静的淌一淌也好。"宝玉听说，只得替他去了簪环，看他淌下，自往上房来。同贾母吃毕饭，贾母犹欲同那几个老管家嬷嬷斗牌解闷，宝玉记着袭人，便回至房中，见袭人朦朦睡去。自己要睡，天气尚早。彼时晴雯、绮霰、秋纹、碧痕都寻热闹，找鸳鸯琥珀等要戏去了，独见麝月一个人在外间房里灯下抹骨牌。宝玉笑问道："你怎不同他们顽去？"麝月道："没有钱。"宝玉道："床底下堆着那么些，还不够你输的？"麝月道："都顽去了，这屋里交给谁呢？（朱侧：正文。）那一个又病了。满屋里上头是灯，地下是火。（朱侧：灯节。）那些老妈妈子们，老天拔地，伏侍一天，也该叫他们歇歇，小丫头子们也是伏侍了一天，这会子还不叫他们顽顽去。所以让他们都去罢，我在这里看着。"（朱眉：麝月闲闲无语，令余酸鼻，正所谓对景伤情。丁亥夏。畸笏。）

宝玉听了这话，公然又是一个袭人。（朱侧：岂敢。）因笑道："我在这里坐着，你放心去罢。"（朱侧：每于如此等处，石兄何常轻轻放过不介意来？亦作者欲瞒看官，又被批书人看出，呵呵。）麝月道："你既在这里，越发不用去了，咱们两个说话顽笑岂不好？"（朱侧：全是袭人口气，所以后来代任。）宝玉笑道："咱两个作什么呢？怪没意思的，也罢了，早上你说头痒，这会子没什么事，我替你篦头罢。"麝月听见便道："就是这样。"说着，将文具镜匣搬来，卸去钗钏，打开头发，宝玉拿了篦子，替他一一的梳篦。（朱侧：金闺细事如此写。）只篦了三五下，只见晴雯忙忙走进来，原为取钱。一见了他两个，便冷笑道："哦，交杯盏还没吃，到上头了！"（朱侧：虽谑语，亦少露怡红细事。）宝玉笑道："你来，我也替你篦一篦。"晴雯道："我没那么大福。"说着，拿了钱，便摔帘子出去了。

宝玉在麝月身后，麝月对镜，二人在镜内相视。（朱侧：此系石兄得意处。）宝玉便向镜内笑道："满屋里就只是他磨牙。"麝月听说，忙向镜中摆手，（朱侧：好看，趣。）宝玉会意。忽听唿一声帘子响，晴雯又跑进来问道：（朱侧：麝月摇手为此，可儿可儿！）"我怎么磨牙了？（朱侧：好看煞！）咱们倒得说说。"（朱眉：娇憨满纸，令人叫绝。壬午九月。）麝月道："你去你的罢，又来问人了。"晴雯笑道："你又护着。你们那瞒神弄鬼的，（朱侧：找上文。）我都知。等我捞回本儿来再说话。"说着，一经出去了。（墨夹：闲上一段儿女口舌，却写麝月一人。有袭人出嫁之后，宝玉、宝钗身边还有一人，虽不及袭人周到，亦可免微嫌小弊等患，方不负宝钗之为人也。故袭人出嫁后云“好歹留着麝月”一语，宝玉便依从此话。可见袭人虽去实未去也。写晴雯之疑忌，亦为下文跌扇角口等文伏脉，却又轻轻抹去。正见此时都在幼时，虽微露其疑忌，见得人各禀天真之性，善恶不一，往后渐大渐生心矣。但观者凡见晴雯诸人则恶之，何愚也哉！要知自古及今，愈是尤物，其猜忌嫉妒愈甚。若一味浑厚大量涵养，则有何可令人怜爱护惜哉？然后知宝钗、袭人等行为，并非一味蠢拙古板以女夫子自居，当绣幕灯前、绿窗月下，亦颇有或调或妒、轻俏艳丽等说，不过一时取乐买笑耳，非切切一味妒才嫉贤也，是以高诸人百倍。不然，宝玉何甘心受屈于二女夫子哉？看过后文则知矣。故观书诸君子不必恶晴雯，正该感晴雯金闺绣阁中生色方是。）这里宝玉通了头，命麝月悄悄的伏侍他睡下，不肯惊动袭人。一宿无话。

至次日清晨起来，袭人已是夜间发了汗，觉得轻省了些，只吃些米汤静养。宝玉放了心，因饭后走到薛姨妈这边来闲逛。彼时正月内，学房中放年学，闺阁中忌针，却都是闲时。贾环也过来顽，正遇见宝钗、香菱、莺儿三个赶围棋作耍，贾环见了也要顽。宝钗素习看他亦如宝玉，并没他意，今儿听他要顽，让他上来坐了一处。一磊十个钱，头一回自己赢了，心中十分欢喜。（朱眉：写环兄先赢，亦是天生地设现成文字。己卯冬夜。）后来接连输了几盘，便有些着急。赶着这盘正该自己掷骰子，若掷个七点便赢，若掷个六点，下该莺儿掷三点就赢了。因拿起骰子来，狠命一掷，一个作定了五，那一个乱转。莺儿拍着手只叫“幺”，（朱侧：好看煞。 墨夹：娇憨如此。）贾环便瞪着眼，“六——七——八”混叫。那骰子偏生转出幺来。贾环急了，伸手便抓起骰子来，然后就拿钱，（朱侧：更也好看。）说是个六点。莺儿便说：“分明是个幺!”宝钗见贾环急了，便瞅莺儿说道：“越大越没规矩，难道爷们还赖你？还不放下钱来呢!”莺儿满心委曲，见宝钗说，不敢则声，只得放下钱来，口内嘟囔说：“一个作爷的，还赖我们这几个钱，（朱侧：酷肖。）连我也不在眼里。前儿我和宝二爷顽，他输了那些，也没着急。（朱侧：倒卷帘法，实写幼时往事。可伤。）下剩的钱，还是几个小丫头子们一抢，他一笑就罢了。”宝钗不等说完，连忙断喝。贾环道：“我拿什么比宝玉呢。你们怕他，都和他好，（朱侧：蠢驴!）都欺负我不是太太养的。”（朱侧：观者至此，有不卷帘厌看者乎？余替宝卿实难为情。）说着，便哭了。宝钗忙劝他：“好兄弟，快别说这话，人家笑话你。”又骂莺儿。

正值宝玉走来，见了这般形况，问是怎么了。贾环不敢则声。宝钗素知他家规矩，凡作兄弟的，都怕哥哥，（墨夹：大族规矩原是如此，一丝儿不错。）却不知那宝玉是不要人怕他的。他想着：“弟兄们一并都有父母教训，何必我多事，反生疏了。况且我是正出，他是庶出，饶这样还有人背后谈论，（朱侧：此意不呆。）还禁得辖治他了。”更有个呆意思存在心里。（朱眉：又用讳人语瞒着看官。己卯冬辰。）——你道是何呆意？因他自幼姊妹丛中长大，亲姊妹有元春、探春，伯叔的有迎春、惜春，亲戚中又有史湘云、林黛玉、宝钗等诸人。他便料定，原来天生人为万物之灵，凡山川日月之精秀，只钟于女儿，须眉男子不过是些渣滓浊沫而已。因有这个呆念在心，把一切男子都看成混沌浊物，可有可无。只是父亲叔伯兄弟中，因孔子是亘古第一人说下的，不可忤慢，只得要听他这句话。（朱侧：听了这一个人之话，岂是呆子？由你自己说罢。我把你作极乖的人看。）所以，弟兄之间不过尽其大概的情理就罢了，并不想自己是丈夫，须要为子弟之表率。是以贾环等都不怕他，却怕贾母，才让他三分。如今宝钗恐怕宝玉教训他，到没意思，便连忙替贾环掩饰。宝玉道："大正月里哭什么？这里不好，你别处顽去。你天天念书，到念糊涂了。比如这件东西不好，横竖那一件好，就弃了这件取那个。难道你守着这个东西哭一会子就好了不成？你原是来取乐顽的，既不能取乐，就往别处去再寻乐顽。哭一会子，难道算取乐顽了不成？到招自己烦恼，不如快去为是。"（朱侧：呆子都会立这样意，说这样话？）贾环听了，只得回来。

赵姨娘见他这般，因问："又是那里垫了踹窝来了？"（朱侧：多事人等口角谈吐。）一问不答，（朱侧：毕肖。）再问时，贾环便说："同宝姐姐顽的，莺儿欺负我，赖我的钱，宝玉哥哥撵我来了。"赵姨娘啐道："谁叫你上高台攀去了？下流没脸的东西！那里顽不得？谁叫你跑了去讨没意思！"

正说着，可巧凤姐在窗外过，都听在耳内，便隔窗说道："大正月又怎么了？环兄弟小孩子家，一半点儿错了，你只教导他，说这些淡话作什么！凭他怎么去，还有太太老爷管他呢，就大口啐他！（朱侧：反得了理了，所谓贬中褒，想赵姨即不畏阿凤，亦无可回答。）他现是主子，不好了，横竖有教导他的人，与你什么相干！环兄弟，出来，跟我顽去。"（朱眉：嫡嫡是彼亲生，句句竟成正中贬，赵姨实难答言。至此方知题标用"弹"字甚妥协。己卯冬夜。）贾环素日怕凤姐比怕王夫人更甚，听见叫他，忙唯唯的出来。赵姨娘也不敢则声。（朱侧："弹妒意"正文。）凤姐向贾环道："你也是个没气性的！时常说给你：要吃，要喝，要顽，要笑，只爱同那一个姐姐妹妹哥哥嫂子顽，就同那个顽。你不听我的话，反叫这些人教的歪心邪意，（朱侧：借人发脱，好阿凤！好口齿！句句正言正理，赵姨安得不抿翅低头静听发挥。批至此不禁一大白又大白矣！）狐媚子霸道的。自己不尊重，要往下流走，安着坏心，还只管怨人家偏心。输了几个钱？（朱侧：转得好。）就这么个样儿！"贾环见问，只得诺诺的回说："输了一二百。"凤姐道："亏你还是爷，输了一二百钱就这样！"（朱侧：作者当记一二百乎。笑笑。）回头叫丰儿："去取一吊钱来，姑娘们都在后头顽呢，把他送了顽去。（朱侧：收拾得好。）你明儿在这么下流狐媚子，我先打了你，打发人告诉学里，皮不揭了你的！为你这个不尊重，（朱侧：又一折笔，更觉有味。）恨的你哥哥牙痒痒，不是我拦着，窝心脚把你的肠子窝出来了。"喝命："去罢！"（朱侧：本来面目，断不可少。）贾环诺诺的跟了丰儿，得了钱，（朱侧：三字写着环哥。）自己和迎春等顽去。不在话下。（墨夹：一段大家子奴妾吆吻如见如闻，正为下文五鬼作引也。余为宝玉肯效凤姐一点余风，亦可继荣、宁之盛，诸公当为如何？）

且说宝玉正和宝钗顽笑，忽见人说："史大姑娘来了。"（墨夹：妙极！凡宝玉、宝钗正闲相遇时，非黛玉来，即湘云来，是恐洩漏文章之精华也。若不如此，则宝玉久坐忘情，必被宝卿见弃，杜绝后文成其夫妇时无可谈旧之情，有何趣味哉？）宝玉听了，抬身就走。宝钗笑道："等着，（朱眉："等着"二字大有神情。看官闭目熟思，方知趣味。非批书人谩拟也。己卯冬夜。）咱们两个一齐走，瞧瞧他去。"说着，下了炕，同宝玉一齐来至贾母这边。只见史湘云大笑大说的，见他两个来，忙问好厮见。（墨夹：写湘云又一笔法，特犯不犯。）正值林黛玉在旁，因问宝玉："在那里的？"宝玉便说："在宝姐姐家的。"黛玉冷笑道："我说呢，亏在那里伴住，不然早就飞了来了。"（朱侧：总是心中事语，故机括一动，随机而出。）宝玉笑道："只许同你顽，替你解闷儿。不过偶然去他那里一趟，就说这话。"林黛玉道："好没意思的话！去不去管我什么事，我又没叫你替我解闷儿。可许你从此不理我呢！"说着，便赌气回房去了。

宝玉忙跟了来，问道："好好的又生气了？就是我说错了，你到底也还坐在那里，和别人说笑一会子。又来自己纳闷。"林黛玉道："你管我呢！"宝玉笑道："我自然不敢管你，只没有个看着你自己作贱了身子呢。"林黛玉道："我作贱坏了身子，我死，与你何干！"宝玉道："何苦来，大正月里，死了活了的。"林黛玉道："偏说死！我这会子就死！你怕死，你长命百岁的，如何？"宝玉笑道："要像只管这样闹，我还怕死呢？到不如死了干净。"黛玉忙道："正是了，要是这样闹，不如死了干净。"宝玉道："我说我自己死了干净，别听错了话赖人。"正说着，宝钗走来道："史大妹妹等你呢。"说着，便推宝玉走了。（墨夹：此时宝钗尚未知他二人心性，故来劝，后文察其心性，故掷之不闻矣。）这里黛玉越发气闷，只向窗前流泪。没两盏茶的工夫，宝玉仍来了。（墨夹：盖宝玉亦是心中只有黛玉，见宝钗难却其意，故暂随彼去，以完宝钗之情，故少坐仍来也。）林黛玉见了，越发抽抽噎噎的哭个不住。宝玉见了这样，知难挽回，打叠起千百样的款语温言来劝慰。不料自己未张口，（朱侧：石头惯用如此笔法。）只见黛玉先说道："你又来作什么？横竖如今有人和你顽，比我又会念，又会作，又会写，又会说笑，又怕你生气拉了你去，你又作什么来？死活凭我去罢了！"宝玉听了忙上来悄悄的说道："你这么个明白人，难道连'亲不间疏，先不僭后'（朱侧：八字足可消气。）也不知道？我虽糊涂，却明白这两句话。头一件，咱们是姑舅姊妹，宝姐姐是两姨姊妹，论亲戚，他比你疏。第二件，你先来，咱们两个一桌吃，一床睡，长的这么大了，他是才来的，岂有个为他疏你的？"林黛玉啐道："我难道为叫你疏他？我成了个什么人了呢！我为的是我的心。"宝玉道："我也为的是我的心。难道你就知你的心，不知我的心不成？"（墨夹：此二语不独观者不解，料作者亦未必解；不但作者未必解，想石头亦不解；不过述宝、林二人之语耳。石头既未必解，宝、林此刻更自己亦不解，皆随口说出耳。若观者必欲要解，须自揣自身是宝、林之流，则洞然可解；若自料不是宝、林之流，则不必求解矣。万不可记此二句不解，错谤宝、林及石头、作者等人。）林黛玉听了，低头一语不发，半日说道："你只怨人行动嗔怪了你，你再不知道你自己怄人难受。就拿今日天气比，分明今儿冷的这样，你怎么到反把个青肷披风脱了呢？"（墨夹：真正奇绝妙文，真如羚羊挂角，无迹可求。此等奇妙，非口中笔下可形容出者。）宝玉笑道："何尝不穿着，见你一恼，我一炮燥就脱了。"林黛玉叹道："回来伤了风，又该饿着吵吃的了。"（朱侧：一语仍归儿女本传，却又轻轻抹去也。　朱眉：明明写湘云来是正文，只用二三答言，反接写玉、林小角口，又用宝钗岔开，仍不了局。再用千句柔言百般温态，正在情完未完之时，湘云突至，"谑娇音"之文才见。真是"卖弄有家私"之笔也。丁亥夏。畸笏叟。）

二人正说着，只见湘云走来，笑道："二哥哥，林姐姐，你们天天一处顽，我好容易来了，也不理我一理儿。”黛玉笑道：“偏是咬舌子爱说话，连个‘二’哥哥也叫不出来，只是‘爱’哥哥‘爱’哥哥的。回来赶围棋儿，又该你闹‘幺爱三四五’了。”宝玉笑道：“你学惯了他，明儿连你还咬起来呢。”（墨夹：可笑近之野史中，满纸羞花闭月、莺啼燕语。除不知真正美人方有一陋处，如太真之肥、飞燕之瘦、西子之病，若施于别个，不美矣。今见“咬舌”二字加以湘云，是何大法手眼，敢用此二字哉？不独不见其陋，且更觉轻俏娇媚，俨然一娇憨湘云立于纸上，掩卷合目思之，其“爱”“厄”娇音如入耳内。然后将满纸莺啼燕语之字样填粪窖可也。）史湘云道：“他再不放人一点儿，专挑人的不好。你自己便比世人好，也不犯着见一个打趣一个。指出一个人来，你敢挑他，我就伏你。”黛玉忙问是谁。湘云道：“你敢挑宝姐姐的短处，就算你是好的。我算不如你，他怎么不及你呢。”黛玉听了，冷笑道：“我当是谁，原来是他！我那里敢挑他呢。”（朱眉：此作者放笔写，非褒钗贬颦也。　己卯冬夜。）宝玉不等说完，忙用话分开。湘云笑道：“这一辈子我自然比不上你。我只保佑着明儿得一个咬舌的林姐夫，时时刻刻你可听‘爱’‘厄’去。阿弥陀佛，那才现在我眼里！”说的众人一笑，湘云忙回身跑了。要知端详，下回分解。

（墨）此回文字重作轻抹。得力处是凤姐拉李嬷嬷去，借环哥弹压赵姨。细致处宝钗为李嬷劝宝玉，安慰环哥，断喝莺儿。至急为难处是宝、颦论心。无可奈何处是“就拿今日天气比”。黛玉冷笑道:“我当谁，原来是他”。冷眼最好看处是宝钗、黛玉看凤姐拉李嬷“这一阵风”。玉、麝一节；湘云到，宝玉就走，宝钗笑说“等着”；湘云大笑大说；颦儿学咬舌；湘云念佛跑了数节，可使看官于纸上能耳闻目睹其音其形之文。

第二十一回 贤袭人娇嗔箴宝玉 俏平儿软语救贾琏

朱侧：（贤袭人）当得起。

（墨）有客题《红楼梦》一律，失其姓氏，惟见其诗意骇警，故录于斯：

自执金矛又执戈，自相戕戮自张罗。
茜纱公子情无限，脂砚先生恨几多。
是幻是真空历遍，闲风闲月枉吟哦。
情机转得情天破，情不情兮奈我何？

凡是书题者不可，此为绝调。诗句警拔，且深知拟书底里，惜乎失名矣！

按此回之文固妙，然未见后三十回犹不见此之妙。此曰“娇嗔箴宝玉”“软语救贾琏”，后曰“薛宝钗借词含讽谏，王熙凤知命强英雄”。今只从二婢说起，后则直指其主。然今日之袭人、之宝玉，亦他日之袭人、他日之宝玉也。今日之平儿、之贾琏，亦他日之平儿、他日之贾琏也。何今日之玉犹可箴，他日之玉已不可箴耶？今日之琏犹可救，他日之琏已不能救耶？箴与谏无异也，而袭人安在哉？宁不悲乎！救与强无别也，甚矣！今因平儿救此日阿凤英气何如是也，他日之强何身微运蹇，展眼何如彼耶？人世之变迁，如此光阴！

今日写袭人，后文写宝钗；今日写平儿，后文写阿凤。文是一样情理，景况光阴，事却天壤矣！多少恨泪洒出此两回书。

此回袭人三大功，直与宝玉一生三大病映射。

话说史湘云跑了出来，怕林黛玉赶上，宝玉在后忙说："仔细绊跌了！那里就赶上了？"林黛玉赶到门前，被宝玉叉手在门框上拦住，笑劝道："饶他这一遭罢。"林黛玉搬着手说道："我若饶过云儿，再不活着！"湘云见宝玉拦住门，料黛玉不能出来，（墨夹：写得湘云与宝玉又亲厚之极，却不见疏远黛玉，是何情思耶？）便立住脚笑道："好姐姐，饶我这一遭罢。"恰至宝钗来在湘云身后，也笑道："我劝你两个看宝兄弟分上，都丢开手罢。"（墨夹：好极，妙极！玉、颦、云三人已难解难分，插入宝钗云"我劝你两个看宝玉兄弟分上"，话只一句，便将四人一齐笼住，不知孰远孰近，孰亲孰疏，真好文字！）黛玉道："我不依。你们是一气的，都戏弄我不成！"（墨夹：话是颦儿口吻，虽属尖利，真实堪爱堪怜。）宝玉劝道："谁敢戏弄你！你不打趣他，他焉敢说你？"（墨夹：好！二"你"字连二"他"字，华灼之至！）四人正难分解，（墨夹：好！前三人，今忽四人，俱是书中正眼，不可少矣。）有人来请吃饭，方往前边来。（墨夹：好文章！正是闺中女儿口角之事。若只管谆谆不已，则成何文矣！）

那天早又掌灯时分，王夫人、李纨、凤姐、迎、探、惜等都往贾母这边来，大家闲话了一回，各自归寝。湘云仍往黛玉房中安歇。（墨夹：前文黛玉未来时，湘云、宝玉则随贾母。今湘云已去，黛玉既来，年岁渐成，宝玉各自有房，黛玉亦各有房，故湘云自应同黛玉一处也。）

宝玉送他二人到房，那天已二更多时，袭人来催了几次，方回自己房中来睡。次日天明时，便披衣靸鞋往黛玉房中来时，不见紫鹃、翠缕二人，只见他姊妹两个尚卧在衾内。那林黛玉（墨夹：写黛玉身分。）严严密密裹着一幅杏子红绫被，安稳合目而睡。（墨夹：一个睡态。）那湘云却一把青丝拖于枕畔，被只齐胸，一弯雪白的膀子掠于被外，又带着两个金镯子。（墨夹：又一个睡态。写黛玉之睡态，俨然就是娇弱女子，可怜。湘云之态，则俨然是个娇态女儿，可爱。真是人人俱尽，个个活跳，吾不知作者胸中埋伏多少裙钗。）宝玉见了，叹道：（墨夹："叹"字奇！除玉卿外，世人见之自曰喜也。）"睡觉还是不老实！回来风吹了，又嚷肩窝疼了。"一面说，一面轻轻的替他盖上。林黛玉早已醒了，（朱侧：不醒不是黛玉了。）觉得有人，就猜着定是宝玉，因翻身一看，果中其料。因说道："这早晚就跑过来作什么？"宝玉笑道："这天还早呢！你起来瞧瞧。"黛玉道："你先出去，让我们起来。"（朱侧：一丝不乱。）宝玉听了，转身出至外边。

黛玉起来叫醒湘云，二人都穿了衣服。宝玉复又进来，坐在镜台旁边，只见紫鹃、雪雁进来伏侍梳洗。湘云洗了面，翠缕便拿残水要泼，宝玉道："站着，我趁势洗了就完了，省得又过去费事。"说着便走过来，弯腰洗了两把。（朱侧：妙在两把。）紫鹃递过香皂去，宝玉道："这盆里的就不少，不用搓了。"再洗了两把，便要手巾。（朱侧：在怡红何其废事多多。）翠缕道："还是这个毛病儿，多早晚才改。"（朱侧：冷眼人傍点，一丝不漏。）宝玉也不理，忙忙的要过青盐擦了牙，嗽了口，完毕，见湘云已梳完了头，便走过来笑道："好妹妹，替我梳上头罢。"湘云道："这可不能了。"宝玉笑道："好妹妹，你先时怎么替我梳了呢？"湘云道："如今我忘了，（朱眉："忘了"二字在娇憨。）怎么梳呢？"宝玉道："横竖我不出门，又不带冠子勒子，不过打几根散辫子就完了。"说着，又千妹妹万妹妹的央告。（朱眉：口中自是应声而出，捉笔人却从何处设想而来，成此天然对答。壬午九月。）湘云只得扶他的头来，一一梳篦。在家不戴冠，并不总角，只将四围短发编成小辫，往顶心发上归了，总编一根大辫，红绦结住。自发顶至辫梢，一路四颗珍珠，下面有金坠脚。湘云一面编着，一面说道："这珠子只三颗了，这一颗不是的。（朱侧：梳头亦有文字，前已叙过，今将珠子一穿插，却天生有是事。）我记得是一样的，怎么少了一颗？"宝玉道："丢了一颗。"湘云道："必定是外头去掉下来，不防被人拣了去，到便宜他。"（墨夹：妙谈！道"到便宜他"四字，是大家千金口吻。近日多用"可惜了的"四字。今失一珠，不闻此四字。妙极！是极！ 朱眉："到便宜他"四字与"忘了"二字是一气而来，将一侯府千金白描矣。畸笏。）黛玉一旁盥手，冷笑道：（朱侧：纯用画家烘染法。）"也不知是真丢了，也不知是给了人镶什么带去了！"宝玉不答，（墨夹：有神理，有文章。）因镜台两边俱是妆奁等物，顺手拿起来赏玩，（墨夹：何赏玩也？写来奇特。）不觉又顺手拈了胭脂，意欲要往口边送，（墨夹：是袭人劝后余文。）因又怕史湘云说。（墨夹：好极！的是宝玉也。）正犹豫间，湘云果在身后看见，一手掠着辫子，便伸手来"拍"的一下，从手中将胭脂打落，说道："这不长进的毛病儿，多早晚才改过！"（朱侧：前翠缕之言并非白写。）

一语未了，只见袭人进来，看见这般光景，知是梳洗过了，只得回来自己梳洗。忽见宝钗走来，因问："宝兄弟那去了？"袭人含笑道："宝兄弟那里还有在家里的工夫！"宝钗听说，心中明白。又听袭人叹道："姊妹们和气，也有个分寸礼节，也没个黑家白日闹的！凭人怎么劝，都是耳旁风。"宝钗听了，心中暗忖道："到别看错了这个丫头，听他说话，到有些识见。"（墨夹：此是宝卿初试，已下渐成知己，盖宝卿从此心察得袭人果贤女子也。）宝钗便在炕上坐了，（墨夹：好！逐回细看，宝卿待人接物，不疏不亲，不远不近。可厌之人，亦未见冷淡之态，形诸声色；可喜之人，亦未见醴密之情，形诸声色。今日"便在炕上坐了"，盖深取袭卿矣。二人文字，此回为始。详批于此，诸公请记之。）慢慢的闲言中套问他年纪、家乡等语，留神窥察，其言语志量深可敬爱。（墨夹：四字包罗许多文章笔墨，不似近之开口便云"非诸女子之可比者"，此句大坏。然袭人故佳矣，不书此句是大手眼。）

一时宝玉来了，宝钗方出去。（墨夹：奇文！写得钗、玉二人形景较诸人皆远，何也？宝玉之心，凡女子前不论贵贱，皆亲密之至，岂于宝钗前反生远心哉？盖宝钗之行止端肃恭严，不可轻犯，宝玉欲近之，而恐一时有渎，故不敢狎犯也。宝钗待下愚尚且和平亲密，何反于兄弟前有远心哉？盖宝玉之形景已泥于闺阁，近之则恐不逊，反成远离之端也。故二人之远，实相近之至也。至颦儿于宝玉实近之至矣，却远之至也。不然，后文如何反较胜角口诸事皆出于颦哉？以及宝玉砸玉，颦儿之泪枯，种种孽障，种种忧忿，皆情之所陷，更何辩哉？　此一回将宝玉、袭人、钗、颦、云等行止大概一描，已启后大观园中文字也。今详批于此，后久不忽矣。 钗与玉远中近，颦与玉近中远，是要紧两大股，不可粗心看过。）宝玉便问袭人道："怎么宝姐姐和你说的这么热闹，见我进来就跑了？"（朱侧：此问必有。）问一声不答，再问时，袭人方道："你问我么？我那里知道你们的原故。"宝玉听了这话，见他脸上气色非往日可比，便笑道："怎么动了真气？"（墨夹：宝玉如此。）袭人冷笑道："我那里敢动气！只是从今以后别进这屋子了。横竖有人伏侍你，再别来支使我。我仍旧还伏侍老太太去。"一面说，一面便在炕上合眼倒下。（墨夹：醋妒妍憨假态，至矣尽矣！观者但莫认真此态为幸。）宝玉见了这般景况，深为骇异，（墨夹：好！可知未尝见袭人之如此技艺也！）禁不住赶来劝慰。那袭人只管合了眼不管。（墨夹：与颦儿前番娇态如何？愈觉可爱犹甚。）宝玉无了主意，因见麝月进来，（墨夹：偏麝月来，好文章！）便问道："你姐姐怎么了？"（墨夹：如见如闻。）麝月道："我知道么？问你自己便明白了。"（墨夹：又好麝月！）宝玉听说，呆了一回，自觉无趣，便起身叹道："不理我罢，我也睡去。"说着，便起身下炕，到自己床上歪下。袭人听他半日无动静，微微的打鼾，（朱侧：真乎？诈乎？）料他睡着，便起身拿一领斗蓬来，替他刚压上，只听"忽"的一声，（朱侧：文是好文，唐突我袭卿，吾不忍也。）宝玉便掀过去，也仍合目装睡。（墨夹：写得烂熳。）袭人明知其意，便点头冷笑道："你也不用生气，从此后我只当哑子，再不说你一声儿，如何？"宝玉禁不住起身问道："我又怎么了？你又劝我。你劝我也罢了，才刚又没见你劝我，一进来你就不理我，赌气睡了。我还摸不着是为什么，这会子你又说我恼了。（朱侧：这是委曲了石兄。）我何尝听见你劝我什么话了。"袭人道："你心里还不明白，还等我说呢！"（朱侧：亦是囫囵语，却从有生以来肺腑中出，千斤重。 朱眉：《石头记》每用囫囵语处，无不精绝奇绝，且总不觉相犯。壬午九月。畸笏。）

正闹着，贾母遣人来叫他吃饭，方往前边来，胡乱吃了半碗，仍回自己房中。只见袭人睡在外头炕上，麝月在旁边抹骨牌。宝玉素知麝月与袭人亲厚，一并连麝月也不理，揭起软帘自往里间来。麝月只得跟进来。宝玉便推他出去，说："不敢惊动你们。"麝月只得笑着出来，唤了两个小丫头进来。宝玉拿一本书，歪着看了半天，因要茶，抬头只见两个小丫头在地下站着。一个大些儿的生得十分水秀，（墨夹：二字奇绝！多少娇态包括一尽。今古野史中无有此文也。）宝玉便问："你叫什么名字？"那丫头便说："叫蕙香。"（墨夹：也好。）宝玉便问："是谁起的？"蕙香道："我原叫芸香的，（墨夹：原俗。）是花大姐姐改了蕙香。"宝玉道："正经该叫'晦气'罢了，什么蕙香呢！"（墨夹：好极！趣极！）又问："你姊妹几个？"蕙香道："四个。"宝玉道："你第几个的？"蕙香道："我第四个的。"宝玉道："明儿就叫'四儿'，不必什么'蕙香''兰气'的。那一个配比这些花，没的玷辱了好名好姓。"（墨夹："花袭人"三字在内，说的有趣。）一面说，一面命他到了茶来吃。袭人和麝月在外间听了抿嘴而笑。（墨侧：一丝不漏，好精神！）

这一日，宝玉也不大出房，（墨夹：此是袭卿第一功劳也。）也不和姊妹丫头等厮闹，（墨夹：此是袭卿第二功劳也。）自己闷闷的，只不过拿着书解闷，或弄笔墨，（墨夹：此虽未必成功，较往日终有微补小益，所谓袭卿有三大功也。）也不使唤众人，只叫四儿答应。谁知四儿是个聪敏乖巧不过的丫头，（墨夹：又是一个有害无益者。作者一生为此所误，批者一生亦为此所误，于开卷凡见如此人，世人故为喜，余反抱恨，盖四字误人甚矣。被误者深感此批。）见宝玉用他，他变尽方法笼络宝玉。（墨夹：他好，但不知袭卿之心思何如？）至晚饭后，宝玉因吃了两杯酒，眼饧耳热之际，若往日则有袭人等大家喜笑有兴，今日却冷清清的一人对灯，好没兴趣。待要赶了他们去，又怕他们得了意，已后越发来劝，（墨夹：宝玉恶劝，此是第一大病也。）若拿出做上的规矩来镇唬，似乎无情太甚。（墨夹：宝玉重情不重礼，此是第二大病也。）说不得横心只当他们死了，横竖自然也要过的。便权当他们死了，毫无牵挂，反能怡然自悦。（墨夹：此意却好，但袭卿辈不应如此弃也。宝玉之情，今古无人可比，固矣。然宝玉有情极之毒，亦世人莫忍为者，看至后半部则洞明矣。此是宝玉三大病也。宝玉有此世人莫忍为之毒，故后文方能“悬崖撒手”一回。若他人得宝钗之妻、麝月之婢，岂能弃而为僧哉？玉一生偏僻处。）因命四儿剪烛煎茶，自己看一回《南华经》。正看至《外篇·胠箧》一则，其文曰：

故绝圣弃知，大盗乃止，擿玉毁珠，小盗不起，焚符破玺，而民朴鄙，剖斗折衡，而民不争，殚残天下之圣法，而民始可与论议。擢乱六律，铄绝竽瑟，塞瞽旷之耳，而天下始人含其聪矣；灭文章，散五采，胶离朱之目，而天下始人含其明矣，毁绝钩绳而弃规矩，攦工倕之指，而天下始人有其巧矣。（墨夹：此上语本《庄子》。）

看至此，意趣洋洋，趁着酒兴，不禁提笔续曰：（朱眉：趁着酒兴不禁而续，是作者自站地步处，谓余何人耶，敢续《庄子》？然奇极怪极之笔，从何设想，怎不令人叫绝？己卯冬夜。　朱眉：这亦暗露玉兄闲窗净几、不即不离之功业。壬午孟夏。）

焚花散麝，而闺阁始人含其劝矣，（墨夹：奇！）戕宝钗之仙姿，灰黛玉之灵窍，丧减情意，而闺阁之美恶始相类矣。彼含其劝，则无参商之虞矣，戕其仙姿，无恋爱之心矣，灰其灵窍，无才思之情矣。彼钗、玉、花、麝者，皆张其罗而穴其隧，所以迷眩缠陷天下者也。（墨夹：直似庄老，奇甚怪甚！　朱眉：赵香梗先生《秋树根偶谭》内兖州少陵台有子美祠为郡守毁为己祠。先生叹子美生遭丧乱，奔走无家，孰料千百年后数椽片瓦犹遭贪吏之毒手。甚矣，才人之厄也！故改公《茅屋为秋风所破歌》数句，为少陵解嘲：“少陵遗像太守欺无力，忍能对面为盗贼，公然折克非已祠，旁人有口呼不得，梦归来兮闻叹息，白日无光天地黑。安得旷宅千万间，太守取之不尽生欢颜，公祠免毁安如山。”读之令人感慨悲愤，心常耿耿。壬午九月。因索书甚迫，姑志于此，非批《石头记》也。为续《庄子因》数句，真是打破胭脂阵，坐透红粉关，另开生面之文，无可评处。）

续毕，掷笔就寝。头刚着枕便忽睡去，一夜竟不知所之，直至天明方醒。（墨夹：此犹是袭人余功也。想每日每夜，宝玉自是心忙身忙口忙之极，今则怡然自适。虽此一刻，于身心无所补益，能有一时之闲闲自若，亦岂非袭卿之所使耶？）翻身看时，只见袭人和衣睡在衾上。（墨夹：神极之笔！试思袭人不来同卧亦不成文字，来同卧更不成文字。却云“和衣衾上”，正是来同卧不来同卧之间。何神奇文妙绝矣！好袭人！真好石头记得真，真好述者错不错，真好批者批得出。）宝玉将昨日的事已付与意外，（墨夹：更好！可见玉卿的是天真烂漫之人也！近之所谓呆公子又曰“老好人”，又曰“无心道人”是也！殊不知尚古淳风。）便推他说道：“起来好生睡，看冻着了。”

原来袭人见他无晓夜和姊妹们厮闹，若直劝他，料不能改，故用柔情以警之，料他不过半日片刻仍复好了。不想宝玉一昼夜竟不回转，自己反不得主意，直一夜没好生睡得。今忽见宝玉如此，料他心意回转，便越性不睬他。宝玉见他不应，便伸手替他解衣，刚解开了钮子，被袭人将手推开，（朱侧：好看煞！）又自扣了。宝玉无法，只得拉他的手笑道：“你到底怎么了？”连问几声，袭人睁眼说道：“我也不怎么。你睡醒了，你自过那边房里去梳洗，再迟了就赶不上。”（墨夹：说得好痛快。）宝玉道：“我过那里去？”（墨夹：问得更好。）袭人冷笑道：“你问我，（朱侧：三字如闻。）我知道？你爱往那里去，就往那里去。从今咱们两个丢开手，省得鸡声鹅斗，叫别人笑。横竖那边腻了过来，这边又有个什么‘四儿’‘五儿’伏侍。我们这起东西，可是‘白玷辱了好名好姓’的。”宝玉笑道：“你今儿还记着呢！”（墨夹：非浑一纯粹，那能至此！）袭人道：“一百年还记着呢！比不得你，拿着我的话当耳旁风，夜里说了，早起就忘了。”（墨夹：这方是正文，直勾起“花解语”一回文字。）宝玉见他娇嗔满面，情不可禁，（朱侧：又用幻笔瞒过看官。）便向枕边拿起一根玉簪来，一跌两段，说道：“我再不听你说，就同这个一样。”袭人忙的拾了簪子，说道：“大清早起，这是何苦来！听不听什么要紧，（朱侧：已留后文地步。）也值得这种样子。”宝玉道：“你心里那知道我心里急！”袭人笑道：（墨夹：自此方笑。）“你也知道着急么！可知我心里怎么样？快起来洗脸去罢。”（朱侧：结得一星渣滓汁全无，且合怡红常事。）说着，二人方起来梳洗，宝玉往上房去后，谁知黛玉走来，见宝玉不在房中，因翻弄案上书看，可巧翻出昨儿的《庄子》来。看至所续之处，不觉又气又笑，不禁也提笔续书一绝云：

> 无端弄笔是何人？作践南华《庄子因》。
>
> 不悔自己无见识，却将丑语怪他人。（墨夹：骂得痛快，非颦儿不可。真好颦儿，真好颦儿！好诗！若云知音者颦儿也。至此方完“箴玉”半回。　朱侧：不用宝玉见此诗，若长若短亦是大手法。　朱眉：又借阿颦诗自相鄙驳，可见余前批不谬。己卯冬夜。　朱眉：宝玉不见诗，是后文余余也，《石头记》得力所在。丁亥夏。畸笏叟。）

写毕，也往上房来见贾母，后往王夫人处来。

谁知凤姐之女大姐病了，正乱着请大夫来诊脉。大夫便说：“替夫人奶奶们道喜，姐儿发热是见喜了，并非别病。”王夫人凤姐听了，忙遣人问：“可好不好？”医生回道：“病虽险，却顺，（朱侧：在“子嗣艰难”化出。）到还不妨。预备桑虫猪尾要紧。”凤姐听了，登时忙将起来：一面打扫房屋供奉痘疹娘娘，一面传与家人忌煎炒等物，一面命平儿打点铺盖衣服与贾琏隔房，一面又拿大红尺头与奶子丫头亲近人等裁衣。（墨夹：几个“一面”，写得如见其景。）外面又打扫净室，款留两个医生，轮流斟酌诊脉下药，十二日不放家去。贾琏只得搬出外书房来斋戒，（朱侧：此二字内生出许多事来。）凤姐与平儿都随着王夫人日日供奉娘娘。

那个贾琏，只离了凤姐便要寻事，独寝了两夜，便十分难熬，便暂将小厮们内有清俊的选来出火。不想荣国府内有一个极不成器破烂酒头厨子，名叫多官，（墨夹：今是多多也，妙名！）人见他懦弱无能，都唤他作“多浑虫”。（墨夹：更好！今之浑虫更多也。）因他自小父母替他在外娶了一个媳妇，今年方二十来往年纪，生得有几分人才，见者无不羡爱。他生性轻浮，最喜拈花惹草，多浑虫又不理论，只是有酒有肉有钱，便诸事不管了，所以荣、宁二府之人都得入手。因这个媳妇美貌异常，轻浮无比，众人都呼他作“多姑娘儿”。（墨夹：更妙！）如今贾琏在外熬煎，往日也曾见过这媳妇，失过魂魄，只是内惧娇妻，外惧娈宠，不曾下得手。那多姑娘儿也曾有意于贾琏，只恨没空。今闻贾琏挪在外书房来，他便没事走两淌去招惹。惹的贾琏似饥鼠一般，少不得和心腹的小厮们计议，合同遮掩谋求，多以金帛相许。小厮们焉有不允之理，况都和这媳妇是好友，一说便成。是夜二鼓人定，多浑虫醉昏在炕，贾琏便溜了来相会。进门一见其态，早已魄飞魂散，也不用谈情款叙，便宽衣动作起来。谁知这媳妇有天生的奇趣，一经男子挨身，便觉遍身筋骨瘫软，（墨夹：淫极！亏想的出！）使男子如卧棉上，（墨夹：如此境界，自胜西方、蓬莱等处。）更兼淫态（墨夹：总为后文宝玉一篇作引。）浪言，压倒娼妓，诸男子至此岂有惜命者哉。（朱侧：凉水灌顶之句。）那贾琏恨不得连身子化在他身上。（墨夹：亲极之语，趣极之语。）那媳妇故作浪语，在下说道：“你家女儿出花儿，供着娘娘，你也该忌两日，到为我脏了身子。快离了我这里罢。”（朱侧：淫妇勾人，惯加反语，看官着眼。）贾琏一面大动，一面喘吁吁答道：“你就是娘娘！我那里管什么娘娘！”（朱侧：乱语不伦，的是有之。）那媳妇越浪，贾琏越丑态毕露。（墨夹：可以喷饭！）一时事毕，两个又海誓山盟，难分难舍，（朱侧：着眼，再从前看如何光景。）此后遂成相契。（墨夹：趣闻！“相契”作如此用，“相契”扫地矣。　朱眉：一部书中，只有此一段丑极太露之文，写于贾琏身上，恰极当极！己卯冬夜。　朱眉：看官熟思：写珍、琏辈当以何等文方妥方恰也？壬午孟夏。　朱眉：此段系书中情之瘕疵，写为阿凤生日泼醋回及夭风流宝玉悄看晴雯回作引，伏线千里外之笔也。丁亥夏。畸笏。）

一日大姐毒尽班回，（朱侧：好快日子吓！）十二日后送了娘娘，合家祭天祀祖，还愿焚香，庆贺放赏已毕，贾琏仍复搬进卧室。见了凤姐，正是俗语云“新婚不如远别”，更有无限恩爱，自不必烦絮。（朱侧：隐得好。）

次日早起，凤姐往上屋去后，平儿收拾贾琏在外的衣服铺盖，不承望枕套中抖出一绺青丝来。平儿会意，忙拽在袖内，（墨夹：好极！不料平儿大有袭卿之身分，可谓何地无材，盖造际有别耳。）便走至这边房内来，拿出头发来，向贾琏笑道：“这是什么？”（墨夹：好看之极！）贾琏看见着了忙，（朱侧：也有今日。）抢上来要夺。平儿便跑，被贾琏一把揪住，按在炕上，掰手要夺，口内笑道：“小蹄子，你不趁早拿出来，我把你膀子撅折了。”（朱侧：无情太甚！）平儿笑道：“你就是没良心的。我好意瞒着他来问，你到赌狠！你只赌狠，等他回来我告诉他，（朱侧：有是语，恐卿口不应心。）看你怎么着。”贾琏听说，忙陪笑央求道：“好人，赏我罢，我再不赌狠了。”（墨夹：好听好看之极，迥不犯袭卿。）

一语未了，只听凤姐声音进来。（墨夹：惊天骇地之文！如何？不知下文怎样了结，使贾琏及观者一齐丧胆。 朱侧：《石头记》大法小法，累累如是，并不为厌。）都怕他知道，平儿刚起身，凤姐已走进来，命平儿快开匣子，替太太找样子。平儿忙答应了找时，凤姐见了贾琏，忽然想起来，便问平儿：“拿出去的东西都收进来了么？”平儿道：“收进来了。”凤姐道：“可少什么没有？”平儿道：“我也怕丢下一两件，细细的查了查，也不少。”凤姐道：“不少就好，只是别多出来罢？”（墨夹：奇。 朱侧：看至此，宁不拍案叫绝？）平儿笑道：“不丢万幸，谁还添出来呢？”（朱侧：可儿可儿，卿亦明知故说耳。）凤姐冷笑道：“这半个月难保干净，或者有相厚的丢下的东西：戒指、汗巾、香袋儿，再至于头发、指甲，都是东西。”（墨夹：好阿凤，令人胆寒。）一夕话，说的贾琏脸都黄了。贾琏在凤姐身后，只望着平儿杀鸡抹脖使眼色儿。平儿只装着看不见，（朱侧：余自有三分主意。）因笑道：“怎么我的心就和奶奶的心一样！我就怕有这些个，留神搜了一搜，竟一点破绽也没有。奶奶不信时，那些东西我还没收呢，奶奶亲自翻寻一遍去。”（墨夹：好平儿！遍天下惧内者来感谢。）凤姐笑道：“傻丫头，（墨夹：可叹可笑，竟不知谁傻。）他便有这些东西，那里就叫咱们翻着了！”（墨夹：好阿凤，好文字，虽系闺中女儿口角小事，读之不无聪明得失痴心真假之感。）说着，寻了样子又上去了。

平儿指着鼻子，（朱侧：好看煞。）恍着头笑道：（朱侧：可儿，可儿。）“这件事怎么回谢我呢？”（墨夹：姣俏如见，迥不犯袭卿、麝月一笔。）喜的个贾琏身痒难挠，（朱侧：不但贾兄痒痒，即批书人此刻几乎落笔。试问看官此际若何光景？）跑上来搂着，“心肝肠肉”乱叫乱谢。平儿仍拿了头发笑道：“这是我一生的把柄了。好就好，不好就抖出这事来。”贾琏笑道：“你只好生收着罢，千万别叫他知道。”口里说着，瞅他不防，便抢了过来，（朱侧：毕肖。琏兄不分玉石，但负我平姐。奈何，奈何！）笑道：“你拿着终是祸患，不如我烧了他完事了。”（墨夹：妙！设使平儿收了再不致泄漏，故仍用贾琏抢回，后文遗失，方能穿插过脉也。）一面说着，一面便塞于靴掖内。平儿咬牙道：“没良心的东西，过了河就拆桥，明儿还想我替你撒谎！”贾琏见他娇俏，动情便搂着求欢，被平儿夺手跑了，急的贾琏弯着腰恨道：“死促狭小淫妇！一定浪上人的火来，他又跑了。”（墨夹：丑态如见，淫声如闻，今古淫书未有之章法。）平儿在窗外笑道：“我浪我的，谁叫你动火了？（墨夹：妙极之谈。直是理学工夫，所谓不可正照风月鉴也。）难道图你（朱侧：阿平，“你”字作牵强，余不画押。一笑。）受用一回，叫他知道了，又不待见我。”（墨夹：凤姐醋妒，于平儿前犹如是，况他人乎！余谓凤姐必是甚于诸人。观者不信，今平儿说出，然乎？否乎？）贾琏道：“你不用怕他，等我性子上来，把这醋罐打个稀烂，他才认得我呢！他防我像防贼的，只许他同男人说话，不许我和女人说话，我和女人略近些，他就疑惑，他不论小叔子侄儿，大的小的，说说笑笑，就不怕我吃醋了。以后我也不许他见人！”（墨夹：无理之甚，却是妙极趣谈，天下惧内者背后之谈皆如此。）平儿道：“他醋你使得，你醋他使不得。他原行的正走的正，你行动便有个坏心，连我也不放心，别说他了。”贾琏道：“你两个一口贼气。都是你们行的是，我凡行动都存坏心。多早晚都死在我手里！”

一句未了，凤姐走进院来，因见平儿在窗外，就问道：“要说话两个人不在屋里说，怎么跑出一个来，隔着窗子，是什么意思?”贾琏在窗内接道：“你可问他，到像屋里有老虎吃他呢。”（墨夹：好！　朱眉：此等章法是在戏场上得来，一笑。畸笏。）平儿道：“屋里一个人没有，我在他跟前作什么?”凤姐儿笑道：“正是没人才好呢。”平儿听说，便说道：“这话是说我呢?”凤姐笑道：（墨夹：“笑”字妙！平儿反正色，凤姐反陪笑，奇极意外之文。）“不说你说谁?”平儿道：“别叫我说出好话来了。”说着，也不打帘子让凤姐，自己先摔帘子进来，（朱侧：若在屋里，何敢如此形景，不要加上许多小心？平儿平儿，有你说嘴的。）往那边去了。凤姐自掀帘子进来，说道：“平儿疯魔了。这蹄子认真要降伏我，仔细你的皮要紧!”贾琏听了，已绝倒炕上，（朱侧：惧内形景写尽了。）拍手笑道：“我竟不知平儿这么利害，从此到伏他了。”凤姐道：“都是你惯的他，我只和你说!”贾琏听说忙道：“你两个不卯，又拿我来作人。我躲开你们。”凤姐道：“我看你躲到那里去。”贾琏道：“我就来。”凤姐道：“我有话和你商量。”不知商量何事，且听下回分解。（墨夹：收得淡雅之至!）正是：

淑女从来多抱怨；
娇妻自古便含酸。（墨夹：二语包尽古今万万世裙衩。）

王熙鳳

第二十二回 听曲文宝玉悟禅机 制灯迷贾政悲谶语

话说贾琏听凤姐儿说有话商量，因止步问是何话。凤姐道：“二十一是薛妹妹的生日，（墨夹：好！）你到底怎么样呢？”贾琏道：“我知道怎么样！你连多少大生日都料理过了，这会子到没了主意？”凤姐道：“大生日料理，不过是有一定的则例在那里。如今他这生日，大又不是，小又不是，所以和你商量。”（墨夹：有心机人在此。）贾琏听了，低头想了半日道：“你今儿糊涂了。有比例，那林妹妹就是比例。往年怎么给林妹妹过的，如今也照依给薛妹妹过就是了。”（墨夹：此例引的极是。无怪贾政委以家务也。）凤姐听了，冷笑道：“我难道连这个也不知道？我原也这么想定了。但昨儿听见老太太说，问起大家的年纪生日来，听见薛大妹妹今年十五岁，虽不是整生日，也算得将笄之年。老太太说要替他作生日。想来若果真替他作，自然比往年与林妹妹的不同了。”贾琏道：“既如此，比林妹妹的多增些。”凤姐道：“我也这们想着，所以讨你的口气。我若私自添了东西，你又怪我不告诉明白你了。”贾琏笑道：“罢，罢，这空头情我不领。你不盘察我就够了，我还怪你！”说着，一竟去了，不在话下。（墨夹：一段题纲写得如见如闻，且不失前篇惧内之旨。最奇者黛玉乃贾母溺爱之人也，不闻为作生辰，却云特意与宝钗，实非人想得着之文也。此书通部皆用此法，瞒过多少见者，余故云不写而写是也。 朱眉：将薛、林作甄玉、贾玉看书，则不失执笔人本旨矣。丁亥夏。 笏叟。)

且说史湘云住了两日，因要回去。贾母因说："等过了你宝姐姐的生日，看了戏再回去。"史湘云听了，只得住下。又一面遣人回去，将自己旧日作的两色针线活计取来，为宝钗生辰之仪。

谁想贾母自见宝钗来了，喜他稳重和平，（墨夹：四字评倒黛玉，是以特从贾母眼中写出。）正值他才过第一个生辰，便自己蠲资二十两，（墨夹：写出太君高兴，世家之常事耳。 朱眉：前看凤姐问琏作生日数语甚泛泛，至此见贾母蠲资，方知作者写阿凤心机无丝毫漏笔。己卯冬夜。）唤了凤姐来，交与他置酒戏。凤姐凑趣笑道："一个老祖宗给孩子们作生日，（朱侧：家常话，却是空中楼阁，陡然架起。）不拘怎样，谁还敢争，又办什么酒戏。既高兴要热闹，就说不得自己花上几两。巴巴的找出这霉烂的二十两银子来作东道，这意思还叫我陪上。果然拿不出来也罢了，金的、银的、圆的、扁的，压塌了箱子底，（朱眉：小科诨解颐，却为借当伏线。壬午九月。）只是勒掯我们。举眼看看，谁不是儿女？难道将来只有宝兄弟顶了你老人家上五台山不成？那些梯己只留于他，我们如今虽不配使，也别苦了我们。这个够酒的？够戏的？"说的满屋里都笑起来。贾母亦笑道："你们听听这嘴！我也算会说的，怎么说不过这猴儿。你婆婆也不敢强嘴，你和我梆梆的。"凤姐笑道："我婆婆也是一样的疼宝玉，我也没处去诉冤，到说我强嘴。"说着，又引着贾母笑了一回，（朱侧：正文在此一句。）贾母十分喜悦。

到晚间，众人都在贾母前，定昏之余，大家娘儿姊妹等说笑时，贾母因问宝钗爱听何戏，爱吃何物等语。宝钗深知贾母年老人，喜热闹戏文，爱吃甜烂之食，便总依贾母往日素喜者说了出来。（朱侧：看他写宝钗，比颦儿如何？）贾母更加欢悦。次日便先送过衣服玩物礼去，王夫人、凤姐、黛玉等诸人皆有随分不一，不须多记。

至二十一日，就贾母内院中搭了家常小巧戏台，（墨夹：另有大礼所用之戏台也，侯门风俗断不可少。）定了一班新出小戏，昆、弋两腔皆有！（墨夹：是贾母好热闹之故。）就在贾母上房排了几席家宴酒席，（墨夹：是家宴，非东阁盛设也。非世代公子再想不及此。）并无一个外客，只有薛姨妈、史湘云、宝钗是客，余者皆是自己人。（墨夹：将黛玉亦算为自己人，奇甚！）这日早起，宝玉因不见林黛玉，（墨夹：又转至黛玉文字，人不可少也。）便到他房中来寻，只见林黛玉歪在炕上。宝玉笑道："起来吃饭去，就开戏了。你爱看那一出？我好点。"林黛玉冷笑道："你既这样说，你特叫一班戏来，拣我爱听的唱给我看。这会子犯不上跐着人借光儿问我。"（墨夹：好听之极，令人绝倒。）宝玉笑道："这有什么难的。明儿就这样行，也叫他们借咱们的光儿。"一面说，一面拉起他来，携手出去。

吃了饭，点戏时，贾母一定先叫宝钗点。宝钗推让一遍，无法，只得点了一折《西游记》。（墨夹：是顺贾母之心也。）贾母自是欢喜，然后便命凤姐点。凤姐亦知贾母喜热闹，更喜谑笑科诨，（墨夹：写得周到，想得奇趣，实是必真有之。）便点了一出《刘二当衣》。（朱眉：凤姐点戏，脂砚执笔事，今知者聊聊矣，不怨夫？ 朱眉：前批"知者聊聊”，今丁亥夏只剩朽物一枚，宁不痛乎！）贾母果真更又喜欢，然后便命黛玉点。（墨夹：先让凤姐点者，是非待凤先而后玉也。盖亦素喜凤嘲笑得趣之故，今故命彼点，彼亦自知，并不推让，承命一点，便合其意。此篇是贾母取乐，非礼筵大典，故如此写。）黛玉因让薛姨妈、王夫人等。贾母道：“今日原是我特带着你们取笑，咱们只管咱们的，别理他们。我巴巴的唱戏摆酒，为他们不成？他们在这里白听白吃，已经便宜了，还让他们点呢！”说着，大家都笑了。黛玉方点了一出。（墨夹：不题何戏，妙！盖黛玉不喜看戏也。正是与后文“妙曲警芳心”留地步，正见此时不过草草随众而已，非心之所愿也。）然后宝玉、史湘云、迎、探、惜、李纨等俱各点了，按出扮演。

至上酒席时，贾母又命宝钗点。宝钗点了一出《鲁智深醉闹五台山》。宝玉道：“只好点这些戏。”宝钗道：“你白听了这几年的戏，那里知道这出戏的好处，排场又好，词藻更妙。”宝玉道：“我从来怕这些热闹。”宝钗笑道：“要说这一出热闹，你还算不知戏呢。（墨夹：是极！宝钗可谓博学矣，不似黛玉只一《牡丹亭》便心身不自主矣。真有学问如此，宝钗是也。）你过来，我告诉你，这一出戏热闹不热闹。是一套北《点绛唇》，铿锵顿挫，韵律不用说是好的了，只那词藻中有一支《寄生草》，填的极妙，你何曾知道。”宝玉见说的这般好，便凑进来央告：“好姐姐，念于我听听。”宝钗便念道：

“漫揾英雄泪，相离处士家。谢慈悲、剃度在莲台下。没缘法、转眼分离乍。赤条条、来去无牵挂。那里讨、烟蓑雨笠卷单行？一任俺、芒鞋破钵随缘化！”（墨夹：此阕出自《山门》传奇。近之唱者将“一任俺”改为“早辞却”，无理不通之甚。必从“一任俺”三字，则“随缘”二字方不脱落。）

宝玉听了，喜的拍膝画圈，称赏不已，又赞宝钗无书不知，林黛玉道：“安静看戏罢，还没唱《山门》，你到《妆疯》了。”（墨夹：趣极！今古利口莫过于优伶。此一诙谐，优伶亦不得如此急速得趣，可谓才人百技也。一段醋意可知。）说的湘云也笑了。于是大家看戏。

至晚散时，贾母深爱那作小旦的与一个作小丑的，因命人带进来，细看时益发可怜见。（墨夹：是贾母眼中之内之想。）因问年纪，那小旦才十一岁，小丑才九岁，大家叹息一回。贾母令人另拿些肉果与他两个，又另外赏钱两串。凤姐笑道：“这个孩子扮上活像一个人，（朱侧：明明不叫人说出。）你们再看不出来。”宝钗心里也知道，便只一笑，不肯说。（墨夹：宝钗如此。）宝玉也猜着了，亦不敢说。（墨夹：不敢，妙。）史湘云接着笑道：“到像林妹妹的模样儿。”（墨夹：口直心快，无有不可说之事。　朱侧：事无不可对人言。　朱眉：湘云、探春二卿，正“事无不可对人言”芳性。丁亥夏。畸笏叟。）宝玉听了，忙把湘云瞅了一眼，使个眼色。众人却都听了这话，留神细看，都笑起来了，说果然不错。一时散了。

晚间，湘云更衣时，便命翠缕把衣包打开收拾，都包了起来。翠缕道：“忙什么，等去的日子再包不迟。”湘云道：“明儿一早就走。在这里作什么？看人家的鼻子眼睛，什么意思！”（墨夹：此是真恼，非颦儿之恼可比，然错怪宝玉矣。亦不可不恼。）宝玉听了这话，忙赶近前拉他说道：“好妹妹，你错怪了我。林妹妹是个多心的人。别人分明知道，不肯说出来，也皆因怕他恼。谁知你不防头就说了出来，他岂不恼你。我是怕你得罪了他，所以才使眼色。你这会子恼我，不但辜负了我，而且反到委曲了我。若是别人，那怕他得罪了十个人，与我何干呢。”湘云摔手道：“你那花言巧语别哄我。我也原不如你林妹妹，别人说他，拿他取笑都使得，只我说了就有不是。我原不配说他。他是小姐主子，我是奴才丫头，得罪了他，使不得！”宝玉急的说道：“我到是为你，反为出不是来了。我要有外心，（朱侧：玉兄急了。）立刻就化成灰，叫万人践踹！”（墨夹：千古未闻之誓，恳切尽情。宝玉此刻之心为如何？）湘云道：“大正月里，少信嘴胡说。（朱侧：回护石兄。）这些没要紧的恶誓，散话，歪话，说给那些小性儿，行动爱恼的人，会辖治你的人（朱侧：此人为谁？）听去！别叫我啐你。”说着，一迳至贾母里间，忿忿的躺着去了。

宝玉没趣，只得又来寻黛玉。刚到门槛前，黛玉便推出来，将门关上。宝玉又不解何意，在窗外只是吞声叫“好妹妹”。黛玉总不理他。宝玉闷闷的垂头自审。袭人早知端的，当此时断不能劝。（墨夹：宝玉在此时一劝必崩了，袭人见机甚妙。）那宝玉只是呆呆的站在那里。

黛玉只当他回房去了，便起来开门，只见宝玉还站在那里。黛玉反不好意思，不好再关，只得抽身上床歪着。宝玉随进来问道：“凡事都有个原故，说出来，人也不委曲。好好的就恼了，终是什么原故起的？”林黛玉冷笑道：“问的我到好，我也不知为什么原故。我原是给你们取笑的，拿我比戏子取笑。”宝玉道：“我并没有比你，我并没笑，为什么恼我呢？”黛玉道：“你还要比？你还要笑？（朱侧：可谓“官断十条路”是也。）你不比不笑，比人比了笑了的还利害呢！”宝玉听说，无可分辩，不则一声。（墨夹：何便无言可辩？真令人不解。前文湘云方来，“正言弹妒意”一篇中，颦、玉角口后收至褂子一篇，余已注明不解矣。回思自心自身是玉、颦之心，则洞然可解，否则无可解也。身非宝玉，则有辩有答；若宝玉，则再不能辩不能答。何也？总在二人心上想来。　朱眉：此书如此等文章多多不能枚举，机括神思自从天分而有。其毛锥写人口气传神摄魄处，怎不令人拍案称奇叫绝！丁亥夏。畸笏叟。）

黛玉又道：“这一节还恕得。再你为什么又和云儿使眼色？这安的是什么心？莫不是他和我顽，他就自轻自贱了？他原是公侯的小姐，我原是贫民的丫头，他和我顽，设若我回了口，岂不他自惹人轻贱呢。是这主意不是？这却也是你的好心，只是那一个偏又不领你这好情，一般也恼了。（墨夹：颦儿自知云儿恼，用心甚矣！）你又拿我作情，到说我小性儿，（墨夹：颦儿却又听见，用心甚矣！）行动肯恼。你又怕他得罪了我，恼他。我恼他，与你何干？他得罪了我，又与你何干？”（墨夹：问的却极是，但未必心应。若能如此，将来泪尽夭亡已化乌有，世间亦无此一部《红楼梦》矣。　朱眉：神工乎，鬼工乎？文思至此尽矣。丁亥夏。畸笏。）

宝玉见说，方才与湘云私谈，他也听见了。细想自己原为他二人，怕生隙恼，方在中调和，不想并未调和成功，反已落了两处的贬谤。正与前日所看《南华经》上，有“巧者劳而智者忧，无能者无所求，饱食而遨游，泛若不系之舟”，又曰“山木自寇，（墨夹：按原注：“山木，漆树也。精脉自出，岂人所使之？故云‘自寇’，言自相戕贼也。”）源泉自盗”等语。（墨夹：源泉味甘，然后人争取之，自寻干涸也，亦如山木意，皆寓人智能聪明多知之害也。前文无心云看《南华经》，不过袭人等恼时，无聊之甚，偶以释闷耳。殊不知用于今日，大解误大觉迷之功甚矣。市徒见此必云：前日看的是外篇《胠箧》，如何今日又知若许篇？然则彼时只曾看外篇数语乎？想其理，自然默默看过几篇，适至外篇，故偶触其机，方续之也。若云只看了那几句便续，则宝玉彼时之心是有意续《庄子》，并非释闷时偶续之也。且更有见前所续，则曰续的不通，更可笑矣。试思宝玉虽愚，岂有安心立意与庄叟争衡哉？且宝玉有生以来，此身此心为诸女儿应酬不暇，眼前多少现成有益之事尚无暇去做，岂忽然要分心于腐言糟粕之中哉？可知除闺阁之外，并无一事是宝玉立意作出来的。大则天地阴阳，小则功名荣枯，以及吟篇琢句，皆是随分触情。偶得之，不喜；失之，不悲。若当作有心，谬矣。只看大观园题咏之文，已算平生得意之句得意之事矣，然亦总不见再吟一句，再题一事，据此可见矣。然后可知前夜是无心顺手拈了一本《庄子》在手，且酒兴醺醺，芳愁默默，顺手不计工拙，草草一续也。若使顺手拈一本近时鼓词，或如"钟无艳赴会，其太子走国"等草野风邪之传，必亦续之矣。观者试看此批，然后谓余不谬。所以可恨者，彼夜却不曾拈了《山门》一出传奇。若使《山门》在案，彼时拈着，又不知于《寄生草》后续出何等超凡入圣大觉大悟诸语录来。　黛玉一生是聪明所误，宝玉是多事者，情之事也，非世事也。多情曰多事，亦宗《庄》笔而来，盖余亦偏矣，可笑。阿凤是机心所误，宝钗是博知所误，湘云是自爱所误，袭人是好胜所误，皆不能跳出庄叟言外，悲亦甚矣。再笔。）因此越想越无趣。再细想来，目下不过这两个人，尚未应酬妥协，将来犹欲为何？（墨夹：看他只这一笔，写得宝玉又如何用心于世道。言闺中红粉尚不能周全，何碌碌偕欲治世，待人接物哉？视闺中自然如儿戏，视世道如虎狼矣，谁云不然？）想到其间也无庸分辩回答，自己转身回房来。（墨夹：颦儿云"与你何干"，宝玉如此一回则曰"与我何干"可也。口虽未出，心已悟矣，但恐不常耳。若常存此念，无此一部书矣。看他下文如何转折。）林黛玉见他去了，便知回思无趣，赌气去了，一言也不曾发，不禁自己越发添了气，（墨夹：只此一句又勾起波浪。去则去，来则来，又何气哉？总是断不了这根孽肠，忘不了这个祸害，既无而又有也。）便说道："这一去，一辈子也别来，也别说话。"

宝玉不理，（墨夹：此是极心死处，将来如何？）回房倘在床上，只是瞪瞪的。袭人深知原委，不敢就说，（墨夹：一说必崩。）只得以他事来解释，因说道："今儿看了戏，又勾出几天戏来。宝姑娘一定要还席的。"宝玉冷笑道："他还不还，管谁什么相干。"（墨夹：大奇大神之文。此"相干"之语仍是近文与颦儿之语之"相干"也。上文未说，终存于心，却于宝钗身上发泄。素厚者惟颦、云，今为彼等尚存此心，况于素不契者有不直言者乎？情理笔墨，无不尽矣。）袭人见这话不是往日的口吻，因又笑道："这是怎么说？好好的大正月里，娘儿们姊妹们都喜喜欢欢的，你又怎么这个形景了？"宝玉冷笑道："他们娘儿们姊妹们欢喜不欢喜，也与我无干。"（墨夹：先及宝钗，后及众人，皆一颦之祸流毒于众人。宝玉之心实仅有一颦乎。）袭人笑道："他们既随和，你也随和，岂不大家彼此有趣。"宝玉道："什么是'大家彼此'！他们有'大家彼此'，我是'赤条条来去无牵挂'。"（墨夹：拍案叫好！当此一发，西方诸佛亦来听此棒喝，参此语录。）谈及此句，不觉泪下。（墨夹：还是心中不净、不了、斩不断之故。）袭人见此光景，不肯再说。宝玉细想这句趣味，不禁大哭起来，（墨夹：此是忘机大悟，世人所谓疯癫是也。）翻身起来至案，遂提笔立占一偈云：

你证我证，心证意证。
是无有证，斯可云证。
无可云证，是立足境。（墨夹：已悟已觉。是好偈矣。宝玉悟禅亦由情，读书亦由情，读《庄》亦由情。可笑。）

写毕，自虽解悟，又恐人看此不解，（墨夹：自悟则自了，又何用人亦解哉？此正是犹未正觉大悟也。）因此亦填一支《寄生草》，也写在偈后。（墨夹：此处亦续《寄生草》。余前批云不曾见续，今却见之，是意外之幸也。盖前夜《庄子》是道悟，此日是禅悟，天花散漫之文也。）自己又念一遍，自觉无挂碍，中心自得，便上床睡了。（墨夹：前夜已悟，今夜又悟，二次翻身不出，故一世堕落无成也。不写出曲文何辞，却留于宝钗眼中写出，是交代过节也。）

谁想黛玉见宝玉此番果断而去，故以寻袭人为由，来视动静。（墨夹：这又何必？总因慧刀不利，未斩毒龙之故也。大都如此，叹！叹！）袭人笑回："已经睡了。"黛玉听说，便要回去。袭人笑道："姑娘请站住，有一个字帖儿，瞧瞧是什么话。"说着，便将方才那曲子与偈语悄悄拿来，递与黛玉看。黛玉看了，知是宝玉一时感忿而作，不觉可笑可叹，（墨夹：是个善知觉。何不趁此大家一解，齐证上乘，甘心堕落迷津哉？）便向袭人道："作的是顽意儿，无甚关系。"（墨夹：黛玉说"无关系"，将来必无关系。余正恐颦、玉从此一悟则无妙文可看矣。不想颦儿视之为漠然，更曰"无关系"，可知宝玉不能悟也。余心稍慰。盖宝玉一生行为，颦知最确，故余闻颦语则信而又信，不必定玉而后证之方信也。 余云恐他二人一悟则无妙文可看，然欲为开我怀，为醒我目，却愿他二人永堕迷津，生出孽障，余心甚不公矣。世云损人利己者，余此愿是矣。试思之，可发一笑。今自呈于此，亦可为后人一笑，以助茶前酒后之兴耳。而今后天地间岂不又添一趣谈乎？凡书皆以趣谈读去，其理自明，其趣自得矣。）说毕，便携了回房去，与湘云同看。（墨夹：却不同湘云分崩，有趣！）次日又与宝钗看。宝钗看其词（墨夹：出自宝钗目中，正是大关键处。）曰：

无我原非你，从他不解伊。肆行无碍凭来去。茫茫着甚悲愁喜，纷纷说甚亲疏密。从前碌碌却因何，到如今回头试想真无趣！（墨夹：看此一曲，试思作者当日发愿不作此书，却立意要作传奇，则又不知有如何词曲矣。）

看毕，又看那偈语，又笑道："这个人悟了。都是我的不是，都是我昨儿一支曲子惹出来的。这些道书禅机最能移性。（墨夹：拍案叫绝！此方是大悟彻语录，非宝卿不能谈此也。）明儿认真说起这些疯话来，存了这个意思，都是从我这一支曲子上来，我成了个罪魁了。"说着，便撕了个粉碎，递与丫头们说："快烧了罢。"黛玉笑道："不该撕，等我问他。你们跟我来，包管叫他收了这个痴心邪话。”

三人果然都往宝玉屋里来。一进来，黛玉便笑道：“宝玉，我问你：至贵者是‘宝’，至坚者是‘玉’。你有何贵？尔有何坚？”（墨夹：拍案叫绝！大和尚来答此机锋，想亦不能答也。非颦儿，第二人无此灵心慧性也。）宝玉竟不能答。三人拍手笑道：“这样愚钝，还参禅呢。”黛玉又道：“你那偈末云：‘无可云证，是立足境。’固然好了，只是据我看，还未尽善。我再续两句在后。”因念云：“无立足境，是方干净。”（墨夹：拍案叫绝！此又深一层也。亦如谚云：“去年贫，只立锥；今年贫，锥也无。”其理一也。）宝钗道：“实在这方悟彻。当日南宗六祖惠能，（朱眉：用得妥当之极！）初寻师至韶州，闻五祖弘忍在黄梅，他便充役火头僧。五祖欲求法嗣，令徒弟诸僧各出一偈。上座神秀说道：‘身是菩提树，心如明镜台。时时勤拂拭，莫使有尘埃。’彼时惠能在厨房碓米，听了这偈，说道：‘美则美矣，了则未了。’因自念一偈曰：‘菩提本非树，明镜亦非台。本来无一物，何处染尘埃？‘五祖便将衣钵传他。（墨夹：出语录。总写宝卿博学宏览，胜诸才人；颦儿却聪慧灵智，非学力所致——皆绝世绝伦之人也。宝玉宁不愧杀！）今儿这偈语，亦同此意了。只是方才这句机锋，尚未完全了结，这便丢开手不成？“黛玉笑道：“彼时不能答，就算输了，这会子答上了也不为出奇。只是以后再不许谈禅了。连我们两个所知所能的，你还不知不能呢，还去参禅呢。”宝玉自以为觉悟，不想忽被黛玉一问，便不能答，宝钗又比出“语录”来，此皆素不见他们能者。自己想了一想：原来他们比我的知觉在先，尚未解悟，我如今何必自寻苦恼。（朱眉：前以《庄子》为引，故偶续之。又借颦儿诗一鄙驳，兼不写着落，以为瞒过看官矣。此回用若许曲折，仍用老庄引出一偈来，再续一《寄生草》，可为大觉大悟已。以之上承果位，以后无书可作矣。却又轻轻用黛玉一问机锋，又续偈言二句，并用宝钗讲五祖六祖问答二实偈子，使宝玉无言可答，仍将一大善知识，始终跌不出警幻幻榜中，作下面若干回书，真有机心游龙不测之势，安得不叫绝？且历来小说中万写不到者。已卯冬夜。）想毕，便笑道：“谁又参禅，不过一时顽话罢了。”说着，四人仍复如旧。（墨夹：轻轻抹去也。“心净难”三字不谬。）

忽然人报，娘娘差人送出一个灯谜儿，命你们大家去猜，猜着了每人也作一个进去。四人听说忙出去，至贾母上房。只见一个小太监，拿了一盏四角平头白纱灯，专为灯谜而制，上面已有一个，众人都争看乱猜。小太监又下谕道：“众小姐猜着了，不要说出来，每人只暗暗的写在纸上，一齐封进宫去，娘娘自验是否。”宝钗等听了，近前一看，是一首七言绝句，并无甚新奇，口中少不得称赞，只说难猜，故意寻思，其实一见就猜着了。宝玉、黛玉、湘云、探春（墨夹：此处透出探春，正是草蛇灰线，后文方不突然。）四个人也都解了，各自暗暗的写了半日。一并将贾环、贾兰等传来，一齐各揣机心（墨夹：写出猜谜人形景，看他偏于两次戒机后，写此机心机事，足见用意至深至远。）都猜了，写在纸上。然后各人拈一物，作成一谜，恭楷写了，挂在灯上。

太监去了，至晚出来传谕：“前娘娘所制，俱已猜着，惟二小姐与三爷猜的不是。（墨夹：迎春、贾环也，交错有法。）小姐们作的也都猜着了，不知是否。”说着，也将写的拿出来。也有猜着的，也有猜不着的，都胡乱说猜着了。太监又将颁赐之物送与猜着之人，每人一个宫制诗筒，（墨夹：诗筒，身边所佩之物，以待偶成之句草录暂收之，其归至窗前不致有忘也。或茜牙成，或琢香屑，或以绫素为之不一，想来奇特事，从不知也。）一柄茶筅，（墨夹：破竹如帚，以净茶具之积也。二物极微极雅。）独迎春、贾环二人未得。迎春自为玩笑小事，并不介意，（墨夹：大家小姐。）贾环便觉得没趣。且又听太监说：“三爷说的这个不通，娘娘也没猜，叫我带回问三爷是个什么。”众人听了，都来看他作的什么，写道是：

大哥有角只八个，二哥有角只两根。

大哥只在床上坐，二哥爱在房上蹲。（墨夹：可发一笑，真环哥之谜。诸卿勿笑，难为了作者摹拟。）

众人看了，大发一笑。贾环只得告诉太监说：“一个枕头，一个兽头。”（墨夹：亏他好才情，怎么想来？）太监记了，领茶而去。

贾母见元春这般有兴，自己越发喜乐，便命速作一架小巧精致围屏灯来，设于当屋，命他姊妹各自暗暗的作了，写出来粘于屏上，然后预备下香茶细果以及各色玩物，为猜着之贺。贾政朝罢，见贾母高兴，况在节间，晚上也来承欢取乐。设了酒果，备了玩物，上房悬了彩灯，请贾母赏灯取乐。上面贾母、贾政、宝玉一席，下面王夫人、宝钗、黛玉、湘云又一席，迎、探、惜三个又一席。地下婆娘丫环站满。李宫裁、王熙凤二人在里间又一席。（朱侧：细致。）贾政因不见贾兰，便问：“怎么不见兰哥？”（墨夹：看他透出贾政极爱贾兰。）地下婆娘忙进里间问李氏，李氏起身笑着回道：“他说方才老爷并没去叫他，他不肯来。”婆娘回复了贾政。众人都笑说：“天生的牛心古怪。”贾政忙遣贾环与两个婆娘将贾兰唤来。贾母命他在身旁坐了，抓果品与他吃。大家说笑取乐。

往常间只有宝玉长谈阔论，今日贾政在这里，便惟有唯唯而已。（墨夹：写宝玉如此。非世家曾经严父之训者，断写不出此一句。）余者湘云虽系闺阁弱女，却素喜谈论，今日贾政在席，也自缄口禁言。（墨夹：非世家经明训者，断不知此一句。写湘云如此。）黛玉本性懒与人共，原不肯多语。（墨夹：黛玉如此。与人多话则不肯，何得与宝玉话更多哉？）宝钗原不妄言轻动，便此时亦是坦然自若。（墨夹：瞧他写宝钗，真是又曾经严父慈母之明训，又是世府千金，自己又天性从礼合节，前三人之长并归于一身。前三人向有捏作之态，故惟宝钗一人作坦然自若，亦不见逾规踏矩也。）故此一席虽是家常取乐，反见拘束不乐。（墨夹：非世家公子断写不及此。想近时之家，纵其儿女哭笑索饮，长者反以为乐，其无礼不法，何如是耶！）贾母亦知因贾政一人在此所致之故，（墨夹：这一句又明补出贾母亦是世家明训之千金也，不然断想不及此。）酒过三巡，便撵贾政去歇息。贾政亦知贾母之意，撵了自己去后，好让他们姊妹兄弟取乐的。贾政忙陪笑道：“今日原听见老太太这里大设春灯雅谜，故也备了彩礼酒席，特来入会。何疼孙子孙女之心，便不略赐以儿子半点？”（墨夹：贾政如此，余亦泪下。）贾母笑道：“你在这里，他们都不敢说笑，没的到叫我闷。你要猜谜时，我便说一个你猜，猜不着是要罚的。”贾政忙笑道：“自然要罚。若猜着了，也是要领赏的。”贾母道：“这个自然。”说着便念道：

猴子身轻站树梢。（墨夹：所谓“树倒猢狲散”是也。）打一果名。

贾政已知是荔枝，（墨夹：的是贾母之谜。）便故意乱猜别的，罚了许多东西，然后方猜着，也得了贾母的东西。然后也念一个与贾母猜，念道：

身自端方，体自坚硬。
虽不能言，有言必应。（墨夹：好极！的是贾老之谜，包藏贾府祖宗自身，“必”字隐“笔”字。妙极，妙极！）打一用物。

说毕，便悄悄的说与宝玉。宝玉意会，又悄悄的告诉了贾母。贾母想了想，（朱侧：太君身份。）果然不差，便说：“是砚台。”贾政笑道：“到底是老太太，一猜就是。”回头说：“快把贺彩送来。”地下妇女答应一声，大盘小盘一齐捧上。贾母逐件看去，都是灯节下所用所顽新巧之物，甚喜，遂命：“给你老爷斟酒。”宝玉执壶，迎春送酒。贾母因说：“你瞧瞧那屏上，都是他姊妹们做的，再猜一猜我听。”贾政答应，起身走至屏前，只见头一个写道是：

能使妖魔胆尽摧，身如束帛气如雷。
一声震得人方恐，回首相看已化灰。（墨夹：此元春之谜。才得侥幸，奈寿不长，可悲哉！）

贾政道：“这是炮竹吓。”宝玉答道：“是。”贾政又看道：

天运人功理不穷，有功无运也难逢。
因何镇日纷纷乱，只为阴阳数不同。（墨夹：此迎春一生遭际，惜不得其夫何！）

贾政道：“是算盘。”迎春笑道：“是。”又往下看是：

阶下儿童仰面时，清明妆点最堪宜。
游丝一断浑无力，莫向东风怨别离。（墨夹：此探春远适之谶也。使此人不远去，将来事败，诸子孙不致流散也，悲哉伤哉！）

贾政道：“这是风筝。”探春笑道：“是。”又看道是：

前身色相总无成，不听菱歌听佛经。
莫道此生沉黑海，性中自有大光明。（墨夹：此惜春为尼之谶也。公府千金至缁衣乞食，宁不悲夫！　朱眉：此后破失，俟再补。）

贾政道："这是佛前海灯嗄。"惜春笑答道："是海灯。"贾政心内沉思道："娘娘所作爆竹，此乃一响而散之物。迎春所作算盘，是打动乱如麻。探春所作风筝，乃飘飘浮荡之物。惜春所作海灯，一发清净孤独。今乃上元佳节，如何皆用此不祥之物为戏耶?"心内愈思愈闷，因在贾母之前，不敢形于色，只得仍勉强往下看去。只见后面写着七言律诗一首，却是宝钗所作，随念道：

朝罢谁携两袖烟，琴边衾里总无缘。
晓筹不用鸡人报，五夜无烦侍女添。
焦首朝朝还暮暮，煎心日日复年年。
光阴荏苒须当惜，风雨阴晴任变迁。（墨批：此回未成而芹逝矣！叹！叹！丁亥夏，畸笏叟。）

贾政看完，心内自忖道："此物还倒有限。只是小小之人作此词句，更觉不祥，皆非永远福寿之辈。"想到此处，愈觉烦闷，大有悲戚之状，因而将适才的精神减去十分之八九，只垂头沉思。

贾母见贾政如此光景，想到或是他身体劳乏亦未可定，又兼之恐拘束了众姊妹不得高兴顽耍，即对贾政云："你竟不必猜了，去安歇罢。让我们再坐一会，也好散了。"贾政一闻此言，连忙答应几个"是"字，又勉强劝了贾母一回酒，方才退出去了。回至房中只是思索，翻来复去竟难成寐，不由伤悲感慨，不在话下。

且说贾母见贾政去了，便道："你们可自在乐一乐罢。"一言未了，早见宝玉跑至围屏灯前，指手画脚，满口批评，这个一句不好，那一个破的不恰，如同开了笼的雀子一般。宝钗便道："还象适才坐着，大家说说笑笑，岂不斯文些儿。"凤姐自里间忙出来插口道："你这个人，就该老爷每日令你寸步不离方好。适才我忘了，为什么不当着老爷，撺掇叫你也作诗谜儿。若如此，怕不得这会子正出汗呢。"说的宝玉急了，扯着凤姐儿，扭股儿糖似的只是厮缠。贾母又与李宫裁并众姊妹说笑了一会，也觉有些困倦起来。听了听已是漏下四鼓，命将食物撤去，赏散与众人，随起身道："我们安歇罢。明日还是节下，该当早起。明日晚间再玩罢。"且听下回分解。

第二十三回 西厢记妙词通戏语 牡丹亭艳曲警芳心

话说贾元春自那日幸大观园回宫去后，便命将那日所有的题咏，命探春依次抄录妥协，自己编次，叙其优劣，又命在大观园勒石，为千古风流雅事。因此，贾政命人各处选拔精工名匠，在大观园磨石镌字，贾珍率领蓉、萍等监工。因贾蔷又管理着文官等十二个女戏并行头等事，不大得便，因此贾珍又将贾菖、贾菱唤来监工。一日，汤蜡钉朱，动起手来。这也不在话下。

且说那个玉皇庙并达摩庵两处，一班的十二个小沙弥并十二个小道士，如今挪出大观园来，贾政正想发到各庙去分住。不想后街上住的贾芹之母周氏，正盘算着也要到贾政这边谋一个大小事务与儿子管管，也好弄些银钱使用，可巧听见这件事，便坐轿子来求凤姐。凤姐因见他素日不大拿班作势的，便依允了，想了几句话（朱侧：一派心机。）便回王夫人说："这些小和尚道士万不可打发到别处去，一时娘娘出来就要承应。倘或散了火，若再用时，可是又费事。依我的主意，不如将他们竟送到咱们家庙里铁槛寺去，月间不过派一个人拿几两银子去买柴米就完了。说声用，走去叫来，一点儿不费事呢。"王夫人听了，便商之于贾政。贾政听了笑道："到是提醒了我，就是这样。"

即时唤贾琏来。

当下贾琏正同凤姐吃饭，一闻呼唤，不知何事，放下饭便走。凤姐一把拉住，笑道："你且站住，听我说话。若是别的事我不管，若是为小和尚们的事，好歹依我这么着。"如此这般教了一套话。贾琏笑道："你有本事你说去。"凤姐听了，把头一梗，把筷子一放，腮上似笑不笑的瞅着贾琏道："你当真的，是顽话？"贾琏笑道："西廊下五嫂子的儿子芸儿来求了我两三遭，要个事情管管。我依了，叫他等着。好容易出来这件事，你又夺了去。"凤姐儿笑道："你放心。园子东北角子上，娘娘说了，还叫多多的种松柏树，楼底下还叫种些花草。等这件事出来，我管保叫芸儿管这件工程。"贾琏道："果这样也罢了。只是昨儿晚上，我不过是要改个样儿，你就扭手扭脚的。"（朱侧：写凤姐风月之文如此，总不脱漏。）凤姐儿听了，嗤的一声笑了，（朱侧：好章法！）向贾琏啐了一口，低下头便吃饭。

贾琏已经笑着去了，到了前面见了贾政，果然是小和尚一事。贾琏便依了凤姐主意，说道："如今看来，芹儿到大大的出息了，这件事竟交予他去管办。横竖照在里头的规例，每月叫芹儿支领就是了。"贾政原不大理论这些事，听贾琏如此说，便如此依了。贾琏回到房中告诉凤姐儿，凤姐即命人去告诉了周氏。贾芹便来见贾琏夫妻两个，感谢不尽。凤姐又作情央贾琏先支三个月的，叫他写了领字，贾琏批票画了押，登时发了对牌出去。银库上按数发出三个月的供给来，白花花二三百两。贾芹随手拈一块，撂予掌平的人，叫他们吃茶罢。于是命小厮拿回家，与母亲商议。登时雇了大脚驴，自己骑上，又雇了几辆车，至荣国府角门，唤出二十四个人来，坐上车，一迳往城外铁槛寺去了。当下无话。

如今且说贾元春，因在宫中自编大观园题咏之后，忽想起那大观园中景致，自己幸过之后，贾政必定敬谨封锁，不敢使人进去骚扰，岂不寥落。况家中现有几个能诗会赋的姊妹，何不命他们进去居住，也不使佳人落魄，花柳无颜。（朱侧：韵人行韵事。）却又想到宝玉自幼在姊妹丛中长大，不比别的兄弟，若不命他进去，只怕他冷清了，一时不大畅快，未免贾母、王夫人愁虑，须得也命他进园居住方妙。（朱眉：大观园原系十二钗栖止之所，然工程浩大，故借元春之名而起，再用元春之命以安诸艳，不见一丝扭捻。己卯冬夜。）想毕，遂命太监夏忠到荣国府来下一道谕，命宝钗等只管在园中居住，不可禁约封锢，命宝玉仍随进去读书。

贾政、王夫人接了这谕，待夏忠去后，便来回明贾母，遣人进去各处收拾打扫，安设帘幔床帐。别人听了还自犹可，惟宝玉听了这谕，喜的无可不可。正和贾母盘算，要这个，弄那个，忽见丫环来说："老爷叫宝玉。"宝玉听了，好似打了个焦雷，（朱侧：多大力量写此句。余亦惊骇，况宝玉乎！）登时扫去兴头，脸上转了颜色，便拉着贾母扭的好似扭股儿糖，杀死不敢去。贾母只得安慰他道："好宝贝，你只管去，有我呢，他不敢委曲了你。（朱侧：回思十二三时，亦曾有是病来，想时不再至，不禁泪下。）况且你又作了那篇好文章。想是娘娘叫你进去住，他吩咐你几句，不过不教你在里头淘气。他说什么，你只好生答应着就是了。"一面安慰，一面唤了两个老嬷嬷来，吩咐："好生带了宝玉去，别叫他老子唬着他。"老嬷嬷答应了。

宝玉只得前去，一步挪不了三寸，　到这边来。可巧在王夫人房中商议事情，金钏儿、彩云、彩霞、绣鸾、绣凤等众丫环都在廊檐底下站着呢，一见宝玉来，都抿着嘴笑。金钏一把拉住宝玉，（朱侧：有是事，有是人。）悄悄的笑道：“我这嘴上是才擦的香浸胭脂，（朱侧：活像活现。）你这会子可吃不吃了？”彩云一把推开金钏，笑道：“人家正心里不自在，你还奚落他。趁这会子喜欢，快进去罢。”宝玉只得挨进门去。原来贾政和王夫人都在里间呢。赵姨娘打起帘子，宝玉躬身进去。只见贾政和王夫人对面坐在炕上说话，地下一溜椅子，迎春、探春、惜春、贾环四个人都坐在那里。一见他进来，惟有探春和惜春、贾环站了起来。

贾政一举目，见宝玉站在跟前，神彩飘逸，秀色夺人，（朱侧：“消气散”用的好。）看看贾环，人物委锁，举止荒疏，忽又想起贾珠来，（朱侧：批至此，几乎失声哭出。）又看看王夫人只有这一个亲生的儿子，素爱如珍，自己的胡须将已苍白，因这几件上，把素日嫌恶处分宝玉之心不觉减了八九。半晌说道：“娘娘吩咐说，你日日外头嬉游，渐次疏懒，如今叫禁管，（朱眉：写宝玉可入园，用“禁管”二字，得体理之至。壬午九月。）同你姊妹在园里读书写字，你可好生用心习学，再如不守分安常，你可仔细！”宝玉连连的答应了几个“是”。王夫人便拉他在身旁坐下。他姊弟三人依旧坐下。

王夫人摸挲着宝玉的脖项说道：“前儿的丸药都吃完了？”宝玉答道：“还有一丸。”王夫人道：“明儿再取十丸来，天天临睡的时候，叫袭人伏侍你吃了再睡。”宝玉道：“只从太太吩咐了，袭人天天晚上想着，打发我吃。”（朱侧：大家细细听去，活似小儿口气。）贾政问道：“袭人是何人？”王夫人道：“是个丫头。”贾政道：“丫头不管叫个什么罢了，是谁这样刁钻，起这样的名字？”王夫人见贾政不自在了，便替宝玉掩饰道：“是老太太起的。”贾政道：“老太太如何知道这话，一定是宝玉。”宝玉见瞒不过，只得起身回道：“因素日读诗，曾记古人有一句诗云：‘花气袭人知昼暖’。因这个丫头姓花，便随口起了这个。”王夫人忙又道：“宝玉，你回去改了罢。老爷也不用为这小事动气。”贾政道：“究竟也无碍，又何用改。（朱侧：几乎改去好名。）只是可见宝玉不务正，专在这些浓词艳赋上作工夫。”说毕，断喝一声：（朱侧：好收拾。）“作业的畜生，还不出去！”王夫人也忙道：“去罢，只怕老太太等你吃饭呢。”宝玉答应了，慢慢的出去，向金钏儿笑着伸伸舌头，带着两个嬷嬷一溜烟去了。

刚至穿堂门前，（墨夹：妙！这便是凤姐扫雪拾玉之处，一丝不乱。）只见袭人倚门立在那里，一见宝玉平安回来，堆下笑来问（朱侧：等坏了，愁坏了。所以有“堆下笑来问”之话。）道：“叫你作什么？”宝玉告诉他：“没有什么，不过怕我进园去淘气，吩咐、吩咐。”（朱侧：就说大话，毕肖之至！）一面说，一面回至贾母跟前，回明原委。只见林黛玉正在那里，宝玉便问他：“你住那一处好？”林黛玉正心里盘算这事，（朱侧：颦儿亦有盘算事，拣择清幽处耳，未知择邻否？一笑。）忽见宝玉问他，便笑道：“我心里想着潇湘馆好，爱那几竿竹子隐着一道曲栏，比别处更觉幽静。”宝玉听了拍手笑道：“正和我的主意一样，我也要叫你住这里呢。我就住怡红院，咱们两个又近，又都清幽。”（朱侧：择邻出于玉兄，所谓真知己。）

二人正计较，就有贾政遣人来回贾母说：“二月二十二日子好，哥儿姐儿们好搬进去的。这几日内遣人进去分派收拾。”薛宝钗住了蘅芜苑，林黛玉住了潇湘馆，贾迎春住了缀锦楼，探春住了秋爽斋，惜春住了蓼风轩，李氏住了稻香村，宝玉住了怡红院。每一处添两个老嬷嬷，四个丫头，除各人奶娘亲随丫环不算外，另有专管收拾打扫的。至二十二日，一齐进去，登时园内花招绣带，柳拂香风，（墨夹：八字写得满园之内处处有人，无一处不到。）不似前番那等寂寞了。

闲言少叙。且说宝玉自进花园以来，心满意足，再无别项可生贪求之心。每日只和姊妹丫头们一处，或读书，（朱侧：未必。）或写字，或弹琴下棋，作画吟诗，以至描鸾刺凤，（朱侧：有之。）斗草簪花，低吟悄唱，折字猜枚，无所不至，到也十分快乐。他曾有几首即事诗，虽不算好，却到是真情真景，略记几首云：

春夜即事云

霞绡云幄任铺陈，隔巷蟆更听未真。
枕上轻寒窗外雨，眼前春色梦中人。
盈盈烛泪因谁泣，点点花愁为我嗔。
自是小鬟娇懒惯，拥衾不耐笑言频。

夏夜即事云

倦绣佳人幽梦长，金笼鹦鹉唤茶汤。
窗明麝月开宫镜，室霭檀云品御香。
琥珀杯倾荷露滑，玻璃槛纳柳风凉。
水亭处处齐纨动，帘卷朱楼罢晚妆。

秋夜即事云

绛芸轩里绝喧哗，桂魄流光浸茜纱。
苔锁石纹容睡鹤，井飘桐露湿栖鸦。
抱衾婢至舒金凤，倚槛人归落翠花。
静夜不眠因酒渴，沉烟重拨索烹茶。

冬夜即事云

梅魂竹梦已三更，锦罽鹴衾睡未成。
松影一庭惟见鹤，梨花满地不闻莺。
女儿翠袖诗怀冷，公子金貂酒力轻。
却喜侍儿知试茗，扫将新雪及时烹。（朱眉：四诗作尽安福尊荣之贵介公子也。壬午孟夏。）

因这几首诗，当时有一等势利人，见荣国府十二三岁的公子作的，抄录出来各处称颂，再有一等轻浮子弟，爱上那风骚妖艳之句，也写在扇头壁上，不时吟哦赏赞。因此竟有人来寻诗觅字，倩画求题的。宝玉亦发得了意，镇日家作这些外务。

谁想静中生烦恼，忽一日不自在起来，这也不好，那也不好，出来进去只是闷闷的。园中那些人多半是女孩儿，正在混沌世界，天真烂漫之时，坐卧不避，嘻笑无心，那里知宝玉此时的心事。那宝玉心内不自在，便懒在园内，只在外头鬼混，却又痴痴的。（墨夹：不进园去，真不知何心事。）

茗烟见他这样，因想与他开心，左思右想，皆是宝玉顽烦了的，不能开心，惟有这件，宝玉不曾看见过。（朱侧：书房伴读累累如是，余至今痛恨。）想毕，便走去到书坊内，把那古今小说并那飞燕、合德、武则天、杨贵妃的外传与那传奇角本买了许多来，引宝玉看。宝玉何曾见过这些书，一看见了便如得了珍宝。茗烟又嘱咐他不可拿进园去，“若叫人知道了，我就吃不了兜着走呢。”宝玉那里舍的不拿进去，踟蹰再三，单把那文理细密的拣了几套进去，放在床顶上，无人时自己密看。那粗俗过露的，都藏在外面书房里。

那一日正当三月中浣，早饭后，宝玉携了一套《会真记》，走到沁芳闸桥边桃花底下一块石上坐着，展开《会真记》，从头细玩。正看到“落红成阵”，只见一阵风过，把树头上桃花吹下一大半来，（朱侧：好一阵凑趣风。）落的满身满书满地皆是。宝玉要抖将下来，恐怕脚步践踏了，（墨夹：情不情。）只得兜了那花瓣，来至池边，抖在池内。那花瓣浮在水面，飘飘荡荡，竟流出沁芳闸去了。

回来只见地下还有许多，宝玉正踟蹰，只听背后有人说道：“你在这里作什么？”宝玉一回头，却是林黛玉来了，肩上担着花锄，（朱侧：一幅采芝图，非葬花图也。）锄上挂着行囊，手内拿着花帚。（朱眉：此图欲画之心久矣，誓不过仙笔不写，恐亵我颦卿故也。己卯冬。　朱眉：丁亥春间，偶识一浙省发，其白描美人，真神品物，甚合余意。奈彼因宦缘所缠无暇，且不能久留都下，未几南行矣。余至今耿耿，怅然之至。恨与阿颦结一笔墨缘之难若此！叹！叹！丁亥夏。畸笏叟。）宝玉笑道：“好，好，来把这个花扫起来，（朱侧：如见如闻。）撂在那水里。我才撂了好些在那里呢。”林黛玉道：“撂在水里不好。你看这里的水干净，只一流出去，有人家的地方脏的臭的混倒，仍旧把花遭塌了。那畸角上我有一个花冢，（朱侧：好名色！新奇！葬花亭里埋花人。）如今把他扫了，装在这绢袋里，拿土埋上，日久不过随土化了，（朱侧：宁使香魂随土化。）岂不干净。”（墨夹：写黛玉又胜宝玉十倍痴情。）宝玉听了喜不自禁，笑道：“待我放下书，帮你来收拾。”（朱侧：顾了这头，忘却那头。）黛玉道：“什么书？”宝玉见问，慌的藏之不迭，便说道：“不过是《中庸》《大学》。”黛玉笑道：“你又在我跟前弄鬼。趁早儿给我瞧，好多着呢。”宝玉道：“好妹妹，若论你，我是不怕的。你看了，好歹别告诉别人去。真真这是好书！你要看了，连饭也不想吃呢。”一面说，一面递了过去。林黛玉把花具且都放下，接书来瞧，从头看去，越看越爱看，不顿饭工夫，将十六出俱已看完，自觉词藻警人，余香满口。虽看完了书，却只管出神，心内还默默记诵。

宝玉笑道：“妹妹，你说好不好？”林黛玉笑道：“果然有趣。”宝玉笑道：“我就是‘多愁多病身’，你就是那‘倾国倾城貌’。”（朱侧：看官说宝玉忘情有之，若认作有心取笑，则看不得《石头记》。）林黛玉听了，不觉带腮连耳通红，登时直竖起两道似蹙非蹙的眉，瞪了两只似睁非睁的眼，微腮带怒，薄面含嗔，指宝玉道："你这该死的胡说！好好的把这淫词艳曲弄了来，还学了这些混话来欺负我。我告诉舅舅舅母去。"说到"欺负"两个字上，早又把眼睛圈儿红了，转身就走。（朱侧：唬杀！急杀！）宝玉着了急，向前拦住说道："好妹妹，千万饶我这一遭，原是我说错了。若有心欺负你，明儿我掉在池子里，教个癞头鼋吞了去，变个大忘八，等你明儿做了'一品夫人'病老归西的时候，我往你坟上替你驮一辈子的碑去。"（朱侧：虽是混话一串，却成了最新最奇的妙文。）说的林黛玉嗤的一声笑了，（朱侧：看官想用何等话令黛玉一笑收科？）揉着眼睛，一面笑道："一般也唬的这个调儿，还只管胡说。呸，原来是'苗而不秀，是个银样鑞枪头'。"宝玉听了，笑道："你这个呢？我也告诉去。"林黛玉笑道："你说你会过目成诵，难道我就不能一目十行么？"

宝玉一面收书，一面笑道："正经快把花埋了罢，别提那个了。"二人便收拾落花，正才掩埋妥协，只见袭人走来，说道："那里没找到，摸在这里来。那边大老爷身上不好，姑娘们都过去请安，老太太叫打发你去呢。快回去换衣裳去罢。"宝玉听了，忙拿了书，别了黛玉，同袭人回房换衣不提。（墨夹：一语度下。）

这里林黛玉见宝玉去了，又听见众姊妹也不在房，自己闷闷的。（墨夹：有原故。）正欲回房，刚走到梨香院墙角上，只听墙内笛韵悠扬，歌声婉转。（朱侧：入正文方不牵强。）林黛玉便知是那十二个女孩子演习戏文呢。只是林黛玉素习不大喜看戏文，（墨夹：妙法！必云"不大喜看"。）便不留心，只管往前走。偶然两句吹到耳内，明明白白，一字不落，唱（墨夹：却一喜便总不忘，方见契得紧。）道是："原来姹紫嫣红开遍，似这般都付与断井颓垣。"（朱眉：情小姐故以情小姐词曲警之，恰极！当极！己卯冬。）林黛玉听了，到也十分感慨缠绵，便止住步，侧耳细听，又听唱道是："良辰美景奈何天，赏心乐事谁家院。"听了这两句，不觉点头自叹，心下自思道："原来戏上也有好文章。（朱侧：非不及钗，系不曾于杂学上用意也。）可惜世人只知看戏，未必能领略这其中的趣味。"（朱侧：将进门便是知音。）想毕，又后悔不该胡想，耽误了听曲子。又侧耳时，只听唱道："则为你如花美眷，似水流年……"林黛玉听了这两句上，不觉心动神摇。又听道："你在幽闺自怜"等句，亦发如醉如痴，站立不住，便一蹲身坐在一块山子石上，细嚼"如花美眷，似水流年"八个字的滋味。忽又想起前日见古人诗中有"水流花谢两无情"之句，再又有词中有"流水落花春去也，天上人间"之句，又兼方才所见《西厢记》中"花落水流红，闲愁万种"之句，都一时想起来，凑在一处。仔细忖度，不觉心痛神痴，眼中落泪。正没个开交，忽觉背上击了一下，及回头看时，原来是……且听下回分解。正是：

妆晨绣夜心无矣；
对月临风恨有之。

（朱）前以《会真记》文，后以《牡丹亭》曲，加以有情有景消魂落魄诗词，总是急于令颦儿种病根也。看其一路不迹不离，曲曲折折写来，令观者亦枝难持，况瘦怯怯之弱女乎！）

迎春

第二十四回

醉金刚轻财尚义侠
痴女儿遗帕惹相思

（墨）夹写“醉金刚”一回，是书中之大净场，聊醒看官倦眠耳。然亦书中必不可少之文，必不可少之人。今写在市井俗人身上，又加一“侠”字，则大有深意存焉。

话说林黛玉正自情思萦逗，缠绵固结之时，忽有人从背后击了一掌，说道：“你作什么一个人在这里?”林黛玉到唬了一跳，回头看时，不是别人，却是香菱。林黛玉道：“你这个傻（朱侧：此“傻”字加于香菱，则有多少丰神跳于纸上，其娇憨之态可想而知。）丫头，唬我这么一跳。好的，你这会子打那里来?”香菱嘻嘻的笑道：“我来寻我们的姑娘的，找他总找不着。你们紫鹃也找你呢，（朱侧：一丝不漏。）说琏二奶奶送了什么茶叶来给你的。走罢，回家去坐着。”（朱侧：“回家去坐着”之言，是恐石上冷意。）一面说着，一面拉着黛玉的手回潇湘馆来了。果然凤姐儿送了两小瓶上用新茶来。林黛玉和香菱坐了。况他们有甚正事谈讲。（朱侧：为学诗伏线。）不过说些这一个绣的好，那一个刺的精，又下一回棋，看两句书，（墨夹：棋不论盘，书不论章，皆是娇憨女儿神理，写得不即不离，似有若无，妙极！）香菱便走了。不在话下。（朱眉：是书最好看如此等处，系画家山水、树头丘壑俱备，末用浓淡墨点苔法也。丁亥夏，畸笏叟。）

如今且说宝玉因被袭人找回房，果见鸳鸯歪在床上看袭人的针线呢，见宝玉来了，便说道："你往那里去了？老太太等着你呢，叫你过那边请大老爷的安去。还不快换了衣服走呢。"袭人便进房去取衣服。宝玉坐在床沿上，褪了鞋等靴子的工夫，回头见鸳鸯穿着水红绫子袄儿，青缎子背心，束着白绉绸汗巾儿，脸向那边低着头看针线，脖子上带着花领子。宝玉便把脸凑在脖项，闻那香气，不住用手摩挲，其白腻不在袭人之下，便猴上身去涎皮笑道："好姐姐，把你嘴上的胭脂赏我吃了罢。"（朱侧：胭脂是这样吃法。看官可经过否？）一面说着，一面扭股糖似的粘在身上。

鸳鸯便叫道："袭人，你出来瞧瞧。（朱侧：不向宝玉说话，又叫袭人，鸳鸯亦是幻情洞天也。）你跟他一辈子，也不劝劝，还是这么着。"袭人抱了衣服出来，向宝玉道："左劝也不改，右劝也不改，你到底是怎么样？你再这么着，（朱侧：此五字内有深意深心。）这个地方可就难住了。"一边说，一边催他穿了衣服，同鸳鸯往前面来见贾母。见过贾母，出至外面，人马俱已齐备。刚欲上马，只见贾琏请安回来了，（朱侧：一丝不漏。）正下马，二人对面，彼此问了两句话。只见旁边转出一个人来，（朱侧：芸哥此处一现，后文不见突然。）"请宝叔安"。宝玉看时，只见这人容长脸，长挑身材，年纪只好十八九岁，生得着实斯文清秀，到也十分面善，只是想不起是那一房的，（朱侧：大族人众，毕真，有是理。）叫什么名字。贾琏笑道："你怎么发呆，连他也不认得？他是后廊上住的五嫂子的儿子芸儿。"宝玉笑道："是了，是了，我怎么就忘了。"因问他母亲好，这会子什么勾当。贾芸指贾琏道："找二叔说句话。"宝玉笑道："你到比先越发出挑了，（朱侧：何尝是十二三岁小孩语。）到象我的儿子。"贾琏笑道："好不害燥！人家比你大四五岁呢，就替你作儿子了？"宝玉笑道："你今年十几岁？"贾芸道："十八岁。"

原来这贾芸最伶俐乖觉，听宝玉这样说，便笑道："俗语说的，'摇车里的爷爷，拄拐的孙孙'。虽然岁数大，山高高不过太阳。只从我父亲没了，这几年也无人照管教导。（朱侧：虽是随机而应，伶俐人之语，余却伤心。）如若宝叔不嫌侄儿蠢笨，认作儿子，就是我的造化了。"贾琏笑道："你听见了？认儿子不是好开交的呢。"（朱侧：是兄凑弟趣，可叹！）说着就进去了。宝玉笑道："明儿你闲了，只管来找我，别和他们鬼鬼祟祟的。（朱侧：何其堂皇正大之语。）这会子我不得闲儿。明儿你到书房里来，和你说天话儿，我带你园里顽耍去。"说着扳鞍上马，众小厮围随往贾赦这边来。

见了贾赦，不过是偶感些风寒，先述了贾母问的话，然后自己请了安。贾赦先站起来回了贾母话，（朱侧：一丝不乱。）次后便唤人来："带哥儿进去太太屋里坐着。"宝玉退出，来至后面，进入上房。邢夫人见了他来，先到站了起来请过贾母安，（朱侧：一丝不乱。）宝玉方请安。邢夫人拉他上炕坐了，方问别人好，又命人倒茶来。（朱侧：好层次，好礼法，谁家故事？）一钟茶未吃完，只见那贾琮来问宝玉好。邢夫人道："那里找活猴儿去！你那奶妈子死绝了，也不收拾收拾你，弄的黑眉乌嘴的，那里象大家子念书的孩子！"

正说着，只见贾环、贾兰小叔侄两个也来了，请过安，邢夫人便叫他两个椅子上坐了。贾环见宝玉同邢夫人坐在一个坐褥上，邢夫人又百般摸挲抚弄他，早已心中不自在了，（朱侧：千里伏线。）坐不多时，便和贾兰使眼色儿要走。贾兰只得依他，一同起身告辞。宝玉见他们要走，自己也就起身，要一同回去。邢夫人笑道：“你且坐着，我还和你说话。”宝玉只得坐了。邢夫人向他两个道：“你们回去，各人替我问你们各人母亲好。你们姑娘、姐姐妹妹都在这里呢，闹的我头晕，今儿不留你们吃饭了。”（朱侧：明显薄情之至。）贾环等答应着，便出来回家去了。

宝玉笑道：“可是姐姐们都过来了，怎么不见？”邢夫人道：“他们坐了一会子，都往后头不知那屋里去了。”宝玉道：“大娘方才说有话说，不知是什么话？”邢夫人笑道：“那里什么话，不过是叫你等着，同你姊妹们吃了饭去。还有一个好顽的东西给你带回去顽。”娘儿两个说话，不觉早又晚饭时节。调开桌椅，罗列杯盘，母女姊妹们吃毕了饭。宝玉去辞别了贾赦，同姊妹一同回家，见过贾母、王夫人等，各自回房安息。不在话下。（墨夹：一段为五鬼魇魔法作引。脂砚。）

且说贾芸进去见了贾琏，因打听可有什么事情。贾琏告诉他：“前儿到有一件事情出来，偏生你婶子再三求了我，（朱侧：反说体面话，惧内人累累如是。）给了贾芹了。他许了我，说明儿园里还有几处要栽花木的地方，等这个工程出来，一定给你就是了。”贾芸听了，半晌说道：“既是这样，我就等着罢。叔叔也不必先在婶子跟前提我今儿来打听的话，（朱侧：已得了主意了。）到跟前再说也不迟。”贾琏道：“提他作什么，（朱侧：已被芸哥瞒过了。）我那里有这些工夫说闲话儿呢。明儿一个五更，还要到兴邑去走一趟，须得当日赶回来才好。你先去等着，后日起更以后你来讨信儿，早了我不得闲。”说着便回后面换衣服去了。

贾芸出了荣国府回家，一路思量，想出一个主意来，便一迳往他母舅卜世仁家来。（朱侧：既云“不是人”，如何肯共事？想芸哥此来空了。）原来卜世仁现开香料铺，方才从铺子里来，忽见贾芸进来，彼此见过了，因问他这早晚什么事跑了来。贾芸道：“有件事求舅舅帮衬帮衬。我有一件事，用些冰片麝香使用，好歹舅舅每样赊四两给我，八月里按数送了银子来。”（墨夹：甥舅之谈如此，叹！叹！）卜世仁冷笑道：“再休提赊欠一事。（朱侧：何如，何如？余言不谬。）前儿也是我们铺子里一个伙计，替他的亲戚赊了几两银子的货，至今总未还上。因此我们大家赔上，立了合同，再不许替亲友赊欠。谁要赊欠，就要罚他二十两银子的东道。况且如今这个货也短，你就拿现银子到我们这不三不四的铺子里来买，（朱侧：推脱之辞。）也还没有这些，只好倒辨儿去。这是一。二则你那里有正经事，不过赊了去又是胡闹。你只说舅舅见你一遭儿就派你一遭儿不是。你小人儿家很不知好歹，也到底立个主意，赚几个钱，弄得吃的是吃的，穿的是穿的，我看着也喜欢。”

贾芸笑道：“舅舅说的到干净。我父亲没的时候，我年纪又小，不知事。后来听见我母亲说，都还亏舅舅们在我们家去做主意，料理的丧事。难道舅舅就不知道的，还是有一亩地两间房子，如今在我手里花了不成？巧媳妇做不出没米的粥来，叫我怎么样呢？还亏是我呢，要是别的，死皮赖脸三日两头儿来缠着舅舅，（朱侧：芸哥亦善谈，井井有理。）要三升米二升豆子的，（朱侧：余二人亦不曾有是气？）舅舅也就没有法呢。”

卜世仁道：“我的儿，舅舅要有，还不是该的。我天天和你舅母说，只愁你没算计儿。你但凡立的起来，到你大房里，就是他们爷儿们见不着，便下个气，和他们的管家或者管事的人们嬉和嬉和，（朱侧：可怜可叹，余竟为之一哭。）也弄个事儿管管。前儿我出城去，撞见了你们三房里的老四，骑着大叫驴，带着五辆车，有四五十和尚道士，（墨夹：妙极！写小人口角，羡慕之言加一倍，毕肖。却又是背面傅粉法。）往家庙去了。他那不亏能干，此事如何轮到他了！”贾芸听他韶刀的不堪，便起身告辞。（朱侧：有志气，有果断。）卜世仁道：“怎么急的这样，吃了饭再去罢。”一句未完，只见他娘子说道：“你又糊涂了。（朱侧：虽写小人家涩细，一吹一唱，酷肖之至，却是一气逼出，后文方不突然。《石头记》笔法全在如此样者。）说着没有米，这里买了半斤面来下给你吃，这会子还装胖呢。留下外甥挨饿不成？”卜世仁说：“再买半斤来添上就是了。”他娘子便叫女孩儿：“银姐，往对门王奶奶家去问，有钱借二三十个，明儿就送过来。”夫妻两个说话，那贾芸早说了几个“不用费事”，去的无影无踪了。（朱侧：有知识有果断人，自是不同。）

不言卜家夫妇，且说贾芸赌气离了母舅家门，一迳回归旧路，心下正自烦恼，一边想，一边低头只管走，不想一头就碰在一个醉汉身上，把贾芸唬了一跳。（朱侧：自上看来，可是一口气否？）听那醉汉骂道：“臊你娘的！瞎了眼睛，碰起我来了。”贾芸忙要躲身，早被那醉汉一把抓住，对面一看，不是别人，却是紧邻倪二。原来这倪二是个泼皮，专放重利债，在赌博场吃闲钱，专管打架吃酒。如今正从欠钱人家索了利钱，吃醉回来，不想被贾芸碰了一头，正没好气，抡拳就要打。（朱眉：这一节对《水浒》记杨志卖刀,遇没毛大虫一回看，觉好看多矣。己卯冬夜。脂砚。）只听那人叫道：“老二住手！是我冲撞了你。”倪二听见是熟人的语音，将醉眼睁开看时，见是贾芸，忙把手松了，趔趄着笑道：（朱侧：写生之笔。）“原来是贾二爷，（朱侧：如此称呼，可知芸哥素日行止，是“金盆虽破分量在”也。）我该死，我该死。这会子往那里去？”贾芸道：“告诉不得你，平白的又讨了个没趣儿。”（朱侧：本无心之谈也。）倪二道：“不妨不妨，（朱侧：如闻。）有什么不平的事，告诉我，替你出气。（朱侧：写得酷肖，总是渐次逼出，不见一丝勉强。）这三街六巷，凭他是谁，有人得罪了我醉金刚倪二的街坊，管叫他人离家散！”贾芸道：“老二，你且别气，听我告诉你这原故。”（朱侧：可是一顺而来？）说着，便把卜世仁一段事告诉了倪二。倪二听了大怒：“要不是令舅，我便骂不出好话来，（朱侧：仗义人岂有不知礼者乎？何尝是破落户？冤杀金刚了。）真真气死我倪二。也罢，你也不用愁烦，我这里现有几两银子，你若用什么，只管拿去买办。但只一件，你我作了这些年的街坊，我在外头有名放账，你却从没有和我张过口。也不知你厌恶我是个泼皮，（朱侧：知己知彼之话。）怕低了你的身分；也不知是你怕我难缠，利钱重？若说怕利钱重，这银子我是不要利钱的，也不用写文约，若说怕低了你的身分，（朱侧：知己知彼之话。）我就不敢借给你了，各自走开。”一面说，一面果然从搭包里掏出一卷银子来。

贾芸心下自思：“素日倪二虽然是泼皮无赖，却因人而使，（朱侧：四字是评，难得难得，非豪杰不可当。）颇颇有义侠之名。若今日不领他这情，怕他燥了，到恐生事。不如借了他的，改日加倍还他也到罢了。”想毕笑道：“老二，你果然是个好汉，我何曾不想着你，和你张口。但只是我见你所相与交结的，都是些有胆量的有作为的人，似我们这等无能无为的你到不理。（朱侧：芸哥亦善谈，好口齿。）我若和你张口，你岂肯借给我。今日既蒙高情，我怎敢不领，回家按例写了文约过来便是了。”倪二大笑道：“好会说话的人。我却听不上这话。（朱侧：“光棍眼内揉不下砂子”是也。）既说‘相与交结’四个字，如何放账给他，使他的利钱！（朱侧：如今不单是亲友言利，不但亲友，即闺阁中亦然，不但生意新发户，即大户旧族颇颇有之。）既把银子借与他，图他的利钱，便不是相与交结了。闲话也不必讲。既肯青目，这是十五两三钱有零的银子，便拿去治买东西。你要写什么文契，趁早把银子还我，让我放给那些有指望的人使去。”（朱侧：爽快人，爽快语。）贾芸听了，一面接了银子，一面笑道：“我便不写罢了，有何着急的。”倪二笑道：“这不是话。天气黑了，也不让茶让酒，我还到那边有点事情去，你竟请回去。我还求你带个信儿与舍下，叫他们早些关门睡罢，我不回家去了，倘或有要紧事儿，叫我们女儿明儿一早到马贩子王短腿家（朱侧：常起坐处，毕真。）来找我。”一面说，一面趔趄着脚儿去了，（朱侧：仍应前。）不在话下。（朱眉：读阅“醉金刚”一回，务吃刘铉丹家山楂丸一付，一笑。余卅年来得遇金刚之样人不少，不及金刚者亦不少，惜书上不便历历注上芳讳，是余不是心事也。壬午孟夏。）

且说贾芸偶然碰了这件事，心中也十分罕希，想那倪二到果然有些意思，只是还怕他一时醉中慷慨，到明日加倍的要起来，便怎处，心内犹豫不决。（朱侧：芸哥实怕倪二，并非以小人之心度君子也。）忽又想道：不妨，等那件事成了，也可加倍还他。想毕，一直走到个钱铺里，将那银子称一称，十五两三钱四分二厘。贾芸见倪二不撒谎，心下越发欢喜，收了银子，来至家门，先到隔壁将倪二的信稍了与他娘子知道，方回家来。见他母亲自在炕上拈线，见他进来，便问那去了一日。贾芸恐他母亲生气，便不说起卜世仁的事来，（朱侧：孝子可敬。此人后来荣府事败，必有一番作为。）只说在西府里等琏二叔的，问他母亲吃了饭不曾。他母亲已吃过了，说留的饭在那里。小丫头子拿过来与他吃。

那天已是掌灯时候，贾芸吃了饭收拾歇息，一宿无话。次日一早起来，洗了脸，便出南门，大香铺里买了冰麝，便往荣国府来。打听贾琏出了门，贾芸便往后面来。

到贾琏院门前，只见几个小厮拿着大高笤帚在那里扫院子呢。忽见周瑞家的从门里出来叫小厮们：“先别扫，奶奶出来了。”贾芸忙上前笑问：“二婶婶那去？”周瑞家的道：“老太太叫，想必是裁什么尺头。”正说着，只见一群人拥着凤姐出来了。（朱侧：当家人有是派头。）贾芸深知凤姐是喜奉承尚排场的，（朱侧：那一个不喜奉承。）忙把手逼着，恭恭敬敬抢上来请安。凤姐连正眼也不看，仍往前走着，问他母亲好，“怎么不来我们这里逛逛？”贾芸道：“只是身上不大好，到时常记挂着婶子，要来瞧瞧，又不能来。”凤姐笑道：“可是会撒谎，不是我提起他来，你就不说他想我了。”贾芸笑道：“侄儿不怕雷打了，就敢在长辈前撒谎。昨儿晚上还提起婶子来，说婶子身子生的单弱，事情又多，亏婶子好大精神，竟料理的周周全全，要是差一个儿的，累的不知怎么样呢。”（朱眉：自往卜世仁处去已安排下的。芸哥可用。己卯冬夜。）

凤姐听了满脸是笑，不由的便止了步，问道：“怎么好好的，你娘儿们在背地里嚼起我来？”（朱侧：过下无痕，天然而来文字。）贾芸道：“有个原故，（朱侧：接得如何?）只因我有个朋友，家里有几个钱，现开香铺。只因他身上蠲着个通判，前儿选了云南不知那一处，（朱侧：随口语，极妙!）连家眷一齐去，把这香铺也不在这里开了。便把账物攒了一攒，该给人的给人，该贱发的贱发了，像这细贵的货，都分着送与亲朋。他就一共送了我些冰片、麝香。我就和我母亲商量，（朱侧：像得紧，何尝撒谎?）若要转卖，不但卖不出原价来，而且谁家拿这些银子买这个作什么，便是很有钱的大家，也不过使个几分几钱就挺折腰了，若说送人，也没个人配使这些，到叫他一文不值半文转卖了。因此我就想起婶子来。往年间我还见婶子大包的银子买这些东西呢，别说今年贵妃宫中，就是这个端阳节下，不用说这些香料自然是比往常加上十倍去的。因此想来想去，只孝顺婶子一个人才合式，方不算遭塌这东西。”一边说，一边将一个锦匣举起来。

凤姐正是要办端阳的节礼，采买香料药饵的时节，忽见贾芸如此一来，听这一篇话，心下又是得意又是欢喜，便命丰儿：“接过芸哥儿的来，（朱侧：像个婶子口气，好看煞!）送了家去，交给平儿。”因又说道：“看着你这样知好歹，怪道你叔叔常提你，说你说话儿也明白，心里有见识。”（墨夹：看官须知，凤姐所喜者是奉承之言，打动了心，不是见物而欢喜，若说是见物而喜，便不是阿凤矣。）贾芸听这话入了港，便打进一步来，故意问道：“原来叔叔也曾提我的?”凤姐见问，才要告诉他与他管事情的那话，便忙又止住，心下想到：（朱侧：的是阿凤行事心机笔意。）我如今要告诉他那话，到叫他看着我见不得东西似的，为得了这点子香，就混许他管事了。今儿先别提起这事。想毕，便把派他监种花木工程的事，都隐瞒的一字不提，随口说了两句闲话，便往贾母那里去了。贾芸也不好提的，只得回来。

因昨日见了宝玉，叫他到外书房等着，贾芸吃了饭便又进来，到贾母那边仪门外绮霰斋书房里来。只见焙茗、锄药两个小厮下象棋，为夺“车”正拌嘴，还有引泉、扫花、挑云、伴鹤（朱侧：好名色。）四五个，又在房檐上掏小雀儿顽。

贾芸进入院内，把脚一跺，说道：“猴头们淘气，我来了。”众小厮看见贾芸进来，都才散了。贾芸进入房内，便坐在椅子上问：“宝二爷没下来?”焙茗道：“今儿总没下来。二爷说什么，替你哨探哨探去。”（朱侧：五遁之外，名曰“哨探遁”法。）说着，便出去了。这里贾芸便看字画古玩，有一顿饭工夫还不见来，再看看别的小厮，都顽去了。正是烦闷，只听门前娇声嫩语的叫了一声“哥哥”。

贾芸往外瞧时，看是一个十六七岁的丫头，生的到也细巧干净。那丫头见了贾芸，便抽身躲了过去。恰至焙茗走来，见那丫头在门前，便说道：“好，好，（朱侧：二“好”字是遮饰半晌来不到语。）正抓不着个信儿。”贾芸见了焙茗，也就赶了出来，问怎么样。焙茗道：“等了这一日，也没个人儿过来。这就是宝二爷房里的。好姑娘，（朱侧：口气极像。）你进去带个信儿，就说廊上的二爷来了。”那丫头听说，方知是本家的爷们，便不似先前那等回避，（朱侧：一句，礼当。）下死眼把贾芸钉了两眼。（朱侧：这句是情孽上生。）听那贾芸说道：“什么是廊上廊下的，你只说是芸儿就是了。”半晌，那丫头冷笑了一笑：（朱侧：神情是深知房中事的。）“依我说，二爷竟请回家去，有什么话明儿再来。今儿晚上得空儿我回了他。”焙茗道：“这是怎么说?”那丫头道：“他（朱侧：一连两个“他”字，怡红院中使得，否则有假矣。）今儿也没睡中觉，自然吃的晚饭早。晚上他又不下来。难道只是要的二爷在这里等着挨饿不成！不如家去，明儿来是正经。便是回来有人带信，那都是不中用。他不过口里应着，他到给带呢!”贾芸听这丫头说话简便俏丽，待要问他的名字，因是宝玉房里的，又不便问，只得说道：“这话到是，我明儿再来。”说着便往外走。焙茗道：“我到茶去，（朱侧：滑贼。）二爷吃了茶再去。”贾芸一面走，一面回头说：“不吃茶，我还有事呢。”口里说话，眼睛瞧那丫头还站在那里呢。

那贾芸一迳回家。至次日来至大门前，可巧遇见凤姐往那边去请安，才上了车，见贾芸来，便命人唤住，隔窗子笑道：“芸儿，你竟有胆子在我的跟前弄鬼。（朱侧：也作的不像撒谎，用心机人可怕是此等处。）怪道你给我东西，原来你有事求我。昨儿你叔叔才告诉我说你求他。”贾芸笑道：“求叔叔这事，婶子休提，我昨儿正后悔呢。早知这样，我竟一起头求婶子，这会子也早完了。谁承望叔叔竟不能的。”凤姐笑道：“怪道你那里没成儿，昨儿又来寻我。”贾芸道：“婶子辜负了我的孝心，我并没有这个意思。若有这个意思，昨儿还不求婶子。如今婶子既知道了，我到要把叔叔丢下，少不得求婶子好歹疼我一点儿。”凤姐冷笑道：“你们要拣远路儿走，叫我也难说。（朱侧：曹操语。）早告诉我一声儿，什么不成的，多大点子事，耽误到这会子。那园子里还要种花，我只想不出一个人来，早来不早完了。”贾芸笑道：“既这样，婶子明儿就派我罢。”凤姐半晌道：“这个我看着不大好。（朱侧：又一折。）等明年正月里烟火灯烛那个大宗儿下来，再派你罢。”贾芸道：“好婶子，先把这个派了我罢。果然这个办的好，再派我那个。”凤姐笑道：“你到会拉长线儿。罢了，要不是你叔叔说，我不管你的事。（朱侧：总不认受冰麝贿。）我也不过吃了饭就过来，你到午错的时候来领银子，后儿就进去种树。”说毕，令人驾起香车，一迳去了。

贾芸喜不自禁，来至绮霰斋打听宝玉，谁知宝玉一早便往北静王府里去了。贾芸便呆呆的坐到晌午，打听凤姐回来，便写个领票来领对牌。至院外，命人通报了，彩明走了出来，单要了领票进去，批了银数年月，一并连对牌交与了贾芸。贾芸接了，看那批上银数批了二百两，心中喜不自禁，翻身走到银库上，交与收牌票的，领了银子。回家告诉母亲，自是母子俱各欢喜。次日一个五鼓，贾芸先找了倪二，将前银按数还他。那倪二见贾芸有了银子，他便按数收回，不在话下。这里贾芸又拿了五十两，出西门找到花儿匠方椿家里去买树，不在话下。（墨夹：至此便完种树工程。一者见得趱赶工程原非正文，不过虚描盛时光景，借此以出情文。二者又为避难法。若不如此了，必曰其树其价怎么，买定几株，岂不烦絮矣?）

如今且说宝玉，自那日见了贾芸，曾说明日着他进来说话儿。如此说了之后，他原是富贵公子的口角，那里还把这个放在心上，因而便忘了。（朱侧：若是一个女孩子，可保不忘的。）这日晚上，从北静王府里回来，见过贾母、王夫人等，回至园内，换了衣服，正要洗澡。袭人因被薛宝钗烦了去打结子，秋纹、碧痕两个去催水，檀云又因他母亲的生日接了出去，麝月又现在家中养病，虽还有几个作粗活听唤的丫头，估着叫不着他们，都出去寻伙觅伴的顽去了。不想这一刻的工夫，（墨夹：妙！必用“一刻”二字方是宝玉的房中，见得时时原有人的，又有今一刻无人，所谓凑巧其一也。）只剩了宝玉在房内。偏生的（墨夹：三字不可少。）宝玉要吃茶，一连叫了两三声，方见两三个老嬷嬷走进来。（墨夹：妙！文字细密，一丝不落，非批得出者。）宝玉见了他们，连忙摇手儿说："罢，罢，不用你们了。"（墨夹：是宝玉口气。）老婆子们只得退出。

宝玉见没丫头们，只得自己下来，拿了碗向茶壶去到茶。只听背后说道："二爷仔细烫了手，让我们来到。"（朱侧：神龙变化之文，人岂能测？）一面说，一面走上来，早接了碗过去。宝玉到唬了一跳，问："你在那里的？忽然来了，唬我一跳。"那丫头一面递茶，一面回说："我在后院子里，才从里间的后门进来，难道二爷就没听见脚步响？"宝玉一面吃茶，一面（墨夹：六个"一面"，是神情，并不觉厌。）仔细打量那丫头：穿着几件半新不旧的衣裳，到是一头黑真真的头发，挽着个鬏，容常脸面，细巧身材，却十分俏丽干净。（墨夹：与贾芸目中所见不差。）宝玉看了，便笑问道：（墨夹：神情写得出。）"你也是我这屋里的人么？"（墨夹：妙问。必如此问方是笼络前文。）那丫头道："是的。"宝玉道："既是这屋里的，我怎么不认得？"那丫头听说，便冷笑了一声道：（墨夹：神情如画。）"认不得的也多，岂只我一个。从来我又不递茶递水，拿东拿西，眼见的事一点儿不作，那里认得呢。"宝玉道："你为什么不作那眼见的事？"（朱侧：这是下情不能上达意语也。）那丫头道："这话我也难说。（朱侧：不伏气语，况非尔可定，故云"难说"。）只是有一句话回二爷：昨儿有个什么芸儿来找二爷。我想二爷不得空儿，便叫焙茗回他，叫他今日早起来，不想二爷又往北府里去了。"刚说到这句话，只见秋纹、碧痕嘻嘻哈哈的说笑着进来，两个人共提着一桶水，一手撩着衣裳，趔趔趄趄，泼泼撒撒的。那丫头便忙迎去接。（朱侧：好！有眼色。）那秋纹、碧痕正对抱怨，"你湿了我的裙子"，那个又说"你踹了我的鞋"。忽见走一个人来接水，二人看时，不是别人，原来是小红。二人便都诧异，将水放下，忙进房来东瞧西望，（朱侧：四字渐露大丫头素日怡红细事也。　朱眉：怡红细事俱用带笔白描，是大章法也。丁亥夏。畸笏叟。）并没个别人，只有宝玉，便心中大不自在。只得预备下洗澡之物，待宝玉脱了衣裳，二人便带上门出来，（朱侧：清楚之至。）走到那边房内便找小红，问他方才在屋里说什么。小红道："我何曾在屋里的？只因我的手帕子不见了，往后头找手帕子去。不想二爷要茶吃，叫姐姐们一个没有，是我进去了，才到了茶，姐姐们便来了。"秋纹听了，抖脸啐了一口，骂道："没脸的下流东西！正经叫你摧水去，你说有事故，到叫我们去，你可等着做这个巧宗儿。（朱侧：难说小红无心，白描。）一里一里的，这不上来了。难道我们到跟不上你了？你也拿镜子照照，配递茶递水不配！"（朱侧："难说"二字全在此句来。）碧痕道："明儿我说给他们，凡要茶要水送东送西的事，咱们都别动，只叫他去便是了。"秋纹道："这么说，不如我们散了，单让他在这屋里呢。"二人你一句我一句，正闹着，只见有个老嬷嬷进来传凤姐的话说："明日有人带花儿匠来种树，叫你们严禁些，衣服裙子别混晒混晾的。那土山上一溜都拦着帏幙呢，可别混跑。"秋纹便问：（朱侧：用秋纹问，是暗透之法。）"明儿不知是谁带进匠人来监工？"那婆子道："说什么后廊上的芸哥儿。"秋纹、碧痕听了都不知道，只管混问别的话。那小红听见了，（朱侧：可是暗透法。）心内却明白，就知是昨儿外书房所见那人了。

原来这小红本姓林，（墨夹：又是个林。）小名红玉，（墨夹："红"字切"绛珠"，

“玉”字则直通矣。）只因“玉”字犯了林黛玉、宝玉，（墨夹：妙文。）便都把这个字隐起来，便都叫他“小红”。原是荣国府中世代的旧仆，他父母现在收管各处房田事务。这红玉年方十六岁，因分人在大观园的时节，把他便分在怡红院中，到也清幽雅静。不想后来命人进来居住，偏生这一所儿又被宝玉占了。这红玉虽然是个不谙事的丫头，却因他有三分容貌，（墨夹：有三分容貌尚且不肯受屈，况黛玉等一干才貌者乎？）心内着实妄想痴心的向上攀高，（墨夹：争夺者同来一看。）每每的要在宝玉面前现弄现弄。只是宝玉身边一干人，都是灵牙利爪的，（朱侧：“难说”的原故在此。）那里插的下手去。不想今儿才有些消息，（朱侧：余前批不谬。）又遭秋纹等一场恶意，心内早灰了一半。（墨夹：争名夺利者齐来一哭。）正闷闷的，忽然听见老嬷嬷说起贾芸来，不觉心中一动，便闷闷的回至房中，睡在床上暗暗盘算，翻来掉去，正没个抓寻。忽听窗外低低的叫道：“红玉，你的手帕子我拾在这里呢。”红玉听了忙走出来看，不是别人，正是贾芸。红玉不觉的粉面含羞，问道：“二爷在那里拾着的？”贾芸笑道：“你过来，我告诉你。”一面说，一面就上来拉他。那红玉急回身一跑，却被门槛绊倒。（朱侧：睡梦中当然一跑，这方是怡红之鬟。）要知端的，下回分解。

（朱）《红楼梦》写梦章法总不雷同。此梦更写的新奇，不见后文，不知是梦。

红玉在怡红院为诸环所掩，亦可谓生不遇时，但看后四章供阿凤驱使可知。

第二十五回 魇魔法叔嫂逢五鬼 通灵玉蒙蔽遇双真

话说红玉，情思缠绵，忽朦胧睡去，见贾芸要拉他，却回身一跑，被门槛子绊了一跤，唬醒过来，方知是梦。因此翻来复去，一夜无眠。至次日天明，方才起来，就有几个丫头来会他打扫房子地，提洗脸水。这红玉也不梳洗，向镜中胡乱挽了一挽头发，洗了洗手，腰内束了一条汗巾子，便来扫地。谁知宝玉昨儿见了红玉，也就留了心。若要直点名唤他来使用，一则怕袭人等寒心；（朱侧：是宝玉心中想，不是袭人拈酸。）二则又不知红玉是何等行为，若好还罢了，（朱侧：不知“好”字是如何讲？答曰：在“何等行为”四字上看便知，玉兄每情不情，况有情者乎!）若不好起来，那时倒不好退送的。因此心中闷闷的，早起来也不梳洗，只坐着出神。一时下来，隔着纱屉子，向外看的真切，只见好几个丫头在那里扫地，都擦胭抹粉，簪花插柳的，（朱侧：八字写尽蠢鬟，是为衬红玉，亦如用豪贵人家浓妆艳饰插金带银的衬宝钗、黛玉也。）独不见昨儿那一个。宝玉便靸了鞋恍出了房门，只装着看花儿，这里瞧瞧，那里望望，一抬头，只见西南角上游廊底下栏杆外似有一个人在那里倚着，却恨面前有一株海棠花遮着，看不真切。（朱夹：余所谓此书之妙皆从诗词句中泛出者，皆系此等笔墨也。试问观者，此非“隔花人远天涯近”乎？可知上几回非余妄拟也。）只得又转了一步，仔细一看，可不是昨儿那个丫头在那里出神。待要迎上去，又不好去的。正想着，忽见碧痕来催他洗脸，只得进去了。不在话下。

却说红玉正自出神，忽见袭人招手叫他，（朱侧：此处方写出袭人来，是衬贴法。）只得走来。袭人道：“你到林姑娘那里去，把他们的喷壶借来使使，我们的还没有收拾了来呢。”红玉答应了，便往潇湘馆去。正走上翠烟桥，抬头一望，只见山坡上高处都拦着帏幙，方想起今儿有匠人在里头种树。因转身一望，只见那边远远的一簇人在那里掘土，贾芸正坐在山子石上。红玉待要过去，又不敢过去，只得闷闷的向潇湘馆取了喷壶回来，无精打彩自向房内倒着去。众人只说他一时身上不快，都不理论。（朱侧：文字到此一顿，狡猾之甚！）

展眼过了一日，（朱侧：必云“展眼过了一日”者，是反衬红玉“捱一刻似一夏”也，知乎？）原来次日就是王子腾夫人的寿诞，那里原打发人来请贾母、王夫人的，王夫人见贾母不去，自己也便不去了。（朱侧：所谓一笔两用也。）倒是薛姨妈同凤姐儿并贾家四个姊妹、宝钗、宝玉一齐都去了，至晚方回。

且说王夫人见贾环下了学，便命他来抄个《金刚咒》（朱侧：用《金刚咒》引五鬼法。）唪诵。那贾环在王夫人炕上坐了，命人点上灯，拿腔作势的抄写。（朱侧：小人乍得意者齐来一玩。）一时叫彩云倒茶来，一时又叫玉钏儿来剪剪灯花，一时又说金钏儿挡了灯影。众丫头们素日厌恶他，都不答理。只有彩霞还和他合的来，（朱侧：暗中又伏一风月之隙。）倒了一钟茶递与他。见王夫人和人说话儿，便悄悄的向贾环说道：“你安些分罢，何苦讨这个厌那个厌呢？”贾环道：“我也知道了，你别哄我。如今你和宝玉好，把我不答理，我也看出来了。”彩霞咬着嘴唇，向贾环头上戳了一指头，说道：“没良心的！才是狗咬吕洞宾，不识好人心。”（朱夹：风月之情，皆系彼此业障所牵，虽云“惺惺惜惺惺”，但从业障而来。蠢妇配才郎，世间固不少，然俏女慕村夫者尤多，所谓业障牵魔，不在才貌之论。）二人正说着，只见凤姐来了，拜见过王夫人。王夫人便一长一短的问他，今儿是那位堂客在那里，戏文如何，酒席好歹等话。说了不多几句，宝玉也来了，进门见了王夫人，不过规规矩矩说了几句话，（朱侧：是大家子弟模样。）便命人除去抹额，脱了袍服，拉了靴子，便一头滚在王夫人怀内。（朱侧：余几几失声哭出。）王夫人便用手满身满脸摩挲抚弄他，（朱侧：普天下幼年丧母者齐来一哭。）宝玉也搬着王夫人的脖子说长说短的。（朱侧：慈母娇儿写尽矣。）王夫人道：“我的儿，你又吃多了酒，脸上滚热。你还只是揉搓，一会闹上酒来。还不在那里静静的倒一会子呢。”说着，便叫人拿个枕头来。宝玉听了便下来，在王夫人身后倒下，又叫彩霞来替他拍着。宝玉便和彩霞说笑，只见彩霞淡淡的，不大答理，两眼睛只向贾环处看。宝玉便拉他的手笑道：“好姐姐，你也理我一理儿呢。”彩霞夺了手，道：“再闹，我就嚷了。”

二人正说，原来贾环听的见，素日原恨宝玉，如今又见他和彩霞厮闹，心中越发按不下这口毒气。虽不敢明言，却每每暗中算计，（朱侧：已伏金钏回矣。　墨眉：环儿种种行为毫无大家规范，实实可恨之至！）只是不得下手，今见相离甚近，便要用蜡灯里的滚油烫他一下。因而故意装作失手，向宝玉脸上只一推。只听宝玉“嗳哟”了一声，满屋人都唬一跳。连忙把地下的戳灯挪过来，又将里外屋的拿了三四盏看时，只见宝玉满脸满头都是蜡油。王夫人又急又气，一面命人来给宝玉擦洗，一面又骂贾环。凤姐三步两步（朱侧：阿凤活现纸上。）跑上炕去给宝玉收拾着，一面笑道："老三还是这么荒脚鸡似的，我说你上不得高台板，赵姨娘时常也该教道教道他才是。"一句话提醒了王夫人，王夫人便不骂贾环，便叫过赵姨娘来，骂道："养出这样不知道理下流黑心种子来，也不管管！几番几次我都不理论，（朱侧：补出素日来。）你们倒得了意了，这不益发上来了！"

那赵姨娘素日虽然也常怀嫉妒之心，不忿凤姐、宝玉两个，也不敢露出来；如今贾环又生了事，受这场恶气，不但吞声承受，而且还要替宝玉来收拾。只见宝玉左边脸上烫了一溜燎炮，幸而眼睛没动。王夫人看了，又是心疼，又怕明日问怎么回答，急的又把赵姨娘数落一顿。（朱：总是为楔紧"五鬼"一回文字。）然后又安慰了宝玉一回，又命取败毒消肿药来敷上。宝玉道："有些疼，还不妨事。明儿老太太问，就说是我自己烫的罢了。"（朱侧：玉兄自是悌弟之心性，一叹。）凤姐笑（朱侧：两笑，坏极！）道："便说是自己烫的，也要骂人为什么不小心看着，叫你烫了！横竖有一场气生，到明儿凭你怎么说去罢。"（朱侧：坏极！总是调唆口吻，赵氏宁不觉乎？）王夫人命人好生送了宝玉回房，袭人等见了，都慌的了不得。

林黛玉见宝玉出了一天门，就觉得闷闷的，没个可说话的人。至晚正打发人来问了两三遍回来没有，这遍方才说回来，偏生又烫了脸。林黛玉便赶着来瞧，只见宝玉正拿镜子照呢，左边脸上满满的敷着一脸药。黛玉只当烫的十分利害，忙上来问怎么烫了，要瞧瞧。宝玉见他来了，忙把脸遮着，摇手不肯叫他看，知道他的癖性喜洁，见不得这东西。（朱夹：写宝玉文字，此等方是正经笔墨。）林黛玉自己也知道有这件癖性，（朱夹：写林黛玉文字，此等方是正经笔墨。故二人文字虽多，如此等暗伏淡写处亦不少，观者实实看不出。）知道宝玉的心内怕他嫌腻，（朱夹：将二人一并，真真写他二人之心玲珑七窍。　朱侧：二人纯用体贴工夫。）因笑道："我瞧瞧，烫了那里了，有什么遮着藏着的。"一面说，一面就凑上来，强搬着脖子瞧了一瞧，问疼的怎么样。宝玉道："也不很疼，养一两日就好了。"黛玉坐了一会，闷闷的回房去了。一宿无话。

次日，宝玉见了贾母，虽然自己承认是自己烫的，不与别人相干，免不得贾母又把跟从的人骂一顿。（朱侧：此原非正文，故草草写来。）过了一日，就有宝玉寄名的干娘马道婆进荣国府来请安。见了宝玉，唬了一跳，问起原故，说是烫的，便点头叹息一回，又向宝玉脸上用指头画了几画，又口内嘟嘟囔囔的持诵了一回，就说道："管保你好了，这不过是一时飞灾。"又向贾母道："祖宗老菩萨那里知道，那经典佛法上说的利害，大凡那王公卿相人家的子弟，只一生下来，暗中就有许多促狭鬼跟着他，得空便拧他一下，掐一下，或吃饭时打下他的饭碗来，或走着推他一跤，所以往往的那大家子的子孙多有长不大的。"（朱侧：一段无伦无理信口开河的浑话，却句句都是耳闻目睹者，并非杜撰而有。作者与余实实经过。）贾母听见如此说，便赶着问道："这可有什么佛法解释没有呢？"马道婆道："这个容易，只是替他多多做些因果善事也就罢了。再那经上还说，西方有位大光明普照菩萨，专管照耀阴暗邪祟，若有那善男子善女人虔心供奉者，可以永佑儿孙康宁安静，再无惊恐邪祟撞客之灾。”贾母道：“倒不知怎么供奉这位菩萨呢？”马道婆道：“也不值什么，除香烛供养之外，一天多使几斤香油，添在大海灯里。这海灯，就是菩萨的现身法，昼夜是不敢息的。”贾母道：“一天一夜也得多少油？明白告诉我，我好做这件功德。”马道婆听说，便笑道：“这也不拘，随施主们心愿舍罢了。像我们庙里，就有好几处的王妃、诰命供奉：南安郡王太妃有许多愿，心大，（朱侧：贼婆先用大铺排试之。）一天是四十八斤油，一斤灯草，那海灯也只比缸小些。锦田侯的诰命次一等，一天不过二十四斤。再还有几家，也有五斤的、三斤的、一斤的，都不拘数。那小家子舍不起这些，就是四两半斤，也少不得替他点。”

贾母听了，点头思忖。（朱眉：“点头思忖”是量事之大小，非吝啬也。日费香油四十八斤，每月油二百五十余斤，合钱三百余串。为一小儿，如何服众？太君细心若是。）马道婆又道：“还有一件，若是为父母尊亲长上点，多舍些不妨；像老祖宗如今为宝玉，若舍多了倒不好，还怕他禁不起，倒折了福，（朱侧：贼道婆！是自“太君思忖”上来，后用如此数语收之，使太君必心悦诚服愿行。贼婆，贼婆，废我作者许多心机摹写也。）也不当家。要舍，大则七斤，小则五斤，也就是了。”贾母说：“既这样，你便一日五斤合准了，每月来打趸关了去。”马道婆念了一声：“阿弥陀佛慈悲大菩萨。”贾母又命人来吩咐道：“以后大凡宝玉出门的日子，拿几串钱交给他小子们带着，遇见僧道穷苦之人，施好舍的。”说毕，那马道婆又闲话了一回，便又往各院各房问安，闲逛了一回。一时来至赵姨娘房内，（朱侧：有“各院各房”，接此方不觉突然。） 二人见过，赵姨娘叫小丫头倒了茶来与他吃。马道婆因见炕上堆着些零碎绸缎湾角，赵姨娘正粘鞋呢。马道婆道：“可是我正没有鞋面子，赵奶奶你有零碎缎子，不拘什么颜色，弄一双给我。”（朱侧：见者有分是也。）赵姨娘听说，叹口气道：“你瞧瞧那里头，还有那一块是成样的？成样的东西，也到不了我手里来！有的没的都在那这里，你不嫌，就挑两块子去。”那马道婆见说，果真挑了两块袖起来。赵姨娘问道：“可是前儿我送了五百钱去，在药王跟前上供，你可收了没有？”马道婆道：“早已替你上了供了。”赵姨娘叹口气道：“阿弥陀佛！我手里但凡从容些，也时常的上个供，只是心有余力量不足。”马道婆道：“你只放心，将来熬的环哥儿大了，得个一官半职，那时你要做多大的功德不能？”赵姨娘听了，鼻子里笑了一声，道：“罢，罢，再别说起。如今就是个样儿，我们娘儿们跟的上那一个？也不是有了宝玉，竟是得了个活龙。他还是小孩子家，长的得人意儿，（朱侧：赵姬数语，可知玉兄之身份，况在背后之言。）大人偏疼他些也还罢了，我只不服这个主儿……”（朱侧：活现赵姬。）一面说，一面伸出俩指头来。（朱侧：活现阿凤。）马道婆会意，便问道：“可是琏二奶奶么？”赵姨娘唬的忙摇手儿，走到门前，掀帘子向外看看无人，（朱侧：是心胆俱怕破。）方进来向马道婆悄悄的说道：“了不得，了不得！提起这个主儿，这一份家私要不都教他搬送了娘家去，我就不是个人。”马道婆道：“我还用你说，难道都看不出来。也亏你们心里都不理论，只凭他去。倒也妙。”赵姨娘道：“我的娘，不凭他去，难道谁还敢把他怎么样？”马道婆听说，鼻子里一笑，半晌说道：“不是我说句造孽的话，你们没本事也难怪。明不敢怎么样，暗里也就算计了，还等到这时候？”（朱旁：贼婆操必胜之券，赵姬已堕术中，故敢直出明言。

可畏，可怕！）赵姨娘听这话里有道理，心里暗暗的欢喜，便问道："怎么暗里算计？我倒有这心，只是没这样的能干人。你若教给我这法子，我大大的谢你。"马道婆听说这话打拢了一处，他便又故意说道："阿弥陀佛！（墨眉："阿弥陀佛"四字念在此处，可叹之至，造孽之至，可恨之至。）你快休来问我，我那里知道这些事。罪过，罪过。"（朱侧：远一步却是近一步。贼婆，贼婆！）赵姨娘道："又来了。你是最肯济困扶危的人，难道就眼睁睁的看着人家来摆布死了我们娘儿两个不成？还是怕我不谢你？"马道婆听如此说，便笑道："若说我不忍叫你娘儿们受了委屈，还犹可；若说谢的这个字，可是你错打了法马了。就便是我希图你的谢，靠你又有什么东西能打动了我？"（朱侧：探谢礼大小是如此说法，可怕，可畏！）赵姨娘听这话口气松了些，便说道："你这么个明白人，怎么也糊涂起来了。你若果然法子灵验，把他两个绝了，明日这家私不怕不是我环儿的。那时你要什么不得？"马道婆听说，低了头，半晌说道："那时候事情妥当了，又无凭据，你还理我呢！"赵姨娘道："这有何难。如今我虽手里没什么，也零零碎碎攒了几两梯己，还有几件衣服簪子，你先拿了去。下剩的，我写个欠银子的文契给你，你要什么保人也有，到那时我照数给你。"马道婆道："果然这样？"赵姨娘道："这如何撒得谎。"说着便叫过一个心腹婆子来，在耳根底下嘁嘁喳喳喳说了几句话。（朱侧：所谓狐群狗党，大家难免，看官着眼。）

那婆子出去了，一时回来，果然写了个五百两的欠契来。赵姨娘便印了手模，（朱侧：痴妇，痴妇！）走到厨柜里将梯己拿了出来，与马道婆看看，道："这个你先拿了去，做香烛供奉使费，可好不好？"马道婆看看白花花的一堆银子，又有欠契，并不顾青红皂白，（朱侧：有道婆作干娘者来看此句。"并不顾"三字怕弑人。千万件恶事皆从三字生出来。可怕，可畏，可警，可长存戒之！）满口里应着，伸手先去接了银子掖起来，然后收了欠契。又向裤腰里掏了半晌，掏出十几个（朱侧：如此现成，更可怕。）纸铰的青脸红发的鬼来，并两个纸人，递与赵姨娘，又悄悄的道："把他两个的年庚八字写在这两个纸人身上，一并五个鬼都掖在他们各人的床上就完了。我只在家里作法，自有效验。千万小心，不要害怕！"（朱眉：宝玉乃贼婆之寄名儿，况阿凤乎！三姑六婆之为害如此。即贾母之神明，在所不免，其他只知吃斋念佛之夫人、太君，岂能防范得来？此作者一片婆心，不避嫌疑，特为写出。看官再四着眼，吾家儿孙慎之戒之！）正才说完，只见王夫人的丫鬟进来找道："奶奶可在这里，太太等你呢。"二人方散了，不在话下。

却说黛玉因见宝玉近日烫了脸，总不出门，倒时常在一处说说话儿。这日饭后看了二三篇书，自觉无味，便同紫鹃、雪雁做了一回针线，更觉得烦闷。便倚着房门出了一回神，（朱侧：所谓"闲倚绣房吹柳絮"是也。）信步出来，看阶下新迸出的稚笋，（朱侧：妙！妙！"笋根稚子无人见"，今得颦儿一见，何幸如之。）不觉出了院门。一望园中，四顾无人，惟见花光柳影，鸟语溪声。（朱侧：恐冷落园亭花柳，故有是十数字也。纯用画家笔写。）林黛玉信步便往怡红院来，只见几个丫头舀水，都在回廊上围着看画眉洗澡呢。（朱侧：闺中女儿乐事。）听见房内有笑声，林黛玉便入房中看时，原来是李宫裁、凤姐、宝钗都在这里呢，一见他进来都笑道："这不又来了一个。"林黛玉笑道："今日齐全，倒像谁下帖子请来的？"凤姐道："前儿我打发人送了两瓶茶叶去，你往那去了？"黛玉笑道："可是我倒忘了，多谢多谢！"（朱侧：该云"我正看《会真记》呢"。一笑！）凤姐儿又道："你尝了可还好不好？"没有说完，宝玉便道："论理可倒罢了，只是我说不大甚好，可也不知别人尝着怎么样。"宝钗道："味倒轻，只是颜色不大很好。"凤姐道："那是暹罗进贡来的。我尝着也没什么趣儿，还不如我每日吃的呢。"黛玉道："我吃着好，（朱侧：卿爱因味轻也。卿如何担得起味厚之物耶？）宝玉道："你果然吃着好，把我这个也拿了去罢。"凤姐道："你真爱吃，我那里还有呢。"林黛玉道："果真的，我就打发人取去了。"凤姐道："不用取去，我叫人送来就是了。我明日还有一件事求你，一同打发人送来。"黛玉听了笑道："你们听听，这是吃了他一点子茶叶，就来使唤我来了。"凤姐笑道："倒求你，你倒说这些闲话，你既吃了我们家的茶，怎么还不给我们家作媳妇？"众人听了都一齐笑起来。（朱侧：二玉事在贾府上下诸人——即看书人批书人皆信定一段好夫妻，书中常常每每道及，岂具不然，叹！叹！）

黛玉便红了脸，一声儿也不言语，回过头去了。宫裁笑向宝钗道："真真我们二婶子的诙谐是好的。"林黛玉含羞笑道："什么诙谐，不过是贫嘴贱舌讨人厌恶罢了。"（朱侧：此句还要候查。）说着便啐了一口。凤姐笑道："你别做梦！给我们家做了媳妇，你想想……"便指宝玉道：（朱侧：大大一泻，好接后文。）"你瞧瞧，人物儿、门第配不上，还是根基配不上，模样儿配不上，家私配不上？那一点玷辱了谁呢？"林黛玉便起身要走。宝钗便叫道："颦儿急了，还不回来坐着，走了到没意思。"说着便站起来拉住。刚至房门前，只见赵姨娘和周姨娘两个人进来瞧宝玉。李宫裁、宝钗、宝玉等都让他两个坐。独凤姐只和林黛玉说笑，正眼也不看他们。宝钗方欲说话时，只见王夫人房内的丫头来说："舅太太来了，请姑娘奶奶们出去呢。"李宫裁听了，忙叫着凤姐等要走。周、赵两个也忙辞了宝玉出去。宝玉道："我也不能出去，你们好歹别叫舅母进来。"又道："林妹妹，你先站一站，我和你说一句话。"凤姐听了，回头向黛玉笑道："有人叫你说话呢。"说着便把林黛玉往里一推，和李纨一同去了。

这里宝玉拉着黛玉的袖子，只是嘻嘻的笑，心里有话，只是口里说不出来。（朱侧：是已受镇，"说不出来"。勿得错会了意。）此时林黛玉只是禁不住把脸红涨起来了，挣着要走。宝玉忽然"嗳哟"了一声，说："好头疼！"林黛玉道："该，阿弥陀佛！"只见宝玉大叫一声："我要死！"将身一纵，离地跳有三四尺高，（朱侧：自黛玉看书起，分三段写来，真无容针之空。如夏日乌云四起，疾闪长雷不绝，不知雨落何时，忽然霹雳一声，倾盆大注，何快如之，何乐如之，其令人宁不叫绝！）嘴内乱嚷乱叫，说起胡话来了。林黛玉并丫头们都唬慌了，忙去报知贾母、王夫人等。此时王子腾的夫人也在这里，都一齐来时，宝玉越发拿刀弄杖，寻死觅活的，贾母、王夫人见了，唬的抖衣乱颤，且"儿"一声"肉"一声恸哭起来。于是惊动众人，连贾赦、邢夫人、贾珍、贾政、贾琏、贾蓉、贾芸、贾萍、薛姨妈、薛蟠并家中一干家人上上下下里里外外众媳妇丫环等，都来园内看视。登时乱麻一般。（朱侧：写玉兄惊动若许多人忙乱，正写太君一人之钟爱耳。看官勿被作者瞒。）

正都没个主见，只见凤姐儿手持一把明晃晃刚刀砍进园来，见鸡杀鸡，见狗杀狗，见人就要杀人。（朱夹：此处焉用鸡犬？然辉煌富丽非处家之常也，鸡犬闲闲始为儿孙千年之业，故于此处必用鸡犬二字，方是一簇腾腾大舍。）众人益发慌了。周瑞媳妇忙带着几个有力量的胆壮的婆娘上去抱着，夺下刀来，抬回房去。平儿、丰儿等哭的泪天泪地。贾政等心中也有些烦难，顾了这里，丢不下那里。别人慌张自不必讲，独有薛蟠比诸人忙到十分去；（朱侧：写呆兄忙是愈觉忙中之愈忙，且避正文之絮烦。好笔伏，写得出！）又恐薛姨妈被人挤倒，又恐薛宝钗被人瞧见，又恐香菱被人燥皮——知道贾珍等是在女人身上做功夫的，（朱侧：从阿呆兄意中，又写贾珍等一笔，妙！）因此忙的不堪。忽一眼瞥见了林黛玉风流婉转，已酥倒在那里。（朱夹：忙中写闲，真大手眼，大章法。　朱侧：忙到容针不能。以似唐突颦儿，却是写情字万不能禁止者，又可知颦儿之丰神若仙子也。）

当下众人七言八语，有的说请端公送祟的，有的说请巫婆跳神的，有的又荐什么玉皇阁的张真人，种种喧腾不一。也曾百般的医治祈祷，问卜求神，总无效验。堪堪的日落。王子腾的夫人告辞去后，次日王子腾自己亲来瞧问。（朱侧：写外戚，亦避正文之繁。）接着小史侯家、邢夫人兄弟辈并各亲眷都来瞧看，也有送符水的，也有荐僧道的，也都不见效。他叔、嫂二人越发糊涂，不省人事，睡在床上，浑身火炭一般，口内无般不说。到夜时，那些婆娘媳妇丫头们都不敢上前。因此把他二人都抬到王夫人的上房内，（朱侧：收拾得干净有着落。）夜间派了贾芸等带着小子们挨次轮班看守。贾母、王夫人、邢夫人、薛姨妈等寸地不离，只围着干哭。

此时贾赦、贾政又恐哭坏了贾母，日夜熬油费火，闹的人口不安，也都没了主意。贾赦还各处去寻僧觅道。贾政见都不灵效，着实懊恼，（朱侧：四字写尽政老矣。）因阻贾赦道：“儿女之数，皆由天命，非人力可强者。他二人之病出于不意，百般医治不效，想天意该当如此，也只好由他们去罢。”（朱侧：念书人自应如是语。）贾赦也不理此话，仍是百般忙乱，那里见些效验！看看三日光阴，那凤姐和宝玉躺在床上，一发连气都将没了。和家人口无不惊慌，都说没了指望，忙着将他二人的后世衣履都治备下了。贾母、王夫人、贾琏、平儿、袭人这几个人更比诸人哭的忘餐废寝，觅死寻活。赵姨娘、贾环等心中欢喜趁愿。（朱侧：补明赵姬进怡红为作法也。）

到了第四日早晨，贾母等正围着他两个哭时，只见宝玉睁开眼说道：（朱侧：“语不惊人死不休”，此之谓也。）“从今已后，我可不在你家了！快些收拾，打发我走罢。”贾母听了这话，就如同摘心去肝一般。赵姨娘在旁劝道：“老太太也不必过于悲痛了。哥儿已是不中用了，不如把哥儿的衣裳穿好，让他早些回去罢，也免些苦。只管舍不得他，这口气不断，他在那世里也受罪不安生。”这些话还没说完，被贾母照脸啐了一口唾沫，骂道：“烂了舌根的混账老婆，谁叫你来多嘴多舌的！你怎么知道他在那世受罪不安生？怎么见得不中用了？你愿他死了，有什么好处？你别作梦！他死了，我只和你们要命。素日都是你们调唆着逼他写字念书，（朱夹：奇语！所谓溺爱者不明，然天生必有是一段文字的。）把胆子唬破了，见了他老子还不像个避猫鼠儿？都不是你们这起淫妇调唆的！这会子逼死了他，你们遂了心了，我饶那一个！”一面骂，一面哭。贾政在旁听见这些话，心中越发难过，便喝退赵姨娘，自己上来委婉解劝。一时又有人来回说：

“两口棺材都作齐备了，（朱侧：偏写一头不了又一头之文，真步步紧之文！）请老爷出去看。”贾母听了，如火上浇油一般，便骂道：“是谁做了棺材？”一叠连声只叫把做棺材的拉来打死。

正闹的天翻地覆，没个开交，只闻得隐隐的木鱼声响，（朱侧：不费丝毫勉强，轻轻收住数百言文字。《石头记》得力处全在此处。以幻作真，以真为幻，看书人亦要如是看为幸。）念了一句：“南无解冤孽菩萨。”又听说道：“有那人口不安，家宅颠倒，或逢凶险，或中邪祟不利者，我们善能医治。”贾母、王夫人等听见这些话，那里还耐得住，便命人去快请来。贾政虽不自在，耐贾母之言如何违拗；又想如此深宅，何得听的如此真切，（朱侧：作者是幻笔，合屋俱是幻耳，焉能无闻？）心中亦是希罕，（朱侧：政老亦落幻中。）便命人请了进来。众人举目看时，原来是一个癞头和尚与一个跛足道人。（朱夹：僧因凤姐，道因宝玉，一丝不乱。）只见那和尚是怎生模样：

鼻如悬胆两眉长，目似明星蓄宝光。
破衲芒鞋无住迹，腌臜更有满头疮。

看那道人又是怎生模样，但见：

一足高来一足低，浑身带水又拖泥。
相逢若问家何处，却在蓬莱弱水西。

贾政问道：“你道友二人在那庙焚修？”那僧笑道：“长官不须多言。（朱侧：避俗套法。）因闻得尊府人口不利，故特来医治。”贾政道：“倒有两个人中邪，不知二位有何符水？”那道笑道：“你家现放着希世奇珍，如何倒还问我们有符水？”贾政听这话有意思，心中便动了，因说道：“小儿落草时虽带了一块宝玉下来，上面说能除邪祟，谁知竟不灵验。”那僧笑道：“长官你那里知道那物的妙用。只因如今被声色货利所迷，（朱夹：石皆能迷，可知其害不小。观者着眼，方可读《石头记》。）故此不灵验了。（朱侧：读书者观之。）你今且取他出来，待我们持诵持诵，只怕就好了。”

贾政听说，便向宝玉项上取下那玉来递与他二人。那和尚接了过来，擎在掌上，长叹一声道：“青埂峰一别，展眼已过十三载矣！人世光阴，如此迅速，尘缘满日，若似弹指！（朱夹：见此一句，令人可叹可惊，不忍往后再看矣！）可羡你当时的那段好处：

天不拘兮地不羁，心头无喜亦无悲。
却因锻炼通灵后，便向人间觅是非。（朱眉：所谓越不聪明越快活。）

可叹你今朝这番经历：

粉渍脂痕污宝光，绮栊昼夜困鸳鸯。

沉酣一梦终须醒，（朱侧：无百年的筵席。）冤孽偿清好散场！”（朱侧：三次锻炼，焉得不成佛作祖！）

念毕，又摩弄一回，说了些疯话，递与贾政道：“此物已灵，不可亵渎，悬于卧室上槛，将他二人安在一室之内，除亲身妻、母外，不可使外人冲犯。三十三天之后，包管身安病退，复旧如初。”说着回头便走了。贾政赶着还说让他二人坐了吃茶，要送谢礼，他二人早已出去了。贾母等还只管使人去赶，那里有个踪影。少不得依言将他二人就安在王夫人卧室之内，将玉悬在门上。王夫人亲自守着，不许别个人进来。

至晚间，他二人竟渐渐的醒来，（朱侧：能领持诵，故如此灵效。朱眉：通灵玉听癞和尚二偈即刻灵应，抵却前回若干《庄子》及语录机锋偈子。正所谓物各有主也。叹不得见玉兄“悬崖撒手”文字为恨。）说腹中饥饿。贾母、王夫人等如得了珍宝一般，（朱侧：昊天罔极之恩如何报得？哭杀幼而丧亲者。）旋熬了米汤来与他二人吃了，精神渐长，邪祟少退，一家子才把心放下来。李宫裁并贾府三艳、薛宝钗、林黛玉、平儿、袭人等在外间听信。闻得吃了米汤，醒了人事，别人未开口，林黛玉先就念了声“阿弥陀佛”。（朱侧：针对得病时那一声。）宝钗便回头看了他半日，嗤的一笑。众人都不会意，惜春问道：“宝姐姐，好好的笑什么？”宝钗笑道：“我笑如来佛比人还忙：又要讲经说法，又要普度众生。这如今宝玉与二姐姐病，又是烧香还愿，赐福消灾。今儿才好些，又要管林姑娘的姻缘了。你说忙的可笑不可笑。”黛玉不觉红了脸，啐了一口道：“你们这起人不是好人，不知怎么死！再不跟着好人学，只跟那些贫嘴恶舌的人学。”一面说，一面摔帘子出去了。

（墨）总批：

先写红玉数行引接正文，是不作开门见山文字。

灯油引大光明普照菩萨，大光明普照菩萨引五鬼魇魔法，是一线贯成。

通灵玉除邪，全部只此一见，却又不灵；遇癞和尚、跛道人一点方灵应矣。写利欲之害如此。

此回本意是为禁三姑六婆进门之害，难以防范。

巧姊

第二十六回

蜂腰桥设言传蜜意　潇湘馆春困发幽情

话说宝玉养过了三十三天之后，不但身体强壮，亦且连脸上疮痕平服，仍回大观园内去。这也不在话下。

且说近日宝玉病的时节，贾芸带着家下小厮坐更看守，昼夜在这里，那红玉同众丫鬟也在这里守着宝玉，彼此相见多日，都渐渐的混熟了。那红玉见贾芸手里拿的手帕子，到像是自己从前吊的，待要问他，又不好问的。不料那和尚道士来过，用不着一切男人，贾芸仍种树去了。这件事待要放下，心内又放不下；待要问去，又怕人猜疑，正是犹豫不决、神魂不定之际，忽听窗外问道：（朱侧：岔开正文，却是为正文作引。）“姐姐在屋里没有？”红玉闻听，在窗眼内望外一看，原来是本院的个小丫头叫佳蕙的，因答说：“在家里，你进来罢。”佳蕙听了跑进来，就坐在床上，笑道：“我好造化！才刚在院子里洗东西，宝玉叫往林姑娘那里送茶叶，（朱侧：交代井井有法。）花大姐姐交给我送去。可巧老太太那里给林姑娘送钱来，正分给他们的丫头们呢。（朱侧：潇湘常事出自别院婢口中，反觉新鲜。）见我去了，林姑娘就抓了两把给我，也不知多少。你替我收着。”便把手帕子打开，把钱倒了出来，红玉替他一五一十的数了收起。

佳蕙道："你这一程子心里到底觉怎么样？依我说，你竟家去住两日，请一个大夫来瞧瞧，吃两剂药就好了。"红玉道："那里的话，好好的，家去作什么！"佳蕙道："我想起来了，林姑娘生的弱，时常他吃药，你就和他要些来吃，也是一样。"（朱侧：闲言中叙出黛玉之弱。草蛇灰线。　墨眉：暗暗言其红玉之病与黛玉相同，皆系"情"字上害出来的。）红玉道："胡说！药也是混吃的。"佳蕙道："你这也不是个长法儿，又懒吃懒喝的，终久怎么样？"红玉道："怕什么，还不如早些死了倒干净！"（朱侧：此句令人气噎，总在无可奈何上来。）佳蕙道："好好的，怎么说这些话？"红玉道："你那里知道我心里的事！"

佳蕙点头想了一会，道："可也怨不得，这个地方难站。就像昨儿老太太因宝玉病了这些日子，说跟着服侍的这些人都辛苦了，如今身上好了，各处还完了愿，叫把跟着的人都按着等儿赏他们。我算年纪小，上不去——不得，我也不怨；像你，怎么也不算在里头？我心里就不服。袭人那怕他得十个分儿，也不恼他，原该的。说良心话，谁还敢比他呢？（墨眉：此处云比不得袭人，乃羡袭人是宝玉之爱妾也，为后文伏线。无怪后来被逐。）别说他素日殷勤小心，便是不殷勤小心，也拼不得。可气晴雯、绮霰他们这几个，都算在上等里去，仗着老子娘的脸面，众人倒捧着他去。你说可气不可气？"红玉道："也不犯着气他们。俗语说的，'千里搭长棚，没有个不散的筵席'，（朱侧：此时写出此等言语，令人堕泪。）谁守谁一辈子呢？不过三年五载，各人干各人的去了。那时谁还管谁呢？"这两句话不觉感动了佳蕙的心肠，由不得眼睛红了，又不好意思好端的哭，（墨眉：小小黄毛丫头亦有这等病，可见余前批不谬也。）只得勉强笑道："你这话说的却是。昨儿宝玉还说，明儿怎么样收拾房子，怎么样做衣裳，（墨眉：借佳蕙口中，补出宝玉平日闲谈之言。）倒像有几百年的熬煎。"（朱夹：却是小女儿口中无味之谈，实是写宝玉不如一环婢。　朱眉：红玉一腔委屈怨愤，系身在怡红不能遂志，看官勿错认为芸儿害相思也。"狱神庙"红玉、茜雪一大回文字，惜迷失无稿。）红玉听了冷笑了两声，方要说话，（朱侧：文字又一顿。）只见一个未留头的小丫头子走进来，手里拿着些花样子并两张纸，说道："这是两个样子，叫你描出来呢。"说着向红玉掷下，回身就跑了。

红玉向外问道："到底是谁的？也等不的说完就跑，谁蒸下馒头等着你，怕冷了不成！"那小丫头在窗外只说得一声："是绮大姐姐的。"（朱侧：又是不合式之言、戳心语。）抬起脚来咕咚咕咚又跑了。（朱侧：活现。活现之文。）红玉便赌气把那样子掷在一边，向抽屉内找笔，找了半天都是秃了的，因说道："前儿一支新笔，放在那里了？怎么一时想不起来。"一面说着，一面出神，（朱侧：总是画境。）想了一会方笑道："是了，前儿晚上莺儿拿了去了。"便向佳蕙道："你替我取了来。"佳蕙道："花大姐姐还等着我替他抬箱子呢，你自取去罢。"红玉道："他等着你，你还坐着闲打牙儿？我不叫你取去，他也不等着你了。坏透了的小蹄子！"说着，自己便出房来，出了怡红院，一径往宝钗院内来。

刚至沁芳亭畔，只见宝玉的奶娘李嬷嬷从那边走来。（朱侧：奇文，真令人不得机关。）红玉立住问道："李奶奶，你老人家那去了？怎打这里来？"李嬷嬷站住将手一拍道："你说说，好好的又看上了那个种树的（朱侧：囫囵不解语。）什么云哥儿、雨哥儿的，（朱侧：奇文神文。）这会子逼着我叫了他来。明儿叫上房里听见，（朱侧：更不解。）可又是不好。"红玉笑道："你老人家当真的就依着他，去叫了？"（朱侧：是遂心语。）李嬷嬷道："可怎么样呢？"（朱侧：妙！的是老妪口气。）红玉笑道："那一个要是知道好歹，（朱侧：更不解。）就回'不进来'才是。"（朱夹：是私心语，神妙！）李嬷嬷道："他又不痴，为什么不进来？"红玉道："既是来了，你老人家该同他一齐来，回来叫他一个人乱碰，可是不好呢。"（朱夹：总是私心语，要直问又不敢，只用这等语慢慢套出。有神理。）李嬷嬷道："我有那样工夫和他走？不过告诉了他，回来打发个小丫头子或是老婆子，带进他来就完了。"说着，拄着拐一迳去了。

红玉听说，便站着出神，且不去取笔。（朱夹：总是不言神情，另出花样。）一时，只见一个小丫头子跑来，见红玉站在那里，便问道："林姐姐，你在这里作什么呢？"红玉抬头见是小丫头子坠儿。（朱夹：坠儿者，赘儿也。人生天地间已是赘疣，况又生许多冤情孽债。叹！叹！）红玉道："那去？"坠儿道："叫我带进芸二爷来。"说着一径跑了。这里红玉刚走至蜂腰桥门前，只见那边坠儿引着贾芸来了。（朱夹：妙！不说红玉不走，亦不说走，只说"刚走到"三字，可知红玉有私心矣。若说出必定不走、必定走，则文字死板，且亦棱角过露，非写女儿之笔也。）那贾芸一面走，一面拿眼把红玉一溜，那红玉只装着和坠儿说话，也把眼去一溜贾芸。四目恰相对时，红玉不觉脸红了，（朱夹：看官至此，须掩卷细想上二十回中篇篇句句点"红"字处，可与此处想如何？）一扭身往蘅芜苑去了。不在话下。

这里贾芸随着坠儿，逶迤来至怡红院中。坠儿先进去回明了，然后方领贾芸进来。贾芸看时，只见院内略略的有几点山石，种着芭蕉，那边有两只仙鹤在松树下剔翎。一溜回廊上吊着各色笼子，各色仙禽异鸟。上面小小五间抱厦，一色雕镂新鲜花样隔扇，上面悬着一个匾额，四个大字，题道是"怡红快绿"。贾芸想道："怪道叫'怡红院'，可知原来匾上是恁样四个字。"（朱夹：伤哉，展眼便红稀绿瘦矣。叹！叹！）正想着，只听里面隔着纱窗子笑道：（朱侧：是文若僧繇点睛之龙，破壁飞矣，焉得不拍案叫绝！）"快进来罢。我怎么就忘了你两三个月！"贾芸听的是宝玉的声音，连忙进入房内。抬头一看，只见金碧辉煌，（朱侧：器皿叠叠。）文章闪灼，（朱侧：陈设垒垒。）却看不见宝玉在那里。（朱侧：武夷九曲之文。）一回头，只见左边立着一架大穿衣镜，从镜后转出两个一般大的十五六岁的丫头来说："请二爷里头屋里坐。"贾芸连正眼也不敢看，连忙答应了。又进一道碧纱厨，只见一张小小填漆床上，悬着大红销金撒花帐子。宝玉穿着家常衣服，靸着鞋，倚在床上拿着本书看，见他进来，将书掷下，早堆着笑立起身来。（朱侧：这是等芸哥看，故作款式者。果真看书，在隔纱窗子说话时已放下了。——玉兄若见此批，必云："老货，他处处不放松我，可恨可恨！"回思将余比作钗、颦等，乃一知己，余何幸也！一笑。 墨眉：批书者真欲效颦乎？）贾芸忙上前请了安。宝玉让坐，便在下面一张椅子上坐了。

宝玉笑道："只从那日见了你，我叫你往书房里来，谁知接接连连许多事情，就把你忘了。"贾芸笑道："总是我无福，偏偏又遇着叔叔身上欠安。叔叔如今可大安了？"

宝玉道："大好了。我倒听见说你辛苦了好几天。"贾芸道："辛苦也是该当的。叔叔大安了，也是我们一家子的造化。"（朱侧：不伦不理，迎合字样，口气逼肖，可笑可叹！）说着，只见有个丫鬟端了茶来与他。那贾芸口里和宝玉说着话，眼睛却溜瞅那丫鬟：（朱侧：前写不敢正眼，今又如此写，是因茶来，有心人故留此神，于接茶时站起，方不突然。）细挑身材，容长脸面，穿着银红袄子，青缎背心，白绫细折裙。——不是别个，却是袭人。（朱侧：《水浒》文法用的恰当，是芸哥眼中也。）那贾芸自从宝玉病了，他在里头混了两天，他却把那有名人口认记了一半。（朱夹：一路总是贾芸是个有心人，一丝不乱。）他也知道袭人在宝玉房中比别个不同，今见他端了茶来，宝玉又在旁边坐着，便忙站起来笑道："姐姐怎么替我倒起茶来。我来到叔叔这里，又不是客，让我自己倒罢了。"（朱夹：总写贾芸乖觉，一丝不乱。）宝玉道："你只管坐着罢。丫头们跟前也是这样。"贾芸笑道："虽如此说，叔叔房里姐姐们，我怎么敢放肆呢？"（朱侧：红玉何以使得？）一面说，一面坐下吃茶。

那宝玉便和他说些没要紧的散话。（朱夹：妙极是极！况宝玉又有何正经可说的！）又说道谁家的戏子好，谁家的花园好，又告诉他谁家的丫头标致，谁家酒席丰盛，又是谁家有奇货，又是谁家有异物。（朱夹：几个"谁家"，自北静王、公侯、驸马诸大家包括尽矣，写尽纨绔口角。）那贾芸口里只得顺着他说，说了一回，见宝玉有些懒懒的了，便起身告辞。宝玉也不甚留，只说："你明儿闲了，只管来。"仍命小丫头子坠儿送他出去。

出了怡红院，贾芸见四顾无人，便把脚慢慢的停着些走，口里一长一短和坠儿说话，先问他"几岁了？名字叫什么？你父母在那一行？在宝叔房内几年了？（朱侧：渐渐入巷）一个月多少钱？共总宝叔房内有几个女孩子？"那坠儿见问，一桩桩都告诉他了。贾芸又道："刚才那个与你说话的，他可是叫小红？"坠儿笑道："他倒叫小红。你问他作什么？"贾芸道："方才他问你什么手帕子，我倒拣了一块。"坠儿听了笑道："他问了我好几遍，可有看见他的帕子。我有那么大工夫管这些事！今儿他又问我，他说我替他找着了，他还谢我呢——才在蘅芜院门口说的，二爷也听见了，不是我撒谎。好二爷，你既拣着了，给我罢。我看他拿什么谢我。"

原来上月贾芸进来种树之时，便拣了一块罗帕，便知是所在园内的人失落的，但不知是那一个人的，故不敢造次。今儿听见红玉问坠儿，便知是红玉的，心内不胜喜幸。又见坠儿追索，心中早得了主意，便向袖内将自己的一块取了出来，向坠儿笑道："我给是给你，你若得了他的谢礼，可不许瞒着我。"坠儿满口里答应了，接了手帕子，送出贾芸，回来找红玉，不在话下。（朱夹：至此一顿，狡猾之甚！原非书中正文之人，写来间色耳。）

如今且说宝玉打发了贾芸去后，意思懒的歪在床上，似有朦胧之态。袭人便走上来，坐在床沿上推他，说道："怎么又要睡觉？闷的狠，你出去逛逛不是？"宝玉见说，便拉他的手笑道："我要去，只是舍不得你。"袭人笑道："快起来罢！"（朱侧：不答的妙！）一面说，一面拉了宝玉起来。宝玉道："可往那里去呢？怪腻腻烦烦的。"袭人道："你出去了就好了。只管这么葳蕤，越发心里烦腻。"

宝玉无精打彩的，只得依他。恍出了房门，在回廊上调弄了一回雀儿。出至院外，顺着沁芳溪看了一回金鱼。只见那边山坡上两只小鹿箭也似的跑来，宝玉不解何意，（朱侧：余亦不解。）正自纳闷，只见贾兰在后面拿着一张小弓儿追了下来。（朱侧：前文。）一见宝玉在前面，便站住了，笑道："二叔叔在家里呢，我只当出门去了。"宝玉道："你又淘气了。好好的射他作什么？"贾兰笑道："这会子不念书，闲着作什么？所以演习演习骑射。"（朱侧：奇文奇语！默思之方意会：为玉兄毫无一正事，只知安富尊荣而写。）宝玉道："把牙栽了，那时才不演呢。"

说着，顺着脚一迳来至一个院门前，只见凤尾森森，龙吟细细。（朱夹：与后文"落叶萧萧，寒烟漠漠"一对，可伤可叹！）举目望门上一看，（朱侧：无一丝心迹，反似初至者，故接有"忘形忘情"话来。）只见匾上写着"潇湘馆"三字。宝玉信步走入，只见湘帘垂地，悄无人声。走至窗前，觉得一缕幽香（朱侧：写得出，写得出。）从碧纱窗中暗暗透出。宝玉便将脸贴在纱窗上，往里看时，耳内忽听（朱夹：未曾看见先听见，有神理。）得细细的长叹了一声道："'每日家情思睡昏昏'。"（朱侧：用情忘情神化之文！）宝玉听了，不觉心内痒将起来，再看时，只见黛玉在床上伸懒腰。（朱侧：有神理，真真画出。）宝玉在窗外笑道："为什么'每日家情思睡昏昏'？"一面说，一面掀帘进来了。林黛玉自觉忘情，不觉红了脸，拿袖子遮了脸，翻身向里装睡着了。

宝玉才走上来要搬他的身子，只见黛玉的奶娘并两个婆子都跟了进来（朱侧：一丝不漏，且避若干嚼蜡之文。）说："妹妹睡觉呢，等醒了再请来。"刚说着，黛玉便翻身向外坐起来，笑道："谁睡觉呢。"（朱侧：妙极！可知黛玉是怕宝玉去也。）那两三个婆子见黛玉起来，便笑道："我们只当姑娘睡着了。"说着，便叫紫鹃说："姑娘醒了，进来伺侯。"一面说，一面都去了。黛玉坐在床上，一面抬手整理鬓发，一面笑向宝玉道："人家睡觉，你进来作什么？"（墨侧：余代答云：来看看妹妹，说说话儿，解解妹妹的午倦，可好不好！）宝玉见他星眼微饧，香腮带赤，不觉神魂早荡，一歪身坐在椅子上，笑道："你才说什么？"黛玉道："我没说什么。"宝玉笑道："给你个榧子呢！我都听见了。"

二人正说话，只见紫鹃进来。宝玉笑道："紫鹃，把你们的好茶倒碗我吃。"紫鹃道："那里是好的呢？要好的，只是等袭人来。"黛玉道："别理他，你先给我舀水去罢。"紫鹃笑道："他是客，自然先倒了茶来再舀水去。"说着倒茶去了。宝玉笑道："好丫头，'若共你多情小姐同鸳帐，（朱侧：真正无意忘情。）怎舍得叠被铺床！'"林黛玉登时撂下脸来，（朱侧：我也要恼。）说道："二哥哥，你说什么？"宝玉笑道："我何尝说什么。"黛玉便哭道："如今新兴的，外头听了村话来，也说给我听，看了混账书，也来拿我取笑儿。我成了替爷们解闷的。"一面哭着，一面下床来往外就走。宝玉不知要怎样，心下慌了，忙赶上来，"好妹妹，我一时该死，你别告诉去。我再要敢，我嘴上就长个疔，烂了舌头"。

正说着，只见袭人走来说道："快回去穿衣服，老爷叫你呢。"宝玉听了，不觉得打了个焦雷一般，（朱侧：不止玉兄一惊，即阿颦亦不免一吓，作者只顾写来收拾二玉之文，忘却颦儿也。想作者亦似宝玉道《西厢》之句，忘情而出也。）也顾不得别的，急忙回来穿衣服。出园来，只见焙茗在二门前等着，宝玉便问道："是作什么？"焙茗道："爷快出来罢，横竖是见去的，到那里就知道了。"一面说，一面催着宝玉。转过大厅，宝玉心里还自狐疑，只听墙角边一阵呵呵大笑，回头看时，见是薛蟠拍着手跳了出来，笑道："要不说姨夫叫你，你那里出来的这么快。"焙茗也笑着跪下了。宝玉怔了半天，方解过来，是薛蟠哄他出来。（朱侧：如此戏弄，非呆兄无人。欲释二玉，非此戏弄不能立解，勿得泛泛看过。不知作者胸中有多少丘壑！）

薛蟠连忙打恭作揖陪不是，又求"不要难为了小子，都是我逼他去的"。宝玉也无法了，只好笑因说道："你哄我也罢了，怎么说我父亲呢？我告诉姨娘去，评评这个理，可使得么？"薛蟠忙道："好兄弟，我原为求你快些出来，就忘了忌讳这句话。改日你也哄我，说我的父亲就完了。"（朱侧：写粗豪无心人毕肖。）宝玉道："嗳，嗳，越发该死了。"又向焙茗道："反叛肏的，还跪着作什么！"焙茗连忙叩头起来。薛蟠道："要不是我也不敢惊动，只因明儿五月初三日是我的生日，谁知古董行的程日兴，他不知那里寻了来的——这么粗、这么长粉脆的鲜藕，这么大的大西瓜，这么长的一尾新鲜的鲟鱼，这么大的一个暹罗国进贡的灵柏香熏的暹猪。你说，他这四样礼可难得不难得？那鱼，猪不过贵而难得，这藕和瓜亏他怎么种出来的。我连忙孝敬了母亲，赶着给你们老太太、姨父、姨母送了些去。如今留了些，我要自己吃，恐怕折福，（朱侧：呆兄亦有此语，批书人至此诵《往生咒》至恒河沙数也。）左思右想，除我之外，惟有你还配吃，（朱侧：此语令人哭不得、笑不得，亦真心语也。）所以特请你来。可巧唱曲儿的一个小子又才来了，我同你乐一日何如？"一面说，一面来至他书房里。只见詹光、程日兴、胡斯来、单聘仁等并唱曲儿的都在这里，见他进来，请安的，问好的，都彼此见过了。吃了茶，薛蟠即命人摆酒来。话犹未了，众小厮七手八脚摆了半天，才停当归坐。宝玉果见瓜藕新异，因笑道："我的寿礼还未送来，倒先饶了。"薛蟠道："可是呢，明儿你送我什么？"宝玉道："我可有什么可送的？若论银钱吃穿等类的东西，究竟还不是我的。（朱侧：谁说的出？经过者方说得出。叹！叹！）惟有或写一张字，画一张画，才算是我的。"薛蟠笑道："你提画儿，我想起来了。昨儿我看人家一张春宫，画的着实好。上面还有许多的字，我也没细看，只看落的款，原来是'庚黄'画的。（朱侧：奇文，奇文！）真真好的了不得！"宝玉听说，心下猜疑道："古今字画也都见过些，那里有个'庚黄'？"想了半天，不觉笑将起来，命人取过笔来，在手心里写了两个字，又问薛蟠道："你看真了是'庚黄'？"薛蟠道："怎么看不真！"宝玉将手一撒，与他看道："别是这两个字罢？其实与'庚黄'相去不远。"众人都看时，原来是"唐寅"两个字，（朱眉：闲事顺笔，骂死不学之纨绔。叹！叹！）都笑道："想必是这两字，大爷一时眼花了也未可知。"薛蟠自觉没意思，笑道："谁知他'糖银''果银'的。"

正说着，小厮来回："冯大爷来了。"宝玉便知是神武将军冯唐之子冯紫英来了。薛蟠等一齐都叫："快请。"说犹未了，只见冯紫英一路说笑，已进来。（朱侧：一派英气如在纸上，特为金闺润色也。）众人忙起席让坐。冯紫英笑道："好呀！也不出门了，在家里高乐罢。"宝玉、薛蟠都笑道："一向少会，老世伯身上康健？"紫英答道："家父倒也托庇康健。近来家母偶着了些风寒，不好了两天。"薛蟠见他面上有些青伤，便笑道："这脸上又和谁挥拳的？挂了幌子了。"冯紫英笑道："从那一遭把仇都尉的儿子打伤了，我就记了，再不沤气，如何又挥拳？这个脸上，是前日打围，在铁网山教兔虎捎一翅膀。"宝玉道："几时的话？"紫英道："三月二十八日去的，前儿也就回来了。"宝玉道："怪道前儿初三四儿，我在沈世兄家赴席不见你呢。我要问，不知怎么就忘了。单你去了，还是老世伯也去了？"紫英道："可不是，家父去我无法儿去罢了。难道我闲疯了，咱们几个人吃酒听唱不乐，寻那个苦恼去？这一次，大不幸之中又大幸……"（朱侧：似又伏一大事样，英侠人累累如是，令人猜摹。）

薛蟠众人见他吃完了茶，都说道："且入席，有话慢慢的说。"冯紫英听说，便立起身来说道："论礼我该陪饮几杯才是，只是今儿有一件大大要紧事，回去还要见家父面回，实不敢领。"薛蟠、宝玉众人那里肯依，死拉着不放。冯紫英笑道："这又奇了。你我这些年，那一回有这个道理的？果然不能遵命。若必定叫我领，拿大杯来，我领两杯就是了。"众人听说，只得罢了，薛蟠执壶，宝玉把盏，斟了两大海。那冯紫英站着，一气而尽。（朱侧：令人快活煞。）宝玉道："你到底把这个'不幸之幸'说完了再走。"冯紫英笑道："今儿说的也不尽兴。我为这个，还要特治一东，请你们去细谈一谈；二则还有所恳之处。"说着执手就走。薛蟠道："越发说的人热剌剌的丢不下。多早晚才请我们，告诉了。也免的人犹疑。"冯紫英道："多则十日，少则八天。"一面说，一面出门上马去了。众人回来，依席又饮了一回方散。（朱侧：收拾得好。）

宝玉回至园中，袭人正记挂着他去见贾政，不知是祸是福，（朱侧：本是切己之事，时刻难忘。）只见宝玉醉醺醺的回来，问其原故，宝玉一一向他说了。袭人道："人家牵肠挂肚的等着，你且高乐去，也到底打发人来给个信儿。"宝玉道："我何尝不要送信儿，只因冯世兄来了，就混忘了。"正说着，只见宝钗走进来笑道："偏了我们新鲜东西了。"宝玉笑道："姐姐家的东西，自然先偏了我们了。"宝钗摇头笑道："昨儿哥哥倒特特的请我吃，我不吃他，叫他留着送人请人罢。我知道我的命小福薄，不配吃那个。"（朱侧：暗对呆兄言宝玉配吃语。）说着，丫鬟倒了茶来，吃茶说闲话儿，不在话下。

却说那林黛玉听见贾政叫了宝玉去了，一日不回来，心中也替他忧虑。（朱侧：本是切己事。）至晚饭后，闻得宝玉来了，心里要找他问是怎么样了。（朱侧：呆兄此席，的是合和筵也。一笑！）一步步行来，见宝钗进宝玉的院内去了，（朱侧：《石头记》最好看处是此等章法。　墨眉：此层尚虚。）自己也便随后走了来。刚到了沁芳桥，只见各色水禽都在池中浴水，也认不出名色来，但见一个个文彩炫耀，好看异常，因而站住看了一回。再往怡红院来，只见院门关着，黛玉便以手扣门。

谁知晴雯和碧痕正拌了嘴，没好气，忽见宝钗来了，那晴雯正把气移在宝钗身上，正在院内抱怨说："有事没事跑了来坐着，（朱侧：犯宝钗如此写法。）叫我们三更半夜（朱侧：指明人则暗写。）不得睡觉！"忽听又有人叫门，晴雯越发动了气，也并不问是谁，（朱侧：犯黛玉如此写明。）便说道："都睡下了，（朱侧：不知人则明写。　墨眉：颦卿天真烂漫。使我闻此四字，不待再问，不能无疑矣。及至后话黛玉焉得不气怔哉。　此批欠细。此文明明写宝钗在宝玉院中，而晴雯说"都睡下了"，又说二爷吩咐一概不准放人进来。此正黛玉酸心处也。其唐突宝钗，与"绣鸳鸯"正同。）明儿再来罢。”林黛玉素知丫头们的情性，他们彼此顽耍惯了，恐怕院内的丫头没听真是他的声音，只当是别的丫头们了，所以不开门，因而又高声说道：“是我，还不开么？”晴雯偏生还没听出来，（朱侧：想黛玉高声亦不过你我平常说话一样耳，况晴雯素昔浮躁多气之人，如何辨得出？此刻须得批书人唱“大江东去”的喉咙，嚷着“是我林黛玉叫门”方可。又想若开了门，如何有后面很多好字样好文章看！观者意为是否？）便使性子说道：“凭你是谁，二爷吩咐的，一概不准放人进来呢！”

林黛玉听了，不觉气怔在门外，待要高声问他，逗起气来，自己又回思一番：“虽说是舅母家如同自己家一样，到底是客边。（朱侧：寄食者着眼，况颦儿何等人乎？）如今父母双亡，无依无靠，现在他家依栖。如今认真淘气，也觉没趣。”一面想，一面又滚下泪珠来。正是回去不是，站着不是。正没主意，只听里面一阵笑语之声，细听了一听，竟是宝玉、宝钗二人。（墨眉：索性赖得十分足、十分圆满。）林黛玉心中益发动了气，左思右想，忽然想起了早起的事来：“必竟是宝玉恼我告他的原故。但只我何尝告你去了，你也不打听打听，就恼我到这步田地。你今儿不叫我进来，难道明儿就不见面了！越想越伤感，也不顾苍苔露冷，花径风寒，独立墙角边花阴之下，悲悲戚戚呜咽起来。（朱侧：可怜杀！可疼杀！余亦泪下。）

原来这林黛玉秉绝代姿容，具希世俊美，不期这一哭，那附近柳枝花朵上的宿鸟栖鸦一闻此声，俱忒楞楞飞起远避，不忍再听。（朱侧：沉鱼落雁，闭月羞花，原来是哭了出来的。一笑。）

真是：

花魂默默无情绪；
鸟梦痴痴何处惊。

因有一首诗道：

颦儿才貌世应希，独抱幽芳出绣闺。
呜咽一声犹未了，落花满地鸟惊飞。

那林黛玉正自啼哭，忽听“吱喽”一声，院门开处，不知是那一个出来。且看下回。（朱夹：每阅此本掩卷者，十有八九不忍下阅看完。想作者此时泪下如豆矣！）

（墨）此回乃颦儿正文，故借小红许多曲折琐琐之笔作引。

怡红院见贾芸，宝玉心内似有如无，贾芸眼中应接不暇。

“凤尾森森，龙吟细细”八字，“一缕幽香从碧纱窗中暗暗透出”，又“细细的长叹一声”等句，方引出“每日家情思睡昏昏”仙音妙音，俱纯化工夫之笔。

二玉这文字，作者亦在无意上写来，所谓“信手拈来无不是”是也。

收拾二玉文字，写颦无非哭玉、再哭、恸哭，玉只以陪事小心，软求慢恳，二人一笑而止。且书内若此亦多多矣，未免有犯雷同之病。故险语结住，使二玉心中不得不将现事抛却，各怀以惊心意，再作下文。

前回倪二、紫英、湘莲、玉菡四样侠文皆得传真写照之笔，惜“卫若兰射圃”文字迷失无稿，叹！叹！

晴雯迁怒系常事耳，写于钗、颦二卿身上与踢袭人、打平儿之文，令人于何处设想着笔。

黛玉望怡红之泣，是“每日家情思睡昏昏”上来。

第二十七回 滴翠亭杨妃戏彩蝶 埋香冢飞燕泣残红

话说林黛玉正自悲泣，忽听院门响处，只见宝钗出来了，宝玉、袭人一群人送了出来。待要上去问着宝玉，又恐当着众人问，羞了他倒不便，因而闪过一旁，让宝钗去了，宝玉等进去关了门，方转过来，犹望着门洒了几点泪。自觉无味，便转身回来，无精打彩的卸了残妆。

紫鹃、雪雁素日知道他的情性：无事闷坐，不是愁眉便是长叹，且好端端的不知为了什么，常常的便自泪道不干。先时还解劝，怕他思父母，想家乡，受了委曲，用话来宽慰解劝。谁知后来一年一月竟常常的如此，（朱侧：补潇湘馆常文也。）把这个样儿看惯，也都不理论了。所以没人去理，由他去闷坐，只管睡觉去了。那林黛玉倚着床栏杆，两手抱着膝，（朱侧：画美人秘诀。）眼睛含着泪，好似木雕泥塑（朱侧：木是旃檀，泥是金沙方可。）的一般，直坐到三更多天方才睡了。一宿无话。

至次日乃是四月二十六日，原来这日未时交芒种节。尚古风俗：凡交芒种节的这日，都要设摆各色礼物，祭饯花神，言芒种一过，便是夏日了，众花皆谢，花神退位，须要饯行。然闺中更兴这件风俗，所以大观园中之人都早起来了。那些女孩子，或用花瓣柳枝编成轿马的，或用绫锦纱罗叠成杆旄旌幢的，都用彩线系了。每一颗树、每一枝花上，都系上了这些事物。满园中绣带飘飖，花枝招展，（朱侧：数句大观园景，倍胜省亲一回，在一园人俱得闲闲寻乐上看。彼时只有元春一人闲耳。）更又兼这些人打扮得桃羞杏让，燕妒莺惭，（朱侧：桃、杏、燕、莺是这样用法。）一时也道不尽。

且说宝钗、迎春、探春、惜春、李纨、凤姐等并巧姐、大姐、香菱与众丫鬟们都在园内顽耍，独不见林黛玉。迎春因说道："林妹妹怎么不见？好个懒丫头！这会子还睡觉不成？"宝钗道："你们等着，我去闹了他来。"说着便丢下众人，一直的往潇湘馆来。正走着，只见文官等十二个女孩子也来了，见宝钗问了好，说了一回闲话。宝钗回身指道："他们都在那里呢，你们找去罢。我叫林姑娘去就来。"（朱侧：安插一处，好写一处，正一张口难说两家话也。）说着便往潇湘馆来。忽见宝玉进去了，宝钗便站住低头想了一想：宝玉和黛玉是从小儿一处长大，他二人间多有不避嫌疑之处，嘲笑喜怒无常；况且黛玉素习猜忌，好弄小性儿。此刻自己也进去，一则宝玉不便，二则黛玉嫌疑，倒是回来的妙。（朱侧：道尽黛玉每每小性，全不在宝钗身上。）想毕抽身要寻别的姊妹去。忽见前面一双玉色蝴蝶，大如团扇，一上一下的迎风翩跹，十分有趣。宝钗意欲扑了来顽耍，（朱侧：可是一味知书识礼女夫子行止？写宝钗无不相宜。）遂向袖中取出扇子来，向草地下来扑。只见那一双蝴蝶忽起忽落，来来往往，穿花渡柳，将欲过河。倒引的宝钗蹑手蹑脚的，一直跟到池中的滴翠亭，香汗淋漓，娇喘细细。也无心扑了，刚欲回来，只听亭子里面嘁嘁喳喳有人说话。（朱侧：无闲纸闲笔之文如此。）原来这亭子四面俱是游廊曲桥，盖在池中，周围都是雕镂槅子糊着纸。宝钗在亭外听见说话，便站住往里听，只听说道："你瞧瞧这手帕子，果然是你丢的那块，你就拿着；要不是，就还芸二爷去。"又有一人道："可不是那块！拿来给我罢。"又听说道："你拿什么谢我呢？难道白寻了来不成。"又答道："我既许了谢你，自然不哄你。"又听说道："我寻了来给你，自然谢我；但只是拣的人，你就不拿什么谢他？"又回道："你别胡说。他是个爷们家，拣了我们的东西，自然该还的。叫我拿什么给他呢？"又听说道："你不谢他，我怎么回他呢？况且他再三再四的和我说了，若没谢的，不许给你呢。"半晌，又听答道："也罢，拿我这个给他，就算谢他的罢。——你要告诉别人呢？须说个誓来。"又听道："我要告诉一个人，就长一个疔，日后不得好死！"又听说道："嗳哟！咱们只顾说话，看有人来悄悄的在外头听见。不如把这隔子都推开了，便是有人见咱们在这里，他们只当我们说顽话呢。若走到跟前，咱们也看的见，就别说了。"

宝钗在外面听见这话，心中吃惊，（朱侧：四字写宝钗守身如此。）想道："怪道从古至今那些奸淫狗盗之人，心机都不错。这一开了，见我在这里，他们岂不臊了。况才说话的语音儿，大似宝玉房里的红儿。他素昔眼空心大，最是个头等刁钻古怪的东西。今儿我听了他的短儿，一时人急造反，狗急跳墙，不但生事，而且我还没趣。如今便赶着躲了，料也躲不及，少不得要使个'金蝉脱壳'的法子。"犹未想完，只听"咯吱"一声，宝钗便故意放重了脚步，笑着叫道："颦儿，我看你往那里藏！"一面说，一面故意往前赶。那亭子里的红玉坠儿刚一推窗，只见宝钗如此说着往前赶，两个人都唬怔了。宝钗反向他二人笑道："你们把林姑娘藏在那里了？"坠儿道："何曾见林姑娘了。"宝钗道："我才在河边看着他在这里蹲着弄水儿的。我要悄悄的唬他一跳，还没走到跟前，他倒看见我了，朝东一绕就不见了。必是藏在这里头了。"一面说，一面故意进去寻了一寻，抽身就走，口里说道："一定又是在那山子洞里去。遇见蛇，咬一口也罢了。"一面说一面走，心里又好笑：（朱侧：真弄婴儿，轻便如此，即余至此亦要发笑。）这件事算遮过去了，不知他二人是怎么样。

谁知红玉见了宝钗的话，便信以为真，（朱侧：宝钗身分。）让宝钗去远，便拉坠儿道："了不得了！林姑娘蹲在这里，一定听了话去了！"坠儿听说，也半日不言语。红玉又道："这可怎么样呢？"（朱侧：二句系黛玉身分。）坠儿道："便听见了，管谁筋疼，各人干各人的就完了。"红玉道："若是宝姑娘听见，还倒罢了。林姑娘嘴里又爱刻薄人，心里又细，他一听见了，倘或走露了，怎么样呢？"二人正说着，只见文官、香菱、司棋、待书等上亭子来了。二人只得掩住这话，且和他们顽笑。

只见凤姐站在山坡上招手叫红玉，红玉连忙弃了众人，跑至凤姐前，笑问："奶奶使唤作什么？"凤姐打谅了一打谅，见他生的干净俏丽，说话知趣，因说道："我的丫头今儿没跟进来。我这会子想起一件事来，使唤个人出去，可不知你能干不能干，说的齐全不齐全？"红玉道："奶奶有什么话，只管吩咐我说去。若说不齐全，误了奶奶的事，凭奶奶责罚罢了。"（朱侧：操必胜之权！红儿机括志量，自知能应阿凤使令意。）凤姐笑道："你是谁房里的？我使出去，他回来找你，我好替你答应。"红玉道："我是宝二爷房里的。"凤姐听了笑道："嗳哟！你原来是宝玉房里的，怪道呢！（朱侧："哎哟""怪道"四字，一是玉兄手下无无能为者。前文打谅生的"干净俏丽"四字，合而观之，小红则活现于纸上矣。）也罢了。你到我家，告诉你平姐姐：外头屋里桌子上汝窑盘子架儿底下放着一卷银子，那是一百二十两，给绣匠的工价，等张材家的来要，当面称给他瞧了，再给他拿去。再，里头屋里床上有个小荷包，拿了来给我。"

红玉听了，撤身去了，回来，只见凤姐不在这山坡上了。因见司棋从山洞里出来，站着系裙子，便上来问道："姐姐，不知道二奶奶往那去了？"司棋道："没理论。"红玉听了，又往四下里看，只见那边探春、宝钗在池边看鱼。红玉便走来陪笑问道："姑娘们可看见二奶奶没有？"探春道："往大奶奶院里找去。"红玉听了，才往稻香村来，顶头只见晴雯、绮霰、碧痕、紫绡、麝月、待书、入画、莺儿等一群人来了。晴雯一见了红玉，便说道："你只是疯罢！花儿也不浇，雀儿也不喂，茶炉子也不笼，就在外头逛。"红玉道："昨儿二爷说了，今儿不用浇花，过一日再浇罢。我喂雀儿的时侯，姐姐还睡觉呢。"碧痕道："茶炉子呢？"（朱侧：岔一人问，俱是不受用意。）红玉道："今儿不是我笼的班儿，有茶没茶别问我。"绮霰道："你听听他的嘴！你们别说了，让他逛去罢。"红玉道："你们再问问我逛了没有。二奶奶才使唤我说话，取东西去的。"（朱侧：非小红夸耀，系尔等逼出来的，离怡红意已定矣。）说着将荷包举给他们看，方没言语了，（朱侧：众女儿何苦自讨之。）大家分路走开。晴雯冷笑道："怪道呢！原来爬上高枝儿去了，把我们不放在眼里。不知说了一句半句话，名儿姓儿知道了不曾呢，就把他兴的这样！这一遭半遭儿的算不得什么，过了后儿还得听'呵'！有本事的从今儿出了这园子，长长远远的在高枝儿上才算得。"一面说着走了。

这里红玉听说，也不便分证，只得忍着气来找凤姐。到了李氏房中，果见凤姐在那里说话儿呢。红玉便上来回道：“平姐姐说，奶奶刚出来了，他就把银子收起来了，（朱侧：交代不在盘架下了。）才张材家的来取，当面称了给他拿去了。”说着，将荷包递了上来，又道：“平姐姐叫回奶奶：说旺儿进来讨奶奶的示下，好往那家子去的。平姐姐就把这话按着奶奶的主意打发他去了。”凤姐笑道：“他怎么按我的主意打发去了？”（朱侧：可知前红玉云“就把那按奶奶的主意”，主意是欲俭，但恐累赘耳，故阿凤有是问，彼能细答。）红玉道：“平姐姐说：我们奶奶问这里奶奶好。原是我们二爷不在家，虽然迟了两天，只管请奶奶放心。等五奶奶（朱侧：又一门。）好些，我们奶奶还会了五奶奶来瞧奶奶呢。五奶奶前儿打发了人来说，舅奶奶（朱侧：又一门。）带了信来了，问奶奶好，还要和这里的姑奶奶（朱侧：又一门。）寻两丸延年神验万全丹。若有了，奶奶打发人来，只管送在我们奶奶这里。明儿有人去，就顺路给那边舅奶奶带去的。”话未说完，李纨笑道：“嗳哟哟！这话我就不懂了。什么‘奶奶’‘爷爷’的一大堆。”凤姐笑道：“怨不得你不懂，这是四五门子的话呢。”说着又向红玉笑道：“好孩子，到难为你说的齐全。别像他们扭扭捏捏蚊子似的。——嫂子不知道，如今除了我随手使的这几个人之外，我就怕和别人说话。他们必定把一句话拉长了作两三截儿，咬文咬字，拿着腔，哼哼吸吸的，急的我冒火，先时我们平儿也是这么着，我就问着他：必定装蚊子哼哼难道就是美人了？说了几遭才好些了。”李宫裁笑道：“都像你破落户才好。”凤姐又道：“这个丫头就好。（朱侧：红玉听见了吗？）方才，说话虽不多，听那口气就简断。”（朱侧：红玉此刻心内想：可惜晴雯等不在傍。）说着又向红玉笑道：“你明儿伏侍我去罢。我认你作女儿，我再调理调理，你就出息了。”（朱侧：红玉今方遂心如意，却为宝玉后文伏线？）

红玉听了，扑哧一笑。凤姐道：“你怎么笑？你说我年轻，比你能大几岁，就作你的妈了？你别作春梦呢！你打听打听，这些人都比你大的，赶着我叫妈，我还不理呢！”红玉笑道：“我不是笑这个，我笑奶奶认错了辈数了——我妈是奶奶的女儿，这会子又认我作女儿。”凤姐道：“谁是你妈？”李宫裁道：“你原来不认得他？他就是林之孝之女。”（朱侧：管家之女，而晴卿辈挤之，招祸之媒也。）凤姐听了十分诧异，因笑问道：“哦！（朱侧：传神。）原来是他的丫头？”又笑道：“林之孝两口子都是锥子扎不出一声儿来的。我成日家说，他们到是配就了的一对夫妻——一双天聋地哑。（朱侧：用得是阿凤口角。）那里承望养出这么个伶俐丫头来！你十几岁了？”红玉道：“十七了。”又问名子，（朱侧：真真不知名，可叹！）红玉道：“原叫红玉的，因为重了宝二爷，如今叫红儿了。”凤姐听了将眉一皱，把头一回，说道：“讨人嫌的很！得了玉的益似的，你也玉，我也玉。”因说道：“既这么着肯跟，我还和他妈说，‘赖大家的如今事多，也不知这府里谁是谁，你替我好好的挑两个丫头我使’，他一般的答应。他饶不挑，倒把他这女孩子送了别处去。难道跟我必定不好？”李纨笑道：“你可是又多心了。他进来在先，你说话在后，怎么怨得他妈呢！”凤姐道：“既这么着，明儿我和宝玉说，（朱侧：有悌弟之心。）叫他再要人，叫这丫头跟我去。可不知本人愿意不愿意？”（朱侧：总是追写红玉十分心事。）红玉笑道：“愿意不愿意，我们不敢说。（朱侧：好答！可知两处俱是主儿。）只是跟着奶奶，我们也学些眉眼高低，出入上下，大小的事也得见识见识。”（朱侧：且系本心本意，“狱神庙”回内方见。）刚说着，只见王夫人的丫头来请，凤姐便辞了李宫裁去了。红玉回怡红院，不在话下。

如今且说林黛玉因夜间失寐，次日起迟了，闻得众姊妹都在园中作饯花会，恐人笑他痴懒，连忙梳洗了出来。刚到了院中，只见宝玉进门来了，笑道：“好妹妹，昨儿可告我不曾？（朱侧：明知无是事，不得不作开谈。）教我悬了一夜心。”林黛玉便回头叫紫鹃道：“把屋子收拾了，撂下一扇纱屉子；看那大燕子回来，把帘子放下来，拿狮子倚住；烧了香就把炉罩上。”（朱侧：不见宝玉，阿颦断无此一段闲言，总在欲言不言难禁之意，了却“情情”之正文也。）一面说一面仍往外走。宝玉见他这样，还认作是昨日中晌的事，（朱侧：毕真不错。）那知晚间的这段公案，还打躬作揖的。黛玉正眼也不看，各自出了院门，一直找别的姊妹去了。宝玉心中纳闷，自己猜疑：看起这个光景来，不像是为昨日的事。但只昨日我回来的晚了，又没见他，再没有冲撞了他的去处。一面想，一面走，由不得从后面追了来。

只见宝钗、探春正在那边看仙鹤，见黛玉来了，三个一同站着说话儿。又见宝玉来了，探春便笑道：“宝哥哥身上好！整整三天没见了。”（朱侧：横云截岭，好极，妙极！二玉文原不易写，《石头记》得力处在兹。）宝玉笑道：“妹妹身上好？我前儿还在大嫂子跟前问你呢。”探春道：“哥哥往这里来，我和你说话。”宝玉听说，便跟了他来到一棵石榴树下。探春因说道：“这几天老爷可叫你没有？”宝玉道：“没有叫。”探春道：“昨儿我恍惚听见说老爷叫你出去的。”（朱侧：老爷叫宝玉再无喜事，故园中合宅皆知。）宝玉笑道：“那想是别人听错了，并没叫的。”（朱侧：非谎也，避繁也。）探春又笑道：“这几个月，我又攒下有十来吊钱了。你还拿去，明儿逛去的时侯，或是好字画书籍卷册，轻巧顽意儿，给我带些来。”宝玉道：“我这么城里城外、大廊小庙的逛，也没见个新奇精致东西，左不过是金玉铜器没处撂的古董，再就是绸缎吃食衣服了。”探春道：“谁要那些。像你上回买的那柳条儿编的小篮子，整竹子根抠的香盒子，胶泥垛的风炉儿，这就好。把我喜欢的什么似的，谁知他们都爱上了，都当宝贝似的抢了去了。”宝玉笑道：“原来要这个。这不值什么，拿五百钱出去给小子们，管拉两车来。”探春道：“小厮们知道什么。你拣那朴而不俗、直而不作者，（朱侧：是论物？是论人？看官着眼。）这些东西，你多多的替我带了来。我还像上回的鞋作一双你穿，比那双还加工夫，如何呢？”

宝玉笑道：“你提起鞋来，我想起故事来：那一回我穿着，可巧遇见了老爷，老爷就不受用，问是谁做的。我那里敢提‘三妹妹’三个字，我就回说是前儿我的生日，是舅母给的。老爷听了是舅母给的，才不好说什么，半日还说：‘何苦来！虚耗人力，作践绫罗，作这样的东西。’因而我回来告诉袭人，袭人说这还罢了，赵姨娘气的抱怨的了不得：‘正紧兄弟，鞋搭拉袜搭拉的（朱侧：何至如此，写妒妇信口逗。）没人看见，且作这些东西！’”探春听说，登时沉下脸来，道：“你说，这话糊涂到什么田地！怎么，我是该做鞋的人么？环儿难道没有分例的，没有人的？衣裳是衣裳，鞋袜是鞋袜，丫头一屋子，怎么报怨这些话。——给谁听呢！我不过闲着没有事，做一双半双的，爱给那个哥哥兄弟，随我的心。谁敢管我不成！这也是他气。”宝玉听了，点头笑道：“你不知道，他心里自然又有个想头了。”探春听说，一发动了气，把头一扭，说道：“连你也糊涂了！他那想头自然有的，不过是那阴微鄙贱的见识。他只管这么想，我只管认得老爷、太太两个人，别人我一概不管。就是姊妹兄弟跟前，谁和我好，我就和谁好，什么偏的庶的，我也不知道理论他，我不该说他，但他特昏愦的不像了！还有笑话儿呢：（朱侧：开一步，妙！妙！）就是上回，我给你那钱，替我带那顽的东西。过了两天，他见了我，也是说没钱使，怎么难，我也不理论。谁知后来丫头们出去了，他就抱怨起我来，说我攒了钱为什么给你使，倒不给环儿使了。我听见这话，又好笑又好气，我就出来往太太屋里去了。”正说着，只见宝钗那边笑道：“说完了，来罢。显见的是哥哥妹妹了，丢下别人，且说梯己去。我们听一句儿就使不得了！”说着，探春、宝玉二人方笑着来了。

宝玉因不见林黛玉，便知他是躲了别处去了，（朱侧：兄妹话虽久长，心事总未少歇，接得好。）想了一想，索性迟两日，等他的气消一消（朱侧：作书人调侃耶？）再去也罢了。因低头看见许多凤仙石榴等各色落花，锦重重落了一地，因叹道：“这是他心里生了气，也不收拾这花儿来了。待我送了去，明儿再问他。”（朱侧：至埋香冢方不牵强，好情理。）说着，只见宝钗约着他们往外头去。（朱侧：收拾得干净。）宝玉道：“我就来。”说毕，等他二人去远了，（朱侧：怕人笑说。）便把那花兜了起来，登山渡水，过柳穿花，一直奔了那日同林黛玉葬桃花的去处。犹未转过山坡，只听山坡那边有呜咽之声，一行数落着，哭的好不伤感。（朱侧：奇文异文，俱出《石头记》上——且念出愈奇文。）宝玉心中想道：“这不知是那房里的丫头，受了委屈，（朱侧：岔开线络，活泼之至！）跑到这个地方来哭。”一面想，一面煞住脚步，听他哭道是：（朱夹：诗词歌赋，有如此章法写于书上者乎？）

花谢花飞飞满天，红消香断有谁怜？
游丝软系飘春榭，落絮轻沾扑绣帘。
闺中女儿惜春暮，愁绪满怀无释处。
手把花锄出绣帘，忍踏落花来复去。
柳丝榆荚自芳菲，不管桃飘与李飞。
桃李明年能再发，明年闺中知有谁？
三月香巢已垒成，梁间燕子太无情！
明年花发虽可啄，却不道人去梁空巢也倾。
一年三百六十日，风刀霜剑严相逼。
明媚鲜妍能几时，一朝飘泊难寻觅。
花开易见落难寻，阶前闷死葬花人。
独倚花锄泪暗洒，洒上空枝见血痕。
杜鹃无语正黄昏，荷锄归去掩重门。
青灯照壁人初睡，冷雨敲窗被未温。
怪奴底事倍伤神，半为怜春半恼春。

怜春忽至恼忽去，至又无言去不闻。
昨宵庭外悲歌发，知是花魂与鸟魂？
花魂鸟魂总难留，鸟自无言花自羞。
愿奴胁下生双翼，随花飞到天尽头。
天尽头，何处有香丘？
未若锦囊收艳骨，一坯净土掩风流。
质本洁来还洁去，强于污淖陷渠沟。
尔今死去侬收葬，未卜侬身何日丧？
侬今葬花人笑痴，他年葬侬知是谁？
试看春残花渐落，便是红颜老死时。
一朝春尽红颜老，花落人亡两不知！（朱眉：“开生面”“立新场”，是书多多矣，惟此回处生更新。非颦儿断无是佳吟，非石兄断无是情聆——难为了作者了，故留数字以慰之。）

宝玉听了，不觉痴倒。要知端底，再看下回。

（朱）余读《葬花吟》至再至三四，其凄楚感慨，令人身世两忘，举笔再四不能下批。有客曰：“先生身非宝玉，何能下笔？即字字双圈，批词通仙，料难遂颦儿之意。俟看玉兄之后文再批。”噫唏！阻余者想亦《石头记》来的？故停笔以待。

（墨）饯花辰不论典与不典，只取其韵致生趣耳。

池边戏蝶，偶而适兴；亭外急智脱壳。明写宝钗非拘拘然一迂女夫子。

凤姐用小红，可知晴雯等埋没其人久矣，无怪有私心私情。且红玉后有宝玉大得力处，此于千里外伏线也。

《石头记》用截法、岔法、突然法、伏线法、由近渐远法、将繁改俭法、重作轻抹法、虚敲实应法种种诸法，总在人意料之外，且不见一丝牵强，所谓“信手拈来无不是”是也。

不因见落花，宝玉如何突至埋香冢；不至埋香冢又如何写《葬花吟》。

埋香冢葬花乃诸艳归源，《葬花吟》又系诸艳一偈也。

李纨

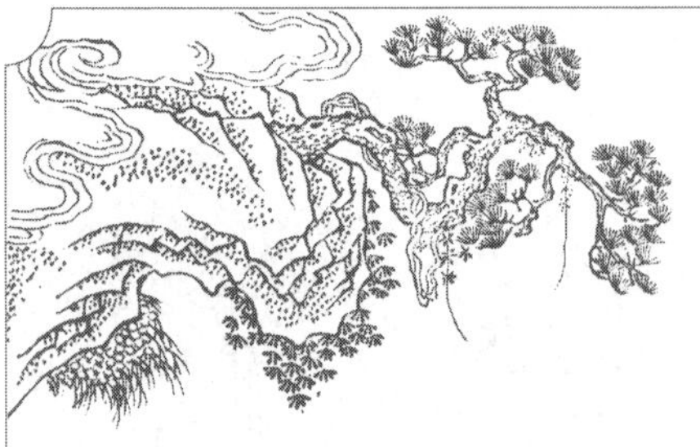

第二十八回　蒋玉菡情赠茜香罗　薛宝钗羞笼红麝串

话说林黛玉只因昨夜晴雯不开门一事，错疑在宝玉身上。至次日又可巧遇见饯花之期，正是一腔无明正未发泄，又勾起伤春愁思，因把些残花落瓣去掩埋，由不得感花伤己，哭了几声，便随口念了几句。不想宝玉在山坡上听见，是黛玉之声，先不过是点头感叹。听到“侬今葬花人笑痴，他年葬侬知是谁”，“一朝春尽红颜老，花落人亡两不知”等句，不觉恸倒山坡之上，怀里兜的落花撒了一地。试想林黛玉的花颜月貌，将来亦到无可寻觅之时，宁不心碎肠断！既黛玉终归无可寻觅之时，推之于他人，如宝钗、香菱、袭人等，亦可以到无可寻觅之时矣。宝钗等终归无可寻觅之时，则自己又安在哉？且自身尚不知何在何往，则斯处、斯园、斯花、斯柳，又不知当属谁姓矣！因此一而二，二而三，反复推求了去，（朱眉：不言炼句，炼字，词藻工拙，只想景想情，想事想理，反复追求，悲伤感慨，乃玉兄一生天性，真颦儿之知己，则实无再有者。昨阻余批《葬花吟》之客，嫡是玉兄之化身无疑，余几作点金成铁之人。笨甚！笨甚！）真不知此时此际欲为何等蠢物，杳无所知，逃大造，出尘网，使可解释这段悲伤。（朱侧：非大善知识，说不出这句话来。）正是：

花影不离身左右；

鸟声只在耳东西。（朱侧：二句作禅语参。 朱眉：一大篇《葬花吟》却如此收拾，真好机思笔仗，令人焉得不叫绝称奇！）

那黛玉正自悲伤，忽听山坡上也有悲声，心下想道："人人都笑我有些痴病，难道还有一个痴子不成？"（朱侧：岂敢岂敢。）想着，抬头一看，见是宝玉。林黛玉看见，便道："啐！我当是谁，原来是这个狠心短命的。"刚说到"短命"二字上，又把口掩住，（朱侧："情情"，不忍道出"的"字来。）长叹了一声，自己抽身便走了。

这里宝玉悲恸了一回，见黛玉去了，便知黛玉看见他躲开了，自己也觉无味，抖抖土，起来，下山寻归旧路，（朱侧：折得好，誓不写开门见山文字。）往怡红院来。

可巧看见林黛玉在前头走，连忙赶上去，说道："你且站住。我知道你不理我，我只说一句话，从今已后撂开手。"（朱侧：非此三字难留莲步，玉兄之机变如此。）林黛玉回头见是宝玉，待要不理他，听他说"只说一句话，从今撂开手"，这话里有文章，少不得站住说道："有一句话，请说来。"宝玉笑道："两句话，说了你听不听？"（朱侧：相离尚远，用此句补空，好近阿颦。）黛玉听说，回头就走。宝玉在身后面叹道："既有今日，何必当初！"（朱侧：自言自语，真是一句话。）林黛玉听见这话，由不得站住，回头道："当初怎么样？今日怎么样？"宝玉叹道：（朱侧：以下乃答言，非一句话也。）"当初姑娘来了，那不是我陪着顽笑？凭我心爱的，姑娘要，就拿去；我爱吃的，听见姑娘也爱吃，连忙干干净净收着等姑娘吃。一桌子吃饭，一床上睡觉。丫头们想不到的，我怕姑娘生气，我替丫头们想的到。（朱：我阿颦之恼，玉兄实摸不着，不得不将自幼之苦心实事一诉，方可明心以白今日之故，勿作闲文看。）我心里想着：姊妹们从小儿长大，亲也罢，热也罢，和气到了头，才见得比人好。如今谁承望姑娘人大心大，不把我放在眼里，倒把外四路的什么宝姐姐、凤姐姐（朱侧：用此人瞒看官也，瞒颦儿也。心动阿颦在此数句也。一节颇似说辞，玉兄口中却是衷肠话。）的放在心坎儿上，倒把我三日不理四日不见的。我又没个亲兄弟亲姊妹。——虽然有两个，你难道不知道是和我隔母的？我也和你是独出，只怕同我的心一样。谁知我是白操了这个心，弄的我有冤无处诉！"说着不觉滴下眼泪来。（朱侧：玉兄泪非容易有的。）

林黛玉耳内听了这话，眼内见了这形景，心内不觉灰了大半，也不觉滴下泪来，低头不语。宝玉见他这般形景，遂又说道："我也知道我如今不好了，但只凭着怎么不好，万不敢在妹妹跟前有错处。便有一二分错处，你倒是或教导我，戒我下次，或骂我两句，打我两下，我都不灰心。谁知你总不理我，叫我摸不着头脑，少魂失魄，不知怎么样才是。就便死了，也是个屈死鬼，任凭高僧高道忏悔也不能超生，还得你申明了缘故，我才得托生呢！"

黛玉听了这话，不觉将昨晚的事都忘在九霄云外了，（朱侧："情情"本来面目也。）便说道："你既这么说，昨儿为什么我去了，你不叫丫头开门？"宝玉诧异道："这话从那里说起？我要是这么样，立刻就死了！"（朱侧：急了。）黛玉啐道："大清早死呀活的，也不忌讳。你说有呢就有，没有就没有，起什么誓呢。"宝玉道："实在没有见你去。就是宝姐姐坐了一坐，就出来了。”林黛玉想了一想，笑道：“想必是你丫头懒待动，丧声歪气的也是有的。”宝玉道：“想必是这个原故。等我回去问了是谁，教训教训他们就好了。”林黛玉道：“你的那些姑娘们也该教训教训，只是论理我不该说。今儿得罪了我的事小，明儿宝姑娘来，什么贝姑娘来，也得罪了，事情岂不大了。”（朱侧：至此心事全无矣。）说着抿着嘴笑。宝玉听了，又是咬牙，又是笑。二人正说话，只见丫头来请吃饭，（朱侧：收拾得干净。）遂都往前头来了。

王夫人见了林黛玉，因问道：“大姑娘，你吃那鲍太医的药可好些？”林黛玉道：“也不过这么着。老太太还叫我吃王大夫的药呢。”宝玉道：“太太不知道，林妹妹是内症，先天生的弱，所以禁不住一点风寒，不过吃两剂煎药，疏散了风寒，还是吃丸药的好。”（朱侧：引下文。）王夫人道：“前儿大夫说了个丸药的名子，我也忘了。”宝玉道：“我知道那些丸药，不过叫他吃什么人参养荣丸。”王夫人道：“不是。”宝玉又道：“八珍益母丸？左归？右归？再不，就是麦味地黄丸。”王夫人道：“都不是。我只记得有个‘金刚’两个字的。”（朱侧：奇文奇语。）宝玉扎手笑道：（朱侧：慈母前放肆了。）“从来也没听见有个什么‘金刚丸’。若有了‘金刚丸’，也自然有‘菩萨散’了！”（朱侧：宝玉因黛玉事完，一心无挂碍，故不知不觉手之舞之，足之蹈之。）说的满屋里人都笑了。宝钗笑道：“想是天王补心丹。”（朱侧：慧心人自应知之。）王夫人道：“是这个名儿。如今我也糊涂了。”宝玉道：“太太倒不糊涂，都是叫‘金刚’‘菩萨’支使糊涂了。”（朱侧：是语甚对，余幼时所闻之语合符，哀哉，伤哉！）王夫人道：“扯你娘的臊！又欠你老子捶你了。”宝玉笑道：“我老子再不为这个捶我的。”（朱侧：此语亦不假。）

王夫人又道：“既有了这个名儿，明日就叫人买些来。”宝玉道：“这些药都是不中用的。太太给我三百六十两银子，我给妹妹配一料丸药，包管一料不完就好了。”王夫人道：“放屁！什么药就这么贵？”宝玉道：“当真的呢，我这方子比别个不同。这个药名儿也古怪，一时也说不清。只讲那头胎紫河车、人形带叶参三百六十两不足，龟大何首乌、千年松根茯苓胆，诸如此类的药都不算为奇，只在群药里算。那为君的药，说起来吓人一跳。前儿薛大哥哥求了我有一二年，我才给了他这个方子。他拿了方子去又寻了二三年，花了有上千的银子，才配成了。太太不信，只问宝姐姐。”宝钗听说，笑着摇手儿道：“我不知道，也没听见。你别叫姨娘问我。”王夫人笑道：“到底是宝丫头，好孩子，不撒谎。”宝玉站在当地，听见如此说，一回身把手一拍，说道：“我说的倒是真话呢，倒说我撒谎。”说着，一回身，只见黛玉坐在宝钗身后抿着嘴笑，用手指在脸上画着羞他。

凤姐因在里间屋里看着人放桌子，听如此说，便走来笑道：“宝兄弟不是撒谎，倒是有的。上月薛大哥亲自和我寻珍珠，我问他作什么，他说是配药。他还抱怨说，不配也罢了，如今那里知道这么费事。我问他什么药，他说是宝兄弟的方子，说了多少药，我也没工夫听。他说不然我就买几颗珍珠了，只是定要头上带过的，所以来和你寻。他说：‘妹妹若没散的，花儿上也得掐下来，过后儿我拣好的再给妹妹穿了来。’我没法儿，把两枝珠花儿现拆了给他。还要了一块三尺大红库纱去，乳钵乳了隔面子呢。”凤姐说一句，宝玉念一句佛，说：“太阳在屋里呢！”凤姐说完了，宝玉又道：“太太想，这不过是将就呢——正紧按那方子，这珍珠宝石定要古坟里的，有那古时富贵人家装裹的头面，拿了来才好。如今那里为这个去偷坟掘墓，所以只是活人带过的，也可以使得。”王夫人随念：“阿弥陀佛，不当家花花的！就是坟里有这个，人家死了几百年，如今翻尸盗骨的，作了药也不灵！”（朱侧：不止阿凤圆谎，今作者亦为圆谎了，看此数句则知矣。）

宝玉向林黛玉说道：“你听见了没有，难道二姐姐也跟着我撒谎不成？”脸望着黛玉说，却拿眼睛飘着宝钗。黛玉便拉王夫人道：“舅母听听，宝姐姐不替他圆谎，他直问着我。”王夫人也道：“宝玉很会欺负你妹妹。”宝玉笑道：“太太不知道原故。宝姐姐先在家里住着，那薛大哥的事，他就不知道，何况如今在里头住着呢，自然是越发不知道了。林妹妹才在背后以为是我撒谎就羞我。”说着，只见贾母房里的丫头找宝玉、林黛玉去吃饭。林黛玉也不见宝玉走，便起身拉了那丫头就走。那丫头说等着宝玉一块儿走。林黛玉道：“他不吃饭了，咱们走。我先走了。”说着便出去了。宝玉道：“我今儿还跟着太太吃罢。”王夫人道：“罢，罢，我今儿吃斋，你正紧吃你的去罢。”宝玉道：“我也跟着吃斋。”说着便叫那丫头“去罢”，自己先跑到炕上坐了。王夫人向宝钗道：“你们只管吃你们的去，由他去罢。”宝钗因笑道：“你正紧去罢。吃不吃，陪着林妹妹走一趟，他心里打紧的不自在呢。”宝玉道：“理他呢，过一会子就好了。”

一时吃过饭，宝玉一则怕贾母记挂，二则也记挂着黛玉，忙忙的要茶漱口。探春、惜春都笑道：“二哥哥，你成日家忙些什么？（朱侧：冷眼人自然了了。）吃饭吃茶也是这么忙碌碌的。”宝钗笑道：“你叫他快吃了瞧林妹妹去罢，叫他在这里胡羼些什么。”宝玉吃了茶，便出来，直往西院走。可巧走到凤姐院前，只见凤姐蹬着门槛子拿耳挖子剔牙，看着小子们挪花盆呢。见宝玉来了，笑道：“你来的正好。进来，替我写几个字儿。”宝玉只得跟了进来。到房里，凤姐命人取过笔砚纸来，向宝玉道：“大红妆缎四十匹，蟒缎四十匹，上用纱各色一百匹，金项圈四个。”宝玉道：“这算什么？又不是账，又不是礼物，怎么个写法？”凤姐道：“你只管写上，横竖我自己明白就罢了。”宝玉听说只得写了。凤姐收起来，笑道：“还有句话告诉你，不知你依不依？你屋里有个丫头叫红玉，我合你说说，要叫了来使唤，也总没得说，今儿见你才想起来。”（朱侧：字眼。）宝玉道：“我屋里的人也多的很，姐姐喜欢谁，只管叫了来，何必问我。”（朱侧：红玉接杯倒茶，自纱屉内觅至回廊下，再见此处，如此写来，可知玉兄除颦儿外，俱是行云流水。又了却怡红一冤孽，一叹！）凤姐笑道：“既这么着，我就叫人带他去了。”宝玉道：“只管带去。”说着，便要走。（朱侧：忙极！）凤姐道：“你回来，我还有句话说。”宝玉道：“老太太叫我呢，（朱侧：非也，林妹妹叫我呢。一笑！）有话等我回来罢。”

说着便来至贾母这边，已经都吃完了饭。贾母因问他：“跟着你母亲吃什么好的了？”宝玉笑道：“也没什么好的，我倒多吃了一碗饭。”（朱侧：安慰祖母之心也。）因问：“林妹妹在那里呢？”（朱侧：何如？余言不谬。）贾母道：“里头屋里呢。”宝玉进来，只见地下一个丫头吹熨斗，炕上两个丫头打粉线，黛玉弯着腰拿着剪子裁什么呢。

宝玉走进来笑道："哦，这是作什么呢？才吃了饭，这么空着头，一会子又头疼了。"黛玉并不理，只管裁他的。有一个丫头道："这块绸子角儿还不好呢，再熨他一熨。"黛玉把剪子一搁，说道："理他呢，过一会子就好了。"宝玉听了，只是纳闷。（朱侧：有意无意，暗合针对，无怪玉兄纳闷。）只见宝钗、探春等也来了，和贾母说了一回话。宝钗也进来问："林妹妹作什么呢？"因见黛玉裁剪，因笑道："越发能干了，连裁剪都会了。"黛玉笑道："这也不过撒谎哄人罢了。"宝钗笑道："我告诉个笑话儿，才刚为那个药，我说了个不知道，宝玉心里不受用了。"林黛玉道："理他呢，过一会子就好了。"（朱眉：连重二次前言，是颦、宝气味暗合，勿认做有小人过言也。）宝玉又向宝钗道："老太太要抹骨牌，正没人，你抹骨牌去。"宝钗听说，便笑道："我是为抹骨牌才来了？"说着便走了。林黛玉道："你倒是去罢，这里有老虎，看吃了你！"说着又裁。宝玉见他不理，只得还陪笑说道："你也去逛逛再裁不迟。"黛玉总不理。宝玉便问丫头们："这是谁叫裁的？"黛玉见问丫头们，便说道："凭他谁叫裁，不管二爷的事！"宝玉听了方欲说话，只见有人进来说"外头有人请你呢"。宝玉听说，忙撤身出来。黛玉向外说道：（朱侧：仍丢不下，叹！叹！）"阿弥陀佛！赶你回来，我死了也罢了。"（朱侧：何苦来？余不忍听。）

宝玉出来，到外头，只见焙茗说道："冯大爷家请。"宝玉听了，知道是昨日的话，便说："要衣裳去。"自己便往书房里来。焙茗一直到了二门前等人，（朱侧：此门请出玉兄来，故信步又至书房，文人弄笔，虚点缀也。）只见出来个老婆子，焙茗上去说道："宝二爷在书房里等出门的衣裳，你老人家进去带个信儿。"那婆子道："你妈的屄倒好！宝二爷如今在园子里住着，（朱侧：与夜间叫人对看。）跟他的人都在园子里，你又跑了这里来带信儿！"焙茗听了，笑道："骂的是，我也糊涂了。"说着一迳往东边二门上来。可巧门上小厮在甬路底下踢球，焙茗将原故说了。有个小厮跑了进去，半日才抱了一个包袱出来，递与焙茗。回到书房里，宝玉换了，命人备马，只带着焙茗、锄药、双瑞、双寿四个小厮，一迳来到冯紫英门口，有人报与冯紫英，出来迎接进去。只见薛蟠早已在那里久候，还有许多唱曲儿的小厮并唱小旦的蒋玉菡、锦香院的妓女云儿。大家都见过了，然后吃茶。

宝玉擎茶笑道："前儿所言幸与不幸之事，我昼悬夜想，今日一闻呼唤即至。"冯紫英笑道："你们令姑表弟兄倒都心实。前日不过是我的设辞，诚心请你们一饮，恐又推托，故说下这句话。今日一邀即至，谁知都信真了。"（朱眉：若真有一事，则不成《石头记》文字矣。作者得三昧在兹，批书人得书中三昧亦在兹。）说毕大家一笑，然后摆上酒来，依次坐定。冯紫英先命唱曲儿的小厮过来让酒，然后命云儿也来敬。那薛蟠三杯下肚，不觉忘了情，拉着云儿的手笑道："你把那梯己新样儿的曲子唱个我听，我吃一坛如何？"云儿听说，只得拿起琵琶来，唱道：

> 两个冤家，都难丢下，想着你来又记挂着他。两个人形容俊俏，都难描画。想昨宵幽期私订在荼蘼架，一个偷情，一个寻拿，拿住了三曹对案，我也无回话。（朱夹：此唱一曲为直刺宝玉。）

唱毕笑道："你喝一坛子罢了。"薛蟠听说，笑道："不值一坛，再唱好的来。"

宝玉笑道："听我说来：如此滥饮，易醉而无味。我先吃一大海，发一新令，有不遵者，连罚十大海，逐出席外与人斟酒。"（朱侧：谁曾经过？叹！叹！——西堂故事。）冯紫英、蒋玉菡等都道："有理，有理。"宝玉拿起海来一气饮尽，说道："如今要说悲、愁、喜、乐四字，都要说出女儿来，还要注明这四字原故。说完了，饮门杯——酒面要唱一个新鲜时样的曲子；酒底要席上生风一样东西，或古诗、旧对、《四书》、《五经》、成语。"薛蟠未等说完，先站起来拦住道："我不来，别算我。（朱侧：爽人爽语。）这竟是捉弄我呢！"云儿便站起来，推他坐下，笑道："怕什么？这还亏你天天吃酒呢，难道连我也不如！我回来还说呢。说是了，罢；不是了，不过罚上几杯酒，那里就醉死了。你如今一乱令，倒喝十大杯，下去给人斟酒不成？"众人都拍手道妙。薛蟠听说无法可治，只得坐下。听宝玉先说。宝玉便道：

女儿悲，青春已大守空闺。
女儿愁，悔教夫婿觅封侯。
女儿喜，对镜晨妆颜色美。
女儿乐，秋千架上春衫薄。

众人听了，都道："说得有理。"薛蟠独扬着脸摇头说："不好，该罚！"众人问道："如何该罚？"薛蟠道："他说的我都不懂，怎么不该罚？"云儿便拧他一把，笑道："你悄悄的想你的罢。回来说不出，才是该罚呢！"于是拿琵琶听宝玉唱道：

滴不尽相思血泪抛红豆，开不完春柳春花满画楼，睡不稳纱窗风雨黄昏后，忘不了新愁与旧愁，咽不下玉粒金莼噎满喉，照不见菱花镜里形容瘦。展不开的眉头，捱不明的更漏。呀！恰便似遮不住的青山隐隐，流不断的绿水悠悠。

唱完，大家齐声喝彩，独薛蟠说无板。宝玉饮了门杯，便拈起一片梨来，说道："雨打梨花深闭门。"

完了令。下该冯紫英，听冯紫英说道：

女儿悲，儿夫染病在垂危。
女儿愁，大风吹倒梳妆楼。
女儿喜，头胎养了双生子。
女儿乐，私向花园掏蟋蟀。（朱侧：紫英口中应当如是。）

说毕，端起酒来，唱道：

你是个可人，你是个多情，你是个刁钻古怪鬼灵精，你是个神仙也不灵。我说的话儿你全不信，只叫你去背地里细打听，才知道我疼你不疼！

唱完，饮了门杯，说道："鸡鸣茅店月。"

令完，下该云儿。云儿便说道：

女儿悲，将来终身指靠谁？（朱侧：道着了。）

薛蟠叹道："我的儿，有你薛大爷呢，你怕什么！"众人都道："别混他，别混他！"云儿又道：

女儿愁，妈妈打骂何时休！

薛蟠道："前儿我见了你妈，还吩咐他不叫他打你呢。"众人都道："再多言者罚酒十杯。"薛蟠连忙自己打了一个嘴巴子，说道："没耳性，再不许多说了。"云儿又道：

女儿喜，情郎不舍还家里。

女儿乐，住了箫管弄弦索。

说完了，又唱道：

豆蔻开花三月三，一个虫儿往里钻。钻了半日不得进去，爬到花上打秋千。肉儿小心肝，我不开了你怎么钻？（朱侧：双关，妙！）

唱毕，饮了门杯，说道："桃之夭夭。"

令完了，下该薛蟠。薛蟠道："我可要说了：女儿悲……"说了半日，不见说底下的。冯紫英笑道："悲什么？快说来。"薛蟠登时急的眼睛铃铛一般，瞪了半日，才说道："女儿悲……"又咳嗽了两声，（朱侧：受过此急者，大都不止呆兄一人耳。）说道：

女儿悲，嫁了个男人是乌龟。

众人听了都大笑起来。（朱眉：此段与《金瓶梅》内西门庆、应伯爵在李桂姐家饮酒一回对看，未知孰家生动活泼？）薛蟠道："笑什么，难道我说的不是——一个女儿嫁了汉子，要当忘八，他怎么不伤心呢？"众人笑的弯腰说道："你说的狠是，快说底下的。"薛蟠瞪了瞪眼，说道：

女儿愁……

说了这句，又不言语了。众人道："怎么愁?"薛蟠道：

女儿愁，绣房撺出个大马猴。

众人呵呵笑（朱侧：不愁，一笑。）道："该罚，该罚！这句更不通，先还可恕。"说着便要斟酒。宝玉笑道："押韵就好。"薛蟠道："令官都准了，你们闹什么?"众人听说，方罢了。云儿笑道："下两句越发难说了，我替你说罢。"薛蟠道："胡说！当真的我就没好的了！听我说罢：

女儿喜，洞房花烛朝慵起。

众人听了，都诧异道："这句何其太韵?"薛蟠又道：

女儿乐，一根毛毛往里戳。（朱侧：有前韵句，故有是句。）

众人听了，都扭着脸说道："该死，该死！快唱了罢。"薛蟠便唱道："一个蚊子哼哼哼。"众人都怔了，说道："这是个什么曲儿?"薛蟠还唱道："两个苍蝇嗡嗡嗡。"

众人都道："罢，罢，罢!"薛蟠道："爱听不听！这个新鲜曲儿，叫做《哼哼韵》。你们要懒待听，连酒底都免了，我就不唱。"（朱侧：何尝呆!）众人都道："免了罢，倒别耽误了别人家。"于是蒋玉菡说道：

女儿悲，丈夫一去不回归。
女儿愁，无钱去打桂花油。
女儿喜，灯花并头结双蕊。（朱侧：佳谶也。）
女儿乐，夫唱妇随真和合。

说毕，唱道：

可喜你天生成百媚娇，恰便似活神仙离云霄。度青春，年正小；配鸾凤，真也着。呀！看天河正高，听谯楼鼓敲，剔银灯同入鸳帏悄。（墨眉：曲内暗伏：将来与袭人配偶。）

唱毕，饮了门杯，笑道："这诗词上我倒有限。幸而昨日见了一副对子，可巧（朱侧：真巧!）只记得这句，幸而席上还有这件东西。"（朱侧：瞒至众人。）说毕，便饮干了酒，拿起一朵木樨来，念道："花气袭人知昼暖。"

众人倒都依了，完令。薛蟠又跳了起来，喧嚷道："了不得，了不得！该罚，该罚！这席上并没有宝贝，（朱侧：奇谈!）你怎么念起宝贝来?"蒋玉菡怔了，说道："何曾有宝贝？”薛蟠道：“你还赖呢！你再念来。”蒋玉菡只得又念了一遍。薛蟠道：“袭人可不是宝贝是什么！你们不信，只问他。”说着，指着宝玉。宝玉没有意思起来，说道：“薛大哥，你该罚多少？”薛蟠道：“该罚，该罚！”说着拿起酒来，一饮而尽。

冯紫英与蒋玉菡等不知原故，犹问原故。云儿便告诉了出来。（朱侧：用云儿细说，的是章法。）蒋玉菡忙起身陪罪。众人都道：“不知者不作罪。”少刻，宝玉席外解手，蒋玉菡便随了出来。二人站在廊檐底下，蒋玉菡又陪不是。宝玉见他妩媚温柔，心中十分留恋，便紧紧的搭着他的手，叫他：“闲了往我们这里来。还有一句话借问，也是你们贵班中，有一个叫棋官的，他在那里？如今名驰天下，我独无缘一见。”蒋玉菡笑道：“就是我的小名儿。”宝玉听说，不觉欣然跌足笑道：“有幸，有幸！果然名不虚传。今儿初会，便怎么样呢？”想了一想，向袖中取出扇子，将一个玉玦扇坠解下来，递与棋官，道：“微物不堪，略表初见之谊。”棋官接了，笑道：“无功受禄，何以克当！也罢，我这里也得了一件奇物，今日早起方系上，还是簇新，聊可表我一点亲热之意。”说着，将系小衣儿一条大红汗巾子解下来，递与宝玉，道：“这汗巾是茜香国女国王进贡来的，夏天系着，肌肤生香，不生汗渍。昨日北静王给我的，今日才上身。若是别人，我断不肯相赠。二爷请把自己系的给我系着。”宝玉听说，喜不自禁，连忙接了，将自己一条松花汗巾（朱侧：红绿牵巾是这样用法。一笑！）解了下来，递与棋官。二人方束好，只听一声大叫：“我可拿住了！”只见薛蟠跳了出来，拉着二人道：“放着酒不吃，两人逃席出来干什么？快拿出来我瞧瞧。”二人都道：“没什么。”薛蟠那里肯依，还是冯紫英出来才解开了。于是复又归座饮酒，至晚方散。

宝玉回至园中，宽衣吃茶。袭人见扇子上的扇坠儿没了，便问他：“往那里去了？”宝玉道：“马上丢了。”睡觉时只见腰里一条血点似的大红汗巾子，袭人便猜了八九分，因说道：“你有了好的系裤子，把我那条还我罢。”宝玉听说，方想起那条汗巾子原是袭人的，不该给人才是，心里后悔，口里说不出来，只得笑道：“我赔你一条罢。”袭人听了，点头叹道：“我就知道又干这些事！也不该拿着我的东西给那起混账人去。（墨眉：“混账人”是卿卿什么人？）也难为你，心里没个算计儿。”再要说上几句，又恐怕呕上他的酒来，少不得睡了，一宿无话。

至次日天明起来，只见宝玉笑道：“夜里失了盗也不晓得，你瞧瞧裤子上。”袭人低头一看，只见昨日宝玉系的那条汗巾子系在自己腰里，便知是宝玉夜间换了，忙一顿把解下来，说道：“我不希罕这行子，趁早儿拿了去！”宝玉见他如此，只得委婉解劝了一回。袭人无法，只得系上。过后宝玉出去，终久解下来掷在个空箱子里，自己又换了一条系着。宝玉并不理论，因问起昨日可有什么事情。袭人便回说道：“二奶奶打发了人叫了红儿去了。他原要等你来，我想什么要紧，我就作了主，打发他去了。”宝玉道：“狠是。我已知道了，不必等我罢了。”袭人又道：“昨儿贵妃差了夏太监出来，送了一百二十两银子，叫在清虚观初一到初三打三天平安醮，唱戏献供，叫珍大爷领着众位爷们等跪香拜佛呢。还有端午儿的节礼也赏了。”说着命小丫头来，将昨日的所赐之物取了出来，只见上等宫扇两柄，红麝香珠二串，凤尾罗二端，芙蓉簟一领。宝玉见了，喜不自胜，问道：“别人的也都是这个么？”袭人道：“老太太的多着一柄香如意，一个玛瑙枕。老爷、太太、姨太太的只多着一柄如意。你的同宝姑娘的一样。（朱侧：金姑玉郎是这样写法。）林姑娘同二姑娘、三姑娘、四姑娘只单有扇子同数珠儿，别人都没了。大奶奶、二奶奶他两个每人两匹纱，两匹罗，两个香袋，两个锭子药。”宝玉听了，笑道：“这是怎么个原故？怎么林姑娘的倒不同我的一样，倒是宝姐姐的同我一样！别是传错了罢？”袭人道：“昨儿拿出来，都是一分一分的写着签子，怎么就错了！你的是在老太太屋里来着，我去拿了来了。老太太说，明儿叫你一个五更天进去谢恩呢。”宝玉道：“自然要走一趟。”说着便叫紫绡来：“拿了这个到林姑娘那里去，就说是昨儿我得的，爱什么留下什么。”紫绡答应了，便拿了去，不一时回来道说：“林姑娘说了，昨儿也得了，二爷留着罢。”

宝玉听说，便命人收了。刚洗了脸出来，要往贾母那里请安去，只见林黛玉顶头来了。宝玉赶上去笑道：“我的东西叫你拣，你怎么不拣？”林黛玉昨日所恼宝玉的心事早又丢开，只顾今日的事了，因说道：“我没这么大福禁受，比不得宝姑娘，什么金什么玉的，我们不过是草木之人！”（朱侧：自道本是绛珠草也。）宝玉听他提出“金玉”二字来，不觉心动疑猜，便说道：“除了别人说什么金什么玉，我心里要有这个想头，天诛地灭，万世不得人身！”林黛玉听他这话，便知他心里动了疑，忙又笑道：“好没意思，白白的说什么誓？管你什么金什么玉的呢！”宝玉道：“我心里的事也难对你说，日后自然明白。除了老太太、老爷、太太这三个人，第四个就是妹妹了。要有第五个人，我就说个誓。”黛玉道：“你也不用说誓，我狠知道你心里有‘妹妹’，但只是见了‘姐姐’，就把‘妹妹’忘了。”宝玉道：“那是你多心，我再不的。”黛玉道：“昨儿宝丫头不替你圆谎，为什么问着我呢？那要是我，你又不知怎么样了。”正说着，只见宝钗从那边来了，二人便走开了。（朱眉：峰峦全露，又用烟云截断，好文字。）

宝钗分明看见，只装看不见，低着头过去了，到了王夫人那里，坐了一回，然后到了贾母这边，只见宝玉在这里呢。（朱侧：宝钗往王夫人处去，故宝玉先在贾母处，一丝不乱。）宝钗因往日母亲对王夫人等曾提过“金锁是个和尚给的，等日后有玉的方可结为婚姻”等语，（朱侧：此处表明以后二宝文章，宜换眼看。）所以总远着宝玉。昨日见了元春所赐的东西，独他与宝玉一样，心里越发没意思起来。幸亏宝玉被一个黛玉缠绵住了，心心念念只记挂着黛玉，并不理论这事。此刻忽见宝玉笑问道：“宝姐姐，我瞧瞧你的那红麝串子？”可巧宝钗左腕上笼着一串，见宝玉问他，少不得褪了下来。宝钗原生的肌肤丰泽，容易褪不下来。宝玉在旁边看着雪白一段酥臂，不觉动了羡慕之心，暗暗想道：“这个膀子要长在林妹妹身上，或者还得摸一摸，偏生长在他身上。”正是恨没福得摸，忽然想起“金玉”一事来，再看看宝钗形容，只见脸若银盆，眼似水杏，唇不点而红，眉不画而翠，（朱侧：太白所谓“清水出芙蓉”。）比黛玉另具一种妩媚风流，不觉就呆了，（朱侧：忘情，非呆也。）宝钗褪了串子来递与他，也忘了接。

宝钗见他怔了，自己倒不好意思的，丢下串子，回身才要走，只见黛玉蹬着门槛子，嘴里咬着手帕子笑呢。宝钗道：“你又禁不得风儿吹，怎么又站在那风口里呢？”黛玉笑道：“何曾不是在屋里呢。只因听见天上一声叫，出来瞧了一瞧，原来是个呆雁。”宝钗道：“呆雁在那里呢？我也瞧瞧。”黛玉道：“我才出来，他就‘忒儿’一声飞了。”口里说着，将手里的帕子一甩——向宝玉脸上甩来。宝玉不防，正打在眼上，“嗳哟”了一声。再看下回分明。

（墨）总评：

茜香罗、红麝串写于一回，棋官虽系优人，后回与袭人供奉玉兄宝卿得同终始者，非泛泛之文也。

自“闻曲”回以后，回回写药方，是白描颦儿添病也。

前“玉生香”回中颦云“他有金你有玉；他有冷香你岂不该有暖香？”是宝玉无药可配矣。今颦儿之剂若许材料皆系滋补热性之药，兼有许多奇物，而尚未拟名，何不竟以“暖香”名之？以代补宝玉之不足，岂不三人一体矣。（墨侧：倘若三人一体，固是美事，但又非《石头记》之本意也。）

宝玉忘情，露于宝钗，是后回累累忘情之引。

茜香罗暗系于袭人腰中，系伏线之文。

第二十九回 享福人福深还祷福 斟情女情重愈斟情

（墨）清虚观贾母凤姐原意大适意大快乐，偏写出多少不适意事来，此亦天然至情至理必有之事。

二玉心事此回大书，是难了割，却用太君一言以定，是道悉通部书之大旨。

话说宝玉正自发怔，不想黛玉将手帕子甩了来，正碰在眼睛上，倒唬了一跳，问是谁。林黛玉摇着头儿笑道：“不敢，是我失了手。因为宝姐姐要看呆雁，我比给他看，不想失了手。”宝玉揉着眼睛，待要说什么，又不好说的。

一时，凤姐儿来了，因说起初一日在清虚观打醮的事来，约着宝钗、宝玉、黛玉等看戏去。宝钗笑道：“罢，罢，怪热的。什么没看过的戏，我就不去了。”凤姐儿道：“他们那里凉快，两边又有楼。咱们要去，我头几天打发人去，把那些道士都赶出去，把楼打扫干净，挂起帘子来，一个闲人不许放进庙去，才是好呢。我已经回了太太了，你们不去我去。这些日子也闷的狠了。家里唱动戏，我又不得舒舒服服的看。”

贾母听说，笑道：“既这么着，我同你去。”凤姐听说，笑道：“老祖宗也去，赶情好了！就只是我又不得受用了。”贾母道：“到明儿，我在正面楼上，你在旁边楼上，你也不用到我这边来立规矩，可好不好？”凤姐儿笑道：“这就是老祖宗疼我了。”贾母因而向宝钗道：“你也去，连你母亲也去。长天老日的，在家里也是睡觉。”宝钗只得答应着。

贾母又打发人去请了薛姨妈，顺路告诉王夫人，要带了他们姊妹去。王夫人因一则身上不好，二则预备着元春有人出来，早已回了不去的；听贾母如今这样说，笑道：“还是这么高兴。”因打发人去到园里告诉：“有要逛的，只管初一跟了老太太逛去。”这个话一传开了，别人都还可已，只是那些丫头们天天不得出门槛子，听了这话，谁不要去。便是各人的主子懒怠去，他也百般撺掇了去，因此李宫裁等都说去。贾母越发心中喜欢，早已吩咐人去打扫安置，都不必细说。

单表到了初一这一日，荣国府门前车辆纷纷，人马簇簇。那底下凡执事人等，闻得是贵妃作好事，贾母亲去拈香，正是初一日乃月之首日，况是端阳节间，因此凡动用的什物，一色都是齐全的，不同往日。少时，贾母等出来。贾母坐一乘八人大轿，李氏、凤姐儿、薛姨妈每人一乘四人轿，宝钗、黛玉二人共坐一辆翠盖珠缨八宝车，迎春、探春、惜春三人共坐一辆朱轮翠盖车。然后贾母的丫头鸳鸯、鹦鹉、琥珀、珍珠，林黛玉的丫头紫鹃、雪雁、春纤，宝钗的丫头莺儿、文杏，迎春的丫头司棋、绣桔，探春的丫头侍书、翠墨，惜春的丫头入画、彩屏，薛姨妈的丫头同喜、同贵，外带着香菱，香菱的丫头臻儿，李氏的丫头素云、碧月，凤姐儿的丫头平儿、丰儿、小红，并王夫人的两个丫头也要跟了凤姐儿去的是金钏、彩云，奶子抱着大姐儿带着丫头们另在一车，还有两个丫头。一共又连上各房的老嬷嬷、奶娘并跟出门的家人媳妇子，乌压压的站了一街的车。贾母等已经坐轿去了多远，这门前尚未坐完。这个说“我不同你在一处”，那个说“你压了我们奶奶的包袱”，那边车上又说“蹭了我的花儿”，这边又说“碰折了我的扇子”，咭咭呱呱，说笑不绝。周瑞家的走来过去的说道：“姑娘们，这是街上，看人笑话。”说了两遍，方觉好了。前头的全副执事摆开，早已到了清虚观了。宝玉骑着马，在贾母轿前。街上人都站在两边。

将至观前，只听钟鸣鼓响，早有张法官执香披衣，带领众道士在路旁迎接。贾母的轿刚至山门以内，贾母在轿内因看见有守门大帅并千里眼、顺风耳、当方土地、本境城隍各位泥胎圣像，便命住轿。贾珍带领各子弟上来迎接。凤姐儿知道鸳鸯等在后面，赶不上来搀贾母，自己下了轿，忙要上来搀。可巧有个十二三岁的小道士儿，拿着剪筒，照管剪各处蜡花，正欲得便且藏出去，不想一头撞在凤姐儿怀里。凤姐便一扬手，照脸一下，把那小孩子打了一个筋斗，骂道：“野牛肏的，胡朝那里跑！”那小道士也不顾拾烛剪，爬起来往外还要跑。正值宝钗等下车，众婆娘媳妇正围随的风雨不透，但见一个小道士子滚了出来，都喝声叫：“拿，拿，拿！打，打，打！”

贾母听了忙问：“是怎么了？”贾珍忙出来问。凤姐上去搀住贾母，就回说：“一个小道士儿，剪灯花的，没躲出去，这会子混钻呢。”贾母听说，忙道：“快带了那孩子来，别唬着他。小门小户的孩子，都是娇生惯养的，那里见的这个势派。倘或唬着他，倒怪可怜见的，他老子娘岂不疼的慌？”说着，便叫贾珍去好生带了来。贾珍只得去拉了那孩子来。那孩子还一手拿着蜡剪，跪在地下乱战。贾母命贾珍拉起来，叫他别怕，问他几岁了。那孩子痛说不出话来。贾母还说“可怜见的”，又向贾珍道：“珍哥儿，带他去罢。给他些钱买果子吃，别叫人难为了他。”贾珍答应，领他去了。这里贾母带着众人，一层一层的瞻拜观玩。外面小厮们见贾母等进入二层山门，忽见贾珍领了一个小道士出来，叫人来带去，给他几百钱，不要难为了他。家人听说，忙上来领了下去。

贾珍站在阶矶上，因问：“管家在那里？”底下站的小厮们见问，都一齐喝声说：“叫管家！”登时林之孝一手整理着帽子跑了来，到贾珍跟前。贾珍道：“虽说这里地方大，今儿不承望来这么些人。你使的人，你就带了往你的那院里去；使不着的，打发到那院里去。把小幺儿们多挑几个在这二层门上同两边的角门上，伺候着要东西传话。你可知道不知道，今儿小姐奶奶们都出来，一个闲人也到不了这里。”林之孝忙答应“晓得”，又说了几个“是”。贾珍道：“去罢。”又问：“怎么不见蓉儿？”一声未了，只见贾蓉从钟楼里跑了出来。贾珍道：“你瞧瞧他，我这里还受着热，他倒乘凉去了！”喝命家人啐他。那小厮们都知道贾珍素日的性子，违拗不得，有个小厮便上来向贾蓉脸上啐了一口。贾珍又道：“问着他！”那小厮便问贾蓉道：“爷还不怕热，哥儿怎么先乘凉去了？”贾蓉托着手，一声不敢说。那贾芸、贾萍、贾芹等听见了，不但他们慌了，亦且连贾琏、贾瑞、贾琼等也都忙了，一个一个从墙根下慢慢的溜下来。贾珍又向贾蓉道：“你站着作什么？还不骑了马跑到家里，告诉你娘母子去！老太太同姑娘们都来了，叫他们快来伺候。”贾蓉听说，忙跑了出来，一叠声要马，一面抱怨道：“早都不知作什么的，这会子寻嗔我。”一面又骂小子：“捆着手呢？马也拉不来。”待要打发小子去，又恐后来对出来，说不得亲自走一趟，骑马去了，不在话下。

且说贾珍方要抽身进来，只见张道士站在旁边陪笑说道：“论理我不比别人，应该里头伺候。只因天气炎热，众位千金都出来了，法官不敢擅入，请爷的示下。恐老太太问，或要随喜那里，我只在这里伺候罢了。”贾珍知道这张道士虽然是当日荣国府国公的替身，曾经先皇御口亲呼为“大幻仙人”，如今现掌“道录司”印，又是当今封为“终了真人”，现今王公藩镇都称他为“神仙”，所以不敢轻慢。二则他又常往两个府里去，凡夫人小姐都是见的。今见他如此说，便笑道：“咱们自己，你又说起这话来。再多说，我把你这胡子还挦了呢！还不跟我进来。”那张道士呵呵大笑，跟了贾珍进来。

贾珍到贾母跟前，控身陪笑说：“这张爷爷进来请安。”贾母听了，忙道：“搀他来。”贾珍忙去搀了过来。那张道士先哈哈笑道：“无量寿佛！老祖宗一向福寿安康？众位奶奶小姐纳福？一向没到府里请安，老太太气色越发好了。”贾母笑道：“老神仙，你好？”张道士笑道：“托老太太万福万寿，小道也还康健。别的到罢，只记挂着哥儿，一向身上好？前日四月二十六日，我这里做遮天大王的圣诞，人也来的少，东西也狠干净，我说请哥儿来逛逛，怎么说不在家？”贾母说道：“果真不在家。”一面回头叫宝玉。谁知宝玉解手去了才来，忙上前问：“张爷爷好？”张道士忙抱住问了好，又向贾母笑道：“哥儿越发发福了。”贾母道：“他外头好，里头弱。又搭着他老子逼着他念书，生生的把个孩子逼出病来了。”张道士道：“前日我在好几处看见哥儿写的字，作的诗，都好的了不得，怎么老爷还抱怨说哥儿不大喜欢念书呢？依小道看来，也就罢了。”又叹道：“我看见哥儿的这个形容身段，言谈举动，怎么就同当日国公爷一个稿子！”说着两眼流下泪来。贾母听说，也由不得满脸泪痕，说道："正是呢，我养这些儿子孙子，也没一个像他爷爷的，就只这玉儿像他爷爷。"

那张道士又向贾珍道："当日国公爷的模样儿，爷们一辈的不用说，自然没赶上，大约连大老爷、二老爷也记不清楚了。"说毕呵呵又一大笑，道："前日在一个人家看见一位小姐，今年十五岁了，生的倒也好个模样儿。我想着哥儿也该寻亲事了。若论这个小姐模样儿，聪明智慧，根基家当，倒也配的过。但不知老太太怎么样，小道也不敢造次。等请了老太太的示下，才敢向人去说。"贾母道："上回有和尚说了，这孩子命里不该早娶，等再大一大儿再定罢。你可如今打听着，不管他根基富贵，只要模样配的上就好，来告诉我。便是那家子穷，不过给他几两银子罢了。只是模样性格儿难得好的。"

说毕，只见凤姐儿笑道："张爷爷，我们丫头的寄名符儿你也不换去。前儿亏你还有那么大脸，打发人和我要鹅黄缎子去！要不给你，又恐怕你那老脸上过不去。"张道士呵呵大笑道："你瞧，我眼花了，也没看见奶奶在这里，也没道多谢。符早已有了，前日原要送去的，不指望娘娘来作好事，就混忘了，还在佛前镇着。待我取来。"说着跑到大殿上去，一时拿了一个茶盘，搭着大红蟒缎经袱子，托出符来。大姐儿的奶子接了符。张道士方欲抱过大姐儿来，只见凤姐笑道："你就手里拿出来罢了，又用个盘子托着。"张道士道："手里不干不净的，怎么拿？用盘子洁净些。"凤姐儿笑道："你只顾拿出盘子来，倒唬我一跳。我不说你是为送符，倒像是和我们化布施来了。"众人听说，哄然一笑，连贾珍也掌不住笑了。贾母回头道："猴儿猴儿，你不怕割舌头下地狱？"凤姐儿笑道："我们爷儿们不相干。他怎么常常的说我该积阴骘，迟了就短命呢！"

张道士也笑道："我拿出盘子来一举两用，却不为化布施，倒要将哥儿的这玉请了下来，托出去给那些远来的道友并徒子徒孙们见识见识。"贾母道："既这们着，你老人家老天拔地的跑什么，就带他去瞧了，叫他进来，岂不省事？"张道士道："老太太不知道，看着小道是八十多岁的人，托老太太的福倒也健壮；二则外面的人多，气味难闻，况是个暑热的天，哥儿受不惯，倘或哥儿受了腌臜气味，倒值多的。"贾母听说，便命宝玉摘下通灵玉来，放在盘内。那张道士兢兢业业的用蟒袱子垫着，捧了出去。

这里贾母与众人各处游玩了一回，方去上楼。只见贾珍回说："张爷爷送了玉来。"刚说着，只见张道士捧了盘子，走到跟前笑道："众人托小道的福，见了哥儿的玉，实在可罕。都没什么敬贺之物，这是他们传道的法器，都愿意为敬贺之礼。哥儿便不希罕，只留着在房里顽耍赏人罢。"贾母听说，向盘内看时，只见也有金璜，也有玉玦，或有事事如意，或有岁岁平安，皆是珠穿宝贯，玉琢金镂，共有三五十件。因说道："你也胡闹。他们出家人是那里来的，何必这样，这不能收。"张道士笑道："这是他们一点敬心，小道也不能阻挡。老太太若不留下，岂不叫他们看着小道微薄，不像是门下出身了。"贾母听如此说，方命人接了。宝玉笑道："老太太，张爷爷既说，又推辞不得，我要这个也无用，不如叫小子们捧了这个，跟着我出去散给穷人罢。"贾母笑道："这倒说的是。"张道士又忙拦道："哥儿虽要行好，但这些东西虽说不甚希奇，到底也是几件器皿。若给了乞丐，一则与他们无益，二则反倒遭塌了这些东西。要舍给穷人，何不就散钱与他们。"宝玉听说，便命收下，等晚间拿钱施舍罢了。说毕，张道士方退出去。

这里贾母与众人上了楼，在正面楼上归坐。凤姐等占了东楼。众丫头等在西楼，轮流伺候。贾珍一时来回："神前点了戏，头一本《白蛇记》。"贾母问："《白蛇记》是什么故事？"贾珍道："是汉高祖斩蛇方起首的故事。第二本是《满床笏》。"贾母笑道："这倒是第二本上？也罢了。神佛要这样，也只得罢了。"又问第三本，贾珍道："第三本是《南柯梦》。"贾母听了便不言语。贾珍退了下来，至外边预备着伸表、焚钱粮、开戏，不在话下。

且说宝玉在楼上，坐在贾母傍边，因叫个小丫头子捧着方才那一盘子贺物，将自己的玉带上，用手翻弄寻拨，一件一件的挑与贾母看。贾母因看见有个赤金点翠的麒麟，便伸手翻弄拿了起来，笑道："这件东西好像我看见谁家的孩子也带着这么一个的。"宝钗笑道："史大妹妹有一个，比这个小些。"贾母道："是云儿有这个。"宝玉道："他这么往我们家去住着，我也没看见。"探春笑道："宝姐姐有心，不管什么他都记得。"林黛玉冷笑道："他在别的上还有限，惟有这些人带的东西上越发留心。"宝钗听说，便回头装没听见。宝玉听见史湘云有这件东西，自己便将那麒麟忙拿起来揣在怀里。一面心里又想到怕人看见他听见史湘云有了，他就留这件，因此手里揣着，却拿眼睛飘人。只见众人都到不大理论，惟有林黛玉瞅着他点头儿，似有赞叹之意。宝玉不觉心里没好意思起来，又掏了出来，向黛玉笑道："这个东西到好顽，我替你留着，到了家穿上你带。"林黛玉将头一扭，说道："我不希罕。"宝玉笑道："你果然不希罕，我少不得就拿着。"说着又揣了起来。

刚要说话，只见贾珍、贾蓉的妻子婆媳两个来了，彼此见过，贾母方说："你们又来做什么，我不过没事来逛逛。"一句话没说了，只见人报："冯将军家有人来了。"原来冯紫英家听见贾府在庙里打醮，连忙预备了猪羊香烛茶银之类的东西送礼。凤姐儿听了，忙赶过正楼来，拍手笑道："嗳呀！我就不防这个。只说咱们娘儿们来闲逛逛，人家只当咱们大摆斋坛的来送礼。都是老太太闹的。这又不得不预备赏封儿。"刚说了，只见冯家的两个管家娘子上楼来了。冯家两个未去，接着赵侍郎也有礼来了。于是接二连三，都听见贾府打醮，女眷都在庙里，凡一应远亲近友，世家相遇都来送礼。贾母才后悔起来，说："又不是什么正紧斋事，我们不过闲逛逛，就想不到这礼上，没的惊动了人。"因此虽看了一天戏，至下午便回来了，次日便懒怠去。凤姐又说："打墙也是动土，已经惊动了人，今儿乐得还去逛逛。"那贾母因昨日张道士提起宝玉说亲的事来，谁知宝玉一日心中不自在，回家来生气，嗔着张道士与他说了亲，口口声声说从今以后再不见张道士了，别人也并不知为什么原故；二则林黛玉昨日回家又中了暑。因此二事，贾母便执意不去了。凤姐见不去，自己带了人去，也不在话下。

且说宝玉因见林黛玉又病了，心里放不下，饭也懒去吃，不时来问。林黛玉又怕他有个好歹，因说道："你只管看你的戏去，在家里作什么？"宝玉因昨日张道士提亲，心中大不受用，今听见林黛玉如此说，心里因想道："别人不知道我的心还可恕，连他也奚落起我来。"因此心中更比往日的烦恼加了百倍。若是别人跟前，断不能动这肝火，只是林黛玉说了这话，到比往日别人说这话不同，由不得立刻沉下脸来，说道："我白认得了你。罢了，罢了！"林黛玉听说，便冷笑了两声："白认得了我，那里像人家有什么配的上呢。”宝玉听了，便向前来直问到脸上：“你这么说，是安心咒我天诛地灭？”林黛玉一时解不过这个话来。宝玉又道：“昨儿还为这个赌了几回咒，今儿你到底又准我一句。我便天诛地灭，你又有什么益处？”林黛玉一闻此言，方想起上日的话来。今日原自己说错了，又是着急，又是羞愧，便颤颤兢兢的说道：“我要安心咒你，我也天诛地灭。何苦来！我知道，昨日张道士说亲，你怕阻了你的好姻缘，你心里生气，来拿我煞性子。”

原来那宝玉自幼生成有一种下流痴病，况从幼时和黛玉耳鬓厮磨，心情相对。及如今稍明时事，又看了那些邪书僻传，凡远亲近友之家所见的那些闺英闱秀，皆未有稍及林黛玉者，所以早存了一段心事，只不好说出来，故每每或喜或怒，变尽法子暗中试探。那林黛玉偏生也是个有些痴病的，也每用假情试探。因你也将真心真意瞒了起来，只用假意，我也将真心真意瞒了起来，只用假意，如此两假相逢，终有一真。其间琐琐碎碎，难保不有口角之争。即如此刻，宝玉的心内想的是：“别人不知我的心，还有可恕，难道你就不想我的心里眼里只有你！你不能为我烦恼，反来以这话奚落堵我。可见我心里一时一刻白有你，你竟心里没我。”心里这意思，只是口里说不出来。那林黛玉心里想着：“你心里自然有我，虽有‘金玉相对’之说，你岂是重这邪说不重我的？我便时常提这‘金玉’，你只管了然自若无闻的，方见得是待我重，而毫无此心了。如何我只一提‘金玉’的事，你就着急，可知你心里时时有‘金玉’，见我一提，你又怕我多心，故意着急，安心哄我。”

看来两个人原本是一个心，但都多生了枝叶，反弄成两个心了。那宝玉心中又想着：“我不管怎么样都好，只要你随意，我便立刻因你死了也情愿。你知也罢，不知也罢，只由我的心，可见你方知我近，不知我远。”那林黛玉心里又想着：“你只管你，你好我自好，你何必为我而自失。殊不知你失我自失。可见是你不叫我近你，有意叫我远你了。”如此看来，却都是求近之心，反弄成疏远之意。如此之话，皆他二人素习所存私心，也难备述。

如今只述他们外面的形容。那宝玉又听见他说“好姻缘”三个字，越发逆了己意，心里干噎，口里说不出话来，便赌气向颈上抓下通灵宝玉，咬牙恨命往地下一摔，道：“什么捞什骨子，我砸了你完事！”偏生那玉坚硬非常，摔了一下，竟文风没动。宝玉见没摔碎，便回身找东西来砸。林黛玉见他如此，早已哭起来，说道：“何苦来，你摔砸那哑吧物件。有砸他的，不如来砸我。”二人闹着，紫鹃、雪雁等忙来解劝。后来见宝玉下死力砸玉，忙上来夺，又夺不下来，见比往日闹的大了，少不得去叫袭人。袭人忙赶了来，才夺了下来。宝玉冷笑道：“我砸我的东西，与你们什么相干！”

袭人见他脸都气黄了，眼眉都变了，从来没气的这样，便拉着他的手，笑道：“你同妹妹拌嘴，不犯着砸他，倘或砸坏了，叫他心里脸上怎么过的去？”林黛玉一行哭着，一行听了这话说到自己心坎儿上来，可见宝玉连袭人不如，越发伤心大哭起来。心里一烦恼，方才吃的香薷饮解暑汤便承受不住，“哇”的一声都吐了出来。紫鹃忙上来用手帕子接住，登时一口一口的把一块手帕子吐湿。雪雁忙上来捶。紫鹃道：“虽然生气，姑娘到底也该保重着些。才吃了药好些，这会子因和宝二爷拌嘴，又吐出来。倘或犯了病，宝二爷怎么过的去呢？”宝玉听了这话说到自己心坎儿上来，可见黛玉不如一紫鹃。又见林黛玉脸红头胀，一行啼哭，一行气凑，一行是泪，一行是汗，不胜怯弱。宝玉见了这般，又自己后悔方才不该同他校证，这会子他这样光景，我又替不了他。心里想着，

鴛鴦

也由不的滴下泪来了。袭人见他两个哭，由不得守着宝玉也心酸起来，又摸着宝玉的手冰凉，待要劝宝玉不哭罢，一则又恐宝玉有什么委曲闷在心里，二则又恐薄了林黛玉。不如大家一哭，就丢开手了，因此也流下泪来。紫鹃一面收拾了吐的药，一面拿扇子替林黛玉轻轻的扇着，见三个人都鸦雀无声，各人哭各人的，也由不得伤心起来，也拿手帕子擦泪。四个人都无言对泣。

一时，袭人勉强笑向宝玉道："你不看别的，你看看这玉上穿的穗子，也不该同林姑娘拌嘴。"林黛玉听了，也不顾病，赶来夺过去，顺手抓起一把剪子来要剪。袭人、紫鹃刚要夺，已经剪了几段。林黛玉哭道："我也是白效力。他也不希罕，自有别人替他再穿好的去。"袭人忙接了说道："何苦来，这是我才多嘴的不是了。"宝玉向林黛玉道："你只管剪，我横竖不带他，也没什么。"

只顾里头闹，谁知那些老婆子们见林黛玉大哭大吐，宝玉又砸玉，不知道要闹到什么田地，倘或连累了他们，便一齐往前头回贾母、王夫人知道，好不甘连了他们。那贾母、王夫人见他们忙忙的作一件正紧事来告诉，也都不知有了什么大祸，便一齐进园来瞧他兄妹。急的袭人抱怨紫鹃为什么惊动了老太太、太太，紫鹃又只当是袭人去告诉的，也抱怨袭人。那贾母、王夫人进来，见宝玉也无言，林黛玉也无话，问起来又没为什么事，便将这祸移到袭人、紫鹃两个人身上，说："为什么你们不小心伏侍，这会子闹起来都不管了！"因此将他二人连骂带说教训了一顿。二人都没话，只得听着。还是贾母带出宝玉去了，方才平服。

过了一日，至初三日，乃是薛蟠生日，家里摆酒唱戏，来请贾府诸人。宝玉因得罪了林黛玉，二人总未见面，心中正自后悔，无精打采的，那里还有心肠去看戏，因而推病不去。林黛玉不过前日中了些暑溽之气，本无甚大病，听见他不去，心里想："他是好吃酒看戏的，今日反不去，自然是因为昨儿气着了。再不然，他见我不去，他也没心肠去。只是昨儿千不该万不该剪了那玉上的穗子。管定他再不带了，还得我穿了他才带。"因而心中十分后悔。

那贾母见他两个都生了气，只说趁今儿那边看戏，他两个见了也就完了，不想又都不去。老人家急的抱怨说："我这老冤家是那世里孽障，偏生遇见了这么两个不省事的小冤家，没有一天不叫我操心。真是俗语说的，'不是冤家不聚头'。几时我闭了这眼，断了这口气，凭着这两个冤家闹上天去，我眼不见心不烦，也就罢了。偏又不咽这口气。"自己抱怨着也哭了。这话传入宝、林二人耳内。原来他二人竟是从未听见过"不是冤家不聚头"的这句俗语，如今忽然得了这句话，好似参禅的一般，都低头细嚼这句的滋味，都不觉潸然泣下。虽不曾会面，然一个在潇湘馆临风洒泪，一个在怡红院对月长吁，却是人居两地，情发一心！

袭人因劝宝玉道："千万不是，都是你的不是。往日家里小厮们和他们的姊妹拌嘴，或是两口子分争，你听见了，你还骂小厮们蠢，不能体贴女孩儿们的心。今儿你也这么着了。明儿初五，大节下，你们两个再这们仇人似的，老太太越发要生气，一定弄的大家不安生。依我劝，你正经下个气，陪个不是，大家还是照常一样，这么也好，那么也好。"那宝玉听见了不知依与不依。要知端详，且听下回分解。

第三十回

宝钗借扇机带双敲 龄官划蔷痴及局外

（墨）借扇敲双玉是写宝钗金蝉脱壳。

银钗画“蔷”字是痴女梦中说梦。

脚踢袭人是断无是理，竟有是事。

话说林黛玉与宝玉角口后，也自后悔，但又无去就他之理，因此日夜闷闷，如有所失。紫鹃度其意，乃劝道：“若论前日之事，竟是姑娘太浮躁了些。别人不知宝玉那脾气，难道咱们也不知道的。为那玉也不是闹了一遭两遭了。”黛玉啐道：“你倒来替人派我的不是。我怎么浮躁了？”紫鹃笑道：“好好的，为什么又剪了那穗子？岂不是宝玉只有三分不是，姑娘倒有七分不是。我看他素日在姑娘身上就好，皆因姑娘小性儿，常要歪派他，才这么样。”

林黛玉正欲答话，只听院外叫门。紫鹃听了一听，笑道：“这是宝玉的声音，想必是来赔不是来了。”林黛玉听了道：“不许开门！”紫鹃道：“姑娘又不是了。这么热天毒日头地下，晒坏了他如何使得呢！”口里说着，便出去开门，果然是宝玉。一面让他进来，一面笑道："我只当是宝二爷再不上我们这门了，谁知这会子又来了。"宝玉笑道："你们把极小的事倒说大了。好好的为什么不来？我便死了，魂也要一日来一百遭。妹妹可大好了？"紫鹃道："身上病好了，只是心里气不大好。"宝玉笑道："我晓得有什么气。"一面说着，一面进来，只见林黛玉又在床上哭。

那林黛玉本不曾哭，听见宝玉来，由不得伤了心，止不住滚下泪来。宝玉笑着走近床来，道："妹妹身上可大好了？"林黛玉只顾拭泪，并不答应。宝玉因便挨在床沿上坐了，一面笑道："我知道妹妹不恼我。但只是我不来，叫旁人看着，倒像是咱们又辩了嘴的似的。若等他们来劝咱们，那时节岂不咱们倒觉生分了？不如这会子，你要打要骂，凭着你怎么样，千万别不理我。"说着，又把"好妹妹"叫了几万声。林黛玉心里原是再不理宝玉的，这会子见宝玉说别叫人知道他们辩了嘴就生分了似的这一句话，又可见得比人原亲近，因又掌不住哭道："你也不用哄我。从今以后，我也不敢亲近二爷，二爷也全当我去了。"宝玉听了笑道："你往那去呢？"林黛玉道："我回家去。"宝玉笑道："我跟了你去。"林黛玉道："我死了。"宝玉道："你死了，我做和尚！"林黛玉一闻此言，登时将脸放下来，问道："想是你要死了，胡说的是什么！你家倒有几个亲姐姐亲妹妹呢，明儿都死了，你几个身子去作和尚？明儿我倒把这话告诉别人去评评。"

宝玉自知这话说的造次了，后悔不来，登时脸上红胀起来，低着头不敢则一声。幸而屋里没人。林黛玉直瞪瞪的瞅了他半天，气的一声儿也说不出来。见宝玉憋的脸上紫胀，便咬着牙用指头恨命的在他额颅上戳了一下，哼了一声，咬牙说道："你这——"刚说了两个字，便又叹了一口气，仍拿起手帕子来擦眼泪。宝玉心里原有无限的心事，又兼说错了话，正自后悔；又见黛玉戳他一下，要说也说不出来，自叹自泣，因此自己也有所感，不觉滚下泪来。要用帕子揩拭，不想又忘了带来，便用衫袖去擦。林黛玉虽然哭着，却一眼看见了，见他穿着簇新藕合纱衫，竟去拭泪，便一面自己拭着泪，一面回身将枕边搭的一方绡帕子拿起来，向宝玉怀里一摔，一语不发，仍掩面自泣。宝玉见他摔了帕子来，忙接住拭了泪，又挨近前些，伸手挽了林黛玉一只手，笑道："我的五脏都碎了，你还只是哭。走罢，我同你往老太太跟前去。"林黛玉将手一摔道："谁同你拉拉扯扯的。一天大似一天的，还这么涎皮赖脸的，连个道理也不知道。"

一句没说完，只听喊道："好了！"宝、林二人不防，都唬了一跳，回头看是凤姐儿跳了进来，笑道："老太太在那里抱怨天抱怨地，只叫我来瞧瞧你们好了没有。我说不用瞧，过不了三天，他们自己就好了。老太太骂我，说我懒。我来了，果然应了我的话了。也没见你们两个人有些什么可辩的，三日好了，两日恼了，越大越成了孩子了！有这会子拉着手哭的，昨儿为什么又成了乌眼鸡呢！还不跟我走，到老太太跟前，叫老人家也放些心。"说着拉了林黛玉就走。林黛玉回头叫丫头们，一个也没有。凤姐道："又叫他们作什么，有我伏侍你呢。"一面说，一面拉了就走。宝玉在后面跟着出了园门。到了贾母跟前，凤姐笑道："我说他们不用人费心，自己就会好的。老祖宗不信，一定叫我去说合。我及至到那里要说合，谁知两个人倒在一处对赔不是了。对笑对诉，倒像'黄鹰抓住了鹞子的脚'，两个都扣了环了，那里还要人去说合。"说的满屋里都笑起来。

此时宝钗正在这里。那林黛玉只一言不发，挨着贾母坐下。宝玉没甚说的，便向宝钗笑道："大哥哥好日子，偏生我又不好了，没别的礼送，连个头也不得磕去。大哥哥不知我病，倒像我懒，推故不去的。倘或明儿恼了，姐姐替我分辩分辩。"宝钗笑道："这也多事。你便要去也不敢惊动，何况身上不好，弟兄们日日一处，要存这个心倒生分了。"宝玉又笑道："姐姐知道体谅我就好了。"又道："姐姐怎么不看戏去？"宝钗道："我怕热，看了两出，热的狠。要走，客又不散。我少不得推身上不好，就来了。"宝玉听说，自己由不得脸上没意思，只得又搭讪笑道："怪不得他们拿姐姐比杨妃，原来也体丰怯热。"宝钗听说，不由的大怒，待要怎样，又不好怎样。回思了一回，脸红起来，便冷笑了两声，说道："我倒像杨妃，只是没一个好哥哥好兄弟可以作得杨国忠的！"二人正说着，可巧小丫头靛儿因不见了扇子，和宝钗笑道："必是宝姑娘藏了我的。好姑娘，赏我罢。"宝钗指他道："你要仔细！我合你顽过？你再疑我？和你素日嘻皮笑脸的那些姑娘们跟前，你该问他们去。"说的个靛儿跑了。宝玉自知又把话说造次了，当着许多人，更比才在林黛玉跟前更不好意思，便急回身又同别人搭讪去了。

林黛玉听见宝玉奚落宝钗，心中着实得意，才要搭言也趁势儿取个笑，不想靛儿因找扇子，宝钗又发了两句话，他便改口笑道："宝姐姐，你听了两出什么戏？"宝钗因见林黛玉面上有得意之态，一定是听了宝玉方才奚落之言，遂了他的心愿，忽又见问他这话，便笑道："我看的是李逵骂了宋江，后来又赔不是。"宝玉便笑道："姐姐通今博古，色色都知道，怎么连这一出戏的名子也不知道，就说了这么一串子。这叫《负荆请罪》。"宝钗笑道："原来这叫作《负荆请罪》！你们通今博古，才知道'负荆请罪'，我不知道什么是'负荆请罪'！"一句话还未说完，宝玉、林黛玉二人心里有病，听了这话早把脸羞红了。凤姐于这些上虽不通达，但只看他三人形景，便知其意，便也笑着问人道："你们大暑天，谁还吃生姜呢？"众人不解其意，便说道："没有吃生姜。"凤姐故意用手摸着腮，诧异道："既没人吃生姜，怎么这么辣辣的？"宝玉、黛玉二人听见这话，越发不好过了。宝钗再要说话，见宝玉十分讨愧，形景改变，也就不好再说，只得一笑收住。别人总未解得他四个人的言语，因此付之流水。

一时宝钗、凤姐去了，林黛玉笑向宝玉道："你也试着比我利害的人了。谁都像我心拙口笨的，由着人说呢。"宝玉正因宝钗多了心，自己没趣，又见林黛玉来问着他，越发没好气起来。待要说两句，又恐林黛玉多心，说不得忍着气，无精打彩一直出来。

谁知目今盛暑之时，又当早饭已过，各处主仆人等多半都因日长神倦之时，宝玉背着手，到一处，一处鸦雀无闻。从贾母这里出来，往西走过了穿堂，便是凤姐的院落。到他们院门前，只见院门掩着。知道凤姐素日的规矩，每到天热，午间要歇一个时辰的，进去不便，遂进角门，来到王夫人上房内。只见几个丫头子手里拿着针线，却打盹儿呢。王夫人在里间凉榻上睡着，金钏儿坐在旁边捶腿，也乜斜着眼乱恍。

宝玉轻轻的走到跟前，把他耳上带的坠子一摘，金钏儿睁开眼，见是宝玉。宝玉悄悄的笑道："就困的这么着？"金钏抿嘴一笑，摆手令他出去，仍合上眼。宝玉见了他，就有些恋恋不舍的，悄悄的探头瞧瞧王夫人合着眼，便自己向身边荷包里带的香雪润津丹掏了出来，便向金钏儿口里一送。金钏儿并不睁眼，只管噙了。宝玉上来便拉着手，悄悄的笑道："我明日和太太讨你，咱们在一处罢。"金钏儿不答。宝玉又道："不然，等太太醒了我就讨。”金钏儿睁开眼，将宝玉一推，笑道：“你忙什么！‘金簪子吊在井里头，有你的只是有你的’，连这句话语难道也不明白？我倒告诉你个巧宗儿，你往东小院子里拿环哥儿、彩云去。”宝玉笑道：“凭他怎么去罢，我只守着你。”只见王夫人翻身起来，照金钏儿脸上就打了个嘴巴子，指着骂道：“下作小娼妇，好好的爷们，都叫你教坏了。”宝玉见王夫人起来，早一溜烟去了。

这里金钏儿半边脸火热，一声不敢言语。登时众丫头听见王夫人醒了，都忙进来。王夫人便叫玉钏儿：“把你妈叫来，带出你姐姐去。”金钏儿听说，忙跪下哭道：“我再不敢了。太太要打骂，只管发落，别叫我出去就是天恩了。我跟了太太十来年，这会子撵出去，我还见人不见人呢！”王夫人固然是个宽仁慈厚的人，从来不曾打过丫头们一下，今忽见金钏儿行此无耻之事，此乃平生最恨者，故气忿不过，打了一下，骂了几句。虽金钏儿苦求，亦不肯收留，到底唤了金钏儿之母白老媳妇来领了下去。那金钏儿含羞忍辱的出去，不在话下。

且说那宝玉见王夫人醒来，自己没趣，忙进大观园来。只见赤日当空，树阴合地，满耳蝉声，静无人语。刚到了蔷薇花架，只听有人哽噎之声。宝玉心中疑惑，便站住细听，果然架下那边有人。如今五月之际，那蔷薇正是花叶茂盛之际，宝玉便悄悄的隔着篱笆洞儿一看，只见一个女孩子蹲在花下，手里拿着根绾头的簪子在地下抠土，一面悄悄的流泣。宝玉心中想到：“难道这也是个痴子，又像颦儿来葬花不成？”因又自叹道：“若真也葬花，可谓‘东施效颦’，不但不为新特，且更可厌了。”想毕，便要叫那女子，说：“你不用跟着那林姑娘学了。”话未出口，幸而再看时，这女孩子面生，不是个侍儿，倒像是那十二个学戏的女孩子之内的，却辨不出他是生旦净丑那一个角色来。宝玉忙把舌头一伸，将口掩住，自己想道：“幸而不曾造次。上两次皆因造次了，颦儿也生气，宝儿也多心，如今再得罪了他们，越发没意思了。”

一面想，一面又恨认不得这个是谁。再留神细看，只见这女孩子眉蹙春山，眼颦秋水，面薄腰纤，袅袅婷婷，大有林黛玉之态。宝玉早又不忍弃他相去，只管痴看。只见他虽然用金簪划地，并不是掘土埋花，竟是向土上画字。宝玉用眼随着簪子的起落，一直一画一点一勾的看了去，数一数，十八笔。自己又在手心里用指头按着他方才下笔的规矩写了，猜是个什么字。写成一想，原来就是个蔷薇花的“蔷”字。宝玉想到：“必定是他也要作诗填词。这会子见了这花，因有所感，或者偶成了两句，一时兴至恐忘，在地下画着推敲，也未可知。且看他底下再写什么。”一面想，一面又看，只见那女孩子还在那里画呢，画来画去，还是个“蔷”字。再看，还是个“蔷”字。里面的原是早已痴了，画完一个又画一个，已经画了有几千个“蔷”。外面的不觉也看痴了，两个眼睛珠儿只管随着簪子动，心里却想：“这女孩子一定有什么话说不出来的大心事，才这样个形景。外面既是这个形景，心里不知怎么熬煎。看他的模样儿这般单薄，心里那里还搁的住熬煎。可恨我不能替你分些过来。”

伏中阴晴不定，扇云可致雨，忽一阵凉风过了，唰唰的落下一阵雨来。宝玉看着那女子头上滴下水来，纱衣裳登时湿了。宝玉想道：“这时下雨。他这个身子，如何禁得骤雨一激！”因此禁不住便说道：“不用写了。你看下大雨，身上都湿了。”那女孩子听说倒唬了一跳，抬头一看，只见花外一个人叫他不要写了，下大雨了。一则宝玉脸面俊秀；二则花叶繁茂，上下俱被枝叶隐住，刚露着半边脸，那女孩子只当是个丫头，再不想是宝玉，因笑道：“多谢姐姐提醒了我。难道姐姐在外头有什么遮雨的?”一句提醒了宝玉，“嗳哟”了一声，才觉得浑身冰凉。低头一看，自己身上也都湿了。说声“不好”，只得一气跑回怡红院去了，心里却还记挂着那女孩子没处避雨。

原来明日是端阳节，那文官等十二个女子都放了学，进园来各处顽耍。可巧小生宝官、正旦玉官两个女孩子，正在怡红院和袭人顽笑，被大雨阻住。大家把沟堵了，水积在院内，把些绿头鸭、花鸂鶒、彩鸳鸯，捉的捉，赶的赶，缝了翅膀，放在院内顽耍，将院门关了。袭人等都在游廊上嘻笑。

宝玉见关着门，便以手扣门，里面诸人只顾笑，那里听见。叫了半日，拍的门山响，里面方听见了，估谅着宝玉这会子再不回来的。袭人笑道：“谁这会子叫门，谁人开去。”宝玉道：“是我。”麝月道：“是宝姑娘的声音。”晴雯道：“胡说！宝姑娘这会子做什么来。”袭人道：“让我隔着门缝儿瞧瞧，可开就开，要不可开，叫他淋着去。”说着，便顺着游廊到门前，往外一瞧，只见宝玉淋的雨打鸡一般。袭人见了又是着忙又是可笑，忙开了门，笑的弯着腰拍手道：“这么大雨里跑什么？那里知道爷回来了。”宝玉一肚子没好气，满心里要把开门的踢几脚，及开了门，并不看真是谁，还只当是那些小丫头子们，便抬腿踢在肋上。袭人“嗳哟”了一声。宝玉还骂道：“下流东西们！我素日担待你们得了意，一点儿也不怕，越发拿我取笑儿了。”口里说着，一低头见是袭人哭了，方知踢错了，忙笑道：“嗳哟，是你来了！踢在那里了?”袭人从来不曾受过大话的，今儿忽见宝玉生气踢他一下，又当着许多人，又是羞，又是气，又是疼，真一时置身无地。待要怎么样，料着宝玉未必是安心踢他，少不得忍着说道：“没有踢着。还不换衣裳去。”宝玉一面进房来解衣，一面笑道：“我长了这么大，今是头一遭儿生气打人，不想就偏遇见了你!”袭人一面忍痛换衣，一面笑道：“我是个起头儿的人，不论事大事小事好事歹，自然也该从我起。但只是别说打了我，明儿顺了手也打起别人来。”宝玉道：“我才也不是安心。”袭人道：“谁说是安心了！素日开门关门，都是那起小丫头子们的事。他们是憨皮惯了的，早已恨的人牙痒痒，他们也没个怕惧儿。你当是他们，踢一下子，唬唬他们也好些。才刚是我淘气，不叫开门的。”

说着，那雨已住了，宝官、玉官也早去了。袭人只觉肋下疼的心里发闹，晚饭也不曾好生吃。至晚间洗澡时脱了衣服，只见肋上青了碗大一块，自己倒唬了一跳，又不好声张。一时睡下，梦中作痛，由不得“嗳哟”之声从睡中哼出。宝玉虽说不是安心，因见袭人懒懒的，也睡不安稳。忽夜间听得“嗳哟”，便知踢重了，自己下床悄悄的秉灯来照。刚到床前，只见袭人嗽了两声，吐出一口痰来，“嗳哟”一声，睁开眼见了宝玉，倒唬了一跳道：“作什么?”宝玉道：“你梦里‘嗳哟’，必定踢重了。我瞧瞧。”袭人道：“我头上发晕，嗓子里又腥又甜，你倒照一照地下罢。”宝玉听说，果然持灯向地下一照，只见一口鲜血在地。宝玉慌了，只说：“了不得了!”袭人见了，也就心冷了半截。要知端的，且听下回分解。

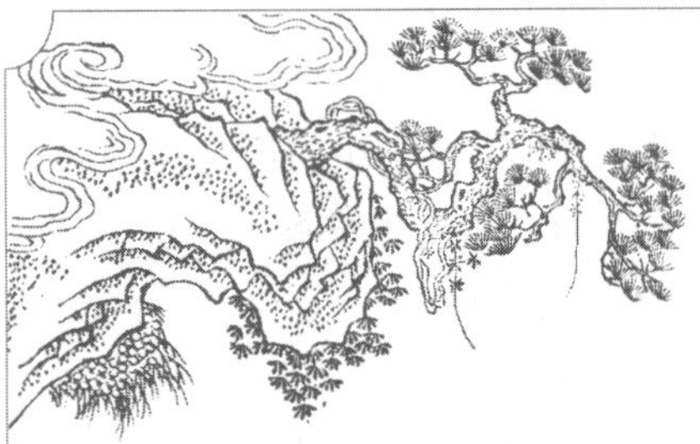

第三十一回

撕扇子作千金一笑
因麒麟伏白首双星

(墨)"撕扇子"是以不知情之物供姣嗔不知情时之人一笑，所谓"情不情"。

"金玉姻缘"已定，又写一金麒麟，是间色法也。何颦儿为其所感？故颦儿谓"情情"。

话说袭人见了自己吐的鲜血在地，心里也就冷了半截，想着往日常听人说："少年吐血，年月不保，纵然命长，终是废人了。"想起此言，不觉将素日想着后来争荣夸耀之心尽皆灰了，眼中不觉滴下泪来。宝玉见他哭了，也不觉心酸起来，因问道："你心里觉的怎么样？"袭人勉强笑道："好好的，觉怎么呢。"宝玉的意思即刻便要叫人烫黄酒，要山羊血黎洞丸来。袭人拉了他的手，笑道："你这一闹不大紧，闹多少人来，倒抱怨我轻狂。分明人不知道，倒闹的人知道了，你也不好，我也不好。正经明儿你打发小子问问王太医去，弄点子药吃吃就好了。人不知鬼不觉的可不好？"宝玉听了有理，也只得罢了，向案上斟了茶来，给袭人漱了口。袭人知宝玉心内是不安稳的，待要不叫他伏侍，他又未必依；二则定要惊动别人，不如由他去罢。因此只在榻上由宝玉去伏侍。一交五更，宝玉也顾不的梳洗，忙穿衣出来，将王济仁叫来，亲自确问。王济仁问其原故，不过是伤损，便说了个丸药的名子，怎么服，怎么敷。宝玉记了，回园依方调治。不在话下。

这日正是端阳佳节，蒲艾簪门，虎符系背。午间，王夫人治了酒席，请薛家母女等赏午。宝玉见宝钗淡淡的，也不和他说话，自知是昨儿的原故。王夫人见宝玉没精打彩，也只当是金钏儿昨日之事，他没好意思的，越发不理他。林黛玉见宝玉懒懒的，只当是他因为得罪了宝钗的原故，心中不自在，形容也就懒懒的。凤姐昨日晚间王夫人就告诉了他宝玉、金钏的事，知道王夫人不自在，自己如何敢说笑，也就随着王夫人的气色行事，便觉淡淡的。贾迎春姊妹见众人无意思，也都无意思了。因此，大家坐了一坐就散了。

林黛玉天性喜散不喜聚。他想的也有个道理，他说："人有聚就有散，聚时欢喜，到散时岂不清冷？既清冷则生伤感，所以不如倒是不聚的好。比如那花开时令人爱慕，谢时则增惆怅，所以倒是不开的好。"故此人以为喜之时，他反以为悲。那宝玉的情性只愿常聚，生怕一时散了添悲；那花只愿常开，生怕一时谢了没趣；只到筵散花谢，虽有万种悲伤，也就无可如何了。因此，今日之筵，大家无兴散了，林黛玉倒不觉得，倒是宝玉心中闷闷不乐，回至自己房中长吁短叹。偏生晴雯上来换衣服，不防又把扇子失了手跌在地下，将股子跌折。宝玉因叹道："蠢才，蠢才！将来怎么样？明日你自己当家立事，难道也是这么顾前不顾后的？"晴雯冷笑道："二爷近来气大的狠，行动就给脸子瞧。前儿连袭人都打了，今儿又来寻我们的不是。要踢要打凭爷去。就是跌了扇子，也是平常的事。先时连那么样的玻璃缸、玛瑙碗不知弄坏了多少，也没见个大气儿，这会子一把扇子就这么着了。何苦来！要嫌我们就打发我们，再挑好的使。好离好散的，倒不好？"宝玉听了这些话，气的浑身乱战，因说道："你不用忙，将来有散的日子！"

袭人在那边早已听见，忙赶过来向宝玉道："好好的，又怎么了？可是我说的：'一时我不到，就有事故儿。'"晴雯听了冷笑道："姐姐既会说，就该早来，也省了爷生气。自古以来，就是你一个人伏侍爷的，我们原没伏侍过。因为你伏侍的好，昨日才挨窝心脚；我们不会伏侍的，到明儿还不知是个什么罪呢！"袭人听了这话，又是恼，又是愧，待要说几句话，又见宝玉已经气的黄了脸，少不得自己忍了性子，推晴雯道："好妹妹，你出去逛逛，原是我们的不是。"晴雯听他说"我们"两个字，自然是他和宝玉了，不觉又添了酸意，冷笑几声，道："我倒不知道你们是谁，别教我替你们害臊了！便是你们鬼鬼祟祟干的那事儿，也瞒不过我去，那里就称起'我们'来了。明公正道，连个姑娘还没挣上去呢，也不过和我似的，那里就称上'我们'了！"袭人羞的脸紫胀起来，想一想，原来是自己把话说错了。宝玉一面说："你们气不忿，我明儿偏抬举他。"袭人忙拉了宝玉的手道："他一个糊涂人，你和他分证什么？况且你素日又是有担待的，比这大的过去了多少，今儿是怎么了？"晴雯冷笑道："我原是糊涂人，那里配和我说话呢！"袭人听说道："姑娘倒是和我辩嘴呢，是和二爷辩嘴呢？要是心里恼我，你只和我说，不犯着当着二爷吵；要是恼二爷，不该这们吵的万人知道。我才也不过为了事，进来劝开了，大家保重。姑娘倒寻上我的晦气。又不像是恼我，又不像是恼二爷，夹枪带棒，终久是个什么主意？我就不多说，让你说去。"说着便往外走。宝玉向晴雯道："你也不用生气，我也猜着你的心事了。我回太太去，你也大了，打发你出去好不好？”晴雯听见了这话，不觉又伤起心来，含泪说道：“为什么我出去？要嫌我，变着法儿打发我出去，也不能够。”宝玉道：“我何曾经过这个吵闹？一定是你要出去了。不如回太太，打发你去吧。”说着，站起来就要走。袭人忙回身拦住，笑道：“往那里去？”宝玉道：“回太太去。”袭人笑道：“好没意思！真个的去回，你也不怕燥了？便是他认真的要去，也等把这气下去了，等无事中说话儿回了太太也不迟。这会子急急的当作一件正经事去回，岂不叫太太犯疑？”宝玉道：“太太必不犯疑，我只明说是他闹着要去的。”晴雯哭道：“我多早晚闹着要去了？饶生了气，还拿话压派我。只管去回，我一头碰死了也不出这门儿。”宝玉道：“这也奇了。你又不去，你又闹些什么？我经不起这吵，不如去了倒干净。”说着一定要去回。袭人见拦不住，只得跪下了。碧痕、秋纹、麝月等众丫鬟见吵闹，都鸦雀无闻的在外头听消息，这会子听见袭人跪下央求，便一齐进来都跪下了。宝玉忙把袭人扶起来，叹了一声，在床上坐下，叫众人起去，向袭人道：“叫我怎么样才好！这个心使碎了也没人知道。”说着不觉滴下泪来。袭人见宝玉流下泪来，自己也就哭了。

晴雯在旁哭着，方欲说话，只见林黛玉进来，便出去了。林黛玉笑道：“大节下怎么好好的哭起来？难道是为争粽子吃，争恼了不成？”宝玉和袭人嗤的一笑。黛玉道：“二哥哥不告诉我，我问你就知道了。”一面说，一面拍着袭人的肩，笑道：“好嫂子，你告诉我。必定是你两个辩了嘴了。告诉妹妹，替你们和劝和劝。”袭人推他道：“林姑娘你闹什么？我们一个丫头，姑娘只是混说。”黛玉笑道：“你说你是丫头，我只拿你当嫂子待。”宝玉道：“你何苦来替他招骂名儿。饶这么着，还有人说闲话，还搁的住你来说他。”袭人笑道：“林姑娘，你不知道我的心事，除非一口气不来死了倒也罢了。”林黛玉笑道：“你死了，别人不知怎么样，我就先哭死了。”宝玉笑道：“你死了，我作和尚去。”袭人笑道：“你老实些罢，何苦还说这些话。”林黛玉将两个指头一伸，抿嘴笑道：“作了两个和尚了。我从今以后都记着你作和尚的遭数儿。”宝玉听得，知道是他点前儿的话，自己一笑也就罢了。

一时黛玉去后，就有人说“薛大爷请”，宝玉只得去了。原来是吃酒，不能推辞，只得尽席而散。晚间回来，已带了几分酒，踉跄来至自己院内，只见院中早把乘凉枕榻设下，榻上有个人睡着。宝玉只当是袭人，一面在榻沿上坐下，一面推他，问道：“疼的好些了？”只见那人翻身起来说：“何苦来，又招我！”宝玉一看，原来不是袭人，却是晴雯。宝玉将他一拉，拉在身旁坐下，笑道：“你的性子越发惯娇了。早起就是跌了扇子，我不过说了那两句，你就说上那些话。说我也罢了，袭人好意来劝，你又括上他，你自己想想，该不该？”晴雯道：“怪热的，拉拉扯扯作什么！叫人来看见作什么！我这身子也不配坐在这里。”宝玉笑道：“你既知道不配，为什么睡着呢？”晴雯没的话，嗤的又笑了，说：“你不来便使得，你来了就不配了。起来，让我洗澡去。袭人、麝月都洗了澡，我叫了他们来。”宝玉笑道：“我才又吃了好些酒，还得洗一洗。你既没有洗，拿了水来咱们两个洗。”晴雯摇手笑道：“罢，罢，我不敢惹爷。还记得碧痕打发你洗澡，足有两三个时辰，也不知道作什么呢。我们也不好进去的。后来洗完了，进去瞧瞧，地下的水淹着床腿，连席子上都汪着水，也不知是怎么洗了，笑了几天。我也没那工夫收拾，也不用同我洗去。今儿也凉快，那会子洗了，可也不用洗了。我倒舀一盆水来，你洗洗脸通通头。才刚鸳鸯送了好些果子，都湃在那水晶缸里呢，叫他们打发你吃。”宝玉笑道：“既这么着，你也不许洗去，只洗洗手来拿果子来吃罢。”晴雯笑道：“我慌张的狠，连扇子还跌折了，那里还配打发吃果子。倘或再打破了盘子，还更了不得呢。”宝玉笑道：“你爱打就打，这些东西原不过是借人所用，你爱这样，我爱那样，各自性情不同。比如那扇子原是扇的，你要撕着顽也可以使得，只是不可生气时拿他出气。就如杯盘，原是盛东西的，你喜听那声响，就故意的碎了也可以使得，只是别在生气时拿他出气。这就是爱物了。”晴雯听了，笑道：“既这么说，你就拿了扇子来我撕。我最喜欢撕的。”宝玉听了，便笑着递与他。晴雯果然接过来，嗤的一声，撕了两半，接着嗤嗤又听几声。宝玉在旁笑着说：“响的好，再撕响些！”正说着，只见麝月走过来，笑道：“少作些孽罢。”宝玉赶上来，一把将他手里的扇子也夺了递与晴雯。晴雯接了，也撕了几半子，二人都大笑。麝月道：“这是怎么说，拿我的东西开心儿？”宝玉笑道：“打开扇子匣子你拣去，什么好东西！”麝月道：“既这么说，就把匣子搬了出来，让他尽力的撕，岂不好？”宝玉笑道：“你就搬去。”麝月道：“我可不造这孽。他也没折了手，叫他自己搬去。”晴雯笑着，倚在床上说道：“我也乏了，明儿再撕罢。”宝玉笑道：“古人云：‘千金难买一笑。’几把扇子能值几何！”一面说着，一面叫袭人。袭人才换了衣服走出来，丫头佳蕙过来拾去破扇，大家乘凉，不消细说。

至次日午间，王夫人、薛宝钗、林黛玉众姊妹正在贾母房内坐着，就有人回：“史大姑娘来了。”一时果见史湘云带领众多丫鬟媳妇走进院来。宝钗、黛玉等忙迎至阶下相见。青年姊妹间经月不见，一旦相逢，其亲密自不必细说。一时进入房中，请安问好，都见过了。贾母因说：“天热，把外头的衣服脱脱罢。”史湘云忙起来宽衣。王夫人因笑道：“也没见穿上这些作什么？”史湘云笑道：“都是二婶婶叫穿的，谁愿意穿这些。”宝钗一旁笑道：“姨娘不知，他穿衣裳还更爱穿别人的衣裳。可记得旧年三月里，他在这里住着，把宝兄弟的袍子穿上，靴子也穿上，额子也勒上，猛一瞧倒像是宝兄弟，就是多两个坠子。他站在那椅子后边，哄的老太太只是叫‘宝玉，你过来，仔细那上头挂的灯穗子招下灰来迷了眼’。他只是笑，也不过去。后来大家掌不住笑了，老太太才笑了，说：‘倒扮上男人好看了。’”林黛玉道：“这算什么。惟有前年正月里接了他来了，没两日就下起雪来，老太太和舅母那日想是才拜了影回来，老太太的一个新新的大红猩猩毡斗蓬放在那里，谁知眼错不见他就披了，又大又长，他就拿了个汗巾子拦腰系上，和丫头们在后院子扑雪人儿去，一跤栽到沟跟前，弄了一身泥水。”说着，大家想着前情，都笑了。宝钗笑向那周奶妈道：“周妈，你们姑娘还是那么淘气不淘气了？”周奶娘也笑了。迎春笑道：“淘气也罢了，我就嫌他爱说话。也没见睡在那里还是咭咭呱呱，笑一阵，说一阵，也不知那里来的那些话。”王夫人道：“只怕如今好了。前日有人家来相看，眼见有婆婆家了，还是那们着。”贾母因问：“今儿还是住着，还是家去呢？”周奶娘笑道：“老太太没有看见衣服都带了来，可不住两天？”史湘云问道：“宝玉哥哥不在家么？”宝钗笑道：“他再不想着别人，只想宝兄弟，两个人好玩的。这可见还没改了淘气。”贾母道：“如今你们大了，别提小名儿了。”

刚说着，只见宝玉来了，笑道：“云妹妹来了。怎么前儿打发人接你去，怎么不来？”王夫人道：“这里老太太才说这一个，他又来提名道姓的了。”林黛玉道：“你哥哥得了好东西，等着你呢。”史湘云道：“什么好东西？”宝玉笑道：“你信他呢！几日不见，越发高了。”湘云笑道：“袭人姐姐好？”宝玉道：“多谢你记挂。”湘云道：“我给他带了好东西来了。”说着，拿出手帕子来，挽着一个疙瘩。宝玉道：“什么好的？你倒不如把前儿送来的那种绛纹石的戒指儿带两个给他。”湘云笑道：“这是什么？”说着便打开。众人看时，果然就是上年送来的那绛纹戒指，一包四个。林黛玉笑道：“你们瞧瞧他这主意。前儿一般的打发人给我们送了来，你就把他也带来岂不省事？今儿巴巴的自己带了来，我当又是什么新奇东西，原来还是他。真真你是糊涂人。”史湘云笑道：“你才糊涂呢！我把这理说出来，大家评一评谁糊涂。给你们送东西，就是使来人不用说话，拿进来一看，自然就知是送姑娘们的了；若带他们的东西，这得我先告诉来人，这是那一个丫头的，那是那一个丫头的，那使来的人明白还好，再糊涂些，丫头的名字他也不记得，混闹胡说的，反连你们的东西都搅糊涂了。若是打发个女人素日知道的还罢了，偏生前儿又打发小子来，可怎么说丫头们的名字呢？横竖我来给他们带来，岂不清白。”说着，把四个戒指放下，说道：“袭人姐姐一个，鸳鸯姐姐一个，金钏儿姐姐一个，平儿姐姐一个——这倒是四个人的，难道小子们也记得这们清白？”众人听了都笑道：“果然明白。”宝玉笑道：“还是这么会说话，不让人。”林黛玉听了，冷笑道：“他不会说话，他的金麒麟会说话。”一面说着，便起身走了。幸而诸人都不曾听见，只有薛宝钗抿嘴一笑。宝玉听见了，倒自己后悔又说错了话，忽见宝钗一笑，由不得也笑了。宝钗见宝玉笑了，忙起身走开，找了林黛玉去说话。

贾母向湘云道：“吃了茶歇一歇，瞧瞧你的嫂子们去。园里也凉快，同你姐姐们去逛逛。”湘云答应了，将三个戒指儿包上，歇了一歇，便起身要瞧凤姐等人去。众奶娘丫头跟着，到了凤姐那里，说笑了一回，出来便往大观园来，见过了李宫裁，少坐片时，便往怡红院来找袭人。因回头说道：“你们不必跟着，只管瞧你们的朋友亲戚去，留下翠缕伏侍就是了。”众人听了，自去寻姑觅嫂，早剩下湘云、翠缕两个人。翠缕道：“这荷花怎么还不开？”史湘云道：“时候没到。”翠缕道：“这也和咱们家池子里的一样，也是楼子花？”湘云道：“他们这个还不如咱们的。”翠缕道：“他们那边有棵石榴，接连四五枝，真是楼子上起楼子，这也难为他长。”史湘云道：“花草也是同人一样，气脉充足，长的就好。”翠缕道：“我不信这话。若说同人一样，我怎么不见头上又长出一个头来的人？”湘云听了由不得一笑，说道：“我说你不用说话，你偏好说。这叫人怎么好答言？天地间都赋阴阳二气所生，或正或邪，或奇或怪，千变万化，都是阴阳顺逆。多少一生出来，人罕见的就奇，究竟理还是一样。”翠缕道：“这么说起来，从古至今，开天辟地，都是阴阳了？”湘云笑道：“糊涂东西，越说越放屁。什么‘都是些阴阳’，难道还有个阴阳不成！‘阴’‘阳’两个字还只是一字，阳尽了就成阴，阴尽了就成阳，不是阴尽了又有个阳生出来，阳尽了又有个阴生出来。”翠缕道：“这糊涂死了我！什么是个阴阳，没影没形的。我只问姑娘，这阴阳是怎么个样儿？”湘云道：“阴阳有什么样儿，不过是个气，器物赋了成形。比如天是阳，地就是阴；水是阴，火就是阳；日是阳，月就是阴。”翠缕听了，笑道：“是了，是了，我今儿可明白了。怪道人都管着日头叫‘太阳’呢，算命的管着月亮叫什么‘太阴星’，就是这个理了。”湘云笑道：“阿弥陀佛！刚刚的明白了。”翠缕道：“这些大东西有阴阳也罢了，难道那些蚊子、虼蚤、蠓虫儿、花儿、草儿、瓦片儿、砖头儿也有阴阳不成？”湘云道：“怎么没有阴阳的呢？比如那一个树叶儿还分阴阳呢，那边向上朝阳的便是阳，这边背阴覆下的便是阴。”翠缕听了，点头笑道：“原来这样，我可明白了。只是咱们这手里的扇子，怎么是阳，怎么是阴呢？”湘云道：“这边正面就是阳，那边反面就为阴。”翠缕又点头笑了，还要拿几件东西问，因想不起来什么来，猛低头就看见湘云宫绦上系的金麒麟，便提起来笑道：“姑娘，这个难道也有阴阳？”湘云道：“走兽飞禽，雄为阳，雌为阴；牝为阴，牡为阳。怎么没有呢！”翠缕道：“这是公的，到底是母的呢？”湘云道：“这连我也不知道。”翠缕道：“这也罢了，怎么东西都有阴阳，咱们人倒没有阴阳呢？”湘云照脸啐了一口道：“下流东西，好生走罢！越问越问出好的来了！”翠缕笑道：“这有什么不告诉我的呢？我也知道了，不用难我。”湘云笑道：“你知道什么？”翠缕道：“姑娘是阳，我就是阴。”说着，湘云拿手帕子握着嘴，呵呵的笑起来。翠缕道：“说是了，就笑的这样了。”湘云道：“狠是，狠是。”翠缕道：“人规矩主子为阳，奴才为阴。我连这大道理也不懂的？”湘云笑道：“你狠懂得。”

一面说，一面走，刚到蔷薇架下，湘云道：“你瞧那是谁吊的首饰，金晃晃在那里。”翠缕听了，忙赶上拾在手里攥着，笑道：“可分出阴阳来了。”说着，先拿史湘云的麒麟瞧。湘云要他拣的瞧，翠缕只管不放手，笑道：“是件宝贝，姑娘瞧不得。这是从那里来的？好奇怪！我从来在这里没见有人有这个。”湘云道：“拿来我看。”翠缕将手一撒，笑道：“请看。”湘云举目一验，却是文彩辉煌的一个金麒麟，比自己佩的又大又有文彩。湘云伸手擎在掌上，只是默默不语，正自出神，忽见宝玉从那边来了，笑问道：“你两个在这日头底下作什么呢？怎么不找袭人去？”湘云连忙将那麒麟藏起道：“正要去呢。咱们一处走。”说着，大家进入怡红院来。袭人正在阶下倚槛追风，忽见湘云来了，连忙迎下来，携手笑说一向别情景况。一时进来归坐，宝玉因笑道：“你该早来，我得了一件好东西，专等你呢。”说着，一面在身上摸掏，掏了半天，呵呀了一声，便问袭人：“那个东西你收起来了么？”袭人道：“什么东西？”宝玉道：“前儿得的麒麟。”袭人道：“你天天带在身上的，怎么问我？”宝玉听了，将手一拍说道：“这可丢了，往那里找去！”就要起身自己寻去。湘云听了，方知是他遗落的，便笑问道：“你几时又有了麒麟了？”宝玉道：“前儿好容易得的呢，不知多早晚丢了，我也糊涂了。”湘云笑道：“幸而是顽的东西，还是这么慌张。”说着，将手一撒：“你瞧瞧，是这个不是？”宝玉一见由不得欢喜非常，因说道……不知是如何，且听下回分解。

（墨）后数十回若兰在射圃所佩之麒麟正此麒麟也。提纲伏于此回中，所谓“草蛇灰线，在千里之外”。

第三十二回 诉肺腑心迷活宝玉 含耻辱情烈死金钏

（墨）前明显祖汤先生有《怀人》诗一截，读之堪合此回，故录之以待知音。

无情无尽却情多，情到无多得尽么？解到多情情尽处，月中无树影无波。

话说宝玉见那麒麟，心中甚是欢喜，便伸手来拿，笑道：“亏你拣着了。你是那里拣的？”史湘云笑道：“幸而是这个，明儿倘或把印也丢了，难道也就罢了不成？”宝玉笑道：“倒是丢了印平常，若丢了这个，我就该死了。”袭人斟了茶来与史湘云吃，一面笑道：“大姑娘，听见前儿你大喜了。”史湘云红了脸，吃茶不答。袭人道：“这会子又害燥了。你还记得十年前，咱们在西边暖阁住着，晚上你同我说的话儿？那会子不害燥，这会子怎么又害燥了？”史湘云笑道：“你还说呢。那会子咱们那么好。后来我们太太没了，我家去住了一程子，怎么就把你派了跟二哥哥，我来了，你就不像先待我了。”袭人笑道：“你还说呢。先姐姐长姐姐短哄着我替你梳头洗脸，作这个弄那个，如今大了，就拿出小姐的款来。你既拿小姐的款，我怎敢亲近呢？”史湘云道：“阿弥陀佛，冤枉冤哉！我要这样，就立刻死了。你瞧瞧，这么大热天，我来了，必定赶来先瞧瞧你。不信你问问缕儿，我在家时时刻刻那一回不念你几声。”话未了，忙的袭人和宝玉都劝道：“顽话你又认真了。还是这么性急。”史湘云道：“你不说你的话噎人，倒说人性急。”一面说，一面打开手帕子，将戒指递与袭人。袭人感谢不尽，因笑道：“你前儿送你姐姐们的，我已得了；今儿你亲自又送来，可见是没忘了我。只这个就试出你来了。戒指儿能值多少，可见你的心真。”史湘云道：“是谁给你的？”袭人道：“是宝姑娘给我的。”湘云笑道：“我只当是林姐姐给你的，原来是宝钗姐姐给了你。我天天在家里想着，这些姐姐们再没一个比宝姐姐好的。可惜我们不是一个娘养的。我但凡有这么个亲姐姐，就是没了父母，也是没妨碍的。”说着，眼睛圈儿就红了。宝玉道：“罢，罢，罢！不用提这个话。”史湘云道：“提这个便怎么？我知道你的心病，恐怕你的林妹妹听见，又怪嗔我赞了宝姐姐。可是为这个不是？”袭人在旁嗤的一笑，说道：“云姑娘，你如今大了，越发心直口快了。”宝玉笑道：“我说你们这几个人难说话，果然不错。”史湘云道：“好哥哥，你不必说话叫我恶心。只会在我们跟前说话，见了你林妹妹，又不知怎么了。”

袭人道：“且别说话，正有一件事还要求你呢。”史湘云便问：“什么事？”袭人道：“有一双鞋，抠了垫心子。我这两日身上不好，不得做，你可有工夫替我做做？”史湘云笑道：“这又奇了，你家放着这些巧人不算，还有什么针线上的，裁剪上的，怎么叫我做起来？你的活计叫谁做，谁好意思不做呢。”袭人笑道：“你又糊涂了。你难道不知道，我们这屋里的针线，是不要那些针线上的人做的。”史湘云听了，便知是宝玉的鞋了，因笑道：“既这么说，我就替你做了罢。只是一件，你的我才作，别人的我可不能。”袭人笑道：“又来了，我是个什么，就烦你做鞋了。实告诉你，可不是我的。你别管是谁的，横竖我领情就是了。”史湘云道：“论理，你的东西也不知烦我做了多少了，今儿我倒不做了的原故，你必定也知道。”袭人道：“倒也不知道。”史湘云冷笑道：“前儿我听见把我做的扇套子拿着和人家比，赌气又铰了。我早就听见了，你还瞒我。这会子又叫我做，我成了你们的奴才了。”宝玉忙笑道：“前儿的那事，本不知是你做的。”袭人也笑道：“他本不知是你做的。是我哄他的话，说是新近外头有个会做活的女孩子，说扎的出奇的花，我叫他拿了一个扇套子试试看好不好。他就信了，拿出去给这个瞧给那个看的。不知怎么又惹恼了林姑娘，铰了两段。回来他还叫着人做去，我才说了是你作的，他后悔的什么似的。”史湘云道：“越发奇了。林姑娘他也犯不上生气，他既会剪，就叫他做。”袭人道：“他可不作呢。饶这么着，老太太还怕他劳碌着了。大夫又说好生静养才好，谁还烦他做？旧年好一年的工夫，做了个香袋儿；今年半年，还没见拿针线呢。”

正说着，有人来回说：“兴隆街的大爷来了，老爷叫二爷出去会。”宝玉听了，便知是贾雨村来了，心中好不自在。袭人忙去拿衣服。宝玉一面蹬着靴子，一面抱怨道：“有老爷和他坐着就罢了，回回定要见我。”史湘云一边摇着扇子，笑道：“自然你能会宾接客，老爷才叫你出去呢。”宝玉道：“那里是老爷，都是他自己要请我去见的。”湘云笑道：“主雅客来勤，自然你有些警他的好处，他才只要会你。”宝玉道：“罢，罢，我也不敢称雅，俗中又俗的一个人，并不愿同这些人往来。”湘云笑道：“还是这个情性不改。如今大了，你就不愿读书去考举人进士的，也该常常的会会这些为官做宰的人们，谈谈讲讲些仕途经济的学问，也好将来应酬世务，日后也有个朋友。没见你成年家只在我们队里搅些什么！”宝玉听了道：“姑娘请别的姊妹屋里坐坐，我这里仔细污了你知经济学问的。”袭人道：“云姑娘快别说这话。上回也是宝姑娘也说过一回，他也不管人脸上过的去过不去，他就咳了一声，拿起脚来走了。这里宝姑娘的话也没说完，见他走了，登时羞的脸通红，说又不是，不说又不是。幸而是宝姑娘，那要是林姑娘，不知又闹到怎么样，哭的怎么样呢。提起这个话来，真真的宝姑娘叫人敬重，自己讪了一会子去了。我倒过不去，只当他恼了。谁知过后还是照旧一样，真真有涵养，心地宽大。谁知这一个反倒同他生分了。那林姑娘见你赌气不理他，你得赔多少不是呢。”宝玉道：“林姑娘从来说过这些混账话不曾？若他也说过这些混账话，我早和他生分了。”袭人和湘云都点头笑道：“这原是混账话。”

原来林黛玉知道史湘云在这里，宝玉又赶来，一定说麒麟的原故。因此心下忖度着，近日宝玉弄来的外传野史，多半才子佳人都因小巧玩物上撮合，或有鸳鸯，或有凤凰，或玉环金珮，或鲛帕鸾绦，皆由小物而遂终身。今忽见宝玉亦有麒麟，便恐因此生隙，同史湘云也做出那些风流佳事来。因而悄悄走来，见机行事，以察二人之意。不想刚走来，正听见史湘云说经济事，宝玉又说：“林妹妹不说这样混账话，若说这话，我也和他生分了。”林黛玉听了这话，不觉又喜又惊，又悲又叹。所喜者，果然自己眼力不错，素日认他是个知己，果然是个知己。所惊者，他在人前一片私心称扬于我，其亲热厚密，竟不避嫌疑。所叹者，你既为我之知己，自然我亦可为你之知己矣；既你我为知己，则又何必有金玉之论哉；既有金玉之论，亦该你我有之，则又何必来一宝钗哉！所悲者，父母早逝，虽有铭心刻骨之言，无人为我主张。况近日每觉神思恍惚，病已渐成，医者更云气弱血亏，恐致劳怯之症。你我虽为知己，但恐自不能久待；你纵为知己，奈我薄命何！想到此间，不禁滚下泪来。待进去相见，自觉无味，便一面拭泪，一面抽身回去了。

这里宝玉忙忙的穿了衣裳出来，忽见林黛玉在前面慢慢的走着，似有拭泪之状，便忙赶上来，笑道：“妹妹往那里去？怎么又哭了？又是谁得罪了你？”林黛玉回头见是宝玉，便勉强笑道：“好好的，我何曾哭了。”宝玉笑道：“你瞧瞧，眼睛上的泪珠儿未干，还撒谎呢。”一面说，一面禁不住抬起手来替他拭泪。林黛玉忙向后退了几步，说道：“你又要死了！作什么这么动手动脚的！”宝玉笑道：“说话忘了情，不觉的动了手，也就顾不的死活。”林黛玉道：“你死了倒不值什么，只是丢下了什么金，又是什么麒麟，可怎么样呢？”一句话又把宝玉说急，赶上来问道：“你还说这话，到底是咒我还是气我呢？”林黛玉见问，方想起前日的事来，遂自悔自己又说造次了，忙笑道：“你别着急，我原说错了。这有什么的，筋都暴起来，急的一脸汗。”一面说，一面禁不住近前伸手替他拭面上的汗。宝玉瞅了半天，方说道“你放心”三个字。林黛玉听了，怔了半天，方说道：“我有什么不放心的？我不明白这话。你倒说说怎么放心不放心？”宝玉叹了一口气，问道：“你果不明白这话？难道我素日在你身上的心都用错了？连你的意思若体贴不着，就难怪你天天为我生气了。”林黛玉道：“果然我不明白放心不放心的话。”宝玉点头叹道：“好妹妹，你别哄我。果然不明白这话，不但我素日之意白用了，且连你素日待我之意也都辜负了。你皆因总是不放心的原故，才弄了一身病。但凡宽慰些，这病也不得一日重似一日。”林黛玉听了这话，如轰雷掣电，细细思之，竟比自己肺腑中掏出来的还觉恳切，竟有万句言语，满心要说，却是半个字也不能吐，却怔怔的望着他。此时宝玉心中也有万句言语，不知从那一句上说起，却也怔怔的望着黛玉。两个人怔了半天，林黛玉只咳了一声，两眼不觉滚下泪来，回身便要走。宝玉忙上前，说道：“好妹妹，且略站住，我说一句话再走。”林黛玉一面拭泪，一面将手推开，说道：“有什么可说的。你的话我早知道了！”口里说着，却头也不回竟去了。

宝玉站着，只管发起呆来。原来方才出来慌忙，不曾带得扇子，袭人怕他热，忙拿了扇子赶来送与他，忽抬头见了林黛玉和他站着。一时黛玉走了，他还站着不动，因而赶上来说道：“你也不带了扇子去，亏我看见，赶了送来。”宝玉出了神，见袭人和他说话，并未看出是何人来，便一把拉住，说道：“好妹妹，我的这心事，从来也不敢说，今儿我大胆说出来，死也甘心！我为你也弄了一身的病，这里又不敢告诉人，只好掩着。只等你的病好了，只怕我的病才得好呢。睡里梦里也忘不了你！”袭人听了这话，吓得魄消魂散，只叫“神天菩萨，坑死我了！”便推他道：“这是那里的话！敢是中了邪？还不快去？”宝玉一时醒过来，方知是袭人送扇子来，羞的满面紫涨，夺了扇子，便忙忙的抽身跑了。

这里袭人见他去了，自思方才之言，一定是因黛玉而起，如此看来，将来难免不才之事，令人可惊可畏。想到此间，也不觉怔怔的滴下泪来，心下暗度如何处治方免此丑祸。正裁疑间，忽有宝钗从那边走来，笑道：“大毒日头地下，出什么神呢？”袭人见问，忙笑道：“那边两个雀儿打架，倒也好顽，我就看住了。”宝钗道：“宝兄弟这会子穿了衣服，忙忙的那去了？我才看见走过去，倒要叫住问他呢。他如今说话越发没了经纬，我故此没叫他，由他过去罢。”袭人道：“老爷叫他出去。”宝钗听了，忙道：“嗳哟！这么黄天暑热的，叫他做什么！别是想起什么来生了气，叫出去教训一场。”袭人笑道：“不是这个，想是有客要会。”宝钗笑道：“这个客也没意思，这么热天，不在家里凉快，还跑些什么！”袭人笑道：“到是，你说说罢。”

宝钗因而问道：“云丫头在你们家做什么呢？”袭人笑道：“才说了一会子闲话。你瞧，我前儿粘的那双鞋，明儿叫他做去。”宝钗听见这话，便两边回头，看无人来往，便笑道：“你这么个明白人，怎么一时半刻的就不会体谅人情。我近来看着云丫头神情，再风里言风里语的听起来，那云丫头在家里竟一点儿作不得主。他们家嫌费用大，竟不用那些针线上的人，差不多的东西多是他们娘儿们动手。为什么这几次他来了，他和我说话儿，见没人在跟前，他就说家里累的狠。我再问他两句家常过日子的话，他就连眼圈儿红了，口里含含糊糊待说不说的。想其形景来，自然从小儿没爹娘的苦。我看着他，也不觉的伤起心来。”袭人见说这话，将手一拍，说：“是了，是了。怪道上月我烦他打十根蝴蝶结子，过了那些日子才打发人送来，还说‘打的粗，且在别处能着使罢；要匀净的，等着明儿来住着，再好生打罢’。如今听宝姑娘这话，想来我们烦他他不好推辞，不知他在家里怎么三更半夜的做呢。可是我也糊涂了，早知是这样，我也不烦他了。”宝钗道：“上次他就告诉我，在家里做活做到三更天，若是替别人做一点半点，他家的那些奶奶太太们还不受用呢。”袭人道：“偏偏我们那牛心的小爷，凭着小的大的活计，一概不要家里这些活计上的人作。我又弄不开这些。”宝钗笑道：“你理他呢！只管叫人做去，只说是你做的就是了。”袭人道：“那里哄的信他，他才是认得出来呢。说不得我只好慢慢的累去罢了。”宝钗笑道：“你不必忙，我替你作些如何？”袭人笑道：“当真的这样，就是我的福了。晚上我亲自送过来。”

一句话未了，忽见一个老婆子忙忙走来，说道：“这是那里说起！金钏儿姑娘好好的投井死了！”袭人唬了一跳，忙问：“那个金钏儿？”那老婆子道：“那里还有两个金钏儿呢？就是太太屋里的。前儿不知为什么撵他出去，在家里哭天哭地的，也都不理会他，谁知找他不见了。刚才打水的人在那东南角上井里打水，见一个尸首，赶着叫人打捞起来，才知是他。他们家里还只管乱着要救活，那里中用了！”宝钗道：“这也奇了。”袭人听说，点头赞叹，想素日同气之情，不觉流下泪来。宝钗听见这话，忙向王夫人处来道安慰。这里袭人回去不提。

却说宝钗来至王夫人处，只见鸦雀无闻，独有王夫人在里间房内坐着垂泪。宝钗便不好提这事，只得一旁坐了。王夫人便问：“你从那里来？”宝钗道：“从园里来。”王夫人道：“你从园里来，可见你宝兄弟？”宝钗道：“才倒看见了。他穿了衣服出去了，不知那里去。”王夫人点头哭道：“你可知道一桩奇事？金钏儿忽然投井死了！”宝钗见说，道：“怎么好好的投井？这也奇了。”王夫人道：“原是前儿他把我一件东西弄坏了，我一时生气，打了他几下，撵了他下去。我只说气他两天，还叫他上来，谁知他这么气性大，就投井死了。岂不是我的罪过。”宝钗叹道：“姨娘是慈善人，固然这么想。据我看来，他并不是赌气投井。多半他下去住着，或是在井跟前憨顽，失了脚吊下去的。他在上头拘束惯了，这一出去，自然要到各处去顽顽逛逛，岂有这样大气的理！纵然有这样大气，也不过是个糊涂人，也不为可惜。”王夫人点头叹道：“这话虽然如此说，到底我心不安。”宝钗叹道：“姨娘也不必念念于兹，十分过不去，不过多赏他几两银子发送他，也就尽主仆情了。”王夫人道：“刚才我赏了他娘五十两银子，原要还把你妹妹们的新衣服拿两套给他妆裹。谁知凤丫头说可巧都没什么新做的衣服，只有你林妹妹作生日的两套。我想你林妹妹那个孩子素日是个有心的，况且他也三灾八难的，既说了给他过生日，这会子又给人妆裹去，岂不忌讳。因为这么样，我现叫裁缝赶两套给他。要是别的丫头，赏他几两银子也就完了，只是金钏儿虽然是丫头，素日在我跟前比我的女儿也差不多。”口里说着，不觉泪下。宝钗忙道：“姨娘这会子又何用叫裁缝赶去，我前儿倒做了两套，拿来给他岂不省事。况且他活着的时候也穿过我的旧衣服，身量又相对。”王夫人道：“虽然这样，难道你不忌讳？”宝钗笑道：“姨娘放心，我从来不计较这些。”一面说，一面起身就走。王夫人忙叫了两个人来跟宝姑娘去。

一时宝钗取了衣服回来，只见宝玉在王夫人旁边坐着垂泪。王夫人正才说他，因宝钗来了，却掩了口不说了。宝钗见此光景，察言观色，早知觉了八分，于是将衣服交割明白。王夫人将他母亲叫来拿了去。再看下回便知。

可卿

第三十三回
手足耽耽小动唇舌　不肖种种大承笞挞

却说王夫人唤他母亲上来，拿几件簪环当面赏与，又吩咐请几众僧人念经超度。他母亲磕头谢了出去。

原来宝玉会过雨村回来听见了，便知金钏儿含羞赌气自尽，心中早又五内摧伤，进来被王夫人数落教训，也无可回说。见宝钗进来，方得便出来，茫然不知何往，背着手，低头一面感叹，一面慢慢的走着，信步来至厅上。刚转过屏门，不想对面来了一人正往里走，可巧儿撞了个满怀。只听那人喝了一声“站住！”宝玉唬了一跳，抬头一看，不是别人，却是他父亲，不觉的倒抽了一口气，只得垂手一旁站了。贾政道：“好端端的，你垂头丧气　些什么？方才雨村来了要见你，那半天你才出来；既出来，全无一点慷慨挥洒谈吐，仍是葳葳蕤蕤。我看你脸上一团思欲愁闷气色，这会子又咳声叹气。你那些还不足，还不自在？无故这样，却是为何？”宝玉素日虽是口角伶俐，只是此时一心总为金钏儿感伤，恨不得此时也身亡命殒，跟了金钏儿去。如今见了他父亲说这些话，究竟不曾听见，只是怔呵呵的站着。

贾政见他惶悚，应对不似往日，原本无气的，这一来倒生了三分气。方欲说话，忽有回事人来回："忠顺亲王府里有人来，要见老爷。"贾政听了，心下疑惑，暗暗思忖道："素日并不和忠顺府来往，为什么今日打发人来？"一面想，一面令"快请"，急走出来看时，却是忠顺府长史官，忙接进厅上坐了献茶。未及叙谈，那长史官先就说道："下官此来，并非擅造潭府，皆因奉王命而来，有一件事相求。看王爷面上，敢烦老大人作主，不但王爷知情，且连下官辈亦感谢不尽。"贾政听了这话，抓不住头脑，忙陪笑起身问道："大人既奉王命而来，不知有何见谕，望大人宣明，学生好遵谕承办。"那长史官便冷笑道："也不必承办，只用大人一句话就完了。我们府有一个做小旦的琪官，一向好好在府里，如今竟三五日不见回去，各处去找，又摸不着他的道路，因此各处访察。这一城内，十停人倒有八停人都说，他近日和衔玉的那位令郎相与甚厚。下官辈等听了，尊府不比别家，可以擅入索取，因此启明王爷。王爷亦云：'若是别的戏子呢，一百个也罢了；只是这琪官随机应达，谨慎老诚，甚合我老人家的心，竟断断少不得此人。'故此求老爷转谕令郎，请将琪官放回，一则可慰王爷谆谆奉恳，二则下官辈也可免操劳求觅之苦。"说毕，忙打一躬。

贾政听了这话，又惊又气，即命唤宝玉来。宝玉也不知是何原故，忙赶来时，贾政便问："该死的奴才！你在家不读书也罢了，怎么又做出这些无法无天的事来！那琪官现是忠顺王爷驾前承奉的人，你是何等草芥，无故引逗他出来，如今祸及于我。"宝玉听了唬了一跳，忙回道："实在不知此事。究竟连'琪官'两个字不知为何物，岂更又加'引逗'二字！"说着便哭了。贾政未及开言，只见那长史官冷笑道："公子也不必掩饰。或隐藏在家，或知其下落，早说了出来，我们也少受些辛苦，岂不念公子之德？"宝玉连说不知："恐是讹传，也未见得。"那长史官冷笑道："现有据证，何必还赖？必定当着老大人说了出来，公子岂不吃亏？既云不知此人，那红汗巾子怎么到了公子腰里？"宝玉听了这话，不觉轰去魂魄，目瞪口呆，心下自思："这话他如何得知！他既连这样机密事都知道了，大约别的瞒他不过，不如打发他去了，免的再说出别的事来。"因说道："大人既知他的底细，如何连他置买房舍这样大事倒不晓得了？听得说他如今在东郊离城二十里有个什么紫檀堡，他在那里置了几亩田地几间房舍。想是在那里也未可知。"那长史官听了，笑道："这样说，一定是在那里。我且去找一回，若有了便罢，若没有，还要来请教。"说着，便忙忙的走了。

贾政此时气的目瞪口歪，一面送那长史官，一面回头命宝玉："不许动！回来有话问你！"一直送那官员去了。才回身，忽见贾环带着几个小厮一阵乱跑。贾政喝令小厮："快打，快打！"贾环见了他父亲，唬的骨软筋酥，忙低头站住。贾政便问："你跑什么？带着你的那些人都不管你，不知往那里逛去，由你野马一般！"喝令叫跟上学的人来。贾环见他父亲盛怒，便乘机说道："方才原不曾跑，只因从那井边一过，那井里淹死了一个丫头，我看见人头这样大，身子这样粗，泡的实在可怕，所以才赶着跑了过来。"贾政听了惊疑，问道："好端端的，谁去跳井？我家从无这样事情，自祖宗以来，皆是宽柔以待下人。——大约我近年于家务疏懒，自然执事人操克夺之权，致使出这暴殄轻生的祸患。若外人知道，祖宗颜面何在！"喝令快叫贾琏、赖大、来兴。小厮们答应了一声，方欲叫去，贾环忙上前拉住贾政的袍襟，贴膝跪下道："父亲不用生气。此事除太太房里的人，别人一点也不知道。我听见我母亲说……”说到这里，便回头四顾一看。贾政知意，将眼一看众小厮，小厮们明白，都往两边后面退去。贾环便悄悄说道：“我母亲告诉我说，宝玉哥哥前日在太太屋里，拉着太太的丫头金钏儿强奸不遂，打了一顿。那金钏儿便赌气投井死了。”话未说完，把个贾政气的面如金纸，大喝：“快拿宝玉来！”一面说，一面便往里边书房里去，喝令：“今日再有人劝我，我把这冠带家私一应交与他与宝玉过去！我免不得做个罪人，把这几根烦恼鬓毛剃去，寻个干净去处自了，也免得上辱先人、下生逆子之罪。”众门客仆从见贾政这个形景，便知又是为宝玉了，一个个都是啖指咬舌，连忙退出。那贾政喘吁吁直挺挺坐在椅子上，满面泪痕，一叠声“拿宝玉！拿大棍！拿索子捆上！把各门都关上！有人传信往里头去，立刻打死！”众小厮们只得齐声答应，有几个来找宝玉。

那宝玉听见贾政吩咐他“不许动”，早知多凶少吉，那里承望贾环又添了许多的话。正在厅上干转，怎得个人来往里头去稍信，偏生没个人，连焙茗也不知在那里。正盼望时，只见一个老姆姆出来。宝玉如得了珍宝，便赶上来拉他，说道：“快进去告诉：老爷要打我呢！快去，快去！要紧，要紧！”宝玉一则急了，说话不明；二则老婆子偏生又聋，竟不曾听见是什么话，把“要紧”二字只听作“跳井”二字，便笑道：“跳井让他跳去，二爷怕什么？”宝玉见是个聋子，便着急道：“你出去叫我的小厮来罢。”那婆子道：“有什么不了的事？老早的完了。太太又赏了衣服，又赏了银子，怎么不了事的！”

宝玉急的跺脚，正没抓寻处，只见贾政的小厮走来，逼着他出去了。贾政一见，眼都红紫了，也不暇问他在外流荡优伶，表赠私物，在家荒疏学业，淫辱母婢等语，只喝令：“堵起嘴来，着实打死！”小厮们不敢违拗，只得将宝玉按在凳上，举起大板打了十来下。贾政犹嫌打轻了，一脚踢开掌板的，自己夺过来，咬着牙狠命盖了三四十下。众门客见打的不祥了，忙上前夺劝。贾政那里肯听，说道：“你们问问他干的勾当可饶不可饶！素日皆是你们这些人把他酿坏了，到这步田地还来解劝。明日酿到他弑君杀父，你们才不劝不成！”

众人听这话不好听，知道气急了，忙又退出，只得觅人进去给信。王夫人不敢先回贾母，只得忙穿衣出来，也不顾有人没人，忙忙赶往书房中来，慌的众门客小厮等避之不及。王夫人一进房来，贾政更如火上浇油一般，那板子越发下去的又狠又快。按宝玉的两个小厮忙松了手走开，宝玉早已动弹不得了。贾政还欲打时，早被王夫人抱住板子。贾政道：“罢了，罢了！今日必定要气死我才罢！”王夫人哭道：“宝玉虽然该打，老爷也要自重。况且炎天暑日的，老太太身上也不大好，打死宝玉事小，倘或老太太一时不自在了，岂不事大！”贾政冷笑道：“倒休提这话。我养了这不肖的孽障，已不孝；教训他一番，又有众人护持；不如趁今日一发勒死了，以绝将来之患！”说着，便要绳索来勒死。王夫人连忙抱住哭道：“老爷虽然应当管教儿子，也要看夫妻分上。我如今已将五十岁的人，只有这个孽障，必定苦苦的以他为法，我也不敢深劝。今日越发要他死，岂不是有意绝我。既要勒死他，快拿绳子来先勒死我，再勒死他。我们娘儿们不敢含怨，到底在阴司里得个依靠。”（墨夹批：未丧母者来细玩，即丧母者来痛哭。）说毕，爬在宝玉身上大哭起来。贾政听了此话，不觉长叹一声，向椅上坐了，泪如雨下。王夫人抱着宝玉，只见他面白气弱，底下穿着一条绿纱小衣皆是血渍。禁不住解下汗巾看，由臀至胫，或青或紫，或整或破，竟无一点好处，不觉失声大哭起来，“苦命的儿吓！”因哭出“苦命儿”来，忽又想起贾珠来，便叫着贾珠哭道：“若有你活着，便死一百个我也不管了。”此时里面的人闻得王夫人出来，那李宫裁、王熙凤与迎春姊妹早已出来了。王夫人哭着贾珠的名字，别人还可，惟有宫裁禁不住也放声哭了。贾政听了，那泪珠更似滚瓜一般滚了下来。

正没开交处，忽听丫鬟来说：“老太太来了。”一句话未了，只听窗外颤巍巍的声气说道：“先打死我，再打死他，岂不干净了！”贾政见他母亲来了，又急又痛，连忙迎接出来，只见贾母扶着丫头，喘吁吁的走来。贾政上前躬身陪笑道：“大暑热天，母亲有何生气亲自走来？有话只该叫了儿子进去吩咐。”贾母听说，便止住步喘息一回，厉声说道：“你原来是和我说话！我倒有话吩咐，只是可怜我一生没养个好儿子，却教我和谁说去！”贾政听这话不像，忙跪下含泪说道：“为儿的教训儿子，也为的是光宗耀祖。母亲这话，我做儿的如何禁得起？”贾母听说，便啐了一口，说道：“我说一句话，你就禁不起，你那样下死手的板子，难道宝玉就禁得起了？你说教训儿子是光宗耀祖，当初你父亲怎么教训你来！”说着，不觉就滚下泪来。贾政又陪笑道：“母亲也不必伤感，皆是作儿的一时性起，从此以后再不打他了。”贾母便冷笑道：“你也不必和我使性子赌气的。你的儿子，我也不该管你打不打。我猜着你也厌烦我们娘儿们。不如我们赶早儿离了你，大家干净！”说着便令人去看轿马，“我和你太太、宝玉立刻回南京去！”家下人只得干答应着。贾母又叫王夫人道：“你也不必哭了。如今宝玉年纪小，你疼他，他将来长大成人，为官作宰的，也未必想着你是他母亲了。你如今倒不要疼他，只怕将来还少生一口气呢。”贾政听说，忙叩头哭道：“母亲如此说，贾政无立足之地。”贾母冷笑道：“你分明使我无立足之地，你反说起你来！只是我们回去了，你心里干净，看有谁来许你打。”一面说，一面只令快打点行李车轿回去。贾政苦苦叩求认罪。

贾母一面说话，一面又记挂宝玉，忙进来看时，只见今日这顿打不比往日，又是心疼，又是生气，也抱着哭个不了。王夫人与凤姐等解劝了一会，方渐渐的止住。早有丫鬟媳妇等上来，要搀宝玉，凤姐便骂道：“糊涂东西，也不睁开眼瞧瞧！打的这么个样儿，还要搀着走！还不快进去把那藤屉子春凳抬出来呢。”众人听说连忙进去，果然抬出春凳来，将宝玉抬放凳上，随着贾母、王夫人等进去，送至贾母房中。

彼时贾政见贾母气未全消，不敢自便，也跟了进去。看看宝玉，果然打重了。再看看王夫人，“儿”一声，“肉”一声，“你替珠儿早死了，留着珠儿，免你父亲生气，我也不白操这半世的心了。这会子你倘或有个好歹，丢下我，叫我靠那一个！”数落一场，又哭“不争气的儿”。贾政听了，也就灰心，自悔不该下毒手打到如此地步。先劝贾母，贾母含泪道：“你不出去，还在这里做什么！难道于心不足，还要眼看着他死了才去不成！”贾政听说，方退了出来。

此时薛姨妈同宝钗、香菱、袭人、史湘云也都在这里。袭人满心委屈，只不好十分使出来，见众人围着，灌水的灌水，打扇的打扇，自己插不下手去，便越性走出来到二门前，令小厮们找了焙茗来细问：“方才好端端的，为什么打起来？你也不早来透个信儿!”焙茗急的说：“偏生我没在跟前，打到半中间我才听见了。忙打听原故，却是为琪官、金钏姐姐的事。”袭人道：“老爷怎么得知道的?”焙茗道：“那琪官的事，多半是薛大爷素日吃醋，没法儿出气，不知在外头唆挑了谁来，在老爷跟前下的火。那金钏儿的事是三爷说的，我也是听见老爷的人说的。”袭人听了这两件事都对景，心中也就信了八九分。然后回来，只见众人都替宝玉疗治。调停完备，贾母令“好生抬到他房内去”。众人答应，七手八脚，忙把宝玉送入怡红院内自己床上卧好。又乱了半日，众人渐渐散去，袭人方进前来经心伏侍，问他端的。且听下回分解。

第三十四回

情中情因情感妹妹　错里错以错劝哥哥

话说袭人见贾母、王夫人等去后，便走来宝玉身边坐下，含泪问他：“怎么就打到这步田地?”宝玉叹气说道：“不过为那些事，问他做什么！只是下半截疼的狠，你瞧瞧打坏了那里。”袭人听说，便轻轻伸手进去，将中衣褪下。宝玉略动一动，便咬着牙叫“嗳哟”，袭人连忙停住手，如此三四次才褪了下来。袭人看时，只见腿上半段青紫，都有四指宽的僵痕高了起来。袭人咬着牙说道：“我的娘，怎么下这般的狠手！你但凡听我一句话，也不得到这步地位。幸而没动筋骨，倘或打出个残疾来，可叫人怎么样呢!”

正说着，只听丫环们说：“宝姑娘来了。”袭人听见，知道穿不及中衣，便拿了一床袷纱被替宝玉盖了。只见宝钗手里托着一丸药走进来，向袭人说道：“晚上把这药用酒研开，替他敷上，把那淤血的热毒散开，可以就好了。”说毕，递与袭人，又问道：“这会子可好些?”宝玉一面道谢说：“好了。”又让坐。宝钗见他睁开眼说话，不像先时，心中也宽慰了好些，便点头叹道：“早听人一句话，也不至今日。别说老太太、太太心疼，就是我们看着，心里也疼。”刚说了半句又忙咽住，自悔说的话急了，不觉的就红了脸，低下头来。宝玉听得这话如此亲切稠密，大有深意，忽见他又咽住不往下说，红了脸，低下头只管弄衣带，那一种娇羞怯怯，非可形容得出者，不觉心中大畅，将疼痛早丢在九霄云外，心中自思：“我不过挨了几下打，他们一个个就有这些怜惜悲感之态露出，令人可玩可观，可怜可敬。假若我一时竟遭殃横死，他们还不知是何等悲感呢！既是他们这样，我便一时死了，得他们如此，一生事业纵然尽付东流，亦无足叹惜，冥冥之中若不怡然自得，亦可谓糊涂鬼祟矣。”想着，只听宝钗问袭人道：“怎么好好的动了气，就打起来了？”袭人便把焙茗的话说了出来。宝玉原来还不知道贾环的话，见袭人说出方才知道。因又拉上薛蟠，惟恐宝钗沉心，忙又止住袭人道：“薛大哥哥从来不这样的，你们不可混裁度。”宝钗听说，便知道是怕他多心，用话相拦袭人，因心中暗暗想道：“打的这个形像，疼还顾不过来，还是这样细心，怕得罪了人，可见在我们身上也算是用心了。你既这样用心，何不在外头大事上做工夫，老爷也欢喜了，也不能吃这样亏。但你固然怕我沉心，所以拦袭人的话，难道我就不知我的哥哥素日恣心纵欲，毫无防范的那种心性。当日为一个秦钟，还闹的天翻地覆，自然如今比先又更利害了。”想毕，因笑道：“你们也不必怨这个，怨那个。据我想，到底宝兄弟素日不正，肯和那些人来往，老爷才生气。就是我哥哥说话不防头，一时说出宝兄弟来，也不是有心调唆：一则也是本来的实话，二则他原不理论这些防嫌小事。袭姑娘从小儿只见宝兄弟这么样细心的人，你何尝见过天不怕地不怕、心里有什么口里就说什么的人。”袭人因说出薛蟠来，见宝玉拦他的话，早已明白自己说放恣了，恐宝钗没意思，听宝钗如此说，更觉羞愧无言。宝玉又听宝钗这番话，一半是堂皇正大，一半是去己疑心，更觉比先畅快了。方欲说话时，只见宝钗起身说道：“明儿再来看你，你好生养着罢。方才我拿了药来交给袭人，晚上敷上管就好了。”说着便走出门去。袭人赶着送出院外，说：“姑娘倒费心了。改日宝二爷好了，亲自来谢。”宝钗回头笑道：“有什么谢处。你只劝他好生静养，别胡思乱想的就好了。不必惊动老太太、太太众人，倘或吹到老爷耳朵里，虽然彼时不怎么样，将来对景，终是要吃亏的。”说着，一面去了。

袭人抽身回来，心内着实感激宝钗。进来见宝玉沉思默默似睡非睡的模样，因而退出房外，自去栉沐。宝玉默默的躺在床上，无奈豚上作痛，如针挑刀挖一般，更又热如火炙，略展转时，禁不住“嗳哟”之声。那时天色将晚，因见袭人去了，却有三两个丫鬟伺候，此时并无呼唤之事，因说道：“你们且去梳洗，等我叫时再来。”众人听了，也都退出。

这里宝玉昏昏默默，只见蒋玉菡走了进来，诉说忠顺府拿他之事；又见金钏儿进来哭说为他投井之事。宝玉半梦半醒，都不在意。忽又觉有人推他，恍恍忽忽听得有人悲戚之声。宝玉从梦中惊醒，睁眼一看，不是别人，却是林黛玉。宝玉犹恐是梦，忙又将身子欠起来，向脸上细细一认，只见两个眼睛肿的桃儿一般，满面泪光，不是黛玉，却是那个？宝玉还欲看时，怎奈下半截疼痛难忍，支持不住，便“嗳哟”一声，仍就倒下，叹了一声，说道：“你又做什么跑来！虽说太阳落下去，那地上的余热未散，走两趟又要受了暑。我虽然挨了打，并不觉疼痛。我这个样儿，只装出来哄他们，好在外头布散与老爷听，其实是假的。你不可认真。”此时林黛玉虽不是嚎啕大哭，然越是这等无声之泣，气噎喉堵，更觉利害。听了宝玉这番话，心中虽然有万句言词，只是不能说得，半日，方抽抽噎噎的说道：“你从此可都改了罢?!”宝玉听说，便长叹一声，道：“你放心，别说这样话。就便为这些人死了，也是情愿的!”一句话未了，只见院外人说：“二奶奶来了。”林黛玉便知是凤姐来了，连忙立起身说道：“我从后院子去罢，回来再来。”宝玉一把拉住道：“这可奇了，好好的怎么怕起他来。”林黛玉急的跺脚，悄悄的说道：“你瞧瞧我的眼，又该他取笑开心呢。”宝玉听说赶忙的放手。黛玉三步两步转过床后，出后院而去。凤姐从前头已进来了，问宝玉：“可好些了？想什么吃，叫人往我那里取去。”接着，薛姨娘又来了。一时贾母又打发了人来。

至掌灯时分，宝玉只喝了两口汤，便昏昏沉沉的睡去。接着，周瑞媳妇、吴新登媳妇、郑好时媳妇这几个有年纪常往来的，听见宝玉捱了打，也都进来。袭人忙迎出来，悄悄的笑道：“婶婶们来迟了一步，二爷才睡着了。”说着，一面带他们到那边房里坐了，倒茶与他们吃。那几个媳妇子都悄悄的坐了一回，向袭人说：“等二爷醒了，你替我们说罢。”

袭人答应了，送他们出去。刚要回来，只见王夫人使个婆子来，口称“太太叫一个跟二爷的人呢”。袭人见说，想了一想，便回身悄悄告诉晴雯、麝月、檀云、秋纹等说：“太太叫人，你们好生在房里，我去了就来。”说毕，同那婆子一迳出了园子，来至上房。王夫人正坐在凉榻上摇着芭蕉扇子，见他来了，说：“不管叫个谁来也罢了。你又丢下他来了，谁伏侍他呢?”袭人见说，连忙陪笑说道：“二爷才睡安稳了，那四五个丫头如今也好了，会伏侍二爷了，太太请放心。恐怕太太有什么话吩咐，打发他们来，一时听不明白，倒耽误了。”王夫人道：“也没甚话，白问问他这会子疼的怎么样。”袭人道：“宝姑娘送去的药，我给二爷敷上了，比先好些了。先疼的淌不稳，这会子都睡沉了，可见好些了。”王夫人又问：“吃了什么没有?”袭人道：“老太太给的一碗汤，喝了两口，只嚷干渴，要吃酸梅汤。我想着酸梅是个收敛的东西，才刚捱了打，又不许叫喊，自然急的那热毒热血未免不存在心里，倘或吃下这个去激在心里，再弄出大病来，可怎么样呢。因此我劝了半天才没吃，只拿那糖腌的玫瑰卤子和了吃，吃了半碗，又嫌吃絮了，不香甜。”王夫人道：“嗳哟，你不该早来和我说。前儿有人送了两瓶子香露来，原要给他点子的，我怕他胡糟踏了，就没给。既是他嫌那些玫瑰膏子絮烦，把这个拿两瓶子去。一碗水里只用挑一茶匙儿，就香的了不得呢。”说着就唤彩云来：“把前儿的那几瓶香露拿了来。”袭人道：“只拿两瓶来罢，多了也白糟踏。等不够再要，再来取也是一样。”彩云听说，去了半日，果然拿了两瓶来，付与袭人。袭人看时，只见两个玻璃小瓶，却有三寸大小，上面螺丝银盖，鹅黄笺上写着“木樨清露”，那一个写着“玫瑰清露”。袭人笑道：“好金贵东西！这么个小瓶儿，能有多少?”王夫人道：“那是进上的，你没看见鹅黄笺子？你好生替他收着，别糟踏了。”

袭人答应着，方要走时，王夫人又叫：“站着，我想起一句话来问你。”袭人忙又回来。王夫人见房内无人，便问道：“我恍惚听见宝玉今儿捱打，是环儿在老爷跟前说了什么话。你可听见这个了？你要听见，告诉我听听，我也不吵出来教人知道是你说的。”袭人道：“我倒没听见这话，为二爷霸占着戏子，人家来和老爷要，为这个打的。”王夫人摇头说道：“也为这个，还有别的原故。”袭人道：“别的原故实在不知道了。我今儿在太太跟前大胆说句不知好歹的话。论理……”说了半截忙又咽住。王夫人道：“你只管说。”袭人笑道：“太太别生气，我就说了。”王夫人道：“我有什么生气的，你只管说来。”袭人道：“论理，我们二爷也须得老爷教训两顿。若老爷再不管，将来不知做出什么事来呢。”王夫人一闻此言，便合掌念声“阿弥陀佛”，由不得赶着袭人叫了一声“我的儿，亏了你也明白，这话和我的心一样。我何曾不知道管儿子，先时你珠大爷在，我是怎么样管他，难道我如今倒不知管儿子了？只是有个原故：如今我想，我已经快五十岁的人，通共剩了他一个，他又长的单弱，况且老太太宝贝似的，若管紧了他，倘或再有个好歹，或是老太太气坏了，那时上下不安，岂不不好了，所以就纵坏了他。我常常掰着口儿劝一阵，说一阵，气的骂一阵，哭一阵，彼时他好，过后儿还是不相干，端的吃了亏才罢了。若打坏了，将来我靠谁呢！”说着，由不得滚下泪来。

袭人见王夫人这般悲感，自己也不觉伤了心，陪着落泪。又道：“二爷是太太养的，岂不心疼。便是我们做下人的伏侍一场，大家落个平安，也算是造化了。要这样起来，连平安都不能了。那一日那一时我不劝二爷，只是再劝不醒。偏生那些人又肯亲近他，也怨不得他这样，总是我们劝的倒不好了。今儿太太提起这话来，我还记挂着一件事，每要来回太太，讨太太个主意。只是我怕太太疑心，不但我的话白说了，且连葬身之地都没了。”王夫人听了这话内有因，忙问道：“我的儿，你有话只管说。近来我因听见众人背前背后都夸你，我只说你不过是在宝玉身上留心，或是诸人跟前和气，这些小意思好，所以将你合老姨娘一体行事。谁知你方才和我说的话全是大道理，正和我的想头一样。有什么只管说什么，只别教别人知道就是了。”袭人道：“我也没什么别的说。我想着讨太太一个示下，怎么变个法儿，以后竟还叫二爷搬出园外来住就好了。”王夫人听了，吃一大惊，忙拉了袭人的手问道：“宝玉难道和谁作怪了不成？”袭人连忙回道：“太太别多心，并没有这话。这不过是我的小见识。如今二爷也大了，里头姑娘们也大了，况且林姑娘、宝姑娘又是两姨姑表姊妹，虽说是姊妹们，到底是男女之分，日夜一处起坐不方便，由不得叫人悬心，便是外人看着也不像。一家子的事，俗语说的‘没事常思有事’，世上多少无头脑的事，多半因为无心中做出，有心人看见，当作有心事，反说坏了。只是预先不防着，断然不好。二爷素日性格，太太是知道的。他又偏好在我们队里闹，倘或不防，前后错了一点半点，不论真假，人多口杂，那起小人的嘴有什么避讳，心顺了，说的比菩萨还好，心不顺，就贬的连畜牲不如。二爷将来倘或有人说好，不过大家直过没事；若要叫人说出一个不好字来，我们不用说，粉身碎骨，罪有万重，都是平常小事，但后来二爷一生的声名品行岂不完了，二则太太也难见老爷。俗语又说‘君子防不然’，不如这会子防避的为是。太太事情多，一时固然想不到。我们想不到则可，既想到了，若不回明太太，罪越重了。近来我为这事日夜悬心，又不好说与人，惟有灯知道罢了。”王夫人听了这话，如雷轰电掣的一般，正触了金钏儿之事，心内越发感爱袭人不尽，忙笑道：“我的儿，你竟有这个心胸，想的这样周全！我何曾又不想到这里，只是这几次有事就忘了。你今儿这一番话提醒了我。难为你成全我娘儿两个声名体面，真真我竟不知道你这样好。罢了，你且去罢，我自有道理。只是还有一句话：你今日既说了这样的话，我就把他交给你了，好歹留心，保全了他，就是保全了我。我自然不辜负你。”

袭人连连答应着去了。回来正值宝玉睡醒，袭人回明香露之事。宝玉喜不自禁，即令调来尝试，果然香妙非常。因心下记挂着黛玉，满心里要打发人去，只是怕袭人，便设一法，先使袭人往宝钗那里去借书。

袭人去了，宝玉便命晴雯来（墨夹：前文晴雯放肆原有把柄所恃也。）吩咐道：“你到林姑娘那里看看他做什么呢。他要问我，只说我好了。”晴雯道：“白眉赤眼，做什么去呢？到底说句话儿，也像一件事。”宝玉道：“没有什么可说的。”晴雯道：“若不然，或是送件东西，或是取件东西，不然我去了怎么搭讪呢？”宝玉想了一想，便伸手拿了两条手帕子撂与晴雯，笑道：“也罢，就说我叫你送这个给他去了。”晴雯道：“这又奇了。他要这半新不旧的两条手帕子？他又要恼了，说你打趣他。”宝玉笑道：“你放心，他自然知道。”

晴雯听了，只得拿了帕子往潇湘馆来。只见春纤正在栏杆上晾手帕子，见他进来，忙摆手儿，说：“睡下了。”晴雯走进来，满屋魆黑，并未点灯。黛玉已睡在床上，问是谁。晴雯忙答道：“晴雯。”黛玉道：“做什么？”晴雯道：“二爷送手帕子来给姑娘。”黛玉听了，心中发闷，暗想做什么送手帕子来给我？因问：“这帕子是谁送他的？必是上好的，叫他留着送别人罢，我这会子不用这个。”晴雯笑道：“不是新的，就是家常旧的。”林黛玉听见，越发着闷，着实细心搜求，思忖一时，方大悟过来，连忙说：“放下，去罢。”晴雯听了，只得放下，抽身回去，一路盘算，不解何意。

这里林黛玉体贴出手帕子的意思来，不觉神魂驰荡：宝玉这番苦心，能领会我这番苦意，又令我可喜；我这番意，不知将来如何，又令我悲；忽然好好的送两块旧帕子来，若不是领我深意，单看了这帕子，又令我可笑；再想令人私相传递与我可惧；我自己每每好哭，想来也无味，又令我可愧。如此左思右想，一时五内沸然炙起。黛玉由不得余意绵缠，令掌灯，也想不起嫌疑避讳等事，便向案上研墨蘸笔，便向那两块旧帕上提笔写道：

眼空蓄泪泪空垂，暗洒闲抛却为谁？
尺幅鲛鮹劳解赠，叫人焉得不伤悲！

其二

抛珠滚玉只偷潸，镇日无心镇日闲。
枕上袖边难拂拭，任他点点与斑斑。

其三

彩线难收面上珠，湘江旧迹已模糊。
窗前亦有千竿竹，不识香痕渍也无？

林黛玉还要往下写时，觉得浑身火热，面上作烧，走至镜台揭起锦袱一照，只见腮上通红，自羡压倒桃花，却不知病由此萌。一时方上床睡去，犹拿着那帕子思索，不在话下。

却说袭人来见宝钗，谁知宝钗不在园内，往他母亲那里去了，袭人便空手回来。等至二更，宝钗方回来。原来宝钗素知薛蟠情性，心中已有一半疑薛蟠调唆了人来告宝玉的，谁知又听袭人说出来，越发信了。究竟袭人是听焙茗说的，那焙茗也是私心窥度，一半据实，竟认准是他说的。那薛蟠都因素日有这个名声，其实这一次却不是他干的，被人生生的一口咬死是他，有口难分。这日正从外头吃了酒回来，见过母亲，只见宝钗在这里，说了几句闲话，因问："听见宝兄弟吃了亏，是为什么？"薛姨妈正为这个不自在，见他问时，便咬着牙道："不知好歹的东西，都是你闹的，你还有脸来问！"薛蟠见说，便怔了，忙问道："我何尝闹什么？"薛姨妈道："你还装憨呢！人人都知道是你说的，还赖呢。"薛蟠道："人人说我杀了人，也就信了罢？"薛姨妈道："连你妹妹都知道是你说的，难道他也赖你不成？"宝钗忙劝道："妈和哥哥且别叫喊，消消停停的，就有个青红皂白了。"因向薛蟠道："是你说的也罢，不是你说的也罢，事情也过去了，不必较证，倒把小事儿弄大了。我只劝你从此以后在外头少去胡闹，少管别人的事。天天一处大家胡逛，你是个不防头的人，过后儿没事就罢了，倘或有事，不是你干的，人人都也疑惑，若说是你干的，不用说别人，我就先疑惑。"薛蟠本是个心直口快的人，一生见不得这样藏头露尾的事，又见宝钗劝他不要逛去，他母亲又说他犯舌，宝玉之打是他治的，早已急的乱跳，赌身发誓的分辩。又骂众人："谁这样赃派我？我把那囚攮的牙敲了才罢！分明是为打了宝玉，没的献勤儿，拿我来作幌子。难道宝玉是天王？他父亲打他一顿，一家子定要闹几天。那一回为他不好，姨爹打了他两下子，过后老太太不知怎么知道了，说是珍大哥哥治的，好好的叫了去骂了一顿。今儿越发拉上我了！既拉上，我也不怕，越性进去把宝玉打死了，我替他偿了命，大家干净。"一面嚷，一面抓起一根门闩来就跑。慌的薛姨妈一把抓住，骂道："作死的孽障，你打谁去？你先打我来！"薛蟠急的眼似铜铃一般，嚷道："何苦来！又不叫我去，又好好的赖我。将来宝玉活一日，我担一日的口舌，不如大家死了清净。"宝钗忙也上前劝道："你忍耐些儿罢。妈急的这个样儿，你不说来劝妈，你还反闹的这样。别说是妈，便是旁人来劝你，也为你好，倒把你的性子劝上来了。"薛蟠道："这会子又说这话。都是你说的！"宝钗道："你只怨我说，再不怨你顾前不顾后的形景。"薛蟠道："你只会怨我顾前不顾后，你怎么不怨宝玉外头招风惹草的那个样子！别说多的，只拿前儿琪官的事比给你们听：那琪官，我们见过十来次的，我并未和他说一句亲热话；怎么前儿他见了，连姓名还不知道，就把汗巾子给他了？难道这也是我说的不成？"薛姨妈和宝钗急的说道："还提这个！可不是为这个打他呢。可见是你说的了。"薛蟠道："真真的气死人了！赖我说的我不恼，我只为一个宝玉闹的这样天翻地覆的。"宝钗道："谁闹了？你先持刀动杖的闹起来，倒说别人闹。"薛蟠见宝钗说的话句句有理，难以驳正，比母亲的话反难回答，因此便要设法拿话堵回他去，就无人敢拦自己的话了；也因正在气头上，未曾想话之轻重，便说道："好妹妹，你不用和我闹，我早知道你的心了。从先妈和我说，你这金要拣有玉的才可正配，你留了心，见宝玉有那劳什骨子，你自然如今行动护着他。"话未说了，把个宝钗气怔了，拉着薛姨妈哭道："妈妈你听，哥哥说的是什么话！"薛蟠见妹妹哭了，便知自己冒撞了，便堵气走到自己房里安歇不提。

这里薛姨妈气的乱战，一面又劝宝钗道："你素日知那孽障说话没道理，明儿我叫他给你陪不是。"宝钗满心委屈气忿，待要怎样，又怕他母亲不安，少不得含泪别了母亲，各自回来，到房里整哭了一夜。次日早起来，也无心梳洗，胡乱整理整理，便出来瞧母亲。可巧遇见林黛玉独立在花阴之下，问他那里去。薛宝钗因说"家去"，口里说着，便只管走。黛玉见他无精打采的去了，又见眼上有哭泣之状，大非往日可比，便在后面笑道："姐姐也自保重些儿。就是哭出两缸眼泪来，也医不好棒疮！"不知宝钗如何答对，且听下回分解。

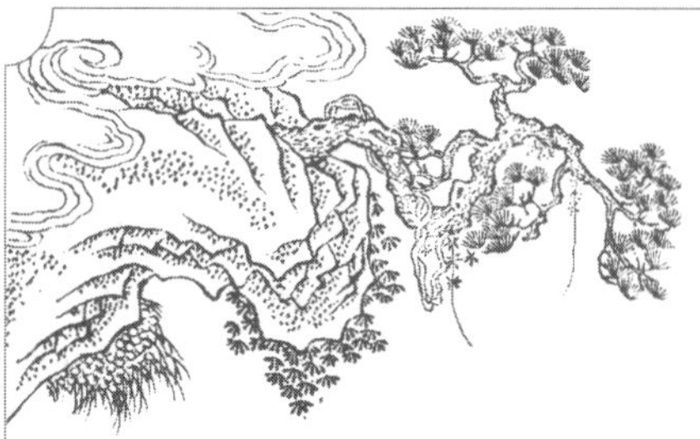

第三十五回

白玉钏亲尝莲叶羹
黄金莺巧结梅花络

话说宝钗分明听见林黛玉刻薄他，因记挂着母亲、哥哥，并不回头，一迳去了。这里林黛玉还自立于花阴之下，远远的却向怡红院内看着，只见李宫裁、迎春、探春、惜春并各项人等都向怡红院内去过之后，一起一起的散尽了，只不见凤姐儿来，心里自己盘算道：“如何他不来瞧宝玉？便是有事缠住了，他必定也是要来打个花胡哨，讨老太太和太太的好儿才是。今儿这早晚不来，必有原故。”一面猜疑，一面抬头再看时，只见花花簇簇一群人又向怡红院内来了。定睛看时，只见贾母搭着凤姐儿的手，后头邢夫人、王夫人跟着周姨娘并丫鬟媳妇等人都进院去了。黛玉看了不觉点头，想起有父母的人的好处来，早又泪珠满面。少顷，只见宝钗、薛姨娘等也进入去了。忽见紫鹃从背后走来，说道：“姑娘吃药去罢，开水又冷了。”黛玉道：“你到底要怎么样？只是催，我吃不吃，管你什么相干！”紫鹃笑道：“咳嗽的才好了些，又不吃药了。如今虽然是五月里天气热，到底也该还小心些。大清早起，在这个潮地方站了半日，也该回去歇息歇息了。”一句话提醒了黛玉，方觉得有点腿酸，呆了半日，方慢慢的扶着紫鹃，回潇湘馆来。

一进院门，只见满地下竹影参差，苔痕浓淡，不觉又想起《西厢记》中所云“幽僻处可有人行，点苍苔白露泠泠”二句来，因暗暗的叹道：“双文，双文，诚为命薄人矣。然你虽命薄，尚有孀母弱弟；今日林黛玉之命薄，一并连孀母弱弟俱无。古人云‘佳人命薄’，然我又非佳人，何命薄胜于双文哉！”一面想，一面只管走，不防廊上的鹦哥见林黛玉来了，嘎的一声扑了下来，倒吓了一跳，因说道：“作死的，又扇了我一头灰。”那鹦哥仍飞上架去，便叫：“雪雁，快掀帘子，姑娘来了。”黛玉便止住步，以手扣架道：“添了食水不曾？”那鹦哥便长叹一声，竟大似林黛玉素日吁嗟音韵，接着念道：“侬今葬花人笑痴，他年葬侬知是谁？试看春尽花渐落，便是红颜老死时。一朝春尽红颜老，花落人亡两不知！”黛玉、紫鹃听了都笑起来。紫鹃笑道：“这都是素日姑娘念的，难为他怎么记了。”黛玉便令将架摘下来，另挂在月洞窗外的钩上，于是进了屋子，在月洞窗内坐了。吃毕药，只见窗外竹影映入纱窗，满屋内阴阴翠润，几簟生凉。黛玉无可释闷，便隔着纱窗调逗鹦哥作戏，又将素日所喜的诗词也教与他念。这且不在话下。

且说薛宝钗来至家中，只见母亲正自梳头呢。一见他来了，便说道：“你大清早起跑来作什么？”宝钗道：“我瞧瞧妈身上好不好。昨儿我去了，不知他可又过来闹了没有？”一面说，一面在他母亲身旁坐了，由不得哭将起来。薛姨妈见他一哭，自己掌不住，也就哭了一场，一面又劝他：“我的儿，你别委曲了，你等我处分他。你要有个好歹，我指望那一个来！”薛蟠在外边听见，连忙跑了过来，对着宝钗，左一个揖，右一个揖，只说：“好妹妹，恕我这一次罢！原是我昨儿吃了酒，回来的晚了，路上撞客着了，来家未醒，不知胡说了些什么，连自己也不知道，怨不得你生气。”宝钗原是掩面哭的，听如此说，由不得又好笑了，遂抬头向地下啐了一口，说道：“你不用做这些像生儿。我知道你的心里多嫌我们娘儿两个，是要变着法儿叫我们离了你，你就心净了。”薛蟠听说，连忙笑道：“妹妹这话从那里说起来的，这样我连立足之地都没了。妹妹从来不是这样多心说歪话的人。”薛姨妈忙又接着道：“你只会听见你妹妹的歪话，难道昨儿晚上你说的那话就应该的不成？当真是你发昏了！”薛蟠道：“妈也不必生气，妹妹也不用烦恼，从今以后我再不同他们一处吃酒闲逛如何？”宝钗笑道：“这不明白过来了！”薛姨妈道：“你要有这个横劲，那龙也下蛋了。”薛蟠道：“我若再和他们一处逛，妹妹听见了只管啐我，再叫我畜生，不是人，如何？何苦来，为我一个人，娘儿两个天天操心！妈为我生气还有可恕，若只管叫妹妹为我操心，我更不是人了。如今父亲没了，我不能多孝顺妈多疼妹妹，反教娘生气妹妹烦恼，真连个畜生也不如了。”口里说着，眼睛里禁不起也滚下泪来。薛姨妈本不哭了，听他一说又勾起伤心来。宝钗勉强笑道：“你闹够了，这会子又招着妈哭起来了。”薛蟠听说，忙收了泪，笑道：“我何曾招妈哭来！罢，罢，罢，丢下这个别提了。叫香菱来倒茶妹妹吃。”宝钗道：“我也不吃茶，等妈洗了手，我们就过去了。”薛蟠道：“妹妹的项圈我瞧瞧，只怕该炸一炸去了。”宝钗道：“黄澄澄的又炸他作什么？”薛蟠又道：“妹妹如今也该添补些衣裳了。要什么颜色花样，告诉我。”宝钗道：“连那些衣服我还没穿遍了，又做什么？”一时薛姨妈换了衣裳，拉着宝钗进去，薛蟠方出去了。

这里薛姨妈和宝钗进园来瞧宝玉，到了怡红院中，只见抱厦里外回廊上许多丫环老婆站着，便知贾母等都在这里。母女两个进来，大家见过了，只见宝玉淌在榻上。薛姨妈问他可好些。宝玉忙欲欠身，口里答应着“好些”，又说：“只管惊动姨娘、姐姐，我禁不起。”薛姨娘忙扶他睡下，又问他：“想什么，只管告诉我。”宝玉笑道：“我想起来，自然和姨娘要去的。”王夫人又问：“你想什么吃？回来好给你送来的。”宝玉笑道：“也倒不想什么吃，倒是那一回做的那小荷叶儿小莲蓬儿的汤还好些。”凤姐一旁笑道：“听听，口味不算高贵，只是太磨牙了。巴巴的想这个吃了。”贾母便一叠声的叫人做去。凤姐儿笑道：“老祖宗别急，等我想一想这模子谁收着呢。”因回头吩咐个婆子去问管厨房的要去。那婆子去了半天，来回说：“管厨房的说，四副汤模子都交上来了。”凤姐儿听说，想了一想，道：“我记得交给谁了，多半在茶房里。”一面又遣人去问管茶房的，也不曾收。次后还是管金银器皿的送了来。

薛姨娘先接过来瞧时，原来是个小匣子，里面装着四副银模子，都有一尺多长，一寸见方，上面凿着有豆子大小，也有菊花的，也有梅花的，也有莲蓬的，也有菱角的，共有三四十样，打的十分精巧。因笑向贾母、王夫人道：“你们府上也都想绝了，吃碗汤还有这些样子。若不说出来，我见这个也不认得这是作什么用的。”凤姐儿也不等人说话，便笑道：“姑妈那里晓得，这是旧年备膳，他们想的法儿。不知弄些什么面印出来，借点新荷叶的清香，全仗着好汤，究竟没意思，谁家常吃他了。那一回呈样的作了一回，他今日怎么想起来了。”说着接了过来，递与个妇人，吩咐厨房里立刻拿几只鸡，另外添了东西，做出十来碗来。王夫人道：“要这些做什么？”凤姐儿笑道：“有个原故：这一宗东西家常不大作，今儿宝兄弟提起来了，单做给他吃，老太太、姑妈、太太都不吃，似乎不大好。不如借势儿弄些大家吃，托赖连我也上个俊儿。”贾母听了，笑道：“猴儿，把你乖的！拿着官中的钱你做人。”说的大家笑了。凤姐也忙笑道：“这不相干。这个小东道我还孝敬的起。”便回头吩咐妇人：“说给厨房里，只管好生添补着做了，在我的账上来领银子。”妇人答应着去了。

宝钗一旁笑道：“我来了这么几年，留神看起来，凤丫头凭他怎么巧，巧不过老太太去。”贾母听说，便答道：“我如今老了，那里还巧什么。当日我像凤姐儿这么大年纪，比他还来得呢。他如今虽说不如我们，也就算好了，比你姨娘强远了。你姨娘可怜见的，不大说话，和木头似的，在公婆跟前就不大显好。凤儿嘴乖，怎么怨得人疼他。”宝玉笑道：“若这么说，不大说话的就不疼了？”贾母道：“不大说话的又有不大说话的可疼之处，嘴乖的也有一宗可嫌的，倒不如不说话的好。”宝玉笑道：“这就是了。我说大嫂子倒不大说话呢，老太太也是和凤姐姐的一样看待。若是单是会说话的可疼，这些姊妹里头也只是凤姐姐和林妹妹可疼了。”贾母道：“提起姊妹，不是我当着姨太太的面奉承，千真万真，从我们家四个女孩儿算起，全不如宝丫头。”薛姨妈听说，忙笑道：“这话是老太太说偏了。”王夫人忙又笑道：“老太太时常背地里和我说宝丫头好，这倒不是假话。”宝玉勾着贾母原为赞林黛玉的，不想反赞起宝钗来，倒也意出望外，便看着宝钗一笑。宝钗早扭过头去和袭人说话去了。

忽有人来请吃饭，贾母方立起身来，命宝玉好生养着，又把丫头们嘱咐了一回，方扶着凤姐儿，让着薛姨妈，大家出房去了。因问汤好了不曾，又问薛姨妈等：“想什么吃，只管告诉我，我有本事叫凤丫头弄了来,咱们吃。”薛姨妈笑道：“老太太也会沤他的。时常他弄了东西孝敬，究竟又吃不了多少。”凤姐儿笑道：“姑妈倒别这样说。我们老祖宗只是嫌人肉酸，若不嫌人肉酸，早已把我还吃了呢。”

一句话没说了，引的贾母众人都哈哈的笑起来。宝玉在房里也掌不住笑了。袭人笑道：“真真的二奶奶的这张嘴怕死人！”宝玉伸手拉着袭人笑道：“你站了这半日，可乏了？”一面说，一面拉他身旁坐了。袭人笑道：“可是又忘了。趁宝姑娘在院子里，你和他说，烦他莺儿来打上几根绦子。”宝玉笑道：“亏你提起来。”说着，便仰头向窗外道：“宝姐姐，吃过饭叫莺儿来，烦他打几根绦子，可得闲儿？”宝钗听见，回头道：“怎么不得闲儿，一会叫他来就是了。”贾母等尚未听真，都止步问宝钗。宝钗说明了，大家方明白。贾母又说道：“好孩子，叫他来替你兄弟作几根。你要无人使唤，我那里闲着的丫头多呢，你喜欢谁，只管叫了来使唤。”薛姨妈、宝钗等都笑道：“只管叫他来作就是了，有什么使唤的去处。他天天也是闲着淘气。”

大家说着，往前迈步正走，忽见史湘云、平儿、香菱等在山石边掐凤仙花呢，见了他们走来，都迎上来了。少顷至园外，王夫人恐贾母乏了，便欲让至上房内坐。贾母也觉腿酸，便点头依允。王夫人便令丫头忙先去铺设坐位。那时赵姨妈推病，只有周姨娘与众婆娘丫头们忙着打帘子，立靠背，铺褥子。贾母扶着凤姐儿进来，与薛姨娘分宾主坐了。薛宝钗、史湘云坐在下面。王夫人亲捧了茶奉与贾母，李宫裁奉与薛姨妈。贾母向王夫人道：“让他们小妯娌伏侍，你在那里坐了，好说话儿。”王夫人方向一张小杌子上坐下，便吩咐凤姐儿道：“老太太的饭在这里放，添了东西来。”凤姐儿答应出去，便令人去贾母那边告诉，那边的婆娘忙往外传了，丫头们忙都赶过来。王夫人便令“请姑娘们去”。请了半天，只有探春、惜春两个来了；迎春身上不奈烦，不吃饭；林黛玉自不消说，平素十顿饭只好吃五顿，众人也不着意了。少顷饭至，众人调放了桌子。凤姐儿用手巾裹着一把牙箸站在地下，笑道：“老祖宗和姑妈不用让，还听我说就是了。”贾母笑向薛姨娘道：“我们就是这样。”薛姨妈笑着应了。于是凤姐放了四双：上面两双是贾母薛姨妈，两边是薛宝钗、史湘云的。王夫人、李宫裁等都站在地下看着放菜。凤姐先忙着要干净家伙来，替宝玉拣菜。

少顷，荷叶汤来，贾母看过了。王夫人回头见玉钏儿在那边，便令玉钏与宝玉送去。凤姐道：“他一个人拿不去。”可巧莺儿和喜儿都来了。宝钗知道他们已吃了饭，便向莺儿道：“宝兄弟正叫你去打络子，你们两个一同去罢。”莺儿答应，同着玉钏儿出来。莺儿道：“这么远，怪热的，怎么端了去？”玉钏笑道：“你放心，我自有道理。”说着，便令一个婆子来，将汤饭等物放在一个捧盒里，令他端了跟着，他两个却空着手走。一直到了怡红院门内，玉钏儿方接了过来，同莺儿进入宝玉房中。袭人、麝月、秋纹三个人正和宝玉顽笑呢，见他两个来了，都忙起来，笑道：“你两个怎么来的这么碰巧，一齐来了。”一面说，一面接了下来。玉钏便向一张杌子上坐了，莺儿不敢坐下。袭人便忙端了个脚踏来，莺儿还不敢坐。宝玉见莺儿来了，却倒十分欢喜；忽见了玉钏儿，便想到他姐姐金钏儿身上，又是伤心，又是惭愧，便把莺儿丢下，且和玉钏儿说话。袭人见把莺儿不理，恐莺儿没好意思的，又见莺儿不肯坐，便拉了莺儿出来，到那边房里去吃茶说话儿去了。

这里麝月等预备了碗箸来伺候吃饭。宝玉只是不吃，问玉钏儿道：“你母亲身子好？”玉钏儿满脸怒色，正眼也不看宝玉，半日，方说了一个“好”字。宝玉便觉没趣，半日，只得又陪笑问道：“谁叫你给我送来的？”玉钏儿道：“不过是奶奶太太们！”宝玉见他还是这样哭丧，便知他是为金钏儿的原故；待要虚心下气摸转他，又见人多，不好下气的，因而使尽方法，将人都支出去，然后又陪笑问长问短。那玉钏儿先虽不喜，只管见宝玉一些性子没有，凭他怎么丧谤，他还是温存和气，自己倒不好意思的了，脸上方有三分喜色。宝玉便笑求他：“好姐姐，你把那汤拿了来我尝尝。”玉钏儿道：“我从不会喂人东西，等他们来了再吃。”宝玉笑道：“我不是要你喂我。我因为走不动，你递给我吃了，你好赶早儿回去交代了，你好吃饭的。我只管耽误时候，你岂不饿坏了。你要懒待动，我少不了我忍了疼下去取来。”说着便要下床来，扎挣起来，禁不住“嗳哟”之声。玉钏儿见他这般，忍不住起身说道：“淌下罢！那世里造了来的孽，这会子现世现报。教我那一个眼睛看的上！”一面说，一面哧的一声又笑了，端过汤来。宝玉笑道：“姐姐，你要生气只管在这里生罢，见了老太太、太太可放和气些，若还这样，你就又挨骂了。”玉钏儿道：“吃罢，吃罢！不用和我甜嘴蜜舌的，我可不信这样话！”说着，催宝玉喝了两口汤。宝玉故意说：“不好吃，不吃了。”玉钏儿道：“阿弥陀佛！这还不好吃，什么好吃？”宝玉道：“一点味儿也没有，你不信，尝一尝就知道了。”玉钏儿真就赌气尝了一尝。宝玉笑道：“这可好吃了。”玉钏儿听说，方解过意来，原是宝玉哄他吃一口，便说道：“你既说不好吃，这会子说好吃也不给你吃了。”宝玉只管央求陪笑要吃，玉钏儿又不给他，一面又叫人打发吃饭。

丫头方进来时，忽有人来回话：“傅二爷家的两个嬷嬷来请安，来见二爷。”宝玉听说，便知是通判傅试家的嬷嬷来了。那傅试原是贾政的门生，历年来都赖贾家的名势得意，贾政也着实看待，故与别个门生不同，他那里常遣人来走动。宝玉素习最厌愚男蠢女的，今日却如何又令两个婆子过来？其中原来有个原故：只因那宝玉闻得傅试有个妹子，名唤傅秋芳，也是个琼闺秀女，常有人传说才貌俱全，虽自未亲睹，然遐思遥爱之心十分诚敬，不命他们进来，恐薄了傅秋芳，（墨夹：痴想。）因此连忙命让进来。那傅试原是暴发的，因傅秋芳有几分姿色，聪明过人，那傅试安心仗着妹妹要与豪门贵族结姻，不肯轻意许人，所以耽误到如今。目今傅秋芳年已二十三岁，尚未许人。争奈那些豪门贵族又嫌他穷酸，根基浅薄，不肯求配。那傅试与贾家亲密，也自有一段心事。今日遣来的两个婆子偏生是极无知识的，闻得宝玉要见，进来只刚问了好，说了没两句话。那玉钏见生人来，也不和宝玉厮闹了，手里端着汤只顾听话。宝玉又只顾和婆子说话，一面吃饭，一面伸手去要汤。两个人的眼睛都看着人，不想伸猛了手，便将碗撞落，将汤泼了宝玉手上。玉钏儿倒不曾烫着，唬了一跳，忙笑了：“这是怎么说！”慌的丫头们忙上来接碗。宝玉自己烫了手倒不觉的，却只管问玉钏儿：“烫了那里了？疼不疼？”玉钏儿和众人都笑了。玉钏儿道：“你自己烫了，只管问我。”宝玉听说，方觉自己烫了。众人上来连忙收拾。宝玉也不吃饭了，洗手吃茶，又和那两个婆子说了两句话。然后两个婆子告辞出去，晴雯等送至桥边方回。

那两个婆子见没人了，一行走，一行谈论。这一个笑道：“怪道有人说他家宝玉是

寶琴

外像好里头糊涂，中看不中吃的，果然有些呆气。他自己烫了手，倒问人疼不疼，这可不是个呆子？”那一个又笑道：“我前一回来，听见他家里许多人抱怨，千真万真的有些呆气。大雨淋的水鸡似的，他反告诉别人：‘下雨了，快避雨去罢。’你说可笑不可笑？时常没人在跟前，就自哭自笑的；看见燕子，就和燕子说话；河里看见了鱼，就和鱼说话；见了星星月亮，不是长吁短叹，就是咭咭哝哝的。且是连一点刚性也没有，连那些毛丫头的气都受的。爱惜东西，连个线头儿都是好的；糟踏起来，那怕值千值万的都不管了。”两个人一面说，一面走出园来，辞别诸人回去，不在话下。（墨夹：宝玉之为人非此一论亦描写不尽，宝玉之不肖非此一鄙亦形容不到，试问作者是丑宝玉乎？是赞宝玉乎？试问观者是喜宝玉乎？是恶宝玉乎？）

如今且说袭人见人去了，便携了莺儿过来，问宝玉打什么络子。宝玉笑向莺儿道：“才只顾说话，就忘了你。烦你不为别的，却为替我打几根络子。”莺儿道：“装什么的络子？”宝玉见问，便笑道：“不管装什么的，你都每样打几个罢。”莺儿拍手笑道：“这还了得！要这样，十年也打不完了。”宝玉笑道：“好姐姐，你闲着也没事，都替我打了罢。”袭人笑道：“那里一时都打得完，如今先拣要紧的打两个罢。”莺儿道：“什么要紧，不过是扇子、香坠儿、汗巾子。”宝玉道：“汗巾子就好。”莺儿道：“汗巾子是什么颜色的？”宝玉道：“大红的。”莺儿道：“大红的须是黑络子才好看的，或是石青的才压的住颜色。”宝玉道：“松花色配什么？”莺儿道：“松花配桃红。”宝玉笑道：“这才娇艳。再要雅淡之中带些娇艳。”莺儿道：“葱绿柳黄是我最爱的。”宝玉道：“也罢了，也打一条桃红，再打一条葱绿。”莺儿道：“什么花样呢？”宝玉道：“共有几样花样？”莺儿道：“一炷香、朝天凳、象眼块、方胜、连环、梅花、柳叶。”宝玉道：“前儿你替三姑娘打的那花样是什么？”莺儿道：“那是攒心梅花。”宝玉道：“就是那样好。”一面说，一面叫袭人刚拿了线来，窗外婆子说：“姑娘们的饭都有了。”宝玉道：“你们吃饭去，快吃了来罢。”袭人笑道：“有客在这里，我们怎好去的！”莺儿一面理线，一面笑道：“这话又打那里说起，正经快吃了来罢。”袭人听说方去了，只留下两个小丫头听呼唤。

宝玉一面看莺儿打络子，一面说闲话，因问他：“十几岁了？”莺儿手里打着，一面答话说：“十六岁了。”宝玉道：“你本姓什么？”莺儿道：“姓黄。”宝玉笑道：“这个名姓倒对了，果然是个黄莺儿。”莺儿笑道：“我的名字本来是两个字，叫作金莺。姑娘嫌拗口，就单叫莺儿，如今就叫开了。”宝玉道：“宝姐姐也算疼你了。明儿宝姐姐出阁，少不得是你跟去了。”莺儿抿嘴一笑。宝玉笑道：“我常常和袭人说，明儿不知那一个有福的消受你们主子奴才两个呢。”莺儿笑道：“你还不知道我们姑娘有几样世人都没有的好处呢，模样儿还在次。”宝玉见莺儿娇憨婉转，语笑如痴，早不胜其情了，那更提起宝钗来！便问他道：“好处在那里？好姐姐，细细告诉我听。”莺儿笑道：“我告诉你，你可不许又告诉他去。”宝玉笑道：“这个自然的。”正说着，只听外头说道：“怎么这样静悄悄的！”二人回头看时，不是别人，正是宝钗来了。宝玉忙让坐。宝钗坐了，因问莺儿：“打什么呢？”一面问，一面向他手里去瞧，才打了半截。宝钗笑道：“这有什么趣儿，倒不如打个络子把玉络上呢。”一句话提醒了宝玉，便拍手笑道：“倒是姐姐说得是，我就忘了。只是配个什么颜色才好?”宝钗道：“若用杂色断然使不得，大红又犯了色，黄的又不起眼，黑的又过暗。等我想个法儿：把那金线拿来，配着黑珠儿线，一根一根的拈上，打成络子，这才好看。”宝玉听说，喜之不尽，一叠声便叫袭人来取金线。正值袭人端了两碗菜走进来，告诉宝玉道：“今儿奇怪，才刚太太打发人给我送了两碗菜来。”宝玉笑道：“必定是今儿菜多，送来给你们大家吃的。”袭人道：“不是，指名给我送来，还不叫我过去磕头。这可是奇了。”宝钗笑道：“给你的，你就吃了，这有什么猜疑的。”袭人笑道：“从来没有的事，倒叫我不好意思的。”宝钗抿嘴一笑，说道：“这就不好意思了？明儿比这个更叫你不好意思的还有呢。”袭人听了话内有因，素知宝钗不是轻嘴薄舌奚落人的，自己方想起上日王夫人的意思来，便不再提，将菜与宝玉看了，说：“洗了手来拿线。”说毕，便一直的出去了。吃过饭，洗了手，进来拿金线与莺儿打络子。此时宝钗早被薛蟠遣人来请出去了。

这里宝玉正看着打络子，忽见邢夫人遣了两个丫鬟送了两样果子来与他吃，问他：“可走得了？若走得动，叫哥儿明儿过来散散心，太太着实记挂着呢。”宝玉忙道：“若走得了，必请太太的安去。疼的比先好些，请太太放心罢。”一面叫他两个坐下，一面又叫秋纹来，把才拿来的那果子拿一半送与林姑娘去。秋纹答应了，刚欲去时，只听黛玉在院内说话，宝玉忙叫：“快请。”要知端的，且听下回分解。

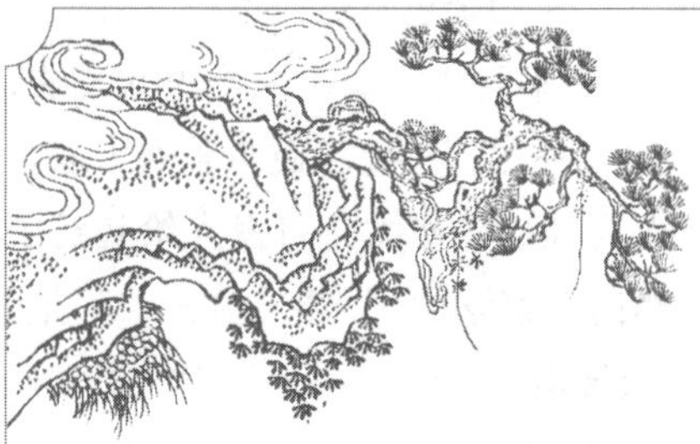

第三十六回 绣鸳鸯梦兆绛芸轩 识分定情悟梨香院

（墨）绛云轩梦兆是金针暗度法，夹写月钱是为袭人渐入金屋步位，梨香院是明写大家蓄戏，不免奸淫之陋，可不慎哉慎哉！

话说贾母自王夫人处回来，见宝玉一日好似一日，心中自是欢喜。因怕将来贾政又叫他，遂命人将贾政的亲随小厮头儿唤来，吩咐他："以后倘有会人待客诸样的事，你老爷要叫宝玉，你不用上来传话，就回他说我说了：一则打重了，得着实将养几个月才走得；二则他的星宿不利，祭了星不见外人，过了八月才许出二门。"那小厮头儿听了，领命而去。贾母又命李嬷嬷、袭人等来，将此话说与宝玉，使他放心。那宝玉本就懒与士大夫诸男人接谈，又最厌峨冠礼服贺吊往还等事，今日得了这句话，越发得了意，不但将亲戚朋友一概杜绝了，而且连家庭中晨昏定省亦发都随他的便了，日日只在园中游卧，不过每日一清早到贾母、王夫人处走走就回来了，却每每甘心为诸丫鬟充役，竟也得十分闲消日月。或如宝钗辈有时见机导劝，反生起气来，只说："好好的一个清净洁白女儿，也学的钓名沽誉，入了国贼禄鬼之流。这总是前人无故生事，立言竖辞，原为导后世的须眉浊物。不想我生不幸，亦且琼闺绣阁中亦染此风，真真有负天地钟灵毓秀之德!”因此祸延古人，除四书外，竟将别的书焚了。众人见他如此疯颠，也都不向他说这些正经话了。独有林黛玉自幼不曾劝他去立身扬名等语，所以深敬黛玉。

闲言少述。如今且说王凤姐自见金钏死后，忽见几家仆人常来孝敬他些东西，又不时的来请安奉承，自己倒生了疑惑，不知何意。这日又见人来孝敬他东西，因晚间无人时笑问平儿道：“这几家人不大管我的事，为什么忽然这么和我贴近?”平儿冷笑道：“奶奶连这个都想不起来了？我猜他们的女儿都必是太太房里的丫头，如今太太房里有四个大的，一个月一两银子的分例，下剩的都是一个月几百钱。如今金钏儿死了，必定他们要弄这一两银子的巧宗儿呢。”凤姐听了，笑道：“是了，是了，倒是你提醒了。我看这些人也太不知足，钱也赚够了，苦事情又侵不着，弄个丫头搪塞着身子也就罢了，又还想这个。也罢了，他们几家的钱容易也不能花到我跟前，这是他们自寻的，送什么来，我就收什么，横竖我有主意。”凤姐儿安下这个心，所以自管迁延着，等那些人把东西送足了，然后乘空方回王夫人。

这日午间，薛姨妈母女两个与林黛玉等正在王夫人房里大家吃东西呢，凤姐儿得便回王夫人道：“自从金钏儿姐姐死了，太太跟前少着一个人。太太或看准了那个丫头好，就吩咐，下月好发放月钱的。”王夫人听了，想了一想，道：“依我说，什么是例，必定四个五个的，够使就罢了，竟可以免了罢。”凤姐笑道：“论理，太太说的也是。这原是旧例，别人屋里还有两个呢，太太倒不按例了。况且省下一两银子也有限。”王夫人听了，又想一想，道：“也罢，这个分例只管关了来，不用补人，就把这一两银子给他妹妹玉钏儿罢。他姐姐伏侍了我一场，没个好结果，剩下他妹妹跟着我，吃个双分子不为过。”凤姐答应着，回头找玉钏儿，笑道：“大喜，大喜。”玉钏儿过来磕了头。王夫人问道：“正要问你，如今赵姨娘、周姨娘的月例多少?”凤姐道：“那是定例，每人二两。赵姨娘有环兄弟的二两，共是四两，另外四串钱。”王夫人道：“可都按数给他们?”凤姐见问的奇怪，忙道：“怎么不按数给!”王夫人道：“前儿我恍惚听见有人抱怨，说短了一吊钱，是什么原故?”凤姐忙笑道：“姨娘们的丫头，月例原是人各一吊。从旧年他们外头商议的，姨娘们每位的丫头分例减半，人各五百钱，每位两个丫头，所以短了一吊钱。这也抱怨不着我，我倒乐得给他们呢，他们外头又扣着，难道我添上不成。这个事我不过是接手儿，怎么来，怎么去，由不得我作主。我倒说了两三回，仍旧添上这两分的。他们说只有这个项数，叫我也难再说了。如今我手里每月连日子都不错给他们呢。先时在外头关，那个月不打饥荒，何曾顺顺溜溜的得过一遭儿。”王夫人听说，也就罢了，半日又问：“老太太屋里几个一两的?”凤姐道：“八个。如今只有七个，那一个是袭人。”王夫人道：“这就是了。你宝兄弟也并没有一两的丫头，袭人还算是老太太房里的人。”凤姐笑道：“袭人原是老太太的人，不过给了宝兄弟使。他这一两银子还在老太太的丫头分例上领。如今说因为袭人是宝玉的人，裁了这一两银子，断然使不得。若说再添一个人给老太太，这个还可以裁他的。若不裁他的，须得环兄弟屋里也添上一个才公道均匀了。就是晴雯、麝月等七个大丫头，每月人各月钱一吊，佳蕙等八个小丫头，每月人各月钱五百，还是老太太的话，别人如何恼得气得呢。”薛姨娘笑道：“只听凤丫头的嘴，倒像倒了核桃车子的，只听他的账也清楚，理也公道。”凤姐笑道：“姑妈，难道我说错了不成？”薛姨妈笑道：“说的何尝错，只是你慢些说岂不省力。”凤姐才要笑，忙又忍住了，听王夫人示下。王夫人想了半日，向凤姐儿道：“明儿挑一个好丫头送去老太太使，补袭人，把袭人的一分裁了。把我每月的月例二十两银子里，拿出二两银子一吊钱来给袭人。以后凡事有赵姨娘、周姨娘的，也有袭人的，只是袭人的这一分都从我的分例上匀出来，不必动官中的就是了。”凤姐一一的答应了，笑推薛姨妈道：“姑妈听见了，我素日说的话如何？今儿果然应了我的话。”薛姨妈道：“早就该如此。模样儿自然不用说的，他的那一种行事大方，说话见人和气里头带着刚硬要强，这个实在难得。”王夫人含泪说道：“你们那里知道袭人那孩子的好处？（墨夹：“孩子”二字愈见亲热，故后文连呼二声“我的儿”。）比我的宝玉强十倍！（墨夹：忽加“我的宝玉”四字，愈令人堕泪，加“我的”二字者，是明显袭人是“彼的”。然彼的何如此好，我的何如此不好？又气又恨，宝玉罪有万重矣。作者有多少眼泪写此一句，观者又不知有多少眼泪也。）宝玉果然是有造化的，能够得他长长远远的伏侍他一辈子，也就罢了。”（墨夹：真好文字，此批得出者。）凤姐道：“既这么样，就开了脸，明放他在屋里岂不好？”王夫人道：“那就不好了，一则都年轻，二则老爷也不许，三则那宝玉见袭人是个丫头，总有放纵的事，倒能听他的劝，如今作了跟前人，那袭人该劝的也不敢十分劝了。如今且浑着，等再过二三年再说。”

说毕半日，凤姐见无话，便转身出来。刚至廊檐上，只见有几个执事的媳妇子正等他回事呢，见他出来，都笑道：“奶奶今儿回什么事，这半天？可是要热着了。”凤姐把袖子挽了几挽，跐着那角门的门槛子，笑道：“这里过门风倒凉快，吹一吹再走。”又告诉众人道：“你们说我回了这半日的话，太太把二百年都想起来问我，难道我不说罢。”又冷笑道：“我从今以后倒要干几样尅毒事了。抱怨给太太听，我也不怕。糊涂油蒙了心，烂了舌头，不得好死的下作东西，别作娘的春梦！明儿一裹脑子扣的日子还有呢。如今裁了丫头的钱，就抱怨了咱们。也不想一想是奴儿，也配使两三个丫头！”一面骂，一面方走了，自去挑人回贾母话去，不在话下。

却说王夫人等这里吃毕西瓜，又说了一回闲话，各自方散去。宝钗与黛玉等回至园中，宝钗因约黛玉往藕香榭去，黛玉回说立刻要洗澡，便各自散了。宝钗独自行来，顺路进了怡红院，意欲寻宝玉谈讲以解午倦。不想一入院来，鸦雀无闻，一并连两只仙鹤在芭蕉下都睡着了。宝钗便顺着游廊来至房中，只见外间床上横三竖四，都是丫头们睡觉。转过十锦槅子，来至宝玉的房内。宝玉在床上睡着了，袭人坐在身傍，手里做针线，旁边放着一柄白犀拂尘。宝钗走近前来，悄悄的笑道：“你也过于小心了，这个屋里那里还有苍蝇蚊子，还拿蝇帚子赶什么？”袭人不防，猛抬头见是宝钗，忙放下针线，起身悄悄笑道：“姑娘来了，我倒也不防，唬了一跳。姑娘不知道，虽然没有苍蝇蚊子，谁知有一种小虫子，从这纱眼里钻进来，人也看不见，只睡着了，咬一口，就像蚂蚁夹的。”宝钗道：“怨不得。这屋子后头又近水，又都是香花儿，这屋子里头又香。这种虫子都是花心里长的，闻香就扑。”说着，一面又瞧他手里的针线，原来是个白绫红里的兜肚，上扎着鸳鸯戏莲的花样，红莲绿叶，五色鸳鸯。宝钗道：“嗳哟，好鲜亮活计！这是谁的，也值的费这么大工夫？”袭人向床上努嘴儿。宝钗笑道：“这么大了，还带这个？”袭人笑道：“他原是不带，所以特特的做的好了，叫他看见由不得不带。如今天气热，睡觉都不留神，哄他带上了，便是夜里总盖不严些儿，也就不怕了。你说这一个就用了工夫，还没看见他身上现带的那一个呢。”宝钗笑道：“也亏你奈烦。”袭人道：“今儿做的工夫大了，脖子低的怪酸的。”又笑道：“好姑娘，你略坐一坐，我出去走走就来。”说着便走了。宝钗只顾看着活计，便不留心，一蹲身，刚刚的也坐在袭人方才坐的所在，因又见那活计实在可爱，不由的拿起针来，替他代刺。

不想林黛玉因遇见史湘云约他来与袭人道喜，二人来至院中，见静悄悄的，湘云便转身先到厢房里去找袭人。林黛玉却来至窗外，隔着纱窗往里一看，只见宝玉穿着银红纱衫子，随便睡着在床上，宝钗坐在身傍做针线，旁边放着蝇帚子，林黛玉见了这个景儿，连忙把身子一藏，手握着嘴不敢笑出来，招手儿叫湘云。湘云一见他这般景况，只当有什么新闻，忙也来一看，也要笑时，忽然想起宝钗素日待他厚道，便忙掩住口。知道林黛玉不让人，怕他言语之中取笑，便忙拉过他来道：“走罢。我想起袭人来，他说午间要到池子里去洗衣裳，想必去了，咱们那里找他去。”林黛玉心下明白，冷笑了两声，只得随他走了。

这里宝钗只刚做了两三个花瓣，忽见宝玉在梦中喊骂说：“和尚道士的话如何信得？什么是金玉姻缘，我偏说是木石姻缘！”薛宝钗听了这话，不觉怔了。忽见袭人走过来，笑道：“还没有醒呢。”宝钗摇头。袭人又笑道：“我才碰见林姑娘、史大姑娘，他们可曾进来？”宝钗道：“没见他们进来。”因向袭人笑道：“他们没告诉你什么话？”袭人笑道：“左不过是他们那些玩话，有什么正紧说的。”宝钗笑道：“他们说的可不是玩话，我正要告诉你呢，你又忙忙的出去了。”

一句话未完，只见凤姐儿打发人来叫袭人。宝钗笑道：“就是为那话了。”袭人只得唤起两个丫环来，一同宝钗出怡红院，自往凤姐这里来。果然是告诉他这话，又叫他与王夫人叩头，且不必去见贾母，倒把袭人不好意思的。见过王夫人急忙回来，宝玉已醒了，问起原故，袭人且含糊答应，至夜间人静，袭人方告诉。宝玉喜不自禁，又向他笑道：“我可看你回家去不去了！那一回往家里走了一淌，回来就说你哥哥要赎你，又说在这里没着落，终久算什么，说了那么些无情无义的生分话唬我。（墨夹：“唬”字妙！尔果系明决男子，何得畏女子唬哉？）从今以后，我可看谁来敢叫你去。”袭人听了，便冷笑道：“你倒别这么说。从此以后我是太太的人了，我要走连你也不必告诉，只回了太太就走。”宝玉笑道：“就便算我不好，你回了太太竟去了，叫别人听见说我不好，你去了你也没意思。”袭人笑道：“有什么没意思，难道作了强盗贼，我也跟着罢。再不然，还有一个死呢。人活百岁，横竖要死，这一口气不在，听不见看不见就罢了。”宝玉听见这话，便忙握他的嘴，说道：“罢，罢，罢，不用说这些话了。”袭人深知宝玉性情古怪，听见奉承吉利话又厌虚而不实，听了尽情实话又生悲感，便悔自己说冒撞了，连忙笑着用话截开，只拣那宝玉素喜谈者问之。先问他春风秋月，再谈及粉淡脂莹，然后谈到女儿如何好，又谈到女儿死，袭人忙掩住口。宝玉谈至浓快时，见他不说了，便笑道：“人谁不死，只要死的好。那些个须眉浊物，只知道文死谏，武死战，这二死是大丈夫死名死节。竟何如不死的好！必定有昏君他方谏，他只顾邀名，猛拼一死，将来弃君于何地！必定有刀兵他方战，猛拼一死，他只顾图汗马之名，将来弃国于何地！所以这皆非正死。”袭人道：“忠臣良将，出于不得已他才死。”宝玉道：“那武将不过仗血气之勇，疏谋少略，他自己无能，送了性命，这难道也是不得已！那文官更不可比武官了，他念两句书窝在心里，若朝廷少有疵瑕，他就胡谈乱劝，只顾他邀忠烈之名，浊气一涌，即时拼死，这难道也是不得已！还要知道，那朝廷是受命于天，他不圣不仁，那天地断不把这万几重任与他了。可知那些死的都是沽名，并不知大义。比如我此时若果有造化，该死于此时的，趁你们在，我就死了，再能够你们哭我的眼泪流成大河，把我的尸首漂起来，送到那鸦雀不到的幽僻之处，随风化了，自此再不要托生为人，就是我死的得时了。”袭人忽见说出这些疯话来，忙说困了，不理他。那宝玉方合眼睡着，至次日也就丢开了。

一日，宝玉因各处游的烦腻，便想起《牡丹亭》曲来，自己看了两遍，犹不惬怀，因闻得梨香院的十二个女孩子中有小旦龄官最是唱的好，因着意出角门来找时，只见宝官、玉官都在院内，见宝玉来了，都笑嘻嘻的让坐。宝玉因问：“龄官独在那里?”众人都告诉他说：“在他房里呢。”宝玉忙至他房内，只见龄官独自倒在枕上，见他进来，文风不动。宝玉素习与别的女孩子顽惯了的，只当龄官也同别人一样，因进前来身傍坐下，又陪笑央他起来唱“袅晴丝”一套。不想龄官见他坐下，忙抬身起来躲避，正色说道：“嗓子哑了。前儿娘娘传进我们去，我还没有唱呢。”宝玉见他坐正了，再一细看，原来就是那日蔷薇花下划“蔷”字那一个。又见如此景况，从来未经过这番被人弃厌，自己便讪讪的红了脸，只得出来了。宝官等不解何故，因问其所以。宝玉便说了，遂出来。宝官便说道：“只略等一等，蔷二爷来了叫他唱，是必唱的。”宝玉听了，心下纳闷，因问：“蔷哥儿那去了?”宝官道：“才出去了，一定还是龄官要什么，他去变弄去了。”

宝玉听了，以为奇特，少站片时，便见贾蔷从外头来了，手里又提着个雀儿笼子，上面扎着个小戏台，并一个雀儿，兴兴头头的往里走着找龄官。见了宝玉，只得站住。宝玉问他：“是个什么雀儿，会衔旗串戏台?”贾蔷笑道：“是个玉顶金豆。”宝玉道：“多少钱买的?”贾蔷道：“一两八钱银子。”一面说，一面让宝玉坐，自己往龄官房里来。宝玉此刻把听曲子的心都没了，且要看他和龄官是怎样。只见贾蔷进去笑道：“你起来，瞧这个顽意儿。”龄官起身问：“是什么?”贾蔷道：“买了雀儿你顽，省得天天闷闷的无个开心。我先顽个你看。”说着，便拿些谷子哄的那个雀儿在戏台上乱串，衔鬼脸旗帜。众女孩子都笑道“有趣”，独龄官冷笑了两声，赌气仍睡去了。贾蔷还只管陪笑，问他好不好。龄官道：“你们家把好好的人弄了来，关在这牢坑里学这个劳什子还不算，你这会子又弄个雀儿来，也偏生干这个。你分明是弄了他来打趣形容我们，还问我好不好。”贾蔷听了，不觉慌起来，连忙赌身立誓。又道：“今儿我那里的香脂油蒙了心！费一二两银子买他来，原说解闷，就没有想到这上头。罢，罢，放了生，免免你的灾病。”说着，果然将雀儿放了，一顿把那笼子拆了。龄官还说：“那雀儿虽不如人，他也有个老雀儿在窝里，你拿了他来弄这个劳什子也忍得！今儿我咳嗽出两口血来，太太叫大夫来细问问，你且弄这个来取笑。偏生我这没人管没人理的，又偏病。”说着又哭起来。贾蔷忙道："昨儿晚上我问了大夫，他说不相干。他说吃两剂药，后儿再瞧。谁知今儿又吐了。这会子请他去。"说着，便要请去。龄官又叫："站住，这会子大毒日头地下，你赌气子去请了来我也不瞧。"贾蔷听如此说，只得又站住。宝玉见了这般景况，不觉痴了，这才领会了划"蔷"深意。自己站不住，也抽身走了。贾蔷一心都在龄官身上，也不顾送，倒是别的女孩子送了出来。

那宝玉一心裁夺盘算，痴痴的回至怡红院中，正值林黛玉和袭人坐着说话儿呢。宝玉一进来，就和袭人长叹，说道："我昨晚上的话竟说错了，怪道老爷说我是'管窥蠡测'。昨夜说你们的眼泪单葬我，这就错了。我竟不能全得了。从此后只是各人各得眼泪罢了。"袭人昨夜不过是些顽话，已经忘了，不想宝玉今又提起来，便笑道："你可真真有些疯了。"宝玉默默不对，自此深悟人生情缘，各有分定，只是每每暗伤"不知将来葬我洒泪者为谁?"此皆宝玉心中所怀，也不可十分妄拟。

且说林黛玉当下见了宝玉如此形像，便知是又从那里着了魔来，也不便多问，因向他说道："我才在舅母跟前听的明儿是薛姨娘的生日，叫我顺便来问你出去不出去。你打发人前头说一声去。"宝玉道："上回连大老爷的生日我也没去，这会子我又去，倘或碰见了人呢？我一概都不去。这么怪热的，又穿衣裳，我不去姨妈也未必恼。"袭人忙道："这是什么话？他比不得大老爷。这里又住的近，又是亲戚，你不去岂不叫他思量。你怕热，只清早起到那里磕个头，吃钟茶再来，岂不好看?"宝玉未说话，黛玉便先笑道："你看着人家赶蚊子分上，也该去走走。"宝玉不解，忙问："怎么赶蚊子?"袭人便将昨日睡觉无人作伴，宝姑娘坐了一坐的话说了出来。宝玉听了，忙说："不该。我怎么睡着了，亵渎了他。"一面又说："明日必去。"

正说着，忽见史湘云穿的齐齐整整的走来辞，说家里打发人来接他。宝玉、林黛玉听说，忙站起来让坐。史湘云也不坐，宝、林两个只得送他至前面。那史湘云只是眼泪汪汪的，见有他家人在跟前，又不敢十分委曲。少时薛宝钗赶来，愈觉缱绻难舍。还是宝钗心内明白，他家人若回去告诉了他婶娘，待他家去又恐受气，因此倒催他走了。众人送至二门前，宝玉还要往外送，（墨夹：每逢此时就忘却严父，可知前云"为你们死也情愿"不假。）倒是湘云拦住了。一时，回身又叫宝玉到跟前，悄悄的嘱道："便是老太太想不起我来，你时常提着打发人接我去。"宝玉连连答应了。眼看着他上车去了，大家方才进来。要知端的，且听下回分解。

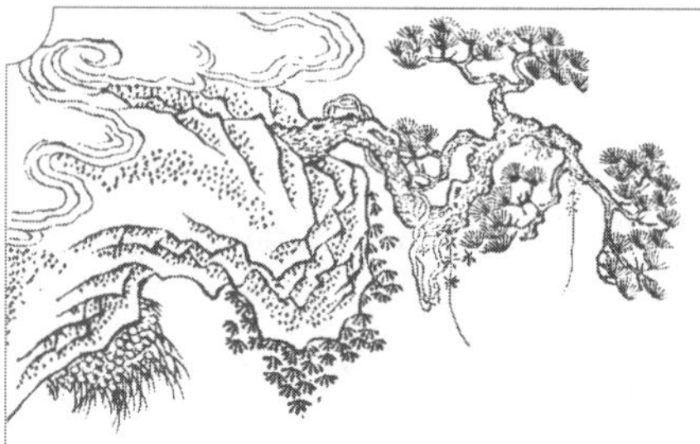

第三十七回 秋爽斋偶结海棠社 蘅芜苑夜拟菊花题

（墨）美人用别号亦新奇花样，且韵且雅，呼去觉满口生香。起社出自探春意，作者已伏下回“兴利除弊”之文也。

此回才放笔写诗、写词、作扎，看他诗复诗、词复词、扎又扎，总不相犯。

湘云，诗客也，前回写之其今才起社，后用不即不离闲人数语数折，仍归社中。何巧活之笔如此？

这年贾政又点了学差，择于八月二十日起身。是日拜过宗祠及贾母起身诸事诸事，宝玉诸子弟等送至洒泪亭。

却说贾政出门去后，外面诸事不能多记。单表宝玉每日在园中任意纵性的旷荡，真把光阴虚度，岁月空添。这日正无聊之际，只见翠墨进来，手里拿着一副花笺送与他。宝玉因道：“可是我忘了，才说要瞧瞧三妹妹去的，可好些了，你偏走来。”翠墨道：“姑娘好了，今儿也不吃药了，不过是凉着一点儿。”宝玉听说，便展开花笺看时，上面写道：

娣探谨奉

二兄文几：

前夕新霁，月色如洗，因惜清景难逢，讵忍就卧，时漏已三转，犹徘徊于桐槛之下，未防风露所欺，致获采薪之患。昨蒙亲劳抚嘱，复又数遣侍儿问切，兼以鲜荔并真卿墨迹见赐，何痌瘝惠爱之深哉！今因伏几凭床处默之时，因思及历来古人中处名攻利敌之场，犹置一些山滴水之区，远招近揖，投辖攀辕，务结二三同志盘桓于其中，或竖词坛，或开吟社，虽一时之偶兴，遂成千古之佳谈。娣虽不才，窃同叨栖处于泉石之间，而兼慕薛、林之技。风庭月榭，惜未燕集诗人；帘杏溪桃，或可醉飞吟盏。孰谓莲社之雄才，独许须眉；直以东山之雅会，让余脂粉。若蒙棹雪而来，娣则扫花以待。此谨奉。

宝玉看了，不觉喜的拍手笑道："倒是三妹妹的高雅，我如今就去商议。"一面说，一面就走，翠墨跟在后面。刚到了沁芳亭，只见园中后门上值日的婆子手里拿着一个字帖走来，见了宝玉，便迎上去，口内说道："芸哥儿请安，在后门只等着，叫我送来的。"宝玉打开看时，写道是：

不肖男　芸恭请

父亲大人万福金安：

男思自蒙天恩，认于膝下，日夜思一孝顺，竟无可孝顺之处。前因买办花草，上托大人金福，竟认得许多花儿匠，（墨夹：直欲喷饭，真好新鲜文字。）并认得许多名园。因忽见有白海棠一种，不可多得。故变尽方法，只弄得两盆。大人若视男是亲男一般，（墨夹：皆千古未有之奇文，初读令人不解，思之则喷饭。）便留下赏玩。因天气暑热，恐园中姑娘们不便，故不敢面见。奉书恭启，并叩台安。男芸跪书。

宝玉看了，笑道："独他来了，还有什么人？"婆子道："还有两盆花儿。"宝玉道："你出去说，我知道了，难为他想着。你便把花儿送到我屋里去就是了。"一面说，一面同翠墨往秋爽斋来，只见宝钗、黛玉、迎春、惜春已都在那里了。（墨夹：却因芸之一字工夫，已将诸艳请来，省却多少闲文。不然必云如何请如何来，则必至有犯宝玉，终成重复之文矣。）

众人见他进来，都笑说："又来了一个。"探春笑道："我不算俗，偶然起个念头，写了几个帖儿试一试，谁知一招皆到。"宝玉笑道："可惜迟了，早该起个社的。"黛玉道："你们只管起社，可别算上我，我是不敢的。"迎春笑道："你不敢谁还敢呢。"（墨夹：必得如此方是妙文。若也如宝玉说兴头话，则不是黛玉矣。）宝玉道："这是一件正紧大事，大家鼓舞起来，不要你谦我让的。各有主意自管说出来大家平章。（墨夹：这是"正紧大事"已妙，且曰"平章"，更妙！的是宝玉的口角。）宝姐姐也出个主意，林妹妹也说个话儿。"宝钗道："你忙什么，人还不全呢。"（墨夹：妙！宝钗自有主见，真不诬也。）一语未了，李纨也来了，进门笑道："雅的紧！要起诗社，我自荐我掌坛。

前儿春天我原有这个意思的。我想了一想，我又不会作诗，瞎乱些什么，因而也忘了，就没有说得。既是三妹妹高兴，我就帮你作兴起来。”（墨夹：看他又是一篇文字，分叙单传之法也。）

黛玉道：“既然定要起诗社，咱们都是诗翁了，先把这些姐妹叔嫂的字样改了才不俗。”（墨夹：看他写黛玉，真可人也。）李纨道：“极是，何不大家起个别号，彼此称呼则雅。（墨夹：未起诗社，先起别号。）我是定了‘稻香老农’，再无人占的。”（墨夹：最妙！一个花样。）探春笑道：“我就是‘秋爽居士’罢。”宝玉道：“居士，主人到底不恰，且又瘰赘。这里梧桐芭蕉尽有，或指梧桐芭蕉起个倒好。”探春笑道：“有了，我最喜芭蕉，就称‘蕉下客’罢。”众人都道别致有趣。黛玉笑道：“你们快牵了他去，炖了脯子吃酒。”众人不解。黛玉笑道：“古人曾云‘蕉叶覆鹿’。他自称‘蕉下客’，可不是一只鹿了？快做了鹿脯来。”众人听了都笑起来。探春因笑道：“你别忙中使巧话来骂人，我已替你想了个极当的美号了。”又向众人道：“当日娥皇女英洒泪在竹上成斑，故今斑竹又名湘妃竹。如今他住的是潇湘馆，他又爱哭，将来他想林姐夫，那些竹子也是要变成斑竹的。以后都叫他作‘潇湘妃子’就完了。”大家听说，都拍手叫妙。林黛玉低了头方不言语。（墨夹：妙极趣极！所谓“夫人必自侮然后人侮之”，看因一谑便勾出一美号来，何等妙文哉！另一花样。）李纨笑道：“我替薛大妹妹也早已想了个好的，也只三个字。”惜春、迎春都问是什么。（墨夹：妙文！迎春、惜春固不能答言，然不便置之不叙，故插他二人问。试思近日诸豪宴集雄语伟辩之时，座上或有一二愚夫不敢接谈，然偏好问，亦真可厌之事。）李纨道：“我是封他‘蘅芜君’了，不知你们如何。”探春笑道：“这个封号极好。”宝玉道：“我呢？你们也替我想一个。”（墨夹：必有是问。）宝钗笑道：“你的号早有了，‘无事忙’三字恰当的狠。”（墨夹：真恰当，形容得尽。）李纨道：“你还是你的旧号‘绛洞花王’就好。”（墨夹：妙极！又点前文。通部中从头至末，前文已过者恐去之冷落，使人忘怀，得便一点。未来者恐来之突然，或先伏一线。皆行文之妙诀也。）宝玉笑道：“小时候干的营生，还提他作什么。”（墨夹：赧言如闻，不知大时又有何营生。）探春道：“你的号多的狠，又起什么。我们爱叫你什么，你就答应着就是了。”（墨夹：更妙！若只管挨次一个一个乱起，则成何文字？另一花样。）宝钗道：“还得我送你个号罢。有最俗的一个号，却于你最当。天下难得的是富贵，又难得的是闲散，这两样再不能兼有，不想你兼有了，就叫你‘富贵闲人’也罢了。”宝玉笑道：“当不起，当不起，倒是随你们混叫去罢。”李纨道：“二姑娘、四姑娘起个什么号？”迎春道：“我们又不大会诗，白起个号作什么？”（墨夹：假斯文、守钱虏来看这句。）探春道：“虽如此，也起个才是。”宝钗道：“他住的是紫菱洲，就叫他‘菱洲’；四丫头在藕香榭，就叫他‘藕榭’就完了。”

李纨道：“就是这样好。但序齿我大，你们都要依我的主意，管情说了大家合意。我们七个人起社，我和二姑娘、四姑娘都不会作诗，须得让出我们三个人去。我们三个各分一件事。”探春笑道：“已有了号，还只管这样称呼，不如不有了。以后错了，也要立个罚约才好。”李纨道：“立，定了社，再定罚约。我那里地方大，竟在我那里作社。我虽不能作诗，这些诗人竟不厌俗客，我作个东道主人，我自然也清雅起来了。若是要推我作社长，我一个社长自然不够，必要再请两位副社长，就请菱洲、藕榭二位学究来，一位出题限韵，一位誊录监场。亦不可拘定了我们三个人不作，若遇见容易些的题目韵脚，我们也随便作一首。你们四个却是要限定的。若如此便起，若不依我，我也不敢附骥了。”迎春、惜春本性懒于诗词，又有薛、林在前，听了这话便合已意，二人皆说：“极是。”探春等也知此意，见他二人悦服，也不好强，只得依了，因笑道：“这话也罢了，只是自想好笑，好好的我起了个主意，反叫你们三个来管起我来了。”宝玉道：“既这样，咱们就往稻香村去。”李纨道：“都是你忙，今日不过商议了，等我再请。”宝钗道：“也要议定几日一会才好。”探春道：“若只管会的多，又没趣了。一月之中，只可两三次才好。”宝钗点头道：“一月只要两次就够了。拟定日期，风雨无阻。除这两日外，倘有高兴的，他情愿加一社的，或情愿到他那里去，或附就了来，亦可使得，岂不活泼有趣。”众人都道：“这个主意更好。”

探春道：“只是原系我起的意，我须得先作个东道主人，方不负我这兴。”李纨道：“既这样说，明日你就先开一社如何？”探春道：“明日不如今日，此刻就狠好。你就出题，菱洲限韵，藕榭监场。”迎春道：“依我说，也不必随一人出题限韵，竟是拈阄公道。”李纨道：“方才我来时，看见他们抬进两盆白海棠来，倒是好花。你们何不就咏起他来？”（墨夹：真正好题。妙在未起诗社先得了题目。）迎春道：“都还未赏，先倒作诗。”宝钗道：“不过是白海棠，又何必定要见了才作。古人的诗赋，也不过都是寄兴写情耳。若都是等见了作，如今也没这些诗了。”（墨夹：真诗人语。）迎春道：“既如此，待我限韵。”说着，走到书架前抽出一本诗来，随手一揭，这首竟是一首七言律，递与众人看了，都该作七言律。迎春掩了诗，又向一个小丫头道：“你随口说一个字来。”那丫头正倚门立着，便说了个“门”字。迎春笑道：“就是门字韵，‘十三元’了。头一个韵定要这‘门’字。”说着，又要了韵牌匣子过来，抽出“十三元”一屉，又命那小丫头随手拿四块。那丫头便拿了“盆”“魂”“痕”“昏”四块来。宝玉道：“这‘盆’‘门’两个字不大好作呢！”

侍书一样预备下四分纸笔，便都悄然各自思索起来。独黛玉或抚梧桐，或看秋色，或又和丫环们嘲笑。（墨夹：看他单写黛玉。）迎春又令丫环炷了一支“梦甜香”。原来这“梦甜香”只有三寸来长，有灯草粗细，以其易烬，故以此烬为限，如香烬未成便要罚。（墨夹：好香！专能撰此新奇字样。）一时探春便先有了，自提笔写出，又改抹了一回，递与迎春。因问宝钗：“蘅芜君，你可有了？”宝钗道：“有却有了，只是不好。”宝玉背着手，在回廊上踱来踱去，因向黛玉说道：“你听，他们都有了。”黛玉道：“你别管我。”宝玉又见宝钗已誊写出来，因说道：“了不得！香只剩了一寸了，我才有了四句。”又向黛玉道：“香就完了，只管蹲在那潮地下作什么？”黛玉也不理。宝玉道：“可顾不得你了，好歹也写出来罢。”说着也走在案前写了。李纨道：“我们要看诗了，若看完了还不交卷是必罚的。”宝玉道：“稻香老农虽不善作却善看，又最公道，（墨夹：理岂不公。）你就评阅优劣，我们都服的。”众人都道：“自然。”于是先看探春的稿上写道是：

咏白海棠限门盆魂痕昏

斜阳寒草带重门，苔翠盈铺雨后盆。
玉是精神难比洁，雪为肌骨易销魂。
芳心一点娇无力，倩影三更月有痕。
莫谓缟仙能羽化，多情伴我咏黄昏。

次看宝钗的是：

珍重芳姿昼掩门，（墨夹：宝钗诗全是自写身分，讽刺时事。只以品行为先，才技为末。纤巧流荡之词绮靡浓艳之语，一洗皆尽，非不能也，屑而不为也。最恨近日小说中一百美人诗词语气只得一个艳稿。）自携手瓮灌苔盆。

胭脂洗出秋阶影，冰雪招来露砌魂。（墨夹：看他清洁自厉，终不肯作一轻浮语。）

淡极始知花更艳，（墨夹：好极！高情巨眼能几人哉！正“一鸟不鸣山更幽”也。）愁多焉得玉无痕。（墨夹：看他讽刺林宝二人着手。）

欲偿白帝凭清洁，（墨夹：看他自己收到身上来，是何等身分。）不语婷婷日又昏。

李纨笑道：“到底是蘅芜君。”说着又看宝玉的，道是：

秋容浅淡映重门，七节攒成雪满盆。

出浴太真冰作影，捧心西子玉为魂。

晓风不散愁千点，（墨夹：这句直是自己一生心事。）宿雨还添泪一痕。（墨夹：妙在终不忘黛玉。）

独倚画栏如有意，清砧怨笛送黄昏。（墨夹：宝玉再细心作，只怕还有好的。只是一心挂着黛玉，故平妥不警也。）

大家看了，宝玉说探春的好，李纨才要推宝钗这诗有身分，因又催黛玉。黛玉道：“你们都有了。”李纨等看他写道是：

半卷湘帘半掩门，（墨夹：且不说花，且说看花的人，起得突然别致。）碾冰为土玉为盆。（墨夹：妙极！料定他自与别人不同。）

看了这句，宝玉先喝起彩来，只说：“从何处想来！”又看下面道：

偷来梨蕊三分白，借得梅花一缕魂。

众人看了也都不禁叫好，说：“果然比别人又是一样心肠。”又看下面道是：

月窟仙人缝缟袂，秋闺怨女拭啼痕。（墨夹：虚敲旁比，真逸才也。且不脱落自己。）

娇羞默默同谁诉，倦倚西风夜已昏。（墨夹：看他终结到自己，一人是一人口气。逸才仙品固让颦儿，温雅沉着终是宝钗。今日之作宝玉自应居末。）

众人看了，都道是这首为上。李纨道："若论风流别致，自是这首；若论含蓄浑厚，终让蘅稿。"探春道："这评的有理，潇湘妃子当居第二。"李纨道："怡红公子是压尾，你服不服？"宝玉道："我的那首原不好了，这评的最公。"（墨夹：话内细思则似有不服先评之意。）又笑道："只是蘅、潇二首还要斟酌。"李纨道："原是依我评论，不与你们相干，再有多说者必罚。"宝玉听说，只得罢了。李纨道："从此后我定于每月初二、十六这两日开社，出题限韵都要依我。这其间你们有高兴的，你们只管另择日子补开，那怕一个月每天都开社，我只不管。只是到了初二、十六这两日，是必往我那里去。"宝玉道："到底要起个社名才是。"探春道："俗了又不好，特新了，刁钻古怪也不好。可巧才是海棠诗开端，就叫个海棠社罢。虽然俗些，因真有此事，也就不碍了。"说毕大家又商议了一回，略用些酒果，方各自散去。也有回家的，也有往贾母、王夫人处去的。当下别人无话。（墨夹：一路总不大写薛、林兴头，可见他二人并不着意于此。不写薛、林正是大手笔，独他二人长于诗，必使他二人为之则板腐矣。全是错综法。）

且说袭人（墨夹：忽然写到袭人，真令人不解。看他如何终此诗社之文。）因见宝玉看了字帖儿便慌慌张张的同翠墨去了，也不知是何事。后来又见后门上婆子送了两盆海棠花来。袭人问是那里来的，婆子便将宝玉前一番缘故说了。袭人听说便叫摆好，让他们在下房里坐了，自己走到自己房内秤了六钱银子封好，又拿了三百钱走来，都递与那两个婆子道："这银子赏那抬花来的小子们，这钱你们打酒吃罢。"那婆子们站起来，眉开眼笑，千恩万谢的不肯受，见袭人执意不收，方领了。袭人又道："后门上外头可有该班的小子们？"婆子忙应道："天天有四个，原预备里面差使的。姑娘有什么差使，我们吩咐去。"袭人笑道："有什么差使？今儿宝二爷要打发人到小侯爷家与史大姑娘送东西去，可巧你们来了，顺便出去叫后门小子们雇辆车来。回来你们就往这里拿钱，不用叫他们又往前头混碰去。"婆子答应着去了。

袭人回至房中，拿碟子盛东西与史湘云送去，（墨夹：线头却牵出，观者犹不理。不知是何碟何物，令人犯思索。）却见槅子上碟槽空着。（墨夹：妙极细极！因此处系依古董式样抠成槽子，故无此件此槽遂空。若忘却前文，此句不解。）因回头见晴雯、秋纹、麝月等都在一处做针黹，袭人问道："这一个缠丝白玛瑙碟子那去了？"众人见问，都你看我我看你，都想不起来。半日，晴雯笑道："给三姑娘送荔枝去的，还没送来呢。"袭人道："家常送东西的家伙也多，巴巴的拿这个去。"晴雯道："我何尝不也这样说。他说这个碟子配上鲜荔枝才好看。（墨夹：自然好看，原该如此。可恨今之有一二好花者不背象景而用。）我送去，三姑娘见了也说好看，叫连碟子放着，就没带来。你再瞧，那隔子尽上头的一对联珠瓶还没收来呢。"秋纹笑道："提起瓶来，我又想起笑话。我们宝二爷说声孝心一动，也孝敬到二十分。因那日见园里桂花，折了两枝，原是自己要插瓶的，忽然想起来说，这是自己园里的才开的新鲜花，不敢自己先顽，巴巴的把那一对瓶拿下来，亲自灌水插好了，叫个人拿着，亲自送一瓶进老太太，又进一瓶与太太。谁知他孝心一动，连跟的都得了福了。可巧那日是我拿去的。老太太见了这样，喜的无可无不可，见人就说：'到底是宝玉孝顺我，连一枝花儿也想的到。别人还只抱怨我疼他。'你们知道，老太太素日不大同我说话的，有些不入他老人家的眼的。那日竟叫人拿几百钱给我，说我可怜见的，生的单柔。这可是再想不到的福气。几百钱是小事，难得这个脸面。及至到了太太那里，太太正和二奶奶、赵姨奶奶、周姨奶奶好些人翻箱子，找太太当日年轻的颜色衣裳，不知给那一个。一见了，连衣裳也不找了，且看花儿。又有二奶奶在旁边凑趣儿，夸宝玉又是怎么孝敬，又是怎样知好歹，有的没的说了两车话。当着众人，太太自为又增了光，堵了众人的嘴。太太越发喜欢了，现成的衣裳就赏了我两件。衣裳也是小事，年年横竖也得，却不像这个彩头。"晴雯笑道："呸！没见世面的小蹄子！那是把好的给了人，挑剩下的才给你，你还充有脸呢。"秋纹道："凭他给谁剩的，到底是太太的恩典。"晴雯道："要是我，我就不要。若是给别人剩下的给我，也罢了。一样这屋里的人，难道谁又比谁高贵些？把好的给他，剩下的才给我，我宁可不要，冲撞了太太，我也不受这口软气。"秋纹忙问："给这屋里谁的？我因为前儿病了几天，家去了，不知是给谁的。好姐姐，你告诉我知道知道。"晴雯道："我告诉了你，难道你这会退还太太去不成？"秋纹笑道："胡说。我白听了喜欢喜欢。那怕给这屋里的狗剩下的，我只领太太的恩典，也不犯管别的事。"众人听了都笑道："骂的巧，可不是给了那西洋花点子哈巴儿了。"袭人笑道："你们这起烂了嘴的！得了空就拿我取笑打牙儿。一个个不知怎么死呢。"秋纹笑道："原来姐姐得了，我实在不知道。我陪个不是罢。"袭人笑道："少轻狂罢。你们谁取了碟子来是正经。"（墨夹：看他忽然夹写女儿喁喁一段，总不脱落正事。所谓此书一回是两段，两段中却有无限事体，或有一语透至一回者，或有反补上回者，错综穿插，从不一气直起直泻至终为了。）麝月道："那瓶得空儿也该收来了。老太太屋里还罢了，太太屋里人多手杂。别人还可以，赵姨奶奶一伙的人见是这屋里的东西，又该使黑心弄坏了才罢。太太也不大管这些，不如早些收来正经。"晴雯听说，便掷下针黹道："这话倒是，等我取去。"秋纹道："还是我取去罢，你取你的碟子去。"晴雯笑道："我偏取一遭儿去。是巧宗儿你们都得了，难道不许我得一遭儿？"麝月笑道："通共秋丫头得了一遭儿衣裳，那里今儿又巧，你也遇见找衣裳不成？"晴雯冷笑道："虽然碰不见衣裳，或者太太看见我勤谨，一个月也把太太的公费里分出二两银子来给我，也定不得。"说着，又笑道："你们别和我装神弄鬼的，什么事我不知道。"一面说，一面往外跑了。秋纹也同他出来，自去探春那里取了碟子来。

袭人打点齐备东西，叫过本处的一个老宋妈妈来，（墨夹："宋"，送也。随事生文，妙！）向他说道："你先好生梳洗了，换了出门的衣裳来，如今打发你与史姑娘送东西去。"那宋嬷嬷道："姑娘只管交给我，有话说与我，我收拾了就好一顺去的。"袭人听说，便端过两个小掐丝盒子来。先揭开一个，里面装的是红菱和鸡头（墨夹：妙！）两样鲜果；又那一个，是一碟子桂花糖蒸新栗粉糕。又说道："这都是今年咱们这里园里新结的果子，宝二爷送来与姑娘尝尝。再前日姑娘说这玛瑙碟子好，姑娘就留下顽罢。

（墨夹：妙！隐这一件公案。余想袭人必要玛瑙碟子盛去，何必娇奢轻发如是耶？固有此一案，则无怪矣。）这绢包儿里头是姑娘上日叫我作的活计，姑娘别嫌粗糙，能着用罢。替我们请安，替二爷问好就是了。”宋嬷嬷道：“宝二爷不知还有什么说的，姑娘再问问去，回来又别说忘了。”袭人因问秋纹：“方才可见在三姑娘那里？”秋纹道：“他们都在那里商议起什么诗社呢，又都作诗。想来没话，你只去罢。”宋嬷嬷听了，便拿了东西出去，另外穿戴了。袭人又嘱咐他：“从后门出去，有小子和车等着呢。”宋妈去后，不在话下。

宝玉回来，先忙着看了一回海棠，至房内告诉袭人起诗社的事。袭人也把打发宋妈妈与史湘云送东西去的话告诉了宝玉。宝玉听了，拍手道：“偏忘了他。我自觉心里有件事，只是想不起来，亏你提起来，正要请他去。这诗社里若少了他还有什么意思。”袭人劝道：“什么要紧，不过顽意儿。他比不得你们自在，家里又作不得主儿。告诉他，他要来又不得来；不来，他又牵肠挂肚的，没的叫他不受用。”宝玉道：“不妨事，我回老太太打发人接他去。”正说着，宋妈妈已经回来，回复道生受，与袭人道乏，又说：“问二爷作什么呢，我说和姑娘们起什么诗社作诗呢。史姑娘说，他们作诗也不告诉他去，急的了不的。”宝玉听了立身便往贾母处来，立逼着叫人接去。贾母因说：“今儿天晚了，明日一早再去。”宝玉只得罢了，回来闷闷的。

次日一早，便又往贾母处来催逼人接去。直到午后，史湘云才来，宝玉方放了心，见面时就把始末原由告诉他，又要与他诗看。李纨等因说道：“且别给他诗看，先说与他韵。他后来，先罚他和了诗。若好，便请入社；若不好，还要罚他一个东道再说。”史湘云道：“你们忘了请我，我还要罚你们呢。就拿韵来，我虽不能，只得勉强出丑。容我入社，扫地焚香我也情愿。”众人见他这般有趣，越发喜欢，都埋怨昨日怎么忘了他，遂忙告诉他韵。史湘云一心兴头，等不得推敲删改，一面只管和人说着话，心内早已和成，即用随便的纸笔录出，（墨夹：可见越是好文字，不管怎样就有了。越用工夫，越讲究笔墨，终成涂鸦。）先笑说道：“我却依韵和了两首，（墨夹：更奇！想前四律已将形容尽矣，一首犹恐重犯，不知二首又从何处着笔。）好歹我却不知，不过应命而已。”说着递与众人。众人道：“我们四首也算想绝了，再一首也不能了。你倒弄了两首，那里有许多话说，必要重了我们。”一面说，一面看时，只见那两首诗写道：

其一

神仙昨日降都门，（墨夹：落想便新奇，不落彼四套。）种得蓝田玉一盆。（墨夹：好！“盆”字押得更稳，总不落彼三套。）
自是霜娥偏爱冷，（墨夹：又不脱自己将来形景。）非关倩女亦离魂。
秋阴捧出何方雪，（墨夹：拍案叫绝！压倒群芳在此一句。）雨渍添来隔宿痕。
却喜诗人吟不倦，岂令寂寞度朝昏。（墨夹：真好！）

其二

蘅芷阶通萝薜门，也宜墙角也宜盆。（墨夹：更好！）

花因喜洁难寻偶，人为悲秋易断魂。

玉烛滴干风里泪，晶帘隔破月中痕。

幽情欲向嫦娥诉，无奈虚廊夜色昏。 （墨夹：二首真可压卷。诗是好诗，文是奇奇怪怪之文，总令人想不到，忽有二首来压卷。）

众人看一句，惊讶一句，看到了，赞到了，都说：“这个不枉作了海棠诗，真该要起海棠社了。”史湘云道：“明日先罚我个东道，就让我先邀一社可使得？”众人道：“这更妙了。”因又将昨日的诗与他评论了一回。

至晚，宝钗将湘云邀往蘅芜苑安歇去。湘云灯下计议如何设东拟题。宝钗听他说了半日，皆不妥当，（墨夹：却于此刻方写宝钗。）因向他说道：“既开社，便要作东。虽然是顽意儿，也要瞻前顾后，又要自己便宜，又要不得罪了人，然后方大家有趣。你家里你又作不得主，一个月通共那几串钱，你还不够盘缠呢。这会子又干这没要紧的事，你婶子听见了，越发报怨你了。况且你就都拿出来，做这个东道也是不够。难道为这个家去要不成？还是往这里要呢？”一夕话提醒了湘云，倒踌蹰起来。宝钗道：“这个我已经有个主意。我们当铺里有个伙计，他家田上出的狠好的肥螃蟹，前儿送了几斤来。现在这里的人，从老太太起连上园里的人，有多半都是爱吃螃蟹的。前日姨娘还说，要请老太太在园里赏桂花吃螃蟹，因为有事还没有请呢。你如今且把诗社别提起，只管普通一请。等他们散了，咱们有多少诗作不得的。我和我哥哥说，要几篓极肥极大的螃蟹来，再往铺子里取上几坛好酒，再备上四五桌果碟，岂不又省事又大家热闹了。”湘云听了，心中自是感服，极赞他想的周到。宝钗又笑道：“我是一片真心为你的话。你千万别多心，想着我小看了你，咱们两个就白好了。你若不多心，我就好叫他们办去的。”湘云忙笑道：“好姐姐，你这样说，倒多心待我了。凭他怎么糊涂，连个好歹也不知，还成个人了？我若不把姐姐当作亲姐姐一样看，上回那些家常话烦难事也不肯尽情告诉你了。”宝钗听说，便叫一个婆子来：“出去和大爷说，依前日的大螃蟹要几篓来，明日饭后请老太太、姨娘赏桂花。你说大爷好歹别忘了，我今儿已请下人了。”（墨夹：必得如此叮咛，阿呆兄方记得。）那婆子出去说明，回来无话。

这里宝钗又向湘云道：“诗题也不要过于新巧了。你看古人诗中哪有那些刁钻古怪的题目和那极险的韵了，若题过于新巧，韵过于险，再不得有好诗，终是小家气。诗固然怕说熟话，更不可过于求生，只要头一件立意清新，自然措词就不俗了。究竟这也算不得什么，还是纺绩针凿是你我的本等。一时闲了，倒是于你我深有益的书看几章是正经。”湘云只答应着，因笑道：“我如今心里想着，昨日作了海棠诗，我如今要作个菊花诗如何？”宝钗道：“菊花倒也合景，只是前人太多了。”湘云道：“我也是如此想着，恐怕落套。”宝钗想了一想，说道：“有了，如今以菊花为宾，以人为主，竟拟出几个题目来，都是两个字：一个虚字，一个实字，实字便用‘菊’字，虚字通用的。如此又是咏菊，又是赋事，前人也没作过，也不能落套。赋景咏物两关着，又新鲜，又大方。”湘云笑道：“这却狠好。只是不知用何等虚字才好。你先想一个我听听。”宝钗想了一想，笑道：“《菊梦》就好。”湘云笑道：“果然好。我也有一个，《菊影》可使得？”宝钗

李纹
李绮

道："也罢了。只是也有人作过，若题目多，这个也夹的上。我又有了一个。"湘云道："快说出来。"宝钗道："《问菊》如何?"湘云拍案叫妙，因接说道："我也有了，《访菊》如何?"宝钗也赞有趣，因说道："越性拟出十个来，写上再来。"说着，二人研墨蘸笔，湘云便写，宝钗便念，一时凑了十个。湘云看了一遍，又笑道："十个还不成幅，越性凑成十二个便全了，也如人家的字画册页一样。"宝钗听说，又想了两个，一共凑成十二个。又说道："既这样，越性编出他个次序先后来。"湘云道："如此更妙，竟弄成个菊谱了。"宝钗道："起首是《忆菊》；忆之不得，故访，第二是《访菊》；访之既得，便种，第三是《种菊》；种既盛开，故相对而赏，第四是《对菊》；相对而兴有余，故折来供瓶为玩，第五是《供菊》；既供而不吟，亦觉菊无彩色，第六便是《咏菊》；既入词章，不可不供笔墨，第七便是《画菊》；既为菊如是碌碌，究竟不知菊有何妙处，不禁有所问，第八便是《问菊》；菊如解语，使人狂喜不禁，第九便是《簪菊》；如此人事虽尽，犹有菊之可咏者，《菊影》《菊梦》二首续在第十第十一；末卷便以《残菊》总收前题之盛。这便是三秋的妙景妙事都有了。"湘云依说将题录出，又看了一回，又问："该限何韵?"宝钗道："我平生最不喜限韵的，分明有好诗，何苦为韵所缚。咱们别学那小家派，只出题不拘韵。原为大家偶得了好句取乐，并不为奈邦难人。"湘云道："这话很是。这样大家的诗还进一层。但只咱们五个人，这十二个题目，难道每人作十二首不成?"宝钗道："那也太难人了。将这题目誊好，都要七言律，明日贴在墙上。他们看了，谁作那一个就作那一个。有力量者，十二首都作也可；不能的，一首不成也可。高才捷足者为尊。若十二首已全，便不许他后赶着又作，罚他就完了。"湘云道："这倒也罢了。"二人商议妥贴，方才息灯安寝。要知端的，且听下回分解。

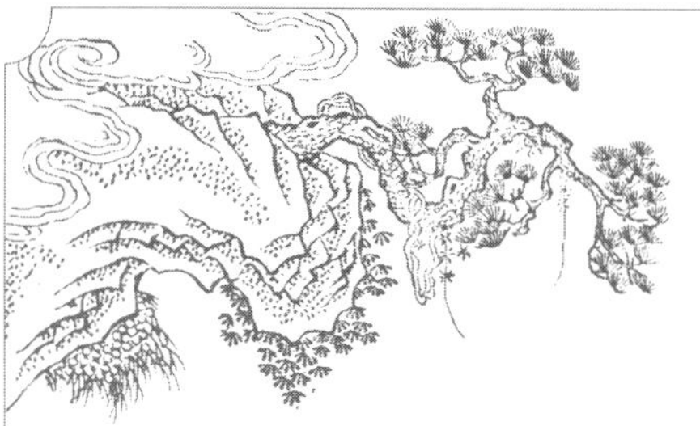

第三十八回 林潇湘魁夺菊花诗 薛蘅芜讽和螃蟹咏

(墨) 题曰“菊花诗”“螃蟹咏”，偏自太君前阿凤若许诙谐中不失体、鸳鸯平儿宠婢中多少放肆之迎合取乐写来，似难入题，却轻轻用弄水戏鱼之看花等游玩事及王夫人云“这里风大”一句收住入题，并无纤毫牵强，此重作轻抹法也。妙极！好看煞！

话说宝钗、湘云二人计议已妥，一宿无话。湘云次日便请贾母等赏桂花。贾母等都说道：“是他有兴头，须要扰他这雅兴。”(墨夹：若在世俗小家，则云：“你是客，在我们舍下，怎么反扰你的呢？”一何可笑。)至午，果然贾母带了王夫人、凤姐兼请薛姨妈等进园来。贾母因问：“那一处好？”(墨夹：必如此问方好。)王夫人道：“凭老太太爱在那一处，就在那一处。”(墨夹：必是王夫人如此答方妙。)凤姐道：“藕香榭已经摆下了，那山坡下两颗桂花开的又好，河里的水又碧清，坐在河当中亭子上岂不敞亮，看着水眼也清亮。”(墨夹：智者乐水，岂其然乎？)贾母听了，说：“这话很是。”说着，就引了众人往藕香榭来。原来这藕香榭盖在池中，四面有窗，左右有曲廊可通，亦是跨水接岸，后面又有曲折竹桥暗接。众人上了竹桥，凤姐忙上来搀着贾母，口里说：

"老祖宗只管迈大步走，不相干的，这竹子桥规矩是咯吱咯喳的。"（墨夹：如见其势，如临其上，非走过者必形容不到。）

一时进入榭中，只见栏杆外另放着两张竹案，一个上面设着杯箸酒具，一个上头设着茶筅茶盂各色茶具。那边有两三个丫头煽风炉煮茶，这一边另外几个丫头也煽风炉烫酒呢。贾母喜的忙问："这茶想的到，且是地方，东西都干净。"湘云笑道："这是宝姐姐帮着我预备的。"贾母道："我说这个孩子细致，凡事想的妥当。"一面说，一面又看见柱上挂的黑漆嵌蚌的对子，命人念。湘云念道：

芙蓉影破归兰桨；

菱藕香深写竹桥。（墨夹：妙极！此处忽又补出一处不入贾政"试才"一回，皆错综其事，不作一直笔也。）

贾母听了，又抬头看匾，因回头向薛姨妈道："我先小时，家里也有这么一个亭子，叫做什么'枕霞阁'。我那时也只像他们这么大年纪时，同姊妹们天天顽去。那日谁知我失了脚掉下去，几乎没淹死，好容易救了上来，到底被那木钉把头碰破了。如今这鬓角上那指头顶大一块窝儿就是那残破了。众人都怕经了水，又怕冒了风，都说活不得了，谁知竟好了。"凤姐不等人说，先笑道："那时要活不得，如今这大福可叫谁享呢！可知老祖宗从小儿的福寿就不小，神差鬼使碰出那个窝儿来，好盛福寿的。寿星老儿头上原是一个窝儿，因为万福万寿盛满了，所以倒凸高出些来了。"未及说完，贾母与众人都笑软了。（墨夹：看他忽用贾母数语，闲闲又补出此书之前似已有一部《十二钗》的一般，令人遥忆不能一见，余则将欲补出枕霞阁中十二钗来，岂不又添一部新书？）贾母笑道："这猴儿惯的了不得了，只管拿我取笑起来，恨的我撕你那油嘴。"凤姐笑道："回来吃螃蟹，恐积了冷在心里，讨老祖宗笑一笑开开心，一高兴多吃两个就无妨了。"贾母笑道："明儿叫你日夜跟着我，我倒常笑笑觉的开心，不许回家去。"王夫人笑道："老太太因为喜欢他，才惯的他这样，还这样说，他明儿越发无礼了。"贾母笑道："我喜欢他这样，况且他又不是那不知高低的孩子。家常没人，娘儿们原该这样。横竖礼体不错就罢，没的倒叫他从神儿似的作什么。"（墨夹：近之暴发专讲礼法竟不知礼法，此似无礼而礼法井井，所谓"整瓶不动半瓶摇"，又曰"习惯成自然"，真不谬也。）

说着，一齐进入亭子，献过茶，凤姐忙着搭桌子，要杯箸。上面一桌，贾母、薛姨妈、宝钗、黛玉、宝玉；东边一桌，史湘云、王夫人、迎、探、惜；西边靠门一桌，李纨和凤姐的，虚设坐位，二人皆不敢坐，只在贾母、王夫人两桌上伺候。凤姐吩咐："螃蟹不可多拿来，仍旧放在蒸笼里，拿十个来，吃了再拿。"一面又要水洗了手，站在贾母跟前剥蟹肉，头次让薛姨娘。薛姨娘道："我自己剥着吃香甜，不用人让。"凤姐便奉与贾母。二次的便与宝玉，又说："把酒烫的滚热的拿来。"又命小丫头们去取了菊花叶儿桂花蕊熏的绿豆面子来，预备洗手。史湘云陪着吃了一个，就下坐来让人，又出至外头，令人盛两盘子与赵姨娘、周姨娘送去。又见凤姐走来道："你不惯张罗，你吃你的去。我先替你张罗，等散了我再吃。"湘云不肯，又令人在那边廊上摆了两桌，让鸳鸯、琥珀、彩霞、彩云、平儿去坐。鸳鸯因向凤姐笑道："二奶奶在这里伺候，我们可吃去了。"凤姐儿道："你们只管去，都交给我就是了。"说着，史湘云仍入了席。凤姐和李纨也胡乱应个景儿。凤姐仍是下来张罗，一时出至廊上，鸳鸯等正吃的高兴，见他来了，鸳鸯等站起来道："奶奶又出来作什么？让我们也受用一会子。"凤姐笑道："鸳鸯小蹄子越发坏了，我替你当差，倒不领情，还抱怨我。还不快斟一钟酒来我喝呢。"鸳鸯笑着忙斟了一杯酒，送至凤姐唇边，凤姐一扬脖子吃了。琥珀、彩霞二人也斟上一杯，送别至凤姐唇边。那凤姐也吃了，平儿早剔了一壳黄子送来，凤姐道："多倒些姜醋。"一面也吃了，笑道："你们坐着吃罢，我可去了。"鸳鸯笑道："好没脸，吃我们的东西。"凤姐儿笑道："你和我少作怪。你知道你琏二爷爱上了你，要和老太太讨了你作小老婆呢。"鸳鸯道："啐，这也是作奶奶说出来的话！我不拿腥手抹你一脸算不得。"说着赶来就要抹。凤姐儿央道："好姐姐，饶我这一遭儿罢。"琥珀笑道："鸳丫头要去了，平丫头还饶他？你们看看他，没有吃了两个螃蟹，倒喝了一碟子醋，他也算不会揽酸了。"平儿手里正剥了个满黄的螃蟹，听如此奚落他，便拿着螃蟹照着琥珀脸上抹来，口内笑骂："我把你这嚼舌根的小蹄子！"琥珀也笑着往旁边一躲，平儿使空了，往前一撞，正恰恰的抹在凤姐儿腮上。凤姐儿正和鸳鸯嘲笑，不防唬了一跳，嗳哟了一声。众人掌不住都哈哈的大笑起来。凤姐也禁不住笑骂道："死娼妇！吃离了眼了，混抹你娘的。"平儿忙赶过来替他擦了，亲自去端水。鸳鸯道："阿弥陀佛！这是个报应。"贾母那边听见，一叠声问："见了什么这样乐，告诉我们也笑笑。"鸳鸯等忙高声笑回道："二奶奶来抢螃蟹吃，平儿恼了，抹了他主子一脸的螃蟹黄子。主子奴才打架呢。"贾母和王夫人等听了也笑起来。贾母笑道："你们看他可怜见的，把那小腿子脐子给他点子吃也就完了。"鸳鸯等笑着答应了，高声又说道："这满桌子的腿子，二奶奶只管吃就是了。"凤姐洗了脸走来，又伏侍贾母等吃了一回。黛玉独不敢多吃，只吃了一点儿夹子肉就下来了。

贾母一时不吃了，大家方散，都洗了手，也有看花的，也有弄水看鱼的，游玩了一回。王夫人因回贾母说："这里风大，才又吃了螃蟹，老太太还是回房去歇歇罢了。若高兴，明日再来逛逛。"贾母听了，笑道："正是呢。我怕你们高兴，我走了又怕扫了你们的兴。既这么说，咱们就都去吧。"回头又嘱咐湘云："别让你宝哥哥、林姐姐多吃了。"湘云答应着。又嘱咐湘云、宝钗二人说："你两个也别多吃。那东西虽好吃，不是什么好的，吃多了肚子疼。"二人忙应着送出园外，仍旧回来，令将残席收拾了另摆。宝玉道："也不用摆，咱们且作诗。把那大团圆桌就放在当中，酒菜都放着。也不必拘定坐位，有爱吃的去吃，大家散坐岂不便宜。"宝钗道："这话极是。"湘云道："虽如此说，还有别人。"因又命另摆一桌，拣了热螃蟹来，请袭人、紫鹃、司棋、侍书、入画、莺儿、翠墨等一处共坐。山坡桂树底下铺下两条花毡，命答应的婆子并小丫头等也都坐了，只管随意吃喝，等使唤再来。

湘云便取了诗题，用针绾在墙上。众人看了，都说："新奇固新奇，只怕作不出来。"湘云又把不限韵的原故说了一番。宝玉道："这才是正理，我也最不喜限韵。"林黛玉因不大吃酒，又不吃螃蟹，自令人掇了一个绣墩，依栏杆坐着，拿着钓竿钓鱼。宝钗手里拿着一枝桂花玩了一回，俯在窗槛上掐了桂蕊掷向水面，引的游鱼浮上来唼喋。湘云出一回神，又让一回袭人等，又招呼山坡下的众人只管放量吃。探春和李纨、惜春立在垂柳阴中看鸥鹭。迎春又独在花阴下拿着花针穿茉莉花。（墨夹：看他各人各式，亦如画家有孤耸独出，有攒三聚五，疏疏密密，直是一幅《百美图》。）宝玉又看了一回黛玉钓鱼，一回又俯在宝钗旁边说笑两句，一回又看袭人等吃螃蟹，自己也陪他饮两口酒。袭人又剥一壳肉给他吃。黛玉放下钓竿，走至座间，拿起那乌银梅花自斟壶来，（墨夹：写壶非写壶，正写黛玉。）拣了一个小小的海棠冻石蕉叶杯。（墨夹：妙杯！非写杯，正写黛玉。"拣"字有神理，盖黛玉不善饮，此任兴也。）丫环看见，知他要饮酒，忙着走上来斟。黛玉道："你们只管吃去，让我自斟，这才有趣儿。"说着便斟了半盏，看时却是黄酒，因说道："我吃了一点子螃蟹，觉得心口微微的疼，须得热热的喝口烧酒。"宝玉忙道："有烧酒。"便令将那合欢花浸的酒烫一壶来。（墨夹：伤哉！作者犹记矮頔舫前以合欢花酿酒乎？屈指二十年矣。）黛玉也只吃了一口便放下了。宝钗也走过来，另拿了一支杯来，也饮了一口，便蘸笔至墙上把头一个《忆菊》勾了，底下又赘了一个"蘅"字。（墨夹：妙极！韵极！）宝玉忙道："好姐姐，第二个我已经有了四句了，你让我作罢。"宝钗笑道："我好容易有了一首，你就忙的这样。"黛玉也不说话，接过笔来把第八个《问菊》勾了，接着把第十一个《菊梦》也勾了，也赘一个"潇"字。（墨夹：这两个妙题料定黛玉必喜，岂让人作去哉？）宝玉也拿起笔来，将第二个《访菊》也勾了，也赘上一个"绛"字。探春走来看看道："竟没有人作《簪菊》，让我作这《簪菊》。"又指着宝玉笑道："才宣过总不许带出闺阁字样来，你可要留神。"说着，只见史湘云走来，将第四第五《对菊》《供菊》一连两个都勾了，也赘上一个"湘"字。探春道："你也该起个号。"湘云笑道："我们家里如今虽有几处轩馆，我又不住着，借了来也没趣。"（墨夹：近之不读书暴发户偏爱起一别号。一笑。）宝钗笑道："方才老太太说，你们家也有这个水亭叫'枕霞阁'，难道不是你的。如今虽没了，你到底是旧主人。"众人都道有理，宝玉不待湘云动手，便代将"湘"字抹了，改了一个"霞"字。又有顿饭工夫，十二题已全，各自誊出来，都交与迎春，另拿了一张雪浪笺过来，一并誊录出来，某人作的底下赘明某人的号。李纨等从头看到：

忆菊

蘅芜君（墨夹：真用此号，妙极！）

怅望西风抱闷思，蓼红苇白断肠时。
空篱旧圃秋无迹，瘦月清霜梦有知。
念念心随归雁远，寥寥坐听晚砧痴。
谁怜为我黄花病，慰语重阳会有期。

访菊

怡红公子

闲趁霜晴试一游，酒杯药盏莫淹留。

霜前月下谁家种，槛外篱边何处秋。
蜡屐远来情得得，冷吟不尽兴悠悠。
黄花若解怜诗客，休负今朝拄杖头。

种菊

怡红公子

携锄秋圃自移来，篱畔庭前故故栽。
昨夜不期经雨活，今朝犹喜带霜开。
冷吟秋色诗千首，醉酹寒香酒一杯。
泉溉泥封勤护惜，好知井迳绝尘埃。

对菊

枕霞旧友

别圃移来贵比金，一丛浅淡一丛深。
萧疏篱畔科头坐，清冷香中抱膝吟。
数去更无君傲世，看来惟有我知音。
秋光荏苒休辜负，相对原宜惜寸阴。

供菊

枕霞旧友

弹琴酌酒喜堪俦，几案婷婷点缀幽。
隔座香分三迳露，抛书人对一枝秋。
霜清纸帐来新梦，圃冷斜阳忆旧游。
傲世也因同气味，春风桃李未淹留。

咏菊

潇湘妃子

无赖诗魔昏晓侵，绕篱欹石自沉音。
毫端蕴秀临霜写，口齿噙香对月吟。
满纸自怜题素怨，片言谁解诉秋心。
一从陶令平章后，千古高风说到今。

画菊

蘅芜君

诗余戏笔不知狂，岂是丹青费较量。
聚叶泼成千点墨，攒花染出几痕霜。
淡浓神会风前影，跳脱秋生腕底香。

莫认东篱闲采掇，粘屏聊以慰重阳。

问菊

潇湘妃子

欲讯秋情众莫知，喃喃负手叩东篱。
孤标傲世偕谁隐，一样花开为底迟？
圃露庭霜何寂寞，鸿归蛩病可相思？
休言举世无谈者，解语何妨片语时。

簪菊

蕉下客

瓶供篱栽日日忙，折来休认镜中妆。
长安公子因花癖，彭泽先生是酒狂。
短鬓冷沾三径露，葛巾香染九秋霜。
高情不入时人眼，拍手凭他笑路旁。

菊影

枕霞旧友

秋光叠叠复重重，潜度偷移三迳中。
窗隔疏灯描远近，篱筛破月锁玲珑。
寒芳留照魂应驻，霜印传神梦也空。
珍重暗香休踏碎，凭谁醉眼认朦胧。

菊梦

潇湘妃子

篱畔秋酣一觉清，和云伴月不分明。
登仙非慕庄生蝶，忆旧还寻陶令盟。
睡去依依随雁断，惊回故故恼蛩鸣。
醒时幽怨同谁诉，衰草寒烟无限情。

残菊

蕉下客

露凝霜重渐倾欹，宴赏才过小雪时。
蒂有余香金淡泊，枝无全叶翠离披。
半床落月蛩声病，万里寒云雁阵迟。
明岁秋风知再会，暂时分手莫相思。

众人看一首，赞一首，彼此称扬不已。李纨笑道："等我从公评来。通篇看来，各有各人的警句。今日公评：《咏菊》第一，《问菊》第二，《菊梦》第三，题目新，诗也新，立意更新，恼不得要推潇湘妃子为魁了；然后《簪菊》《对菊》《供菊》《画菊》《忆菊》次之。"宝玉听说，喜的拍手叫："极是，极公道。"黛玉道："我那首也不好，到底伤于纤巧些。"李纨道："巧的却好，不露堆砌生硬。"黛玉道："据我看来，头一句好的是'圃冷斜阳忆旧游'，这句背面傅粉。'抛书人对一枝秋'已经妙绝，将供菊说完，没处再说，故翻回来想到未折未供之先，意思深透。"李纨笑道："固如此说，你的'口齿噙香'，一句也敌的过了。"探春又道："到底要算蘅芜君沉着，'秋无迹''梦有知'，把个忆字竟烘染出来了。"宝钗笑道："你的'短鬓冷沾''葛巾香染'，也就把簪菊形容的一个缝儿也没了。"湘云道："'偕谁隐''为底迟'，真个把个菊花问的无言可对。"李纨笑道："你的'科头坐''抱膝吟'，竟一时也不能别开，菊花有知，也必腻烦了。"说的大家都笑了。宝玉笑道："我又落第。难道'谁家种''何处秋''蜡屐远来''冷吟不尽'，都不是访，'昨夜雨''今朝霜'，都不是种不成？但恨敌不上'口齿噙香对月吟''清冷香中抱膝吟''短鬓''葛巾''金淡泊''翠离披''秋无迹''梦有知'这几句罢了。"（墨夹：总写宝玉不及，妙极！）又道："明儿闲了，我一个人作出十二首来。"李纨道："你的也好，只是不及这几句新巧就是了。"

大家又评了一回，复又要了热蟹来，就在大圆桌子上吃了一回。宝玉笑道："今日持螯赏桂，亦不可无诗。（墨夹：全是他忙，全是他不及。妙极！）我已吟成，谁还敢作呢？"说着，便忙洗了手提笔写出。（墨夹：且莫看诗，只看他偏于如许一大回诗后又写一回诗，岂世人想的到的？）众人看道：

持螯更喜桂阴凉，泼醋擂姜兴欲狂。
饕餮王孙应有酒，横行公子却无肠。
脐间积冷馋忘忌，指上沾腥洗尚香。
原为世人美口腹，坡仙曾笑一生忙。

黛玉笑道："这样的诗，要一百首也有。"（墨夹：看他这一说。）宝玉笑道："你这会子才力已尽，不说不能作了，还贬人家。"黛玉听了，并不答言，也不思索，提起笔来一挥，已有了一首。众人看道：

铁甲长戈死未忘，堆盘色相喜先尝。
螯封嫩玉双双满，壳凸红脂块块香。
多肉更怜卿八足，助情谁劝我千觞。
对斟佳品酬佳节，桂拂清风菊带霜。

宝玉看了正喝彩，黛玉便一把撕了，令人烧去，因笑道："我的不及你的，我烧了他。你那个狠好，比方才的菊花诗还好，你留着他给人看。"宝钗接着笑道："我也勉强了一首，未必好，写出来取笑儿罢。”说着也写了出来。大家看时，写道是：

桂霭桐阴坐举觞，长安涎口盼重阳。
眼前道路无经纬，皮里春秋空黑黄。

看到这里，众人不禁叫绝。宝玉道：“写得痛快！我的诗也该烧了。”又看底下道：

酒未敌腥还用菊，性防积冷定须姜。
于今落釜成何益，月浦空余禾黍香。

众人看毕，都说这是食螃蟹绝唱，这些小题目，原要寓大意才算是大才，只是讽刺世人太毒了些。说着，只见平儿复进园来。不知作什么，且听下回分解。

第三十九回 村姥姥是信口开河 情哥哥偏寻根究底

话说众人见平儿来了，都说：“你们奶奶作什么呢，怎么不来了？”平儿笑道：“他那里得空儿来。因为说没有好生吃得，又不得来，所以叫我来问还有没有，叫我要几个拿了家去吃罢。”湘云道：“有，多着呢。”忙令人拿了十个极大的。平儿道：“多拿几个团脐的。”众人又拉平儿坐，平儿不肯。李纨拉着他笑道：“偏要你坐。”拉着他身傍坐下，端了一杯酒送到他嘴边。平儿忙喝了一口就要走。李纨道：“偏不许你去。显见得只有凤丫头，就不听我的话了。”说着又命嬷嬷们：“先送了盒子去，就说我留下平儿了。”那婆子一时拿了盒子回来说：“二奶奶说，叫奶奶和姑娘们别笑话要嘴吃。这个盒子里是方才舅太太那里送来的菱粉糕和鸡油卷儿，给奶奶姑娘们吃的。”又向平儿道：“说使你来你就贪住顽不去了。劝你少喝一杯儿罢。”平儿笑道：“多喝了又把我怎么样？”一面说，一面只管喝，又吃螃蟹。李纨揽着他笑道：“可惜这么个好体面模样儿，命却平常，只落得屋里使唤。不知道的人，谁不拿你当作奶奶太太看。”

平儿一面和宝钗、湘云等吃喝，一面回头笑道：“奶奶，别只摸的我怪痒的。”李氏道：“嗳哟！这硬的是什么？”平儿道：“钥匙。”李氏道：“什么钥匙？要紧梯己东西怕人偷了去，却带在身上。我成日家和人说笑，有个唐僧取经，就有个白马来驼他；刘智远打天下，就有个瓜精来送盔甲；有个凤丫头，就有个你。你就是你奶奶的一把总钥匙，还要这钥匙作什么。”平儿笑道：“奶奶吃了酒，又拿了我来打趣着取笑儿了。”宝钗笑道：“这倒是真话。我们没事评论起人来，你们这几个都是百个里头挑不出一个来的，妙在各人有各人的好处。”李纨道：“大小都有个天理。比如老太太屋里，要没那个鸳鸯如何使得。从太太起，那一个敢驳老太太的回，现在他敢驳回。偏老太太只听他一个人的话。老太太那些穿带的，别人不记得，他都记得，要不是他经管着，不知叫人诓骗了多少去呢。那孩子心也公道，虽然这样，倒常替人说好话儿，还倒不依势欺人的。”惜春笑道：“老太太昨儿还说呢，他比我们还强呢。”平儿道：“那原是个好的，我们那里比的上他。”宝玉道：“太太屋里的彩霞，是个老实人。”探春道：“可不是，外头老实，心里有数儿。太太是那么佛爷似的，事情上不留心，他都知道。凡百一应事都是他提着太太行。连老爷在家出外去的一应大小事，他都知道。太太忘了，他背地里告诉太太。”李纨道：“那也罢了。”指着宝玉道：“这一个小爷屋里要不是袭人，你们度量到个什么田地！凤丫头就是楚霸王，也得这两只膀子好举千斤鼎。他不是这丫头，就得这么周到了？”平儿笑道：“先时赔了四个丫头，死的死，去的去，只剩下我一个孤鬼了。”李纨道：“你倒是有造化的。凤丫头也是有造化的。想当初你珠大爷在日，何曾也没两个人。你们看我还是那容不下人的？天天只见他两个不自在。所以你珠大爷一没了，趁年轻我都打发了。若有一个守得住，我倒有个膀臂。”说着滴下泪来。众人都道：“又何必伤心，不如散了倒好。”说着便都洗了手，大家约往贾母、王夫人处问安。

众婆子丫头打扫亭子，收拾杯盘。袭人和平儿同往前去，让平儿到房里坐坐，便问道：“这个月的月钱，为什么还不放？”平儿见问，忙悄悄说道：“迟两天就放了。这个月的月钱，我们奶奶早已支了，放给人使了。等利钱收齐了才放呢。你可不许告诉一个人去。”袭人笑道：“难道他还短钱使，何苦还操这心。”平儿笑道：“这几年拿着这一项银子，他的月例公费放出去，利钱一年不到，上千的银子呢。”袭人笑道：“拿着我们的钱，你们主子奴才赚利钱，哄的我们呆呆的等着。”平儿道：“你又说没良心的话。你难道还少钱使？”袭人道：“我虽不少，只是我也没地方使去，就只预备我们那一个。”平儿道：“你倘若有要紧的事用钱使时，我那里还有几两银子，你先拿来使，明儿我扣下你的就是了。”袭人道：“此时也用不着，怕一时要用起来不够了，我打发人去取就是了。”

平儿答应着，一迳出了园门，来至家内，只见凤姐儿不在房里。忽见上回来打抽丰的那刘姥姥和板儿又来了，坐在那边屋里，还有张材家的周瑞家的陪着，又有两三个丫头在地下倒口袋里的枣子倭瓜并些野菜。众人见他进来，都忙站起来了。（墨夹：妙文！上回是先见平儿后见凤姐，此则先见凤姐后见平儿也。何错综巧妙得情得理之至耶？）刘姥姥因上次来过，知道平儿的身分，忙跳下地来问“姑娘好”，又说：“家里都问好。早要来请姑奶奶的安看姑娘来的，因为庄家忙。好容易今年多打了两石粮食，瓜果菜蔬也丰盛。这是头一起摘下来的，并没敢卖呢，留的尖儿孝敬姑奶奶姑娘们尝尝。姑娘们天天山珍海味的也吃腻了，这个吃个野意儿，也算是我们的穷心。”平儿忙道：“多谢费心。”又让坐，自己也坐了。又让“张婶子、周大娘坐”，又令小丫头子倒茶去。周瑞、张材两家的因笑道：“姑娘今儿脸上有些春色，眼圈儿都红了。”平儿笑道：“可不是。我原是不吃的，大奶奶和姑娘们只是拉着死灌，不得已喝了两盅，脸就红了。”张材家的笑道：“我倒想着要吃呢，又没人让我。明儿再有人请姑娘，可带了我去罢。”说着大家都笑了。周瑞家的道：“早起我就看见那螃蟹了，一斤只好秤两个三个。这么三大篓，想是有七八十斤呢。”周瑞家的道：“若是上上下下只怕还不够。”平儿道：“那里够，不过都是有名儿的吃两个子。那些散众的，也有摸得着的，也有摸不着的。”刘姥姥道：“这样螃蟹，今年就值五分一斤。十斤五钱，五五二两五，三五一十五，再搭上酒菜，一共倒有二十多两银子。阿弥陀佛！这一顿的钱够我们庄家人过一年了。”平儿因问：“想是见过奶奶了？”（墨夹：写平儿伶俐如此。）刘姥姥道：“见过了，叫我们等着呢。”说着又往窗外看天气，（墨夹：是八月中当开窗时，细致之甚。）说道：“天好早晚了，我们也去罢，别出不去城才是饥荒呢。”周瑞家的道：“这话倒是，我替你瞧瞧去。”说着一迳去了，半日方来，笑道：“可是你老的福来了，竟投了这两个人的缘了。”平儿等问怎么样，周瑞家的笑道：“二奶奶在老太太的跟前呢。我原是悄悄的告诉二奶奶：‘刘姥姥要家去呢，怕晚了赶不出城去。’二奶奶说：‘大远的，难为他扛了那些沉东西来，晚了就住一夜明儿再去。’这可不是投上二奶奶的缘了。这也罢了，偏生老太太听见了，又问刘姥姥是谁。二奶奶便回明白了。老太太说：‘我正想个积古的老人家说话儿，请了来我见一见。’这可不是想不到天上缘分了。”说着，摧刘姥姥下来前去。刘姥姥道：“我这生像儿怎好见的。好嫂子，你就说我去了罢。”平儿道：“你快去罢，不相干的。我们老太太最是惜老怜贫的，比不得那个狂三诈四的那些人。想是你怯上，我和周大娘送你去。”说着，同周瑞家的引了刘姥姥往贾母这边来。

二门口该班的小厮们见了平儿出来，都站起来了，又有两个跑上来，赶着平儿叫“姑娘”。（墨夹：想这一个“姑娘”非下称上之“姑娘”也，按北俗以姑母曰“姑姑”，南俗曰“娘娘”，此“姑娘”定是“姑姑”“娘娘”之称。每见大家风俗多有小童称少主妾曰“姑姑”“娘娘”者。按此书中若干人说话语气及动用器物饮食诸类，皆东西南北互相兼用，此“姑娘”之称亦南北相兼而用无疑矣。）平儿问：“又说什么？”那小厮笑道：“这会子也好早晚了，我妈病了，等着我去请大夫。好姑娘，我讨半日假可使的？”平儿道：“你们倒好，都商议定了，一天一个告假，又不回奶奶，只和我胡缠。前儿住儿去了，二爷偏生叫他，叫不着，我应起来了，还说我作了情。你今儿又来了。”（墨夹：分明几回没写到贾琏，今忽闲中一语便补得贾琏这边天天闹热，令人却如看见听见一般。所谓不写之写也。刘姥姥眼中耳中又一番识面，奇妙之甚！）周瑞家的道：“当真的他妈病了，姑娘也替他应着，放了他罢。”平儿道：“明儿一早来。听着，我还要使你呢，再睡的日头晒着屁股再来！你这一去，带个信儿给旺儿，就说奶奶的话，问着他那剩的利钱。明儿若不交了来，奶奶也不要了，就越性送他使罢。”（墨夹：交代过袭人的话，看他如此说，真比凤姐又甚一层。李纨之语不谬也。不知阿凤何等福得此一人。）那小厮欢天喜地答应去了。

平儿等来至贾母房中，彼时大观园中姊妹们都在贾母前承奉。（墨夹：妙极！连宝玉一并算入姊妹队中了。）刘姥姥进去，只见满屋里珠围翠绕，花枝招展，并不知都系何人。只见一张榻上歪着一位老婆婆，身后坐着一个纱罗裹的美人一般的一个丫鬟在那里捶腿，凤姐儿站着正说笑。（墨夹：奇奇怪怪文章。在刘姥姥眼中，以为阿凤至尊至贵，普天下人独该站着说，阿凤独坐才是。如何今见阿凤独站哉？真妙文字。）刘姥姥便知是贾母了，忙上来陪着笑，道了万福，口里说："请老寿星安。"（墨夹：更妙！贾母之号何其多耶？在诸人口中则曰"老太太"，在阿凤口中则曰"老祖宗"，在僧尼口中则曰"老菩萨"，在刘姥姥口中则曰"老寿星"者，却似有数人，想去则皆贾母，难得如此各尽其妙，刘姥姥亦善应接。）贾母亦欠身问好，又命周瑞家的端过椅子来坐着。那板儿仍是怯人，不知问候。（墨夹："仍"字妙！盖有上文故也。不知教训者来看此句。）贾母道："老亲家，你今年多大年纪了？"（墨夹：神妙之极，看官至此必愁，贾母以何相称，谁知公然曰老亲家，何等现成，何等大方，何等有情理。若云作者心中编出，余断断不信，何也？盖编得出者，断不能有这等情理。）刘姥姥忙立身答道："我今年七十五了。"贾母向众人道："这么大年纪了，还这么健壮。比我大好几岁呢。我要到这么大年纪，还不知怎么动不得呢。"刘姥姥笑道："我们生来是受苦的人，老太太生来是享福的。若我们也这样，那些庄家活也没人作了。"贾母道："眼睛牙齿都还好？"刘姥姥道："都还好，就是今年左边的槽牙活动了。"贾母道："我老了，都不中用了，眼也花，耳也聋，记性也没了。你们这些老亲戚，我都不记得了。亲戚们来了，我怕人笑我，我都不会，不过嚼的动的吃两口，睡一觉，闷了时和这些孙子孙女儿顽笑一回就完了。"刘姥姥笑道："这正是老太太的福了。我们想这么着也不能。"贾母道："什么福，不过是个老废物罢了。"说的大家都笑了。贾母又笑道："我才听见凤哥儿说，你带了好些瓜菜来，叫他快收拾去了，我正想个地里现撷的瓜儿菜儿吃。外头买的，不像你们田地里的好吃。"刘姥姥笑道："这是野意儿，不过吃个新鲜。依我们想鱼肉吃，只是吃不起。"贾母又道："今儿既认着了亲，别空空儿的就去。不嫌我这里，就住一两天再去。我们也有个园子，园子里头也有果子，你明日也尝尝，带些家去，你也算看亲戚一淌。"凤姐儿见贾母喜欢，也忙留道："我们这里虽不比你们的场院大，空屋子还有两间。你住两天罢，把你们那里的新闻故事儿说些与我们老太太听听。"贾母笑道："凤丫头别合他取笑儿。他是乡屯里的人，老实，那里搁的住你打趣他。"说着，又命人去先抓果子与板儿吃。板儿见人多了，又不敢吃。贾母又命拿些钱给他，叫小幺儿们带他外头顽去。刘姥姥吃了茶，便把些乡村中所见所闻的事情说与贾母，贾母益发得了趣味。正说着，凤姐儿便令人来请刘姥姥吃晚饭。贾母又将自己的菜拣了几样，命人送过去与刘姥姥吃。

凤姐知道合了贾母的心，吃了饭便又打发过来。鸳鸯忙令老婆子带了刘姥姥去洗了澡，自己挑了两件随常的衣服令给刘姥姥换上。（墨夹：一段鸳鸯身分权势心机，只写贾母也。）那刘姥姥那里见过这般行事，忙换了衣裳出来，坐在贾母榻上，又搜寻些话出来说。彼时宝玉姊妹们也都在这里坐着，他们何曾听见过这些话，自觉比那些瞽目先生说的书还好听。那刘姥姥虽是个村野人，却生来的有些见识，况且年纪老了，世情上经历过的，见头一个贾母高兴，第二见这些哥儿姐儿们都爱听，便没了说的也编出些话来讲。因说道："我们村庄上种地种菜，每年每日，春夏秋冬，风里雨里，那有个坐着的空儿，天天都是在那地头子上作歇马凉亭，什么奇奇怪怪的事不见呢。就像去年冬天，接连下了几天雪，地下压了三四尺深。我那日起的早，还没出房门，只听外头柴草响。我想着必定是有人偷柴草来了。我爬着窗户眼儿一瞧，却不是我们村庄上的人。”贾母道：“必定是过路的客人们冷了，见现成的柴，抽些烤火去也是有的。”刘姥姥笑道：“也并不是客人，所以说来奇怪。老寿星当个什么人？原来是一个十七八岁的极标致的一个小姑娘，梳着溜油光的头，穿着大红袄儿，白绫裙子——”（墨夹：刘姥姥的口气如此。）刚说到这里，忽听外面人吵嚷起来，又说：“不相干的，别唬着老太太。”贾母等听了，忙问怎么了，丫鬟回说：“南院马棚里走了水，不相干，已经救下去了。”贾母最胆小的，听了这个话，忙起身扶了人出至廊上来瞧，只见东南上火光犹亮。贾母唬的口内念佛，忙命人去火神跟前烧香。王夫人等也忙都过来请安，又回说：“已经下去了，老太太请进房去罢。”贾母足等看着火光息了方领众人进来。（墨夹：一段为后回作引，然偏于宝玉爱听时截住。）宝玉且忙着问刘姥姥：“那女孩儿大雪地作什么抽柴草？倘或冻出病来呢？”贾母道：“都是才说抽柴草惹出火来了，你还问呢。别说这个了，再说别的罢。”宝玉听说，心内虽不乐，也只得罢了。刘姥姥便又想了一篇，说道：“我们庄子东边庄上，有个老奶奶子，今年九十多岁了。他天天吃斋念佛，谁知就感动了观音菩萨夜里来托梦说：‘你这样虔心，原来你该绝后的，如今奏了玉皇，给你个孙子。’原来这老奶奶只有一个儿子，这儿子也只一个儿子，好容易养到十七八岁上死了，哭的什么似的。后果然又养了一个，今年才十三四岁，生的雪团儿一般，聪明伶俐非常。可见这些神佛是有的。”这一夕话，实合了贾母、王夫人的心事，连王夫人也都听住了。

宝玉心中只记挂着抽柴的故事，因闷闷的心中筹画。探春因问他：“昨日扰了史大妹妹，咱们回去商议着邀一社，又还了席，也请老太太赏菊花，何如？”宝玉笑道：“老太太说了，还要摆酒还史妹妹的席，叫咱们作陪呢。等着吃了老太太的，咱们再请不迟。”探春道：“越往前去越冷了，老太太未必高兴。”宝玉道：“老太太又喜欢下雨下雪的。不如咱们等下头场雪，请老太太赏雪岂不好？咱们雪下吟诗，也更有趣了。”林黛玉忙笑道：“咱们雪下吟诗？依我说，还不如弄一捆柴火，雪下抽柴，还更有趣儿呢。”说着，宝钗等都笑了。宝玉瞅了他一眼，也不答话。

一时散了，背地里宝玉到底拉了刘姥姥，细问那女孩儿是谁。刘姥姥只得编了告诉他道：“那原是我们庄北沿地埂子上有一个小祠堂里供的，不是神佛，当先有个什么老爷。”说着又想名姓。宝玉道：“不拘什么名姓，你不必想了，只说原故就是了。”刘姥姥道：“这老爷没有儿子，只有一位小姐，名叫茗玉。小姐知书识字，老爷太太爱如珍宝。可惜这茗玉小姐生到十七岁，一病死了。”宝玉听了，跌足叹惜，又问后来怎么样。刘姥姥道：“因为老爷太太思念不尽，便盖了这祠堂，塑了这茗玉小姐的像，派了人烧香拨火。如今日久年深的，人也没了，庙也烂了，那个像就成了精。”宝玉忙道：“不是成精，规矩这样人是虽死不死的。”刘姥姥道：“阿弥陀佛！原来如此。不是哥儿说，我们都当他成精。他时常变了人出来各村庄店道上闲逛。我才说这抽柴火的就是他了。我们村庄上的人还商议着要打了这塑像平了庙呢。”宝玉忙道：“快别如此。若平了庙，罪过不小。”刘姥姥道：“幸亏哥儿告诉我，我明儿回去告诉他们就是了。”宝玉道：“我们老太太、太太都是善人，合家大小也都好善喜舍，最爱修庙塑神的。我明儿做一个疏头，替你化些布施，你就做香头，攒了钱把这庙修盖，再装潢了泥像，每月给你香火钱烧香岂不好?”刘姥姥道：“若这样，我托那小姐的福，也有几个钱使了。”宝玉又问他地名庄名，来往远近，坐落何方。刘姥姥便顺口胡诌了出来。

宝玉信以为真，回至房中，盘算了一夜。次日一早，便出来给了茗烟几百钱，按着刘姥姥说的方向地名，着茗烟去先踏看明白，回来再做主意。那茗烟去后，宝玉左等也不来，右等也不来，急的热锅上的蚂蚁一般。好容易等到日落，方见茗烟兴兴头头的回来。宝玉忙道：“可有庙了?”茗烟笑道：“爷听的不明白，叫我好找。那地名坐落不似爷说的一样，所以找了一日，找到东北上田埂子上才有一个破庙。”宝玉听说，喜的眉开眼笑，忙说道：“刘姥姥有年纪的人，一时错记了也是有的。你且说你见的。”茗烟道：“那庙门却到是朝南开，也是稀破的。我找的正没好气，一见这个，我说‘可好了’，连忙进去。一看泥胎，唬的我跑出来了，活似真的一般。”宝玉喜的笑道：“他能变化人了，自然有些生气。”茗烟拍手道：“那里有什么女孩儿，竟是一位青脸红发的瘟神爷。”宝玉听了，啐了一口，骂道：“真是一个无用的杀才！这点子事也干不来。”茗烟道：“二爷又不知看了什么书，或者听了谁的混话，信真了，把这件没头脑的事派我去碰头，怎么说我没用呢?”宝玉见他急了，忙抚慰他道：“你别急。改日闲了你再找去。若是他哄我们呢，自然没了，若真是有的，你岂不也积了阴骘。我必重重的赏你。”正说着，只见二门上的小厮来说：“老太太房里的姑娘们站在二门口找二爷呢。”

第四十回 史太君两宴大观园 金鸳鸯三宣牙牌令

话说宝玉听了，忙进来看时，只见琥珀站在屏风跟前说：“快去罢，立等你说话呢。”宝玉来至上房，只见贾母正和王夫人、众姊妹商议给史湘云还席。宝玉因说道：“我有个主意：既没有外客，吃的东西也别定了样数，谁素日爱吃的拣样儿做几样。也不要按桌席，每人跟前摆一张高儿，各人爱吃的东西一两样，再一个什锦攒心盒子，自斟壶，岂不别致。”贾母听了，说“狠是”，忙命传与厨房：“明日就拣我们爱吃的东西作了，按着人数，再装了盒子来。早饭也摆在园里吃。”商议之间早又掌灯，一夕无话。

次日清早起来，可喜这日天气清朗。李纨清晨先起来，看着老婆子丫头们扫那些落叶，（墨夹：是八月尽的光景。）并擦抹桌椅，预备茶酒器皿。只见丰儿带了刘姥姥、板儿进来，说“大奶奶倒忙的紧。”李纨笑道：“我说你昨儿去不成，只忙着要去。”刘姥姥笑道：“老太太留下我，叫我也热闹一天去。”丰儿拿了几把大小钥匙，说道：“我们奶奶说了，外头的高儿恐不够使，不如开了楼把那收着的拿下来使一天罢。奶奶原该亲自来的，因和太太说话呢，请大奶奶开了，带着人搬罢。”李氏便令素云接了钥匙，又令婆子出去把二门上的小厮叫几个来。李氏站在大观楼下往上看，令人上去开了缀锦阁，一张一张往下抬。小厮、老婆子、丫头一齐动手，抬了二十多张下来。李纨道：“好生着，别慌慌张张鬼赶来似的，仔细碰了牙子。”又回头向刘姥姥笑道：“姥姥，你也上去瞧瞧。”刘姥姥听说，巴不得一声儿，便拉了板儿登梯上去进里面，只见乌压压的堆着些围屏、桌椅、大小花灯之类，虽不大认得，只见五彩炫耀，各有奇妙。念了几声佛，便下来了。然后锁上门，一齐才下来。李纨道：“恐怕老太太高兴，越性把舡上划子、篙桨、遮阳幔子都搬了下来预备着。”众人答应，复又开了，色色的搬了下来。令小厮传驾娘们到舡坞里撑出两只船来。

正乱着安排，只见贾母已带了一群人进来了。李纨忙迎上去，笑道：“老太太高兴，倒进来了。我只当还没梳头呢，才撷了菊花要送去。”一面说，一面碧月早捧过一个大荷叶式的翡翠盘子来，里面盛着各色的折枝菊花。贾母便拣了一朵大红的簪于鬓上。因回头看见了刘姥姥，忙笑道：“过来带花儿。”一语未完，凤姐便拉过刘姥姥来，笑道：“让我打扮你。”说着，将一盘子花横三竖四的插了一头。贾母和众人笑的不住。刘姥姥笑道：“我这头也不知修了什么福，今儿这样体面起来。”众人笑道：“你还不拔下来摔到他脸上呢，把你打扮的成了个老妖精了。”刘姥姥笑道：“我虽老了，年轻时也风流，爱个花儿粉儿的，今儿老风流才好。”

说笑之间，已来至沁芳亭子上。丫鬟们抱了一个大锦褥子来，铺在栏杆榻板上。贾母倚柱坐下，命刘姥姥也坐在旁边，因问他：“这园子好不好？”刘姥姥念佛说道：“我们乡下人到了年下，都上城来买画儿贴。时常闲了，大家都说，怎么得也到画儿上去逛逛。想着那个画儿也不过是假的，那里有这个真地方呢。谁知我今儿进这园里一瞧，竟比那画儿还强十倍。怎么得有人也照着这个园子画一张，我带了家去，给他们见见，死了也得好处。”贾母听说，便指着惜春笑道：“你瞧我这个小孙女儿，他就会画。等明儿叫他画一张如何？”刘姥姥听了，喜的忙跑过来，拉着惜春说道：“我的姑娘，你这么大年纪儿，又这么个好模样，还有这个能干，别是个神仙托生的罢。”

贾母少歇一回，自然领着刘姥姥都见识见识。先到了潇湘馆。一进门，只见两边翠竹夹路，土地下苍苔布满，中间羊肠一条石子漫的路。刘姥姥让出路来与贾母众人走，自己却总走土地。琥珀拉着他说道：“姥姥，你上来走，仔细苍苔滑了。”刘姥姥道：“不相干的，我们走熟了的，姑娘们只管走罢。可惜你们的那绣鞋，别沾脏了。”他只顾上头和人说话，不防底下果跴滑了，咕咚一跤跌倒。众人拍手都哈哈的笑起来。贾母笑骂道：“小蹄子们，还不搀起来，只站着笑。”说话时，刘姥姥已爬了起来，自己也笑了，说道：“才说嘴就打了嘴。”贾母问他：“可扭了腰了不曾？叫丫头们捶一捶。”刘姥姥道：“那里说的我这么娇嫩了。那一天不跌两下子，都要捶起来，还了得呢。”紫鹃早打起湘帘，贾母等进来坐下。林黛玉亲自用小茶盘捧了一盖碗茶来奉与贾母。王夫人道：“我们不吃茶，姑娘不用倒了。”林黛玉听说，便命个丫头把自己窗下常坐的一张椅子挪到下首，请王夫人坐了。刘姥姥因见窗下案上设着笔砚，又见书架上磊着满满的书，刘姥姥道：“这必定是那位哥儿的书房了。”贾母笑指黛玉道：“这是我这外孙女儿的屋子。”刘姥姥留神打量了黛玉一番，方笑道：“这那像个小姐的绣房，竟比那上等的书房还好。”贾母因问：“宝玉怎么不见？”众丫头们答说：“在池子里舡上呢。”贾母道：

岫煙

“谁又预备下舡了？”李纨忙回说：“才开楼拿几，我恐怕老太太高兴，就预备下了。”贾母听了方欲说话时，有人回说：“姨太太来了。”贾母等刚站起来，只见薛姨妈早进来了，一面归坐，笑道：“今儿老太太高兴，这早晚就来了。”贾母笑道：“我才说来迟了的要罚他，不想姨太太就来迟了。”

说笑一会，贾母因见窗上纱的颜色旧了，便和王夫人说道：“这个纱新糊上好看，过了后来就不翠了。这个院子里头又没有个桃杏树，这竹子已是绿的，再拿这绿纱糊上反不配。我记得咱们先有四五样颜色糊窗的纱呢，明儿给他把这窗上的换了。”凤姐儿忙道：“昨儿我开库房，看见大板箱里还有好些匹银红蝉翼纱，也有各样折枝花样的，也有流云卍福花样的，也有百蝶穿花花样的，颜色又鲜，纱又轻软，我竟没见过这样的。拿了两匹出来，作两床绵纱被，想来一定是好的。”贾母听了笑道：“呸，人人都说你没有不经过不见过，连这个纱还不认得呢，明儿还说嘴。”薛姨妈等都笑说：“凭他怎么经过见过，如何敢比老太太呢。老太太何不教道了他，我们也听听。”凤姐儿也笑说：“好祖宗，教给我罢。”贾母笑向薛姨妈众人道：“那个纱，比你们的年纪还大呢。怪不得他认作蝉翼纱，原也有些像，不知道的，都认作蝉翼纱。正经名字叫作‘软烟罗’。”凤姐儿道：“这个名儿也好听。只是我这么大了，纱罗也见过几百样，从没听见过这个名色。”贾母笑道：“你能够活了多大，见过几样没处放的东西，就说嘴来了。那个软烟罗只有四样颜色：一样雨过天晴，一样秋香色，一样松绿的，一样就是银红的。若是做了帐子，糊了窗屉，远远的看着，就似烟雾一样，所以叫作‘软烟罗’，那银红的又叫作‘霞影纱’。如今上用的府纱也没有这样软厚轻密的了。”薛姨妈笑道：“别说凤丫头没见，连我也没听见过。”凤姐儿一面说，早命人取了一匹来了。贾母说：“可不是这个！先时原不过是糊窗屉，后来我们拿这个作被作帐子，试试也竟好。明儿就找出几匹来，拿银红的替他糊窗子。”凤姐答应着。众人都看了，称赞不已。刘姥姥也觑着眼看个不了，念佛说道：“我们想他作衣裳也不能，拿着糊窗子，岂不可惜？”贾母道：“倒是做衣裳不好看。”凤姐忙把自己身上穿的一件大红绵纱袄子襟儿拉了出来，向贾母、薛姨妈道：“看我的这袄儿。”贾母、薛姨妈都说：“这也是上好的了，这是如今的上用内造的，竟比不上这个。”凤姐儿道：“这个薄片子，还说是上用内造呢，竟连官用的也比不上了。”贾母道：“再找一找，只怕还有青的。若有时都拿出来，送这刘亲家两匹，做一个帐子我挂，下剩的添上里子，做些夹背心子给丫头们穿，白收着霉坏了。”凤姐忙答应了，仍令人送去。贾母起身笑道：“这屋里窄，再往别处逛去。”刘姥姥念佛道：“人人都说大家子住大房。昨儿见了老太太正房，配上大箱大柜大桌子大床，果然威武。那柜子比我们那一间房子还大还高。怪道后院子里有个梯子。我想并不上房晒东西，预备个梯子作什么？后来我想起来，定是为开顶柜收放东西，非离了那梯子，怎么得上去呢。如今又见了这小屋子，更比大的越发齐整了。满屋里的东西都只好看，都不知叫什么，我越看越舍不得离了这里。”凤姐道：“还有好的呢，我都带你去瞧瞧。”说着已经离了潇湘馆。

远远望见池中一群人在那里撑舡。贾母道：“他们既预备下船，咱们就坐。”一面说着，便向紫菱洲蓼溆一带走来。未至池前，只见几个婆子手里都捧着一色捏丝戗金五彩大盒子走来。凤姐忙问王夫人早饭在那里摆。王夫人道："问老太太，在那里，就在那里摆了。"贾母听说，便回头说："你三妹妹那里就好。你就带了人摆去，我们从这里坐了舡去。"凤姐听说，便回身同了探春、李纨、鸳鸯、琥珀带着端饭的人等，超着近路到了秋爽斋，就在晓翠堂上调开桌案。鸳鸯笑道："天天咱们说外头老爷们吃酒吃饭都有一个篾片相公，拿他取笑儿。咱们今儿也得了一个女篾片了。"李纨是个厚道人，听了不解。凤姐儿却知是说的是刘姥姥了，也笑说道："咱们今儿就拿他取个笑儿。"二人便如此这般的商议。李纨笑劝道："你们一点好事也不做，又不是个小孩儿，还这么淘气，仔细老太太说。"鸳鸯笑道："很不与你相干，有我呢。"

正说着，只见贾母等来了，各自随便坐下。先着丫鬟端过两盘茶来，大家吃毕。凤姐手里拿着西洋布手巾，裹着一把乌木三镶银箸，敁敪人位，按席摆下。贾母因说："把那一张小楠木桌子抬过来，让刘亲家近我这边坐着。"众人听说，忙抬了过来。凤姐一面递眼色与鸳鸯，鸳鸯便拉了刘姥姥出去，悄悄的嘱咐了刘姥姥一席话，又说："这是我们家的规矩，若错了我们就笑话呢。"调停已毕，然后归坐。薛姨妈是吃过饭来的，不吃，只坐在一边吃茶。（墨夹：妙！若只管写薛姨妈来则吃饭，则成何义理？）贾母带着宝玉、湘云、黛玉、宝钗一桌，王夫人带着迎春姊妹三个人一桌，刘姥姥傍着贾母一桌。贾母素日吃饭，皆有小丫鬟在傍边，拿着漱盂尘尾巾帕之物。如今鸳鸯是不当这差的了，今日鸳鸯偏接过尘尾来拂着。丫鬟们知道他要撮弄刘姥姥，便躲开让他。鸳鸯一面侍立，一面悄向刘姥姥说道："别忘了。"刘姥姥道："姑娘放心。"那刘姥姥入了坐，拿起箸来，沉甸甸的不伏手。原是凤姐和鸳鸯商议定了，单拿一双老年四楞象牙镶金的快子与刘姥姥。刘姥姥见了，说道："这叉爬子比俺那里铁掀还沉，那里犟的过他。"说的众人都笑起来。

只见一个媳妇端了一个盒子站在当地，一个丫鬟上来揭去盒盖，里面盛着两碗菜。李纨端了一碗放在贾母桌上。凤姐儿偏拣了一碗鸽子蛋放在刘姥姥桌上。贾母这边说声"请"，刘姥姥便站起身来，高声说道："老刘，老刘，食量大似牛，吃一个老母猪不抬头。"自己却鼓着腮不语。众人先是发怔，后来一听，上上下下都哈哈的大笑起来。史湘云撑不住，一口饭都喷了出来；林黛玉笑岔了气，伏着桌子嗳哟；宝玉早滚到贾母怀里，贾母笑的搂着宝玉叫"心肝"；王夫人笑的用手指着凤姐儿，只说不出话来；薛姨妈也掌不住，口里茶喷了探春一裙子；探春手里的饭碗都合在迎春身上；惜春离了坐位，拉着他奶母叫揉一揉肠子。地下的无一个不弯腰屈背，也有躲出去蹲着笑去的，也有忍着笑上来替他姊妹换衣裳的，独有凤姐、鸳鸯二人掌着，还只管让刘姥姥。刘姥姥拿起箸来，只觉不听使，又说道："这里的鸡儿也俊，下的这蛋也小巧，怪俊的。我且肏攮一个。"众人方住了笑，听见这话又笑起来。贾母笑的眼泪出来，琥珀在后捶着。贾母笑道："这定是凤丫头促狭鬼儿闹的，快别信他的话了。"那刘姥姥正夸鸡蛋小巧，要肏攮一个，凤姐儿笑道："一两银子一个呢，你快尝尝罢，那冷了就不好吃了。"刘姥姥便伸箸子要夹，那里夹的起来，满碗里闹了一阵，好容易撮起一个来，才伸着脖子要吃，偏又滑下来滚在地下，忙放下箸子要亲自去捡，早有地下的人捡了出去了。刘姥姥叹道："一两银子，也没听见响声儿就没了。"众人已没心吃饭，都看着他笑。贾母又说："这会子又把那个筷子拿了出来，又不请客摆大筵席。都是凤丫头支使的，还不换了呢。”地下的人原不曾预备这牙箸，本是凤姐和鸳鸯拿了来的，听如此说，忙收了过去，也照样换上一双乌木镶银的。刘姥姥道：“去了金的，又是银的，到底不及俺们那个伏手。”凤姐儿道：“菜里若有毒，这银子下去了就试的出来。”刘姥姥道：“这个菜里若有毒，俺们那菜都成了砒霜了。那怕毒死了也要吃尽了。”贾母见他如此有趣，吃的又香甜，把自己的也都端过来与他吃。又命一个老嬷嬷来，将各样的菜给板儿夹在碗上。

一时吃毕，贾母等都往探春卧室中去说闲话。这里收拾过残桌，又放了一桌。刘姥姥看着李纨与凤姐儿对坐着吃饭，叹道：“别的罢了，我只爱你们家这行事。怪道说‘礼出大家’。”凤姐儿忙笑道：“你可别多心，才刚不过大家取笑儿。”一言未了，鸳鸯也进来笑道：“姥姥别恼，我给你老人家赔个不是。”刘姥姥笑道：“姑娘说那里话，咱们哄着老太太开个心儿，可有什么恼的！你先嘱咐我，我就明白了，不过大家取个笑儿。我要心里恼，也就不说了。”鸳鸯便骂人：“为什么不倒茶给姥姥吃？”刘姥姥忙道：“刚才那个嫂子倒了茶来，我吃过了。姑娘也该用饭了。”凤姐儿便拉鸳鸯：“你坐下和我们吃了罢，省的回来又闹。”鸳鸯便坐下了。婆子们添上碗箸来，三人吃毕。刘姥姥笑道：“我看你们这些人都只吃这一点儿就完了，亏你们也不饿。怪只道风儿都吹的倒。”鸳鸯便问：“今儿剩的菜不少，都那去了？”婆子们道：“都还没散呢，在这里等着一齐散与他们吃。”鸳鸯道：“他们吃不了这些，挑两碗给二奶奶屋里平丫头送去。”凤姐儿道：“他早吃了饭了，不用给他。”鸳鸯道：“他不吃了，喂你们的猫。”婆子听了，忙拣了两样拿盒子送去。鸳鸯道：“素云那去了？”李纨道：“他们都在这里一处吃，又找他作什么。”鸳鸯道：“这就罢了。”凤姐儿道：“袭人不在这里，你倒是叫人送两样给他去。”鸳鸯听说，便命人也送两样去后，鸳鸯又问婆子们：“回来吃酒的攒盒可装上了？”婆子道：“想必还得一会子。”鸳鸯道：“催着些儿。”婆子应喏了。

凤姐儿等来至探春房中，只见他娘儿们正说笑。探春素喜阔朗，这三间屋子并不曾隔断。当地放着一张花梨大理石大案，案上磊着各种名人法帖，并数十方宝砚，各色笔筒，笔海内插的笔如树林一般。那一边设着斗大的一个汝窑花囊，插着满满的一囊水晶球儿的白菊。西墙上当中挂着一大幅米襄阳《烟雨图》，左右挂着一大幅对联，乃是颜鲁公墨迹，其词云：

烟霞闲骨格；
泉石野生涯。

案上设着大鼎。左边紫檀架上放着一个大观窑的大盘，盘内盛着数十个娇黄玲珑大佛手。右边洋漆架上悬着一个白玉比目磬，旁边挂着小锤。那板儿略熟了些，便要摘那锤子要击，丫鬟们忙拦住他。他又要佛手吃，探春拣了一个与他说：“顽罢，吃不得的东西。”东边便设着卧榻，拔步床上悬着葱绿双绣花卉草虫纱帐。板儿又跑过来看，说：“这是蝈蝈，这是蚂蚱。”刘姥姥忙打了他一巴掌，骂道：“下作黄子，没干没净的乱闹。倒叫你进来瞧瞧，就上脸了。”打的板儿哭起来，众人忙劝解方罢。贾母因隔着纱窗往后院内看了一回，说道：“后廊檐下的梧桐也好了，就只细些。”正说话，忽一阵风过，隐隐听得鼓乐之声。贾母问：“是谁家娶亲呢？这里临街倒近。”王夫人等笑回道：“街上的那里听的见，这是咱们的那十几个女孩子们演习吹打呢。”贾母便笑道：“既是他们演，何不叫他们进来演习。他们也逛一逛，咱们可又乐了。”凤姐听说，忙命人出去叫来，又一面吩咐摆下条桌，铺上红毡子。贾母道：“就铺排在藕香榭的水亭子上，借着水音更好听。回来咱们就在缀锦阁底下吃酒，又宽阔，又听的见。”众人都说那里好。贾母向薛姨妈笑道：“咱们走罢。他们姊妹们都不大喜欢人来坐着，怕脏了屋子。咱们别没眼色，正经坐一回子船，喝酒去。”说着大家起身便走。探春笑道：“这是那里的话，求着老太太、姨太太来坐坐，还不能呢。”贾母笑道：“我的这三丫头却好，只有两个玉儿可恶。回来吃醉了，咱们偏往他们屋里闹去。”

说着，众人都笑了，一齐出来。走不多远，已到了荇叶渚。那姑苏选来的几个驾娘早把两只棠木舫撑来，众人扶了贾母 、王夫人、薛姨妈、刘姥姥、鸳鸯、玉钏儿上了这一支，落后李纨也跟上去。凤姐儿也上去，立在舡头上，也要撑舡。贾母在舱内道：“这不是顽的，虽不是河里，也有好深的。你快不给我进来。”凤姐儿笑道：“怕什么！老祖宗只管放心。”说着便一篙点开。到了池当中，舡小人多，凤姐只觉乱恍，忙把篙子递与驾娘，方蹲下了。然后迎春姊妹等并宝玉上了那支，随后跟来。其余老嬷嬷散众丫鬟俱沿河随行。宝玉道：“这些破荷叶可恨，怎么还不叫人来拔去。”宝钗笑道：“今年这几日，何曾饶了这园子闲了，天天逛，那里还有叫人来收拾的工夫。”林黛玉道：“我最不喜欢李义山的诗，只喜他这一句‘留得残荷听雨声’。偏你们又不留着残荷了。”宝玉道：“果然好句，以后咱们就别叫人拔去了。”说着已到了花溆的萝港之下，觉得阴森透骨，两滩上衰草残菱，更助秋情。

贾母因见岸上的清厦旷朗，便问：“这是薛姑娘的屋子不是？”众人道：“是。”贾母忙命拢岸，顺着云步石梯上去，一同进了蘅芜苑，只觉异香扑鼻。那些奇草仙藤愈冷愈苍翠，都结了实，似珊瑚豆子一般，累垂可爱。及进了房屋，雪洞一般，一色玩器全无，案上只有一个土定瓶中供着数枝菊花，并两部书，茶奁茶杯而已。床上只吊着青纱帐幔，衾褥也十分朴素。贾母叹道：“这孩子太老实了。你没有陈设，何妨和你姨娘要些。我也不理论，也没想到，你们的东西自然在家里没带了来。”说着，命鸳鸯去取些古董来，又嗔着凤姐儿：“不送些玩器来与你妹妹，这样小器。”王夫人、凤姐儿等都笑回说：“他自己不要的。我们原送了来，他都退回去了。”薛姨妈也笑说：“他在家里也不大弄这些东西的。”贾母摇头道：“使不得。虽然他省事，倘或来一个亲戚，看着不像；二则年轻的姑娘们，房里这样素净，也忌讳。我们这老婆子，越发该住马圈去了。你们听那些书上戏上说的小姐们的绣房，精致的还了得呢。他们姊妹们虽不敢比那些小姐们，也不要狠离了格儿。有现成的东西，为什么不摆？若狠爱素净，少几样倒使得。我最会收拾屋子的，如今老了，没有这些闲心了。他们姊妹们也还学着收拾的好，只怕俗气，有好东西也摆坏了。我看他们还不俗。如今让我替你收拾，包管又大方又素净。我的梯己两件，收到如今，没给宝玉看见过，若经了他的眼，也没了。”说着叫过鸳鸯来，亲吩咐道：“你把那石头盆景儿和那架纱桌屏，还有个墨烟冻石鼎，这三样摆在这案上就够了。再把那水墨字画白绫帐子拿来，把这帐子也换了。”鸳鸯答应着，笑道：“这些东西都搁在东楼上的不知那个箱子里，还得慢慢找去，明儿再拿去也罢了。”贾母道：“明日后日都使得，只别忘了。”说着，坐了一回方出来，一迳来至缀锦阁下。文官等上来请过安，因问“演习何曲”。贾母道：“只拣你们生的演习几套罢。”文官等下来，往藕香榭去不提。

这里凤姐儿已带着人摆设整齐，上面左右两张榻，榻上都铺着锦裀蓉簟，每一榻前有两张雕漆几，也有海棠式的，也有梅花式的，也有荷叶式的，也有葵花式的，也有方的，也有圆的，其式不一。一个上面放着炉瓶，一分攒盒，一个上面空设着，预备放人所喜食物。上面二榻四几，是贾母薛姨妈；下面一椅两几，是王夫人的；余者都是一椅一几。东边是刘姥姥，刘姥姥之下便是王夫人。西边便是史湘云，第二便是宝钗，第三便是黛玉，第四迎春、探春、惜春挨次下去，宝玉在末。李纨、凤姐二人之几设于三层槛内，二层纱厨之外。攒盒式样，亦随几之式样。每人一把乌银洋錾自斟壶，一个十锦珐琅杯。

大家坐定，贾母先笑道：“咱们先吃两杯，今日也行一令才有意思。”薛姨娘等笑道：“老太太自然有好酒令，我们如何会呢，安心要我们醉了。我们都多吃两杯就有了。”贾母笑道：“姨太太今儿也过谦起来，想是厌我老了。”薛姨妈笑道：“不是谦，只怕行不上来倒是笑话了。”王夫人忙笑道：“便说不上来，就便多吃一杯酒，醉了睡觉去，还有谁笑话咱们不成。”薛姨妈点头笑道：“依令。老太太到底吃一杯令酒才是。”贾母笑道：“这个自然。”说着便吃了一杯。

凤姐儿忙走至当地，笑道：“既行令，还叫鸳鸯姐姐来行更好。”众人都知贾母所行之令必得鸳鸯提着，故听了这话，都说：“狠是。”凤姐儿便拉了鸳鸯过来。王夫人笑道：“既在令内，没有站着的理。”回头命小丫头子：“端一张椅子，放在你二位奶奶的席上。”鸳鸯也半推半就，谢了坐，便坐下，也吃了一钟酒，笑道：“酒令大如军令，不论尊卑，惟我是主。违了我的话，是要受罚的。”王夫人等都笑道：“一定如此，快些说来。”鸳鸯未开口，刘姥姥便下了席，摆手道：“别这样捉弄人家，我家去了。”众人都笑道：“这却使不得。”鸳鸯喝令小丫头子们：“拉上席去！”小丫头子们也笑着，果然拉入席中。刘姥姥只叫：“饶了我罢！”鸳鸯道：“再多言的罚一壶。”刘姥姥方住了声。鸳鸯道：“如今我说骨牌副儿，从老太太起，顺领说下去，至刘姥姥止。比如我说一副儿，将这三张牌拆开，先说头一张，次说第二张，再说第三张，说完了，合成这一副儿的名字。无论诗词歌赋，成语俗话，比上一句，都要叶韵。错了的罚一杯。”众人笑道：“这个令好，就说出来。”鸳鸯道：“有了一副了。左边是张‘天’。”贾母道：“头上有青天。”众人道：“好。”鸳鸯道：“当中是个‘五与六’。”贾母道：“六桥梅花香彻骨。”鸳鸯道：“剩得一张‘六与幺’。”贾母道：“一轮红日出云霄。”鸳鸯道：“凑成便是个‘蓬头鬼’。”贾母道：“这鬼抱住钟馗腿。”说完，大家笑说：“极妙。”贾母饮了一杯。鸳鸯又道：“有了一副。左边是个‘大长五’。”薛姨妈道：“梅花朵朵风前舞。”鸳鸯道：“右边还是个‘大五长’。”薛姨妈道：“十月梅花岭上香。”鸳鸯道：“当中‘二五’是杂七。”薛姨妈道：“织女牛郎会七夕。”鸳鸯道：“凑成‘二郎游五岳’。”薛姨妈道：“世人不及神仙乐。”说完，大家称赏，饮了酒。鸳鸯又道：“有了一副。左边‘长幺’两点明。”湘云道：“双悬日月照乾坤。”鸳鸯道：“右边‘长幺’两点明。”湘云道：“闲花落地听无声。”鸳鸯道：“中间还得‘幺四’来。”湘云道：“日边红杏依云栽。”鸳鸯道：“凑成‘樱桃九熟’。”湘云道：“御园却被鸟衔出。”说完饮了一杯。鸳鸯道：“有了一副。左边是‘长三’。”宝钗道：“双双燕子语梁间。”鸳鸯道：“右边是‘三长’。”宝钗道：“水荇牵风翠带长。”鸳鸯道：“当中‘三六’九点在。”宝钗道：“三山半落青天外。”鸳鸯道：“凑成‘铁锁练孤舟’。”宝钗道：“处处风波处处愁。”说完饮毕。鸳鸯又道：“左边一个‘天’。”黛玉道：“良辰美景奈何天。”宝钗听了，回头看着他。黛玉只顾怕罚，也不理论。鸳鸯道：“中间‘锦屏’颜色俏。”黛玉道：“纱窗也没有红娘报。”鸳鸯道：“剩了‘二六’八点齐。”黛玉道：“双瞻玉座引朝仪。”鸳鸯道：“凑成‘篮子’好采花。”黛玉道：“仙杖香挑芍药花。”说完，饮了一口。鸳鸯道：“左边‘四五’成花九。”迎春道：“桃花带雨浓。”众人道：“该罚！错了韵，而且又不像。”迎春笑着饮了一口。原是凤姐儿和鸳鸯都要听刘姥姥的笑话，故意都令说错，都罚了。至王夫人，鸳鸯代说了个，下便该刘姥姥。刘姥姥道：“我们庄家人闲了，也常会几个人弄这个，但不如说的这么好听。少不得我也试一试。”众人都笑道：“容易说的，不相干，只管说。”鸳鸯笑道：“左边‘四四’是个人。”刘姥姥听了，想了半日，说道：“是个庄家人罢。”众人哄堂笑了。贾母笑道：“说的好，就是这样说。”刘姥姥也笑道：“我们庄家人，不过是现成的本色，众位别笑。”鸳鸯道：“中间‘三四’绿配红。”刘姥姥道：“大火烧了毛毛虫。”众人笑道：“这是有的，还说你的本色。”鸳鸯道：“右边‘幺四’真好看。”刘姥姥道：“一个萝蓟一头蒜。”众人又笑了。鸳鸯笑道：“凑成便是一枝花。”刘姥姥两只手比着，说道：“花儿落了结个大倭瓜。”众人大笑起来。只听外面乱嚷——

第四十一回

栊翠庵茶品梅花雪
怡红院劫遇母蝗虫

（墨）此回栊翠品茶，怡红遇劫。盖妙玉难以清净无为自守而怪洁之癖未免有过。老妪只污得一杯，见而勿用。岂似玉兄日享洪福，竟至无以复加而不自知，故老妪眠其床，卧其席，酒屁燻其屋，却被袭人遮过，则仍用其床其席其屋。亦作者特为转眼不知身后事，写来作戒，纨绔公子可不慎哉？

话说刘姥姥两只手比着说道：“花儿落了结个大倭瓜。”众人听了哄堂大笑起来。于是吃过门杯，因又逗趣笑道：“实告诉说罢，我的手脚子粗笨，又喝了酒，仔细失手打了这瓷杯。有木头的杯取个子来，我便失了手，掉了地下也无碍。”众人听了，又笑起来。凤姐儿听如此说，便忙笑道：“果真要木头的，我就取了来。可有一句先说下：这木头的可比不得磁的，他都是一套，定要吃遍一套方使得。”刘姥姥听了心下战敠道：“我方才不过是趣话取笑儿，谁知他果真竟有。我时常在村庄乡绅大家也赴过席，金杯银杯倒都也见过，从来没见有木头杯之说。哦，是了，想必是小孩子们使的木碗儿，不过诓我多喝两碗。别管他，横竖这酒蜜水儿似的，多喝点子也无妨。”（墨夹：为登厕伏脉。）想毕，便说："取来再商量。"凤姐乃命丰儿："到前面里间屋，书架子上有十个竹根套杯取来。"丰儿听了答应，才要去，鸳鸯笑道："我知道你这十个杯还小。况且你才说是木头的，这会子又拿了竹根的来，倒不好看。不如把我们那里的黄杨根整抠的十个大套杯拿来，灌他十下子。"凤姐儿笑道："更好了。"鸳鸯果命人取来。刘姥姥一看，又惊又喜：惊的是一连十个挨次大小分下来，那大的足似个小盆子，第十个极小的还有手里的杯子两个大；喜的是雕镂奇绝，一色山水树木人物，并有草字以及图印。因忙说道："拿了那小的来就是了，怎么这样多?"凤姐儿笑道："这个杯没有喝一个的理。我们家因没有这大量的，所以没人敢使他。姥姥既要，好容易寻了出来，必定要挨次吃一遍才使得。"刘姥姥唬的忙道："这个不敢。好姑奶奶，饶了我罢。"贾母、薛姨妈、王夫人知道他上了年纪的人，禁不起，忙笑道："说是说，笑是笑，不可多吃了，只吃这头一杯罢。"刘姥姥道："阿弥陀佛！我还是小杯吃罢。把这大杯收着，我带了家去慢慢的吃罢。"说的众人又笑起来。鸳鸯无法，只得命人满斟了一大杯，刘姥姥两手捧着喝。贾母、薛姨妈都道："慢些，不要呛了。"薛姨妈又命凤姐儿布了菜。凤姐笑道："姥姥要吃什么，说出名儿来，我搛了喂你。"刘姥姥道："我知什么名儿？样样都是好的。"贾母笑道："你把茄鲞搛些喂他。"凤姐儿听说，依言搛些茄鲞送入刘姥姥口中，因笑道："你们天天吃茄子，也尝尝我们的茄子弄的可口不可口。"刘姥姥笑道："别哄我了，茄子跑出这个味儿来了，我们也不用种粮食，只种茄子了。"众人笑道："真是茄子，我们再不哄你。"刘姥姥诧异道："真是茄子？我白吃了半日。姑奶奶再喂我些，这一口细嚼嚼。"凤姐果又搛了些放入口内。刘姥姥细嚼了半日，笑道："虽有一点茄子香，只是还不像是茄子。告诉我是个什么法子弄的，我也弄着吃去。"凤姐儿笑道："这也不难。你把才下来的茄子把皮劗了，只要净肉，切成碎钉子，用鸡油炸了，再用鸡脯子肉并香菌、新笋、蘑菇、五香腐干、各色干果子，俱切成钉子，拿鸡汤煨干，将香油一收，外加糟油一拌，盛在磁罐子里封严，要吃时拿出来，用炒的鸡瓜一拌就是。"刘姥姥听了，摇头吐舌说道："我的佛祖！倒得十来只鸡来配他，怪道这个味儿!"一面说笑，一面慢慢的吃完了酒，还只管细玩那杯。凤姐笑道："还是不足兴，再吃一杯罢!"刘姥姥忙道："了不得，那就醉死了。我因为爱这样范，亏他怎么作了。"鸳鸯笑道："酒吃完了，到底这杯子是什么木的?"刘姥姥笑道："怨不得姑娘不认得，你们在这金门绣户的，如何认得木头！我们成日家和树林子作街坊，困了枕着他睡，乏了靠着他坐，荒年间饿了还吃他，眼睛里天天见他，耳朵里天天听他，口儿里天天讲他，所以好歹真假，我是认得的。让我认一认。"一面说，一面细细端详了半日，道："你们这样人家断没有那贱东西，那容易得的木头，你们也不收着了。我掂着这杯体重，断乎不是杨木，这一定是黄松的。"众人听了，哄堂大笑起来。

只见一个婆子走来请问贾母，说："姑娘们都到了藕香榭，请示下，就演罢还是再等一会子?"贾母忙笑道："可是倒忘了他们，就叫他们演罢。"那个婆子答应去了。不一时，只听得箫管悠扬，笙笛并发。正值风清气爽之时，那乐声穿林度水而来，自然使人神怡心旷。宝玉先禁不住，拿起壶来斟了一杯，一口饮尽。复又斟上，才要饮，只见王夫人也要饮，命人换暖酒，宝玉连忙将自己的杯捧了过来，送到王夫人口边，（墨夹：

妙极！忽写宝玉如此便是天地间母子之至情至性。献芹之民之意令人酸鼻。）王夫人便就他手内吃了两口。一时暖酒来了，宝玉仍归旧坐，王夫人提了暖壶下席来，众人皆都出了席，薛姨妈也立起来，贾母忙命李、凤二人接过壶来：“让你姨妈坐了，大家才便。”王夫人见如此说，方将壶递与凤姐，自己归坐。贾母笑道：“大家吃上两杯，今日着实有趣。”说着擎杯让薛姨妈，又向湘云、宝钗道：“你姐妹两个也吃一杯。你妹妹虽不大会吃，也别饶他。”说着自己已干了。湘云、宝钗、黛玉也都干了。当下刘姥姥听见这般音乐，且又有了酒，越发喜的手舞足蹈起来。宝玉因下席过来向黛玉笑道：“你瞧刘姥姥的样子。”黛玉笑道：“当日圣乐一奏，百兽率舞，如今才一牛耳。”众姐妹都笑了。

须臾乐止，薛姨妈出席笑道：“大家的酒想也都有了，且出去散散再坐罢。”贾母也正要散散，于是大家出席，都随着贾母游玩。贾母因要带着刘姥姥散闷，遂携了刘姥姥至山前树下盘桓了半晌，又说与他这是什么树，这是什么石，这是什么花。刘姥姥一一的领会，又向贾母道：“谁知城里不但人尊贵，连雀儿也是尊贵的。偏这雀儿到了你们这里，他也变俊了，也会说话了。”众人不解，因问什么雀儿变俊了，会讲话。刘姥姥道：“那廊下金架子上站的绿毛红嘴是鹦哥儿，我是认得的。那笼子里的黑老鸹子怎么又长出凤头来，也会说话呢。”众人听了都笑将起来。

一时只见丫鬟们来请用点心。贾母道：“吃了两杯酒，倒也不饿。也罢，就拿了这里来，大家随便吃些罢。”丫鬟便去抬了两张几来，又端了两个小捧盒。揭开看时，每个盒内两样：这盒内一样是藕粉桂糖糕，一样是松穰鹅油卷；那盒内一样是一寸来大的小饺儿，贾母因问什么馅儿，婆子们忙回是螃蟹的。贾母听了，皱眉说：“这油腻腻的，谁吃这个！”那一样是奶油炸的各色小面果，也不喜欢。因让薛姨妈吃，薛姨妈只拣了一块糕；贾母拣了一个卷子，只尝了一尝，剩的半个递与丫鬟了。刘姥姥因见那小面果子都玲珑剔透，便拣了一朵牡丹花样的笑道：“我们那里最巧的姐儿们，也不能铰出这么个纸的来。我又爱吃，又舍不得吃，包些家去给他们做花样子去倒好。”众人都笑了。贾母道：“家去我送你一坛子。你先趁热吃这个罢。”别人不过拣各人爱吃的一两点就罢了，刘姥姥原不曾吃过这些东西，且都作的小巧，不显盘堆的，他和板儿每样吃了些，就去了半盘子。剩的，凤姐又命攒了两盘并一个攒盒，与文官等吃去。忽见奶子抱了大姐儿来，大家哄他顽了一会。那大姐儿因抱着一个大柚子顽的，忽见板儿抱着一个佛手，便也要佛手。（墨夹：小儿常情，遂成千里伏线。）丫鬟哄他取去，大姐儿等不得，便哭了。众人忙把柚子与了板儿，将板儿的佛手哄过来与他才罢。那板儿因顽了半日佛手，此刻又两手抓着些果子吃，又忽见这柚子又香又圆，更觉好顽，且当球踢着玩去，也就不要佛手了。（墨夹：柚子即今香团之属也，应与缘通。佛手者，正指迷津者也。以小儿之戏暗透前后通部脉络，隐隐约约，毫无一丝漏泄，岂独为刘姥姥之俚言博笑而有此一大回文字哉？）

当下贾母等吃过茶，又带了刘姥姥至栊翠庵来。妙玉忙接了进去。至院中见花木繁盛，贾母笑道：“到底是他们修行的人，没事常常修理，比别处越发好看。”一面说，一面便往东禅堂来。妙玉笑往里让，贾母道：“我们才都吃了酒肉，你这里头有菩萨，冲了罪过。我们这里坐坐，把你的好茶拿来，我们吃一杯就去了。”妙玉听了，忙去烹了茶来。宝玉留神看他是怎么行事。只见妙玉亲自捧了一个海棠花式雕漆填金云龙献寿的小茶盘，里面放一个成窑五彩小盖钟，捧与贾母。贾母道："我不吃六安茶。"妙玉笑说："知道。这是老君眉。"贾母接了，又问是什么水。妙玉笑回："是旧年蠲的雨水。"贾母便吃了半盏，便笑着递与刘姥姥说："你尝尝这个茶。"刘姥姥便一口吃尽，笑道："好是好，就是淡些，再熬浓些更好了。"贾母、众人都笑起来。然后众人都是一色官窑脱胎填白盖碗。

那妙玉便把宝钗和黛玉的衣襟一拉，二人随他出去，宝玉悄悄的随后跟了来。只见妙玉让他二人在耳房内，宝钗坐在榻上，黛玉便坐在妙玉的蒲团上。妙玉自向风炉上扇滚了水，另泡一壶茶。宝玉便走了进来，笑道："偏你们吃梯己茶呢。"二人都笑道："你又赶了来餮茶吃。这里并没你的。"妙玉刚要去取杯，只见道婆收了上面的茶盏来。妙玉忙命："将那成窑的茶杯别收了，搁在外头去罢。"宝玉会意，知为刘姥姥吃了，他嫌脏不要了。又见妙玉另拿出两只杯来。一个旁边有一耳，杯上镌着"瓟爮斝"三个隶字，后有一行小真字是"晋王恺珍玩"，又有"宋元丰五年四月眉山苏轼见于秘府"一行小字。妙玉便斟了一斝，递与宝钗。那一只形似钵而小，也有三个垂珠篆字，镌着"杏犀䀉"。妙玉斟了一䀉与黛玉。仍将前番自己常日吃茶的那只绿玉斗来斟与宝玉。宝玉笑道："常言'世法平等'，他两个就用那样古玩奇珍，我就是个俗器了。"妙玉道："这是俗器？不是我说狂话，只怕你家里未必找的出这么一个俗器来呢。"宝玉笑道："俗说'随乡入乡'，到了你这里，自然把那金玉珠宝一概贬为俗器了。"妙玉听如此说，十分欢喜，遂又寻出一只九曲十环一百二十节蟠虬整雕竹根的一个大𣏌出来，笑道："就剩了这一个，你可吃的了这一海？"宝玉喜的忙道："吃的了。"妙玉笑道："你虽吃的了，也没这些茶糟蹋。（墨夹：茶下"糟蹋"二字，成窑杯已不屑再要，妙玉真清洁高雅，然亦怪谲孤僻甚矣。实有此等人物，但罕耳。）岂不闻'一杯为品，二杯即是解渴的蠢物，三杯便是饮牛饮骡了'。你吃这一海便成什么？"说的宝钗、黛玉、宝玉都笑了。妙玉执壶，只向海内斟了约有一杯。宝玉细细吃了，果觉轻浮无比，赏赞不绝。妙玉正色道："你这遭吃的茶是托他两个福，独你来了，我是不给你吃的。"宝玉笑道："我深知道的，我也不领你的情，只谢他二人便是了。"妙玉听了，方说："这话明白。"黛玉因问："这也是旧年的雨水？"妙玉冷笑道："你这么个人，竟是大俗人，连水也尝不出来。这是五年前我在玄墓蟠香寺住着，收的梅花上的雪，共得了那一鬼脸青的花磁瓮一瓮，总舍不得吃，埋在地下，今年夏天才开了。我只吃过一回，这是第二回了。你怎么尝不出来？隔年蠲的雨水那有这样轻浮，如何吃得。"黛玉知他天性怪僻，不好多话，亦不好多坐，吃过茶，便约着宝钗走了出来。

宝玉和妙玉陪笑道："那茶杯虽然脏了，白撂了岂不可惜？依我说，不如就给那贫婆子罢，他卖了也可以度日。你道可使得？"妙玉听了，想了一想，点头说道："这也罢了。幸而那杯子是我没吃过的，若我吃过的，我就砸碎了也不能给他。你要给他，我也不管你，只交给你，快拿了去罢。"宝玉笑道："自然如此，你那里和他说话授受去，越发连你也脏了。只交与我就是了。"妙玉便命人拿来递与宝玉。宝玉接了，又道："等我们出去了，我叫几个小幺儿来河里打几桶水来洗地如何？"妙玉笑道："这更好了，只是你嘱咐他们，抬了水只搁在山门外头墙根下，别进门来。”宝玉道：“这是自然的。”说着，便袖着那杯，递与贾母房中小丫头拿着，说：“明日刘姥姥家去，给他带去罢。”交代明白，贾母已经出来要回去。妙玉亦不甚留，送出山门，回身便将门闭了。不在话下。

且说贾母因觉身上乏倦，便命王夫人和迎春姊妹陪了薛姨妈去吃酒，自己便往稻香村来歇息。凤姐忙命人将小竹椅抬来，贾母坐上，两个婆子抬起，凤姐、李纨和众丫鬟婆子围随去了，不在话下。这里薛姨妈也就辞出。王夫人打发文官等出去，将攒盒散与众丫鬟们吃去，自己便也乘空歇着，随便歪在方才贾母坐的榻上，命一个小丫头放下帘子来，又命他捶着腿，吩咐他：“老太太那里有信，你就叫我。”说着也歪着睡着了。

宝玉、湘云等看着丫鬟们将攒盒搁在山石上，也有坐在山石上的，也有坐在草地下的，也有靠着树的，也有傍着水的，倒也十分热闹。一时又见鸳鸯来了，要带着刘姥姥各处去逛，众人也都赶着取笑。一时来至“省亲别墅”的牌坊底下，刘姥姥道：“嗳呀！这里还有个大庙呢。”说着，便爬下磕头。众人笑弯了腰。刘姥姥道：“笑什么？这牌楼上字我都认得。我们那里这样的庙宇最多，都是这样的牌坊，那字就是庙的名字。”众人笑道：“你认得这是什么庙？”刘姥姥便抬头指那字道：“这不是‘玉皇宝殿’四字？”众人笑的拍手打脚，还要拿他取笑。刘姥姥觉得腹内一阵乱响，忙的拉着一个小丫头，要了两张纸就解衣。众人又是笑，又忙喝他：“这里使不得！”忙命一个婆子带了东北上去了。那婆子指与地方，便乐得走开去歇息。

那刘姥姥因喝了些酒，他脾气不与黄酒相宜，且吃了许多油腻饮食，发渴多喝了几碗茶，不免通泻起来，蹲了半日方完。及出厕来，酒被风禁，且年迈之人，蹲了半天，忽一起身，只觉得眼花头眩，辨不出路径。四顾一望，皆是树木山石楼台房舍，却不知那一处是往那里去的了，只得认着一条石子路慢慢的走来。及至到了房舍跟前，又找不着门，再找了半日，忽见一带竹篱，刘姥姥心中自忖道：“这里也有扁豆架子。”一面想，一面顺着花障走了来，得了一个月洞门进去。只见迎面忽有一带水池，只有七八尺宽，石头砌岸，里面碧清的水流往那边去了，上面有一块白石横架在上面。刘姥姥便度石过去，顺着石子甬路走去，转了两个弯子，只见有一房门。于是进了房门，只见迎面一个女孩儿，满面含笑迎了出来。刘姥姥忙笑道：“姑娘们把我丢下来了，要我碰头碰到这里来。”说了，只觉那女孩儿不答。刘姥姥便赶来拉他的手，“咕咚”一声，便撞到板壁上，把头碰的生疼。细瞧了一瞧，原来是幅画儿。刘姥姥自忖道：“原来画儿有这样活凸出来的。”一面想，一面看，一面又用手摸去，却是一色平的，点头叹了两声。一转身方得了一个小门，门上挂着葱绿撒花软帘。刘姥姥掀帘进去，抬头一看，只见四面墙壁玲珑剔透，琴剑瓶炉皆贴在墙上，锦笼纱罩，金彩珠光，连地下踩的砖，皆是碧绿凿花，竟越发把眼花了，找门出去，那里有门？左一架书，右一架屏。刚从屏后得了一门转去，只见他亲家母也从外面迎了进来。刘姥姥诧异，忙问道：“你想是见我这几日没家去，亏你找我来。那一位姑娘带你进来的？”他亲家只是笑，不还言。刘姥姥笑道：“你好没见世面，见这园里的花好，你就没死活带了一头。”他亲家也不答。便心下忽然想起：“常听大富贵人家有一种穿衣镜，这别是我在镜子里头呢罢。”说毕伸手一摸，再细一看，可不是，四面雕空紫檀板壁将镜子嵌在中间。因说：“这已经拦住，如何走出去呢?”一面说，一面只管用手摸。这镜子原是西洋机括，可以开合。不意刘姥姥乱摸之间，其力巧合，便撞开消息，掩过镜子，露出门来。刘姥姥又惊又喜，迈步出来，忽见有一副最精致的床帐。他此时又带了七八分醉，又走乏了，便一屁股坐在床上，只说歇歇，不承望身不由己，前仰后合的，朦胧着两眼，一歪身就睡熟在床上。

且说众人等他不见，板儿见没了他姥姥，急的哭了。众人都笑道：“别是掉在茅厕里了？快叫人去瞧瞧。”因命两个婆子去找，回来说没有。众人各处搜寻不见。袭人度其道路：“是他醉了迷了路，顺着这一条路往我们后院子里去了。若进了花障子到后房门进去，虽然碰头，还有小丫头们知道；若不进花障子再往西南上去，若绕出去还好，若绕不出去，可够他绕回子。好的，我且瞧瞧去。”一面想，一面回来，进了怡红院便叫人，谁知那几个房子里小丫头已偷空顽去了。

袭人一直进了房门，转过集锦槅子，就听的鼾齁如雷。忙进来，只闻见酒屁臭气，满屋一瞧，只见刘姥姥扎手舞脚的仰卧在床上。袭人这一惊不小，慌忙赶上来将他没死活的推醒。那刘姥姥惊醒，睁眼见了袭人，连忙爬起来道：“姑娘，我失错了！并没弄脏了床帐。”一面说，一面用手去掸。袭人恐惊动了人，被宝玉知道了，只向他摇手，不叫他说话。忙将鼎内贮了三四把百合香，仍用罩子罩上。些须收拾收拾，所喜不曾呕吐，忙悄悄的笑道：“不相干，有我呢。你随我出来。”刘姥姥跟了袭人，出至小丫头们房中，命他坐了，向他说道：“你就说醉倒在山子石上打了个盹儿。”刘姥姥答应知道。又与他两碗茶吃，方觉酒醒了，因问道：“这是那个小姐的绣房，这样精致？我就像到了天宫里的一样。”袭人微微笑道：“这个么，是宝二爷的卧室。”那刘姥姥吓的不敢作声。袭人带他从前面出去，见了众人，只说他在草地下睡着了，带了他来的。众人都不理会，也就罢了。

一时贾母醒了，就在稻香村摆晚饭。贾母因觉懒懒的，也不吃饭，便坐了竹椅小敞轿，回至房中歇息，命凤姐儿等去吃饭。他姊妹方复进园来。要知端的——

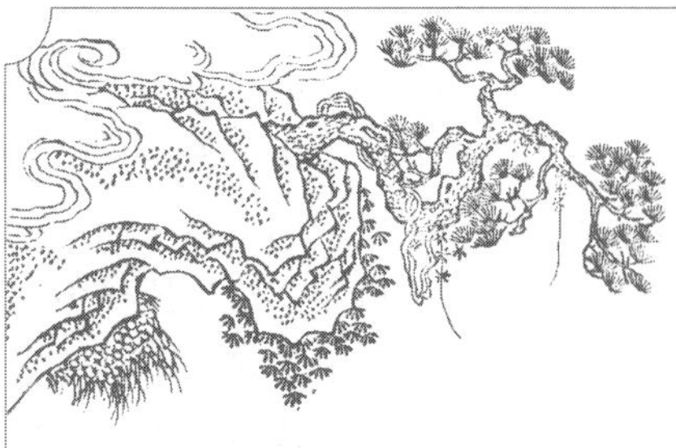

第四十二回

蘅芜君兰言解疑癖　潇湘子雅谑补余香

（墨）钗、玉名虽二个，人却一身，此幻笔也。今书至三十八回时已过三分之一有余，故写是回使二人合而为一。请看黛玉逝后宝钗之文字便知余言不谬矣。

话说他姊妹复进园来，吃过饭，大家散出，都无别话。

且说刘姥姥带着板儿，先来见凤姐儿，说：“明日一早定要家去了。虽住了两三天，日子却不多，把古往今来没见过的，没吃过的，没听见过的，都经验了。难得老太太和姑奶奶并那些小姐们，连各房里的姑娘们，都这样怜贫惜老照看我。我这一回去后没别的报答，惟有请些高香天天给你们念佛，保佑你们长命百岁的，就算我的心了。”凤姐儿笑道：“你别喜欢。都是为你，老太太也被风吹病了，淌着说不好过；我们大姐儿也着了凉，在那里发热呢。”刘姥姥听了，忙叹道：“老太太有年纪的人，不惯十分劳乏的。”凤姐儿道：“从来没像昨儿高兴。往常也进园子逛去，不过到一二处坐坐就来了。昨儿因为你在这里，要叫你逛逛，一个园子到走了多半个。大姐儿因为找我去，太太递了一块糕给他，谁知风地里吃了，就发起热来。”刘姥姥道：“小姐儿只怕不大进园子，生地方儿，小人儿家原不该去。比不得我们的孩子，会走了，那个坟圈子里不跑去。一则风扑了也是有的；二则只怕他身上干净，眼睛又净，或是遇见什么神了。依我说，给他瞧瞧祟书本子，仔细撞客着了。”一语提醒了凤姐儿，便叫平儿拿出《玉匣记》着彩明来念。彩明翻了一回念道：“八月二十五日，病者在东南方得遇花神。用五色纸钱四十张，向东南方四十步送之，大吉。”凤姐儿笑道：“果然不错，园子里头可不是花神！只怕老太太也是遇见了。”一面命人请两分纸钱来，着两个人来，一个与贾母送祟，一个与大姐儿送祟。果见大姐儿安稳睡了。（墨夹：岂真送了就安稳哉？盖妇人之心意皆如此，即不送岂有一夜不睡之理？作者正描愚人之见耳。）

凤姐儿笑道：“到底是你们有年纪的人经历的多。我这大姐儿时常肯病，也不知是个什么原故。”刘姥姥道：“这也有的事。富贵人家养的孩子多太娇嫩，自然禁不得一些儿委曲；再他小人儿家，过于尊贵了，也禁不起。以后姑奶奶少疼他些就好了。”凤姐儿道：“这也有理。我想起来，他还没个名字，你就给他起个名字。一则借借你的寿；二则你们是庄家人，不怕你恼，到底贫苦些，你贫苦人起个名字，只怕压的住他。”（墨夹：一篇愚妇无理之谈，实是世间必有之事。）刘姥姥听说，便想了一想，笑道：“不知他几时生的？”凤姐儿道：“正是生日的日子不好呢，可巧是七月初七日。”刘姥姥忙笑道：“这个正好，就叫他是巧哥儿。这叫作‘以毒攻毒，以火攻火’的法子。姑奶奶定要依我这名字，他必长命百岁。日后大了，各人成家立业，或一时有不遂心的事，必然是遇难成祥，逢凶化吉，却从这‘巧’字上来。”

凤姐儿听了，自是欢喜，忙道谢，又笑道：“只保佑他应了你的话就好了。”说着叫平儿来吩咐道：“明儿咱们有事，恐怕不得闲儿。你这空儿把送姥姥的东西打点了，他明儿一早就好走的便宜了。”刘姥姥忙说：“不敢多破费了。已经遭扰了几日，又拿着走，越发心里不安起来。”凤姐儿道：“也没有什么，不过随常的东西。好也罢，歹也罢，带了去，你们街坊邻舍看着也热闹些，也是上城一次。”只见平儿走来说：“姥姥过这边瞧瞧。”

刘姥姥忙跟了平儿到那边屋里，只见堆着半炕东西。平儿一一的拿与他瞧着，说道：“这是昨日你要的青纱一匹，奶奶另外送你一个实地子月白纱做里子。这是两个茧绸，作袄儿裙子都好。这包袱里是两匹绸子，年下做件衣裳穿。这是一盒子各样内造点心，也有你吃过的，也有你没吃过的，拿去摆碟子请客，比你们买的强些。这两条口袋是你昨日装瓜果子来的，如今这一个里头装了两斗御田粳米，熬粥是难得的；这一条里头是园子里果子和各样干果子。这一包是八两银子。这都是我们奶奶的。这两包每包里头五十两，共是一百两，是太太给的，叫你拿去或者作个小本买卖，或者置几亩地，以后再别求亲靠友的。”说着又悄悄笑道：“这两件袄儿和两条裙子，还有四块包头，一包绒线，可是我送姥姥的。衣裳虽是旧的，我也不大狠穿，你要弃嫌，我就不敢说了。”平儿说一样刘姥姥就念一句佛，已经念了几千声佛了，又见平儿也送他这些东西，又如此谦逊，忙念佛道：“姑娘说那里话？这样好东西我还弃嫌？我便有银子也没处去买这样的呢。只是我怪燥的，收了又不好，不收又辜负了姑娘的心。”平儿笑道：“休说外话，咱们都是自己，我才这样。你放心收了罢，我还和你要东西呢。到年下，你只把你们晒的那个灰条菜干子和豇豆、扁豆、茄子、葫芦条儿各样干菜带些来，我们这里上上下下都爱吃。这个就算了，别的一概不要，别罔费了心。”刘姥姥千恩万谢答应了。平儿道：“你只管睡你的去。我替你收拾妥当了就放在这里，明儿一早打发小厮们雇辆车装上，不用你费一点心的。”

刘姥姥越发感激不尽，过来又千恩万谢的辞了凤姐儿，过贾母这一边睡了一夜，次早梳洗了就要告辞。因贾母欠安，众人都过来请安，出去传请大夫。一时婆子回大夫来了，老妈妈请贾母进幔子去坐。贾母道：“我也老了，那里养不出那阿物儿来，还怕他不成！不要放幔子，就这样瞧罢。”众婆子听了，便拿过一张小桌来，放下一个小枕头，便命人请。

一时只见贾珍、贾琏、贾蓉三个人将王太医领来。王太医不敢走甬路，只走旁阶，跟着贾珍到了阶矶上。早有两个婆子在两边打起帘子，两个婆子在前导引进去，又见宝玉迎了出来。只见贾母穿着青皱绸一斗珠的羊皮褂子，端坐在榻上，两边四个未留头的小丫鬟都拿着蝇帚漱盂等物；又有五六个老嬷嬷雁翅摆在两旁，碧纱橱后隐隐约约有许多穿红着绿戴宝簪珠的人。王太医便不敢抬头，忙上来请了安。贾母见他穿着六品服色，便知御医了，也便含笑问：“供奉好？”因问贾珍：“这位供奉贵姓？”贾珍等忙回：“姓王。”贾母道：“当日太医院正堂王君效，好脉息。”王太医忙躬身低头，含笑回说：“那是晚生家叔祖。”贾母听了，笑道：“原来这样，也是世交了。”一面说，一面慢慢的伸手放在小枕头上。老嬷嬷端着一张小杌，连忙放在小桌前，略偏些。王太医便屈一膝坐下，歪着头诊了半日，又诊了那只手，忙欠身低头退出。贾母笑说：“劳动了。珍儿让出去好生看茶。”

贾珍、贾琏等忙答了几个“是”，复领王太医出到外书房中。王太医说：“太夫人并无别症，偶感一点风凉，究竟不用吃药，不过略清淡些，暖着一点儿，就好了。如今写个方子在这里，若老人家爱吃，便按方煎一剂吃，若懒待吃，也就罢了。”说着吃过茶写了方子。刚要告辞，只见奶子抱了大姐儿出来，笑说：“王老爷也瞧瞧我们。”王太医听说忙起身，就奶子怀中，左手托着大姐儿的手，右手诊了一诊，又摸了一摸头，又叫伸出舌头来瞧瞧，笑道：“我说姐儿又骂我了，只是要清清净净的饿两顿就好了，不必吃煎药，我送丸药来，临睡时用姜汤研开，吃下去就是了。”说毕作辞而去。

贾珍等拿了药方来，回明贾母原故，将药方放在桌上出去，不在话下。这里王夫人和李纨、凤姐儿、宝钗姊妹等见大夫出去，方从橱后出来。王夫人略坐一坐，也回房去了。

刘姥姥见无事，方上来和贾母告辞。贾母说：“闲了再来。”又命鸳鸯来，“好生打发刘姥姥出去。我身上不好，不能送你。”刘姥姥道了谢，又作辞，方同鸳鸯出来。到了下房，鸳鸯指炕上一个包袱说道：“这是老太太的几件衣服，都是往年间生日节下众人孝敬的，老太太从不穿人家做的，收着也可惜，却是一次也没穿过的。昨日叫我拿出两套儿送你带去，或是送人，或是自己家里穿罢，别见笑。这盒子里是你要的面果子。这包子里是你前儿说的药，梅花点舌丹也有，紫金锭也有，活络丹也有，催生保命丹也有，每一样是一张方子包着，总包在里头了。这是两个荷包，带着顽罢。”说着便抽系子，掏出两个笔锭如意的锞子来给他瞧，又笑道：“荷包拿去，这个留下给我罢。”刘姥姥已喜出望外，早又念了几千声佛，听鸳鸯如此说，便说道：“姑娘只管留下罢。”鸳鸯见他信以为真，仍与他装上，笑道：“哄你顽呢，我有好些呢。留着年下给小孩子们罢。”说着，只见一个小丫头拿了个成窑钟子来递与刘姥姥，“这是宝二爷给你的。”刘姥姥道：“这是那里说起。我那一世修了来的，今儿这样。”说着便接了过来。鸳鸯道：“前儿我叫你洗澡，换的衣裳是我的，你不弃嫌，我还有几件，也送你罢。”刘姥姥又忙道谢。鸳鸯果然又拿出两件来与他包好。刘姥姥又要到园中辞谢宝玉和众姊妹、王夫人等去。鸳鸯道：“不用去了。他们这会子也不见人，回来我替你说罢。闲了再来。”又命了一个老婆子，吩咐他：“二门上叫两个小厮来，帮着姥姥拿了东西送出去。”婆子答应了，又和刘姥姥到了凤姐儿那边一并拿了东西，在角门上命小厮们搬了出去，直送刘姥姥上车去了。不在话下。

且说宝钗等吃过早饭，又往贾母处问过安，回园至分路之处，宝钗便叫黛玉道：“颦儿跟我来，有一句话问你。”黛玉便同了宝钗，来至蘅芜院中。进了房，宝钗便坐了笑道：“你跪下，我要审你。”黛玉不解何故，因笑道：“你瞧宝丫头疯了！审问我什么？”宝钗冷笑道：“好个千金小姐！好个不出闺门的女孩儿！满嘴说的是什么？你只实说便罢。”黛玉不解，只管发笑，心里也不免疑惑起来，口里只说：“我何曾说什么？你不过要捏我的错儿罢了。你倒说出来我听听。”宝钗笑道：“你还装憨儿。昨儿行酒令你说的是什么？我竟不知那里来的。”黛玉一想，方想起来昨儿失于检点，那《牡丹亭》《西厢记》说了两句，不觉红了脸，便上来搂着宝钗，笑道：“好姐姐，原是我不知道随口说的。你教给我，再不说了。”宝钗笑道：“我也不知道，听你说的怪生的，所以请教你。”黛玉道：“好姐姐，你别说与别人，我以后再不说了。”宝钗见他羞得满脸飞红，满口央告，便不肯再往下追问，因拉他坐下吃茶，款款的告诉他道：“你当我是谁，我也是个淘气的。从小七八岁上也够个人缠的。我们家也算是个读书人家，祖父手里也爱藏书。先时人口多，姊妹弟兄都在一处，都怕看正经书。弟兄们也有爱诗的，也有爱词的，诸如这些《西厢》《琵琶》以及‘元人百种’，无所不有。他们是偷背着我们看，我们却也偷背着他们看。后来大人知道了，打的打，骂的骂，烧的烧，才丢开了。所以咱们女孩儿家不认得字的倒好。男人们读书不明理，尚且不如不读书的好，何况你我。就连作诗写字等事，原不是你我分内之事，究竟也不是男人分内之事。男人们读书明理，辅国治民，这便好了。只是如今并不听见有这样的人，读了书倒更坏了。这是书误了他，可惜他也把书遭塌了，所以竟不如耕读买卖，倒没有什么大害处。你我只该做些针黹纺织的事才是，偏又认得了字，既认得了字，不过拣那正经的看也罢了，最怕见了些杂书，移了性情，就不可救了。”一席话，说的黛玉垂头吃茶，心下暗伏，只有答应“是”的一字。忽见素云进来说：“我们奶奶请二位姑娘商议要紧的事呢。二姑娘、三姑娘、四姑娘、史姑娘、宝二爷都在那里等着呢。”宝钗道：“又是什么事？”黛玉道：“咱们到了那里就知道了。”说着便和宝钗往稻香村来，果见众人都在那里。

李纨见了他两个，笑道：“社还没起，就有脱滑的了，四丫头要告一年的假呢。”黛玉笑道：“都是老太太昨儿一句话，又叫他画什么园子图儿，惹得他乐得告假了。”探春笑道："也别要怪老太太，都是刘姥姥一句话。"林黛玉忙笑道："可是呢，都是他一句话。他是那一门子的姥姥，直叫他是个'母蝗虫'就是了。"说着大家都笑起来。宝钗笑道："世上的话，到了凤丫头嘴里也就尽了。幸而凤丫头不认得字，不大通，不过一概是市俗取笑。更有颦儿这促狭嘴，他用'春秋'的法子，将市俗的粗话，撮其要，删其繁，再加润色比方出来，一句是一句。这'母蝗虫'三字，把昨儿那些形景都现出来了。亏他想的倒也快。"众人听了，都笑道："你这一注解，也就不在他两个以下。"李纨道："我请你们大家商议，给他多少日子的假。我给了他一个月，他嫌少，你们怎么说？"黛玉道："论理一年也不多。这园子盖才盖了一年，如今要画自然得二年工夫呢。又要研墨，又要蘸笔，又要铺纸，又要着颜色，又要……"刚说到这里，众人知道他是取笑惜春，便都笑问他说："还要怎样？"黛玉也自己掌不住笑道："又要照着这样儿慢慢的画，可不得二年的工夫！"众人听了，都拍手笑个不住。宝钗笑道："'又要照着这个慢慢的画'，这落后一句最妙。所以昨儿那些笑话儿虽然可笑，回想是没味的。你们细想颦儿这几句话虽是淡的，回想却有滋味。我倒笑的动不得了。"（墨夹：看他刘姥姥笑后复一笑，亦想不到之文也。听宝卿之评亦千古定论。）惜春道："都是宝姐姐赞的他越发逞强，这会子拿我也取笑儿。"黛玉忙拉他笑道："我且问你，还是单画这园子呢，还是连我们众人都画在上头呢？"惜春道："原说只画这园子的，昨儿老太太又说，单画了园子成个房样子了，叫连人都画上，就像'行乐'似的才好。我又不会这工细楼台，又不会画人物，又不好驳回，正为这个为难呢。"黛玉道："人物还容易，你草虫上不能。"李纨道："你又说不通的话了，这个上头那里又用的着草虫？或者翎毛倒要点缀一两样。"黛玉笑道："别的草虫不画罢了，昨儿'母蝗虫'不画上，岂不缺了典！"众人听了，又都笑起来。黛玉一面笑的两手捧着胸口，一面说道："你快画罢，我连题跋都有了，起个名字，就叫作《携蝗大嚼图》。"众人听了，越发哄然大笑，前仰后合。只听"咕咚"一声响，不知什么倒了，急忙看时，原来是湘云伏在椅子后背后，那椅子原不曾放稳，被他全身伏着背子大笑，他又不提防，两下里错了劲，向东一歪，连人带椅都歪倒了，幸有板壁挡住，不曾落地。众人一见，越发笑个不住。宝玉忙赶上去扶了起来，方渐渐止了笑。宝玉和黛玉使个眼色儿，黛玉会意，便走至里间将镜袱揭起，照了一照，只见两鬓略松了些，忙开了李纨的妆奁，拿出抿子来，对镜抿了两抿，仍旧收拾好了，方出来，指着李纨道："这是叫你带着我们作针线，都你反招我们来大顽大笑的。"李纨笑道："你们听他这刁话。他领着头儿闹，引着人笑了，倒赖我的不是。真真恨的我只保佑明儿你得一个利害婆婆，再得几个千刁万恶的大姑子小姑子，试试你那会子还这么刁不刁了。"

林黛玉早红了脸，拉着宝钗说："咱们放他一年的假罢。"宝钗道："我有一句公道话，你们听听。四丫头虽会画，不过是几笔写意。如今画这园子，非离了肚子里头有几幅丘壑的才能成画。这园子却是像画儿一般，山石树木，楼阁房屋，远近疏密，也不多，也不少，恰恰的是这样。你既照样儿往纸上一画，是必不能讨好的。这要看纸的地步远近，该多该少，分主分宾，该添的要添，该减的要减，该藏的要藏，该露的要露。这一起了稿子，再端详斟酌，方成一幅图样。第二件，这些楼台房舍，是必要用界划的。一

香菱

点不留神，栏杆也歪了，柱子也塌了，门窗也倒竖过来，阶矶也离了缝，甚至于桌子挤到墙里去，花盆放在帘子上来，岂不倒成了一张笑‘话’儿了。第三，要插人物，也要有疏密，有高低。衣折裙带，手指足步，最是要紧；一笔不细，不是肿了手就是跏了腿，染脸撕发倒是小事。依我看来竟难的狠。如今一年的假也太多，一月的假也太少，竟给他半年的假，再派了宝兄弟帮着他。并不是为宝兄弟知道教着他画，那就更误了事；为的是有不知道的，或难安插的，宝兄弟好拿出去问问那会画的相公，就容易了。”

宝玉听了，先喜的说：“这话极是。詹子亮的工细楼台就极好，程日兴的美人是绝技，如今就问他们去。”宝钗道：“我说你是无事忙，说了一声你就问去。等着商议定了再去。如今且拿什么画？”宝玉道：“家里有雪浪纸，又大又托墨。”宝钗冷笑道：“我说你不中用！那雪浪纸写字画写意画儿，或是会山水的画南宗山水，托墨，禁得皴搜。拿了画这个，又不托色，又难滃染，画也不好，纸也可惜。我教你一个法子。原先盖这园子，就有一张细致图样，虽是匠人描的，那地步方向是不错的。你和太太要了出来，也比着那纸大小，和凤丫头要一块重绢，叫相公矾了，叫他照着这图样删补着立了稿子，添了人物就是了。就是配这些青绿颜色并泥金泥银，也得他们配去。你们也得另爖上风炉子，预备化胶、出胶、洗笔。还得一张粉油大案，铺上毡子。你们那些碟子也不全，笔也不全，都得从新再治才好。”惜春道：“我何曾有这些画器？不过随手写字的笔画画罢了。就是颜色，只有赭石、广花、藤黄、胭脂这四样。再有，不过是两支着色笔就完了。”宝钗道：“你不该。早说，这些东西我却还有，只是你也用不着，给你也白放着。如今我且替你收着，等你用着这个时候我送你些，也只可留着画扇子，若画这大幅的也就可惜了的。今儿替你开个单子，照着单子和老太太要去。你们也未必知道的全，我说着，宝兄弟写。”宝玉早已预备下笔砚了，原怕记不清白，要写了记着，听宝钗如此说，喜的提起笔来静听。宝钗说道：“头号排笔四支，二号排笔四支，三号排笔四支，大染四支，中染四支，小染四支，大南蟹爪十支，小蟹爪十支，须眉十支，大著色二十支，小著色二十支，开面十支，柳条二十支，箭头硃四两，南赭四两，石黄四两，石青四两，石绿四两，管黄四两，广花八两，蛤粉四匣，胭脂十片，大赤飞金二百帖，青金二百帖，广匀胶四两，净矾四两。矾绢的胶矾在外，别管他们，你只把绢交出去叫他们矾去。这些颜色，咱们淘澄飞跌着，又顽了，又使了，包你一辈子都够使了。再要顶细绢箩四个， 粗绢箩四个，担笔四支，大小乳钵四个，大粗碗二十个，五寸粗碟十个，三寸粗白碟二十个，风炉两个，沙锅大小四个，新瓷罐二口，新水桶四只，一尺长白布口袋四条，浮炭二十斤，柳木炭一斤，三屉木箱一个，直地纱一丈，生姜二两，酱半斤。”黛玉忙道：“铁锅一口，锅铲一个。”宝钗道：“这作什么？”黛玉笑道：“你要生姜和酱这些作料，我替你要铁锅来，好炒颜色吃的。”众人都笑起来。宝钗笑道：“你那里知道。那粗色碟子保不住不上火烤，不拿姜汁子和酱预先抹在底子上烤过了，一经了火是要炸的。”众人听说，都道：“原来如此。”

黛玉又看了一回单子，笑着拉探春悄悄的道：“你瞧瞧，画个画儿又要这些水缸箱子来了。想必他糊涂了，把他的嫁妆单子也写上了。”探春“嗳”了一声，笑个不住，说道：“宝姐姐，你还不拧他的嘴？你问问他编排你的话。”宝钗笑道：“不用问，狗嘴里还有象牙不成！”一面说，一面走上来，把黛玉按在炕上，便要拧他的脸。黛玉笑着忙央告：“好姐姐，饶了我罢！颦儿年纪小，只知说，不知道轻重，作姐姐的教道我。姐姐不饶我，还求谁去？”众人不知话内有因，都笑道：“说的好可怜见的，连我们也软了，饶了他罢。”宝钗原是和他顽，忽听他又拉扯前番说他胡看杂书的话，便不好再和他厮闹，放起他来。黛玉笑道：“到底是姐姐，要是我，再不饶人的。”宝钗笑指他道：“怪不得老太太疼你，众人爱你伶俐，今儿我也怪疼你的了。过来，我替你把头发拢一拢。”黛玉果然转过身来，宝钗用手拢上去。宝玉在旁看着，只觉更好，不觉后悔不该令他抿上鬓去，也该留着，此时叫他替他抿去。正自胡思，只见宝钗说道：“写完了，明儿回老太太去。若家里有的就罢，若没有的，就拿些钱去买了来，我帮着你们配。”宝玉忙收了单子。

大家又说了一回闲话。至晚饭后又往贾母处来请安。贾母原没有大病，不过是劳乏了，兼着了些凉，温存了一日，又吃了一剂药疏散了疏散，至晚也就好了。不知次日又有何话，且听下回分解。

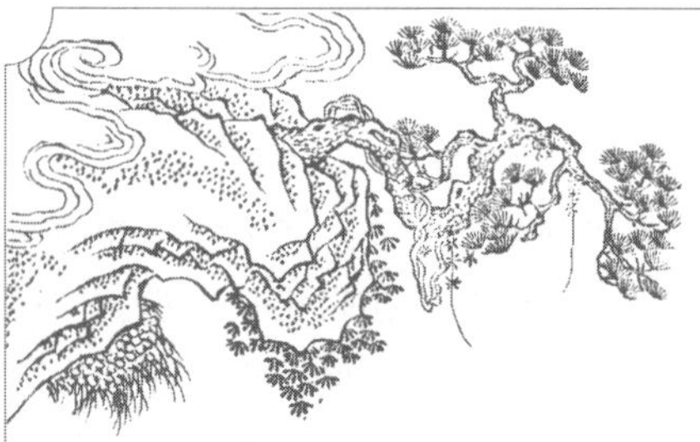

第四十三回 闲取乐偶攒金庆寿 不了情暂撮土为香

话说王夫人因见贾母那日在大观园不过着了些风寒，不是什么大病，请医生吃了两剂药也就好了，便放了心，因命凤姐来，吩咐他预备给贾政带去的东西。正商议着，只见贾母打发人来请，王夫人忙引着凤姐儿过来。王夫人又请问：“这会子可又觉大安些?”贾母道：“今日可大好了。方才你们送来野鸡崽子汤，我尝了一尝，倒有味儿，又吃了两块肉，心里很受用。”王夫人笑道：“这是凤丫头孝敬老太太的。算他的孝心虔，不枉了素日老太太疼他。”贾母点头笑道：“难为他想着。若是还有生的，再炸上两块，咸浸浸的，吃粥有味儿。那汤虽好，就只不对稀饭。”凤姐听了，连忙答应，命人去厨房传话。

这里贾母又向王夫人笑道：“我打发人请你来，不为别的。初二是凤丫头的生日，上两年我原早想替他做生日，偏到跟前有大事，就混过去了。今年人又齐全，料着又没事，咱们大家好生乐一日。”（墨夹：贾母犹云“好生乐一日”，可见逐日虽乐，皆还不称心也。所以世人不论贫富，各有愁肠，终不能时时遂心如意。此是至理，非不足语也。）王夫人笑道：“我也想着呢。既是老太太高兴，何不就商议定了?”贾母笑道：

“我想往年不拘谁作生日，都是各自送各自的礼，这个也俗了，也觉狠生分似的。今儿我出个新法子，又不生分，又可取笑。”王夫人忙道：“老太太怎么想着好，就是怎么样行。”贾母笑道：“我想着，咱们也学那小家子大家凑分子，（墨夹：原来请分子是小家的事，近见多少人家红白事一出且筹算分子之多寡，不知何说。）多少尽着这钱去办，你道好顽不好顽？”（墨夹：看他写与宝钗作生日后，又偏写与凤姐作生日。阿凤何人也，岂不为彼之华诞大用一回笔墨哉？只是亏他如何想来。特写于宝钗之后，较姊妹胜而有余；于贾母之前，较诸父母相去不远。一部书中若一个一个只管写过生日，复成何文哉？故起用宝钗，盛用阿凤，终用贾母，各有妙文，各有妙景。余者诸人或一笔不写，或偶因一语带过，或丰或简，其情当理合，不表可知。岂必谆谆死笔按数而写众人之生日哉？迥不犯宝钗。）王夫人笑道：“这个狠好，但不知怎么凑法？”贾母听说，益发高兴起来，忙遣人去请薛姨妈、邢夫人等，又叫请姑娘们并宝玉，那府里珍儿媳妇并赖大家的等有头脸管事的媳妇也都叫了来。

众丫头婆子见贾母十分高兴也都高兴，忙忙的各自分头去请的请，传的传，没顿饭的工夫，老的少的，上的下的，乌压压挤了一屋子。只薛姨妈和贾母对坐，邢夫人、王夫人只坐在房门前两张椅子上，宝钗姊妹等五六个人坐在炕上，宝玉坐在贾母怀前，地下满满的站了一地。贾母忙命拿几个小杌子来，给赖大母亲等几个高年有体面的妈妈坐了。贾府风俗，年高伏侍过父母的家人，比年轻的主子还有体面，所以尤氏、凤姐儿等只管地下站着，那赖大的母亲等三四个老妈妈告个罪，都坐在小杌子上了。

贾母笑着把方才一夕话说与众人听了。众人谁不凑这趣儿？再也有和凤姐儿好的，有情愿这样的；有畏惧凤姐儿的，巴不得来奉承的：况且都是拿的出来的，所以一闻此言，都欣然应诺。贾母先道：“我出二十两。”薛姨妈笑道：“我随着老太太，也是二十两了。”邢夫人、王夫人道：“我们不敢和老太太并肩，自然矮一等，每人十六两罢了。”尤氏、李纨也笑道：“我们自然又矮一等，每人十二两罢。”贾母忙和李纨道：“你寡妇失业的，那里还拉你出这个钱，我替你出了罢。”（墨夹：必如是方妙。）凤姐忙笑道：“老太太别高兴，且算一算账再揽事。老太太身上已有两分呢，这会子又替大嫂子出十二两，说着高兴，一会子回想又心疼了。过后儿又说：‘都是为凤丫头花了钱。’使个巧法子，哄着我拿出三四分子来，暗里补上，我还做梦呢。”说的众人都笑了。贾母笑道：“依你怎么样呢？”（墨夹：又写阿凤一样，更妙。若一笔直下，有何趣哉？）凤姐笑道：“生日没到，我这会子已经折受的不受用了。我一个钱饶不出，惊动这些人实在不安，不如大嫂子这一分我替他出了罢了。我到了那一日多吃些东西，就享了福了。”邢夫人等听了，都说：“很是。”贾母方允了。凤姐儿又笑道：“我还有一句话呢。我想老祖宗自己二十两，又有林妹妹、宝兄弟的两分子。姨妈自己二十两，又有宝妹妹的一分子，这倒也公道。只是二位太太每位十六两，自己又少，又不替人出，这有些不公道。老祖宗吃了亏了！”贾母听了，忙笑道：“到是我的凤姐儿向着我，这说的狠是。要不是你，我叫他们又哄了去了。”凤姐笑道：“老祖宗只把他姐儿两个交给两位太太，一位占一个，派多派少，每位替出一分就是了。”贾母忙说：“这狠公道，就是这样。”赖大的母亲忙站起来笑说道：“这可反了！我替二位太太生气。在那边是儿子媳妇，在这边是内侄女儿，倒不向着婆婆姑娘，倒向着别人。这儿媳妇成了陌路人，内侄女儿竟成了个外侄女儿了。”说的贾母与众人都大笑起来了。（墨夹：写阿凤全付精神，虽一戏，亦人想不到之文。）赖大之母因又问道：“少奶奶们十二两，我们自然也该矮一等了。”贾母听说，道：“这使不得。你们虽该矮一等，我知道你们这几个都是财主，分位虽低，钱却比他们多。（墨夹：惊魂夺魄只此一句。所以一部书全是老婆舌头，全是讽刺世事，反面春秋也。所谓“痴子弟正照风月鉴”，若单看了家常老婆舌头，岂非痴子弟乎？）你们和他们一例才使得。”众妈妈听了，连忙答应。贾母又道：“姑娘们不过应个景儿，每人照一个月的月例就是了。”又回头叫鸳鸯来；“你们也凑几个人，商议凑了来。”鸳鸯答应着，去不多时会了平儿、袭人、彩霞等还有几个小丫鬟来，也有二两的，也有一两的。贾母因问平儿：“你难到不替你主子作生日，还入在这里头？”平儿笑道：“我那个私自另外有了，这是官中的，也该出一分。”贾母笑道：“这才是好孩子。”凤姐又笑道：“上下都全了。还有二位姨奶奶，他出不出，也问一声儿。尽到他们是理，不然，他们又该说小看了他们了。”（墨夹：纯写阿凤以衬后文。）贾母听了，忙说：“可是呢，怎么倒忘了他们！只怕他们不得闲儿，叫一个丫头问问去。”说着，早有丫头去了，半日回来说道：“每位也出二两。”贾母喜道：“拿笔砚来算明，共计多少。”尤氏因悄骂凤姐道：“我把你这没足厌的小蹄子！这么些婆婆婶子来凑银子给你过生日，你还不足，又拉上两个苦瓠子作什么？”凤姐也悄笑道：“你少胡说，一会子离了这里，我才和你算账。他们两个为什么苦呢？有了钱也是白填送别人，不如拘来咱们乐。”（墨夹：纯写阿凤以衬后文，二人形景如见，语言如闻，真描画的到。）

说着，早已合算了，共凑了一百五十两有余。贾母道：“一日戏酒用不了。”尤氏道：“既不请客，酒席又不多，两三日的用度都够了。头等，戏不用钱，省在这上头。”贾母道：“凤丫头说那一班好，就传那一班。”凤姐儿道：“咱们家的班子都听熟了，倒是花几个钱叫一班来听听罢。”贾母道：“这件事我交给珍哥媳妇了。越性叫凤丫头别操一点心，受用一日才算。”（墨夹：所以特受用了，才有琏卿之变。乐极生悲，自然之理。）尤氏答应着。又说了一回话，都知贾母乏了，才渐渐的都散出来。

尤氏等送邢夫人、王夫人二人散去，便往凤姐房里来商议怎么办生日的话。凤姐儿道：“你不用问我，你只看老太太的眼色行事就完了。”尤氏笑道：“你这阿物儿，也特行了大运了。我当有什么事叫我们去，原来单为这个。出了钱不算，还要我来操心，你怎么谢我？”凤姐笑道：“你别扯燥，我又没叫你来，谢你什么！你怕操心？你这会子就回老太太去，再派一个就是了。”尤氏笑道：“你瞧他兴的这样儿！我劝你收着些儿好。太满了就泼出来了。”二人又说了一回方散。

次日将银子送到宁国府来，尤氏方才起来梳洗，因问是谁送过来的，丫鬟们回说：“是林大娘。”尤氏便命叫了他来。丫鬟走至下房，叫了林之孝家的过来。尤氏命他脚踏上坐了，一面忙着梳洗，一面问他：“这一包银子共多少？”林之孝家的回说：“这是我们底下人的银子，凑了先送过来。老太太和太太们的还没有呢。”正说着，丫鬟们回说：“那府里太太和姨太太打发人送分子来了。”尤氏笑骂道：“小蹄子们，专会记得这些没要紧的话。昨儿不过老太太一时高兴，故意的要学那小家子凑分子，你们就记得了，嘴里当正经的说。还不快接了进来好生待茶，再打发他们去。”丫鬟应着，忙接了进来，一共两封，连宝钗、黛玉的都有了。尤氏问还少谁的，林之孝家的道：“还少老太太、太太、姑娘们的和底下姑娘们的。”尤氏道：“还有你们大奶奶的呢？”林之孝家的道：“奶奶过去，这银子都从二奶奶手里发，一共都有了。”

说着，尤氏已梳洗了，命人伺候车辆。一时来至荣府，先来见凤姐。只见凤姐已将银子封好，正要送去。尤氏问：“都齐了？”凤姐儿笑道：（墨夹：“笑”字就有神情。）“都有了，快拿了去罢，丢了我不管。”尤氏笑道：“我有些信不及，倒要当面点一点。”说着果然按数一点，只没有李纨的一分。尤氏笑道：“我说你肏鬼呢，怎么你大嫂子的没有？”凤姐儿笑道：“那么些还不够使？短一分儿也罢了，等不够了我再给你。”（墨夹：可见阿凤处处心机。）尤氏道：“昨儿你在人跟前作人，今儿又来和我赖，这个断不依你。我只和老太太要去。”凤姐儿笑道：“我看你利害。明儿有了事，我也‘丁是丁卯是卯’的，你也别抱怨。”尤氏笑道：“你一般的也怕。不看你素日孝敬我，我才是不依你呢。”说着，把平儿的一分拿了出来，说道：“平儿，来！把你的收起去，等不够了，我替你添上。”平儿会意，因说道：“奶奶先使着，若剩下了再赏我一样。”尤氏笑道：“只许你那主子作弊，就不许我作情儿。”平儿只得收了。尤氏又道：“我看着你主子这么细致，弄这些钱那里使去！使不了，明儿带了棺材里使去。”（墨夹：此言不假，伏下后文短命。尤氏亦能干事矣，惜不能劝夫治家，惜哉，痛哉！）

一面说着，一面又往贾母处来。先请了安，大概说了两句话，便走到鸳鸯房中和鸳鸯商议，只听鸳鸯的主意行事，何以讨贾母的喜欢。二人计议妥当。尤氏临走时，也把鸳鸯二两银子还他，说：“这还使不了呢。”说着，一经出来，又至王夫人跟前说了一回话。因王夫人进了佛堂，把彩云一份也还了他。见凤姐不在跟前，一时把周、赵二人的也还了。他两个还不敢收。（墨夹：阿凤声势亦甚矣。）尤氏道：“你们可怜见的，那里有这些闲钱？凤丫头便知道了，有我应着呢。”二人听说，千恩万谢的方收了。（墨夹：尤氏亦可谓有才矣。论有德比阿凤高十倍，惜乎不能谏夫治家，所谓“人各有当”也。此方是至理至情，最恨近之野史中，恶则无往不恶，美则无一不美，何不近情理之如是耶？）于是尤氏一径出来，坐车回家。不在话下。

展眼已是九月初二日，园中人都打听得尤氏办得十分热闹，不但有戏，连耍百戏并说书的男女先儿全有，都打点取乐顽耍。李纨又向众姊妹道：“今儿是正经社日，可别忘了。（墨夹：看书者已忘，批书者亦已忘了，作者竟未忘，忽写此事，真忙中愈忙、紧处愈紧也。）宝玉也不来，想必他只图热闹，把清雅就丢开了。”（墨夹：此独宝玉乎？亦骂世人。余亦为宝玉忘了，不然何不来耶？）说着，便命丫鬟去瞧作什么，快请了来。丫鬟去了半日，回说：“花大姐姐说，今儿一早就出门去了。”（墨夹：奇文。）众人听了，都诧异说：“再没有出门之理。这丫头糊涂，不知说话。”因又命翠墨去。一时翠墨回来说：“可不真出了门了。说有个朋友死了，出去探丧去了。”（墨夹：奇文。信有之乎？花团锦簇之日偏如此写法。）探春道：“断然没有的事。凭他什么，再没今日出门之理。你叫袭人来，我问他。”刚说着，只见袭人走来。李纨等都说道：“今儿凭他有什么事，也不该出门。头一件，你二奶奶的生日，老太太都这等高兴，两府上下众人来凑热闹，他倒走了；第二件，又是头一社的正日子，他也不告假，就私自去了！”袭人叹道：“昨儿晚上就说了，今儿一早起有要紧的事到北静王府里去，就赶回来的。劝他不要去，他必不依。今儿一早起来，又要素衣裳穿，想必是北静王府里的要紧姬妾没了，也未可知。”李纨等道：“若果如此，也该去走走，只是也该回来了。”说着，大家又商议：“咱们只管作诗，等他回来罚他。”刚说着，只见贾母已打发人来请，便都往前头来了。袭人回明宝玉的事，贾母不乐，便命人去接。

原来宝玉心里有件私事，于头一日就吩咐茗烟：“明日一早要出门，备下两匹马在后门口等着，不要别人，只你一个跟着。说给李贵，我往北府里去了。倘或要有人找我，叫他拦住不用找，只说北府里留下了，横竖就来的。”茗烟也摸不着头脑，只得依言说了。今儿一早，果然备了两匹马在园子后门等着。天亮了，只见宝玉遍体纯素，从角门出来，一语不发跨上马，一弯腰，顺着街就颠下去了。茗烟也只得跨马加鞭赶上，在后面忙问：“往那里去？”宝玉道：“这条路是往那里去的？”茗烟道：“这是出北门的大道。出去了冷清清没有可顽的去处。”宝玉听说，点头道：“正要冷清清的地方好。”说着，越性加了鞭，那马早已转了两个弯子，出了城门。茗烟越发不得主意，只得紧紧跟着。

一气跑了七八里路出来，人烟渐渐稀少，宝玉方勒住马，回头问茗烟道：“这里可有卖香的？”茗烟道：“香到有，不知是那一样？”宝玉想道：“别的香不好，须得檀、芸、降三样。”茗烟笑道：“这三样可难得。”宝玉为难。茗烟见他为难，因问道：“要香作什么使？我见二爷时常小荷包有散香，何不找一找。”一句提醒了宝玉，便回手向衣襟上拉出一个荷包来，摸了一摸，竟有两星沉素香，心内欢喜：“只是不恭些。”再想自己亲身带的，倒比买的又好些。于是又问炉炭。茗烟道：“这可罢了。荒郊野外那里有？用这些何不早说，带了来岂不便宜。”宝玉道：“糊涂东西，若可带了来，又不这样没命的跑了。”（墨夹：奇奇怪怪不知为何，看他下文怎样。）茗烟想了半日，笑道：“我得了个主意，不知二爷心下如何？我想二爷不止用这个呢，只怕还要用别的。这也不是事。如今我们往前再走二里地，就是水仙庵了。”宝玉听了忙问：“水仙庵就在这里？更好了，我们就去。”说着，就加鞭前行，一面回头向茗烟道：“这水仙庵的姑子长往咱们家去，咱们这一去到那里，和他借香炉使使，他自然是肯的。”茗烟道：“别说他是咱们家的香火，就是平白不认识的庙里，和他借，他也不敢驳回。只是一件，我常见二爷最厌这水仙庵的，如何今儿又这样喜欢了？”宝玉道：“我素日狠恨俗人不知原故，混供神混盖庙，这都是当日有钱的老公们和那些有钱的愚妇们听见有个神，就盖起庙来供着，也不知那神是何人，因听些野史小说，便信真了。（墨夹：近闻刚丙庙又有三教庵，以如来为尊，太上为次，先师为末，真杀有余辜，所谓此书救世之溺不假。）比如这水仙庵里面因供的是洛神，故名水仙庵，殊不知古来并没有个洛神，那原是曹子建的谎话，谁知这起愚人就塑了像供着。今儿却合我的心事，故借他一用。”

说着早已来至门前。那老姑子见宝玉来了，事出意外，竟像天上掉下个活龙来的一般，忙上来问好，命老道来接马。宝玉进去，也不拜洛神之像，却只管赏鉴。虽是泥塑的，却真有“翩若惊鸿，婉若游龙”之态，“荷出绿波，日映朝霞”之姿。（墨夹：妙极！用《洛神赋》赞洛神本地风光，愈觉新奇。）宝玉不觉滴下泪来。老姑子献了茶。宝玉因和他借香炉。那姑子去了半日，连香供纸马都预备了来。宝玉道："一概不用，单用个香炉。"便命茗烟捧着炉出至后院中，拣一块干净地方儿，竟拣不出。茗烟道："那井台儿上如何？"宝玉点头，一齐来至井台上，将炉放下。（墨夹：妙极之文。宝玉心中拣定是井台上了，故意使茗烟说出，使彼不犯疑猜矣。宝玉亦有欺人之才，盖不用耳。）

茗烟站过一旁。宝玉掏出香来焚上，含泪施了半礼，（墨夹：奇文。云"只施半礼"，终不知为何事也。）回身命收了去。茗烟答应，且不收，忙爬下磕了几个头，口内祝道："我茗烟跟二爷这几年，二爷的心事，我没有不知道的，只有今儿这一祭祀没有告诉我，我也不敢问。只是这受祭的阴魂虽不知名姓，想来自然是那人间有一、天上无双，极聪明极俊雅的一位姐姐妹妹了。二爷心事不能出口，让我待祝：若芳魂有灵，香魄多情，虽然阴阳间隔，既是知己之间，时常来望候二爷，未尝不可。你在阴间保佑二爷来生也变个女孩儿，和你们一处相伴，再不可又托生这须眉浊物了。"说毕，又磕几个头，才爬起来。（墨夹：忽插入茗烟一篇流言，粗看则小儿戏语，亦甚无味。细玩则大有深意，试思宝玉之为人岂不应有一极伶俐乖巧小童哉？此一祝亦如《西厢记》中双文降香，第三柱则不语，红娘则待祝数语，直将双文心事道破。此处若写宝玉一祝，则成何文字？若不祝直成一哑迷，如何散场？故写茗烟一戏直戏入宝玉心中，又发出前文，又可收后文，又写茗烟素日之乖觉可人，且衬出宝玉直似一个守礼待嫁的女儿一般，其素日脂香粉气不待写而全现出矣。今看此回，直欲将宝玉当作一个极清俊羞怯的女儿，看茗烟则极乖觉可人之丫鬟也。）

宝玉听他没说完，便掌不住笑了，（墨夹：方一笑，盖原可发笑，且说得合心，愈见可笑也。）因踢他道："休胡说，看人听见笑话。"（墨夹：也知人笑，更奇。）茗烟起来收过香炉，和宝玉走着，因道："我已经合姑子说了，二爷还没用饭，叫他随便收拾了些东西，二爷勉强吃些。我知道今儿咱们里头大排筵宴，热闹非常，二爷为此才躲了出来的。横竖在这里清净一天，也就尽到礼了。若不吃东西，断使不得。"宝玉道："戏酒既不吃，这随便素的吃些何妨。"茗烟道："这便才是。还有一说，咱们来了，还有人不放心。若没有人不放心，便晚了进城何妨？若有人不放心，二爷须得进城回家去才是。第一老太太、太太也放了心，第二礼也尽了，不过如此。就是家去了看戏吃酒，也并不是二爷有意，原不过陪着父母尽孝道。二爷若单为了这个不顾老太太、太太悬心，就是方才那受祭的阴魂也不安生。二爷想我这话如何？"宝玉笑道："你的意思我猜着了，你想着只你一个跟了我出来，回来你怕担不是，所以拿这大题目来劝我。（墨夹：亦知这个大，妙极！）我才来了，不过为尽个礼，再去吃酒看戏，并没说一日不进城。这已完了心愿，赶着进城，大家放心，岂不两尽其道。"（墨夹：这是大通的意见，世人不及的去处。）茗烟道："这更好了。"说着二人来至禅堂，果然那姑子收拾了一桌素菜，宝玉胡乱吃了些，茗烟也吃了。

二人便上马仍回旧路。茗烟在后面只嘱咐："二爷好生骑着，这马总没大骑的，手里提紧着。"（墨夹：看他偏不写凤姐那样热闹，却写这般清冷，真世人意料不到这一篇文字也。）一面说着，早已进了城，仍从后门进去，忙忙来至怡红院中。袭人等都不在房里，只有几个老婆子看屋子，见他来了，都喜的眉开眼笑，说："阿弥陀佛，可来了！把花姑娘急疯了！上头正坐席呢，二爷快去罢。"宝玉听说忙将素服脱了，自去寻了华服换上，问在什么地方坐席，老婆子回说在新盖的大花厅上。

宝玉听说，一径往花厅来，耳内早已隐隐闻得歌管之声。刚至穿堂那边，只见玉钏儿独坐在廊檐下垂泪，（墨夹：总是千奇百怪的文字。）一见他来，便收泪说道："凤凰来了，快进去罢。再一会子不来，都反了。"（墨夹：是平常言语，却是无限文章，无限情理。看至后文再细思此言，则可知矣。）宝玉陪笑道："你猜我往那里去了？"玉钏儿不答，只管擦泪。（墨夹：无限情理。）宝玉忙进厅里，见了贾母、王夫人等，众人真如得了凤凰一般。宝玉忙赶着与凤姐儿行礼。贾母、王夫人都说他不知道好歹："怎么也不说声就私自跑了，这还了得！明儿再这样，等老爷回家来，必告诉他打你。"说着又骂跟的小厮们都偏听他的话，说那里去就去，也不回一声儿。一面又问他到底那去了，可吃了什么，可唬着了。（墨夹：奇文，毕肖。）宝玉只回说："北静王的一个爱妾昨日没了，给他道恼去。他哭的那样，不好撇下就回来，所以多等了一会子。"贾母道："已后再私自出门，不先告诉我们，一定叫你老子打你。"宝玉答应着。因又要打跟的小子们，众人又忙说情，又劝道："老太太也不必过虑了，他已经回来，大家该放心乐一回了。"贾母先不放心，自然发狠，如今见他来了，喜且有余，那里还恨，也就不提了；还怕他不受用，或者别处没吃饱，路上着了惊怕，反百般的哄他。袭人早过来伏侍。大家仍旧看戏。当日演的是《荆钗记》。贾母、薛姨妈等都看的心酸落泪，也有叹的，也有骂的。要知端的，下回分解。

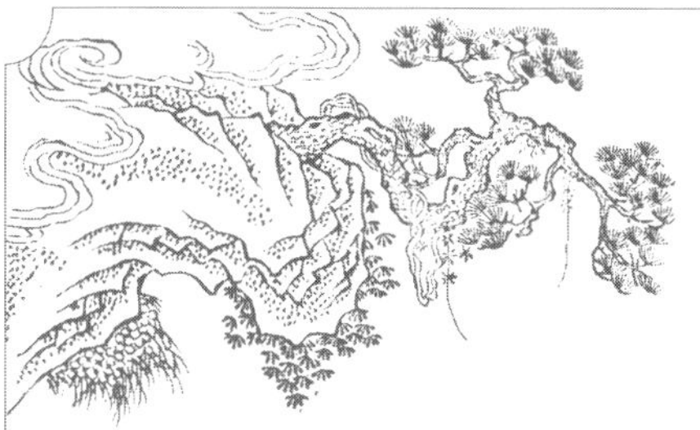

第四十四回 变生不测凤姐泼醋 喜出望外平儿理妆

话说众人看演《荆钗记》，宝玉和姐妹一处坐着。林黛玉因看到《男祭》这一出上，便和宝钗说道："这王十朋也不通的狠，不管在那里祭一祭罢了，必定跑到江边子上来作什么！俗语说'睹物思人'，天下的水总归一源，不拘那里的水舀一碗看着哭，也就尽情了。"宝钗不答。宝玉回头要热酒敬凤姐儿。

原来贾母说今日不比往日，定要叫凤姐痛乐一日。本来自己懒待坐席，只在里间屋里榻上歪着和薛姨妈看戏，随心爱吃的拣几样放在小几上，随意吃着说话儿；将自己两桌席面赏那没有席面的大小丫头并那应差听差的妇人等，命他们在窗外廊檐下也只管坐着随意吃喝，不必拘礼。王夫人和邢夫人在地下高桌上坐着，外面几席是他姊妹们坐。贾母不时吩咐尤氏等："让凤丫头坐在上面，你们好生替我待东，难为他一年到头辛苦。"尤氏答应了，又笑回说道："他坐不惯首席，坐在上头横不是竖不是的，酒也不肯吃。"贾母听了，笑道："你不会，等我亲自让他去。"凤姐儿忙也进来笑说："老祖宗别信他们的话，我吃了好几钟了。"贾母笑着，命尤氏："快拉他出去，按在椅子上，你们都轮流敬他。他再不吃，我当真的就亲自去了。"尤氏听说，忙笑着又拉他出来坐下，命人拿了台盏斟了酒，笑道：“一年到头难为你孝顺老太太、太太和我。我今儿没什么疼你的，亲自斟杯酒，乖乖儿的在我手里喝一口。”凤姐儿笑道：“你要安心孝敬我，跪下我就喝。”尤氏笑道：“说的你不知是谁！我告诉你说，好容易今儿这一遭，过了后儿，知道还得像今儿这样不得了？趁着尽力灌丧两钟罢。”（墨夹：闲闲一戏语伏下后文，令人可伤，所谓“盛筵难再”。）凤姐儿见推不过，只得喝了两钟。接着众姊妹也来，凤姐也只得每人的喝一口。赖大妈妈见贾母尚这等高兴，也少不得来凑趣儿，领着些嬷嬷们也来敬酒。凤姐儿也难推脱，只得喝了两口。鸳鸯等也来敬，凤姐儿真不能了，忙央告道：“好姐姐们，饶了我罢，我明儿再喝罢。”鸳鸯笑道：“真个的，我们是没脸的了？就是我们在太太跟前，太太还赏个脸儿呢。往常倒有些体面，今儿当着这些人，倒拿起主子的款儿来了。我原不该来。不喝，我们就走。”说着真个回去了。凤姐儿忙赶上拉住，笑道：“好姐姐，我喝就是了。”说着拿过酒来，满满的斟了一杯喝干。鸳鸯方笑了散去，然后又入席。

凤姐儿自觉酒沉了，心里突突的似往上撞，要往家去歇歇，只见那耍百戏的上来，便和尤氏说：“预备赏钱，我要洗洗脸去。”尤氏点头。凤姐儿瞅人不防，便出了席，往房门后檐下走来。平儿留心，也忙跟了来，凤姐儿便扶着他走。才至穿廊下，只见他房里的一个小丫头正在那里站着，见他两个来了，回身就跑。凤姐儿便疑心忙叫。那丫头先只装听不见，无奈后面连平儿也叫，只得回来。凤姐儿越发起了疑心，忙和平儿进了穿堂，叫那小丫头子也进来，把槅扇关了，凤姐儿坐在小院子的台矶上，命那丫头子跪了，喝命平儿：“叫两个二门上的小厮来，拿绳子鞭子，把那眼睛里没主子的小蹄子打烂了！”那小丫头子已经唬的魂飞魄散，哭着只管碰头求饶。凤姐儿问道：“我又不是鬼，你见了我，不说规规矩矩站住，怎么倒往前跑？”小丫头子哭道：“我原没看见奶奶来。我又记挂着房里无人，所以跑了。”凤姐儿道：“房里既没人，谁叫你来的？你便没看见我，我和平儿在后头扯着脖子叫了你十来声，越叫越跑。分明又不远，你聋了不成？你还和我强嘴！”说着便扬手一掌打在脸上，打的那小丫头一栽；这边脸上又一下，登时小丫头子两腮紫胀起来。平儿忙劝：“奶奶仔细手疼。”凤姐便说：“你再打着问他跑什么。他再不说，把嘴撕烂了他的！”那小丫头子先还强嘴，后来听见凤姐儿要烧了红烙铁来烙嘴，方哭道：“二爷在家里，打发我来这里瞧着奶奶的，若见奶奶散了，先叫我送信儿去的。不承望奶奶这会子就来了。”凤姐儿见话中有文章：“叫你瞧着我作什么？难道怕我家去不成？必有别的原故，快告诉我，我从此以后疼你。你若不细说，立刻拿刀子来割你的肉。”说着，回头向头上拔下一根簪子来，向那丫头嘴上乱戳，唬的那丫头一行躲，一行哭求道：“我告诉奶奶，可别说我说的。”平儿一傍劝，一傍催他，叫他快说。丫头便说道：“二爷也是才来房里的，睡了一会醒了，打发人来瞧瞧奶奶，说才坐席，还得好一会才来呢。二爷就开了箱子，拿了两块银子，还有两根簪子，两匹缎子，叫我悄悄的送与鲍二的老婆去，叫他进来。他收了东西就往咱们屋里来了。二爷叫我来瞧着奶奶，底下的事我就不知道了。”

凤姐听了，已气的浑身发软，忙立起来一迳来家。刚至院门，只见有一个小丫头在门前探头儿，一见了凤姐，也缩头就跑。（墨夹：如见其形。）凤姐儿提着名字喝住。那丫头本来伶俐，见躲不过了，越性跑了出来，笑道：“我正要告诉奶奶去呢，可巧奶奶来了。”凤姐儿道：“告诉我什么？”那小丫头便说二爷在家这般如此如此，将方才的话也说了一遍。凤姐啐道：“你早作什么了？这会子我看见你了，你来推干净儿！”说着也扬手一下打的那丫头一个趔趄，便摄手摄脚的走至窗前，往里听时，只听里头说笑。那妇人笑道：“多早晚你那阎王老婆死了就好了。”贾琏道：“他死了，再娶一个也是这样，又怎么样呢？”那妇人道：“他死了，你倒是把平儿扶了正，只怕还好些。”贾琏道：“如今连平儿他也不叫我沾一沾了。平儿也是一肚子委曲不敢说。我命里怎么就该犯了‘夜叉星’。”

凤姐听了，气的浑身乱战，又听他俩都赞平儿，便疑平儿素日背地里自然也有愤怨语了，那酒越发涌了上来，也并不忖度，回身把平儿先打了两下，一脚踢开门进去，也不容分说，抓着鲍二家的撕打一顿。又怕贾琏走出去，便堵着门站着骂道：“好淫妇！你偷主子汉子，还要治死主子老婆！平儿过来！你们淫妇忘八一条藤儿，多嫌着我，外面儿你哄我！”说着又把平儿打几下，（墨夹：奇极！先打平儿可是世人想得着的？）打的平儿有冤无处诉，只气得干哭，骂道：“你们做这些没脸的事，好好的又拉上我做什么！”说着也把鲍二家的撕打起来。贾琏也因吃多了酒，进来高兴，未曾作的机密，一见凤姐来了，已没了主意，又见平儿也闹起来，把酒也气上来了。凤姐儿打鲍二家的，他已又气又愧，只不好说的，今见平儿也打，便上来踢骂道：“好娼妇！你也动手打人！”平儿怯打，忙住了手，哭道：“你们背地里说话，为什么拉我呢？”凤姐见平儿怕贾琏，越发气了，又赶上来打着平儿，偏叫打鲍二家的。平儿急了，便跑出来找刀子要寻死。外面众婆子丫头忙拦住解劝。这里凤姐见平儿寻死去，便一头撞在贾琏怀里，叫道：“你们一条藤儿害我，被我听见了，倒都唬起我来。你也勒死我！”贾琏气的墙上拔出剑来，说道：“不用寻死，我也急了，一齐杀了，我偿了命，大家干净。”正闹的不开交，只见尤氏等一群人来了，说：“这是怎么说，才好好的，就闹起来。”贾琏见了人，越发“倚酒三分醉”，逞起威风来，（墨夹：天下小人大都如是。）故意要杀凤姐儿。凤姐儿见人来了，便不似先前那般泼了，（墨夹：天下奸雄妒妇恶妇大都如是，只是恨无阿凤之才耳。）丢下众人，便哭着往贾母那边跑。

此时戏已散出，凤姐跑到贾母跟前，爬在贾母怀里，只说：“老祖宗救我！琏二爷要杀我呢！”（墨夹：瞧他称呼。）贾母、邢夫人、王夫人等忙问怎么了。凤姐儿哭道：“我才家去换衣裳，不防琏二爷在家和人说话，我只当是有客来了，唬得我不敢进去。在窗户外头听了一听，原来是和鲍二家的媳妇商议，说我利害，要拿毒药给我吃了治死我，把平儿扶了正。我原气了，又不敢和他吵，原打了平儿两下，问他为什么要害我。他臊了，就要杀我。”贾母等听了，都信以为真，说：“这还了得！快拿了那下流种子来！”一语未完，只见贾琏拿着剑赶来，后面许多人跟着。贾琏明仗着贾母素日疼他们，连母亲婶母也无碍，故逞强闹了来。邢夫人、王夫人见了，气的忙拦住骂道：“这下流种子！你越发反了，老太太在这里呢！”贾琏乜斜着眼，道：“都是老太太惯的他，他才这样，连我也骂起来了！”邢夫人气的夺下剑来，只管喝他“快出去！”那贾琏撒娇撒痴，涎言涎语的还只乱说。贾母气的说道：“我知道你也不把我们放在眼睛里，叫人把他老子叫来！”贾琏听见这话，方趔趄着脚儿出去了，赌气也不往家去，便往外书房来。

这里邢夫人、王夫人也说凤姐儿。贾母笑道：“什么要紧的事！小孩子们年轻，馋嘴猫儿似的，那里保得住不这么着。从小儿世人都打这么过的。都是我的不是，他多吃了两口酒，又吃起醋来。”说的众人都笑了。贾母又道：“你放心，等明儿我叫他来替你赔不是。你今儿别要过去燥着他。”因又骂：“平儿那蹄子，素日我倒看他好，怎么暗地里这么坏。”尤氏等笑道：“平儿没有不是，是凤丫头拿着人家出气。两口子不好对打，都拿着平儿煞性子。平儿委曲的什么似的呢，老太太还骂人家。”贾母道：“原来这样，我说那孩子倒不像那狐媚魇道的。既这么着，可怜见的，白受他们的气。”因叫琥珀来：“你出去告诉平儿，就说我的话：我知道他受了委曲，明儿我叫凤姐儿替他赔不是。今儿是他主子的好日子，不许他胡闹。”

原来平儿早被李纨拉入大观园去了。（墨夹：可知吃蟹一回非闲文也。）平儿哭得哽咽难抬。宝钗劝道：“你是个明白人，（墨夹：必用宝钗评出方是身分。）素日凤丫头何等待你，今儿不过他多吃一口酒。他可不拿你出气，难到倒拿别人出气不成？别人又笑话他吃醉了。你只管这会子委曲，素日你的好处，岂不都是假的了？”正说着，只见琥珀走来，说了贾母的话。平儿自觉面上有了光辉，方才渐渐的好了，也不往前头来。宝钗等歇息了一回，方来看贾母、凤姐。

宝玉便让平儿到怡红院中来。袭人忙接着，笑道：“我先原要让你的，只因大奶奶和姑娘们都让你，我就不好让的了。”平儿也陪笑说：“多谢。”因又说道：“好好儿的从那里说起，无缘无故白受了一场气。”袭人笑道：“二奶奶素日待你好，这不过是一时气急了。”平儿道：“二奶奶到没说的，只是那淫妇治的我，他又偏拿我凑趣，况还有我们那糊涂爷到打我。”说着便又委曲，禁不住落泪。宝玉忙劝道：“好姐姐，别伤心，我替他两个赔不是罢。”平儿笑道：“与你什么相干？”宝玉笑道：“我们弟兄姊妹都一样。他们得罪了人，我替他赔个不是也是应该的。”又道：“可惜这新衣裳也沾了，这里有你花妹妹的衣裳，何不换了下来，拿些烧酒喷了熨一熨。把头也另梳一梳。”一面说，一面便吩咐了小丫头子们舀洗脸水，烧熨斗来。平儿素习只闻人说宝玉专能和女孩儿们接交；宝玉素日因平儿是贾琏的爱妾，又是凤姐儿的心腹，故不肯和他厮近，因不能尽心，也常为恨事。平儿今见他这般，心中也暗暗的战敠：果然话不虚传，色色想的周到。又见袭人特特的开了箱子，拿出两件不大穿的衣裳来与他换，便赶忙的脱下自己的衣服，忙去洗了脸。宝玉一旁笑劝道：“姐姐还该擦上些脂粉，不然倒像是和凤姐姐赌气了似的。况且又是他的好日子，而且老太太又打发了人来安慰你。”平儿听了有理，便去找粉，只不见粉。宝玉忙走至妆台前，将一个宣窑磁盒揭开，里面盛着一排十根玉簪花棒，拈了一根递与平儿。又笑向他道：“这不是铅粉，这是紫茉莉花种，研碎了兑上香料制的。”平儿倒在掌上看时，果见轻白红香，四样俱美，摊在面上也容易匀净，且能润泽肌肤，不似别的粉青重涩滞。然后看见胭脂也不是成张的，却是一个小小的白玉盒子，里面盛着一盒，如玫瑰膏子一样。宝玉笑道：“那市卖的胭脂都不干净，颜色也薄。这是上好的胭脂拧出汁子来，淘澄净了渣滓，配了花露蒸叠成的。只用细簪子挑一点儿抹在手心里，用一点水化开抹在唇上；手心里就够打颊腮了。”平儿依言妆饰，果见鲜艳异常，且又甜香满颊。宝玉又将盆内的一枝并蒂秋蕙用竹剪刀撷了下来，与他簪在鬓上。忽见李纨打发丫头来唤他，方忙忙的去了。（墨夹：忽使平儿在绛芸轩中梳妆，非世人想不到，宝玉亦想不到者也。作者费尽心机了。　写宝玉最善闺阁中事，诸如脂粉等类，不写成别致文章，则宝玉不成宝玉矣。然要写又不便特为此费一番笔墨，故思及借人发端。然借人又无人，若袭人辈则逐日皆如此，又何必拣一日细写？似觉无味。若宝钗等又系姊妹，更不便来细搜袭人之妆奁，况也是自幼知道的了。因左想右想须得一个又甚亲、又甚疏、又可唐突、又不可唐突、又和袭人等极亲、又和袭人等不大常处、又得袭人辈之美、又不得袭人辈之修饰一人来方可发端。故思及平儿一人方如此，故放手细写绛芸闺中之什物也。）

宝玉因自来从未在平儿前尽过心——且平儿又是个极聪明极清俊的上等女孩儿，比不得那起俗蠢拙物——深为恨怨。今日是金钏儿的生日，故一日不乐。（墨夹：原来为此！宝玉之私祭，玉钏之潜哀俱针对矣。然于此刻补明，又一法也。真千变万化之文，万法具备，毫无脱漏，真好书也。）不想落后闹出这件事来，竟得在平儿前稍尽片心，亦今生意中不想之乐也。因歪在床上，心内怡然自得。忽又思及贾琏惟知以淫乐悦己，并不知作养脂粉。又思平儿并无父母兄弟姊妹，独自一人，供应贾琏夫妇二人。贾琏之俗，凤姐之威，他竟能周全妥贴，今儿还遭涂毒，想来此人薄命，比黛玉犹甚。想到此间，便又伤感起来，不觉洒然泪下。因见袭人等不在房内，尽力落了几点痛泪。复起身，又见方才的衣裳上喷的酒已半干，便拿熨斗熨了叠好；见他的手帕子忘去，上面犹有泪渍，又拿至脸盆中洗了晾上。又喜又悲，闷了一回，也往稻香村来，说一回闲话，掌灯后方散。

平儿就在李纨处歇了一夜，凤姐儿只跟着贾母。贾琏晚间归房，冷清清的，又不好去叫，只得胡乱睡了一夜。次日醒了，想昨日之事，大没意思，后悔不来。邢夫人记挂着昨日贾琏醉了，忙一早过来，叫了贾琏过贾母这边来。贾琏只得忍愧前来，在贾母面前跪下。贾母问他："怎么了？"贾琏忙陪笑说："昨儿原是吃了酒，惊了老太太的驾了，今儿来领罪。"贾母啐道："下流东西，灌了黄汤，不说安分守己的挺尸去，倒打起老婆来了！凤丫头成日家说嘴，霸王似的一个人，昨儿唬得可怜。要不是我，你要伤了他的命，这会子怎么样？"贾琏一肚子的委屈，不敢分辩，只认不是。贾母又道："那凤丫头和平儿还不是个美人胎子？你还不足！成日家偷鸡摸狗，脏的臭的，都拉了你屋里去。为这起淫妇打老婆，又打屋里的人，你还亏是大家子的公子出身，活打了嘴了。若你眼睛里有我，你起来，我饶了你，乖乖的替你媳妇陪个不是，拉了他家去，我就喜欢了。要不然，你只管出去，我也不敢受你的跪。"贾琏听如此说，又见凤姐儿站在那边，也不盛妆，哭的眼睛肿着，也不施脂粉，黄黄脸儿，（墨夹：大妙大奇之文，此一句便伏下病根了，草草看去便可惜了作者行文苦心。）比往常更觉可怜可爱。想着："不如赔了不是，彼此也好了，又讨老太太的喜欢了。"想毕，便笑道："老太太的话，我不敢不依，只是越发纵了他了。"贾母笑道："胡说！我知道他最有礼的，再不会冲撞人。他日后得罪了你，我自然也作主，叫你降伏就是了。"

贾琏听说，爬起来，便与凤姐儿作了一个揖，笑道："原来是我的不是，二奶奶饶过我罢。"满屋里的人都笑了。贾母笑道："凤丫头，不许恼了，再恼我就恼了。"说着，又命人去叫了平儿来，命凤姐儿和贾琏两个安慰平儿。贾琏见了平儿，越发顾不得了，所谓“妻不如妾，妾不如偷”，听贾母一说，便赶上来说道：“姑娘昨日受了屈了，都是我的不是。奶奶得罪了你，也是因我而起。我陪了不是不算外，还替你奶奶赔个不是。”说着，也作了一个揖，引的贾母笑了，凤姐儿也笑了。贾母又命凤姐儿来安慰他。平儿忙走上来给凤姐儿磕头，说：“奶奶的千秋，我惹了奶奶生气，是我该死。”凤姐儿正自愧悔昨日酒吃多了，不念素日之情，浮躁起来，为听了傍人的话，无故给平儿没脸。今反见他如此，又是惭愧，又是心酸，忙一把拉起来，落下泪来。平儿道：“我伏侍了奶奶这么几年，也没弹我一指甲。就是昨儿打我，我也不怨奶奶，都是那淫妇治的，怨不得奶奶生气。”说着，也滴下泪来了。（墨夹：妇人女子之情毕肖，但世之大英雄羽翼偶摧尚按剑生悲，况阿凤与平儿哉？所谓此书真是哭成的。）贾母便命人将他三人送回房去，“有一个再提此事，即刻来回我，我不管是谁，拿拐棍子给他一顿。”

三人从新给贾母、邢王二位夫人磕了头。老嬷嬷答应了，送他三人回去。至房中，凤姐儿见无人，方说道：“我怎么像个阎王，又像夜叉？那淫妇咒我死，你也帮着咒我。千日不好，也有一日好。可怜我熬的连个淫妇也不如了，我还有什么脸来过这日子？”说着又哭了。（墨夹：辖治丈夫此是首计，懦夫来看此句。）贾琏道：“你还不足？你细想想，昨儿谁的不是多？（墨夹：妙！不敢自说没不是，只论多少，懦夫来看。）今儿当着人还是我跪了一跪，又赔不是，你也争足了光了。这会子还叨叨，难道还叫我替你跪下才罢？太要足了强也不是好事。”说的凤姐儿无言可对，平儿嗤的一声又笑了。贾琏也笑道：“又好了！真真我也没法了。”

正说着，只见一个媳妇来回说：“鲍二媳妇吊死了。”（墨夹：倒也有气性，只是又是情累一个，可怜！）贾琏、凤姐儿都吃了一惊。凤姐忙收了怯色，反喝道：“死了罢了，有什么大惊小怪的！”（墨夹：写阿凤如此。）一时，只见林之孝家的进来悄回凤姐道：“鲍二媳妇吊死了，他娘家的亲戚要告呢。”凤姐儿笑道：（墨夹：偏于此处写阿凤笑。坏哉阿凤！）“这倒好了，我正想要打官司呢！”林之孝家的道：“我才和众人劝了他们，又威吓了一阵，又许了他几个钱，也就依了。”凤姐儿道：“我没一个钱！有钱也不给，只管叫他告去。也不许劝他，也不用震吓他，只管让他告去。告不成倒问他个‘以尸讹诈’！”（墨夹：写阿凤如此。）林之孝家的正在为难，见贾琏和他使眼色儿，心下明白，便出来等着。贾琏道：“我出去瞧瞧，看是怎么样。”凤姐儿道：“不许给他钱。”贾琏一迳出来，和林之孝来商议，着人去作好作歹，许了二百两发送才罢。贾琏生恐有变，又命人去和王子腾说，将番役仵作人等叫了几名来，帮着办丧事。那些人见了如此，总要复辨亦不敢辨，只得忍气吞声罢了。贾琏又命林之孝将那二百银子入在流年帐上，分别添补开销过去。（墨夹：大弊小弊，无一不到。）又梯己给鲍二些银两，安慰他说：“另日再挑个好媳妇给你。”鲍二又有体面，又有银子，有何不依，便仍然奉承贾琏，（墨夹：为天下夫妻一哭。）不在话下。

里面凤姐心中虽不安，面上只管佯不理论，因房中无人，便拉平儿笑道：“我昨儿灌丧了酒了，你别愤怨，打了那里，让我瞧瞧。”平儿道：“也没打重。”只听得说，奶奶姑娘都进来了。要知端的，下回分解。

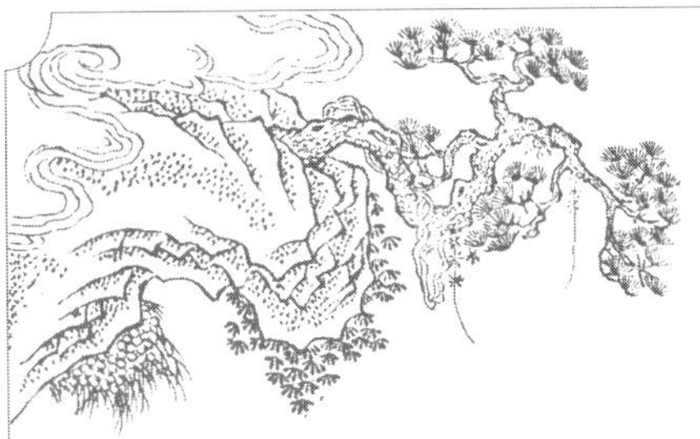

第四十五回

金兰契互剖金兰语　风雨夕闷制风雨词

话说凤姐儿正抚恤平儿，忽见众姊妹进来，忙让坐了，平儿斟上茶来。凤姐儿笑道：“今儿来的这么齐，倒像下帖子请了来的。”探春笑道：“我们有两件事：一件是我的，一件是四妹妹的，还夹着老太太的话。”凤姐儿笑道：“有什么事，这么要紧？”探春笑道：“我们起了个诗社，头一社就不齐全，众人脸软，所以就乱了。我想必得你去作个监社御史，铁面无私才好。再四妹妹为画园子，用的东西这般那般不全，回了老太太，老太太说：‘只怕后头楼底下还有当年剩下的，找一找，若有呢拿出来，若没有，叫人买去。’”凤姐笑道：“我又不会作什么湿的干的，要我吃东西去不成？”探春道：“你虽不会作，也不要你作。你只监察着我们里头有偷安怠惰的，该怎么样罚他就是了。”凤姐儿笑道：“你们别哄我，我猜着了，那里是请我作监社御史！分明是叫我作个进钱的铜商。你们弄什么社，必是要轮流作东道的。你们的月钱不够花了，想出这个法子来拘了我去，好和我要钱。可是这个主意？”一夕话说的众人都笑起来了。李纨笑道：“真真你是个水晶心肝玻璃人。”凤姐儿笑道：“亏你是个大嫂子呢！把姑娘们原交给你带着念书学规矩针线的，他们不好，你要劝。这会子他们起诗社，能用几个钱，你就不管了？老太太、太太罢了，原是老封君。你一个月十两银子的月钱，比我们多两倍银子。老太太、太太还说你寡妇失业的，可怜，不够用，又有个小子，足的又添了十两，和老太太、太太平等。又给你园子地，各人取租子。年终分年例，你又是上上分儿。你娘儿们，主子奴才共总没十个人，吃的穿的仍旧是官中的。一年通共算起来，也有四五百银子。这会子你就每年拿出一二百两银子来陪他们顽顽，能几年的限？他们各人出了阁，难道还要你赔不成？这会子你怕花钱，调唆他们来闹我，我乐得去吃一个河涸海干，我还通不知道呢！”

李纨笑道：“你们听听，我说了一句，他就疯了，说了两车的无赖泥腿市俗专会打细算盘分斤拨两的话出来。（墨夹：心直口拙之人急了恨不得将万句话来并成一句说死那人，毕肖！）这东西亏他托生在诗书大宦名门之家做小姐，出了嫁又是这样，他还是这么着；若是生在贫寒小户人家，作个小子，还不知怎么下作贫嘴恶舌的呢！天下人都被你算计了去！昨儿还打平儿呢，亏你伸的出手来！那黄汤难道灌丧了狗肚子里去了？气的我只要给平儿打报不平儿。忖夺了半日，好容易‘狗长尾巴尖儿’的好日子，又怕老太太心里不受用，因此没来，究竟气还未平。你今儿又招我来了。给平儿拾鞋也不要，你们两个只该换一个过子才是。”说的众人都笑了。凤姐儿忙笑道：“竟不是为诗为画来找我，这脸子竟是为平儿来报仇的。竟不承望平儿有你这一位仗腰子的人。早知道，便有鬼拉着我的手打他，我也不打了。平姑娘，过来！我当着大奶奶、姑娘们替你赔个不是，担待我酒后无德罢。”说着，众人又都笑起来了。李纨笑问平儿道：“如何？我说必定要给你争争气才罢。”平儿笑道：“虽如此，奶奶们取笑，我禁不起。”李纨道：“什么禁不起，有我呢。快拿了钥匙叫你主子开了楼房找东西去。”

凤姐儿笑道：“好嫂子，你且同他们回园子里去。才要把这米账和他们算一算，那边大太太又打发人来叫，又不知有什么话说，须得过去走一趟。还有年下你们添补的衣服，还没打点给他们做去。”李纨笑道：“这些事我都不管，你只把我的事完了我好歇着去，省得这些姑娘小姐闹我。”凤姐忙笑道：“好嫂子，赏我一点空儿。你是最疼我的，怎么今儿为平儿就不疼我了？往常你还劝我说，事情虽多，也该保养身子，捡点着偷空儿歇歇，你今儿反到逼我的命了。况且误了别人的年下衣裳无碍，他姊妹们的若误了，却是你的责任，老太太岂不怪你不管闲事，连一句现成的话也不说？我宁可自己落不是，岂敢带累你呢。”李纨笑道：“你们听听，说的好不好？把他会说话的！我且问你：这诗社你到底管不管？”凤姐儿笑道：“这是什么话，我不入社花几个钱，不成了大观园的反叛了，还想在这里吃饭不成？明儿一早就到任，下马拜了印，先放下五十两银子给你们慢慢作会社东道。过后几天，我又不作诗作文，只不过是个俗人罢了。‘监察’也罢，不‘监察’也罢，有了钱了，你们还撵出我来！”说的众人又都笑起来。凤姐儿道：“过会子我开了楼房，凡有这些东西都叫人搬出来你们看，若使得，留着使，若少什么，照你们单子，我叫人替你们买去就是了。画绢我就裁出来。那图样没有在太太跟前，还在那边珍大爷那里呢。说给你们，别碰钉子去。我打发人取了来，一并叫人连绢交给相公们矾去。如何？”李纨点首笑道：“这难为你，果然这样还罢了。既如此，咱们家去罢，等着他不送了去再来闹他。”说着，便带了他姊妹就走。凤姐儿道：“这些事再没两个

晴雯

人，都是宝玉生出来的。”李纨听了，忙回身笑道：“正是为宝玉来，反忘了他。头一社是他误了。我们脸软，你说该怎么罚他？”凤姐想了一想，说道：“没有别的法子，只叫他把你们各人屋子里的地罚他扫一遍才好。”众人都笑道：“这话不差。”

说着才要回去，只见一个小丫头扶了赖嬷嬷进来。凤姐儿等忙站起来，笑道：“大娘坐。”又都向他道喜。赖嬷嬷向炕沿上坐了，笑道：“我也喜，主子们也喜。若不是主子们的恩典，我们这喜从何来？昨儿奶奶又打发彩哥儿赏东西，我孙子在门上朝上磕了头了。”李纨笑道：“多早晚上任去？”赖嬷嬷叹道：“我那里管他们，由他们去罢！前儿在家里给我磕头，我没好话，我说：‘哥哥儿，你别说你是官儿了，横行霸道的！你今年活了三十岁，虽然是人家的奴才，一落娘胎胞，主子恩典，放你出来，上托着主子的洪福，下托着你老子娘，也是公子哥儿似的读书认字，也是丫头、老婆、奶子捧凤凰似的，长了这么大。你那里知道那奴才两字是怎么写的！只知道享福，也不知道你爷爷和你老子受的那苦恼，熬了两三辈子，好容易挣出你这么个东西来。从小儿三灾八难，花的银子也照样打出你这么个银人儿来了。到二十岁上，又蒙主子的恩典，许你蠲个前程在身上。你看那正根正苗的忍饥挨饿的要多少？你一个奴才秧子，仔细折了福！如今乐了十年，不知怎么弄神弄鬼的，求了主子，又选了出来。州县官儿虽小，事情却大，为那一州的州官，就是那一方的父母。你不安分守己，尽忠报国，孝敬主子，只怕天也不容你。’”李纨、凤姐儿都笑道：“你也多虑。我们看他也就好了。先那几年还进来了两次，这有好几年没来了，年下生日，只见他的名字就罢了。前儿给老太太、太太磕头来，在老太太那院里，见他又穿着新官的服色，倒发的威武了，比先时也胖了。他这一得了官，正该你乐呢，反倒愁起这些来！他不好，还有他父亲呢，你只受用你的就完了。闲了坐个轿子进来，和老太太斗一日牌，说一天话儿，谁好意思的委屈了你。家去一般也是楼房厦厅，谁不敬你，自然也是老封君似的了。”

平儿斟上茶来，赖嬷嬷忙站起来接了，笑道：“姑娘不管叫那个孩子倒来罢了，又折受我。”说着，一面吃茶，一面又道：“奶奶不知道。这些小孩子们全要管的严。饶这么严，他们还偷空儿闹个乱子来叫大人操心。知道的说小孩子们淘气；不知道的，人家就说仗着财势欺人，连主子名声也不好。恨的我没法儿，常把他老子叫来骂一顿，才好些。”因又指宝玉道：“不怕你嫌我，如今老爷不过这么管你一管，老太太护在头里。当日老爷小时挨你爷爷的打，谁没看见的。老爷小时，何曾像你这么天不怕地不怕的了。还有那大老爷，虽然淘气，也没像你这扎窝子的样儿，也是天天打。还有东府里你珍哥儿的爷爷，那才是火上浇油的性子，说声恼了，什么儿子，竟是审贼！如今我眼里看着，耳朵里听着，那珍大爷管儿子倒也像当日老祖宗的规矩，只是管的到三不着两的。他自己也不管一管自己，这些兄弟侄儿怎么怨的不怕他？你心里明白，喜欢我说，不明白，嘴里不好意思，心里不知怎么骂我呢！”

正说着，只见赖大家的来了，接着周瑞家的张材家的都进来回事情。凤姐儿笑道：“媳妇来接婆婆来了。”赖大家的笑道：“不是接他老人家，倒是打听打听奶奶姑娘们赏脸不赏脸？”赖嬷嬷听了，笑道：“可是我糊涂了，正经说的话且不说，且说陈谷子烂芝麻的混捣熟。因为我们小子选了出来，众亲友要给他贺喜，少不得家里摆个酒。我想，摆一日酒，请这个也不是，请那个也不是。又想了一想，托主子洪福，想不到的这样荣耀，就倾了家，我也是愿意的。因此吩咐他老子连摆三日酒：头一日，在我们破花园子里摆几席酒，一台戏，请老太太、太太们、奶奶姑娘们去散一日闷；外头大厅上一台戏，摆几席酒，请老爷们、爷们去争争光；第二日再请亲友；第三日再把我们两府里的伴儿请一请。热闹三天，也是托着主子的洪福一场，光辉光辉。”李纨、凤姐儿都笑道：“多早晚的日子？我们必去，只怕老太太高兴要去也定不得。”赖大家的忙道：“择了十四的日子，只看我们奶奶的老脸罢了。”凤姐笑道：“别人我不知道，我是一定去的。先说下，我是没有贺礼的，也不知道放赏，吃完了一走，可别笑话。”赖大家的笑道：“奶奶说那里话？奶奶要赏，赏我们三二万银子就有了。”赖嬷嬷笑道：“我才去请老太太，老太太也说去，可笑我这脸还好。”说毕又叮咛了一回，方起身要走，因看见周瑞家的，便想起一事来，因说道：“可是还有一句话问奶奶，这周嫂子的儿子犯了什么不是，撵了他不用？”凤姐儿听了，笑道：“正是我要告诉你媳妇，事情多也忘了。赖嫂子回去说给你老头子，两府里不许收留他小子，叫他各人去罢。”

赖大家的只得答应着。周瑞家的忙跪下央求。赖嬷嬷忙道：“什么事说给我评评。”凤姐儿道：“前日我生日，里头还没吃酒，他小子先醉了。老娘那边送了礼来，他不说在外头张罗，他倒坐着骂人，礼也不送进来。两个女人进来了，他才带着小幺们往里抬。小幺们倒好，他拿的一盒子倒失了手，撒了一院子馒头。人去了，打发彩明去说他，他倒骂了彩明一顿。这样无法无天的忘八羔子，不撵了作什么！”赖嬷嬷笑道：“我当什么事情，原来为这个。奶奶听我说：他有不是，打他骂他，使他改过，撵了去断乎使不得。他又比不得是咱们家的家生子儿，他现是太太的陪房。奶奶只顾撵了他，太太脸上不好看。依我说，奶奶教导他几板子，以戒下次，仍旧留着才是。不看他娘，也看太太。”凤姐儿听说，便向赖大家的说道：“既这样，打他四十棍，以后不许他吃酒。”赖大家的答应了。周瑞家的磕头起来，又要与赖嬷嬷磕头，赖大家的拉着方罢。然后他三人去了，李纨等也就回园中来。

至晚，果然凤姐命人找了许多旧收的画具出来，送至园中。宝钗等选了一回，各色东西可用的只有一半，将那一半又开了单子，与凤姐儿去照样置买，不必细说。

一日，外面矾了绢，起了稿子进来。宝玉每日便在惜春这里帮忙。（墨夹：自忙不暇，又加上一“帮”字，可笑可笑，所谓《春秋》笔法。）探春、李纨、迎春、宝钗等也多往那里闲坐，一则观画，二则便于会面。宝钗因见天气凉爽，夜复渐长，（墨夹：“复”字妙，补出宝钗每年夜长之事，皆《春秋》字法也。）遂至母亲房中商议打点些针线来。日间至贾母处、王夫人处省候两次，不免又承色陪坐，闲话半时，园中姊妹处也要度时闲话一回，故日间不大得闲，每夜灯下女工必至三更方寝。（墨夹：灯下秋夕，写针线下“商议”二字，直将寡母训女多少温存活现在纸上。不写阿呆兄已见阿呆兄终日醉饱优游，怒则吼、喜则跃，家务一概无闻之形景毕露矣。《春秋》笔法。）黛玉每岁至春分秋分之后，必犯嗽疾；今秋又遇贾母高兴，多游玩了两次，未免过劳了神，近日又复嗽起来，觉得比往常又重，所以总不出门，只在自己房中将养。有时闷了，又盼个姊妹来说些闲话排遣；及至宝钗等来望候他，说不得三五句话又厌烦了。众人都体谅他病中，且素日形体太弱，禁不得一些委屈，所以他接待不周，礼数粗忽，也都不苛责。

这日宝钗来望他，因说起这病症来。宝钗道："这里走的几个太医虽都还好，只是你吃他们的药总不见效，不如再请一个高明的人来瞧一瞧，治好了岂不好？每年间闹一春一夏，又不老又不小，成什么？不是个常法。"黛玉道："不中用。我知道我这样病是不能好的了。且别说病，只论好的日子我是怎么形景，就可知了。"宝钗点头道："可正是这话。古人说：'食谷者生。'你素日吃的竟不能添养精神气血，也不是好事。"黛玉叹道："'死生由命，富贵在天'，也不是人力可强的。今年比往年反觉又重了些似的。"说话之间，已咳嗽了两三次。宝钗道："昨儿我看你那药方上，人参肉桂觉得太多了。虽说益气补神，也不宜太热。依我说，先以平肝健胃为要，肝火一平，不能克土，胃气无病，饮食就可以养人了。每日早起拿上等燕窝一两，冰糖五钱，用银铫子熬出粥来，若吃惯了，比药还强，最是滋阴补气的。"

黛玉叹道："你素日待人，固然是极好的，然我最是个多心的人，只当你心里藏奸。从前日你说看杂书不好，又劝我那些好话，竟大感激你。往日竟是我错了，实在误到如今。细细算来，我母亲去世的早，又无姊妹兄弟，我长了今年十五岁，（墨夹：黛玉才十五岁，记清。）竟没一个人像你前日的话教导我。怨不得云丫头说你好，我往日见他赞你，我还不受用，昨儿我亲自经过，才知道了。比如若是你说了那个，我再不轻放过你的；你竟不介意，反劝我那些话，可知我竟自误了。若不是从前日看出来，今日这话，再不对你说。你方才说叫我吃燕窝粥的话，虽然燕窝易得，但只我因身上不好了，每年犯这个病，也没什么要紧的去处。请大夫，熬药，人参肉桂，已经闹了个天翻地覆，这会子我又兴出新文来熬什么燕窝粥，老太太、太太、凤姐姐这三个人便没话说，那些底下的婆子丫头们，未免不嫌我太多事了。你看这里这些人，因见老太太多疼了宝玉和凤丫头两个，他们尚虎视眈眈，背地里言三语四的，何况于我？况我又不是他们这里正经主子，原是无依无靠投奔了来的，他们已经多嫌着我了。如今我还不知进退，何苦叫他们咒我？"宝钗道："这样说，我也是和你一样。"黛玉道："你如何比我？你又有母亲，又有哥哥，这里又有买卖地土，家里又仍旧有房有地。你不过是亲戚的情分，白住了这里，一应大小事情，又不沾他们一文半个，要走就走了。我是一无所有，吃穿用度，一草一纸，皆是和他们家的姑娘一样，那起小人岂有不多嫌的。"宝钗笑道："将来也不过多费得一付嫁妆罢了，如今也愁不到这里。"（墨夹：宝钗此一戏直抵过通部黛玉之戏宝钗矣，又恳切、又真情、又平和、又雅致、又不穿凿、又不牵强，黛玉因识得宝钗后方吐真情，宝钗亦识得黛玉后方肯戏也，此是大关节大章法，非细心看不出。细心。二人此时好看之极，真是儿女小窗中喁喁也。）黛玉听了，不觉红了脸，笑道："人家才拿你当个正经人，把心里的烦难告诉你听，你反拿我取笑儿。"宝钗笑道："虽是取笑儿，却也是真话。你放心，我在这里一日，我与你消遣一日。你有什么委屈烦难，只管告诉我，我能解的，自然替你解一日。我虽有个哥哥，你也是知道的，只有个母亲比你略强些。咱们也算同病相怜。你也是个明白人，何必作'司马牛之叹'？（墨夹：通部众人必从宝钗之评方定，然宝钗亦必从颦儿之评始可，何妙之至！）你才说的也是，多一事不如省一事。我明日家去和妈妈说了，只怕我们家里还有，与你送几两，每日叫丫头们就熬了，又便宜，又不惊师动众的。”黛玉忙笑道：“东西事小，难得你多情如此。”宝钗道：“这有什么放在口里的！只愁我人人跟前失于应候罢了。只怕你烦了，我且去了。”黛玉道：“晚上再来和我说句话儿。”宝钗答应着便去了，不在话下。

这里黛玉喝了两口稀粥，仍歪在床上，不想日未落时天就变了，淅淅沥沥下起雨来。秋霖脉脉，阴晴不定，那天渐渐的黄昏，且阴的沉黑，兼着那雨滴竹梢，更觉凄凉。知宝钗不能来，便在灯下随便拿了一本书，却是《乐府杂稿》，有《秋闺怨》《别离怨》等词。黛玉不觉心有所感，亦不禁发于章句，遂成《代别离》一首，拟《春江花月夜》之格，乃名其词曰《秋窗风雨夕》。其词曰：

秋花惨淡秋草黄，耿耿秋灯秋夜长。
已觉秋窗秋不尽，那堪风雨助秋凉！
助秋风雨来何速！惊破秋窗秋梦绿。
抱得秋情不忍眠，自向秋屏移泪烛。
泪烛摇摇爇短檠，牵愁照恨动离情。
谁家秋院无风入？何处秋窗无雨声？
罗衾不奈秋风力，残漏声催秋雨急。
连宵脉脉复飕飕，灯前似伴离人泣。
寒烟小院转萧条，疏竹虚窗时滴沥。
不知风雨几时休，已教泪洒窗纱湿。

吟罢搁笔，方要安寝，丫鬟报说：“宝二爷来了。”一语未完，只见宝玉头上带着大箬笠，身上披着蓑衣。黛玉不觉笑了：“那里来的渔翁！”宝玉忙问：“今儿好些？（墨夹：一句。）吃了药没有？（墨夹：两句。）今儿一日吃了多少饭？”（墨夹：三句。）一面说，一面摘了笠，脱了蓑衣，忙一手举起灯来，一手遮住灯光，向黛玉脸上照了一照，觑着眼细瞧了一瞧，笑道：“今儿气色好了些。”

黛玉看脱了蓑衣，里面只穿半旧红绫短袄，系着绿汗巾子，膝下露出撒花裤子，底下是掐金满绣的绵纱袜子，靸着蝴蝶落花鞋。黛玉问道：“上头怕雨，底下这鞋袜子是不怕雨的？也倒干净。”宝玉笑道：“我这一套是全的。有一双棠木屐，才穿了来，脱在廊檐上了。”黛玉又看那蓑衣斗笠不是寻常市卖的，十分细致轻巧，因说道：“是什么草编的？怪道穿上不像那刺猬似的。”宝玉道：“这三样都是北静王送的。他闲了下雨时在家里也是这样。你喜欢这个，我也弄一套来送你。别的都罢了，惟有这斗笠有趣，竟是活的。头上的这顶儿是活的，冬天下雪，带上帽子，就把竹信子抽去，去下顶子来，只剩了这圈子。下雪时男女都带得，我送你一顶，冬天下雪带。”黛玉笑道：“我不要他。带上那个，成个画儿上画的和戏上扮的渔婆了。”既说了出来，方想起话未忖度，与方才说宝玉的话相连，后悔不及，羞的脸飞红，便伏在桌上嗽个不住。（墨夹：妙极之文。使黛玉自己直说出夫妻来，却又云“画的”“扮的”，本是闲谈，却是暗隐不吉之兆。所谓“画儿中爱宠”是也，谁曰不然？）

宝玉却不留心，（墨夹：必云“不留心”方好，方是宝玉，若着心又有何文字？且直是一时时猎色一贼矣。）因见案上有诗，遂拿起来看了一遍，又不禁叫好。黛玉听了，忙起来夺在手内，向灯上烧了。宝玉笑道：“我已背熟了，烧也无碍。”黛玉道：“我也好了许多，谢你一天来几次瞧我，下雨还来。这会子夜深了，我也要歇着，你且请回去，明儿再来。”宝玉听说，回手向怀中掏出一个核桃大小的一个金表来，瞧了一瞧，那针已指到戌末亥初之间，忙又揣了，说道：“原该歇了，又扰的你劳了半日神。”说着，披带笠出去了，又翻身进来问道：“你想什么吃，告诉我，我明儿一早回老太太，岂不比老婆子们说的明白？”（墨夹：直与后部宝钗之文遥遥针对。想彼姊妹房中婆子丫鬟皆有，随便皆可遣使，今宝玉独云“婆子”而不云“丫鬟”者，心内已度定丫鬟之为人，一言一事无论大小，是方无错谬者也，一何可笑。）黛玉笑道：“等我夜里想着了，明儿早起告诉你。你听雨越发紧了，快去罢。可有人跟着没有？”有两个婆子答应：“有人，外面拿着伞点着灯笼呢。”黛玉笑道：“这个天点灯笼？”宝玉道：“不相干，是明瓦的，不怕雨。”黛玉听说，回手向书架上把个玻璃绣球灯拿了下来，命点一支小蜡来，递与宝玉，道：“这个又比那个亮，正是雨里点的。”宝玉道：“我也有这么一个，怕他们失脚滑倒了打破了，所以没点来。”黛玉道：“跌了灯值钱，跌了人值钱？你又穿不惯木屐子。那灯笼命他们前头照着。这个又轻巧又亮，原是雨里自己拿着的，你自己手里拿着这个，岂不好？明儿再送来。就失了手也有限的，怎么忽然又变出这付‘剖腹藏珠’的脾气来！”宝玉听说，连忙接了过来，前头两个婆子打着伞提着明瓦灯，后头还有两个小丫鬟打着伞。宝玉便将这个灯递与一个小丫头捧着，宝玉扶着他的肩，一径去了。

就有蘅芜苑的一个婆子，也打着伞提着灯，送了一大包上等燕窝来，还有一包子洁粉梅片雪花洋糖。说：“这比买的强。姑娘说了：姑娘先吃着，完了再送来。”黛玉道回说：“费心。”命他外头坐了吃茶。婆子笑道：“不吃茶了，我还有事呢。”黛玉笑道：“我也知道你们忙。如今天又凉，夜又长，越发该会个夜局，痛赌两场子。”婆子笑道：“不瞒姑娘说，今年我大沾光儿了。横竖每夜各处有几个上夜的人，误了也不好，不如会个夜局，又坐了更，又解闷。今儿又是我的头家，如今园门关了，就该上场了。”（墨夹：几句闲话将潭潭大宅夜间所有之事描写一尽。虽偌大一园，且值秋冬之夜，岂不寥落哉？今用老妪数语，更写得每夜深人定之后，各处灯光灿烂、人烟簇集，柳陌之上、花巷之中，或提灯同酒，或寒月烹茶者，竟仍有络绎人迹不绝，不但不见寥落，且觉更胜于日间繁华矣。此是大宅妙景，不可不写出，又伏下后文，且又衬出后文之冷落。此闲话中写出，正是不写之写也。脂砚斋评。）黛玉听说笑道：“难为你。误了你发财，冒雨送来。”命人给他几百钱，打些酒吃，避避雨气。那婆子笑道：“又破费姑娘赏酒吃。”说着，磕了一个头，外面接了钱，打伞去了。

紫鹃收起燕窝，然后移灯下帘，伏侍黛玉睡下。黛玉自在枕上感念宝钗，一时又羡他有母兄；一面又想宝玉虽素习和睦，终有嫌疑。又听见窗外竹梢蕉叶之上，雨声淅沥，清寒透幕，不觉又滴下泪来。直到四更将阑，方渐渐的睡了。暂且无话。要知端的——

第四十六回
尴尬人难免尴尬事　鸳鸯女誓绝鸳鸯偶

(墨) 此回亦有本而笔，非泛泛之笔也。

只看他题纲用“尴尬”二字于邢夫人，可知包藏含蓄文字之中莫能量也。

话说林黛玉直到四更将阑，方渐渐的睡去，暂且无话。如今且说凤姐儿，因见邢夫人叫他，不知何事，忙另穿带了一番，坐车过来。邢夫人将房内人遣出，悄向凤姐儿道：“叫你来不为别事，有一件为难的事，老爷托我，我不得主意，先和你商议。老爷因看上了老太太的鸳鸯，要他在房里，叫我和老太太讨去。我想这倒平常有的事，只是怕老太太不给，你可有法子?”凤姐儿听了，忙道：“依我说，竟别碰这个钉子去。老太太离了鸳鸯，饭也吃不下去的，那里就舍得了？况且平日说起闲话来，老太太常说，老爷如今上了年纪，作什么左一个小老婆右一个小老婆放在屋里，没的耽误了人家。放着身子不保养，官儿也不好生作去，成日家和小老婆喝酒。太太听这话，很喜欢老爷呢？这会子回避还恐回避不及，倒拿草棍儿戳老虎的鼻子眼儿去了！太太别恼，我是不敢去的。明放着不中用，而且反招出没意思来。老爷如今上了年纪，行事不妥，太太该劝才是。比不得年轻，作这些事无碍。如今兄弟、侄儿、儿子、孙子一大群，还这么闹起来，怎样见人呢？”邢夫人冷笑道：“大家子三房四妾的也多，偏咱们就使不得？我劝了也未必依。就是老太太心爱的丫头，这么胡子苍白了又作了官的一个大儿子，要了作房里人，也未必好驳回的。我叫了你来，不过商议商议，你先派上了一篇不是。也有叫你要去的理？自然是我说去。你倒说我不劝，你还不知道那性子的，劝不成，先和我恼了。”

凤姐儿知道邢夫人禀性愚犟，只知承顺贾赦以自保，次则婪取财货为自得，家下一应大小事务，俱由贾赦摆布。凡出入银钱事务，一经他手，便克啬异常，以贾赦浪费为名，“须得我就中俭省，方可偿补”，儿女奴仆，一人不靠，一言不听的。如今又听邢夫人如此的话，便知他又弄左性，劝了不中用，连忙陪笑说道：“太太这话说的极是。我能活了多大，知道什么轻重？想来父母跟前，别说一个丫头，就是那么大的活宝贝，不给老爷给谁？背地里的话那里信得？我竟是个呆子。琏二爷或有日得了不是，老爷太太恨的那样，恨不得立刻拿来一下子打死；及至见了面，也罢了，依旧拿着老爷太太心爱的东西赏他。如今老太太待老爷，自然也是那样了。依我说，老太太今儿喜欢，要讨今儿就讨去。我先过去哄着老太太发笑，等太太过去了，我搭讪着走开，把屋子里的人我也带开，太太好和老太太说的。给了更好，不给也没妨碍，众人也不知道。”邢夫人见他这般说，便又喜欢起来，又告诉他道：“我的主意先不和老太太要。老太太要说不给，这事便死了。我心里想着先悄悄的和鸳鸯说。他虽害燥，我细细的告诉了他，他自然不言语，就妥了。那时再和老太太说，老太太虽不依，搁不住他愿意，常言‘人去不中留’，自然这就妥了。”凤儿姐笑道：“到底是太太有智谋，这是千妥万妥的。别说是鸳鸯，凭他是谁，那一个不想巴高望上，不想出头的？这半个主子不做，倒愿意做个丫头，将来配个小子就完了？”邢夫人笑道：“正是这个话了。别说鸳鸯，就是那些执事的大丫头，谁不愿意这样呢。你先过去，别露一点风声，我吃了晚饭就过来。”

凤姐儿暗想：“鸳鸯素习是个可恶的，虽如此说，保不严他就愿意。我先过去了，太太后过去，若他依了便没话说；倘或不依，太太是多疑的人，只怕就疑我走了风声，使他拿腔作势的。那时太太又见了应了我的话，羞恼变成怒，拿我出起气来，倒没意思。不如同着一齐过去了，他依也罢，不依也罢，就疑不到我身上了。”想毕，因笑道：“方才临来，舅母那边送了两笼子鹌鹑，我吩咐他们炸了，原要赶太太晚饭上送过来的。我才进大门时，见小子们抬车，说太太的车拔了缝，拿去收拾去了。不如这会子坐了我的车一齐过去倒好。”邢夫人听了，便命人来换衣服。凤姐忙着伏侍了一回，娘儿两个坐车过来。凤姐儿又说道：“太太过老太太那里去，我若跟了去，老太太若问起我过去作什么的，倒不好。不如太太先去，我脱了衣裳再来。”

邢夫人听了有理，便自往贾母处，和贾母说了一回闲话，便出来假托往王夫人房里去，从后门出去，打鸳鸯的卧房前过。只见鸳鸯正然坐在那里做针线，见了邢夫人，忙站起来。邢夫人笑道：“做什么呢？我瞧瞧，你扎的花儿越发好了。”一面说，一面便接他手内的针线瞧了一瞧，只管赞好。放下针线，又浑身打量。只见他穿着半新的藕合色的绫袄，青缎掐牙背心，下面水绿裙子。蜂腰削背，鸭蛋脸面，乌油头发，高高的鼻子，两边腮上微微的几点雀斑。鸳鸯见这般看他，自己倒不好意思起来，心里便觉诧异，因笑问道："太太，这会子不早不晚的，过来做什么？"邢夫人使个眼色儿，跟的人退出。邢夫人便坐下，拉着鸳鸯的手笑道："我特来给你道喜了。"鸳鸯听了，心中已猜着三分，不觉脸红，低了头不发一言。听邢夫人道："你知道你老爷跟前竟没有个可靠的人，（墨夹：说得得体。我正想开口一句不知如何说，如此则妙极是极，如闻如见。）心里再要买一个，又怕那些人牙子家出来的不干不净，也不知道毛病儿，买了来家，三日两日，又要肏鬼吊猴的。因满府里要挑一个家生女儿收了，又没个好的：不是模样儿不好，就是性子不好，有了这个好处，没了那个好处。因此冷眼选了半年，这些女孩子里头，就只你是个尖儿，模样儿，行事作人，温柔可靠，一概是齐全的。意思要和老太太讨了你去，收在屋里。你比不得外头新买的，你这一进去了，进门就开了脸，就封你姨娘，又体面，又尊贵。你又是个要强的人，俗语说的，'金子终得金子换'，谁知竟被老爷看重了你。如今这一来，你可遂了素日志大心高的愿了，也堵一堵那些嫌你的人的嘴。跟了我回老太太去！"说着拉了他的手就要走。鸳鸯红了脸，夺手不行。邢夫人知他害燥，因又说道："这有什么燥处？你又不用说话，只跟着我就是了。"鸳鸯只低了头不动身。邢夫人见他这般，便又说道："难道你不愿意不成？若果然不愿意，可真是个傻丫头了。放着主子奶奶不作，倒愿意作丫头！三年二年，不过配上个小子，还是奴才。你跟了我们去，你知道我的性子又好，又不是那不容人的人。老爷待你们又好。过一年半载，生下个一男半女，你就和我并肩了。家里的人你要使唤谁，谁还不动？现成主子不做去，错过这个机会，后悔就迟了。"鸳鸯只管低了头，仍是不语。邢夫人又道："你这么个响快人，怎么又这样积粘起来？有什么不称心之处，只管说与我，我管你遂心如意就是了。"鸳鸯仍不语。邢夫人又笑道："想必你有老子娘，你自己不肯说话，怕燥。你等他们问你，这也是理。让我问他们去，叫他们来问你，有话只管告诉他们。"说毕，便往凤姐儿房中来。

凤姐儿早换了衣服，因房内无人，便将此话告诉了平儿。平儿也摇头笑道："据我看，此事未必妥。平常我们背着人说起话来，听他那主意，未必是肯的。也只说着瞧罢了。"凤姐儿道："太太必来这屋里商议。依了还可，若不依，白讨个燥，当着你们，岂不脸上不好看。你说给他们炸鹌鹑，再有什么配几样，预备吃饭。你且别处逛逛去，估量着去了再来。"平儿听说，照样传给婆子们，便逍遥自在的往园子里来。

这里鸳鸯见邢夫人去了，必在凤姐儿房里商议去了，必定有人来问他的，不如躲了这里，（墨夹：终不免女儿气，不知躲在那里方无人来罗皂，写得可怜可爱。）因找了琥珀说道："老太太要问我，只说我病了，没吃早饭，往园子里逛逛就来。"琥珀答应了。鸳鸯也往园子里来，各处游玩，不想正遇见平儿。平儿因见无人，便笑道："新姨娘来了！"鸳鸯听了，便红了脸，说道："怪道你们串通一气来算计我！等着我和你主子闹去就是了。"平儿听了，自悔失言，便拉他到枫树底下，（墨夹：随笔带出妙景，正愁园中草木黄落，不想看此一句便恍如值身于千霞万锦绛雪红霜之中矣。）坐在一块石上，越性把方才凤姐过去回来所有的形景言词始末原由告诉与他。鸳鸯红了脸，向平儿冷笑道："这是咱们好，比如袭人、琥珀、素云、紫鹃、彩霞、玉钏儿、麝月、翠墨，跟了史姑娘去的翠缕，死了的可人和金钏，去了的茜雪，（墨夹：余按此一算，亦是十二钗，真镜中花、水中月、云中豹、林中之鸟、穴中之鼠、无数可考、无人可指、有迹可追、有形可据、九曲八折、远响近影、迷离烟灼、纵横隐现、千奇百怪、眩目移神、现千手千眼大游戏法也。脂砚斋。）连上你我，这十来个人，从小儿什么话儿不说？什么事儿不作？这如今因都大了，各自干各自的去了，（墨夹：此语已可伤，犹未各自干各自去，后日更有各自之处也，知之乎！）然我心里仍是照旧，有话有事，并不瞒你们。这话我且放在你心里，且别和二奶奶说：别说大老爷要我做小老婆，就是太太这会子死了，他三媒六聘的娶我去作大老婆，我也不能去。"

平儿方欲笑答，只听山石背后哈哈的笑道："好个没脸的丫头，亏你不怕牙碜。"二人听了不免吃了一惊，忙起身向山石背后找寻，不是别个，却是袭人笑着走了出来问："什么事情？告诉我。"说着，三人坐在石上。平儿又把方才的话说与袭人，听袭人道："真真这话论理不该我们说，这个大老爷太好色了，略平头正脸的，他就不放手了。"平儿道："你既不愿意，我教你个法子，不用费事就完了。"鸳鸯道："什么法子？你说来我听。"平儿笑道："你只和老太太说，就说已经给了琏二爷了，大老爷就不好要了。"鸳鸯啐道："什么东西！你还说呢！前儿你主子不是这么混说的？谁知应到今儿了！"袭人笑道："他们两个都不愿意，我就和老太太说，叫老太太说把你已经许了宝玉了，大老爷也就死了心了。"鸳鸯又是气，又是燥，又是急，因骂道："两个蹄子不得好死的！人家有为难的事，拿着你们当正经人，告诉你们与我排解排解，你们倒替换着取笑儿。你们自为都有了结果了，将来都是做姨娘的。据我看，天下的事未必都遂心如意。你们且收着些儿，别特乐过了头儿！"二人见他急了，忙陪笑央告道："好姐姐，别多心，咱们从小儿都是亲姊妹一般，不过无人处偶然取个笑儿。你的主意告诉我们知道，也好放心。"鸳鸯道："什么主意！我只不去就完了。"平儿摇头道："你不去未必得干休。大老爷的性子你是知道的。虽然你是老太太房里的人，此刻不敢把你怎么样，将来难道你跟老太太一辈子不成？也要出去的。那时落了他的手，倒不好了。"鸳鸯冷笑道："老太太在一日，我一日不离这里；若是老太太归西去了，他横竖还有三年的孝呢，没个娘才死了他先放小老婆的！等过三年，知道又是怎么个光景，那时再说。总到了至急为难，我剪了头发作姑子去；不然，还有一死。一辈子不嫁男人，又怎么样？乐得干净呢！"平儿、袭人笑道："真这蹄子没了脸，越发信口儿都说出来了。"鸳鸯道："事到如此，燥一会怎么样！你们不信，慢慢的看着就是了。太太才说了，找我老子娘去。我看他南京找去！"平儿道："你的父母都在南京看房子，没上来，终久也寻的着。现在还有你哥哥嫂子在这里。可惜你是这里的家生女儿，不如我们两个人是单在这里。"鸳鸯道："家生女儿怎么样？'牛不吃水强按头'？我不愿意，难道杀我的老子娘不成？"

正说着，只见他嫂子从那边走来。袭人道："当时找不着你的爹娘，一定和你嫂子说了。"鸳鸯道："这个娼妇专管是个'九国贩骆驼的'，听了这话，他有个不奉承去的！"说话之间，已来到跟前。他嫂子笑道："那里没找到，姑娘跑了这里来！你跟了我来，我和你说话。"平儿、袭人都忙让他坐。他嫂子说："姑娘们请坐，我找我们姑娘说句话。"袭人、平儿都装不知道，笑道："什么话这样忙？我们这里猜谜儿赢手批子打呢，等猜了这个再去。"鸳鸯道："什么话？你说罢。"他嫂子笑道："你跟我来，到那里我告诉你，横竖有好话儿。”鸳鸯道：“可是大太太和你说的那话？”他嫂子笑道：“姑娘既知道，还奈何我！快来，我细细的告诉你可是天大的喜事。”鸳鸯听说，立起身来，照他嫂子脸上下死劲啐了一口，指着他骂道：“你快夹着屄嘴离了这里，好多着呢！什么‘好话’！宋徽宗的鹰，赵子昂的马，都是好画儿。什么‘喜事’！状元痘儿灌的浆儿又满是喜事。怪道成日家羡慕人家女儿作了小老婆，一家子都仗着他横行霸道的，一家子都成了小老婆了！看的眼热了，也把我送在火坑里去。我若得脸呢，你们在外头横行霸道，自己就封自己是舅爷了。我若不得脸败了时，你们把忘八脖子一缩，生死由我。”一面说，一面哭，平儿、袭人拦着劝。他嫂子脸上下不来，因说道：“愿意不愿意，你也好说，不犯着牵三挂四的。俗语说，‘当着矮人，别说矮话’。姑奶奶骂我，我不敢还言；这二位姑娘并没惹着你，小老婆长小老婆短，人家脸上怎么过得去？”袭人、平儿忙道：“你倒别这么说，他也并不是说我们，你倒别牵三挂四的。你听见那位太太、太爷们封了我们做小老婆？况且我们两个也没有爹娘哥哥兄弟在这门子里仗着我们横行霸道的。他骂的人自有他骂的，我们犯不着多心。”鸳鸯道：“他见我骂了他，他燥了，没的盖脸，又拿话挑唆你们两个，幸亏你们两个明白。原是我急了，也没分别出来，他就挑出这个空儿来。”他嫂子自觉没趣，赌气去了。

鸳鸯气得还骂，平儿、袭人劝他一回，方才罢了。平儿因问袭人道：“你在那里藏着做甚么的？我们竟没看见你。”袭人道：“我因为往四姑娘房里瞧我们宝二爷去的，谁知迟了一步，说是来家里来了。我疑惑怎么不遇见呢，想要往林姑娘家里找去，又遇见他的人说也没去。我这里正疑惑是出园子去了，可巧你从那里来了，我一闪，你也没看见。后来他又来了。我从这树后头走到山子石后，我却见你两个说话来了，谁知你们四个眼睛没见我。”

一语未了，又听身后笑道：“四个眼睛没见你？你们六个眼睛竟没见我！”三人唬了一跳，回身一看，不是别个，正是宝玉走来。（墨夹：通部情案皆必从石兄挂号，然各有各稿，穿插神妙。）袭人先笑道：“叫我好找，你那里来？”宝玉笑道：“我从四妹妹那里出来，迎头看见你来了，我就知道是找我去的，我就藏了起来哄你。看你低着头过去了，进了院子就出来了，逢人就问。我在那里好笑，只等你到了跟前唬你一跳的，后来见你也藏藏躲躲的，我就知道也是要哄人了。我探头往前看了一看，却是他两个，所以我就绕到你身后。你出去，我就躲在你躲的那里了。”平儿笑道：“咱们再往后找找去，只怕还找出两个人来也未可知。”宝玉笑道：“这可再没了。”鸳鸯已知话俱被宝玉听了，只伏在石头上装睡。宝玉推他笑道：“这石头上冷，咱们回房里去睡，岂不好？”说着拉起鸳鸯来，又忙让平儿来家坐吃茶。平儿和袭人都劝鸳鸯走，鸳鸯方立起身来，四人竟往怡红院来。宝玉将方才的话俱已听见，心中自然不快，只默默的歪在床上，任他三人在外间说笑。

那边邢夫人因问凤姐儿鸳鸯的父母，凤姐因回说：“他爹的名字叫金彩，（墨夹：姓金名彩，由“鸳鸯”二字化出，因文而生文也。）两口子都在南京看房子，从不大上京。他哥哥金文翔，（墨夹：更妙！）现在是老太太那边的买办。他嫂子也是老太太那边浆洗的头儿。”（墨夹：只鸳鸯一家写得荣府中人各有各职，如目已睹。）邢夫人便令人叫了他嫂子金文翔媳妇来，细细说与他。金家媳妇自是喜欢，兴兴头头找鸳鸯，只望一说必妥，不想被鸳鸯抢白一顿，又被袭人、平儿说了几句，羞恼回来，便对邢夫人说："不中用，他倒骂了我一场。"因凤姐儿在旁，不敢提平儿，只说："袭人也帮着他抢白我，也说了许多不知好歹的话，回不得主子的。太太和老爷商议再买罢。谅那小蹄子也没有这么大福，我们也没有这么大造化。"邢夫人听了，因说道："又与袭人什么相干？他们如何知道的？"又问："还有谁在跟前？"金家的道："还有平姑娘。"凤姐儿忙道："你不该拿嘴巴子打他回来？我一出了门，他就逛去了；回家来连一个影儿也摸不着他！他必定也帮着说什么呢！"金家的道："平姑娘没在跟前，远远的看着倒像是他，可也不真切，不过是我白忖度。"凤姐便命人去："快打了他来，告诉他我来家了，太太也在这里，请他来帮个忙儿。"丰儿忙上来回道："林姑娘打发了人下请字请了三四次，他才去了。奶奶一进门我就叫他去的。林姑娘说：'告诉你奶奶，我烦他有事呢。'"凤姐儿听了方罢，故意的还说："天天烦他，有些什么事！"

邢夫人无计，吃了饭回家，晚间告诉了贾赦。贾赦想了一想，即刻叫贾琏来说："南京的房子还有人看着，不止一家，即刻叫上金彩来。"贾琏回道："上次南京信来，金彩已经得了痰迷心窍，那边连棺材银子都赏了，不知如今是死是活，便是活着，人事不知，叫来也无用。他老婆子又是个聋子。"贾赦听了，喝了一声，又骂："下流囚攮的，偏你这么知道，还不离了我这里！"唬得贾琏退出，一时又叫传金文翔。贾琏在外书房伺候着，又不敢家去，又不敢见他父亲，只得听着。一时金文翔来了，小幺儿们直带入二门里去，隔了五六顿饭的工夫才出来去了。贾琏暂且不敢打听，隔了一会，又打听贾赦睡了，方才过来。至晚间凤姐儿告诉他，方才明白。

鸳鸯一夜没睡，至次日，他哥哥回贾母接他家去逛逛，贾母允了，命他出去。鸳鸯意欲不去，又怕贾母疑心，只得勉强出来。他哥哥只得将贾赦的话说与他，又许他怎么体面，又怎么当家作姨娘。鸳鸯只咬定牙不愿意。他哥哥无法，少不得去回覆了贾赦。贾赦怒起来，因说道："我这话告诉你，叫你女人向他说去，就说我的话：'自古嫦娥爱少年'，他必定嫌我老了，大约他恋着少爷们，多半是看上了宝玉，只怕也有贾琏。果有此心，叫他早早歇了心，我要他不来，此后谁还敢收？此是一件。第二件，想着老太太疼他，将来自然往外聘作正头夫妻去。叫他细想，凭他嫁到谁家去，也难出我的手心。除非他死了，或是终身不嫁男人，我就伏了他！若不然时，叫他趁早回心转意，有多少好处。"贾赦说一句，金文翔应一声"是"。贾赦道："你别哄我，我明儿还打发你太太过去问鸳鸯，你们说了，他不依，便没你们的不是。若问他，他再依了，仔细你的脑袋！"

金文翔忙应了又应，退出回家，也不等得告诉他女人转说，竟自己对面说了这话。把个鸳鸯气的无话可回，想了一想，便说道："便愿意去，也须得你们带了我回声老太太去。"他哥嫂听了，只当回想过来，都喜之不胜。他嫂子即刻带了他上来见贾母。

可巧王夫人、薛姨妈、李纨、凤姐儿、宝钗等姊妹并外头的几个执事有头脸的媳妇，都在贾母跟前凑趣儿呢。鸳鸯喜之不尽，拉了他嫂子，到贾母跟前跪下，一行哭，一行说，把邢夫人怎么来说，园子里他嫂子又如何说，今儿他哥哥又如何说，"因为不依，方才大老爷越性说我恋着宝玉，不然要等着往外聘，凭我到天上，这一辈子也跳不出他的手心去，终久要报仇。我是横了心的，当着众人在这里，我这一辈子莫说是‘宝玉’，便是‘宝金’‘宝银’‘宝天王’‘宝皇帝’，横竖不嫁人就完了！就是老太太逼着我，我一刀抹死了，也不能从命！若有造化，我死在老太太之先；若没造化，该讨吃的命，伏侍老太太归了西，我也不跟着我老子娘哥哥去，我或是寻死，或是剪了头发当尼姑去！若说我不是真心，暂且拿话来支吾，日后再图别的，天地鬼神，日头月亮照着嗓子，从嗓子里头长疔烂了出来，烂化成酱在这里！”原来他一进来时，便袖了一把剪子，一面说着，一面左手打开头发，右手便铰。众婆娘丫鬟忙来拉住，已剪下半绺来了。众人看时，幸而他的头发极多，铰的不透，连忙替他挽上。贾母听了，气的浑身乱战，口内只说：“我通共剩了这么一个可靠的人，他们还要来算计！”因见王夫人在旁，便向王夫人道：“你们原来都是哄我的！外头孝敬，暗地里盘算我。有好东西也来要，有好人也要，剩了这么个毛丫头，见我待他好了，你们自然气不过，弄开了他，好摆弄我！”王夫人忙站起来，不敢还一言。（墨夹：千奇百怪，王夫人亦有罪乎？老人家迁怒之言必应如此。）薛姨妈见连王夫人怪上，反不好劝的了。李纨一听见鸳鸯的话，早带了姊妹们出去。

探春有心的人，想王夫人虽有委曲，如何敢辩；薛姨妈也是亲姊妹，自然也不好辩的；宝钗也不便为姨母辩；李纨、凤姐、宝玉一概不敢辩；这正用着女孩儿之时，迎春老实，惜春小，因此窗外听了一听，便走进来陪笑向贾母道：“这事与太太什么相干？老太太想一想，也有大伯子要收屋里的人，小婶子如何知道？便知道，也推不知道。”犹未说完，贾母笑道：“可是我老糊涂了！姨太太别笑话我。你这个姐姐他极孝顺我，不像我那大太太一味怕老爷，婆婆跟前不过应景儿。可是委屈了他。”薛姨妈只答应“是”，又说：“老太太偏心，多疼小儿子媳妇，也是有的。”贾母道：“不偏心！”因又说道：“宝玉，我错怪了你娘，你怎么也不提我，看着你娘受委屈？”宝玉笑道：“我偏着娘说大爷大娘不成？通共一个不是，我娘在这里不认，却推谁去？我倒要认是我的不是，老太太又不信。”贾母笑道：“这也有理。你快给你娘跪下，你说太太别委屈了，老太太有年纪了，看着宝玉罢。”宝玉听了，忙走过去，便跪下要说。王夫人忙笑着拉他起来，说：“快起来，快起来，断乎使不得。终不成你替老太太给我赔不是不成？”宝玉听说，忙站起来。（墨夹：宝玉亦有罪了。）贾母又笑道：“凤姐儿也不提我。”（墨夹：阿凤也有了罪。奇奇怪怪之文，所谓《石头记》不是作出来的。）凤姐儿笑道：“我倒不派老太太的不是，老太太倒寻上我了？”贾母听了，与众人都笑道：“这可奇了！倒要听听这不是。”凤姐儿道：“谁教老太太会调理人，调理的水葱儿似的，怎么怨得人要？我幸亏是孙子媳妇，若是孙子，我早要了，还等到这会子呢。”贾母笑道：“这倒是我的不是了？”凤姐儿笑道：“自然是老太太的不是了。”贾母笑道：“这样，我也不要了，你带了去罢！”凤姐儿道：“等着修了这辈子，来生托生男人，我再要罢。”贾母笑道：“你带了去，给琏儿放在屋里，看你那没脸的公公还要不要了！”凤姐儿道：“琏儿不配，就只配我和平儿这一对烧胡了的卷子和他混罢。”说的众人都笑起来了。丫鬟回说：“大太太来了。”王夫人忙迎了出去。要知端的——

第四十七回 呆霸王调情遭苦打 冷郎君惧祸走他乡

话说王夫人听见邢夫人来了，连忙迎了出去。邢夫人犹不知贾母已知鸳鸯之事，正还要来打听信息，进了院门，早有几个婆子悄悄的回了他，他方知道。待要回去，里面已知，又见王夫人接了出来，少不得进来，先与贾母请安，贾母一声儿不言语，自己也觉得愧悔。凤姐儿早指一事回避了。鸳鸯也自回房去生气。薛姨妈、王夫人等恐碍着邢夫人的脸面，也都渐渐的退了。邢夫人且不敢出去。

贾母见无人，方说道："我听见你替你老爷说媒来了。你倒也三从四德，只是这贤慧也太过了！你们如今也是孙子儿子满眼了，你还怕他，劝两句都使不得，还由着你老爷性儿闹。"邢夫人满面通红，回道："我劝过几次不依。老太太还有什么不知道呢，我也是不得已儿。"贾母道："他逼着你杀人，你也杀去？如今你也想想，你兄弟媳妇本来老实，又生得多病多痛，上上下下那不是他操心？你一个媳妇虽然帮着，也是天天丢下笆儿弄扫帚。凡百事情，我如今都自己减了。他们两个就有一些不到的去处，有鸳鸯，那孩子还心细些，我的事情他还想着一点子，该要去的，他就要了来，该添什么，他就度空儿告诉他们添了。鸳鸯再不这样，他娘儿两个，里头外头，大的小的，那里不忽略一件半件，我如今反倒自己操心去不成？还是天天盘算和你们要东西去？我这屋里有的没的，剩了他一个，年纪也大些，我凡百的脾气性格儿他还知道些。二则他还投主子们的缘法，也并不指着我和这位太太要衣裳去，又和那位奶奶要银子去。所以这几年一应事情，他说什么，从你小婶和你媳妇起，以至家下大大小小，没有不信的。所以不单我得靠，连你小婶媳妇也都省心。我有了这么个人，便是媳妇和孙子媳妇有想不到的，我也不得缺了，也没气可生了。这会子他去了，你们弄个什么人来我使？你们就弄他那么一个真珠的人来，不会说话也无用。我正要打发人和你老爷说去，他要什么人，我这里有钱，叫他只管一万八千的买，就只这个丫头不能。留下他伏侍我几年，就比他日夜伏侍我尽了孝的一般。你来的也巧，你就去说，更妥当了。”

说毕，命人来：“请了姨太太你姑娘们来说个话儿。才高兴，怎么又都散了！”丫头们忙答应着去了。众人忙赶的又来。只有薛姨妈向丫鬟道：“我才来了，又作什么去？你就说我睡了觉了。”那丫头道：“好亲亲的姨太太，姨祖宗！我们老太太生气呢，你老人家不去，没个开交了，只当疼我们罢。你老人家嫌乏，我背了你老人家去。”薛姨妈道：“小鬼头儿，你怕些什么？不过骂几句完了。”说着，只得和这小丫头子走来。贾母忙让坐，又笑道：“咱们斗牌。姨太太的牌也生，咱们一处坐着，别叫凤姐儿混了我们去。”薛姨妈笑道：“正是呢，老太太替我看着些儿。就是咱们娘儿四个斗呢，还是再添个呢？”王夫人笑道：“可不只四个。”（墨夹：老实人言语。）凤姐儿道：“再添一个人热闹些。”贾母道：“叫鸳鸯来，叫他在这下手里坐着。姨太太眼花了，咱们两个的牌都叫他瞧着些儿。”凤姐儿叹了一声，向探春道：“你们知书识字的，倒不学算命！”探春道：“这又奇了。这会子你倒不打点精神赢老太太几个钱，又想算命。”凤姐儿道：“我正要算算命，今儿该输多少呢，我还想赢呢！你瞧瞧，场子没上，左右都埋伏下了。”说的贾母、薛姨妈都笑起来。

一时鸳鸯来了，便坐在贾母下手，鸳鸯之下便是凤姐儿。铺下红毡，洗牌告幺，五人起牌。斗了一回，鸳鸯见贾母的牌已十严，只等一张二饼，便递了暗号与凤姐儿。凤姐儿正该发牌，便故意踌躇了半晌，笑道：“我这一张牌定在姨妈手里扣着呢。我若不发这一张，再顶不下来的。”薛姨妈道：“我手里并没有你的牌。”凤姐儿道：“我回来是要察的。”薛姨妈道：“你只管察。你且发下来，我瞧瞧是张什么。”凤姐儿便送在薛姨妈跟前。薛姨妈一看是个二饼，便笑道：“我倒不稀罕他，只怕老太太满了。”凤姐儿听了，忙笑道：“我发错了。”贾母笑的已掷下牌来，说：“你敢拿回去！谁叫你错的不成？”凤姐儿道：“可是我要算一算命呢。这是自己发的，可埋怨谁！”贾母笑道：“可是，你自己该打着你那嘴，问着你自己才是。”又向薛姨妈笑道：“我不是小器爱赢钱，原是个彩头儿。”薛姨妈笑道：“可不是这样，那里有那样糊涂人说老太太爱钱呢？”凤姐儿正数着钱，听了这话，忙又把钱穿上了，向众人笑道：“够了我的了。竟不为赢钱，单为赢彩头儿。我到底小器，输了就数钱，快收起来罢。”贾母规矩是鸳鸯代洗牌，因和薛姨妈说笑，不见鸳鸯动手，贾母道：“你怎么恼了，连牌也不替我洗。”鸳鸯拿起牌来，笑道：“二奶奶不给钱。”贾母道：“他不给钱，那是他交运了。”便命小丫头子：“把他那一吊钱都拿过来。”小丫头子真就拿了，搁在贾母旁边。凤姐儿笑道：“赏我罢，我照数儿给就是了。”薛姨妈笑道：“果然是凤丫头小器，不过是顽儿罢了。”凤姐听说，便站起来，拉着薛姨妈，回头指着贾母素日放钱的一个木匣子笑道：“姨妈瞧瞧，那个里头不知顽了我多少去了。这一吊钱顽不了半个时辰，那里头的钱就招手儿叫他了。只等把这一吊也叫进去了，牌也不用斗了，老祖宗的气也平了，又有正经事差我办去了。”话说未完，引的贾母众人笑个不住。偏有平儿怕钱不够，又送了一吊来。凤姐儿道：“不用放在我跟前，也放在老太太的那一处罢。一齐叫进去倒省事，不用做两次，叫箱子里的钱费事。”贾母笑的手里的牌撒了一桌子，推着鸳鸯，叫：“快撕他的嘴！”

平儿依言放下钱，也笑了一回，方回来。至院门前遇见贾琏，问他：“太太在那里呢？老爷叫我请过去呢。”平儿忙笑道：“在老太太跟前呢，站了这半日还没动呢。趁早儿丢开手罢。老太太生了半日气，这会子亏二奶奶凑了半日趣儿，才略好了些。”贾琏道：“我过去只说讨老太太的示下，十四往赖大家去不去，好预备轿子的。又请了太太，又凑了趣儿，岂不好？”平儿笑道：“依我说，你竟不去罢。合家子连太太、宝玉都有了不是，这会子你又填限去了。”贾琏道：“已经完了，难道还找补不成？况且与我又无干。二则老爷亲自吩咐我请太太的，这会子我打发了人去，倘或知道了，正没好气呢，指着这个拿我出气罢。”说着就走。平儿见他说得有理，也便跟了过来。

贾琏到了堂屋里，便把脚步放轻了，往里间探头，只见邢夫人站在那里。凤姐儿眼尖，先瞧见了，使眼色儿不命他进来，又使眼色与邢夫人。邢夫人不便就走，只得倒了一碗茶来，放在贾母跟前。贾母一回身，贾琏不防，便没躲伶俐。贾母便问：“外头是谁？倒像个小子一伸头。”凤姐儿忙起身说：“我也恍惚看见一个人影儿，让我瞧瞧去。”一面说，一面起身出来。贾琏忙进去，陪笑道：“打听老太太十四可出门？好预备轿子。”贾母道：“既这么样，怎么不进来？又作鬼作神的。”贾琏陪笑道：“见老太太玩牌，不敢惊动，不过叫媳妇出来问问。”贾母道：“那里就忙到这一时？等他家去，你问多少问不得？那一遭儿你这么小心来着！又不知是来作耳报神的，也不知是来作探子的，鬼鬼祟祟的，倒唬了我一跳。什么好下流种子！你媳妇和我顽牌呢，还有半日的空儿，你家去再和那赵二家的商量治你媳妇去罢！”说着，众人都笑了。鸳鸯笑道：“鲍二家的，老祖宗又拉上赵二家的。”贾母也笑道：“可是，我那里记得什么抱着背着的，提起这些事来，不由我不生气！我进了这门子作重孙子媳妇起，到如今我也有了重孙子媳妇了，连头带尾五十四年，凭着大惊大险千奇百怪的事，也经了些，从没经过这些事。还不离了我这里呢！”

贾琏一声儿不敢说，忙退了出来。平儿站在窗外悄悄的笑道：“我说着你不听，到底碰在网里了。”正说着，只见邢夫人也出来，贾琏道：“都是老爷闹的，如今都搬在我和太太身上。”邢夫人道：“我把你没孝心雷打的下流种子！人家还替老子死呢，白说了几句，你就抱怨了。你还不好好的呢，这几日生气，仔细他捶你。”贾琏道：“太太快过去罢，叫我来请了好半日了。”说着，送他母亲出来过那边去。

邢夫人将方才的话只略说了几句，贾赦无法，又含愧，自此便告病，且不敢见贾母，只打发邢夫人及贾琏每日过去请安。只得又各处遣人购求寻觅，终究费了八百两银子买了一个十七岁的女孩子来，名唤嫣红，收在屋内。不在话下。

这里斗了半日牌，吃晚饭才罢。此一二日间无话。

展眼到了十四日，黑早，赖大的媳妇又进来请。贾母高兴，便带了王夫人、薛姨妈及宝玉姊妹等，到赖大花园中坐了半日。那花园虽不及大观园，却也十分齐整宽阔，泉石林木，楼阁亭轩，也有好几处惊人骇目的。外面厅上，薛蟠、贾珍、贾琏、贾蓉并几个近族的，很远的也没来，贾赦也没来。赖大家内也请了几个现任的官长并几个世家子弟作陪。因其中有柳湘莲，薛蟠自上次会过一次，已念念不忘。又打听他最喜串戏，且串的都是生旦风月戏文，不免错会了意，误认他作了风月子弟，正要与他相交，恨没有个引进，这日可巧遇见，无可不可。且贾珍等也慕他的名，酒盖住了脸，就求他串了两出戏。下来，移席和他一处坐着，问长问短，说此说彼。

那柳湘莲原是世家子弟，读书不成，父母早丧，素性爽侠，不拘细事，酷好耍枪舞剑，赌博吃酒，以至眠花卧柳，吹笛弹筝，无所不为。因他年纪又轻，生得又美，不知他身分的人，却误认作优伶一类。那赖大之子赖尚荣与他素习交好，故他今日请来作陪。不想酒后别人犹可，独薛蟠又犯了旧病。他心中早已不快，得便意欲走开完事，无奈赖尚荣死也不放。赖尚荣又说："方才宝二爷又嘱咐我，才一进门虽见了，只是人多不好说话，叫我嘱咐你散的时候别走，他还有话说呢。你既一定要去，等我叫出他来，你两个见了再走，与我无干。"说着，便命小厮们到里头找一个老婆子，悄悄告诉"请出宝二爷来"。那小厮去了没一盏茶时，果见宝玉出来了。赖尚荣向宝玉笑道："好叔叔，把他交给你，我张罗人去了。"说着，一迳去了。

宝玉便拉了柳湘莲到厅侧小书房中坐下，问他这几日可到秦钟的坟上去了。（墨夹：忽提此人使我堕泪。近几回不见提此人，自谓不表矣。乃忽于此处柳湘莲提及，所谓"方以类聚，物以群分"也。）湘莲道："怎么不去？前日我们几个人放鹰去，离他坟上还有二里，我想今年夏天的雨水勤，恐怕他的坟站不住。我背着众人，走去瞧了一瞧，果然又动了一点子。回家来就便弄了几百钱，第三日一早出去，雇了两个人收拾好了。"宝玉道："怪道呢，上月我们大观园的池子里头结了莲蓬，我摘了十个，叫茗烟出去到坟上供他去，回来我也问他可被雨冲坏了没有。他说不但不冲，且比上回又新了些。我想着，不过是这几个朋友新筑了。我只恨我天天圈在家里，一点儿做不得主，行动就有人知道，不是这个拦就是那个劝的，能说不能行。虽然有钱，又不由我使。"湘莲道："这个事也用不着你操心，外头有我，你只心里有了就是。眼前十月一，我已经打点下上坟的花消。你知道我一贫如洗，家里是没的积聚，纵有几个钱来，随手就光的，不如趁空儿留下这一分，省得到了跟前扎手。"宝玉道："我也正为这个要打发茗烟找你，你又不大在家，知道你天天萍踪浪迹，没个一定的去处。"湘莲道："这也不用找我。这个事不过各尽其道。眼前我还要出门去走走，外头逛个三年五载再回来。"宝玉听了，忙问道："这是为何？"柳湘莲冷笑道："你不知道我的心事，等到跟前你自然知道。我如今要别过了。"宝玉道："好容易会着，晚上同散岂不好？"湘莲道："你那令姨表兄还是那样，再坐着未免有事，不如我回避了倒好。"宝玉想了一想，道："既是这样，倒是回避他为是。只是你要果真远行，必须先告诉我一声，千万别悄悄的去了。"说着便滴下泪来。柳湘莲道："自然要辞的。你只别和别人说就是。"说着便站起来要走，又道："你们进去，不必送我。”

一面说，一面出了书房。刚至大门前，早遇见薛蟠在那里乱嚷乱叫说：“谁放了小柳儿走了！”柳湘莲听了，火星乱迸，恨不得一拳打死，复思酒后挥拳，又碍着赖尚荣的脸面，只得忍了又忍。薛蟠忽见他走出来，如得了珍宝，忙趔趄着上来一把拉住，笑道：“我的兄弟，你往那里去了？”湘莲道：“走走就来。”薛蟠笑道：“好兄弟，你一去都没兴了，好歹坐一坐，你就疼我了。凭你有什么要紧的事，交给哥，你只别忙，有你这个哥，你要做官发财都容易。”湘莲见他如此不堪，心中又恨又愧，早生一计，便拉他到避人之处，笑道：“你真心和我好，假心和我好呢？”薛蟠听这话，喜的心痒难挠，乜斜着眼忙笑道：“好兄弟，你怎么问起我这话来？我要是假心，立刻死在眼前！”湘莲道：“既如此，这里不便。等坐一坐，我先走，你随后出来，跟到我下处，咱们替另喝一夜酒。我那里还有两个绝好的孩子，从没出门的。你可连一个跟的人也不用带，到了那里，伏侍的人都是现成的。”薛蟠听如此说，喜得酒醒了一半，说：“果然如此？”湘莲道：“如何！人拿真心待你，你倒不信了！”薛蟠忙笑道：“我又不是呆子，怎么有个不信的呢！既如此，我又不认得，你先去了，我在那里找你？”湘莲道：“我这下处在北门外头，你可舍得家，城外住一夜去？”薛蟠笑道：“有了你，我还要家做什么！”湘莲道：“既如此，我在北门外头桥上等你。咱们席上且吃酒去。你看我走了之后你再走，他们就不留心了。”薛蟠听了，连忙答应。于是二人复又入席，饮了一回。那薛蟠难熬，只拿眼看湘莲，心内越想越乐，左一壶右一壶，并不用人让，自己便吃了又吃，不觉酒已八九分了。

湘莲便起身出来，瞅人不防去了，至门外，命小厮杏奴：“先家去罢，我到城外就来。”说毕，已跨马直出北门，桥上等候薛蟠。没顿饭时工夫，只见薛蟠骑着一匹大马，远远的赶了来，张着嘴，瞪着眼，头似拨浪鼓一般不住左右乱瞧。及至从湘莲马前过去，只顾望远处瞧，不曾留心近处，反踩过去了。湘莲又是笑，又是恨，便也撒马随后赶来。薛蟠往前看时，渐渐人烟稀少，便又圈马回来再找，不想一回头见了湘莲，如获奇珍，忙笑道：“我说你是个再不失信的。”湘莲笑道：“快往前走，仔细人看见跟了来，就不便了。”说着，先就撒马前去，薛蟠也紧紧的跟来。

湘莲见前面人迹已稀，且有一带苇塘，便下马，将马拴在树上，向薛蟠笑道：“你下来，咱们先设个誓，日后要变了心，告诉人去的，便应了誓。”薛蟠笑道：“这话有理。”连忙下了马，也拴在树上，便跪下说道：“我要日久变心，告诉人去的，天诛地灭！”一语未了，只听“噔”的一声，颈后好似铁锤砸下来，只觉得一阵黑，满眼金星乱迸，身不由已，便倒下来。湘莲走上来瞧瞧，知道他是个笨家，不惯捱打，只使了三分气力，向他脸上拍了几下，登时便开了果子铺。薛蟠先还要挣挫起来，又被湘莲用脚尖点了两点，仍旧跌倒，口内说道：“原是两家情愿，你不依，只好说，为什么哄出我来打我？”一面说，一面乱骂。湘莲道：“我把你瞎了眼的，你认认柳大爷是谁！你不说哀求，你还伤我！我打死你也无益，只给你个利害罢。”说着，便取了马鞭过来，从背至胫，打了三四十下。薛蟠酒已醒了大半，觉得疼痛难禁，不禁有“嗳哟”之声。湘莲冷笑道：“也只如此！我只当你是不怕打的。”一面说，一面又把薛蟠的左腿拉起来，朝苇

芳官

中泞泥处拉了几步，滚的满身泥水，又问道："你可认得我了？"薛蟠不应，只伏着哼哼。湘莲又掷下鞭子，用拳头向他身上擂了几下。薛蟠便乱滚乱叫，说："肋条折了。我知道你是正经人，因为我错听了旁人的话了。"湘莲道："不用拉别人，你只说现在的。"薛蟠道："现在没什么说的。不过你是个正经人，我错了。"湘莲道："还要说软些才饶你。"薛蟠哼哼着道："好兄弟。"湘莲便又一拳。薛蟠"嗳哟"了一声道："好哥哥。"湘莲又连两拳。薛蟠忙"嗳哟"叫道："好老爷，饶了我这没眼睛的瞎子罢！从今以后我敬你怕你了。"湘莲道："你把那水喝两口！"薛蟠一面听了，一面皱眉道："那水脏得狠，怎么喝得下去！"湘莲举拳就打。薛蟠忙道："我喝，喝。"说着，只得俯头向苇根下喝了一口，犹未咽下去，只听"哇"的一声，把方才吃的东西都吐了出来。湘莲道："好脏东西，你快吃尽了饶你。"薛蟠听了，叩头不迭道："好歹积阴功饶我罢！这至死不能吃的。"湘莲道："这样气息，倒薰坏了我。"说着丢下薛蟠，便牵马认镫去了。这里薛蟠见他已去，心内方放下心来，后悔自己不该误认了人。待要挣挫起来，无奈遍身疼痛难禁。

谁知贾珍等席上忽不见了他两个，各处寻找不见。有人说："恍惚出北门去了。"薛蟠的小厮们素日是惧他的，他吩咐不许跟去，谁还敢找去？（墨夹：亦如秦法自误。）后来还是贾珍不放心，命贾蓉带着小厮们寻踪问迹的直找出北门，下桥二里多路，忽见苇坑边薛蟠的马拴在那里。众人都道："可好了！有马必有人。"一齐来至马前，只听苇中有人呻吟。大家忙走来一看，只见薛蟠衣衫零碎，面目肿破，没头没脸，遍身内外，滚的似个泥猪一般。贾蓉心内已猜着九分了，忙下马令人搀了出来，笑道："薛大叔天天调情，今儿调到苇子坑里来了。必定是龙王爷也爱上你风流，要招驸马去，你就碰到龙犄角上了。"薛蟠羞的恨没地缝儿，钻不进去，那里爬的上马去？贾蓉只得命人赶到关厢里雇了一乘小轿子，薛蟠坐了，一齐进城。贾蓉还要抬往赖家去赴席，薛蟠百般央告，又命他不要告诉人，贾蓉方依允了，让他各自回家。贾蓉仍往赖家回复贾珍。贾珍也知为湘莲所打，也笑道："他须得吃个亏才好。"至晚散了，便来问候。薛蟠自在卧房将养，推病不见。

贾母等回来各自归家时，薛姨妈与宝钗见香菱哭得眼睛肿了。问其原故，忙赶来瞧薛蟠时，脸上身上虽有伤痕，并未伤筋动骨。薛姨妈又是心疼，又是发恨，骂一回薛蟠，又骂一回柳湘莲，意欲告诉王夫人，遣人寻拿柳湘莲。宝钗忙劝道："这不是什么大事，不过他们一处吃酒，酒后反脸常情。谁醉了，多挨几下子打，也是有的。况且咱们家无法无天，也是人所共知的。妈不过是心疼的缘故。要出气也容易，等三五天哥哥养好了出的去时，那边珍大爷、琏二爷这干人也未必白丢开了，自然备个东道，叫了那个人来，当着众人替哥哥赔不是认罪就是了。如今妈先当件大事告诉众人，倒显得妈偏心溺爱，纵容他生事招人，今儿偶然吃了一次亏，妈就这样兴师动众，倚着亲戚之势欺压常人。"薛姨妈听了道："我的儿，到底是你想的到，我一时气糊涂了。"宝钗笑道："这才好呢。他又不怕妈，又不听人劝，一天纵似一天，吃过两三个亏，他倒罢了。"薛蟠睡在炕上痛骂柳湘莲，又命小厮们去拆他的房子，打死他，和他打官司。薛姨妈禁住小厮们，只说柳湘莲一时酒后放肆，如今酒醒，后悔不及，惧罪逃走了。薛蟠听见如此说了，要知端的——

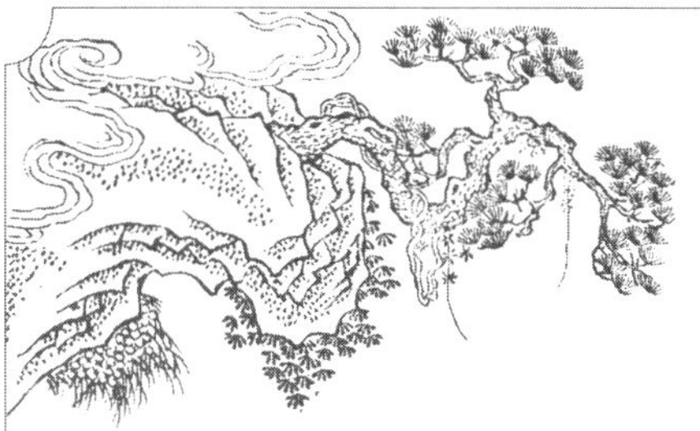

第四十八回

滥情人情误思游艺 慕雅女雅集苦吟诗

（墨）题曰“柳湘莲走他乡”，必谓写湘莲如何走，今却不写，反细写阿呆兄之游艺了心，却柳湘莲之分内走者而不细写其走，反写阿呆不应走而写其走，文牵岐路，令人不识者如此。

至“情小妹”回中，方写湘莲文字，真神化之笔。

且说薛蟠听见如此说了，气方渐平。三五日后，疼痛虽愈，伤痕未平，只装病在家，愧见亲友。

展眼已到十月，因有各铺面伙计内有算年账要回家的，少不得家内治酒饯行。内有一个张德辉，年过六十，自幼在薛家当铺内揽总，家内也有二三千金的过活，今岁也要回家，明春方来。因说起“今年纸札香料短少，明年必是贵的。明年先打发大小儿上来，当铺内照管，赶端阳前我顺路贩些纸札香扇来卖。除去关税花销，亦可以剩得几倍利息”。薛蟠听了，心中忖度：“我如今挨了打，正难见人，想着要躲个一年半载，又没处去躲。天天装病，也不是事。况且我长了这么大，文又不文，武又不武，虽说做买卖，究竟戥子算盘从没拿过，地土风俗远近道路又不知道，不如也打点几个本钱，和张德辉逛一年来。赚钱也罢，不赚钱也罢，且躲躲羞去。二则逛逛山水也是好的。”心内主意已定，至酒席散后，便和张德辉说知，命他等一二日一同前往。

晚间薛蟠告诉了他母亲。薛姨妈听了虽是欢喜，但又恐他在外生事，花了本钱倒是末事，因此不命他去，只说：“好歹你守着我，我还能放心些。况且也不用做这买卖，也不等着这几百银子来用。你在家里安分守己的，就强似这几百银子了。”薛蟠主意已定，那里肯依，只说：“天天又说我不知世事，这个也不知，那个也不学。如今我发狠把那些没要紧的都断了，如今要成人立事，学习着做买卖，又不准我了，叫我怎么样呢？我又不是个丫头，把我关在家里，何日是个了？况且那张德辉又是个年高有德的，咱们和他世交，我同他去，怎么得有舛错？我就一时半刻有不好的去处，他自然说我劝我。就是东西贵贱行情，他是知道的，自然色色问他，何等顺利，倒不叫我去。过两日我不告诉家里，私自打点了一走，明年发了财回家，那时才知道我呢。”说毕，赌气睡觉去了。

薛姨妈听他如此说，因和宝钗商议。宝钗笑道：“哥哥果然要经历正事，正是好的了。只是他在家时说着好听，到了外头旧病复犯，越发难拘束了。但也愁不得许多。他若是真改了，是他一生的福。若不改，妈也不能又有别的法子。一半尽人力，一半听天命罢了。这么大人了，若只管怕他不知世路，出不得门，干不得事，今年关在家里，明年还是这个样儿。他既说的名正言顺，妈就打谅着丢了八百一千银子，竟交与他试一试。横竖有伙计们帮着，也未必好意思哄骗他的。二则他出去了，左右没有助兴的人，又没了倚仗的人，到了外头，谁还怕谁，有了的吃，没了的饿着，举眼无靠，他见这样，只怕比在家里省了事也未可知。”（墨夹：作书者曾吃此亏，批书者亦曾吃此亏，故特于此注明，使后来人深思默戒。脂砚斋。）薛姨妈听了，思忖半晌说道：“倒是你说的是。花两个钱，叫他学些乖来也值了。”商议已定，一宿无话。

至次日，薛姨妈命人请了德辉来，在书房中命薛蟠款待酒饭，自己在后廊下，隔着窗子，向里千言万语嘱托德辉照管薛蟠。张德辉满口应承，吃过饭告辞，又回说：“十四日是上好出行日期，大世兄即刻打点行李，雇下骡子，十四一早就长行了。”薛蟠喜之不尽，将此话告诉了薛姨妈。薛姨妈便和宝钗、香菱并两个老年的嬷嬷连日打点行装，派下薛蟠之乳父老苍头一名，当年谙事旧仆二名，外有薛蟠随身常使小厮二人，主仆一共六人，雇了三辆大车，车上拉行李使物，又雇了四个长行骡子。薛蟠自骑一匹家内养的铁青大走骡，外备一匹坐马。诸事完毕，薛姨妈、宝钗等连夜劝戒之言，自不必备说。

至十三日，薛蟠先去辞了他舅舅，然后过来辞了贾宅诸人。贾珍等未免又有饯行之说，也不必细述。至十四日一早，薛姨妈、宝钗等直同薛蟠出了仪门，母女两个四只泪眼看他去了，方回来。

薛姨妈上京带来的家人不过四五房，并两三个老嬷嬷小丫头，今跟了薛蟠一去，外面只剩了一两个男子。因此薛姨妈即日到书房，将一应陈设玩器并帘幔等物尽行搬了进来收贮，命那两个跟去的男子之妻一并也进来睡觉。又命香菱将他屋里也收拾严紧，“将门锁了，晚间和我去睡。”宝钗道：“妈既有这些人作伴，不如叫菱姐姐和我作伴去。

我们园里又空，夜长了，我每夜作活，越多一个人岂不越好。”薛姨妈听了，笑道：“正是我忘了，原该叫他同你去才是。我前日还同你哥哥说，文杏又小，道三不着两，莺儿一个人不够伏侍的，还要买一个丫头来使。”宝钗道：“买的不知底里，倘或走了眼，花了钱小事，没的淘气。倒是慢慢的打听着，有知道来历的，买个还罢了。”（墨夹：闲言过耳无迹，然已伏下一事矣。）一面说，一面命香菱收拾了衾褥妆奁，命一个老嬷嬷并臻儿送至蘅芜苑去，然后宝钗和香菱才同回园中来。（墨夹：细想香菱之为人也，根基不让迎、探，容貌不让凤、秦，端雅不让纨、钗，风流不让湘、黛，贤惠不让袭、平，所惜者青年罹祸，命运乖蹇，至为侧室，且虽曾读书，不能与林、湘辈并驰于海棠之社耳。然此一人岂可不入园哉？故欲令入园，终无可入之隙，筹划再四，欲令入园必呆兄远行后方可。然阿呆兄又如何方可远行？曰名，不可；利，不可；无事，不可；必得万人想不到，自己忽一发机之事方可。因此思及“情”之一字及呆素所误者，故借“情误”二字生出一事，使阿呆游艺之志已坚，则菱卿入园之隙方妥。回思因欲香菱入园，是写阿呆情误，因欲阿呆情误，先写一赖尚荣，实委婉严密之甚也。脂砚斋评。）

香菱道：“我原要和奶奶说的，大爷去了，我和姑娘作伴儿去。又恐怕奶奶多心，说我贪着园里来顽，谁知你竟说了。”宝钗笑道：“我知道你心里羡慕这园子不是一日两日了，只是没个空儿。就每日来一淌，慌慌张张的，也没趣儿。所以趁着机会，越性住上一年，我也多个作伴的，你也遂了心。”香菱笑道：“好姑娘，你趁着这个功夫，教给我作诗罢。”（墨夹：写得何其有趣，今忽见菱卿此句，合卷从纸上另走出一娇小美人来，并不是湘、林、探、凤等一样口气声色。真神骏之技，虽驰驱万里而不见有倦怠之色。）宝钗笑道：“我说你‘得陇望蜀’呢。我劝你今儿头一日进来，先出园东角门，从老太太起，各处各人你都瞧瞧，问候一声儿，也不必特意告诉他们说搬进园来。若有提起因由，你只带口说我带了你进来作伴儿就完了。回来进了园，再到各姑娘房里走走。”

香菱应着才要走时，只见平儿忙忙的走来。（墨夹：“忙忙”二字奇，不知有何妙文。）香菱忙问了好，平儿只得陪笑相问。宝钗因向平儿笑道：“我今儿带了他来作伴儿，正要去回你奶奶一声儿。”平儿笑道：“姑娘说的是那里话？我竟没话答言了。”宝钗道：“这才是正理。店房也有个主人，庙里也有个住持。虽不是大事，到底告诉一声，便是园里坐更上夜的人知道添了他两个，也好关门候户的了。你回去告诉一声罢，我不打发人去了。”平儿答应着，因又向香菱笑道：“你既来了，也不拜一拜街坊邻舍去？”（墨夹：是极，恰是戏言，实欲支出香菱去也。）宝钗笑道：“我正叫他去呢。”平儿道：“你且不必往我们家去，二爷病了在家里呢。”香菱答应着去了，先从贾母处来，不在话下。

且说平儿见香菱去了，便拉宝钗忙说道：“姑娘听见我们的新文了？”宝钗道：“我没听见新文。因连日打发我哥哥出门，所以你们这里的事，一概也不知道，连姊妹们这两日也没见。”平儿笑道：“老爷把二爷打了个动不得，难道姑娘就没听见？”宝钗道：“早起恍惚听见了一句，也信不真。我也正要瞧你奶奶去呢，不想你来了。又是为了什么打他？”平儿咬牙骂道：“都是那贾雨村什么风村，半路途中那里来的饿不死的野杂种！认了不到十年，生了多少事出来！今年春天，老爷不知在那个地方看见了几把旧扇子，回家看家里所有收着的这些好扇子都不中用了，立刻叫人各处搜求。谁知就有一个不知死的冤家，混号儿世人叫他作石呆子，穷的连饭也没的吃，偏他家就有二十把旧扇子，死也不肯拿出大门来。二爷好容易烦了多少人情，见了这个人，说之再三，把二爷请到他家里坐着，拿出这扇子略瞧了一瞧。据二爷说，原是不能再有的，全是湘妃、棕竹、麋鹿、玉竹的，皆是古人写画真迹，因来告诉了老爷。老爷便叫买他的，要多少银子给他多少。偏那石呆子说：‘我饿死冻死，一千两银子一把我也不卖！’老爷没法子，天天骂二爷没能为。已经许了他五百两，先兑银子后拿扇子。他只是不卖，只说：‘要扇子，先要我的命！’姑娘想想，这有什么法子？谁知雨村那没天理的听见了，便设了个法子，讹他拖欠了官银，拿他到衙门里去，说所欠官银，变卖家产赔补，把这扇子抄了来，作了官价送了来。那石呆子如今不知是死是活。老爷拿着扇子问着二爷说：‘人家怎么弄了来？’二爷只说了一句：‘为这点子小事，弄得人坑家败业，也不算什么能为！’老爷听了就生了气，说二爷拿话堵老爷，因此这是第一件大的。这几日还有几件小的，我也记不清，所以都凑在一处，就打起来了。也没拉倒用板子棍子，就站着，不知拿什么混打一顿，脸上打破了两处。我们听见姨太太这里有一种丸药，上棒疮的，姑娘快寻一丸子给我。”宝钗听了，忙命莺儿去要了一丸来与平儿。宝钗道：“既这样，替我问候罢，我就不去了。”平儿答应着去了，不在话下。

且说香菱见过众人之后，吃过晚饭，宝钗等都往贾母处去了，自己便往潇湘馆中来。此时黛玉已好了大半，见香菱也进园来住，自是欢喜。香菱因笑道：“我这一进来了，也得了空儿，好歹教给我作诗，就是我的造化了！”黛玉笑道：“既要作诗，你就拜我作师。我虽不通，大略也还教得起你。”香菱笑道：“果然这样，我就拜你作师。你可不许腻烦的。”黛玉道：“什么难事，也值得去学！不过是起承转合，当中承转是两副对子，平声对仄声，虚的对实的，实的对虚的，若是果有了奇句，连平仄虚实不对都使得的。”香菱笑道：“怪道我常弄一本旧诗偷空儿看一两首，又有对的极工的，又有不对的，又听见说‘一三五不论，二四六分明’。看古人的诗上亦有顺的，亦有二四六上错了的，所以天天疑惑。如今听你一说，原来这些格调规矩竟是末事，只要词句新奇为上。”黛玉道：“正是这个道理。词句究竟还是末事，第一立意要紧。若意趣真了，连词句不用修饰，自是好的，这叫做‘不以词害意’。”香菱笑道：“我只爱陆放翁的诗‘重帘不卷留香久，古砚微凹聚墨多’，说的真有趣！”黛玉道：“断不可学这样的诗。你们因不知诗，所以见了这浅近的就爱，一入了这个格局，再学不出来的。你只听我说，你若真心要学，我这里有《王摩诘全集》，你且把他的五言律读一百首，细心揣摩透熟了，然后再读一二百首老杜的七言律，次再李青莲的七言绝句读一二百首。肚子里先有了这三个人作了底子，然后再把陶渊明、应玚、谢、阮、庾、鲍等人的一看。你又是一个极聪敏伶俐的人，不用一年的工夫，不愁不是诗翁了！”香菱听了，笑道：“既这样，好姑娘，你就把这书给我拿出来，我带回去夜里念几首也是好的。”黛玉听说，便命紫鹃将王右丞的五言律拿来，递与香菱，又道：“你只看有红圈的都是我选的，有一首念一首。不明白的问你姑娘，或者遇见我，我讲与你就是了。”香菱拿了诗，回至蘅芜苑中，诸事不顾，只向灯下一首一首的读起来。宝钗连催他数次睡觉，他也不睡。宝钗见他这般苦心，只得随他去了。

一日，黛玉方梳洗完了，只见香菱笑吟吟的送了书来，又要换杜律。黛玉笑道："共记得多少首？"香菱笑道："凡红圈选的我尽读了。"黛玉道："可领略了些滋味没有？"香菱笑道："领略了些滋味，不知可是不是，说与你听听。"黛玉笑道："正要讲究讨论，方能长进。你且说来我听。"香菱笑道："据我看来，诗的好处，有口里说不出来的意思，想去却是逼真的。有似乎无理的，想去竟是有理有情的。"黛玉笑道："这话有了些意思，但不知你从何处见得？"香菱笑道："我看他《塞上》一首，那一联云：'大漠孤烟直，长河落日圆。'想来烟如何直？日自然是圆的：这'直'字似无理，'圆'字似太俗。合上书一想，倒像是见了这景的。若说再找两个字换这两个，竟再找不出两个字来。再还有'日落江湖白，潮来天地青'，这'白''青'两个字也似无理。想来，必得这两个字才形容得尽，念在嘴里倒像有几千斤重的一个橄榄。还有'渡头余落日，墟里上孤烟'，这'余'字和'上'字，难为他怎么想来！我们那年上京来，那日下晚便湾住船，岸上又没有人，只有几棵树，远远的几家人家作晚饭，那个烟竟是碧青，连云直上。谁知我昨日晚上读了这两句，倒像我又到了那个地方去了。"

正说着，宝玉和探春也来了，也都入坐听他讲诗。宝玉笑道："既是这样，也不用看诗。会心处不在多，听你说了这两句，可知三昧你已得了。"黛玉笑道："你说他这'上孤烟'好，你还不知他这一句还是套了前人的来。我给你这一句瞧瞧，更比这个淡而现成。"说着便把陶渊明的"暧暧远人村，依依墟里烟"翻了出来，递与香菱。香菱瞧了，点头叹赏，笑道："原来'上'字是从'依依'两个字上化出来的。"宝玉大笑道："你已得了，不用再讲，越发倒学杂了。你就作起来，必是好的。"探春笑道："明儿我补一个柬来，请你入社。"香菱笑道："姑娘何苦打趣我，我不过是心里羡慕，才学着顽罢了。"探春、黛玉都笑道："谁不是顽？难道我们是认真作诗呢！若说我们认真成了诗，出了这园子，把人的牙还笑倒了呢。"宝玉道："这也算自暴自弃了。前日我在外头和相公们商议画儿，他们听见咱们起诗社，求我把稿子给他们瞧瞧。我就写了几首给他们看看，谁不真心叹服。他们都抄了刻去了。"探春、黛玉忙问道："这是真话么？"宝玉笑道："说谎的是那架上的鹦哥。"黛玉、探春听说，都道："你真真胡闹！且别说那不成诗，便是成诗，我们的笔墨也不该传到外头去。"宝玉道："这怕什么！古来闺阁中的笔墨不要传出去，如今也没有人知道了。"说着，只见惜春打发了入画来请宝玉，宝玉方去了。香菱又逼着黛玉换出杜律来，又央黛玉、探春二人："出个题目，让我诌去，诌了来，替我改正。"黛玉道："昨夜的月最好，我正要诌一首，竟未诌成，你竟作一首来。'十四寒'的韵，由你爱用那几个字去。"

香菱听了，喜的拿回诗来，又苦思一回作两句诗，又舍不得杜诗，又读两首。如此茶饭无心，坐卧不定。宝钗道："何苦自寻烦恼。都是颦儿引的你，我和他算账去。你本来呆头呆脑的，再添上这个，越发弄成个呆子了。"（墨夹："呆头呆脑的"有趣之至！最恨野史有一百个女子皆曰"聪敏伶俐"，究竟看来，他行为也只平平。今以"呆"字为香菱定评，何等妩媚之至也。）香菱笑道："好姑娘，别混我。"（墨夹：如闻如见。）一面说，一面作了一首，先与宝钗看。宝钗看了笑道："这个不好，不是这个作法。你别怕燥，只管拿了给他瞧去，看他是怎么说。”香菱听了，便拿了诗找黛玉。黛玉看时，只见写道是：

> 月挂中天夜色寒，清光皎皎影团团。
> 诗人助兴常思玩，野客添愁不忍观。
> 翡翠楼边悬玉镜，珍珠帘外挂冰盘。
> 良宵何用烧银烛，晴彩辉煌映画栏。

黛玉笑道：“意思却有，只是措词不雅。皆因你看的诗少，被他缚住了。把这首丢开，再作一首。只管放开胆子去作。”

香菱听了，默默的回来，越性连房也不入，只在池边树下，或坐在山石上出神，或蹲在地下抠土，来往的人都诧异。李纨、宝钗、探春、宝玉等听得此信，都远远的站在山坡上瞧看他。只见他皱一回眉，又自己含笑一回。宝钗笑道：“这个人定要疯了！昨夜嘟嘟哝哝直闹到五更天才睡下，没一顿饭的工夫天就亮了。我就听见他起来了，忙忙碌碌梳了头就找颦儿去。一回来了，呆了一日，作了一首又不好，这会子自然另作呢。”宝玉笑道：“这正是‘地灵人杰’，老天生人再不虚赋情性的。我们成日叹说可惜他这么个人竟俗了，谁知到底有今日。可见天地至公。”宝钗笑道：“你能够像他这苦心就好了，学什么有个不成的。”宝玉不答。

只见香菱兴兴头头的又往黛玉那边去了。探春笑道：“咱们跟了去，看他有些意思没有。”说着，一齐都往潇湘馆来。只见黛玉正拿着诗和他讲究。众人因问黛玉作的如何。黛玉道：“自然算难为他了，只是还不好。这一首过于穿凿了，还得另作。”众人因要诗看时，只见作道：

> 非银非水映窗寒，试看晴空护玉盘。
> 淡淡梅花香欲染，丝丝柳带露初干。
> 只疑残粉涂金砌，恍若轻霜抹玉栏。
> 梦醒西楼人迹绝，余容犹可隔帘看。

宝钗笑道：“不像吟月了，月字底下添一个‘色’字倒还使得，你看句句倒是月色。这也罢了，原来诗从胡说来，再迟几天就好了。”香菱自为这首妙绝，听如此说，自己扫了兴，不肯丢开手，便要思索起来。因见他姊妹们说笑，便自己走至阶前竹下闲步，挖心搜胆，耳不旁听，目不别视。一时探春隔窗笑说道：“菱姑娘，你闲闲罢。”香菱怔怔答道：“‘闲’字是‘十五删’的，你错了韵了。”众人听了，不觉大笑起来。宝钗道：“可真是诗魔了。都是颦儿引的他！”黛玉笑道：“圣人说：‘诲人不倦。’他又来问我，我岂有不说之理。”李纨笑道：“咱们拉了他往四姑娘房里去，引他瞧瞧画儿，叫他醒一醒才好。”

说着，真个出来拉了他过藕香榭，至暖香坞中。惜春正乏倦，在床上歪着睡午觉，画缯立在壁间，用纱罩着。众人唤醒了惜春，揭纱看时，十停方有了三停。香菱见画上有几个美人，因指着笑道：“这一个是我们姑娘，那一个是林姑娘。”探春笑道：“凡会作诗的都画在上头，快学罢。”说着，顽笑了一回。

各自散后，香菱满心中还是想诗。至晚间对灯出了一回神，至三更以后上床卧下，两眼鳏鳏，直到五更方才朦胧睡去了。一时天亮，宝钗醒了，听了一听，他安稳睡了，心下想：“他翻腾了一夜，不知可作成了？这会子乏了，且别叫他。”正想着，只听香菱从梦中笑道：“可是有了，难道这一首还不好？”宝钗听了，又是可叹，又是可笑，连忙唤醒了他，问他：“得了什么？你这诚心都通了仙了。学不成诗，还弄出病来呢。”一面说，一面梳洗了，会同姊妹往贾母处来。

原来香菱苦志学诗，精血诚聚，日间做不出，忽于梦中得了八句。梳洗已毕，便忙录出来，自己并不知好歹，便拿来又找黛玉。刚到沁芳亭，只见李纨与众姊妹方从王夫人处回来，宝钗正告诉他们说他梦中作诗说梦话。（墨夹：一部大书起是梦，宝玉情是梦，贾瑞淫又是梦，秦之家计长策又是梦，今作诗也是梦，一并“风月鉴”亦从梦中所有，故“红楼梦”也。余今批评亦在梦中，特为梦中之人特作此一大梦也。脂砚斋。）众人正笑，抬头见他来了，便都争着要诗看。且听下回分解。

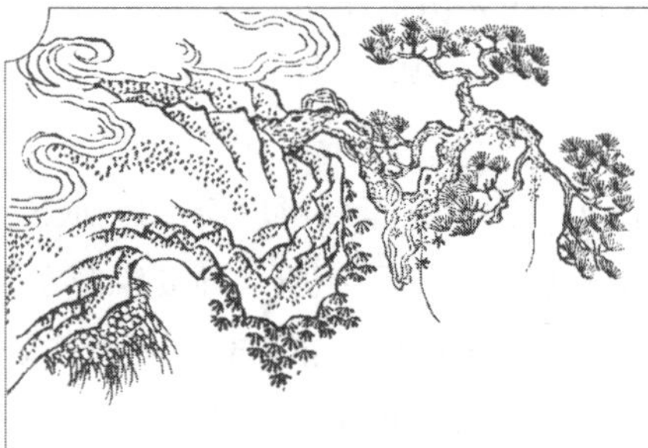

第四十九回

琉璃世界白雪红梅
脂粉香娃割腥啖膻

（墨）此回系大观园集十二正钗之文。

话说香菱见众人正说笑，他便迎上去笑道：“你们看，这一首若使得，我便还学；若还不好，我就死了这作诗的心了。”说着，把诗递与黛玉及众人看时，只见写道是：

精华欲掩料应难，影自娟娟魄自寒。
一片砧敲千里白，半轮鸡唱五更残。
绿蓑江上秋闻笛，红袖楼头夜倚栏。
博得嫦娥应借问，缘何不使永团圆！

众人看了笑道：“这首不但好，而且新巧有意趣。可知俗语说‘天下无难事，只怕有心人’，社里一定请你了。”香菱听了心下不信，料着是他们瞒哄自己的话，还只管问黛玉、宝钗等。

正说之间，只见几个小丫头并老婆子忙忙的走来，都笑道："来了好些姑娘奶奶们，我们都不认得，奶奶姑娘们快认亲去。"李纨笑道："这是那里的话？你到底说明白了是谁的亲戚？"那婆子丫头都笑道："奶奶的两位妹子都来了。还有一位姑娘，说是薛大姑娘的妹妹，还有一位爷，说是薛大爷的兄弟。我这会子请姨太太去呢，奶奶和姑娘们先上去罢。"说着，一迳去了。

宝钗笑道："我们薛蝌和他妹妹来了不成？"李纨也笑道："我们婶子又上京来了不成？他们也不能凑在一处，这可是奇事。"大家纳闷，来至王夫人上房，只见乌压压一地的人。

原来邢夫人之兄嫂带了女儿岫烟进京来投邢夫人的，可巧凤姐之兄王仁也正进京，两亲家一处打帮来了。走至半路泊船时，正遇见李纨之寡婶带着两个女儿——大名李纹，次名李绮——也上京。大家叙起来又是亲戚，因此三家一路同行。后有薛蟠之从弟薛蝌，因当年父亲在京时已将胞妹薛宝琴许配都中梅翰林之子为婚，正欲进京发嫁，闻得王仁进京，他也带了妹子随后赶来。所以今日会齐了来访投各人亲戚。

于是大家见礼叙过，贾母、王夫人都欢喜非常。贾母因笑道："怪道昨日晚上灯花爆了又爆，结了又结，原来应到今日。"一面叙些家常，一面收看带来的礼物，一面命留酒饭。凤姐儿自不必说，忙上加忙。李纨、宝钗自然和婶母姊妹叙离别之情。黛玉见了，先是欢喜，次后想起众人皆有亲眷，独自己孤单，无个亲眷，不免又去垂泪。宝玉深知其情，十分劝慰了一番方罢。

然后宝玉忙忙来至怡红院中，向袭人、麝月、晴雯等笑道："你们还不快看人去！谁知宝姐姐的亲哥哥是那个样子，他这叔伯兄弟形容举止另是一样了，倒像是宝姐姐的同胞弟兄似的。更奇在你们成日家只说宝姐姐是绝色的人物，你们如今瞧瞧他这妹子，更有大嫂嫂这两个妹子，我竟形容不出了。老天，老天，你有多少精华灵秀，生出这些人上之人来！可知我井底之蛙，成日家自说现在的这几个人是有一无二的，谁知不必远寻，就是本地风光，一个赛似一个，如今我又长了一层学问了。除了这几个，难道还有几个不成？"一面说，一面自笑自叹。袭人见他又有了魔意，便不肯去瞧。晴雯等早去瞧了一遍回来，嘻嘻的笑向袭人道："你快瞧瞧去！大太太的一个侄女儿，宝姑娘一个妹妹，大奶奶两个妹妹，倒像一把子四根水葱儿。"

一语未了，只见探春也笑着进来找宝玉，因说道："咱们的诗社可兴旺了。"宝玉笑道："正是呢。这是你一高兴起诗社，所以鬼使神差来了这些人。但只一件，不知他们可学过作诗不曾？"探春道："我才都问了问他们，虽是他们自谦，看其光景，没有不会的。便是不会也没难处，你看香菱就知道了。"袭人笑道："他们说薛大姑娘的妹妹更好，三姑娘看着怎么样？"探春道："果然的话。据我看，连他姐姐并这些人总不及他。"袭人听了，又是诧异，又笑道："这也奇了，还从那里再好的去呢？我倒要瞧瞧去。"探春道："老太太一见了，喜欢的无可不可，已经逼着太太认了干女儿了。老太太要养活，才刚已经定了。"宝玉喜的忙问："这果然的？"探春道："我几时说过谎！"又笑道："有了这个好孙女儿，就忘了这孙子了。"宝玉笑道："这倒不妨，原该多疼女儿些才是正理。明儿十六，咱们可该起社了。"探春道："林丫头刚起来了，二姐姐又病了，终是七上八下的。”宝玉道：“二姐姐又不大作诗，没有他又何妨。”探春道：“越性等几天，他们新来的混熟了，咱们邀上他们岂不好？这会子大嫂子、宝姐姐心里自然没有诗兴的，况且湘云没来，颦儿刚好了，人人不合式。不如等着云丫头来了，这几个新的也熟了，颦儿也大好了，大嫂子和宝姐姐心也闲了，香菱诗也长进了，如此邀一满社岂不好？咱们两个如今且往老太太那里去听听，除宝姐姐的妹妹不算外，他一定是在咱们家住定了的。倘或那三个要不在咱们这里住，咱们央告着老太太留下他们在园子里住下，咱们岂不多添几个人，越发有趣了。”宝玉听了，喜的眉开眼笑，忙说道：“倒是你明白。我终久是个糊涂心肠，空喜欢一会子，却想不到这上头来。”

说着，兄妹两个一齐往贾母处来。果然王夫人已认了宝琴作干女儿，贾母欢喜非常，连园中也不命住，晚上跟着贾母一处安寝。薛蝌自向薛蟠书房中住下。贾母便和邢夫人说：“你侄女儿也不必家去了，园里住几天，逛逛再去。”邢夫人兄嫂家中原艰难，这一上京，原仗的是邢夫人与他们治房舍，帮盘缠，听如此说，岂不愿意。邢夫人便将岫烟交与凤姐儿。凤姐儿筹算得园中姊妹多，性情不一，且又不便另设一处，莫若送到迎春一处去，倘日后邢岫烟有些不遂意的事，纵然邢夫人知道了，与自己无干。从此后若邢岫烟家去住的日期不算，若在大观园住到一个月上，凤姐儿亦照迎春的分例送一分与岫烟。凤姐儿冷眼敁敠（墨夹：音颠夺，心内忖度也。）岫烟心性为人，竟不像邢夫人及他的父母一样，却是温厚可疼的人。因此凤姐儿又怜他家贫命苦，比别的姊妹多疼他些，邢夫人倒不大理论了。

贾母、王夫人因素喜李纨贤惠，且轻年守节，令人敬伏，今见他寡婶来了，便不肯令他外头去住。那李婶虽十分不肯，无奈贾母执意不从，只得带着李纹、李绮在稻香村住下来。

当下安插既定，谁知保龄侯史鼐又迁委了外省大员，不日要带了家眷去上任。贾母因舍不得湘云，便留下他了，接到家中，原要命凤姐儿另设一处与他住。史湘云执意不肯，只要与宝钗一处住，因此就罢了。

此时大观园中比先更热闹了多少。李纨为首，余者迎春、探春、惜春、宝钗、黛玉、湘云、李纹、李绮、宝琴、邢岫烟，再添上凤姐儿和宝玉，一共十三个。叙起年庚，除李纨年纪最长，他十二个人皆不过十五六七岁，或有这三个同年，或有那五个共岁，或有这两个同月同日，那两个同刻同时，所差者大半是时刻月分而已。连他们自己也不能细细分晰，不过是“弟”“兄”“姊”“妹”四个字随便乱叫。

如今香菱正满心满意只想作诗，又不敢十分罗唣宝钗，可巧来了个史湘云。那史湘云又是极爱说话的，那里禁得起香菱又请教他谈诗，越发高了兴，没昼夜高谈阔论起来。宝钗因笑道：“我实在聒噪的受不得了。一个女孩儿家，只管拿着诗作正经事讲起来，叫有学问的人听了，反笑话说不守本分的。一个香菱没闹清，偏又添了你这么个话口袋子，满嘴里说的是什么：怎么是杜工部之沈郁，韦苏州之淡雅，又怎么是温八叉之绮靡，李义山之隐僻。放着两个现成的诗家不知道，提那些死人做什么！”湘云听了，忙笑问道：“是那两个？好姐姐，你告诉我。”宝钗笑道：“呆香菱之心苦，疯湘云之话多。”湘云、香菱听了，都笑起来。

正说着，只见宝琴来了，披着一领斗篷，金翠辉煌，不知何物。宝钗忙问：“这是那里的？”宝琴笑道：“因下雪珠儿，老太太找了这一件给我的。”香菱上来瞧道：“怪道这么好看，原来是孔雀毛织的。”湘云道：“那里是孔雀毛，就是野鸭子头上的毛作的。可见老太太疼你了，这样疼宝玉，也没给他穿。”宝钗道：“真俗语说‘各人有各人的缘法’。他也再想不到他这会子来，既来了，又有老太太这么疼他。”湘云道：“你除了在老太太跟前，就在园里来，这两处只管顽笑吃喝。到了太太屋里，若太太在屋里，只管和太太说笑，多坐一回无妨；若太太不在屋里，你别进去，那屋里人多心坏，都是要害咱们的。”说的宝钗、宝琴、香菱、莺儿等都笑了。宝钗笑道：“说你没心，却又有心；虽然有心，到底嘴太直了。我们这琴儿就有些像你。你天天说要我作亲姐姐，我今儿竟叫你认他作亲妹妹罢了。”湘云又瞅了宝琴半日，笑道：“这一件衣裳也只配他穿，别人穿了，实在不配。”正说着，只见琥珀走来笑道：“老太太说了，叫宝姑娘别管紧了琴姑娘。他还小呢，让他爱怎么样就怎么样。要什么东西只管要去，别多心。”宝钗忙起身答应了，又推宝琴笑道：“你也不知是那里来的福气！你倒去罢，仔细我们委曲着你。我就不信我那些儿不如你。”说话之间，宝玉、黛玉都进来了，宝钗犹自嘲笑。湘云因笑道：“宝姐姐，你这话虽是顽话，恰有人真心是这样想呢。”琥珀笑道：“真心恼的再没别人，就只是他。”口里说，手指着宝玉。宝钗、湘云都笑道：“他倒不是这样人。”琥珀又笑道：“不是他，就是他。”说着又指着黛玉。湘云便不则声。（墨夹：是不知黛玉病中相谈送燕窝之事也。脂砚。）宝钗忙笑道：“更不是了。我的妹妹和他的妹妹一样。他喜欢的比我还疼呢，那里还恼？你信口儿混说。他的那嘴有什么实据。”宝玉素习深知黛玉有些小性儿，且尚不知近日黛玉和宝钗之事，正恐贾母疼宝琴他心中不自在，今见湘云如此说了，宝钗又如此答，再审度黛玉声色亦不似往时，果然与宝钗之说相符，心中闷闷不乐。因想：“他两个素日不是这样的好，今看来竟更比他人好十倍。”一时林黛玉又赶着宝琴叫妹妹，并不提名道姓，直是亲姊妹一般。那宝琴年轻心热，（墨夹：四字道尽，不犯宝钗。脂砚斋评。）且本性聪敏，自幼读书识字，（墨夹：我批此书竟得一秘诀以告诸公儿：野史中所云“才貌双全佳人”者，细细通审之，只得一个粗知笔墨之女子耳。此书凡云“知书识字”者便是上等才女，不信时只看他通部行为及诗词、诙谐皆可知。妙在此书从不肯自下评注云此人系何等人，只借书中人闲评一二语，故不得有未密之缝被看书者指出，真狡猾之笔耳。）今在贾府住了两日，大概人物已知。又见诸姊妹都不是轻薄脂粉，且又和姐姐皆和契，故也不肯怠慢，其中又见林黛玉是个出类拔萃的，便更与黛玉亲敬异常。宝玉看着只是暗暗的纳罕。

一时宝钗姊妹往薛姨妈房内去后，湘云往贾母处来，林黛玉回房歇着。宝玉便找了黛玉来，笑道：“我虽看了《西厢记》，也曾有明白的几回，说了取笑，你曾恼过。如今想来，竟有一句不解，我念出来你讲讲我听。”黛玉听了，便知有文章，因笑道：“你念出来我听听。”宝玉笑道：“那《闹简》上有一句说得最好，‘是几时孟光接了梁鸿案？’这句最妙。‘孟光接了梁鸿案’这五个字，不过是现成的典，难为他这‘是几时’三个虚字问的有趣。是几时接了？你说说我听听。”黛玉听了，禁不住也笑起来，因笑道：“这原问的好。他也问的好，你也问的好。”宝玉道：“先时你只疑我，如今你也没的说，我反落了单。”黛玉笑道：“谁知他竟真是个好人，我素日只当他藏奸。”因把说错了酒令起，连送燕窝病中所谈之事，细细告诉了宝玉。宝玉方知缘故，因笑道：“我说呢，正纳闷‘是几时孟光接了梁鸿案’，原来是从‘小孩儿口没遮拦’就接了案了。”黛玉因又说起宝琴来，想起自己没有姊妹，不免又哭了。宝玉忙劝道：“你又自寻烦恼了。你瞧瞧，今年比旧年越发瘦了，你还不保养。每天好好的，你必是自寻烦恼，哭一会子，才算完了这一天的事。”黛玉拭泪道：“近来我只觉心酸，眼泪却像比旧年少了些的。心里只管酸痛，眼泪却不多。”宝玉道：“这是你哭惯了心里疑的，岂有眼泪会少的！”

正说着，只见他屋里的小丫头子送了猩猩毡斗篷来，又说：“大奶奶才打发人来说，下了雪，要商议明日请人作诗呢。”一语未了，只见李纨的丫头走来请黛玉。宝玉便邀着黛玉同往稻香村来。黛玉换上掐金挖云红香羊皮小靴，罩了一件大红羽纱面白狐狸里的鹤氅，束一条青金闪绿双环四合如意绦，头上罩了雪帽。二人一齐踏雪行来。只见众姊妹都在那边，都是一色大红猩猩毡与羽毛缎斗篷，独李纨穿一件青哆罗呢对襟褂子，薛宝钗穿一件莲青斗纹锦上添花洋线番羓丝的鹤氅；邢岫烟仍是家常旧衣，并无避雪之衣。一时史湘云来了，穿着贾母与他的一件貂鼠脑袋面子大毛黑灰鼠里子里外发烧大褂子，头上带着一顶挖云鹅黄片金里大红猩猩毡昭君套，又围着大貂鼠风领。黛玉先笑道：“你们瞧瞧，孙行者来了。他一般的也拿着雪褂子，故意装出个小骚达子来。”湘云笑道：“你们瞧我里头打扮的。”一面说，一面脱了褂子。只见他里头穿着一件半新的靠色三镶领袖秋香色盘金五色绣龙窄裉小袖掩衿银鼠短袄，里面短短的一件水红装缎狐肷褶子，腰里紧紧束着一条蝴蝶结子长穗五色宫绦，脚下也穿着麀皮小靴，越显的蜂腰猿背，鹤势螂形。（墨夹：近之拳谱中有“坐马式”，便似螂之蹲立。昔人爱轻捷便俏，闲取一螂观其仰颈叠胸之势。今四字无出处却写尽矣。脂砚斋评。）众人都笑道：“偏他爱打扮成个小子的样儿，原比他打扮女儿更俏丽了些。”湘云道：“快商议作诗！我听听是谁的东家？”李纨道：“我的主意。想来昨儿的正日已过了，再等正日又太远，可巧又下雪，不如大家凑个社，又替他们接风，又可以作诗。你们意思怎么样？”宝玉先道：“这话狠是。只是晚了，若到明儿，晴了又无趣。”众人看道，“这雪未必晴，纵晴了，这一夜下的也够赏了。”李纨道：“我这里虽好，又不如芦雪广好。我已经打发人笼地炕去了，咱们大家拥炉作诗。老太太想来未必高兴，况且咱们小顽意儿，单给凤丫头个信儿就是了。你们每人一两银子就够了，送到我这里来。”指着香菱、宝琴、李纹、李绮、岫烟，“五个不算外，咱们里头二丫头病了不算，四丫头告了假也不算，你们四分子送了来，我包总五六两银子也尽够了。”宝钗等一齐应诺。因又拟题限韵，李纨笑道：“我心里自己定了，等到了明日临期，横竖知道。”说毕，大家又闲话了一回，方往贾母处来。本日无话。

到了次日一早，宝玉因心里记挂着这事，一夜没好生得睡，天亮了就爬起来。掀开帐子一看，虽门窗尚掩，只见窗上光辉夺目，心内早踌躇起来，埋怨定是晴了，日光已出。一面忙起来揭起窗屉，从玻璃窗内往外一看，原来不是日光，竟是一夜大雪，下将有一尺多厚，天上仍是搓绵扯絮一般。宝玉此时欢喜非常，忙唤人起来，盥漱已毕，只穿一件茄色哆罗呢狐皮袄子，罩一件海龙皮小小鹰膀褂，束了腰，披了玉针蓑，戴上金藤笠，登上沙棠屐，忙忙的往芦雪广来。出了院门，四顾一望，并无二色，远远的是青松翠竹，自己却如装在玻璃盒内一般。于是走至山坡之下，顺着山脚刚转过去，已闻得一股寒香拂鼻。回头一看，恰是妙玉门前栊翠庵中有十数株红梅如胭脂一般，映着雪色，分外显得精神，好不有趣！宝玉便立住，细细的赏玩一回方走。只见蜂腰板桥上一个人打着伞走来，是李纨打发了请凤姐儿去的人。

宝玉来至芦雪广，只见丫鬟婆子正在那里扫雪开迳。原来这芦雪广盖在傍山临水河滩之上，一带几间，茅檐土壁，槿篱竹牖，推窗便可垂钓，四面都是芦苇掩覆，一条去迳逶迤穿芦度苇过去，便是藕香榭的竹桥了。众丫鬟婆子见他披蓑戴笠而来，却笑道："我们才说正少一个渔翁，如今都全了。姑娘们吃了饭才来呢，你也太性急了。"宝玉听了，只得回来。刚至沁芳亭，见探春正从秋爽斋来，围着大红猩猩毡斗篷，戴着观音兜，扶着小丫头，后面一个妇人打着青绸油伞。宝玉知他往贾母处去，便立在亭边，等他来到，二人一同出园前去。宝琴正在里间房内梳洗更衣。

一时众姊妹来齐，宝玉只嚷饿了，连连催饭。好容易等摆上来，头一样菜便是牛乳蒸羊羔。贾母便说："这是我们有年纪的人的药，没见天日的东西，可惜你们小孩子们吃不得。今儿另外有新鲜鹿肉，你们等着吃。"众人答应了。宝玉却等不得，只拿茶泡了一碗饭，就着野鸡瓜齑忙忙的咽完了。贾母道："我知道你们今儿又有事情，连饭也不顾吃了。"便叫"留着鹿肉与他晚上吃"，凤姐忙说"还有呢"，方才罢了。史湘云便悄和宝玉计较道："有新鲜鹿肉，不如咱们要一块，自己拿了园里弄着，又顽又吃。"宝玉听了，巴不得一声儿，便真和凤姐要了一块，命婆子送入园去。

一时大家散后，进园齐往芦雪广来，听李纨出题限韵，独不见湘云、宝玉二人。黛玉道："他两个再到不了一处，若到一处，生出多少故事来。这会子一定算计那块鹿肉去了。"（墨夹：联诗极雅之事，偏于雅前写出小儿啖膻茹血极腌臜的事来，为"锦心绣口"作配。）正说着，只见李婶也走来看热闹，因问李纨道："怎么一个带玉的哥儿和那一个挂金麒麟的姐儿，那样干净清秀，又不少吃的，他两个在那里商议着要吃生肉呢，说的有来有去的。我只不信肉也生吃得的。"众人听了，都笑道："了不得，快拿了他两个来。"黛玉笑道："这可是云丫头闹的，我的卦再不错。"

李纨等忙出来找着他两个说道："你们两个要吃生的，我送你们到老太太那里吃去。那怕吃一只生鹿，撑病了不与我相干。这么大雪，怪冷的，替我作祸呢。"宝玉笑道："没有的事，我们烧着吃呢。"李纨道："这还罢了。"只见老婆们拿了铁炉、铁叉、铁丝蒙来，李纨道："仔细割了手，不许哭！"说着，同探春进去了。

凤姐打发了平儿来回复不能来，为发放年例正忙。湘云见了平儿，那里肯放。平儿也是个好顽的，素日跟着凤姐儿无所不至，见如此有趣，乐得顽笑，因而褪去手上的镯子，三个围着火炉儿，便要先烧三块吃。那边宝钗、黛玉平素看惯了，不以为异，宝琴等及李婶深为罕事。探春与李纨等已议定了题韵。探春笑道："你闻闻，香气这里都闻见了，我也吃去。"说着，也找了他们来。李纨也随来说："客已齐了，你们还吃不够？"湘云一面吃，一面说道："我吃这个方爱吃酒，吃了酒才有诗。若不是这鹿肉，今儿断不能作诗。"说着，只见宝琴披着凫靥裘站在那里笑。湘云笑道："傻子，过来尝尝。"

宝琴笑说："怪脏的。"宝钗道："你尝尝去，好吃的。你林姐姐弱，吃了不消化，不然他也爱吃。"宝琴听了，便过去吃了一块，果然好吃，便也吃起来。

一时凤姐儿打发小丫头来叫平儿。平儿说："史姑娘拉着我呢，你先走罢。"小丫头去了。一时只见凤姐也披了斗篷走来，笑道："吃这样好东西，也不告诉我！"说着也凑着一处吃起来。黛玉笑道："那里找这一群花子去！罢了，罢了，今日芦雪广遭劫，生生被云丫头作践了。我为芦雪广一大哭！"（墨夹：大约此话不独黛玉，观书者亦如此。）湘云冷笑道："你知道什么！'是真名士自风流'，你们都是假清高，最可厌的。我们这会子腥膻大吃大嚼，回来却是锦心绣口。"宝钗笑道："你回来若作的不好了，把那肉掏了出来，就把这雪压的芦苇子揌上些，以完此劫。"

说着，吃毕，洗漱了一回。平儿带镯子时却少了一个，左右前后乱找了一番，踪迹全无。众人都诧异。凤姐儿笑道："我知道这镯子的去向。你们只管作诗去，我们也不用找，只管前头去，不出三日包管就有了。"说着又问："你们今儿作什么诗？老太太说了，离年又近了，正月里还该作些灯谜儿大家顽笑。"众人听了，都笑道："可是倒忘了。如今赶着作几个好的，预备正月里顽。"说着，一齐来至地炕屋内，只见杯盘果菜俱已摆齐，墙上已贴出诗题、韵脚、格式来了。宝玉、湘云二人忙看时，只见题目是"即景联句，五言排律一首，限'二萧'韵"。后面尚未列次序。李纨道："我不大会作诗，我只起三句罢，然后谁先得了谁先联。"宝钗道："到底分个次序。"要知端的，且听下回分解。

第五十回 芦雪广争联即景诗 暖香坞创制春灯谜

话说薛宝钗道："到底分个次序，让我写出来。"说着，便令众人拈阄为序。起首恰是李氏。（墨夹：一定要按次序，恰又不按次序，似脱落处而不脱落，文章歧路如此。然后按次各各开出。）凤姐儿说道："既是这样说，我也说一句在上头。"众人都笑说道："更妙了！"宝钗便将稻香老农之上补了一个"凤"字，李纨又将题目讲与他听。凤姐儿想了半日，笑道："你们别笑话我。我只有一句粗话，下剩的我就不知道了。"众人都笑道："越是粗话越好，你说了只管干正事去罢。"凤姐儿笑道："我想下雪必刮北风。昨夜听见了一夜的北风，我有了一句，就是'一夜北风紧'，可使得？"众人听了，都相视笑道："这句虽粗，不见底下的，这正是会作诗的起法。不但好，而且留了多少地步与后人。就是这句为首，稻香老农快写上续下去。"凤姐和李婶平儿又吃了两杯酒，自去了。这里李纨便写了：

一夜北风紧，

自己联道：

开门雪尚飘。入泥怜洁白，

香菱道：

匝地惜琼瑶。有意荣枯草，

探春道：

无心饰萎苕。价高村酿熟，

李绮道：

年稔府粱饶。葭动灰飞管，

李纹道：

阳回斗转杓。寒山已失翠，

岫烟道：

冻浦不闻潮。易挂疏枝柳，

湘云道：

难堆破叶蕉。麝煤融宝鼎，

宝琴道：

绮袖笼金貂。光夺窗前镜，

黛玉道：

香粘壁上椒。斜风仍故故，

宝玉道：

尤三姐

清梦转聊聊。何处梅花笛？

宝钗道：

谁家碧玉箫？鳌愁坤轴陷，

李纨笑道："我替你们看热酒去罢。"宝钗命宝琴续联，只见湘云起来道：

龙斗阵云销。野岸回孤棹，

宝琴也站起道：

吟鞭指灞桥。赐裘怜抚戍，

湘云那里肯让人，且别人也不如他敏捷，都看他扬眉挺身的说道：

加絮念征徭。坳垤审夷险，

宝钗连声赞好，也便联道：

枝柯怕动摇。皑皑轻趁步，

黛玉忙联道：

剪剪舞随腰。煮芋成新赏，

一面说，一面推宝玉，命他联。宝玉正看宝钗、宝琴、黛玉三人共战湘云，十分有趣，那里还顾得联诗，今见黛玉推他，方联道：

撒盐是旧谣。苇蓑犹泊钓，

湘云笑道："你快下去，你不中用，倒耽搁了我。"一面只听宝琴联道：

林斧不闻樵。伏象千峰凸，

湘云忙联道：

盘蛇一迳遥。花缘经冷聚，

宝钗与众人又忙赞好。探春又联道：

色岂畏霜凋。深院惊寒雀，

湘云正渴了，忙忙的吃茶，已被岫烟道：

空山泣老鸮。阶墀随上下，

湘云忙丢了茶杯，忙联道：

池水任浮漂。照耀临清晓，

黛玉联道：

缤纷入永宵。诚忘三尺冷，

湘云忙笑联道：

瑞释九重焦。僵卧谁相问，

宝琴也忙笑联道：

狂游客喜招。天机断缟带，

湘云又忙道：

海市失鲛绡。

林黛玉不容他道，接着便道：

寂寞对台榭，

湘云忙联道：

清贫怀箪瓢。

宝琴也不容情，也忙道：

烹茶冰渐沸，

湘云见这般，自为得趣，又是笑，又忙联道：

煮酒叶难烧。

黛玉也笑道：

没帚山僧扫，

宝琴也笑道：

埋琴稚子挑。

湘云笑的弯了腰，忙念了一句，众人问：“到底说的什么？”湘云喊道：

石楼闲睡鹤，

黛玉笑的握着胸口，高声嚷道：

锦罽暖亲猫。

宝琴也忙笑道：

月窟翻银浪，

湘云忙联道：

霞城隐赤标。

黛玉忙笑道：

沁梅香可嚼，

宝钗笑称好，也忙联道：

淋竹醉堪调。

宝琴也忙道：

或湿鸳鸯带，

湘云忙联道：

时凝翡翠翘。

黛玉又忙道：

无风仍脉脉，

宝琴又忙笑联道：

不雨亦潇潇。

湘云伏着已笑软了。众人看他三人对抢，也都不顾作诗，看着也只是笑。黛玉还推他往下联，又道："你也有才尽之时。我听听还有什么舌根嚼了！"湘云只伏在宝钗怀里，笑个不住。宝钗推他起来道："你有本事，把'二萧'的韵全用完了，我才服你。"湘云起身笑道："我也不是作诗，竟是抢命呢。"众人笑道："倒是你说罢。"探春早已料定没有自己联的了，便早写出来，因说："还没收住呢。"李纨听了，接过来便联了一句道：

欲志今朝乐，

李绮收了一句道：

凭诗祝舜尧。

李纨道："够了，够了。虽没作完了韵，剩的字若生扭用了，倒不好了。"说着，大家来细细评论一回，独湘云的多，都笑道："这都是那块鹿肉的功劳。"

李纨笑道："逐句评去都还一气，只是宝玉又落了第了。"宝玉笑道："我原不会联句，只好担待我罢。"李纨笑道："也没有社社担待你的。又说韵险了，又整误了，又不会联句了，今日必罚你。我才看见栊翠庵的红梅有趣，我要折一枝来插瓶。可厌妙玉为人，我不理他。如今罚你去取一枝来。"众人都道这罚的又雅又有趣。宝玉也乐为，答应着就要走。湘云、黛玉一齐说道："外头冷得狠，你且吃杯热酒再去。"湘云早执起壶来，黛玉递了一个大杯，满斟了一杯。湘云笑道："你吃了我们的酒，你要取不来，加倍罚你。"宝玉忙吃一杯，冒雪而去。李纨命人好好跟着。黛玉忙拦说："不必，有了人反不得了。"李纨点头说："是。"一面命丫鬟将一个美女耸肩瓶拿来，贮了水准备插梅，因又笑道："回来该咏红梅了。"湘云忙道："我先作一首。"宝钗忙道："今日断乎不容你再作了。你都抢了去，别人都闲着，也没趣。回来还罚宝玉，他说不会联句，如今就叫他自己作去。"（墨夹：想此刻宝玉已到庵中矣。）黛玉笑道："这话狠是。我还有个主意，方才联句不够，莫若拣着联的少的人作红梅。"宝钗笑道："这话是极。方才邢、李三位屈才，且又是客。琴儿和颦儿、云儿三个人也抢了许多，我们一概都别作，只让他三个作才是。"李纨因说："绮儿也不大会作，还是让琴妹妹作罢。"宝钗只得依允，（墨夹：想此刻二玉已会，不知肯见赐否。）又道："就用'红梅花'三个字作韵，每人一首七律。邢大妹妹作'红'字，你们李大妹妹作'梅'字，琴儿作'花'字。"李纨道："饶过宝玉去，我不服。"湘云忙道："有个好题目命他作。"众人问何题目？湘云道："命他就作'访妙玉乞红梅'，岂不有趣?"众人听了，都说有趣。

一语未了，只见宝玉笑欣欣掮了一枝红梅进来。众丫鬟忙已接过，插入瓶内。众人都笑称谢。宝玉笑道："你们如今赏罢，也不知费了我多少精神呢。"说着，探春早又递过一钟暖酒来，众丫鬟走上来接了簑笠掸雪。各人房中丫鬟都添送衣服来，（墨夹：冬日午后景况。）袭人也遣人送了半旧的狐腋褂来。李纨命人将那蒸的大芋头盛了一盘，又将朱橘、黄橙、橄榄等物盛了两盘，命人带与袭人去。湘云且告诉宝玉方才的诗题，又催宝玉快作。宝玉道："姐姐妹妹们，让我自己用韵罢，别限韵了。"众人都说："随你作去罢。"

一面说一面大家看梅花。原来这枝梅花只有二尺来高，旁有一横枝纵横而出，约有五六尺长，其间小枝分歧，或如蟠螭，或如僵蚓，或孤削如笔，或密聚如林，花吐胭脂，香欺兰蕙，（墨夹：一篇《红梅赋》。）各各称赏。谁知邢岫烟、李纹、薛宝琴三人都已吟成，各自写了出来。众人便依"红梅花"三字之序看去，写道是：

咏红梅花得"红"字

邢岫烟

桃未芳菲杏未红，冲寒先已笑东风。
魂飞庾岭春难辨，霞隔罗浮梦未通。
绿萼添妆融宝炬，缟仙扶醉跨残虹。
看来岂是寻常色，浓淡由他冰雪中。

咏红梅花得"梅"字

李纹

白梅懒赋赋红梅，逞艳先迎醉眼开。
冻脸有痕皆是血，酸心无恨亦成灰。

误吞丹药移真骨，偷下瑶池脱旧胎。
江北江南春灿烂，寄言蜂蝶漫疑猜。

咏红梅花得“花”字

薛宝琴

疏是枝条艳是花，春妆儿女竞奢华。
闲庭曲槛无余雪，流水空山有落霞。
幽梦冷随红袖笛，游仙香泛绛河槎。
前身定是瑶台种，无复相疑色相差。

众人看了都笑称赏了一番，又指末一首说更好。宝玉见宝琴年纪最小，才又敏捷，深为奇异。黛玉、湘云二人斟了一小杯酒，齐贺宝琴。宝钗笑道：“三首各有各好。你们两个天天捉弄厌了我，如今捉弄他来了。”李纨又问宝玉：“你可有了？”宝玉忙道：“我倒有了，才一看见那三首，又吓忘了，等我再想。”湘云听了，便拿了一支铜火箸击着手炉，笑道：“我击鼓了，若鼓绝不成，又要罚的。”宝玉笑道：“我已有了。”黛玉提起笔来，说道：“你念，我写。”湘云便击了一下笑道：“一鼓绝。”宝玉笑道：“有了，你写吧。”众人听他念道：

酒未开樽句未裁，

黛玉写了，摇头笑道：“起的平平。”湘云又道：“快着！”宝玉笑道：

寻春问腊到蓬莱。

黛玉湘云都点头笑道：“有些意思了。”宝玉又道：

不求大士瓶中露，为乞嫦娥槛外梅。

黛玉写了，又摇头道：“凑巧而已。”湘云忙催二鼓，宝玉又笑道：

入世冷挑红雪去，离尘香割紫云来。
槎枒谁惜诗肩瘦，衣上犹沾佛院苔。

黛玉写毕，湘云大家才评论时，只见几个丫鬟跑进来道：“老太太来了。”众人忙迎出来。大家又笑道：“怎么这等高兴！”说着，远远见贾母围了大斗篷，带着灰鼠暖兜，坐着小竹轿，打着青绸油伞，鸳鸯、琥珀等五六个丫鬟，每人都是打着伞，拥轿而来。李纨等忙往上迎，贾母命人止住说：“只在那里就是了。”来至跟前，贾母笑道："我瞒着你太太和凤丫头来了。大雪地里坐着这个无妨，没的叫他们来踹雪。"众人忙一面上前接斗篷，搀扶着，一面答应着。贾母来至室中，先笑道："好俊梅花！你们也会乐，我来着了。"说着，李纨早命拿了一个大狼皮褥来铺在当中。贾母坐了，因笑道："你们只管顽笑吃喝。我因为天短了，不敢睡中觉，抹了一回牌，想起你们来了，我也来凑个趣儿。"李纨早又捧过手炉来，探春另拿了一副杯箸来，亲自斟了暖酒，奉与贾母。贾母便饮了一口，问那个盘子里是什么东西。众人忙捧了过来，回说是糟鹌鹑。贾母道："这倒罢了，撕一两点腿子来。"李纨忙答应了，要水洗手，亲自来撕。贾母又道："你们仍旧坐下说笑我听。"又命李纨："你也坐下，就如同我没来的一样才好，不然我就去了。"众人听了，方依次坐下，这李纨便挪到尽下边。贾母因问作何事了，众人便说作诗。贾母道："有作诗的，不如作些灯谜，大家正月里好顽的。"众人答应了。说笑了一回，贾母便说："这里潮湿，你们别久坐，仔细受了潮湿。"因说："你四妹妹那里暖和，我们到那里瞧瞧他的画儿，赶年可有了。"众人笑道："那里能年下就有了？只怕明年端阳有了。"贾母道："这还了得！他竟比盖这园子还费工夫了。"

说着，仍坐了竹轿，大家围随，过了藕香榭，穿入一条夹道，东西两边皆有过街门，门楼上里外皆嵌着石头匾，如今进的是西门，向外的匾上凿着"穿云"二字，向里的凿着"度月"两字。来至当中，进了向南的正门，贾母下了轿，惜春已接了出来。从里边游廊过去，便是惜春卧房，门斗上有"暖香坞"三个字。（墨夹：看他又写出一处，从起至末一笔一部之文也有，千万笔成一部之文也有，一二笔成一部之文也有。如"试才"一回起，若都说完，以后则索然无味，故留此几处以为后文之点染也。此方活泼不板，耳目屡新。）早有几个人打起猩红毡帘，已觉温香拂脸。（墨夹：各处皆如此，非独因"暖香"二字方有此景。戏注于此，以博一笑耳。）大家进入房中，贾母并不归坐，只问画在那里。惜春因笑回："天气寒冷了，胶性皆凝涩不润，画了恐不好看，故此收起来。"贾母笑道："我年下就要的。你别托懒儿，快拿出来给我快画。"一语未了，忽见凤姐儿披着紫羯褂，笑欣欣的来了，口内说道："老祖宗今儿也不告诉人，私自就来了，要我好找。"贾母见他来了，心中自是喜悦，便道："我怕你们冷着了，所以不许人告诉你们去。你真是个鬼灵精儿，到底找了我来。以理，孝敬也不在这上头。"凤姐儿笑道："我那里是孝敬的心找了来？我因为到了老祖宗那里，鸦没雀静的，（墨夹：这四个字俗语中常闻，但不能落纸笔耳。便欲写时，究竟不知系何四字，今如此写来，真是不可移易。）问小丫头子们，他又不肯说，叫我找到园里来。我正疑惑，忽然来了两三个姑子，我心里才明白。我想姑子必是来送年疏，或要年例香例银子，老祖宗年下的事也多，一定是躲债来了。我赶着问了那姑子，果然不错。我连忙把年例给了他们去了。如今来回老祖宗，债主已去，不用躲着了。已预备下希嫩的野鸡，请用晚饭去，再迟一回就老了。"他一行说，众人一行笑。

凤姐儿也不等贾母说话，便命人抬过轿子来。贾母笑着，搀了凤姐的手，仍旧上轿，带着众人，说笑出了夹道东门。一看四面粉妆银砌，忽见宝琴披着凫靥裘站在山坡上遥等，身后一个丫鬟抱着一瓶红梅。众人都笑道："少了两个人，他却在这里等着，也弄梅花去了。”贾母喜的忙笑道：“你们瞧，这山坡上配上他的这个人品，又是这件衣裳，后头又是这梅花，像个什么？”众人都笑道：“就像老太太屋里挂的仇十洲画的《双艳图》。”贾母摇头笑道：“那画的那里有这件衣裳？人也不能这样好！”一语未了，只见宝琴背后转出一个披大红猩毡的人来。贾母道：“那又是那个女孩儿？”众人笑道：“我们都在这里，那是宝玉。”贾母笑道：“我的眼越发花了。”说话之间，来至跟前，可不是宝玉和宝琴。宝玉笑向宝钗、黛玉等道：“我才又到了栊翠庵。妙玉每人送你们一枝梅花，我已经打发人送去了。”众人都笑说：“多谢你费心。”

说话之间，已出了园门，来至贾母房中。吃毕饭大家又说笑了一回。忽见薛姨妈也来了，说：“好大雪，一日也没过来望候老太太。今日老太太倒不高兴？正该赏雪才是。”贾母笑道：“何曾不高兴！我找了他们姊妹们去顽了一会子。”薛姨妈笑道：“昨日晚上，我原想着今日要和我们姨太太借一日园子，摆两桌粗酒，请老太太赏雪的，又见老太太安息的早。我闻得女儿说，老太太心下不大爽，因此今日也没敢惊动。早知如此，我正该请。”贾母笑道：“这才是十月里头场雪，往后下雪的日子多呢，再破费不迟。”薛姨妈笑道：“果然如此，算我的孝心虔了。”凤姐儿笑道：“姨妈仔细忘了，如今先秤五十两银子来，交给我收着，一下雪，我就预备下酒，姨妈也不用操心，也不得忘了。”贾母笑道：“既这么说，姨太太给他五十两银子收着，我和他每人分二十五两，到下雪的日子，我装心里不快，混过去了，姨太太更不用操心，我和凤丫头倒得了实惠。”凤姐将手一拍，笑道：“妙极了，这和我的主意一样。”众人都笑了。贾母笑道：“呸！没脸的，就顺着竿子爬上来了！你不该说姨太太是客，在咱们家受屈，我们该请姨太太才是，那里有破费姨太太的理！不这样说呢，还有脸先要五十两银子，真不害燥！”凤姐儿笑道：“我们老祖宗最是有眼色的，试一试，姨妈若松呢，拿出五十两来，就和我分。这会子估量着不中用了，翻过来拿我做法子，说出这些大方话来。如今我也不和姨妈要银子，竟替姨妈出银子治了酒，请老祖宗吃了，我另外再封五十两银子孝敬老祖宗，算是罚我个包揽闲事。这可好不好？”话未说完，众人已笑倒在炕上。

贾母因又说及宝琴雪下折梅比画儿上还好，因又细问他的年庚八字并家内景况。薛姨妈度其意思，大约是要与宝玉求配。薛姨妈心中固也遂意，只是已许过梅家了，因贾母尚未明说，自己也不好拟定，遂半吐半露告诉贾母道：“可惜这孩子没福，前年他父亲就没了。他从小儿见的世面倒多，跟他父母四山五岳都走遍了。他父亲是好乐的，各处因有买卖，带着家眷，这一省逛一年，明年又往那一省逛半年，所以天下十停走了有五六停了。那年在这里，把他许了梅翰林的儿子，偏第二年他父亲就辞世了，他母亲又是痰症。”凤姐也不等说完，便嗐声跺脚的说：“偏不巧，我正要作个媒呢，又已经许了人家。”贾母笑道：“你要给谁说媒？”凤姐儿说道：“老祖宗别管，我心里看准了他们两个是一对。如今已许了人，说也无益，不如不说罢了。”贾母也知凤姐儿之意，听见已有了人家，也就不提了。大家又闲话了一会方散。一宿无话。

次日雪晴。饭后，贾母又亲嘱惜春：“不管冷暖，你只画去，赶到年下，十分不能便罢了。第一要紧把昨日琴儿和丫头梅花，照模照样，一笔别错，快快添上。”惜春听了虽是为难，只得应了。一时众人都来看他如何画，惜春只是出神。李纨因笑向众人道：“让他自己想去，咱们且说话儿。昨儿老太太只叫作灯谜，回家和绮儿、纹儿睡不着，我就编了两个《四书》的。他两个每人也编了两个。”众人听了，都笑道：“这倒该作的。先说了，我们猜猜。”李纨笑道：“‘观音未有世家传’，打《四书》一句。”湘云接着就说“在止于至善。”宝钗笑道：“你也想一想‘世家传’三个字的意思再猜。”李纨笑道：“再想。”黛玉笑道：“哦，是了。是‘虽善无征’。”众人都笑道：“这句是了。”李纨又道：“一池青草草何名。”湘云忙道：“这一定是‘蒲芦也’。再不是不成？”李纨笑道：“这难为你猜。纹儿的是‘水向石边流出冷’，打一古人名。”探春笑问道：“可是山涛？”李纹笑道：“是。”李纨又道：“绮儿的是个‘萤’字，打一个字。”众人猜了半日，宝琴笑道：“这个意思却深，不知可是花草的‘花’字？”李绮笑道：“恰是了。”众人道：“萤与花何干？”黛玉笑道：“妙得狠！萤可不是草化的？”众人会意，都笑了道：“萤与花说好！”宝钗道：“这些虽好，不合老太太的意思，不如作些浅近的物儿，大家雅俗共赏才好。”众人都道：“也要作些浅近的俗物才是。”湘云笑道：“我编了一支《点绛唇》，恰是俗物，你们猜猜。”说着便念道：“溪壑分离，红尘游戏，真何趣？名利犹虚，后事终难继。”众人不解，想了半日，也有猜是和尚的，也有猜是道士的，也有猜是偶戏人的。宝玉笑了半日，道：“都不是，我猜着了，一定是耍的猴儿。”湘云笑道：“正是这个了。”众人道：“前头都好，末后一句怎么解？”湘云道：“那一个耍的猴子不是剁了尾巴去的？”众人听了，都笑起来，说：“他编个谜儿也是刁钻古怪的。”李纨道：“昨日姨妈说，琴妹妹见的世面多，走的道路也多，你正该编谜儿，正用着了。你的诗且又好，何不编几个我们猜一猜？”宝琴听了，点头含笑，自去寻思。宝钗也有了一个，念道：

镂檀锲梓一层层，岂系良工堆砌成？
虽是半天风雨过，何曾闻得梵铃声！（打一物。）

众人猜时，宝玉也有了一个，念道：

天上人间两渺茫，琅玕节过谨隄防。
鸾音鹤信须凝睇，好把唏嘘答上苍。

黛玉也有了一个，念道是：

騄駬何劳缚紫绳？驰城逐堑势狰狞。
主人指示风雷动，鳌背三山独立名。

探春也有了一个，方欲念时，宝琴走过来笑道："我从小儿所走的地方的古迹不少，我今拣了十个地方的古迹，作了十首怀古的诗。诗虽粗鄙，却怀往事，又暗隐俗物十件，姐姐们请猜一猜。"众人听了，都说："这倒巧，何不写出来大家一看？"要知端的——

第五十一回

薛小妹新编怀古诗 胡庸医乱用虎狼药

众人闻得宝琴将素习所经过各省内的古迹为题，作了十首怀古绝句，内隐十物，皆说这自然新巧。都争着看时，只见写道是：

赤壁怀古　其一

赤壁沉埋水不流，徒留名姓载空舟。
喧阗一炬悲风冷，无限英魂在内游。

交趾怀古　其二

铜铸金镛振纪纲，声传海外播戎羌。
马援自是功劳大，铁笛无烦说子房。

钟山怀古　其三

名利何曾伴汝身，无端被诏出凡尘。

牵连大抵难休绝，莫怨他人嘲笑频。

淮阴怀古　其四

壮士须防恶犬欺，三齐位定盖棺时。
寄言世俗休轻鄙，一饭之恩死也知。

广陵怀古　其五

蝉噪鸦栖转眼过，隋堤风景近如何。
只缘占得风流号，惹得纷纷口舌多。

桃叶渡怀古　其六

衰草闲花映浅池，桃枝桃叶总分离。
六朝梁栋多如许，小照空悬壁上题。

青冢怀古　其七

黑水茫茫咽不流，冰弦拨尽曲中愁。
汉家制度诚堪叹，樗栎应惭万古羞。

马嵬怀古　其八

寂寞脂痕渍汗光，温柔一旦付东洋。
只因遗得风流迹，此日衣衾尚有香。

蒲东寺怀古　其九

小红骨贱最身轻，私掖偷携强撮成。
虽被夫人时吊起，已经勾引彼同行。

梅花观怀古　其十

不在梅边在柳边，个中谁拾画婵娟。
团圆莫忆春香到，一别西风又一年。

众人看了，都称奇道妙。宝钗先说道：“前八首都是史鉴上有据的；后二首却无考，我们也不大懂得，不如另作两首为是。”（墨夹：如何必得宝钗此驳方是好文，后文若真另作亦必无趣，若不另作，又有何法省之，看他下文如何。）黛玉忙拦道：（墨夹：好极！非黛玉不可。脂砚。）“这宝姐姐也忒‘胶柱鼓瑟’，矫揉造作了。这两首虽于史鉴上无考，咱们虽不曾看这些外传，不知底里，难道咱们连两本戏也没有见过不成？那三岁孩子也知道，何况咱们？”探春便道：“这话正是了。”（墨夹：余谓颦儿必有尖语来讽，不望竟有此饰词为解释，此则真心以待宝钗也。）李纨又道：“况且他原是到过这个地方的。这两件事虽无考，古往今来，以讹传讹，好事者竟故意的弄出这古迹来以愚人。比如那年上京的时候，单是关夫子的坟，倒见了三四处。关夫子一生事业，皆是有据的，如何又有许多的坟？自然是后来人敬爱他生前为人，只怕从这敬爱上穿凿出来，也是有的。及至看《广舆记》上，不止关夫子的坟多，自古来有些名望的，坟就不少，无考的古迹更多。如今这两首虽无考，凡说书唱戏，甚至于求的签上皆有注批，老小男女，俗语口头，人人皆知皆说的。况且又并不是看了《西厢》《牡丹》的词曲，怕看了邪书。这竟无妨，只管留着。”宝钗听说，方罢了。（墨夹：此为三染无痕也，妙极！天花无缝之文。）大家猜了一回，皆不是。

冬日天短，不觉又是前头吃晚饭之时，一齐前来吃饭。因有人回王夫人说：“袭人的哥哥花自芳进来说，他母亲病重了，想他女儿。他来求恩典，接袭人家去走走。”王夫人听了，便道：“人家母女一场，岂有不许他去的。”一面就叫了凤姐儿来，告诉了凤姐儿，命酌量去办理。

凤姐儿答应了，回至房中，便命周瑞家的去告诉袭人原故。又吩咐周瑞家的：“再将跟着出门的媳妇传一个，你两个人，再带两个小丫头子，跟了袭人去。外头派四个有年纪跟车的。要一辆大车，你们带着坐；要一辆小车，给丫头们坐。”周瑞家的答应了，才要去，凤姐儿又道：“那袭人是个省事的，你告诉他说我的话：叫他穿几件颜色好衣裳，大大的包一包袱衣裳拿着，包袱也要好好的，手炉也要拿好的。临走时，叫他先来我瞧瞧。”周瑞家的答应去了。

半日，果见袭人穿带来了，两个丫头与周瑞家的拿着手炉与衣包。凤姐儿看袭人头上带着几枝金钗珠钏，倒华丽；又看身上穿着桃红百子刻丝银鼠袄子，葱绿盘金彩绣绵裙，外面穿着青缎灰鼠褂。凤姐儿笑道：“这三件衣裳都是太太的，赏了你倒是好的；但只这褂子太素了些，如今穿着也冷，你该穿一件大毛的。”袭人笑道：“太太就只给了这灰鼠的，还有一件银鼠的。说赶年下再给大毛的，还没有得呢。”凤姐儿笑道：“我倒有一件大毛的，我嫌风毛儿出不好了，正要改去。也罢，先给你穿去罢。等年下太太给作的时节我再作罢，只当你还我一样。”众人都笑道：“奶奶惯会说这话。成年家大手大脚的，替太太不知背地里赔垫了多少东西，真真的赔的是说不出来，那里又和太太算去？偏这会子又说这小气话取笑儿。”凤姐儿笑道：“太太那里想的到这些？究竟这又不是正经事。再不，照管也是大家的体面。说不得我自己吃些亏，把众人打扮体统了，宁可我得个好名也罢了。一个一个像‘烧糊了的卷子’似的，人先笑话我当家倒把人弄出个花子来。”众人听了，都叹说：“谁似奶奶这样圣明！在上体贴太太，在下又疼顾下人。”一面说，一面只见凤姐儿命平儿将昨日那件石青刻丝八团天马皮褂子拿出来，与了袭人。又看包袱，只得一个弹墨花绫水红绸里的夹包袱，里面只包着两件半旧棉袄与皮褂。凤姐儿又命平儿把一个玉色绸里的哆罗呢的包袱拿出来，又命包上一件雪褂子。

平儿走去拿了出来，一件是半旧大红猩猩毡，一件是大红羽纱的。袭人道：“一件就当不起了。”平儿笑道：“你拿这猩猩毡的。把这件顺手拿将出来，叫人给邢大姑娘送去。昨儿那么大雪，人人都是有的，不是猩猩毡就是羽缎羽纱的，十来件大红衣裳，映着大雪好不齐整。就只他穿着那件旧毡斗蓬，越发显的拱肩缩背，好不可怜见的。如今把这件给他罢。”凤姐儿笑道：“我的东西，他私自就要给人。我一个还花不够，再添上你提着，更好了！”众人笑道：“这都是奶奶素日孝敬太太，疼爱下人。若是奶奶素日是小气的，只以东西为事，不顾下人的，姑娘那里还敢这样了。”凤姐儿笑道：“所以知道我的心的，也就是他还知三分罢了。”说着，又嘱咐袭人道：“你妈若好了就罢；若不中用了，只管住下，打发人来回我，我再另打发人给你送铺盖去。可别使人家的铺盖和梳头的家伙。”又吩咐周瑞家的道：“你们自然也知道这里的规矩的，也不用我嘱咐了。”周瑞家的答应：“都知道。我们这去到那里，总叫他们的人回避。若住下，必是另要一两间内房的。”说着，跟了袭人出去，又吩咐预备灯笼，遂坐车往花自芳家来，不在话下。

这里凤姐又将怡红院的嬷嬷唤了两个来，吩咐道：“袭人只怕不来家，你们素日知道那大丫头们，那两个知好歹，派出来在宝玉屋里上夜。你们也好生照管着，别由着宝玉胡闹。”两个嬷嬷去了，一时来回说：“派了晴雯和麝月在屋里，我们四个人原是轮流着带管上夜的。”凤姐儿听了，点头道：“晚上催他早睡，早上催他早起。”老嬷嬷们答应了，自回园去。一时果有周瑞家的带了信回凤姐儿说：“袭人之母业已停床，不能回来。”凤姐儿回明了王夫人，一面着人往大观园去取他的铺盖妆奁。

宝玉看着晴雯、麝月二人打点妥当，送去之后，晴雯、麝月皆卸罢残妆，脱换过裙袄。晴雯只在熏笼上围坐。麝月笑道：“你今儿别装小姐了，我劝你也动一动儿。”晴雯道：“等你们都去尽了，我再动不迟。有你们一日，我且受用一日。”麝月笑道：“好姐姐，我铺床，你把那穿衣镜的套子放下来，上头的划子划上，你的身量比我高些。”说着，便去与宝玉铺床。晴雯嗐了一声，笑道：“人家才坐暖和了，你就来闹。”此时宝玉正坐着纳闷，想袭人之母不知是死是活，忽听见晴雯如此说，便自己起身出去，放下镜套，划上消息，进来笑道：“你们暖和罢，都完了。”晴雯笑道：“终久暖和不成的，我又想起来汤婆子还没拿来呢。”麝月道：“这难为你想着！他素日又不要汤婆子，咱们那熏笼上暖和，比不得那屋里炕冷，今儿可以不用。”宝玉笑道：“这个话，你们两个都在那上头睡了，我这外边没个人，我怪怕的，一夜也睡不着。”晴雯道：“我是在这里。麝月你往他那外边睡去。”说话之间，天色二更，麝月早已放下帘幔，移灯炷香，伏侍宝玉卧下，二人方睡。

晴雯自在熏笼上，麝月便在暖阁外边。至三更以后，宝玉睡梦之中，便叫袭人。叫了两声，无人答应，自己醒了，方想起袭人不在家，自己也好笑起来。晴雯已醒，因笑唤麝月道：“连我都醒了，他守在旁边还不知道，真是个挺死尸的。”麝月翻身打个哈气笑道：“他叫袭人，与我什么相干！”因问作什么。宝玉要吃茶，麝月忙起来，单穿红绸小棉袄儿。宝玉道：“披上我的袄儿再去，仔细冷着。”麝月听说，回手便把宝玉披着起夜的一件貂颏满襟暖袄披上，下去向盆内洗手，先到了一钟温水，拿了大漱盂，宝玉漱了一口；然后才向茶格上取了茶碗，先用温水瀼了一瀼，向暖壶中倒了半碗茶，递与宝玉吃了；自己也漱了一漱，吃了半碗。晴雯笑道：“好妹子，也赏我一口儿。”麝月笑道：“越发上脸儿了！”晴雯道：“好妹妹，明儿晚上你别动，我伏侍你一夜，如何？”麝月听说，只得也伏侍他漱了口，倒了半碗茶与他吃过。麝月笑道：“你们两个别睡，说着话儿，我出去走走回来。”晴雯笑道：“外头有个鬼等着你呢。”宝玉道：“外头自然有大月亮的，我们说话，你只管去。”一面说，一面便嗽了两声。

麝月便开了后门，揭起毡帘一看，果然好月色。晴雯等他出去，便欲唬他顽耍。仗着素日比别人气壮，不畏寒冷，也不披衣，只穿着小袄，便蹑手蹑脚的下了薰笼，随后出来。宝玉笑劝道：“看冻着，不是顽的。”晴雯只摆手，随后出了房门。只见月光如水，忽然一阵微风，只觉侵肌透骨，不禁毛骨森然。心下自思道：“怪道人说热身子不可被风吹，这一冷果然利害。”一面正要唬麝月，只听宝玉高声在内道：“晴雯出去了！”晴雯忙回身进来，笑道：“那里就唬死了他？偏你惯会这蝎蝎螫螫老婆寒像的！”宝玉笑道：“到不为唬坏了他，头一则冻着你也不好；二则他不防，不免一喊，倘或唬醒了别人，不说咱们是顽意，到反说袭人才去了一夜，你们就见神见鬼的。你来把我的这边被掖一掖。”晴雯听说，便上来掖了掖，伸手进去渥一渥时，宝玉笑道：“好冷手！我说看冻着。”一面又见晴雯两腮如胭脂一般，用手摸了一摸，也觉冰冷。宝玉道：“快进被来来渥渥罢。”一语未了，只听咯噔的一声门响，麝月慌慌张张的笑了进来，说道：“吓了我一跳好的。黑影子里，山子石后头，只见一个人蹲着。我才要叫喊，原来是那个大锦鸡，见了人一飞，飞到亮处来，我才看真了。若冒冒失失一嚷，到闹起人来。”一面说，一面洗手，又笑道：“晴雯出去我怎么不见？一定是要唬我去了。”宝玉笑道：“这不是他，在这里渥呢！我若不叫的快，可是倒唬一跳。”晴雯笑道：“也不用我唬去，这小蹄子已经自怪自惊的了。”一面说，一面仍回自己被中去了。麝月道：“你就这么‘跑解马’的打扮得伶伶俐俐的出去了不成？”宝玉笑道：“可不就这么出去了。”麝月道：“你死不拣好日子！你出去站一站，把皮不冻破了你的。”说着，又将火盆上的铜罩揭起，拿灰锹重将熟炭埋了一埋，拈了两块素香放上，仍旧罩了，至屏后重剔了灯，方才睡下。

晴雯因方才一冷，如今又一暖，不觉打了两个喷嚏。宝玉叹道：“如何？到底伤了风了。”麝月笑道：“他早起就嚷不受用，一日也没吃饭。他这会还不保养些，还要捉弄人。明儿病了，叫他自作自受。”宝玉问：“头上可热？”晴雯嗽了两声，说道：“不相干，那里这么娇嫩起来了。”说着，只听外间房中十锦格上的自鸣钟当当两声，外间值宿的老嬷嬷嗽了两声，因说道：“姑娘们睡罢，明儿再说罢。”宝玉方悄悄的笑道：“咱们别说话了，又惹他们说话。”说着，方大家睡了。

至次日起来，晴雯果觉有些鼻塞声重，懒怠动弹。宝玉道：“快不要声张！太太知道，又叫你搬了家去养息。家去虽好，到底冷些，不如在这里。你就在里间屋里躺着，我叫人请了大夫，悄悄的从后门来瞧瞧就是了。”晴雯道：“虽如此说，你到底要告诉大奶奶一声儿，不然一时大夫来了，人问起来，怎么说呢？”宝玉听了有理，便唤一个老嬷嬷吩咐道：“你回大奶奶去，就说晴雯白冷着了些，不是什么大病。袭人又不在家，他若家去养病，这里更没有人了。传一个大夫，悄悄的从后门进来瞧瞧，别回太太罢了。”老嬷嬷去了半日，来回说：“大奶奶知道了，说两剂药吃好了便罢，若不好时，还是出去为是。如今时气不好，恐沾带了别人事小，宝玉的身子要紧的。”晴雯睡在暖阁里，只管咳嗽，听了这话，气的喊道：“我那里就害瘟病了，只怕过了人！我离了这里，看你们这一辈子都别头疼脑热的。”说着，便真要起来。宝玉忙按他，笑道：“别生气，这原是他的责任，惟恐太太知道了说他不是，白说一句。你素习好生气，如今肝火自然盛了。”

正说时，人回大夫来了。宝玉便走过来，避在书架之后。只见两三个后门口的老嬷嬷带了一个大夫进来。这里的丫鬟都回避了，有三四个老嬷嬷放下暖阁上的大红绣幔，晴雯从幔中单伸出手去。那大夫见这只手上有两根指甲，足有三寸长，尚有金凤花染的通红的痕迹，便忙回过头来。有一个老嬷嬷忙拿了一块手帕掩了。那大夫方诊了一回脉，起身到外间，向嬷嬷们说道：“小姐的症是外感内滞，近日时气不好，竟算是个小伤寒。幸亏是小姐素日饮食有限，风寒也不大，不过是血气原弱，偶然沾带了些，吃两剂药疏散疏散就好了。”说着，便又随婆子们出去。

彼时，李纨已遣人知会过后门上的人及各处丫鬟回避，那大夫只见了园中的景致，并不曾见一个女子。一时出了园门，就在守园门的小厮们的班房内坐了，开了药方。老嬷嬷道：“你老爷且别去，我们小爷罗唆，恐怕还有话说。”大夫忙道：“方才不是小姐，是位爷不成？那屋子竟是绣房一样，又是放下幔子来的，如何是位爷呢？”老麽麽悄悄笑道：“我的老爷，怪道小厮们才说今儿请了一位新大夫来了，真不知我们家的事。那屋子是我们小哥儿的，那人是他屋里的丫头，到是个大姐，那里的小姐？若是小姐的绣房，小姐病了，你那么容易就进去了？”说着，拿了药方进去。

宝玉看时，上面有紫苏、桔梗、防风、荆芥、芍药，后面又有枳实、麻黄。宝玉道：“该死，该死，他拿着女孩儿们也像我们一样的治，如何使得！凭他有什么内滞，这枳实、麻黄如何禁得。谁请了来的？快打发他去罢！再请一个熟的来。”老婆子道：“用药好不好，我们不知道这理。如今再叫小厮去请王太医去到容易，只是这大夫又不是告诉总管房请来的，这轿马钱是要给他的。”宝玉道：“给他多少？”婆子道：“少了不好看，也得一两银子，才是我们这门户的礼。”宝玉道：“王太医来了给他多少？”婆子笑道：“王太医和张太医每常来了，也并没个给钱的，不过每年四节大趸送礼，那是一定的年例。这人新来了一次，须得给他一两银子去。”宝玉听说，便命麝月去取银子。麝月道：“花大奶奶还不知搁在那里呢？”宝玉道：“我常见他在螺甸小柜子里取钱，我和你找去。”说着，二人来至宝玉堆东西的房子，开了螺甸柜子，上一格子都是些笔墨、扇子、香饼、各色荷包、汗巾等物；下一格却是几串钱。于是开了抽屉，才看见一个小簸箩内放着几块银子，倒也有一把戥子。麝月便拿了一块银子，提起戥子来问宝玉：“那是一两的星儿？”宝玉笑道：“你问我？有趣，你倒成了才来的了。”麝月也笑了，又要去问人。宝玉道：“拣那大的给他一块就是了。又不作买卖，算这些做什么！”麝月听了，便放下戥子，拣了一块掂了一掂，笑道：“这一块只怕是一两了。宁可多些好，别少了，叫那穷小子笑话，不说咱们不识戥子，倒说咱们有心小器似的。”那婆子站在外头台矶上，笑道：“那是五两的锭子夹了半边，这一块至少还有二两呢！这会子又没夹剪，姑娘收了这块，再拣一块小些的罢。”麝月早掩了柜子出来，笑道：“谁又找去！多了些你拿了去罢。”宝玉道：“你只快叫茗烟再请王大夫去就是了。”婆子接了银子，自去料理。

一时茗烟果请了王太医来，诊了脉后，说的病症与前相仿，只是方上果没有枳实、麻黄、芍药，到有当归、陈皮、白芍等，药之分量较先也减了些。宝玉喜道：“这才是女孩儿们的药，虽然疏散，也不可太过。旧年我病了，却是伤寒内里饮食停滞，他瞧了，还说我禁不起麻黄、石膏、枳实等狼虎药。我和你们一比，我就如那野坟圈子里长的几十年的一棵老杨树，你们就如秋天芸儿进我的那才开的白海棠，连我禁不起的药，你们如何禁得起。”麝月等笑道：“野坟里只有杨树不成？难道就没有松柏？我最嫌的是杨树，那么大笨树，叶子只一点子，没一丝风，他也是乱响。你偏比他，也太下流了。”宝玉笑道：“松柏不敢比。连孔子都说：‘岁寒然后知松柏之后凋也。’可知这两件东西高雅，不怕羞燥的才拿他混比呢。”

说着，只见老婆子取了药来。宝玉命把煎药的银吊子找了出来，（墨夹：“找”字神理，乃不常用之物也。）就命在火盆上煎。晴雯因说：“正经给他们茶房里煎去，弄得这屋里药气，如何使得。”宝玉道：“药气比一切的花香果子香都雅。神仙采药烧药，再者高人逸士采药治药，最妙的一件东西。这屋里我正想各色都齐了，就只少药香，如今恰好全了。”一面说，一面早命人煨上。又嘱咐麝月打点东西，遣老嬷嬷去看袭人，劝他少哭。一一妥当，方过前边来贾母、王夫人处问安吃饭。

正值凤姐儿和贾母、王夫人商议说：“天又短又冷，不如以后大嫂子带着姑娘们在园子里吃饭一样。等天长暖和了，再来回的跑也不妨。”王夫人笑道：“这也是好主意。刮风下雪倒便宜。吃些东西受了冷气也不好；空心走来，一肚子冷风，压上些东西也不好。不如后园门里头的五间大房子，横竖有女人们上夜的，挑两个厨子女人在那里，单给他姊妹们弄饭。新鲜菜蔬是有分例的，在总管房里支去，或要钱，或要东西；那些野鸡、獐、狍各样野味，分些给他们就是了。”贾母道：“我也正想着呢，就怕又添一个厨房多事些。”凤姐道：“并不多事。一样的分例，这里添了，那里减了。就便多费些事，小姑娘们冷风朔气的，（墨夹：“朔”字又妙！“朔”作韶，北音也。用此音，奇想奇想。）别人还可，第一林妹妹如何禁得住？就连宝兄弟也禁不住，何况众位姑娘。”贾母道：“正是这话了。上次我要说这话，我见你们的大事太多了，如今又添出这些事来……”要知端的——

第五十二回 俏平儿情掩虾须镯 勇晴雯病补雀金裘

贾母道："正是这话了。上次我要说这话，我见你们的大事多，如今又添出这些事来，你们固然不敢抱怨，未免想着我只顾疼这些小孙子孙女儿们，就不体贴你们这当家人了。你既这么说出来，更好了。"因此时薛姨妈、李婶都在座，邢夫人及尤氏婆媳也都过来请安，还未过去，贾母向王夫人等说道："今儿我才说这话，素日我不说，一则怕逞了凤丫头的脸，二则众人不伏。今日你们都在这里，都是经过妯娌姑嫂的，还有他这样想的到的没有？"薛姨妈、李婶、尤氏等齐笑说："真个少有。别人不过是礼上面子情儿，实在他是真疼小叔子小姑子。就是老太太跟前，也是真孝顺。"贾母点头叹道："我虽疼他，我又怕他太伶俐也不是好事。"凤姐儿忙笑道："这话老祖宗说差了。世人都说太伶俐聪明，怕活不长。世人都说得，人人都信，独老祖宗不当说，不当信。老祖宗只有伶俐聪明过我十倍的，怎么如今这样福寿双全的？只怕我明儿还胜老祖宗一倍呢！我活一千岁后，等老祖宗归了西，我才死呢。"贾母笑道："众人都死了，单剩下咱们两个老妖精，有什么意思。"说的众人都笑了。

宝玉因记挂着晴雯、袭人等事，便先回园里来。到房中，药香满屋，一人不见，只见晴雯独卧于炕上，脸面烧的飞红，又摸了一摸，只觉烫手。忙又向炉上将手烘暖，伸进被去摸了一摸身上，也是火烧。因说道：“别人去了也罢，麝月、秋纹也这样无情，各自去了?”晴雯道：“秋纹是我撵了他去吃饭的，麝月是方才平儿来找他出去了。两人鬼鬼祟祟的，不知说什么。必是说我病了不出去。”宝玉道：“平儿不是那样人。况且他并不知你病特来瞧你，想来一定是找麝月来说话，偶然见你病了，随口说特瞧你的病，这也是人情乖觉取和的常事。便不出去，有不是，与他何干？你们素日又好，断不肯为这无干的事伤和气。”晴雯道：“这话也是，只是疑他为什么忽然间瞒起我来。”（墨夹：宝玉一篇推情度理之谈以射正事，不知何如。）宝玉笑道：“让我从后门出去，到那窗根下听听说些什么，来告诉你。”说着，果然从后门出去，至窗下潜听。

只闻麝月悄问道：“你怎么就得了的?”（墨夹：妙！这才有神理，是平儿说过一半了。若此时从宝玉口中从头说起一原一故，直是二人特等宝玉来听方说起也。）平儿道：“那日彼时洗手时不见了，二奶奶就不许吵嚷，出了园子，即刻就传给园里各处的妈妈们小心查访。我们只疑惑邢姑娘的丫头，本来又穷，只怕小孩子家没见过，拿了起来也是有的。再不料定是你们这里的。幸而二奶奶没有在屋里，你们这里的宋妈妈去了，拿着这支镯子，说是小丫头子坠儿偷起来的，被他看见，来回二奶奶的。（墨夹：妙极！红玉既有归结，坠儿岂可不表哉？可知“奸贼”二字是相连的。故“情”字原非正道，坠儿原不情也，不过一愚人耳，可以传奸即可以为盗。二次小窃皆出于宝玉房中，亦大有深意在焉。）我赶着忙接了镯子，想了一想：宝玉是偏在你们身上留心用意、争胜要强的，那一年有一个良儿偷玉，刚冷了一二年间，还有人提起来趁愿，这会子又跑出一个偷金子的来了。而且更偷到街坊家去了。偏是他这样，偏是他的人打嘴。所以我倒忙叮咛宋妈，千万别告诉宝玉，只当没有这事，别和一个人说起。第二件，老太太、太太听了也生气。三则袭人和你们也不好看。所以我回二奶奶，只说：‘我往大奶奶那里去的，谁知镯子褪了口，丢在草根底下，雪深了没看见。今儿雪化尽了，黄澄澄的映着日头，还在那里呢，我就拣了起来。’二奶奶也就信了，所以我来告诉你们。你们以后防着他些，别使唤他到别处去。等袭人回来，你们商议着，变个法子打发出去就完了。”麝月道：“这小娼妇也见过些东西，怎么这么眼皮子浅。”平儿道：“究竟这镯子能多少重，原是二奶奶说的，这叫做‘虾须镯’，到是这颗珠子还罢了。晴雯那蹄子是块爆炭，要告诉了他，他是忍不住的。一时气了，或打或骂，依旧嚷出来不好，所以单告诉你留心就是了。”说着便作辞而去。

宝玉听了，又喜又气又叹。喜的是平儿竟能体贴自己；气的是坠儿小窃；叹的是坠儿那样一个伶俐人，作出这丑事来。因而回至房中，把平儿之话一长一短告诉了晴雯。又说：“他说你是个要强的，如今病着，听了这话越发要添病，等好了再告诉你。”晴雯听了，果然气的蛾眉倒蹙，凤眼圆睁，即时就叫坠儿。宝玉忙劝道：“你这一喊出来，岂不辜负了平儿待你我之心了。不如领他这个情，过后打发他就完了。”晴雯道：“虽如此说，只是这口气如何忍得!”宝玉道：“这有什么气的？你只养病就是了。”

晴雯服了药，至晚间又服二和，夜间虽有些汗，还未见效，仍是发烧，头疼鼻塞声重。次日，王太医又来诊视，另加减汤剂。虽然稍减了烧，仍是头疼。宝玉便命麝月：

“取鼻烟来，给他嗅些，痛打几个嚏喷，就通了关窍。”麝月果真去取了一个金镶双扣金星玻璃的一个扁盒来，递与宝玉。宝玉便揭翻盒扇，里面有西洋珐琅的黄发赤身女子，两肋又有肉翅，里面盛着些真正汪恰洋烟。（墨夹：“汪恰”，西洋一等宝烟也。）晴雯只顾看画儿，宝玉道：“嗅些，走了气就不好了。”晴雯听说，忙用指甲挑了些嗅入鼻中，不怎样。便又多多挑了些嗅入。忽觉鼻中一股酸辣透入囟门，接连打了五六个嚏喷，眼泪鼻涕登时齐流。（墨夹：写得出。）晴雯忙收了盒子，笑道：“了不得，好爽快！拿纸来。”早有小丫头子递过一搭子细纸，晴雯便一张一张的拿来醒鼻子。宝玉笑问：“如何？”晴雯笑道：“果觉通快些，只是太阳还疼。”宝玉笑道：“越性尽用西洋药治一治，只怕就好了。”说着，便命麝月：“和二奶奶要去，就说我说了：姐姐那里常有那西洋贴头疼的膏子药，叫做‘依弗哪’，找寻一点儿。”麝月答应了，去了半日，果拿了半节来。便去找了一块红缎子角儿，铰了两块指顶大的圆式，将那药烤和了，用簪挺摊上。晴雯自拿着一面靶镜，贴在两太阳上。麝月笑道：“病的蓬头鬼一样，如今贴了这个，倒俏皮了。二奶奶贴惯了，倒不大显。”说毕，又向宝玉道：“二奶奶说了：明日是舅老爷生日，太太说了叫你去呢。明儿穿什么衣裳？今儿晚上好打点齐备了，省得明儿早起费手。”宝玉道：“什么顺手就是什么罢了。一年闹生日也闹不清。”说着，便起身出房，往惜春房中去看画。

刚到院门外边，忽见宝琴的小丫鬟名小螺者从那边过去，宝玉忙赶上问：“那去？”小螺笑道：“我们二位姑娘都在林姑娘房里呢，我如今也往那里去。”宝玉听了，转步也便同他往潇湘馆来。不但宝钗姊妹在此，且连邢岫烟也在那里，四人围坐在熏笼上叙家常。紫鹃到坐在暖阁里，临窗作针黹。一见他来，都笑说：“又来了一个！可没了你的坐处了。”宝玉笑道：“好一副‘冬闺集艳图’！可惜我迟来了一步。横竖这屋子比各屋子暖，这椅子坐着并不冷。”说着，便坐在黛玉常坐的搭着灰鼠椅搭的一张椅上。因见暖阁之中有一玉石条盆，里面攒三聚五栽着一盆单瓣水仙，点着宣石，便极口赞：“好花！这屋子越发暖，这花香的越清香。昨日未见。”黛玉因说道：“这是你家的大总管赖大婶子送薛二姑娘的，两盆腊梅、两盆水仙。他送了我一盆水仙，他送了蕉丫头一盆腊梅。我原不要的，又恐辜负了他的心。你若要，我转送你如何？”宝玉道：“我屋里却有两盆，只是不及这个。琴妹妹送你的，如何又转送人，这个断使不得。”黛玉道：“我一日药吊子不离火，我竟是药培着呢，那里还搁的住花香来熏？越发弱了。况且这屋子里一股药香，反把这花香搅坏了。不如你抬了去，这花也清净了，没杂味来搅他。”宝玉笑道：“我屋里今儿也有病人煎药呢，你怎么知道的？”黛玉笑道：“这话奇了，我原是无心的话，谁知你屋里的事？你不早来听说古记，这会子来了，自惊自怪的。”

宝玉笑道：“咱们明儿下一社又有了题目了，就咏水仙腊梅。”黛玉听了，笑道：“罢，罢！我再不敢作诗了，作一回，罚一回，没的怪羞的。”说着，便两手握起脸来。宝玉笑道：“何苦来！又奚落我作什么。我还不怕臊呢，你倒握起脸来了。”宝钗因笑道：“下次我邀一社，四个诗题，四个词题。每人四首诗，四阕词。头一个诗题《咏〈太极图〉》，限一先的韵，五言律，要把一先的韵都用尽了，一个不许剩。”宝琴笑道：“这一说，可知是姐姐不是真心起社了，这分明难人。若论起来，也强扭的出来，不过颠来倒去弄些《易经》上的话生填，究竟有何趣味。我八岁时节，跟我父亲到西海沿子上买洋货，谁知有个真真国的女孩子，才十五岁，那脸面就和那西洋画上的美人一样，也披着黄头发，打着联垂，满头带的都是珊瑚、猫儿眼、祖母绿这些宝石；身上穿着金丝织的锁子甲洋锦袄袖；带着倭刀，也是镶金嵌宝的，实在画儿上的也没他好看。有人说他通中国的诗书，会讲五经，能作诗填词，因此我父亲央烦了一位通事官，烦他写了一张字，就写的是他作的诗。"众人都称奇道异。宝玉忙笑道："好妹妹，你拿出来我瞧瞧。"宝琴笑道："在南京收着呢，此时那里去取来？"宝玉听了，大失所望，便说："没福得见这世面。"黛玉笑拉宝琴道："你别哄我们。我知道你这一来，你的这些东西未必放在家里，自然都是要带了来的，这会子又扯谎说没带来。他们虽信，我是不信的。"宝琴便红了脸，低头微笑不语。宝钗笑道："偏这个颦儿惯说这些白话，把你就伶俐的。"黛玉道："若带了来，就给我们见识见识也罢了。"宝钗笑道："箱子笼子一大堆还没理清，知道在那个里头呢！等过日收拾清了，找出来大家再看就是了。"又向宝琴道："你若记得，何不念念我们听听？"宝琴方答道："记得是首五言律，外国的女子也就难为他了。"宝钗道："你且别念，等把云儿叫了来，也叫他听听。"说着，便叫小螺来吩咐道："你到我那里去，就说我们这里有一个外国美人来了，作的好诗，请你这'诗疯子'来瞧去，再把我们'诗呆子'也带来。"小螺笑着去了。

半日，只听湘云笑问："那一个外国美人来了？"一头说，一头果和香菱来了。众人笑道："人未见形，先已闻声。"宝琴等忙让坐，遂把方才的话重叙了一遍。湘云笑道："快念来听听。"宝琴因念道：

> 昨夜朱楼梦，今宵水国吟。
> 岛云蒸大海，岚气接丛林。
> 月本无今古，情缘自浅深。
> 汉南春历历，焉得不关心。

众人听了，都道："难为他！竟比我们中国人还强。"一语未了，只见麝月走来说："太太打发人来告诉二爷，明儿一早往舅舅那里去，就说太太身上不大好，不得亲自来。"宝玉忙站起来答应道："是。"因问宝钗、宝琴可去。宝钗道："我们不去。昨儿单送了礼去了。"大家说了一回方散。

宝玉因让诸姊妹先行，自己落后。黛玉便又叫住他问道："袭人到底多早晚回来？"宝玉道："自然等送了殡才来呢。"黛玉还有话说，又不曾出口，出了一回神，便说道："你去罢。"宝玉也觉心里有许多话，只是口里不知要说什么，想了一想，也笑道："明日再说罢。"一面下了阶矶，低头正欲迈步，复又忙回身问道："如今的夜越发长了，你一夜咳嗽几遍？醒几次？"（墨夹：此皆好笑之极，无味扯淡之极，回思则沥血滴髓之至情至神也。岂别部偷寒送暖私奔暗约一味淫情浪态之小说可比哉？）黛玉道："昨儿夜里好，只嗽两遍，却只睡了四更一个更次，就再不能睡了。"宝玉又笑道："正是有句要紧的话，这会子才想起来。"一面说，一面便挨过身来，悄悄道："我想宝姐姐送你的燕窝

鶯兒

……”一语未了，只见赵姨娘走了进来瞧黛玉，问：“姑娘这两天好？”黛玉便知他是从探春处来，从门前过，顺路的人情。黛玉忙陪笑让坐，说：“难得姨娘想着，怪冷的，亲身走来。”又忙命倒茶，一面又使眼色与宝玉。宝玉会意，便走了出来。

正值吃晚饭时，见了王夫人，王夫人又嘱咐他早去。宝玉回来，看晴雯吃了药。此夕宝玉便不命晴雯挪出暖阁来，自己便在晴雯外边。又命将熏笼抬至暖阁前，麝月便在薰笼上。一宿无话。

至次日，天未明时，晴雯便叫醒麝月道：“你也该醒了，只是睡不够！你出去叫人给他预备茶水，我叫醒他就是了。”麝月忙披衣起来道：“咱们叫起他来，穿好衣裳，抬过这火箱去，再叫他们进来。老嬷嬷们已经说过，不叫他在这屋里，怕过了病气。如今他们见咱们挤在一处，又该唠叨了。”晴雯道：“我也是这么说呢。”二人才叫时，宝玉已醒了，忙起身披衣。麝月先叫进小丫头子来，收拾妥当了，才命秋纹、檀云等进来，一同伏侍宝玉梳洗毕。麝月道：“天又阴阴的，只怕有雪，穿那一套毡的罢。”宝玉点头，即时换了衣裳。小丫头便用小茶盘捧了一盖碗建莲红枣儿汤来，宝玉喝了两口。麝月又捧过一小碟法制紫姜来，宝玉噙了一块。又嘱咐了晴雯一回，便往贾母处来。

贾母犹未起来，知道宝玉出门，便开了房门，命宝玉进去。宝玉见贾母身后宝琴面向里也睡未醒。贾母见宝玉身上穿着荔色哆罗呢的天马箭袖，大红猩猩毡盘金彩绣石青妆缎沿边的排穗褂子。贾母道：“下雪呢？”宝玉道：“天阴着，还没下呢！”贾母便命鸳鸯来：“把昨儿那一件乌云豹的氅衣给他罢。”鸳鸯答应了，走去果取了一件来。宝玉看时，金翠辉煌，碧彩闪灼，又不似宝琴所披之凫靥裘。只听贾母笑道：“这叫作‘雀金呢’，这是哦啰斯国拿孔雀毛拈了线织的。前儿把那一件野鸭子的给了你小妹妹，（墨夹：“小”字妙！盖王夫人之末女也。）这件给你罢。”宝玉磕了一个头，便披在身上。贾母笑道：“你先给你娘瞧瞧去再去。”宝玉答应了，便出来，只见鸳鸯站在地下揉眼睛。因自那日鸳鸯发誓决绝之后，他总不和宝玉讲话。宝玉正自日夜不安，此时见他又要回避，宝玉便上来笑道：“好姐姐，你瞧瞧，我穿着这个好不好。”鸳鸯一摔手，便进贾母房中来了。宝玉只得到了王夫人房中，与王夫人看了，然后又回至园中，与晴雯、麝月看过后，至贾母房中回说：“太太看了，只说可惜了的，叫我仔细穿，别遭踏了他。”贾母道：“就剩下了这一件，你遭踏了也再没了。这会子特给你做这个也是没有的事。”说着又嘱咐他：“不许多吃酒，早些回来。”宝玉应了几个“是”。

老嬷嬷跟至厅上，只见宝玉的奶兄李贵和王荣、张若锦、赵亦华、钱启、周瑞六个人，带着茗烟、伴鹤、锄药、扫红四个小厮，背着衣包，抱着坐褥，笼着一匹雕鞍彩辔的白马，早已伺候多时了。老嬷嬷又吩咐了他六人些话，六个人忙答应了几个“是”，忙捧鞭坠镫。宝玉慢慢的上了马，李贵和王荣笼着嚼环，钱启、周瑞二人在前引导，张若锦、赵亦华在两边紧贴宝玉后身。宝玉在马上笑道：“周哥，钱哥，咱们打这角门走罢，省得到了老爷的书房门口又下来。”周瑞侧身笑道：“老爷不在家，书房天天锁着的，爷可以不用下来罢了。”宝玉笑道：“虽锁着，也要下来的。”钱启、李贵都笑道：“爷说的是。便托懒不下来，倘或遇见赖大爷、林二爷，虽不好说爷，也劝两句。有的不是，都派在我们身上，又说我们不教爷礼了。”周瑞、钱启便一直出角门来。

正说话时，顶头果见赖大进来。宝玉忙笼住马，意欲下来。赖大忙上来抱住腿。宝玉便在镫上站起来，笑携他的手，说了几句话。接着又见一个小厮带着二三十个拿扫帚簸箕的人进来，见了宝玉，都顺墙垂手立住，独那为首的小厮打千儿，请了一个安。宝玉不识名姓，只微笑点了点头儿。马已过去，（墨夹：总为后文伏线。）那人方带人去了。于是出了角门，门外又有李贵等六人的小厮并几个马夫，早预备下十来匹马专候。一出了角门，李贵等都各上了马，前引傍围的一阵烟去了，不在话下。

这里晴雯吃了药，仍不见病退，急的乱骂大夫，说：“只会骗人的钱，一剂好药也不给人吃。”（墨夹：奇文。真娇憨女儿之语也。）麝月笑劝他道：“你太性急了，俗语说：‘病来如山倒，病去如抽丝。’又不是老君的仙丹，那有这样灵药！你只静养几天，自然好了。你越急越着手。”晴雯又骂小丫头子们：“那里钻沙去了！瞅我病了，都大胆子走了。明儿我好了，一个一个的才揭你们的皮呢！”唬的小丫头子篆儿忙进来问：“姑娘作什么？”（墨夹：此“姑娘”亦“姑姑”“娘娘”之称，亦如贾琏处小厮呼平儿，皆南北互用一语也。脂砚。）晴雯道：“别人都死绝了，就剩了你不成？”说着，只见坠儿也徯了进来。晴雯道：“你瞧瞧这小蹄子，不问他还不来呢。这里又放月钱了，又散果子了，你该跑在头里了。你往前些，我不是老虎吃了你！”坠儿只得前凑。晴雯便冷不防欠身一把将他的手抓住，（墨夹：是病卧之时。）向枕边取了一丈青，向他手上乱戳，口内骂道：“要这爪子作什么？拈不得针，拿不动线，只会偷嘴吃。眼皮子又浅，爪子又轻，打嘴现世的，不如戳烂了！”坠儿疼的乱哭乱喊。麝月忙拉开坠儿，按晴雯睡下，笑道：“才出了汗，又作死。等你好了，要打多少打不的？这会子闹什么！”晴雯便命人叫宋嬷嬷进来，说道：“宝二爷才告诉了我，叫我告诉你们，坠儿狠懒，宝二爷当面使他，他拨嘴儿不动，连袭人使他，他背后骂他。今儿务必打发他出去，明儿宝二爷亲自回太太就是了。”宋嬷嬷听了，心下便知镯子事发，因笑道：“虽如此说，也等花姑娘回来知道了，再打发他。”晴雯道：“宝二爷今儿千叮咛万嘱咐的，什么‘花姑娘’‘草姑娘’，我们自然有道理。你只依我的话，快叫他家的人来领他出去。”麝月道：“这也罢了。早也去，晚也去，带了去早清净一日。”

宋嬷嬷听了，只得出去唤了他母亲来，打点了他的东西，又来见晴雯等，说道：“姑娘们怎么了，你侄女儿不好，（墨夹：“侄女”二字妙，余前注不谬。）你们教导他，怎么撵出去？也到底给我们留个脸儿。”晴雯道：“你这话只等宝玉来问他，与我们无干。”那媳妇冷笑道：“我有胆子问他去！他那一件事不是听姑娘们的调停？他纵依了，姑娘们不依，也未必中用。比如方才说话，虽是背地里，姑娘就直叫他的名字。在姑娘们就使得，在我们就成了野人了。”晴雯听说，亦发急红了脸，说道：“我叫了他的名字了，你在老太太跟前告我去，说我撒野，也撵出我去。”麝月忙道：“嫂子，你只管带了人出去，有话再说。这个地方岂有你叫喊讲理的？你见谁和我们讲过理？别说嫂子你，就是赖奶奶、林大娘，也得担待我们三分。便是叫名字，从小儿直到如今，都是老太太吩咐过的，你们也知道的，恐怕难养活，巴巴的写了他的小名儿，各处贴着叫万人叫去，为的是好养活。连挑水挑粪花子都叫得，何况我们！连昨儿林大娘叫了一声‘爷’，老太太还说他呢，此是一件。二则，我们这些人常回老太太的话去，可不叫着名字回话，难道也称‘爷’？那一日不把‘宝玉’两个字念二百遍，偏嫂子又来挑这个了！过一日嫂子闲了，在老太太、太太跟前，听听我们当着面儿叫他就知道了。嫂子原也不得在老太太、太太跟前当些体统差事，成年家只在三门外头混，怪不得不知我们里头的规矩。这里不是嫂子久站的，再一会，不用我们说话，就有人来问你了。有什么分证话，且带了他去，你回了林大娘，叫他来找二爷说话。家里上千的人，你也跑来，我也跑来，我们认人问姓，还认不清呢！”说着，便叫小丫头子：“拿了擦地的布来擦地！”那媳妇听了，无言可对，亦不敢久立，赌气带了坠儿就走。宋妈妈忙道：“怪道你这嫂子不知规矩，你女儿在这屋里一场，临去时，也给姑娘们磕个头。没有别的谢礼——便有谢礼，他们也不希罕——不过磕个头，尽了心。怎么说走就走？”坠儿听了，只得翻身进来，给他两个磕了两个头，又找秋纹等。他们也不睬他。那媳妇嗐声叹气，口不敢言，抱恨而去。

晴雯方才又闪了风，着了气，反觉更不好了，翻腾至掌灯，刚安静了些。只见宝玉回来，进门就嗐声跺脚。麝月忙问原故，宝玉道：“今儿老太太喜喜欢欢的给了这个褂子，谁知不防后襟子上烧了一块，幸而天晚了，老太太、太太都不理论。”一面说，一面脱下来。麝月瞧时，果见有指顶大的烧眼，说：“这必定是手炉里的火迸上了。这不值什么，赶着叫人悄悄的拿出去，叫个能干织补匠人织上就是了。”说着便用包袱包了，交与一个妈妈送出去。说：“赶天亮就有才好。千万别给老太太、太太知道。”婆子去了半日，仍旧拿回来，说：“不但能干织补匠人，就连裁缝绣匠并作女工的问了，都不认得这是什么，都不敢揽。”麝月道：“这怎么样呢！明儿不穿也罢了。”宝玉道：“明儿是正日子，老太太、太太说了，还叫穿这个去呢。偏头一日烧了，岂不扫兴。”晴雯听了半日，忍不住翻身说道：“拿来我瞧瞧罢。没个福气穿就罢了。这会子又着急。”宝玉笑道：“这话到说的是。”说着，便递与晴雯，又移过灯来，细看了一会。晴雯道：“这是孔雀金线织的，如今咱们也拿孔雀金线就像界线似的界密了，只怕还可混得过去。”麝月笑道：“孔雀线现成的，但这里除了你，还有谁会界线？”晴雯道：“说不得，我挣命罢了。”宝玉忙笑道：“这如何使得！才好了些，如何做得活。”晴雯道：“不用你蝎蝎螫螫的，我自知道。”一面说，一面坐起来，挽了一挽头发，披了衣裳，只觉头重身轻，满眼金星乱迸，实实撑不住。若不做，又怕宝玉着急，少不得恨命咬牙捱着。便命麝月只帮着拈线。晴雯先拿了一根比一比，笑道：“这虽不狠像，若补上，也不很显。”宝玉道：“这就很好，那里又找哦啰嘶国的裁缝去。”（墨夹：妙谈。）晴雯先将里子拆开，用茶杯口大的一个竹弓钉牢在背面，再将破口四边用金刀刮的散松松的，然后用针纫了两条，分出经纬，亦如界线之法，先界出地子后，依本衣之纹来回织补。补两针，又看看，织补两针，又端详端详。无奈头晕眼黑，气喘神虚，补不上三五针，伏在枕上歇一会。宝玉在旁，一时又问：“吃些滚水不吃？”一时又命：“歇一歇。”一时又拿一件灰鼠斗篷替他披在背上，一时又命拿个拐枕与他靠着。急的晴雯央道：“小祖宗！你只管睡罢。再熬上半夜，明儿把眼睛抠搂了，怎么处！”宝玉见他着急，只得胡乱睡下，仍睡不着。一时只听自鸣钟已敲了四下，（墨夹：按“四下”乃寅正初刻，“寅”此样法，避讳也。）刚刚补完；又用小牙刷慢慢的剔出绒毛来。麝月道："这就很好，若不留心，再看不出的。"宝玉忙要了瞧瞧，说道："真真一样了。"晴雯已嗽了几阵，好容易补完了，说了一声："补虽补了，到底不像，我也再不能了！"嗳哟了一声，便身不由主倒下。要知端的，且听下回分解。

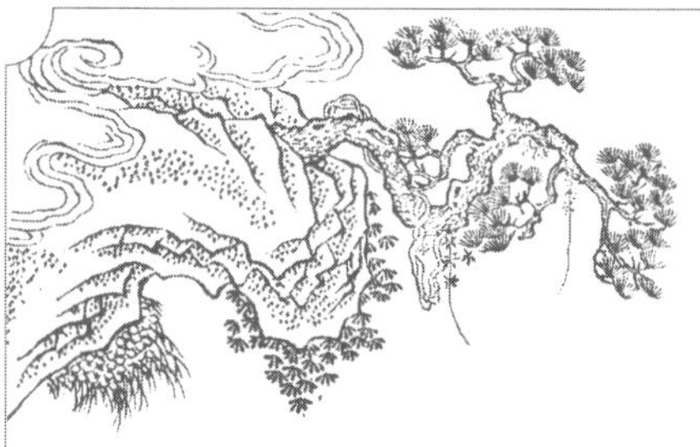

第五十三回
宁国府除夕祭宗祠 荣国府元宵开夜宴

话说宝玉见晴雯将雀裘补完，已使的力尽神危，忙命小丫头子来替他捶着，彼此捶打了一会歇下。没一顿饭的工夫，天已大亮，且不出门，只叫快传大夫。一时王太医来了，诊了脉，疑惑说道：“昨日已好了些，今日如何反虚微浮缩起来，敢是吃多了饮食？不然就是劳了神思。外感却到清了，这汗后失于调养，非同小可。”一面说，一面出去开了药方进来。宝玉看时，已将疏散驱邪诸药减去了，到添了茯苓、地黄、当归等益神养血之剂。宝玉忙命人煎去，一面叹说：“这怎么处！倘或有个好歹，都是我的罪孽。”晴雯睡在枕上嗐道：“好太爷！你干你的去罢！那里就得痨病了。”宝玉无奈，只得去了。至下半天，说身上不好就回来了。晴雯此症虽重，幸亏他素习是个使力不使心的；再者素习饮食清淡，饥饱无伤。这贾宅中的风俗秘法，无论上下，只一略有些伤风咳嗽，总以净饿为主，次则服药调养。故于前日一病时，净饿了两三日，又谨慎服药调治，如今劳碌了些，又加倍培养了几日，便渐渐的好了。近日园中姊妹皆各在房中吃饭，炊爨饮食亦便，宝玉自能变法要汤要羹调停，不必细说。

袭人送母殡后，业已回来，麝月便将平儿所说宋妈、坠儿一事，并晴雯撵逐出去等话，一一也曾回过宝玉。袭人也没别说，只说太性急了些。只因李纨亦因时气感冒；邢夫人又正害火眼，迎春、岫烟皆过去朝夕侍药；（墨夹：妙在一人不落，事事皆到。）李婶之弟又接了李婶和李纹、李绮家去住几日；（墨夹：来的也有理，去得也有情。）宝玉又见袭人常常思母含悲，晴雯犹未大愈，因此诗社之日，皆未有人作兴，便空了几社。

当下已是腊月，离年日近，王夫人与凤姐治办年事。王子腾升了九省都检点，贾雨村补授了大司马，协理军机，参赞朝政，不题。

且说贾珍那边，开了宗祠，着人打扫，收拾供器，请神主，又打扫上房，以备悬供遗真影像。此时荣、宁二府内外上下，皆是忙忙碌碌。这日宁府中尤氏正起来同贾蓉之妻打点送贾母这边针线礼物，正值丫头捧了一茶盘押岁锞子进来，回说："兴儿回奶奶，前儿那一包碎金子共是一百五十三两六钱七分，里头成色不等，共总倾了二百二十个锞子。"说着递上去。尤氏看了看，只见也有梅花式的，也有海棠式的，也有笔锭如意的，也有八宝联春的。尤氏命："收起这个来，叫他把银锞子快快交了进来。"丫鬟答应去了。

一时贾珍进来吃饭，贾蓉之妻回避了。（墨眉：自可卿死后未见贾蓉续娶，此回有"蓉妻回避"语，是书中遗漏处。绮园。）贾珍因问尤氏："咱们春祭的恩赏可领了不曾？"尤氏道："今儿我打发蓉儿关去了。"贾珍道："咱们家虽不等这几两银子使，多少是皇上天恩。早关了来，给那边老太太见过，置了祖宗的供，上领皇上的恩，下则是托祖宗的福。咱们那怕用一万银子供祖宗，到底不如这个又体面，又是沾恩锡福的。除咱们这样一二家之外，那些世袭穷官儿家，若不仗着这银子，拿什么上供过年？真正皇恩浩大，想的周到。"尤氏道："正是这话。"

二人正说着，只见人回："哥儿来了。"贾珍便命叫他进来。只见贾蓉捧了一个小黄布口袋进来。贾珍道："怎么去了这一日？"贾蓉陪笑回说："今儿不在礼部关领，又分在光禄寺库上，因又到了光禄寺才领了下来。光禄寺的官儿们都说问父亲好，多日不见，都着实想念。"贾珍笑道："他们那是想我？这又到了年下了，不是想我的东西，就是想我的戏酒了。"一面说，一面瞧那黄布口袋，上有印就是"皇恩永锡"四个大字，那一边又有礼部祠祭司的印记，又写着一行小字，道是"宁国公贾演、荣国公贾法恩赐永远春祭赏共二分，净折银若干两，某年月日龙禁尉候补侍卫贾蓉当堂领讫，值年寺丞某人"，下面一个朱笔花押。

贾珍吃过饭，盥漱毕，换了靴帽，命贾蓉捧着银子跟了来，回过贾母、王夫人，又至这边回过贾赦、邢夫人，方回家去，取出银子，命将口袋向宗祠大炉内焚了。又命贾蓉道："你去问问你琏二婶子，正月里请吃年酒的日子拟了没有。若拟定了，叫书房里明白开了单子来，咱们再请时，就不能重犯了。旧年不留心重了几家，不说咱们不留神，到像两宅商议定了送虚情怕费事一样。"贾蓉忙答应了过去。一时，拿了请人吃年酒的日期单子来了。贾珍看了，命交与赖升去看了，请人别重这上头日子。因在厅上看着小厮们抬围屏，擦抹几案金银供器。只见小厮手里拿着个禀帖并一篇帐目，回说："黑山村的乌庄头来了。"

贾珍道："这个老砍头的今儿才来。"说着，贾蓉接过禀帖和账目，忙展开捧着，贾珍倒背着两手，向贾蓉手内只看红禀帖上写着："门下庄头乌进孝叩请爷、奶奶万福金安，并公子小姐金安。新春大喜大福，荣贵平安，加官进禄，万事如意。"贾珍笑道："庄家人有些意思。"贾蓉也忙笑说："别看文法，只取个吉利罢了。"一面忙展开单子看时，只见上面写着："大鹿三十只，獐子五十只，狍子五十只，暹猪二十个，汤羊二十个，龙猪二十个，野猪二十个，家腊猪二十个，野羊二十个，青羊二十个，家汤羊二十个，家风羊二十个，鲟鳇鱼二个，各色杂鱼二百斤，活鸡、鸭、鹅各二百只，风鸡、鸭、鹅二百只，野鸡、兔子各二百对，熊掌二十对，鹿筋二十斤，海参五十斤，鹿舌五十条，牛舌五十条，蛏干二十斤，榛、松、桃、杏穰各二口袋，大对虾五十对，干虾二百斤，银霜炭上等选用一千斤、中等二千斤，柴炭三万斤，御田胭脂米二石，（墨夹：在园杂字曾有此说。）碧糯五十斛，白糯五十斛，粉粳五十斛，杂色粱谷各五十斛，下用常米一千石，各色干菜一车，外卖粱谷、牲口各项之银共折银二千五百两。外门下孝敬哥儿姐儿顽意：活鹿两对，活白兔四对，黑兔四对，活锦鸡两对，西洋鸭两对。"

贾珍便命带进他来。一时，只见乌进孝进来，只在院内磕头请安。贾珍命人拉他起来，笑说："你还硬朗。"乌进孝笑回："托爷的福，还能走得动。"贾珍道："你儿子也大了，该叫他走走也罢了。"乌进孝笑道："不瞒爷说，小的们走惯了，不来也闷的慌。他们可不是都愿意来见见天子脚下世面？他们到底年轻，怕路上有闪失，再过几年就可放心了。"贾珍道："你走了几日？"乌进孝道："回爷的话，今年雪大，外头都是四五尺深的雪，前日忽然一暖一化，路上竟难走的狠，耽搁了几日。虽走了一个月零两日，因日子有限了，怕爷心焦，可不赶着来了。"贾珍道："我说呢，怎么今儿才来。我才看那单子上，今年你这老货又来打擂台来了。"乌进孝忙进前了两步，回道："回爷说，今年年成实在不好。从三月下雨起，接接连连直到八月，竟没有一连晴过五日。九月里一场碗大的雹子，方近一千三百里地，连人带房并牲口粮食，打伤了上千上万的，所以才这样。小的并不敢说谎。"贾珍皱眉道："我算定了你至少也有五千两银子来，这够作什么的！如今你们一共只剩了八九个庄子，今年到有两处报了旱涝，你们又打擂台，真真是又叫别过年了。"乌进孝道："爷的这地方还算好呢！我兄弟离我那里只一百多里，谁知竟大差了。他现管着那府里八处庄地，比爷这边多着几倍，今年也只这些东西，不过多二三千两银子，也是有饥荒打呢。"贾珍道："正是呢，我这边都可，已没有什么外项大事，不过是一年的费用费些。我受些委屈就省些。再者年例送人请人，我把脸皮厚些，可省些也就完了。比不得那府里，这几年添了许多花钱的事，一定不可免是要花的，却又不添些银子产业。这一二年到赔了许多，不和你们要，找谁去！"乌进孝笑道："那府里如今虽添了事，有去有来，娘娘和万岁爷岂不赏的！"（墨夹：是庄头口中语气。脂砚。）贾珍听了，笑向贾蓉等道："你们听，他这话可笑不可笑？"贾蓉等忙笑道："你们山坳海沿子上的人，那里知道这道理。娘娘难道把皇上的库给了我们不成！他心里纵有这心，他也不能作主。岂有不赏之理，按时到节不过是些彩缎古董顽意儿。总赏银子，不过一百两金子，才值了一千两银子，够一年的什么？这二年那一年不多赔出几千银子来！头一年省亲连盖花园子，你算算那一注共花了多少，就知道了。再两年再一回省亲，只怕就净穷了。”贾珍笑道：“所以他们庄家老实人，外明不知里暗的事。黄柏木作磬槌子——外头体面里头苦。”（墨夹：新鲜趣语。）贾蓉又笑向贾珍道：“果真那府里穷了。前儿我听见凤姑娘（墨夹：此亦南北互用之文，前注不谬。）和鸳鸯悄悄商议，要偷出老太太的东西去当银子呢。”贾珍笑道：“那又是你凤姑娘的鬼，那里就穷到如此。他必定是见去路太多了，实在赔的狠了，不知又要省那一项的钱，先设此法使人知道，说穷到如此了。我心里却有一个算盘，还不至如此田地。”说着，命人带了乌进孝出去，好生待他，不在话下。

这里贾珍吩咐将方才各物，留出供祖的来，将各样取了些，命贾蓉送过荣府里。然后自己留了家中所用的，余者派出等例来，一分一分的堆在月台下，命人将族中的子侄唤来与他们。接着荣国府也送了许多供祖之物及与贾珍之物。贾珍看着收拾完备供器，靸着鞋，披着猞猁狲大裘，命人在厅柱下石矶上太阳中铺了一个大狼皮褥子，负暄，闲看各子弟们来领取年物。因见贾芹亦来领物，贾珍叫他过来，说道：“你作什么也来了？谁叫你来的？”贾芹垂手回说：“听见大爷这里叫我们领东西，我没等人去就来了。”贾珍道：“我这东西，原是给你那些闲着无事的无进益的小叔叔兄弟们的。那二年你闲着，我也给过你的。你如今在那府里管事，家庙里管和尚道士们，一月又有你的分例外，这些和尚的分例银子都从你手里过，你还来取这个，太也贪了！你自己瞧瞧，你穿的像个手里使钱办事的？先前说你没进益，如今又怎么了？比先倒不像了。”贾芹道：“我家里原人口多，费用大。”贾珍冷笑道：“你还支吾我。你在家庙里干的事，打谅我不知道呢。你到了那里自然是爷了，没人敢违拗你。你手里又有了钱，离着我们又远，你就为王称霸起来，夜夜招聚匪类赌钱，（墨夹：这一回文字断不可少。）养老婆小子。这会子花的这个形像，你还敢领东西来？领不成东西，领一顿驮水棍去才罢。等过了年，我必和你琏二叔说，换回你来。”贾芹红了脸，不敢答应。人回：“北府水王爷送了字联、荷包来了。”贾珍听说，忙命贾蓉出去款待，“只说我不在家”。贾蓉去了，这里贾珍看着领完东西，回房与尤氏吃毕晚饭，一宿无话。至次日，更比往日更忙，都不必细说。

已到了腊月二十九日了，各色齐备，两府中都换了门神、联对、挂牌，新油了桃符，焕然一新。宁国府从大门、仪门、大厅、暖阁、内厅、内三门、内仪门并内塞门，直到正堂，一路正门大开，两边阶下一色朱红大高照，点的两条金龙一般。次日，由贾母有诰封者，皆按品级着朝服，先坐八人大轿，带领着众人进宫朝贺，行礼领宴毕回来，便到宁国府暖阁下轿。诸子弟有未随入朝者，皆在宁府门前排班伺候，然后引入宗祠。且说宝琴是初次，一面细细留神打谅这宗祠，原来宁府西边另一个院子，黑油栅栏内五间大门，上悬一块匾，写着是“贾氏宗祠”四个字，旁书“衍圣公孔继宗书”。两旁有一副长联，写道是：

肝脑涂地，兆姓赖保育之恩；
功名贯天，百代仰蒸尝之盛。（墨眉：此联宜掉转。）

亦衍圣公所书。进入院中，白石甬路，两边皆是苍松翠柏。月台上设着青绿古铜鼎彝等器。抱厦前上面悬一九龙金匾，写道是："星辉辅弼"。乃先皇御笔。两边一副对联，写道是：

勋业有光昭日月；
功名无间及儿孙。

亦是御笔。五间正殿前悬一闹龙填青匾，写道是："慎终追远"。旁边一副对联，写道是：

已后儿孙承福德；
至今黎庶念荣宁。

俱是御笔。里边香烛辉煌，锦帐绣幕，虽列着神主，却看不真切。只见贾府人分昭穆排班立定：贾敬主祭，贾赦陪祭，贾珍献爵，贾琏、贾琮献帛，宝玉捧香，贾菖、贾菱展拜毯，守焚池。青衣乐奏，三献爵，拜兴毕，焚帛奠酒。礼毕，乐止，退出。众人围着随贾母至正堂上，影前锦幔高挂，彩屏张护，香烛辉煌。上面正居中悬着宁、荣二祖遗像，皆是披龙腰玉；两边还有几轴列祖遗影。贾荇、贾芷等从内仪门挨次列站，直到正堂廊下。槛外方是贾敬、贾赦，槛内是各女眷。众家人小厮皆在仪门之外。每一道菜至，传至仪门，贾荇、贾芷等便接了，按次传至阶上贾敬手中。贾蓉系长房长孙，独他随女眷在槛内，每贾敬捧菜至，传于贾蓉，贾蓉便传于他妻子，又传于凤姐、尤氏诸人，直传至供桌前，方传于王夫人。王夫人传于贾母，贾母方捧放在桌上。邢夫人在供桌之西，东向立，同贾母供放。直至将菜饭汤点酒茶传完，贾蓉方退出下阶，归入贾芹阶位之首。凡从文旁之名者，贾敬为首；下则从玉者，贾珍为首；在下从草头者，贾蓉为首；左昭右穆，男东女西；俟贾母拈香下拜，众人方一齐跪下，将五间大厅，三间抱厦，内外廊檐，阶上阶下两丹墀内，花团锦簇，塞的无一隙空地。鸦雀无闻，只听铿锵叮当，金铃玉佩微微摇曳之声，并起跪靴履飒沓之响。一时礼毕，贾敬、贾赦等便忙退出，至荣府专候与贾母行礼。

尤氏上房早已袭地铺满红毡，当地放着象鼻三足鳅沿鎏金珐琅大火盆，正面炕上铺新猩红毡，设着大红彩绣云龙捧寿的靠背引枕，外另有黑狐皮的袱子搭在上面，大白狐皮坐褥，请贾母上去坐了。两边又铺皮褥，让贾母一辈的两三个妯娌坐了。这边横头排插之后小炕上，也铺了皮褥，让邢夫人等坐了。地下两面相对十二张雕漆椅上，都是一色灰鼠椅搭小褥，每一张椅下一个大铜脚炉，让宝琴等姊妹坐了。尤氏用茶盘亲捧茶与贾母，蓉妻捧与众老祖母，然后尤氏又捧与邢夫人等，蓉妻又捧与众姊妹。凤姐、李纨等只在地下伺候。茶毕，邢夫人等便先起身来侍贾母。贾母吃茶，与老妯娌闲话了两三句，便命看轿，凤姐儿忙上去搀起来。尤氏笑回说："已经预备下老太太的晚饭。每年都不肯赏些体面用过晚饭过去，果然我们就不济凤丫头不成？"凤姐儿搀着贾母笑道："老祖宗快走，咱们家去吃饭，别理他。"贾母笑道："你这里供着祖宗，忙的什么似的，那里还搁得住我闹。况且每年我不吃，你们也要送去的。不如还送了来，我吃不了留着明儿再吃，岂不多吃些。”说的众人都笑了。又吩咐他：“好生派妥当人夜里看香火，不是大意得的。”尤氏答应了。一面走出来至暖阁前上了轿。尤氏等闪过屏风，小厮们才领轿夫，请了轿出大门。尤氏亦随邢夫人等同至荣府。

这里轿出大门，这一条街上，东一边合面设列着宁国府的仪仗执事乐器，西一面合面设列着荣国府的仪仗执事乐器，来往行人皆屏退不从此过。一时来至荣府，也是大门正厅直开到底。如今便不在暖阁下轿了，过了大厅，便转弯向西，至贾母这边正厅上下轿。众人围随同至贾母正室之中，亦是锦裀绣屏，焕然一新。当地火盆内焚着松柏香、百合草。贾母归了座，老嬷嬷来回：“老太太们来行礼。”贾母忙又起身要迎，只见两三个老妯娌已进来了。大家挽手，笑了一回，让了一回。吃茶去后，贾母只送至内仪门便回来，归正坐。贾敬、贾赦等领诸子弟进来。贾母笑道：“一年价难为你们，不行礼罢。”一面说着，一面男一起，女一起，一起一起俱行过了礼。左右两旁设下交椅，然后又按长幼挨次归坐受礼。两府男妇小厮丫环亦按差役上中下行礼毕，散押岁钱、荷包、金银锞，摆上合欢宴来。男东女西归坐，献屠苏酒、合欢汤、吉祥果、如意糕毕，贾母起身进内间更衣，众人方各散出。那晚各处佛堂灶王前焚香上供，王夫人正房院内设着天地纸马香供，大观园正门上也挑着大明角灯，两溜高照，各处皆有路灯。上下人等，皆打扮的花团锦簇，一夜人声嘈杂，语笑喧阗，爆竹起火，络绎不绝。

至次日五鼓，贾母等又按品大妆，摆全副执事进宫朝贺，兼祝元春千秋。领宴回来，又至宁府祭过列祖，方回来受礼毕，便换衣歇息。所有贺节来的亲友一概不会，只和薛姨妈李婶二人说话取便，或者同宝玉、宝琴、钗、玉等姊妹赶围棋抹牌作戏。王夫人与凤姐是天天忙着请人吃年酒，那边厅上院内皆是戏酒，亲友络绎不绝，一连忙了七八日才完了。早又元宵将近，宁、荣二府皆张灯结彩。十一日是贾赦请贾母等，次日贾珍又请，贾母皆去随便领了半日。王夫人和凤姐儿连日被人请去吃年酒，不能胜记。

至十五日之夕，贾母便在大花厅上命摆几席酒，定一班小戏，满挂各色佳灯，带领荣、宁二府各子侄孙男孙媳等家宴。贾敬素不茹酒，也不去请他，于后十七日祖祀已完，他便仍出城去修养。便这几日在家内，亦是静室默处，一概无听无闻，不在话下。贾赦略领了贾母之赐，也便告辞而去。贾母知他在此彼此不便，也就随他去了。贾赦自到家中与众门客赏灯吃酒，自然是笙歌聒耳，锦绣盈眸，其取便快乐另与这边不同的。（墨夹：又交代一个。）

这边贾母花厅之上共摆了十来席。每一席旁边设一几，几上设炉瓶三事，焚着御赐百合宫香。又有八寸来长、四五寸宽、二三寸高的点着宣石布满青苔的小盆景，俱是新鲜花卉。又有小洋漆茶盘，内放着旧窑茶杯并十锦小茶吊，里面泡着上等名茶。一色皆是紫檀透雕，嵌着大红纱透绣花卉并草字诗词的璎珞。原来绣这璎珞的也是个姑苏女子，名唤慧娘。因他亦是书香宦门之家，他原精于书画，不过偶然绣一两件针线作耍，并非市卖之物。凡这屏上所绣之花卉，皆仿的是唐、宋、元、明各名家的折枝花卉，故其格式配色皆从雅，本来非一味浓艳匠工可比。每一枝花侧皆用古人题此花之旧句，或诗词歌赋不一，皆用黑绒绣出草字来，且字迹勾踢、转折、轻重、连断皆与笔草无异，亦不比市绣字迹板强可恨。他不仗此技获利，所以天下虽知，得者甚少，凡世宦富贵之家，无此物者甚多，当今便称为“慧绣”。竟有世俗射利者，近日仿其针迹，愚人获利。偏这慧娘命夭，十八岁便死了，如今竟不能再得一件的了。凡所有之家，纵有一两件，皆珍藏不用。有那一干翰林文魔先生们，因深惜“慧绣”之佳，便说这“绣”字不能尽其妙，这样笔迹说一“绣”字，反似乎唐突了，便大家商议了，将“绣”字便隐去，换了一个“纹”字，所以如今都称为“慧纹”。若有一件真“慧纹”之物，价则无限。贾府之荣，也只有两三件，上年将那两件已进了上，目下只剩这一副璎珞，一共十六扇，贾母爱如珍宝，不入在请客各色陈设之内，只留在自己这边，高兴摆酒时赏玩。又有各色旧窑小瓶中都点缀着“岁寒三友”“玉堂富贵”等新鲜花草。

上面两席是李婶、薛姨妈二位。贾母于东边设一透雕夔龙护屏矮足短榻，靠背引枕皮褥俱全。榻之上一头又设一个极轻巧洋漆描金小几，几上放着茶吊、茶碗、漱盂、洋巾之类，又有一个眼镜匣子。贾母歪在榻上，与众人说笑一回，又自取眼镜向戏台上照一回，又向薛姨妈、李婶笑说：“恕我老了，骨头疼，放肆，容我歪着相陪罢。”因又命琥珀坐在榻上，拿着美人拳捶腿。榻下并不摆席面，只有一张高几，却设着璎珞花瓶香炉等物。外另设一精致小高桌，设着酒杯匙箸，将自己这一席设于榻旁，命宝琴、湘云、黛玉、宝玉四人坐着。每一馔一果来，先捧与贾母看了，喜则留在小桌上尝一尝，仍撤了放在他四人席上，只算他四人是跟着贾母坐。故下面方是邢夫人、王夫人之位，再下便是尤氏、李纨、凤姐、贾蓉之妻。西边一路便是宝钗、李纹、李绮、岫烟、迎春姊妹等。两边大梁上，挂着一对联三聚五玻璃芙蓉彩穗灯。每一席前竖一柄漆干倒垂荷叶，叶上有烛信插着彩烛。这荷叶乃是錾珐琅的，活信可以扭转，如今皆将荷叶扭转向外，将灯影逼住全向外照，看戏分外真切。窗格门户一齐摘下，全挂彩穗各种宫灯。廊檐内外及两边游廊罩棚，将各色羊角、玻璃、戳纱、料丝，或绣、或画、或堆、或抠、或绢、或纸诸灯挂满。廊上几席，便是贾珍、贾琏、贾环、贾琮、贾蓉、贾芹、贾芸、贾菱、贾菖等。

贾母也曾差人去请众族中男女，奈他们或有年迈懒于热闹的；或有家内没有人不便来；或有疾病淹缠，欲来竟不能来的；或有一等妒富愧贫不来的；甚至于有一等憎畏凤姐之为人而赌气不来的；或有羞手羞脚，不惯见人，不敢来的，因此族众虽多，女客来者只不过贾菌之母娄氏带了贾菌来了，男子只有贾芹、贾芸、贾菖、贾菱四个现是在凤姐麾下办事的来了。当下人虽不全，在家庭间小宴中，数来也算是热闹的了。当又有林之孝之妻带了六个媳妇，抬了三张炕桌，每一张上搭着一条红毡，毡上放着选净一般大新出局的铜钱，用大红彩绳串着，每二人搭一张，共三张。林之孝家的指示将那两张摆至薛姨妈、李婶的席下，将一张送至贾母榻下来。贾母便说：“放在当地罢。”这媳妇们都素知规矩的，放下桌子，一并将钱都打开，将彩绳抽去，散堆在桌上。正唱《西楼·楼会》这出将终，于叔夜因赌气去了，那文豹便发科诨道：“你赌气去了，恰好今日正月十五，荣国府中老祖宗家宴，待我骑了这马，赶进去讨些果子吃是要紧的。”说毕，引的贾母等都笑了。薛姨妈等都说：“好个鬼头孩子，可怜见的。”凤姐便说：“这孩子才九岁了。”贾母笑说：“难为他说的巧。”便说了一个“赏”字。早有三个媳妇已经手下预备下簸箩，听见一个“赏”字，走上去向桌上的散钱堆内，每人便撮了一簸箩，走出来向戏台说：“老祖宗、姨太太、亲家太太赏文豹买果子吃的!”说着，向台上便一撒，只听豁啷啷满台的钱响。贾珍、贾琏已命小厮们抬了大簸箩的钱来，暗暗的预备在那里。听见贾母一赏，要知端的——

第五十四回

史太君破陈腐旧套
王熙凤效戏彩斑衣

（墨）首回楔子内云“古今小说千部共成一套”云云，犹未泄真。今借老太君一写，是劝后来胸中无机轴之诸君子不可动笔作书。

凤姐乃太君之要紧陪堂，今题“斑衣戏彩”是作者酬我阿凤之劳，特贬贾珍琏辈之无能耳。

却说贾珍、贾琏暗暗预备下大簸箩的钱，听见贾母说“赏”，他也忙命小厮们快撒钱。只听满台钱响，贾母大悦。

二人遂起身，小厮们忙将一把新暖银壶捧在贾琏手内，随了贾珍趋至里面。贾珍先至李婶席上，躬身取下杯来，回身，贾琏忙斟了一盏；然后便至薛姨妈席上，也斟了。二人忙起身笑说：“二位爷请坐着罢了，何必多礼。”于是除邢、王二夫人，满席都离了席，俱垂手旁侍。贾珍等至贾母榻前，因榻矮，二人便屈膝跪了。贾珍在先捧杯，贾琏在后捧壶。虽止二人奉酒，那贾环弟兄等，却也是排班按序，一溜随着他二人进来，见他二人跪下，也都一溜跪下。宝玉也忙跪下了。史湘云悄推他笑道：“你这会又帮着跪下作什么？有这样，你也去斟一巡酒岂不好？”宝玉悄笑道：“再等一会子再斟去。”说着，等他二人斟完起来，方起来。又与邢夫人、王夫人斟过来。贾珍笑道：“妹妹们怎么样呢？”贾母等都说：“你们去罢，他们到便宜些。”说了，贾珍等方退出。

当下天未二鼓，戏演的是《八义》中《观灯》八出。正在热闹之际，宝玉因下席往外走。贾母因说：“你往那里去！外头爆竹利害，仔细天上吊下火纸来烧了。”宝玉回说：“不往远去，只出去就来。”贾母命婆子们好生跟着。于是宝玉出来，只有麝月、秋纹并几个小丫头随着。贾母因说：“袭人怎么不见？他如今也有些拿大了，单支使小女孩子出来。”王夫人忙起身笑回道：“他妈前日没了，因有热孝，不便前头来。”贾母听了点头，又笑道：“跟主子却讲不起这孝与不孝。若是他还跟我，难道这会子也不在这里不成？皆因我们太宽了，有人使，不查这些，竟成了例了。”凤姐儿忙过来笑回道：“今儿晚上他便没孝，那园子里也须得他看着，灯烛花炮最是耽险的。这里一唱戏，园子里的人谁不偷来瞧瞧。他还细心，各处照看照看。况且这一散后宝兄弟回去睡觉，各色都是齐全的。若他再来了，众人又不经心，散了回去，铺盖也是冷的，茶水也不齐备，各色都不便宜，所以我叫他不用来，只看屋子。散了又齐备，我们这里也不耽心，又可以全他的礼，岂不三处有益。老祖宗要叫他，我叫他来就是了。”贾母听了这话，忙说：“你说的这话狠是，比我想的周到，快别叫他了。但只他妈几时没了，我怎么不知道。”凤姐笑道：“前儿袭人去亲自回老太太的，怎么到忘了。”贾母想了一想笑说：“想起来了。我的记性竟平常了。”众人都笑说：“老太太那里记得这些事。”贾母因又叹道：“我想着，他从小儿伏侍了我一场，又伏侍了云儿一场，末后给了一个魔王宝玉，亏他魔了这几年。他又不是咱们家的根生土长的奴才，没受过咱们什么大恩典。他妈没了，我想着要给他几两银子发送，也就忘了。”凤姐儿道：“前儿太太赏了他四十两银子，也就是了。”贾母听说，点头道：“这还罢了。正好鸳鸯的娘前儿也死了，我想他老子娘都在南边，我也没叫他家去走走守孝，如今叫他两个一处作伴儿去。”又命婆子将些果子菜馔点心之类与他两个吃去。琥珀笑说：“还等这会子呢，他早就去了。”说着，大家又吃酒看戏。

且说宝玉一径来至园中，众婆子见他回房，便不跟去，只坐在园门里茶房里烤火，和管茶的女人偷空饮酒斗牌。宝玉至院中，虽是灯光灿烂，却无人声。麝月道：“他们都睡了不成？咱们悄悄的进去唬他们一跳。”于是大家蹑足潜踪的进了镜壁一看，只见袭人和一人，二人对面都歪在地炕上，那一头有两三个老嬷嬷打盹。宝玉只当他两个睡着了，才要进去，忽听鸳鸯叹了一声，说道：“可知天下事难定。论理你单身在这里，父母在外头，每年他们东去西来，没个定准，想来你是不能送终的了，偏生今年就死在这里，你到出去送了终。”袭人道：“正是。我也想不到能够看父母，回首太太又赏了四十两银子，这到也算养我一场，我也不敢妄想了。”宝玉听了，忙转身悄向麝月等道：“谁知他也来了。我这一进去，他又赌气走了，不如咱们回去罢，让他两个清清静静的说一回。袭人正一个闷闷的，幸而他来的好。”说着，仍悄悄的出来。

宝玉便走过山石之后去站着撩衣，麝月、秋纹皆站住背过脸去，口内笑说：“蹲下再解小衣，仔细风吹了肚子。”后面两个小丫头子知是小解，忙先出去茶房预备去了。这里宝玉刚转过来，只见两个媳妇儿迎面走来，问是谁，秋纹道："宝玉在这里，你大呼小叫，仔细唬着罢。"那媳妇们忙笑道："我们不知道二爷下来，惹祸了。姑娘们可连日辛苦了。"说着，已到了跟前。麝月等问："手里拿的是什么？"媳妇们道："是老太太赏金、花二位姑娘吃的。"秋纹笑道："外头唱的是《八义》，没唱《混元盒》，那里又跑出'金花娘娘'来了。"宝玉笑命："揭起来我瞧瞧。"秋纹、麝月忙上去将两个盒子揭开。两个媳妇忙蹲下身子，（墨夹：细腻之极！一部大观园之文皆若食肥蟹，至此一句则又三月于镇江江上啖出网之鲜鲥矣。）宝玉看了两盒内都是席上所有的上等果品菜馔，点了一点头，迈步就走。麝月二人忙胡乱掷了盒盖，跟上来。宝玉笑道："这两个女人到和气，会说话，他们天天乏了，到说你们连日辛苦，到不是那矜功自伐的。"麝月道："这好的也很好，那不知礼的也太不知礼。"宝玉笑道："你们是明白人，耽待他们是粗笨可怜的人就完了。"一面说，一面来至园门。那几个婆子虽吃酒斗牌，却不住出来打探，宝玉来了，也都跟上了。来至花厅后廊上，只见那两个小丫头一个捧着小沐盆，一个搭着手巾，又拿着沤子壶在那里久等。秋纹先忙伸手向盆内试了一试，说道："你越大越粗心了，那里弄的这冷水。"小丫头笑道："姑娘瞧瞧这个天，我怕水冷，巴巴的倒的是滚水，这还冷了。"正说着，可巧见一个老婆子提着一壶滚水走来。小丫头便说："好奶奶，过来给我倒上些。"那婆子道："哥哥儿，这是老太太泡茶的，劝你走了舀去罢，那里就走大了脚。"秋纹道："凭你是谁的，你不给？我管把老太太茶吊子倒了洗手。"那婆子回头见是秋纹，忙提起壶来就倒。秋纹道："够了。你这么大年纪也没个见识，谁不知是老太太的水！要不着的人就敢要了。"婆子笑道："我眼花了，没认出这姑娘来。"宝玉洗了手，那小丫头子拿小壶倒了些沤子在他手内，宝玉沤了。秋纹、麝月也趁热水洗了一回，沤了，跟进宝玉来。

宝玉便要了一壶暖酒，也从李婶、薛姨妈斟起，二人也让坐。贾母便说："他小，让他斟去，大家倒要干过这杯。"说着，便自己干了。邢、王二夫人也忙干了，让他二人。薛、李也只得干了。贾母又命宝玉道："连你姐姐妹妹一齐斟上，不许乱斟，都要叫他干了。"宝玉听说，答应着，一一按次斟了。至黛玉前，偏他不饮，拿起杯来，放在宝玉唇上边，宝玉一气饮干。黛玉笑说："多谢。"宝玉替他斟上一杯。凤姐儿便笑道："宝玉，别喝冷酒，仔细手颤，明儿写不得字，拉不得弓。"宝玉忙道："没有吃冷酒。"凤姐儿笑道："我知道没有，不过白嘱咐你。"然后宝玉将里面斟完，只除贾蓉之妻是丫头们斟的。复出至廊上，又与贾珍等斟了。坐了一回，方进来仍归旧坐。

一时上汤后，又接献元宵来。贾母便命将戏暂歇歇："小孩子们可怜见的，也给他们些滚汤滚菜的吃了再唱。"又命将各色果子元宵等物拿些与他们吃去。一时歇了戏，便有婆子带了两个门下常走的女先生儿进来，放两张杌子在那一边命他坐了，将弦子、琵琶递过去。贾母便问李、薛听何书，他二人都回说："不拘，什么都好。"贾母便问："近来可有添些什么新书？"那两个女先儿回说道："倒有一段新书，是残唐五代的故事。"贾母问是何名，女先儿道："叫做《凤求鸾》。"贾母道："这一个名字到好，不知因什么起的，先大概说说原故，若好再说。"女先儿道："这书上乃说残唐之时，有一位乡绅，本是金陵人氏，名唤王忠，曾做过两朝宰辅，如今告老还家，膝下只有一位公子，名唤王熙凤。”众人听了，笑将起来。贾母笑道：“这重了我们凤丫头了。”媳妇忙上去推他，“这是二奶奶的名字，少混说。”贾母笑道：“你说，你说。”女先生忙笑着站起来，说：“我们该死了，不知是奶奶的讳。”凤姐儿笑道：“怕什么，你们只管说罢，重名重姓的多呢。”女先生又说道：“这年王老爷打发了王公子上京赶考，那日遇见大雨，进到一个庄上避雨。谁知这庄上也有个乡绅，姓李，与王老爷是世交，便留下这公子住在书房里。这李乡绅膝下无儿，只有一位千金小姐。这小姐芳名叫作雏鸾，琴棋书画，无所不通。”贾母忙道：“怪道叫作《凤求鸾》。不用说，我猜着了，自然是这王熙凤要求这雏鸾小姐为妻。”女先儿笑道：“老祖宗原来听过这一回书。”众人都道：“老太太什么没听过！便没听过，也猜着了。”贾母笑道：“这些书都是一个套子，左不过是些佳人才子，最没趣儿。把人家女儿说的那样坏，还说是佳人，编的连影儿也没有了。开口都是书香门第，父亲不是尚书就是宰相，生一个小姐必是爱如珍宝。这小姐必是通文知礼，无所不晓，竟是个绝代佳人。只一见了一个清俊的男人，不管是亲是友，便想起终身大事来，父母也忘了，书礼也忘了，鬼不成鬼，贼不成贼，那一点儿是佳人？便是满腹文章，做出这些事来，也算不得是佳人了。比如男人满腹文章去作贼，难道那王法就说他是才子，就不入贼情一案不成？可知那编书的是自己塞了自己的嘴。再者，既说是世宦书香大家小姐都知礼读书，连夫人都知书识礼，便是告老还家，自然这样大家人口不少，奶母丫鬟伏侍小姐的人也不少，怎么这些书上，凡有这样的事，就只小姐和紧跟的一个丫鬟？你们白想想，那些人都是管什么的，可是前言不答后语？”众人听了，都笑说：“老太太这一说，是谎都批出来了。”贾母笑道：“这有个原故：编这样书的，有一等妒人家富贵，或有求不遂心，所以编出来污秽人家。再一等，他自己看了这些书看魔了，他也想一个佳人，所以编了出来取乐。何尝他知道那世宦读书家的道理！别说他那书上那些世宦书礼大家，如今眼下真的，拿我们这中等人家说起，也没有这样的事，别说是那些大家子。可知是诌掉了下巴的话。所以我们从不许说这些书，丫头们也不懂这些话。这几年我老了，他们姊妹们住的远，我偶然闷了，说几句听听，他们一来，就忙歇了。”李、薛二人都笑说：“这正是大家的规矩，连我们家也没这些杂话给孩子们听见。”

凤姐儿走上来斟酒，笑道：“罢，罢，酒冷了，老祖宗喝一口润润嗓子再辨谎。这一回就叫作《辨谎记》，就出在本朝本地本年本月本日本时，老祖宗一张口难说两家话，花开两朵，各表一枝，是真是谎且不表，再整那观灯看戏的人。老祖宗且让这二位亲戚吃一杯酒看两出戏之后，再从昨朝谎言掰起如何？”他一面斟酒，一面笑说，未曾说完，众人俱已笑倒。两个女先生也笑个不住，都说：“奶奶好刚口。奶奶要一说书，真连我们吃饭的地方也没了。”薛姨妈笑道：“你少兴头些，外头有人，比不得往常。”凤姐儿笑道：“外头的只有一位珍大爷。我们还是论哥哥妹妹，从小儿一处淘气了这么大。这几年因做了亲，我如今立了多少规矩了。便不是从小儿的兄妹，便以伯叔论，那《二十四孝》上‘斑衣戏彩’，他们不能来‘戏彩’引老祖宗笑一笑，我这里好容易引的老祖宗笑了一笑，多吃了一点儿东西，大家喜欢，都该谢我才是，难道反笑话我不成？”贾母笑道：“可是这两日我竟没有痛痛的笑一场，倒是亏他才一路笑的我心里痛快了些，我再吃一钟酒。”吃着酒，又命宝玉：“也敬你姐姐一杯。”凤姐儿笑道：“不用他敬，我讨老祖宗的寿罢。”说着，便将贾母的拿起来，将半杯剩酒吃了，将杯递与丫鬟，另将温水浸的杯换了一个上来。于是各席上的杯都撤去，另将温水浸着待换的杯斟了新酒上来，然后归坐。

女先生回说：“老祖宗不听这书，或者弹一套曲子听听罢。”贾母便说道：“你们两个对一套《将军令》罢。”二人听说，忙和弦按调拨弄起来。贾母因问：“天有几更了?”众婆子忙回：“三更了。”贾母道：“怪道寒浸浸的起来。”早有众丫鬟拿了添换的衣裳送来。王夫人起身笑说道：“老太太不如挪进暖阁里地炕上倒也罢了。这二位亲戚也不是外人，我们陪着就是了。”贾母听说，笑道：“既这样说，不如大家都挪进去，岂不暖和?”王夫人道：“恐里间坐不下。”贾母笑道：“我有道理。如今也不用这些桌子，只用两三张并起来，大家坐在一处挤着，又亲香，又暖和。”众人都道：“这才有趣。”说着，便起了席。众媳妇忙撤去残席，里面直顺并了三张大桌，另又添换了果馔摆好。贾母便说：“这都不要拘礼，只听我分派你们就坐才好。”说着便让薛、李正面上坐，自己西向坐了，叫宝琴、黛玉、湘云三人皆紧依左右坐下，向宝玉说：“你挨着你太太。”于是邢夫人、王夫人之中夹着宝玉，宝钗等姊妹在西边，挨次下去便是娄氏带着贾菌，尤氏、李纨夹着贾兰，下面横头便是贾蓉之妻。贾母便说：“珍哥儿带着你兄弟们去罢，我也就睡了。”

贾珍忙答应，又都进来。贾母道：“快去罢！不用进来，才坐好了，又都起来。你快歇着，明日还有大事呢。”贾珍忙答应了，又笑说：“留下蓉儿斟酒才是。”贾母笑道：“正是忘了他。”贾珍答应了一个“是”，便转身带领贾琏等出来。二人自是欢喜，便命人将贾琮、贾璜各自送回家去，便邀了贾琏去追欢买笑，不在话下。

这里贾母笑道：“我正想着虽然这些人取乐，竟没一对双全的，就忘了蓉儿。这可全了，蓉儿就合你媳妇坐在一处，到也团圆了。”因有媳妇回说开戏，贾母笑道：“我们娘儿们正说的兴头，又要吵起来。况且那孩子们熬夜怪冷的，也罢，叫他们且歇歇，把咱们的女孩子们叫了来，就在这台上唱两出给他们瞧瞧。”媳妇听了，答应了出来，忙的一面着人往大观园去传人，一面二门口去传小厮们伺候。小厮们忙至戏房将班中所有的大人一概带出，只留下小孩子们。

一时，梨香院的教习带了文官等十二个人，从游廊角门出来。婆子们抱着几个软包，因不及抬箱，估料着贾母爱听的三五出戏的彩衣包了来。婆子们带了文官等进去见过，只垂手站着。贾母笑道：“大正月里，你师父也不放你们出来逛逛。你等唱什么？刚才八出《八义》闹得我头疼，咱们清淡些好。你瞧瞧，薛姨太太这李亲家太太都是有戏的人家，不知听过多少好戏的。这些姑娘们都比咱们家姑娘见过好戏，听过好曲子。如今这小戏子又是那有名玩戏家的班子，虽是小孩子们，却比大班还强。咱们好歹别落了褒贬，少不得弄个新样儿的。叫芳官唱一出《寻梦》，只用箫随着，笙笛一概不用。”文官笑道：“这也是的，我们的戏自然不入姨太太和亲家太太、姑娘们的眼，不过听我们一个发脱口齿，再听一个喉咙罢了。”贾母笑道：“正是这话了。”李婶、薛姨妈喜的都笑道：“好个灵透孩子，他也跟着老太太打趣我们。”贾母笑道：“我们这原是随便的顽意

儿，又不出去做买卖，所以竟不大合时。”说着又道：“叫葵官唱一出《惠明下书》，也不用抹脸。只用这两出叫他们听个野异罢了。若省一点力，我可不依。”文官等听了出来，忙去扮演上台，先是《寻梦》，次是《下书》。众人都鸦雀无闻，薛姨妈因笑道：“实在亏他，戏也看过几百班，从没见用箫管随他的。”贾母道：“也有，只是像方才《西楼·楚江晴》一支，多有小生吹箫和的。这大套的实在少，这也在主人讲究不讲究罢了。这算什么出奇?”指湘云道：“我像他这么大的时节，他爷爷有一班小戏，偏有一个弹琴的凑了来，即如《西厢记》的《听琴》，《玉簪记》的《琴挑》，《续琵琶》的《胡笳十八拍》，竟成了真的了，比这个更如何?”众人都道：“这更难得了。”贾母便命个媳妇来，吩咐文官等叫他们吹一套《灯月圆》。媳妇领命而去。

当下贾蓉夫妻二人捧酒一巡，凤姐儿因见贾母十分高兴，便笑道：“趁着女先儿们在这里，不如叫他们击鼓，咱们传梅，行一个‘春喜上眉梢’令如何?”贾母笑道：“这是个好令，正对时对景。”忙命人取了一面黑漆铜钉花腔令鼓来，与女先儿们击着，席上取了一枝红梅。贾母笑道：“若到谁手里住了，吃一杯，也要说个什么才好。”凤姐儿笑道：“依我说，老祖宗要什么有什么呢。我们这不会的，岂不没意思。依我说也要雅俗共赏，不如谁输了谁说个笑话罢。”众人听了，都知道他素日善说笑话，最是他肚内有无限的新鲜趣谈。今儿如此说，不但在席的诸人喜欢，连地下伏侍的老小人等无不欢喜。那小丫头子们都忙出去，找姐唤妹的告诉他们：“快来听，二奶奶又说笑话儿了。”众丫头子们便挤了一屋子。于是戏完乐罢。贾母命将些汤点果菜与文官等吃去，便命响鼓。那女先儿们皆是惯的，或紧或慢，或如残漏之滴，或如迸豆之疾，或如惊马之乱驰，或如疾电之光而忽暗。其鼓声慢，传梅亦慢；鼓声疾，传梅亦疾。恰恰至贾母手中，鼓声忽住。大家呵呵一笑，贾蓉忙上来斟了一杯。众人都笑道：“自然老太太先喜了，我们才托赖些喜。”贾母笑道：“这酒也罢了，只是这笑话到有些个难说。”众人都说：“老太太的比凤姐儿的还好还多，赏一个我们也笑一笑儿。”贾母笑道：“并没什么新鲜发笑的，少不得老脸皮子厚的说一个罢了。”因说道：“一家子养了十个儿子，娶了十房媳妇。惟有第十个媳妇聪明伶俐，心巧嘴乖，公婆最疼，成日家说那九个不孝顺。这九个媳妇委屈，便商议说：‘咱们九个心里孝顺，只是不像那小蹄子嘴巧，所以公公婆婆老了，只说他好，这委屈向谁诉去?’大媳妇有主意，便说道：‘咱们明儿到阎王庙去烧香，和阎王爷说去，问他一问，叫我们托生人，为什么单单的给那小蹄子一张乖嘴，我们都是笨的。’众人听了都喜欢，说这主意不错。第二日便都到阎王庙里来烧了香，九个人都在供桌底下睡着了。九个魂专等阎王驾到，左等不来，右等也不到。正着急，只见孙行者驾着筋斗云来了，看见九个魂便要拿金箍棒打，唬得九个魂忙跪下央求。孙行者问原故，九个人忙细细的告诉了他。孙行者听了，把脚一跺，叹了一口气道：‘这原故幸亏遇见我，等着阎王来了，他也不得知道的。’九个人听了，就求说：‘大圣发个慈悲，我们就好了。’孙行者笑道：‘这却不难。那日你们妯娌十个托生时，可巧我到阎王那里去的，因为撒了泡尿在地下，你那小婶子便吃了。你们如今要伶俐嘴乖，有的是尿，再撒泡你们吃了就是了。’”说毕，大家都笑起来。

凤姐儿笑道：“好的，幸而我们都笨嘴笨腮的，不然也就吃了猴儿尿了。”尤氏、娄氏都笑向李纨道："咱们这里谁是吃过猴儿尿的，别装没事人儿。"薛姨妈笑道："笑话儿不在好歹，只要对景就发笑。"说着又击起鼓来。小丫头子们只要听凤姐儿的笑话，便悄悄的和女先儿说明，以咳嗽为计。须臾传至两遍，刚到了凤姐儿手里，小丫头子们故意咳嗽，女先儿便住了。众人齐笑道："这可拿住他了。快吃了酒说一个好的，别太逗的人笑的肠子疼。"凤姐儿想了一想，笑道："一家子也是过正月半，合家赏灯吃酒，真真的热闹非常，祖婆婆、太婆婆、婆婆、媳妇、孙子媳妇、重孙子媳妇、亲孙子、侄孙子、重孙子、灰孙子、滴滴搭搭的孙子、孙女儿、外孙女儿、姨表孙女儿、姑表孙女儿……嗳哟哟，真好热闹！"众人听他说着，已经笑了，都说："听数贫嘴，又不知编派那一个呢？"尤氏笑道："你要招我，我可撕你的嘴。"凤姐儿起身拍手笑道："人家费力说，你们混，我就不说了。"贾母笑道："你说你说，底下怎么样？"凤姐儿想了一想，笑道："底下就团团的坐了一屋子，吃了一夜酒就散了。"众人见他正言厉色的说了，别无他话，都怔怔的还等下话，只觉冰凉无味。史湘云看了他半日，凤姐儿笑道："再说一个过正月半的。几个人抬着个房子大的炮仗往城外放去，引了上万的人跟着瞧去。有一个性急的人等不得，便偷着拿香点着了。只听'噗哧'一声，众人哄然一笑都散了。这抬炮仗的人抱怨卖炮仗的捍的不结实，没等放就散了。"湘云道："难道他本人没听见响？"凤姐儿道："这本人原是聋子。"众人听说，一回想，不觉一齐失声都大笑起来。又想着先前那一个没完的，问他："先一个怎么样？也该说完。"凤姐儿将桌子一拍，说道："好罗唆，到了第二日是十六日，年也完了，节也完了，我看着人忙着收东西还闹不清，那里还知道底下的事了。"众人听说，复又笑将起来。凤姐儿笑道："外头已经四更，依我说，老祖宗也乏了，咱们也该'聋子放炮仗——散了'罢。"尤氏等用手帕子握着嘴，笑的前仰后合，指他说道："这个东西真会数贫嘴。"贾母笑道："真真这凤丫头越发贫嘴了。"一面说，一面吩咐道："他提炮仗来，咱们也把烟火放了解解酒。"贾蓉听了，忙出去带着小厮们就在院内安下屏架，将烟火设吊齐备。这烟火皆系各处进贡之物，虽不甚大，却极精巧，各色故事俱全，夹着各色花炮。林黛玉禀气柔弱，不禁哔剥之声，贾母便搂他在怀中。薛姨妈搂着湘云。湘云笑道："我不怕。"宝钗等笑道："他专爱自己放大炮仗，还怕这个呢。"王夫人便将宝玉搂入怀内。凤姐儿笑道："我们是没有人疼的了。"尤氏笑道："有我呢，我搂着你。也不怕臊，你这孩子又撒娇了，听见放炮仗，吃了蜜蜂儿屎的，今儿又轻狂起来。"凤姐儿笑道："等散了，咱们园子里放去。我比小厮们还放的好呢。"说话之间，外面一色一色的放了又放，又有许多的满天星、九龙入云、一声雷、飞天十响之类的零碎小爆竹。放罢，然后又命小戏子打了一回"莲花落"，撒了满台钱，命那孩子们满台抢钱取乐。又上汤时，贾母说道："夜长，觉的有些饿了。"凤姐儿忙回说："有预备的鸭子肉粥。"贾母道："我吃些清淡的罢。"凤姐儿忙道："也有枣儿熬的粳米粥，预备太太们吃斋的。"贾母笑道："不是油腻腻的就是甜的。"凤姐儿又忙道："还有杏仁茶，只怕也甜。"贾母道："到是这个还罢了。"说着，又命人撤去残席，外面另设上各种精致小菜。大家随便随意吃了些，用过漱口茶，方散。

十七日一早，又过宁府行礼，伺候掩了宗祠，收过影像，方回来。此日便是薛姨妈家请吃年酒。十八日便是赖大家，十九日便是宁府赖升家，二十日便是林之孝家，二十一日便是单大良家，二十二日便是吴新登家。这几家，贾母也有去的，也有不去的，也有高兴直等众人散方回的，也有兴尽半日一时就来的。凡诸亲友来请或来赴席的，贾母一概怕拘束不会，自有邢夫人、王夫人、凤姐儿三人料理。连宝玉只除王子腾家去了，余者亦皆不会，只说贾母留下解闷。所以倒是家下人家来请，贾母可以自便之处，方高兴去逛逛。闲言不提，且说当下元宵已过——

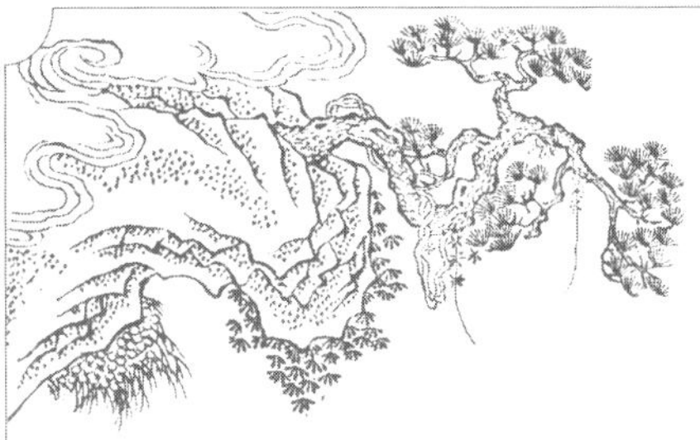

第五十五回

辱亲女愚妾争闲气　欺幼主刁奴蓄险心

且说元宵已过，只因当今以孝治天下，目下宫中有一位太妃欠安，故各嫔妃皆为之减膳谢妆，不独不能省亲，亦且将宴乐俱免。故荣府今岁元宵亦无灯谜之集。

刚将年事忙过，凤姐儿便小月了，在家一月，不能理事，天天两三个太医用药。凤姐儿自恃强壮，虽不出门，然筹画计算，想起什么事来，便命平儿去回王夫人，任人谏劝，他只不听。王夫人便觉失了膀臂，一人能有许多的精神？凡有了大事，自己主张；将家中琐碎之事，一应都暂令李纨协理。李纨是个尚德不尚才的，未免逞纵了下人。王夫人便命探春合同李纨裁处，只说过了一月，凤姐将息好了，仍交与他。谁知凤姐禀赋气血不足，兼年幼不知保养，平生争强斗智，心力更亏，故虽系小月，竟着实亏虚下来，一月之后，复添了下红之症。他虽不肯说出来，众人看他面目黄瘦，便知失于调养。王夫人只令他好生服药调养，不令他操心。他自己也怕成了大症，遗笑于人，便想偷空调养，恨不得一时复旧如常。谁知一直服药调养到八九月间，才渐渐的起复过来，下红也渐渐止了。此是后话。

如今且说目今王夫人见他如此，探春与李纨暂难谢事，园中人多，又恐失于照管，因又特请了宝钗来，托他各处小心，“老婆子们不中用，得空儿吃酒斗牌，白日里睡觉，夜里斗牌，我都知道的。凤丫头在外头，他们还有个惧怕，如今他们又该取便了。好孩子，你还是个妥当人，你兄弟妹妹们又小，我又没工夫，你替我辛苦两天，照看照看。凡有想不到的事，你来告诉我，别等老太太问出来，我没话回。那些人不好，你只管说。他们不听，你来回我。别弄出大事来才好。”宝钗听说只得答应了。

时届孟春，黛玉又犯了嗽疾。湘云亦因时气所感，亦卧病于蘅芜苑，一天医药不断。探春同李纨相住间隔，二人近日同事，不比往年，来往回话人等亦不便，故二人议定：每日早晨皆到园门口南边的三间小花厅上去会齐办事，吃过早饭于午错方回房。这三间厅原系预备省亲之时众执事太监起坐之处，故省亲之后也用不着了，每日只有婆子们上夜。如今天已和暖，不用十分修饰，只不过略略的铺陈了便可他二人起坐。这厅上也有一匾，题着“辅仁谕德”四字，家下俗呼皆只叫议事厅儿。如今他二人每日卯正至此，午正方散。凡一应执事媳妇等来往回话者，络绎不绝。

众人先听见李纨独办，各各心中暗喜，以为李纨素日原是个厚道多恩无罚的，自然比凤姐儿好搪塞。便添了一个探春，也都想着不过是个未出闺阁的轻年小姐，且素日也最平和恬淡，因此都不在意，比凤姐儿前更懈怠了许多。只三四日后，几件事过手，渐觉探春精细处不让凤姐，只不过是言语安静，性情和顺而已。（墨夹：这是小姐身份耳，阿凤未出阁想亦如此。）可巧连日有王公侯伯世袭官员十几处，皆系荣宁非亲即友或世交之家，或有升迁，或有黜降，或有婚丧红白等事，王夫人贺吊迎送，应酬不暇，前边更无人。他二人便一日皆在厅上起坐。宝钗便一日在上房监察，至王夫人回方散。每于夜间针线暇时，临寝之先，坐了小轿带领园中上夜人等各处巡察一次。他三人如此一理，更觉比凤姐儿当差时到更谨慎了些。因而里外下人都暗中抱怨说：“刚刚的倒了一个‘巡海夜叉’，又添了三个‘镇山太岁’，越性连夜里偷着吃酒顽的工夫都没了。”

这日王夫人正是往锦乡侯府去赴席，李纨与探春早已梳洗，伺候出门去后，回至厅上坐了。刚吃茶时，只见吴新登的媳妇进来回说：“赵姨娘的兄弟赵国基昨日死了。昨日回过太太，太太说知道了，叫回姑娘奶奶来。”说毕，便垂手旁侍，再不言语。彼时来回话者不少，都打听他二人办事如何：若办得妥当，大家则安个畏惧之心；若少有嫌隙不当之处，不但不畏伏，出二门还要编出许多笑话来取笑。吴新登的媳妇心中已有主意，若是凤姐前，他便早已献勤说出许多主意，又查出许多旧例来任凤姐儿拣择施行。（墨夹：可知虽有才干，亦必有羽翼方可。）如今他藐视李纨老实，探春是青年的姑娘，所以只说出这一句话来，试他二人有何主见。探春便问李纨。李纨想了一想，便道：“前儿袭人的妈死了，听见说赏银四十两。这也赏他四十两罢了。”吴新登家的听了，忙答应了是，接了对牌就走。探春道：“你且回来。”吴新登家的只得回来。探春道：“你且别支银子。我且问你：那几年老太太屋里的几位老姨奶奶，也有家里的也有外头的这两个分别。家里的若死了人是赏多少，外头的死了人是赏多少，你且说两个我们听听。”一问，吴新登家的便说：“都忘了。”忙陪笑回说：“这也不是什么大事，赏多少谁还敢争不成？”探春笑道：“这话胡闹。依我说，赏一百到好。若不按例，别说你们笑话，明儿也难见你二奶奶。”吴新登家的笑道：“既这么说，我查旧账去，此时却记不得。”探春笑道："你办事办老了的，还记不得，到来难我们。你素日回你二奶奶也现查去？若有这道理，凤姐姐还不算利害，也就是算宽厚了！还不快找了来我瞧。再迟一日，不说你们粗心，反像我们没主意了。"吴新登家的满面通红，忙转身出来。众媳妇们都伸舌头，这里又回别的事。

一时，吴家的取了旧账来。探春看时，两个家里的赏过皆二十四两，两个外头的皆赏过四十两。外还有两个外头的，一个赏过一百两，一个赏过六十两。这两笔底下皆有原故：一个是隔省迁父母之柩，外赏六十两；一个是现买葬地，外赏二十两。探春便递与李纨看了。探春便说："给他二十两银子。把这账留下，我们细看看。"吴新登家的去了。

忽见赵姨娘进来，李纨、探春忙让坐。赵姨娘开口便说道："这屋里的人都踩下我的头去还罢了。姑娘你也想一想，该替我出气才是。"一面说，一面眼泪鼻涕哭起来。探春忙道："姨娘这话说谁，我竟不解。谁踩姨娘的头？说出来我替姨娘出气。"赵姨娘道："姑娘现踩我，我告诉谁！"探春听说，忙站起来，说道："我并不敢。"李纨也站起来劝。赵姨娘道："你们请坐下，听我说。我这屋里熬油似的熬了这么大年纪，又有你和你兄弟，这会子连袭人都不如了，我还有什么脸？连你也没脸面，别说我了！"探春笑道："原来为这个。我说我并不敢犯法违理。"一面便坐了，拿账翻与赵姨娘看，又念与他听，又说道："这是祖宗手里旧规矩，人人都依着，偏我改了不成？也不但袭人，将来环儿收了外头的，自然也是同袭人一样。这原不是什么争大争小的事，讲不到有脸没脸的话上。他是太太的奴才，我是按着旧规矩办。说办的好，领祖宗的恩典、太太的恩典；若说办的不均，那是他糊涂不知福，也只好凭他抱怨去。太太连房子赏了人，我有什么有脸之处；一文不赏，我也没什么没脸之处。依我说，太太不在家，姨娘安静些养神罢了，何苦只要操心。太太满心疼我，因姨娘每每生事，几次寒心。我但凡是个男人，可以出得去，我必早走了，立一番事业，那时自有我一番道理。偏我是女孩儿家，一句多话也没有我乱说的。太太满心里都知道。如今因看重我，才叫我照管家务，还没有做一件好事，姨娘到先来作践我。倘或太太知道了，怕我为难不叫我管，那才正经没脸，连姨娘也真没脸！"一面说，一面不禁滚泪下来。赵姨娘没了别话答对，便说道："太太疼你，你越发拉扯拉扯我们。你只顾讨太太的疼，就把我们忘了。"探春道："我怎么忘了？叫我怎么拉扯？这也问你们各人，那一个主子不疼出力得用的人？那一个好人用人拉扯的？"李纨在旁只管劝说："姨娘别生气。也怨不得姑娘，他满心里要拉扯，口里怎么说的出来。"探春忙道："这大嫂子也糊涂了。我拉扯谁？谁家姑娘们拉扯奴才了？他们的好歹，你们该知道，与我什么相干。"赵姨娘气的问道："谁叫你拉扯别人去了？你不当家我也不来问你。你如今现说一是一，说二是二。如今你舅舅死了，你多给了二三十两银子，难道太太就不依你？分明太太是好太太，都是你们尖酸刻薄，可惜太太有恩无处使。姑娘放心，这也使不着你的银子。明儿等出了阁，我还想你额外照看赵家呢。如今没有长羽毛，就忘了根本，只拣高枝儿飞去了！"探春没听完，已气的脸白气噎，抽抽咽咽的一面哭，一面问道："谁是我舅舅？我舅舅年下才升了九省检点，那里又跑出一个舅舅来？我素习按理尊敬，越发敬出这些亲戚来了。既这么说，环儿出去为什么赵国基又站起来，又跟他上学？为什么不拿出舅舅的款来？何苦来，谁不知道我是姨娘养的，必要过两三个月寻出由头来，彻底来翻腾一阵，生怕人不知道，故意的表白表白。也不知谁给谁没脸？幸亏我还明白，但凡糊涂不知理的，早急了。”李纨急的只管劝，赵姨娘只管还唠叨。

忽听有人说：“二奶奶打发平姑娘说话来了。”赵姨娘听说，方把口止住。只见平儿进来，赵姨娘忙陪笑让坐，又忙问：“你奶奶好些？我正要瞧去，就只没得空儿。”李纨见平儿进来，因问他做什么。平儿笑道：“奶奶说，赵姨奶奶的兄弟没了，恐怕奶奶和姑娘不知有旧例，若照常例，只得二十两。如今请姑娘裁夺着，再添些也使得。”探春早已拭去泪痕，忙说道：“又好好的添什么，谁又是二十四个月养下来的？不然也是那出兵放马背着主子逃出命来过的人不成？你主子真个倒巧，叫我开了例，他做好人，拿着太太不心疼的钱，乐的做人情。你告诉他，我不敢添减，混出主意。他添他施恩，等他好了出来，爱怎么添了去。”平儿一来时已明白了对半，今听这一番话，越发会意，见探春有怒色，便不敢以往日喜乐之时相待，只一边垂手默侍。

时值宝钗也从上房中来，探春等忙起身让坐。未及开言，又有一个媳妇进来回事。因探春才哭了，便有三四个小丫鬟捧了沐盆、巾帕、靶镜等物来。此时探春因盘膝坐在矮板榻上，那捧盆的丫鬟走至跟前，便双膝跪下，高捧沐盆；那两个小丫鬟，也都在旁屈膝捧着巾帕并靶镜脂粉之饰。平儿见侍书不在这里，便忙上来与探春挽袖卸镯，又接过一条大手巾来，将探春面前衣襟掩了。探春方伸手向面盆中盥沐。那媳妇便回道：“回奶奶姑娘，家学里支环爷和兰哥儿的一年公费。”平儿先道：“你忙什么！你睁着眼看见姑娘洗脸，你不出去伺候着，先说话来。二奶奶跟前你也这么没眼色来着？姑娘虽然恩宽，我去回了二奶奶，只说你们眼里都没姑娘，你们都吃了亏，可别怨我。”唬的那个媳妇忙陪笑道：“我粗心了。”一面说，一面忙退出去。

探春一面匀脸，一面向平儿冷笑道：“你迟了一步，还有可笑的：连吴姐姐这么个办老了事的，也不查清楚了，就来混我们。幸亏我们问他，他竟有脸说忘了。我说他回你主子事也忘了再找去？我料着你那主子未必有耐性儿等他去找。”平儿忙笑道：“他有这一次，管包腿上的筋早折了两根。姑娘别信他们。那是他们瞅着大奶奶是个菩萨，姑娘又是个腼腆小姐，固然是托懒来混。”说着，又向门外说道：“你们只管撒野，等奶奶大安了，咱们再说。”门外的众媳妇都笑道：“姑娘，你是个最明白的人，俗语说，‘一人作罪一人当’，我们并不敢欺蔽小姐。如今小姐是娇客，若认真惹恼了，死无葬身之地。”平儿冷笑道：“你们明白就好了。”又陪笑向探春道：“姑娘知道二奶奶本来事多，那里照看的这些，保不住不忽略。俗语说‘旁观者清’，这几年姑娘冷眼看着，或有该添该减的去处二奶奶没行到，姑娘竟一添减，头一件于太太的事有益，第二件也不枉姑娘待我们奶奶的情义了。”话未说完，宝钗、李纨皆笑道：“好丫头，真怨不得凤丫头偏疼他！本来无可添减的事，如今听你一说，到要找出两件来斟酌斟酌，不辜负你这话。”探春笑道：“我一肚子气，没人煞性子，正要拿他奶奶出气去，偏他碰了来，说了这些话，叫我也没了主意了。”一面说，一面叫进方才那媳妇来问：“环爷和兰哥儿家学里这一年的银子，是做那一项用的？”那媳妇便回说：“一年学里吃点心或者买纸笔，每位有八两银子的使用。”探春道：“凡爷们的使用，都是各屋领了月钱的。环哥的是姨娘领二两，宝玉的是老太太屋里袭人领二两，兰哥儿的是大奶奶屋里领。怎么学里每人又多这八两？原来上学去的是为这八两银子！从今儿起，把这一项蠲了。平儿，回去告诉你奶奶，我的话，把这一条务必免了。”平儿笑道：“早就该免。旧年奶奶原说要免的，因年下忙，就忘了。”那个媳妇只得答应着去了。就有大观园中媳妇捧了饭盒来。

侍书、素云早已抬过一张小饭桌来，平儿也忙着上菜。探春笑道：“你说完了话干你的去罢，在这里忙什么。”平儿笑道：“我原没事的。二奶奶打发了我来，一则说话，二则恐这里人不方便，原是叫我帮着妹妹们伏侍奶奶姑娘的。”探春因问：“宝姑娘的饭怎么不端来一处吃？”丫鬟们听说，忙出至檐外命媳妇去说：“宝姑娘如今在厅上一处吃，叫他们把饭送了这里来。”探春听说，便高声说道：“你别混支使人！那都是办大事的管家娘子们，你们支使他要饭要茶的，连个高低都不知道！平儿这里站着，你叫叫去。”

平儿忙答应了一声出来。那些媳妇们都忙悄悄的拉住笑道：“那里用姑娘去叫，我们已有人叫去了。”一面说，一面用手帕掸石矶上说：“姑娘站了半天乏了，这太阳影里且歇歇。”平儿便坐下。又有茶房里的两个婆子拿了个坐褥铺下，说：“石头冷，这是极干净的，姑娘将就坐一坐儿罢。”平儿忙陪笑道：“多谢。”一个又捧了一碗精致新茶出来，也悄悄笑说：“这不是我们的常用茶，原是伺候姑娘们的，姑娘且润一润罢。”平儿忙欠身接了，因指众媳妇悄悄说道：“你们太闹的不像了。他是个姑娘家，不肯发威动怒，这是他尊重，你们就藐视欺负他。果然招他动了大气，不过说他个粗糙就完了，你们就吃不了的亏。他撒个娇儿，太太也得让他一二分，二奶奶也不敢怎样。你们就这么大胆子小看他，可是鸡蛋往石头上碰。”众人都忙道：“我们何尝敢大胆了，都是赵姨奶奶闹的。”平儿也悄悄的说：“罢了，好奶奶们。‘墙倒众人推’，那赵姨奶奶原有些倒三不着两，有了事都就赖他。你们素日那眼里没人，心术利害，我这几年难道还不知道？二奶奶若是略差一点儿的，早被你们这些奶奶治倒了。饶这么着，得一点空儿，还要难他一难，好几次没落了你们的口声。众人都道他利害，你们都怕他，惟我知道他心里也就不算不怕你们呢。前儿我们还议论到这里，再不能依头顺尾，必有两场气生。那三姑娘虽是姑娘，你们都横看了他。二奶奶这些大姑子小姑子里头，也就只单畏他五分。你们这会子到不把他放在眼里了。”

正说着，只见秋纹走来。众媳妇忙赶着问好，又说：“姑娘也且歇一歇，里头摆饭呢。等撤下饭桌子，再回话去。”秋纹笑道：“我比不得你们，我那里等得。”说着便直要上厅去。平儿忙叫：“快回来。”秋纹回头见了平儿，笑道：“你又在这里充什么外围的防护？”一面回身便坐在平儿褥上。平儿悄问：“回什么？”秋纹道：“问一问宝玉的月银，我们的月钱多早晚才领。”平儿道：“这什么大事。你快回去告诉袭人，说我的话，凭有什么事今儿都别回。若回一件，管驳一件；回一百件，管驳一百件。”秋纹听了，忙问：“这是为什么了？”平儿与众媳妇等都忙告诉他原故，又说：“正要找几件利害事与有体面的人开例作法子，镇压与众人作榜样呢。何苦你们先来碰在这钉子上。你这一去说了，他们若拿你们也作一二件榜样，又碍着老太太、太太；若不拿着你们作一二件，人家又说偏一个向一个，仗着老太太、太太威势的就怕，也不敢动，只拿着软的作鼻子头。你听听罢，二奶奶的事，他还要驳两件，才压的众人口声呢。”秋纹听了，伸舌笑道：“幸而平姐姐在这里，没的臊一鼻子灰。我赶早知会他们去。”说着，便起身走了。

接着宝钗的饭至，平儿忙进来伏侍。那时赵姨娘已去，三人在板床上吃饭。宝钗面南，探春面西，李纨面东。众媳妇皆在廊下静候，里头只有他们紧跟常侍的丫鬟伺候，别人一概不敢擅入。这些媳妇们都悄悄的议论说：“大家省事罢，别安着没良心的主意。连吴大娘才都讨了没意思，咱们又是什么有脸的。”他们一边悄议，等饭完回事。只觉里面鸦雀无声，并不闻碗箸之声。一时只见一个丫鬟将帘栊高揭，又有两个将桌抬出。茶房内早有三个丫头捧着三沐盆水，见饭桌已出，三人便进去了。一回又捧出沐盆并漱盂来，方有侍书、素云、莺儿三个，每人用茶盘捧了三盖碗茶进去。一时等他三人出来，侍书命小丫头子：“好生伺候着，我们吃饭来换你们，别又偷坐着去。”众媳妇们方慢慢的一个一个的安分回事，不敢如先前轻慢疏忽了。

探春气方渐平，因向平儿道：“我有一件大事，早要和你奶奶商议，如今可巧想起来。你吃了饭快来。宝姑娘也在这里，咱们四个人商议了，再细细问你奶奶可行可止。”平儿答应回去。

凤姐因问为何去了这一日，平儿便笑着将方才的原故细细说与他听了。凤姐儿笑道：“好，好，好，好个三姑娘！我说他不错。只可惜他命薄，没托生在太太肚里。”平儿笑道：“奶奶也说糊涂话了。他便不是太太养的，难道谁敢小看他，不与别的一样看了？”凤姐儿叹道：“你那里知道，虽然庶出一样，女儿却比不得男人，将来攀亲时，如今有一种轻狂人，先要打听姑娘是正出是庶出，多有为庶出不要的。殊不知别说庶出，便是我们的丫头，比人家的小姐还强呢。将来不知那个没造化的挑庶正误了事呢，也不知那个有造化的不挑庶正的得了去。”说着，又向平儿笑道：“你知道，我这几年生了多少省俭的法子，一家子大约也没个不背地里恨我的。我如今也是骑上老虎了。虽然看破些，无奈一时也难宽放；二则家里出去的多，进来的少。凡百大小事仍是照着老祖宗手里的规矩，却一年进的产业又不及先时。多省俭了，外人又笑话，老太太、太太也受委屈，家下人也抱怨刻薄；若不趁早儿料理省俭之计，再几年就都赔尽了。”平儿道：“可不是这话！将来还有三四位姑娘，还有两三个小爷，一位老太太，这几件大事未完呢。”凤姐儿笑道：“我也虑到这里，到也够了：宝玉和林妹妹他两个一娶一嫁，可以使不着官中的钱，老太太自有梯己拿出来。二姑娘是大老爷那边的，也不算。剩了三四个，满破着每人花上一万银子。环哥娶亲有限，花上三千两银子，不拘那里省一抿子也就够了。老太太事出来，一应都是全了的，不过零星杂项，便费也满破三五千两。如今再俭省些，陆续也就够了。只怕如今平空又生出一两件事来，可就了不得了。——咱们且别虑后事，你且吃了饭，快听他商议什么。这正碰了我的机会，我正愁没个膀臂。虽有个宝玉，他又不是这里头的货，纵收伏了他也不中用。大奶奶是个佛爷，也不中用。二姑娘更不中用，亦且不是这屋里的人。四姑娘小呢。兰小子更小。环儿更是个燎毛的小冻猫子，只等有热灶火坑让他钻去罢。真真一个娘肚子里跑出这个天悬地隔的两个人来，我想到这里就不伏。再者林丫头和宝姑娘他两个倒好，偏又都是亲戚，又不好管咱家务事。况且一个是美人灯儿，风吹吹就坏了；一个是拿定了主意，‘不干己事不张口，一问摇头三不知’，也难十分去问他。到只剩了三姑娘一个，心里嘴里都也来的，又是咱家正人，太太又疼他，虽然面上淡淡的，皆因是赵姨娘那老东西闹的，心里却是和宝玉一样呢。比不得环儿，实在令人难疼，要依我的性早撵出去了。如今他既有这主意，正该和他协同，大家做个膀臂，（墨夹：阿凤有才处全在择人收纳膀臂羽翼，并非一味以才自恃者，可知这方是大才。）我也不孤不独了。按正理，天理良心上论，咱们有他这个人帮着，咱们也省些心，于太太的事也有些益。若按私心藏奸上论，我也太行毒了，也该抽头退步。回头看了看，再要穷追苦克，人恨极了，暗地里笑里藏刀，咱们两个才四个眼精，两个心，一时不防，到弄坏了。趁着紧溜之中，他出头一料理，众人就把往日咱们的恨暂可解了。还有一件，我虽知你极明白，恐怕你心里挽不过来，如今嘱咐你：他虽是姑娘家，心里却事事明白，不过是言语谨慎；他又比我知书识字，更厉害一层了。如今俗语‘擒贼必先擒王’，他如今要作法开端，一定是先拿我开端。倘或他要驳我的事，你可别分辩，你只越恭敬，越说驳的是才好。千万别想着怕我没脸，和他一犟，就不好了。”平儿不等说完，便笑道：“你太把人看糊涂了。我才已经行在先，这会子又反嘱咐我。”凤姐儿笑道：“我是恐怕你心里眼里只有了我，一概没有别人之故，不得不嘱咐。既已行在先，更比我明白了。你又急了，满口里‘你’‘我’起来。”平儿道：“偏说‘你’！你不依，这不是嘴巴子，再打一顿。难道这脸上还没尝过的不成！”凤姐儿笑道：“你这小蹄子，要掂多少过子才罢。看我病的这样，还来怄我。过来坐下，横竖没人来，咱们一处吃饭是正经。”

说着，丰儿等三四个小丫头子进来放小炕桌。凤姐只吃燕窝粥，两碟子精致小菜，每日分例菜已暂减去。丰儿便将平儿的四样分例菜端至桌上，与平儿盛了饭来。平儿屈一膝于炕沿之上，半身犹立于炕下，陪着凤姐儿吃了饭，（墨夹：凤姐之才又在能邀买人心。）伏侍漱盥。漱毕，嘱咐了丰儿些话，方往探春处来。只见院中寂静，人已散出。要知端的——

第五十六回

敏探春兴利除宿弊
时宝钗小惠全大体

话说平儿陪着凤姐儿吃了饭，伏侍盥漱毕，方往探春处来。只见院中寂静，只有丫鬟婆子在窗外听候。

平儿进入厅中，他姊妹三人正议论些家务，说的便是年内赖大家请吃酒他家花园中事故。见他来了，探春便命他脚踏上坐了，因说道：“我想的事不为别的，因想着我们一月有二两月银外，丫头们又另有月钱。前儿又有人回，要我们一月所用的头油脂粉，每人又是二两。这又同才刚学里的八两一样，重重叠叠，事虽小，钱有限，看起来也不妥当。你奶奶怎么就没想到这个?”平儿笑道：“这有个原故：姑娘们所用的这些东西，自然是该有分例。每月买办买了，令女人们各房交与我们收管，不过预备姑娘们使用就罢了，没有一个我们天天各人拿钱找人买头油又是脂粉去的理。所以外头买办总领了去，按月使女人按房交与我们的。姑娘们的每月这二两，原不是为买这些的，原为的是一时当家的奶奶太太或不在，或不得闲，姑娘们偶然一时可巧要几个钱使，省得找人去。这原是恐怕姑娘们受委屈，可知这个钱并不是买这个才有的。如今我冷眼看着，各房里的我们的姊妹都是现拿钱买这些东西的，竟有一半。我就疑惑，不是买办脱了空，迟些日子，就是买的不是正经货，弄些使不得的东西来搪塞。”

探春、李纨都笑道：“你也留心看出来了。脱空是没有的，也不敢，只是迟些日子；催急了，不知那里弄些来，不过是个名儿，其实使不得，依然得现买。就用这二两银子，另叫别人的奶妈子的或是弟兄哥哥的儿子买了来才使得。若使了官中的人，依然是那一样的。不知他们是什么法子，是铺子里坏了不要的，他们都弄了来，单预备给我们？”平儿笑道：“买办买的是那样的，他买了好的来，买办岂肯和他善开交，又说他使坏心要夺这买办了。所以他们也只得如此，宁可得罪了里头，不肯得罪了外头办事的人。姑娘们只能可使奶妈妈们，他们也就不敢闲话了。”

探春道：“因此我心中不自在。钱费两起，东西又白丢一半，通算起来，反费了两折子，不如竟把买办的每月蠲了为是。此是一件事。第二件，年里往赖大家去，你也去的，你看他那小园子比咱们这个如何？”平儿笑道：“还没有咱们这一半大，树木花草也少多了。”探春道：“我因和他家女儿说闲话儿，谁知那么个园子，除他们带的花、吃的笋菜鱼虾之外，一年还有人包了去，年终足有二百两银子剩。从那日我才知道，一个破荷叶，一根枯草根子，都是值钱的。”

宝钗笑道：“真真膏粱纨绔之谈。虽是千金小姐，原不知这事，但你们都念过书识字的，竟没看见朱夫子有一篇《不自弃文》不成？”探春笑道：“虽看过，那不过是勉人自励，虚比浮词，那里都真有的？”宝钗道：“朱子都有虚比浮词？那句句都是有的。你才办了两天时事，就利欲熏心，把朱子都看虚浮了。你再出去见了那些利弊大事，越发把孔子也看虚了！”探春笑道：“你这样一个通人，竟没看见子书？当日《姬子》有云：‘登利禄之场，处运筹之界者，窃尧舜之词，背孔孟之道。’”宝钗笑道：“底下一句呢？”探春笑道：“如今只断章取意，念出底下一句，我自己骂我自己不成？”宝钗道：“天下没有不可用的东西；既可用，便值钱。难为你是个聪敏人，这些正事大节目事竟没经历，也可惜迟了。”（墨夹：反点题，文法中又一变体也。）李纨笑道：“叫了人家来，不说正事，且你们对讲学问。”宝钗道：“学问中便是正事。此刻于小事上用学问一提，那小事越发作高一层了。不拿学问提着，便都流入市俗去了。”

三人只是取笑之谈，说了笑了一回，便仍谈正事。（墨夹：作者又用金蝉脱壳之法。）探春因又接说道：“咱们这园子只算比他们的多一半，加一倍算，一年就有四百银子的利息。若此时也出脱生发银子，自然小器，不是咱们这样人家的事。若派出两个一定的人来，既有许多值钱之物，一味任人作践，也似乎暴殄天物。不如在园子里所有的老妈妈中，拣出几个本分老诚能知园圃的事，派准他们收拾料理，也不必要他们交租纳税，只问他们一年可以孝敬些什么。一则园子有专定之人修理，花木自有一年好似一年的，也不用临时忙乱；二则也不至作践，白辜负了东西；三则老妈妈们也可借此小补，不枉年日在园中辛苦；四则亦可以省了这些花儿匠、山子匠、打扫人等的工费。将此有余，以补不足，未为不可。”宝钗正在地下看壁上的字画，听如此说一则，便点一回头，说完，便笑道：“善哉，三年之内无饥馑矣！”李纨笑道：“好主意。这果一行，太太必喜欢。省钱事小，第一有人打扫，专司其职，又许他们去卖钱。使之以权，动之以利，再无不尽职的了。”平儿道：“这件事须得姑娘说出来。我们奶奶虽有此心，也未必好出口。此刻姑娘们在园里住着，不能多弄些玩意儿陪衬，反叫人去监管修理，图省钱，这话断不好出口。”宝钗忙走过来，摸着他的脸笑道：“你张开嘴，我瞧瞧你的牙齿舌头是什么作的。从早起来到这会子，你说这些话，一套一个样子，也不奉承三姑娘，也没见你说奶奶才短想不到，也并没有三姑娘说一句，你就说一句是；横竖三姑娘一套话出，你就有一套话进去；总是三姑娘想的到的，你奶奶也想到了，只是必有个不可办的原故。这会子又是因姑娘住的园子，不好因省钱令人去监管。你们想想这话，若果真交与人弄钱去的时候，那人自然是一枝花也不许掐，一个果子也不许动了，姑娘们分中自然不敢，天天与小姑娘们就吵不清。他这远愁近虑，不亢不卑。他奶奶便不是和咱们好，听他这一番话，也必要自愧的变好了，不和也变和了。”探春笑道：“我早起一肚子气，听他来了，忽然想起他主子来，素日当家使出来的好撒野的人，我见了他便生了气。谁知他来了，避猫鼠儿似的站了半日，怪可怜的。接着又说了那么些话，不说他主子待我好，到说‘不枉姑娘待我们奶奶素日的情意了’。这一句，不但没了气，我到愧了，又伤起心来。我细想，我一个女孩儿家，自己还闹得没人疼没人顾的，我那里还有好处去待人。”口内说到这里，不免流下泪来。

李纨等见他说的恳切，又想他素日赵姨娘每生诽谤，在王夫人跟前亦为赵姨娘所累，亦都不免流下泪来，都忙劝道：“趁今日清净，大家商议两件兴利剔弊的事，也不枉太太委托一场。又提这没要紧的事做什么?”平儿忙道：“我已明白了。姑娘竟说谁好，竟一派人就完了。”探春道：“虽如此说，也须得回你奶奶一声。我们这里搜剔小遗，已经不当，皆因你奶奶是个明白人，我才这样行，若是糊涂多蛊多妒的，我也不肯，倒象抓他乖一般。岂可不商议了行。”平儿笑道：“既这样，我去告诉一声。”说着去了，半日方回来，笑说：“我说是白走一趟，这样好事，奶奶岂有不依的。”

探春听了，便和李纨命人将园中所有婆子的名单要来，大家参度，大概定了几个。又将他们一齐传来，李纨大概告诉与他们。众人听了，无不愿意，也有说：“那一片竹子单交给我，一年工夫，明年又是一片。除了家里吃的笋，一年还可交些钱粮。”这一个说：“那一片稻地交给我，一年这些顽的大小雀鸟的粮食不必动官中钱粮，我还可以交钱粮。”探春才要说话，人回：“大夫来了，进园瞧姑娘。”众婆子只得去接大夫。平儿忙说：“单你们，有一百个也不成个体统，难道没有两个管事的头脑带进大夫来?”回事的那人说：“有，吴大娘和单大娘他两个在西南角上聚锦门等着呢。”平儿听说，方罢了。

众婆子去后，探春问宝钗如何。宝钗笑答道：“幸于始者怠于终，缮其辞者嗜其利。”探春听了点头称赞，便向册上指出几人来与他三人看。平儿忙去取笔砚来。他三人说道：“这一个老祝妈是个妥当的，况他老头子和他儿子代代都是管打扫竹子，如今竟把这所有的竹子交与他。这一个老田妈本是种庄稼的，稻香村一带凡有菜蔬稻稗之类，虽是顽意儿，不必认真大治大耕，也须得他去，再一按时加些培植，岂不更好?”探春又笑道：“可惜，蘅芜苑和怡红院这两处大地方竟没有出利息之物。”李纨忙笑道：“蘅芜院更利害。如今香料铺并大市大庙卖的各处香料香草儿，都不是这些东西？算起来比别的利息更大。怡红院别说别的，单只说春夏天一季玫瑰花，共下多少花？还有一带篱笆上蔷薇、月季、宝相、金银藤，单这没要紧的草花干了，卖到茶叶铺药铺去，也值几个钱。”探春笑道：“原来如此。只是弄香草的没有在行的人。”平儿忙笑道：“跟宝姑娘的莺儿他妈就是会弄这个的，上回他还采了些晒干了编成花篮葫芦给我顽的，姑娘到忘了不成？”宝钗笑道：“我才赞你，你到来捉弄我了。”三人都诧异，都问这是为何。宝钗道：“断断使不得！你们这里多少得用的人，一个一个闲着没事办，这会子我又弄个人来，叫那起人连我也看小了。我到替你们想出一个人来：怡红院有个老叶妈，他就是茗烟的娘。那是个诚实老人家，他又和我们莺儿的娘极好，不如把这事交与叶妈。他有不知的，不必咱们说，他就找莺儿的娘去商议了。那怕叶妈全不管，竟交与那一个，那是他们私情儿，有人说闲话，也就怨不到咱们身上了。如此一行，你们办的又至公，于事又甚妥。”李纨、平儿都道：“是极。”（墨夹：宝钗此等非与凤姐一样，此则随时俯仰，彼则逸才踰蹈也。）探春笑道：“虽如此，只怕他们见利忘义。”（墨夹：这是探春敏智过人处，此讽亦不可少。）平儿笑道：“不相干，前儿莺儿还认了叶妈做干娘，请吃饭吃酒，两家和厚好的很呢。”（墨夹：夹写大观园中多少儿女家常闲景，此亦补前文之不足也。）探春听了，方罢了。又共同斟酌出几人来，俱是他四人素昔冷眼取中的，用笔圈出。

一时婆子们来回大夫已去，将药方送上去。三人看了，一面遣人送出去取药，监派调服，一面探春与李纨明示诸人：某人管某处，按四季除家中定例用多少外，余者任凭你们采取了去取利，年终算账。探春笑道：“我又想起一件事：若年终算账归钱时，自然归到账房，仍是上头又添一层管主，还在他们手心里，又剥一层皮。这如今我们兴出这事来派了你们，已是跨过他们的头去了，心里有气，只说不出来；你们年终去归账，他们还不捉弄你们等什么？再者，这一年间管什么的，主子有一全分，他们就得半分。这是家里的旧例，人所共知的，别的偷着的在外。如今这园子里是我的新创，竟别入他们手，每年归账，竟归到里头来才好。”宝钗笑道：“依我说，里头也不用归账。这个多了那个少了，到多了事。不如问他们谁领这一分的，他就揽一宗事去。不过是园里的人的动用。我替你们算出来了，有限的几宗事：不过是头油、胭粉、香、纸，每一位姑娘几个丫头，都是有定例的；再者，各处笤帚、撮簸、掸子并大小禽鸟、鹿、兔吃的粮食。不过这几样，都是他们包了去，不用账房去领钱。你算算，就省下多少来？”

平儿笑道：“这几宗虽小，一年通共算了，也省的下四百两银子。”宝钗笑道：“却又来，一年四百，二年八百两，取租的房钱也能看得了几间，薄地也可添几亩。虽然还有富余的，但他们既辛苦闹一年，也要叫他们剩些，粘补粘补自家。虽是兴利节用为纲，然亦不可太啬。纵再省上二三百银子，失了大体统也不像。所以如此一行，外头账房里一年少出四五百银子，也不觉得很艰啬了，他们里头却也得些小补。这些没营生的妈妈们也宽裕了，园子里花木，也可以每年滋长蕃盛，你们也得了可使之物。这庶几不失大体。若一味要省时，那里不搜寻出几个钱来。凡有些余利的，一概入了官中，那时里外怨声载道，岂不失了你们这样人家的大体？如今这园里几十个老妈妈们，若只给了这个，那剩的也必抱怨不公。我才说的，他们只供给这个几样，也未免太宽裕了。一年竟除这个之外，他每人不论有余无余，只叫他拿出若干贯钱来，大家凑齐，单散与园中这些妈妈们。他们虽不料理这些，却日夜也是在园中照看当差之人，关门闭户，起早睡晚，大雨大雪，姑娘们出入，抬轿子，撑船，拉冰床，一应粗糙活计，都是他们的差使。一年在园里辛苦到头，这园内既有出息，也是分内该沾带些的。还有一句至小的话，越发说破了：你们只管了自己宽裕，不分与他们些，他们虽不敢明怨，心里却都不服，只用假公济私的多摘你们几个果子，多掐几枝花儿，你们有冤还没处诉。他们也沾带了些利息，你们有照顾不到，他们就替你照顾了。”

众婆子听了这个议论，又去了账房受辖制，又不与凤姐儿去算账，一年不过多拿出若干贯钱来，各各欢喜异常，都齐说：“愿意。强如出去被他揉搓着，还得拿出钱来呢。”那不得管地的听了每年终又无故得分钱，也都喜欢起来，口内说：“他们辛苦收拾，是该剩些钱粘补的。我们怎么好‘稳坐吃三注’的？”宝钗笑道：“妈妈们也别推辞了，这原是分内应当的。你们只要日夜辛苦些，别躲懒纵放人吃酒赌钱就是了。不然，我也不该管这事；你们一般听见，姨娘亲口嘱托我三五回，说大奶奶如今又不得闲儿，别的姑娘又小，托我照看照看。我若不依，分明是叫姨娘操心。你们奶奶又多病多灾，家务也忙。我原是个闲人，便是个街坊邻居，也要帮着些，何况是亲姨娘托我。我免不得去小就大，讲不起众人嫌我。倘或我只顾了小分沽名钓誉，那时酒醉赌博生出事来，我怎么见姨娘？你们那时后悔也迟了，就连你们素日的老脸也都丢了。这些姑娘小姐们，这么一所大花园，都是你们照看，皆因看得你们是三四代的老妈妈，最是循规遵矩的，原该大家齐心，顾些体统。你们反纵放别人任意吃酒赌博，姨娘听见了，教训一场犹可，倘或被那几个管家娘子听见了，他们也不用回姨娘，竟教导你们一番。你们这年老的反受了年小的教训，虽是他们是管家，管的着你们，何如自己存些体统，他们如何得来作践。所以我如今替你们想出这个额外的进益来，也为大家齐心把这园里周全的谨谨慎慎，使那些有权执事的看见这般严肃谨慎，且不用他们操心，他们心里岂不敬伏。也不枉替你们筹画进益，既能夺他们之权，生你们之利，岂不能无易之治，分他们之忧。你们去细想想这话。”家人都欢声鼎沸说：“姑娘说的很是。从此姑娘奶奶只管放心，姑娘奶奶这样疼顾我们，我们再要不体上情，天地也不容了。”

刚说着，只见林之孝家的进来说：“江南甄府里家眷昨日到京，今日进宫朝贺。此刻先遣人来送礼请安。”说着，便将礼单送上去。探春接了，看道是：“上用的妆缎蟒缎十二匹，上用杂色缎十二匹，上用各色纱十二匹，上用宫绸十二匹，官用各色缎纱绸绫二十四匹。”李纨也看过，说：“用上等封儿赏他。”因又命人回了贾母。贾母便命人叫李纨、探春、宝钗等也都过来，将礼物看了。李纨收过，一边吩咐内库上人说：“等太太回来看了再收。”贾母因说：“这甄家又不与别家相同，上等赏封赏男人，只怕展眼又打发女人来请安，预备下尺头。”一语未完，果然人回：“甄府四个女人来请安。”贾母听了，忙命人带进来。

那四个人都是四十往上的年纪，穿戴之物，皆比主子不甚差别。请安问好毕，贾母命拿了四个脚踏来，他四人谢了坐，待宝钗等坐了，方都坐下。贾母便问：“多早晚进京的？”四人忙起身回说：“昨儿进的京。今日太太带了姑娘进宫请安去了，故令女人们来请安，问候姑娘们。”贾母问道：“这些年没进京，也不想到今年来。”四人也都笑回道：“正是，今年是奉旨进京的。”贾母问道：“家眷都来了？”四人回说：“老太太和哥儿、两位小姐并别位太太都没来，就只太太带了三姑娘来了。”贾母道：“有人家没有？”四人道：“尚没有。”贾母笑道：“你们大姑娘和二姑娘这两家，都和我们家甚好。”四人笑道：“正是。每年姑娘们有信回去说，全亏府上照看。”贾母笑道：“什么照看，原是世交，又是老亲，原应当的。你们二姑娘更好，更不自尊自大，所以我们才走的亲密。”四人笑道：“这是老太太过谦了。”贾母又问：“你这哥儿也跟着你们老太太？”四人回说：“也是跟着老太太。”贾母道：“几岁了？”又问：“上学不曾？”四人笑说：“今年十三岁。因长得齐整，老太太很疼。自幼淘气异常，天天逃学，老爷太太也不便十分管教。”贾母笑道：“也不成了我们家的了！你这哥儿叫什么名字？”四人道：“因老太太当作宝贝一样，他又生的白，老太太便叫作宝玉。”贾母便向李纨等道：“偏也叫作个宝玉。”李纨忙欠身笑道：“从古至今，同时隔代重名的很多。”四人也笑道：“起了这小名儿之后，我们上下都疑惑，不知那位亲友家也倒似曾有一个的。只是这十来年没进京来，却记得不真了。”贾母笑道：“岂敢，就是我的孙子。人来。”众媳妇丫头答应了一声，走近几步。贾母笑道：“园里把咱们的宝玉叫了来，给这四个管家娘子瞧瞧，比他们的宝玉如何？”

众媳妇听了，忙去了，半刻围了宝玉进来。四人一见，忙起身笑道：“唬了我们一跳。若是我们不进府来，倘若别处遇见，还只道我们的宝玉后赶着也进了京了呢。”一面说，一面都上来拉他的手，问长问短。宝玉忙也笑问好。贾母笑道：“比你们的长的如何？”李纨等笑道：“四位妈妈才一说，可知是模样相仿了。”贾母笑道：“那有这样巧事？大家子孩子们再养的娇嫩，除了脸上有残疾十分黑丑的，大概看去都是一样的齐整。这也没有什么怪处。”四人笑道：“如今看来，模样是一样。据老太太说，淘气也一样。我们看来，这位哥儿性情却比我们的好些。”贾母忙问：“怎见得？”四人笑道：“方才我们拉哥儿的手说话便知。我们那一个只说我们糊涂，慢说拉手，他的东西我们略动一动也不依。所使唤的人都是女孩子们。”四人未说完，李纨姊妹等禁不住都失声笑出来。贾母也笑道：“我们这会子也打发人去见了你们宝玉，若拉他的手，他也自然勉强忍耐一时。可知你我这样人家的孩子们，凭他们有什么刁钻古怪的毛病儿，见了外人，必是要还出正经礼数来的。若他不还正经礼数，也断不容他刁钻去了。就是大人溺爱的，是他一则生的得人意，二则见人礼数竟比大人行出来的不错，使人见了可爱可怜，背地里所以才纵他一点子。若一味他只管没里没外，不与大人争光，凭他生的怎样，也是该打死的。”四人听了，都笑说：“老太太这话正是。虽然我们宝玉淘气古怪，有时见了人客，规矩礼数更比大人有礼。所以无人见了不爱，只说为什么还打他。殊不知他在家里无法无天，大人想不到的话偏会说，想不到的事他偏要行，所以老爷、太太恨的无法。就是弄性，也是小孩子的常情，胡乱花费，这也是公子哥儿的常情，怕上学，也是小孩子的常情，都还治的过来。第一，天生下来这一种刁钻古怪的脾气，如何使得。”一语未了，人回：“太太回来了。”王夫人进来问过安。他四人请了安，大概说了两句。贾母便命歇歇去。王夫人亲捧过茶，方退出。四人告辞了贾母，便往王夫人处来，说了一会家务，打发他们回去，不必细说。

这里贾母喜的逢人便告诉，也有一个宝玉，也却一般行景。众人都为天下之大，世宦之多，同名者也甚多，祖母溺爱孙者也古今所有常事耳，不是什么罕事，故皆不介意。独宝玉是个迂阔呆公子的性情，自为是那四人承悦贾母之词。后回至园中去看湘云病去，史湘云说他：“你放心闹罢，先是‘单丝不成线，独树不成林’，如今有了个对子，闹急了，再打狠了，你逃走到南京找那一个去。”宝玉道：“那里的谎话你也信了，偏又有个宝玉了？”湘云道：“怎么列国有个蔺相如，汉朝又有个司马相如呢？”宝玉笑道：“这也罢了，偏又模样儿也一样，这是没有的事。”湘云道：“怎么匡人看见孔子，只当是阳虎呢？”宝玉笑道：“孔子、阳虎虽同貌，却不同名姓；蔺与司马虽同名，而又不同貌；偏我和他就两样俱同不成？”湘云没了话答对，因笑道：“你只会胡搅，我也不和你分证。有也罢，没也罢，与我无干。”说着便睡下了。

宝玉心中便又疑惑起来：若说必无，然亦似有；若说必有，又并无目睹。心中闷了，回至房中榻上默默盘算，不觉就忽忽的睡去，不觉竟到了一座花园之内。宝玉诧异道：“除了我们大观园，竟又有这一个园子？”（墨夹：写园可知。）正疑惑间，从那边来了几个女儿，都是丫鬟。宝玉又诧异道：“除了鸳鸯、袭人、平儿之外，也竟还有这一干人？”（墨夹：写人可知。妙在更不说“更强”二字。）只见那些丫鬟笑道：“宝玉怎么跑到这里来了？”宝玉只当是说他，自己忙来陪笑说道：“因我偶步到此，不知是那位世交的花园，好姐姐们，带我逛逛。”众丫鬟都笑道：“原来不是咱家的宝玉。他生的到也还干净，（墨夹：妙在玉卿身上只落了这两个字，亦不奇了。）嘴儿也到乖觉。”宝玉听了，忙道：“姐姐们，这里也竟还有个宝玉？”丫鬟们忙道：“宝玉二字，我们是奉老太太、太太之命，为保佑他延寿消灾的。我叫他，他听见喜欢。你是那里远方来的臭小厮，也乱叫起他来。仔细你的臭肉，打不烂你的。”又一个丫鬟笑道：“咱们快走罢，别叫宝玉看见，又说同这臭小厮说了话，把咱熏臭了。”说着一径去了。

宝玉纳闷道：“从来没有人如此涂毒我，他们如何竟这样？真亦有我这样一个人不成？”一面想，一面顺步早到了一所院内。宝玉又诧异道：“除了怡红院，也竟还有这么一个院落。”忽上了台矶，进入屋内，只见榻上有一个人卧着，那边有几个女孩儿做针线，也有嘻笑顽要的。只见榻上那个少年叹了一声。一个丫鬟笑问道：“宝玉，你不睡又叹什么？想必为你妹妹病了，你又胡愁乱恨呢。”宝玉听说，心下也便吃惊。只见榻上少年说道：“我听见老太太说，长安都中也有个宝玉，和我一样的性情，我只不信。我才作了一个梦，竟梦中到了都中一个花园子里头，遇见几个姐姐，都叫我臭小厮，不理我。好容易找到他房里头，偏他睡觉，空有皮囊，真性不知那去了。”宝玉听说，忙说道：“我因找宝玉来到这里。原来你就是宝玉？”榻上的忙下来拉住：“原来你就是宝玉？这可不是梦里了。”宝玉道：“这如何是梦？真而又真了。”一语未了，只见人来说：“老爷叫宝玉。”唬得二人皆慌了。一个宝玉就走，一个宝玉便忙叫：“宝玉快回来，快回来！”

袭人在旁听他梦中自唤，忙推醒他，笑问道：“宝玉在那里？”此时宝玉虽醒，神意尚恍惚，因向门外指说：“才出去了。”袭人笑道：“那是你梦迷了。你揉眼细瞧，是镜子里照的你影儿。”宝玉向前瞧了一瞧，原是那嵌的大镜对面相照，自己也笑了。早有人捧过漱盂茶卤来，漱了口。麝月道：“怪道老太太常嘱咐说小人屋里不可多有镜子。小人魂不全，有镜子照多了，睡觉惊恐作胡梦。如今到在大镜子那里安了一张床。有时放下镜套还好；往前去，天热困倦不定，那里想的到放他，比如方才就忘了。自然是先躺下照着影儿顽的，一时合上眼，自然是胡梦颠倒；不然如何得看着自己叫着自己的名字？不如明儿挪进床来是正经。”一语未了，只见王夫人遣人来叫宝玉，不知有何话说——（墨夹：此下紧接“慧紫鹃试忙玉”。）

紫鹃
玉

第五十七回 慧紫鹃情辞试忙玉 慈姨妈爱语慰痴颦

话说宝玉听王夫人唤他，忙至前边来，原来是王夫人要带他拜甄夫人去。宝玉自是欢喜，忙去换衣服，跟了王夫人到那里。见其家中形景，自与荣宁不甚差别，或有一二稍盛者。细问，果有一宝玉。甄夫人留席，竟日方回，宝玉方信。因晚间回家来，王夫人又吩咐预备上等的席面，定名班大戏，请过甄夫人母女。后二日，他母女便不作辞，回任去了，无话。

这日宝玉因见湘云渐愈，然后去看黛玉。正值黛玉才歇午觉，宝玉不敢惊动，因紫鹃正在回廊上手里做针黹，便来问他："昨日夜里咳嗽可好了？"紫鹃道："好些了。"宝玉笑道："阿弥陀佛！宁可好了罢。"紫鹃笑道："你也念起佛来，真是新闻！"宝玉笑道："所谓'病笃乱投医'了。"一面说，一面见他穿着弹墨绫薄棉袄，外面只穿着青缎夹背心，宝玉便伸手向他身上摸了一摸，说："穿这样单薄，还在风口里坐着，春天风馋，时气又不好，你再病了，越发难了。"紫鹃便说道："从此咱们只可说话，别动手动脚的。一年大二年小的，叫人看着不尊重。打紧的那起混账行子们背地里说你，你总不留心，还只管和小时一般行为，如何使得。姑娘常常吩咐我们，不叫和你说笑。你近来瞧他远着你还恐远不及呢。”说着便起身，携了针线进别房去了。

宝玉见了这般景况，心中忽浇了一盆冷水一般，只瞅着竹子，发了一回呆。因祝妈正来挖竹修竿，便怔怔的走出来，一时魂魄失守，心无所知，随便坐在一块山石上出神，不觉滴下泪来。直呆了五六顿饭工夫，千思万想，总不知如何是可。偶值雪雁从王夫人房中取了人参来，从此经过，忽扭项看见桃花树下石上一人手托着腮颊出神，不是别人，却是宝玉。（墨夹：画出宝玉来，却又不画阿颦，何等笔力！便不从鹃写，却写一雁，更奇。是仍归写鹃。）雪雁疑惑道：“怪冷的，他一个人在这里作什么？春天凡有残疾的人都犯病，敢是他犯了呆病了？”（墨夹：写娇憨女儿之心何等新巧。）一边想，一边便走过来蹲下笑道：“你在这里作什么呢？”宝玉忽见了雪雁，便说道：“你又作什么来找我？你难道不是女儿？他既防嫌，不许你们理我，你又来寻我，倘被人看见，岂不又生口舌？你快家去罢了。”雪雁听了，只当是他又受了黛玉的委屈，只得回至房中。

黛玉未醒，将人参交与紫鹃。紫鹃因问他：“太太做什么呢？”雪雁道：“也歇中觉，所以等了这半日。姐姐你听笑话儿：我因等太太的工夫，和玉钏儿姐姐坐在下房里说话儿，谁知赵姨奶奶招手儿叫我。我只当有什么话说，原来他和太太告了假，出去给他兄弟伴宿坐夜，明儿送殡去，跟他的小丫头子小吉祥儿没衣裳，要借我的月白缎子袄儿。我想他们一般也有两件子的，往脏地方儿去恐怕弄脏了，自己的舍不得穿，故此借别人的。借我的弄脏了也是小事，只是我想，他素日有些什么好处到咱们跟前，所以我说了：‘我的衣裳簪环都是姑娘叫紫鹃姐姐收着呢。如今先得去告诉他，还得回姑娘呢。姑娘身上又病着，更费了大事，误了你老出门，不如再转借罢。’”紫鹃笑道：“你这个小东西到也巧。你不借给他，你往我和姑娘身上推，叫人怨不着你。他这会子就下去了，还是等明日一早才去？”雪雁道：“这会子就去的，只怕此时已去了。”紫鹃点点头。雪雁道：“姑娘还没醒呢，是谁给了宝玉气受，坐在那里哭呢。”紫鹃听了，忙问在那里。雪雁道：“在沁芳亭后头桃花底下呢。”

紫鹃听说，忙放下针线，又嘱咐雪雁好生听叫：“若问我，答应我就来。”说着，便出了潇湘馆，一径来寻宝玉，走至宝玉跟前，含笑说道：“我不过说了那两句话，为的是大家好，你就赌气跑了这风地里来哭，作出病来唬我。”宝玉忙笑道：“谁赌气了！我因为听你说的有理，我想你们既这样说，自然别人也是这样说，将来渐渐的都不理我了，我所以想着自己伤心。”紫鹃也便挨他坐着。宝玉笑道：“方才对面说话你尚走开，这会子如何又来挨我坐着？”紫鹃道：“你都忘了？几日前你们兄妹两个正说话，赵姨娘一头走了进来——我才听见他不在家，所以我来问你。正是前日你和他才说了一句‘燕窝’就歇住了，总没提起，我正想着问你。”宝玉道：“也没什么要紧。不过我想着宝姐姐也是客中，既吃燕窝，又不可间断，若只管和他要，也太托实。虽不便和太太要，我已经在老太太跟前略露了个风声，只怕老太太和凤姐姐说了。我告诉他的，竟没告诉完了他。如今我听见一日给你们一两燕窝，这也就完了。”紫鹃道：“原来是你说了，这又多谢你费心。我们正疑惑，老太太怎么忽然想起来，叫人每一日送一两燕窝来呢？这就是了。”宝玉笑道：“这要天天吃惯了，吃上三二年就好了。”紫鹃道：“在这里吃惯了，明年家去，那里有这闲钱吃这个。”宝玉听了，吃了一惊，忙问：“谁？往那个家去？”（墨夹：

这句不成话，细读细嚼方有无限神情滋味。）紫鹃道：“你妹妹回苏州家去。”宝玉笑道：（墨夹：“笑”字奇甚。）“你又说白话。苏州虽是原籍，因没了姑父姑母，无人照看，才就来的。明年回去找谁？可见是扯谎。”（墨夹：此论极是不介意。）紫鹃冷笑道：“你太看小了人。你们贾家独是大族人口多的，除了你家，别人只得一父一母，房族中真个再无人了不成？我们姑娘来时，原是老太太心疼他年小，虽有叔伯，不如亲父母，故此接来住几年。大了该出阁时，自然要送还林家的。终不成林家的女儿在你贾家一世不成？林家虽贫到没饭吃，也是世代书宦人家，断不肯将他家的人丢在亲戚家，落人的耻笑。所以早则明年春天，迟则秋天。这里纵不送去，林家亦必有人来接的。前日夜里姑娘和我说了，叫我告诉你：将从前小时顽的东西，有他送你的，叫你都打点出来还他。他也将你送他的打叠了在那里呢。”宝玉听了，便如头顶上响了一个焦雷一般。紫鹃看他怎样回答，只不作声。忽见晴雯找来说：“老太太叫你呢，谁知道在这里。”紫鹃笑道：“他这里问姑娘的病症。我告诉了他半日，他只不信。你到拉他去罢。”说着，自己便走回房去了。

晴雯见他呆呆的，一头热汗，满脸紫胀，忙拉他的手，一直到怡红院中。袭人见了这般，慌起来，只说时气所感，热汗被风扑了。无奈宝玉发热事犹小可，更觉两个眼珠儿直直的起来，口角边津液流出，皆不知觉。给他个枕头，他便睡下；扶他起来，他便坐着；倒了茶来，他便吃茶。众人见他这般，一时忙起来，又不敢造次去回贾母，先便差人出去请李嬷嬷。

一时李嬷嬷来了，看了半日，问他几句话也无回答，用手向他脉门摸了摸，嘴唇人中上边着力掐了两下，掐的指印如许来深，竟也不觉疼。李嬷嬷只说了一声“可了不得了”，“呀”的一声便搂着放声大哭起来。急的袭人忙拉他说：“你老人家瞧瞧，可怕不怕？且告诉我们去回老太太、太太去。你老人家怎么先哭起来？”李嬷嬷捶床倒枕说：“这可不中用了！我白操了一世心了！”袭人等以他年老多知，所以请他来看，如今见他这般一说，都信以为实，也都哭起来。

晴雯便告诉袭人，方才如此这般。袭人听了，便忙到潇湘馆来，见紫鹃正伏侍黛玉吃药，也顾不得什么，便走上来问紫鹃道：“你才和我们宝玉说了些什么？你瞧他去，你回老太太去，我也不管了！”说着，便坐在椅上。黛玉忽见袭人满面急怒，又有泪痕，举止大变，便不免也慌了，忙问怎么了。袭人定了一回，哭道：“不知紫鹃姑奶奶说了些什么话，那个呆子眼也直了，手脚也冷了，话也不说了，李妈妈掐着也不疼了，已死了大半个了！（墨夹：奇极之语。从急怒娇憨口中描出不成话之话来，方是千古奇文。五字是一口气来的。）连李妈妈都说不中用了，那里放声大哭。只怕这会子都死了！”黛玉一听此言，李妈妈乃是经过的老妪，说不中用了，可知必不中用。“哇”的一声，将腹中之药一概呛出，抖肠搜肺，炽胃扇肝的痛声大嗽了几阵，一时面红发乱，目肿筋浮，喘的抬不起头来。紫鹃忙上来捶背，黛玉伏枕喘息半晌，推紫鹃道：“你不用捶，你竟拿绳子来勒死我是正经！”紫鹃哭道：“我并没说什么，不过是说了几句顽话，他就认真了。”袭人道：“你还不知道他，那傻子每每顽话认了真。”黛玉道：“你说了什么话，趁早儿去解说，他只怕就醒过来了。”紫鹃听说，忙下了床，同袭人到了怡红院。

谁知贾母、王夫人等已都在那里了。贾母一见了紫鹃，眼内出火，骂道：“你这小蹄子，和他说了什么?”紫鹃忙道：“并没说什么，不过说几句顽话。”谁知宝玉见了紫鹃，方“嗳呀”了一声，哭出来了。众人一见，方都放下心来。贾母便拉住紫鹃，只当他得罪了宝玉，所以拉紫鹃命他打。谁知宝玉一把拉住紫鹃，死也不放，说：“要去连我也带了去。”众人不解，细问起来，方知紫鹃说“要回苏州去”一句顽话引出来的。贾母流泪道：“我当有什么要紧大事，原来是这句顽话。”又向紫鹃道：“你这孩子素日最是个伶俐聪敏的，你又知道他有个呆根子，平白的哄他作什么?”薛姨妈劝道：“宝玉本来心实，可巧林姑娘又是从小儿来的，他姊妹两个一处长了这么大，比别的姊妹更不同。这会子热剌剌的说一个去，别说他是个实心的孩子，便是冷心肠的大人也要伤心。这并不是什么大病，老太太和姨太太只管万安，吃一两剂药就好了。”

正说着，人回林之孝家的、单大良家的都来瞧哥儿来了。贾母道：“难为他们想着，叫他们来瞧瞧。”宝玉听了一个“林”字，便满床闹起来说：“了不得了，林家的人接他们来了，快打出去罢!”贾母听了，也忙说：“打出去罢。”又忙安慰说：“那不是林家的人。林家的人都死绝了，没人来接他的，你只放心罢。”宝玉哭道：“凭他是谁，除了林妹妹，都不许姓林的!”贾母道：“没姓林的来，凡姓林的我都打走了。”一面吩咐众人：“以后别叫林之孝家的进园来，你们也别说‘林’字。好孩子们，你们听我这句话罢!”众人忙答应，又不敢笑。一时宝玉又一眼看见了十锦格子上陈设的一只金西洋自行船，便指着乱叫说：“那不是接他们来的船来了，湾在那里呢。”贾母忙命拿下来。袭人忙拿下来，宝玉伸手要，袭人递过，宝玉便掖在被中，笑道：“可去不成了!”一面说，一面死拉着紫鹃不放。

一时人回大夫来了，贾母忙命快进来。王夫人、薛姨妈、宝钗等暂避里间，贾母便端坐在宝玉身旁。王太医进来见许多的人，忙上去请了贾母的安，拿了宝玉的手诊了一回。那紫鹃少不得低了头。王大夫也不解何意，起身说道：“世兄这症乃是急痛迷心。古人曾云：‘痰迷有别。有气血亏柔，饮食不能熔化痰迷者；有怒恼中痰裹而迷者；有急痛壅塞者。’此亦痰迷之症，系急痛所致，不过一时壅蔽，较诸痰迷似轻。”贾母道：“你只说怕不怕，谁同你背药书呢。”王太医忙躬身笑说：“不妨，不妨。”贾母道：“果真不妨?”王太医道：“实在不妨，都在晚生身上。”贾母道：“既如此，请到外面坐，开药方。若吃好了，我另外预备好谢礼，叫他亲自捧来送去磕头；若耽误了，我打发人去拆了太医院大堂。”王太医只躬身笑说：“不敢，不敢。”他原听了说“另具上等谢礼命宝玉去磕头”，故满口说“不敢”，竟未听见贾母后来说拆太医院之戏语，犹说“不敢”，贾母与众人反倒笑了。一时，按方煎了药来服下，果觉比先安静。无奈宝玉只不肯放紫鹃，只说他去了便是要回苏州去了。贾母、王夫人无法，只得命紫鹃守着他，另将琥珀去伏侍黛玉。

黛玉不时遣雪雁来探消息，这边事务尽知，自己心中暗叹。幸喜众人都知宝玉原有些呆气，自幼是他二人亲密。如今紫鹃之戏语亦是常情，宝玉之病亦非罕事，因不疑到别事去。

晚间宝玉稍安，贾母、王夫人等方回房去。一夜还遣人来问讯几次。李奶母带领宋嬷嬷等几个年老人用心看守，紫鹃、袭人、晴雯等日夜相伴。有时宝玉睡去，必从梦中惊醒，不是哭了说黛玉已去，便是有人来接。每一惊时，必得紫鹃安慰一番方罢。彼时贾母又命将祛邪守灵丹及开窍通神散各样上方秘制诸药，按方饮服。次日又服了王太医药，渐次好起来。宝玉心下明白，因恐紫鹃回去，故有时或作佯狂之态。紫鹃自那日也着实后悔，如今日夜辛苦，并没有怨意。袭人等皆心安神定，因向紫鹃笑道："都是你闹的，还得你来治。也没见我们这呆子听了风就是雨，往后怎么好。"暂且按下。

因此时湘云之症已愈，天天过来瞧看，见宝玉明白了，便将他病中狂态形容了与他瞧，引的宝玉自己伏枕而笑。原来他起先那样竟是不知的，如今听人说还不信。无人时紫鹃在侧，宝玉又拉他的手问道："你为什么唬我？"紫鹃道："不过是哄你顽的，你就认真了。"宝玉道："你说的那样有情有理，如何是顽话。"紫鹃笑道："那些顽话都是我编的。林家实没了人口，纵有也是极远的。族中也都不在苏州住，各省流寓不定。纵有人来接，老太太必不放去的。"宝玉道："便老太太放去，我也不依。"紫鹃笑道："果真的你不依？只怕是口里的话。你如今也大了，连亲也定下了，过二三年再娶了亲，你眼里还有谁了？"宝玉听了，又惊问："谁定了亲？定了谁？"紫鹃笑道："年里我听见老太太说，要定下琴姑娘呢。不然那么疼他？"宝玉笑道："人人只说我傻，你比我更傻。不过是句顽话，他已经许梅翰林家了。果然定下了他，我还是这个形景了？先是我发誓赌咒砸这劳什子，你都没劝过，说我疯的？刚刚的这几日才好了，你又来怄我。"一面说，一面咬牙切齿的，又说道："我只愿这会子立刻我死了，把心迸出来你们瞧见了，然后连皮带骨一概都化成一股灰，——灰还有形迹，不如再化一股烟，——烟还可凝聚，人还看见，须得一阵大乱风吹的四面八方都登时散了，这才好！"一面说，一面又滚下泪来。紫鹃忙上来握他的嘴，替他擦眼泪，又忙笑解说道："你不用着急。这原是我心里着急，故来试你。"宝玉听了，更又诧异，问道："你又着什么急？"紫鹃笑道："你知道，我并不是林家的人，我也和袭人、鸳鸯是一伙的，偏把我给了林姑娘使。偏生他又和我极好，比他苏州带来的还好十倍，一时一刻我们两个离不开。我如今心里却愁，他倘或要去了，我必要跟了他去的。我是合家在这里，我若不去，辜负了我们素日的情常；若去，又弃了本家。所以我疑惑，故设出这谎话来问你，谁知你就傻闹起来。"宝玉笑道："原来是你愁这个，所以你是傻子。从此后再别愁了。我只告诉你一句趸话：活着，咱们一处活着；不活着，咱们一处化灰化烟。如何？"紫鹃听了，心下暗暗筹画。忽有人回："环爷、兰哥儿问候。"宝玉道："就说难为他们，我才睡了，不必进来。"婆子答应去了。紫鹃笑道："你也好了，该放我回去瞧瞧我们那一个去了。"宝玉道："正是这话。我昨日就要叫你去的，偏又忘了。我已经大好了，你就去罢。"紫鹃听说，方打叠铺盖妆奁之类。宝玉笑道："我看见你文具里头有三两面镜子，你把那面小菱花的给我留下罢。我搁在枕头旁边，睡着好照，明儿出门带着也轻巧。"紫鹃听说，只得与他留下。先命人将东西送过去，然后别了众人，自回潇湘馆来。

林黛玉近日闻得宝玉如此形景，未免又添些病症，多哭几场。今见紫鹃来了，问其原故，已知大愈，仍遣琥珀去伏侍贾母。夜间人定后，紫鹃已宽衣卧下之时，悄向黛玉笑道："宝玉的心到实，听见咱们去就那样起来。"黛玉不答。紫鹃停了半晌，自言自语的说道："一动不如一静。我们这里就算好人家，别的都容易，最难得的是从小儿一处长大，脾气情性都彼此知道的了。"黛玉啐道："你这几天还不乏，趁这会子不歇一歇，还嚼什么蛆。"紫鹃笑道："倒不是白嚼蛆，我到是一片真心为姑娘。替你愁了这几年了，无父母无兄弟，谁是知疼着热的人？趁早儿老太太还明白硬朗的时节，作定了大事要紧。俗语说'老健春寒秋后热'，倘或老太太一时有个好歹，那时虽也完事，只怕耽误了时光，还不得趁心如意呢。公子王孙虽多，那一个不是三房五妾，今儿朝东，明儿朝西？要一个天仙来，也不过三夜五夕，也丢在脖子后头了，甚至于为妾为丫头反目成仇的。若娘家有人有势的还好些，若是姑娘这样的人，有老太太一日还好一日，若没了老太太，也只是凭人去欺负了。所以说，拿主意要紧。姑娘是个明白人，岂不闻俗语说：'万两黄金容易得，知心一个也难求'。"黛玉听了，便说道："这丫头今儿可疯了？怎么去了几日，忽然变了一个人。我明儿必回老太太退回去，我不敢要你了。"紫鹃笑道："我说的是好话，不过叫你心里留神，并没叫你去为非作歹，何苦回老太太，叫我吃了亏，又有何好处？"说着，竟自睡了。黛玉听了这话，口内虽如此说，心内未尝不伤感，待他睡了，便直泣了一夜，至天明方打了一个盹儿。次日勉强盥漱了，吃了些燕窝粥，便有贾母等亲来看视了，又嘱咐了许多话。

目今是薛姨妈的生日，自贾母起，诸人皆有祝贺之礼。黛玉亦早备了两色针线送去。是日也定了一本小戏，请贾母、王夫人等，独有宝玉与黛玉二人不曾去得。至散时，贾母等顺路又瞧他二人一遍，方回房去。次日，薛姨妈家又命薛蝌陪诸伙计吃了一天酒，连忙了三四天方完备。

因薛姨妈看见邢岫烟生得端雅稳重，且家道贫寒，是个钗荆裙布的女儿，便欲说与薛蟠为妻。因薛蟠素习行止浮奢，又恐糟塌人家的女儿。正在踌躇之际，忽想起薛蝌未娶，看他二人恰是一对天生地设的夫妻，因谋之于凤姐儿。凤姐儿叹道："姑妈素知我们太太有些左性的，这事等我慢谋。"因贾母去瞧凤姐儿时，凤姐儿便和贾母说："薛姑妈有件事求老祖宗，只是不好启齿的。"贾母忙问何事，凤姐便将求亲一事说了。贾母笑道："这有什么不好启齿？这是极好的事。等我和你婆婆说了，怕他不依？"因回房来，即刻就命人来请邢夫人过来，硬作保山。邢夫人想了一想：薛家根基不错，且现今大富，薛蝌生得又好，且贾母硬作保山，将计就计便应了。贾母十分喜欢，忙命人请了薛姨妈来。二人见了，自然有许多谦辞。邢夫人即刻命人去告诉邢忠夫妇。他夫妇原是此来投靠邢夫人的，如何不依，早极口的说妙极。贾母笑道："我爱管个闲事，今儿又管成了一个事，不知得多少谢媒钱？"薛姨妈笑道："这是自然的。纵抬了十万银子来，只怕不希罕。但只一件，老太太既是主亲，还得一位才好。"贾母笑道："别的没有，我们家折腿烂手的人还有两个。"说着，便命人去叫过尤氏婆媳二人来。贾母告诉他原故，彼此忙都道喜。贾母吩咐道："咱们家的规矩你是尽知的，从没有两亲家争礼争面的。如今你替我在当中料理，也不可太啬，也不可太费，把他两家的事周全了回我。"尤氏忙答应了。薛姨妈喜之不尽，回家来忙命写了请帖补送过宁府。尤氏深知邢夫人情性，本不欲管，无奈贾母亲自嘱咐，只得应了。惟有忖度邢夫人之意行事。薛姨妈是个无可无不可的人，到还易说。这且不在话下。

如今薛姨妈既定了邢岫烟为媳，合宅皆知。邢夫人本欲接出岫烟去住，贾母因说：“这又何妨，两个孩子又不能见面，就是姨太太和他一个大姑，一个小姑，又何妨？况且都是女儿，正好亲香呢。”邢夫人方罢。

蝌、岫二人前次途中皆曾有一面之遇，大约二人心中也皆如意。只是邢岫烟未免比先时拘泥了些，不好与宝钗姊妹共处闲语；又兼湘云是个爱取戏的，更觉不好意思。幸他是个知书达礼的，虽有女儿身分，还不是那种佯羞诈愧一味轻薄造作之辈。宝钗自见他时，见他家业贫寒，二则别人之父母皆年高有德之人，独他父母偏是酒糟透之人，于女儿分中平常；邢夫人也不过是脸面之情，亦非真心疼爱；且岫烟为人雅重，迎春是个老实人，连他自己尚未照管齐全，如何能照管到他身上，凡闺阁中家常一应需用之物，或有亏乏，无人照管，他又不与人张口，宝钗到暗中每相体贴接济，也不敢与邢夫人知道，亦恐多心闲话之故耳。如今却出人意料之外奇缘作成这门亲事。岫烟心中先取中宝钗，然后方取薛蝌。有时岫烟仍与宝钗闲话，宝钗仍以姊妹相呼。

这日宝钗因来瞧黛玉，恰值岫烟也来瞧黛玉，二人在半路相遇。宝钗含笑唤他到跟前，二人同走至一块石壁后，宝钗笑问他：“这天还冷的很，你怎么倒全换了夹的？”岫烟见问，低头不答。宝钗便知道又有了原故，因又笑问道：“必定是这个月的月钱又没得。凤丫头如今也这样没心没计了。”岫烟道：“他倒想着不错日子给，因姑妈打发人和我说，一个月用不了二两银子，叫我省一两给爹妈送出去，要使什么，横竖有二姐姐的东西，能着些儿搭着就使了。姐姐想，二姐姐也是个老实人，也不大留心，我使他的东西，他虽不说什么，他那些妈妈丫头，那一个是省事的，那一个是嘴里不尖的？我虽在那屋里，却不敢很使他们，过三天五天，我到得拿出钱来给他们打酒买点心吃才好。因一月二两银子还不够使，如今又去了一两。前儿我悄悄的把棉衣服叫人当了几吊钱盘缠。”宝钗听了，愁眉叹道：“偏梅家又合家在任上，后年才进来。若是在这里，琴儿过去了，好再商议你这事。离了这里就完了。如今不先定了他妹妹的事，也断不敢先娶亲的。如今到是一件难事。再迟两年，又怕你熬煎出病来。等我和妈再商议，有人欺负你，你只管耐些烦儿，千万别自己熬煎出病来。不如把那一两银子明儿也越性给了他们，到都歇心。你以后也不用白给那些人东西吃，他尖刺让他们去尖刺，很听不过了，各人走开。倘或短了什么，你别学那小家儿女气，只管找我去。并不是作亲后方如此，你一来时咱们就好的。便怕人闲话，你打发小丫头悄悄的和我说去说是了。”岫烟低头答应了。宝钗又指他裙上一个碧玉珮问道：“这是谁给你的？”岫烟道：“这是三姐姐给的。”宝钗点头笑道：“他见人人皆有，独你一个没有，怕人笑话，故此送你一个。这是他聪明细致之处。但还有一句话你也要知道，这些妆饰原出于大官富贵之家的小姐，你看我从头至脚可有这些富丽闲妆？然七八年之先，我也是这样来的，如今一时比不得一时了，所以我都自己该省的就省了。将来你这一到了我们家，这些没有用的东西，只怕还有一箱子。咱们如今比不得他们了，总要一色从实守分为主，不比他们才是。”岫烟笑道：“姐姐既这样说，我回去摘了就是了。”宝钗忙笑道：“你也太听说了。这是他好意送你，你不佩着，他岂不疑心。我不过是偶然提到这里，以后知道就是了。”岫烟忙又答应，又问：“姐姐此时那里去？”宝钗道：“我到潇湘馆去。你且回去把那当票叫丫头送来，我那里悄悄的取出来，晚上再悄悄的送给你去，早晚好穿，不然风扇了事大。但不知当在那里了？”岫烟道：“叫作‘恒舒典’，是鼓楼西大街的。”宝钗笑道：“这闹在一家去了。伙计们倘或知道了，好说‘人没过来，衣裳先过来’了。”岫烟听说，便知是他家的本钱，也不觉红了脸一笑，二人走开。

宝钗就往潇湘馆来。正值他母亲也来瞧黛玉，正说闲话呢。宝钗笑道：“妈多早晚来的？我竟不知道。”薛姨妈道：“我这几天连日忙，总没来瞧瞧宝玉和他。所以今儿瞧他二个，都也好了。”黛玉忙让宝钗坐了，因向宝钗道：“天下的事真是人想不到的，怎么想的到姨妈和大舅母又作一门亲家。”薛姨妈道：“我的儿，你们女孩家那里知道，自古道：‘千里姻缘一线牵’。管姻缘的有一位月下老人，预先注定，暗里只用一根红丝把这两个人的脚绊住，凭你两家隔着海，隔着国，有世仇的，也终久有机会作了夫妇。这一件事都是出人意料之外，凭父母本人都愿意了，或是年年在一处的，以为是定了的亲事，若月下老人不用红线拴的，再不能到一处。比如你姐妹两个的婚姻，此刻也不知在眼前，也不知在山南海北呢。”宝钗道：“惟有妈，说动话就拉上我们。”一面说，一面伏在他母亲怀里笑说：“咱们走罢。”黛玉笑道：“你瞧，这么大了，离了姨妈他就是个最老道的，见了姨妈他就撒娇儿。”薛姨妈用手摩弄着宝钗，叹向黛玉道：“你这姐姐就和凤哥儿在老太太跟前一样，有了正经事就和他商量，没了事幸亏他开开我的心。我见了他这样，有多少愁不散的。”黛玉听说，流泪叹道：“他偏在这里这样，分明是气我没娘的人，故意来刺我的眼。”宝钗笑道：“妈瞧他轻狂，到说我撒娇儿。”薛姨妈道：“也怨不得他伤心，可怜没父母，到底没个亲人。”又摩娑黛玉笑道：“好孩子别哭。你见我疼你姐姐你伤心了，你不知我心里更疼你呢。你姐姐虽没了父亲，到底有我，有亲哥哥，这就比你强了。我每每和你姐姐说，心里很疼你，只是外头不好带出来的。你这里人多口杂，说好话的人少，说歹话的人多，不说你无依无靠，为人作人可配人疼，只说我们看老太太疼你了，我们也伏上水去了。”黛玉笑道：“姨妈既这么说，我明日就认姨妈做娘，姨妈若是弃嫌不认，便是假意疼我了。”薛姨妈道：“你不厌我，就认了就好。”宝钗忙道：“认不得的。”黛玉道：“怎么认不得？”宝钗笑问道：“我且问你，我哥哥还没定亲事，为什么反将邢妹妹先说与我兄弟了，是什么道理？”黛玉道：“他不在家，或是属相生日不对，所以先说与兄弟了。”宝钗笑道：“非也。我哥哥已经相准了，只等来家就下定了，也不必提出人来，我方才说你认不得娘，你细想去。”说着，便和他母亲挤眼儿发笑。黛玉听了，便也一头伏在薛姨妈身上，说道：“姨妈不打他我不依。”薛姨妈忙也搂他笑道：“你别信你姐姐的话，他是顽你呢。”宝钗笑道：“真个的，妈明儿和老太太求了他作媳妇，岂不比外头寻的好？”黛玉便够上来要抓他，口内笑说：“你越发疯了。”薛姨妈忙也笑劝，用手分开方罢。又向宝钗道：“连邢女儿我还怕你哥哥糟踏了他，所以给你兄弟说了。别说这孩子，我也断不肯给他。前儿老太太因要把你妹妹说给宝玉，偏生又有了人家，不然到是一门好亲。前儿我说定了邢姑娘，老太太还取笑说：‘我原要说他的人，谁知他的人没到手，到被他说了我们的一个去了。’虽是顽话，细想来到有些意思。我想宝琴虽有了人家，我虽没人可给，难道一句话也不说。我想着，你宝兄弟老太太那样疼他，他又生的那样，若要外头说去，断不中意。不如竟把你林妹妹定与他，岂不四角俱全?”林黛玉先还怔怔的听，后来见说到自己身上，便啐了宝钗一口，红了脸，拉着宝钗笑道：“我只打你！你为什么招出姨妈这些老没正经的话来?”宝钗笑道：“这可奇了！妈说你，为什么打我?”紫鹃忙也跑来笑道：“姨太太既有这主意，为什么不和太太说去?”薛姨妈哈哈笑道：“你这孩子，急什么，想必催着你姑娘出了阁，你也要早些寻一个小女婿去了。”紫鹃听了，也红了脸，笑道：“姨太太真个倚老卖老的起来。”说着，便转身去了。黛玉先骂：“又与你这蹄子什么相干?”后来见了这样，也笑起来说：“阿弥陀佛！该，该，该！也臊了一鼻子灰去了！”薛姨妈母女及屋内婆子丫鬟都笑起来。婆子们因也笑道：“姨太太虽是顽话，却倒也不差呢。到闲了时和老太太一商议，姨太太竟做媒保成这门亲事是千妥万妥的。”薛姨妈道：“我一出这主意，老太太必喜欢的。”

一语未了，忽见湘云走来，手里拿着一张当票，口内笑道：“这是个账篇子?”黛玉瞧了，也不认得。地下婆子们都笑道：“这可是一件奇货，这个乖可不是白教人的。”宝钗忙一把接了，看时，就是岫烟才说的当票，忙折了起来。薛姨妈忙说：“那必定是那个妈妈的当票子失落了，回来急的他们找。那里得的?”湘云道：“什么是当票子?”众人都笑道：“真真是个呆子，连个当票子也不知道。”薛姨妈叹道：“怨不得他，真真是侯门千金，而且又小，那里知道这个？那里去有这个？便是家下人有这个，他如何见？别笑他呆子，若给你们家的小姐们看了，也都成了呆子。”众婆子笑道：“林姑娘方才也不认得，别说姑娘们。此刻宝玉他到是外头常走出去的，只怕也还没见过呢。”薛姨妈忙将原故讲明。湘云、黛玉二人听了方笑道：“原来为此。人也太会想钱了，姨妈家的当铺也有这个不成?”众人笑道：“这又呆了。‘天下老鸹一般黑’，岂有两样的?”薛姨妈因又问是那里拾的？湘云方欲说时，宝钗忙说：“是一张死了没用的，不知那年勾了账的，香菱拿着哄他们顽的。”薛姨妈听了此话是真，也就不问了。一时人来回：“那府里大奶奶过来请姨太太说话呢。”薛姨妈起身去了。

这里屋内无人时，宝钗方问湘云何处拾的。湘云笑道：“我见你令弟媳的丫头篆儿悄悄的递与莺儿。莺儿便随手夹在书里，只当我没看见。我等他们出去了，我偷着看，竟不认得。知道你们都在这里，所以拿来大家认认。”黛玉忙问：“怎么，他也当衣裳不成？既当了，怎么又给你去?”宝钗见问，不好隐瞒他两个，遂将方才之事都告诉了他二人。黛玉便说：“兔死狐悲，物伤其类”，不免感叹起来。史湘云便动了气说：“等我问着二姐姐去！我骂那起老婆子丫头一顿，给你们出气何如?”说着，便要走。宝钗忙一把拉住，笑道：“你又发疯了，还不给我坐着呢。”黛玉笑道：“你要是个男人，出去打一个报不平儿。你又充什么荆轲聂政，真真好笑。”湘云道：“既不叫我问他去，明儿也把他接到咱们院里一处住去，岂不好?”宝钗笑道：“明日再商量。”说着，人报：“三姑娘、四姑娘来了。”三人听了，忙掩了口不提此事。要知端的，且听下回分解。

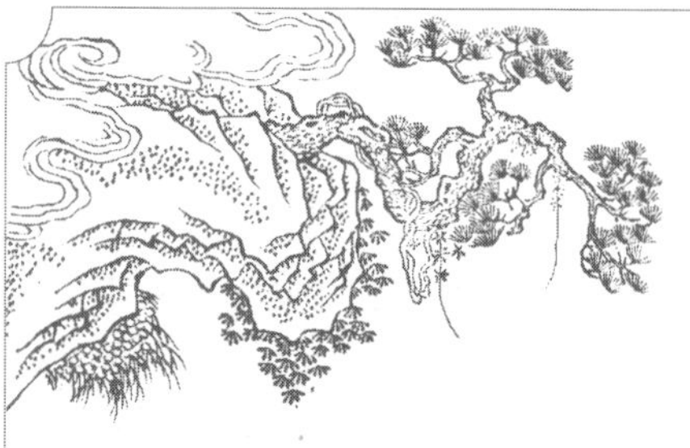

第五十八回

杏子阴假凤泣虚凰　茜纱窗真情揆痴理

话说他三人因见探春等进来，忙将此话掩住不提。探春等问候过，大家说笑了一会方散。

谁知上回所表的那位老太妃已薨，凡诰命等皆入朝随班按爵守制。敕谕天下：凡有爵之家，一年内不得筵宴音乐，庶民皆三月不得婚嫁。贾母、邢、王、尤、许婆媳祖孙等皆每日入朝随祭，至未正以后方回。在大内偏宫二十一日后，方请灵入先陵，地名曰孝慈县。（墨夹：随事命名。）这陵离都来往得十来日之功，如今请灵至此，还要停放数日，方入地宫，故得一月光景。（墨夹：周到细腻之至。真细之至，不独写侯府得理，亦且将皇宫赫赫写得令人不敢坐阅。）宁府贾珍夫妻二人，也少不得是要去的。两府无人，因此大家计议，家中无主，少不得又大家计议，便报了尤氏产育，将他腾挪出来，协理荣、宁两处事体。因又托了薛姨妈在园内照管他姊妹丫鬟。薛姨妈只得也挪进园来。因宝钗处有湘云、香菱；李纨处目今李婶母女虽去，然有时亦来住三五日不定，贾母又将宝琴送与他去照管；迎春处有岫烟；探春因家务冗杂，且不时有赵姨娘与贾环来嘈聒，甚不方便；惜春处房屋狭小；况贾母又千叮咛万嘱咐托他照管林黛玉，薛姨妈素习也最怜爱他的，今既巧遇这事，便挪至潇湘馆来和黛玉同房，一应药饵饮食十分经心。黛玉感戴不尽，以后便亦如宝钗之呼，连宝钗前亦直以姐姐呼之，宝琴前直以妹妹呼之，俨似同胞共出，较诸人更似亲切。贾母见如此，也十分喜悦放心。薛姨妈只不过照管他姊妹，禁约得丫头辈，一应家中大小事务也不肯多口。尤氏虽天天过来，也不过应名点卯，亦不肯乱作威福，且他家内上下也只剩他一个料理，再者每日还要照管贾母、王夫人的下处一应所需饮馔铺设之物，所以也甚操劳。

当下荣、宁两处主人既如此不暇，并两处执事人等，或有人跟随入朝的，或有朝外照理下处事务的，又有先踩踏下处的，也都各各忙乱。因此两处下人无了正经头绪，也都偷安，或乘隙结党，与权暂执事者窃弄威福。荣府只留得赖大并几个管事照管外务。这赖大手下常用几个人已去，虽另委人，都是些生的，只觉不顺手。且他们无知，或赚骗无节，或呈告无据，或举荐无因，种种不善，在在生事，也难备述。

又见各官宦家，凡养优伶男女者，一概蠲免遣发，尤氏等便议定，待王夫人回家回明，也欲遣发十二个女孩子，又说："这些人原是买的，如今虽不学唱，尽可留着使唤，令其教习们自去也罢了。"王夫人因说："这学戏的倒比不得使唤的，他们也是好人家的儿女，因无能卖了做这事，装丑弄鬼的几年。如今有这机会，不如给他们几两银子盘费，各自去罢。当日祖宗手里都是有这例的。咱们如今损阴坏德，而且还小器。如今虽有几个老的还在，那是他们各有原故，不肯回去的，所以才留下使唤，大了配了咱们家的小厮们了。"尤氏道："如今我们也去问他十二个，有愿意回去的，就带了信儿，叫上他父母来亲自来领回去，给他们几两银子盘缠方妥当。若不叫上他父母亲人来，只怕有混账人顶名冒领出去又转卖了，岂不辜负了这恩典。若有不愿意回去的，就留下。"王夫人笑道："这话妥当。"尤氏等又遣人告诉了凤姐儿。（墨夹：看他任意鄙俚诙谐之中必有一个"礼"字还清，足是大家形景。）一面说与总理房中，每教习给银八两，令其自便。凡梨香院一应物件，查清注册收明，派人上夜。将十二个女孩子叫来面问，倒有一多半不愿意回家的：也有说父母虽有，他只以卖我们为事，这一去还被他卖了；也有父母已亡，或被叔伯兄弟所卖的；也有说无人可投的；也有说恋恩不舍的。所愿去者止四五人。王夫人听了，只得留下。将去者四五人皆令其干娘领回家去，单等他亲父母来领；将不愿去者分散在园中使唤。贾母便留下文官自使，将正旦芳官指与宝玉，将小旦蕊官送了宝钗，将小生藕官指与了黛玉，将大花面葵官送了湘云，将小花面豆官送了宝琴，将老外艾官送了探春，尤氏便讨了老旦茄官去。当下各得其所，就如倦鸟出笼，每日园中游戏。众人皆知他们不能针黹，不惯使用，皆不大责备。其中或有一二个知事的，愁将来无应时之技，亦将本技丢开，便学起针黹纺绩女工诸务。

一日正是朝中大祭，贾母等五更便去了，先到下处用些点心小食，然后入朝。早膳已毕，方退至下处，用过早饭，略歇片刻，复入朝待中晚二祭，方出至下处歇息，用过晚饭方回家。可巧这下处乃是一个大官的家庙里，乃比丘尼焚修，房舍极多极净。东、西二院，荣府便赁了东院，北静王府便赁了西院。太妃、少妃每日宴息，见贾母等在东院，彼此同出同入，都有照应。外面细事不消细述。

且说大观园中因贾母、王夫人天天不在家内，又送灵去一月方回，各丫鬟、婆子皆有闲空，多在园中游玩。更又将梨香院内伏侍的众婆子一概撤回，并散在园内听使，更觉园内人多了几十个。因文官等一干人或心性高傲，或倚势凌下，或拣衣挑食，或口角锋芒，大概不安分守礼者多。因此众婆子无不含怨，只是口中不敢与他们分证。如今散了学，大家称了愿，也有丢开手的，也有心地狭窄犹怀旧怨的，因将众人皆分在各房名下，不敢来厮侵。

可巧这日乃是清明之日，贾琏已备下年例祭祀，带领贾环、贾琮、贾兰三人去往铁槛寺祭柩烧纸。宁府贾蓉也同族中几人各办祭祀前往。因宝玉未大愈，故不曾去得。饭后发倦，袭人因说："天气甚好，你且出去逛逛，省得丢下粥碗就睡，存在心里。"宝玉听说，只得拄了一支杖，靸着鞋，步出院外。（墨夹：画出病势。）因近日将园中分与众婆子料理，各司各业，皆在忙时，也有修竹的，也有剆树的，也有栽花的，也有种豆的，池中又有驾娘们行着船夹泥种藕。香菱、湘云、宝琴与丫鬟等都坐在山石上，瞧他们取乐。宝玉也慢慢行来。湘云见了他来，忙笑说："快把这船打出去，他们是接林妹妹的。"众人都笑起来。宝玉红了脸，也笑道："人家的病，谁是好意的，你也形容着取笑儿。"湘云笑道："病也比人家另一样，原招笑儿，反说起人来。"说着，宝玉便也坐下，看着众人忙乱了一回。湘云因说："这里有风，石头上又冷，坐坐去罢。"

宝玉便也正要去瞧林黛玉，便起身拄拐辞了他们，从沁芳桥一带堤上走来。只见柳垂金线，桃吐丹霞，山石之后，一株大杏树，花已全落，叶稠阴翠，上面已结了豆子大小的许多小杏。宝玉因想道："能病了几天，竟把杏花辜负了！不觉倒'绿叶成荫子满枝'了！"因此仰望杏子不舍。又想起邢岫烟已择了夫婿一事，虽说是男女大事，不可不行，但未免又少了一个好女儿。不过两年，便也要"绿叶成荫子满枝"了。再过几日，这杏树子落枝空，再几年，岫烟未免乌发如银，红颜似槁了，因此不免伤心，只管对杏流泪叹息。（墨夹：近之淫书满纸伤春，究竟不知伤春原委。看他并不提"伤春"字样，却艳恨秾愁香流满纸矣。）正悲叹时，忽有一个雀儿飞来，落于枝上乱啼。宝玉又发了呆性，心下想道："这雀儿必定是杏花正开时他曾来过，今见无花空有子叶，故也乱啼。这声韵必是啼哭之声，可恨公冶长不在眼前，不能问他。但不知明年再发时，这个雀儿可还记得飞到这里来与杏花一会了？"

正胡思间，忽见一股火光从山石那边发出，将雀儿惊飞。宝玉吃一大惊，又听那边有人喊道："藕官，你要死，怎弄些纸钱进来烧？我回去回奶奶们去，仔细你的肉！"宝玉听了，益发疑惑起来，忙转过山石看时，只见藕官满面泪痕，蹲在那里，手里还拿着火，守着些纸钱灰作悲。宝玉忙问道："你与谁烧纸钱？快不要在这里烧。你或是为父母兄弟，你告诉我姓名，外头去叫小厮们打了包袱写上名姓去烧。"藕官见了宝玉，只不作一声。宝玉数问不答，忽见一婆子恶恨恨走来拉藕官，口内说道："我已经回了奶奶们了，奶奶气的了不得。"藕官听了，终是孩气，怕辱没了没脸，便不肯去。婆子道："我说你们别太兴头过余了，如今还比你们在外头随心乱闹呢。这是尺寸地方儿。"指宝玉道："连我们的爷还守规矩呢，你是什么阿物儿，跑来胡闹。怕也不中用，跟我快走罢！"（墨夹：如何？必是含怨之人，又拉上宝玉，画出小人得意来。）宝玉忙道："他并没烧纸钱，原是林妹妹叫他来烧那烂字纸的。你没看真，反错告了他。"藕官正没了主意，见了宝玉，也正添了畏惧，忽听他反掩饰，心内转忧成喜，也便硬着口说道："你很看真是纸钱了么？我烧的是林姑娘写坏了的字纸！"那婆子听如此，亦发狠起来，便弯腰向纸灰中拣那不曾化尽的遗纸，拣了两点在手内，说道："你还嘴硬，有据有证在这里。我只和你厅上讲去！"说着，拉了袖子，就拽着要走。宝玉忙把藕官拉住，用柱杖敲开那婆子的手，说道："你只管拿了那个回去。实告诉你：我昨夜作了一个梦，梦见杏花神和我要一挂白纸钱，不可叫本房人烧，要一个生人替我烧了，我的病就好的快。所以我请了这白纸钱，巴巴儿的和林姑娘烦了他来，替我烧了祝赞。原不许一个人知道的，所以我今日才能起来，偏你看见了。我这会子又不好了，都是你冲了！你还要告他去。藕官，只管去，见了他们你就照依我这话说。等老太太回来，我就说他故意来冲神祇，保佑我早死。"藕官听了益发得了主意，反倒拉着婆子要走。那婆子听了这话，忙丢下纸钱，陪笑央告宝玉道："我原不知道，二爷若回了老太太，我这老婆子岂不完了？我如今回奶奶们去，就说是爷祭神，我看错了。"宝玉道："你也不许再回去了，我便不说。"婆子道："我已经回了，叫我来带他，我怎好不回去的。也罢，就说我已经叫到了他，林姑娘叫了去了。"宝玉想了一想，方点头应允。那婆子只得去了。

这里宝玉问他："到底是为谁烧纸？我想来若是为父母兄弟，你们皆烦人外头烧过了，这里烧这几张，必有私自的情理。"藕官因方才护庇之情感激于衷，便知他是自己一流的人物，便含泪说道："我这事，除了你屋里的芳官并宝姑娘的蕊官，并没第三人知道。今日被你遇见，又有这段意思，少不得也告诉了你，只不许再对人言讲。"又哭道："我也不便和你面说，你只回去背人悄问芳官就知道了。"说毕，佯常而去。

宝玉听了，心下纳闷，（墨夹：连观书者亦纳闷。）只得踱到潇湘馆，瞧黛玉益发瘦的可怜，问起来，比往日已算大愈了。（墨夹：好，若只管病亦不好。）黛玉见他也比先大瘦了，想起往日之事，不免流下泪来，些微谈了谈，便催宝玉去歇息调养。宝玉只得回来。因记挂着要问芳官那原委，偏有湘云、香菱来了，正和袭人、芳官说笑，不好叫他，恐人又盘诘，只得耐着。

一时芳官又跟了他干娘去洗头。他干娘偏又先叫了他亲女儿洗过了后，才叫芳官洗。芳官见了这般，便说他偏心，"把你女儿剩水给我洗。我一个月的月钱都是你拿着，沾我的光不算，反倒给我剩东剩西的。"他干娘羞愧变成恼，便骂他："不识抬举的东西！怪不得人人说戏子没一个好缠的。凭你甚么好人，入了这一行，都弄坏了。这一点子屄崽子，也挑幺挑六，咸屄淡话，咬群的骡子似的！"娘儿两个吵起来。袭人忙打发人去说："少乱嚷，瞅着老太太不在家，一个个连句安静话也不说。"晴雯因说："都是芳官不省事，不知狂的什么也不是，会两出戏，到像杀了贼王，擒了反叛来的。"袭人道："一个巴掌拍不响，老的也太不公些，小的也太可恶些。"宝玉道："怨不得芳官。自古说：'物不平则鸣。'（墨夹：自来经语未遭如是用也。）他少亲失眷的，在这里没人照看，赚了他的钱，又作践他，如何怪得。"因又向袭人道："他一月多少钱？以后不如你收了过来照管他，岂不省事？"袭人道："我要照看他那里不照看了，又要他那几个钱才照看他？没的讨人骂去了。"说着，便起身至那屋里取了一瓶花露油并些鸡卵、香皂、头绳之类，叫一个婆子来送给芳官去，叫他另要水自洗，不要吵闹了。他干娘益发羞愧，便说芳官："没良心，花掰我克扣你的钱"，便向他身上拍了几把，芳官便哭起来。宝玉便走出，袭人忙劝："作什么？我去说他。"晴雯忙先过来，指他干娘说道："你老人家太不省事。你不给他洗头的东西，我们饶给他东西，你不自燥，还有脸打他。他要还在学里学艺，你也敢打他不成！"那婆子便说："一日叫娘，终身是母。他排场我，我就打得！"袭人唤麝月道："我不会和人拌嘴，晴雯性太急，你快过去震吓他两句。"麝月听了，忙过来说道："你且别嚷。我且问你，别说我们这一处，你看满园子里，谁在主子屋里教导过女儿的？便是你的亲女儿，既分了房，有了主子，自有主子打得骂得，再者大些的姑娘姐姐们打得骂得，谁许老子娘又半中间管闲事了？都这样管，又要叫他们跟着我们学什么？越老越没了规矩！你见前儿坠儿的娘来吵，你也来跟他学？你们放心，因连日这个病那个病，老太太又不得闲，所以我没回。等两日咱们痛回一回，大家把威风煞一煞儿才好。宝玉才好了些，连我们不敢大声说话，你反打的人狼号鬼叫的。上头能出了几日门，你们就无法无天的，眼睛里没了我们，再两天你们就该打我们了。他不要你这干娘，怕粪草埋了他不成？"宝玉恨的用拄杖敲着门槛子说道："这些老婆子都是些铁心石头肠子，也是件大奇的事。不能照看，反倒折挫，天长地久，如何是好！"（墨夹：画出宝玉来。）晴雯道："什么'如何是好'，都撵了出去，不要这些中看不中吃的！"那婆子羞愧难当，一言不发。那芳官只穿着海棠红的小棉袄，底下丝绸撒花袷裤，敞着裤腿，（墨夹：四字奇想，写得纸上跳出一个女优来。）一头乌油似的头发披在脑后，哭的泪人一般。麝月笑道："把一个莺莺小姐，反弄成拷打红娘了！这会子又不妆扮了，还是这么松怠怠的。"宝玉道："他这本来面目极好，倒别弄紧衬了。"晴雯过去拉了他，替他洗净了发，用手巾拧干，松松的挽了一个慵妆髻，命他穿了衣服过这边来了。

接着司内厨的婆子来问："晚饭有了，可送不送？"小丫头听了，进来问袭人。袭人笑道："方才胡吵了一阵，也没留心听钟几下了。"晴雯道："那劳什子又不知怎么了，又得去收拾。"说着，便拿过表来瞧了一瞧说："略等半钟茶的工夫就是了。"小丫头去了。麝月笑道："提起淘气，芳官也该打几下。昨儿是他摆弄了那坠子半日，就坏了。"说话之间，便将食具打点现成。一时小丫头子捧了盒子进来站住。晴雯、麝月揭开看时，还是只四样小菜。晴雯笑道："已经好了，还不给两样清淡菜吃。这稀饭咸菜闹到多早晚？"一面摆好，一面又看那盒中，却有一碗火腿鲜笋汤，忙端了放在宝玉跟前。宝玉便就桌上喝了一口，（墨夹：画出病人。）说："好烫！"袭人笑道："菩萨，能几日不见荤饭的，这样起来。"一面说，一面忙端起轻轻用口吹。（墨夹：画。）因见芳官在侧，便递与芳官，笑道："你也学着些伏侍，别一味呆憨呆睡。口劲轻着，别吹上唾沫星儿。"芳官依言果吹了几口，甚妥。

他干娘也忙端饭在门外伺候。向日芳官等一到时原从外边认的，就同往梨香院去了。这干婆子原系荣府三等人物，不过令其与他们浆洗，皆不曾入内答应，故此不知内帏规矩。今亦托赖他们方入园中，随女归房。这婆子先领过麝月的排场，方知了一二分，生恐不令芳官认他做干娘，便有许多失利之处，故心中只要买转他们。今见芳官吹汤，便忙跑进来笑道："他不老成，仔细打了碗，让我吹罢。"一面说，一面就接。晴雯忙喊：

“出去！你让他砸了碗，也轮不到你吹。你什么空儿跑到这里子来了？还不出去。”一面又骂小丫头们：“瞎了心的，他不知道，你们也不说给他！”小丫头们都说：“我们撵他，他不出去；说他，他又不信。如今带累我们受气，你可信了？我们到的地方儿，有你到的一半儿，还有你一半儿到不去的呢。何况又跑到我们到不去的地方，还不算，又去伸手动嘴的了。”一面说，一面推他出去。阶下几个等空盒家伙的婆子见他出来，都笑道：“嫂子也没用镜子照一照，就进去了。”羞的那婆子又恨又气，只得忍耐下去。

芳官吹了几口，宝玉笑道：“好了，仔细伤了气。你尝一口，可好了？”芳官只当是顽话，只是笑，看着袭人等。袭人道：“你就尝一口何妨。”晴雯笑道：“你瞧我尝。”说着就喝了一口。芳官见如此，自己也便尝了一口，说：“好了。”递与宝玉。宝玉喝了半碗，吃了几片笋，又吃了半碗粥就罢了。众人拣收出去了。小丫头捧了沐盆，盥漱已毕，袭人等出去吃饭。宝玉使个眼色与芳官，芳官本自伶俐，又学几年戏，何事不知？便装说头疼不吃饭了。袭人道：“既不吃饭，你就在屋里作伴儿，把这粥给你留着，一时饿了再吃。”说着，都去了。

这里宝玉和他只二人，宝玉便将方才从火光发起，如何见了藕官，又如何谎言护庇，又如何藕官叫我问你，从头至尾，细细的告诉他一遍，又问他祭的果系何人。芳官听了，满面含笑，又叹一口气，说道：“这事说来可笑又可叹。”宝玉听了，忙问如何。芳官笑道：“你说他祭的是谁？祭的是死了的药官。”宝玉道：“这是友谊，也应当的。”芳官笑道：“那里是友谊？他竟是疯傻的想头，说他自己是小生，药官是小旦，常做夫妻，虽说是假的，每日那些曲文排场，皆是真正温存体贴之事，故此二人就疯了，虽不做戏，寻常饮食起坐，两个人竟是你恩我爱。药官一死，他哭的死去活来，至今不忘，所以每节烧纸。后来补了蕊官，我们见他一般的温柔体贴，也曾问他得新弃旧的。他说：‘这又有个大道理。比如男子丧了妻，或有必当续弦者，也必要续弦为是。便只是不把死的丢过不提，便是情深意重了。若一味因死的不续，孤守一世，妨了大节，也不是理，死者反不安了。’你说可是又疯又呆？说来可是可笑？”宝玉听说了这篇呆话，独合了他的呆性，不觉又是欢喜，又是悲叹，又称奇道绝，说：“天既生这样人，又何用我这须眉浊物玷辱世界。”因又忙拉芳官嘱道：“既如此说，我也有一句话嘱咐他，我若亲对面与他讲未免不便，须你告诉他。”芳官问何事。宝玉道：“以后断不可烧纸钱。这纸钱原是后人异端，不是孔子的遗训。以后逢时按节，只备一个炉，到日随便焚香，一心诚虔，就可感格了。愚人原不知，无论神佛死人，必要分出等例，各式各例的。殊不知只一‘诚心’二字为主。即值仓皇流离之日，虽连香亦无，随便有土有草，只以洁净，便可为祭，不独死者为祭，便是神鬼也来享的。你瞧瞧我那案上，只设一炉，不论日期，时常焚香。他们皆不知原故，我心里却各有所因。随便有清茶便供一钟茶，有新水就供一盏水，或有鲜花，或有鲜果，甚至于荤羹腥菜，只要心诚意洁，便是佛也都可来享，所以说，只在敬不在虚名。以后快命他不可再烧纸。”芳官听了，便答应着。一时吃过饭，便有人回：“老太太、太太回来了。”

第五十九回

柳叶渚边嗔莺咤燕　绛云轩里召将飞符

话说宝玉闻听贾母等回来，随多添了一件衣服，拄杖前边来，都见过了。贾母等因每日辛苦，都要早些歇息，一宿无话，次日五鼓，又往朝中去。

离送灵日不远，鸳鸯、琥珀、翡翠、玻璃四人都忙着打点贾母之物，玉钏、彩云、彩霞等皆打叠王夫人之物，当面查点与跟随的管事媳妇们。跟随的一共大小六个丫鬟，十个老婆子媳妇子，男人不算。连日收拾驮轿器械。鸳鸯与玉钏儿皆不随去，只看屋子。一面先几日预发帐幔铺陈之物，先有四五个媳妇并几个男人领了出来，坐了几辆车绕道先至下处，铺陈安插等候。

临日，贾母带着贾蓉妻坐一乘驮轿，王夫人在后亦坐一乘驮轿，贾珍骑马率了众家丁护卫。又有几辆大车与婆子丫鬟等坐，并放些随换的衣包等件。是日薛姨妈、尤氏率领诸人直送至大门外方回。贾琏恐路上不便，一面打发了他父母起身赶上贾母、王夫人驮轿，自己也随后带领家丁押后跟来。

荣府内赖大添派人丁上夜，将两处厅院都关了，一应出入人等，皆走西边小角门。日落时，便命关了仪门，不放人出入。园中前后东西角门亦皆关锁，只留王夫人大房之

襲人
改琦

后常系他姊妹出入之门，东边通薛姨妈的角门，这两门因在内院，不必关锁。里面鸳鸯和玉钏儿也各将上房关了，自领丫鬟婆子下房去安歇。每日林之孝之妻进来，带领十来个婆子上夜，穿堂内又添了许多小厮们坐更打梆子，已安插得十分妥当。

一日清晓，宝钗春困已醒，搴帷下榻，微觉轻寒，启户视之，见园中土润苔青，原来五更时落了几点微雨。于是唤起湘云等人来，一面梳洗，湘云因说两腮作痒，恐又犯了杏癍癣，因问宝钗要些蔷薇硝来。宝钗道："前儿剩的都给了妹子。"因说："颦儿配了许多，我正要和他要些，因今年竟没发痒，就忘了。"因命莺儿去取些来。莺儿应了才去时，蕊官便说："我同你去，顺便瞧瞧藕官。"说着，一径同莺儿去了蘅芜苑。

二人你言我语，一面行走，一面说笑，不觉到了柳叶渚，顺着柳堤走来。因见柳叶才吐浅碧，丝若垂金，莺儿便笑道："你会拿着柳条子编东西不会？"蕊官笑道："编什么东西？"莺儿道："什么编不得？顽的使的都可。等我摘些下来，带着这叶子编个花篮儿，采了各色花放在里头，才是好顽呢。"说着，且不去取硝，且伸手挽翠披金，采了许多的嫩条，命蕊官拿着。他却一行走一行编花篮，随路见花便采一二枝，编出一个玲珑过梁的篮子。枝上自有本来翠叶满布，将花放上，却也别致有趣。喜的蕊官笑道："姐姐，给了我罢。"莺儿道："这一个咱们送林姑娘，回来咱们再多采些，编几个大家顽。"说着，来至潇湘馆中。

黛玉也正晨妆，见了篮子，便笑说："这个新鲜花篮是谁编的？"莺儿笑说："我编了送姑娘顽的。"黛玉接了笑道："怪道人赞你的手巧，这顽意儿却也别致。"一面瞧了，一面便命紫鹃挂在那里。莺儿又问候了薛姨妈，方和黛玉要硝。黛玉忙命紫鹃包了一包，递与莺儿。黛玉又道："我好了，今日要出去逛逛。你回去说与姐姐，不用过来问候妈了，也不敢劳他来瞧我，梳了头同妈都往你那里去，连饭也端了那里去吃，大家热闹些。"

莺儿答应了出来，便到紫鹃房中找蕊官。只见藕官与蕊官二人正说得高兴，不能相舍，因说："姑娘也去呢，藕官先同我们去等着岂不好？"紫鹃听如此说，便也说道："这话倒是，他这里淘气的也可厌。"一面说，一面便将黛玉的匙箸用一块洋巾包了，交与藕官道："你先带了这个去，也算一趟差了。"

藕官接了，笑嘻嘻同他二人出来，一径顺着柳堤走来。莺儿便又采些柳条，越性坐在山石上编起来，又命蕊官先送了硝去再来。他二人只顾爱看他编，那里舍得去。莺儿只顾催说："你们再不去，我也不编了。"藕官便说："我同你去了，再快回来。"二人方去了。

这里莺儿正编，只见何婆的小女春燕走来，笑问："姐姐织什么呢？"正说着，蕊、藕二人也到了。春燕便向藕官道："前儿你到底烧什么纸？被我姨妈看见了，要告你没告成，倒被宝玉赖了他一大些不是，气的他一五一十告诉我妈。你们在外头这二三年积了些什么仇恨，如今还解不开？"藕官冷笑道："有什么仇恨？他们不知足，反怨我们了。在外头这两年，别的东西不算，只算我们的米菜，不知赚了多少家去，合家子吃不了，还有每日买东买西赚的钱。在外逢我们使他们一使儿，就怨天怨地的。你说说可有良心？"春燕笑道："他是我的姨妈，也不好向着外人反说他的。怨不得宝玉说：'女孩儿未出嫁，是颗无价之宝珠；出了嫁，不知怎么就变出许多的不好的毛病来，虽是颗珠子，却没有光彩宝色，是颗死珠了；再老了，更变的不是珠子，竟是鱼眼睛了。分明一个人，怎么变出三样来？'这话虽是混话，倒也有些不差。别人不知道，只说我妈和姨妈，他老姊妹两个，如今越老了越把钱看的真了。先时老姐儿两个在家抱怨没个差使，没个进益，幸亏有了这园子，把我挑进来，可巧把我分到怡红院。家里省了我一个人的费用不算外，每月还有四五百钱的余剩，这也还说不够。后来老姊妹二人都派到梨香院去照看他们，藕官认了我姨妈，芳官认了我妈，这几年着实宽裕了。如今挪进来也算撒开手了，还只无厌。你说好笑不好笑？我姨妈刚和藕官吵了，接着我妈为洗头就和芳官吵。芳官连要洗头也不给他洗。昨日得月钱，推不去了，买了东西先叫我洗。我想了一想：我自有钱，就没钱要洗时，不管袭人、晴雯、麝月，那一个跟前和他们说一声，也都容易，何必借这个光儿？好没意思。所以我不洗。他又叫我妹妹小鸠儿洗了，才叫芳官，果然就吵起来。接着又要给宝玉吹汤，你说可笑死了人？我见他一进来，我就告诉那些规矩。他只不信，只要强做知道的，足的讨个没趣儿。幸亏园里的人多，没人都记的清楚谁是谁的亲故。若有人记得，只有我们一家人吵，什么意思呢？你这会子又跑来弄这个。这一带地上的东西都是我姑娘管着，一得了这地方，比得了永远基业还利害，每日早起晚睡，自己辛苦了还不算，每日逼着我们来照看，生恐有人糟踏，又怕误了我的差使。如今进来了，老姑嫂两个照看得谨谨慎慎，一根草也不许人动。你还掐这些花儿，又折他的嫩树，他们即刻就来，仔细他们抱怨。”莺儿道：“别人乱折乱掐使不得，独我使得。自从分了地基之后，每日里各房皆有分例，吃的不用算，单管花草顽意儿。谁管什么，每日谁就把各房里姑娘丫头戴的，必要各色送些折枝的去，还有插瓶的。惟有我们说了：'一概不用送，等要什么再和你们要。'究竟没有要过一次。我今便掐些，他们也不好意思说的。”

一语未了，他姑娘果然拄了拐杖走来。莺儿、春燕等忙让坐。那婆子见采了许多嫩柳，又见藕官等都采了许多鲜花，心内便不受用；看着莺儿编，又不好说什么，便说春燕道：“我叫你来照看照看，你就贪住顽不去了。倘或叫起你来，你又说我使你了，拿我做隐身符儿你来乐。”春燕道：“你老又使我，又怕，这会子反说我。难道把我劈做八瓣子不成？”莺儿笑道：“姑妈，你别信小燕的话。这都是他摘下来的，烦我给他编，我撵他，他不去。”春燕笑道：“你可少顽儿，你只顾顽儿，老人家就认真了。”那婆子本是愚顽之辈，兼之年近昏耄，惟利是命，一概情面不管，正心疼肝断，无计可施，听莺儿如此说，便以老卖老，拿起拄杖来向春燕身上击上几下，骂道：“小蹄子，我说着你，你还和我强嘴儿呢。你妈恨的牙根痒痒，要撕你的肉吃呢。你还来和我强，梆子似的。”打的春燕又愧又急，哭道：“莺儿姐姐顽话，你老就认真打我。我妈为什么恨我？我又没烧胡了洗脸水，有什么不是！”莺儿本是顽话，忽见婆子认真动了气，忙上去拉住，笑道：“我才是顽话，你老人家打他，我岂不愧？”那婆子道：“姑娘，你别管我们的事，难道为姑娘在这里，不许我管孩子不成？”莺儿听见这般蠢话，便赌气红了脸，撒了手冷笑道：“你老人家要管，那一刻管不得，偏我说了一句顽话就管他了。我看你老管去！”说着，便坐下，仍编柳篮子。

偏又有春燕的娘出来找他，喊道：“你不来舀水，在那里做什么呢？”那婆子便接声儿道：“你来瞧瞧，你的女儿连我也不服了！在这里排揎我呢。”那婆子一面走过来说：“姑奶奶，又怎么了？我们丫头眼里没娘罢了，连姑妈也没了不成？”莺儿见他娘来了，只得又说原故。他姑娘那里容人说话，便将石上的花柳与他娘瞧道：“你瞧瞧，你女儿这么大孩子顽的。他先领着人糟踏我，我怎么说人？”他娘也正为芳官之气未平，又恨春燕不遂他的心，便走上来打耳刮子，骂道：“小娼妇，你能上来了几年？你也跟那起轻狂浪小妇学，怎么就管不得你们了？干的我管不得，你是我屄里掉出来的，难道也不敢管你不成！既是你们这起蹄子到的去的地方我到不去，你就该死在那里伺候，又跑出来浪汉。”一面又抓起柳条子来，直送到他脸上，问道：“这叫作什么？这编的是你娘的屄！”莺儿忙道：“那是我们编的，你老别指桑骂槐。”那婆子深妒袭人、晴雯一干人，已知凡房中大些的丫鬟都比他们有些体统权势，凡见了这一干人，心中又畏又让，未免又气又恨，亦且迁怒于众，复又看见了藕官，又是他令姊的冤家，四处凑成一股怒气。

那春燕啼哭着往怡红院去了。他娘又恐问他为何哭，怕他又说出自己打他，又要受晴雯等之气，不免着起急来，又忙喊道：“你回来！我告诉你再去。”春燕那里肯回来？急的他娘跑了去又拉他。他回头看见，便也往前飞跑。他娘只顾赶他，不防脚下被青苔滑倒，引的莺儿三个人反都笑了。莺儿便赌气将花柳皆掷于河中，自回房去。这里把个婆子心疼的只念佛，又骂：“促狭小蹄子！糟踏了花儿，雷也是要打的。”自己且掐花与各房送去不提。

却说春燕一直跑入院中，顶头遇见袭人往黛玉处去问安。春燕便一把抱住袭人，说：“姑娘救我！我娘又打我呢。”袭人见他娘来了，不免生气，便说道：“三日两头儿打了干的打亲的，还是买弄你女儿多，还是认真不知王法？”这婆子来了几日，见袭人不言不语是好性的，便说道：“姑娘你不知道，别管我们闲事！都是你们纵的，这会子还管什么？”说着，便又赶着打。袭人气的转身进来，见麝月正在海棠下晾手巾，听得如此喊闹，便说：“姐姐别管，看他怎样。”一面使眼色与春燕，春燕会意，便直奔了宝玉去。众人都笑说：“这可是没有的事都闹出来了。”麝月向婆子道：“你再略煞一煞气儿，难道这些人的脸面，和你讨一个情还讨不下来不成？”那婆子见他女儿奔到宝玉身边去，又见宝玉拉了春燕的手说：“别怕，有我呢。”春燕又一行哭，又一行说，把方才莺儿等事都说出来。宝玉越发急起来，说：“你只在这里闹也罢了，怎么连亲戚也都得罪起来？”麝月又向婆子及众人道：“怨不得这嫂子说我们管不着他们的事，我们虽无知错管了，如今请出一个管得着的人来管一管，嫂子就心服口服，也知道规矩了。”便回头叫小丫头子：“去把平儿给我们叫来！平儿不得闲就把林大娘叫了来。”那小丫头应了就走。众媳妇上来笑说：“嫂子，快求姑娘们叫回那孩子罢。平姑娘来了，可就不好了。”那婆子说道：“凭你那个平姑娘来也凭个理，没有娘管女儿大家管着娘的。”众人笑道：“你当是那个平姑娘？是二奶奶屋里的平姑娘。他有情呢，你说两句；他一翻脸，嫂子你吃不了兜着走！”

说话之间，只见小丫头子回来说：“平姑娘正有事，问我作什么，我告诉了他，他说：‘既这样，且撵他出去，告诉了林大娘在角门外打他四十板子就是了。’”那婆子听如此说，自不舍得出去，便又泪流满面，央告袭人等说："好容易我进来了，况且我是寡妇，家里没人，正好一心无挂的在里头伏侍姑娘们。姑娘们也便宜，我家里又有些搅过。我这一去，又要去自己生火过活，将来不免又没了过活。"袭人见他如此，早又心软了，便说："你既要在这里，又不守规矩，又不听说，又乱打人。那里弄你这个不晓事的来，天天斗口，也叫人笑话，失了体统。"晴雯道："理他呢，打发去了是正经。谁和他去对嘴对舌的。"那婆子又央众人道："我虽错了，姑娘们吩咐了，我以后改过。姑娘们那不是行好积德。"一面又央春燕道："原是我为打你起的，究竟没打成你，我如今反受了罪？你也替我说说。"宝玉见如此可怜，只得留下，吩咐他不可再闹。那婆子走来一一的谢过了下去。

只见平儿走来，问系何事。袭人等忙说："已完了，不必再提。"平儿笑道："'得饶人处且饶人'，得省的将就省些事也罢了。能去了几日，只听各处大小人儿都作起反来了，一处不了又一处，叫我不知管那一处的是。"袭人笑道："我只说我们这里反了，原来还有几处。"平儿笑道："这算什么。正和珍大奶奶算呢，这三四日的工夫，一共大小出来了八九件了。你这里是极小的，算不起数儿来，还有大的可气可笑之事。"不知袭人问他果系何事，且听下回分解。

第六十回
茉莉粉替去蔷薇硝
玫瑰露引来茯苓霜

话说袭人因问平儿，何事这等忙乱。平儿笑道：“都是世人想不到的，说来也好笑，等几日告诉你，如今没头绪呢，且也不得闲儿。”一语未了，只见李纨的丫鬟来了，说：“平姐姐可在这里，奶奶等你，你怎么不去了？”平儿忙转身出来，口内笑说：“来了，来了。”袭人等笑道：“他奶奶病了，他又成了香饽饽了，都抢不到手。”平儿去了不提。

宝玉便叫春燕：“你跟了你妈去，到宝姑娘房里给莺儿几句好话听听，也不可白得罪了他。”春燕答应了，和他妈出去。宝玉又隔窗说道：“不可当着宝姑娘说，仔细反叫莺儿受教导。”

娘儿两个应了出来，一壁走着，一面说闲话儿。春燕因向他娘道：“我素日劝你老人家再不信，何苦闹出没趣来才罢。”他娘笑道：“小蹄子，你走罢，俗语道：‘不经一事，不长一智。’我如今知道了。你又该来问着我。”春燕笑道：“妈，你若安分守己，在这屋里长久了，自有许多的好处。我且告诉你句话：宝玉常说，将来这屋里的人，无论家里外头的，一应我们这些人，他都要回太太全放出去，与本人父母自便呢。（墨夹：补前文不足处。）你只说这一件可好不好？”他娘听说，喜的忙问：“这话果真？”春燕道："谁可扯这谎做什么？"婆子听了，便念佛不绝。

当下来至蘅芜苑中，正值宝钗、黛玉、薛姨妈等吃饭。莺儿自去泡茶，春燕便和他妈一迳到莺儿前，陪笑说"方才言语冒撞了，姑娘莫嗔莫怪，特来陪罪"等语。莺儿忙笑让坐，又倒茶。他娘儿两个说有事，便作辞回来。忽见蕊官赶出叫："妈妈、姐姐，略站一站。"一面走上来，递了一个纸包与他们，说是蔷薇硝，带与芳官去擦脸。春燕笑道："你们也太小气了，还怕那里没这个与他，巴巴的你又弄一包给他去。"蕊官道："他是他的，我送的是我的。好姐姐，千万带回去罢。"春燕只得接了。娘儿两个回来，正值贾环、贾琮二人来问候宝玉，也才进去。春燕便向他娘说："只我进去罢，你老不用去。"他娘听了，自此便百依百随的，不敢倔强了。

春燕进来，宝玉知道回复，便先点头。春燕知意，便不再说一语，略站了一站，便转身出来，使眼色与芳官。芳官出来，春燕方悄悄的说与他蕊官之事，并与了他硝。宝玉并无与琮、环可谈之语，因笑问芳官手里是什么。芳官便忙递与宝玉瞧，又说是擦春癣的蔷薇硝。宝玉笑道："亏他想得到。"贾环听了，便伸着头瞧了一瞧，又闻得一股清香，便弯着腰向靴桶内掏出一张纸来托着，笑说："好哥哥，给我一半儿。"宝玉只得要与他。芳官心中因是蕊官之赠，不肯与别人，连忙拦住，笑说道："别动这个，我另拿些来。"宝玉会意，忙笑包上，说道："快取来。"

芳官接了这个，自去收好，便从奁中去寻自己常使的。启奁看时，盒内已空，心中疑惑，早间还剩了些，如何没了？因问人时，都说不知。麝月便说："这会子且忙着问这个，不过是这屋里人一时短了。你不管拿些什么给他们，他们那里看得出来？快打发他们去了，咱们好吃饭。"芳官听了，便将些茉莉粉包了一包拿来。贾环见了就伸手来接。芳官便忙向炕上一掷。贾环只得向炕上拾了，揣在怀内，方作辞而去。

原来贾政不在家，且王夫人等又不在家，贾环连日也便装病逃学。如今得了硝，兴兴头头来找彩云。正值彩云和赵姨娘闲谈，贾环笑嘻嘻向彩云道："我也得了一包好的，送你擦脸。你常说，蔷薇硝擦癣，比外头的银硝强。你且看看，可是这个？"彩云打开一看，嗤的一声笑了，说道："你是和谁要来的？"贾环便将方才之事说了。彩云笑道："这是他们哄你这乡老呢。这不是硝，这是茉莉粉。"贾环看了一看，果然比先的带些红色，闻闻也是喷香，因笑道："这也是好的，硝粉一样，留着擦罢，自是比外头买的高便好。"彩云只得收了。赵姨娘便说："有好的给你！谁叫你要去了，怎怨他们耍你！依我，拿了去照脸摔给他去，趁着这回子撞尸的撞尸去了，挺床的便挺床，吵一出子，大家别心净，也算是报仇。莫不是两个月之后，还找出这个碴儿来问你不成？便问你，你也有话说。宝玉是哥哥，不敢冲撞他罢了。难道他屋里的猫儿狗儿，也不敢去问问不成！"贾环听说，便低了头。彩云忙说："这又何苦生事，不管怎样，忍耐些罢了。"赵姨娘道："你快休管，横竖与你无干。乘着抓住了理，骂给那些浪淫妇们一顿也是好的。"又指贾环道："呸！你这下流没刚性的，也只好受这些毛崽子的气！平白我说你一句儿，或无心中错拿了一件东西给你，你倒会扭头暴筋瞪着眼蹾摔娘。这会子被那起屄崽子耍弄也罢了。你明儿还想这些家里人怕你呢。你没有屄本事，我也替你羞。"贾环听了，不免又愧又急，又不敢去，只摔手说道："你这么会说，你也不敢去，指使了我去闹。倘或往学里告去捱了打，你敢自不疼呢？遭遭儿调唆了我闹去，闹出了事来，我捱了打骂，你一般也低了头。这会子又调唆我和毛丫头们去闹。你不怕三姐姐，你敢去，我就伏你。”只这一句话，便戳了他娘的肺，便喊说：“我肠子爬出来的，我再怕不成！这屋里越发有的话了。”一面说，一面拿了那包子，便飞也似往园中去。彩云死劝不住，只得躲入别房。贾环便也躲出仪门，自去顽要。

赵姨娘直进园子，正是一头火，顶头正遇见藕官的干娘夏婆子走来。见赵姨娘恨恨的走来，因问：“姨奶奶那去？”赵姨娘又说：“你瞧瞧，这屋里连三日两日进来的唱戏的小粉头们，都三般两样掂人分两放小菜儿了。若是别一个，我还不恼，若叫这些小娼妇捉弄了，还成个什么！”夏婆子听了，正中己怀，忙问因何。赵姨娘悉将芳官以粉作硝轻侮贾环之事说了。夏婆子道：“我的奶奶，你今日才知道，这算什么事。连昨日这个地方他们私自烧纸钱，宝玉还拦到头里。人家还没拿进个什么儿来，就说使不得，不干不净的忌讳。这烧纸倒不忌讳？你老想一想，这屋里除了太太，谁还大似你？你老自己掌不起来；但凡掌起来的，谁还不怕你老人家？如今我想，乘着这几个小粉头儿恰不是正头货，得罪了他们也有限的，快把这两件事抓着理扎个筏子，我在旁作证据，你老把威风抖一抖，以后也好争别的礼。便是奶奶姑娘们，也不好为那起小粉头子说你老的。”赵姨娘听了这话，益发有理，便说：“烧纸的事不知道，你却细细的告诉我。”夏婆子便将前事一一的说了，又说：“你只管说去。倘或闹起，还有我们帮着你呢。”赵姨娘听了越发得了意，仗着胆子便一迳到了怡红院中。

可巧宝玉听见黛玉在那里，便往那里去了。芳官正与袭人等吃饭，见赵姨娘来了，便都起身笑让：“姨奶奶吃饭，有什么事这么忙？”赵姨娘也不答话，走上来便将粉照着芳官脸上撒来，指着芳官骂道：“小淫妇！你是我银子钱买来学戏的，不过娼妇粉头之流！我家里下三等奴才也比你高贵些的，你都会看人下菜碟儿。宝玉要给东西，你拦在头里，莫不是要了你的了？拿这个哄他，你只当他不认得呢！好不好，他们是手足，都是一样的主子，那里有你小看他的！”芳官那里禁得住这话，一行哭，一行说：“没了硝我才把这个给他的。若说没了，又恐他不信，难道这不是好的？我便学戏，也没往外头去唱。我一个女孩儿家，知道什么是粉头面头的！姨奶奶犯不着来骂我，我又不是姨奶奶家买的。‘梅香拜把子——都是奴儿’呢！”袭人忙拉他说：“休胡说！”赵姨娘气的便上来打了两个耳刮子。袭人等忙上来拉劝，说：“姨奶奶别和他小孩子一般见识，等我们说他。”芳官捱了两下打，那里肯依，便拾头打滚，泼哭泼闹起来。口内便说：“你打得起我么？你照照那模样儿再动手！我叫你打了去，我还活着！”便撞在怀里叫他打。众人一面劝，一面拉他。晴雯悄拉袭人说：“别管他们，让他们闹去，看怎么开交！如今乱为王了，什么你也来打，我也来打，都这样起来还了得呢！”

外面跟着赵姨娘来的一干的人听见如此，心中各各称愿，都念佛说：“也有今日！”又有那一干怀怨的老婆子见打了芳官，也都称愿。

当下藕官、蕊官等正在一处作耍，湘云的大花面葵官，宝琴的豆官，两个闻了此信，慌忙找着他两个说：“芳官被人欺侮，咱们也没趣，须得大家破着大闹一场，方争过气来。”四人终是小孩子心性，只顾他们情分上义愤，便不顾别的，一齐跑入怡红院中。豆官先便一头，几乎不曾将赵姨娘撞了一跌。那三个也便拥上来，放声大哭，手撕头撞，把个赵姨娘裹住。晴雯等一面笑，一面假意去拉。急的袭人拉起这个，又跑了那个，口内只说："你们要死！有委曲只好说，这没理，如何使得！"赵姨娘反没了主意，只好乱骂。蕊官、藕官两个一边一个，抱住左右手；葵官、豆官前后头顶住。四人只说："你只打死我们四个就罢！"芳官直挺挺躺在地下，哭得死过去。

正没开交，谁知晴雯早遣春燕回了探春。当下尤氏、李纨、探春三人带着平儿与众媳妇走来，将四个喝住。问起原故，赵姨娘便气的瞪着眼粗了筋，一五一十说个不清。尤、李两个不答言，只喝禁他四人。探春便叹气说："这是什么大事，姨娘也太肯动气了！我正有一句话要请姨娘商议，怪道丫头说不知在那里，原来在这里生气呢，快同我来。"尤氏、李氏都笑说："姨娘请到厅上来，咱们商量。"

赵姨娘无法，只得同他三人出来，口内犹说长说短。探春便说："那些小丫头子们原是些顽意儿，喜欢呢，和他说说笑笑；不喜欢便可以不理他。便他不好了，也如同猫儿狗儿抓咬了一下子，可恕就恕，不恕时也只该叫了管家媳妇们去说给他去责罚，何苦自己不尊重，大吆小喝失了体统。你瞧周姨娘，怎不见人欺他，他也不寻人去。我劝姨娘且回房去煞煞性儿，别听那些混帐人的调唆，没的惹人笑话，自己呆，白给人作粗活。心里有二十分的气，也忍耐这几天，等太太回来自然料理。"一席话说得赵姨娘闭口无言，只得回房去了。

这里探春气的和尤氏、李纨说："这么大年纪，行出来的事总不叫人敬伏。这是什么意思，值得吵一吵，并不留体统，耳朵又软，心里又没有计算。这又是那起没脸面的奴才们的调停，作弄出个呆人替他们出气。"越想越气，因命人查是谁调唆的。媳妇们只得答应着，出来相视而笑，都说是"大海里那里寻针去？"只得将赵姨娘的人并园中唤来盘诘，都说不知道。众人没法，只得回探春："一时难查，慢慢访查，凡有口舌不妥的，一总来回了责罚。"

探春气渐渐平服方罢。可巧艾官便悄悄的回探春说："都是夏妈和我们素日不对，每每的造言生事。前儿赖藕官烧纸，幸亏是宝玉叫他烧的，宝玉自己应了，他才没话。今儿我与姑娘送手帕去，看见他和姨奶奶在一处说了半天，嘁嘁喳喳的，见了我才走开了。"探春听了，虽知情弊，亦料定他们皆一党，本皆淘气异常，便只答应，也不肯据此为实。

谁知夏婆子的外孙女儿蝉姐儿便是探春处当役的，时常与房中丫鬟们买东西呼唤人，众女孩儿都和他好。这日饭后，探春正上厅理事，翠墨在家看屋子，因命蝉姐出去叫小幺儿买糕去。蝉儿便说："我才扫了个大园子，腰腿生疼的，你叫个别的去罢。"翠墨笑说："我又叫谁去？你趁早儿去，我告诉你一句好话，你到后门顺路告诉你老娘防着些儿。"说着，便将艾官告他老娘话告诉了他。蝉姐听了，忙接了钱道："这个小蹄子，也要捉弄人，等我告诉去。"说着，便起身出来。至后门边，只见厨房内此刻手闲之时，都坐在阶砌上说闲话呢，他老娘亦在内。蝉儿便命一个婆子出去买糕。他且一行骂，一行说，将方才之话告诉与夏婆子。夏婆子听了，又气又怕，便欲去找艾官问他，又欲往探春前去诉冤。蝉儿忙拦住说："你老人家去怎么说呢？这话怎得知道的，可又叨登不好了。说给你老防着就是了，那里忙到这一时儿。”

正说着，忽见芳官走来，扒着院门，笑向厨房中柳家媳妇说道：“柳嫂子，宝二爷说了：晚饭的素菜要一样凉凉的酸酸的东西，只别搁上香油弄腻了。”柳家的笑道：“知道。今儿怎遣你来了，告诉这么一句要紧话。你不嫌脏，进来逛逛儿不是？”芳官才进来，忽有一个婆子，手里托了一碟子糕来。芳官便戏道：“谁买的热糕？我先尝一块儿。”蝉儿一手接了道：“这是人家买的，你们还希罕这个。”柳家的见了，忙笑道：“芳姑娘，你喜吃这个？我这里有，才买下给你姐姐吃的，他不曾吃，还收在那里，干干净净没动呢。”说着，便拿了一碟出来，递与芳官，又说：“你等我进去替你顿口好茶来。”一面进去，现通开火顿茶。芳官便拿着热糕，问到蝉儿脸上说：“稀罕吃你那糕，这个不是糕不成？我不过说着顽罢了，你给我磕个头，我也不吃。”说着，便将手内的糕一块一块的掰了，掷着打雀儿顽，口内笑说：“柳嫂子，你别心疼，我回来买二斤给你。”小蝉气的怔怔的，瞅着冷笑道：“雷公老爷也有眼睛，怎不打这作孽的！他还气我呢。我可拿什么比你们，又有人进贡，又有人作干奴才，溜你们好上好儿，帮衬着说句话儿。”众媳妇都说：“姑娘们，罢呀，天天见了就咕唧。”有几个伶透的，见了他们对了口，怕又生事，都拿起脚来各自走开了。当下蝉儿也不敢十分说他，一面咕嘟着去了。

这里柳家的见人散了，忙出来和芳官说：“前儿那话儿说了不曾？”芳官道：“说了。等一二日再提这事。偏那赵不死的又和我闹了一场。前儿那玫瑰露，姐姐吃了不曾，他到底可好些？”柳家的道：“可不都吃了。他爱的什么似的，又不好问你再要的。”芳官道：“不值什么，等我再要些来给他就是了。”

原来这柳家的有个女儿，今年才十六岁，虽是厨役之女，却生的人物与平、袭、紫、鸳皆类。因他排行第五，因叫他是五儿。（墨夹：五月之柳，春色可知。）因素有弱疾，故没得差。近因柳家的见宝玉房中的丫鬟差轻人多，且又闻得宝玉将来都要放他们，故如今要送他到那里应名儿。正无头路，可巧这柳家的是梨香院的差役，他最小意殷勤，伏侍得芳官一干人比别的干娘还好。芳官等亦待他们极好，如今便和芳官说了，央芳官去与宝玉说。宝玉虽是依允，只是近日病着，又见事多，尚未说得。

前言少述，且说当下芳官回至怡红院中，回复了宝玉。宝玉正在听见赵姨娘厮吵，心中自是不悦，说又不是，不说又不是，只得等吵完了，打听着探春劝了他去后，方从蘅芜苑回来，劝了芳官一阵，方大家安妥。今见他回来，又说还要些玫瑰露与柳五儿吃去，宝玉忙道：“有的，我又不大吃，你都给他去罢。”说着命袭人取了出来，见瓶中亦不多，遂连瓶与了他。

芳官便自携了瓶与他去。正值柳家的带进他女儿来散闷，在那边犄角子上一带地方逛了一回，便回到厨房内，正吃茶歇脚儿。芳官拿了一个五寸来高的小玻璃瓶来，迎亮照看，里面小半瓶胭脂一般的汁子，还道是宝玉吃的西洋葡萄酒。母女两个忙说：“快拿旋子烫滚水，你且坐下。”芳官笑道：“就剩了这些，连瓶子都给你们罢。”五儿听了，方知是玫瑰露，忙接了，谢了又谢。芳官又问他：“好些？”五儿道：“今儿精神些，进来逛逛。这后边一带，也没什么意思，不过见些大石头、大树和房子后墙，正经好景致也没看见。”芳官道：“你为什么不往前去？”柳家的道：“我没叫他往前去。姑娘们也不认得他，倘有不对眼的人看见了，又是一番口舌。明儿托你携带他有了房头，怕没有人带着逛呢，只怕逛腻了的日子还有呢。”芳官听了，笑道：“怕什么，有我呢。”柳家的忙道：“嗳哟，我的姑娘，我们的头皮儿薄，比不得你们。”说着，又倒了茶来。芳官那里吃这茶，只漱了一口就走了。柳家的说道：“我这里占着手，五丫头送送。”

五儿便送出来，因见无人，又拉着芳官说道：“我的话到底说了没有？”芳官笑道：“难道哄你不成？我听见屋里正经还少两个人的窝儿，并没补上。一个是红玉的，琏二奶奶要去还没给人来；一个是坠儿的，也还没补。如今要你一个也不算过分。皆因平儿每每的和袭人说，凡有动人动钱的事，得挨的且挨一日更好。如今三姑娘正要拿人扎筏子呢，连他屋里的事都驳了两三件，如今正要寻我们屋里的事没寻着，何苦来往网里碰去。倘或说些话驳了，那时老了，倒难回转。不如等冷一冷，老太太、太太心闲了，凭是天大的事，先和老的一说，没有不成的。”五儿道：“虽如此说，我却性急等不得了。趁如今挑上来了，一则给我妈争口气，也不枉养我一场；（墨夹：为母。）二则添上月钱，家里又从容些；（墨夹：二为家中。）三则我的心开一开，只怕这病就好了。便是请大夫吃药，也省了家里的钱。”芳官道：“我都知道了，你只放心。”二人别过，芳官自去不提。

单表五儿回来，与他娘深谢芳官之情。他娘因说：“再不承望得了这些东西，虽然是个珍贵物儿，却是吃多了也最动热。竟把这个倒些送个人去，也是个大情。”五儿问：“送谁？”他娘道：“送你舅舅的儿子，昨日热病，也想这些东西吃。如今我倒半盏与他去。”五儿听了，半日没言语，随他妈倒了半盏子去，将剩的连瓶便放在家伙厨内。五儿冷笑道：“依我说，竟不给他也罢了。倘或有人盘问起来，倒又是一场事了。”他娘道：“那里怕起这些来，还了得了。我们辛辛苦苦的，里头赚些东西，也是应当的。难道是贼偷的不成？”说着，一迳去了。直至外边他哥哥家中，他侄子正躺着，一见了这个，他哥嫂侄男无不欢喜。现从井上取了凉水，和吃了一碗，心中一畅，头目清凉。剩的半盏，用纸覆着，放在桌上。

可巧又有家中几个小厮同他侄儿素日相好的，走来问候他的病。内中有一小伙叫唤钱槐者，乃系赵姨娘之内侄。他父母现在库上管账，他本身又派跟贾环上学。因他有些钱势，尚未娶亲，素日看上了柳家的五儿标致，和父母说了，欲娶他为妻，也曾央中保媒人再四求告，柳家父母却也情愿，争奈五儿执意不从，虽未明言，却行止中已带出，父母未敢应允。近日又想往园内去，越发将此事丢开。只等三五年后放出来，自向外边择婿了。钱家见他如此，也就罢了。怎奈钱槐不得五儿，心中又气又愧，发恨定要弄取成配，方了此愿。今日也同人来瞧望柳侄，不期柳家的在内。

柳家的忽见一群人来了，内中有钱槐，便推说不得闲，起身便走了。他哥嫂忙说：“姑妈怎么不吃茶就走？倒难为姑妈记挂。”柳家的因笑道：“只怕里面传饭，再闲了出来瞧侄子罢。”他嫂子因向抽屉内取了一个纸包出来，拿在手内送了柳家的出来，至墙角边递与柳家的，又笑道：“这是你哥哥昨儿在门上该班儿，谁知这五日一班，竟偏冷淡，一个外财没发。只有昨儿有粤东的官儿来拜，送了上头两小篓子茯苓霜。余外给了门上人一篓作门礼，你哥哥分了这些。这地方千年松柏最多，所以单取了这茯苓的精液和了药，不知怎么弄出这怪俊的白霜儿来。说第一用人乳和着，每日早起吃一钟，最补人的；

第二用牛奶子；万不得，滚白水也好。我们想着，正宜外甥女儿吃。原是上半日打发小丫头子送了家去的，他说锁着门，连外甥女儿也进去了。本来我要瞧瞧他去，给他带了去的，又想主子们不在家，各处严紧，我又没甚么差使，有要没紧跑些什么。况且这两日风声，闻得里头家反宅乱的，倘或沾带了倒值多的。姑娘来的正好，亲自带去罢。”

柳氏道了生受，作别回来。刚到了角门前，只见一个小幺儿笑道：“你老人家那里去了？里头三次两趟叫人传呢，我们三四个人都找你老去了，还没来。你老人家却从那里来了？这条路又不是家去的路，我倒疑心起来。”那柳家的笑骂道：“好猴儿崽子……”要知端的，且听下回分解。

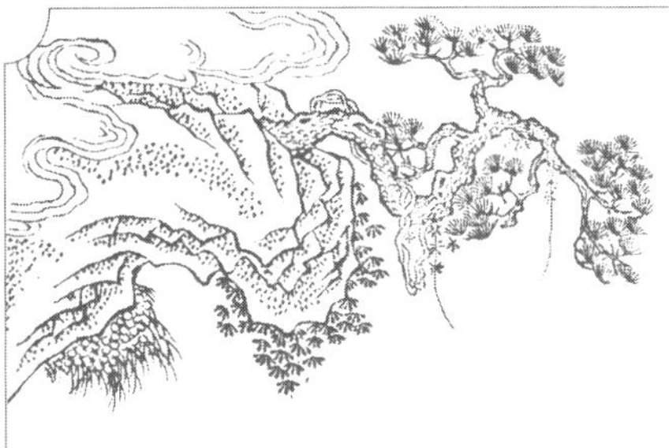

第六十一回 投鼠忌器宝玉情脏 判冤决狱平儿情权

那柳家的笑道："好猴儿崽子，你亲婶子找野老儿去了，你岂不多得一个叔叔，有什么疑的！别讨我把你头上的杩子盖似的几根屄毛挦下来！还不开门让我进去呢。"这小厮且不开门，且拉着笑说："好婶子，你这一进去，好歹偷些杏子出来赏我吃。我这里老等。你若忘了时，日后半夜三更打酒买油的，我不给你老人家开门，也不答应，随你干叫去。"柳氏啐道："发了昏的，今年不比往年，把这些东西都分给了众奶奶了。一个个的不像抓破了脸的，人打树底下一过，两眼就像那黧鸡似的，还动他的果子？昨儿我从李子树下一走，偏有一个蜜蜂儿往脸上一过，我一招手儿，偏你那好舅母就看见了。他离的远看不真，只当我摘李子呢，就屄声浪嗓喊起来，说又是'还没供佛呢'，又是'老太太、太太不在家还没进鲜呢，等进了上头，嫂子们都有分的'，倒像谁害了馋痨等李子出汗呢。叫我也没好话说，抢白了他一顿。可是你舅母姨娘两三个亲戚都管着，怎不和他们要的，到和我来要。这可是'仓老鼠和老鸹去借粮——守着的没有，飞着的有'。"小厮笑道："哎哟哟，没有罢了，说上这些闲话！我看你老以后就用不着我了？就便是姐姐有了好地方，将来便呼唤着的日子多，只要我们多答应他些就有了。"柳氏听了，笑道："你这个小猴精，又捣鬼吊白的，你姐姐有什么好地方了？"那小厮笑道："别哄我了，早已知道了。单是你们有内牵，难道我们就没有内牵不成？我虽在这里听哈，里头却也有两个姊妹成个体统的，什么事瞒了我们！"

正说着，只听门内又有老婆子向外叫："小猴儿们，快传你柳婶子去罢，再不来可就误了。"柳家的听了，不顾和小厮说话，忙推门进去，笑说："不必忙，我来了。"一面来至厨房，——虽有几个同伴的人，他们都不敢自专，单等他来调停分派——一面问众人："五丫头那去了？"众人都说："才往茶房里找他们姊妹去了。"柳家的听了，便将茯苓霜搁起，且按着房头分派菜馔。

忽见迎春房里小丫头莲花儿走来（墨夹：总是写春景将残。）说："司棋姐姐说了，要碗鸡蛋，炖的嫩嫩的。"柳家的道："就是这样尊贵。不知怎的，今年这鸡蛋短的狠，十个钱一个还找不出来。昨儿上头给亲戚家送粥米去，四五个买办出去，好容易才凑了二千个来。我那里找去？你说给他，改日吃罢。"莲花儿道："前儿要吃豆腐，你弄了些馊的，叫他说了我一顿。今儿要鸡蛋又没有了。什么好东西，我就不信连鸡蛋都没有了，别叫我翻出来。"一面说，一面真个走来，揭起菜箱一看，只见里面果有十来个鸡蛋，说道："这不是？你就这么利害！吃的是主子的，我们的分例，你为什么心疼？又不是你下的蛋，怕人吃了。"柳家的忙丢了手里的活计，便上来说道："你少满嘴里混唚！你娘才下蛋呢！通共留下这几个，预备菜上的浇头。姑娘们不要，还不肯做上去呢，预备接急的。你们吃了，倘或一声要起来，没有好的，连鸡蛋都没了。你们深宅大院，水来伸手，饭来张口，只知鸡蛋是平常物件，那里知道外头买卖的行市呢。别说这个，有一年连草根子还没了的日子还有呢。我劝他们，细米白饭，每日肥鸡大鸭子，将就些儿也罢了。吃腻了膈，天天又闹起故事来了。鸡蛋、豆腐，又是什么面筋、酱萝卜炸儿，敢自到换口味。只是我又不是答应你们的，一处要一样，就是十来样。我到别伺候头层主子，只预备你们二层主子了。"莲花儿听了，便红了脸，喊道："谁天天要你什么来？你说上这两车子话！叫你来，不是为便宜却为什么。前儿小燕来，说晴雯姐姐要吃芦蒿，你怎么忙的还问肉炒鸡炒？小燕说：'荤的因不好才另叫你炒个面筋的，少搁油才好。'你忙的到说自己发昏，赶着洗手炒了，狗颠儿似的亲捧了去。今儿反到拿我作筏子，说我给众人听。"柳家的忙道："阿弥陀佛！这些人眼见的。别说前儿一次，就从旧年一立厨房以来，凡各房里偶然间不论姑娘姐儿们要添一样半样，谁不是先拿了钱来，另买另添。有的没的，名声好听，说我单管姑娘厨房省事，又有剩头儿，算起账来，惹人恶心：连姑娘带姐儿们四五十人，一日也只管要两只鸡，两只鸭子，十来斤肉，一吊钱的菜蔬。你们算算，够作什么的？连本项两顿饭还撑持不住，还搁的住这个点这样，那个点那样，买来的又不吃，又买别的去。既这样，不如回了太太，多添些分例，也像大厨房里预备老太太的饭，把天下所有的菜蔬用水牌写了，天天转着吃，吃到一个月现算倒好。连前儿三姑娘和宝姑娘偶然商议了要吃个油盐炒枸杞芽儿来，现打发个姐儿拿着五百钱来给我，我到笑起来了，说：'二位姑娘就是大肚子弥勒佛，也吃不了五百钱的去。这三二十个钱的事，还预备的起。'赶着我送回钱去，到底不收，说赏我打酒吃，又说：'如今厨房在里头，保不住屋里的人不去叨登，一盐一酱，那不是钱买的。你不给又不好，给了你又没的赔。你拿着这个钱，全当还了他们素日叨登的东西窝儿。’这就是明白体下的姑娘，我们心里只替他念佛。没的赵姨奶奶听了又气不忿，又说太便宜了我，隔不了十天，也打发个小丫头子来寻这样寻那样，我到好笑起来。你们竟成了例，不是这个，就是那个，我那里有这些赔的。”

正乱时，只见司棋又打发人来催莲花儿，说他：“死在这里，怎么就不回去?”莲花儿赌气回来，便添了一篇话，告诉了司棋。司棋听了，不免心头起火。此刻伺候迎春饭罢，带了小丫头们走来，见了许多人正吃饭，见他来的势头不好，都忙起身陪笑让坐。司棋便喝命小丫头子动手，“凡箱柜所有的菜蔬，只管丢出来喂狗，大家赚不成”。小丫头子们巴不得一声，七手八脚抢上去，一顿乱翻乱掷的。众人一面拉劝，一面央告司棋说：“姑娘别误听了小孩子的话。柳嫂子有八个头，也不敢得罪姑娘，说鸡蛋难买是真。我们才也说他不知好歹，凭是什么东西，也少不得变法儿去。他已经悟过来了，连忙蒸上了。姑娘不信瞧那火上。”

司棋被众人一顿好言，方将气劝的渐平。小丫头们也没得摔完东西，便拉开了。司棋连说带骂，闹了一回，方被众人劝去。柳家的只好摔碗丢盘自己咕嘟了一回，蒸了一碗蛋令人送去。司棋全泼了地下了。那人回来也不敢说，恐又生事。

柳家的打发他女儿喝了一回汤，吃了半碗粥，又将茯苓霜一节说了。五儿听罢，便心下要分些赠芳官，遂用纸另包了一半，趁黄昏人稀之时，自己花遮柳隐的来找芳官。且喜无人盘问。一迳到了怡红院门前，不好进去，只在一簇玫瑰花前站立，远远的望着。有一盏茶时，可巧小燕出来，忙上前叫住。小燕不知是那一个，至跟前方看真切，因问作什么。五儿笑道：“你叫出芳官来，我和他说话。”小燕悄笑道：“姐姐太性急了，横竖等十来日就来了，只管找他做什么。方才使了他往前头去了，你且等他一等。不然，有什么话告诉我，等我告诉他。恐怕你等不得，只怕关园门了。”五儿便将茯苓霜递与了小燕，又说这是茯苓霜，如何吃，如何补益，“我得了些送他的，转烦你递与他就是了”。说毕，作辞回来。

正走蓼溆一带，忽见迎头林之孝家的带着几个婆子走来，五儿藏躲不及，只得上来问好。林之孝家的问道：“我听见你病了，怎么跑到这里来?”五儿陪笑道：“因这两日好些，跟我妈进来散散闷。才因我妈使我到怡红院送家伙去。”林之孝家的说道：“这话岔了。方才我见你妈出来我才关门。既是你妈使了你去，他如何不告诉我说你在这里呢，竟出去让我关门，是何主意?可知是你扯谎。”五儿听了，没话回答，只说：“原是我妈一早教我取去的，我忘了，挨到这时我才想起来了。只怕我妈错当我先出去了，所以没和大娘说得。”

林之孝家的听他辞钝色虚，又因近日玉钏儿说那边正房内失落了东西，几个丫头对赖，没主儿，心下便起了疑。可巧小蝉、莲花儿并几个媳妇子走来，见了这事，便说道：“林奶奶到要审审他。这两日他往这里头跑的不像，鬼鬼唧唧的，不知干些什么事。”小蝉又道：“正是。昨儿玉钏姐姐说，太太耳房里的柜子开了，少了好些零碎东西。琏二奶奶打发平姑娘和玉钏姐姐要些玫瑰露，谁知也少了一罐子。若不是寻露，还不知道呢。”莲花儿笑道：“这话我没听见，今儿我到看见一个露瓶子。”林之孝家的正因这些事没主儿，每日凤姐使平儿催逼他，一听此言，忙问在那里。莲花儿便说："在他们厨房里呢。"林之孝家的听了，忙命打了灯笼，带着众人来寻。五儿急的便说："那原是宝二爷屋里的芳官给我的。"林之孝家的便说："不管你方官圆官，现有了赃证，我只呈报了，凭你主子前辩去。"一面说，一面进入厨房，莲花儿带着，取出露瓶。恐还有偷的别物，又细细搜了一遍，又得了一包茯苓霜，一并拿了，带了五儿，来回李纨与探春。

那时李纨正因兰哥儿病了，不理事务，只命去见探春。探春已归房。人回进去，丫鬟们都在院内纳凉，探春在内盥沐，只有侍书回进去。半日，出来说："姑娘知道了，叫你们找平儿回二奶奶去。"林之孝家的只得领出来。到凤姐儿那边，先找着了平儿，平儿进去回了凤姐。凤姐方才歇下，听见此事，便吩咐："将他娘打四十板子，撵出去，永不许进二门。把五儿打四十板子，立刻交给庄子上，或卖或配人。"平儿听了，出来依言吩咐了林之孝家的。五儿唬的哭哭啼啼，给平儿跪着，细诉芳官之事。平儿道："这也不难，等明日问了芳官便知真假。但这茯苓霜前日人送了来，还等老太太、太太回来看了才敢打动，这不该偷了去。"五儿见问，忙又将他舅舅送的一节说了出来。平儿听了，笑道："这样说，你竟是个平白无辜之人，拿你来顶缸。此时天晚，奶奶才进了药歇下，不便为这点子小事去絮叨。如今且将他交给上夜的人看守一夜，等明儿我回了奶奶，再做道理。"林之孝家的不敢违拗，只得带了出来交与上夜的媳妇们看守，自便去了。

这里五儿被人软禁起来，一步不敢多走。又兼众媳妇，也有劝他说不该做这没行止之事；也有报怨说，正经更还坐不上来，又弄个贼来给我们看，倘或眼不见寻了死，逃走了，都是我们不是。于是，又有素日一干与柳家不睦的人，见了这般，十分趁愿，都来奚落嘲戏他。这五儿心内又气又委屈，竟无处可诉；且本来怯弱有病，这一夜思茶无茶，思水无水，思睡无衾枕，呜呜咽咽直哭了一夜。

谁知和他母女不和的那些人，巴不得一时撵出他们去，惟恐次日有变，大家先起了个清早，都悄悄的来买转平儿，一面送些东西，一面又奉承他办事简断，一面又讲述他母亲素日许多不好。平儿一一的都应着，打发他们去了，却悄悄的来访袭人，问他可果真芳官给他露了。袭人便说："露却是给芳官，芳官转给何人我却不知。"袭人于是又问芳官，芳官听了，唬天跳地，忙应是自己送他的。芳官便又告诉了宝玉，宝玉也慌了，说："露虽有了，若勾起茯苓霜来，他自然也实供。若听见了是他舅舅门上得的，他舅舅又有了不是，岂不是人家的好意，反被咱们陷害了。"因忙和平儿计议："露的事虽完，然这霜也是有不是的。好姐姐，你叫他说也是芳官给他的就完了。"平儿笑道："虽如此，只是他昨晚已经同人说是他舅舅给的了，如何又说你给的？况且那边所丢的露也是无主儿，如今有赃证的白放了，又去找谁？谁还肯认？众人也未必心服。"晴雯走来笑道："太太那边的露再无别人，分明是彩云偷了给环哥儿去了。你们可瞎乱说。"平儿笑道："谁不知是这个原故，但今玉钏儿急的哭，悄悄问着他，他应了，玉钏也罢了，大家也就混着不问了。难道我们好意兜揽这事不成！可恨彩云不但不应，他还挤玉钏儿，说他偷了去了。两个人窝里发炮，先吵的合府皆知，我们如何装没事人。少不得要查的。殊不知告失盗的就是贼，又没赃证，怎么说他。"宝玉道："也罢，这件事我也应起来，就说是我唬他们顽的，悄悄的偷了太太的来了。两件事都完了。”袭人道：“也倒是件阴骘事，保全人的贼名儿。只是太太听见又说你小孩子气，不知好歹了。”平儿笑道：“这也到是小事。如今便从赵姨娘屋里起了赃来也容易，我只怕又伤着一个好人的体面。别人都别管，这一个人岂不又生气。我可怜的是他，不肯为打老鼠伤了玉瓶。”说着，把三个指头一伸。袭人等听说，便知他说的是探春。大家都忙说：“可是这话。竟是我们这里应了起来的为是。”平儿又笑道：“也须得把彩云和玉钏儿两个业障叫了来，问准了他方好。不然他们得了益，不说为这个，倒像我没了本事问不出来，烦出这里来完事，他们以后越发偷的偷，不管的不管了。”袭人等笑道：“正是，也要你留个地步。”

平儿便命人叫了他两个来，说道：“不用慌，贼已有了。”玉钏儿先问贼在那里，平儿道：“现在二奶奶屋里，你问他什么应什么。我心里明知不是他偷的，可怜他害怕都承认。这里宝二爷不过意，要替他认一半。我待要说出来，但只是这做贼的素日又是和我好的一个姊妹，窝主却是平常，里面又伤着一个好人的体面，因此为难，少不得央求宝二爷应了，大家无事。如今反要问你们两个，还是怎样？若从此以后大家小心存体面，这便求宝二爷应了；若不然，我就回了二奶奶，别冤屈了好人。”彩云听了，不觉红了脸，一时羞恶之心感发，便说道：“姐姐放心，也别冤了好人，也别带累了无辜之人伤体面。偷东西原是赵姨奶奶央告我再三，我拿了些与环哥是情真。连太太在家我们还拿过，各人去送人，也是常事。我原说嚷过两天就罢了。如今冤屈了好人，我心也不忍。姐姐竟带了我回奶奶去，我一概应了完事。”众人听了这话，一个个都诧异，他竟这样有肝胆。宝玉忙笑道：“彩云姐姐果然是个正经人。如今也不用你应，我只说是我悄悄的偷的唬你们顽，如今闹出事来，我原该承认。只求姐姐们以后省些事，大家就好了。”彩云道：“我干的事为什么叫你应，死活我该去受。”平儿、袭人忙道：“不是这样说，你一应了，未免又叨登出赵姨奶奶来，那时三姑娘听了，岂不生气。竟不如宝二爷应了，大家无事，且除这几个人皆不得知道这事，何等的干净。但只以后千万大家小心些就是了。要拿什么，好歹奈到太太到家，那怕连这房子给了人，我们就没干系了。”彩云听了，低头想了一想，方依允。

于是大家商议妥贴，平儿带了他两个并芳官往前边来，至上夜房中叫了五儿，将茯苓霜一节也悄悄的教他说系芳官所赠，五儿感谢不尽。平儿带他们来至自己这边，已见林之孝家的带领了几个媳妇，押解着柳家的等候多时。林之孝家的又向平儿说：“今儿一早押了他来，恐园里没人伺候姑娘们的饭，我暂且将秦显的女人派了去伺候。姑娘一并回明奶奶，他到干净谨慎，以后就派他常伺候罢。”平儿道：“秦显的女人是谁？我不大相熟。”林之孝家的道：“他是园里南角子上夜的，白日里没什么事，所以姑娘不大相识。高高孤拐，大大的眼睛，最干净爽利的。”玉钏儿道：“是了。姐姐，你怎么忘了？他是跟二姑娘的司棋的婶娘。司棋的父母虽是大老爷那边的人，他这叔叔却是咱们这边的。”平儿听了，方想起来，笑道：“哦，你早说是他，我就明白了。”又笑道：“也太派急了些。如今这事八下里水落石出了，连前儿太太屋里丢的也有了主儿。是宝玉那日过来和这两个业障要什么的，偏这两个业障怄他顽，说太太不在家不敢拿。宝玉便瞅他两个不提防的时节，自己进去拿了些什么出来。这两个业障不知道，就唬慌了。如今宝玉听见带累了别人，方细细的告诉了我，拿出东西来我瞧，一件不差。那茯苓霜是宝玉外头得了的，也曾赏过许多人，不独园内人有，连妈妈子们讨了出去给亲戚们吃，又转送人，袭人也曾给过芳官之流的人。他们私情各相来往，也是常事。前儿那两篓还摆在议事厅上，好好的原封没动，怎么就混赖起人来。等我回了奶奶再说。”说毕，抽身进了卧房，将此事照前言回了凤姐儿一遍。

凤姐儿道：“虽如此说，但宝玉为人不管青红皂白爱兜揽事情。别人再求求他去，他又搁不住人两句好话，给他个炭篓子带上，什么事他不应承。咱们若信了，将来若大事也如此，如何治人。还要细细的追求才是。依我的主意，把太太屋里的丫头都拿来，虽不便擅加拷打，只叫他们垫着磁瓦子跪在太阳地下，茶饭也别给吃。一日不说跪一日，便是铁打的，一日也管招了。又道是‘苍蝇不抱没缝的蛋’。虽然这柳家的没偷，到底有些影儿，人才说他。虽不加贼刑，也革出不用。朝廷家原有挂误的，到也不算委屈了他。”平儿道：“何苦来操这心！‘得放手时须放手’，什么大不了的事，乐得不施恩呢。依我说，纵在这屋里操上一百分的心，终久咱们是那边屋里去的。没的结些小人仇恨，使人含怨。况且自己又三灾八难的，好容易怀了一个哥儿，到了六七个月还掉了，焉知不是素日操劳太过，气恼伤着的。如今乘早儿见一半不见一半的，也到罢了。”一席话，说的凤姐儿到笑了，说道：“凭你这小蹄子发放去罢。我才精爽些了，没的淘气。”平儿笑道：“这不是正经！”说毕，转身出来，一一发放。要知端的，且听下回分解。

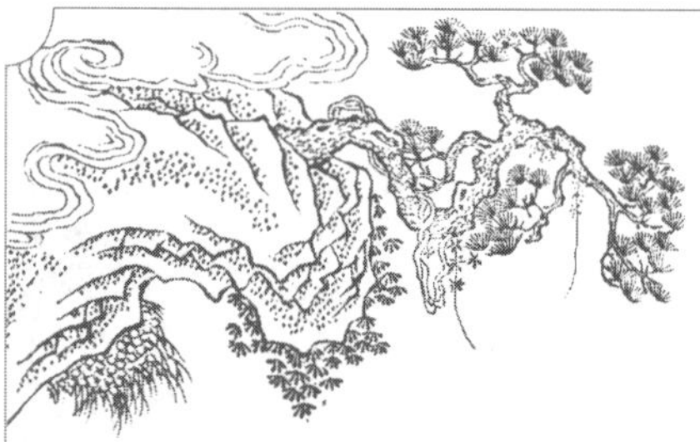

第六十二回

憨湘云醉眠芍药裀　呆香菱情解石榴裙

话说平儿出来吩咐林之孝家的道："大事化为小事，小事化为没事，方是兴旺之家。若得不了一点子小事，便扬铃打鼓的乱折腾起来，不成道理。如今将他母女带回，照旧去当差。将秦显家的仍旧退回。再不必提此事。只是每日小心巡察要紧。"说毕，起身走了。柳家的母女忙向上磕头，林家的带回园中，回了李纨、探春，二人皆说："知道了，能可无事，很好。"

司棋等人空兴头了一阵。那秦显家的好容易等了这个空子钻了来，只兴头上半天。在厨房内正乱接收家伙米粮煤炭等物，又查出许多亏空来，说："粳米短了两石，常用米又多支了一个月的，炭也欠着额数。"一面又打点送林之孝家的礼，悄悄的备了一篓炭，五百斤木柴，一担粳米，在外边就遣了子侄送入林家去了；又打点送账房的礼；又预备几样菜蔬请几位同事的人，说："我来了，全仗列位扶持。自今以后都是一家人了。我有照顾不到的，好歹大家照顾些。"正乱着，忽有人来说与他："看过这早饭就出去罢。柳嫂儿原无事，如今还交与他管了。"秦显家的听了，轰去魂魄，垂头丧气，登时掩旗息鼓，卷包而出。送人之物白丢了许多，自己到要折变了赔补亏空。连司棋都气了个倒仰，无计挽回，只得罢了。

赵姨娘正因彩云私赠了许多东西，被玉钏儿吵出，生恐查诘出来，每日捏一把汗打听信儿。忽见彩云来告诉说："都是宝玉应了，从此无事。"赵姨娘方把心放下来。谁知贾环听如此说，便起了疑心，将彩云凡私赠之物都拿了出来，照着彩云的脸摔了去，说："这两面三刀的东西！我不稀罕。你不和宝玉好，他如何肯替你应。你既有担当给了我，原该不与一个人知道。如今你既然告诉他，如今我再要这个，也没趣儿。"彩云见如此，急的发身赌誓，至于哭了，百般解说，贾环执意不信，说："不看你素日之情，去告诉二嫂子，就说你偷来给我，我不敢要。你细想去。"说毕，摔手出去了。急的赵姨娘骂："没造化的种子，蛆心孽障。"气的彩云哭个泪干肠断。赵姨娘百般的安慰他："好孩子，他辜负了你的心，我看的真。让我收起来，过两日他自然回转过来了。"说着，便要收东西。彩云赌气一顿包起来，乘人不见时，来至园中，都撇在河内，顺水沉的沉、漂的漂。自己气的夜间在被内暗哭。

当下又值宝玉生日已到，原来宝琴也是这日，二人相同。因王夫人不在家，也不曾像往年闹热。只有张道士送了四样礼，换的寄名符儿；还有几处僧尼庙的和尚姑子送了供尖儿，并寿星纸马疏头，并本命星官值年太岁周年换的锁儿。家中常走的男女先儿来上寿。王子腾那边，仍是一套衣服，一双鞋袜，一百寿桃，一百束上用银丝挂面。薛姨娘处减一等。其余家中人，尤氏仍是一双鞋袜；凤姐儿是一个宫制四面和合荷包，里面装一个金寿星，一件波斯国所制玩器。各庙中遣人去放堂舍钱。又另有宝琴之礼，不能备述。姐妹中皆随便，或有一扇的，或有一字的，或有一画的，或有一诗的，聊复应景而已。

这日宝玉清晨起来，梳洗已毕，冠带出来。至前厅院中，已有李贵等四五个人在那里设下天地香烛，宝玉炷了香。行毕礼，奠茶焚纸后，便至宁府中宗祠、祖先堂两处行毕礼，出至月台上，又朝上遥拜过贾母、贾政、王夫人等。一顺到尤氏上房，行过礼，坐了一回，方回荣府。先至薛姨妈处，薛姨妈再三拉着，然后又遇见薛蝌，让一回，方进园来。晴雯、麝月二人跟随，小丫头夹着毡子，从李氏起，一一挨着比自己长的房中到过。复出二门，至李、赵、张、王四个奶妈家让了一回，方进来。虽众人要行礼，也不曾受。回至房中，袭人等只都来说一声就是了。王夫人有言，不令年轻人受礼，恐折了福寿，故皆不磕头。

歇一时，贾环、贾兰等来了，袭人连忙拉住，坐了一坐，便去了。宝玉笑说走乏了，便歪在床上。方吃了半盏茶，只听外面咭咭呱呱，一群丫头笑进来，原来是翠墨、小螺、翠缕、入画，邢岫烟的丫头篆儿，并奶子抱巧姐儿，彩鸾、绣鸾八九个人，都抱着红毡笑着走来，说："拜寿的挤破了门了，快拿面来我们吃。"刚进来时，探春、湘云、宝琴、岫烟、惜春也都来了。宝玉忙迎出来，笑说："不敢起动，快预备好茶。"进入房中，不免推让一回，大家归坐。袭人等捧过茶来，才吃了一口，平儿也打扮的花枝招展的来了。宝玉忙迎出来，笑说："我方才到凤姐姐门上，回了进去，不能见，我又打发人进去让姐姐的。"平儿笑道："我正打发你姐姐梳头，不得出来回你。后来听见又说让我，我那里禁当的起，所以特赶来磕头。"宝玉笑道："我也禁当不起。"袭人早在外间安了坐，让他坐。平儿便福下去，宝玉作揖不迭。平儿便跪下去，宝玉也忙还跪下，袭人连忙搀起来。又下了一福，宝玉又还了一揖。袭人笑推宝玉："你再作揖。"宝玉道："已经完了，怎么又作揖？"袭人笑道："这是他来给你拜寿。今儿也是他的生日，你也该给他拜寿。"宝玉听了，忙作下揖去，说："原来今儿也是姐姐的芳诞。"平儿还万福不迭。湘云拉宝琴、岫烟说："你们四个人对拜寿，直拜一天才是。"探春忙问："原来邢妹妹也是今儿？我怎么就忘了。"忙命丫头："去告诉二奶奶，赶着补了一分礼，与琴姑娘的一样，送到二姑娘屋里去。"丫头答应着去了。岫烟见湘云直口说出来，少不得要到各房去让让。

探春笑道："到有些意思，一年十二个月，月月有几个生日。人多了，便这等巧，也有三个一日、两个一日的。大年初一日也不白过，大姐姐占了去。怨不得他福大，生日比别人就占先。又是太祖太爷的生日。过了灯节，就是老太太和宝姐姐，他们娘儿两个遇的巧。三月初一日是太太，初九日是琏二哥哥。二月没人。"袭人道："二月十二是林姑娘，怎么没人？就只不是咱家的人。"探春笑道："我这个记性是怎么了！"宝玉笑指袭人道："他和林妹妹是一日，所以他记的。"探春笑道："原来你两个倒是一日。每年连头也不给我们磕一个。平儿的生日我们也不知道，这也是才知道。"平儿笑道："我们是那牌儿名上的人？生日也没拜寿的福，又没受礼职份，可吵闹什么？可不悄悄的过去。今儿他又偏吵出来了，等姑娘们回房，我再行礼去罢。"探春笑道："也不敢惊动。只是今儿到要替你过个生日，我心里才过得去。"宝玉、湘云等一齐都说："狠是。"探春便吩咐了丫头："去告诉他奶奶，就说我们大家说了，今儿一日不放平儿出去，我们也大家凑了分子过生日呢。"丫头笑着去了，半日，回来说："二奶奶说了，多谢姑娘们给他脸。不知过生日给他些什么吃，只别忘了二奶奶，就不来絮聒他了。"众人都笑了。

探春因说道："可巧今儿里头厨房不预备饭，一应下面弄菜都是外头收拾。咱们就凑了钱就叫柳家的来揽了去，只在咱们里头收拾到好。"众人都说是极。探春一面遣人去问李纨、宝钗、黛玉，一面遣人去传柳家的进来，吩咐他内厨房中快收拾两桌酒席。柳家的不知何意，因说外厨房都预备了。探春笑道："你原来不知道，今儿是平姑娘的华诞。外头预备的是上头的，这如今我们私下又凑了分子，单为平姑娘预备两桌请他。你只管拣新巧的菜蔬预备了来，开了账到我那里领钱。"柳家的笑道："原来今日也是平姑娘的千秋，我竟不知道。"说着，便向平儿磕下头去，慌的平儿拉起他来。柳家的忙去预备酒席。

这里探春又邀了宝玉，同到厅上去吃面，等到李纨、宝钗一齐来全，又遣人去请薛姨妈与黛玉。因天气和暖，黛玉之疾渐愈，故也来了。花团锦簇，挤了一厅的人。

谁知薛蝌又送了巾扇香帛四色寿礼与宝玉，宝玉于是过去陪他吃面。两家皆治了寿酒，互相酬送，彼此同领。至午间，宝玉又陪薛蝌吃了两杯酒。宝钗带了宝琴过来与薛蝌行礼，把盏毕，宝钗因嘱薛蝌："家里的酒也不用送过那边去，这虚套竟可收了。你只请伙计们吃罢。我们和宝兄弟进去还要待人去呢，也不能陪你了。"薛蝌忙说："姐姐兄弟只管请，只怕伙计们也就好来了。"宝玉忙又告过罪，方同他姊妹回来。

一进角门，宝钗便命婆子将门锁上，把钥匙要了自己拿着。宝玉忙说："这一道门何必关，又没多的人走。况且姨娘、姐姐、妹妹都在里头，倘或家去取什么，岂不费事。”宝钗笑道：“小心没过逾的。你瞧你们那边，这几日七事八事，竟没有我们这边的人，可知是这门关的有功效了。若是开着，保不住那起人图顺脚，抄近路从这里走，拦谁的是？不如锁了，连妈和我也禁着些，大家别走。纵有了事，就赖不着这边的人了。”宝玉笑道：“原来姐姐也知道我们那边近日丢了东西?”宝钗笑道：“你只知道玫瑰露和茯苓霜两件，乃因人而及物。若非因人，你连这两件还不知道呢。殊不知还有几件比这两件大的呢。若以后叨登不出来，是大家的造化；若叨登出来，不知里头连累多少人呢。你也是不管事的人，我才告诉你。平儿是个明白人，我前儿也告诉了他，皆因他奶奶不在外头，所以使他明白了。若不出来，大家乐得丢开手。若犯出来，他心里已有稿子，自有头绪，就冤屈不着平人了。你只听我说，以后留神小心就是了，这话也不可对第二个人讲。”

说着，来到沁芳亭边，只见袭人、香菱、待书、素云、晴雯、麝月、芳官、蕊官、藕官等十来个人都在那里看鱼作耍。见他们来了，都说：“芍药栏里预备下了，快去上席罢。”宝钗等随携了他们同到了芍药栏中红香圃三间小敞厅内。连尤氏已请过来了，诸人都在那里，只没平儿。原来平儿出去，有赖、林诸家送了礼来，连三接四，上中下三等家人来拜寿送礼的不少，平儿忙着打发赏钱道谢，一面又色色的回明凤姐儿，不过留下几样，也有不收的，也有收下即刻赏与人的。忙了一回，又直待凤姐儿吃过面，方换了衣裳往园里来。

刚进了园，就有几个丫鬟来找他，一同到了红香圃中。只见筵开玳瑁，褥设芙蓉。众人都笑：“寿星全了。”上面四座定要让他四个人坐，四人皆不肯。薛姨妈说：“我老天拔地，又不合你们的群儿，我到觉拘的慌，不如我到厅上随便躺躺去到好。我又吃不下什么去，又不大吃酒，这里让他们到便宜。”尤氏等执意不从。宝钗道：“这也罢了，到是让妈在厅上歪着自如些，有爱吃的送些过去，倒自在了。且前头没人在那里，又可照看了。”探春等笑道：“既这样，恭敬不如从命。”因大家送了他到议事厅上，眼看着命丫头们铺了一个锦褥并靠背引枕之类，又嘱咐：“好生给姨妈捶腿，要茶要水别推三扯四的。回来送了东西，姨妈吃了就赏你们吃。只别离了这里出去。”小丫头们都答应了。

探春等方回来。终久让宝琴、岫烟二人在上，平儿面西坐，宝玉面东坐。探春又接了鸳鸯来，二人并肩对面相陪。西边一桌，宝钗、黛玉、湘云、迎春、惜春，一面又拉了香菱、玉钏儿二人打横。三桌上，尤氏、李纨又拉了袭人、彩云陪坐。四桌上便是紫鹃、莺儿、晴雯、小螺、司棋等人围坐。当下探春等还要把盏，宝琴等四人都说：“这一闹，一日都坐不成了。”方才罢了。两个女先儿要弹词上寿，众人都说：“我们没人要听那些野话，你厅上去说给姨太太解闷儿去罢。”一面又将各色吃食拣了，命人送与薛姨妈去。

宝玉便说：“雅坐无趣，须要行令才好。”众人有的说行这个令好，那个又说行那个令好。黛玉道：“依我说，拿了笔砚将各色全都写了，拈成阄儿，咱们抓出那个来，就是那个。”众人都道妙。即拿了一副笔砚花笺。香菱近日学了诗，又天天学写字，见了笔砚便图不得，连忙起座说：“我写。”大家想了一回，共得了十来个，念着，香菱一一的写了，搓成阄儿，掷在一个瓶中间。探春便命平儿拣，平儿向内搅了一搅，用箸拈了一个出来，打开看，上写着“射覆”二字。宝钗笑道：“把个酒令的祖宗拈出来。‘射覆’从古有的，如今失了传，这是后人纂的，比一切的令都难。这里头到有一半是不会的，不如毁了，另拈一个雅俗的。”探春笑道：“既拈了出来，如何又毁。如今再拈一个，若是雅俗共赏的，便叫他们行去。咱们行这个。”说着又着袭人拈了一个，却是“拇战”。史湘云笑着说：“这个简断爽利，合了我的脾气。我不行这个‘射覆’，没的垂头丧气闷人，我只划拳去了。”探春道：“惟有他乱令，宝姐姐快罚他一钟。”宝钗不容分说，便灌了湘云一杯。

探春道：“我吃一杯，我是令官，也不用宣，只听我分派。”命取了令骰令盆来，“从琴妹掷起，挨下掷去，对了点的二人射覆。”宝琴一掷，是个三，岫烟、宝玉等皆掷的不对，直到香菱方掷了个三。宝琴笑道：“只好室内生春，若说到外头去，可太没头绪了。”探春道：“自然。三次不中者罚一杯。你覆，他射。”宝琴想了一想，说了个“老”字。香菱原生于这令，一时想不到，满屋满席都不见有与“老”字相连的成语。湘云先听了，便也乱看，忽见门斗上贴着“红香圃”三个字，便知宝琴覆的是“吾不如老圃”的“圃”字。见香菱射不着，众人击鼓又催，便悄悄的拉香菱，教他说“药”字。黛玉偏看见了，说：“快罚他，又在那里私相传递呢。”闹的众人都知道了，忙又罚了一杯，恨的湘云拿筷子敲黛玉的手。于是罚了香菱一杯。下则宝钗和探春对了点子。探春便射了一个“人”字。宝钗笑道：“这个‘人’字泛的狠。”探春笑道：“添一字，两射一覆也不泛了。”说着，便又说了一个“窗”字。宝钗一想，因见席上有鸡，便覆着他是用“鸡窗”“鸡人”二典，因覆了一个“埘”字。探春知他覆着，用了“鸡栖于埘”的典，二人一笑，各饮一口门杯。

湘云等不得，早和宝玉“三”“五”乱叫，划起拳来。那边尤氏和鸳鸯隔着席也“七”“八”乱叫划起来。平儿、袭人也作了一对划拳，叮叮当当只听得腕上的镯子响。一时湘云赢了宝玉，袭人赢了平儿，尤氏赢了鸳鸯，三个人限酒底酒面，湘云便说：“酒面要一句古文，一句旧诗，一句骨牌名，一句曲牌名，还要一句时宪书上的话，共总凑成一句话。酒底要关人事的果菜名。”众人听了，都笑说：“惟有他的令也比人唠叨，到也有意思。”便催宝玉快说。宝玉笑道：“谁说过这个，也等想一想。”黛玉便道：“你多喝一钟，我替你说。”宝玉真个喝了酒，听黛玉说道：

> 落霞与孤鹜齐飞，风急江天过雁哀，却是一只折足雁，叫的人九回肠，这是鸿雁来宾。

说的大家笑了，说：“这一串子倒有些意思。”黛玉又拈了一个“榛穰”，说酒底道：

> 榛子非关隔院砧，何来万户捣衣声。

令完，鸳鸯袭人等皆说的是一句俗语，都带一个“寿”字的，不能多赘。

大家轮流乱划了一阵，这上面湘云又和宝琴对了手，李纨和岫烟对了点子。李纨便射了一个“瓢”字，岫烟便覆了一个“绿”字，二人会意，各饮一口。湘云的拳却输了，请酒面酒底。宝琴笑道：“请君入瓮。”大家笑起来，说：“这个典用的当。”湘云便说道：

奔腾砰湃，江间波浪兼天涌，须要铁锁缆孤舟，既遇着一江风，不宜出行。

说的众人都笑了，说：“好个诌断了肠子的。怪道他出这个令，故意惹人笑。”又听他说酒底。湘云吃了酒，拣了一块鸭肉呷口，忽见碗内有半个鸭头，遂拣了出来吃脑子。众人催他：“别只顾吃，到底快说了。”湘云便用箸子举着说道：

这鸭头不是那丫头，头上那讨桂花油。

众人越发笑起来，引的晴雯、翠螺、莺儿等一干人都走过来说：“云姑娘会开心儿，拿着我们取笑儿，快罚一杯才罢。怎见得我们就该擦桂花油的？到得每人给一瓶子桂花油擦擦。”黛玉笑道：“他到有心给你们一瓶子油，又怕挂误着打窃盗的官司。”众人不理论，宝玉却明白，忙低了头。彩云有心病，不觉的红了脸。宝钗忙暗暗的瞅了黛玉一眼。黛玉自悔失言，原是趣宝玉的，就忘了趣着彩云。自悔不及，忙一顿行令划拳岔开了。

底下宝玉可巧和宝钗对了点子。宝钗覆了一个“宝”字，宝玉想了一想，便知是宝钗作戏，指自己所佩通灵玉而言，便笑道：“姐姐拿我作雅谑，我却射着了。说出来姐姐别恼，就是姐姐的讳‘钗’字就是了。”众人道：“怎么解？”宝玉道：“他说‘宝’，底下自然是‘玉’了。我射‘钗’字，旧诗曾有‘敲断玉钗红烛冷’，岂不射着了。”湘云说道：“这用时事却使不得，两个人都该罚。”香菱忙道：“不止时事，这也有出处。”湘云道：“‘宝玉’二字并无出处，不过是春联上或有之，诗书纪载并无，算不得。”香菱道：“前日我读岑嘉州五言律，现有一句说‘此乡多宝玉’，怎么你到忘了？后来又读李义山七言绝句，又有一句‘宝钗无日不生尘’，我还笑说他两个名字都原来在唐诗上呢。”众人笑说：“这可问住了，快罚一杯。”湘云无语，只得饮了。大家又该对点的对点，划拳的划拳。这些人因贾母、王夫人不在家，没了管束，便任意取乐，呼三喝四，喊七叫八。满厅中红飞翠舞，玉动珠摇，真是十分热闹。顽了一回，大家方起席散了一散，倏然不见了湘云，只当他外头自便就来，谁知越等越没了影响，使人各处去找，那里找得着。

接着林之孝家的同着几个老婆子来，生恐有正事呼唤，二者恐丫鬟们年青，乘王夫人不在家不服探春等约束，姿意痛饮，失了体统，故来请问有事无事。探春见他们来了，便知其意，忙笑道：“你们又不放心，来查我们来了。我们没有多吃酒，不过是大家顽笑，将酒作个引子，妈妈们别耽心。”李纨、尤氏都也笑说：“你们歇着去罢，我们也不敢叫他们多吃了。”林之孝家的等人笑说：“我们知道，连老太太叫姑娘吃酒姑娘们还不肯吃，何况太太们不在家，自然顽罢了。我们怕有事，来打听打听。二则天长了，姑娘们顽一回子还该点补些小食儿。素日又不大吃杂东西，如今吃一两杯酒，若不多吃些东西，怕受伤。”探春笑道：“妈妈们说的是，我们也正要吃呢。”因回头命取点心来。两旁丫鬟们答应了，忙去传点心。探春又笑让：“你们歇着去罢，或是姨妈那里说话儿去。我们即刻打发人送酒你们吃去。”林之孝家的等人笑回：“不敢领了。”又站了一回，方退了出来。平儿摸着脸笑道：“我的脸都热了，也不好意思见他们。依我说竟收了罢，别惹他们再来，到没意思了。”探春笑道：“不相干，横竖咱们不认真喝酒就罢了。”

正说着，只见一个小丫头笑嘻嘻的走来：“姑娘们快瞧云姑娘去，吃醉了图凉快，在山子后头一块青板石凳上睡着了。”众人听说，都笑道：“快别吵嚷。”说着，都走来看时，果见湘云卧于山石僻处一个石凳子上，业经香梦沉酣，四面芍药花飞了一身，满头脸衣襟上皆是红香散乱，手中的扇子在地下，也半被落花埋了，一群蜂蝶闹穰穰的围着他，又用鲛帕包了一包芍药花瓣枕着。众人看了，又是爱，又是笑，忙上来推唤搀扶。湘云口内犹作睡语说酒令，唧唧嘟嘟说：

泉香而酒冽，玉盏盛来琥珀光，直饮到梅梢月上，醉扶归，却为宜会亲友。

众人笑推他，说道：“快醒醒儿吃饭去，这潮凳上还睡出病来呢。”湘云慢启秋波，见了众人，低头看了一看自己，方知是醉了。原是来纳凉避静的，不觉的因多罚了两杯酒，娇嫋不胜，便睡着了，心中反觉自愧。连忙起身扎挣着同着众人来至红香圃中，用过水，又吃了两盏酽茶。探春忙命将醒酒石拿来给他衔在口内，一时又命他喝了一些酸汤，方才觉得好了些。

当下又选了几样果菜与凤姐送去，凤姐儿也送了几样来。宝钗等吃过点心，大家也有坐的，也有立的，也有在外观花的，也有扶栏观鱼的，各自取便说笑不一。探春便和宝琴下棋，宝钗、岫烟观局。林黛玉和宝玉在一簇花下唧唧哝哝不知说些什么。只见林之孝家的和一群女人带了一个媳妇进来。那媳妇愁眉苦脸，也不敢进厅，只到了阶下，便朝上跪下了，碰头有声。探春因一块棋受了敌，算来算去总得了两个眼，便折了官着，两眼只瞅着棋枰，一只手却伸在盒内，只管抓弄棋子作想，林之孝家的站了半天，因回头要茶时才看见，问：“什么事?”林之孝家的便指那媳妇说：“这是四姑娘屋里的小丫头彩儿的娘，现是园内伺候的人。嘴狠不好，才是我听见了问着他，他说的话也不敢回姑娘，竟要撵出去才是。”探春道：“怎么不回大奶奶?”林之孝家的道：“方才大奶奶都往厅上姨太太处去了，顶头看见，我已回明白了，叫回姑娘来。”探春道：“怎么不回二奶奶?”平儿道：“不回去也罢，我回去说一声就是了。”探春点点头，道：“既这么着，就撵出他去，等太太回来，再作定夺。”说毕仍又下棋。这林之孝家的带了那人去不提。

黛玉和宝玉二人站在花下，遥遥知意。黛玉便说道：“你家三丫头到是个乖人。虽然叫他管些事，到也一步儿不肯多走。差不多的人就早作起威福来了。”宝玉道：“你不知道呢。你病着时，他干了好几件事。这园子也分了人管，如今多掐一草也不能了。又蠲了几件事，单拿我和凤姐姐作筏子禁别人。最是心里有算计的人，岂只乖而已。”黛玉道：“要这样才好，咱们家里也太花费了。我虽不管事，心里每常闲了，替你们一算计，出的多进的少，如今若不省俭，必致后手不接。”宝玉笑道：“凭他怎么后手不接，也短不了咱们两个人的。”黛玉听了，转身就往厅上寻宝钗说笑去了。宝玉正欲走时，只见袭人走来，手内捧着一个小连环洋漆茶盘，里面可式放着两钟新茶，因问：“他往那去了？我见你两个半日没吃茶，巴巴的倒了两钟来，他又走了。”宝玉道：“那不是他？你给他送去。”说着自拿了一钟。袭人便送了那钟去，偏和宝钗在一处，只得一钟茶，便说：“那位渴了那位先接了，我再倒去。”宝钗笑道：“我却不渴，只要一口漱一漱就够了。”说着先拿起来喝了一口，剩下半杯递在黛玉手内。袭人笑说：“我再倒去。”黛玉笑道：“你知道我这病，大夫不许我多吃茶，这半钟尽够了，难为你想的到。”说毕，饮干，将杯放下。袭人又来接宝玉的。宝玉因问：“这半日没见芳官，他在那里呢？”袭人四顾一瞧说：“才在这里几个人斗草的，这会子不见了。”

宝玉听说，便忙回至房中，果见芳官面向里睡在床上。宝玉推他说道：“快别睡觉，咱们外头顽去，一回儿好吃饭的。”芳官道：“你们吃酒不理我，教我闷了半日，可不来睡觉罢了。”宝玉拉了他起来，笑道：“咱们晚上家里再吃，回来我叫袭人姐姐带了你桌上吃饭，何如？”芳官道：“藕官、蕊官都不上去，单我在那里也不好。我也不惯吃那个面条子，早饭也没好生吃。才刚饿了，我已告诉了柳嫂子，先给我做一碗汤，盛半碗粳米饭送来，我这里吃了就完事。若是晚上吃酒，不许教人管着我，我要尽力吃够了才罢。我先在家里，吃二三斤好惠泉酒呢。如今学了这劳什子，他们说怕坏嗓子，这几年也没闻见。乘今儿我是要开斋了。”宝玉道：“这个容易。”

说着，只见柳家的果遣了人送了一个盒子来。小燕接着揭开，里面是一碗虾丸鸡皮汤，又是一碗酒酿清蒸鸭子，一碟腌的胭脂鹅脯，还有一碟四个奶油松瓤卷酥，并一大碗热腾腾碧荧荧蒸的绿畦香稻粳米饭。小燕放在案上，走去拿了小菜并碗箸过来，拨了一碗饭。芳官便说：“油腻腻的，谁吃这些东西。”只将汤泡饭吃了一碗，拣了两块腌鹅就不吃了。宝玉闻着，倒觉比往常之味有胜些似的，遂吃了一个卷酥，又命小燕也拨了半碗饭，泡汤一吃，十分香甜可口。小燕和芳官都笑了。吃毕，小燕便将剩的要交回。宝玉道：“你吃了罢，若不够再要些来。”小燕道：“不用要，这就够了。方才麝月姐姐拿了两盘子点心给我们吃了，我再吃了这个，尽不用再吃了。”说着，便站在桌旁一顿吃了，又留下两个卷酥，说：“这个留着给我妈吃。晚上要吃酒，给我两碗酒吃就是了。”宝玉笑道：“你也爱吃酒？等着咱们晚上痛喝一阵。你袭人姐姐和晴雯姐姐量也好，也要喝，只是每日不好意思。今儿大家开斋。还有一件事，想着嘱咐你，我竟忘了，此刻才想起来。以后芳官全要你照看他，他或有不到的去处，你提他，袭人照顾不过这些人来。”小燕道：“我都知道，都不用操心。但只这五儿怎么样？”宝玉道：“你和柳家的说去，明儿直叫他进来罢，等我告诉他们一声就完了。”芳官听了，笑道：“这到是正经。”小燕又叫两个小丫头进来，伏侍洗手到茶，自己收了家伙，交与婆子，也洗了手，便去找柳家的，不在话下。

宝玉便出来，仍往红香圃寻众姊妹，芳官在后拿着巾扇。刚出了院门，只见袭人、晴雯二人携手回来。宝玉问："你们做什么？"袭人道："摆下饭了，等你吃饭呢。"宝玉便笑着将方才吃的饭一节告诉了他两个。袭人笑道："我说你是猫儿食，闻见了香就好，隔锅饭儿香。虽然如此，也该上去陪他们多少应个景儿。"晴雯用手指戳在芳官额上，说道："你就是个狐媚子，什么空儿跑了去吃饭，两个人怎么就约下了，也不告诉我们一声儿。"袭人笑道："不过是误打误撞的遇见了，说约下了可是没有的事。"晴雯道："既这么着，要我们无用。明儿我们都走了，让芳官一个人就够使了。"袭人笑道："我们都去了使得，你却去不得。"晴雯道："惟有我是第一个要去，又懒又笨，性子又不好，又没用。"袭人笑道："倘或那孔雀褂子再烧个窟窿，你去了谁可会补呢。你倒别和我拿三撇四的，我烦你做个什么，把你懒的横针不拈，竖线不动。一般也不是我的私活烦你，横竖都是他的，你就都不肯做。怎么我去了几天，你病的七死八活，一夜连命也不顾给他做了出来，这又是什么原故？你到底说话，别只佯憨，和我笑，也当不了什么。"晴雯笑着啐了一口。大家说着，来至厅上。薛姨妈也来了。大家依序坐下吃饭。宝玉只用茶泡了半碗饭，应景而已。一时吃毕，大家吃茶闲话，又随便顽笑。

外面小螺和香菱、芳官、蕊官、藕官、荳官等四五个人，都满园中顽了一回，大家采了些花草来兜着，坐在花草堆中斗草。这一个说："我有观音柳。"那一个说："我有罗汉松。"那一个又说："我有君子竹。"这一个又说："我有美人蕉。"这个又说："我有星星翠。"那个又说："我有月月红。"这个又说："我有《牡丹亭》上的牡丹花。"那个又说："我有《琵琶记》里的枇杷果。"荳官便说："我有姊妹花。"众人没了，香菱便说："我有夫妻蕙。"荳官说："从没听见有个夫妻蕙。"香菱道："一箭一花为兰，一箭数花为蕙。凡蕙有两枝，上下结花者为兄弟蕙，有并头结花者为夫妻蕙。我这枝并头的，怎么不是。"荳官没的说了，便起身笑道："依你说，若是这两枝一大一小，就是老子儿子蕙了。若两枝背面开的，就是仇人蕙了。你汉子去了大半年，你想夫妻了？便扯上蕙也夫妻，好不害羞！"香菱听了，红了脸，忙要起身拧他，笑骂道："我把你这个烂了嘴的小蹄子！满嘴里汗爀的胡说了。"荳官见他要勾来，怎容他起来，便连忙欠身将他压倒，回头笑着央告蕊官等："你们来，帮着我拧他这谄嘴。"两个人滚在草地下。众人拍手笑说："了不得了，那是一洼子水，可惜污了他的新裙子了。"荳官回头看了一看，果见旁边有一汪积雨，香菱的半扇裙子都污湿了，自己不好意思，忙夺了手跑了。众人笑个不住，怕香菱拿他们出气，也都哄笑一散。

香菱起身低头一瞧，那裙上犹滴滴点点流下绿水来。正恨骂不绝，可巧宝玉见他们斗草，也寻了些花草来凑戏，忽见众人跑了，只剩了香菱一个低头弄裙，因问："怎么散了？"香菱便说："我有一枝夫妻蕙，他们不知道，反说我谄，因此闹起来，把我的新裙子也脏了。"宝玉笑道："你有夫妻蕙，我这里到有一枝并蒂菱。"口内说，手内却真个拈着一枝并蒂菱花，又拈了那枝夫妻蕙在手内。香菱道："什么夫妻不夫妻，并蒂不并蒂，你瞧瞧这裙子。"宝玉方低头一瞧，便嗳呀了一声，说："怎么就拖在泥里了？可惜这石榴红绫最不禁染。"香菱道："这是前儿琴姑娘带了来的。姑娘做了一条，我做了一条，今儿才上身。"宝玉跌脚叹道："若你们家，一日遭踏这一百件也不值什么。只是头一件既系琴姑娘带来的，你和宝姐姐每人才一件，他的尚好，你的先脏了，岂不辜负他的心。二则姨妈老人家嘴碎，饶这么样，我还听见常说你们不知过日子，只会遭踏东西，不知惜福呢。这叫姨妈看见了，又说一个不清。”香菱听了这话，却碰在心坎儿上，反到喜欢起来了，因笑道：“就是这话了。我虽有几条新裙子，都不和这一样的，若有一样的，赶着换了，也就好了。过后再说。”宝玉道：“你快休动，只站着方好，不然连小衣儿膝裤鞋面都要拖脏。我有个主意：袭人上月做了一条和这个一模一样的，他因有孝，如今也不穿。竟送了你换下这个来，如何?”香菱笑着摇头说：“不好。他们倘或听见了到不好。”宝玉道：“这怕什么。等他们孝满了，他爱什么难道不许你送他别的不成。你若这样，还是你素日为人了！况且不是瞒人的事，只管告诉宝姐姐也可，只不过怕姨妈老人家生气罢了。”香菱想了一想有理，便点头笑道：“就是这样罢了，别辜负了你的心。我等着你，千万叫他亲自送来才好。”

宝玉听了，喜欢非常，答应了忙忙的回来，一壁里低头心下暗算：“可惜这么一个人，没父母，连自己本姓都忘了，被人拐出来，偏又卖与了这个霸王。”因又想起上日平儿也是意外想不到的，今日更是意外之意外的事了。一壁胡思乱想，（墨夹：又下此四字。）来至房中，拉了袭人，细细告诉了他原故。香菱之为人，无人不怜爱的。袭人又本是个手中撒漫的，况与香菱素相交好，一闻此信，忙就开箱取了出来折好，随了宝玉来寻着香菱，他还站在那里等呢。袭人笑道：“我说你太淘气了，足的淘出个故事来才罢。”香菱红了脸，笑说：“多谢姐姐了，谁知那起促狭鬼使黑心。”说着，接了裙子，展开一看，果然同自己的一样。又命宝玉背过脸去，自己叉手向内解下来，将这条系上。袭人道：“把这脏了的交与我拿回去，收拾了再给你送来。你若拿回去，看见了也是要问的。”香菱道：“好姐姐，你拿去不拘给那个妹妹罢。我有了这个，不要他了。”袭人道：“你倒大方的好。”香菱忙又万福道谢，袭人拿了脏裙便走。

香菱见宝玉蹲在地下，将方才的夫妻蕙与并蒂菱用树枝儿抠了一个坑，先抓些落花来铺垫了，将这菱蕙安放好，又将些落花来掩了，方撮土掩埋平服。香菱拉他的手，笑道：“这又叫做什么？怪道人人说你惯会鬼鬼祟祟使人肉麻的事。你瞧瞧，你这手弄的泥乌苔滑的，还不快洗去。”宝玉笑着，方起身走了去洗手，香菱也自走开。二人已走远了数步，香菱复转身回来叫住宝玉。宝玉不知有何话，扎着两只泥手，笑嘻嘻的转来问：“什么?”香菱只顾笑。因那边他的小丫头臻儿走来说：“二姑娘等你说话呢。”香菱方向宝玉道：“裙子的事可别向你哥哥说才好。”说毕，即转身走了。宝玉笑道：“可不我疯了，往虎口里探头儿去呢。”说着，也回去洗手去了。不知端详，且听下回分解。

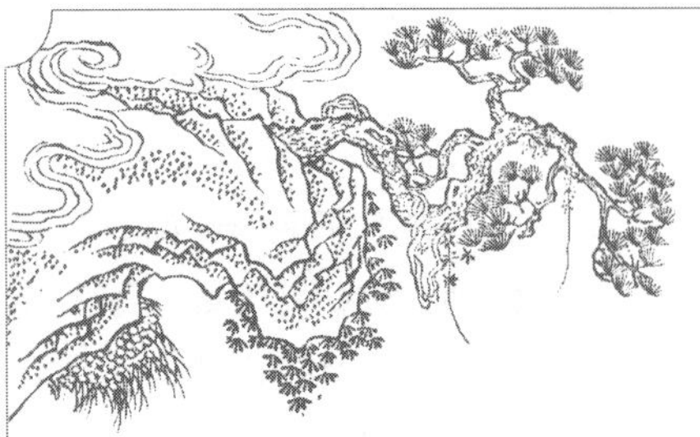

第六十三回

寿怡红群芳开夜宴　死金丹独艳理亲丧

话说宝玉回至房中洗手，因与袭人商议：“晚间吃酒，大家取乐，不可拘泥。如今吃什么，好早说给他们备办去。”袭人笑道：“你放心，我和晴雯、麝月、秋纹四个人，每人五钱银子，共是二两。芳官、碧痕、小燕、四儿四个人，每人三钱银子，他们有假的不算，共是三两二钱银子，早已交给了柳嫂子，预备四十碟果子。我和平儿说了，已经抬了一坛好绍兴酒藏在那边了。我们八个人单替你过生日。”宝玉听了，喜的忙说：“他们是那里的钱，不该叫他们出才是。”晴雯道：“他们没钱，难道我们是有钱的！这原是各人的心。那怕他偷的呢，只管领他们的情就是。”宝玉听了，笑说：“你说的是。”袭人笑道：“你一天不挨他两句硬话蠢你，你再过不去。”晴雯笑道：“你如今也学坏了，专会架桥拨火儿。”说着，大家都笑了。宝玉说：“关院门罢。”袭人笑道：“怪不得人说你是‘无事忙’，这会子关了门，人倒疑惑，越性再等一等。”宝玉点头，因说：“我出去走走，四儿舀水去，小燕一个跟我来罢。”说着，走至外边，因见无人，便问五儿之事。小燕道：“我才告诉了柳嫂子，他到喜欢的狠。只是五儿那夜受了委屈烦恼，回家去又气病了，那里来得。只等好了罢。”宝玉听了，不免后悔长叹，因又问：“这事袭人知道不知道?”小燕道：“我没告诉，不知芳官可说了不曾。”宝玉道：“我却没告诉过他，也罢，等我告诉他就是了。”说毕，复走进来，故意洗手。

已是掌灯时分，听得院门前有一群人进来。大家隔窗悄视，果见林之孝家的和几个管事的女人走来，前头一人提着大灯笼。晴雯悄笑道：“他们查上夜的人来了。这一出去，咱们好关门了。”只见怡红院凡上夜的人都迎了出去，林之孝家的看了不少。林之孝家的吩咐：“不要耍钱吃酒，放倒头睡到大天亮。我听见是不依的。”众人都笑说：“那里有那样大胆子的人。”林之孝家的又问：“宝二爷睡下了没有?”众人都回不知道。袭人忙推宝玉。宝玉靸了鞋，便迎出来，笑道：“我还没睡呢。妈妈进来歇歇。”又叫：“袭人涮茶来。”林之孝家的忙进来，笑说：“还没睡?如今天长夜短了，该早些睡，明儿起的方早。不然到了明日起迟了，人笑话说不是个读书上学的公子了，倒像那起挑脚汉了。”说毕，又笑。宝玉忙笑道：“妈妈说的是。我每日都睡的早，妈妈每日进来可都是我不知道的，已经睡了。今儿因吃了面怕停住食，所以多顽一会子。”林之孝家的又向袭人等笑说：“该湃些个普洱茶吃。”袭人、晴雯二人忙笑说：“湃了一盄子女儿茶，已经吃过两碗了。大娘也尝一碗，都是现成的。”说着，晴雯便倒了一碗来。林之孝家的又笑道：“这些时我听见二爷嘴里都换了字眼，赶着这几位大姑娘们竟叫起名字来。虽然在这屋里，到底是老太太、太太的人，还该嘴里尊重些才是。若一时半刻偶然叫一声使得，若只管叫起来，怕以后兄弟侄儿照样，便惹人笑话，说这家子的人眼里没有长辈。”宝玉笑道：“妈妈说的是。我原不过是一时半刻的。”袭人、晴雯都笑说：“这可别委屈了他。直到如今，他可姐姐没离了口。不过顽的时候叫一声半声名字，若当着人却是和先一样。”林之孝家的笑道：“这才好呢，这才是读书知礼的。越自己谦逊人越尊重，别说是三五代的陈人，现从老太太、太太屋里拨过来的，便是老太太、太太屋里的猫儿狗儿，轻易也伤他不得。这才是受过调教的公子行事。”说毕，吃了茶，便说：“请安歇罢，我们走了。”宝玉还说：“再歇歇。”那林之孝家的已带了众人，又查别处去了。

这里晴雯等忙命关了门，进来笑说：“这位奶奶那里吃了一杯来了，唠三叨四的，又排场了我们一顿去了。”麝月笑道：“他也不是好意的，少不得也要常提着些儿。也防着怕走了大褶儿的意思。”说着，一面摆上酒果。袭人道：“不用围桌，咱们把那张花梨圆炕桌子放在炕上坐，又宽绰，又便宜。”说着，大家果然抬来。麝月和四儿那边去搬果子，用两个大茶盘做四五次方搬运了来。两个老婆子蹲在外面火盆上筛酒。宝玉说：“天热，咱们都脱了大衣裳才好。”众人笑道：“你要脱你脱，我们还要轮流安席呢。”宝玉笑道：“这一安就安到五更天了。知道我最怕这些俗套子，在外人跟前不得已的，这会子还怄我就不好了。”众人听了，都说：“依你。”于是先不上坐，且忙着卸妆宽衣。(墨夹：凡吃酒从未先如此者，此独怡红风俗。故王夫人云“他行事总是与世人两样的”，知子莫过母也。)

一时将正装卸去，头上只随便挽着鬟儿，身上皆是长裙短袄。宝玉只穿着大红棉纱小袄子，下面绿绫弹墨袷裤，散着裤脚，倚着一个各色玫瑰芍药花瓣装的玉色夹纱新枕头，和芳官两个先划拳。当时芳官满口嚷热，（墨夹：余此时亦太热了，恨不得一冷。既冷时思此热，果然一梦矣。）只穿着一件玉色红青酡绒三色缎子斗的水田小夹袄，束着一条柳绿汗巾，底下是水红撒花夹裤，也散着裤腿。头上眉额编着一圈小辫，总归至顶心，结一根鹅卵粗细的总辫，拖在脑后。右耳眼内只塞着米粒大小的一个小玉塞子，左耳上单带着一个白果大小的硬红镶金大坠子，越显的面如满月犹白，眼如秋水还清。引的众人笑说："他两个倒像是双生的弟兄两个。"袭人等一一的斟了酒来，说："且等等再划拳，虽不安席，每人在手里吃我们一口罢了。"于是袭人为先，端在唇上吃了一口，余依次下去，一一吃过，大家方团圆坐定。小燕、四儿因炕沿坐不下，便端了两张椅子，近炕放下。那四十个碟子，皆是一色白粉定窑的，不过只有小茶碟大，里面不过是山南海北，中原外国，或干或鲜，或水或陆，天下所有的酒馔果菜。宝玉因说："咱们也该行个令才好。"袭人道："斯文些的才好，别大呼小叫，惹人听见。二则我们不识字，可不要那些文的。"麝月笑道："拿骰子咱们抢红罢。"宝玉道："没趣，不好。咱们占花名儿好。"晴雯笑道："正是早已想弄这个顽意儿。"袭人道："这个顽意虽好，人少了没趣。"小燕笑道："依我说，咱们竟悄悄的把宝姑娘、林姑娘请了来顽一回子，到二更天再睡不迟。"袭人道："又开门喝户的闹，倘或遇见巡夜的问呢？"宝玉道："怕什么，咱们三姑娘也吃酒，再请他一声才好。还有琴姑娘。"众人都道："琴姑娘罢了，他在大奶奶屋里，叨登的大发了。"宝玉道："怕什么，你们就快请去。"小燕、四儿都得不了一声，二人忙命开了门，分头去请。

晴雯、麝月、袭人三人又说："他两个去请，只怕宝、林两个不肯来，须得我们请去，死活拉他来。"于是袭人、晴雯忙又命老婆子打个灯笼，二人又去。果然宝钗说夜深了，黛玉说身上不好，他二人再三央求说："好歹给我们一点体面，略坐坐再来。"探春听了却也欢喜。因想："不请李纨，倘或被他知道了到不好。"便命翠墨同了小燕也再三的请了李纨和宝琴二人，会齐，先后都到了怡红院中。袭人又死活拉了香菱来。炕上又并了一张桌子，方坐开了。

宝玉忙说："林妹妹怕冷，过这边靠板壁坐。"又拿个靠背垫着些。袭人等都端了椅子在炕沿下一陪。黛玉却离桌远远的靠着靠背，因笑向宝钗、李纨、探春等道："你们日日说人夜饮聚赌，今儿我们自己也如此，以后怎么说人。"李纨笑道："这有何妨。一年之中不过生日节间如此，并无夜夜如此，这到也不怕。"说着，晴雯拿了一个竹雕的签筒来，里面装着象牙花名签子，摇了一摇，放在当中。又取过骰子来，盛在盒内，摇了一摇，揭开一看，里面是五点，数至宝钗。宝钗便笑道："我先抓，不知抓出个什么来。"说着，将筒摇了一摇，伸手掣出一根，大家一看，只见签上画着一支牡丹，题着"艳冠群芳"四字，下面又有镌的小字一句唐诗，道是：

任是无情也动人。

又注着："在席共贺一杯，此为群芳之冠，随意命人，不拘诗词雅谑，道一则以侑酒。"众人看了，都笑说："巧的很，你也原配牡丹花。"说着，大家共贺了一杯。宝钗吃过，便笑说："芳官唱一支我们听罢。"芳官道："既这样，大家吃门杯好听的。"于是大家吃酒。芳官便唱："寿筵开处风光好。"众人都道："快打回去。这会子很不用你来上寿，拣你极好的唱来。”芳官只得细细的唱了一支《赏花时》：

翠凤毛翎扎帚叉，闲为仙人扫落花。您看那一风起玉尘沙。猛可的那一层云下，抵多少门外即天涯。您再休要剑斩黄龙一线儿差，再休向东老贫穷卖酒家。您与俺眼向云霞。洞宾呵，您得了人，可便早些儿回话；若迟呵，错教人留恨碧桃花。

才罢。宝玉却只管拿着那签，口内颠来倒去念“任是无情也动人”，听了这曲子，眼看着芳官不语。湘云忙一手夺了，掷与宝钗。宝钗又掷了一个十六点，数到探春。探春笑道：“我还不知得个什么呢。”伸手掣了一根出来，自己一瞧，便掷在地下，红了脸，笑道：“这东西不好，不该行这令。这原是外头男人们行的令，许多混话在上头。”众人不解，袭人等忙拾了起来，众人看上面是一枝杏花，那红字写着“瑶池仙品”四字，诗云：

日边红杏倚云栽。

注云：“得此签者，必得贵婿，大家恭贺一杯，共同饮一杯。”众人笑道：“我说是什么呢。这签原是闺阁中取戏的，除了这两三根有这话的，并无杂话，这有何妨。我们家已有了个王妃，难道你也是王妃不成。大喜，大喜。”说着，大家来敬。探春那里肯饮，却被史湘云、香菱、李纨等三四个人强死强活灌了下去。探春只命蠲了这个，再行别的，众人断不肯依。湘云拿着他的手强掷了个九点出来，便该李氏掣。李氏摇了一摇，掣出一根来一看，笑道：“好极。你们瞧瞧，这劳什子竟有些意思。”众人瞧那签上，画着一枝老梅，是写着“霜晓寒姿”四字，那一面旧诗是：

竹篱茅舍自甘心。

注云：“自饮一杯，下家掷骰。”李纨笑道：“真有趣，你们掷去罢。我只自吃一杯，不问你们的废与兴。”说着，便吃酒，将骰过与黛玉。黛玉一掷，是个十八点，便该湘云掣。湘云笑着，揎拳掳袖的伸手掣了一根出来。大家看时，一面画着一枝海棠，题着“香梦沉酣”四字，那面诗道是：

只恐夜深花睡去。

黛玉笑道：“‘夜深’两个字，改‘石凉’两个字。”众人便知他趣白日间湘云醉卧的事，都笑了。湘云笑指那自行船与黛玉看，又说：“快坐上那船家去罢，别多话了。”众人都笑了。因看注云：“既云‘香梦沉酣’，掣此签者不便饮酒，只令上下二家各饮一杯。”湘云拍手笑道：“阿弥陀佛，真真好签！”恰好黛玉是上家，宝玉是下家。二人斟了两杯只得要饮。宝玉先饮了半杯，瞅人不见，递与芳官，端起来便一扬脖。黛玉只管和人说话，将酒全折在漱盂内了。湘云便绰起骰子来掷了个九点，数去该麝月。麝月便掣了一根出来。大家看时，这面上一枝荼蘼花，题着“韶华胜极”四字，那边写着一句旧诗，道是：

开到荼蘼花事了。

注云：“在席各饮三杯送春。”麝月问怎么讲，宝玉愁眉忙将签藏了说：“咱们且喝酒。”说着，大家吃了三口，以充三杯之数。麝月一掷掷了个十九点，该香菱。香菱便掣了一根并蒂花，题着“联春绕瑞”，那面写着一句诗，道是：

连理枝头花正开。

注云：“共贺掣者三杯，大家陪饮一杯。”香菱便又掷了个六点，该黛玉掣。黛玉默默的想道：“不知还有什么好的被我掣着方好。”一面伸手取了一根，只见上面画着一枝芙蓉，题着“风露清愁”四字，那面一句旧诗，道是：

莫怨东风当自嗟。

注云：“自饮一杯，牡丹陪饮一杯。”众人笑说：“这个好极。除了他，别人不配作芙蓉。”黛玉也自笑了。于是饮了酒，便掷了个二十点，该着袭人。袭人也伸手取了一支出来，却是一枝桃花，题着“武陵别景”四字，那一面旧诗写着道是：

桃红又是一年春。

注云：“杏花陪一盏，坐中同庚者陪一盏，同辰者陪一盏，同姓者陪一盏。”众人笑道：“这一回热闹有趣。”大家算来，香菱、晴雯、宝钗三人皆与他同庚，黛玉与他同辰，只无同姓者。芳官忙道：“我也姓花，我也陪他一钟。”于是大家斟了酒，黛玉因向探春笑道：“命中该着招贵婿的，你是杏花，快喝了，我们好喝。”探春笑道：“这是个什么，大嫂子顺手给他一下子。”李纨笑道：“人家不得贵婿反挨打，我也不忍的。”说的众人都笑了。

袭人才要掷，只听有人叫门。老婆子忙出去问时，原来是薛姨妈打发人来了接黛玉的。众人因问几更了，人回：“二更以后了，钟打过十一下了。”宝玉犹不信，要过表来瞧了一瞧，已是子初初刻十分了。黛玉便起身说：“我可掌不住了，回去还要吃药呢。”众人说：“也都该散了。”袭人、宝玉等还要留着众人。李纨、宝钗等都说：“夜太深了不像，这已是破格了。”袭人道：“既如此，每位再吃一杯再走。”说着，晴雯等已都斟满了酒，每人吃了，都命点灯。袭人等直送过沁芳亭河那边方回来。

关了门，大家复又行起令来。袭人等又用大钟斟了几钟，用盘攒了各样果菜与地下的老嬷嬷们吃。彼此有了三分酒，便猜拳赢唱小曲儿。那天已四更时分，老嬷嬷们一面明吃，一面暗偷，酒坛已罄，众人听了纳罕，方收拾盥漱睡觉。芳官吃的两腮胭脂一般，眉梢眼角越添了许多丰韵，身子图不得，便睡在袭人身上，“好姐姐，心跳的狠”。袭人笑道：“谁许你尽力灌起来。”小燕、四儿也图不得，早睡了。晴雯还只管叫。宝玉道：“不用叫了，咱们且胡乱歇一歇罢。”自己便枕了那红香枕，身子一歪，便也睡着了。袭人见芳官醉的狠，恐闹他唾酒，只得轻轻起来，就将芳官扶在宝玉之侧，由他睡了。自己却在对面榻上倒下。

大家黑甜一觉，不知所之。及至天明，袭人睁眼一看，只见天色晶明，忙说：“可迟了。”向对面床上瞧了一瞧，只见芳官头枕着炕沿上，睡犹未醒，连忙起来叫他。宝玉已翻身醒了，笑道：“可迟了！”因又推芳官起身。那芳官坐起来，犹发怔揉眼睛。袭人笑道：“不害羞，你吃醉了，怎么也不拣地方儿乱挺下了。”芳官听了，瞧了一瞧，方知道和宝玉同榻，忙笑的下地来，说：“我怎么吃的不知道了？”宝玉笑道：“我竟也不知道了。若知道，给你脸上抹些黑墨。”说着，丫头进来伺候梳洗。宝玉笑道：“昨儿有扰，今儿晚上我还席。”袭人笑道：“罢罢罢，今儿可别闹了，再闹就有人说话了。”宝玉道：“怕什么，不过才两次罢了。咱们也算是会吃酒了，那一坛子酒，怎么就吃光了。正是有趣，偏又没了。”袭人笑道：“原要这样才有趣。必至兴尽了，反无后味了。昨儿都好上来了，晴雯连臊也忘了，我记得他还唱了一个。”四儿笑道：“姐姐忘了，连姐姐还唱了一个呢。在席的谁没唱过！”众人听了，俱红了脸，用两手握着笑个不住。

忽见平儿笑嘻嘻的走来，说亲自来请昨日在席的人：“今儿我还东，短一个也使不得。”众人忙让坐吃茶。晴雯笑道：“可惜昨夜没他。”平儿忙问：“你们夜里做什么来？”袭人便说：“告诉不得你。昨儿夜里热闹非常，连往日老太太、太太带着众人顽也不及昨儿这一顽。一坛酒我们都鼓捣光了，一个个吃的把臊都丢了，三不知的又都唱起来。四更多天才横三竖四的打了一个盹儿。”平儿笑道：“好，白和我要了酒来，也不请我，还说着给我听，气我。”晴雯道：“今儿他还席，必来请你的，等着罢。”平儿笑问道：“他是谁，谁是他？”晴雯听了，赶着笑打，说道：“偏你这耳朵尖，听得真。”平儿笑道：“这会子有事不和你说，我干事去了。一回再打发人来请，一个不到，我是打上门来的。”宝玉等忙留，他已经去了。

这里宝玉梳洗了正吃茶，忽然一眼看见砚台底下压着一张纸，因说道：“你们这随便混压东西也不好。”袭人、晴雯等忙问：“又怎么了，谁又有不是了？”宝玉指道：“砚台下是什么？一定又是那位的样子忘记了收的。”晴雯忙启砚拿了出来，却是一张字帖儿，递与宝玉看时，原来是一张粉笺子，上面写着“槛外人妙玉恭肃遥叩芳辰”。宝玉看毕，直跳了起来，（墨夹：帖文亦蹈俗套之外。）忙问：“这是谁接了来的？也不告诉。”袭人、晴雯等见了这般，不知当是那个要紧的人来的帖子，忙一齐问：“昨儿谁接下了一个帖子？”四儿忙飞跑进来，笑说：“昨儿妙玉并没亲来，只打发个妈妈送来。我就搁在那里，谁知一顿酒就忘了。”众人听了，道：“我当谁的，这样大惊小怪。这也不值的。”宝玉忙命：“快拿纸来。”当时拿了纸，研了墨，看他下着“槛外人”三字，自己竟不知回帖上回个什么字样才相敌。只管提笔出神，半天仍没主意。因又想：“若问宝钗去，他必又批评怪诞，不如问黛玉去。”

想罢，袖了帖儿，径来寻黛玉。刚过了沁芳亭，忽见岫烟颤颤巍巍的迎面走来。宝玉忙问："姐姐那里去?"岫烟笑道："我找妙玉说话。"宝玉听了诧异，说道："他为人孤癖，不合时宜，万人不入他目。原来他推重姐姐，竟知姐姐不是我们一流的俗人。"岫烟笑道："他也未必真心重我，但我和他做过十年的邻居，只一墙之隔。他在蟠香寺修炼，我家原寒素，赁的是他庙里的房子，住了十年，无事到他庙里去作伴。我所认的字都是承他所授。我和他又是贫贱之交，又有半师之分。因我们投亲去了，闻得他因不合时宜，权势不容，竟投到这里来。如今又天缘凑合，我们得遇，旧情竟未易。承他青目，更胜当日。"宝玉听了，恍如听了焦雷一般，喜的笑道："怪道姐姐举止言谈，超然如野鹤闲云，原来有本而来。正因他的一件事我为难，要请教别人去。如今遇见姐姐，真是天缘巧合，求姐姐指教。"说着，便将拜帖取与岫烟看。岫烟笑道："他这脾气竟不能改，竟是生成这等放诞诡僻了。从来没见拜帖上下别号的，这可是俗语说的'僧不僧，俗不俗，女不女，男不男'，成个什么道理。"宝玉听说，忙笑道："姐姐不知道，他原不在这些人中算，他原是世人意外之人。因取我是个些微有知识的，方给我这帖子。我因不知回什么字样才好，竟没了主意，正要去问林妹妹，可巧遇见了姐姐。"岫烟听了宝玉这话，且只顾用眼上下细细打量了半日，方笑道："怪道俗语说的'闻名不如见面'，又怪不得妙玉竟下这帖子给你，又怪不得上年竟给你那些梅花。既然连他这样，少不得我告诉你原故。他常说：'古人中自汉晋五代唐宋以来皆无好诗，只有两句好'，说道：

纵有千年铁门槛，终须一个土馒头。

所以他自称'槛外之人'。又常赞文是庄子的好，故又或称为'畸人'。他若帖子上是自称'畸人'的，你就还他个'世人'。畸人者，他自称是畸零之人；你自谦自己乃世中扰扰之人，他便喜了。如今他自称'槛外之人'，是自谓蹈于铁槛之外了；故你如今只下'槛内人'，便合了他的心了。"宝玉听了，如醍醐灌顶，嗳哟了一声，方笑道："怪道我们家庙说是'铁槛寺'呢，原来有这一说。姐姐就请，让我去写回帖。"岫烟听了，便自往栊翠庵来。宝玉回房写了帖子，上面只写"槛内人宝玉熏沐谨拜"几字，亲自拿了到栊翠庵，只隔门缝儿投进去便回来了。

因又见芳官梳了头，挽起髩来，带了些花翠，忙命他改妆，又命将周围的短发剃了去，露出碧青头皮来，当中分大顶，又说："冬天作大貂鼠卧兔儿带，脚上穿虎头盘云五彩小战靴，或散着裤腿，只用净袜厚底厢鞋。"又说："芳官之名不好，竟改了男名才别致。"因又改作"雄奴"。芳官十分称心，又说："既如此，你出门也带我出去。有人问，只说我和茗烟一样的小厮就是了。"宝玉笑道："到底人看的出来。"芳官笑道："我说你是无才的。（墨夹：用芳官一骂，有趣。）咱家现有几家土番，你就说我是个小土番儿。况且人人说我打联垂好看，你想这话可妙?"宝玉听了，喜出意外，忙笑道："这却狠好。我亦常见官员人等多有跟从外国献俘之种，图其不畏风霜，鞍马便捷。既这等，再起个番名，叫作'耶律雄奴'。'雄奴'二音，又与匈奴相通，都是犬戎名姓。况且这两种人自尧舜时便为中华之患，晋唐诸朝，深受其害。幸得咱们有福，生在当今之

麝月
改琦

世，大舜之正裔，圣虞之功德仁孝，赫赫格天，同天地日月亿兆不朽，所以凡历朝中跳梁猖獗之小丑，到了如今竟不用一干一戈，皆天使其拱手俛头缘远来降。我们正该作践他们，为君父生色。”芳官笑道：“既这样着，你该去操习弓马，学些武艺，挺身出去拿几个反叛来，岂不进忠效力了。何必借我们，你鼓唇摇舌的，自己开心作戏，却说是称功颂德呢。”宝玉笑道：“所以你不明白。如今四海宾服，八方宁静，千载百载不用武备。咱们虽一戏一笑，也该称颂，方不负坐享升平了。”芳官听了有理，二人自为妥贴甚宜。宝玉便叫他“耶律雄奴”。

究竟贾府二宅皆有先人当年所获之囚赐为奴隶，只不过令其饲养马匹，皆不堪大用。湘云素习憨戏异常，他也最喜武扮的，每每自己束銮带，穿折袖。近见宝玉将芳官扮成男子，他已将葵官也扮了个小子。那葵官本是常刮剔短发，好便于面上粉墨油彩，手脚又伶便，打扮了又省一层手。李纨、探春见了也爱，便将宝琴的荳官也就命他打扮了一个小童，头上两个丫髻，短袄红鞋，只差了涂脸，便俨是戏上的一个琴童。湘云将葵官改了，换作“大英”。因他姓韦，便叫他作韦大英，方合自己的意思，暗有“惟大英雄能本色”之语，何必涂朱抹粉，才是男子。荳官身量年纪皆极小，又极鬼灵，故曰荳官。园中人也有唤他作“阿荳”的，也有唤作“炒豆子”的。宝琴反说琴童书童等名太熟了，竟是荳字别致，便换作“荳童”。

因饭后平儿还席，说红香圃太热，便在榆荫堂中摆了几席新酒佳肴。可喜尤氏又带了佩凤、偕鸳二妾过来游顽。这二妾亦是青年姣憨女子，不常过来的，今既入了这园，再遇见湘云、香菱、芳、蕊一干女子，所谓“方以类聚，物以群分”二语不错，只见他们说笑不了，也不管尤氏在那里，只凭丫鬟们去伏侍，且同众人游玩。一时到了怡红院，忽听宝玉叫“耶律雄奴”，把佩凤、偕鸳、香菱三个人笑在一处，问是什么语，大家也学着叫这名字，又叫错了音韵，或忘了字眼，甚至于叫出“野驴子”来，引的合园中人凡听见无不笑倒。宝玉又见人人取笑，恐作践了他，忙又说：“海西福朗思牙，闻有金星玻璃宝石，他本国番语以金星玻璃名为‘温都里纳’。如今将你比作他，就改名唤叫‘温都里纳’可好？”芳官听了更喜，说：“就是这样罢。”因此又唤了这名。众人嫌拗口，仍翻汉名，就唤“玻璃”。

闲言少述，且说当下众人都在榆荫堂中以酒为名，大家顽笑，命女先儿击鼓。平儿采了一枝芍药，大家约二十来人传花为令，热闹了一回。因人回说：“甄家有两个女人送东西来了。”探春和李纨、尤氏三人出去议事厅相见，这里众人且出来散一散。佩凤、偕鸳两个去打秋千顽耍，（墨夹：大家千金不令作此戏，故写不及探春等人也。）宝玉便说：“你两个上去，让我送。”慌的佩凤说：“罢了，别替我们闹乱子，倒是叫‘野驴子’来送送使得。”宝玉忙笑道说：“好姐姐们别顽了，没的叫人跟着你们学着骂他。”偕鸳又说：“笑软了，怎么打呢。掉下来栽出你的黄子来。”佩凤便赶着他打。

正顽笑不绝，忽见东府中几个人慌慌张张跑来说：“老爷宾天了。”众人听了，唬了一大跳，忙都说：“好好的并无疾病，怎么就没了？”家下人说：“老爷天天修炼，定是功行圆满，升仙去了。”尤氏一闻此言，又见贾珍父子并贾琏等皆不在家，一时竟没个着己的男子来，未免忙了。只得忙卸了妆饰，命人先到玄真观将所有的道士都锁了起来，等大爷来家审问。一面忙忙坐车带了赖升一干家人媳妇出城。又请太医看视到底系何病。大夫们见人已死，何处诊脉来，素知贾敬导气之术总属虚诞，更至参星礼斗，守庚申，服灵砂，妄作虚为，过于劳神费力，反因此伤了性命的。如今虽死，肚中坚硬似铁，面皮嘴唇烧的紫绛皱裂。便向媳妇回说："系玄教中吞金服砂，烧胀而殁。"众道士慌的回说："原是老爷秘法新制的丹砂吃坏事，小道们也曾劝说'功行未到且服不得'，不承望老爷于今夜守庚申时悄悄的服了下去，便升仙了。这恐是虔心得道，已出苦海，脱去皮囊，自了去也。"尤氏也不听，只命锁着，等贾珍来发放，且命人去飞马报信。一面看视这里窄狭，不能停放，横竖也不能进城的，忙装裹好了，用软轿抬至铁槛寺来停放，掐指算来，至早也得半月的工夫，贾珍方能来到。目今天气炎热，实不得相待，遂自行主持，命天文生择了日期入殓。寿木已系早年备下寄在此庙的，甚是便宜。三日后便开丧破孝。一面且做起道场来等贾珍。

荣府中凤姐儿出不来，李纨又照顾姊妹，宝玉不识事体，只得将外头之事暂托了几个家中二等管事人。贾㻞、贾珖、贾珩、贾璎、贾菖、贾菱等各有执事。尤氏不能回家，便将他继母接来在宁府看家。他这继母只得将两个未出嫁的小女带来，一并起居才放心。（墨夹：原为放心而来，终是放心而去，妙甚！）

且说贾珍闻了此信，即忙告假，并贾蓉是有职之人。礼部见当今隆敦孝弟，不敢自专，具本请旨。原来天子极是仁孝过天的，且更隆重功臣之裔，一见此本，便诏问贾敬何职。礼部代奏："系进士出身，祖职已荫其子贾珍。贾敬因年迈多疾，常养静于都城之外玄真观。今因疾殁于寺中，其子珍，其孙蓉，现因国丧随驾在此，故乞假归殓。"天子听了，忙下额外恩旨曰："贾敬虽白衣无功于国，念彼祖父之功，追赐五品之职。令其子孙扶柩由北下之门进都，入彼私第殡殓。任子孙尽丧礼毕扶柩回籍外，着光禄寺按上例赐祭。朝中由王公以下准其祭吊。钦此。"此旨一下，不但贾府中人谢恩，连朝中所有大臣皆嵩呼称颂不绝。

贾珍父子星夜驰回，半路中又见贾㻞、贾珖二人领家丁飞骑而来，看见贾珍，一齐滚鞍下马请安。贾珍忙问："作什么？"贾㻞回说："嫂子恐哥哥和侄儿来了，老太太路上无人，叫我们两个来护送老太太的。"贾珍听了，赞称不绝，又问家中如何料理。贾㻞等便将如何拿了道士，如何挪至家庙，怕家内无人，接了亲家母和两个姨娘在上房住着。贾蓉当下也下了马，听见两个姨娘来了，便和贾珍一笑。贾珍忙说了几声"妥当"，加鞭便走，店也不投，连夜换马飞驰。一日到了都门，先奔入铁槛寺。那天已是四更天气，坐更的闻知，忙喝起众人来。贾珍下了马，和贾蓉放声大哭，从大门外便跪爬进来，至棺前稽颡泣血，直哭到天亮喉咙都哑了方住。尤氏等都一齐见过。贾珍父子忙按礼换了凶服，在棺前俯伏，无奈自要理事，竟不能目不视物，耳不闻声，少不得减些悲戚，好指挥众人。因将恩旨备述与众亲友听了。一面先打发贾蓉家中料理停灵之事。

贾蓉得不得一声儿，先骑马飞来至家，忙命前厅收桌椅，下槅扇，挂孝幔子，门前起鼓手棚牌楼等事。又忙着进来看外祖母、两个姨娘。原来尤老安人年高喜睡，常歪着，他二姨娘、三姨娘都和丫头们作活计，他来了都道烦恼。贾蓉且嘻嘻的望他二姨娘笑说："二姨娘，你又来了，我们父亲正想你呢。"尤二姐便红了脸，骂道："蓉小子，我过两日不骂你几句，你就过不得了。越发连个体统都没了。还亏你是大家公子哥儿，每日念书学礼的，越发连那小家子瓢坎的也跟不上。”说着顺手拿起一个熨斗来，搂头就打，吓的贾蓉抱着头滚到怀里告饶。尤三姐便上来撕嘴，又说：“等姐姐来家，咱们告诉他。”贾蓉忙笑着跪在炕上求饶，他两个又笑了。贾蓉又和二姨抢砂仁吃，尤二姐嚼了一嘴渣子，吐了他一脸。贾蓉用舌头都舔着吃了。众丫头看不过，都笑说：“热孝在身上，老娘才睡了觉，他两个虽小，到底是姨娘家，你太眼里没有奶奶了。回来告诉爷，你吃不了兜着走。”贾蓉撇下他姨娘，便抱着丫头们亲嘴：“我的心肝，你说的是，咱们馋他两个。”丫头们忙推他，恨的骂：“短命鬼儿，你一般有老婆丫头，只和我们闹。知道的说是顽；（墨夹：妙极之“顽”，天下有是之顽亦有趣甚，此语余亦亲闻者，非编有也。）不知道的人，再遇见那脏心烂肺的爱多管闲事嚼舌头的人，吵嚷的那府里谁不知道，谁不背地里嚼舌说咱们这边乱账。”贾蓉笑道：“各门另户，谁管谁的事。都够使的了。从古至今，连汉朝和唐朝，人还说脏唐臭汉，何况咱们这宗人家。谁家没风流事，别讨我说出来。连那边大老爷这么利害，琏叔还和那小姨娘不干净呢。凤姑娘那样刚强，瑞叔还想他的账。那一件瞒了我！”

贾蓉只管信口开河，胡言乱道之间，只见他老娘醒了，请安问好，又说：“难为老祖宗劳心，又难为两位姨娘受委屈，我们爷儿们感戴不尽。惟有等事完了，我们合家大小，登门去磕头。”尤老人点头道：“我的儿，到是你们会说话。亲戚们原是该的。”又问：“你父亲好？几时得了信赶到的？”贾蓉笑道：“才刚赶到的，先打发我瞧你老人家来了。好歹求你老人家事完了再去。”说着，又和他二姨挤眼，那尤二姐便悄悄咬牙含笑骂：“狠会嚼舌头的猴儿崽子，留下我们给你爹作娘不成！”贾蓉又戏他老娘道：“放心罢，我父亲每日为两位姨娘操心，要寻两个又有根基又富贵又年青又俏皮的两位姨爹，好聘嫁这二位姨娘的。这几年总没拣得，可巧前日路上才相准了一个。”尤老只当真话，忙问是谁家的，二姊妹丢了活计，一头笑，一头赶着打，说：“妈别信这雷打的。”连丫头们都说：“天老爷有眼，仔细雷要紧！”又值人来回话：“事已完了，请哥儿出去看了，回爷的话去。”那贾蓉方笑嘻嘻的去了。不知如何，且听下回分解。

第六十四回
幽淑女悲题五美吟　浪荡子情遗九龙佩

（墨）此一回紧接贾敬灵柩进城，原当铺叙宁府丧仪之盛，但上回秦氏病故熙凤理丧已描写殆尽，若仍极力写去，不过加倍热闹而已，故书中于迎灵送殡极忙乱处却只闲闲数笔带过。忽插入钗玉评诗，琏、尤赠佩一段闲雅文字来，正所谓“急脉缓受”也。

话说贾蓉见家中诸事已妥，连忙赶至寺中，回明贾珍。于是连夜分派各项执事人役，并预备一切应用幡杠等物。择于初四日卯时请灵柩进城，一面使人知会诸位亲友。是日，其丧仪炫耀，宾客如云，自铁槛寺至宁府，夹路而观者何啻万数。也有嗟叹的，也有羡慕的，又有一等半瓶醋的读书人，说是“丧礼与其奢易莫若俭戚”的，一路纷纷议论不一。至未申时方到，将灵柩停放正室之内。供奠举哀已毕，亲友渐次散回，只剩族中人分理迎宾送客等事。近亲只有邢大舅等相伴未去。贾珍、贾蓉此时为礼法所拘，不免在灵旁藉草枕苫，恨苦居丧，人散后，仍乘空寻他小姨厮混。宝玉亦每日在宁府穿孝，至晚人散，方回园里。凤姐身体未愈，虽不能时常在此，或遇开坛诵经亲友行祭之日，亦扎挣过来，相帮尤氏料理料理。

一日，供毕早饭，因天气尚长，贾珍等连日劳倦，不免在灵旁假寐。宝玉见无客到，遂欲回家看视黛玉，因先回至怡红院中。进入门来，只见院中寂静悄无人声，有几个老婆子与小丫头们在回廊下取便乘凉，也有睡觉的，也有坐着打盹的。宝玉也不去惊动。只有四儿看见，连忙上前打帘子。将掀起时，只见芳官自内带笑跑出，几乎与宝玉撞个满怀。一见宝玉，方含着笑站着，说道："你怎么来了？你快与我拦住晴雯，他要打我呢。"一语未了，只听得屋内咭溜咕噜的乱响，不知是何物撒了一地。随后晴雯赶来骂道："我看你这小蹄子往那里去，输了不叫打。宝玉不在家，我看着谁来救你。"宝玉连忙带笑拦住，说道："你妹子小，不知怎么得罪了你，看我的分上，饶了他罢。"晴雯也不想宝玉此时回来，乍一见，不觉好笑，遂笑说道："芳官竟是个狐狸精变的，就是会勾神遣将的符咒也没有这样快。"又笑道："就是你请了神来，我也不怕。"遂夺手仍要捉拿芳官。芳官早已藏在宝玉身后。宝玉遂一手拖了晴雯，一手携了芳官，进入屋内。看时，只见西边床上麝月、秋纹、碧痕、紫绡等正在那里抓子儿赢瓜子儿呢。却是芳官输与晴雯，芳官不肯叫打，跑了出去。晴雯因赶芳官，将怀内的子儿撒了一地。宝玉欢喜道："如此长天，我不在家，正恐你们寂寞，吃了饭睡觉睡出病来，大家寻一件事顽笑消遣甚好。"因不见袭人，又问道："你袭人姐姐呢？"晴雯道："他么，越发道学了，独自个在屋里面壁呢。这好一会我们没进去，不知他作什么呢，一些声气也听不见。你快瞧瞧去罢，或者此时参悟了，也未定。"

宝玉听说，一面笑，一面走至里间。只见袭人坐在近窗床上，手中拿着一根灰色绦子，正在那里打结子呢。见宝玉进来，连忙站起，笑道："晴雯这东西编派我什么呢。我因要赶着打完这结子，没工夫和他们瞎闹，因说道：'你们顽去罢，趁着二爷不在家，我要在这里静坐一坐，养养神。'他就编派了我这些混话，什么'面壁了''参禅了'的，等一会我不撕他那嘴。"宝玉笑着挨近袭人坐下，瞧他所打的结子，问道："这么长天，你也该歇息，或和他们顽笑，要不，瞧瞧林妹妹去也好。怪热的，打这个那里使？"袭人道："我见你带的扇套，还是那年东府里蓉大奶奶的事情上作的。因那个青东西除族中或亲友家夏月有丧事方带得着，一年遇着带一两遭，平常又不犯作。如今那府里有事，这是要过去天天带的，所以我赶着另作了一个。等打完了结子，你换下那旧的来。虽然你不讲究这个，若叫老太太回来看见，又该说我们躲懒，连你的穿带之物，都不经心了。"宝玉笑道："这真难为你想的到。只是也不可过于赶，热着了到是大事。"说着，芳官早托了一杯凉水内新湃的茶来。因宝玉素昔秉赋柔脆，虽暑月不敢用冰，只以新汲井水将茶连壶浸在盆内，不时更换，取其凉意而已。宝玉就芳官手内吃了半盏，遂向袭人道："我来时已吩咐了焙茗，若珍大哥那边有要紧人客来时，令彼即来通禀；若无甚要事，我就不过去了。"说毕，遂出了房门，又回头向碧痕等道："如有事，往林姑娘处来找我。"于是一径往潇湘馆来看黛玉。

将过了沁芳桥，只见雪雁领着两个老婆子，手中都拿着菱藕瓜果之类。宝玉忙问雪雁道："你们姑娘从不大吃这些凉东西的，拿这些瓜果何用？莫非要请那位姑娘、奶奶么？"雪雁笑道："我告诉你，可不许你对姑娘说去。"宝玉点头应允。雪雁便命那两个婆子："先将瓜果送去交与紫鹃姐姐。他要问我，你就说我作什么呢，就来。"那婆子答应着去了。雪雁方说道："我们姑娘这两日方觉身上好些了。今日饭后，三姑娘会着要瞧二奶奶去，姑娘也没去。又不知想起了什么来，自己伤感了一回，提笔写了好些，不知是诗啊词啊。叫我传瓜果时，又听叫紫鹃将屋内摆着的小琴桌上的陈设搬了下来，将桌子挪在外间当地，又叫将那龙文鼒（墨夹：子之切，小鼎也。）放在桌上，等瓜果来时听用。若说是请人呢，不犯先忙着把个炉摆出来。若说是点香呢，我们姑娘素日屋内除摆新鲜花果木瓜之类，又不大喜熏衣服；就是点香，亦当点在常坐卧之处。难道是老婆子们把屋子熏臭了，要拿香熏熏不成。究竟连我也不知何故。"说毕，便连忙的去了。

宝玉这里不由的低头细想，心内道："据雪雁说来，必有原故。若是同那一位姊妹们闲坐，亦不必如此先设馔具。或者是姑爹、姑妈的忌日，但我记得每年到此日期老太太都吩咐，另外整理肴馔送去，林妹妹私祭，此时已过。大约必是七月因为瓜果之节，家家都上秋季的坟，林妹妹有感于心，所以在私室自己奠祭，取《礼记》上的'春秋荐其时食'之意，也未可定。但我此刻走去，见林妹妹伤感，必极力劝解，又怕他烦恼郁结于心；若竟不去，又恐他过于伤感，无人劝止。两件皆可致疾。莫若先到凤姐姐处一看，在彼稍坐即回。如若见林妹妹伤感，即设法开解，既不至使其过悲而哀痛稍伸，亦不至抑郁致病。"想毕，遂出了园门，一直到凤姐处来。

正有许多执事婆娘们回事毕，纷纷散出。凤姐儿正倚着门和平儿说话呢。一见宝玉，笑道："你回来了么。我才吩咐了林之孝家的。使人告诉跟你的小厮，若没甚事，趁便请你回来歇息歇息。再者彼处人多，你那里禁得住那些气味。不想恰好你回来了。"宝玉笑道："多谢姐姐记挂。我也因今日没事，又见姐姐这两日没往那府里去，不知身上可大愈否，所以回来看视看视。"凤姐道："左右也不过是这样，三日好两日不好的。老太太、太太不在家，这些大娘们，嗳，那一个是安分的，每日不是打架，就拌嘴，连赌博偷盗之事，已出来了两三件了。虽有三姑娘相帮办理，他又是个未出阁的姑娘。也有好叫他知道的，也有对他说不得的事，也只好强扎挣着罢了。总不得心静一会。别说想病好，求其不添，也罢了。"宝玉道："虽如此说，姐姐还要保重身体，少操些心才是。"说毕，又说了些闲话，别过凤姐，一直往园中来。

进了潇湘馆门看时，只见炉袅残烟，奠余玉醴。紫鹃正看着人往里收桌子，搬陈设呢。宝玉便知已经祭完了，走入屋内，只见黛玉面向里歪着，病体恹恹，大有不胜之态。紫鹃忙说道："宝二爷来了。"黛玉方慢慢的起来，含笑让坐。宝玉道："妹妹这两日可大好些了？气色倒觉比先静些，只是为何又伤心了？"黛玉道："可是你没的说了，好好的我多早晚又伤心了？"宝玉道："妹妹脸上现有哭泣之状，如何还哄我呢。只是我想妹妹素日本来多病，凡事当各自宽解，不可过作无益之悲。若作践坏了身子，将来使我……"说到这里，觉得以下话有些难说，连忙掩住。只因他虽说与黛玉一处长大，情投意合，愿同生死，却只是心中领会，从来未曾当面说出。况兼黛玉心重，每每说话间造次，得罪了黛玉，致彼哭泣。今日原为的是来劝解黛玉，不想把话又说造次了，接不下去，心中一急，又怕黛玉恼他。又想一想自己的心，实在的是为好，因而转念为悲，早已滚下泪来。黛玉起先原恼宝玉说话不论重轻，如今见此光景，心有所感，本来素习爱哭，此时亦不免无言对泣。

却说紫鹃端了茶来，打谅他二人不知又为何事角口，因说道："姑娘才身上好些，宝二爷又来怄来了，到底是怎么样？"宝玉一面拭泪笑道："谁敢怄妹妹了。"一面搭讪着起来闲步。只见砚台底下微露一纸角，不禁伸手拿起。黛玉忙要起身来夺，已被宝玉揣在怀内，笑说道："好妹妹，赏我看看罢。"黛玉道："不管什么，来了就混翻。"一语未了，只见宝钗走来，笑道："宝兄弟要看什么？"宝玉因未见上面是何言词，又未知黛玉心中如何，未敢造次回答，却望着黛玉笑。黛玉一面让宝钗坐，一面笑说道："我曾见古史中有才色的女子，终身遭际，令人可欣、可羡、可悲、可叹者甚多。今日饭后无事，因欲择出数人，胡乱凑几首诗以寄感慨，可巧探丫头来会我瞧凤姐姐去，我也身上懒懒的没同他去。适才将作了五首，一时困倦起来，撂在那里，不想二爷来了就瞧见了，其实给他看也倒没有什么，但只我嫌他是不是的写了给人看去。"宝玉笑道："我多早晚给人看了呢。昨日那把扇子，原是我爱那几首白海棠诗，所以我自己用小楷写了，不过为的是拿在手中看着便易。我岂不知闺阁中诗词字迹是轻易往外传诵不得的。自从你说了，我总没拿出园子去。"宝钗道："林妹妹这虑的也是。既写在扇子上，偶然忘记了，拿在书房里去被相公们看见了，岂有不问是谁作的呢。倘或传扬开去，反为不美。自古道'女子无才便是德'，总以贞静为主，女工次之。其余诗词之类，不过闺阁中游戏，原可以会，可以不会。咱们这样人家的姑娘，到不要这些才华的名誉。"因又笑向黛玉道："拿出来给我看看无妨，只不叫宝兄弟拿去就是了。"黛玉笑道："既如此说，连你也可以不必看了。"又指宝玉笑道："他早已抢了去了。"宝玉听了，方自怀内取出，凑至宝钗身旁，一同细看。只见写道是：

一代倾城逐浪花，吴宫空自忆儿家。
效颦莫笑东邻女，头白溪边尚浣纱。（西施）

肠断乌骓夜啸风，虞兮幽恨对重瞳。
黥彭甘受他年醢，饮剑何如楚帐中。（虞姬）

绝艳惊人出汉宫，红颜薄命古今同。
君王纵使轻颜色，予夺权何畀画工？（明妃）

瓦砾明珠一例抛，何曾石尉重娇娆。
都缘顽福前生造，更有同归慰寂寥。（绿珠）

长揖雄谈态自殊，美人巨眼识穷途。
尸居余气杨公幕，岂得羁縻女丈夫。（红拂）

宝玉看了，赞不绝口，又说道："妹妹这诗恰好只作了五首，何不就命名曰《五美吟》。"于是不容分说，便提笔写在后面。（墨夹：《五美吟》与后《十独吟》对照。）宝钗亦说道："作诗不论何题，只要善翻古人之意。若要随人脚踪走去，纵使字句精工，已落第二义，究竟算不得好诗，即如前人所咏昭君之诗甚多，有悲挽昭君的，有怨恨延寿的，又有讥汉帝不能使画工图貌贤臣而画美人的。纷纷不一。后来王荆公复有'意态由来画不成，当时枉杀毛延寿'；永叔又有'耳目所见尚如此，万里安能制夷狄'。二诗俱能各出己见，不袭前人。今日林妹妹这五首诗，亦可谓命意新奇，别开生面了。"

仍欲往下说时，只见有人回道："琏二爷回来了。适才外间传说，往东府里去了好一会了，想必就回来的。"宝玉听了，连忙起身，迎至大门以内等待。恰好贾琏自外下马进来。于是宝玉先迎着贾琏跪下，口中给贾母、王夫人等请了安，又给贾琏请了安。二人携手走了进来。只见李纨、凤姐、宝钗、黛玉、迎、探、惜等早在中堂等候，俱相见已毕。因听贾琏说道："老太太明日一早到家，一路身体甚好。今日打发我先回家来看视，我赶明日五更，仍要出城迎接。"说毕，众人又问了些路途的光景。因贾琏远路才归，遂大家别过，让贾琏回房歇息。一宿晚景，不必细述。

至次日饭时前后，果见贾母、王夫人等到来。众人接见已毕，略坐了一坐，吃了一杯茶，便领了王夫人等人过宁府中来。只听见里面哭声震天，却是贾瑞、贾珖送贾母到家即过这边来了。当下贾母进入里面，早有贾赦率领族中人哭着迎了出来。贾瑞、贾珖一边一个挽了贾母，走至灵前，又有贾珍、贾蓉跪着，扑入贾母怀中痛哭。贾母暮年之人，见此光景，亦搂了珍、蓉等痛哭不已。贾赦和众人苦劝，方略略止住。又转至灵右，见了尤氏婆媳，不免又相持大痛一场。哭毕，众人方上前一一请安问好。贾珍因贾母才回家来，未得歇息，坐在此间，看着未免要伤心，遂再三求贾母回家；王夫人等亦再三相劝。贾母不得已，方回来了。果然年迈的人禁不住风霜伤感，至夜间便觉头闷心酸，鼻塞声重。连忙请了医生来诊脉下药，足足的忙乱了半夜。幸而发散的快，未曾传经，至三更天，些须发了点汗，脉静身凉，大家方才放心。至次日仍服药调理。

又过了数日，乃贾敬送殡之期，贾母犹未大愈，遂留宝玉在家侍奉。凤姐因未曾甚好，亦未去。其余贾赦、贾政、邢夫人、王夫人等率领家人仆妇，都送至铁槛寺，至晚方回。贾珍、尤氏并贾蓉，仍在寺中守灵，等过百日后，方扶柩回籍。家中仍托尤老娘并二姐、三姐照管。

却说贾琏素日既闻尤氏姐妹之名，恨无缘得见。近因贾敬停灵在家，每日与二姐、三姐相认已熟，不禁动了垂涎之意。况知与贾珍、贾蓉等素日有聚麀之诮，因而乘机百般撩拨，眉目传情。尤三姐却只是淡淡相对，只有二姐也十分有意。但只是眼目众多，无从下手。贾琏又怕贾珍吃醋，不敢轻动，只好二人心领神会而已。此时出殡以后，贾珍家下人少，除尤老娘带领二姐、三姐并几个粗使丫鬟、老婆子，在正室居住外，其余婢妾，随在寺中。外面仆妇，不过晚间巡更，日间看守门户。白日无事，亦不进里面去。所以贾琏便欲趁此下手。遂托相伴贾珍为名，亦在寺中住宿，又时常借着替贾珍料理家务，不时至宁府中来勾搭二姐。

一日，有小管家俞禄来回贾珍道："前者所用棚杠孝布并請杠人青衣，共使银一千两，除给银五百两外，仍欠五百两。两处买卖人俱来催讨，小的特来讨爷示下。"贾珍道："你且向库上去领就是了，这又何必来回我。"俞禄道："昨日已曾向库上去领，但只是老爷仙逝以后，各处支领甚多，所剩还要预备百日道场及寺中用度，此时竟不能发给。所以小的今日特来回爷，或是爷内库里暂且发给，或者挪借何项，吩咐了小的好办去。”贾珍笑道：“你还当是先呢，有银子放着不使。你无论那里暂且借了给他罢。”俞禄笑回道：“若说一二百两，小的还可以挪借；这四五百两，小的一时那里办得来。”贾珍想了一想，向贾蓉道：“你问你娘去，昨日出殡以后，有江南甄家送来打祭银五百两，未曾交到库上去，你先要了来，给他去罢。”贾蓉答应了，忙过这边来回了尤氏，复转来回他父亲道：“昨日那项银子已使了二百两，下剩的三百两令人送至家中交与老娘收了。”贾珍道：“既然如此，你就带了他去，向你老娘要了出来交给他。再也瞧瞧家中有事无事，问你两个姨娘好。下剩的俞禄先借了添上罢。”

贾蓉与俞禄答应了，方欲退出，只见贾琏走了进来。俞禄忙上前请了安。贾琏便问何事，贾珍一一告诉了。贾琏心中想道：“趁此机会正可至宁府寻二姐。”一面遂说道：“这有多大事，何必向人借去。昨日我方得了一项银子还没使呢，莫若给他添上，岂不省事。”贾珍道：“如此甚好。你就吩咐了蓉儿，一并令他取去。”贾琏忙道：“这必得我亲身取去。再我这几日没回家了，还要给老太太、老爷、太太们请请安去。到哥哥那边查查家人们有无生事，再也给亲家太太请请安。”贾珍笑道：“只是又劳动老二，我心不安。”贾琏也笑道：“自家兄弟，这有何妨呢。”贾珍又吩咐贾蓉道：“你跟了你叔叔去，也到那边给老太太、老爷、太太们请安，说我和你娘都请安，打听打听老太太身上可大安了？还服药呢没有？”贾蓉一一答应了，跟随贾琏出来，带了几个小厮，骑上马一同进城。

在路间叔侄闲话。贾琏有心，便提到尤二姐，因夸说如何标致，如何作人好，举止大方，言语温柔，无一处不可令人可敬可爱，“人人都说你婶子好，据我看那里及你二姨一零儿。”贾蓉揣知其意，便笑道：“叔叔既这样爱他，我给叔叔作媒，说了作二房，如何？”贾琏笑道：“敢是好呢。只是怕你婶子不依，再也怕你老娘不愿意。况且我听见说你二姨已有了人家了。”贾蓉笑道：“这都无妨。我二姨、三姨都不是我老爷养的，原是我老娘带了来的。听见说，我老娘在那一家时，就把我二姨许给皇庄张家，指腹为婚。后来张家遭了官司败落了，我老娘又自那家嫁了出来，如今这十数年，两家音信不通。我老娘时常报怨，要与他家退婚，我父亲也要将二姨转聘。只等有了好人家，不过令人找着张家，给他十数两银子，写上一张退婚字儿。想张家穷极了的人，见了十数两银子，有什么不依的。再他也知道咱们这样的人家，也不怕他不依。又是叔叔这样人说了作二房，我管保我老娘和我父亲都愿意。到只是婶子那里却难。”贾琏听到这里，心花都开了，那里还有什么话说，只是一味呆笑而已。贾蓉又想了一想，笑道：“叔叔若有胆量，依我主意行去，管保无妨，不过多花上几个钱。”贾琏忙道：“有何主意，快些说来，我没有不依的。”贾蓉道：“叔叔回家，一点声色也别露，等我回明了我父亲，向我老娘说妥，然后在咱们府后坊，近左右买上一所房子及应用家伙什物，再拨两窝子家人过去服侍。择了日子，人不知鬼不觉娶了过去，嘱咐家下人不许走漏风声。婶子在里住着，深宅大院，那里就得知道了。叔叔两下里住着，过个一年半载，即或闹出来，不过挨上老爷一顿骂。叔叔只说婶子总不生育，原是为子嗣起见，所以私自在外面作成此事。就是婶子，见生米做成熟饭，也只得罢了。再求一求老太太，没有不完的事。”自古道“欲令智昏”，贾琏只顾贪图二姐美色，听了贾蓉一篇话，遂为计出万全，将现今身上有服，并停妻再娶，严父妒妻种种不妥之处，皆置之度外了。却不知贾蓉亦非好意，素日因同他两个姨娘有情，只因贾珍在内，不能畅意。如今若是贾琏娶了，少不得在外居住，趁贾琏不在时，好去鬼混之意。贾琏那里意想及此，遂向贾蓉致谢道：“好侄儿，果然能够说成了，再买两个绝色的丫头谢你。”说着，已至宁府门首。贾蓉说道：“叔叔进去，向我老娘要出银子来，就交给俞禄罢。我先给老太太请安去。”贾琏含笑点头道：“老太太跟前别说我和你一同来的。”贾蓉道：“知道。”又附耳向贾琏道：“今日要遇见二姨，可别性急了，闹出事来，往后倒难办了。”贾琏笑道：“少胡说，你快去罢。我在这里等你。”于是贾蓉自去给贾母请安。

贾琏进入宁府，早有家人头儿率领家人等请安，一路围随至厅上。贾琏一一问了些话，不过塞责而已，便命家人散去，独自往里面走来。原来贾琏、贾珍素日亲密，又是弟兄，本无可避忌之人，自来是不等通报的。于是走至上房，早有廊下伺候的老婆子打起帘子，让贾琏进去。贾琏进入房中一看，只见南边床上只有尤二姐带着两个丫鬟一处做活，却不见尤老娘与三姐。贾琏忙上前问好相见。尤二姐亦含笑让坐，便靠东边板壁坐了。贾琏坐在上首，与二姐寒温毕，贾琏笑问道：“亲家太太同三妹妹那去了，怎么不见?”尤二姐笑道：“才有事往后面去了，也就来的。”此时伺候的丫鬟因倒茶去，无人在跟前，贾琏睨视二姐一笑。二姐亦低了头，只含笑不理。贾琏又不敢造次动手动脚，因见二姐手中拿一条拴着荷包的手巾摆弄，便搭讪着往腰里摸了一摸，说道：“槟榔荷包也忘了带来了，妹妹有槟榔，赏我一口吃。”二姐道：“槟榔到有，只是我的槟榔从不给人吃。”贾琏便笑着欲近身来拿。二姐怕人看见不雅，便连忙一笑，撂了过来。贾琏接在手中，都倒了出来，拣了半块吃，剩下的都揣了起来。将欲把荷包亲身送过去，只见两个丫鬟端了茶来。贾琏一面接了茶吃茶，一面暗将自己带的一个汉玉九龙佩解了下来，拴在手巾上，趁丫鬟回头时，撂了过去。二姐且不去拿，只装看不见，坐着吃茶。只听后面一阵帘子响，却是尤老娘、三姐带着两个小丫头自后面走来。贾琏送目与二姐，令其拾取，这尤二姐只是不理。贾琏不知二姐何意，甚是着急，只得迎上来与尤老娘、三姐相见。一面又回头看二姐时，只见二姐笑着，没事人似的；再又看一看手巾，不知那里去了，贾琏方放了心。

于是大家归坐，叙了些闲话。贾琏说道：“大嫂子说，前日有一包银子交给亲家太太收起来了，今日因要还人，珍大哥令我来取。再也看看家里有事无事。”尤老娘听了，连忙使二姐拿钥匙去取银子。这里贾琏又说道：“我也要给亲家太太请请安，瞧瞧二位妹妹。亲家太太脸面到好，只是二位妹妹在我们家里受委屈。”尤老娘笑道：“咱们都是至亲骨肉，说那里的话。在家里也是住着，在这里也是住着。不瞒二爷说，我们家里自从先夫去世，家计也着实艰难了，全亏了这里姑爷帮助。如今姑爷家里有了这样大事，我们不能别的出力，白看一看家，还有什么委屈了的呢。”正说着，二姐已取了银子来，交与尤老娘。老娘便递与贾琏。贾琏又命一个小丫头叫了一个老婆子来，吩咐他道：“你把这个交给俞禄，叫他拿过那边去等我。”老婆子答应了出去。

只听得院内是贾蓉声音说话。须臾进来，给他老娘、姨娘请了安，又向贾琏笑道：“才刚老爷还问叔叔呢，说是什么事情要使唤。原要使人到庙里去叫，我回老爷说叔叔就来。老爷还吩咐我，路上遇着叔叔叫快去呢。”贾琏听了，忙要起身，又听贾蓉和他老娘说道：“那一次我和老太太说的，我父亲要给二姨说的姨爹，比起来，就和我这叔叔的面貌、身量差不多儿。老太太说好不好?”一面说着，又悄悄的用手指着贾琏和他二姨努嘴。二姐倒不好意思说什么，只见三姐笑骂道：“坏透了的小猴儿崽子！没了你娘的了！等我撕他那嘴!”一面说着，便赶了过来。贾蓉早笑着跑了出去，贾琏也笑着辞了出来。至厅上，又吩咐了家人些不可耍钱吃酒等语。又悄悄的央贾蓉，回去急速和他父亲说。一面便带了俞禄过来，将银子添足，交彼拿去。自己见他父亲，给贾母去请安不提。

却说贾蓉见俞禄跟了贾琏去取银子，自己无事，便仍回至里面，和他姨娘嘲戏了一回，方起身。至晚到寺，见了贾珍回道：“银子已经交给俞禄了。老太太已大愈了，如今已经不服药了。”说毕，又趁便将路上贾琏要娶尤二姐作二房之意说了。又说如何在外头置房子住，不使凤姐知道，“此时总不过为的是子嗣艰难起见。为的是二姨是见过的，亲上作亲，比别处不知道的人家说了来的好。所以二叔再三央我对父亲说”。只不说是他自己的主意。贾珍想了一想，笑道：“其实倒也罢了。只不知你二姨心中愿意不愿意。明日你先去和你老娘商量，叫你老娘问准了你二姨，再作定夺。”于是又教了贾蓉一篇话，便走过来将此事告诉了尤氏。尤氏却知此事不妥，因而极力劝止。无奈贾珍主意已定，素日又是顺从惯了的，况且他与二姐本非一母，不便深管，因而也只得由他们闹去。

至次日一早，果然贾蓉复进城来见他老娘，将他父亲之意说了。又添上许多话，说贾琏作人如何好，目今凤姐身子有病，已是不能好的了，暂且买了房子在外面住着，过个一年半载，只等凤姐一死，便接了二姨进去作正室。又说他父亲此时如何聘，贾琏那边如何娶，如何接了你老人家养老，往后三姨也是那边应了替聘，说得天花乱坠，不由得尤老娘不肯。况素日全亏贾珍周济，此时又是贾珍作主替聘，而且妆奁不用自己置买，贾琏又是青年公子，比张华胜强十倍，遂连忙过来和二姐商议。二姐又是水性的人，在先和姐夫不妥，又常怨恨当时错许张华，致使后来终身失所，今见贾琏有情，况是姐夫将他聘嫁，有何不肯，亦便点头依允。当下回复了贾蓉，贾蓉回复了他父亲。

次日，命人请了贾琏到寺中来，贾珍当面告诉了他尤老娘应允了此事。贾琏自是喜出望外，又感谢贾珍、贾蓉父子不尽。于是二人商议着，使人看房子、打首饰，给二姨置买妆奁及新房中应用床帐等物。不过几日，早将诸事办妥。已于宁荣街后二里远近小花枝巷内买定一所房子，共二十余间。又买了两个小丫头。贾珍又给了一房家人，名叫鲍二，夫妻两口，以备二姐过去时服役。又使人将张华父子叫来，逼勒着与尤老娘写退婚书。却说张华之祖，原当皇庄，后来死去。至张华父亲时，仍充此役，因与尤老娘前夫相好，所以将张华与尤二姐指腹为婚。后来不料遭了官司，败落了家产，弄得衣食不周，那里还娶得起媳妇呢。尤老娘又自那家嫁了出来，两家有十数年音信不通。今被贾府家人唤至，逼他与二姐退婚，心中虽不愿意，无奈惧怕贾珍等势焰，不敢不依，只得写了一张退婚文约。尤老娘与银十两。

两家退亲不提外。这里贾琏等见诸事已妥，遂择了初三黄道吉日，娶二姐过门。下回便见。正是：

只为同枝贪色欲，致叫连理起干戈。

（墨）总评：

五首新诗何所居，颦儿应自日欷歔。
柔肠一段千般结，岂其寻常望雁鱼。

五百年风流债，一见了偏作怪。
你贪我爱自难休，天巧姻缘浑无奈。

父母者于子女间，莫失教训说前缘。
防微之处休弛纵，严厉才能真爱怜。

第六十五回

贾二舍偷娶尤二姨　尤三姐思嫁柳二郎

话说贾琏、贾珍、贾蓉等三人商议，事事妥贴，至初二日，先将尤老和三姐送入新房。尤老一看，虽不似贾蓉口内之言，也十分齐备，母女二人已称了心。鲍二夫妇见了如一盆火，赶着尤老一口一声唤老娘，又或是老太太；赶着三姐唤三姨，或是姨娘。至次日五更天，一乘素轿，将二姐抬来。各色香烛纸马，并铺盖以及酒饭，早已备得十分妥当。一时，贾琏素服坐了小轿而来，拜过天地，焚了纸马。那尤老见二姐身上头上焕然一新，不是在家模样，十分得意。搀入洞房。是夜贾琏同他颠鸾倒凤，百般恩爱，不消细说。

那贾琏越看越爱，越瞧越喜，不知怎生奉承这二姐，乃命鲍二等人不许提三说二的，直以奶奶称之，自己也称奶奶，竟将凤姐一笔勾倒。有时回家中，只说在东府有事羁绊，凤姐辈因知他和贾珍相得，自然是或有事商议，也不疑心。再家下人虽多，都不管这些事。便有那游手好闲专打听小事的人，也都去奉承贾琏，乘机讨些便宜，谁肯去露风。于是贾琏深感贾珍不尽。贾琏一月出五两银子做天天的供给。若不来时，他母女三人一处吃饭；若贾琏来了，他夫妻二人一处吃，他母女便回房自吃。贾琏又将自己积年所有的梯己，一并搬了与二姐收着，又将凤姐素日之为人行事，枕边衾内尽情告诉了他，只等一死，便接他进去。二姐听了，自是愿意。当下十来个人，倒也过起日子来，十分丰足。

眼见已是两个月光景。这日贾珍在铁槛寺作完佛事，晚间回家时，因与他姊妹久别，竟要去探望探望。先命小厮去打听贾琏在与不在，小厮回来说不在。贾珍欢喜，将左右一概先遣回去，只留两个心腹小童牵马。一时，到了新房，已是掌灯时分，悄悄入去。两个小厮将马拴在圈内，自往下房去听候。

贾珍进来，屋内才点灯，先看过了尤氏母女，然后二姐出见，贾珍仍唤二姨。大家吃茶，说了一回闲话。贾珍因笑说："我作的这保山如何？若错过了，打着灯笼还没处寻，过日你姐姐还备了礼来瞧你们呢。"说话之间，尤二姐已命人预备下酒馔，关起门来，都是一家人，原无避讳。那鲍二来请安，贾珍便说："你还是个有良心的小子，所以叫你来伏侍。日后自有大用你之处，不可在外头吃酒生事。我自然赏你。倘或这里短了什么，你琏二爷事多，那里人杂，你只管去回我。我们弟兄不比别人。"鲍二答应道："是，小的知道。若小的不尽心，除非不要这脑袋了。"贾珍点头说："要你知道。"当下四人一处吃酒。尤二姐知局，便邀他母亲说："我怪怕的，妈同我到那边走走来。"尤老也会意，便真个同他出来，只剩小丫头们。贾珍便和三姐挨肩擦脸，百般轻薄起来。小丫头子们看不过，也都躲了出去，凭他两个自在取乐，不知作些什么勾当。

跟的两个小厮都在厨下和鲍二饮酒，鲍二女人上灶。忽见两个丫头也走了来嘲笑，要吃酒。鲍二因说："姐儿们不在上头伏侍，也偷来了。一时叫起来没人，又是事。"他女人骂道："胡涂浑呛了的忘八！你撞丧那黄汤罢。撞丧醉了，夹着你那膫子挺你的尸去。叫不叫，与你屄相干！一应有我承当，风雨横竖洒不着你头上来。"这鲍二原因妻子发迹的，近日越发亏他。自己除赚钱吃酒之外，一概不管，贾琏等也不肯责备他，故他视妻如母，百依百随，且吃够了便去睡觉。这里鲍二家的陪着这些丫鬟小厮吃酒，讨他们的好，准备在贾珍前上好。

四人正吃的高兴，忽听扣门之声，鲍二家的忙出来开门，看见是贾琏下马，问有事无事。鲍二女人便悄悄告他说："大爷在这里西院里呢。"贾琏听了，便回至卧房。只见尤二姐和他母亲都在房中，见他来了，二人面上便有些讪讪的。贾琏反推不知，只命："快拿酒来，咱们吃两杯好睡觉。我今日很乏了。"尤二姐忙上来陪笑接衣奉茶，问长问短。贾琏喜的心痒难受。一时鲍二家的端上酒来，二人对饮。他丈母不吃，自回房中睡去了。两个小丫头分了一个过来伏侍。

贾琏的心腹小童隆儿拴马去，见已有了一匹马，细瞧一瞧，知是贾珍的，心下会意，也来厨下。只见喜儿、寿儿两个正在那里坐着吃酒，见他来了，也都会意，故笑道："你这会子来的巧。我们因赶不上爷的马，恐怕犯夜，往这里来借宿一休的。"隆儿便笑道："有的是炕，只管睡。我是二爷使我送月银的，交给了奶奶，我也不回去了。"喜儿便说："我们吃多了，你来吃一钟。"隆儿才坐下，端起杯来，忽听马棚内闹将起来。原来二马同槽，不能相容，互相蹶踢起来。隆儿等慌的忙放下酒杯，出来喝马，好容易喝住，另拴好了，方进来。鲍二家的笑说："你三人就在这里罢，茶也现成了，我可去了。”说着，带门出去。这里喜儿喝了几杯，已是楞子眼了。隆儿、寿儿关了门，回头见喜儿直挺挺的仰卧炕上，二人便推他说：“好兄弟，起来好生睡，只顾你一个人，我们就苦了。”那喜儿便说道：“咱们今儿可要公公道道的贴一炉子烧饼，要有一个充正经的人，我痛把你妈一肏。”隆儿、寿儿见他醉了，也不必多说，只得吹了灯，将就睡下。

尤二姐听见马闹，心下便不自安，只管用言语混乱贾琏。那贾琏吃了几杯，春兴发作，便命收了酒果，掩门宽衣。尤二姐只穿着大红小袄，散挽乌云，满脸春色，比白日更增了颜色。贾琏搂他笑道：“人人都说我们那夜叉婆齐整，如今我看来，给你拾鞋也不要。”尤二姐道：“我虽标致，却无品行。看来到底是不标致的好。”贾琏忙问道：“这话如何说？我却不解。”尤二姐滴泪说道：“你们拿我作愚人待，什么事我不知。我如今和你作了两个月夫妻，日子虽浅，我也知你不是愚人。我生是你的人，死是你的鬼，如今既作了夫妻，我终身靠你，岂敢瞒藏一字。我算是有靠，将来我妹子却如何结果？据我看来，这个形景恐非长策，要作长久之计方可。”贾琏听了，笑道：“你且放心，我不是拈酸吃醋之辈。前事我已尽知，你也不必惊慌。你因妹夫倒是作兄的，自然不好意思，不如我去破了这例。”说着走了，便至西院中来，只见窗内灯烛辉煌，二人正吃酒取乐。

贾琏便推门进去，笑说：“大爷在这里，兄弟来请安。”贾珍羞的无话，只得起身让坐。贾琏忙笑道：“何必又作如此景象，咱们弟兄从前是如何样来！大哥为我操心，我今日粉身碎骨，感激不尽。大哥若多心，我意何安。从此以后，还求大哥如昔方好；不然，兄弟能可绝后，再不敢到此处来了。”说着，便要跪下。慌的贾珍连忙搀起，只说：“兄弟怎么说，我无不领命。”贾琏忙命人：“看酒来，我和大哥吃两杯。”又拉尤三姐说：“你过来，陪小叔子一杯。”贾珍笑着说：“老二，到底是你，哥哥必要吃干这钟。”说着，一扬脖。尤三姐站在炕上，指贾琏笑道：“你不用和我花马吊嘴的，清水下杂面，你吃我看见。提着影戏人子上场，好歹别戳破这层纸儿。你别油蒙了心，打谅我们不知道你府上的事。这会子花了几个臭钱，你们哥儿俩拿着我们姐儿两个权当粉头来取乐儿，你们就打错了算盘了。我也知道你那老婆太难缠，如今把我姐姐拐了来做二房，偷的锣儿敲不得。我也要会会那凤奶奶去，看他是几个脑袋几只手。若大家好取和便罢；倘若有一点叫人过不去，我有本事先把你两个的牛黄狗宝掏了出来，再和那泼妇拼了这命，也不算是尤三姑奶奶！喝酒怕什么，咱们就喝！”说着，自己绰起壶来斟了一杯，自己先喝了半杯，搂过贾琏的脖子来就灌，说：“我和你哥哥已经吃过了，咱们来亲香亲香。”唬的贾琏酒都醒了。贾珍也不承望尤三姐这等无耻老辣。弟兄两个本是风月场中耍惯的，不想今日反被这闺女一席话说住。尤三姐一叠声又叫：“将姐姐请来，要乐咱们四个一处同乐。俗语说‘便宜不过当家’，他们是弟兄，咱们是姊妹，又不是外人，只管上来。”尤二姐反不好意思起来。贾珍得便就要一溜，尤三姐那里肯放。贾珍此时方后悔，不承望他是这种为人，与贾琏反不好轻薄起来。

这尤三姐松松挽着头发，大红袄子半掩半开，露着葱绿抹胸，一痕雪脯。底下绿裤红鞋，一对金莲或翘或并，没半刻斯文。两个坠子却似打秋千一般，灯光之下，越显得柳眉笼翠露，檀口点丹砂。本是一双秋水眼，再吃了酒，又添了饧涩淫浪，不独将他二姊压倒，据珍、琏评去，所见过的上下贵贱若干女子，皆未有此绰约风流者。二人已酥麻如醉，不禁去招他一招，他那淫态风情，反将二人禁住。那尤三姐放出手眼来略试了一试，他弟兄两个竟全然无一点别识别见，连口中一句响亮话都没了，不过是酒色二字而已。自己高谈阔论，任意挥霍洒落一阵，拿他弟兄二人嘲笑取乐，竟真是他嫖了男人，并非男人淫了他。一时他的酒足兴尽，也不容他弟兄多坐，撵了出去，自己关门睡去了。

自此后，或略有丫鬟婆娘不到之处，便将贾琏、贾珍、贾蓉三个泼声厉言痛骂，说他爷儿三个诓骗了他寡妇孤女。贾珍回去之后，以后亦不敢轻易再来，有时尤三姐自己高了兴悄命小厮来请，方敢去一会，到了这里，也只好随他的便。谁知这尤三姐天生脾气不堪，仗着自己风流标致，偏要打扮的出色，另式作出许多万人不及的淫情浪态来，哄的男子们垂涎落魄，欲近不能，欲远不舍，迷离颠倒，他以为乐。他母姊二人也十分相劝，他反说："姐姐糊涂。咱们金玉一般的人，白叫这两个现世宝沾污了去，也算无能。而且他家有一个极利害的女人，如今瞒着他不知，咱们方安。倘或一日他知道了，岂有干休之理，势必有一场大闹，不知谁生谁死。趁如今我不拿他们取乐作践准折，到那时白落个臭名，后悔不及。"因此一说，他母女见不听劝，也只得罢了。那尤三姐天天挑拣穿吃，打了银的，又要金的；有了珠子，又要宝石；吃的肥鹅，又宰肥鸭。或不趁心，连桌一推；衣裳不如意，不论绫缎新整，便用剪刀剪碎，撕一条，骂一句，究竟贾珍等何曾随意了一日，反花了许多昧心钱。

贾琏来了，只在二姐房内，心中也悔上来。无奈二姐倒是个多情人，以为贾琏是终身之主了，凡事倒还知疼着痒。若论起温柔和顺，凡事必商必议，不敢恃才自专，实较凤姐高十倍；若论标致，言谈行事，也胜五分。虽然如今改过，但已经失了脚，有了一个"淫"字，凭他有甚好处也不算了。偏这贾琏又说："谁人无错，知过必改就好。"故不提已往之淫，只取现今之善，便如胶授漆，似水如鱼，一心一计，誓同生死，那里还有凤、平二人在意了？二姐在枕边衾内，也常劝贾琏说："你和珍大哥商议商议，拣个熟的人，把三丫头聘了罢。留着他不是常法子，终久要生出事来，怎么处？"贾琏道："前日我曾回过大哥的，他只是舍不得。我说'是块肥羊肉，只是烫的慌；玫瑰花儿可爱，刺大扎手。咱们未必降的住，正经拣个人聘了罢。'他只意意思思，就丢开手了。你叫我有何法。"二姐道："你放心。咱们明日先劝三丫头，他肯了，让他自己闹去。闹的无法，少不得聘他。"贾琏听了说："这话极是。"

至次日，二姐另备了酒，贾琏也不出门，至午间特请他小妹过来，与他母亲上坐。尤三姐便知其意，（墨夹：全用醍醐灌顶，全是大翻身大解悟法。）酒过三巡，不用姐姐开口，先便滴泪泣道：（墨夹：全用如是等语一洗孽障。）"姐姐今日请我，自有一番大礼要说。但妹子不是那愚人，也不用絮絮叨叨提那从前丑事，我已尽知，说也无益。既如今姐姐也得了好处安身，妈也有了安身之处，我也要自寻归结去，方是正理。但终身大事，一生至一死，非同儿戏。我如今改过守分，只要我拣一个素日可心如意的人方跟他去。若凭你们拣择，虽是富比石崇，才过子建，貌比潘安的，我心里进不去，也白过了一世。"贾琏笑道："这也容易。凭你说是谁就是谁，一应彩礼都有我们置办，母亲也不用操心。"尤三姐泣道："姐姐知道，不用我说。"贾琏笑问二姐是谁，二姐一时也想不起来。大家想来，贾琏便道：“定是此人无移了！”便拍手笑道：“我知道了。这人原不差，果然好眼力。”二姐笑问是谁，贾琏笑道：“别人他如何进得去，一定是宝玉。”二姐与尤老听了，亦以为然。尤三姐便啐了一口，道：（墨夹：奇，不知何为。）“我们有姊妹十个，也嫁你弟兄十个不成？（墨夹：有理之极！）难道除了你家，天下就没了好男子了不成！”（墨夹：一骂反有理。）众人听了都诧异：“除去他，还有那一个？”（墨夹：余亦如此想。）尤三姐笑道：“别只在眼前想，姐姐只在五年前想就是了。”（墨夹：奇甚！）

正说着，忽见贾琏的心腹小厮兴儿走来请贾琏说：“老爷那边紧等着叫爷呢。小的答应往舅老爷那边去了，小的连忙来请。”贾琏又忙问：“昨日家里没人问？”兴儿道：“小的回奶奶说，爷在家庙里同珍大爷商议作百日的事，只怕不能来家。”贾琏忙命拉马，隆儿跟随去了，留下兴儿答应人来事务。

尤二姐拿了两碟菜，命拿大杯斟了酒，就命兴儿在炕沿下蹲着吃，一长一短向他说话儿。问他家里奶奶多大年纪，怎个利害的样子，老太太多大年纪，太太多大年纪，姑娘几个，各样家常等语。兴儿笑嘻嘻的在炕沿下一头吃，一头将荣府之事备细告诉他母女。又说：“我是二门上该班的人。我们共是两班，一班四个，共是八个。这八个人有几个是奶奶的心腹，有几个是爷的心腹。奶奶的心腹我们不敢惹，爷的心腹奶奶的就敢惹。提起我们奶奶来，心里歹毒，口里尖快。我们二爷也算是个好的，那里见得他。倒是跟前的平姑娘为人很好，虽然和奶奶一气，他倒背着奶奶常作些个好事。小的们凡有了不是，奶奶是容不过的，只求求他去就完了。如今合家大小除了老太太、太太两个人，没有不恨他的，只不过面子情儿怕他。皆因他一时看的人都不及他，只一味哄着老太太、太太两个人喜欢。他说一是一，说二是二，没人敢拦他。又恨不得把银子钱省下来堆成山，好叫老太太、太太说他会过日子，殊不知苦了下人，他讨好儿。遇着有好事，他就不等别人去说，他先抓尖儿；或有了不好事或他自己错了，他便一缩头推到别人身上来，他还在旁边拨火儿。如今连他正经婆婆大太太都嫌了他，说他‘雀儿拣着旺处飞，黑母鸡一窝儿，自家的事不管，倒替人家去瞎张罗’。若不是老太太在头里，早叫过他去了。”尤二姐笑道：“你背着他这等说他，将来你又不知怎么说我呢。我又差他一层儿，越发有的说了。”兴儿忙跪下说道：“奶奶要这样说，小的不怕雷打！但凡小的们有造化，起先娶奶奶时若得了奶奶这样的人，小的们也少挨些打骂，也少提心吊胆的。如今跟爷的这几个人，谁不背前背后称扬奶奶圣德怜下。我们商量着叫二爷要出来，情愿来答应奶奶呢。”尤二姐笑道：“猴儿肏的，还不起来呢。说句顽话，就唬的那样起来。你们作什么来，我还要找了你奶奶去呢。”兴儿连忙摇手说：“奶奶千万不要去。我告诉奶奶，一辈子别见他才好。嘴甜心苦，两面三刀；上头一脸笑，脚下使绊子；明是一盆火，暗是一把刀：都占全了。只怕三姨的这张嘴还说他不过。好奶奶这样斯文良善人，那里是他的对手！”尤氏笑道：“我只以礼待他，他敢怎么样！”兴儿道：“不是小的吃了酒放肆胡说，奶奶便有礼让，他看见奶奶比他标致，又比他得人心，他怎肯干休善罢？人家是醋罐子，他是醋缸醋瓮。凡丫头们二爷多看一眼，他有本事当着爷打个烂羊头。虽然平姑娘在屋里，大约一年二年之间两个有一次到一处，他还要口里掂十个过子呢，气的平姑娘性子发了，哭闹一阵，说：‘又不是我自己寻来的，你又浪着劝我，我原不依，你反说我反了，这会子又这样。’他一般的也罢了，倒央告平姑娘。”尤二姐笑道：“可是扯谎？这样一个夜叉，怎么反怕屋里的人呢？”兴儿道：“这就是俗语说的‘天下挑不过礼字去’了。这平儿是他自幼的丫头，陪了过来一共四个，嫁人的嫁人，死的死了，只剩了这个心腹。他原为收了屋里，一则显他贤良名儿，二则又叫拴爷的心，好不外头走邪的。又还有一段因果：我们家的规矩，凡爷们大了，未娶亲之先都先放两个人伏侍的。二爷原有两个，谁知他来了没半年，都寻出不是来，都打发出去了。别人虽不好说，自己脸上过不去，所以强逼着平姑娘作了房里人。那平姑娘又是个正经人，从不把这一件事放在心上，也不会挑妻窝夫的，倒一味忠心赤胆伏侍他，才容下了。”

尤二姐笑道：“原来如此。但我听见你们家还有一位寡妇奶奶和几位姑娘。他这样利害，这些人如何容得？”兴儿拍手笑道：“原来奶奶不知道。我们家这位寡妇奶奶，他的浑名叫作‘大菩萨’，第一个善德人。我们家的规矩又大，寡妇奶奶们不管事，只宜清净守节。妙在姑娘又多，只把姑娘们交给他，看书写字，学针线，学道理，这是他的责任。除此问事不知，说事不管。只因这一向他病了，事多，这大奶奶暂管几日。究竟也无可管，不过是按例而行，不象他多事逞才。我们大姑娘不用说，但凡不好也没这段大福了。二姑娘的浑名是‘二木头’，戳一针也不知嗳哟一声。三姑娘的浑名是‘玫瑰花’。”尤氏姊妹忙笑问何意。兴儿笑道：“玫瑰花又红又香，无人不爱的，只是刺戳手。也是一位神道，可惜不是太太养的，‘老鸹窝里出凤凰’。四姑娘小，他正经是珍大爷亲妹子，因自幼无母，老太太命太太抱过来养这么大，也是一位不管事的。奶奶不知道，我们家的姑娘不算，另外有两个姑娘，真是天上少有，地下无双。一个是咱们姑太太的女儿，姓林，小名儿叫什么黛玉，面庞身段和三姨不差什么，一肚子文章，只是一身多病，这样的天，还穿夹的，出来风儿一吹就倒了。我们这起没王法的嘴都叫他‘多病西施’。还有一位姨太太的女儿，姓薛，叫什么宝钗，竟是雪堆出来的。每常出门或上车。或一时院子里瞥见一眼，我们鬼使神差，见了他两个，不敢出气儿。”尤二姐笑道：“你们大家规矩，虽然你们小孩子进的去，然遇见小姐们，原该远远藏开。”兴儿摇手道：“不是，不是。那正经大礼，自然远远的藏开，自不必说。就藏开了，自己不敢出气，是生怕这气大了，吹倒了姓林的；气暖了，吹化了姓薛的。”说的满屋里都笑起来了。不知端详，且听下回分解。

翠縷
改琦

第六十六回

情小妹耻情归地府　冷二郎一冷入空门

话说鲍二家的打他一下子，笑道：“原有些真的，叫你又编了这混话，越发没了捆儿。你倒不象跟二爷的人，这些混话倒象是宝玉那边的了。”（墨夹：好极之文，将茗烟等已全写出，可谓一击两鸣法，不写之写也。）尤二姐才要又问，忽见尤三姐笑问道：“可是你们家那宝玉，除了上学，他作些什么？”（墨夹：拍案叫绝！此处方问，是何文情！）兴儿笑道：“姨娘别问他，说起来姨娘也未必信。他长了这么大，独他没有上过正经学堂。我们家从祖宗直到二爷，谁不是寒窗十载，偏他不喜读书。老太太的宝贝，老爷先还管，如今也不敢管了。成天家疯疯颠颠的，说的话人也不懂，干的事人也不知。外头人人看着好清俊模样儿，心里自然是聪明的，谁知是外清而内浊，见了人，一句话也没有。所有的好处，虽没上过学，倒难为他认得几个字。每日也不习文，也不学武，又怕见人，只爱在丫头群里闹。再者也没刚柔，有时见了我们，喜欢时没上没下，大家乱顽一阵；不喜欢各自走了，他也不理人。我们坐着卧着，见了他也不理，他也不责备。因此没人怕他，只管随便，都过的去。”尤三姐笑道：“主子宽了，你们又这样；严了，又抱怨。可知难缠。”（墨夹：情语情文至语。）尤二姐道：“我们看他倒好，原来这样。

可惜了一个好胎子。”尤三姐道：“姐姐信他胡说，咱们也不是见一面两面的，行事言谈吃喝，原有些女儿气，那是只在里头惯了的。若说糊涂，那些儿糊涂？姐姐记得，穿孝时咱们同在一处，那日正是和尚们进来绕棺，咱们都在那里站着，他只站在头里挡着人。人说他不知礼，又没眼色。过后他没悄悄的告诉咱们说：‘姐姐不知道，我并不是没眼色。我想和尚们脏，恐怕气味熏了姐姐们。’接着他吃茶，姐姐又要茶，那个老婆子就拿了他的碗倒。他赶忙说：‘我吃脏了的，另洗了再拿来。’这两件上，我冷眼看去，原来他在女孩子们前不管怎样都过的去，只不大合外人的式，所以他们不知道。”尤二姐听说，笑道：“依你说，你两个已是情投意合了。竟把你许了他，岂不好？”三姐见有兴儿，不便说话，只低头嗑瓜子。兴儿笑道：“若论模样儿行事为人，倒是一对好的。只是他已有了，只未露形。将来准是林姑娘定了的。因林姑娘多病，二则都还小，故尚未及此。再过三二年，老太太便一开言，那是再无不准的了。”大家正说话，只见隆儿又来了，说：“老爷有事，是件机密大事，要遣二爷往平安州去。不过三五日就起身，来回也得半月工夫。今日不能来了。请老奶奶早和二姨定了那事，明日爷来，好作定夺。”说着，带了兴儿回去了。

这里尤二姐命掩了门早睡，盘问他妹子一夜。至次日午后，贾琏方来了。尤二姐因劝他说：“既有正事，何必忙忙又来，千万别为我误事。”贾琏道：“也没甚事，只是偏偏的又出来了一件远差。出了月就起身，得半月工夫才来。”尤二姐道：“既如此，你只管放心前去，这里一应不用你记挂。三妹子他从不会朝更暮改的。他已说了改悔，必是改悔的。他已择定了人，你只要依他就是了。”贾琏问：“是谁？”尤二姐笑道：“这人此刻不在这里，不知多早才来，也难为他眼力。自己说了，这人一年不来，他等一年；十年不来，等十年；若这人死了再不来了，他情愿剃了头当姑子去，吃长斋念佛，以了今生。”贾琏问：“到底是谁，这样动他的心？”二姐笑道：“说来话长。五年前我们老娘家里做生日，妈和我们到那里与老娘拜寿。他家请了一起串客，里头有个作小生的叫作柳湘莲，（墨夹：千奇百怪之文何至于此！）他看上了，如今要是他才嫁。旧年我们闻得柳湘莲惹了一个祸逃走了，不知可又来了不曾？”贾琏听了道：“怪道呢！我说是个什么样人，原来是他！果然眼力不错。你不知道这柳二郎，那样一个标致人，最是冷面冷心的，差不多的人，都无情无义。他最和宝玉合的来。去年因打了薛呆子，他不好意思见我们的，不知那里去了一向。后来听见有人说来了，不知是真是假。一问宝玉的小子们就知道了。倘或不来，他萍踪浪迹，知道几年才来，岂不白耽搁了？”尤二姐道：“我们这三丫头说的出来，干的出来，他怎样说，只依他便了。”

二人正说之间，只见尤三姐走来说道：“姐夫，你只放心。我们不是那心口两样的人，说什么是什么。若有了姓柳的来，我便嫁他。从今日起，我吃斋念佛，只伏侍母亲，等他来了，嫁了他去，若一百年不来，我自己修行去了。”说着，将一根玉簪，击作两段，“一句不真，就如这簪子！”说着，回房去了，真个竟非礼不动，非礼不言起来。贾琏无了法，只得和二姐商议了一回家务，复回家与凤姐商议起身之事。一面着人问茗烟，茗烟说：“竟不知道。大约未来；若来了，必是我知道的。”一面又问他的街坊，也说未来。贾琏只得回复了二姐。至起身之日已近，前两天便说起身，却先往二姐这边来住两夜，从这里再悄悄长行。果见小妹竟又换了一个人，又见二姐持家勤慎，自是不消记挂。

是日一早出城，就奔平安州大道，晓行夜住，渴饮饥餐。方走了三日，那日正走之间，顶头来了一群驮子，内中一伙，主仆十来骑马，走的近来一看，不是别人，竟是薛蟠和柳湘莲来了。贾琏深为奇怪，（墨夹：余亦为怪。）忙伸马迎了上来，大家一齐相见，说些别后寒温，大家便入酒店歇下，叙谈叙谈。贾琏因笑说：“闹过之后，我们忙着请你两个和解，谁知柳兄踪迹全无。怎么你两个今日倒在一处了？”薛蟠笑道：“天下竟有这样奇事。我同伙计贩了货物，自春天起身，往回里走，一路平安。谁知前日到了平安州界，遇一伙强盗，已将东西劫去。不想柳二弟从那边来了，方把贼人赶散，夺回货物，还救了我们的性命。我谢他又不受，所以我们结拜了生死弟兄，如今一路进京。从此后我们是亲弟亲兄一般。到前面岔口上分路，他就分路往南二百里有他一个姑妈，他去望候望候。我先进京去安置了我的事，然后给他寻一所宅子，寻一门好亲事，大家过起来。”贾琏听了道：“原来如此，倒教我们悬了几日心。”因又听道寻亲，又忙说道：“我正有一门好亲事堪配二弟。”说着，便将自己娶尤氏，如今又要发嫁小姨一节说了出来，只不说尤三姐自择之语。又嘱薛蟠且不可告诉家里，等生了儿子，自然是知道的。薛蟠听了大喜，说：“早该如此，这都是舍表妹之过。”湘莲忙笑说：“你又忘情了，还不住口。”薛蟠忙止住不语，便说：“既是这等，这门亲事定要做的。”湘莲道：“我本有愿，定要一个绝色的女子，如今既是贵昆仲高谊，顾不得许多了，任凭裁夺，我无不从命。”贾琏笑道：“如今口说无凭，等柳兄一见，便知我这内娣的品貌，是古今有一无二的了。”湘莲听了大喜，说：“既如此说，等弟探过姑娘，不过月中就进京的，那时再定如何？”贾琏笑道：“你我一言为定，只是我信不过，柳兄你乃是萍踪浪迹，倘然淹滞不归，岂不误了人家？须得留一定礼。”湘莲道：“大丈夫岂有失信之礼？小弟素系寒贫，况且客中，何能有定礼？”薛蟠道：“我这里现成，就备一分，二哥带去。”贾琏笑道：“也不用金帛之礼，须是柳兄亲身自有之物。不论物之贵贱，不过我带去取信耳。”湘莲道：“既如此说，弟无别物，此剑防身，不能解下，囊中尚有一把鸳鸯剑，乃吾家传代之宝，弟也不敢擅用，只随身收藏而已，贾兄请拿去为定。弟纵系水流花落之性，然亦断不舍此剑者。”说毕，大家又饮了几杯，方各自上马，作别起程。正是：

将军不下马，各自奔前程。

且说贾琏一日到了平安州，见了节度，完了公事。因又嘱他十月前后务要还来一次，贾琏领命。次日连忙取路回家，先到尤二姐处探望。谁知贾琏出门之后，尤二姐操持家务十分谨肃，每日关门合户，一点外事不闻。他小妹子果是个斩钉截铁之人，每日侍奉母姊之余，只安分守己，随分过活。虽是夜晚间孤衾独枕，不惯寂寞，奈一心丢了众人，只念柳湘莲早早回来完了终身大事。这日贾琏进门，见了这般景况，喜之不尽，深念二姐之德。大家叙些寒温之后，贾琏便将路上相遇湘莲一事说了出来，又将鸳鸯剑取出，递与三姐。三姐看时，上面龙吞夔护，珠宝晶莹，将靶一掣，里面却是两把合体的。一把上面錾着一“鸳”字，一把上面錾着一“鸯”字，冷飕飕，明亮亮，如两痕秋水一般。

三姐喜出望外，连忙收了，挂在自己绣房床上，每日望着剑，自笑终身有靠。贾琏住了两天，回去复了父命，回家合宅相见。那时凤姐已大愈，出来理事行走了。贾琏又将此事告诉了贾珍。贾珍因近日又遇了新友，将这事丢过，不在心上，任凭贾琏裁夺，只怕贾琏独力不加，少不得又给了他三十两银子。贾琏拿来交与二姐预备妆奁。

谁知八月内湘莲方进了京，先来拜见薛姨妈，又遇见薛蝌，方知薛蟠不惯风霜，不服水土，一进京时便病倒在家，请医调治。听见湘莲来了，请入卧室相见。薛姨妈也不念旧事，只感新恩，母子们十分称谢。又说起亲事一节，凡一应东西皆已妥当，只等择日。柳湘莲也感激不尽。

次日又来见宝玉，二人相会，如鱼得水。湘莲因问贾琏偷娶二房之事，宝玉笑道："我听见茗烟一干人说，我却未见，我也不敢多管。我又听见茗烟说，琏二哥哥着实问你，不知有何话说？"湘莲就将路上所有之事一概告诉宝玉，宝玉笑道："大喜，大喜！难得这个标致人，果然是个古今绝色，堪配你之为人。"湘莲道："既是这样，他那里少了人物，如何只想到我。况且我又素日不甚和他厚，也关切不至此。路上工夫忙忙的就那样再三要来定，难道女家反赶着男家不成。我自己疑惑起来，后悔不该留下这剑作定。所以后来想起你来，可以细细问个底里才好。"宝玉道："你原是个精细人，如何既许了定礼又疑惑起来？你原说只要一个绝色的，如今既得了个绝色便罢了，何必再疑？"湘莲道："你既不知他娶，如何又知是绝色？"宝玉道："他是珍大嫂子的继母带来的两位小姨。我在那里和他们混了一个月，怎么不知？真真一对尤物，可巧他又姓尤。"湘莲听了，跌足道："这事不好，断乎做不得了。你们东府里除了那两个石头狮子干净，只怕连猫儿狗儿都不干净。我不做这剩忘八。"（墨夹：奇极之文！趣极之文！《金瓶梅》中有云"把忘八的脸打绿了"，已奇之至，此云"剩忘八"，岂不更奇！）宝玉听说，红了脸。湘莲自惭失言，连忙作揖说："我该死胡说。（墨夹：忽用湘莲提东府之事骂及宝玉，可是人想得到的？所谓"一个人不曾放过"。）你好歹告诉我，他品行如何？"宝玉笑道："你既深知，又来问我作甚么？连我也未必干净了。"湘莲笑道："原是我自己一时忘情，好歹别多心。"宝玉笑道："何必再提，这倒是有心了。"湘莲作揖告辞出来，若去找薛蟠，一则他现卧病，二则他又浮躁，不如去索回定礼。主意已定，便一径来找贾琏。

贾琏正在新房中，闻得湘莲来了，喜之不禁，忙迎了出来，让到内室与尤老相见。湘莲只作揖称老伯母，自称晚生，贾琏听了诧异。吃茶之间，湘莲便说："客中偶然忙促，谁知姑母于四月间订了弟妇，使弟无言可回。若从了老兄背了姑母，似非合理。若系金帛之订，弟不敢索取，但此剑系祖父所遗，请仍赐回为幸。"贾琏听了，便不自在，还说："定者，定也。原怕反悔所以为定。岂有婚姻之事，出入随意的？还要斟酌。"湘莲笑道："虽如此说，弟愿领责领罚，然此事断不敢从命。"贾琏还要饶舌，湘莲便起身说："请兄外坐一叙，此处不便。"那尤三姐在房明明听见。好容易等了他来，今忽见反悔，便知他在贾府中得了消息，自然是嫌自己淫奔无耻之流，不屑为妻。今若容他出去和贾琏说退亲，料那贾琏必无法可处，自己岂不无趣。一听贾琏要同他出去，连忙摘下剑来，将一股雌锋隐在肘内，出来便说："你们不必出去再议，还你的定礼。"一面泪如雨下，左手将剑并鞘送与湘莲，右手回肘只往项上一横。可怜“揉碎桃花红满地，玉山倾倒再难扶”，芳灵蕙性，渺渺冥冥，不知那边去了。当下唬得众人急救不迭。尤老一面嚎哭，一面又骂湘莲。贾琏忙揪住湘莲，命人捆了送官。尤二姐忙止泪反劝贾琏：“你太多事，人家并没威逼他死，是他自寻短见。你便送他到官，又有何益，反觉生事出丑。不如放他去罢，岂不省事。”贾琏此时也没了主意，便放了手命湘莲快去。湘莲反不动身，泣道：“我并不知是这等刚烈贤妻，可敬，可敬。”湘莲反扶尸大哭一场。等买了棺木，眼见入殓，又俯棺大哭一场，方告辞而去。

出门无所之，昏昏默默，自想方才之事。原来尤三姐这样标致，又这等刚烈，自悔不及。正走之间，只见薛蟠的小厮寻他家去，那湘莲只管出神。那小厮带他到新房之中，十分齐整。忽听环珮叮当，尤三姐从外而入，一手捧着鸳鸯剑，一手捧着一卷册子，向柳湘莲泣道：“妾痴情待君五年矣，不期君果冷心冷面，妾以死报此痴情。妾今奉警幻之命，前往太虚幻境，修注案中所有一干情鬼。妾不忍一别，故来一会，从此再不能相见矣。”说着便走。湘莲不舍，忙欲上来拉住问时，那尤三姐便说：“来自情天，去由情地。前生误被情惑，今既耻情而觉，与君两无干涉。”说毕，一阵香风，无踪无影去了。

湘莲警觉，似梦非梦，睁眼看时，那里有薛家小童，也非新室，竟是一座破庙，旁边坐着一个跏腿道士捕虱。湘莲便起身稽首相问：“此系何方？仙师仙名法号？”道士笑道：“连我也不知道此系何方，我系何人，不过暂来歇足而已。”柳湘莲听了，不觉冷然如寒冰侵骨，掣出那股雄剑，将万根烦恼丝一挥而尽，便随那道士，不知往那里去了。后回便见——

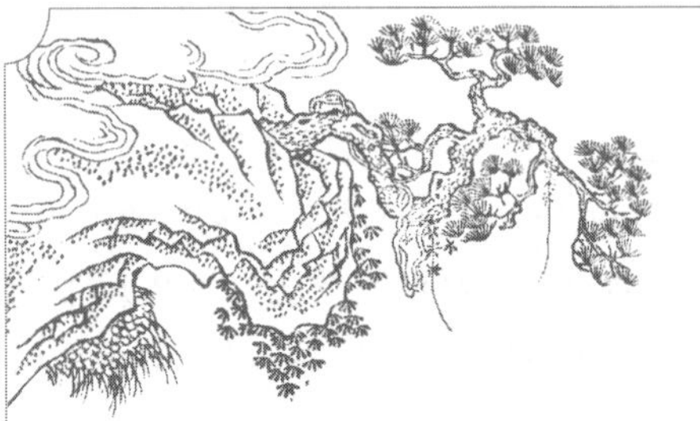

第六十七回

馈土物颦卿思故里
讯家童凤姐蓄阴谋

话说尤三姐自戕之后，尤老娘以及尤二姐儿、尤氏并贾珍、贾蓉、贾琏等闻之，俱各不胜悲伤，自不必说，忙着人置买棺木盛殓，送往城外埋葬。却说柳湘莲见尤三姐身亡，迷性不悟，尚有痴情眷恋，被道人数句偈言，打破迷关，竟自削发出家，跟随道士飘然而去，不知何往。后事暂且不表。

且说薛姨妈闻知湘莲已说定了尤三姐为妻，心甚喜悦，正自高高兴兴要打算替他买房治屋，办妆奁，择吉日，迎娶过门等事，以报他救命之恩。忽有家中小厮见薛姨妈，告知尤三姐自戕与湘莲出家的消息，心甚叹息。正在猜疑，是为什么缘故？时值宝钗从园子里过来，薛姨妈便对宝钗说道："我的儿，你听见了没有？你珍大嫂子的妹妹尤三姐，他不是已经许定了给你哥哥的义弟柳湘莲的？这也很好，不知为什么尤三姐自刎了。湘莲也出了家了。真正奇怪的事，叫人意想不到。"宝钗听了，并不在意，便说道："俗语说的好，'天有不测风云，人有旦夕祸福'。这也是前生命定，活该不是夫妻，妈所为的是因有救哥哥的一段好处，故谆谆感叹，如果他二人齐齐全全的，妈自然该替他料理，如今死的死了，出家的出了家了，依我说，也只好由他罢了。妈也不必为他们伤感，损了自己的身子。倒是自从哥哥打江南回来了许多日，贩了来的货物，想来也该发完了。那同伴去的伙计们辛辛苦苦的，来回几个月，妈同哥哥商议商议，也该请一请，酬谢酬谢才是。不然倒叫他们轻看了，无礼似的。”

母女正说之间，见薛蟠自外而入，眼中尚有泪痕未干。一进门来，便向他母亲拍手说道：“妈可知道柳大哥、尤三姐的事么？”薛姨妈说：“我在园子里听见大家议论，正在这里才和你妹子说这件公案呢。”薛蟠说：“这事奇不奇？”薛姨妈说：“可是。柳相公那样一个年轻聪明的人，怎么就一时糊涂，跟着道士去了呢。我想他前世必是有夙缘的、有根基的人，所以才容易听得进这些度他的话去。想你们相好了一场，他又无父母兄弟，单身一人在此，你该各处找一找才是。靠那跛足道士，疯疯癫癫的能往那里去？左不过是在这房前左右的庙里、寺里躲藏着罢咧。”薛蟠说：“何尝不是呢。我一听见这个信儿，就连忙带了小厮们在各处寻找去，连个影儿也没有。又去问人，人人都说不曾看见。我因如此急的没法，惟有望着西北上大哭了一场，回来了。”说着，眼眶儿又红上来了。薛姨妈说：“你既找寻过，没有，也算把你待朋友的心尽了。焉知他这一出家，不是得了好处呢。你也不必太过虑了。一则张罗张罗买卖，二则你把你自己娶媳妇应办的事情，倒是早些料理料理。咱们家里没人手儿，竟是‘笨雀儿先飞’，省得临期丢三忘四的不齐全，令人笑话。再者你妹子说，你也回家半个多月了，想货物也该发完了，同你作买卖去的伙计们，也该设桌酒席请请他们，酬酬劳乏才是。他们固然是咱们家约请的吃工食劳金的人，倒底也算是客，又陪着你走了一二千里的路程，受了四五个月的辛苦，而且在路上又替你担了惊怕沉重。”薛蟠闻听，说：“妈说的很是。妹妹想的周到。我也这样想来着，只因这些日子为各处发货，闹的头晕。又为柳大哥的亲事忙了这几日，反到落了一个空，白张罗了一会子，倒把正经事都误了。要不然就定了明儿后儿下帖子请请罢。”薛姨妈道：“由你办去罢。”

话犹未了，外面小厮回说：“张总管的伙计送了两个箱子来，说这是爷各自买的，不在货账里面。本要早送来，因货箱子压着，未得拿；昨日货物发完了，所以今儿才送来了。”一面说，一面又见两个小厮搬进了两个夹板夹的大棕箱来。薛蟠一见，说：“嗳哟，可是我怎么就糊涂到这步田地了！特特的给妈和妹妹带来的东西，都忘了，没拿了家里来，还是伙计送了来了。”宝钗说：“亏你才说，还是特特的带来的，还是放了一二十日才送来，若不是特特的带来，必定是要放到年底下才送进来呢。你也诸事太不留心了。”薛蟠说：“想是我在路上，叫贼把魂吓掉了，还没归壳呢。”说着，大家笑了一阵，便向回话的小厮说：“东西收下了，叫他们回去罢。”

薛姨妈同宝钗忙问：“是什么好东西，这样捆着夹着的？”便命人挑了绳子，去了夹板，开了锁，看时，都是些绫、罗、缎、绸、锦、洋货等，家常应用之物。独有宝钗他的那个箱子，除笔、墨、砚、各色笺纸、香袋、香珠、扇子、扇套、花粉、胭脂、头油等物外，还有虎丘带来的自行人、酒令儿，水银灌的打筋斗小小子，沙子灯，一出一出的泥人儿的戏，用青纱罩的匣子装着；又有在虎丘山上作的薛蟠的像，泥捏成的，与薛蟠毫无相差，以及许多碎小玩意儿的东西。宝钗一见，满心欢喜。便叫自己使的丫鬟来吩咐：“你将我这个箱子，与我拿了园子里去，我好就近从那边送送人。”说着便站起身来，告辞母亲，往园子里来了。这里薛姨妈将自己这个箱子里东西取出，一份一份的打点清楚，着同喜丫头送往贾母并王夫人等处去不讲。

且说宝钗随着箱子到了自己房中，将东西逐件过了目，除将自己留用外，遂一份一份配合妥当，也有单送玩意的，也有送笔墨砚纸的，也有送香袋、扇子、香坠的，也有送胭脂头油的；酌量其人分办，只有黛玉与别人不同，比诸人加厚一倍。一一打点完毕，使莺儿同一老婆子跟着，往各处去送。

其李纨、宝玉等以及诸人，不过收了东西，赏赐来使，皆说些见面再谢等语而已。惟有黛玉，他见江南家乡之物，反自触物伤情，因想起他父母来了，便对着这些东西挥泪自叹。暗想，我乃江南之人，父母双亡，又无兄弟，只身一人，可怜寄居外祖母家中，而且又多疾病，除外祖母以及舅母姐妹看问外，那里还有一个姓林的亲人来看望看望，给我带些土物来，使我送送人，装装脸面也好。可见人若无至亲骨肉手足，是最寂寞，极冷清，极寒苦，无趣味的。想到这里，不觉就大伤起心来了。紫鹃乃伏侍黛玉多年，朝夕不离左右的，深知黛玉的心腹：他为见了江南故土之物，因感动了心怀，追思亲人的缘故。但不敢说破，只在一旁劝说道："姑娘的身子多病，早晚尚服丸药，这两日不过看着，比那些日子略饮食好些，精神壮一点儿，还算不得十分大好。今儿宝姑娘送来这些东西，可见宝姑娘素日看姑娘甚重，姑娘看着该喜欢才是，为什么反倒伤感？这不是宝姑娘送东西，为的是叫姑娘喜欢，这反倒招姑娘烦恼了？若令宝姑娘知道了，怎么脸上下的来呢！再姑娘也想一想，老太太、太太们为姑娘的病症，千方百计的请好大夫诊脉配药调治，所为的是病急好。这如今才好些，又这样的哭哭啼啼的，岂不是自己遭踏自己的身子，不肯叫老太太看着喜欢？难道说姑娘这个病，不是因素日从忧虑过度上，伤多了气血得的么？姑娘的千金贵体，别自己看轻了。"紫鹃正在这里劝解黛玉，只听见小丫头子在院内说："宝二爷来了。"紫鹃忙说："快请！"

话犹未毕，只见宝玉已进房来了，黛玉让坐毕，宝玉见黛玉泪痕满面，便问："妹妹，又是谁得罪了你了？你两眼哭的都红了，是为什么？"黛玉不回答，旁边紫鹃将嘴向床上一努，宝玉会意，便往床上一看，见堆着许多东西，便知是宝钗送来的，便笑着取笑说道："好东西，想是妹妹开杂货铺么？摆着这些东西做什么？"黛玉只是不理。紫鹃说："二爷还提东西呢。因宝姑娘送了些东西来，我们姑娘一看就伤心哭起来了。我正在这里好劝歹劝，总劝不住呢。而且又是没吃了饭，若只管哭太乏了，犯了旧病，可不叫老太太骂死了我们么？倒是二爷来的很好，替我们劝一劝。"宝玉他本是聪明人，而且一心总留意在黛玉身上最重，所以深知黛玉之为人心细心窄，而又多心要强，不落人后，因见了人家哥哥自江南带了东西来送人，又系故乡之物，勾想起别的痛肠来，是以伤感是实。这是宝玉肚里揣摩黛玉的心病，却不肯明明的说出，恐黛玉越发动情，乃笑道："你们姑娘哭的缘故不为别的，为的是宝姑娘送来东西少，所以生气伤心。妹妹，你放心，等我明年往江南去，与你多多的带两船来，省得你淌眼抹泪的。"黛玉听了这话，不由"嗤"的一声笑了，忙说道："我凭他怎么没见世面，也到不了这一步田地上，因送的东西少，就生气伤心。我也不是三两岁小孩子，你也忒把人看得平常小器了。我有我的缘故，你那里知道。"说着，眼泪又流下来。宝玉忙移至床上，挨黛玉坐下，将那些东西一件一件的摆弄着细瞧，故意的问："这是什么，叫什么名字？""那是什么做的？这样齐整！""这是什么，要他做什么？""妹妹你瞧这一件！可以摆在书阁上做陈设，放在条案上做古董儿倒好呢！"一味的将这些没要紧的话，来支吾搭讪了一会。黛玉见宝玉那些呆样子，问东问西的招人可笑，稍将烦恼去些，略有些喜欢之意。宝玉见他有些喜色，便说道："宝姐姐送东西给咱们，我想着，咱们也该到他那里道谢去才是。不知妹妹可去不去？"黛玉原不愿意为送些东西来，就特特的道谢去，不过一时见了谢一声就完了。今被宝玉说的有理，难以推脱，无可奈何，同宝玉去了。这且不提。

且说薛蟠听了母亲之言，急忙下请帖，置办席酒。张罗了一日，果至次日，三四个伙计，俱个个到齐，未免说了些店内发货账目之事。毕，列席让坐，薛蟠与众人各位奉酒酬劳。里面薛姨妈又著人出来致谢道乏毕。内有一位问道："今日席上怎么柳大哥不出来，想是东家忘了，没请么？"薛蟠闻听，把眉一皱，叹了一口气说道："休提，休提！想来众位不知深情，若说起此人，真真可叹！于两日前忽被一个疯道士度化的出了家，跟着他去了。你们众位听一听，可奇不奇？"众人说道："我们在店内也听见外面人吵嚷说，有一个道士三言两语把一个俗家弟子度了去了，又闻说一阵风刮了去了，又说驾着一片彩云去了。纷纷议论不一。我们也因发货事忙，那里有工夫当正经事，也没去仔细打听，到如今还是似信不信的。今听此言，那道士度化的原来就是柳大哥么？早知是他，我们大家也该劝解劝解。任凭怎么，也不容他去！又少了一个有趣儿的好朋友了。实实在在的可惜可叹！也怨不得东家你心里不爽快。想他那样一个伶俐人，未必是真跟了道士去罢？柳大哥他会些武艺，又有力量，或者看破了道士有些什么妖术邪法的破绽出来，故意假跟了去，在背地里摆布他，也未可知。"薛蟠道："谁知道。果能如此，倒好罢咧。世上也少一个妖言惑众的人了。"众人说："难道你知道了的时候，也没寻找他去不成？"薛蟠说："城里城外，那里没有找到？因找了不见，不怕你们笑话，我还哭了一场呢。"言毕，只是长吁短叹，无精打彩的，不象往日高兴让酒畅饮。席上虽设了些鸡鸭鱼肉，山珍海味，美品佳肴，怎奈东家皱眉叹气，众伙计看此光景，不便久坐，不过随便喝了几杯酒，吃了些饭食，就都散了。这也不必提。

且说宝玉拉了黛玉至宝钗处来道谢。彼此见面，未免说几句客言套语。黛玉便对宝钗说道："大哥哥辛辛苦苦的，能带了多少东西来，搁得住送我们这些，你还剩什么呢？"宝玉说："可是这话呢。"宝钗笑说："东西不是什么好的，不过是远路带来的土物，大家看着略觉新鲜似的，我剩不剩什么要紧。我如今果爱什么，今年虽然不剩，明年我哥哥去时，再叫他给我带些来，有什么难呢？"宝玉听说，忙笑道："明年再带了什么来，我们还要姐姐送我们呢！可别忘了我们！"黛玉说："你只管说，不必拉扯上'我们'的字眼。姐姐瞧！宝哥哥不是给姐姐来道谢，竟是又要定下明年的东西来了。"宝玉笑说："我要出来，难道没有你一份不成？你不知道帮着说，反倒说起这散话来了！"黛玉听了，笑了一声。宝钗问："你二人如何来的这样巧？是谁会谁去的？"宝玉说："休提。我因姐姐送我东西，想来林妹妹也必有，我想要道谢，想林妹妹也必来道谢，故此我就到他房里，会了他一同要到这里来。谁知到了他家，正在房里伤心落泪，也不知是为什么这样爱哭？"宝玉刚说到"落泪"二字，见黛玉瞪了他一眼，恐他往下还说。宝玉会意，随即换过口来说道："林妹妹这几日因身上不爽快，恐怕又病扳嘴，故此着急落泪，我劝解了一会子才来了。一则道谢，二则一个人在房里坐着发闷。"宝钗说："妹妹怕病闷，固然是正理，也不过是在那饮食起居、穿脱衣服冷热上加些小心就是了。为什么伤起心来呢？妹妹你难道不知，伤心难免不伤血气精神，把要紧的伤了，反倒要受病的。妹妹你细想想。"黛玉说："姐姐说的很是。我自己何尝不知道呢？只因我这几年，姐姐是看见的，那一年不病一两场，病得我怕了。见了药，吃了见效不见效，一闻见，先就头疼发恶心，怎么不叫我怕病呢！"宝钗说："虽然如此说，却也不该伤心。倒是觉着身上不爽快，反自己强扎挣着出来，各处走走逛逛，把心松散松散，比在屋里闷坐着还强呢。伤心是自己添病的大毛病。我那两日不是觉着发懒，浑身乏倦，只是要歪着，心里也是为时气不好，怕病，因此偏扭着他寻些事件做做，一般里也混过去了。妹妹别怪我说，越怕越有鬼。"宝玉听说，忙问道："宝姐姐，鬼在那里呢？我怎么看不见一个鬼？"惹的众人哄声大笑。宝钗说道："呆小爷，这是比喻的话。那里真有鬼呢？认真的果有鬼，你又该吓哭了。"黛玉因此说道："姐姐说的很是。很该说他，谁叫他嘴快！"宝玉说："有人说我的不是，你就乐了，你这会子心里也不懊悔了，咱们也该走罢！"于是二人又说笑一会，二人辞了宝钗出来。宝玉仍把黛玉送至潇湘馆门首，自己回家，这且不提。

且说赵姨娘因见宝钗送环哥儿物件，忙忙接下，心中甚喜，满口夸奖："人人都说宝姑娘会行事，很大方，今日看来果然不错。他哥哥能带了多少东西来，他挨家送到，并不遗漏一处，也不露出谁薄谁厚，连我们搭拉嘴子，他都想到，实在的可敬。若是林姑娘，也罢么，也没人给他送东西带什么来，即或有人带了来，他只是拣着那有势力、有体面的人头儿跟前才送去，那里还轮的到我们娘儿们身上呢！可见人会行事，真真露着各别另样的好。"赵姨娘因环哥儿得了东西，深为得意，不住的托在掌上摆弄，瞧看一会，想宝钗乃系王夫人之表侄女，特要在王夫人跟前卖好儿。自己叠叠歇歇的拿着那东西，走至王夫人房中，站在一旁说道："这是宝姑娘才给环哥儿的。他哥哥带来的，他年轻轻的人，想的周到，我还给了送东西的小丫鬟二百钱。听见说姨太太也给太太送来了，不知是什么东西？你们瞧瞧，这一个门里头这就是两份儿，能多少呢？怪不得老太太同太太都夸他疼他。果然招人爱。"说着，将抱的东西递过去，与王夫人瞧。谁知王夫人头也没抬，手也没伸，只口内说了声："好，给环哥顽罢咧。"并无正眼看一看。赵姨娘因招了一鼻子灰，满肚气脑，无精打采的回至自己房中，将东西丢在一边，说了许多劳儿三巴儿四不着要的一套闲话，也无人问他。他却自己咕嘟着嘴，一边子坐着。可见赵姨娘为人小器糊涂，饶得了东西，反说许多令人不入耳生厌的闲话，也怨不得探春生气，看不起他。闲话休提。

且说宝钗送东西的丫头回来说，也有道谢的，也有赏赐的，独有给巧姐的那一份，仍旧拿回来了。宝钗一见，不知何意，便问："为什么这一份没送去呢？还是送了去没收呢？"莺儿说："我方才给环哥送东西去的时候，见琏二奶奶往老太太房里去了，我想琏二奶奶不在家，知道交给谁呢？所以没有去送。"宝钗说："你也太糊涂了，二奶奶不在家，难道平儿、丰儿也不在家不成？你只管交给他们收下，等二奶奶回来，自有他们告诉就是了，必定要你当面交给才算么？”莺儿听了，复又拿着东西，出了园子，往凤姐处去。在路上走着，便对拿东西的老婆子说：“早知道一就事送了去不完了！省的又走这一趟。”老婆子说：“闲着也是白闲着，借此出来逛逛也好。只是姑娘你今日来回各处走了好些路儿，想是不惯、乏了，咱们送了这个，可就完了，一打总儿再歇着。”二人说着话，到了凤姐处送了东西。回来见宝钗问道：“你见了琏二奶奶没有？”莺儿说：“我没见。”宝钗说：“想是二奶奶还没回来么？”丫头说：“回是回来了，因丰儿对我说，‘二奶奶自老太太屋里回房来，不像往日欢天喜地的，一脸的怒气，叫了平儿去，唧唧咕咕的说话。也不叫人听见，连我都撵出来了。你不必见，等我替你回一声儿就是了。’因此便着丰儿拿进去，回了，出来说：‘二奶奶说，给你们姑娘道生受。’赏了我们一吊钱，就回来了。”宝钗听了，自己纳闷，也想不出凤姐是为什么生气，这也不表。

且说袭人见宝玉便问：“你怎么不逛，就回来了。你原说约着林姑娘两个同到宝姑娘处道谢去，可去了没有？”宝玉说：“你别问，我原说是要会林姑娘同去的，谁知到了他家，他在房里守着东西哭呢。我也知道林姑娘的那些缘故的。又不好直问他，又不好说他，只装不知道，搭讪着说别的，宽解了一会子，才好了。然后方拉了他到了宝姐姐那里道了谢，说了一会子闲话方散了。我又送他到家，才回来了。”袭人说：“你看送林姑娘的东西，比送我们的多些少些，还是一样呢？”宝玉说：“比送我们的多着一两倍呢。”袭人说：“这才是明白人，会行事。宝姑娘他想别的姐妹等都有亲的热的跟着，有人送东西，况且他们两个，不但是亲戚，还是干姐妹，难道你不知道林姑娘去年，曾认过薛姨太太作干妈的？论理多给他些也是该的。”

宝玉笑说：“你就是会评事的一个公道老儿。”说着话儿，便叫小丫头取了拐枕来，要在床上歪着。袭人说：“你不出去了？我有一句话告诉你。”宝玉便问什么话，袭人说：“素日琏二奶奶待我很好，你是知道的。他自从病了一大场之后，如今又好了，我早就想着要到那里看看去，只因琏二爷在家不方便，始终总没有去。闻说琏二爷不在家，你今日又不往那里去，而且初秋天气，不冷不热，一则看二奶奶尽个礼，省得日后见了，受他的数落；二则借此逛一逛。你同他们看着家，我去去就来。”晴雯说：“这却是该的，难得这个巧空儿。”宝玉说：“我方才说，为他议论宝姑娘，夸他是个公道人。这一件事，行的又是一个周到人了。”袭人笑道：“好小爷，你也不用夸我。你只在家同他们好生玩，好歹别睡觉，睡出病来，又是我担沉重。”宝玉说：“我知道了，你只管去罢。”言毕，袭人随到自己房里换了两件新鲜衣服，拿着把镜儿照着抿了抿头，匀了匀脸上脂粉，步出下房，复又嘱咐了晴雯、麝月几句话，便出了怡红院。

来至沁芳桥上立住，往四下里观看那园中景致。时至秋令，秋蝉鸣于树，草虫鸣于野，见这石榴花也开败了，荷叶也将残上来了，倒是芙蓉近着河边，都发了红扑扑的骨朵子，衬着碧绿的叶儿，倒令人可爱。一壁厢下了桥不远，迎见李纨房里使唤的丫鬟素云，跟着个老婆子，手里捧着个洋漆盒儿走来。袭人便问：“往哪里去？送的是什么东西？”素云说：“这是我们奶奶给三姑娘送去的菱角鸡豆。”袭人说：“这个东西还是咱园子里河内采的，还是外头买来的呢？”素云说：“这是我们房里使唤的刘妈妈，他告假瞧亲戚去带来的，孝敬奶奶。因三姑娘在我们那里坐着看见了，我们奶奶叫人剥了让他吃，他说才喝了热茶了，不吃，一会儿再吃罢。故此给三姑娘送了家去。”言毕，各自分路走了。

袭人远远看见，那边葡萄架底下有一个人，拿着掸子在那里动手动脚的，因映着日光，看不真切，至离得不远，那祝老婆子见了袭人，便笑嘻嘻的迎上来，说道：“姑娘今日怎么得工夫出来闲逛？往那里去？”袭人说：“我那里还得功夫来逛？我往琏二奶奶家瞧瞧去。你在这里做什么？”那祝老婆子说：“我在这里赶蚂蜂呢。今年三伏里雨水少，不知怎么果木树上长虫子，把果子吃的疤拉眼睛的掉了好些下来。可惜了的白掷了。就是这葡萄，刚成了珠儿，怪好看的，那蚂蜂、蜜蜂儿，满满的围着粽都咬破了。这还罢了，喜鹊、雀儿他也来吃。这个葡萄，还有一个毛病儿，无论雀儿、虫儿一嘟噜上只咬破三五个，那破的水淌到好的上头，连这一嘟噜都是要烂的。这些雀儿、蚂蜂可恶着呢，故此我在这里赶。姑娘你瞧，咱们说话的空儿没赶，就粽了许多上来了。”袭人说：“你就是不住手儿赶，也赶不了这许多。你刚这里赶，那里又来了，倒是告诉买办说，叫他多多的做些冷布口袋来，一嘟噜一嘟噜的套上，免得翎禽草虫糟蹋，而且又透风，捂不坏。”婆子笑道：“倒是姑娘说的是。我今年才上来，那里就知道这些巧法儿呢。”

袭人说：“如今这园子里这些果品，有好些种儿，倒是那样先熟得快些？”祝老婆子说：“如今才入七月的门，果子都是才红上来，要是好吃，想来还得月尽头儿才熟透了呢。姑娘不信，我摘一个给姑娘尝尝。”袭人正色说道：“这那里使得。不但没熟吃不得，就是熟了，一则没有供佛，二则主子们尚然没有吃，咱们如何先吃得呢。你是这府里的陈人，难道连些个规矩也不晓得么？”老婆子忙笑道：“姑娘说的有理。我因为姑娘问我，我白这样说。”口内说，心里想说道：“够了，我方才幸亏是在这里赶蚂蜂，若是顺着手儿摘一个尝尝，叫他们看见，还了得么？”袭人说：“我方才告诉你要口袋的话，你就回一回二奶奶，叫管事的做去罢。”言毕，遂一直出了园子门，就到凤姐这里来了。

正是凤姐与平儿议论贾琏之事，因见袭人，他是轻意不来之人，又不知是有什么事情，便连忙止住话语，勉强带笑说道：“贵人从哪阵风儿刮了我们这个贱地来了？”袭人笑说：“我就知道奶奶见了我，是必有麻烦我一顿的，有什么呢？但是奶奶欠安，本心惦着要过来请请安。头一件，琏二爷在家不便；二则奶奶在病中，又怕嫌烦，故未敢来。想奶奶素日疼爱我的那个份上，自必是体谅我，再不肯脑我的。”凤姐笑道：“宝兄弟屋里虽然人多，就靠着你一个儿照看，也实在的离不开，我常听见平儿告诉我说，你背地里还惦着我，常问。我听见就很欢喜的什么似的。今日见了你，我还要给你道谢呢！我还舍得麻烦你吗，我的姑娘？”袭人说：“我的奶奶，若是这样说，就是真疼我了。”凤姐拉了袭人的手，让他坐下。袭人那里肯坐，让之再三，方才挨炕沿脚踏上坐了。

平儿忙自己端了茶来，袭人说：“你叫小人们端罢，劳动姑娘，我倒不安。”一面站起接过茶来吃着，一面回头看见床沿上放着一个活计簸箩儿，内装着一个大红洋锦的小兜肚。袭人说：“奶奶一天七事八事的，忙的不了，还有功夫做活计么？”凤姐说：“我本来不会做什么，如今病了才好，兼着家务事闹个不清，那里还有功夫做这些呢。要紧的我都丢开了，这是我往老太太屋里请安去，正遇见薛姨太太送老太太这些花红柳绿的，到对给小孩子们做小衣小裳儿的穿着倒好玩呢。因此我就问老祖宗讨了来了。还惹的老祖宗说了好些玩话，说我是老太太的命中小人，见了什么要什么，见了什么拿什么，惹的众人都笑了。你是知道我是脸皮儿厚，不怕说的人，老祖宗只管说，我只管装不听见。所以才交给平儿，给巧姐儿先做件小肚兜穿着，还剩下的，等消闲有工夫，再做别的。”

袭人听毕，笑道：“也就是奶奶，才能勾沤的老祖宗喜欢罢咧。”伸手拿起来一看，便夸道：“果然好看，各样颜色都有，好材料，也须这样巧手的人才对做。况又是巧姐儿他穿的，抱了出去，谁不多看一看！”又说道：“巧姐儿哪里去了，我怎么这半日没见他？”平儿说：“方才宝姑娘那里送了些玩的东西来，他一见了狠希罕，就摆弄玩了好一会子。他奶妈子才抱了出去，想是乏了，睡觉去了。”袭人说：“巧姐儿比先前自然越发会玩了。”平儿说：“小脸蛋子吃的银盆似的，见了人就赶着笑，再不得罪人。真真的是我奶奶的解闷的宝贝疙瘩儿。”凤姐便问：“宝兄弟在家做什么呢？”袭人笑道：“我才求他同晴雯他们看家。我才告了假来了。可是呢，只顾说话，我也来了好大半天了，要回去了。别叫宝玉在家里抱怨，说我屁股沉，到那里就坐住了。”说着，便立起身来告辞，回怡红院来了。这且不提。

且说凤姐见平儿送出袭人回来，复又把平儿叫入房中，追问前事，越说越气。说道：“二爷在外边偷娶老婆，你说你是听见二门上小小子们说，到底是谁？哪一个说的呢？”平儿说：“是旺儿他说的。”凤姐便命人把旺儿叫来，问道：“你二爷在外边买房子取小老婆，你知道么？”旺儿说：“小的终日在二门上听差，如何知道二爷的事？这是听见兴儿告诉的。”凤姐说：“兴儿是几时告诉你的？”旺儿说：“还是二爷没起身的头里告诉的。”凤姐说：“兴儿在哪里呢？”旺儿说：“兴儿在新二奶奶那里呢。”凤姐一听，满腔怒气，啐了一口骂道：“下作猴儿崽子，什么是新奶奶旧奶奶，你就私自封奶奶了？满嘴里胡说，这就该打嘴巴。”又问：“兴儿他是跟二爷的人，怎么没有跟了二爷去呢？”旺儿说：“特留下他在这里照看尤二姐，故此未曾跟了去。”凤姐听说，忙的一叠连声，命旺儿：“快把兴儿叫来！”

旺儿忙忙的跑了出去。见了兴儿，只说：“二奶奶叫你呢。”兴儿正在外边同小子们玩笑，听见叫他，也不问旺儿，二奶奶叫他做什么，便跟了旺儿急急忙忙的来至二门前，回明进去。见了凤姐，请了安，旁边侍立。凤姐一见，便先瞪了两眼，问道：“你们主子奴才，在外面干的好事！你们打量我是呆瓜，不知道？你是紧跟二爷的人，是必深知根由。你须细细的对我实说，稍有些儿隐瞒撒谎，我将你的腿打折了。”兴儿跪下磕头说：“奶奶问的是什么事？是我同爷干的？”凤姐骂道：“好，小杂种！你还敢来支吾我！我问你，二爷在外边怎么就说成了尤二姐？怎么买房子、治家伙？怎么娶了过来？一五一十的说个明白，饶你的狗命!”

兴儿听了，仔细想了一想：“此事两府皆知，就是瞒着老爷、太太、老太太同二奶奶不知道，终久也是要知道的。我如今何苦来瞒着，不如告诉了他，省的挨眼前打，受委屈。再，兴儿一则年幼，不知事的轻重；二则素日又知道，凤姐是个烈口子，连二爷还惧他五分；三则此事原是二爷同珍大爷、蓉哥儿，他叔侄弟兄商量着办的，与自己无干。”故此把主意拿定，壮着胆子，跪着说道：“奶奶别生气，等奴才回禀奶奶听。只因那府里大老爷的丧事上穿孝，不知二爷怎么看见过尤二姐几次，大约就看中了，动了要说的心，故此先同蓉哥商议，求蓉哥替二爷从中调停办理，做了媒人说合，事成之后，还许下谢礼。蓉哥满应，将此话转告诉了珍大爷，珍大爷告诉了珍大奶奶和尤老娘，尤老娘听了很愿意，但说是二姐从小儿已许过张家为媳，如何又许二爷呢，恐张家知道，生出事来不妥当。珍大爷笑道：'这算什么大事？交给我。'便说那张姓小子，本是个穷苦破落户，哪里见得多给他几两银子，叫他写张退亲的休书就完了。后来果然找了姓张的来，如此说明，写了休书，给了银子去了。二爷闻知，方得放心大胆的说定了。又恐怕奶奶知道，拦阻不允，所以，在外边咱们后身儿买了几间房子，治了东西，就娶过来了。珍大爷还给了爷两口人使唤。时常推说给老爷办事，又说给珍大爷张罗事，都是些支吾的谎话，竟是在外头住着。从前原是娘儿三个住着，还要商量给尤三姐说人家，又许下厚聘嫁他。如今尤三姐也死了，只剩下那尤老娘跟着尤二姐住着做伴呢。这是一往从前的实话，并不敢隐瞒一句。"说毕，复又磕头。

凤姐听了这一篇言辞，只气得痴呆了半晌，面如金纸，两只吊梢子眼越发直竖起来了，浑身乱颤，半天连话也说不上来，只是发怔，猛低头见兴儿在地下跪着，便说道："这也没有你的大不是，但只是二爷在外头行这样的事，你也该早些告诉我才是，这却很该打。因你肯实说，不撒谎，且饶恕你这一次。"兴儿说："未能早回奶奶，这是奴才该死的。"便叩头有声。凤姐说："你去罢。"兴儿才立起身要走，凤姐又说："叫你时须要快来，不可远去。"兴儿连连答应了几个"是"，就出去了。到外面伸了伸舌头，说："够了我的了，差一差儿，没有挨一顿好打。"暗自后悔不该告诉旺儿，又愁二爷回来怎么见，各自害怕，这且不提。

且说凤姐见兴儿出去，回头向平儿说："方才兴儿说的话，你都听见了没有?"平儿说："我都听见了。"凤姐说："天下哪有这样没脸的男人！吃着碗里，看着锅里，见一个爱一个，真成了喂不饱的狗，实在的是个弃旧迎新坏货，只是可惜这五六品的顶带给他。他别想着俗语说的，家花哪有野花香的话，他要信了这个话，可就大错了。多早晚在外面闹一个很没脸、亲戚朋友见不得的事出来，他才罢手呢。"平儿一旁劝道："奶奶生气，却是该的，但奶奶身子才好了，也不可过于气恼。看二爷自从鲍二的女人那一件事之后，倒很收了心、好了呢，如今为什么又干起这样事来？这都是珍大爷的不是。"凤姐说："珍大爷固然有不是，也总因咱们那位下作不堪的爷他眼馋，人家才引诱他罢咧。俗语说'牛儿不吃水，也强按头么'?" 平儿说："珍大爷干这样事，珍大奶奶也该拦阻不依才是。" 凤姐说："可是这话呢。珍大奶奶也不想一想，把一个妹子要许上几家子才好呢。先许了姓张的，今又嫁了姓贾的，天下的男人都死绝了，都嫁到贾家来，难道贾家的衣食这样好不成？这不是说幸而那一个没脸的尤三姐，知道好歹，早早死了，若是不死，将来不是嫁宝玉，就是嫁环哥儿呢。总也不见给那妹子留一些体面，叫妹子怎么抬头竖脸的见人呢。妹子好歹也罢咧，那妹子本来也不是他亲的，而且听见说原是个混账烂桃，难道珍大奶奶现做着命妇，家中有这样一个打嘴现世的妹子，也不知道羞臊。躲避着些，反到大面上扬名打鼓的在这门里丢丑，也不怕笑话么？再者珍大爷也是做官的人，别的律例不知道也罢了，连个服中娶亲、停妻再娶使不得的规矩，他也不知道不成？你替我细想想，他干的这件事，是疼兄弟，还是害兄弟呢?"平儿说："珍大爷只顾眼前，叫兄弟喜欢，也不管日后的轻重干系了。”凤姐冷笑道：“这是什么叫兄弟喜欢，这是给他的毒药吃呢。若论亲叔伯兄弟中，他年纪又最大，又居长，不知教导学好，反引诱兄弟学不长进，担罪名儿，日后闹出事来，他在一边缸沿上站着看热闹，真真我要骂也骂不出口来。再者，他那边府里的丑事坏名儿，已经叫人听不上了，必定也叫兄弟学他一样，才好显不出他的丑来，这是什么做哥哥的道理？倒不如撒泡尿浸死了，替大老爷死了也罢了，活着作什么呢？你瞧，东府里大老爷那样厚德，吃斋念佛行善，怎么反得了这样一个儿子、孙子，大概是好风水都叫他老人家一个拔尽了。”平儿说：“想来不错。若不然，怎么这样差着格呢！”凤姐说：“这件事幸而老太太、老爷、太太不知道，倘或吹到这几位耳朵里去，不但咱们那没出息的二爷挨打受骂，就是珍大爷和珍大奶奶管保要吃不了的兜着走呢。”连说带闹了半天，连午饭也推头疼，没过去吃。平儿看此光景，越说越气，说道：“奶奶也煞一煞气儿，事从缓来，等二爷回来，慢慢的再商量就是了。”凤姐听了此言，从鼻孔内哼了两声，冷笑道：“好罢咧。等爷回来，可就迟了。”平儿便跪在地下，再三苦劝安慰一会子，凤姐才略消了些气恼，喝了口茶，喘息了良久，便要了拐枕歪在床上，闭着眼睛打主意。平儿见凤姐躺着，方退出。偏有不懂眼的几个回事的人来，都被丰儿撵出去了。又有贾母处着玛瑙来问：“二奶奶为什么不吃饭？老太太不放心，着我来瞧瞧。”凤姐因是贾母处打发人来，遂勉强起来说：“我白日有些头疼，并没别的病，请老太太放心。我已经躺了一躺儿，好了。”言毕，打发人去后，却自己一个将前事从头至尾细细的盘算多时，得了个一计害三贤的狠主意，自己暗想，须得如此如此方妥。主意已定，也不告诉平儿，反外面作出嬉笑自在无事的光景，并不露出恼恨妒嫉之意。

于是叫丫头传了来旺来，吩咐令他明日传唤匠役人等，收拾东厢房，裱糊陈设等语，平儿与众人皆不知为何缘故。要知端的，且听下回分解。

第六十八回

苦尤娘赚入大观园　酸凤姐大闹宁国府

话说贾琏起身去后，偏遇平安节度巡边在外，约一个月方回。贾琏未得确信，只得住在下处等候。及至回来相见，将事办妥，回程已是将两个月的限了。

谁知凤姐心下早已算定，只待贾琏前脚走了，回来便传各色匠役，收拾东厢房三间，照依自己正室一样装饰陈设。至十四日便回明贾母、王夫人，说十五日一早要到姑子庙进香去。只带了平儿、丰儿、周瑞媳妇、旺儿媳妇四人，未曾上车，便将原故告诉了众人。又吩咐众男人，素衣素盖，一径前来。

兴儿引路，一直到了二姐门前扣门。鲍二家的开了。兴儿笑说："快回二奶奶去，大奶奶来了。"鲍二家的听了这句，顶梁骨走了真魂，忙飞进报与尤二姐。尤二姐虽也一惊，但已来了，只得以礼相见，于是忙整衣来迎了出来。至门前，凤姐方下车进来。尤二姐一看，只见头上皆是素白银器，身上月白缎袄，青缎披风，白绫素裙。眉弯柳叶，高吊两梢，目横丹凤，神凝三角。俏丽若三春之桃，清洁若九秋之菊。周瑞旺儿二女人搀入院来。尤二姐陪笑忙迎上来万福，张口便叫："姐姐下降，不曾远接，望恕仓促之罪。"说着便福了下来。凤姐忙陪笑还礼不迭。二人携手同入室中。

碧痕

凤姐上座，尤二姐命丫鬟拿褥子来便行礼，说：“奴家年轻，一从到了这里之事，皆系家母和家姐商议主张。今日有幸相会，若姐姐不弃奴家寒微，凡事求姐姐的指示教训。奴亦倾心吐胆，只伏侍姐姐。”说着，便行下礼去。凤姐儿忙下座以礼相还，口内忙说：“皆因奴家妇人之见，一味劝夫慎重，不可在外眠花卧柳，恐惹父母担忧。此皆是你我之痴心，怎奈二爷错会奴意。眠花宿柳之事瞒奴或可，今娶姐姐二房之大事亦人家大礼，亦不曾对奴说。奴亦曾劝二爷早行此礼，以备生育。不想二爷反以奴为那等嫉妒之妇，私自行此大事，并不说知。使奴有冤难诉，惟天地可表。前于十日之先奴已风闻，恐二爷不乐，遂不敢先说。今可巧远行在外，故奴家亲自拜见过，还求姐姐下体奴心，起动大驾，挪至家中。你我姊妹同居同处，彼此合心谏劝二爷，慎重世务，保养身体，方是大礼。若姐姐在外，奴在内，虽愚贱不堪相伴，奴心又何安。再者，使外人闻知，亦甚不雅观。二爷之名也要紧，倒是谈论奴家，奴亦不怨。所以今生今世奴之名节全在姐姐身上。那起下人小人之言，未免见我素日持家太严，背后加减些言语，自是常情。姐姐乃何等样人物，岂可信真。若我实有不好之处，上头三层公婆，中有无数姊妹妯娌，况贾府世代名家，岂容我到今日。今日二爷私娶姐姐在外，若别人则怒，我则以为幸。正是天地神佛不忍我被小人们诽谤，故生此事。我今来求姐姐进去和我一样同居同处，同分同例，同侍公婆，同谏丈夫。喜则同喜，悲则同悲，情似亲妹，和比骨肉。不但那起小人见了，自悔从前错认了我，就是二爷来家一见，他作丈夫之人，心中也未免暗悔。所以姐姐竟是我的大恩人，使我从前之名一洗无余了。若姐姐不随奴去，奴亦情愿在此相陪。奴愿作妹子，每日伏侍姐姐梳头洗面。只求姐姐在二爷跟前替我好言方便方便，容我一席之地安身，奴死也愿意。”说着，便呜呜咽咽哭将起来。尤二姐见了这般，也不免滴下泪来。

二人对见了礼，分序座下。平儿忙也上来要见礼。尤二姐见他打扮不凡，举止品貌不俗，料定是平儿，连忙亲身挽住，只叫：“妹子快休如此，你我是一样的人。”凤姐忙也起身笑说：“折死他了！妹子只管受礼，他原是咱们的丫头。以后快别如此。”说着，又命周家的从包袱里取出四匹上色尺头、四对金珠簪环为拜礼。尤二姐忙拜受了。二人吃茶，对诉已往之事。凤姐口内全是自怨自错，“怨不得别人，如今只求姐姐疼我”等语。尤二姐见了这般，便认他作是个极好的人，小人不遂心诽谤主子亦是常理，故倾心吐胆，叙了一回，竟把凤姐认为知己。又见周瑞等媳妇在旁边称扬凤姐素日许多善政，只是吃亏心太痴了，惹人怨，又说：“已经预备了房屋，奶奶进去一看便知。”尤氏心中早已要进去同住方好，今又见如此，岂有不允之理，便说：“原该跟了姐姐去，只是这里怎样？”凤姐儿道：“这有何难，姐姐的箱笼细软只管着小厮搬了进去。这些粗笨货要他无用，还叫人看着。姐姐说谁妥当就叫谁在这里。”尤二姐忙说：“今日既遇见姐姐，这一进去，凡事只凭姐姐料理。我也来的日子浅，也不曾当过家，世事不明白，如何敢作主。这几件箱笼拿进去罢。我也没有什么东西，那也不过是二爷的。”凤姐听了，便命周瑞家的记清，好生看管着抬到东厢房去。于是催着尤二姐穿戴了，二人携手上车，又同坐一处，又悄悄的告诉他：“我们家的规矩大。这事老太太一概不知，倘或知二爷孝中娶你，管把他打死了。如今且别见老太太、太太。我们有一个花园子极大，姊妹住着，容易没人去的。你这一去且在园里住两天，等我设个法子回明白了，那时再见方妥。”尤二姐道：“任凭姐姐裁处。”那些跟车的小厮们皆是预先说明的，如今不去大门，只奔后门而来。

下了车，赶散众人。凤姐便带尤氏进了大观园的后门，来到李纨处相见了。彼时大观园中十停人已有九停人知道了，今忽见凤姐带了进来，引动多人来看问。尤二姐一一见过。众人见他标致和悦，无不称扬。凤姐一一的吩咐了众人：“都不许在外走了风声，若老太太、太太知道，我先叫你们死。”园中婆子丫鬟都素惧凤姐的，又系贾琏国孝家孝中所行之事，知道关系非常，都不管这事。凤姐悄悄的求李纨收养几日，“等回明了，我们自然过去的”。李纨见凤姐那边已收拾房屋，况在服中，不好倡扬，自是正理，只得收下权住。凤姐又变法将他的丫头一概退出，又将自己的一个丫头送他使唤。暗暗吩咐园中媳妇们：“好生照看着他。若有走失逃亡，一概和你们算账。”自己又去暗中行事。合家之人都暗暗纳罕的说：“看他如何这等贤惠起来了。”

那尤二姐得了这个所在，又见园中姊妹各各相好，倒也安心乐业的自为得其所矣。谁知三日之后，丫头善姐便有些不服使唤起来。尤二姐因说：“没了头油了，你去回声大奶奶拿些来。”善姐便道：“二奶奶，你怎么不知好歹没眼色。我们奶奶天天承应了老太太，又要承应这边太太那边太太。这些妯娌姊妹，上下几百男女，天天起来，都等他的话。一日少说，大事也有一二十件，小事还有三五十件。外头的从娘娘算起，以及王公侯伯家多少人情客礼，家里又有这些亲友的调度。银子上千钱上万，一日都从他一个手一个心一个口里调度，那里为这点子小事去烦琐他。我劝你能着些儿罢。咱们又不是明媒正娶来的，这是他亘古少有一个贤良人才这样待你，若差些儿的人，听见了这话，吵嚷起来，把你丢在外，死不死，生不生，你又敢怎样呢！”一席话，说的尤氏垂了头，自为有这一说，少不得将就些罢了。那善姐渐渐连饭也怕端来与他吃，或早一顿，或晚一顿，所拿来之物，皆是剩的。尤二姐说过两次，他反先乱叫起来。尤二姐又怕人笑他不安分，少不得忍着。隔上五日八日见凤姐一面，那凤姐却是和容悦色，满嘴里姐姐不离口。又说：“倘有下人不到之处，你降不住他们，只管告诉我，我打他们。”又骂丫头媳妇说：“我深知你们，软的欺，硬的怕，背开我的眼，还怕谁。倘或二奶奶告诉我一个不字，我要你们的命。”尤氏见他这般的好心，既有他，何必我又多事。下人不知好歹，也是常情。我若告了，他们受了委屈，反叫人说我不贤良。因此反替他们遮掩。

凤姐一面使旺儿在外打听细事，这尤二姐之事皆已深知。原来已有了婆家的，女婿现在才十九岁，成日在外嫖赌，不理生业，家私花尽，父亲撵他出来，现在赌钱厂存身。父亲得了尤婆十两银子退了亲的，这女婿尚不知道。原来这小伙子名叫张华。凤姐都一一尽知原委，便封了二十两银子与旺儿，悄悄命他将张华勾来养活，着他写一张状子，只管往有司衙门中告去，就告琏二爷“国孝家孝之中，背旨瞒亲，仗财依势，强逼退亲，停妻再娶”等语。这张华也深知利害，先不敢造次。旺儿回了凤姐，凤姐气的骂：“癞狗扶不上墙的种子。你细细的说给他，便告我们家谋反也没事的。不过是借他一闹，大家没脸。若告大了，我这里自然能够平息的。”旺儿领命，只得细说与张华。凤姐又吩咐旺儿：“他若告了你，你就和他对词去。”如此如此，这般这般，“我自有道理”。旺儿听了有他做主，便又命张华状子上添上自己，说：“你只告我来往过付，一应调唆二爷做的。”张华便得了主意，和旺儿商议定了，写了一纸状子，次日便往都察院喊了冤。

察院坐堂看状，见是告贾琏的事，上面有家人旺儿一人，只得遣人去贾府传旺儿来对词。青衣不敢擅入，只命人带信。那旺儿正等着此事，不用人带信，早在这条街上等候。见了青衣，反迎上去笑道：“起动众位兄弟，必是兄弟的事犯了。说不得，快来套上。”众青衣不敢，只说：“你老去罢，别闹了。”于是来至堂前跪了。察院命将状子与他看。旺儿故意看了一遍，碰头说道：“这事小的尽知，小的主人实有此事。但这张华素与小的有仇，故意攀扯小的在内。其中还有别人，求老爷再问。”张华碰头说：“虽还有人，小的不敢告他，所以只告他下人。”旺儿故意急的说：“糊涂东西，还不快说出来！这是朝廷公堂之上，凭是主子，也要说出来。”张华便说出贾蓉来。察院听了无法，只得去传贾蓉。凤姐又差了庆儿暗中打听，告了起来，便忙将王信唤来，告诉他此事，命他托察院只虚张声势警唬而已，又拿了三百银子与他去打点。是夜王信到了察院私第，安了根子。那察院深知原委，收了赃银。次日回堂，只说张华无赖，因拖欠了贾府银两，枉捏虚词，诬赖良人。都察院又素与王子腾相好，王信也只到家说了一声，况是贾府之人，巴不得了事，便也不提此事，且都收下，只传贾蓉对词。

且说贾蓉等正忙着贾珍之事，忽有人来报信，说有人告你们如此如此，这般这般，快作道理。贾蓉慌了，忙来回贾珍。贾珍说：“我防了这一着，只亏他大胆子。”即刻封了二百银子，着人去打点察院，又命家人去对词。正商议之间，人报：“西府二奶奶来了。”贾珍听了这个，倒吃了一惊，忙要同贾蓉藏躲。不想凤姐进来了，说：“好大哥哥，带着兄弟们干的好事！”贾蓉忙请安，凤姐拉了他就进来。贾珍还笑说：“好生伺候你姑娘，吩咐他们杀牲口备饭。”说了，忙命备马，躲往别处去了。

这里凤姐儿带着贾蓉走来上房，尤氏正迎了出来，见凤姐气色不善，忙笑说：“什么事这等忙？”凤姐照脸一口吐沫啐道：“你尤家的丫头没人要了，偷着只往贾家送！难道贾家的人都是好的，普天下死绝了男人了！你就愿意给，也要三媒六证，大家说明，成个体统才是。你痰迷了心，脂油蒙了窍，国孝家孝两重在身，就把个人送来了。这会子被人家告我们，我又是个没脚蟹，连官场中都知道我利害吃醋，如今指名提我，要休我。我来了你家，干错了什么不是，你这等害我？或是老太太、太太有了话在你心里，使你们做这圈套，要挤我出去。如今咱们两个一同去见官，分证明白。回来咱们公同请了合族中人，大家睹面说个明白。给我休书，我就走路。”一面说，一面大哭，拉着尤氏，只要去见官。急的贾蓉跪在地下碰头，只求“姑娘婶子息怒”。凤姐儿一面又骂贾蓉：“天雷劈脑子五鬼分尸的没良心的种子！不知天有多高，地有多厚，成日家调三窝四，干出这些没脸面没王法败家破业的营生。你死了的娘阴灵也不容你，祖宗也不容，还敢来劝我！”哭骂着扬手就打。贾蓉忙磕头有声说：“婶子别动气，仔细手，让我自己打。婶子别生气。”说着，自己举手左右开弓自己打了一顿嘴巴子，又自己问着自己说：“以后可再顾三不顾四的混管闲事了？以后还单听叔叔的话不听婶子的话了？”众人又是劝，又要笑，又不敢笑。

凤姐儿滚到尤氏怀里，嚎天动地，大放悲声，只说：“给你兄弟娶亲我不恼。为什么使他违旨背亲，将混账名儿给我背着？咱们只去见官，省得捕快皂隶拿来。再者咱们只过去见了老太太、太太和众族人，大家公议了，我既不贤良，又不容丈夫娶亲买妾，只给我一纸休书，我就走。你妹妹我也亲身接来家，生怕老太太、太太生气，也不敢回，现在三茶六饭金奴银婢的住在园里。我这里赶着收拾房子，一样和我的道理，只等老太太知道了。原说接过来大家安分守己的，我也不提旧事了。谁知又是有了人家的。不知你们干的什么事，我一概又不知道。如今告我，我昨日急了，纵然我出去见官，也丢的是你贾家的脸，少不得偷把太太的五百银子去打点。如今把我的人还锁在那里。”说了又哭，哭了又骂，后来放声大哭起祖宗爹妈来，又要寻死撞头。把个尤氏揉搓成一个面团，衣服上全是眼泪鼻涕，并无别语，只骂贾蓉：“孽障种子！和你老子作的好事！我就说不好的。”凤姐儿听说，哭着两手搬着尤氏的脸，紧对相问道：“你发昏了？你的嘴里难道有茄子塞着？不然他们给你嚼子衔上？为什么你不告诉我去？你若告诉了我，这会子平安不了？怎得经官动府，闹到这步田地，你这会子还怨他们。自古说：‘妻贤夫祸少，表壮不如里壮。’你但凡是个好的，他们怎得闹出这些事来！你又没才干，又没口齿，锯了嘴子的葫芦，就只会一味瞎小心图贤良的名儿。总是他们也不怕你，也不听你。”说着啐了几口。尤氏也哭道：“何曾不是这样。你不信问问跟的人，我何曾不劝的，也得他们听。叫我怎么样呢，怨不得妹妹生气，我只好听着罢了。”众姬妾丫鬟媳妇已是乌压压跪了一地，陪笑求说：“二奶奶最圣明的。虽是我们奶奶的不是，奶奶也作践的够了。当着奴才们，奶奶们素日何等的好来，如今还求奶奶给留脸。”说着，捧上茶来。凤姐也摔了，一面止了哭挽头发，又哭骂贾蓉：“出去请大哥哥来。我对面问他，亲大爷的孝才五七，侄儿娶亲，这个礼我竟不知道。我问问，也好学着日后教导子侄的。”贾蓉只跪着磕头，说：“这事原不与父母相干，都是儿子一时吃了屎，调唆叔叔作的。我父亲也并不知道。如今我父亲正要商量接太爷出殡，婶子若闹起来，儿子也是个死。只求婶子责罚儿子，儿子谨领。这官司还求婶子料理，儿子竟不能干这大事。婶子是何等样人，岂不知俗语说的‘胳膊只折在袖子里’。儿子糊涂死了，既作了不肖的事，就同那猫儿狗儿一般。婶子既教训，就不和儿子一般见识的，少不得还要婶子费心费力将外头的压住了才好。原是婶子有这个不肖的儿子，既惹了祸，少不得委屈，还要疼儿子。”说着，又磕头不绝。

凤姐见他母子这般，也再难往前施展了，只得又转过了一副形容言谈来，与尤氏反陪礼说：“我是年轻不知事的人，一听见有人告诉了，把我吓昏了，不知方才怎样得罪了嫂子。可是蓉儿说的‘胳膊折了往袖子里藏’，少不得嫂子要体谅我。还要嫂子转替哥哥说了，先把这官司按下去才好。”尤氏、贾蓉一齐都说：“婶子放心，横竖一点儿连累不着叔叔。婶子方才说用过了五百两银子，少不得我娘儿们打点五百两银子与婶子送过去，好补上的，不然岂有反教婶子又添上亏空之名，越发我们该死了。但还有一件，老太太、太太们跟前婶子还要周全方便，别提这些话方好。”凤姐儿又冷笑道：“你们饶压着我的头干了事，这会子反哄着我替你们周全。我虽然是个呆子，也呆不到如此。嫂子的兄弟是我的丈夫，嫂子既怕他绝后，我岂不更比嫂子更怕绝后。嫂子的令妹就是我的妹子一样。我一听见这话，连夜喜欢的连觉也睡不成，赶着传人收拾了屋子，就要接进来同住。倒是奴才小人的见识，他们倒说：‘奶奶太好性了。若是我们的主意，先回了老太太、太太，看是怎样，再收拾房子去接他不迟。’我听了这话，教我要打要骂的，才不言语了。谁知偏不称我的意，偏打我的嘴，半空里又跑出一个张华来告了，只得求人去打听这张华是什么人，这样大胆。打听了两日，谁知是个无赖的花子。我年轻不知事，反笑了，说：‘他告什么？’倒是小子们说：‘原是二奶奶许了他的。他如今正是急了，冻死饿死也是一个死，现在有这个理他抓着，他纵然死了，死的倒比冻死饿死还值些。怎么怨的他告呢。这事原是爷做的太急了。两重孝在身就是两重罪，背着父母一重罪，停妻再娶一重罪。俗语说，拼着一身剐，敢把皇帝拉下马。他穷疯了的人，什么事作不出来，况且他又拿着这满理，不告等请不成。’嫂子说，我便是个韩信、张良，听了这话，也把智谋吓回去了。你兄弟又不在家，又没个商量，少不得拿钱去垫补，谁知越使钱越被人拿住了刀靶，越发来讹。我是耗子尾上长疮——多少脓血儿呢。所以又急又气，少不得来找嫂子。”尤氏、贾蓉不等说完，都说：“不必操心，自然要料理的。”贾蓉又道：“那张华不过是穷急，故舍了命才告咱们，如今我想了一个法子，竟许他银子，只叫他应了妄告不实的罪，咱们替他打点完了官司。他出来时再给他些个银子就完了。”凤姐笑道：“好孩子，怨不得你顾一不顾二的作这些事出来。原来你竟糊涂。若你说得这话，他暂且依了，且打出官司来又得了银子，眼前自然了事。这些人既是无赖之徒，银子到手一旦光了，他又寻事故讹诈。倘又叨登出事来，这可怎么样，虽不怕他也终担心。搁不住他说，既没毛病为什么反给银子，终久是不了之局。”贾蓉原是个明白人，听如此一说，便笑道：“我还有个主意，‘来是是非人，去是是非者’，我的事还得我了才好。如今我竟去问张华个主意：或是他定要人；或是他愿意了事，得钱再娶。他若说一定要人，少不得我去劝我二姨，叫他出来仍嫁他去，若说要钱，我们这里少不得给他。”凤姐儿忙道：“虽如此说，我断舍不得你姨娘出去，我也断不肯使他去。好侄儿，你若疼我，只能可多给他钱为是。”贾蓉深知凤姐口虽如此，心却是巴不得只要本人出来，他却做贤良人。如今怎说怎依。凤姐儿欢喜了，又说：“外头好处了，家里终久怎么样？你也同我过去回明才是。”尤氏又慌了，拉凤姐讨主意如何撒谎才好。凤姐冷笑道：“既没这本事，谁叫你干这事了。这会子又这个腔儿，我又看不上。待要不出个主意，我又是个心慈面软的人，凭人撮弄我，我还是一片痴心。说不得让我应起来。如今你们只别露面，我只领了你妹妹去与老太太、太太们磕头，只说原系你妹妹，我看上了狠好。正因我不大生长，原说买两个人放在屋里的，今既见你妹妹狠好，而又是亲上做亲的，我愿意娶来做二房。皆因家中父母姊妹新近一概死了，日子又艰难，不能度日，若等百日之后，无奈无家无业，实难等得。我的主意接了进来，已经厢房收拾了出来暂且住着，等满了服再圆房。仗着我不怕臊的脸，死活赖去，有了不是，也寻不着你们了。你们母子想想，可使得？”尤氏、贾蓉一齐笑说：“到底是婶子宽洪大量，足智多谋。等事妥了，少不得我们娘儿们过去拜谢。”尤氏忙命丫鬟们伏侍凤姐梳妆洗脸，又摆酒饭，亲自递酒拣菜。

凤姐也不多坐，执意就走了。进园中将此事告诉与尤二姐，又说我怎么操心打听，又怎么设法子，须得如此如此方救下众人无罪，少不得我去拆这鱼头，大家才好。不知端详，且听下回分解。

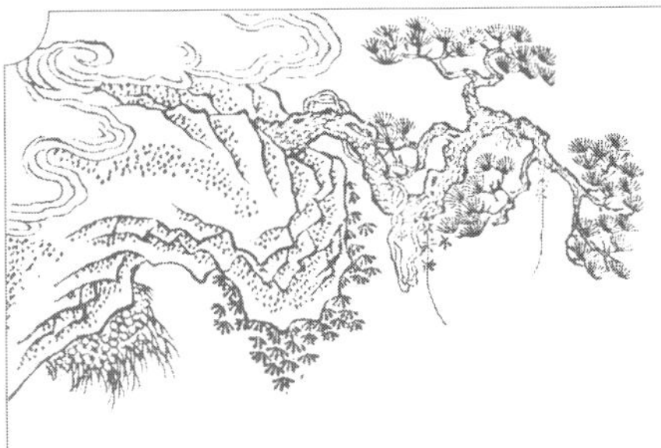

第六十九回

弄小巧用借剑杀人　觉大限吞生金自逝

话说尤二姐听了凤姐之言，感谢不尽，只得跟了他来。尤氏那边怎好不过来的，少不得也过来跟着凤姐去回，方是大礼。凤姐笑说：“你只别说话，等我去说。”尤氏道：“这个自然。但一有个不是，是往你身上推的。”说着，大家先来至贾母房中。

正值贾母和园中姊妹们说笑解闷，忽见凤姐带了一个标致小媳妇进来，忙觑着眼看，说：“这是谁家的孩子！好可怜见的。”凤姐上来笑道：“老祖宗倒细细的看看，好不好?”说着，忙拉二姐说：“这是太婆婆，快磕头。”二姐忙行了大礼，展拜起来。又指着众姊妹说：“这是某人某人，你先认了，太太瞧过了再见礼。”二姐听了，一一又从新故意的问过，垂头站在旁边。贾母上下瞧了一遍，因又笑问：“你姓什么？今年十几了?”凤姐忙又笑说：“老祖宗且别问，只说比我俊不俊。”贾母又戴了眼镜，命鸳鸯、琥珀：“把那孩子拉过来，我瞧瞧肉皮儿。”众人都抿嘴儿笑着，只得推他上去。贾母细瞧了一遍，又命琥珀：“拿出手来我瞧瞧。”鸳鸯又揭起裙子来。贾母瞧毕，摘下眼镜来，笑说道：“竟是个齐全孩子，我看比你俊些。”凤姐听说，笑着忙跪下，将尤氏那边所编之话，一五一十细细的说了一遍，“少不得老祖宗发慈心，先许他进来，住一年后再圆房”。贾母听了道：“这有什么不是。既你这样贤良，很好。只是一年后方可圆得房。”凤姐听了，叩头起来，又求贾母着两个女人一同带去见太太们，说是老祖宗的主意。贾母依允，遂使二人带去见了邢夫人等。王夫人正因他风声不雅，深为忧虑，见他今行此事，岂有不乐之理。于是尤二姐自此见了天日，挪到厢房住居。

凤姐一面使人暗暗调唆张华，只叫他要原妻，这里还有许多赔送外，还给他银子安家过活。张华原无胆无心告贾家的，后来又见贾蓉打发人来对词，那人原说的：“张华先退了亲。我们皆是亲戚。接到家里住着是真，并无偷娶之说。皆因张华拖欠了我们的债务，追索不与，方诬赖小的主人那些个。”察院都和贾、王两处有瓜葛，况又受了贿，只说张华无赖，以穷讹诈，状子也不收，打了一顿赶出来。庆儿在外替他打点，也没打重。又调唆张华：“亲原是你家定的，你只要亲事，官必还断给你。”于是又告。王信那边又透了消息与察院，察院便批：“张华所欠贾宅之银，令其限内按数交还，其所定之亲，仍令其有力时娶回。”又传了他父亲来当堂批准。他父亲亦系庆儿说明，乐得人财两进，便去贾家领人。凤姐儿一面吓的来回贾母，说如此这般，都是珍大嫂子干事不明，并没和那家退准，惹人告了，如此官断。贾母听了，忙唤了尤氏过来，说他作事不妥，“既是你妹子从小曾与人指腹为婚，又没退断，使人混告了”。尤氏听了，只得说：“他连银子都收了，怎么没准。”凤姐在旁又说：“张华的口供上现说不曾见银子，也没见人去。他老子说：‘原是亲家母说过一次，并没应准。亲家母死了，你们就接进去作二房。’如此没有对证，只好由他去混说。幸而琏二爷不在家，没曾圆房，这还无妨。只是人已来了，怎好送回去，岂不伤脸。”贾母道：“又没圆房，没的强占人家有夫之人，名声也不好，不如送给他去。那里寻不出好人来。”尤二姐听了，又回贾母说：“我母亲实于某年月日给了他十两银子退准的。他因穷急了告，又翻了口。我姐姐原没错办。”贾母听了，便说：“可见刁民难惹。既这样，凤丫头去料理料理。”凤姐听了无法，只得应着。回来只命人去找贾蓉。贾蓉深知凤姐之意，若要使张华领回，成何体统，便回了贾珍，暗暗遣人去说张华：“你如今既有许多银子，何必定要原人。若只管执定主意，岂不怕爷们一怒，寻出个由头，你死无葬身之地。你有了银子，回家去什么好人寻不出来。你若走时，还赏你些路费。”张华听了，心中想了一想，这倒是好主意，和父亲商议已定，约共也得了有百金，父子次日起个五更，回原籍去了。贾蓉打听得真了，来回了贾母、凤姐，说：“张华父子妄告不实，惧罪逃走，官府亦知此情，也不追究，大事完毕。”凤姐听了，心中一想：若必定着张华带回二姐去，未免贾琏回来再花几个钱包占住，不怕张华不依。还是二姐不去，自己相伴着还妥当，且再作道理。只是张华此去不知何往，他倘或再将此事告诉了别人，或日后再寻出这由头来翻案，岂不是自己害了自己。原先不该如此将刀靶付与外人去的。因此悔之不迭，复又想了一条主意出来，悄命旺儿遣人寻着了他，或说他作贼，和他打官司将他治死，或暗中使人算计，务将张华治死，方剪草除根，保住自己的名誉。旺儿领命出来，回家细想：人已走了完事，何必如此大作，人命关天，非同儿戏，我且哄过他去，再作道理。因此在外躲了几日，回来告诉凤姐，只说张华是有了几两银子在身上，逃去第三日，在京口地界，五更天已被截路人打闷棍打死了。他老子唬死在店房，在那里验尸掩埋。凤姐听了不信，说：“你要扯谎，我再使人打听出来敲你的牙!”自此方丢过不究。凤姐和尤二姐和美非常，更比亲姊亲妹还胜十倍。

那贾琏一日事毕回来，先到了新房中，已竟悄悄的封锁，只有一个看房子的老头儿。贾琏问他原故，老头子细说原委，贾琏只在镫中跌足。少不得来见贾赦与邢夫人，将所完之事回明。贾赦十分欢喜，说他中用，赏了他一百两银子，又将房中一个十七岁的丫鬟名唤秋桐者，赏他为妾。贾琏叩头领去，喜之不尽。见了贾母和家中人，回来见凤姐，未免脸上有些愧色。谁知凤姐儿他反不似往日容颜，同尤二姐一同出迎，叙了寒温。贾琏将秋桐之事说了，未免脸上有些得意之色，骄矜之容。凤姐听了，忙命两个媳妇坐车在那边接了来。心中一刺未除，又平空添了一刺，说不得且吞声忍气，将好颜面拉出来遮掩。一面又命摆酒接风，一面带了秋桐来见贾母与王夫人等。贾琏心中也暗暗的纳罕。

那日已是腊月十二日，贾珍起身送灵，先拜了宗祠，然后过来辞拜贾母等人。合族中人直送到洒泪亭方回，独贾琏、贾蓉二人送出三日三夜方回。一路上贾珍命他好生收心治家等语，二人口内答应，也说些大礼套话，不必烦叙。

且说凤姐在家，外面待尤二姐自不必说得，只是心中又怀别意。无人处只和尤二姐说：“妹妹的声名很不好听，连老太太、太太们都知道了，说妹妹在家做女孩儿就不干净，又和姐夫有些首尾，‘没人要的了你拣了来，还不休了再寻好的。’我听见这话，气得倒仰，查是谁说的，又查不出来。这日久天长，这些个奴才们跟前，怎样说嘴。我反弄了个鱼头来拆。”说了两遍，自己又气病了，茶饭也不吃，除了平儿，众丫头媳妇无不言三语四，指桑说槐，暗相讥刺。秋桐自为系贾赦之赐，无人僭他的，连凤姐、平儿皆不放在眼里，岂肯容他。张口是“先奸后娶没汉子要的娼妇，也来要我的强”。凤姐听了暗乐，尤二姐听了暗愧暗怒暗气。凤姐既装病，便不和尤二姐吃饭了。每日只命人端了菜饭到他房中去吃，那茶饭都系不堪之物。平儿看不过，自拿了钱出来弄菜与他吃，或是有时只说和他园中去顽，在园中厨内另做了汤水与他吃，也无人敢回凤姐。只有秋桐一时撞见了，便去传舌告诉凤姐说：“奶奶的名声，生是平儿弄坏了的。这样好菜好饭浪着不吃，却往园里去偷吃。”凤姐听了，骂平儿说：“人家养猫拿耗子，我的猫只倒咬鸡。”平儿不敢多说，自此也要远着了。又暗恨秋桐，难以出口。

园中姊妹和李纨、迎春、惜春等人，皆为凤姐是好意，然宝、黛一干人暗为二姐担心。虽都不便多事，惟见二姐可怜，常来了，倒还都悯恤他。每日常无人处说起话来，尤二姐便淌眼抹泪，又不敢抱怨。凤姐儿又并无露出一点坏形来。贾琏来家时，见了凤姐贤良，也便不留心。况素习以来因贾赦姬妾丫鬟最多，贾琏每怀不轨之心，只未敢下手。如这秋桐辈等人，皆是恨老爷年迈昏愦，贪多嚼不烂，留下这些人作什么，因此除了几个知礼有耻的，余者或有与二门上小幺儿们嘲戏的。甚至于与贾琏眉来眼去相偷期的，只惧贾赦之威，未曾到手。这秋桐便和贾琏有旧，从未来过一次。今日天缘凑巧，竟赏了他，真是一对烈火干柴，如胶投漆，燕尔新婚，连日那里拆的开。那贾琏在二姐身上之心也渐渐淡了，只有秋桐一人是命。凤姐虽恨秋桐，且喜借他先可发脱二姐，自己且抽头，用“借剑杀人”之法，“坐山观虎斗”，等秋桐杀了尤二姐，自己再杀秋桐。主意已定，没人处常又私劝秋桐说：“你年轻不知事。他现是二房奶奶，你爷心坎儿上的人，我还让他三分，你去硬碰他，岂不是自寻其死？”那秋桐听了这话，越发恼了，天天大口乱骂说：“奶奶是软弱人，那等贤惠，我却做不来。奶奶把素日的威风怎都没了。奶奶宽洪大量，我却眼里揉不下沙子去。让我和他这淫妇做一回，他才知道。”凤姐儿在屋里，只装不敢出声儿。气的尤二姐在房里哭泣，饭也不吃，又不敢告诉贾琏。次日贾母见他眼红红的肿了，问他，又不敢说。秋桐正是抓乖卖俏之时，他便悄悄的告诉贾母、王夫人等说：“专会作死，好好的成天家号丧，背地里咒二奶奶和我早死了，他好和二爷一心一计的过。”贾母便说：“人太生娇俏了，可知心就嫉妒。凤丫头倒好意待他，他倒这样争锋吃醋的。可是个贱骨头。”因此渐次便不大喜欢。众人见贾母不喜，不免又往下踏践起来，弄得这尤二姐要死不能，要生不得。还是亏了平儿，时常背着凤姐，看他这般，与他排解排解。

那尤二姐原是个花为肠肚雪作肌肤的人，如何经得这般磨折，不过受了一个月的暗气，便恹恹得了一病，四肢懒动，茶饭不进，渐次黄瘦下去。夜来合上眼，只见他小妹子手捧鸳鸯宝剑前来说：“姐姐，你一生为人心痴意软，终吃了这亏。休信那妒妇花言巧语，外作贤良，内藏奸狡，他发恨定要弄你一死方罢。若妹子在世，断不肯令你进来，即进来时，亦不容他这样。此亦系理数应然，你我生前淫奔不才，使人家丧伦败行，故有此报。你依我将此剑斩了那妒妇，一同归至警幻案下，听其发落。不然，你则白白的丧命，且无人怜惜。”尤二姐泣道：“妹妹，我一生品行既亏，今日之报既系当然，何必又生杀戮之冤。随我去忍耐。若天见怜，使我好了，岂不两全。”小妹笑道：“姐姐，你终是个痴人。自古‘天网恢恢，疏而不漏’，天道好还。你虽悔过自新，然已将人父子兄弟致于麀聚之乱，天怎容你安生。”尤二姐泣道：“既不得安生，亦是理之当然，奴亦无怨。”小妹听了，长叹而去。尤二姐惊醒，却是一梦。等贾琏来看时，因无人在侧，便泣说：“我这病便不能好了。我来了半年，腹中也有身孕，但不能预知男女。倘天见怜，生了下来还可，若不然，我这命就不保，何况于他。”贾琏亦泣说：“你只放心，我请明人来医治。”于是出去即刻请医生。

谁知王太医亦谋干了军前效力，回来好讨荫封的。小厮们走去，便请了个姓胡的太医，名叫君荣。进来诊脉看了，说是经水不调，全要大补。贾琏便说：“已是三月庚信不行，又常作呕酸，恐是胎气。”胡君荣听了，复又命老婆子们请出手来再看看。尤二姐少不得又从帐内伸出手来。胡君荣又诊了半日，说：“若论胎气，肝脉自应洪大。然木盛则生火，经水不调亦皆因由肝木所致。医生要大胆，须得请奶奶将金面略露露，医生观观气色，方敢下药。”贾琏无法，只得命将帐子掀起一缝，尤二姐露出脸来。胡君荣一见，魂魄如飞上九天，通身麻木，一无所知。一时掩了帐子，贾琏就陪他出来，问是如何。胡太医道：“不是胎气，只是迂血凝结。如今只以下迂血通经脉要紧。”于是写了一方，作辞而去。贾琏命人送了药礼，抓了药来，调服下去。只半夜，尤二姐腹痛不止，谁知竟将一个已成形的男胎打了下来。于是血行不止，二姐就昏迷过去。贾琏闻知，大骂胡君荣。一面再遣人去请医调治，一面命人去打胡君荣。胡君荣听了，早已卷包逃走。这里太医便说：“本来气血生成亏弱，受胎以来，想是着了些气恼，郁结于中。这位先生擅用虎狼之剂，如今大人元气十分伤其八九，一时难保就愈。煎丸二药并行，还要一些闲言闲事不闻，庶可望好。”说毕而去。急的贾琏查是谁请了姓胡的来，一时查了出来，便打了半死。凤姐比贾琏更急十倍，只说：“咱们命中无子，好容易有了一个，又遇见这样没本事的大夫。”于是天地前烧香礼拜，自己通陈祷告说：“我或有病，只求尤氏妹子身体大愈，再得怀胎生一男子，我愿吃长斋念佛。”贾琏众人见了，无不称赞。贾琏与秋桐在一处时，凤姐又做汤做水的着人送与二姐。又骂平儿不是个有福的，“也和我一样。我因多病了，你却无病也不见怀胎。如今二奶奶这样，都因咱们无福，或犯了什么，冲的他这样”。因又叫人出去算命打卦。偏算命的回来又说：“系属兔的阴人冲犯。”大家算将起来，只有秋桐一人属兔，说他冲的。秋桐近见贾琏请医治药，打人骂狗，为尤二姐十分尽心，他心中早浸了一缸醋在内了。今又听见如此说他冲了，凤姐儿又劝他说：“你暂且别处去躲几个月再来。”秋桐便气的哭骂道：“理那起瞎肏的混咬舌根！我和他‘井水不犯河水’，怎么就冲了他！好个爱八哥儿，在外头什么人不见，偏来了就有人冲了。白眉赤脸，那里来的孩子？他不过指着哄我们那个棉花耳朵的爷罢了。纵有孩子，也不知姓张姓王。奶奶希罕那杂种羔子，我不喜欢！老了谁不成？谁不会养！一年半载养一个，倒还是一点搀杂没有的呢！”骂的众人又要笑，又不敢笑。可巧邢夫人过来请安，秋桐便哭告邢夫人说：“二爷奶奶要撵我回去，我没了安身之处，太太好歹开恩。”邢夫人听说，慌的数落凤姐儿一阵，又骂贾琏：“不知好歹的种子，凭他怎不好，是你父亲给的。为个外头来的撵他，连老子都没了。你要撵他，你不如还你父亲去倒好。”说着，赌气去了。秋桐更又得意，越性走到他窗户根底下大哭大骂起来。尤二姐不免更添烦恼。

晚间，贾琏在秋桐房中歇了，凤姐已睡，平儿过来瞧他，又悄悄劝他：“好生养病，不要理那畜生。”尤二姐拉他哭道：“姐姐，我从到了这里，多亏姐姐照应。为我，姐姐也不知受了多少闲气。我若逃的出命来，我必答报姐姐的恩德，只怕我逃不出命来，也只好等来生罢。”平儿也不禁滴泪说道：“想来都是我坑了你。我原是一片痴心，从没瞒他的话。既听见你在外头，岂有不告诉他的。谁知生出这些个事来。”尤二姐忙道：“姐姐这话错了。若姐姐便不告诉他，他岂有打听不出来的，不过是姐姐说的在先。况且我也要一心进来，方成个体统，与姐姐何干。”二人哭了一回，平儿又嘱咐了几句，夜已深了，方去安息。

这里尤二姐心下自思：“病已成势，日无所养，反有所伤，料定必不能好。况胎已打下，无可悬心，何必受这些零气，不如一死，倒还干净。常听见人说，生金子可以坠死，岂不比上吊自刎又干净。”想毕，挣挣起来，打开箱子，找出一块生金，也不知多重，恨命含泪便吞入口中，几次狠命直脖，方咽了下去。于是赶忙将衣服首饰穿戴齐整，上炕躺下了。当下人不知，鬼不觉。到第二日早晨，丫鬟媳妇们见他不叫人，乐得且自己去梳洗。凤姐便和秋桐都上去了。平儿看不过，说丫头们：“你们就只配没人心的打着骂着使也罢了，一个病人，也不知可怜可怜。他虽好性儿，你们也该拿出个样儿来，别太过逾了，墙倒众人推。”丫鬟听了，急推房门进来看时，却穿戴的齐齐整整，死在炕上。于是方吓慌了，喊叫起来。平儿进来看了，不禁大哭。众人虽素习惧怕凤姐，然想尤二姐实在温和怜下，比凤姐原强，如今死去，谁不伤心落泪，只不敢与凤姐看见。

当下合宅皆知。贾琏进来，搂尸大哭不止。凤姐也假意哭：“狠心的妹妹！你怎么丢下我去了，辜负了我的心！”尤氏、贾蓉等也来哭了一场，劝住贾琏。贾琏便回了王夫人，讨了梨香院停放五日，挪到铁槛寺去，王夫人依允。贾琏忙命人去开了梨香院的门，收拾出正房来停灵。贾琏嫌后门出灵不像，便对着梨香院的正墙上通街现开了一个大门。两边搭棚，安坛场做佛事。用软榻铺了锦缎衾褥，将二姐抬上榻去，用衾单盖了。八个小厮和几个媳妇围随，从内子墙一带抬往梨香院来。那里已请下天文生预备，揭起衾单一看，只见这尤二姐面色如生，比活着还美貌。贾琏又搂着大哭，只叫：“奶奶，你死的不明，都是我坑了你！”贾蓉忙上来劝：“叔叔解着些儿，我这个姨娘自己没福。”说着，又向南指大观园的界墙，贾琏会意，只悄悄跌脚说：“我忽略了，终久对出来，我替你报仇。”天文生回说：“奶奶卒于今日正卯时，五日出不得，或是三日，或是七日方可。明日寅时入殓大吉。”贾琏道：“三日断乎使不得，竟是七日。因家叔家兄皆在外，小丧不敢多停，等到外头，还放五七，做大道场才掩灵。明年往南去下葬。”天文生应诺，写了殃榜而去。宝玉已早过来陪哭一场。众族中人也都来了。贾琏忙进去找凤姐，要银子治办棺椁丧礼。凤姐见抬了出去，推有病，回：“老太太、太太说我病着，忌三房，不许我去。”因此也不出来穿孝，且往大观园中来。绕过群山，至北界墙根下往外听，隐隐绰绰听了一言半语，回来又回贾母说如此这般。贾母道：“信他胡说，谁家痨病死的不烧了一撒，也认真的开丧破土起来。既是二房一场，也是夫妻之分，停五七日抬出来，或一烧或乱葬地上埋了完事。”凤姐笑道：“可是这话。我又不敢劝他。”正说着，丫鬟来请凤姐，说：“二爷等着奶奶拿银子呢。”凤姐只得来了，便问他：“什么银子？家里近来艰难，你还不知道？咱们的月例，一月赶不上一月，鸡儿吃了过年粮。昨儿我把两个金项圈当了三百银子，你还做梦呢。这里还有二三十两银子，你要就拿去。”说着，命平儿拿了出来，递与贾琏，指着贾母有话，又去了。恨的贾琏没话可说，只得开了尤氏箱柜，去拿自己的梯己。及开了箱柜，一滴无存，只有些折簪烂花并几件半新不旧的绸绢衣裳，都是尤二姐素习所穿的，不禁又伤心哭了起来。自己用个包袱一齐包了，也不命小厮丫鬟来拿，便自己提着来烧。

平儿又是伤心，又是好笑，忙将二百两一包的碎银子偷了出来，到厢房拉住贾琏，悄递与他说：“你只别作声才好，你要哭，外头多少哭不得，又跑了这里来点眼。”贾琏听说，便说：“你说的是。”接了银子，又将一条裙子递与平儿，说：“这是他家常穿的，你好生替我收着，作个念心儿。”平儿只得掩了，自己收去。贾琏拿了银子与衣服走来，命人先去买板。好的又贵，中的又不要。贾琏骑马自去要瞧，至晚间果抬了一副好板进来，价银五百两赊着，连夜赶造。一面分派了人口穿孝守灵，晚来也不进去，只在这里伴宿。正是——

第七十回 林黛玉重建桃花社 史湘云偶填柳絮词

话说贾琏自在梨香院伴宿七日夜，天天僧道不断做佛事。贾母唤了他去，吩咐不许送往家庙中。贾琏无法，只得又和时觉说了，就在尤三姐之上点了一个穴，破土埋葬。那日送殡，只不过族中人与王信夫妇、尤氏婆媳而已。凤姐一应不管，只凭他自去办理。因又年近岁逼，诸务猬集不算外，又有林之孝开了一个人名单子来，共有八个二十五岁的单身小厮应该娶妻成房，等里面有该放的丫头们好求指配。凤姐看了，先来问贾母和王夫人。大家商议，虽有几个应该发配的，奈各人皆有原故：第一个鸳鸯发誓不去。自那日之后，一向未和宝玉说话，也不盛妆浓饰。众人见他志坚，也不好相强。第二个琥珀，又有病，这次不能了。彩云因近日和贾环分崩，也染了无医之症。只有凤姐儿和李纨房中粗使的大丫鬟出去了，其余年纪未足。令他们外头自娶去了。

原来这一向因凤姐病了，李纨、探春料理家务不得闲暇，接着过年过节，出来许多杂事，竟将诗社搁起。如今仲春天气，虽得了工夫，争奈宝玉因冷遁了柳湘莲，剑刎了尤小妹，金逝了尤二姐，气病了柳五儿，连连接接，闲愁胡恨，一重不了一重添。弄得情色若痴，语言常乱，似染怔忡之疾。慌的袭人等又不敢回贾母，只百般逗他顽笑。

这日清晨方醒，只听外间房内咭咭呱呱，笑声不断。袭人因笑说："你快出去解救，晴雯和麝月两个人按住温都里那膈肢呢。"宝玉听了，忙披上灰鼠袄子出来一瞧，只见他三人被褥尚未叠起，大衣也未穿。那晴雯只穿葱绿苑绸小袄，红小衣红睡鞋，披着头发，骑在雄奴身上。麝月是红绫抹胸，披着一身旧衣，在那里抓雄奴的肋肢。雄奴却仰在炕上，穿着撒花紧身儿，红裤绿袜，两脚乱蹬，笑的喘不过气来。宝玉忙上前笑说："两个大的欺负一个小的，等我助力。"说着，也上床来膈肢晴雯。晴雯触痒，笑的忙丢下雄奴，和宝玉对抓。雄奴趁势又将晴雯按倒，向他肋下抓动。袭人笑说："仔细冻着了。"看他四人裹在一处倒好笑。

忽有李纨打发碧月来说："昨儿晚上奶奶在这里把块手帕子忘了，不知可在这里?"小燕说："有，有，有，我在地下拾了起来，不知是那一位的，才洗了出来晾着，还未干呢。"碧月见他四人乱滚，因笑道："倒是这里热闹，大清早起就咭咭呱呱的顽到一处。"宝玉笑道："你们那里人也不少，怎么不顽?"碧月道："我们奶奶不顽，把两个姨娘和琴姑娘也宾住了。如今琴姑娘又跟了老太太前头去了，更寂寞了。两个姨娘今年过了，到明年冬天都去了，又更寂寞呢。你瞧宝姑娘那里，出去了一个香菱，就冷清了多少，把个云姑娘落了单。"

正说着，只见湘云又打发了翠缕来说："请二爷快出去瞧好诗。"宝玉听了，忙问："那里的好诗?"翠缕笑道："姑娘们都在沁芳亭上，你去了便知。"宝玉听了，忙梳洗了出来，果见黛玉、宝钗、湘云、宝琴、探春都在那里，手里拿着一篇诗看。见他来时，都笑说："这会子还不起来，咱们的诗社散了一年，也没有人作兴。如今正是初春时节，万物更新，正该鼓舞另立起来才好。"湘云笑道："一起诗社时是秋天，就不应发达。如今却好万物逢春，皆主生盛。况这首桃花诗又好，就把海棠社改作桃花社。"（墨夹：起时是后有名，此是先有名。）宝玉听着，点头说："很好。"且忙着要诗看。众人都又说："咱们此时就访稻香老农去，大家议定好起的。"说着，一齐起来，都往稻香村来。宝玉一壁走，一壁看那纸上写着《桃花行》一篇，曰：

桃花帘外东风软，桃花帘内晨妆懒。
帘外桃花帘内人，人与桃花隔不远。
东风有意揭帘栊，花欲窥人帘不卷。
桃花帘外开仍旧，帘中人比桃花瘦。
花解怜人花也愁，隔帘消息风吹透。
风透湘帘花满庭，庭前春色倍伤情。
闲苔院落门空掩，斜日栏杆人自凭。
凭栏人向东风泣，茜裙偷傍桃花立。
桃花桃叶乱纷纷，花绽新红叶凝碧。
雾裹烟封一万株，烘楼照壁红模糊。
天机烧破鸳鸯锦，春酣欲醒移珊枕。
侍女金盆进水来，香泉影蘸胭脂冷。

胭脂鲜艳何相类，花之颜色人之泪。
若将人泪比桃花，泪自长流花自媚。
泪眼观花泪易干，泪干春尽花憔悴。
憔悴花遮憔悴人，花飞人倦易黄昏。
一声杜宇春归尽，寂寞帘栊空月痕！

宝玉看了并不称赞，却滚下泪来。便知出自黛玉，因此落下泪来，又怕众人看见，又忙自己擦了。因问：“你们怎么得来？”宝琴笑道：“你猜是谁做的？”宝玉笑道：“自然是潇湘子稿。”宝琴笑道：“现是我作的呢。”宝玉笑道：“我不信。这声调口气，迥乎不像蘅芜之体，所以不信。”宝钗笑道：“所以你不通。难道杜工部首首只作‘丛菊两开他日泪’之句不成！一般的也有‘红绽雨肥梅’‘水荇牵风翠带长’之媚语。”宝玉笑道：“固然如此说。但我知道姐姐断不许妹妹有此伤悼语句，妹妹虽有此才，是断不肯作的。比不得林妹妹曾经离丧，作此哀音。”众人听说，都笑了。

已至稻香村中，将诗与李纨看了，自不必说称赏不已。说起诗社，大家议定：明日乃三月初二日，就起社，便改“海棠社”为“桃花社”，林黛玉就为社主。明日饭后，齐集潇湘馆。因又大家拟题。黛玉便说：“大家就要桃花诗一百韵。”宝钗道：“使不得。从来桃花诗最多，纵作了必落套，比不得你这一首古风。须得再拟。”正说着，人回：“舅太太来了。姑娘们出去请安。”因此大家都往前头来见王子腾的夫人，陪着说话。吃饭毕，又陪入园中来，各处游顽一遍。至晚饭后掌灯方去。

次日乃是探春的寿日，元春早打发了两个小太监送了几件玩器。合家皆有寿仪，自不必说。饭后，探春换了礼服，各处行礼。黛玉笑向众人道：“我这一社开的又不巧了，偏忘了这两日是他的生日。虽不摆酒唱戏的，少不得都要陪他在老太太、太太跟前顽笑一日，如何能得闲空儿。”因此改至初五。

这日众姊妹皆在房中侍早膳毕，便有贾政书信到了。宝玉请安，将请贾母的安禀拆开念与贾母听，上面不过是请安的话，说六月中准进京等语。其余家信事务之帖，自有贾琏和王夫人开读。众人听说六七月回京，都喜之不尽。偏生近日王子腾之女许与保宁侯之子为妻，择日于五月初十日过门，凤姐儿又忙着张罗，常三五日不在家。这日王子腾的夫人又来接凤姐儿，一并请众甥男甥女闲乐一日。贾母和王夫人命宝玉、探春、林黛玉、宝钗四人同凤姐去。众人不敢违拗，只得回房另妆饰了起来。五人作辞，去了一日，掌灯方回。宝玉进入怡红院，歇了半刻，袭人便乘机见景劝他收一收心，闲时把书理一理预备着。宝玉屈指算一算说：“还早呢。”袭人道：“书是第一件，字是第二件。到那时你纵有了书，你的字写的在那里呢？”宝玉笑道：“我时常也有写的好些，难道都没收着？”袭人道：“何曾没收着。你昨儿不在家，我就拿出来共算，数了一数，才有五六十篇。这三四年的工夫，难道只有这几张字不成。依我说，从明日起，把别的心全收了起来，天天快临几张字补上。虽不能按日都有，也要大概看得过去。”宝玉听了，忙的自己又亲检了一遍，实在搪塞不去，便说：“明日为始，一天写一百字才好。”说话时大家安下。

至次日起来梳洗了，便在窗下研墨，恭楷临帖。贾母因不见他，只当病了，忙使人来问。宝玉方去请安，便说写字之故，先将早起清晨的工夫尽了出来，再作别的，因此出来迟了。贾母听了，便十分欢喜，吩咐他："以后只管写字念书，不用出来也使得。你去回你太太去。"宝玉听说，便往王夫人房中来说明。王夫人便说："临阵磨枪也中用？有这会子着急，天天写写念念，有多少完不了的。这一赶，又赶出病来才罢。"宝玉回说不妨事。这里贾母也说怕急出病来。探春、宝钗等都笑说："老太太不用急。书虽替他不得，字却替得的。我们每人每日临一篇给他，搪塞过这一步就完了。一则老爷到家不生气，二则他也急不出病来。"贾母听说，喜之不尽。

原来林黛玉闻得贾政回家，必问宝玉的功课，宝玉肯分心，恐临期吃了亏。因此自己只装作不耐烦，把诗社便不起，也不以外事去勾引他。探春、宝钗二人每日也临一篇楷书字与宝玉，宝玉自己每日也加工，或写二百三百不拘。至三月下旬，便将字又集凑出许多来。这日正算，再得五十篇，也就混的过了。谁知紫鹃走来，送了一卷东西与宝玉，拆开看时，却是一色老油竹纸上临的钟王蝇头小楷，字迹且与自己十分相似。喜的宝玉和紫鹃作了一个揖，又亲自来道谢。史湘云、宝琴二人亦皆临了几篇相送。凑成虽不足功课，亦足搪塞了。宝玉放了心，于是将所应读之书，又温理过几遍。正是天天用功，可巧近海一带海啸，又遭踢了几处生民。地方官题本奏闻，奉旨就着贾政顺路查看赈济回来。如此算去，至冬底方回。宝玉听了，便把书字又搁过一边，仍是照旧游荡。

时值暮春之际，史湘云无聊，因见柳花飘舞，便偶成一小令，调寄《如梦令》，其词曰：

> 岂是绣绒残吐，卷起半帘香雾。纤手自拈来，空使鹃啼燕妒。且住，且住！莫使春光别去。

自己作了，心中得意，便用一条纸儿写好，与宝钗看了，又来找黛玉。黛玉看毕，笑道："好，也新鲜有趣。我却不能。"湘云笑道："咱们这几社总没有填词。你明日何不起社填词，改个样儿，岂不新鲜些。"黛玉听了，偶然兴动，便说："这话说的极是。我如今便请他们去。"说着，一面吩咐预备了几色果点之类，一面就打发人分头去请众人。这里他二人便拟了柳絮之题，又限出几个调来，写了绾在壁上。

众人来看时，以柳絮为题，限各色小调。又都看了史湘云的，称赏了一回。宝玉笑道："这词上我们平常，少不得也要胡诌起来。"于是大家拈阄，宝钗便拈得了《临江仙》，宝琴拈得《西江月》，探春拈得了《南柯子》，黛玉拈得了《唐多令》，宝玉拈得了《蝶恋花》。紫鹃炷了一支梦甜香，（墨夹：重建，故又写香。）大家思索起来。一时黛玉有了，写完。接着宝琴、宝钗都有了。他三人写完，互相看时，宝钗便笑道："我先瞧完了你们的，再看我的。"探春笑道："嗳呀，今儿这香怎么这样快，已剩了三分了。我才有了半首。"因又问宝玉可有了。宝玉虽作了些，只是自己嫌不好，又却抹了，要另作，回头看香，已将烬了。李纨笑道："这算输了。蕉丫头的半首且写出来。"探春听说，忙写了出来。众人看时，（墨夹：却是先看没作完的，总是又变一格也。）上面却只半首《南柯子》，写道是：

空挂纤纤缕，徒垂络络丝。也难绾系也难羁。一任东西南北，各分离。

李纨笑道："这也却好作，何不续上？"宝玉见香没了，情愿认负，不肯勉强塞责，将笔搁下，来瞧这半首。见没完时，反倒动了兴开了机，乃提笔续道是：

落去君休惜，飞来我自知。莺愁蝶倦晚芳时。纵是明春再见，隔年期！

众人笑道："正经你份内的又不能，这却偏有了。纵然好，也不算得。"说着，看黛玉的《唐多令》：

粉堕百花洲，香残燕子楼。一团团逐对成毬。飘泊亦如人命薄，空缱绻，说风流。
草木也知愁，韶华竟白头！叹今生谁舍谁收？嫁与东风春不管，凭你去，忍淹留。

众人看了，俱点头感叹，说："太作悲了，好是固然好的。"因又看宝琴的是《西江月》：

汉苑零星有限，隋堤点缀无穷。三春事业付东风，明月梅花一梦。　几处落红庭院，谁家香雪帘栊？江南江北一般同，偏是离人恨重！

众人都笑说："到底是他的声调壮。'几处''谁家'两句最妙。"宝钗笑道："终不免过于丧败。我想，柳絮原是一件无根无绊的东西，然依我的主意，偏要把他说好了，才不落套。所以我诌了一首来，未必合你们的意思。"众人笑道："不要太谦。我们且赏鉴，自然是好的。"因看这一首《临江仙》道是：

白玉堂前春解舞，东风卷得均匀。

湘云先笑道："好一个'东风卷得均匀'！这一句就出人之上了。"又看底下道：

蜂团蝶阵乱纷纷。几曾随逝水，岂必委芳尘。　万缕千丝终不改，任他随聚随分。韶华休笑本无根，好风频借力，送我上青云！

众人拍案叫绝，都说："果然翻得好气力，自然是这首为尊。缠绵悲戚，让潇湘妃子，情致妩媚，却是枕霞，小薛与蕉客今日落第，要受罚的。"宝琴笑道："我们自然受罚，但不知付白卷子的又怎么罚？"李纨道："不要忙，这定要重重罚他。下次为例。"

一语未了，只听窗外竹子上一声响，恰似窗屉子倒了一般，众人唬了一跳。丫鬟们出去瞧时，帘外丫鬟嚷道："一个大蝴蝶风筝挂在竹梢上了。"众丫鬟笑道："好一个齐整风筝！不知是谁家放断了绳，拿下他来。"宝玉等听了，也都出来看时，宝玉笑道：

“我认得这风筝。这是大老爷那院里娇红姑娘放的，拿下来给他送过去罢。”紫鹃笑道：“难道天下没有一样的风筝，单他有这个不成？我不管，我且拿起来。”探春道：“紫鹃也学小气了。你们一般的也有，这会子拾人走了的，也不怕忌讳。”黛玉笑道：“可是呢，知道是谁放晦气的，快掉出去罢。把咱们的拿出来，咱们也放晦气。”紫鹃听了，赶着命小丫头们将这风筝送出与园门上值日的婆子去了，倘有人来找，好与他们去的。

这里小丫头们听见放风筝，巴不得七手八脚都忙着拿出个美人风筝来。也有搬高凳去的，也有捆剪子股的，也有拨籰子的。宝钗等都立在院门前，命丫头们在院外敞地下放去。宝琴笑道：“你这个不大好看，不如三姐姐的那一个软翅子大凤凰好。”宝钗笑道：“果然。”因回头向翠墨笑道：“你把你们的拿来也放放。”翠墨笑嘻嘻的果然也取去了。宝玉又兴头起来，也打发个小丫头子家去，说：“把昨儿赖大娘送我的那个大鱼取来。”小丫头子去了半天，空手回来，笑道：“晴姑娘昨儿放走了。”宝玉道：“我还没放一遭儿呢。”探春笑道：“横竖是给你放晦气罢了。”宝玉道：“也罢。再把那个大螃蟹拿来罢。”丫头去了，同了几个人扛了一个美人并籰子来，说道：“袭姑娘说，昨儿把螃蟹给了三爷了。这一个是林大娘才送来的，放这一个罢。”宝玉细看了一回，只见这美人做的十分精致。心中欢喜，便命叫放起来。此时探春的也取了来，翠墨带着几个小丫头子们在那边山坡上已放了起来。宝琴也命人将自己的一个大红蝙蝠也取来。宝钗也高兴，也取了一个来，却是一连七个大雁的，都放起来。独有宝玉的美人放不起去。宝玉说丫头们不会放，自己放了半天，只起房高便落下来了。急的宝玉头上出汗，众人又笑。宝玉恨的掷在地下，指着风筝道：“若不是个美人，我一顿脚跺踏个稀烂。”黛玉笑道：“那是顶线不好，拿出去另使人打了顶线就好了。”宝玉一面使人拿去打顶线，一面又取一个来放。大家都仰面而看，天上这几个风筝都起在半空中去了。

一时丫鬟们又拿了许多各色各样的送饭的来，顽了一回。紫鹃笑道：“这一回的劲大，姑娘来放罢。”黛玉听说，用手帕垫着手，顿了一顿，果然风紧力大，接过籰子来，随着风筝的势将籰子一松，只听一阵豁剌剌响，登时籰子线尽。黛玉因让众人来放。众人都笑道：“各人都有，你先请罢。”黛玉笑道：“这一放虽有趣，只是不忍。”李纨道：“放风筝图的是这一乐，所以又说放晦气，你更该多放些，把你这病根儿都带了去就好了。”紫鹃笑道：“我们姑娘越发小气了。那一年不放几个子，今忽然又心疼了。姑娘不放，等我放。”说着便向雪雁手中接过一把西洋小银剪子来，齐籰子根下寸丝不留，咯登一声铰断，笑道：“这一去把病根儿可都带了去了。”那风筝飘飘摇摇，只管往后退了去，一时只有鸡蛋大小，展眼只剩了一点黑星，再展眼便不见了。众人皆仰面睃眼说：“有趣，有趣。”宝玉道：“可惜不知落在那里去了。若落在有人烟处，被小孩子得了还好，若落在荒郊野外无人烟处，我替他寂寞。想起来把我这个放去，教他两个作伴儿罢。”于是也用剪子剪断，照先放去。探春正要剪自己的凤凰，见天上也有一个凤凰，因道：“这也不知是谁家的。”众人皆笑说：“且别剪你的，看他倒像要来绞的样儿。”说着，只见那凤凰渐逼近来，遂与这凤凰绞在一处。众人方要往下收线，那一家也要收线，正不开交，又见一个门扇大的玲珑喜字带响鞭，在半天如钟鸣一般，也逼近来。众人笑道：“这一个也来绞了。且别收，让他三个绞在一处倒有趣呢。”说着，那喜字果然与这两个凤凰绞在一处。三下齐收乱顿，谁知线都断了，那三个风筝飘飘摇摇都去了。众人拍手哄然一笑，说："倒有趣，可不知那喜字是谁家的，忒促狭了些。"黛玉说："我的风筝也放去了，我也乏了，我也要歇歇去了。"宝钗说："且等我们放了去，大家好散。"说着，看姊妹都放去了，大家方散。黛玉回房歪着养乏。要知端的，下回便见。

司棋

第七十一回 嫌隙人有心生嫌隙 鸳鸯女无意遇鸳鸯

话说贾政回京之后，诸事完毕，赐假一月在家歇息。因年景渐老，事重身衰，又近因在外几年，骨肉离异，今得晏然复聚于庭室，自觉喜幸不尽。一应大小事务一概益发付于度外，只是看书，闷了便与清客们下棋吃酒，或日间在里面母子夫妻共叙天伦庭闱之乐。

因今岁八月初三日乃贾母八旬之庆，又因亲友全来，恐筵宴排设不开，便早同贾赦及贾珍、贾琏等商议，议定于七月二十八日起至八月初五日止荣、宁两处齐开筵宴，宁国府中单请官客，荣国府中单请堂客，大观园中收拾出缀锦阁并嘉荫堂等几处大地方来作退居。二十八日请皇亲、驸马、王公、诸公主、郡主、王妃、国君、太君、夫人等，二十九日便是阁下都府督镇及诰命等，三十日便是诸官长及诰命并远近亲友及堂客。初一日是贾赦的家宴，初二日是贾政，初三日是贾珍、贾琏，初四日是贾府中合族长幼大小共凑的家宴。初五日是赖大、林之孝等家下管事人等共凑一日。自七月上旬，送寿礼者便络绎不绝。礼部奉旨：钦赐金玉如意一柄，彩缎四端，金玉环四个，帑银五百两。元春又命太监送出金寿星一尊，沉香拐一只，伽南珠一串，福寿香一盒，金锭一对，银锭四对，彩缎十二匹，玉杯四只。余者自亲王驸马以及大小文武官员之家凡所来往者，莫不有礼，不能胜记。堂屋内设下大桌案，铺了红毡，将凡所有精细之物都摆上，请贾母过目。贾母先一二日还高兴过来瞧瞧，后来烦了，也不过目，只说："叫凤丫头收了，改日闷了再瞧。"

至二十八日，两府中俱悬灯结彩，屏开鸾凤，褥设芙蓉，笙箫鼓乐之音，通衢越巷。宁府中本日只有北静王、南安郡王、永昌驸马、乐善郡王并几个世交公侯应袭，荣府中南安王太妃、北静王妃并几位世交公侯诰命。贾母等俱是按品大妆迎接。大家厮见，先请入大观园内嘉荫堂，茶毕更衣，方出至荣庆堂上拜寿入席。大家谦逊半日，方才坐席。上面两席是南北王妃，下面依叙，便是众公侯诰命。左边下手一席，陪客是锦乡侯诰命与临昌伯诰命，右边下手一席，方是贾母主位。邢夫人、王夫人带领尤氏、凤姐并族中几个媳妇，两溜雁翅站在贾母身后侍立。林之孝、赖大家的带领众媳妇都在竹帘外面侍候上菜上酒，周瑞家的带领几个丫鬟在围屏后侍候呼唤。凡跟来的人，早又有人管待别处去了。一时台上参了场，台下一色十二个未留发的小厮侍候。须臾，一小厮捧了戏单至阶下，先递与回事的媳妇。这媳妇接了，才递与林之孝家的，用一小茶盘托上，挨身入帘来递与尤氏的侍妾配凤。配凤接了才奉与尤氏。尤氏托着走至上席，南安太妃谦让了一回，点了一出吉庆戏文，然后又谦让了一回，北静王妃也点了一出。众人又让了一回，命随便拣好的唱罢了。少时，菜已四献，汤始一道，跟来各家的放了赏。大家便更衣复入园来，另献好茶。

南安太妃因问宝玉，贾母笑道："今日几处庙里念'保安延寿经'，他跪经去了。"又问众小姐们，贾母笑道："他们姊妹们病的病，弱的弱，见人腼腆，所以叫他们给我看屋子去了。有的是小戏子，传了一班在那边厅上陪着他姨娘家姊妹们也看戏呢。"南安太妃笑道："既这样，叫人请来。"贾母回头命凤姐儿去把史、薛、林带来，"再只叫你三妹妹陪着来罢"。凤姐答应了，来至贾母这边，只见他姊妹们正吃果子看戏，宝玉也才从庙里跪经回来。凤姐儿说了话。宝钗姊妹与黛玉、探春、湘云五人来至园中，大家见了，不过请安问好让坐等事。众人中也有见过的，还有一两家不曾见过的，都齐声夸赞不绝。其中湘云最熟，南安太妃因笑道："你在这里，听见我来了还不出来，还只等请去。我明儿和你叔叔算帐。"因一手拉着探春，一手拉着宝钗，问几岁了，又连声夸赞。因又松了他两个，又拉着黛玉、宝琴，也着实细看，极夸一回。又笑道："都是好的，你不知叫我夸那一个的是。"早有人将备用礼物打点出五份来：金玉戒指各五个，腕香珠五串。南安太妃笑道："你姊妹们别笑话，留着赏丫头们罢。"五人忙拜谢过。北静王妃也有五样礼物，余者不必细说。

吃了茶，园中略逛了一逛，贾母等因又让入席。南安太妃便告辞，说身上不快，"今日若不来，实在使不得，因此恕我竟先要告别了"。贾母等听说，也不便强留，大家又让了一回，送至园门，坐轿而去。接着北静王妃略坐一坐也就告辞了。余者也有终席的，也有不终席的。

贾母劳乏了一日，次日便不会人，一应都是邢夫人、王夫人管待。有那些世家子弟拜寿的，只到厅上行礼，贾赦、贾政、贾珍等还礼管待，至宁府坐席。不在话下。

这几日，尤氏晚间也不回那府里去，白日间待客，晚间在园内李氏房中歇宿。这日晚间伏侍过贾母晚饭后，贾母因说："你们也乏了，我也乏了，早些寻一点子吃的歇歇去。明儿还要起早闹呢。"尤氏答应着退了出来，到凤姐儿房里来吃饭。凤姐儿在楼上看着人收送礼的新围屏，只有平儿在房里与凤姐儿叠衣服。尤氏因问："你们奶奶吃了饭了没有？"平儿笑道："吃饭岂不请奶奶去的。"尤氏笑道："既这样，我别处找吃的去。饿的我受不得了。"说着就走。平儿忙笑道："奶奶请回来。这里有点心，且点补一点儿，回来再吃饭。"尤氏笑道："你们忙的这样，我园里和他姊妹们闹去。"一面说，一面就走。平儿留不住，只得罢了。

且说尤氏一径来至园中，只见园中正门与各处角门（墨夹：伏下文。）仍未关，犹吊着各色彩灯，因回头命小丫头叫该班的女人。那丫鬟走入班房中，竟没一个人影，回来回了尤氏。尤氏便命传管家的女人。这丫头应了便出去，到二门外鹿顶内，乃是管事的女人议事取齐之所。到了这里，只有两个婆子分菜果呢。因问："那一位奶奶在这里？东府奶奶立等一位奶奶，有话吩咐。"这两个婆子只顾分菜果，又听见是东府里的奶奶，不大在心上，因就回说："管家奶奶们才散了。"小丫头道："散了，你们家里传他去。"婆子道："我们只管看屋子，不管传人。姑娘要传人再派传人的去。"小丫头听了道："嗳呀，嗳呀，这可反了！怎么你们不传去？你哄那新来了的，怎么哄起我来了！素日你们不传谁传去！这会子打听了梯己信儿，或是赏了那位管家奶奶的东西，你们争着狗颠儿似的传去的，不知谁是谁呢。琏二奶奶要传，你们可也这么回？"这两个婆子一则吃了酒，二则被这丫头揭挑着弊病，便羞激怒了，因回口道："扯你的臊！我们的事，传不传不与你相干！你未曾揭挑我们，你想想，你那老子娘在那边管家爷们跟前比我们还更会溜呢。什么'清水下杂面，你吃我也见'的事，各家门，另家户，你有本事，排场你们那边人去。我们这边，你们还早些呢！"丫头听了，气白了脸，因说道："好，好，这话说的好！"一面转身进来回话。

尤氏已早入园来，因遇见了袭人、宝琴、湘云三人同着地藏庵的两个姑子正说故事顽笑，尤氏因说饿了，先到怡红院，袭人装了几样荤素点心出来与尤氏吃。两个姑子、宝琴、湘云等都吃茶，仍说故事。那小丫头子一径找了来，气狠狠的把方才的话都说了出来。尤氏听了，冷笑道："这是两个什么人？"两个姑子并宝琴、湘云等听了，生怕尤氏生气，忙劝说："没有的事，必定是这一个听错了。"两个姑子笑推这丫头道："你这孩子好性气，那糊涂老嬷嬷们的话，你也不该来回才是。咱们奶奶万金之躯，劳乏了几日，黄汤辣水没吃，咱们哄他欢喜一会还不得一半儿，说这些话做什么。"袭人也忙笑拉出他去，说："好妹子，你且出去歇歇，我打发人叫他们去。"尤氏道："你不要叫人，你去就叫这两个婆子来，到那边把他们家的平儿叫来。"袭人笑道："我请去。"尤氏道："偏不要你去。"两个姑子忙立起身来，笑说："奶奶素日宽洪大量，今日老祖宗千秋，奶奶生气，岂不惹人谈论。"宝琴、湘云二人也都笑劝。尤氏道："不为老太太的千秋，我断不依。且放着就是了。"

说话之间，袭人早又遣了一个丫头去到园门外找人，可巧遇见周瑞家的，这小丫头子就把这话告诉周瑞家的。周瑞家的虽不管事，因着他素日仗着是王夫人的陪房，原有些体面，心性乖滑，专管各处献勤讨好，所以各处房里的主人都喜欢他。他今日听了这话，忙的便跑入怡红院来，一面飞走，一面口内说："气坏了奶奶了，可了不得！我们家里，如今惯的太不堪了。偏生我不在跟前，若在跟前，且打给他们几个耳刮子，再等过了这几日算帐。"尤氏见了他，也便笑道："周姐姐你来，有个理你说说。这早晚门还大开着，明灯蜡烛，出入的人又杂，倘有不防的事，如何使得？因此叫该班的人吹灯关门。谁知一个人芽儿也没有。"周瑞家的道："这还了得！前儿二奶奶还吩咐了他们，说这几日事多人杂，一晚就关门吹灯，不是园里人不许放进去。今就没了人。这事过了这几日，必要打几个才好。"尤氏又说小丫头子的话。周瑞家的道："奶奶不要生气，等过了事，我告诉管事的打他个臭死。只问他们，谁叫他们说这'各家门各家户'的话！我已经叫他们吹了灯，关上正门和角门子。"正乱着，只见凤姐儿打发人来请吃饭。尤氏道："我也不饿了，才吃了几个饽饽，请你奶奶自吃罢。"

一时周瑞家的得便出去，便把方才的事回了凤姐，又说："这两个婆子就是管家奶奶们，时常我们和他说话，都似狠虫一般。奶奶若不戒饬，大奶奶脸上过不去。"凤姐道："既这么着，记上两个人的名字，等过了这几日，捆了送到那府里凭大嫂子开发，或是他打几下子，或是他开恩饶了他们，随他去就是了，什么大事。"周瑞家的听了，得不的一声儿，素日因与这几个人不睦，出来了便命一个小厮到林之孝家传凤姐的话，立刻叫林之孝家的进来见大奶奶，一面又传人立刻捆起这两个婆子来，交到马圈里派人看守。

林之孝家的不知有什么事，此时已经点灯，忙坐车进来，先见凤姐。至二门上传进话去，丫头们出来说："奶奶才歇了。大奶奶在园里，叫大娘见了大奶奶就是了。"林之孝家的只得进园来到稻香村，丫鬟们回进去，尤氏听了反过意不去，忙唤进他来，因笑向他道："我不过为找人找不着因问你，你既去了，也不是什么大事，谁又把你叫进来，倒要你白跑一遭。不大的事，已经撒开手了。"林之孝家的也笑道："二奶奶打发人传我，说奶奶有话吩咐。"尤氏笑道："这是那里的话，只当你没去，白问你。这是谁又多事告诉了凤丫头，大约周姐姐说的。家去歇着罢，没有什么大事。"李纨又要说原故，尤氏反拦住了。林之孝家的见如此，只得便回身出园去。可巧遇见赵姨娘，姨娘因笑道："嗳哟哟，我的嫂子！这会子还不家去歇歇，还跑些什么？"林之孝家的便笑说何曾不家去的，如此这般进来了。又是个齐头故事。赵姨娘原是好察听这些事的，且素日又与管事的女人们扳厚，互相连络，好作首尾。方才之事，已经闻得八九，听林之孝家的如此说，便恁般如此告诉了林之孝家的一遍，林之孝家的听了，笑道："原来是这事，也值一个屁！开恩呢，就不理论，心窄些儿，也不过打几下子就完了。"赵姨娘道："我的嫂子，事虽不大，可见他们太张狂了些。巴巴的传进你来，明明戏弄你，玩耍你。快歇歇去，明儿还有事呢，也不留你吃茶去。"

说毕，林之孝家的出来，到了侧门前，就有方才两个婆子的女儿上来哭着求情。林之孝家的笑道："你这孩子好糊涂，谁叫你娘吃酒混说了，惹出事来，连我也不知道。二奶奶打发人捆他，连我还有不是呢。我替谁讨请去。"这两个小丫头子才七八岁，原不识事，只管哭啼求告。缠的林之孝家的没法，因说道："糊涂东西！你放着门路不去，却缠我来。你姐姐现给了那边太太作陪房费大娘的儿子，你走过去告诉你姐姐，叫亲家娘和太太一说，什么完不了的事！”一语提醒了一个，那一个还求。林之孝家的啐道：“糊涂攮的！他过去一说，自然都完了。没有个单放了他妈，又只打你妈的理。”说毕，上车去了。

这一个小丫头果然过来告诉了他姐姐，和费婆子说了。这费婆子原是邢夫人的陪房，起先也曾兴过时，只因贾母近来不大作兴邢夫人，所以连这边的人也减了威势。凡贾政这边有些体面的人，那边各各皆虎视眈眈。这费婆子常倚老卖老，仗着邢夫人，常吃些酒，嘴里胡骂乱怨的出气。如今贾母庆寿这样大事，干看着人家逞才卖技办事，呼幺喝六弄手脚，心中早已不自在，虽闲言闲语乱闹，这边的人也不和他较量。如今听了周瑞家的捆了他亲家，越发火上浇油，仗着酒兴，指着隔断的墙（墨夹：细致之甚。）大骂了一阵，便走上来求邢夫人，说他亲家并没什么不是，“不过和那府里的大奶奶的小丫头白斗了两句话，周瑞家的便调唆了咱家二奶奶捆到马圈里，等过了这两日还要打。求太太——我那亲家娘也是七八十岁的老婆子——和二奶奶说声，饶他这一次罢”。邢夫人自为要鸳鸯之后讨了没意思，后来见贾母越发冷淡了他，凤姐的体面反胜自己，且前日南安太妃来了，要见他姊妹，贾母又只令探春出来，迎春竟似有如无，自己心内早已怨忿不乐，只是使不出来。又值这一干小人在侧，他们心内嫉妒挟怨之事不敢施展，便背地里造言生事，调拨主人。先不过是告那边的奴才，后来渐次告到凤姐“只哄着老太太喜欢了，他好就中作威作福，辖治着琏二爷，调唆二太太，把这边的正经太太倒不放在心上”。后来又告到王夫人，说：“老太太不喜欢太太，都是二太太和琏二奶奶调唆的。”邢夫人纵是铁心铜胆的人，妇女家终不免生些嫌隙之心，近日因此着实恶绝凤姐。今听了如此一篇话，也不说长短。

至次日一早，见过贾母，众族中人到齐，坐席开戏。贾母高兴，又见今日无远亲，都是自己族中子侄辈，只便衣常妆出来，堂上受礼。当中独设一榻，引枕靠背脚踏俱全，自己歪在榻上。榻之前后左右，皆是一色的小矮凳，宝钗、宝琴、黛玉、湘云、迎春、探春、惜春姊妹等围绕。因贾㻞之母也带了女儿喜鸾，贾琼之母也带了女儿四姐儿，还有几房的孙女儿，大小共有二十来个。贾母独见喜鸾和四姐儿生得又好，说话行事与众不同，心中喜欢，便命他两个也过来榻前同坐。宝玉却在榻上脚下与贾母捶腿。首席便是薛姨妈，下边两溜皆顺着房头辈数下去。帘外两廊都是族中男客，也依次而坐。

先是那女客一起一起行礼，方是男客礼。贾母歪在榻上，只命人说“免了罢”，早已都行完了。然后赖大等带领众人，从仪门直跪至大厅上，磕头礼毕，又是众家下媳妇，然后各房的丫鬟，足闹了两三顿饭时。然后又抬了许多雀笼来，在当院中放了生。贾赦等焚过了天地寿星纸，方开戏饮酒。直到歇了中台，贾母方进来歇息，命他们取便，因命凤姐儿留下喜鸾、四姐儿顽两日再去。凤姐儿出来便找他母亲说，他两个母亲素日都承凤姐的照顾，也巴不得一声儿。他两个也愿意在园内顽耍，至晚便不回家了。

邢夫人直至晚间散时，当着许多人陪笑和凤姐求情说：“我听见昨儿晚上二奶奶生气，打发周管家的娘子捆了两个老婆子，可也不知犯了什么罪。论理我不该讨情，我想老太太好日子，发狠的还舍钱舍米，周贫济老，咱们家先倒折磨起人家来了。不看我的脸，权且看老太太，竟放了他们罢。”说毕，上车去了。凤姐听了这话，又当着许多人，又羞又气，一时抓寻不着头脑，憋得脸紫涨，回头向赖大家的等笑道：（墨夹：又写笑，妙！凡凤真怒处必曰“笑”，凌凌不错。）“这是那里的话。昨儿因为这里的人得罪了那府里的大嫂子，我怕大嫂子多心，所以尽让他发放，并不为得罪了我。这又是谁的耳报神这么快。”王夫人因问，说：“什么事？”凤姐儿笑将昨日的事说了。尤氏也笑道：“连我并不知道。你原也太多事了。”凤姐儿道：“我为你脸上过不去，所以等你开发，不过是个礼。就如我在你那里有人得罪了我，你自然送了来尽我。凭他是什么好奴才，到底错不过这个礼去。这又不知谁过去没的献勤儿，这也当一件事情去说。”王夫人道：“你太太说的是。就是珍哥儿媳妇也不是外人，也不用这些虚礼。老太太的千秋要紧，放了他们为是。”说着，回头便命人去放了那两个婆子。凤姐由不得越想越气越愧，不觉的灰心转悲，滚下泪来。因赌气回房哭泣，又不使人知觉。偏是贾母打发了琥珀来叫立等说话。琥珀见了，诧异道：“好好的，这是什么原故？那里立等你呢。”凤姐听了，忙擦干了泪，洗面另施了脂粉，方同琥珀过来。

贾母因问道：“前儿这些人家送礼来的共有几家有围屏？”凤姐儿道：“共有十六家有围屏，十二架大的，四架小的炕屏。内中只有江南甄家（墨夹：好，一提甄事。盖真事欲显，假事将尽。）一架大屏十二扇，大红缎子缂丝‘满床笏’，一面是泥金‘百寿图’的，是头等的。还有粤海将军邬家一架玻璃的还罢了。”贾母道：“既这样，这两架别动，好生搁着，我要送人的。”凤姐儿答应了。鸳鸯忽过来向凤姐儿面上只管瞧，引的贾母问说：“你不认得他？只管瞧什么。”鸳鸯笑道：“怎么他的眼肿肿的，所以我诧异，只管看。”贾母听说，便叫进前来，也觑着眼看。凤姐笑道：“才觉的一阵痒痒，揉肿了些。”鸳鸯笑道：“别又是受了谁的气了不成？”凤姐道：“谁敢给我气受，便受了气，老太太好日子，我也不敢哭的。”贾母道：“正是呢。我正要吃晚饭，你在这里打发我吃，剩下的你就和珍儿媳妇吃了。你两个在这里帮着两个师傅替我拣佛豆儿，你们也积积寿，前儿你姊妹们和宝玉都拣了，如今也叫你们拣拣，别说我偏心。”说话时，先摆上一桌素的来。两个姑子吃了，然后才摆上荤的，贾母吃毕，抬出外间。尤氏、凤姐儿二人正吃，贾母又叫把喜鸾、四姐儿二人也叫来，跟他二人吃毕，洗了手，点上香，捧过一升豆子来。两个姑子先念了佛偈，然后一个一个的拣在一个簸箩内，每拣一个，念一声佛。明日煮熟了，令人在十字街上结寿缘。贾母歪着听两个姑子又说些佛家的因果善事。

鸳鸯早已听见琥珀说凤姐哭之事，又和平儿前打听得原故。晚间人散时，便回说：“二奶奶还是哭的，那边大太太当着人给二奶奶没脸。”贾母因问为什么原故，鸳鸯便将原故说了。贾母道：“这才是凤丫头知礼处，难道为我的生日由着奴才们把一族中的主子都得罪了也不管罢。这是太太素日没好气，不敢发作，所以今儿拿着这个作法，明是当着众人给凤儿没脸罢了。”正说着，只见宝琴等进来，也就不说了。贾母因问：“你在那里来？”宝琴道：“在园里林姐姐屋里大家说话的。”贾母忽想起一事来，忙唤一个老婆子来，吩咐他：“到园里各处女人们跟前嘱咐嘱咐，留下的喜姐儿和四姐儿虽然穷，也和家里的姑娘们是一样，大家照看经心些。我知道咱们家的男男女女都是‘一个富贵心，两只体面眼'，未必把他两个放在眼里。有人小看了他们，我听见可不依。"婆子应了方要走时，鸳鸯道："我说去罢。他们那里听他的话。"说着，便一径往园子来。

先到稻香村中，李纨与尤氏都不在这里。问丫鬟们，说"都在三姑娘那里呢"。鸳鸯回身又来至晓翠堂，果见那园中人都在那里说笑。见他来了，都笑道："你这会子又跑来做什么？"又让他坐。鸳鸯笑道："不许我也逛逛么？"于是把方才的话说了一遍。李纨忙起身听了，就叫人把各房的丫头头儿唤了来。令他们传与诸人知道。不在话下。

这里尤氏笑道："老太太也太想的到，实在我们年轻力壮的人捆上十个也赶不上。"李纨道："凤丫头仗着鬼聪明儿，还离脚踪儿不远。咱们是不能了。"鸳鸯道："罢哟，还提凤丫头虎丫头呢，他也可怜见儿的。虽然这几年没有在老太太、太太跟前有个错缝儿，暗里也不知得罪了多少人。总而言之，为人是难作的：若太老实了没有个机变，公婆又嫌太老实了，家里人也不怕；若有些机变，未免又治一经损一经。如今咱们家里更好，新出来的这些底下奴字号的奶奶们，一个个心满意足，都不知要怎么样才好，少有不得意，不是背地里咬舌根，就是挑三窝四的。我怕老太太生气，一点儿也不肯说。不然我告诉出来，大家别过太平日子。这不是我当着三姑娘说，老太太偏疼宝玉，有人背地里怨言还罢了，算是偏心。如今老太太偏疼你，我听着也是不好。这可笑不可笑？"探春笑道："糊涂人多，那里较量得许多。我说倒不如小人家人少，虽然寒素些，倒是欢天喜地，大家快乐。我们这样人家，外头看着我们，不知千金万金小姐何等快乐，殊不知我们这里说不出来的烦难，更利害。"宝玉道："谁都像三妹妹好多心。事事我常劝你，总别听那些俗语，想那俗事，只管安富尊荣才是。比不得我们没这清福，该应浊闹的。"尤氏道："谁都像你，真是一心无挂碍，只知道和姊妹们顽笑，饿了吃，困了睡，再过几年，不过还是这样，一点后事也不虑。"宝玉笑道："我能够和姊妹们过一日是一日，死了就完了。什么后事不后事。"李纨等都笑道："这可又是胡说。就算你是个没出息的，终老在这里，难道他姊妹们都不出阁么？"尤氏笑道："怨不得人都说他是假长了一个胎子，究竟是个又傻又呆的。"宝玉笑道："人事莫定，知道谁死谁活。倘或我在今日明日，今年明年死了，也算是遂心一辈子了。"众人不等说完，都说："可是又疯了，别和他说话才好。若和他说话，不是呆话就是疯话。"喜鸾因笑道："二哥哥，你别这样说，等这里姐姐们果然都出了阁，横竖老太太、太太也寂寞，我来和你作伴儿。"李纨、尤氏等都笑道："姑娘也别说呆话，难道你是不出门的？你这话哄谁。"说的喜鸾低了头。当下已是起更时分，大家各自归房安歇，众人都且不提。

且说鸳鸯一径回来，刚至园门前，只见角门虚掩，犹未上栓。此时园内无人来往，只有该班的房内灯光掩映，微月半天。（墨夹：是月初旬起更时也。）鸳鸯又不曾有个作伴的，也不曾提灯笼，独自一个，脚步又轻，所以该班的人皆不理会。偏生又要小解，因下了甬路，寻微草处，行至一湖山石后大桂树阴下来。（墨夹：是八月，随笔点景。）刚转过石后，只听一阵衣衫响，吓了一惊不小。定睛一看，只见是两个人在那里，见他来了，便想往石后树丛藏躲。鸳鸯眼尖，趁月色见准一个穿红裙子梳鬅头高大丰壮身材，（墨夹：是月下所见之像，故不写至容貌也。）的是迎春房里的司棋。鸳鸯只当他和别的女孩子也在此方便，见自己来了，故意藏躲恐吓着耍，（墨夹：此见是女儿们常事，观书者自亦为如此。）因便笑叫道："司棋你不快出来，吓着我，我就喊起来当贼拿了。这么大丫头了，没个黑家白日的只是顽不够。"这本是鸳鸯的戏语，叫他出来。谁知他贼人胆虚，（墨夹：更奇，不知后为何事。）只当鸳鸯已看见他的首尾了，生恐叫喊起来使众人知觉更不好，且素日鸳鸯又和自己亲厚不比别人，便从树后跑出来，一把拉住鸳鸯，便双膝跪下，只说："好姐姐，千万别嚷！"（墨夹：奇甚。）鸳鸯反不知因何，忙拉他起来，笑问道："这是怎么说？"司棋满脸红胀，又流下泪来。鸳鸯再一回想，那一个人影恍惚象个小厮，心下便猜疑了八九，（墨夹：是聪敏女儿，妙！）自己反羞的面红耳赤，又怕起来。（墨夹：是娇贵女儿，笔笔皆到。）因定了一会，忙悄问："那个是谁？"司棋复跪下道："是我姑舅兄弟。"（墨夹：妙！）鸳鸯啐了一口，道："要死，要死。"（墨夹：如见其面，如闻其声。）司棋又回头悄道："你不用藏着，姐姐已看见了，快出来磕头。"那小厮听了，只得也从树后爬出来，磕头如捣蒜。鸳鸯忙要回身，司棋拉住苦求，哭道："我们的性命，都在姐姐身上，只求姐姐超生要紧！"鸳鸯道："你放心，我横竖不告诉一个人就是了。"一语未了，只听角门上有人说道："金姑娘已出去了，角门上锁罢。"鸳鸯正被司棋拉住，不得脱身，听见如此说，便接声道："我在这里有事，且略住手，我出来了。"司棋听了，只得松手让他去了——

第七十二回 王熙凤恃强羞说病 来旺妇倚势霸成亲

且说鸳鸯出了角门，脸上犹红，心内突突的，真是意外之事。因想这事非常，若说出来，奸盗相连，关系人命，还保不住带累了旁人。横竖与自己无干，且藏在心内，不说与一人知道。回房复了贾母的命，大家安息。从此凡晚间便不大往园中来。因思园中尚有这样奇事，何况别处，因此连别处也不大轻走动了。

原来那司棋因从小儿和他姑表兄弟在一处顽笑起住时，小儿戏言，便都订下将来不娶不嫁。近年大了，彼此又出落的品貌风流，常时司棋回家时，二人眉来眼去，旧情不忘，只不能入手。又彼此生怕父母不从，二人便设法彼此里外买嘱园内老婆子们留门看道，今日趁乱方初次入港。虽未成双，却也海誓山盟，私传表记，已有无限风情了。忽被鸳鸯惊散，那小厮早穿花度柳，从角门出去了。司棋一夜不曾睡着，又后悔不来。至次日见了鸳鸯，自是脸上一红一白，百般过不去。心内怀着鬼胎，茶饭无心，起坐恍惚。挨了两日，竟不听见有动静，方略放下了心。这日晚间，忽有个婆子来悄悄告诉他道：“你兄弟竟逃走了，三四天没归家。如今打发人四处找他呢。”司棋听了，气个倒仰，因思道：“纵是闹了出来，也该死在一处。他自为是男人，先就走了，可见是个没情意的。”因此又添了一层气。次日便觉心内不快，百般支持不住，一头睡倒，恹恹的成了大病。

鸳鸯闻知那边无故走了一个小厮，园内司棋病重，要往外挪，心下料定是二人惧罪之故，生怕我说出来，方吓到这样。因此自己反过意不去，指着来望候司棋，支出人去，反自己立身发誓，与司棋说：“我告诉一个人，立刻现死现报！你只管放心养病，别白糟踏了小命儿。”司棋一把拉住，哭道：“我的姐姐，咱们从小儿耳鬓厮磨的，不曾拿我当外人待，我也不敢待慢了你。如今我虽一着走错，你若果然不告诉一个人，你就是我的亲娘一样。从此后我活一日是你给我一日，我的病好之后，把你立个灵牌位，我天天焚香礼拜，保佑你一生福寿双全。我若死了时，变驴变狗报答你。再俗语说：‘千里搭长棚，没有不散的筵席。’再过三二年，咱们都要离这里的。俗语又说：‘浮萍尚有相逢日，人岂全无见面时。’倘或日后咱们遇见了，那时我又怎么报你的德行。”一面说，一面哭。这一席话反把鸳鸯说的心酸，也哭起来了。因点头道：“正是这话。我又不是管事的人，何苦我坏你的声名，我白去献勤。况且这事我自己也不便开口向人说。你只放心。从此养好了，可要安分守己，再不许胡行乱作了。”司棋在枕上点首不已。

鸳鸯又安慰了他一番，方出来。因知贾琏不在家中，又因这两日凤姐儿声色怠惰了些，不似往日一样，因顺路也来望候。因进入凤姐院门，二门上的人见是他来，便立身待他进去。鸳鸯刚至堂屋中，只见平儿从里间出来，见了他来，忙上来悄声笑道：“才吃了一口饭歇了午睡，你且这屋里略坐坐。”鸳鸯听了，只得同平儿到这边房里来。小丫头倒了茶来。鸳鸯因悄问：“你奶奶这两日是怎么了？我看他懒懒的。”平儿见问，因房内无人，便叹道：“他这懒懒的也不止今日了，这有一月之前便是这样。又兼这几日忙乱了几天，又受了些闲气，从新又勾起来。这两日比先又添了些病，所以支持不住，便露出马脚来了。”鸳鸯忙道：“既这样，怎么不早请大夫来治？”平儿叹道：“我的姐姐，你还不知道他的脾气的。别说请大夫来吃药。我看不过，白问了一声身上觉怎么样，他就动了气，反说我咒他病了。饶这样，天天还是察三访四，自己再不肯看破些且养身子。”鸳鸯道：“虽然如此，到底该请大夫来瞧瞧是什么病，也都好放心。”平儿道：“我的姐姐，说起病来，据我看也不是什么小症候。”鸳鸯忙道：“是什么病呢？”平儿见问，又往前凑了一凑，向耳边说道：“只从上月行了经之后，这一个月竟淅淅沥沥的没有止住。这可是大病不是？”鸳鸯听了，忙道：“嗳哟！依你这话，这可不成了血山崩了。”平儿忙啐了一口，又悄笑道：“你女孩儿家，这是怎么说的，倒会咒人的。”鸳鸯见说，不禁红了脸，又悄笑道：“究竟我也不知什么是崩不崩的，你倒忘了不成，先我姐姐不是害这病死了。我也不知是什么病，因无心听见妈和亲家妈说，我还纳闷，后来是听见妈细说原故，才明白了一二分。”平儿笑道：“你该知道的，我竟也忘了。”

二人正说着，只见小丫头进来向平儿道：“方才朱大娘又来了。我们回了他奶奶才歇午觉，他往太太上头去了。”平儿听了点头。鸳鸯问：“那一个朱大娘？”平儿道：“就是官媒婆那朱嫂子。因有什么孙大人家来和咱们求亲，所以他这两日天天弄个帖子来赖死赖活。”一语未了，小丫头跑来说：“二爷进来了。”说话之间，贾琏已走至堂屋门，口内唤平儿。平儿答应着才迎出去，贾琏已找至这间房内来。至门前，忽见鸳鸯坐在炕上，便煞住脚，笑道："鸳鸯姐姐，今儿贵脚踏贱地。"鸳鸯只坐着，笑道："来请爷、奶奶的安，偏又不在家的不在家，睡觉的睡觉。"贾琏笑道："姐姐一年到头辛苦伏侍老太太，我还没看你去，那里还敢劳动来看我们。正是巧的很，我才要找姐姐去。因为穿着棉袍子热，先来换了夹袍子再过去找姐姐，不想天可怜，省我走这一趟，姐姐先在这里等我了。"一面说，一面在椅上坐下。鸳鸯因问："又有什么说的?"贾琏未语先笑道："因有一件事，我竟忘了，只怕姐姐还记得。上年老太太生日，曾有一个外路和尚来孝敬一个腊油冻的佛手，因老太太爱，就即刻拿过来摆着了。因前日老太太生日，我看古董账上还有这一笔，却不知此时这件东西着落何方。古董房里的人也回过我多次，等我问准了好注上一笔。所以我问姐姐，如今还是老太太摆着呢，还是交到谁手里去了呢?"鸳鸯听说，便道："老太太摆了几日厌烦了，就给你们奶奶。你这会子又问我来。我连日子还记得，还是我打发了老王家的送来的。你忘了，或是问你们奶奶和平儿。"平儿正拿衣服，听见如此说，忙出来回说："交过来了，现在楼上放着呢。奶奶已经打发过人出来说过给了这屋里，他们发昏，没记上，又来叨登这些没要紧的事。"贾琏笑道："既然给了你奶奶，我怎么不知道，你们就昧下了。"平儿道："奶奶告诉二爷，二爷还要送人，奶奶不肯，好容易留下的。这会子自己忘了，倒说我们昧下。那是什么好东西，什么没有的物儿。比那强十倍的东西也没昧下一遭，这会子爱上那不值钱的!"贾琏垂头含笑想了一想，拍手道："我如今竟糊涂了！丢三忘四，惹人抱怨，竟大不像先了。"鸳鸯笑道："怨不得。事情又多，口舌又杂，你再吃上两杯酒，那里记得清楚这许多。"一面说，一面就起身要去。

贾琏忙也立身回道："好姐姐，再坐一坐，兄弟还有事相求。"说着便骂小丫头："怎么不沏好茶来！快拿干净盖碗，把昨儿进上的新茶沏一碗来。"说着向鸳鸯道："这两日因老太太的千秋，所有的几千两银子都使了。几处房租地税通在九月才得，这会子竟接不上。明儿还要送南安府里的礼，又要预备娘娘的重阳节礼，还有几家红白大礼，至少还得三二千两银子用，一时难去支借。俗语说，'求人不如求己'。说不得，姐姐担个不是，暂且把老太太查不着的金银家伙偷着运出一箱子来，暂押千数两银子支腾过去。不上半年的光景，银子来了，我就赎了交还，断不能叫姐姐落不是。"鸳鸯听了，笑道："你倒会变法儿，亏你怎么想了。"贾琏笑道："不是我扯谎，若论除了姐姐，也还有人手里管的起千数两银子的？只是他们为人都不如你明白有胆量。我和他们一说，反吓住了他们。所以我'宁撞金钟一下，不打破鼓三千'。"一语未了，忽有贾母那边的小丫头子忙忙走来找鸳鸯，说："老太太找姐姐半日，我们那里没找到，却在这里。"鸳鸯听说，忙的且去见贾母。

贾琏见他去了，只得回来瞧凤姐。谁知凤姐已醒了，听他和鸳鸯借当，自己不便答话，只躺在榻上。听见鸳鸯去了，贾琏进来，凤姐因问道："他可应准了?"贾琏笑道："虽然未应准，却有几分成手，须得你晚上再和他一说，就十成了。"凤姐道："我不管这事。倘或说准了，这会子说得好听，到有了钱的时节，你就丢在脖子后头，谁去和你打饥荒去。倘或老太太知道了，倒把我这几年的脸面都丢了。"贾琏笑道："好人，你若说定了，我谢你如何?"凤姐道："你说，谢我什么?"贾琏道："你说要什么就有什么。”平儿一旁笑道：“奶奶倒不要谢的。昨儿正说，要作一件什么事，恰少一二百银子使，不如借了来，奶奶拿一二百银子，岂不两全其美。”凤姐笑道：“幸亏提起我来，就是这样也罢。”贾琏笑道：“你们也太狠了。你们这会子别说一千两的当头，就是现银子要三五千，只怕也难不倒。我不和你们借就罢了。这会子烦你说一句话，还要个利钱，真真了不得。”凤姐听了，翻身起来说：“我有三千五万，不是赚的你的。如今里里外外上上下下背着我嚼说我的不少，就差你来说了，可知没家亲引不出外鬼来。我们王家可那里来的钱，都是你们贾家赚的。别叫我恶心了。你们看着这个家什么石崇邓通的。把我王家的地缝子扫一扫，就够你们过一辈子呢。说出来的话也不怕燥！现有对证：把太太和我的嫁妆细看看，比一比你们的，那一样是配不上你们的。”贾琏笑道：“说句顽话就急了。这有什么，这样的，要使一二百两银子值什么，多的没有，这还有，先拿进来，你使了再说，如何？”凤姐道：“我又不等着衔口垫背，忙了什么。”贾琏道：“何苦来，不犯着这样肝火盛。”凤姐听了，又自笑起来：“不是我着急，你说的话戳人的心。我因为我想着后日是尤二姐的周年，我们好了一场，虽不能别的，到底给他上个坟烧张纸，也是姊妹一场。他虽没留下个男女，也要‘前人撒土迷了后人的眼’才是。”一语倒把贾琏说没了话，低头打算了半晌，方道：“难为你想的周全，我竟忘了。既是后日才用，若明日得了这个，你随便使多少就是了。”

一语未了，只见旺儿媳妇走进来。凤姐便问：“可成了没有？”旺儿媳妇道：“竟不中用。我说须得奶奶作主就成了。”贾琏便问：“又是什么事？”凤姐儿见问，便说道：“不是什么大事。旺儿有个小子，今年十七岁了，还没得女人，因要求太太房里的彩霞，不知太太心里怎么样，就没有计较得。前日太太见彩霞大了，二则又多病多灾的，因此开恩打发他出去了，给他老子娘随便自己拣女婿去罢。因此旺儿媳妇来求我。我想他两家也就算门当户对的，一说去自然成的，谁知他这会子来了，说不中用。”贾琏道：“这是什么大事，比彩霞好的多着呢。”旺儿家的陪笑道：“爷虽如此说，连他家还看不起我们，别人越发看不起我们了。好容易相看准一个媳妇，我只说求爷、奶奶的恩典，替作成了。奶奶又说他必肯的，我就烦了人走过去试一试，谁知白讨了没趣。若论那孩子倒好，据我素日私意儿试他，他心里没有甚说的，只是他老子娘两个老东西太心高了些。”

一语戳动了凤姐和贾琏，凤姐因见贾琏在此，且不作一声，只看贾琏的光景。贾琏心中有事，那里把这点子事放在心里。待要不管，只是看着他是凤姐儿的陪房，且又素日出过力的，脸上实在过不去，因说道：“什么大事，只管咕咕唧唧的。你放心且去，我明儿作媒，打发两个有体面的人，一面说，一面带着定礼去，就说我的主意。他十分不依，叫他来见我。”凤姐看着旺儿家的便扭嘴儿。旺儿家的会意，忙爬下就给贾琏磕头谢恩。贾琏忙道：“你只给你姑娘磕头。我虽如此说了这样行，到底也得你姑娘打发个人叫他女人上来，和他好说更好些。虽然他们必依，然这事也不可霸道了。”

凤姐忙道：“连你还这样开恩操心呢，我倒反袖手旁观不成。旺儿家你听见，说了这事，你也忙忙的给我完了事来。说给你男人，外头所有的账，一概赶今年年底下收了进来，少一个钱我也不依的。我的名声不好，再放一年，都要生吃了我呢。”旺儿媳妇笑道：“奶奶也太胆小了。谁敢议论奶奶，若收了时，公道说，我们倒还省些事，不大得罪人。”凤姐笑道：“我也是一场痴心白使了。我真个的还等钱作什么，不过为的是日用出的多，进的少。这屋里有的没的，我和你姑爷一月的月钱，再连上四个丫头的月钱，通共一二十两银子，还不够三五天的使用呢。若不是我千凑万挪的，早不知道到什么破窑里去了。如今倒落了一个放账破落户的名儿。（墨夹：可知放账乃发，所谓此家儿知耻恶之事也。）既这样，我就收了回来。我比谁不会花钱，咱们以后就坐着花，到多早晚是多早晚。这不是样儿：老太太生日，太太急了两个月，想不出法儿来，还是我提了一句，后楼上现有些没要紧的大铜锡家伙四五箱子，拿去弄了三百银子，才把太太遮羞礼儿搪过去了。我的是你们知道的，那一个金自鸣钟卖了五百六十两银子。没有半个月，大事小事倒有十来件，白填在里头。今儿外头也支住了，不知是谁的主意，搜寻上老太太了。明儿再过一年，各人搜寻到头面衣服，可就好了！”旺儿媳妇笑道：“那一位太太奶奶的头面衣服折变了不够过一辈子的，只是不肯罢了。”（墨夹：闲语，补出近日诸事。）凤姐道：“不是我说没了能奈的话，要像这样，我竟不能了。昨晚上忽然作了一个梦，说来也可笑，（墨夹：反说“可笑”妙甚！若必以此梦为凶兆，则是反落套，非红楼之梦矣。）梦见一个人，虽然面善，却又不知名姓，（墨夹：是以前授方相之旧，数十年后矣。）找我。问他作什么，他说娘娘打发他来要一百匹锦。我问他是那一位娘娘，他说的又不是咱们家的娘娘。我就不肯给他，他就上来夺。正夺着，就醒了。”（墨夹：妙！实家常触景间梦，必有之理，却是江淹才尽之兆也，可伤。）旺儿家的说道：“这是奶奶的日间操心，常应候宫里的事。”（墨夹：淡淡抹去，妙！）

一语未了，人回：“夏太府打发了一个小内监来说话。”贾琏听了，忙皱眉道：“又是什么话，一年他们也搬够了。”凤姐道：“你藏起来，等我见他，若是小事罢了，若是大事，我自有话回他。”贾琏便躲入内套间去。这里凤姐命人带进小太监来，让他椅子上坐了吃茶，因问何事。那小太监便说：“夏爷爷因今儿偶见一所房子，如今竟短二百两银子，打发我来问舅奶奶家里，有现成的银子暂借一二百，过一两日就送过来。”（墨夹：可谓“密处不容针”。）凤姐儿听了，笑道：“什么是送过来，有的是银子，只管先兑了去。改日等我们短了，再借去也是一样。”小太监道：“夏爷爷还说了，上两回还有一千二百两银子没送来，等今年年底下，自然一齐都送过来。”凤姐笑道：“你夏爷爷好小气，这也值得提在心上。我说一句话，不怕他多心，若都这样记清了还我们，不知还了多少了。只怕没有，若有，只管拿去。”因叫旺儿媳妇来，“出去不管那里先支二百两来”。旺儿媳妇会意，因笑道：“我才因别处支不动，才来和奶奶支的。”凤姐道：“你们只会里头来要钱，叫你们外头算去就不能了。”说着叫平儿，“把我那个金项圈拿出去，暂且押四百两银子”。平儿答应了，去半日，果然拿了一个锦盒子来，里面两个锦袱包着。打开时，一个金累丝攒珠的，那珍珠都有莲子大小，一个点翠嵌宝石的。两个都与宫中之物不离上下。（墨夹：是太监眼中看、心中评。）一时拿去，果然拿了四百两银子来。凤姐命与小太监打叠起一半，那一半命人与了旺儿媳妇，命他拿去办八月中秋节。（墨夹：过下伏脉。）那小太监便告辞，凤姐命人替他拿着银子，送出大门去了。这里贾琏出来笑道：“这一起外祟何日是了！”凤姐笑道：“刚说着，就来了一股子。”贾琏道：“昨儿周太监来，张口一千两。我略慢了些，他就不自在。将来得罪人之处不少。这会子再发个三二百万的财就好了。”一面说，一面平儿伏侍凤姐另洗了面，更衣往贾母处去伺候晚饭。

这里贾琏出来，刚至外书房，忽见林之孝走来。贾琏因问何事。林之孝说道：“方才听得雨村降了，却不知因何事，只怕未必真。”贾琏道：“真不真，他那官儿也未必保得长。将来有事，只怕未必咱们脱得干净，宁可疏远着他好。”林之孝道：“何尝不是，只是一时难以疏远。如今东府大爷和他更好，老爷又喜欢他，时常来往，那个不知。”贾琏道：“横竖不和他谋事，也不相干。你去再打听真了，是为什么。”林之孝答应了，却不动身，坐在下面椅子上，且说些闲话。因又说起家道艰难，便趁势又说：“人口太重了。不如拣个日子回明老太太、老爷，把这些出过力的老家人用不着的，开恩放几家出去。一则他们各有营运，二则家里一年也省些口粮月钱。再者里头的姑娘太多。俗语说：‘一时比不得一时。’如今说不得先的例了，少不得大家委屈些，该使八个的使六个，该使四个的便使两个。若各房算起来，一年也可以省得许多月米月钱。况且里头的女孩子们一半都太大了，也该配人的配人。成了房，岂不又滋生出人来。”贾琏道：“我也这样想着，只是老爷才回家来，多少大事未回，那里议到这个上头。前儿官媒拿了个庚帖来求亲，太太还说老爷才来家，每日欢天喜地的说骨肉完聚，忽然就提起这事，恐老爷又伤心，所以且不叫提这事。”林之孝道：“这也是正理，太太想的周到。”贾琏道：“正是，提起这话我想了一件事来。我们旺儿的小子要说太太房里的彩霞。他昨儿求我，我想什么大事，不管谁去说一声去。这会子有谁闲着，我打发个人去说一声，就说我的话。”林之孝听了，只得应着，半晌笑道：“依我说，二爷竟别管这件事。旺儿的那小儿子虽然年轻，在外头吃酒赌钱，无所不至。虽然都是奴才们，到底是一辈子的事。彩霞那孩子这几年我虽没见，听得越发出挑的好了，何苦来白糟踏一个人。”贾琏道：“他小儿子原会吃酒，不成人？”林之孝冷笑道：“岂只吃酒赌钱，在外头无所不为。我们看他是奶奶的人，也只见一半不见一半罢了。”贾琏道：“我竟不知道这些事。既这样，那里还给他老婆，且给他一顿棍，锁起来，再问他老子娘。”林之孝笑道：“何必在这一时。那是错，也等他再生事，我们自然回爷处治。如今且恕他。”贾琏不语，一时林之孝出去。

晚间凤姐已命人唤了彩霞之母来说媒。那彩霞之母满心纵不愿意，见凤姐亲自和他说，何等体面，（墨夹：今时人因图此现在体面误了多少女儿。　此正是为今时女儿一哭。）便心不由意的满口应了出去。今凤姐问贾琏可说了没有，贾琏因说：“我原要说的，打听得他小儿子大不成人，故还不曾说。若果然不成人，且管教他两日，再给他老婆不迟。”凤姐听说，便说：“你听见谁说他不成人？”贾琏道：“不过是家里的人，还有谁。”凤姐笑道：“我们王家的人，连我还不中你们的意，何况奴才呢。我才已竟和他母亲说了，他娘已经欢天喜地应了，难道又叫进他来不要了不成？”贾琏道：“既你说了，又何必退，明儿说给他老子好生管他就是了。”这里说话不提。

且说彩霞因前日出去，等父母择人，心中虽是与贾环有旧，尚未作准。今日又见旺儿每每来求亲，早闻得旺儿之子酗酒赌博，而且容颜丑陋，一技不知，自此心中越发懊恼。生恐旺儿仗凤姐之势，一时作成，终身为患，不免心中急躁。遂至晚间悄命他妹子小霞（墨夹：霞大小，奇奇怪怪之文，更觉有趣。）进二门来找赵姨娘，问了端的。赵姨娘素日深与彩霞契合，巴不得与了贾环，方有个膀臂，不承望王夫人放了出去。每唆贾环去讨，一则贾环羞口难开，二则贾环也不大甚在意，不过是个丫头，他去了，将来自然还有，（墨夹：这是世人之情，亦是丈夫之情。）遂迁延住不说，意思便丢开手。无奈赵姨娘又不舍，又见他妹子来问，是晚得空，便先求了贾政。（墨夹：这是使人想不到之文，却是大家必有之事。）贾政因说道："且忙什么，等他们再念一二年书再放人不迟。我已经看中了两个丫头，一个与宝玉，一个给环儿。只是年纪还小，又怕他们误了书，所以再等一二年。"（墨夹：妙文，又写出贾老儿女之情，细思一部书总不写贾老则不成文，然，若不如此写，则又非贾老。）赵姨娘道："宝玉已有了二年了，老爷还不知道？"贾政听了忙问道："谁给的？"赵姨娘方欲说话，只听外面一声响，不知何物，大家吃了一惊不小。要知端的，且听下回分解。

佩鳳

第七十三回 痴丫头误拾绣春囊 懦小姐不问累金凤

话说那赵姨娘和贾政说话，忽听外面一声响，不知何物。忙问时，原来是外间窗屉不曾扣好，塌了屈戍了吊下来。赵姨娘骂了丫头几句，自己带领丫鬟上好，方进来打发贾政安歇。不在话下。

却说怡红院中宝玉正才睡下，丫鬟们正欲各散安歇，忽听有人击院门。老婆子开了，见是赵姨娘房内的丫鬟名唤小鹊的。问他什么事，小鹊不答，直往房内来找宝玉。（墨夹：奇，从未见此婢也。）只见宝玉才睡下，晴雯等犹在床边坐着，大家顽笑，见他来了，都问："什么事，这时候又跑了来作什么？"（墨夹："又"是补出前文矣，非只此一回也。）小鹊笑向宝玉道："我来告诉你一个信儿。方才我们奶奶这般如此在老爷前说了。你仔细明儿老爷问你话。"说着回身就去了。袭人命留他吃茶，因怕关门，遂一直去了。

这里宝玉听了，便如孙大圣听见了紧箍咒一般，登时四肢五内一齐皆不自在起来。想来想去，别无他策，只理熟了书预备明儿盘考。书内不舛错，便有他事，也可搪塞一半。想罢，忙披衣起来要读书。心中又自后悔，这些日子只说不提了，偏又丢生了，早知该天天好歹温习些的。如今打算打算，肚子内现可背诵的，不过只有《学》《庸》《二论》是带注背得出的。至上本《孟子》，就有一半是夹生的，若凭空提一句，断不能接背的，至《下孟》，就有一大半了。算起五经来，因近来作诗，常把《诗经》读些，虽不甚精阐，还可塞责。（墨夹：妙！宝玉读书原系从问中而临有。）别的虽不记得，素日贾政也幸未吩咐过读的，纵不知，也还不妨。至于古文，这是那几年所读过的几篇，连《左传》《国策》《公羊》《谷粱》汉唐等文，不过几十篇，这几年竟未曾得半篇片语，虽闲时也曾遍阅，不过一时之兴，随看随忘，未下苦工夫，如何记得。这是断难塞责的。更有时文八股一道，因素日深恶此道，原非圣贤之制撰，焉能阐发圣贤之微奥，不过是后人饵名钓禄之阶。虽贾政当日起身时选了百十篇命他读的，不过偶因见其中或一二股内，或起承之中，有作的或精致，或流荡，或游戏，或悲感，稍能动信立言，偶尔一读，不过供一时之兴趣，究竟何曾成篇潜心玩索。（墨夹：妙！写宝玉读书非为功名也。）如今若温习这个，又恐明日盘诘那个，若温习那个，又恐盘驳这个。况一夜之功，亦不能全然温习，因此越添了焦燥。自己读书不致紧要，却带累着一房丫鬟们皆不能睡。袭人、麝月、晴雯等几个大的是不用说，在旁剪烛斟茶，那些小的，都困眼朦胧，前仰后合起来。晴雯因骂道："什么蹄子们，一个个黑日白夜挺尸挺不够，偶然一次睡迟了些，就装出这腔调来了。再这样，我拿针戳给你们两下子！"

话犹未了，只听外间咕咚一声，急忙看时，原来是一个小丫头子坐着打盹，一头撞到壁上了，从梦中惊醒，恰正是晴雯说这话之时，他怔怔的只当是晴雯打了他一下，遂哭央说："好姐姐，我再不敢了。"众人都发起笑来。宝玉忙劝道："饶他去罢，原该叫他们都睡去才是。你们也该替换着睡去。"袭人忙道："小祖宗，你只顾你罢。通共这一夜的功夫，你把心暂且用在这几本书上，等过了这一关，由你再张罗别的，也不算误了什么。"宝玉听他说的恳切，只得又读。读了没有几句，麝月又斟了一杯茶来润舌，宝玉接茶吃了。因见麝月只穿着短袄，解了裙子，宝玉道："夜静了，冷，到底穿一件大衣裳才是。"麝月笑指着书道："你暂且把我们忘了，心且略对着他些罢。"（墨夹：此处岂是读书之处，又岂是伴读之人？古今天下误尽多少纨绔！何况又是此等时之怡红院，此等之鬟婢，又是此等一个宝玉哉！）

话犹未了，只听金星、玻璃从后房门跑进来，口内喊说："不好了，一个人从墙上跳下来了！"众人听说，忙问在那里，即喝起人来，各处寻找。晴雯因见宝玉读书苦恼，劳费一夜神思，明日也未必妥当，必要替宝玉想出一个主意来脱此难，正好忽逢此一惊，便生计向宝玉道："趁这个机会快装病，只说唬着了。"正中宝玉心怀，因而遂传起上夜人等来，打着灯笼，各处搜寻，并无踪迹，都说："小姑娘们想是睡花了眼出去，风摇的树枝儿，错认作人了。"晴雯便道："别放狗屁！你们查的不严，怕得不是，还拿这话来支吾。才刚并不是一个人见的，宝玉和我们出去有事，大家亲见的。如今宝玉唬的颜色都变了，满身发热，我如今还要上房里取安魂丸药去。太太问起来，是要回明白的，难道依你说就罢了不成。"众人听了，吓的不敢则声，只得又各处找。晴雯和玻璃二人果出去要药，故意闹的众人皆知宝玉吓着了。王夫人听了，忙命人来看视给药，又吩咐各上夜人仔细搜查，又一面叫查二门外邻围墙上夜的小厮们。于是园内灯笼火把，整闹了一夜。至五更天，就传管家男女，命仔细查一查，拷问内外上夜男女等人。

贾母闻知宝玉被吓，细问原由，不敢再隐，只得回明。贾母道："我必料到有此事。如今各处上夜都不小心，还是小事，只怕他们就是贼也未可知。"当下邢夫人并尤氏等都过来请安，凤姐及李纨姊妹等皆陪侍，听贾母如此说，都默无所答。独探春出位笑道："近因凤姐姐身子不好，几日园内的人竟放肆了许多。先前不过是大家偷着一时半刻，或夜里坐更时，三四个人聚在一处，或掷骰或斗牌，小小的顽意，不过为熬困。近来渐次放诞，竟开了赌局，甚至有头家局主，或三十吊五十吊三百吊的大输赢。半月前竟有争斗相打之事。"贾母听了，忙说："你既知道，为何不早回我们来?"探春道："我因想着太太事多，且连日不自在，所以没回。只告诉了大嫂子和管事的人们，戒饬过几次，近日好些。"贾母忙道："你姑娘家，如何知道这里头的利害。你自为要钱常事，不过怕起争端。殊不知夜间既要钱，就保不住不吃酒，既吃酒，就免不得门户任意开锁。或买东西，寻张觅李，其中夜静人稀，趋便藏贼，引奸引盗，何等事作不出来。况且园内的姊妹们起居所伴者皆系丫头媳妇们，贤愚混杂，贼盗事小，再有别事，倘略沾带些，关系不小。这事岂可轻恕。"探春听说，便默然归坐。凤姐虽未大愈，精神比素常稍加，(墨夹：看他渐次写来，从不作一平苟安之笔，况阿凤之文哉。)今见贾母如此说，便忙道："偏生我又病了。"遂回头命人速传林之孝家的等总理家事四个媳妇到来，当着贾母申饬了一顿。贾母命即刻查了头家赌家来，有人出首者赏，隐情不告者罚。

林之孝家的等见贾母动怒，跪在院内磕响头，谁敢徇私，忙至园内传齐，又一一盘查。虽不免大家赖一回，终不免水落石出。查得大头家三人，小头家八人，聚赌者通共二十多人，都带来见贾母，跪在院内磕响头求饶。贾母先问大头家名姓和钱之多少。原来这三个大头家，一个就是林之孝家的两姨亲家，一个就是园内厨房内柳家媳妇之妹，一个就是迎春之乳母。这是三个为首的，余者不能多记。贾母便命将骰子牌一并烧毁，所有的钱入官分散与众人，将为首者每人四十大板，撵出，总不许再入；从者每人二十大板，革去三月月钱，拨入圊厕行内。又将林之孝家的申饬了一番。林之孝家的见他的亲戚又与他打嘴，自己也觉没趣。迎春在坐，也觉没意思。黛玉、宝钗、探春等见迎春的乳母如此，也是物伤其类的意思，遂都起身笑向贾母讨情说："这个妈妈素日原不顽的，不知怎么也偶然高兴。求看二姐姐面上，饶他这次罢。"贾母道："你们不知。大约这些奶子们，一个个仗着奶过哥儿姐儿，原比别人有些体面，他们就生事，比别人更可恶，专管调唆主子护短偏向。我都是经过的。况且要拿一个作法，恰好果然就遇见了一个。你们别管，我自有道理。"宝钗等听说，只得罢了。

一时贾母歇晌，大家散出，都知贾母今日生气，皆不敢各散回家，只得在此暂候。尤氏便往凤姐儿处来闲话了一回，因他也不自在，只得往园内寻众姑嫂闲谈。邢夫人在王夫人处坐了一回，也就往园内散散心来。刚至园门前，只见贾母房内的小丫头子名唤傻大姐的笑嘻嘻走来，手内拿着个花红柳绿的东西，低头一壁瞧着，一壁只管走，不防迎头撞见邢夫人，抬头看见，方才站住。邢夫人因问："这痴丫头，又是个什么狗不识儿这么欢喜？拿来我瞧瞧。"原来这傻大姐年方十四五岁，是新挑上来的与贾母这边提水桶扫院子专作粗活的一个丫头。只因他生得体肥面阔，两只大脚作粗活简捷爽利，且心性愚顽，一无知识，行事出言，常在规矩之外。贾母因喜欢他爽利便捷，又喜他出言可以发笑，便起名为“呆大姐”，常闷来便叫他取笑一回，毫无避忌，因此又叫他作“痴丫头”。他纵有失理之处，见贾母喜欢他，他们依然不去苛责，这丫头也得了这个力，若贾母不唤他时，便入园内来顽耍。今日正在园内掏促织，忽在山石背后得了一个五彩绣香囊，其华丽精致，固是可爱，但上面绣的并非花鸟等物，一面却是两个人赤条条的盘踞相抱，一面是几个字。这痴丫头原不认得是春意，便心下盘算：“敢是两个妖精打架？不然必是两口子相打。”左右猜解不来，正要拿去与贾母看，（墨夹：险极，妙极！荣府堂堂诗礼之家，且大观园又何等严肃清幽之地，金闺玉阁尚有此等秽物，天下浅闲薄幕之家宁不慎乎！虽然，但此等偏出大家世族之中者，盖因其房室春宵、鬟婢混杂，乌保其个个守礼持节哉？此正为大家世族而告诫。其浅闲薄幕之家，母女主婢日夕耳鬓交磨，一止一动悉在耳目之中，又何必谆谆再四焉！）是以笑嘻嘻的一壁里正走，忽见了邢夫人如此说，便笑道：“太太真个说的巧，真个是狗不识呢。（墨夹：妙！寓言也，大凡知此交媾之情者真狗畜之识耳，非肆言恶詈，凡识此事者即狗矣。然则云与贾母看，则先骂贾母矣。此处邢夫人亦看，然则又骂邢夫人乎？故作者又难。）太太请瞧一瞧。”说着，便送过去。邢夫人接来一看，吓得连忙死紧攥住，（墨夹：妙！这一“吓”字方是写世家夫人之笔，虽前文明书邢夫人之为人稍劣，然亦在情理之中，若不用慎重之笔，则邢夫人直系一小家卑污极贱极轻之人矣，岂得与荣府联房哉？所谓此书针线慎密处，全在无意中一字一句之间耳，看者细心方得。）忙问：“你是那里得的？”傻大姐道：“我掏促织儿在山石上拣的。”邢夫人道：“快休告诉一人。这不是好东西，连你也要打死。皆因你素日是傻子，以后再别提起了。”这傻大姐听了，反吓的黄了脸，说：“再不敢了。”磕了个头，呆呆而去。邢夫人回头看时，都是些女孩儿，不便递与，自己便塞在袖内，心内十分罕异，揣摩此物从何而至，且不形于声色，且来至迎春室中。

迎春正因他乳母获罪，自觉无趣，心中不自在，忽报母亲来了，遂接入内室。奉茶毕，邢夫人因说道：“你这么大了，你那奶妈子行此事，你也不说说他。如今别人都好好的，偏咱们的人做出这事来，什么意思。”（墨夹：“咱们”二字，便见自怀异心，从上文生离异发泄而来，谨密之至。更有甚于此者，君未知也，一笑。）迎春低首弄衣带，半晌答道：“我说他两次，他不听也无法。况且他是妈妈，只有他说我的，没有我说他的。”（墨夹：妙极！一直画出一个懦弱小姐来。）邢夫人道：“胡说！你不好了他原该说，如今他犯了法，你就该拿出小姐的身分来。他敢不从，你就回我去才是。如今直等外人共知，是什么意思。（墨夹：我敬问：外人为谁？）再者，只他去放头儿，还恐怕他巧言花语的和你借贷些簪环衣履作本钱，你这心活面软，未必不周济他些。若被他骗去，我是一个钱没有的，看你明日怎么过节。”迎春不语，只低头弄衣带。邢夫人见他这般，因冷笑道：“总是你好哥哥好嫂子，一对儿赫赫扬扬，琏二爷、凤奶奶，两口子遮天盖日，百事周到，竟通共这一个妹子，全不在意。（墨夹：加在于琏、凤的是父母常情，极是。何必又如此说来，便见又有私意。）但凡是我身上掉下来的，又有一话说——只好凭他们罢了。（墨夹：如何？此皆妇女私假之意，大不可者。）况且你又不是我养的，（墨夹：更不好。）你虽然不是同他一娘所生，到底是同出一父，也该彼此瞻顾些，也免别人笑话。（墨夹：又问：别人为谁？又问：彼二人虽不同母，终是同父。彼二人既同父，其父又系君之何人？吁！妇人私心，今古有之。）我想天下的事也难较定，你是大老爷跟前人养的，这里探丫头也是二老爷跟前人养的，出身一样。如今你娘死了，从前看来你两个的娘，只有你娘比如今赵姨娘强十倍的，你该比探丫头强才是。怎么反不及他一半！谁知竟不然，这可不是异事。倒是我一生无儿无女的，一生干净，也不能惹人笑话议论为高。”（墨夹：最可恨妇人无子者引此话是说。）旁边伺侯的媳妇们便趁机道：“我们的姑娘老实仁德，那里像他们三姑娘伶牙俐齿，会要姊妹们的强。他们明知姐姐这样，他竟不顾恤一点儿。”（墨夹：杀杀杀！此辈专生离异。余因实受其蛊，今读此文，直欲拔剑劈纸。又不知作者多少眼泪洒出此回也。又问：不知如何顾恤些？又不知有何可顾恤之处？直令人不解，愚奴贱婢之言。酷肖之至。）邢夫人道：“连他哥哥嫂子还如是，别人又作什么呢。”一言未了，人回：“琏二奶奶来了。”邢夫人听了，冷笑两声，命人出去说：“请他自去养病，我这里不用他伺候。”接着又有探事的小丫头来报说：“老太太醒了。”邢夫人方起身前边来。迎春送至院外方回。

绣桔因说道：“如何，前儿我回姑娘，那一个攒珠累丝金凤竟不知那里去了。回了姑娘，姑娘竟不问一声儿。我说必是老奶奶拿去典了银子放头儿的，姑娘不信，只说司棋收着呢。问司棋，司棋虽病着，心里却明白。我去问他，他说没有收起来，还在书架上匣内暂放着，预备八月十五日恐怕要带呢。姑娘就该问老奶奶一声，只是脸软怕人恼。如今竟怕无着落，明儿要都带时，独咱们不带，是何意思呢。”（墨夹：这个“咱们”使得恰，是女儿喁喁私语，非前问之一例可比者 。写得出，批得出。）迎春道：“何用问，自然是他拿去暂时借一肩儿。我只说他悄悄的拿了出去，不过一日半晌，仍旧悄悄的送来就完了，谁知他就忘记了。今日偏又闹出来，问他想也无益。”绣桔道：“何曾是忘记！他是试准了姑娘的性格，所以才这样。如今我有个主意：我竟走到二奶奶房里将此事回了他，或他着人去要，或他省事拿几吊钱来替他赔补。如何？”（墨夹：写女儿各有机变，个个不同。）迎春忙道：“罢，罢，罢，省些事罢。宁可没有了，又何必生事。”（墨夹：总是懦语。）绣桔道：“姑娘怎这样软弱。都要省起事来，将来连姑娘还骗了去呢，我竟去的是。”说着便走。迎春便不言语，只好由他。

谁知迎春乳母子媳王住儿媳妇正因他婆婆得了罪，来求迎春去讨情，听他们正说金凤一事，且不进去。也因素日迎春懦弱，他们都不放在心上。如今见绣桔立意去回凤姐，估着这事脱不去的，且又有求迎春之事，只得进来，赔笑先向绣桔说：“姑娘，你别去生事。姑娘的金丝凤，原是我们老奶奶老糊涂了，输了几个钱，没的捞梢，所以暂借了去。原说一日半晌就赎的，因总未捞过本儿，就迟住了。可巧今儿又不知是谁走了风声，弄出事来。虽然这样，到底主子的东西，我们不敢迟误下，终久是要赎的。如今还要求姑娘看从小儿吃奶的情常，往老太太那边去讨个情面，救出他老人家来才好。”迎春先便说道：“好嫂子，你趁早儿打了这妄想，要等我去说情儿，等到明年也不中用的。方才连宝姐姐林妹妹大伙儿说情，老太太还不依，何况是我一个人。我自己愧还愧不来，反去讨臊去。”绣桔便说：“赎金凤是一件事，说情是一件事，别绞在一处说。难道姑娘不去说情，你就不赎了不成？嫂子且去赎取了金凤来再说。”王住儿家的听见迎春如此拒绝他，绣桔的话又锋利无可回答，一时脸上过不去，也明欺迎春素日好性儿，乃向绣桔发话道："姑娘，你别太仗势了。你满家子算一算，谁的妈妈奶子不仗着主子哥儿多得些便益，偏咱们就这样丁是丁卯是卯的，只许你们偷偷摸摸的哄骗了去。自从邢姑娘来了，太太吩咐一个月俭省出一两银子来与舅太太去，这里饶添了邢姑娘的使费，反少了一两银子。常时短了这个，少了那个，那不是我们供给？谁又要去？不过大家将就些罢了。算到今日，少说些也有三十两了。我们这一项钱岂不白填了眼呢。"绣桔不待说完，便啐了一口，道："作什么的白填了三十两，我且和你算算账，姑娘要了些什么东西？"迎春听见这媳妇发邢夫人之私意，（墨夹：大书此句，诛心之笔。）忙止道："罢，罢，罢。你不能拿了金凤来，不必牵三扯四乱嚷。我也不要那凤了。便是太太们问时，我只说丢了，也妨碍不着你什么的，出去歇息歇息倒好。"一面叫绣桔倒茶来。绣桔又气又急，因说道："姑娘虽不怕，我们是作什么的，把姑娘的东西丢了。他倒赖说姑娘使了他们的钱，这如今竟要准折起来。倘或太太问姑娘为什么使了这些钱，敢是我们就中取势了？这还了得！"一行说，一行就哭了。司棋听不过，只得勉强过来，帮着绣桔问着那媳妇。迎春劝止不住，自拿了一本《太上感应篇》来看。（墨夹：神妙之甚！从纸上跳出一位懦弱小姐，且书又有奇文，妙！）

三人正没开交，可巧宝钗、黛玉、宝琴、探春等因恐迎春今日不自在，都约来安慰他。走至院中，听得两三个人较口。探春从纱窗内一看，只见迎春倚在床上看书，若有不闻之状。（墨夹：看他写迎春，虽稍劣，然亦大家千金之格也。）探春也笑了。小丫鬟们忙打起帘子，报道："姑娘们来了。"迎春方放下书起身。那媳妇见有人来，且又有探春在内，不劝而自止了，遂趁便要去。探春坐下，便问："才刚谁在这里说话？倒像拌嘴似的。"（墨夹：瞧他写探春气宇。）迎春笑道："没有说什么，左不过是他们小题大作罢了。何必问他。"探春笑道："我才听见什么'金凤'，又是什么'没有钱只和我们奴才要'，谁和奴才要钱了？难道姐姐和奴才要钱了不成？难道姐姐不是和我一样有月钱的，一样有用度不成？"司棋、绣桔道："姑娘说的是了。姑娘们都是一样的，那一位姑娘的钱不由着奶奶妈妈们使，连我们也不知道怎么是算账，不过要东西只说得一声儿。如今他偏要说姑娘使过了头儿，他赔出许多来了。究竟姑娘何曾和他要什么了。"探春笑道："姐姐既没有和他要，必定是我们或者和他们要了不成！你叫他进来，我倒要问问他。"迎春笑道："这话又可笑。你们又无沾碍，何带累于他。"探春笑道："这倒不然。我和姐姐一样，姐姐的事和我的也一般，他说姐姐即是说我。我那边的人有抱怨我的，姐姐听见也即同怨姐姐是一理。咱们是主子，自然不理论那些钱财小事，只知想起什么要什么，也是有的事。但不知金累丝凤因何又夹在里头？"那王住儿媳妇生恐绣桔等告出他来，遂忙进来用话掩饰。探春深知其意，因笑道："你们所以糊涂。如今你奶奶已得了不是，趁此求求二奶奶，把方才的钱，尚未散人的拿出些来赎取了，就完了。比不得没闹出来，大家都藏着留脸面，如今既是没了脸，趁此时纵有十个罪，也只一人受罚，没有砍两颗头的理。你依我，竟是和二奶奶说说。在这里大声小气，如何使得。"这媳妇被探春说出真病，也无可赖了，只不敢往凤姐处自首。探春笑道："我不听见便罢，既听见，少不得替你们分解分解。"谁知探春早使个眼色与待书出去了。

这里正说话，忽见平儿进来。宝琴拍手笑说道：“三姐姐敢是有驱神召将的符术?”黛玉笑道：“这倒不是道家玄术，倒是用兵最精的，所谓‘守如处女，脱如狡兔’，出其不备之妙策也。”二人取笑。宝钗便使眼色与二人，令其不可，遂以别话岔开。探春见平儿来了，遂问：“你奶奶可好些了？真是病糊涂了，事事都不在心上，叫我们受这样的委曲。”平儿忙道：“姑娘怎么委曲？谁敢给姑娘气受，姑娘快吩咐我。”当时住儿媳妇儿方慌了手脚，遂上来赶着平儿叫：“姑娘坐下，让我说原故请听。”平儿正色道：“姑娘这里说话，也有你我混插口的礼！你但凡知礼，只该在外头伺候。不叫你，进不来的，几时有外头的媳妇子们无故到姑娘们房里来的例。”绣桔道：“你不知，我们这屋里是没礼的，谁爱来就来。”平儿道：“都是你们的不是。姑娘好性儿，你们就该打出去，然后再回太太去才是。”住儿媳妇见平儿出了言，红了脸方退出去。探春接着道：“我且告诉你，若是别人得罪了我，倒还罢了。如今那住儿媳妇和他婆婆仗着是妈妈，又瞅着二姐姐好性儿，如此这般私自拿了首饰去赌钱，而且还捏造假账折算，威逼着还要去讨情，和这两个丫头在卧房里大嚷大叫，二姐姐竟不能辖治，所以我看不过，才请你来问一声：还是他原是天外的人，不知道理？还是谁主使他如此，先把二姐姐制伏，然后就要治我和四姑娘了？”平儿忙陪笑道：“姑娘怎样今日说这话出来？我们奶奶如何当得起！”探春冷笑道：“俗语说的，‘物伤其类’‘齿竭唇亡’，我自然有些惊心。”平儿道：“若论此事，还不是大事，极好处置。但他现是姑娘的奶嫂，据姑娘怎么样为是?”当下迎春只和宝钗阅《感应篇》故事，究竟连探春之语亦不曾闻得，忽见平儿如此说，乃笑道：“问我，我也没什么法子。他们的不是，自作自受，我也不能讨情，我也不去苛责就是了。至于私自拿去的东西，送来我收下，不送来我也不要了。太太们要问，我可以隐瞒遮饰过去，是他的造化，若瞒不住，我也没法，没有个为他们反欺枉太太们的理，少不得直说。你们若说我好性儿，没个决断，竟有好主意可以八面周全，不使太太们生气，任凭你们处治，我总不知道。”众人听了，都好笑起来。黛玉笑道：“真是‘虎狼屯于阶陛，尚谈因果’。若使二姐姐是个男人，这一家上下若许人，又如何裁治他们。”迎春笑道：“正是。多少男人尚如此，何况我哉?”一语未了，只见又有一个人到来。正不知道是那个，且听下回分解。

第七十四回

惑奸谗抄检大观园
矢孤介杜绝宁国府

话说平儿听迎春说了，正自好笑，忽见宝玉也来了。原来管厨房柳家媳妇之妹，也因放头开赌得了不是。这园中有素与柳家不睦的，（墨夹：前文已卯之伏线。）便又告出柳家来，说他和他妹子是伙计，虽然他妹子出名，其实赚了钱两个人平分。因此凤姐要治柳家之罪。那柳家的因得此信，便慌了手脚，因思素与怡红院人最为深厚，故走来悄悄地央求晴雯、金星、玻璃等人，金星、玻璃告诉了宝玉。宝玉因思内中迎春之乳母也现有此罪，不若来约同迎春讨情，比自己独去单为柳家说情又更妥当，故此前来。忽见许多人在此，见他来时，都问："你的病可好了？跑来作什么？"宝玉不便说出讨情一事，只说："来看二姐姐。"当下众人也不在意，且说些闲话。平儿便出去办累丝金凤一事。那王住儿媳妇紧跟在后，口内百般央求，只说："姑娘好歹口内超生，我横竖去赎了来。"平儿笑道："你迟也赎，早也赎，既有今日，何必当初。你的意思得过去就过去了。既是这样，我也不好意思告人，趁早去赎了来交与我送去，我一字不提。"王住儿媳妇听说，方放下心来，就拜谢，又说："姑娘自去贵干，我赶晚拿了来，先回了姑娘，再送去，如何？"平儿道："赶晚不来，可别怨我。"说毕，二人方分路各自散了。

平儿到房，凤姐问他：“三姑娘叫你作什么？”平儿笑道：“三姑娘怕奶奶生气，叫我劝着奶奶些，问奶奶这两天可吃些什么。”凤姐笑道：“倒是他还记挂着我。刚才又出来了一件事：有人来告柳二媳妇和他妹子通同开局，凡妹子所为，都是他作主。我想，你素日肯劝我‘多一事不如省一事’，就可闲一时心，自己保养保养也是好的。我因听不进去，果然应了些，先把太太得罪了，而且自己反赚了一场病。如今我也看破了，随他们闹去罢，横竖还有许多人呢。我白操一会子心，倒惹的万人咒骂。我且养病要紧，便是好了，我也作个好好先生，得乐且乐，得笑且笑，一概是非都凭他们去罢。（墨夹：历来世人到此作此想，但悔不及矣。可伤可叹。）所以我只答应着知道了，自不在我心上。”平儿笑道：“奶奶果然如此，便是我们的造化。”

一语未了，只见贾琏进来，拍手叹气道：“好好的又生事。前儿我和鸳鸯借当，那边太太怎么知道了。才刚太太叫过我去，叫我不管那里先迁挪二百银子，做八月十五日节间使用。我回没处迁挪。太太就说：‘你没有钱就有地方迁挪，我白和你商量，你就搪塞我，你就说没地方。前儿一千银子的当是那里的？连老太太的东西你都有神通弄出来，这会子二百银子，你就这样。幸亏我没和别人说去。’我想太太分明不短，何苦来要寻事奈何人。”凤姐儿道：“那日并没一个外人，谁走了这个消息。”平儿听了，也细想那日有谁在此，想了半日，笑道：“是了。那日说话时没一个外人，但晚上送东西来的时节，老太太那边傻大姐的娘也可巧来送浆洗衣服。他在下房里坐了一会子，见一大箱子东西，自然要问，必是小丫头们不知道，说了出来，也未可知。”（墨夹：奇奇怪怪，从何处想来转至素日，真如常山之蛇。）因此便唤了几个小丫头来问，那日谁告诉呆大姐的娘。众小丫头慌了，都跪下赌咒发誓，说：“自来也不敢多说一句话。有人凡问什么，都答应不知道。这事如何敢多说。”凤姐详情，说道：“他们必不敢多说，倒别委屈了他们。如今且把这事靠后，且把太太打发了去要紧。宁可咱们短些，又别讨没意思。”因叫平儿：“把我的金项圈拿来，且去暂押二百银子来送去完事。”贾琏道：“越性多押二百，咱们也要使呢。”凤姐道：“很不必，我没处使钱。这一去还不知指那一项赎呢。”平儿拿去，吩咐一个人唤了旺儿媳妇来领去，不一时拿了银子来。贾琏亲自送去，不在话下。

这里凤姐和平儿猜疑，终是谁人走的风声，竟拟不出人来。凤姐儿又道：“知道这事还是小事，怕的是小人趁便又造非言，生出别的事来。打紧那边正和鸳鸯有仇，如今听得他私自借给琏二爷东西，那起小人眼馋肚饱，连没缝儿还要下蛆，如今有了这个因由，恐怕又造出些没天理的话来也定不得。在你琏二爷还无妨，只是鸳鸯正经女儿，带累了他受屈，岂不是咱们的过失。”平儿笑道：“这也无妨。鸳鸯借东西看的是奶奶，并不为的是二爷。一则鸳鸯虽应名是他私情，其实他是回过老太太的。老太太因怕孙男弟女多，这个也借，那个也要，到跟前撒个娇儿，和谁要去，因此只装不知道。（墨夹：奇文神文！岂世人予想得出者？前文云“一箱子”若是私拿出，贾母岂睡梦中之人矣。盖此等事作者曾经，批者曾经，实系一写往事，非特造出，故弄新笔，究竟不记不神也。鸳鸯借物一回于此便结了。）纵闹了出来，究竟那也无碍。”凤姐儿道：“理虽如此。只是你我知道的，不知道的，焉得不生疑呢。”

一语未了，人报："太太来了。"凤姐听了诧异，不知为何事亲来，与平儿等忙迎出来。只见王夫人气色更变，（墨夹：奇。）只带一个贴己的小丫头走来，一语不发，走至里间坐下。凤姐忙奉茶，因陪笑道："太太今日高兴，到这里逛逛。"王夫人喝命："平儿出去！"平儿见了这般，着慌不知怎么样了，忙应了一声，带着众小丫头一齐出去，在房门外站住，越性将房门掩了，自己坐在台矶上，所有的人，一个不许进去。凤姐也着了慌，不知有何等事。只见王夫人含着泪，从袖内掷出一个香袋子来，说："你瞧。"凤姐忙拾起一看，见是十锦春意香袋，也吓了一跳，忙问："太太从那里得来？"王夫人见问，越发泪如雨下，颤声说道："我从那里得来！我天天坐在井里，把你当个细心人，所以我才偷个空儿。谁知你也和我一样。这样的东西大天白日明摆在园里山石上，被老太太的丫头拾着，不亏你的婆婆遇见，早已送到老太太跟前去了。我且问你，这个东西如何遗在那里来？"（墨夹：奇问。）凤姐听了，也更了颜色，忙问："太太怎知是我的？"（墨夹：问的是。）王夫人又哭又叹说道："你反问我！你想，一家子除了你们小夫小妻，余者老婆子们，要这个何用？侄女孙子们是从那里得来？自然是那琏儿不长进下流种子那里弄来。你们又和气，当作一件顽意儿，年轻人儿女闺房私意是有的，你还和我赖！幸而园内上下人还不解事，尚未拣得。倘或丫头们拣着，你姊妹看见，这还了得。不然有那小丫头们拣着，出去说是园内拣着的，外人知道，这性命脸面要也不要？"

凤姐听说，又急又愧，登时紫涨了面皮，便依炕沿双膝跪下，也含泪诉道："太太说的固然有理，我也不敢辩我并无这样的东西。但其中还要求太太细详其理：那香袋是外头雇工仿着内工绣的，带子、穗子一概是市卖货。我便年轻不尊重些，也不要这劳什子，自然都是好的，此其一。二者这东西也不是常带着的，我纵有，也只好在家里，焉肯带在身上各处去？况且又在园里去，个个姊妹我们都肯拉拉扯扯，倘或露出来，不但在姊妹前，就是奴才看见，我有什么意思？我虽年轻不尊重，亦不能糊涂至此。三则论主子内我是年轻媳妇，算起奴才来，比我更年轻的又不止一个人了。况且他们也常进园，晚间各人家去，焉知不是他们身上的？四则除我常在园里之外，还有那边太太常带过几个小姨娘来，如嫣红、翠云等人，皆系年轻侍妾，他们更该有这个了。还有那边珍大嫂子，他不算甚老，他也常带过佩凤等人来，焉知又不是他们的？五则园内丫头太多，保的住个个都是正经的不成？也有年纪大些的知道了人事，或者一时半刻人查问不到偷着出去，或借着因由同二门上小幺儿们打牙犯嘴，外头得了来的，也未可知。如今不但我没此事，就连平儿我也可以下保的。太太请细想。"王夫人听了这一席话大近情理，因叹道："你起来。我也知道你是大家小姐出身，焉得轻薄至此，不过我气急了，拿了话激你。但如今却怎么处？你婆婆才打发人封了这个给我瞧，说是前日从傻大姐手里得的，把我气了个死。"凤姐道："太太快别生气。若被众人觉察了，保不定老太太不知道。且平心静气暗暗访察，才得确实，纵然访不着，外人也不能知道。这叫作'胳膊折在袖内'。如今惟有趁着赌钱的因由革了许多的人这空儿，把周瑞媳妇、旺儿媳妇等四五个贴近不能走话的人安插在园里，以查赌为由。再如今的丫头也太多了，保不住人大心大，生事作耗，等闹出事来，反悔之不及。如今若无故裁革，不但姑娘们委屈烦恼，就连太太和我也过不去。不如趁此机会，以后凡年纪大些的，或有些咬牙难缠的，拿个错儿撵出去配了人。一则保得住没有别的事，二则也可省些用度。太太想我这话如何？”王夫人叹道：“你说的何尝不是，但从公细想，你这几个姊妹也甚可怜了。（墨夹：犹云“可怜”，妙！在别人视之，今古无比，若移在荣府论，实不能比先矣。）也不用远比，只说如今你林妹妹的母亲，未出阁时，是何等的娇生惯养，是何等的金尊玉贵，那才像个千金小姐的体统。如今这几个姊妹，不过比人家的丫头略强些罢了。（墨夹：所谓“观于海者难为水”，俗子谓王夫人不知足，是不可矣，又谓作太过，真蟪蛄鸠莺之见也……）通共每人只有两三个丫头像个人样，余者纵有四五个小丫头子，竟是庙里的小鬼。如今还要裁革了去，不但于我心不忍，只怕老太太未必就依。虽然艰难，难不至此。我虽没受过大荣华富贵，比你们是强的。如今我宁可省些，别委屈了他们。以后要省俭先从我来倒使的。如今且叫人传了周瑞家的等人进来，就吩咐他们快快暗地访拿这事要紧。”凤姐听了，即唤平儿进来吩咐出去。

一时，周瑞家的与吴兴家的、郑华家的、来旺家的、来喜家的现在五家陪房进来，余者皆在南方各有执事。（墨夹：又伏一笔。）王夫人正嫌人少不能勘察，忽见邢夫人的陪房王善保家的走来，方才正是他送香囊来的。王夫人向来看视邢夫人之得力心服人等原无二意，（墨夹：大书看下人犹如此，可知待邢夫人矣。）今见他来打听此事，十分关切，（墨夹：小人外是内非，悉皆如此。）便向他说：“你去回了太太，也进园内照管照管，不比别人又强些。”这王善保家正因素日进园去那些丫鬟们不大趋奉他，他心里大不自在，要寻他们的故事又寻不着，恰好生出这事来，以为得来把柄。又听王夫人委托，正撞在心坎上，连忙应道：“这个容易。不是奴才多话，论理这事该早严禁些的。太太也不大往园里去，这些女孩子们一个个倒像受了封诰似的。他们就成了千金小姐了。闹下天来，谁敢哼一声儿。不然，就调唆姑娘的丫头们，说欺负了姑娘们了，谁还耽得起。”王夫人道：“这也有的常情，跟姑娘的丫头原比别的娇贵些。你们该劝他们。连主子们的姑娘不教导尚且不堪，何况他们。”王善保家的道：“别的都还罢了。太太不知道，一个宝玉屋里的晴雯，那丫头仗着他生的模样儿比别人标致些，又生了一张巧嘴，天天打扮的像个西施的样子，在人跟前能说惯道，掐尖要强。一句话不投机，他就立起两个骚眼睛来骂人，妖妖趫趫，大不成个体统。”（墨夹：活画晴雯出来，可知以前，知晴雯必应遭妒者，可怜可伤，竟死矣。）王夫人听了这话，猛然触动往事，便问凤姐道：“上次我们跟了老太太进园逛去，有一个水蛇腰，（墨夹：妙！妙，好腰！）削肩膀，（墨夹：妙！妙，好肩！俗云：水蛇腰，则游曲小也。又云：美人无肩。又曰：削肩皆至美之形也。凡写美人偏用俗笔反笔，与他书不同也。）眉眼又有些像你林妹妹的，（墨夹：更好，形容尽矣。）正在那里骂小丫头。我的心里很看不上那狂样子，因同老太太走，我不曾说得。后来要问是谁，又偏忘了。今日对了坎儿，这丫头想必就是他了。”凤姐道：“若论这些丫头们，共总比起来，都说晴雯生得好。论举止言语，他原轻薄些。方才太太说的倒很像他，我也忘了那日的事，不敢乱说。”王善保家的便道：“不用这样，此刻不难，叫了来太太瞧瞧。”王夫人道：“宝玉房里常见我的只有袭人、麝月，这两个笨笨的倒好。若有这个，他自不敢来见我的。我一生最嫌这样人，况且又出来这个事。好好的宝玉，倘或叫这蹄子勾引坏了，那还了得。”因叫自己的丫头来，吩咐他到园里去，“只说我说有话问他们，留下袭人、麝月伏侍宝玉不必来，有一个晴雯最伶俐，叫他即刻快来。你不许和他们说什么”。

小丫头子答应了，走入怡红院，正值晴雯身上不自在，（墨夹：音神之至！所谓“魂早离舍”矣，将死之兆也。若俗笔必云十分妆饰，今云不自在，想无挂心之态，更不入王夫人之眼也。）睡中觉才起来，正发闷，听如此说，只得随了他来。素日这些丫鬟皆知王夫人最嫌趫妆艳饰语薄言轻者，故晴雯不敢出头。今因连日不自在，并没十分妆饰，自为无碍。（墨夹：好！可知天生美人原不在妆饰，使人一见不觉心惊目骇。可恨世之涂脂抹粉真同鬼魅而不见觉。）及到了凤姐房中，王夫人一见他钗亸鬓松，衫垂带褪，有春睡捧心之遗风，而且形容面貌恰是上月的那人，不觉勾起方才的火来。王夫人原是天真烂漫之人，喜怒出于心臆，不比那些饰词掩意之人，今既真怒攻心，又勾起往事，便冷笑道：“好个美人！真像个病西施了。你天天作这轻狂样儿给谁看？你干的事，打量我不知道呢！我且放着你，自然明儿揭你的皮！宝玉今日可好些？”晴雯一听如此说，心内大异，便知有人暗算了他。虽然着恼，只不敢作声。他本是个聪明过顶的人，（墨夹：深罪聪明，到应不错一笔。）见问宝玉可好些，他便不肯以实话对，只说：“我不大到宝玉房里去，又不常和宝玉在一处，好歹我不能知道，只问袭人、麝月两个。”王夫人道：“这就该打嘴！难道你是死人，要你们作什么！”晴雯道：“我原是跟老太太的人。因老太太说园里空，大人少，宝玉害怕，所以拨了我去外间屋里上夜，不过看屋子。我原回过我笨，不能伏侍。老太太骂了我一顿，说：‘又不叫你管他的事，要伶俐的作什么。’我听了这话才去的。不过十天半个月之内，宝玉闷了大家顽一会子就散了。至于宝玉饮食起坐，上一层有老奶奶老妈妈们，下一层又有袭人、麝月、秋纹几个人。我闲着还要作老太太屋里的针线，所以宝玉的事竟不曾留心。太太既怪，从此后我留心就是了。”王夫人信以为实了，忙说：“阿弥陀佛！你不近宝玉是我的造化，竟不劳你费心。既是老太太给宝玉的，我明儿回了老太太，再撵你。”因向王善保家的道：“你们进去，好生防他几日，不许他在宝玉房里睡觉。等我回过老太太，再处治他。”喝声：“去！站在这里，我看不上这浪样儿！谁许你这样花红柳绿的妆扮！”晴雯只得出来，这气非同小可，一出门便拿手帕子握着脸，一头走，一头哭，直哭到园门内去。

这里王夫人向凤姐等自怨道：“这几年我越发精神短了，照顾不到。这样妖精似的东西竟没看见。只怕这样的还有，明日倒得查查。”凤姐见王夫人盛怒之际，又因王善保家的是邢夫人的耳目，常调唆着邢夫人生事，纵有千百样言词，此刻也不敢说，只低头答应着。王善保家的道：“太太请养息身体要紧，这些小事只交与奴才。如今要查这个主儿也极容易，等到晚上园门关了的时节，内外不通风，我们竟给他们个猛不防，带着人到各处丫头们房里搜寻。想来谁有这个，断不单只有这个，自然还有别的东西。那时翻出别的来，自然这个也是他的。”王夫人道：“这话倒是。若不如此，断不能清的清白的白。”因问凤姐如何。凤姐只得答应说：“太太说的是，就行罢了。”王夫人道：“这主意很是，不然一年也查不出来。”于是大家商议已定。

至晚饭后，待贾母安寝了，宝钗等入园时，王善保家的便请了凤姐一并入园，喝命将角门皆上锁，便从上夜的婆子处内抄检起，不过抄检出些多余攒下蜡烛、灯油等物。

（墨夹：毕真。）王善保家的道："这也是赃，不许动，等明儿回过太太再动。"于是先就到怡红院中，喝命关门。当下宝玉正因晴雯不自在，忽见这一干人来，不知为何直扑了丫头们的房门去，因迎出凤姐来，问是何故。凤姐道："丢了一件要紧的东西，因大家混赖，恐怕有丫头们偷了，所以大家都查一查去疑。"一面说，一面坐下吃茶。王善保家的等搜了一回，又细问这几个箱子是谁的，都叫本人来亲自打开。袭人因见晴雯这样，知道必有异事，又见这番抄检，只得自己先出来打开了箱子并匣子，任其搜检一番，不过是平常动用之物。随放下又搜别人的，挨次都一一搜过。到了晴雯的箱子，因问："这是谁的，怎不开了让搜？"袭人等方欲代晴雯开时，只见晴雯挽着头发闯进来，"嚯"一声将箱子掀开，两手捉着底子朝天，往地下尽情一倒，将所有之物尽都倒出。王善保家的也觉没趣，看了一看，也无甚私弊之物。回了凤姐，往别处去。凤姐儿道："你们可细细的查，若这一番查不出来，难回话的。"众人都道："都细细翻看了，没什么差错东西。虽有几样男人物件，都是小孩子的东西，想是宝玉的旧物件，没甚关系的。"凤姐听了，笑道："既如此咱们就走，再瞧别处去。"

说着，一迳出来，因向王善保家的道："我有一句话，不知是不是。要抄拣只抄拣咱们家的人，薛大姑娘屋里，断乎拣抄不得的。"王善保家的笑道："这个自然。岂有抄起亲戚家来。"凤姐点头道："我也这样说呢。"（墨夹：写阿凤心灰意懒，且避祸从时，迥又是一个人矣。）一头说，一头到了潇湘馆内。黛玉已睡了，忽报这些人来，也不知为甚事。才要起来，只见凤姐已走进来，忙按住他不许起来，只说："睡着，我们就走。"这边且说些闲话。那个王善保家的带了众人到丫鬟房中，也一一开箱倒笼抄检了一番。因在紫鹃房中抄出两副宝玉常换下来的寄名符儿，一副束带上的披带，两个荷包并扇套，套内有扇子。打开看时皆是宝玉往年往日手内曾拿过的。王善保家的自为得了意，遂忙请凤姐过来验视，又说："这些东西从那里来的？"凤姐笑道："宝玉和他们从小儿在一处混了几年，这自然是宝玉的旧东西。这也不算什么罕事，撂下再往别处去是正经。"紫鹃笑道："直到如今，我们两下里的账也算不清。要问这一个，连我也忘了是那年月日有的了。"王善保家的听凤姐如此说，也只得罢了。（墨夹：一处一样。）

又到探春院内，谁知早有人报与探春了。（墨夹：不板。）探春也就猜着必有原故，所以引出这等丑态来，（墨夹：实注一笔。）遂命众丫鬟秉烛开门而待。一时众人来了。探春故问何事。凤姐笑道："因丢了一件东西，连日访察不出人来，恐怕旁人赖这些女孩子们，所以越性大家搜一搜，使人去疑，倒是洗净他们的好法子。"探春冷笑道："我们的丫头自然都是些贼，我就是头一个窝主。既如此，先来搜我的箱柜，他们所偷了来的都交给我藏着呢。"说着便命丫鬟们把箱柜一齐打开，将镜奁、妆盒、衾袱之包，若大若小之物一齐打开，请凤姐去抄阅。凤姐陪笑道："我不过是奉太太的命来，妹妹别错怪我。何必生气。"因命丫鬟们快快关上。平儿、丰儿等忙着替待书等关的关，收的收。探春道："我的东西倒许你们搜阅，要想搜我的丫头，这却不能。我原比众人歹毒，凡丫头所有的东西我都知道，都在我这里间收着，一针一线他们也没的收藏，要搜所以只来搜我。你们不依，只管去回太太，只说我违背了太太，该怎么处治，我去自领。你们别忙，自然连你们抄的日子有呢！你们今日早起不曾议论甄家，自己家里好好的抄家，果然今日真抄了。（墨夹：奇极！此曰甄家事。）咱们也渐渐的来了。可知这样大族人家，若从外头杀来，一时是杀不死的，这是古人曾说的‘百足之虫，死而不僵’，必须先从家里自杀自灭起来，才能一败涂地！”说着，不觉流下泪来。凤姐只看着众媳妇们。周瑞家的便道：“既是女孩子的东西全在这里，奶奶且请到别处去罢，也让姑娘好安寝。”凤姐便起身告辞。探春道：“可细细的搜明白了？若明日再来，我就不依了。”凤姐笑道：“既然丫头们的东西都在这里，就不必搜了。”探春冷笑道：“你果然到乖。连我的包袱都打开了，还说没翻。明日敢说我护着丫头们，不许你们翻了。你趁早说明，若还要翻，不妨再翻一遍。”凤姐知道探春素日与众不同的，只得陪笑道：“我已经连你的东西都搜查明白了。”探春又问众人：“你们也都搜明白了不曾？”周瑞家的等都陪笑说：“都翻明白了。”那王善保家的本是个心内没成算的人，素日虽闻探春的名，那是为众人没眼力没胆量罢了，那里一个姑娘家就这样起来，况且又是庶出，他敢怎么。他自恃是邢夫人陪房，连王夫人尚另眼相看，何况别个。今见探春如此，他只当是探春认真单恼凤姐，与他们无干。他便要越势作脸献好，因越众向前拉起探春的衣襟，故意一掀，嘻嘻笑道：“连姑娘身上我都翻了，果然没有什么。”凤姐见他这样，忙说：“妈妈走罢，别疯疯颠颠的。”一语未了，只听“拍”的一声，王家的脸上早着了探春一掌。探春登时大怒，指着王家的问道：“你是什么东西，敢来拉扯我的衣裳！我不过看着太太的面上，你又有年纪，叫你一声妈妈，你就狗仗人势，天天作耗，专管生事。如今越性了不得了。你打谅我是同你们姑娘那样好性儿，由着你们欺负他，就错了主意！你搜检东西我不恼，你不该拿我取笑。”说着，便亲自解衣卸裙，拉着凤姐儿细细的翻看。又说：“省得叫奴才来翻我身上。”凤姐、平儿等忙与探春束裙整袂，口内喝着王善保家的说：“妈妈吃两口酒就疯疯颠颠起来。前儿把太太也冲撞了。快出去，不要提起了。”又劝探春休得生气。探春冷笑道：“我但凡有气，早一头碰死了！不然岂许奴才来我身上翻贼赃了。明儿一早，我先回过老太太、太太，然后过去给大娘陪礼，该怎么，我就领。”那王善保家的讨了没意思，在窗外只说：“罢了，罢了，这也是头一遭挨打。我明儿回了太太，仍回老娘家去罢。这个老命还要他做什么！”探春喝命丫鬟道：“你们听他说的这话，还等我和他对嘴去不成。”侍书等听说，便出去说道：“你果然回老娘家去，倒是我们的造化了。只怕舍不得去。”凤姐笑道：“好丫头，真是有其主必有其仆。”探春冷笑道：“我们作贼的人，嘴里都有三言两语的。他还算笨的，背地里就只不会调唆主子。”平儿忙也陪笑解劝，一面又拉了侍书进来。周瑞家的等人劝了一番。凤姐直待伏侍探春睡下，方带着人往对过暖春坞来。

彼时李纨犹病在床上。他与惜春是紧邻，又与探春相近，故顺路先到这两处。因李纨才吃了药睡着，不好惊动，只到丫鬟们房中一一的搜了一遍，也没有什么东西，遂到惜春房中来。因惜春年力尚幼小，未说事，吓的不知当怎么，故凤姐也少不得安慰他。谁知竟在入画箱中寻出一大包金银锞子来，约共三四十个，（墨夹：奇。为察奸情，反得贼赃。）又有一副玉带板子并一包男人的靴袜等物。入画也黄了脸。因问是那里来的，入画只得跪下哭诉真情，说：“这是珍大爷赏我哥哥的。（墨夹：妙极是极。盖入画本系宁府之人也。）因我们老子娘都在南方，如今只跟着叔叔过日子。我叔叔婶子只要吃酒赌钱，我哥哥怕交给他们又花了，所以每常得了，悄悄的烦了老妈妈带进来叫我收着的。”惜春胆小，见了这个也害怕，说：“我竟不知道。这还了得！二嫂子，你要打他，带他出去罢，我听不惯的。”凤姐笑道：“这话若果真呢，也倒可恕，只是不该私自传送进来。这个可以传递，什么不可以传递。这倒是传递的人的不是了。若这话不真，倘是偷来的，你可就别想活了。”入画跪着哭诉道：“我不敢扯谎。奶奶只管明日问我们奶奶和大爷去，若说不是赏的，就拿我和我哥哥一同打死无怨。”凤姐道：“这个自然要问的，只是真赏的也有不是。谁许你私自传送东西的！你且说是谁作接应，我便饶你。下次万万不可。”惜春道：“嫂子别饶他这次方可。这里人多，若不拿一个人作法，那些大的听见了，又不知怎样呢。嫂子若饶他，我也不依。”（墨夹：这是自己反不依的。各得自然之理，各有自然之妙。）凤姐道：“素日我看他还好。谁没一个错，只这一次。二次犯下，二罪俱罚。但不知传递是谁。”惜春道：“若说传递，再无别个，必是二门上的张妈。他常肯和这些丫头们鬼鬼祟祟的，这些丫头们也都肯照顾他。”凤姐听说，便命人记下，将东西且交给周瑞家的暂拿着，等明日对明再议。于是别了惜春，方往迎春房内来。

迎春已经睡着了，丫鬟们也才要睡，众人叩门半日才开。凤姐吩咐：“不必惊动小姐。”遂往丫鬟们房里来。因司棋是王善保的外孙女儿，（墨夹：玄妙奇诡，出人意外。）凤姐倒要看看王家的可藏私不藏，遂留神看他搜检。先从别人箱子搜起，皆无别物。及到了司棋箱子中搜了一回，王善保家的说：“也没有什么东西。”才要关箱时，周瑞家的道：“且住，这是什么?”说着，便伸手掣出一双男子的锦带袜并一双缎鞋来。（墨夹：险极！）又有一个小包袱，打开看时，里面有一个同心如意并一个字帖儿。一总递与凤姐。凤姐因理家事，每每看帖并帐目，也颇识得几个字了。便看那帖子是大红双喜笺帖，（墨夹：纸就好。余为司棋心动。）上面写道：“上月你来家后，父母已觉察你我之意。但姑娘未出阁，尚不能完你我之心愿。若园内可以相见，你可托张妈给一信息。若得在园内一见，倒比来家得说话。千万，千万。再所赐香袋二个，今已查收外，特寄香珠一串，略表我心。千万收好。表弟潘又安拜具。”（墨夹：名字便妙。）凤姐看罢，不怒而反乐。（墨夹：恶毒之至。）别人并不识字。王家的素日并不知道他姑表姊弟有这一节风流故事，见了这鞋袜，心内已是有些毛病，又见有一红帖，凤姐又看着笑，他便说道：“必是他们写的账目，不成个字，所以奶奶见笑。”凤姐笑道：“正是这个账竟算不过来。你是司棋的老娘，他的表弟也该姓王，怎么又姓潘呢?”王善保家的见问的奇怪，只得勉强告道：“司棋的姑妈给了潘家，所以他姑表兄弟姓潘。上次逃走了的潘又安就是他表弟。”凤姐笑道：“这就是了。”因道：“我念给你听听。”说着从头念了一遍，大家都唬一跳。这王家的一心只要拿人的错儿，不想反拿住了他外孙女儿，又气又臊。周瑞家的四人又都问着他：“你老可听见了？明明白白，再没的话说了。如今据你老人家，该怎么样?”这王家的只恨没地缝儿钻进去。凤姐只瞅着他嘻嘻的笑，（墨夹：恶毒之至。）向周瑞家的笑道：“这倒也好。不用你们作老娘的操一点儿心，他鸦雀不闻的给你们弄个好女婿来，大家倒省心。”（墨夹：刻毒！按凤姐虽系刻毒之至，然亦不应在下人前为不逊。此等人前不得不如是也。）周瑞家的也笑着凑趣儿。王家的气无处泄，自己回手打自己的脸，骂道：“老不死的娼妇，怎么造下孽了！说嘴打嘴，现世现报在人眼里。”众人见这般，俱笑个不住，又半劝半讽的。凤姐见司棋低头不语，也并无畏惧惭愧之意，倒觉可异。料此时夜深，且不必盘问，只怕他夜间自愧去寻拙志，遂唤两个婆子监守起他来。带了人，拿了赃证回来，且自安歇，等待明日料理。谁知到夜里又连起来几次，下面淋血不止。

至次日，便觉身体十分软弱，起来发晕，遂掌不住。请太医来，诊脉毕，遂立药案云："看得少奶奶系心气不足，虚火乘脾，皆由忧劳所伤，以致嗜卧好眠，胃虚土弱，不思饮食。今聊用升阳养荣之剂。"写毕，遂开了几样药名，不过是人参、当归、黄芪等类之剂。一时退去，有老嬷嬷们拿了方子回过王夫人，不免又添一番愁闷，遂将司棋等事暂未理。

可巧这日尤氏来看凤姐，坐了一回，到园中去又看过李纨。才要望候众姊妹们去，忽见惜春遣人来请，尤氏遂到了他房中来。惜春便将昨晚一事细细告诉与尤氏，又命将入画的东西一概要来与尤氏过目。尤氏道："实是你哥哥赏他哥哥的，只不该私自传送，如今官盐竟成了私盐了。"因骂入画，"糊涂脂油蒙了心的"。惜春道："你们管教不严，反骂丫头。这些姊妹，独我的丫头这样没脸，我如何去见人。昨儿我立逼着凤姐姐带了他去，他只不肯。我想，他原是那边的人，凤姐姐不带他去，也原有理。我今日正要送过去，嫂子来的恰好，快带了他去。或打，或杀，或卖，一概不管。"入画听说，又跪下哭求，说："再不敢了。只求姑娘看从小儿的情常，好歹生死在一处罢。"尤氏和奶娘等人也都十分分解，说："他不过一时糊涂了，下次再不敢的。他从小儿伏侍你一场，到底留着他为是。"谁知惜春虽然年幼，却天生成一种百折不回的廉介孤独僻性，任人怎说，他只以为丢了他的体面，咬定牙断乎不肯。更又说的好："不但不要入画，如今我也大了，连我也不便往你们那边去了。况且近日我每每风闻得有人背地里议论什么多少不堪的闲话，我若再去，连我也编上了。"尤氏道："谁议论什么？又有什么可议论的！姑娘是谁，我们是谁。姑娘既听见人议论我们，就该问着他才是。"惜春冷笑道："你这话问着我倒好。我一个姑娘家，只有躲是非的，我反去寻是非，成个什么人了！还有一句话：我不怕你恼，好歹自有公论，又何必去问人。古人说得好，'善恶生死，父子不能有所勖助'，何况你我二人之间。我只知道保得住我就够了，不管你们。从此以后，你们有事别累我。"尤氏听了，又气又好笑，因向地下众人道："怪道人人都说这四丫头年轻糊涂，我只不信。你们听才一篇话，无原无故，又不知好歹，又没个轻重。虽然是小孩子的话，却又能寒人的心。"众嬷嬷笑道："姑娘年轻，奶奶自然吃些亏的。"惜春冷笑道："我虽年轻，这话却不年轻。你们不看书不识几个字，所以都是些呆子，看着明白人，倒说我年轻糊涂。"尤氏道："你是状元、榜眼，古今第一个才子。我们是糊涂人，不如你明白，何如？"惜春道："状元、榜眼，难道就没有糊涂的不成。可知他们更有不能了悟的更多。"尤氏笑道："你倒好。才是才子，这会子又作大和尚了，又讲起了悟来。"惜春道："我不了悟，我也舍不得入画了。"尤氏道："可知你是个口冷心狠的。"惜春道："古人曾也说的，'不作狠心人，难得自了汉'。我清清白白的一个人，为什么教你们带累坏了我！"尤氏心内原有病，怕说这些话。听说有人议论，已是心中羞恼激射，只是在惜春分上不好发作，忍耐了大半日。今见惜春又说这句，因按捺不住，因问惜春道：

“怎么就带累了你了？你的丫头的不是，无故说我，我倒忍了这半日，你倒越发得了意，只管说这些话。你是千金万金的小姐，我们以后就不敢亲近，仔细带累了小姐的美名。即刻就叫人将入画带了过去！”说着，便赌气起身去了。惜春道：“若果然不来，倒也省了口舌是非，大家倒还清净。”尤氏也不答话，一径往前边去了。不知后事如何。

小红

第七十五回　开夜宴异兆发悲音　赏中秋新词得佳谶

（墨）乾隆二十一年五月初七日对清。

缺中秋诗俟雪芹。

话说尤氏从惜春处赌气出来，正欲往王夫人处去。跟从的老嬷嬷们因悄悄的回道：“奶奶且别往上房去。才有甄家的几个人来，还有些东西，不知是作什么机密事。奶奶这一去恐不便。”尤氏听了道：“昨日听见你爷说看邸报甄家犯了罪，现今抄没家事，调取进京治罪。怎么又有人来?”老嬷嬷道：“正是呢。才来了几个女人，气色不成气色，慌慌张张的，想必有什么瞒人的事情也是有的。”

尤氏听了，便不往前去，仍往李氏这边来了。（墨夹：前只有探春一语，过至此回又用尤氏略为陪点，且轻轻淡染出甄家事故，此画家未落墨之法也。）恰好太医才诊了脉去。李纨近日也略觉精爽了些，拥衾倚枕，坐在床上，正欲一二人来说些闲话。因见尤氏进来，不似往日和蔼可亲，只呆呆的坐着。李纨因问道：“你过来了这半日，可在别屋里吃些东西没有？只怕饿了。”命素云瞧有什么新鲜点心拣了来。尤氏忙止道：“不必，不必。你这一向病着，那里有什么新鲜东西。况且我也不饿。”李纨道：“昨日他姨娘家送来的好茶面子，倒是对碗来你喝罢。”说毕，便吩咐人去对茶。尤氏出神无语。跟来的丫头媳妇们因问：“奶奶今日中晌尚未洗脸，这会子趁便可净一净好？”尤氏点头。李纨忙命素云来取自己的妆奁。素云一面取来，一面将自己的胭粉拿来，笑道：“我们奶奶就少这个。奶奶不嫌脏，这是我的，唻着用些。”李纨道：“我虽没有，你就该往姑娘们那里取去。怎么公然拿出你的来。幸而是他，若是别人，岂不恼呢。”尤氏笑道：“这又何妨。自来我凡过来，谁的没使过，今日忽然又嫌脏了？”一面说，一面盘膝坐在炕沿上。银蝶上来忙代为卸去腕镯戒指，又将一大袱手巾盖在下截，将衣裳护严。小丫鬟炒豆儿捧了一大盆温水，走至尤氏跟前，只弯腰捧着。银蝶笑道：“说一个个没权便的，说一个葫芦就是一个瓢。奶奶不过待咱们宽些，在家里不管怎样罢了，你就得了意，不管在家出外，当着亲戚也只随便了。”尤氏道：“你随他去罢，横竖洗了就完事了。”炒豆儿忙赶着跪下。尤氏笑道：“我们家上下大小的人只会讲外面的假礼假体面，究竟作出来的事都够使的了。”（墨夹：按：尤氏犯七出之条不过只是“过于从夫”四字，此世间妇人之常情耳。其心术慈厚宽顺竟可出于阿凤之上，特用此明犯七出之人从公一论，可知贾宅中暗犯七出之人亦不少。似明犯者反可宥恕。其饰己非而扬人恶者，阴昧僻谲之流，实不能容于世者也。此为打草惊蛇法，实写邢夫人也。）李纨听如此说，便知他已知道昨夜的事，因笑道：“你这话有因，谁作事究竟够使了？”尤氏道：“你倒问我！你敢是病着死过去了！”

一语未了，只见人报：“宝姑娘来了。”忙说快请时，宝钗已走进来。尤氏忙擦脸起身让坐，因问：“怎么一个人忽然走来，别的姊妹都怎么不见？”宝钗道：“正是我也没有见他们。只因今日我们妈妈身上不自在，家里两个女人也都因时症未起炕，别的靠不得，我今儿要出去伴着老人家夜里作伴儿。要去回老太太、太太，我想又不是什么大事，且不用提，等好了我横竖进来的，所以来告诉大嫂子一声。”李纨听说，只看着尤氏笑。尤氏也只看着李纨笑。一时尤氏盥沐已毕，大家吃面茶。李纨因笑道：“既这样，且打发人去请姨娘的安，问是何病。我也病着，不能亲自来的。好妹妹，你去只管去，我自打发人去到你那里去看屋子。你好歹住一两天还进来，别叫我落不是。”宝钗笑道：“落什么不是呢，这也是通共常情，你又不曾卖放了贼。依我的主意，也不必添人过去，竟把云丫头请了来，你和他住一两日，岂不省事。”尤氏道：“可是史大妹妹往那里去了？”宝钗道：“我才打发他们找你们探丫头去了，叫他同到这里来，我也明白告诉他。”

正说着，果然报：“云姑娘和三姑娘来了。”大家让坐已毕，宝钗便说要出去一事，探春道：“很好。不但姨妈好了还来的，就便好了不来也使得。”尤氏笑道：“这话奇怪，怎么撵起亲戚来了？”探春冷笑道：“正是呢，有叫人撵的，不如我先撵。亲戚们好，也不在必要死住着才好。咱们倒是一家子亲骨肉呢，一个个不像乌眼鸡，恨不得你吃了我，我吃了你！”尤氏忙笑道：“我今儿是那里来的晦气，偏都碰着你姊妹们的气头儿上了。”探春道：“谁叫你赶热灶来了！”因问：“谁又得罪了你呢？”因又寻思道：“惜丫头不犯罗唣你，却是谁呢？”尤氏只含糊答应。探春知他畏事不肯多言，因笑道：“你别装老实了。除了朝廷治罪，没有砍头的，你不必畏头畏尾。实告诉你罢，我昨日把王善保家那老婆子打了，我还顶着个罪呢。不过背地里说我些闲话，难道他还打我一顿不成！”宝钗忙问因何又打他，探春悉把昨夜怎的抄检，怎的打他，一一说了出来。尤氏见探春已经说了出来，便把惜春方才之事也说了出来。探春道：“这是他的僻性，孤介太过，我们再傲不过他的。”又告诉他们说：“今日一早不见动静，打听凤辣子又病了。我就打发我妈妈出去打听王善保家的是怎样。回来告诉我说，王善保家的挨了一顿打，嗔着他多事。”尤氏、李纨道：“这倒也是正礼。”探春冷笑道：“这种掩饰谁不会作，且再瞧就是了。”尤氏、李纨皆默无所答。一时估着前头用饭，湘云和宝钗回房打点衣衫，不在话下。

尤氏等遂辞了李纨，往贾母这边来。贾母歪在榻上，王夫人说甄家因何获罪，如今抄没了家产，回京治罪等语。贾母听的不自在，恰好见他姊妹来了，因问：“从那里来的？可知凤姐妯娌两个的病今日怎样？”尤氏等忙回道：“今日都好些。”贾母点头叹道：“咱们别管人家的事，且商量咱们八月十五日赏月是正经。”（墨夹：贾母已看破狐悲兔死，故不改矣，聊来自遣耳。）王夫人笑道：“都已预备下了。不知老太太拣那里好，只是园里恐夜晚风冷。”贾母笑道：“多穿两件衣服何妨，那里正是赏月的地方，岂可倒不去的。”说话之间，早有媳妇丫鬟们抬过饭桌来，王夫人、尤氏等忙上来放箸捧饭。贾母见自己的几色菜已摆完，另有两大捧盒内捧了几色菜来，便知是各房另外孝敬的旧规矩。贾母因问：“都是些什么？上几次我就吩咐，如今可以把这些蠲了罢，你们还不听。如今比不得在先辐辏的时光了。”鸳鸯忙道：“我说过几次，都不听，也只罢了。”王夫人笑道：“不过都是家常东西。今日我吃斋没有别的。那些面筋豆腐老太太又不大甚爱吃，只拣了一样椒油莼齑酱来。”贾母笑道：“这样正好，正想这个吃。”鸳鸯听说，便将碟子挪在跟前。宝琴一一的让了，方归坐。贾母便命探春来同吃。探春也都让过了，便和宝琴对面坐下。侍书忙去取了碗来。鸳鸯又指那几样菜道：“这两样看不出是什么东西来，大老爷送来的。这一碗是鸡髓笋，是外头老爷送上来的。”一面说，一面就只将这碗笋送至桌上。贾母略尝了两点，便命：“将那两样着人送回去，就说我吃了。以后不必天天送，我想吃自然来要。”媳妇们答应着，仍送过去，不在话下。

贾母因问：“有稀饭吃些罢了。”尤氏早捧过一碗来，说是红稻米粥。贾母接来吃了半碗，便吩咐将这粥送给凤哥儿吃去，又指着这一碗笋和这一盘风腌果子狸给颦儿、宝玉两个吃去，那一碗肉给兰小子吃去。又向尤氏道：“我吃了，你就来吃了罢。”尤氏答应，待贾母漱口洗手毕，贾母便下地和王夫人说闲话行食。尤氏告坐。探春、宝琴二人也起来了，笑道：“失陪，失陪。”尤氏笑道：“剩我一个人，大排桌不惯。”贾母笑道：“鸳鸯、琥珀来趁势也吃些，又作了陪客。”尤氏笑道：“好，好，好，我正要说呢。”贾母笑道：“看着多多的人吃饭，最有趣的。”又指银蝶道：“这孩子也好，也来同你主子一块来吃，等你们离了我，再立规矩去。”尤氏道：“快过来，不必装假。”贾母负手看着取乐。因见伺候添饭的人手内捧着一碗下人的米饭，尤氏吃的仍是白粳米饭，贾母问道：“你怎么昏了，盛这个饭来给你奶奶。”那人道：“老太太的饭吃完了。今日添了一位姑娘，所以短了些。”鸳鸯道：“如今都是可着头做帽子了，要一点儿富余也不能的。”王夫人忙回道：“这一二年旱涝不定，田上来的都不能按数交的。这几样细米更艰难了，所以都可着吃的多少关去，生恐一时短了，买的不顺口。”贾母笑道：“这正是‘巧媳妇做不出没米的粥’了。”众人都笑起来。鸳鸯道：“既这样的，就去把三姑娘的饭拿来添也是一样，就这样笨。”尤氏笑道：“我这个就够了，也不用取去。”鸳鸯道：“你够了，我不会吃的。”地下的媳妇们听说，方忙着取去了。（墨夹：总伏下文。）一时王夫人也去用饭，这里尤氏直陪贾母说话取笑。

到起更的时候，贾母说：“黑了，过去罢。”尤氏方告辞出来。走至大门前上了车，银蝶坐在车沿上。众媳妇放下帘子来，便带小丫头们先直走过那边大门口等着去了。因二府之门相隔没有一箭之路，每日家常来往不必定要周备，况天黑夜晚之间回来的遭数更多，所以老嬷嬷带着小丫头，只几步便走了过来。两边大门上的人都到东西街口，早把行人断住。尤氏大车上也不用牲口，只用七八个小厮挽环拽轮，轻轻的便推拽过这边阶矶上来。于是众小厮退过狮子以外，众嬷嬷打起帘子，银蝶先下来，然后众人搀下尤氏来。大小七八个灯笼照的十分真切。尤氏因见两边狮子下放着四五辆大车，便知系来赴赌之人所乘，遂向银蝶众人道：“你看，坐车的是这样，骑马的还不知有几个呢。马自然在圈里拴着，咱看不见。也不知道他娘老子挣下多少钱与他们，这么开心儿。”一面说，一面已到了厅上。贾蓉之妻带领家下媳妇丫头们，也都秉烛接了出来。尤氏笑道：“成日家我要偷着瞧瞧他们，也没得便。今儿倒巧，就顺便打他们窗户跟前走过去。”众媳妇答应着，提灯引路，又有一个先去悄悄的知会伏侍的小厮们不要失惊打怪。于是尤氏一行人悄悄的来至窗下，只听里面称三赞四，耍笑之音虽多，（墨夹：妙！先画赢家。）又兼有恨五骂六，忿怨之声亦不少。（墨夹：妙！又画输家。）

原来贾珍近因居丧，每不得游顽旷朗，又不得观优闻乐作遣。无聊之极，便生了个破闷之法。日间以习射为由，请了各世家弟兄及诸富贵亲友来较射。因说：“白白的只管乱射，终无裨益，不但不能长进，而且坏了式样，必须立个罚约，赌个利物，大家才有勉力之心。”因此在天香楼下箭道内立了鹄子，皆约定每日早饭后来射鹄子。贾珍不肯出名，便命贾蓉作局家。这些来的皆系世袭公子，人人家道丰富，且都在少年，正是斗鸡走狗，问柳评花的一干游荡纨袴。因此大家议定，每日轮流作晚饭之主。——每日来射，不便独扰贾蓉一人之意。于是天天宰猪割羊，屠鹅戮鸭，好似临潼斗宝一般，都要卖弄自己家的好厨役好烹炮。不到半月工夫，贾赦、贾政听见这般，不知就里，反说这才是正理，文既误矣，武事当亦该习，况在武荫之属。两处遂也命贾环、贾琮、宝玉、贾兰等四人于饭后过来，跟着贾珍习射一回，方许回去。

贾珍志不在此，再过一日便渐次以歇臂养力为由，晚间或抹抹骨牌，赌个酒东而已，至后渐次至钱。如今三四月的光景，竟一日一日赌胜于射了，公然斗叶掷骰，放头开局，夜赌起来。家下人借此各有些益，巴不得的如此，所以竟成了势了。外人皆不知一字。近日邢夫人之胞弟邢德全也酷好如此，故也在其中。又有薛蟠，头一个惯喜送钱与人的，见此岂不快乐。邢德全虽系邢夫人之胞弟，却居心行事大不相同。这个邢德全只知吃酒赌钱，眠花宿柳为乐，手中滥漫使钱，待人无二心，好酒者喜之，不饮者则不去亲近，无论上下主仆皆出自一意，并无贵贱之分，因此都唤他“傻大舅”。薛蟠早已出名的呆大爷。今日二人皆凑在一处，都爱“抢新快”爽利，便又会了两家，在外间炕上“抢新快”。别的又有几家在当地下大桌上打公番。里间又一起斯文些的，抹骨牌打天九。此间伏侍的小厮都是十五岁以下的孩子，若成丁的男子到不了这里，故尤氏方潜至窗外偷看。其中有两个十六七岁娈童以备奉酒的，都打扮的粉妆玉琢。今日薛蟠又输了一张，正没好气，幸而掷第二张完了，算来除翻过来倒反赢了，心中只是兴头起来。贾珍道：“且打住，吃了东西再来。”因问那两处怎样。里头打天九的，也作了账等吃饭。打公番的未清，且不肯吃。于是各不能催，先摆下一大桌，贾珍陪着吃，命贾蓉落后陪那一起。薛蟠兴头了，便搂着一个娈童吃酒，又命将酒去敬邢傻舅。傻舅输家，没心绪，吃了两碗，便有些醉意，嗔着两个娈童只赶着赢家不理输家了，因骂道：“你们这起兔子，就是这样专洑上水。天天在一处，谁的恩你们不沾，只不过这一会子输了几两银子，你们就三六九等了。难道从此以后再没有求着我们的事了！”众人见他带酒，忙说：“很是，很是。果然他们风俗不好。”因喝命：“快敬酒赔罪。”两个娈童都是演就的局套，忙都跪下奉酒，说：“我们这行人，师父教的不论远近厚薄，只看一时有钱势就亲敬；便是活佛活仙，一时没了钱势了，也不许去理他。况且我们又年轻，又居这个行次，求舅太爷体恕些我们就过去了。”说着，便举着酒俯膝跪下。（墨夹：调侃，骂死世人。不是骂。墨眉：此一段娈童语句太真，反不得其为钱为势之神，当改作委曲认罪语方妥。）邢大舅心内虽软了，只还故作怒意不理。众人又劝道：“这孩子是实情话。老舅是久惯怜香惜玉的，如何今日反这样起来？若不吃这酒，他两个怎样起来。”邢大舅已掌不住了，便说道：“若不是众位说，我再不理。”说着，方接过来一气喝干了。又斟一碗来。这邢大舅便酒勾往事，醉露真情起来，乃拍案对贾珍叹道：“怨不的他们视钱如命。多少世宦大家出身的，若提起‘钱势’二字，连骨肉都不认了。老贤甥，昨日我和你那边的令伯母赌气，你可知道否？”贾珍道：“不曾听见。”邢大舅叹道：“就为钱这件混账东西。利害，利害！”贾珍深知他与邢夫人不睦，每遭邢夫人弃恶，扳出怨言，因劝道：“老舅，你也太散漫些。若只管花去，有多少给老舅花的。”邢大舅道：“老贤甥，你不知我邢家底里。我母亲去世时我尚小，世事不知。他姊妹三个人，只有你令伯母年长出阁，一分家私都是他把持带来。如今二家姐虽也出阁，他家也甚艰窘，三家姐尚在家里，一应用度都是这里陪房王善保家的掌管。我便来要钱，也非要的是你贾府的，我邢家家私也就够我花了。无奈竟不得到手，所以有冤无处诉。”（墨夹：众恶之必察也。今邢夫人一人，贾母先恶之，恐贾母心偏，亦可解之。若贾琏、阿凤之怨，恐儿女之私，亦可解之。若探春之怒，女子不识大而知小，亦可解之。今又忽用乃弟一怨，吾不知将又何如矣。）贾珍见他酒后叨叨，恐人听见不雅，连忙用话解劝。

外面尤氏等听得十分真切，乃悄向银蝶笑道：“你听见了？这是北院里大太太的兄弟抱怨他呢。可怜他亲兄弟还是这样说，这就怨不得这些人了。”因还要听时，正值打公番者也歇住了，要吃酒。因有一个问道：“方才是谁得罪了老舅，我们竟不曾听明白，且告诉我评评理。”邢德全见问，便把两个娈童不理输的只赶赢的话说了一遍。这一个年少的纨袴道：“这样说，原可恼的，怨不得舅太爷生气。我且问你两个：舅太爷虽然输了，输的不过是银子钱，并没有输丢了毬毛，怎就不理他了？”说着，众人大笑起来，连邢德全也喷了一地饭。尤氏在外面悄悄的啐了一口，骂道：“你听听，这一起子没廉耻的小挨刀的，才丢了脑袋骨子，就胡嚼毛了。再肏攮下黄汤去，还不知唚出些什么来呢。”一面说，一面便进去卸妆安歇。至四更时，贾珍方散，往佩凤房里去了。

次日起来，就有人回西瓜、月饼都全了，只待分派送人。贾珍吩咐佩凤道：“你请你奶奶看着送罢，我还有别的事呢。”佩凤答应去了，回了尤氏，尤氏只得一一分派遣人送去。一时佩凤又来说：“爷问奶奶，今儿出门不出？说咱们是孝家，明儿十五过不得节，今儿晚上倒好，可以大家应个景儿，吃些瓜饼酒。”尤氏道：“我倒不愿出门呢。那边珠大奶奶又病了，凤丫头又睡倒了，我再不过去，越发无个人了。况不得闲，应什么景儿。”佩凤道：“爷说了，今儿已辞了众人，直等十六才来呢，好歹定要请奶奶吃酒的。”尤氏笑道：“请我，我没的还席。”佩凤笑着去了，一时又来笑道：“爷说，连晚饭也请奶奶吃，好歹早些回来，叫我跟了奶奶去呢。”尤氏道：“这样，早饭吃什么？快些吃了，我好走。”佩凤道：“爷说早饭在外头吃，请奶奶自己吃罢。”尤氏问道：“今日外头有谁？”佩凤道：“听见说外头有两个南京新来的，倒不知是谁。”说话时，贾蓉之妻也梳妆了来见过。少时摆上饭来，尤氏在上，贾蓉之妻在下陪，婆媳二人吃毕饭。尤氏便换了衣服，仍过荣府来，至晚方回去。

果然贾珍煮了一口猪，烧了一腔羊，余者桌菜及果品之类，不可胜记，就在会芳园丛绿堂中，屏开孔雀，褥设芙蓉，带领妻子姬妾，先饭后酒，开怀赏月作乐。将一更时分，真是风清月朗，上下如银。贾珍因要行令，尤氏便叫佩凤等四个人也都入席，下面一溜坐下，猜枚划拳，饮了一回。贾珍有了几分酒，益发高兴，便命取了一竿紫竹箫来，命佩凤吹箫，文化唱曲，喉清嗓嫩，真令人魄醉魂飞。唱罢复又行令。那天将有三更时分，贾珍酒已八分。大家正添衣饮茶，换盏更酌之际，忽听那边墙下有人长叹之声。大家明明听见，都悚然疑畏起来。（墨夹：余亦悚然疑畏。）贾珍忙厉声叱咤，问：“谁在那里？”连问几声，没有人答应。尤氏道：“必是墙外边家里人也未可知。”贾珍道：“胡说。这墙四面皆无下人的房子，况且那边又紧靠着祠堂，（墨夹：奇绝神想，余更为之悚惧矣。）焉得有人。”一语未了，只听得一阵风声，竟过墙去了。恍惚闻得祠堂内槅扇开阖之声。只觉得风气森森，比先更觉凉飒起来，月色惨淡，也不似先明朗。众女妇人都觉毛发倒竖。贾珍酒已醒了一半，只比别人撑持得住些，心下也十分疑畏，便大没兴头起来。勉强又坐了一会子，就归房安歇去了。次日一早起来，乃是十五日，带领众子侄开祠堂行朔望之礼，细查祠内，都仍是照旧好好的，并无怪异之迹。贾珍自为醉后自怪，也不提此事。礼毕，仍闭上门，照旧锁上。（墨夹：未写荣府庆中秋，却先写宁府开夜宴，未写荣府数尽，先写宁府异道。盖宁乃家宅，凡有关于吉凶者，故必先示之。且列祖祠此，岂无得而警乎？凡人先人虽远，然气运相关，必有之理也。非宁府之祖独有感应也。）

贾珍夫妻至晚饭后方过荣府来。只见贾赦、贾政都在贾母房内坐着说闲话，与贾母取笑。贾琏、宝玉、贾环、贾兰皆在地下侍立。贾珍来了，都一一见过。说了两句话后，贾母命坐，贾珍方在近门小杌子上告了坐，警身侧坐。贾母笑问道：“这两日你宝兄弟的箭如何了？”贾珍忙起身道：“大长进了，不但样式好，而且弓也长了一个力气。”贾母道：“这也够了，且别贪力，仔细努伤。”贾珍忙答应几个“是”。贾母又道：“你昨日送来的月饼好，西瓜看着好，打开却也罢了。”贾珍笑道：“月饼是新来的一个专做点心的厨子，我试了试果然好，才敢做了孝敬。西瓜往年都还可以，不知今年怎么就不好了。”贾政道：“大约今年雨水太勤之故。”贾母笑道：“此时月已上了，咱们且去上香。”说着，便起身扶着宝玉的肩，带领众人齐往园中来。

当下园之正门俱已大开，吊着羊角大灯。嘉荫堂前月台上，焚着斗香，秉着风烛，陈献着瓜饼及各色果品。邢夫人等一干女客皆在里面久候。真是月明灯彩，人气香烟，晶艳氤氲，不可形状。地下铺着拜毯锦褥。贾母盥手上香拜毕，于是大家皆拜过。贾母便说：“赏月在山上最好。”因命在那山脊上的大厅上去。众人听说，就忙着在那里去铺设。贾母且在嘉荫堂中吃茶少歇，说些闲话。一时，人回：“都齐备了。”贾母方扶着人上山来。王夫人等因说：“恐石上苔滑，还是坐竹椅上去。”贾母道：“天天有人打扫，况且极平稳的宽路，何必不疏散疏散筋骨。”于是贾赦、贾政等在前导引，又是两个老婆子秉着两把羊角手罩灯，鸳鸯、琥珀、尤氏等贴身搀扶，邢夫人等在后围随，从下逶迤不过百余步，至山之峰脊上，便是这座敞厅。因在山之高脊，故名曰凸碧山庄。于厅前平台上列下桌椅，又用一架大围屏隔作两间。凡桌椅形式皆是圆的，特取团圆之意。上面居中贾母坐下，左垂首贾赦、贾珍、贾琏、贾蓉，右垂首贾政、宝玉、贾环、贾兰，团团围坐。只坐了半壁，下面还有半壁余空。贾母笑道：“常日倒还不觉人少，今日看来，还是咱们的人也甚少，算不得甚么。（墨夹：未饮先感人丁，总是将散之兆。）想当年过的日子，到今夜男女三四十个，何等热闹。今日就这样，太少了。待要再叫几个来，他们都是有父母的，家里去了应景，不好来的。如今叫女孩们来坐那边罢。”于是令人向围屏后将迎春、探春、惜春三个请出来。贾琏、宝玉等一齐出坐，先尽他姊妹坐了，然后在下方依次坐定。贾母便命折一枝桂花来，命一媳妇在屏后击鼓传花。若花到谁手中，饮酒一杯，罚说笑话一个。（墨夹：不犯前几次饮酒。）于是先从贾母起，次贾赦，一一接过。鼓声两转，恰恰在贾政手中住了，（墨夹：奇妙！偏在政老手中，竟能使政老一谑，真大文章矣。）只得饮了酒。众姊妹弟兄皆悄悄的你扯我一下，暗暗的我又捏你一把，都含笑倒要听是何笑话。（墨夹：余也要细听。）贾政见贾母喜悦，只得承欢。方欲说时，贾母又笑道：“若说的不笑了，还要罚。”贾政笑道：“只得一个，说来不笑，也只好受罚了。”因笑道：“一家子一个人最怕老婆的。”才说了一句，大家都笑了。因从不曾见贾政说过笑话，所以才笑。（墨夹：是极，摹神之至。）贾母笑道：“这必是好的。”贾政笑道：“若好，老太太多吃一杯。”贾母笑道：“自然。”贾政又说道：“这个怕老婆的人从不敢多走一步。偏是那日是八月十五，到街上买东西，便遇见了几个朋友，死活拉到家里去吃酒。不想吃醉了，便在朋友家睡着了，第二日才醒，后悔不及，只得来家赔罪。他老婆正洗脚，说：‘既是这样，你替我舔舔就饶你。’这男人只得给他舔，未免恶心要吐。他老婆便恼了，要打，说：‘你这样轻狂！’唬得他男人忙跪下求说：‘并不是奶奶的脚脏。只因昨晚吃多了黄酒，又吃了几块月饼馅子，所以今日有些作酸呢。’”说的贾母与众人都笑了。（墨夹：这方是贾政之谑，亦善谑矣。）贾政忙斟了一杯，送与贾母。贾母笑道：“既这样快乐，叫人取烧酒来，别叫你们受累。”众人又都笑起来。

于是又击鼓，便从贾政传起，可巧传至宝玉鼓止。宝玉因贾政在坐，自是踧踖不安，花偏又在他手内，因想："说笑话倘或不发笑，又说没口才，连一笑话不能说，何况别的，这有不是。若说好了，又说正经不会，只惯油嘴贫舌，更有不是。不如不说的好。"（墨夹：实写旧日往事。）乃起身辞道："我不能说笑话，求再限别的罢了。"贾政道："既这样，限一个'秋'字，就即景作一首诗。若好，便赏你，若不好，明日仔细。"贾母忙道："好好的行令，如何又要作诗了？"贾政道："他能的。"贾母听说："既这样就作。"命人取了纸笔来，贾政道："只不许用那些冰玉晶银彩光明素等样堆砌字眼，要另出己见，试试你这几年的情思。"宝玉听了，碰在心坎上，遂立想了四句，向纸上写了，呈与贾政看，道是……贾政看了，点头不语。贾母见这般，知无甚大不好，便问："怎么样？"贾政因欲贾母喜悦，便说："难为他。只是不肯念书，到底词句不雅。"贾母道："这就罢了。他能多大，定要他做才子不成！这就该奖励他，以后越发上心了。"贾政道："正是。"因回头命个老嬷嬷出去吩咐书房内的小厮："把我海南带来的扇子取两把给他。"宝玉忙拜谢，仍复归座行令。当下贾兰见奖励宝玉，他便出席也做一首递与贾政看时，写道是……贾政看了喜不自胜，遂并讲与贾母听时，贾母也十分欢喜，也忙令贾政赏了。于是大家归坐，复行起令来。

这次在贾赦手内住了，只得吃了酒，说笑话。因说道："一家子一个儿子最孝顺。偏生母亲病了，各处求医不得，便请了一个针灸的婆子来。婆子原不知道脉理，只说是心火，如今用针灸之法，针灸针灸就好了。这儿子慌了，便问：'心见铁即死，如何针得？'婆子道：'不用针心，只针肋条就是了。'儿子道：'肋条离心甚远，怎么就好？'婆子道：'不妨事。你不知天下父母，心偏的多呢。'"众人听说，都笑起来。贾母也只得吃半杯酒，半日笑道："我也得这个婆子针一针就好了。"贾赦听说，便知自己出言冒撞，贾母疑了心，忙起身笑与贾母把盏，以别言解释。贾母亦不好再提，且行起令来。

不料这次花却在贾环手里。贾环近日读书稍进，其脾味中不好务正也与宝玉一样，故每常也好看些诗词，专好奇诡仙鬼一格。今见宝玉作诗受奖，他便技痒，只当着贾政不敢造次。如今可巧花在手中，便也索纸笔来立挥一绝与贾政。（墨夹：偏立贾政戏谑已是异文，而贾环作诗更奇中又奇之奇文也，总在人意料之外。竟有人曰："贾环如何又有好诗，似前言不搭后文矣。"盖不可详说。试问贾环亦荣府公子正脉，虽少年顽劣，乃今古小儿之常情耳。读书岂无长进之理哉？况贾政之教是弟子，自已大觉疏忽矣。若是贾环连一平仄也不知，岂荣府是寻常膏粱不知诗书之家哉？然后知宝玉之一种情思，正非有益之聪明，不得谓比诸人皆妙者也。）贾政看了，亦觉罕异，只是词句终带着不乐读书之意，遂不悦道："可见是弟兄了。发言吐气总属邪派，将来都是不由规矩准绳，一起下流货。妙在古人中有'二难'，你两个也可以称'二难'了。只是你两个的'难'字，却是作难以教训之'难'字讲才好。哥哥是公然温飞卿自居，如今兄弟又自为曹唐再世了。"说的贾赦等都笑了。贾赦乃要诗瞧一遍，连声赞好，道："这诗据我看甚是有骨气。想来咱们这样人家，原不比那起寒酸，定要'雪窗荧火'，一日蟾宫折桂，方得扬眉吐气。咱们的子弟都原该读些书，不过比别人略明白些，可以做得官时就跑不了一个官的。何必多费了工夫，反弄出书呆子来。所以我爱他这诗，竟不失咱们侯门的气概。"

因回头吩咐人去取了自己的许多玩物来赏赐与他。因又拍着贾环的头，笑道：“以后就这么做去，方是咱们的口气，将来这世袭的前程定跑不了你袭呢。”贾政听说，忙劝说：“不过他胡诌如此，那里就论到后事了。”说着便斟上酒，又行了一回令。（墨夹：便又轻轻抹去也。）贾母便说：“你们去罢。自然外头还有相公们候着，也不可轻忽了他们。况且二更多了，你们散了，再让我和姑娘们多乐一回，好歇着了。”贾赦等听了，方止了令，又大家公进了一杯酒，方带着子侄们出去了。要知端详，再听下回。

第七十六回

凸碧堂品笛感凄清　凹晶馆联诗悲寂寞

话说贾赦、贾政带领贾珍等散去不提。且说贾母这里命将围屏撤去，两席并而为一。众媳妇另行擦桌整果，更杯洗箸，陈设一番。贾母等都添衣，盥漱，吃茶，方又入坐，团团围绕。贾母看时，宝钗姊妹二人不在坐内，知他们家去圆月去了，且李纨、凤姐二人又病着，少了四个人，便觉冷清了好些。（墨夹：不想这次中秋反写得十分凄楚。）贾母因笑道："往年你老爷们不在家，咱们越性请过姨太太来，大家赏月，却十分热闹。忽一时想起你老爷来，又不免想到母子夫妻儿女不能一处，也都没兴。及至今年你老爷来了，正该大家团圆取乐，又不便请他们娘儿们来说说笑笑。况且他们今年又添了两口人，也难丢了他们跑到这里来。偏又把凤丫头病了，有他一人来说说笑笑，还抵得十个人的空儿。可见天下事总难十全。"说毕，不觉长叹一声，遂命拿大杯来斟热酒。王夫人笑道："今日得母子团圆，自比往年有趣。往年娘儿们虽多，终不似今年自己骨肉齐全的好。"贾母笑道："正是为此，所以才高兴拿大杯来吃酒。你们也换大杯才是。"邢夫人等只得换上大杯来。因夜深体乏，且不能胜酒，未免都有些倦意，无奈贾母兴犹未阑，只得陪饮。

贾母又命将罽毡铺于阶上，命将月饼西瓜果品等类都叫搬下去，令丫头媳妇们也都团团围坐赏月。贾母因见月至中天，比先越发精彩可爱，因说：“如此好月，不可不闻笛。”因命人将十番上女孩子传来。贾母道：“音乐多了，反失雅致，只用吹笛的远远的吹起来就够了。”说毕，刚才去吹时，只见跟邢夫人的媳妇走来向邢夫人前说了两句话。贾母便问：“说什么事?”那媳妇便回说：“方才大老爷出去，被石头绊了一下，蹉了腿。”贾母听说，忙命两个婆子快看去，又命邢夫人快去。邢夫人遂告辞起身。贾母便又说：“珍哥媳妇也趁着便就家去罢，我也就睡了。”尤氏笑道：“我今日不回去了，定要和老祖宗吃一夜。”贾母笑道：“使不得，使不得。你们小夫妻家，今夜不要团圆团圆，如何为我耽搁了。”尤氏红了脸，笑道：“老祖宗说的我们太不堪了。我们虽然年轻，已经是十来年的夫妻，也奔四十岁的人了。况且孝服未满，陪着老太太顽一夜还罢了，岂有自去团圆的理。”贾母听说，笑道：“这话很是，我倒也忘了孝未满。可怜你公公已是二年多了，（墨夹：不是算贾敬，却是算赦死期也。）可是我倒忘了，该罚我一大杯。既这样，你就越性别送，陪着我罢了。你叫蓉儿媳妇送去，就顺便回去罢。”尤氏说了。蓉妻答应着，送出邢夫人，一同至大门，各自上车回去。不在话下。

这里贾母仍带众人赏了一回桂花，又入席换暖酒来。正说着闲话，猛不防只听那壁厢桂花树下，呜呜咽咽，悠悠扬扬，吹出笛声来。趁着这明月清风，天空地净，真令人烦心顿解，万虑齐除，都肃然危坐，默默相赏。听约两盏茶时，方才止住，大家称赞不已。于是遂又斟上暖酒来。贾母笑道：“果然可听么?”众人笑道：“实在可听。我们也想不到这样，须得老太太带领着，我们也得开些心胸。”贾母道：“这还不大好，须得拣那曲谱越慢的吹来越好。”说着，便将自己吃的一个内造瓜仁油松穰月饼，又命斟一大杯热酒，送给谱笛之人，慢慢的吃了再细细的吹一套来。媳妇们答应了，方送去，只见方才瞧贾赦的两个婆子回来了，说：“右脚面上白肿了些，如今调服了药，疼的好些了，也不甚大关系。”贾母点头叹道：“我也太操心。打紧说我偏心，我反这样。”因就将方才贾赦的笑话说与王夫人尤氏等听。王夫人等因笑劝道：“这原是酒后大家说笑，不留心也是有的，岂有敢说老太太之理。老太太自当解释才是。”只见鸳鸯拿了软巾兜与大斗篷来，说：“夜深了，恐露水下来，风吹了头，须要添了这个。坐坐也该歇了。”贾母道：“偏今儿高兴，你又来催。难道我醉了不成，偏到天亮!”因命再斟酒来。一面戴上兜巾，披了斗篷，大家陪着又饮，说些笑话。只听桂花阴里，呜呜咽咽，袅袅悠悠，又发出一缕笛音来，果真比先越发凄凉。大家都寂然而坐。夜静月明，且笛声悲怨，贾母年老带酒之人，听此声音，不免有触于心，禁不住堕下泪来。众人彼此都不禁凄凉寂寞之意，半日，方知贾母伤感，才忙转身陪笑，发语解释。（墨夹：“转身”妙！画出对月听笛如痴如呆、不觉尊长在上之形景来。）又命暖酒，且住了笛。尤氏笑道：“我也就学一个笑话，说与老太太解解闷。”贾母勉强笑道：“这样更好，快说来我听。”尤氏乃说道：“一家子养了四个儿子：大儿子只一个眼睛，二儿子只一个耳朵，三儿子只一个鼻子眼，四儿子倒都齐全，偏又是个哑叭。”正说着这里，只见贾母已朦胧双眼，似有睡去之态。（墨夹：总写出凄凉无兴景况来。）尤氏方住了，忙和王夫人轻轻的请醒。贾母睁眼笑道：“我不困，白闭闭眼养神。你们只管说，我听着呢。”（墨夹：活画。）王夫人等笑道："夜已四更了，风露也大，请老太太安歇罢。明日再赏十六，也不辜负这月色。"贾母道："那里就四更了？"王夫人笑道："实已四更，他们姊妹们熬不过，都去睡了。"贾母听说，细看了一看，果然都散了，只有探春在此。贾母笑道："也罢。你们也熬不惯，况且弱的弱，病的病，去了倒省心。只是三丫头可怜见的，尚还等着。你也去罢，我们散了。"说着，便起身，吃了一口清茶，便有预备下的竹椅小轿，便围着斗篷坐上，两个婆子搭起，众人围随出园去了。不在话下。

这里众媳妇收拾杯盘碗盏时，却少了个细茶杯，各处寻觅不见，又问众人："必是谁失手打了。撂在那里，告诉我拿了磁瓦去交收是证见，不然又说偷起来。"众人都说："没有打了，只怕跟姑娘的人打了，也未可知。你细想想，或问问他们去。"一语提醒了这管家伙的媳妇，因笑道："是了，那一会儿记得是翠缕拿着的。我去问他。"说着便去找时，刚下了甬路，就遇见了紫鹃和翠缕来了。（墨夹：妙！又出一个。）翠缕便问道："老太太散了，可知我们姑娘那去了？"（墨夹：更妙！）这媳妇道："我来问那一个茶钟往那里去了，你们倒问我要姑娘。"翠缕笑道："我因倒茶给姑娘吃的，展眼回头，就连姑娘也没了。"那媳妇道："太太才说都睡觉去了。你不知那里顽去了，还不知道呢。"翠缕向紫鹃道："断乎没有悄悄的睡去之理，只怕在那里走一走。如今见老太太散了，赶过前边送去，也未可知。我们且往前边找找去。有了姑娘，自然你的茶钟也有了。你明日一早再找，有什么忙的。"媳妇笑道："有了下落就不必忙了，明儿就合你要罢。"说毕回去，查收家伙。这紫鹃和翠缕便往贾母处来。不在话下。

原来黛玉和湘云二人并未去睡觉。只因黛玉见贾府中许多人赏月，贾母犹叹人少，不似当年热闹，又提宝钗姊妹家去母女弟兄自去赏月等语，不觉对景感怀，自去俯栏垂泪。宝玉近因晴雯病势甚重，诸务无心，（墨夹：带一笔，妙！更觉谨密不漏。）王夫人再三遣他去睡，他便去了。探春又因近日家事着恼，无暇游玩。虽有迎春、惜春二人，偏又素日不大甚合。所以只剩了湘云一人宽慰他，因说："你是个明白人，何必作此形像自苦。我也和你一样，我就不似你这样心窄。何况你又多病，还不自己保养。可恨宝姐姐，姊妹天天说亲道热，早已说今年中秋要大家一处赏月，必要起社，大家联句，到今日便弃了咱们，自己赏月去了。社也散了，诗也不作了。倒是他们父子叔侄纵横起来。你可知宋太祖说的好：'卧榻之侧，岂许他人酣睡。'他们不作，咱们两个竟联起句来，明日羞他们一羞。"黛玉见他这般劝慰，不肯负他的豪兴，因笑道："你看这里这等人声嘈杂，有何诗兴。"湘云笑道："这山上赏月虽好，终不及近水赏月更妙。你知道这山坡底下就是池沿，山坳里近水一个所在就是凹晶馆。可知当日盖这园子时就有学问。这山之高处，就叫凸碧；山之低洼近水处，就叫作凹晶。这'凸''凹'二字，历来用的人最少。如今直用作轩馆之名，更觉新鲜，不落窠臼。可知这两处一上一下，一明一暗，一高一矮，一山一水，竟是特因玩月而设此处。有爱那山高月小的，便往那里来；有爱那皓月清波的，便往那里去。只是这两个字俗念作'洼''拱'二音，便说俗了，不大见用，只陆放翁用了一个'凹'字，说'古砚微凹聚墨多'，还有人批他俗，岂不可笑。"林黛玉道："也不只放翁才用，古人中用者太多。如江淹《青苔赋》，东方朔《神异经》，以至《画记》上云'张僧繇画一乘寺'的故事，不可胜举。只是今人不知，误作俗字用了。实和你说罢，这两个字还是我拟的呢。因那年试宝玉，因他拟了几处，也有存的，也有删改的，也有尚未拟的。这是后来我们大家把这没有名色的也都拟出来了，注了出处，写了这房屋的坐落，一并带进去与大姐姐瞧了。他又带出来，命给舅舅瞧过。谁知舅舅倒喜欢起来，又说：'早知这样，那日该就叫他姊妹一并拟了，岂不有趣。'所以凡我拟的，一字不改都用了。如今就往凹晶馆去看看。"

说着，二人便同下了山坡。只一转弯，就是池沿，沿上一带竹栏相接，直通着那边藕香榭的路径。（墨夹：点明妙！不然此园竟有多大地亩了。）因这几间就在此山怀抱之中，乃凸碧山庄之退居，因洼而近水，故颜其馆曰"凹晶溪馆"。因此处房宇不多，且又矮小，故只有两个老婆子上夜。今日打听得凸碧山庄的人应差，与他们无干，这两个老婆子关了月饼果品并犒赏的酒食来，二人吃得既醉且饱，早已息灯睡了。（墨夹：妙极！此处又进一步写法。如王夫人云"他姊妹可怜，那里像当日林姑妈那样"，又如贾母云"如今人少，那里如当日人多"等数语，此谓进一步法也。有退一步法，如宝钗之对邢岫烟云"此一时也，彼一时也，如今比不得先的话了，只好随事适分"，又如凤姐之对平儿云"如今我也看明白了，我如今也要作好好先生罢"等类，此谓退一步法也。今又方收拾过贾母高乐却又写出二婆子高乐，此进一步之实事也。如前文海棠诗四首已足，忽又用湘云独成二律反压卷，此又进一步实事也。所谓"法法皆全，然然不爽"也。）

黛玉、湘云见息了灯，湘云笑道："倒是他们睡了好。咱们就在这卷棚底下近水赏月如何?"二人遂在两个湘妃竹墩上坐下。只见天上一轮皓月，池中一轮水月，上下争辉，如置身于晶宫鲛室之内。微风一过，粼粼然池面皱碧铺纹，真令人神清气净。湘云笑道："怎得这会子坐上船吃酒倒好。这要是我家里这样，我就立刻坐船了。"黛玉笑道："正是古人常说的好，'事若求全何所乐'。据我说，这也罢了，偏要坐船起来。"湘云笑道："得陇望蜀，人之常情。可知那些老人家说的不错。说贫穷之家自为富贵之家事事称心，告诉他说竟不能遂心，他们不肯信的；必得亲历其境，他方知觉了。就如咱们两个，虽父母不在，然却也忝在富贵之乡，只你我竟有许多不遂心的事。"黛玉笑道："不但你我不能称心，就连老太太、太太以至宝玉、探丫头等人，无论事大事小，有理无理，其不能各遂其心者，同一理也，何况你我旅居客寄之人哉!"（墨夹：以立未不怡然得享自然之乐者矣。书中若干女子，从主及婢，又未必各有所觉、各有所恃、各有所长者，皆未如宝宝无可关切筹画，可叹。）湘云听说，恐怕黛玉又伤感起来，忙道："休说这些闲话，咱们且联诗。"

正说间，只听笛韵悠扬起来。黛玉笑道："今日老太太、太太高兴了，这笛子吹的有趣，到是助咱们的兴趣了。（墨夹：妙！正是吹笛之时，勿认作又一处之笛也。）咱两个都爱五言，就还是五言排律罢。"湘云道："限何韵?"黛玉笑道："咱们数这个栏杆的直棍，这头到那头为止。他是第几根就用第几韵。若十六根，便是'一先'起。这可新鲜?"湘云笑道："这倒别致。"于是二人起身，便从头数至尽头，止得十三根。湘云道："偏又是十三根，元字。这韵少，作排律只怕牵强不能押韵呢。少不得你先起一句罢了。"黛玉笑道："倒要试试咱们谁强谁弱，只是没有纸笔记。"湘云道："不妨，明儿再写。只怕这一点聪明还有。"黛玉道："我先起一句现成的俗语罢。"因念道：

三五中秋夕，

湘云想了一想，道：

清游拟上元。撒天箕斗灿，

林黛玉笑道：

匝地管弦繁。几处狂飞盏，

湘云笑道："这一句'几处狂飞盏'有些意思。这倒要对的好呢。"想了一想，笑道：

谁家不启轩。轻寒风剪剪，

黛玉道："对的比我的却好。只是底下这句又说熟话了，就该加劲说了去才是。"湘云道："诗多韵险，也要铺陈些才是。纵有好的，且留在后头。"黛玉笑道："到后头没有好的，我看你羞不羞。"因联道：

良夜景暄暄。争饼嘲黄发，

湘云笑道："这句不好，杜撰，用俗事来难我了。"黛玉笑道："我说你不曾见过书呢。吃饼是旧典，唐书唐志你看了来再说。"湘云笑道："这也难不倒我，我也有了。"因联道：

分瓜笑绿媛。香新荣玉桂，

黛玉笑道："分瓜可是实实你的杜撰了。"湘云笑道："明日咱们对查了出来大家看看，这会子别耽误工夫。"黛玉笑道："虽如此，下句也不好，不犯着又用'玉桂''金兰'等字样来塞责。"因联道：

色健茂金萱。蜡烛辉琼宴，

湘云笑道："'金萱'二字便宜了你，省了多少力。这样现成的韵被你得了，只是不犯着替他们颂圣去。况且下句你也是塞责了。"黛玉笑道："你不说'玉桂'，我难道强对个'金萱'么？再也要铺陈些富丽，方才是即景之实事。"湘云只得又联道：

觥筹乱绮园。分曹尊一令，

黛玉笑道："下句好，只是难对些。"因想了一想，联道：

射覆听三宣。骰彩红成点，

湘云笑道："'三宣'有趣，竟化俗成雅了。只是下句又说上骰子。"少不得联道：

传花鼓滥喧。晴光摇院宇，

黛玉笑道："对的却好。下句又溜了，只管拿些风月来塞责。"湘云道："究竟没说到月上，也要点缀点缀，方不落题。"黛玉道："且姑存之，明日再斟酌。"因联道：

素彩接乾坤。赏罚无宾主，

湘云道："又说他们作什么，不如说咱们。"只得联道：

吟诗序仲昆。构思时倚槛，

黛玉道："这可以入上你我了。"因联道：

拟景或依门。酒尽情犹在，

湘云说道："这时候了。"乃联道：

更残乐已谖。渐闻语笑寂，

黛玉道："说这时侯可知一步难似一步了。"因联道：

空剩雪霜痕。阶露团朝菌，

湘云笑道："这一句怎么押韵，让我想想。"因起身负手，想了一想，笑道："够了，幸而想出一个字来，几乎败了。"因联道：

庭烟敛夕棔。秋湍泻石髓，

黛玉听了，不禁也起身叫妙，说："这促狭鬼，果然留下好的。这会才说'棔'字，亏你想得出。”湘云道：“幸而昨日看历朝文选见了这个字，我不知是何树，因要查一查。宝姐姐说不用查，这就是如今俗叫作明开夜合的。我信不及，到底查了一查，果然不错。看来宝姐姐知道的竟多。”黛玉笑道：“‘棔’字用在此时更恰，也还罢了。只是‘秋湍’一句亏你好想。只这一句，别的都要抹倒。我少不得打起精神来对一句，只是再不能似这一句了。”因想了一想，道：

风叶聚云根。宝婺情孤洁，

湘云道：“这对的也还好。只是下一句你也溜了，幸而是景中情，不单用‘宝婺’来塞责。”因联道：

银蟾气吐吞。药经灵兔捣，

黛玉不语点头，半日随念道：

人向广寒奔。犯斗邀牛女，

湘云也望月点首，联道：

乘槎待帝孙。虚盈轮莫定，

黛玉笑道：“又用比兴了。”因联道：

晦朔魄空存。壶漏声将涸，

湘云方欲联时，黛玉指池中黑影与湘云看道：“你看那河里怎么象个人在黑影里去了，敢是个鬼罢？”湘云笑道：“可是又见鬼了。我是不怕鬼的，等我打他一下。”因弯腰拾了一块小石片向那池中打去，只听打得水响，一个大圆圈将月影荡散复聚者几次。（墨夹：写得出。试思若非亲历其境者，如何摹写得如此。）只听那黑影里嘎然一声，却飞起一个白鹤来，（墨夹：写得出。）直往藕香榭去了。黛玉笑道：“原来是他，猛然想不到，反吓了一跳。”湘云笑道：“这个鹤有趣，倒助了我了。”因联道：

窗灯焰已昏。寒塘渡鹤影，

林黛玉听了，又叫好，又跺足，说：“了不得，这鹤真是助他的了！这一句更比‘秋湍’不同，叫我对什么才好？‘影’字只有一个‘魂’字可对，况且‘寒塘渡鹤’何等自然，何等现成，何等有景且又新鲜，我竟要搁笔了。”湘云笑道：“大家细想就有了，不然就放着明日再联也可。”黛玉只看天，不理他，半日，猛然笑道：“你不必说嘴，我也有了，你听听。”因对道：

冷月葬花魂。

湘云拍手赞道：“果然好极！非此不能对。好个‘葬花魂’！”因又叹道：“诗固新奇，只是太颓丧了些。你现病着，不该作此过于清奇诡谲之语。”黛玉笑道：“不如此如何压倒你。下句竟还未得，只为用工在这一句了。”

一语未了，只见栏外山石后转出一个人来，笑道：“好诗，好诗，果然太悲凉了。不必再往下联，若底下只这样去，反不显这两句了，倒觉得堆砌牵强。”二人不防，倒唬了一跳。细看时，不是别人，却是妙玉。二人皆诧异，（墨夹：原可诧异，余亦诧异。）因问：“你如何到了这里？”妙玉笑道：“我听见你们大家赏月，又吹的好笛，我也出来玩赏这清池皓月。顺脚走到这里，忽听见你两个联诗，更觉清雅异常，故此听住了。只是方才我听见这一首中，有几句虽好，只是过于颓败凄楚。此亦关人之气数而有，所以我出来止住。如今老太太都已早散了，满园的人想俱已睡熟了，你两个的丫头还不知在那里找你们呢。你们也不怕冷了？快同我来，到我那里去吃杯茶，只怕就天亮了。”黛玉笑道：“谁知道就这个时候了。”

三人遂一同来至栊翠庵中，只见龛焰犹青，炉香未烬。几个老嬷嬷也都睡了，只有小丫鬟在蒲团上垂头打盹。妙玉唤他起来，现去烹茶。忽听叩门之声，小丫鬟忙去开门看时，却是紫鹃、翠缕与几个老嬷嬷来找他姊妹两个。进来见他们正吃茶，因都笑道：“要我们好找，一个园里走遍了，连姨太太那里都找到了。才到了那山坡底下小庭里找时，可巧那里上夜的正睡醒了。我们问他们，他们说，方才庭外头棚下两个人说话，后来又添了一个，听见说大家往庵里去。我们就知是这里了。”妙玉忙命小丫鬟引他们到那边去坐着歇息吃茶。自取了笔砚纸墨出来，将方才的诗命他二人念着，遂从头写出来。黛玉见他今日十分高兴，便笑道：“从来没见你这样高兴。我也不敢唐突请教，这还可以见教否？若不堪时，便就烧了；若或可改正，即请改正改正。”妙玉笑道：“也不敢妄加评赞。只是这才有了二十二韵。我意思想着你二位警句已出，再若续时，恐后力不加。我竟要续貂，又恐有玷。”黛玉从没见妙玉作过诗，今见他高兴如此，忙说：“果然如此，我们的虽不好，亦可以带好了。”妙玉道：“如今收结，到底还该归到本来面目上去。若只管丢了真情真事，且去搜奇捡怪，一则失了咱们的闺阁面目，二则也与题目无涉了。”二人皆道极是。妙玉遂提笔一挥而就，递与他二人道：“休要见笑。依我必须如此，方翻转过来，虽前头有凄楚之句，亦无甚碍了。”二人接了看时，只见他续道：

香篆销金鼎，脂冰腻玉盆。
箫增嫠妇泣，衾倩侍儿温。
空帐悬文凤，闲屏掩彩鸳。
露浓苔更滑，霜重竹难扪。

犹步萦纡沼，还登寂历原。
石奇神鬼搏，木怪虎狼蹲。
赑屃朝光透，罘罳晓露屯。
振林千树鸟，啼谷一声猿。
歧熟焉忘径，泉知不问源。
钟鸣栊翠寺，鸡唱稻香村。
有兴悲何继，无愁意岂烦。
芳情只自遣，雅趣向谁言。
彻旦休云倦，烹茶更细论。

后书：《右中秋夜大观园即景联句三十五韵》。

黛玉、湘云二人皆赞赏不已，说："可见我们天天是舍近而求远。现有这样诗仙在此，却天天去纸上谈兵。"妙玉笑道："明日再润色。此时想已快天明了，到底要歇息歇息才是。"林、史二人听说，便起身告辞，带领丫鬟出来。妙玉送至门外，看他们去远，方掩门进来。不在话下。

这里翠缕向湘云道："大奶奶那里还有人等着咱们睡去呢。如今还是那里去好？"湘云笑道："你顺路告诉他们，叫他们睡罢。我这一去未免惊动病人，不如闹林姑娘半夜去罢。"说着，大家走至潇湘馆中，有一半人已睡去。二人进去，方才卸妆宽衣，盥漱已毕，方上床安歇。紫鹃放下绡帐，移灯掩门出去。谁知湘云有择席之病，虽在枕上，只白睡不着。黛玉又是个心血不足常常失眠的，今日又错过困头，自然也是睡不着。二人在枕上翻来复去。黛玉因问道："怎么还没睡着？"湘云微笑道："我有择席的病，况且走了困，只好躺躺罢。你怎么也睡不着？"黛玉叹道：（墨夹：一"笑"一"叹"，只二字便写出平日之形景。）"我这睡不着也并非今日，大约一年之中，通共也只好睡十夜满足的。"湘云道："却是你病的原故，所以……"不知下文什么——

智能

第七十七回

俏丫鬟抱屈夭风流　美优伶斩情归水月

话说王夫人见中秋已过，凤姐病已比先减了，虽未大愈，可以出入行走得了，仍命大夫每日诊脉服药，又开了丸药方子来配调经养荣丸。因用上等人参二两，王夫人取时，翻寻了半日，只向小匣内寻了几枝簪挺粗细的。王夫人看了嫌不好，命再找去，又找了一大包须末出来。王夫人焦躁道：“用不着偏有，但用着了，再找不着。成日家我说叫你们查一查，都归拢在一处。你们白不听，就随手混撂。你们不知他的好处，用起来得多少换买来还不中使呢。”彩云道：“想是没了，就只有这个。上次那边的太太来寻了些去，太太都给过去了。”王夫人道：“没有的话，你再细找找。”彩云只得又去找，拿了几包药来说：“我们不认得这个，请太太自看。除这个再没有了。”王夫人打开看时，也都忘了，不知都是什么药，并没有一枝人参。因一面遣人去问凤姐有无，凤姐来说：“也只有些参膏芦须。虽有几枝，也不是上好的，每日还要煎药里用呢。”王夫人听了，只得向邢夫人那里问去。邢夫人说：“因上次没了，才往这里来寻，早已用完了。”王夫人没法，只得亲身过来请问贾母。贾母忙命鸳鸯取出当日所余的来，竟还有一大包，皆有手指头粗细的，遂称二两与王夫人。王夫人出来交与周瑞家的拿去令小厮送与医生家去，又命将那几包不能辨得的药也带了去，命医生认了，各记号了来。（墨夹：此等家常细事岂是揣摩得者。）

一时，周瑞家的又拿了进来说："这几包都各包好，记上名字了。但这一包人参固然是上好的，如今就连三十换也不能得这样的了，但年代太陈了。这东西比别的不同，凭是怎样好的，只过一百年后，便自己就成了灰了。如今这个虽未成灰，然已成了朽糟烂木，也无性力的了。请太太收了这个，倒不拘粗细，好歹再换些新的倒好。"王夫人听了，低头不语，半日才说："这可没法了，只好去买二两来罢。"也无心看那些，只命："都收了罢。"因说给周瑞家的："你就去说给外头人们，拣好的换二两来。倘一时老太太问，你们只说用的是老太太的，不必多说。"周瑞家的方才要去时，宝钗因在坐，乃笑道："姨娘且住。如今外头卖的人参都没好的。虽有一枝全的，他们也必截做两三段，镶嵌上芦泡须枝，掺匀了好卖，看不得粗细。我们铺子里的常和参行交易，如今我去和妈说了，叫哥哥去托个夥计过去和参行商议说明，叫他把未作的原枝好参兑二两来。不妨咱们多使几两银子，也得了好的。"王夫人笑道："倒是你明白。就难为你亲自走一趟明白。"于是宝钗去了，半日回来说："已遣人去，赶晚就有回信的。明日一早去配也不迟。"王夫人自是喜悦，因说道："'卖油的娘子水梳头'，自来家里有好的，不知给了人多少。这会子轮到自己用，反倒各处求人去了。"说毕长叹。宝钗笑道："这东西虽然值钱，究竟不过是药，原该济众散人才是。咱们比不得那没见世面的人家，得了这个，就珍藏密敛的。"（墨夹：调侃语。）王夫人点头道："这话极是。"

一时宝钗去后，因见无别人在室，遂唤周瑞家的来，问前日园中搜检的事情可得个下落。周瑞家的是已和凤姐等人商议停妥，一字不隐，遂回明王夫人。王夫人听了，虽惊且怒，却又作难，因思司棋系迎春之人，皆系那边的人，只得令人去回邢夫人。周瑞家的回道："前日那边太太嗔着王善保家的多事，打了几个嘴巴子，如今他也装病在家，不肯出头了。况且又是他外孙女儿，自己打了嘴，他只好装个忘了，日久平服了再说。如今我们过去回时，恐怕又多心，倒象是咱们多事的。不如直把司棋带过去，一并连赃证与那边太太瞧了，不过打一顿配了人，再指个丫头来，岂不省事。如今白告诉去，那边太太再推三阻四的，又说'既这样，你太太就该料理，又来说什么'，岂不反耽搁了。倘那丫头瞅空寻了死，反不好了。如今看了两三天，人都有个偷懒的，倘一时不到，岂不倒弄出事来。"王夫人想了一想，说："这也倒是。快办了这一件，再办咱们家的那些妖精。"

周瑞家的听说，会齐了那几个媳妇，先到迎春房里，回迎春道："太太们说了，司棋大了，连日他娘求了太太，太太已赏了他娘配人，今日叫他出去，另挑好的与姑娘使。"说着，便命司棋打点走路。迎春听了，含泪似有不舍之意，因前日夜里已闻得别的丫鬟悄悄的说了原故，虽数年之情难舍，但事关风化，亦无可如何了。那司棋亦曾求了迎春，实指望迎春能死保赦下的，只是迎春语言迟慢，耳软心活，是不能作主的。司棋见了这般，知不能免，因哭道："姑娘好狠心！哄了我这两日，如今怎连一句话也没有了？"周瑞家的等说道："你还要姑娘留你不成？便留下，你也难见园里的人了。依我们的好话，快快收了这样子，倒是人不知鬼不觉的去罢，大家体面些。"迎春含泪道："我知道你干了什么大不是，我还十分说情留下，岂不连我也完了。你瞧入画也是几年的，怎么说去就去了。自然不止你两个，想这园里凡大的都要去呢。依我说，将来终有一散，不如你各人去罢。”周瑞家的道：“所以到底是姑娘明白。明儿还有打发的人呢，你放心罢。”司棋无法，只得含泪与迎春磕头，和众姊妹告别，又向迎春耳根说：“好歹打听我要受罪，替我说个情儿，就是主仆一场！”迎春亦含泪答应：“放心。”

于是周瑞家的人等带了司棋出去院门，又命两个婆子将司棋所有的东西都与他拿着。走了没几步，后头只见绣橘赶来，一面也擦着泪，一面递与司棋一个绢包说：“这是姑娘给你的。主仆一场，如今一旦分离，这个与你作个想念罢。”司棋接了，不觉更哭起来了，又和绣橘哭了一回。周瑞家的不耐烦，只管催促，二人只得散了。司棋因又哭告道：“婶子大娘们，好歹略徇个情儿，如今且歇一歇，让我到相好的姊妹跟前辞一辞，也是我们这几年好了一场。”周瑞家的等人皆各有事务，作这些事便是不得已了，况且又深恨他们素日大样，如今那里有工夫听他的话，因冷笑道：“我劝你走罢，别拉拉扯扯的了。我们还有正经事呢。谁是你一个衣包里爬出来的，辞他们作什么，他们看你的笑声还看不了呢。你不过是挨一会是一会罢了，难道就算了不成！依我快走罢。”一面说，一面总不住脚，直带到后角门出去了。司棋无奈，又不敢再说，只得跟了出来。

可巧正值宝玉从外而入，一见带了司棋出去，又见后面抱着些东西，料着此去再不能来了。因闻得上夜之事，又晴雯之病亦因那日加重，细问晴雯，又不说是为何。上日又见入画已去，今又见司棋亦走，不觉如丧魂魄一般，因忙拦住问道：“那里去？”周瑞家的等皆知宝玉素日行为，又恐劳叨误事，因笑道：“不干你事，快念书去罢。”宝玉笑道：“好姐姐们，且站一站，我有道理。”周瑞家的便道：“太太不许少捱一刻，又有什么道理。我们只知遵太太的话，管不得许多。”司棋见了宝玉，因拉住哭道：“他们做不得主，你好歹求求太太去。”宝玉不禁也伤心，含泪说道：“我不知你作了什么大事，晴雯也病了，如今你又去。都要去了，这却怎么的好。”（墨夹：宝玉之语全作囫囵意，最是极无味正是极浓极有情之语也。只合如此写方是宝玉，稍有真切则不是宝玉了。）周瑞家的发燥向司棋道：“你如今不是副小姐了，若不听话，我就打得你。别想着往日姑娘护着，任你们作耗。越说着，还不好好走。如今和小爷们拉拉扯扯，成个什么体统！”那几个媳妇不由分说，拉着司棋便出去了。

宝玉又恐他们去告舌，恨的只瞪着他们，看已去远，方指着恨道：“奇怪，奇怪，怎么这些人只一嫁了汉子，染了男人的气味，就这样混帐起来，比男人更可杀了！”（墨眉：“染了男人气味”实有此情理，非躬亲阅历者亦不知此语之妙。）守园门的婆子听了，也不禁好笑起来，因问道：“这样说，凡女儿个个是好的了，女人个个是坏的了？”宝玉点头道：“不错，不错！”婆子们笑道：“还有一句话我们糊涂不解，倒要请问。”方欲说时，只见几个老婆子走来，忙说道：“你们小心，传齐了伺候着。此刻太太亲自来园里，在那里查人呢。只怕还查到这里来呢。又吩咐快叫怡红院的晴雯姑娘的哥哥、嫂子来，在这里等着领出他妹妹去。”因笑道：“阿弥陀佛！今日天睁了眼，把这一个祸害妖精退送了，大家清净些。”宝玉一闻得王夫人进来清查，便料定晴雯也保不住了，早飞也似的赶了去，所以这后来趁愿之语竟未得听见。

宝玉及到了怡红院，只见一群人在那里，王夫人在屋里坐着，一脸怒色，见宝玉也不理。晴雯四五日水米不曾沾牙，如今现从炕上拉了下来，蓬头垢面，两个女人才架起来去了。王夫人吩咐，只许把他贴身的衣服撂出去，余者好衣服留下给好丫头们穿。又命把这里所有的丫头们都叫来一一过目。原来王夫人自那日着恼之后，王善保家的去趁势告倒了晴雯，本处有人和园中不睦的，也就随机趁便下了些话。王夫人皆记在心。是节间有碍，故忍了两日，今日特来亲自阅人。一则为晴雯犹可，二则因竟有人指宝玉为由，说他大了，已解人事，都由屋里的丫头们不长进教习坏了。因这事更比晴雯一人较盛，（墨夹：暗伏一段“更比”，觉烟迷雾罩之中更有无限溪山矣。）乃从袭人起以至于极小作粗活的小丫头们，个个亲自看了一遍。因问：“谁是和宝玉一日的生日？”本人不敢答应，老嬷嬷指道：“这一个蕙香，又叫作四儿的，是同宝玉一日生日的。”王夫人细看了一看，虽比不上晴雯一半，却有几分水秀。视其行止，聪明皆露在外面，且也打扮的不同。王夫人冷笑道：“这也是个不怕臊的。他背地里说的，同日生日就是夫妻。这可是你说的？打谅我隔的远，都不知道呢。可知道我身子虽不大来，我的心耳神意时时都在这里。难道我通共一个宝玉，就白放心凭你们勾引坏了不成！”这个四儿见王夫人说着他素日和宝玉的私语，不禁红了脸，低头垂泪。王夫人即命也快把他家的人叫来，领出去配人。又问：“谁是耶律雄奴？”老嬷嬷们便将芳官指出。王夫人道：“唱戏的女孩子，自然是狐狸精了！上次放你们，你们又懒待出去，可就该安分守己才是。你就成精鼓捣起来，调唆着宝玉无所不为。”芳官笑辩道：“并不敢调唆什么。”王夫人笑道：“你还强嘴。我且问你，前年我们往皇陵上去，是谁调唆宝玉要柳家的丫头五儿了？幸而那丫头短命死了，不然进来了，你们又连伙聚党遭害这园子。你连你干娘都欺倒了，岂止别人！”因喝命：“唤他干娘来领去，就赏他外头自寻个女婿去吧。把他的东西一概给他。”又吩咐上年凡有姑娘们分使的唱戏的女孩子们，一概不许留在园里，都令其各人干娘带出，自行聘嫁。一语传出，这些干娘皆感恩趁愿不尽，都约齐与王夫人磕头。王夫人又满屋里搜检宝玉之物。凡略有眼生之物，一并命收的收，卷的卷，着人拿到自己房内去了。因说：“这才干净，省得旁人口舌。”因又吩咐袭人、麝月等人：“你们小心！往后再有一点分外之事，我一概不饶。因叫人查看了，今年不宜迁挪，暂且挨过今年，明年给我仍旧搬出去心净。”（墨夹：一段神奇鬼讶之文不知从何想来，王夫人从来未理家务，岂不一木偶哉？且前文隐隐约约已有无限口舌浸润之谮，原非一日矣。若无此一番更变，不独终无散场之局，且亦大不近乎情理。况此亦是余旧日目睹亲闻，作者身历之现成文字，非搜造而成者，故迥不与小说之离合悲欢窠臼相对。想遭冷落之大族儿孙见此，虽事有各殊，然其情理似亦有默契于心者焉。此一段不独批此，直从抄检大观园及贾母对月兴尽生悲皆可附者也。）说毕，茶也不吃，遂带领众人又往别处去阅人。暂且说不到后文。

如今且说宝玉只当王夫人不过来搜检搜检，无甚大事，谁知竟这样雷嗔电怒的来了。所责之事皆系平日之语，一字不爽，料必不能挽回的。虽心下恨不能一死，但王夫人盛怒之际，自不敢多言一句，多动一步，一直跟送王夫人到沁芳亭。王夫人命：“回去好生念念那书，仔细明儿问你。才已发下恨了。”宝玉听如此说，方回来，一路打算：“谁这样犯舌？况这里事也无人知道，如何就都说着了。”一面想，一面进来，只见袭人在那里垂泪。且去了第一等的人，岂不伤心，便倒在床上也哭起来。袭人知他心内别的还犹可，独有晴雯是第一件大事，乃推他劝道：“哭也不中用了。你起来我告诉你，晴雯已经好了，他这一家去，倒心净养几天。你果然舍不得，等太太气消了，你再求老太太，慢慢的叫进来也不难。不过太太偶然信了人的诽言，一时气头上如此罢了。”宝玉哭道：“我究竟不知晴雯犯了何等滔天大罪！”（墨夹：余亦不知，盖此等冤实非晴雯一人也。）袭人道：“太太只嫌他生的太好了，未免轻佻些。在太太是深知这样美人似的人必不安静，所以狠嫌他，像我们这粗粗笨笨的倒好。”宝玉道：“这也罢了。咱们私自顽话怎么也知道了？又没外人走风的，这可奇怪。”袭人道：“你有甚忌讳的，一时高兴了，你就不管有人无人了。我也曾使过眼色，也曾递过暗号，被那人已知道了，你反不觉。”宝玉道：“怎么人人的不是太太都知道，单不挑出你和麝月、秋纹来？”袭人听了这话，心内一动，低头半日，无可回答，因便笑道：“正是呢。若论我们也有顽笑不留心的孟浪去处，怎么太太竟忘了？想是还有别的事，等完了再发放我们，也未可知。”宝玉笑道：“你是头一个出了名的至善至贤之人，他两个又由你陶冶教育的，焉得还有孟浪该罚之处！只是芳官尚小，过于伶俐些，未免倚强压倒了人，惹人厌。四儿是我误了他，还是那年我和你拌嘴的那日起，叫上来作些细活，未免夺占了地位，故有今日。只是晴雯也是和你一样，从小儿在老太太屋里过来的，虽然他生得比人强，也没甚么要紧。就是他的性情爽利，口角锋芒些，究竟也不曾得罪你们。想是他过于生得好了，反被这好所误。”说毕，复又哭起来。

袭人细揣此话，好似宝玉有疑他之意，竟不好再劝，因叹道：“天知道罢了。此时也查不出人来了，白哭一会子也无益。倒是养着精神，等老太太喜欢时，回明白了再要来是正理。”宝玉冷笑道：“你不必虑宽我的心。等到太太平服了再瞧势头去要时，知他的病等得等不得。他自幼上来娇生惯养，何尝受过一日委屈。连我知道他的性格，还时常冲撞了他。他这一下去，就如同一盆才抽出嫩箭来的兰花送到猪窝里去一般。况又是一身重病，里头一肚子的闷气。他又没有亲爷热娘，只有一个醉泥鳅姑舅哥哥。他这一去，一时也不惯的，那里还等得几日。知道还能见他一面两面不能了！”说着又越发伤心起来。袭人笑道：“可是你‘只许州官放火，不许百姓点灯’。我们偶然说一句略妨碍些的话，就说是不利之谈，你如今好好的咒他，是该的了！他便比别人娇些，也不至这样起来。”宝玉道：“不是我妄口咒他，今年春天已有兆头的。”袭人忙问：“何兆？”宝玉道：“这阶下好好的一棵海棠花，竟无故死了半边，我就知有异事，果应在他身上。”袭人听了，又笑起来，因说道：“我待不说，又掌不住，你太也婆婆妈妈的了。这样的话，岂是你读书的男人说的。草木怎又关系起人来？若不婆婆妈妈的，真也成了个呆子了。”宝玉叹道：“你们那里知道，不但草木，凡天下之物，皆是有情有理的，也和人一样，得了知己，便极有灵验的。若用大题目比，就有孔子庙前之桧，坟前之蓍，诸葛祠前之柏，岳武穆坟前之松。这都是堂堂正大随人之正气，千古不磨之物。世乱则萎，世治则荣，几千百年了，枯而后生者几次。这岂不是兆应？小题目比，也有杨太真沉香亭之木芍药，端正楼之相思树，王昭君冢上之草，岂不也有灵验。所以这海棠亦应其人欲亡，故先就死了半边。”袭人听了这篇痴话，又可笑，又可叹，因笑道：“真真的这话越发说上我的气来了。那晴雯是个什么东西，就费这样心思，比出这些正经人来！还有一说，他总好，也灭不过我的次序去。便是这海棠，也该先来比我，也还轮不到他。想我是要死了。”宝玉听说，忙握他的嘴，劝道：“这是何苦！一个未清，你又这样起来。罢了，再别提这事，别弄的去了三个，又饶上一个。”袭人听说，心下暗喜道：“若不如此，你也不能了局。”宝玉乃道：“从此休提起，全当他们三个死了，不过如此。况且死了的也曾有过，也没有见我怎么样，此一理也。（墨夹：宝玉至终一着全作如是想，所以始于情终于悟者。既能终于悟而止，则情不得滥漫而涉于淫佚之事矣。一人前事一人了法，皆非“弃竹而复惘笋”之意。）如今且说现在的，倒是把他的东西，作瞒上不瞒下，悄悄的打发人送出去与了他。再或咱们常时积攒下的钱，拿几吊出去给他养病，也是你姊妹好了一场。”袭人听了，笑道：“你太把我们看的又小器又没人心了。这话还等你说，我才已将他素日所有的衣裳以至各什各物总打点下了，都放在那里。如今白日里人多眼杂，又恐生事，且等到晚上，悄悄的叫宋妈给他拿出去。我还有攒下的几吊钱也给他罢。”宝玉听了，感谢不尽。袭人笑道：“我原是久已出了名的贤人，连这一点子好名儿还不会买来不成！”宝玉听他方才的话，忙陪笑抚慰一时。晚间果密遣宋妈送去。

宝玉将一切人稳住，便独自得便出了后角门，央一个老婆子带他到晴雯家去瞧瞧。先这婆子百般不肯，只说怕人知道：“回了太太，我还吃饭不吃饭！”无奈宝玉死活央告，又许他些钱，那婆子方带了他来。

这晴雯当日系赖大家用银子买的，那时晴雯才得十岁，尚未留头。因常跟赖嬷嬷进来，贾母见他生得伶俐标致，十分喜爱。故此赖嬷嬷就孝敬了贾母使唤，后来所以到了宝玉房里。这晴雯进来时，也不记得家乡父母。只知有个姑舅哥哥，专能庖宰，也沦落在外，故又求了赖家的收买进来吃工食。赖家的见晴雯虽到贾母跟前，千伶百俐，嘴尖性大，却倒还不忘旧，（墨夹：只此一句便是晴雯正传。可知晴雯为聪明风流所害也。一篇为晴雯写传，是哭晴雯也。非哭晴雯，乃哭风流也。）故又将他姑舅哥哥收买进来，把家里一个女孩子配了他。成了房后，谁知他姑舅哥哥一朝身安泰，就忘却当年流落时，任意吃死酒，家小也不顾。偏又娶了个多情美色之妻，见他不顾身命，不知风月，一味死吃酒，便不免有蒹葭倚玉之叹，红颜寂寞之悲。又见他器量宽宏，（墨夹：趣极！“器量宽宏”如此用，真扫地矣。）并无嫉衾妒枕之意，这媳妇遂恣情纵欲，满宅内便延揽英雄，收纳材俊，上上下下竟有一半是他考试过的。若问他夫妻姓甚名谁，便是上回贾琏所接见的多浑虫灯姑娘儿的便是了。（墨夹：奇奇怪怪，左盘右旋，千丝万缕，皆自一体也。）目今晴雯只有这一门亲戚，所以出来就在他家。

此时多浑虫外头去了，那灯姑娘吃了饭去串门子，只剩下晴雯一人，在外间房内爬着。（墨夹：总哭晴雯。）宝玉命那婆子在院门瞭哨，他独自掀起草帘（墨夹：草帘。）进来，一眼就看见晴雯睡在芦席土炕上，（墨夹：芦席土炕。）幸而衾褥还是旧日铺的。心内不知自己怎么才好，因上来含泪伸手轻轻拉他，悄唤两声。当下晴雯又因着了风，又受了哥嫂的歹话，病上加病，嗽了一日，才朦胧睡了。忽闻有人唤他，强展星眸，一见是宝玉，又惊又喜，又悲又痛，忙一把死攥住他的手，哽咽了半日，方说出半句话来：

"我只当不得见你了。"接着便嗽个不住。宝玉也只有哽咽之分。晴雯道："阿弥陀佛，你来的好，且把那茶倒半碗我喝。渴了这半日，叫半个人也叫不着。"宝玉听说，忙拭泪问："茶在那里？"晴雯道："那炉台上就是。"宝玉看时，虽有个黑沙吊子，却不像个茶壶。只得桌上去拿一个碗，也甚大甚粗，不像个茶碗，未到手内，先就闻得油膻之气。（墨夹：不独为晴雯一哭，且为宝玉一哭亦可。）宝玉只得拿了来，先拿些水洗了两次，复又用水汕过，方提起沙壶斟了半碗。看时，绛红的，也太不成茶。晴雯扶枕道："快给我喝一口罢！这就是茶了。那里比得咱们的茶！"宝玉听说，先自己尝了一尝，并无清香，且无茶味，只一味苦涩，略有茶意而已。尝毕，方递与晴雯。只见晴雯如得了甘露一般，一气都灌下去了。宝玉心下暗道："往常那样好茶，他尚有不如意之处；今日这样。看来，可知古人说得'饱饫烹宰，饥餍糟糠'，又道是'饭饱弄粥'，可见都不错了。"（墨夹：妙！通篇宝玉最要书者，每因女子之所历始信其可，此谓触类旁通之妙诀矣。）一面想，一面流泪问道："你有什么说的，趁着没人告诉我。"晴雯呜咽道："有什么可说的！不过挨一刻是一刻，挨一日是一日。我已知横竖不过三五日的光景，就好回去了。只是一件，我死也不甘心的：我虽生的比别人略好些，并没有私情密意勾引你怎样，如何一口死咬定了我是个狐狸精！我太不服。今日既已耽了虚名，而且临死，不是我说一句后悔的话，早知如此，当日也另有个道理。不料痴心傻意，只说大家横竖是在一处。不想平空生出这一节话来，有冤无处诉。"说毕又哭。宝玉拉着他的手，只觉瘦如枯柴，腕上犹带着四个银镯，因泣道："且卸下这个来，等好了再带上罢。"因与他卸下来，塞在枕下。又说："可惜这两个指甲，好容易长了二寸长，这一病好了，又损好些。"晴雯拭泪，就伸手取了剪刀，将左手上两根葱管一般的指甲齐根铰下；又伸手向被内将贴身穿着的一件旧红绫袄脱下，并指甲都与宝玉道："这个你收了，以后就如见我一般。快把你的袄儿脱下来我穿。我将来在棺材内独自躺着，也就像还在怡红院的一样了。论理不该如此，只是耽了虚名，我可也是无可如何了。"宝玉听说，忙宽衣换上，藏了指甲。晴雯又哭道："回去他们看见了要问，不必撒谎，就说是我的。既担了虚名，越性如此，也不过这样了。"

一语未了，只见他嫂子笑嘻嘻掀帘进来，道："好呀，你两个的话，我已都听见了。"又向宝玉道："你一个作主子的，跑到下人房里作什么？看我年轻又俊，敢是来调戏我么？"宝玉听说，吓的忙陪笑央道："好姐姐，快别大声。他伏侍我一场，我私自来瞧瞧他。"灯姑娘便一手拉了宝玉进里间来，笑道："你不叫嚷也容易，只是依我一件事。"说着，便坐在炕沿上，却紧紧的将宝玉搂入怀中。宝玉如何见过这个，心内早突突的跳起来了，急的满面红涨，又羞又怕，只说："好姐姐，别闹。"（墨夹：如闻如见，"别闹"二字活跳。）灯姑娘乜斜醉眼，笑道："呸！成日家听见你风月场中惯作工夫的，怎么今日就反讪起来。"宝玉红了脸，笑道："姐姐放手，有话咱们好说。外头有老妈妈，听见什么意思。"灯姑娘笑道："我早进来了，却叫婆子去园门等着呢。我等什么似的，今儿等着了你。虽然闻名，不如见面，空长了一个好模样儿，竟是没药性炮仗，只好装幌子罢了，倒比我还发讪怕羞。可知人的嘴一概听不得的。就比如方才我们姑娘下来，我也料定你们素日偷鸡摸狗的。我进来一会在窗下细听，屋内只你二人，若有偷鸡盗狗的事，岂有不谈及于此，谁知你两个竟还是各不相扰。可知天下委屈事也不少。如今我反后悔错怪了你们。既然如此，你但放心。以后你只管来，我也不罗唣你。”宝玉听说，才放下心来，方起身整衣央道：“好姐姐，你千万照看他两天。我如今去了。”说毕起来，又告诉晴雯。二人自是依依不舍，也少不得一别。晴雯知宝玉难行，遂用被蒙头，总不理他，宝玉方出来。意欲到芳官、四儿处去，无奈天黑，出来了半日，恐里面人找他不见，又恐生事，遂且进园来了，明日再作计较。因乃至后角门看时，看角门小厮正抱铺盖，里边嬷嬷们正查人，若再迟一步也就关了。

宝玉进入园中，且喜无人知道。到了自己房内，告诉袭人只说在薛姨妈家去的，也就罢了。一时铺床，袭人不得不问今日怎么睡。宝玉道：“不管怎么睡罢了。”原来这一二年间袭人因王夫人看重了他了，越发自要尊重。凡背人之处，或夜晚之间，总不与宝玉狎昵，较先幼时反倒疏远了。况虽无大事办理，然一应针线并宝玉及诸小丫头们凡出入银钱、衣履、什物等事，也甚烦琐；且有吐血旧症虽愈，然每因劳碌风寒所感，即嗽中带血，故迩来夜间总不与宝玉同房。宝玉夜间常醒，又极胆小，每醒必唤人。因晴雯睡卧性警，且举动轻便，故夜晚一应茶水起坐呼唤之任皆悉委他一人，所以宝玉外床只是他睡。今他去了，袭人只得要问，因思此任比日间紧要之意。宝玉既答不管怎样，袭人只得还依旧年之例，遂仍将自己铺盖搬来设于床外。

宝玉发了一晚上呆。（墨夹：一句是矣。）及催他睡下，袭人等也都睡后，听着宝玉在枕上长吁短叹，复去翻来，直至三更以后，方渐渐的安顿了，略有齁声。袭人方放心，也就朦胧睡着。没半盏茶时，只听宝玉叫“晴雯”。袭人忙睁开眼连声答应，问作什么。宝玉因要吃茶。袭人忙下去向盆内蘸过手，从暖壶内倒了半盏茶来吃过。宝玉乃笑道：（墨夹：“笑”字好极，有文章，盖恐冷落袭人也。）“我近来叫惯了他，却忘了是你。”袭人笑道：“他一乍来时你也曾睡梦中直叫我，半年后才改了。我知道这晴雯人虽去了，这两个字只怕是不能去的。”说着，大家又卧下。宝玉又翻转了一个更次，至五更，方睡去时，只见晴雯从外头走来，仍是往日形景，进来笑向宝玉道：“你们好生过罢，我从此就别过了。”说毕，翻身便走。宝玉忙叫时，又将袭人叫醒。袭人还只当他惯了口乱叫，却见宝玉哭了，说道：“晴雯死了。”袭人笑道：“这是那里话！你就知道胡闹，被人听着什么意思。”宝玉那里肯听，恨不得一时亮了就遣人去问信。

及至亮时，就有王夫人房里小丫头立等叫开前角门传王夫人的话：“即时叫起宝玉，快洗脸，换了衣裳快来，因今儿有人请老爷寻秋赏桂花，老爷因喜欢他前儿作得诗好，故此要带他们去。这都是太太的话，一句别错了。你们快飞告诉去，立逼他快来，老爷在上屋里还等他吃面茶呢。环哥儿已来了。快飞，快飞。再着一个人去叫兰哥儿，也要这等说。”里面的婆子听一句，应一句，一面扣扭子，一面开门。一面早有两三个人一行扣衣，一行分头去了。袭人听得叩院门，便知有事，忙一面命人问时，自己已起来了。听得这话，促人来舀了面汤，促宝玉起来盥漱。他自去取衣。因思跟贾政出门，便不肯拿出十分出色的新鲜衣履来，只拿那二等成色的来。宝玉此时亦无法，只得忙忙的前来。果然贾政在那里吃茶，十分喜悦。宝玉忙行了省晨之礼。贾环、贾兰二人也都见过宝玉。贾政命坐吃茶，向环、兰二人道：“宝玉读书不如你两个，论题联和诗这种聪明，你们皆不及他。今日此去，未免强你们做诗，宝玉须听便助他们两个。”王夫人等自来不曾听见这等考语，真是意外之喜。

一时候他父子二人等去了，方过贾母这边来时，就有芳官等三个的干娘走来，回说：“芳官自前日蒙太太的恩典赏了出去，他就疯了似的，茶也不吃，饭也不用，勾引上藕官、蕊官，三个人寻死觅活，只要剪了头发做尼姑。我只当是小孩子家一时出去不惯了是有的，不过隔两日就好了。谁知越闹越凶，打骂着也不怕。实在没法，所以来求太太，或者就依他们做尼姑去，或教导他们一顿，赏给别人作女儿去罢，我们也没这福。”王夫人听了道：“胡说！那里由得他们起来，佛门也是轻易人进去的！每人打一顿给他们，看还闹不闹了！”当下因八月十五日各庙内上供去，皆有各庙内的尼姑来送供尖之例，王夫人曾于十五日就留下水月庵的智通与地藏庵的圆信住两日，至今日未回，听得此信，巴不得又拐两个女孩子去作活使唤，因都向王夫人道：“咱府上到底是善人家。因太太好善，所以感应得这些小姑娘们皆如此。虽说佛门轻易难入，也要知道佛法平等。我佛立愿，原是一切众生无论鸡犬皆要度他，无奈迷人不醒。若果有善根能醒悟，即可以超脱轮回。所以经上现有虎狼蛇虫得道者不少。如今这两三个姑娘既然无父无母，家乡又远，他们既经了这富贵，又想从小儿命苦入了这风流行次，将来知道终身怎样，所以苦海回头，出家修修来世，也是他们的高意。太太倒不要限了善念。”王夫人原是个好善的，先听彼等之语不肯听其自由者，因思芳官等不过皆系小儿女，一时不遂之谈，恐将来熬不得清净，反致获罪。今听这两个拐子的话大近情理；且近日家中多故，又有邢夫人遣人来知会，明日接迎春家去住两日，以备人家相看；且又有官媒婆来求说探春等事，心绪甚繁，那里着意在这些小事上。既听此言，便笑答道：“你两个既这等说，你们就带了作徒弟去如何?”两个姑子听了，念一声佛道：“善哉！善哉！若如此，可是你老人家阴德不小。”说毕，便稽首拜谢。王夫人道：“既这样，你们问他们去。若果真心，即上来当着我拜了师父去罢。”这三个女人听了出去，果然将他三人带了来。王夫人问之再三，他三人已是立定主意，遂与两个姑子叩了头，又拜辞了王夫人。王夫人见他们意皆决断，知不可强了，反倒伤心可怜，忙命人取了些东西来赍赏了他们，又送了两个姑子些礼物。从此芳官跟了水月庵的智通，蕊官、藕官二人跟了地藏庵的圆心，各自出家去了。再听下回分解。

第七十八回

老学士闲征姽婳词　痴公子杜撰芙蓉诔

话说两个尼姑领了芳官等去后，王夫人便往贾母处来省晨，见贾母喜欢，便趁便回道：“宝玉屋里有个晴雯，那个丫头也大了，而且一年之间，病不离身；我常见他比别人分外淘气，也懒；前日又病倒了十几天，叫大夫瞧，说是女儿痨，所以我就赶着叫他下去了。若养好了也不用叫他进来，就赏他家配人去也罢了。再那几个学戏的女孩子，我也作主放出去了。头一则他们都会戏，口里没轻没重，只会混说，女孩儿们听了如何使得？二则他们既唱了会子戏，白放了他们，也是应该。况丫头们也太多，若说不够使，再挑上几个来也是一样。”贾母听了，点头道：“这倒是正理，我也正想着如此呢。但晴雯那丫头我看他甚好，怎么就这样起来。我的意思这些丫头模样爽利，言谈、针线多不及他，将来只他还可以给宝玉使唤得。谁知变了。”王夫人笑道：“老太太挑中的人原不错。只怕他命里没造化，所以得了这个病。俗语又说：‘女大十八变。’况且有个本事的人，未免就有些调歪。老太太还有什么不曾经验过的。三年前我也就留心这件事。先只取中了他，我便留心。冷眼看去，他色色虽比人强，只是不大沉重。若说沉重知大礼，莫若袭人第一。虽说贤妻美妾，然也要性情和顺举止沉重的更好些。就是袭人模样虽比晴雯略次一等，然放在房里，也算是一二等的了。况且行事大方，心地老实，这几年来，从未逢迎着宝玉淘气。凡宝玉十分胡闹的事，他只有死劝的。因此品择了二年，一点不错了，我就悄悄的把他丫头的月分钱止住，我的月分银子里批出二两银子来给他。不过使他自己知道越发小心效好之意。且不明说者，一则宝玉年纪尚小，老爷知道了又恐说耽误了书；二则宝玉再自为已是跟前的人不敢劝他说他，反倒纵性起来。所以直到今日才回明老太太。”贾母听了，笑道：“原来这样，如此更好了。袭人本来从小儿不言不语，我只说他是没嘴的葫芦。既是你深知，岂有大错误的。而且你这不明与宝玉的主意更好。且大家别提这事，只是心里知道罢了。我深知宝玉将来也是个不听妻妾劝的。我也解不过来，也从未见过这样的孩子。别的淘气都是应该，只他这种和丫头们好却是难得。我为此也耽心，每冷眼查看他。只和丫头们闹，必是人大心大，知道男女的事了，所以爱亲近他们。既细细查试，究竟不是为此。岂不奇怪。想必原是个丫头错投了胎不成。”说着，大家笑了。王夫人又回今日贾政如何夸奖，又如何带他们逛去，贾母听了，更加喜悦。

一时，只见迎春妆扮了前来告辞过去。凤姐也来省晨，伺候过早饭，又说笑了一回。贾母歇晌后，王夫人便唤了凤姐，问他丸药可曾配来。凤姐儿道：“还不曾呢，如今还是吃汤药。太太只管放心，我已大好了。”（墨夹：总是勉强。）王夫人见他精神复初，也就信了。（墨夹：只用此一句，便又伏后文。）因告诉撵逐晴雯等事，又说：“怎么宝丫头私自回家睡了，你们都不知道？我前儿顺路都查了一查。谁知兰小子这一个新进来的奶子也十分的妖乔，我也不喜欢他。我也说与你嫂子了，好不好叫他各自去罢。况且兰小子也大了，用不着奶子了。我因问你大嫂子：‘宝丫头出去难道你也不知道不成？’他说是告诉了他的，不过住两三日，等你姨妈好了就进来。姨妈究竟没甚大病，不过还是咳嗽腰疼，年年是如此的。他这去必有原故，敢是有人得罪了他不成？那孩子心重，亲戚们住一场，别得罪了人，反不好了。”凤姐笑道：“谁可好好的得罪着他们？他们天天在园里，左不过是他们一群人。”王夫人道：“别是宝玉有嘴无心，傻子似的从没个忌讳，高兴了信嘴胡说也是有的。”凤姐笑道：“这可是太太过于操心了。若说他出去干正经事说正经话去，却像个傻子；若只叫进来在这些姊妹跟前以至于大小的丫头跟前，他最有尽让，又恐怕得罪了人，那是再不得有人恼他的。我想薛妹妹出去，想必为着前时搜检众丫头的东西的原故。他自然为信不及园里的人才搜检，他又是亲戚，现也有丫头老婆在内，我们又不好去搜检了，恐我们疑他，所以多了这个心，自己回避了。也是应该避嫌疑的。”

王夫人听了这话不错，是以多了这个心，自己回避了。他自己遂低头想了一想，便命人请了宝钗来分晰前日的事以解他疑心，又仍命他进来照旧居住。宝钗陪笑道：“我原要早出去的，只是姨娘有许多的大事，所以不便来说。可巧前日妈又不好了，家里两个靠得的女人也病着，我所以趁便出去了。姨娘今日既已知道了，我正好明讲出情理来，就从今日辞了好搬东西的。”王夫人凤姐都笑道：“太固执了。正经再搬进来为是，休为没要紧的事反疏远了亲戚。”宝钗笑道：“你这话说的太不解了，并没为什么事我出去。我为的是妈近来神思比先大减，而且夜间晚上没有得靠的人，通共只我一个。二则如今我哥哥眼看娶嫂子，多少针线活计并家里一切动用的器皿，尚有未齐备的，我也须得帮着妈去料理料理。姨妈和凤姐姐都知道我们家的事，不是我撒谎。三则是我在园里，东南上小角门子就常开着，原是我走的，保不住出入的人就图省路也从那里走，又没人盘查，设若从那里生出一件事来，岂不两碍脸面。而且我进园里来住，原不是什么大事，因前几年年纪皆小，且家里没事，有在外头的，不如进来姊妹相共，或作针线，或顽笑，皆比在外头闷坐着好，如今彼此都大了，也彼此皆有事。况姨娘这边历年皆遇不遂心的事故，那园子也太大，一时照顾不到，皆有关系，惟有少几个人，就可以少操些心。所以今日不但我执意辞去之外，还要劝姨娘如今该减些的就减些，也不为失了大家的体统。据我看，园里这一项费用也竟可以免的，说不得当日的话。姨娘深知我家的，难道我们当日也是这样冷落不成。”凤姐听了这篇话，便向王夫人笑道：“这话竟是，不必强了。”王夫人点头：“我也无可回答，只好随你便罢了。”

话说之间，只见宝玉等已回来，因说他父亲还未散，“恐天黑了，所以先叫我们回来了”。王夫人忙问：“今日可有丢了丑？”宝玉笑道：“不但不丢丑，倒拐了许多东西来。”接着，就有老婆子们从二门上小厮手内接了东西来。王夫人一看时，只见扇子三把，扇坠三个，笔墨共六匣，香珠三串，玉绦环三个。宝玉说道：“这是梅翰林送的，那是杨侍郎送的，这是李员外送的，每人一分。”说着又向怀中取出一个旃檀香小护身佛来，说：“这是庆国公单给我的。”王夫人又问在席何人、作何诗词等语毕，只将宝玉一分令人拿着，同宝玉、兰、环前来见过贾母。贾母看了，喜欢不尽，不免又问些话。无奈宝玉一心记挂着晴雯，答应完了话时，便说骑马颠了，骨头疼。贾母便说：“快回房去换了衣服，疏散疏散就好了，不许睡倒。”宝玉听了，便忙入园来。

当下麝月、秋纹已带了两个丫头来等候，见宝玉辞了贾母出来，秋纹便将笔墨拿起来，一同随宝玉进园来。宝玉满口里说“好热”，一壁走，一壁便摘冠解带，将外面的大衣服都脱下来麝月拿着，（墨夹：看他用智之处。）只穿着一件松花绫子夹袄，袄内露出血点般大红裤子来。秋纹见这条红裤是晴雯手内针线，因叹道：“这条裤子以后收了罢，真是物件在人去了。”麝月忙笑道：“这是晴雯的针线。”又叹道：“真真物在人亡了！”秋纹将麝月拉了一把，笑道：“这裤子配着松花色袄儿、石青靴子，越显出这靛青的头，雪白的脸来了。”宝玉在前只装听不见，又走了两步，便止步道：“我要走一走，这怎么好？”麝月道：“大白日里，还怕什么？还怕丢了你不成！”因命两个小丫头跟着，“我们送了这些东西去再来。”宝玉道：“好姐姐，等一等我再去。”麝月道：“我们去了就来。两个人手里都有东西，倒像摆执事的，一个捧着文房四宝，一个捧着冠袍带履，成个什么样子。”宝玉听见，正中心怀，便让他两个去了。

他便带了两个小丫头到一石后，也不怎么样，只问他二人道：“自我去了，你袭人姐姐打发人瞧晴雯姐姐去了不曾？”这一个答道：“打发宋妈妈瞧去了。”宝玉道：“回来说什么？”小丫头道：“回来说晴雯姐姐直着脖子叫了一夜，今日早起就闭了眼，住了口，世事不知，也出不得一声儿，只有倒气的分儿了。”宝玉忙道：“一夜叫的是谁？”小丫头子说：“一夜叫的是娘。”宝玉拭泪道：“还叫谁？”小丫头子道：“没有听见叫别人了。”宝玉道：“你糊涂，想必没有听真。”旁边那一个小丫头最伶俐，听宝玉如此说，便上来说："真个他糊涂。"又向宝玉道："不但我听得真切，我还亲自偷着看去的。"宝玉听说，忙问："你怎么又亲自看去？"小丫头道："我因想晴雯姐姐素日与别人不同，待我们极好。如今他虽受了委屈出去，我们不能别的法子救他，只亲去瞧瞧，也不枉素日疼我们一场。就是人知道了回了太太，打我们一顿，也是愿受的。所以我拚着挨一顿打，偷着下去瞧了一瞧。谁知他平生为人聪明，至死不变。他因想着那起俗人不可说话，所以只闭眼养神，见我去了便睁开眼，拉我的手问：'宝玉那去了？'我告诉他实情。他叹了一口气说：'不能见了。'我就说：'姐姐何不等一等他回来见一面，岂不两完心愿？'他就笑道：'你们还不知道。我不是死，如今天上少了一位花神，玉皇敕命我去司主。我如今在未正二刻到任司花，宝玉须待未正三刻才到家，只少得一刻的工夫，不能见面。世上凡该死之人，阎王勾取了过去，是差些小鬼来捉人魂魄。若要迟延一时半刻，不过烧些纸钱浇些浆饭，那鬼只顾抢钱去了，该死的人就可多待些个工夫。（墨夹：好！奇之至！又从来皆说"阎王注定三更死，谁能留人至五更"之语，今忽借此小女儿一篇无稽之谈，反成无人敢翻之案，且又寓意调侃，骂尽世态。岂非文章之至耶？寄语观者：至此不浮一大白者，以后不必看书也。）我这如今是有天上的神仙来召请，岂可捱得时刻！'我听了这话，竟不大信，及进来到房里留神看时辰表时，果然是未正二刻他咽了气，正三刻上就有人来叫我们，说你来了。这时候倒都对合。"宝玉忙道："你不识字看书，所以不知道。这原是有的，不但花有一个神，一样花有一位神之外还有总花神。但他不知是作总花神去了，还是单管一样的花神？"这丫头听了，一时诌不出来。恰好这是八月时节，园中池上芙蓉正开。这丫头便见景生情，忙答道："我也曾问他是管什么花的神，告诉我们日后也好供养的。他说：'天机不可泄漏。你既这样虔诚，我只告诉你，你只可告诉宝玉一人。除他之外若泄了天机，五雷就来轰顶的。'他就告诉我说，他就是专管这芙蓉花的。"宝玉听了这话，不但不为怪，亦且去悲而生喜，乃指芙蓉笑道："此花也须得这样一个人去司掌。我就料定他那样人必有一番事业做的。虽然超出苦海，从此不能相见，也免不得伤感思念。"因又想："虽然临终未见，如今且去灵前一拜，也算尽这五六年的情常。"

想毕忙至房中，又另穿带了，只说去看黛玉，遂一人出园来，往前次之处来，意为停柩在内。谁知他哥嫂见他一咽气便回了进去，希图早些得几两发送例银。王夫人闻知，便命赏了十两烧埋银子。又命："即刻送到外头焚化了罢。女儿痨死的，断不可留！"他哥嫂听了这话，一面得银，一面就雇了人来入殓，抬往城外化人场上去了。剩的衣履簪环，约有三四百金之数，他兄嫂自收了为后日之计。二人将门锁上，一同送殡去未回。宝玉走来扑了个空。（墨夹：收拾晴雯，固为红颜一哭。然亦大令人不堪。　上云王夫人怕女儿痨不祥，今则忽从宝玉心中道其苦，又非模拟出是已抑郁其词，其母子之心中体贴眷爱之情，委曲已尽。）

宝玉自立了半天，别无法术，只得复身进入园中。待回至房中，甚觉无味，因顺路来找黛玉。偏黛玉不在房中，问其何往，丫鬟们回说："往宝姑娘那里去了。"宝玉又至蘅芜苑中，只见寂静无人，房内搬的空空落落的，不觉吃一大惊。忽见个老婆子走来，宝玉忙问这是什么原故。老婆子道："宝姑娘出去了。这里交我们看着，还没有搬清楚。我们帮着送了些东西去，这也就完了。你老人家请出去罢，让我们扫扫灰尘也好，从此你老人家省跑这一处的腿子了。"宝玉听了，怔了半天，因看着那院中的香藤异蔓，仍是翠翠青青，忽比昨日好似改作凄凉了一般，更又添了伤感。默默出来，又见门外的一条翠樾埭上也半日无人来往，不似当日各处房中丫鬟不约而来者络绎不绝。又俯身看那埭下之水，仍是溶溶脉脉的流将过去。心下因想："天地间竟有这样无情的事！"悲感一番，忽又想到去了司棋、入画、芳官等五个；死了晴雯；今又去了宝钗等一处；迎春虽无去，然连日也不见回来，且接连有媒人来求亲：大约园中之人不久都要散的了。纵生烦恼，也无济于事。不如还是找黛玉去相伴一日，回来家还是和袭人厮混，只这两三个人，只怕还是同死同归的。想毕，仍往潇湘馆来，偏黛玉尚未回来。宝玉想亦当出去候送才是，无奈不忍悲感，还是不去的好，遂又垂头丧气的回来。

正在不知所以之际，忽见王夫人的丫头进来找他说："老爷回来了，找你呢，又得了好题目来了。快走，快走。"宝玉听了，只得跟了出来。到王夫人房中，他父亲已出去了。王夫人命出去，宝玉至书房中。

彼时贾政正与众幕友们谈论寻秋之胜，又说："快散时忽然谈及一事，最是千古佳谈，'风流隽逸，忠义慷慨'八字皆备，到是个好题目，大家要作一首輓词。"众幕宾听了，都忙请教系何等妙事。贾政乃道："当日曾有一位王封曰恒王，出镇青州。这恒王最喜女色，且公余好武，因选了许多美女，日习武事。每公余辄开宴连日，令众美女习战斗攻拔之事。其姬中有姓林行四者，姿色既冠，且武艺更精，皆呼为林四娘。恒王最得意，遂超拔林四娘统辖诸姬，又呼为'姽婳将军'。"众清客都称："妙极，妙极，神奇。竟以'姽婳'下加'将军'二字，反更觉妩媚风流，真绝世奇文也。想这恒王也是千古第一风流人物了。"贾政笑道："这话自然是如此，但更有可奇可叹之事。"众清客都愕然惊问道："不知底下有何奇事？"贾政道："谁知次年便有'黄巾''赤眉'一干流贼余党复又乌合，抢掠山左一带。（墨夹："赤眉""黄巾"两时之事，今合而为一，盖云不过是此等众类，非特历历指明某赤某黄。若云不合两用便呆矣。此书全是如此，为混人也。）恒王意为犬羊之恶，不足大举，因轻骑前剿。不意贼众颇有诡谲智术，两战不胜，恒王遂为众贼所戮。于是青州城内文武官员，各各皆谓：'王尚不胜，你我何为！'遂将有献城之举。林四娘得闻凶报，遂集聚众女将，发令说道：'你我皆向蒙王恩，戴天履地，不能报其万一。今王既殒身于国事，我意亦当殒身于王。你等有愿随者，即时同我前往；有不愿者，亦早各散。'众女将听他这样，都一齐说愿意。于是林四娘带领众人连夜出城，直杀至贼营里头。众贼不防，也被斩戮了几员首贼。然后大家见是不过几个女人，料不能济事，遂回戈倒兵，奋力一阵，把林四娘等一个不曾留下，倒作成了这林四娘的一片忠义之志。后来报至中都，自天子以至百官，无不惊骇道奇。想其朝中自然又有人去剿灭，天兵一到，化为乌有，不必深论。只就林四娘一节，众位听了，可羡不可羡呢？"众幕友都叹道："实在可羡可奇，实是个妙题，原该大家挽一挽才是。"说着，早有人取了笔砚，按贾政口中之言稍加改易了几个字，便成了一篇短序，递与贾政看了。贾政道："不过如此。他们那里已有原序。昨日因又奉恩旨，着察核前代以来,应加褒奖而遗落未经请奏各项人等，无论僧尼乞丐女妇人等，有一事可嘉，即行报送履历至礼部备请恩奖。所以他这原序也送往礼部去了。大家听见这新闻，所以都要作一首《姽婳词》，以志其忠义。”众人听了，都又笑道：“这原该如此。只是更可羡者，本朝皆系千古未有之旷典隆恩，实历代所不及处，可谓‘圣朝无阙事’，唐朝人预先竟说了，竟应在本朝。如今年代方不虚此一句。”贾政点头道：“正是。”

说话间，贾环叔侄亦到。贾政命他们看了题目。他两个虽能诗，较腹中之虚实虽也去宝玉不远，但第一件他两个终是别路，若论举业一道，似高过宝玉，若论杂学，则远不能及；第二件他二人才思滞钝，不及宝玉空灵涓逸，每作诗亦如八股之法，未免拘板庸涩。那宝玉虽不算是个读书人，然亏他天性聪敏，且素喜好些杂书，他自为古人中也有杜撰的，也有误失之处，拘较不得许多；若只管怕前怕后起来，总堆砌成一篇，也觉得甚无趣味。因心里怀着这个念头，每见一题，不拘难易，他便毫无费力之处，就如世上流嘴滑舌之人，无风作有，信着伶口俐舌，长篇大论，胡扳乱扯，敷演出一篇话来。虽无稽考，却都说得四座春风。虽有正言厉语之人，亦不得压倒这一种风流去。近日贾政年迈，名利大灰，然起初天性也是个诗酒放诞之人，因在子侄辈中，少不得规以正路。近见宝玉虽不读书，竟颇能解此，细评起来，也还不算十分玷辱了祖宗。就思及祖宗们，各各亦皆如此，虽有深精举业的，也不曾发迹过一个，看来此亦贾门之数。况母亲溺爱，遂也不强以举业逼他了。所以近日是这等待他。又要环、兰二人举业之余，怎得亦同宝玉才好，所以每欲作诗，必将三人一齐唤来对作。（墨夹：妙！世事皆不可无足餍，只有“读书”二字是万不可足餍的。父母之心可不甚哉！近之父母只怕儿子不能名利，岂不可叹乎?）

闲言少述。且说贾政又命他三人各吊一首，谁先成者赏，佳者额外加赏。贾环、贾兰二人近日竟当着多人皆作过几首了，胆量愈壮，今看了题，遂自去思索。一时，贾兰先有了。贾环生恐落后也就有了。二人皆已录出，宝玉尚出神。（墨夹：妙，偏写出钝态来。）贾政与众人且看他二人的二首。贾兰的是一首七言绝句，写道是：

> 姽婳将军林四娘，玉为肌骨铁为肠。
> 捐躯自报恒王后，此日青州土亦香。

众幕宾看了，便皆大赞：“小哥儿十三岁的人就如此，可知家学渊源，真不诬矣。”贾政笑道：“稚子口角，也还难为他。”又看贾环的，是首五言律，写道是：

> 红粉不知愁，将军意未休。
> 掩啼离绣幕，抱恨出青州。
> 自谓酬王德，讵能复寇仇。
> 谁题忠义墓，千古独风流。

众人道：“更佳。倒是大几岁年纪，立意又自不同。”贾政道：“还不甚大错，终不恳切。”众人道：“这就罢了。三爷才大不多两岁，在未冠之时如此，用了工夫，再过几年，怕不是大阮、小阮了。”贾政笑道：“过奖了。只是不肯读书过失。”因又问宝玉怎么样。众人道：“二爷细心镂刻，定又是风流悲感，不同此等的了。”宝玉笑道：“这个题目似不称近体，须得古体，或歌或行，长篇一首，方能恳切。”众人听了，都立身点头拍手道：“我说他立意不同！每一题到手必先度其体格宜与不宜，这便是老手妙法。就如裁衣一般，未下剪时，须度其身量。这题目名曰《姽婳词》，且既有了序，此必是长篇歌行方合体的。或拟温八叉《击瓯歌》，或拟白乐天《长恨歌》，或拟咏古词，半叙半咏，流利飘逸，始能尽妙。”贾政听说，也合了主意，遂自提笔向纸上要写，又向宝玉笑道：“如此，你念我写。若不好了，我捶你那肉。谁许你先大言不惭了！”宝玉只得念了一句，道是：

恒王好武兼好色，

贾政写了看时，摇头：“粗鄙。”一幕宾道：“要这样方古，究竟不粗。且看他底下的。”贾政道：“姑存之。”宝玉又道：

遂教美女习骑射。
秾歌艳舞不成欢，列阵挽戈为自得。

贾政写出，众人都道：“只这第三句便古朴老健，极妙。这四句平叙出，也最得体。”贾政道：“休谬加奖誉，且看转的如何。”宝玉念道：

眼前不见尘沙起，将军俏影红灯里。

众人听了这两句，便都叫：“妙！好个‘不见尘沙起’！又承了一句‘俏影红灯里’，用字用句，皆入神化了。”宝玉道：

叱咤时闻口舌香，霜矛雪剑娇难举。

众人听了，便拍手笑道：“益发画出来了。当日敢是宝公也在座，见其娇且闻其香否？不然，何体贴至此。”宝玉笑道：“闺阁习武，任其勇悍，怎似男人。（墨夹：贾老在座，故不便出“浊物”二字，妙甚细甚！）不问而可知娇怯之形的了。”贾政道：“还不快续，这又有你说嘴的了。”宝玉只得又想了一想，念道：

丁香结子芙蓉绦，

众人都道："转'绦'，萧韵，更妙，这才流利飘荡。而且这一句也绮靡秀媚的妙。"贾政写了，看道："这一句不好。已写过'口舌香''娇难举'，何必又如此。这是力量不加，故又用这些堆砌货来搪塞。"宝玉笑道："长歌也须得要些词藻点缀点缀，不然便觉萧索。"贾政道："你只顾用这些，但这一句底下如何能转至武事？若再多说两句，岂不蛇足了。"宝玉道："如此，底下一句转煞住，想亦可矣。"贾政冷笑道："你有多大本领？上头说了一句大开门的散话，如今又要一句连转带煞，岂不心有余而力不足些。"宝玉听了，垂头想了一想，说了一句道：

不系明珠系宝刀。

忙问："这一句可还使得？"众人拍案叫绝。贾政写了，看着笑道："且放着，再续。"宝玉道："若使得，我便要一气下去了。若使不得，越性涂了，我再想别的意思出来，再另措词。"贾政听了，便喝道："多话！不好了再作，便作十篇百篇，还怕辛苦了不成！"宝玉听说，只得想了一会，便念道：

战罢夜阑心力怯，脂痕粉渍污鲛鮹。

贾政道："又一段。底下怎样？"宝玉道：

明年流寇走山东，强吞虎豹势如蜂。

众人道："好个'走'字！便见得高低了。且通句转的也不板。"宝玉又念道：

王率天兵思剿灭，一战再战不成功。
腥风吹折陇头麦，日照旌旗虎帐空。
青山寂寂水澌澌，正是恒王战死时。
雨淋白骨血染草，月冷黄沙鬼守尸。

众人都道："妙极，妙极！布置，叙事，词藻，无不尽美。且看如何至四娘，必另有妙转奇句。"宝玉又念道：

纷纷将士只保身，青州眼见皆灰尘，
不期忠义明闺阁，愤起恒王得意人。

众人都道："铺叙得委婉。"贾政道："太多了，底下只怕累赘呢。"宝玉乃又念道：

恒王得意数谁行，就死将军林四娘，

春燕玉兒

号令秦姬驱赵女，艳李秾桃临战场。
绣鞍有泪春愁重，铁甲无声夜气凉。
胜负自然难预定，誓盟生死报前王。
贼势猖獗不可敌，柳折花残实可伤，
魂依城郭家乡近，马践胭脂骨髓香。
星驰时报入京师，谁家儿女不伤悲！
天子惊慌恨失守，此时文武皆垂首。
何事文武立朝纲，不及闺中林四娘！
我为四娘长太息，歌成余意尚傍徨。

念毕，众人都大赞不止，又都从头看了一遍。贾政笑道：“虽然说了几句，到底不大恳切。”因说：“去罢。”三人如得了赦的一般，一齐出来，各自回房。

众人皆无别话，不过至晚安歇而已。独有宝玉一心凄楚，回至园中，猛然见池上芙蓉，想起小环说晴雯作了芙蓉之神，不觉又喜欢起来，乃看着芙蓉嗟叹了一会。忽又想起死后并未到灵前一祭，如今何不在芙蓉前一祭，岂不尽了礼，比俗人去灵前祭吊又更觉别致。想毕，便欲行礼。忽又止住道：“虽如此，亦不可太草率，也须得衣冠整齐，奠仪周备，方为诚敬。”想了一想，“如今若学那世俗之奠礼，断然不可；竟也还别开生面，另立排场，风流奇异，于世无涉，方不负我二人之为人。况且古人有云：‘潢污行潦，苹蘩蕴藻之贱，可以羞王公，荐鬼神。’原不在物之贵贱，全在心之诚敬而已。此其一也。二则诔文輓词也须另出己见，自放手眼，亦不可蹈袭前人的套头，填几字搪塞耳目之文，亦必须洒泪泣血，一字一咽，一句一啼，宁使文不足悲有余，万不可尚文藻而反失悲切。况且古人多有微词，非自我今作俑也。奈今人全惑于功名二字，故尚古之风一洗皆尽，恐不合时宜，于功名有碍之故。我又不希罕那功名，不为世人观阅称赞，何必不远师楚人之《大言》《招魂》《离骚》《九辩》《枯树》《问难》《秋水》《大人先生传》等法，或杂参单句，或偶成短联，或用实典，或设譬寓，随意所之，信笔而去，喜则以文为戏，悲则以言志痛，辞达意尽为止，何必若世俗之拘拘于方寸之间哉。”宝玉本是个不读书之人，再心中有了这篇歪意，怎得有好诗好文作出来。他自己却任意纂著，并不为人知慕，所以大肆妄诞，竟杜撰成一篇长文，用晴雯素日所喜之冰鲛　一幅楷字写成，名曰《芙蓉女儿诔》，前序后歌。又备了四样晴雯所喜之物，于是夜月下，命那小丫头捧至芙蓉花前。先行礼毕，将那诔文即挂于芙蓉枝上，乃泣涕念曰：（墨批：诸君阅至此，只当一笑话看去，便可醒倦。）

维

太平不易之元，（墨夹：年便奇。）蓉桂竞芳之月，（墨夹：是八月。）无可奈何之日，（墨夹：日更奇。细思日何难于说真某某，今偏用如此说，则可知矣。）怡红院浊玉，（墨夹：自谦的更奇。盖常以“浊”字许天下之男子，竟自谓，所谓“以责人之心责己”矣。）谨以群花之蕊，（墨夹：奇香。）冰鲛之縠，（墨夹：奇帛。）沁芳之泉，（墨夹：奇莫。）枫露之茗，（墨夹：奇茗。）四者虽微，聊以达诚申信，乃致祭于白帝宫中抚司秋艳芙蓉女儿（墨夹：奇称。）之前曰：窃思女儿自临浊世，（墨夹：世不浊，内物所混而浊也，前后便有照应。“女儿”称妙！盖思普天下之称，断不能有如此二字之清洁者。亦是宝玉之真心。）迄今凡十有六载。（墨夹：方十六岁而夭，亦伤矣。）其先之乡籍姓氏，湮沦而莫能考者久矣。（墨夹：忽又有此文不可，后来亦可伤矣。）而玉得于衾枕栉沐之间，栖息宴游之夕，亲昵狎亵，相与共处者，仅五年八月有奇。（墨夹：相共不足六载，一旦夭别，岂不可伤！）

忆女儿曩生之昔，其为质则金玉不足喻其贵，其为性则冰雪不足喻其洁，其为神则星日不足喻其精，其为貌则花月不足喻其色。姊妹悉慕媖娴，妪媪咸仰惠德。

孰料鸠鸩恶其高，鹰鸷翻遭罦罬；（墨夹：《离骚》：“鸷鸟之不群兮。”又：“吾令鸩为媒兮，鸩告余以不好。雄鸠之鸣逝兮，余犹恶其佻巧。”注：鸷特立不群。故不群，故不豫。鸩，羽毒杀人。鸠多声，有如人之多言不实。罦罬，音孚拙，翻车网。《诗经》：“雉离于罦。”《尔雅》：“罬谓之罦。”）薋葹妒其臭，茝兰竟被芟钮！（墨夹：《离骚》赍、葹皆恶草，以辨邪佞。茝兰，芳草，以别君子。）花原自怯，岂奈狂飙；柳本多愁，何禁骤雨。偶遭蛊虿之谗，遂抱膏肓之疚。故尔樱唇红褪，韵吐呻吟；杏脸香枯，色陈颇颔。（墨夹：《离骚》：“长颇颔亦何伤。”面黄色。）诼谣謑诟，出自屏帏；荆棘蓬榛，蔓延户牖。岂招尤见替，实攘诟而终。（墨夹：《离骚》：“朝谇而夕替。”替，废也。“忍尤而攘詬。”詬同诟。攘，取也。）既忳幽沉于不尽，复含罔屈于无穷。高标见嫉，闺帏恨比长沙；（墨夹：汲黯辈嫉贾谊之才，谪贬长沙。）直烈遭危，巾帼惨于羽野。（墨夹：鲧刚直自命，舜殛于羽山。《离骚》曰：“鲧婞直以亡身兮，终然夭乎羽之野。”）自蓄辛酸，谁怜夭折！仙云既散，芳趾难寻。洲迷聚窟，何来却死之香？海失灵槎，不获回生之药。

眉黛烟青，昨犹我画；指环玉冷，今倩谁温？鼎炉之剩药犹存，襟泪之余痕尚渍。镜分鸾别，愁开麝月之奁；梳化龙飞，哀折檀云之齿。委金钿于草莽，拾翠㔩于尘埃。楼空鳷鹊，徒悬七夕之针；带断鸳鸯，谁续五丝之缕？况乃金天属节，白帝司时，孤衾有梦，空室无人。桐阶月暗，芳魂与倩影同销；蓉帐香残，娇喘共细言皆绝。连天衰草，岂独蒹葭；匝地悲声，无非蟋蟀。露苔晚砌，穿帘不度寒砧；雨荔秋垣，隔院希闻怨笛。芳名未泯，檐前鹦鹉犹呼；艳质将亡，槛外海棠预老。（墨夹：恰极！）捉迷屏后，莲瓣无声；（墨夹：元微之诗：“小楼深迷藏。”）斗草庭前，兰芽枉待。抛残绣线，银笺彩缮谁裁？折断冰丝，金斗御香未熨。

昨承严命，既趋车而远涉芳园；今犯慈威，复拄杖而遽抛孤匶。（墨夹：柩本字。）及闻槥棺被燹，惭违共穴之盟；石椁成灾，愧迨同灰之诮。（墨夹：唐诗云：“先开石椁，木可为棺。”晋杨公回诗云：“生为并身物，死作同棺灰。”）尔乃西风古寺，淹滞青燐；落日荒丘，零星白骨。楸榆飒飒，蓬艾萧萧。隔雾圹以啼猿，绕烟塍而泣鬼。自为红绡帐里，公子情深；始信黄土垄中，女儿命薄！汝南泪血，斑斑洒向西风；梓泽余衷，默默诉凭冷月。

呜呼！固鬼蜮之为灾，岂神灵而亦妒。箝诐奴之口，讨岂从宽；剖悍妇之心，忿犹未释！（墨夹：《庄子》：“箝杨墨之口。”《孟子》谓：“诐辞知其所蔽。”）在君之尘缘虽浅，然玉之鄙意岂终。因蓄惓惓之思，不禁谆谆之问。始知上帝垂旌，花宫待诏，生侪兰蕙，死辖芙蓉。听小婢之言，似涉无稽；据浊玉之思，则深为有据。何也？昔叶法善摄魂以撰碑，李长吉被诏而为记，事虽殊，其理则一也。故相物以配才，苟非其人，恶乃滥乎？始信上帝委托权衡，可谓至洽至协，庶不负所秉赋也。因希其不昧之灵，或陟降于兹；特不揣鄙俗之词，有污慧听。乃歌而招之曰：

天何如是之苍苍兮，乘玉虬以游乎穹窿耶？（墨夹：《楚辞》：“驷玉虬以乘鹥兮。”）地何如是之茫茫兮，驾瑶象以降乎泉壤耶？（墨夹：《楚辞》：“杂瑶象以为车。”）望伞盖之陆离兮，抑箕尾之光耶？列羽葆而为前导兮，卫危虚于旁耶？驱丰隆以为比从兮，望舒月以离耶？（墨夹：“危”“虚”二星为卫护星。丰隆，雷师。望舒，月御也。）听车轨而伊轧兮，御鸾鹥以征耶？问馥郁而薆然兮，纫蘅杜以为纕耶？炫裙裾之烁烁兮，镂明月以为珰耶？籍葳蕤而成坛畤兮，檠莲焰以烛银膏耶？文爮瓟以为觯斝兮，漉醽醁以浮桂醑耶？瞻云气而凝盼兮，仿佛有所觇耶？俯窈窕而属耳兮，恍惚有所闻耶？期汗漫而无夭阏兮，忍捐弃余于尘埃耶？（墨夹：《逍遥游》：“夭阏。止也。”）倩风廉之为余驱车兮，冀联辔而携归耶？余中心为之慨然兮，（墨夹：《庄子·至乐篇》：“我独何能无慨然？”）徒噭噭而何为耶？（墨夹：《庄子》：“噭噭然随而哭之。”）君偃然而长寝兮，岂天运之变于斯耶？（墨夹：《庄子》：“偃然寝于巨室。”谓人死也。又“变而有气，气变而有形，形变而有生，今又变而之死，是相与为春秋冬夏四时行也。”《天道》篇：“其死也物化。”）既窀穸且安稳兮，反其真而复奚化耶？（墨夹：窀，音肫。《左传》：“窀穸之事，墓穴幽室也。”左贵嫔《杨后诔》：“早即窀穸。”《庄子·大宗师》：“而已反其真。”注：以死为真。）余犹桎梏而悬附兮，灵格余以嗟来耶？（墨夹：《庄子·大宗师》：桎梏之名。“彼以生为附赘悬疣，以死为决疣溃痈。”“嗟！来！桑户乎！嗟！来！桑户乎！”注：桑户，人名。孟子反、子琴张二人招其魂而语之也。“方将不化，恶知已化哉！”言人死犹如化去。《法华经》云：法华道师多殊方便，于险道中化一城，疲极之众入城，皆生已度想，安稳想。）来兮止兮，君其来耶！

若夫鸿蒙而居，寂静以处，虽临于兹，余亦莫睹。搴烟萝而为步幛，列枪蒲而森行伍。警柳眼之贪眠，释莲心之味苦。素女约于桂岩，宓妃迎于兰渚。弄玉吹笙，寒簧击敔。征嵩岳之妃，启骊山之姥。龟呈洛浦之灵，兽作咸池之舞。潜赤水兮龙吟，集珠林兮凤翥。爰格爰诚，匪簠匪筥。发轫乎霞城，返旌乎玄圃。既显微而若通，复氤氲而倏阻。离合兮烟云，空蒙兮雾雨。尘霾敛兮星高，溪山丽兮月午。何心意之忡忡，若寤寐之栩栩。余乃欷歔怅望，泣涕傍徨。人语兮寂历，天籁兮筼筜。鸟惊散而飞，鱼唼喋以响。志哀兮是祷，成礼兮期祥。呜呼哀哉！尚飨！

读毕，遂焚帛奠茗，犹依依不舍。小鬟催至再四，方才回身。忽听山石之后有一人笑道："且请留步。"二人听了，不免一惊。那小鬟回头一看，却是个人影从芙蓉花中走出来，他便大叫："不好，有鬼。晴雯真来显魂了！"唬得宝玉也忙看时——且听下回分解。

第七十九回 薛文龙悔娶河东狮 贾迎春误嫁中山狼

话说宝玉祭完了晴雯，只听花影中有人声，倒唬了一跳。既走出来细看，不是别人，却是林黛玉，满面含笑，口内说道：“好新奇的祭文！可与曹娥碑并传的了。”宝玉听了，不觉红了脸，笑答道：“我想着世上这些祭文都过于熟滥了，所以改个新样，原不过是我一时的顽意，谁知又被你听见了。有什么大使不得的，何不改削改削。”黛玉道：“原稿在那里？倒要细细一读。长篇大论，不知说的是什么，只听见中间两句，什么‘红绡帐里，公子多情，黄土垄中，女儿薄命。’这一联意思却好，只是‘红绡帐里’未免熟滥些。放着现成真事，为什么不用？”宝玉忙问：“什么现成的真事？”黛玉笑道：“咱们如今都系霞影纱糊的窗隔，何不说‘茜纱窗下，公子多情’呢？”宝玉听了，不禁跌足笑道：“好极，是极！到底是你想的出，说的出。可知天下古今现成的好景妙事尽多，只是愚人蠢子说不出想不出罢了。但只一件：虽然这一改新妙之极，但你居此则可，在我实不敢当。”说着，又接连说了一二百句“不敢”。黛玉笑道：“何妨。我的窗即可为你之窗，何必分晰得如此生疏。古人异姓陌路，尚然同肥马，衣轻裘，敝之而无憾，何况咱们。”宝玉笑道：“论交之道，不在肥马轻裘，即黄金白璧，亦不当锱铢较量。倒是这唐突闺阁，万万使不得的。如今我越性将‘公子’‘女儿’改去，竟算是你诔他的倒妙。况且素日你又待他甚厚，故今宁可弃此大文，万不可弃此‘茜纱’新句。竟莫若改作‘茜纱窗下，小姐多情；黄土垄中，丫鬟薄命。’如此一改，虽于我无涉，我也是惬怀的。”黛玉笑道：“他又不是我的丫头，何用作此语。况且小姐丫鬟亦不典雅，等我的紫鹃死了，我再如此说，还不算迟。”（墨夹：明是为与阿颦作谶，却先偏说紫鹃，总用此狡猾之法。）宝玉听了，忙笑道：“这是何苦又咒他。”（墨夹：又画出宝玉来，究竟不知是咒谁，使人一笑一叹。）黛玉笑道：“是你要咒的，并不是我说的。”宝玉道：“又有了，这一改可妥当了。莫若说：‘茜纱窗下，我本无缘；（墨夹：双关句，意妥极。）黄土垄中，卿何薄命。’”（墨夹：如此我亦为妥极。但试问当面用“尔”“我”字样究竟不知是为谁之谶，一笑一叹。一篇诔文总因此二句而有，又当知虽诔晴雯而又实诔黛玉也。奇幻至此！若云必因晴雯诔，则呆之至矣。）黛玉听了，忡然变色，（墨夹：慧心人可为一哭。观此句便知诔文实不为晴雯而作也。）心中虽有无限的狐疑乱拟，（墨夹：用此事更妙，盖又欲瞒观者。）外面却不肯露出，反连忙笑着点头称妙，说：“果然改的好。再不必乱改了，快去干正经事罢。才刚太太打发人叫你，明儿一早快过大舅母那边去。你二姐姐已有人家求准了，想是明儿那家人来拜允，所以叫你们过去呢。”宝玉拍手道：“何必如此忙？我身上也不大好，明儿还未必能去呢。”黛玉道：“又来了，我劝你把脾气改改罢。一年大二年小，……”一面说话，一面咳嗽起来。（墨夹：总为后文伏线。阿颦之文可见不是一笔两笔所写。）宝玉忙道：“这里风冷，咱们只顾呆站在这里，快回去罢。”黛玉道：“我也家去歇息了，明儿再见罢。”说着，便自取路去了。宝玉只得闷闷的转步，又忽想起来黛玉无人随伴，命小丫头子跟了送回去。自己到了怡红院中，果有王夫人打发老嬷嬷来，吩咐他明日一早过贾赦这边来，与方才黛玉之言相对。

原来贾赦将迎春许与孙家了。这孙家乃是大同府人氏，（墨夹：设云“大概相同”也，若必云真大同府则呆。）祖上系军官出身，乃当日宁、荣府中之门生，算来亦系世交。如今孙家只有一人在京，现袭指挥之职，此人名唤孙绍祖，生得相貌魁梧，体格健壮，弓马娴熟，应酬权变，（墨夹：画出一个俗物来。）年纪未满三十，且又家资饶富，（墨夹：此句断不可少。）现在兵部候缺提升。因未有室，贾赦见是世交之孙，且人品家当都相称合，遂青目择为东床娇婿。亦曾回明贾母。贾母心中却不十分称意，想来拦阻亦未必听，儿女之事自有天意前因，况且他是亲父主张，何必出头多事，为此只说“知道了”三字，余不多及。贾政又深恶孙家，虽是世交，当年不过是彼祖希慕荣、宁之势，有不能了结之事才拜在门下的，并非诗礼名族之裔，因此倒劝谏过两次，无奈贾赦不听，也只得罢了。

宝玉却从未会过这孙绍祖一面的，次日只得过去聊以塞责。只听见说娶亲的日子又急，不过今年就要过门的，又见邢夫人等回了贾母，将迎春接出大观园去等事，越发扫去了兴头，每日痴痴呆呆的，不知作何消遣。又听得说赔四个丫头过去，更又跌足自叹道：“从今后这世上又少了五个清洁人了。”因此天天到紫菱洲一带地方徘徊瞻顾，见其轩窗寂寞，屏帐翛然，不过有几个该班上夜的老妪。（墨夹：先为对景悼颦儿作引。）再看那岸上的蓼花苇叶，池内的翠荇香菱，也都觉摇摇落落，似有追忆故人之态，迥非素常逞妍斗色之可比。既领略得如此寥落凄惨之景，是以情不自禁，乃信口吟成一歌曰：（墨夹：此回题上半截是“悔娶河东狮”，今却偏连“中山狼”倒装业下情上，细腻写来。可见迎春是书中正传，阿呆夫妻是副，宾主次序严肃之至。其婚娶俗礼一概不及，只用宝玉一人过去，正是书中之大旨。）

池塘一夜秋风冷，吹散芰荷红玉影。
蓼花菱叶不胜愁，重露繁霜压纤梗。
不闻永昼敲棋声，燕泥点点污棋枰。
古人惜别怜朋友，况我今当手足情！

宝玉方才吟罢，忽闻背后有人笑道：“你又发什么呆呢？”宝玉回头忙看是谁，原来是香菱。宝玉忙转身笑问道：“我的姐姐，你这会子跑到这里来做什么？许多日子也不进来逛逛。”香菱拍手笑嘻嘻的说道：“我何曾不来。如今你哥哥回来了，那里比先时自由自在的了。才刚我们奶奶使人找你凤姐姐的，竟没找着，说往园子里来了。我听见了这信，我就讨了这件差进来找他。遇见他的丫头，说在稻香村呢。如今我往稻香村去，谁知又遇见了你。我且问你，袭人姐姐这几日可好？怎么忽然把个晴雯姐姐也没了，到底是什么病？二姑娘搬出去的好快，你瞧瞧这地方好空落落的。”宝玉应之不迭，又让他同到怡红院去吃茶。（墨夹：断不可少。）香菱道：“此刻竟不能，等找着琏二奶奶，说完了正经事再来。”宝玉道：“什么正经事这么忙？”香菱道：“你哥哥娶嫂子的事，所以要紧。”（墨夹：出题却闲闲引出。）宝玉道：“正是。说的到底是那一家的？只听见吵嚷了这半年，今儿又说张家的好，明儿又要李家的，后儿又议论王家的。这些人家的女儿他也不知道造了什么罪了，叫人家好端端议论。”香菱道：“这如今定了，可以不用搬扯别家了。”宝玉忙问：“定了谁家的？”香菱道：“因你哥哥上次出门贸易时，在顺路到了个亲戚家去。这门亲原是老亲，且又和我们是同在户部挂名行商，也是数一数二的大门户。前日说起来，你们两府都也知道的。合长安城中，上至王侯，下至买卖人，都称他家是‘桂花夏家’。”（墨夹：夏日何得有桂？又桂花时节焉得又有雪？三是原系风马牛，今若强凑合，故终不相符。来此败运之事大都如此，当局者自不解耳。）宝玉笑问道：（墨夹：听得“桂花”字号原觉新雅，故不觉一笑，余亦欲笑问。）“如何又称为‘桂花夏家’？”香菱道：“他家本姓夏，非常的富贵。其余田地不用说，单有几十顷地独种桂花，凡这长安城里城外桂花局俱是他家的，连宫里一应陈设盆景亦是他家贡奉，因此才有这个浑号。如今太爷也没了，只有老奶奶带着一个亲生的姑娘过活，也并没有哥儿兄弟，可惜他竟一门尽绝了。”宝玉忙道：“咱们也别管他绝后不绝后，只是这姑娘可好？你们大爷怎么就中意了？”（墨夹：补出阿呆素日难得中意来。）香菱笑道：“一则是天缘，二则是‘情人眼里出西施’。当年又是通家来往，从小儿都一处厮混过。叙亲是姑舅兄妹，又没嫌疑。虽离了这几年，前儿一到他家，夏奶奶又是没儿子的，一见了你哥哥出落的这样，又是哭，又是笑，竟比见了儿子的还胜。又令他兄妹相见，谁知这姑娘出落得花朵似的了，在家里也读书写字，所以你哥哥当时就一心看准了。连当铺里老朝奉伙计们一群人遭扰了人家三四日，他们还留多住呢，好容易苦辞才放回家。你哥哥一进门，就咕咕唧唧求我们奶奶去求亲。我们奶奶原也是见过这姑娘的，且又门当户对，也就依了。和这里姨太太、凤姑娘商议了，打发人去一说就成了。只是娶的日子太急，所以我们忙乱的狠。（墨夹：阿呆求妇一段文字却从香菱口中补明，省却多少闲文累笔。）我也巴不得早些过来，又添一个作诗的人了。”（墨夹：妙极！香菱口声，断不可少。看他下作死语，便知其心中略无忌讳疑虑等意，直是浑然天真，余为一哭。）宝玉冷笑道：（墨夹：忽曰“冷笑”，二字便有文章。）“虽然如此说，到只我但替你耽心虑后呢。”（墨夹：又为香菱之谶，偏是此等事体等到。）香菱听了，不觉红了脸，正色道：“这是什么话！素日咱们都是斯抬斯敬的，今日忽然提起这些事，是什么意思！怪不得人人都说你是个亲近不得的人。”一面说，一面转身走了。

宝玉见他这样，便怅然如有所失，呆呆的站了半天，思前想后，不觉滴下泪来，只得没精打彩，还入怡红院来。一夜不曾安稳，睡梦之中犹唤晴雯，或魇魔惊怖，种种不宁。次日便懒进饮食，身体作热。此皆近日抄检大观园、逐司棋、别迎春、悲晴雯等羞辱惊恐悲凄之所致，兼以风寒外感，故酿成一疾，卧床不起。贾母听得如此，天天亲来看视。王夫人心中自悔不合因晴雯过于逼责了他。心中虽如此，脸上却不露出，只吩咐众奶娘等好生伏侍看守，一日两次带进医生来诊脉下药。一月之后，方才渐渐的痊愈。好生保养，过百日方许动荤腥油面等物，方可出门行走。这一百日内，连院门前皆不许到，只在房中顽笑。四五十日后，就把他拘约的火星乱迸，那里忍耐得住。虽百般设法，无奈贾母、王夫人执意不从，也只得罢了。因此和那些丫鬟们无所不至，恣意要笑作戏。又听得薛蟠摆酒唱戏，热闹非常，已娶亲入门，闻得这夏家小姐十分俊俏，也略通文翰，宝玉思及当时姊妹们恨不得就过去一见才好。再过些时，又闻得迎春出了阁。宝玉思及当时姊妹们一处，耳鬓厮磨，从今一别，纵得相逢，也必不似先前那等亲密了。眼前又不能去一望，真令人凄惶迫切之至。少不得潜心忍耐，暂同这些丫鬟们斯闹释闷，幸免贾政责备逼迫读书之难。这百日内，只不曾拆毁了怡红院，和这些丫头们无法无天，凡世上所无之事，都顽要出来。如今且不消细说。

且说香菱自那日抢白了宝玉之后，心中自为宝玉有意唐突他：“怨不得我们宝姑娘不敢亲近，可见我不如宝姑娘远矣；怨不得林姑娘时常和他角口气的痛哭，自然唐突他也是有的了。从此倒要远避他才好”。因此，以后连大观园也不轻易进来。日日忙乱着，薛蟠娶过亲，自为得了护身符，自己身上分去责任，到底比这样安宁些；二则又闻得是个有才有貌的佳人，自然是典雅和平的：因他心中盼过门的日子比薛蟠还急十倍。好容易盼得一日娶过了门，也便十分殷勤小心伏侍。

原来这夏家小姐今年方十七岁，生得亦颇有姿色，亦颇识得几个字。若论心中的邱壑经纬，颇步熙凤之后尘。只吃亏了一件，从小时父亲去世的早，又无同胞弟兄，寡母独守此女，娇养溺爱，不啻珍宝，凡女儿一举一动，彼母皆百依百随，因此未免娇养太过，竟酿成个盗跖的性气。爱自己尊若菩萨，窥他人秽如粪土；外具花柳之姿，内秉风雷之性。在家中时常就和丫鬟们使性弄气，轻骂重打的。今日出了阁，自为要作当家的奶奶，比不得作女儿时腼腆温柔，须要拿出这威风来，才黔压得住人；况且见薛蟠气质刚硬，举止骄奢，若不趁热灶一气炮制熟烂，将来必不得能自竖旗帜矣；又见有香菱这等一个才貌俱全的爱妾在室，越发添了“宋太祖灭南唐”之意，“卧榻之侧岂容他人酣睡”之心。因他家多桂花，他小名就唤做金桂。他在家时不许人口中带出金桂二字来，凡有不留心误道一字者，他便定要苦打重罚才罢。他因想桂花二字是禁止不住的，须另换一名，因想桂花曾有广寒嫦娥之说，便将桂花改为嫦娥花，又寓自己身分如此。

薛蟠本是个怜新弃旧的人，且是有酒胆无饭力的，如今得了这样一个妻子，正在新鲜兴头上，凡事未免尽让他些。那夏金桂见了这般形景，便也试着一步紧似一步。一月之中，二人气概还都相平；至两月之后，便觉薛蟠的气概渐次低矮了下去。一日薛蟠酒后，不知要行何事，先与金桂商议，金桂执意不从。薛蟠忍不住便发了几句话，赌气自行了，这金桂便气的哭如醉人一般，茶汤不进，装起病来。请医疗治，医生又说“气血相逆，当进宽胸顺气之剂”。薛姨娘恨的骂了薛蟠一顿，说：“如今娶了亲，眼前抱儿子了，还是这样胡闹。人家凤凰蛋似的好容易养了一个女儿，比花朵儿还轻巧，原看的你是个人物，才给你作老婆。你不说收了心安分守己，一心一计和和气气的过日子，还是这样胡闹，撞嗓了黄汤，折磨人家。这会子花钱吃药白遭心。”一席话说的薛蟠后悔不迭，反来安慰金桂。金桂见婆婆如此说丈夫，越发得了意，便装出些张致来，总不理薛蟠。薛蟠没了主意，惟自怨而已，好容易十天半月之后，才渐渐的哄转过金桂的心来，自此便加一倍小心，不免气概又矮了半截下来。那金桂见丈夫旗纛渐倒，婆婆良善，也就渐渐的持戈试马起来。先时不过挟制薛蟠，后来倚娇作媚，将及薛姨妈，后将至薛宝钗。宝钗久察其不轨之心，每随机应变，暗以言语弹压其志。金桂知其不可犯，每欲寻隙，又无隙可乘，只得曲意附就。一日金桂无事，因和香菱闲谈，问香菱家乡父母。香菱皆答忘记，金桂便不悦，说有意欺瞒了他。因问他“香菱”二字是谁起的名字，香菱便答：“姑娘起的。”金桂冷笑道：“人人都说姑娘通，只这一个名字就不通。”香菱忙笑道：“嗳哟，奶奶不知道，我们姑娘的学问连我们姨老爷时常还夸呢。”欲明后事，且见下回。

第八十回

懦弱迎春肠廻九曲　娇怯香菱病入膏肓

话说金桂听了，将脖项一扭，嘴唇一撇，（墨夹：画出一个悍妇来。）鼻孔里哧哧两声，（墨夹：真真追魂摄魄之笔。）拍着掌冷笑道：“菱角花谁闻见香来着？若说菱角香了，正经那些香花放在那里？可是不通之极！”香菱道：“不独菱角花，就连荷叶莲蓬，都是有一股清香的。但他那原不是花香可比，若静日静夜或清早半夜细领略了去，那一股香比是花儿都好闻呢。就连菱角、鸡头、苇叶、芦根得了风露，那一股清香，就令人心神爽快的。”（墨夹：说得出便是慧心人，何况菱卿哉？）金桂道：“依你说，兰花、桂花倒香的不好了？”（墨夹：又陪一个兰花，一则是自高身价，二则是诱人犯法。）香菱说到热闹头上，忘了忌讳，便接口道：“兰花、桂花的香，又非别花之香可比。”一句未完，金桂的丫鬟名唤宝蟾者，忙指着香菱的脸儿说道：“要死，要死！你怎么真叫起姑娘的名字来！”香菱猛省了，反不好意思，忙赔笑赔罪说：“一时说顺了嘴，奶奶别计较。”金桂笑道：“这有什么，你也太小心了。但只是我想这个‘香’字到底不妥，意思要换一个字，不知你服不服？”香菱忙笑道：“奶奶说那里话，此刻连我一身一体俱属奶奶，何得换一名字反问我服不服，叫我如何当得起。奶奶说那一个字好，就用那一个。”

金桂笑道："你虽说的是，只怕姑娘多心，说：'我起的名字，反不如你的意？你能来了几日，就驳我的回了。'"香菱笑道："奶奶有所不知，当日买了我来时，原是老奶奶使唤的，故此姑娘起得名字。后来我自伏侍了爷，就与姑娘无涉了。如今又有了奶奶，益发不与姑娘相干。况且姑娘又是极明白的人，如何恼得这些呢。"金桂道："既这样说，'香'字竟不如'秋'字妥当。菱角菱花皆盛于秋，岂不比'香'字有来历些。"香菱道："就依奶奶这样罢了。"自此后遂改了秋字，宝钗亦不在意。

只因薛蟠天性是"得陇望蜀"的，如今得娶了金桂，又见金桂的丫鬟宝蟾有三分姿色，举止轻浮可爱，便时常要茶要水的撩逗他。宝蟾虽亦解事，只是怕着金桂，不敢造次，且看金桂的眼色。金桂亦颇觉察其意，想着："正要摆布香菱，无处寻隙，如今他既看上了宝蟾，如今且舍出宝蟾去与他，他一定就和香菱疏远了，我且乘他疏远之时，摆布了香菱。那时宝蟾原是我的人，也就好处了。"打定了主意，伺机而发。

这日薛蟠晚间微醺，又命宝蟾倒茶来吃。薛蟠接碗时，故意捏他的手。宝蟾又乔装躲闪，连忙缩手。两下失误，豁啷一声，茶碗落地，泼了一身一地的茶。薛蟠不好意思，佯说宝蟾不好生递。宝蟾说："姑爷不好生接。"金桂冷笑道："两个人的腔调儿都够使了。别打谅谁是傻子。"薛蟠低头微笑不语，宝蟾红了脸出去。一时安歇之时，金桂便故意的撵薛蟠别处去睡，"省得你馋痨饿眼。"薛蟠只是笑。金桂道："要作什么和我说，别偷偷摸摸的不中用。"薛蟠听了，仗着酒盖脸，便趁势跪在被上拉着金桂笑道："好姐姐，你若要把宝蟾赏了我，你要怎样就怎样。你要人脑子也弄来给你。"金桂笑道："这话好不通。你爱谁，说明了，就收在房里，省得别人看着不雅。我可要什么呢。"薛蟠得了这话，喜的称谢不尽，是夜曲尽丈夫之道，奉承金桂。（墨夹："曲尽丈夫之道"，奇文奇语。）次日也不出门，只在家中厮奈，越发放大了胆。

至午后，金桂故意出去，让个空儿与他二人。薛蟠便拉拉扯扯的起来。宝蟾心里也知八九，也就半推半就，正要入港。谁知金桂是有心等候的，料必在难分之际，便叫丫头小舍儿过来。原来这小丫头也是金桂从小儿在家使唤的，因他自幼父母双亡，无人看管，便大家叫他作小舍儿，专作些粗笨的生活。（墨夹：铺叙小舍儿首尾，忙中又点"薄命"二字，与痴丫头遥遥作对。）金桂如今有意独唤他来吩咐道："你去告诉香菱，到我屋里将手帕取来，不必说我说的。"（墨夹：金桂坏极！所以独使小舍为此。）小舍儿听了，一径寻着香菱说："菱姑娘，奶奶的手帕子忘记在屋里了。你去取来送上去岂不好？"香菱正因金桂近日每每的折挫他，不知何意，百般竭力挽回不暇。（墨夹：总为痴心人一叹。）听了这话，忙往房里来取。不防正遇见他二人推就之际，一头撞了进去，自己倒羞的耳面飞红，忙转身回避不迭。那薛蟠自为是过了明路的，除了金桂，无人可怕，所以连门也不掩，今见香菱撞来，故也略有些惭愧，还不十分在意。无奈宝蟾素日最是说嘴要强的，今遇见了香菱，便恨无地缝儿可入，忙推开薛蟠，一径跑了，口内还恨怨不迭，说他强奸力逼等语。薛蟠好容易圈哄的要上手，却被香菱打散，不免一腔兴头变作了一腔恶怒，都在香菱身上，不容分说，赶出来啐了两口，骂道："死娼妇，你这会子作什么来撞尸游魂！"香菱料事不好，三步两步早已跑了。薛蟠再来找宝蟾，已无踪迹了，于是恨的只骂香菱。至晚饭后，已吃得醺醺然，洗澡时不防水略热了些，烫了脚，便说香菱有意害他，赤条精光赶着香菱踢打了两下。香菱虽未受过这气苦，既到此时，也说不得了，只好自悲自怨，各自走开。

彼时金桂已暗和宝蟾说明，今夜令薛蟠和宝蟾在香菱房中去成亲，命香菱过来陪自己先睡。先是香菱不肯，金桂说他嫌脏了，再必是图安逸，怕夜里劳动伏侍，又骂说："你那没见世面的主子，见一个，爱一个，把我的人霸占了去，又不叫你来。到底是什么主意，想必是逼我死罢了。"薛蟠听了这话，又怕闹黄了宝蟾之事，忙又赶来骂香菱："不识抬举！再不去便要打了！"香菱无奈，只得抱了铺盖来。金桂命他在地下铺睡。香菱无奈，只得依命。刚睡下，便叫倒茶，一时又叫捶腿，如是一夜七八次，总不使其安逸稳卧片时。那薛蟠得了宝蟾，如获珍宝，一概都置之不顾。恨的金桂暗暗的发恨道："且叫你乐这几天，等我慢慢的摆布了来，那时可别怨我！"一面隐忍，一面设计摆布香菱。

半月光景，忽又装起病来，只说心疼难忍，四肢不能转动。（墨夹：半月工夫，诸计安矣。）请医疗治不效，众人都说是香菱气的。闹了两日，忽又从金桂的枕头内抖出纸人来，上面写着金桂的年庚八字，有五根针钉在心窝并四肢骨节等处。于是众人反乱起来，当作新文，先报与薛姨妈。薛姨妈先忙手忙脚的，薛蟠自然更乱起来，立刻要拷打众人。金桂笑道："何必冤枉众人，大约是宝蟾的镇魇法儿。"（墨夹：恶极！坏极！）薛蟠道："他这些时并没多空儿在你房里，何苦赖好人。"（墨夹：正要老兄此句。）金桂冷笑道："除了他还有谁，莫不是我自己不成！虽有别人，谁可敢进我的房呢。"薛蟠道："香菱如今是天天跟着你，他自然知道，先拷问他就知道了。"金桂冷笑道："拷问谁，谁肯认？依我说竟装个不知道，大家丢开手罢了。横竖治死我也没什么要紧，乐得再娶好的。若据良心上说，左不过你三个多嫌我一个。"说着，一面痛哭起来。薛蟠更被这一夕话激怒，顺手抓起一根门闩来，（墨夹：与前要打死宝玉遥遥一对。）一径抢步找着香菱，不容分说便劈头劈面打起来，一口咬定是香菱所施。香菱叫屈，薛姨妈跑来禁喝说："不问明白，就打起人来了。这丫头伏侍了这几年，那一点不周到，不尽心？他岂肯如今作这没良心的事！你且问个清浑皂白，再动粗卤。"金桂听见他婆婆如此说着，怕薛蟠耳软心活，便益发嚎啕大哭起来，一面又哭喊说："这半个多月把我的宝蟾霸占了去，不容进我的房，唯有秋菱跟着我睡。我要拷问宝蟾，你又护到头里。你这会子又赌气打他去。治死我，再拣富贵的标致的娶来就是了，何苦作出这些把戏来！"薛蟠听了这些话，越发着了急。薛姨妈听见金桂句句挟制着儿子，百般恶赖的样子，十分可恨。无奈儿子偏不硬气，已是被他挟制软惯了。如今又勾搭上丫头，说被他说霸占了去，他自己反要占温柔让夫之礼。这魇魔法究竟不知谁作的，实是俗语说的"清官难断家务事"，此事正是公婆难断床帏事了。因此无法，只得赌气喝骂薛蟠说："不争气的孽障！骚狗也比你体面些！谁知你三不知的把陪房丫头也摸索上了，叫老婆说霸占了丫头，什么脸出去见人！也不知谁使的法子，也不问青红皂白，好歹就打人。我知道你是个得新弃旧的东西，白辜负了我当日的心。他既不好，你也不许打，我即刻叫人牙子来卖了他，你就心净了。"说着，命香菱"收拾了东西跟我来"，一面叫人去，"快叫个人牙子来，多少卖几两银子，拔去肉中刺，眼中钉，大家过太平日子"。薛蟠见母亲动了气，早也低下头了。金桂听了这话，便隔着窗子往外哭道："你老人家只管卖人，不必说着一个扯着一个的。我们狠是那吃醋拈酸容不下人的不成，怎么'拔出肉中刺，眼中钉'？是谁的钉，谁的刺？但凡多嫌着他，也不肯把我的丫头也收在房里了。"薛姨妈听说，气的身战气咽道："这是谁家的规矩？婆婆这里说话，媳妇隔着窗子拌嘴。亏你是旧家人家的女儿！满嘴里大呼小喊，说的是些什么！"薛蟠急的跺脚说："罢哟，罢哟！看人听见笑话。"金桂意谓一不作，二不休，越发发泼喊起来了，说："我不怕人笑话！你的小老婆治我害我，我倒怕人笑话了！再不然，留下他，就卖了我。谁还不知道你薛家有钱，行动拿钱垫人，又有好亲戚挟制着别人。你不趁早施为，还等什么？嫌我不好，谁叫你们瞎了眼，三求四告的跑了我们家作什么去了！这会子人也来了，金的银的也赔了，略有个眼睛鼻子的也霸占去了，该挤发我了！"一面哭喊，一面滚揉，自己拍打。薛蟠急的说又不好，劝又不好，打又不好，央告又不好，只自出入咳声打气，抱怨说运气不好。（墨夹：果然不差。）当下薛姨妈早被薛宝钗劝进去了，只命人来卖香菱。宝钗笑道："咱们家从来只知买人，并不知卖人之说。妈可是气的胡涂了，倘或叫人听见，岂不笑话。哥哥嫂子嫌他不好，留下我使唤，我正也没人使呢。"薛姨妈道："留下他还是淘气，不如打发了他倒干净。"宝钗笑道："他跟着我也是一样，横竖不叫他到前头去。从此断绝了他那里，也如卖了一般。"香菱早已跑到薛姨妈跟前痛哭哀求，只不愿出去，情愿跟着姑娘，薛姨妈也只得罢了。

自此以后，香菱果跟随宝钗在园内，把前面路径竟一心断绝。虽然如此，终不免对月伤悲，挑灯自叹。本来怯弱，虽在薛蟠房中几年，皆由血分中有病，是以并无胎孕。今复加以气怒伤感，内外折挫不堪，竟酿成干血之症，日渐羸瘦作烧，饮食懒进，请医诊视服药亦不效验。那时金桂又吵闹了数次，气的薛姨妈母女惟暗中垂泪，怨命而已。薛蟠虽曾仗着酒胆挺撞过两三次，持棍欲打，那金桂便递与他身子随意打；这里持刀欲杀时，便伸与他脖项。薛蟠也实不能下手，只得乱闹一阵罢了。如今习惯成自然，反使金桂越发长了威风，薛蟠越发软了气骨。虽是香菱犹在，却亦如不在的一般，虽不能十分畅快，就不觉的碍眼了，且姑置不究。如此又渐次寻趁宝蟾。宝蟾却不比香菱的情性，最是个烈火干柴，既和薛蟠情投意合，便把金桂忘在脑后。近见金桂又作践他，他便不肯服低容让半点。先是一冲一撞的拌嘴，后来金桂气急，甚至于骂，再至于厮打。他虽不敢还言还手，便大撒泼性，拾头打滚，寻死觅活，昼则刀剪，夜则绳索，无所不闹。薛蟠此时一身难以两顾，惟徘徊观望于二者之间，十分闹的无法，便出门躲在外厢。金桂不发作性气，有时欢喜，便纠聚人来斗纸牌、掷骰子作乐。又生平最喜啃骨头，每日务要杀鸡鸭，将肉赏人吃，只单以油炸焦骨头下酒。吃的不奈烦或动了气，便肆行海骂，说："有别的忘八粉头乐的，我为什么不乐！"薛家母女总不去理他。薛蟠亦无别法，惟日夜悔恨不该娶这搅家星罢了，都是一时没了主意。（墨夹：补足本题。）于是宁、荣二宅之人，上上下下，无有不知，无有不叹者。

此时宝玉已过了百日，出门行走。亦曾过来见过金桂，"举止形容也不怪厉，一般是鲜花嫩柳，与众姊妹不差上下的人，焉得这等样情性，可为奇之至极"。（墨夹：别书中形容妒妇必曰"黄发黧面"，岂不可笑。）因此心下纳闷。这日与王夫人请安去，又正遇见迎春奶娘来家请安，说起孙绍祖甚属不端，“姑娘惟有背地里淌眼抹泪的，只要接了来家散诞两日”。王夫人因说：“我正要这两日接他去，只因七事八事的都不遂心，(墨夹：草蛇灰线，后文方不见突然。)所以就忘了。前儿宝玉去了，回来也曾说过的。(墨夹：补明。)明日是个好日子，就接去。”正说着，贾母打发人来找宝玉，说：“明儿一早往天齐庙还愿。”宝玉如今巴不得各处去逛逛，听见如此说，喜的一夜不曾合眼，盼明不明的。

次日一早，梳洗穿带已毕，随了两三个老嬷嬷坐车出西城门外天齐庙来烧香还愿。这庙里已是昨日预备停妥的。宝玉天生性怯，不敢近狰狞神鬼之像。这天齐庙本系前朝所修，极其宏壮。如今年深岁久，又极其荒凉。里面泥胎塑像皆极其凶恶，是以忙忙的焚过纸马钱粮，便退至道院歇息。一时吃过饭，众嬷嬷和李贵等人围随宝玉到处散诞顽耍了一回。宝玉困倦，复回至静室安歇。众嬷嬷生恐他睡着了，便请当家的老王道士来陪他说话儿。这老王道士专意在江湖上卖药，弄些海上方治人射利，这庙外现挂着招牌，丸散膏丹，色色俱备，亦长在宁、荣两宅走动熟惯，都与他起了浑号，唤他作“王一贴”，言他的膏药最验，只一贴百病皆除之意。当下王一贴进来，宝玉正歪在炕上想睡，李贵等正说“哥儿别睡着了”，厮混着。看见王一贴进来，都笑道：“来的好，来的好。王师父，你极会说古记的，说一个与我们小爷听听。”王一贴笑道：“正是呢。哥儿别睡，仔细肚里面筋作怪。”说着，满屋里人都笑了。（墨夹：王一贴又与张道士遥遥一对，特犯不犯。）宝玉也笑着起身整衣。王一贴喝命徒弟们快泡好酽茶来。茗烟道：“我们爷不吃你的茶，连这屋里坐着还嫌膏药气息呢。”王一贴笑道：“没当家花花的，膏药从不拿进这屋里来的。知道哥儿今日必来，头三五天就拿香熏了又熏的。”宝玉道：“可是呢，天天只听见你的膏药好，到底治什么病？”王一贴道：“哥儿若问我的膏药，说来话长，其中细理，一言难尽。共药一百二十味，君臣相际，宾客得宜，温凉兼用，贵贱殊方。内则调元补气，开胃口，养荣卫，宁神安志，去寒去暑，化食化痰；外则和血脉，舒筋络，去死肌，生新肉，去风散毒。其效如神，贴过的便知。”宝玉道：“我不信一张膏药就治这些病。我且问你，倒有一种病可也贴的好么？”王一贴道：“百病千灾，无不立效。若不见效，哥儿只管揪着胡子打我这老脸，拆我这庙何如？只说出病源来。”宝玉笑道：“你猜，若你猜的着，便贴的好了。”王一贴听了，寻思一会笑道：“这倒难猜，只怕膏药有些不灵了。”宝玉命李贵等：“你们且出去散散。这屋里人多，越发蒸臭了。”李贵等听说，且都出去自便，只留下茗烟一人。这茗烟手内点着一枝梦甜香，（墨夹：于前文一照。）宝玉命他坐在身旁，却倚在他身上。王一贴心有所动，（墨夹：四字好。万端生于心，心邪则射利，意在于财。）便笑嘻嘻走近前来，悄悄的说道：“我可猜着了。想是哥儿如今有了房中的事情，要滋助的药，可是不是？”话犹未完，茗烟先喝道：“该死，打嘴！”宝玉犹未解，（墨夹：“未解”妙！若解则不成文矣。）忙问：“他说什么？”茗烟道：“信他胡说。”唬的王一贴不敢再问，只说：“哥儿明说了罢。”宝玉道：“我问你，可有贴女人的妒病方子没有？”王一贴听说，拍手笑道：“这可罢了。不但说没有方子，就是听也没有听见过。”宝玉笑道：“这样还算不得什么。”王一贴又忙道：“贴妒的膏药倒没经过，倒有一种汤药或者可医，只是慢些儿，不能立竿见影的效验。”

宝玉道："什么汤药，怎么吃法？"王一贴道："这叫做'疗妒汤'：用极好的秋梨一个，二钱冰糖，一钱陈皮，水三碗，梨熟为度，每日清早吃这么一个梨，吃来吃去就好了。"宝玉道："这也不值什么，只怕未必见效。"王一贴道："一剂不效吃十剂，今日不效明日再吃，今年不效吃到明年。横竖这三味药都是润肺开胃不伤人的，甜丝丝的，又止咳嗽，又好吃。吃过一百岁，人横竖是要死的，死了还妒什么！那时就见效了。"（墨夹：此科诨一收，方为奇趣之至。）说着，宝玉、茗烟大笑不止，骂"油嘴的牛头"。王一贴笑道："不过是闲着解午盹罢了，有什么关系。说笑了你们就值钱。实告你们说，连膏药也是假的。我有真药，我还吃了作神仙呢。有真的，跑到这里来混？"（墨夹：寓意深远，在此数语。）正说着，吉时已到，请宝玉出去焚化钱粮散福。功课完毕，方进城回家。

那时迎春已来家好半日，孙家的婆娘媳妇等人已待过晚饭，打发回家去了。迎春方哭哭啼啼的在王夫人房中诉委曲，说孙绍祖"一味好色，好赌酗酒，家中所有的媳妇丫头将及淫遍。略劝过两三次，便骂我是'醋汁子老婆拧出来的'。（墨夹：奇文奇骂。为迎春一哭。恨薛蟠何等刚霸，偏不能以此语金桂，使人忿忿。是书中全是不平，又全是意外之料。）又说老爷曾收着他五千银子，不该使了他的。如今他来要了两三次不得，他便指着我的脸说道：'你别和我充夫人娘子，你老子使了我五千银子，把你准折卖给我的。好不好，打一顿撵在下房里睡去。当日有你爷爷在时，希图上我们的富贵，赶着相与的。论理我和你父亲是一辈，如今强压我的头，晚了一辈。又不该作了这门亲，倒没的叫人看着赶势利似的。'"（墨夹：不通，可笑。遁词如闻。）一行说，一行哭的呜呜咽咽，连王夫人并众姊妹无不落泪。王夫人只得用言语解劝说："已是遇见了这不晓事的人，可怎么样呢。想当日你叔叔也曾劝过大老爷，不叫作这门亲的。大老爷执意不听，一心情愿，到底作不好了。我的儿，这也是你的命。"迎春哭道："我不信我的命就这么不好！从小儿没了娘，幸而过婶子这边过了几年心净日子，如今偏又是这么个结果！"王夫人一面解劝，一面问他随意要在那里安歇。迎春道："乍乍的离了姊妹们，只是眠思梦想。二则还记挂着我的屋子，还得在园里旧房子里住得三五天，死也甘心了。不知下次还可能得住不得住了呢！"王夫人忙劝道："快休乱说。不过年轻的夫妻们，闲牙斗齿，亦是万万人之常事，何必说这丧话。"仍命人忙忙的收拾紫菱洲房屋，命姊妹们陪伴着解释，又吩咐宝玉："不许在老太太跟前走漏一些风声，倘或老太太知道了这些事，都是你说的。"宝玉唯唯的听命。迎春是夕仍在旧馆安歇。众姊妹等更加亲热异常。一连住了三日，才往邢夫人那边去。先辞过贾母及王夫人，然后与众姊妹分别，更皆悲伤不舍。还是王夫人、薛姨妈等安慰劝释，方止住了过那边去。（墨夹：凡迎春之文皆从宝玉眼中写出。前"悔娶河东狮"是实写，"误嫁中山狼"出迎春口中可为虚写，以虚虚实实变幻体格，各尽其法。）又在邢夫人处住了两日，就有孙绍祖的人来接去。迎春虽不愿去，无奈惧孙绍祖之恶，只得勉强忍情作辞了。邢夫人不在意，也不问其夫妻和睦，家务烦难，只面情塞责而已。终不知端的，且听下回分解。

第八十一回 守大郡贾政沐皇恩 毁庄园太君惊预兆

前书，中秋节后宝玉病，逾月痊愈，百日后方许出门，会夏金桂，看望迎春，天齐庙还愿，紧接迎春归宁。计其时，八十回书结束于腊月中旬。《新补》开篇接写琏、凤探病，孙绍祖不端，无过年事，至正月二十二，王夫人入宫请安方入新年，时序井然。程、高伪续始于秋季，显谬。

话说迎春归宁，诉说孙绍祖种种不端，幸得王夫人并众姐妹多方相劝，又在紫菱洲旧居住下，方才过了几天舒心日子。回孙家后，见孙绍祖越发胡为，每每气的整夜哭泣，渐渐的病了。那孙绍祖瞧着，没事人似的，迎春的陪房费新媳妇（费心媳妇也。）回了凤姐。这日，贾琏、凤姐前来探病。贾琏见孙家正房里也是方桌大椅，红木家具，几案上摆几件汉瓦周金并自鸣钟、江西瓷，壁上也挂几轴鲜亮工细的古今字画，也有穿衣镜、樟木箱，摆满一屋，堆天踏地，（俗状如见。）（果非诗礼名族作派，应七十九回。戊戌昆吾闫震）不禁鼻子里嗤笑一声。主客落坐，不及寒暄，贾琏便问迎春病情，孙绍祖支吾了数语，方才命人请先生诊治。病榻旁凤姐细问了迎春，劝他安心养病，贾琏数说了孙绍祖几句，直待瞧着迎春服过药，二人方才作别。孙绍祖送至大门外，贾琏道：“尊府人手不多，我那里每日请太医来看脉罢！”说毕，扳鞍上马，拱手而去。孙绍祖气的瞪眼竖眉，却又不能真个让贾府请医，少不的忍下这口气，将管家、丫寰、媳妇传齐，命他们：“好生伺候奶奶的医药饮食诸事！”便带了几个小厮，坐了车赌钱去了。

赌了一日，已是亥初时分，略一计筹，不过输了几两银子，不以为事，只是半日无人找来借银子，心里不是滋味。正待离开，却见贾芹垂头丧气走来称贷。原来贾芹也酷爱此道，今日关来僧道、尼姑月例钱，便想见见大世面，于是随了吴大公子来至此处，不过两个时辰，便输光了。正在心急如焚束手无策之时，忽闻孙绍祖在此，便走了过来。那孙绍祖笑道：“用银子么？好说。但只是此地不是舍下，若在舍下，老贤侄向我张口，我就送你几两，还不是该的？何况是借。今在此地借银，我便不得不问你，日后仗凭何物还我？”说毕，见贾芹红了脸无话，乃缓缓点头，笑道：“你倒是有好东西，只可惜没有英雄胆，不敢往外拿。”贾芹听出话音，便道：“姑丈要何物，就直说了罢！”孙绍祖只管盯了他笑，并不答言。贾芹由不的仰了脸，扑闪着眼皮去搜索枯肠，翻腾家底。无奈家中实在没有值钱之物，只得垂首作别。孙绍祖忙拉了他，笑道：“不想捞本了？急着回家有何贵干？是怕那几个小尼姑儿背了你到别家去侍酒、侍夜么？”贾芹听了，心窍大开，喜道：“取纸笔来，我出字据与你收着。”孙绍祖淡淡一笑，从靴筒内摸出靴掖，取出一纸借据，递与贾芹，道：“且慢，先瞧了这个！”贾芹接过一看，原来是薛蟠的，拿恒舒典作质，过期不还，典归孙姓，（顺手补出薛家京中财产散尽之由。）不禁瞪目吐舌。那孙绍祖何等有阅历，早已看出把他唬住了，因道：“薛大爷借的多，自然如此，你能借几两银子？两个小尼姑就帮你借到了。况且咱们至亲，利钱自然让些。”贾芹不语，半日方道：“到期不还，送一人到府上去，一任尊便，尚可；若竟是卖人，我可不敢。姑丈还有何不知的，那些人是府里伺候娘娘的，一时来传，不见人，还了得！再说，我原只管僧道，管尼姑还没有多久，至今才只得一人听话，别的，个个像座神像，逼的你不敢动他。”于是，二人你谦我让了一阵，半日方得议定：借银不要子利，从明日起派一人到孙府为质，不误贾府传唤。贾芹拼上命，写了借据，按了指印，拿二十两银子自去捞本，不提。

到次日，孙绍祖摆酒请客，都是素常相与的纨绔子弟，席上也不过家常习见之物。大家坐定，孙绍祖开言道：“今儿可没有佳肴名酿相敬，别有一件宝贝，请弟兄们赏鉴赏鉴。”说毕，立命：“人来！请神仙下凡！”便见屏风后面转出一对时新装束的妙龄丫鬟，引一尼姑，款款而出，左右又各有一个丫鬟陪着，那尼姑袅袅娜娜，飘至席前，稽首合十，殷勤劝酒。（神仙若此，神仙扫地矣。）合席人众莫不瞠目结舌，惊异互视，不知所云。（纨绔尚感惊异，可思可思。）及至众人解悟，一齐拊掌叫好。于是丑态百出，碍难备记。这尼姑原是伺候贾芹惯了的，十分熟练，席终，众人犹留连不忍遽去云。孙绍祖见客人散尽，命那尼姑将缠头所得，尽数交出。略一计算，约值十金，收了。这才拉了尼姑，笑入密室。（初吮花酒便收回一半本金，此所谓骂人不带脏字。）自此，朝山拜佛者络绎不绝，孙绍祖好不得意。

谁知好景不长，不知那个嘴上没有把持，走了风声，惊动了宪台老爷。一日，访察

翠墨小螺人画

得实，便传了孙绍祖去。宪台只说了何时、何地、有何人在座，那孙绍祖便魂不附体，一下子矮了半截。招认到末了，推说是内侄贾芹送来孝敬他的，却隐了赌钱放债之事。宪台老爷听说是贾府之物，立时屏退左右，细细问了，又命他不准外泄，不准再如此胡为，只在家听候传唤，便坐轿到忠顺府去。当夜派了极妥当之人向孙绍祖传话："赌钱的事，你不说，上头业已尽知，这还在其次。只这尼姑侍酒，便是极大罪过，天理难容。大人念你祖上有功，且又年轻有为，不忍置你于死地，你该知恩感恩，力图报效才是！"孙绍祖听了，自然感恩叩头，誓必结草衔环，报此大德。来人又道："你既说是贾府送你解闷，那贾芹旁枝别叶，如何敢把尼姑送你！必是荣、宁两府近派中人方可，或在尼姑卧处见到亲枝嫡派，方可见出确非你的罪过。这话，你可明白？"那孙绍祖应酬权变，向称机灵，闻此，如何不解？立即举发（果然是中山狼。）贾府曾制宫内服饰器用。那人笑道："你这武夫，果然不通，娘娘省亲，还能不备几件？你只依我方才的话便是！"孙绍祖叩头称是，只道："誓必立功赎罪。"从此一心勾引荣、宁子弟。无奈，他虐待迎春之事，荣、宁人人皆知，虽是费心费力，也不得上手。这就越发视迎春如仇，滥施淫威。此皆后话，且不说他。

且说正月二十二日，王夫人入宫请安，午错方回，见贾政倚在炕桌东边引枕上歇乏，便顾不上换衣，先满面堆笑，道："好叫老爷得知，老爷要放济南府了。"说毕，见玉钏已捧了家常穿戴来，这才架起两臂，随玉钏等人服伺更衣，一面又笑道："娘娘说，内阁草拟的是五品衔福建军前参赞。圣上知老爷有岁数了，怕精力不济，贻误军机。只为目下干员奇缺，虽可不去福建，也在京安闲不得。济南府多事，非资望孚众的亲信大臣不可。娘娘说，一半日就知道了。"一面说明着，更衣已毕，对面坐下吃茶。那贾政外任归来，未得升迁，不知何故，今闻此言，方知内阁中有人作对，却一时想不出是谁，因坐起，长叹道："幸是天恩浩荡，免了远赴福建，只是又不能做此朝隐了。"王夫人见他没有兴致，且放下不提，另说他事，笑道："娘娘着实记挂宝玉，说是该议亲了，要赐婚呢！老爷猜，娘娘相中哪个？"贾政道："这个，何能猜中！既是娘娘可意，哪个都好。"王夫人笑道："老爷如何不记得那年端节赐物？"贾政闻此，豁然明白，乃缓缓点头，道："我说他不错，（是真心话，观七十九回香菱话中便知。）果然，娘娘也相中了。只是老太太偏听那和尚的话，想再停几年呢！"（有这话，贾母向张道士说过。）王夫人又道："这个，我已回明了。娘娘说：'若是迟二年成亲，眼下不提也罢了，免得两家住在一处，反因此不得亲近。'"因回头向玉钏、绣凤道："你两个听见这事，不许说与人知道。"二人应"是"，又忙道："奴才什么也没有听见。"贾政因问："但不知老太太意下如何。"王夫人便将往日贾母屡次称许宝钗的话，细细告诉了，又道："觑方便回了老太太，定是依的。"贾政捻须笑道："果然如此，也还罢了。若是老太太属意林姑娘，可就作难。"忽听前面鞭炮声响，隐隐人语喧哗，不知何故，正待命人问去，却见贾琏满面笑容急急走了进来，道："侄儿给老爷、太太道喜，老爷试用济南府，（先五品衔已经是升了，此只合试用。势近残局却写升官，盛中写败，败中写盛，总出人意外，颇近雪芹笔路。）报子到了，赏了银子，打发走了。相公们要道喜，就请老爷过前面相见。"贾政道："知道了。"随即命捧了冠带来，备香烛答谢天地，又进祠堂叩了头，又去见贾母叩头道喜。复出至外面，与众清客相公相见，自然有一番庆贺谦逊之语，都不必细表。

彼时，合府皆知，个个喜气洋洋，独有贾母犯愁，道："才安生几天，又要外任，这便如何使得！"恰薛姨妈、邢夫人等陪同斗牌在此，闻贾母此言，都又是道喜，又是解劝。邢夫人道："今儿一早，几个丫头就说，祠堂上一朵红云。说来不信，天还早，不该烧霞呢。媳妇出房瞧去，天上好大一片红光。谁知竟应到二老爷升官，这可真是天意，老太太正该喜欢呢！"薛姨妈也道："果然。半空里像打闪电，精亮精亮的。"一时间，众人纷纷说起这红光笼罩，祖宗荫庇。独凤姐向贾母笑道："我早听说，那济南府人烟稠密，大有出息。做官的那个不抢着去！（骂死所有当官的，却出于凤姐之口，知之深，言之切也。）停两个月，老爷安置妥了，我伺候老祖宗，到济南乐他几日。回京时，只那送行的行仪，还不载他几船来？也省得咱们斗牌缺银少钱的。"一席话果然把贾母引笑了，因指了凤姐，向王夫人等笑道："你们听听，他还哭穷呢！"一句话，众人都笑起来，独有王凤姐回身向众人道："你们不趁着老爷升官，老祖宗高兴，跟着我哭穷儿，要几串赏钱岂不是好，只顾笑的何事！"众人说笑一阵，便见贾赦带领宁、荣子弟走来道喜，连同两府管家、执事、丫鬟、媳妇、老婆子、小小子，跪了满院子，男一起，女一起，一个个行礼如仪。那鸳鸯、琥珀、赖大家的、林之孝家的忙不的，传话的传话，放赏的放赏，直直的闹了一个时辰，方才完事，各各散去。这里邢夫人因笑道："老太太乏了，且养养神儿，明日亲友来了，听贺词罢！"贾母兴致正高，只管说笑，于是大家重新归坐，尤氏等另捧茶来，直到侍候过晚饭，方才渐次散去。

外面，众亲友听说贾政高升，纷纷前来贺喜，贾政阻谢不得，也只好备酒相待。一连热闹数日，真个是：

梦坡轩里烛光灿；
荣禧堂前月色浓。

紧接着择行期，陛辞，别亲友，辞宗祠，上上下下，又大忙几日。

临行前一天晚上，凤姐又命将已是装妥的箱笼逐一打开，仔细检点了，向玉钏笑道："也真难为你，竟无甚不妥。再想想还有何不周到的？"玉钏笑道："有上次学差的例，敢情好办些。还缺何物，太太奶奶只管吩咐。还有一说，外头的事，检点了么？可不要学那一次，还没有走到，就遣人回京取东西。"凤姐道："正是呢。赖大也不细心了，这外头的事，派了郑华、林之孝两个去总管，如何使得！他二人素昔不和，头年老太太生日，竟为一件小事角口。一个槽上拴两头叫驴，有踢蹬瞧呢！"乃向王夫人道："郑华才刚病好，倒不如单派林之孝好些。"（偏于忙中补叙前事，有似芹笔。）王夫人道："既是这样，就留下郑华。"又道："你老爷要带周姨娘，我想着赵姨娘每每生事，不如换了他去，咱们心静。"凤姐悄声道："他到山东，闹起事来，老爷又忙，岂不难办！那周姨娘本分，且和丫头们合得来，随任去，太太岂不省心！"王夫人点头领会。便见丫鬟回道："吴兴家的上来了。要见太太回话。"

王夫人忙命他进来。吴兴家的向上叩了头，平身，垂手回道："奴才几个人去了半年，诸事查考已了。那三家陪房经管的买卖，只一处不赔本，这里面情由弊端，令人着急，如何处治，必得面回太太。这些往事还在其次，谁知近日新出一事。"说话到此，左右顾视，玉钏忙带众丫鬟退出。吴兴家的上前一步，悄声道："水西门当典出事了。（着眼。）奴才动身前两天，知府衙门上了封条。"凤姐听此便气，发话道："好大胆，他们不知是太太的？"（你不说谁知道？一笑。）又悄问："究竟是何因由？"吴兴家的回道："那应天府是个新任，想必是个书呆子老爷，到任也不问问民情风俗，竟这么做了。原是当典里夜里玩牌，恰里面有几个不是号里人，这也罢了。谁知竟有一个是海捕不到的钦犯。那日他们正在斗牌，当场全捉了去。目下来喜和吴兴计议了，已托人向府尊说话，又命那三家陪房不得乱动，候着呢。又打发奴才立即进京，请太太示下。"说毕，贴身掏出一个封套儿，双手呈上，道："这疏头上备细写了，请太太过目！"凤姐伸手接过，递与王夫人。王夫人道："你念念，我听！"凤姐拆开封套，抽出疏头，先瞧了一遍，见有几个字不识，大概意思也还明白，便轻轻念与王夫人。（凤姐原在识字与不识字之间。）念毕，见王夫人默默不语，便吩咐吴兴家的道："你且下去歇息，别的事，听传再回！"吴兴家的应声退下。凤姐因问："老爷明儿起程，这事向老爷说不说？"王夫人叹道："偏这个时候出事，说了，又怎么样呢！"凤姐道："与舅老爷写封书字好了。太太只管放心！老爷起程要紧。"因唤平儿来，与他疏头，吩咐道："传太太的话，命你二爷瞧了这个，立即给舅老爷修书！"王夫人倚枕闭目，无心再问贾政赴任的事，一任凤姐料理，一夜无语。次日，贾政叩别贾母，吆天喝地的去了。外面自有朝内大员并一应亲友世交设帐祖饯，其荣崇光耀，无烦赘述。（或谓全书由盛到衰，以五十五回分界，七十至八十回衰象更明，今八十一回何得升官之盛，不知全书开篇便已"萧疏""末世"了，五十四回前不过主写余盛，衰象只带叙，五十五回后衰象渐多渐明，便是盛事也见出衰象，升官亦如此，实已大衰。）

只说尤氏，送贾政动身后，与王熙凤哄贾母赶升官图，（一"哄"字，贾母情态如见，不写之写，亦雪芹笔法。）又伺候贾母饭毕，料着无事，方才退出。回至东府，丫鬟们迎上，悄回："老爷正生气呢！"尤氏方问原故，便听正房里贾珍雷霆震怒，叱责谩骂，便顾不上细问了，忙进入上房，见佩凤、偕鸳正小心伺候贾珍换出门衣裳，忙问："这时候了，还出门去？"贾蓉迎上，代答道："母亲不知，才刚俞禄回来，说是黑山村那个乌国栋，带了人送年物来，路上叫赶车的砍了。谁知乌进孝那老杀才，竟带了全庄猎手去赶。趁这空儿，庄子里那帮人把各仓各库都抢光了。直到咱们遣俞禄前去催问，乌进孝还没的禀报上来，只是自个儿寻死上吊的瞎闹。眼下，父亲要到兵部见雨村大人去。"贾珍一面换衣，一面骂道："这不是反了么？乌进孝囚囊养的，平素使的好王八羔子！"尤氏正要劝阻，却见贾琏走了进来，问道："听说俞禄回来了，究竟是怎么回子事儿？"贾蓉又如此这般，回个明白。贾琏听了，也吃一惊，想了想，乃道："如此说来，见雨村无用，那些没王法的，得了财物，过海的过海，钻山的钻山，散了。雨村又能怎样呢？倒不如先遣妥当人前去察看，究竟毁的怎样？为的何事？该安顿的安顿，该报官的报官，只管向府县衙门要去，总不成，国帑皇粮白养活那班废物！”贾珍听说，一屁股坐下，又让贾琏也坐了，想了想，笑道：“我也气糊涂了，那些挨千刀的，又不是占山为王的强盗，上那儿剿去！兄弟说的是，只找府县衙门闹去，不问他们要，问谁要！”回头吩咐尤氏、贾蓉，里外预备妥当，后天动身。贾琏仍不以为然，道：“大哥亲去，自然是好。只是那里冷的出奇，这时候还是冰天雪地呢！弄出病来，如何是好？依我定见，只命来总管带几个人去，便是有何难办的，写禀帖来。大哥只在京里吩咐就是了。”尤氏听了，点头称“是”。那贾蓉生怕派他出门受罪去，便极力怂恿他父亲这么做。贾珍摇头，也不以为然，忽见人回：“铁槛寺里宝珠小姐有急事，遣香火道人上来回话。”贾珍闻听，顿吃一惊，乃出至檐前，见那香火道人已跪在当院里叩头，回道：“小姐昨儿病了，老师父一时不得闲，没有请来大夫。今儿早上，小姐想是发高热，烧的说胡话，满嘴里有天没日的混说。小的不敢说与老爷听。（小小插笔，前联宝珠不肯回城，后接审贾案时宝珠供词。）老师父交待说：小姐请老爷速速自去。这春长大日头的，小的一口水没有吃，一口气赶了来。”贾珍只说：“知道了。”命人带他下去吃饭。那贾珍空自咆哮了半日，只得依了贾琏之言，先打发来升去黑山，这里命人备马，立即出城去了。

这黑山村坐落在大山脚下、海沿子上，居民不多，出产不少，山珍海味、牲畜五谷都是有的，还是宁、荣二公替皇上打天下那程子，跑马圈地圈来的，附近百十里内，多在两府名下，只是宁、荣两府诸人从未来过，只凭庄头掌管，便是当地官府衙门，也因系贾府庄园，从不来的。这乌庄头一如殷周诸侯，只要每年向府里交足银物，在庄子里就有生杀予夺之权，因此倒是无人不敬畏的。乌进孝若是本分些，把庄户当人看待，那就享大福，荣华不尽。无奈这人欲壑难填，不免苛求了些，时不时的也颇有令人过不去处，因此背地里倒也无人不抱怨的。更兼前年逃荒来了一批外省人，虽说同样替乌庄头干活儿，背地里却把外省刁民如何蠢动的话散出来。有些人听了，便静极思动，打算向乌庄头争些吃喝。谁知上年十月里，其子乌国栋硬是夺了一个庄户的新媳妇。看官诸公，这杀父之仇，夺妻之恨，是人能忍的下去的么？又无个说理之处，这可就闹事了。庄户与逃荒的串通一起，要杀乌国栋报仇。杀乌国栋不难，乌进孝能袖手不动？不知是谁的谋儿，竟学了那梁山泊的强盗作为，这般如此的做了出来。（此乃“偏值近年水旱不收，鼠盗蜂起”之另一说法，无甚新奇。）

且说来升带了众人上路，顾不的赏玩那京畿野景，边塞风光，一路晓行夜宿，渴饮饥餐。（既是畿辅，又是边塞，似乎不通。）这日来至黑山村，早有先行报进去。那乌进孝早已出庄迎候，却见来升马也不下，话也不说，只扬鞭进庄，早唬的浑身筛糠，站不起，行不得。只得两个庄客搀了，跟进大院来，也不看来升是否升坐，便跪到石阶下叩头。那来升且不理他，待洗面更衣进餐毕，方一面吃茶，一面细细问他。又亲自查看仓库、库房，果然都只剩下四个墙角，全空空的，心疼不已。又拘来没有跑的庄户追问，都说：“他们做的事，小的们一概不知。小的们也没有抢东西，老爷不信，只管搜查。”来升见都是些土眼土眉、傻头傻脑之人，断定问不出头绪。见天色已晚，况兼长途跋涉，困顿的紧，便要早早安歇。那乌进孝，自为素昔未曾慢待来升，只靠了他，或许还不至过于如何。谁知这半日光景，那来升一句宽慰话也没有，竟像往日毫无交情似的，心知这回可全完了。忽念那来升素昔亲近女人，便打发手下，寻了两个半掩门送去，不想，全撵出来了。万般无奈，只得将那新守寡的乌国栋家的打扮了送上去，半晌不见动静，方才略放心些。

到次日，来升命套了车，去寻官府。那县太爷倒是极殷勤的，听说宁府总管下来，早已换了吉服，大开辕门迎出，让至暖阁，分宾主坐下。献过茶，不用来升开口，早就自怨自艾，说道："下官糊涂，出了这事，又劳总管大驾亲临。"说到末了："只为府里庄园平素捕快皂隶都不敢擅入，事先听不到风声，事后也摸不着影儿，眼下已是悬赏捉拿，明察暗访，一待有了头绪，定要全部追回。"一面赔笑说话，一面命众衙役摆好席面，请来升众人吃酒。来升端坐不动，只一摆手，道："不必。只是这事总得了的。咱们一起见知府去呢？还是贵县辛苦一趟，到京里说话？"那知县连忙赔笑道："这个。下官应到京里请安去，并请示如何办理。只是职守所在，不得离开。"说毕，命人取来一百两银子，又命连席面送黑山村去，又站起来打了一躬，笑道："京里的事，还求总管善言一二。至于上司，事情一出来，就呈报了。府尊也亲来勘验过。"来升见他心诚，也不便不赏脸，待人抬了席银去后，方道："既是已经勘验，贵县自然知道，这上百万银物，点滴不剩，连口粮种子都抢光了。便是我不说何言语，你叫我如何复命呢？"那知县一听，开口就是百万，早唬得三魂七魄冒出天灵盖，呆了。却见那来升仰了脸，瞅那承尘，一动不动。无奈，只得叱退衙役，上前施礼，（还知道叱退衙役，可怜，可怜。）央道："不瞒总管，寒舍不过二十亩薄田，全卖了，方捐得此官。（贾蓉数千金捐一龙禁尉，此又二十亩薄田捐一知县，顺笔一补，可知自上而下卖官鬻爵，举世同风。）上任三月，便出这事，如今便是卖了妻儿老小，也拿不出来。眼下赈灾粮尚未发放，咱们这事也是灾荒，一半日，下官将赈灾粮全数送上，先与庄丁食用。（终归百姓倒霉。真是：治，百姓苦；乱，百姓苦。）下官这里，自必尽心尽力，实心办事，追回财物。总求总管可怜，替下官担待些。"来升心中忖度：便是把他下狱，换个新官来，越发不如他心中有个怕惧。遂起身，伸手，道："请起！京里的事，我自尽力，只是这访拿罪犯，追回财物的事，必是越快越好！这是要在贵县身上追赔的！"说毕，拱拱手，辞出。知县忙送出大门，眼瞧着来升登车而去，方长出一口气，垂首回衙。

那来升自带从人，仆仆风尘，府里、省里走了一圈。虽则不得要领，却是客情甚好，无不说要竭力承办，立即图形告示，悬赏捉人，又移文海捕。到后来，自然是一个个俯首就法，不必细表。只说那来升回到黑山村料理后事。据来升揣度，这不是几个人办得了的事儿，必定是乌进孝平素役使不当，招来众怒。若是他仍留此处，还要生事。便将袭和留下，（袭和者，求和也。来升还算明白。）又亲自安排了后事，命乌进孝连同家口，随了返京复命。贾珍闻说，果然银物净尽，火冒三丈，连叫："拿那杀才来！"先打了一百板子，方厉声追问。那乌进孝只剩下叩头如捣蒜的招儿，连骂自己糊涂、混帐、不是人，辜负了爷的恩典，只求开恩。贾珍要送他坐牢去，幸得来升代为恳求，方留下使唤，把他全家拨入圊厕行内，只给饭吃，了事。这已是四月底的后话。

如今且说二月初十日是贾珍生日，尤氏坐了车，亲自来请贾母听戏。恰众姐妹并贾兰、巧姐儿都在贾母前承欢。贾母听了，道："你这主意好。趁生日替他散了烦愁，也少给你气受。"尤氏因道："真个的。老太太最知道他那性子，这一程子，饶是手脚不停伺候他，也不得一口好气儿。不是说这不周到，便是嫌那不齐备。每日里打这个骂那个的。"贾母长吁了一声，道："这么踢蹬，不济事的。祖宗时，待下人自来恩多威少。不必说家里这些丫头仆妇，便是各庄各店，多少服伺的人，那个不是安分守己，殷殷勤勤的伺候着！有主子一时想不到的，他们不作声就办妥当了。如今可好，出了这种事，想必有亏待下人的去处。你们必得想想，有那逆天违理的作为，赶着收心，改了罢！只管肆意妄为，祖宗基业就断送了。不是我说这过虑的话，想必是老天爷给的惩处，定不准还有乱子闹呢，你们（着眼。）等着瞧罢！"（一叶下而知秋，他人谁个思此？）一行说着，掉下泪来。众人都忙站起，口内答应着，心里沉甸甸的。鸳鸯在旁，知谁也难以劝解，便上前拿帕子替贾母拭泪，一面悄回道："东院里正忙着呢，吩咐珍大奶奶回去罢！"贾母环顾一番，又见尤氏羞的无地自容的模样，乃道："你们都记住就是了，珍哥媳妇也不必这样，只管回去张罗过生日。你今儿进我的天花羊肚菜，果然好，我竟多吃了半碗粥。"尤氏忙改容说道："知道老太太喜欢这个。只为京西不大平和，五台山的货进不了京，刚昨儿詹相公从家里带了这菜来，是地道货呢！我亲自瞧着他们收拾干净，做了进老太太。"凤姐在旁听了，忙凑趣道："半年了，头一遭儿合了老祖宗的意，你就上脸了。瞧把你喜的那副得意模样儿，还不赶紧把那菜一总送过来，每日里我替你做了，进老祖宗，也省你操心！"说着话，向尤氏使眼色，尤氏心中会意，见贾母气色温和，也忙笑道："那样敢情好，你也沾老太太的光，多弄些子自个吃去，可是不是？"因回头笑命银蝶传话，说："今儿那羊肚菜，要查了房头，加意做好。你琏二奶奶的，用大海盛来，省的他肚饱眼馋的。"银蝶笑着答应了。（改颜换容之速，自来是薛蟠、凤姐绝技，不图尤氏亦有此术。）众人都笑道："这可要谢凤丫头，我们也有的吃了。"说笑一阵。尤氏又请问贾母并众人："喜听谁家的班子？何等戏文？我命他们传去！"贾母并众人都说，那个班子都是好的，独贾兰道："大爷心里不自在，是必唱几出令人发笑的。"尤氏听此，扳了他肩膀，瞧着他脸儿，笑道："好孩子，怪不的老太太待见你。大人似的，说话这么讨人喜欢。"（明赞贾兰，实逢迎贾母，我说尤氏不弱，你看是否？）又闲话数句，尤氏方回东府去。（惊心动魄之后，用贾兰作收，贾府结局定矣。）正是：

鹊踏梅枝风不定；
乌栖兽脊月初寒。

此回总叙两府大端，笼罩后部，乃《新补》之纲领。历叙子弟不成器、仇家设网、佃户造反、当典被封、生意赔钱，家里上下矛盾丛杂，两府势在必败，读来大有"山雨欲来风满楼"之感。虽有贾政升官，不过是回光返照，已无力回天了。此与《高续》开篇"四美钓游鱼"之悠闲笔调迥异。

第八十二回

痴龄官绝意宁国府 勇雪雁高谈卓文君

“诉肺腑”后，宝、黛已不再猜忌，二人之间文字渐少，七十回后更少涉及。岫烟放定，迎春出阁，犹可以年岁略长为解，今书至后部“三妹妹”议婚，自必“吹皱一池春水”，宝、黛婚事已不容再拖着不叙。看补书人如何叙来。

话说二月初十贾珍生日，贾蓉一早起来，各处检点，便见贾芝、贾芸、贾蔷早早来到，帮同料理，待诸事俱毕，前厅吃茶。一时人回：“宝二爷来了。”便见众下人闪路侍立，焙茗吆喝着：“都走开，各自忙去！”那宝玉满面春风走上厅来，众人上前请安，问好。都道：“多日见不到二叔，想念的紧。”唯有贾蔷笑问：“前日南安王府来了个说书的，一口好苏白，二叔如何不听听去？”宝玉笑道：“告诉你们不得。欠债忒多，这几日逼的紧，竟不得再推，只得闭门作画，（前书数见写字，似未见作画。惟薛蟠生日，宝玉说：“惟有我写一张字，画一张画，才算是我的。”仅此一句，补书人亦未放过，细。）一阵风打发了去。”又指贾芸道：“你可别再替我揽这些事！”贾芸笑道：“再不敢了。便是天老爷请托，我只告诉他：‘我们老爷把二叔圈起来念文章呢，（大奇，念文章要圈起来。可知芸儿乃宝玉知己。）没得工夫。'"一句话，说的哄堂大笑。（如此调笑，在他人前，众人岂敢。）宝玉问道："今日戏班如何？"贾蓉笑回："今儿两班戏，一班在天香楼，一班在夕照楼，言明要唱那出，都唱那出。二叔两边都听听，究竟哪个班子强些。"宝玉笑道："有趣。"众人陪笑道："有趣。"贾芝道："这两个班子，我和蔷二哥都听过，在京城里也还罢了，要比咱们那十二个女孩子，可还差远呢！"宝玉回头问贾蔷："是也不是？"不想那贾蔷脸色突变，立不住，垂头坐下，宝玉忙问端的。

却见贾徧、贾菌等人随贾琏走来。（补书人亦善用横云断岭之法。丁亥　昆吾闫震）大家迎上，或请安，或说笑。贾琏环顾左右，见人已到齐，乃命贾蓉里面去，请贾珍出来受礼。那贾珍为黑山村的事，心绪十分不佳，原不愿做寿的，禁不住尤氏、贾蓉等人一再劝说，便是贾琏也说："热闹一番，散散心就好了。"方才依允，又命："不动亲友，只是族中人罢，免得人家打听起来，咱们心烦！"所以贾琏等都一概不提那烦心的事。一时，贾珍负了手踱出来，众人一起一起行过礼，又都吃过寿面，只管吃酒听戏高乐去了。贾母不见宝玉，忙命人到夕照楼去请，都说："没在这儿。我们想着在天香楼呢！"贾琏忙起身到前边亲自去寻，却原来在三思斋和贾芸说话。贾琏向宝玉笑道："你父子两个偷来这里密议的何等大事，却叫我们好找。快听戏去，老太太请你呢！"二人笑着立身，宝玉道："你就回老太太，我这里忙着一点事，停一会儿就去。"贾琏又取笑两句，自去回复贾母。

你道他二人在此说的是何等要事？原来，说的是龄官与贾蔷的事。自那年散了戏班子，龄官不留荣府，（果然分房名单无龄官。）也不回苏州，只与贾蔷合计着要成亲呢。那贾蔷早巴不的如此，喜的无可不可，忙的手足不停，又是收拾房子，又是看好日子，买这置那，跑东跑西，终日里兴头的紧，乐的两片嘴唇合不上，见人便笑。那龄官见诸事顺遂，百般如意，自为学戏一场，有此结果，正是老天有眼。只差没有娘家，成亲时没有寄顿之处，便是日后生儿养女，无有亲人来往，总不成话。亏他戏文甚熟，乃仿那古人，自去认门亲眷。便备了礼物，去拜昔日戏班中的那位干娘，道明此意。他干娘岂有不乐意的，况与宁府正派攀上亲，人面前光彩，又有实惠，便满口应承，只说："好姑娘，一应事儿，你只听娘安插便了，总不叫人有何言语于你。这往后，娘也只指靠你了。"才刚贾芸告诉宝玉的，便是这段事儿，还有后话尚未说毕，不意贾琏走来打断了。

如今见贾琏已去，仍复接着方才的话，说道："不知怎的，这里大爷听到了，唤来蔷兄弟，笼头盖脸骂一顿，不准他胡闹。果然娶个戏子，必在祠堂里当着族人撵出去呢！蔷兄弟自然不敢违抗。谁知龄官追的紧。那日，又寻到蔷兄弟家。可巧我们几个正在议事，他不管同人不同人，指了蔷兄弟，骂出口来：'想当日，你发誓赌咒的表白，宁是死，也要娶我，这时候，挨一顿骂，便成哑巴了。认了你这软瘫货，算我没眼。你要是说话当话，咱们办咱们的事，不跨宁国府门槛也憋不死人。再不然，还有个远走高飞呢！你要是说话不算数，就干脆说句丢开手的话，我走我的。'一行骂，一行掉泪。（应省亲演戏，龄官定要作《相约》《相骂》二出处脂批云"《钗钏记》中，总隐后文不尽风月"等文。）我在旁听着，心里替他难过。二叔还有何不知的，蔷兄弟心里有，嘴上说不出，嗫嚅了半晌，终究不得一句响亮话。龄官睨他一眼，哼他一声，拎个包袱，头也不回，走了。所以至今每提起散了的戏班，蔷兄弟便失魂丧魄的。”

那贾宝玉耳里听着，心里只赞：“好个远走高飞！”因见贾芸住了口，乃问道：“蔷儿听这远走高飞的话，如何应他呢？”贾芸闻此，不免一怔，道：“我方才不是说过了，二叔怎的竟没听见？蔷兄弟怎能舍了家，跟他去呢！便是龄官要他说丢开手的话，也终于没的说。”宝玉乃叹道：“这便是蔷儿糊涂了。便是舍不的家，出外成了亲，不会再回来？”说毕，连连叹息。又要贾芸去告诉龄官：“再耐烦数日，待我吩咐蔷儿寻他去！”贾芸笑道：“二叔免了费心罢，那龄官使气走过二年了。”宝玉摇头惋惜，道：“可惜了的。是你不知，蔷儿原是对他有情呢。”因将那年在梨香院亲眼见的买雀放雀之事，告诉贾芸明白。还直问：“那龄官后来如何？”（总是至情人、至情语。此宝玉对有情之人有情之例。亦不稀奇，前书“真情揆痴理”已见。）宝玉此问，可是问道于盲。像这种不尽的风月情缘，（与智能儿、秦钟同而不同，观后文可知。）世间虽然多有，像龄官这样痴情女子的后事，贾芸是断然不得明白的。宝玉此际恨不得赶了去，宽慰龄官儿语才好，却又事隔多时，不知去向。只心里盘算着，他能遇到智能儿，两人作伴也好些。贾芸见他痴痴的，知是又犯呆症了，别叫他再说些疯话，忙道：“这些，以后再说，老太太立等二叔回话呢！”宝玉因与他附耳悄言，道：“你如也有个人，可千万别学蔷儿！”贾芸笑的合不上嘴，忙搀了宝玉，拉了便走，（究竟是“搀”还是“拉”？一笑。）口内诳他：“老太太又打发人来催了！”宝玉只得听戏去。

彼时，《文君当垆》已近收场，随后是《拷艳》。红娘刚下场，众人正赞他口齿好，便有人进来向王夫人回话：“宫里有人来。”黛玉见王夫人站起，也便乘机起身，要回去吃药，（原本不喜欢听戏嘛。）贾母便命王夫人带了黛玉去。娘儿两个坐车回到西府，王夫人知黛玉听戏乏了，让他先在前面歇歇再回园子。黛玉乃扶了雪雁，随王夫人进房来。待得王夫人打发小太监去后，又见玉钏回道：“老爷有书字来，还带来几箱子东西。”王夫人接过书信，只将家事帖子开读，未曾瞧完，便两眼发酸，眼镜恰不在手边，便将末后一纸，命黛玉念来。不想，写的是探春婚事。（应前书官媒求探春。）上写有：“既非书香之族，已是不妥，况且宝玉婚事尚未办理，何必忙此！”黛玉念毕，心中烦乱，不知是何滋味，坐不住，起身要回园子去。王夫人命玉钏同雪雁好生照护姑娘，又命绣凤拿两瓶暹罗茶来，道：“听说大姑娘喜欢这个，拿去用罢！”黛玉谢过舅母，出了王夫人上房，一路不语。

一进潇湘馆，便走不动了。雪雁搀他强进房来，歪在榻上，一动不动。紫鹃知他乏了，替他盖上一条起花洋毯，又端来两盏茶，让玉钏吃茶。玉钏道：“太太还有事。”自去了。这时雪雁告诉紫鹃：“三姑娘的亲事放下了。”紫鹃因问：“你听谁说的？”雪雁道：“才刚在太太屋里，念老爷书字，说是要等宝玉呢！但只是宝玉成亲连个影儿也没有，可叫三姑娘等到何时？”（只有三姑娘婚事要等宝玉么？）说毕，还直叹气。那紫鹃何等精细，一听此话，怕勾起黛玉心事，（我说雪雁不及紫鹃心细，你看是否。）赶忙换个话头儿，问道：“今儿唱的是何戏文？”雪雁听他问戏，越发不高兴，便道：“又是什么《拷艳》，烦死人的。那老夫人不体谅小姐心事，又拷打红娘。我要是红娘，定要领小姐一跑了事。”紫鹃由不得瞧他一眼，笑嗔道：“你这蹄子，可不疯了！跑，是那么容易的！”（原来紫鹃早已想过。）说毕，方才想到不该这么说话，忙回头看看黛玉，见他未曾嗔怒，方才放心。谁知那雪雁并不理会这些，他一向说话有据，素不诳言，见紫鹃不信，便放下茶盅，一本正经，说道：“那卓文君不是跑了！”紫鹃虽不知卓文君是何等人，却知不是个规矩女儿，便嗔道：“什么卓文君，卓武君的，满口混吣！”雪雁道：“这不是胡吣，待我告诉你知道！”因告诉他《文君当垆》的戏文，又是什么文君要与相如成亲，怕他父亲不允，又是怎么跑了出去，两口儿在市上卖酒等语。说毕，还品评一番，赞道：“这招儿可高了，你白想，那卓老头是何等大富大贵，姑娘、姑爷在市上卖酒，他能不顾旁人口舌？”紫鹃听他像背唐诗那么熟，（补前伏后之文也。）一口气说完，倒也耐听，因道：“那卓老头儿，末了倒也罢了。只这卓文君，如何竟不顾旁人口舌？要是那相如不会卖酒，他两个岂不饿着？”此语未了，春纤端来药盏，雪雁忙斟上漱口茶来。黛玉道：“你们去罢，我自吃了药睡一会儿。”见众人去后，长叹一声，直瞪瞪的盯着窗外不动。一时紫鹃走来，见他如此，笑道：“我就猜的姑娘会忘了吃药，果不其然。”一行说，一行换了漱口茶，一并端到黛玉身边。黛玉探身就着紫鹃的手一气吃下，又漱了口，道：“你可放心了罢！”紫鹃笑道：“那鹦哥又念诗呢，我提来，姑娘再教他几句。”说毕，果然去摘了笼架来，（此等去处非雪雁所可及。）见黛玉痴痴的没心绪，只得放在案头自去，不在话下。

且说这日午后，贾宝玉不去听戏，只在怡红院内倚槛长嘘，无端下泪。袭人知他心中不舒畅，却不解为的何事，（自然不解。）乃吩咐碧痕引他玩笑。碧痕不去，扭脸说道：“你瞧那个愁模样儿，解不了他的烦，倒落个没脸。不信，你先试试，我再去。”袭人笑了，想了想，道：“你就说林姑娘打发春纤来请二爷，你再跟去。”碧痕果然去说，宝玉问道：“林姑娘在家里么？”碧痕回道：“想必是的，去罢，我跟着。”宝玉便向潇湘馆走来，恰见小丫鬟春纤手里拿了什么走出院门，便问他：“姑娘唤我何事？”春纤一怔，说道：“姑娘换墙上的画呢？不是换二爷。”（有神理，姑娘不会换二爷，你却会换姑娘。）宝玉听说换画儿，便忘了唤人，忙又问：“又换的那幅画儿？想必甚好。”春纤道：“这个自然。画上又有人，又有船，还能不好！（有人有船便好，是春纤口吻。）二爷快瞧去！”说毕，返身进院，大声回道：“宝二爷来了。”方扭身匆匆去了。

这里宝玉进入潇湘馆，听的纱窗里黛玉话音：“好了，下来罢！”又见雪雁迎出打帘子，便急忙进入房中，却见黛玉正倚案吃茶，紫鹃已是将画儿挂好，下得地来。黛玉见他进来，笑嗔道：“就是你，这么惊天动地的鸣锣开道！”（喜其来耶？责其来耶？无可为言而为言耶？）宝玉笑而不答，只看那条幅。见画的是江边柳下，系一大船，满载行人，舟子正要解缆。岸上一人，面对客舟，撩衣举步，似欲登舟，却又放开衣襟，手指尚未收拢，衣襟飘拂未垂。远处帆云片片，天水茫茫。右上端有“夷犹图”三字。宝玉因问：“是何出处？”黛玉道：“眼前熟的很，还要问人？”宝玉道：“真个的，一时想不出。”黛玉道：“岂不记得‘万里风波一叶舟，忆归初罢更夷犹’。”宝玉“哦”了一声，笑道：“是了，我怎么就忘了。”又道：“此人不果断。欲行则行，何必夷犹！”黛玉嗔道："你说的容易，想那玉溪生，依违两大之间，动辄得咎，虽返乡小事，也难果断，后人怜其遭遇，方作此图，你怎么妄议前人！你今儿便诸事顺遂，不用夷犹么！"（好议人者，不妨先返躬自审，宝玉今儿不光了。）宝玉细忖此语，若有所悟，欲为剖析，乃道："咱们竹林里走走，散散心去。"（此欲避丫鬟也，玉兄却瞒不得我。）

紫鹃道："罢了，二爷！竹林里阴凉，姑娘受了寒，敢则二爷不心疼？"（细心丫头有心之问。）话未说毕，忙掩口而笑。宝玉想了想，道："说的是。待我画几竿竹子，挂这壁上，便是白天黑夜只管瞧去，也不至受凉。"紫鹃忍了笑，说道："这个还罢了。只是姑娘说过，你那画，竹叶总嫌多！"宝玉笑道："这个，易事，少画几笔便了。"因回头吩咐碧痕回怡红院取来颜色碟子并纸笔。紫鹃收拾了条案，宝玉略一凝思，濡笔调色，一时便成。黛玉近前，只见偌大一张纸，只画一竿翠竹，竹叶果然不多，风吹的一顺儿斜，竹身插天，屹立不劝，不远，一块怪石，也颇瑰伟。心有所触，叹道："妙则妙矣，只是可惜了。"宝玉忙问端的。黛玉脱口便道："竹石相依方才妙呢！"说毕，只觉脸上发烧，抬起眼皮，偷眼一瞧，见那宝玉手里尚拈了笔，正盯着他慢慢点头儿呢，（心有灵犀一点通。）（追魂摄魄。丁亥　昆吾闫震）忙扭过脸去，嗔那紫鹃，道："怎不添香来！"紫鹃一旁心里好笑，乃道："才刚姑娘自己添的香，如何便忘了？我去沏茶！"说毕，扫二人一眼，笑着自去。（二人神情岂能瞒过紫鹃。）那贾宝玉却道："待我题几句补这空白，你瞧我这诗好么？"说毕，掀了砚盖，有的是现成的墨，换支笔便写：

朝朝分翠影，相倚待何年？
何不凌风去，双飞……

正待往下写去，便听人回："史姑娘、二奶奶来了！"又听巧姐儿在院中说话，由不的放下笔，急忙将竹石图收起，放进书厨。

凤姐进房，一眼看见《夷犹图》便啧啧赞赏，道："好画。怎的也给我挂几日才是！"黛玉笑道："什么好画！又不是宋徽宗的鹰，也不是赵子昂的马。你合意，就摘了去。"凤姐笑道："你倒大方。我却没的好画换与你。只好到议亲时，我替你们添几句好话罢。"（"好画""好话"改用鸳鸯前言，非上乘之笔。然即兴取笑，却是真心，后文自见。）黛玉把脸红了，只道："贫嘴贱舌的，你还想我给你这画么！"这边湘云却笑问黛玉道："你不是不喜欢李义山的诗么？还挂起这个顽呢！"林黛玉道："偏是你记性好，专记别人的话，那年我说了句不喜欢，今儿你就拿来问着我。其实呢，我极喜他这格调。但凡情浓意密之处，用那格调都是极妙的，想是从'东飞伯劳西飞燕，黄姑阿平时相见'来的。"湘云笑道："这话是了。连雪雁作诗还喜欢用这个呢，何况是你！"黛玉不解，因问："他何曾会作诗，你又何处见来？"湘云道："那日我来寻你，只他一个在房里，一面替你收拾枕头，口中吟着什么'眼空蓄泪泪空垂，暗洒闲抛却为谁'。"又回头问雪雁："不是你作的，是从何处记了来？便是有情有意的。"（必是雪雁见枕上斑斑泪痕，不禁念出黛玉诗句。）雪雁垂头不答。黛玉忙道："这蹄子不知何书上记了来诳你，（黛玉露马脚了。）你倒心实！"又忙命雪雁喂鸟去，又忙向众人道："怎么都不坐下？”于是，众人落坐。那凤姐虽不解诗，察言观色，便知其中必有原故，因唤雪雁，要细问他。（真所谓欲盖弥彰，岂能瞒过凤姐。）那雪雁想是耳聋，听不见，早飞到院里去了。凤姐见案上有颜色碟，乃向黛玉道：“越发能干了。又作诗，又作画，我瞧你不想活了！”黛玉笑而不语。

谁知那边巧姐儿拉了宝玉，要他讲那《夷犹图》。宝玉笑道：“你能把画上那三个字背写出来，我就讲给你听，如何？”巧姐笑道：“这个难不倒我。”一面瞧那几个字，一面轻轻点头。只一会，便到案边拿了笔，在一张花笺上写了出来。黛玉等人都围来观看，还真是一笔不错，工工整整，有几笔还真带点子八分书的笔意。巧姐儿瞧瞧宝玉，向凤姐道：“二叔叔不知道我认了两千个字，还拿这个难我。”又向宝玉道：“怎么样？讲画儿罢！”宝玉喜的拍手探头，笑道：“好，好，叔叔没有认出，你还真有本事。”凤姐也笑道：“要不是上年闹那一场病，《列女传》也早念完了。”宝玉便讲了那李义山的诗句。紫鹃早端来一碟掰开的软子儿石榴，并一碟江南蜜柑，与巧姐儿吃，巧姐儿笑道：“还是前几年呢！一见面先给吃的、玩的。”（巧姐聪慧初见，却与上回贾兰对写，后文方不突然。）一句话把众人说笑了。黛玉因道：“真个的，我来的那年，他还吃奶呢，这不是，如今也这么高了。咱们还能不老！”（从“感此伤妾心，坐愁红颜老”而来。）凤姐听此，大笑道：“好不害臊！还没出阁，便觉得老了！”黛玉又红了脸，啐一口，无话。（颦儿阿凤，偏有相看两不厌之境。戊戌 昆吾闫震）湘云盯了黛玉的眼，笑道：“你这话，倒像姨太太口风，干女儿学干娘，真像！”宝玉忙来打断这话，道：“天也好早晚了？咱们该吃饭去！”

凤姐忙止他道：“宝兄弟真个无事忙，云妹妹还有正经话呢！”湘云乃向黛玉道：“昨儿晚上，老太太说，姨妈要接琴妹妹那边去住，问我还是住园子里呢，还是前面去。我想的琴妹妹一走，老太太不免寂寞，且是越往前，天气越热，稻香村人多，又不宽敞，不如前面去住。林姐姐，你呢？咱们还像那年，都跟老太太住，好么？”那林黛玉从未想到会有这么一问，一时无言可答，思忖一会，道：“你既前面去住，老太太不愁寂寞。我这儿夏天又凉快，天冷了再挪罢！”（谁知竟等不到天冷，叹！叹！）湘云听了，睨宝玉一眼，（不睨黛玉睨宝玉，甚奇。）只得与凤姐母女别过黛玉，去稻香村收拾东西。这里，宝玉要把《竹石图》上那首诗题全，黛玉道：“还题什么，我早知道了，还不又是‘冀联辔而携归’。你且别处混去，我要歇歇！”宝玉自然遵命，尚觉心中有什么想说，却又想不出妥当言语，想是该散散心了，因道：“今儿听戏累了，我们又来说话，免不的劳了神，你便躺一阵子，我外面候着你，一起过前面去。”黛玉依言躺下。

宝玉出房散心，院子里只有老祝妈在收拾那片竹林，且上前问他：“常听人讲究雄竹雌竹的，究竟怎么分别？”祝妈停住手，笑回道：“这个么，我们和竹子打了一辈子交道，还有什么不知的。待我告诉二爷明白。”乃指了身边的竹道：“像这竹竿，从根往上倒数，单节生枝的叫雄竹，那竿竹，双节生枝的叫雌竹。也有人说从下边头一节生单枝的叫雄竹，头一节生双枝的叫雌竹。总是雄单雌双便了。”又笑道：“也只是随各人讲究，咱们养竹，成材便好，管他雌雄呢！”宝玉笑道：“原来如此。”因又问他那篛与箈，箹与笛，簃与笒，笑与箞与篬各各如何不同。那祝妈可知不全了，心知宝玉有意难他，一面回话，一面四周环顾，忽一眼望见雪雁，喜道：“二爷，雪雁剪指甲呢，不防剪了肉，可如何是好！快替他剪去！”（可谓宝玉知己，不枉下问之情。可知潇湘馆婆子，玉兄自不会照常例相视。）宝玉回头，果见雪雁倚在栏杆上剪指甲，便上前要过剪子，道：“自己剪右手，不便，我来剪。”雪雁伸出右手，随他剪去。宝玉一面小心剪着，一面问他：“你如何不留长指甲，葱管似的，不好？”雪雁笑道：“我倒是不做活，却常常要动动笔，留那长指甲不便。你如何不见，我们姑娘便不留，你也没留，不是？”宝玉只见他手儿甚小，指头儿也最细，不禁叹道：“你这双巧手，果然只能动动笔杆。”又问：“近日临何帖？”雪雁抿嘴笑道：“这几日只管替姑娘誊诗稿，就照姑娘的字写去。”宝玉因问：“才刚怎么着，云姑娘说谁吟诗来？我只顾和巧姐儿答话，竟没听的明白？”雪雁忙道：“我求你千万不可当着我们姑娘再提这事，日后你自然明白。你要再提，我便恼了。”宝玉忙答应了，见已剪完右手，道：“越发连左手也是我剪罢！”雪雁换出左手，宝玉剪时，见只剩下两个未剪。

雪雁忽想起一事，笑道：“你不是要花样子么？前儿灯下我剪了几个，给你带走罢，瞧比莺儿剪的如何？”说毕，夺手便去。宝玉见天也好早晚了，进房来看黛玉。谁知黛玉正头疼呢，（身闲心累如此，安得不头疼。）见宝玉走进房来，忙命他：“自己去罢，我这阵子还没的歇过来，懒的走路。”宝玉信真，出房来吩咐紫鹃、雪雁：“再有人来，就说睡下了，别叫他再劳神！”然后接过花样，逐细瞧去，见有喜上眉梢，有双凤朝阳，有诸事如意等诸般喜庆吉利图样，都与常见的不得一般，别出机杼，果然新奇。唯独末后一幅，是一少女隔窗调鹦，月洞窗外，居然也有几竿修竹，耳边厢似乎听的那鹦哥正念“如花美眷，似水流年”呢！那宝玉一手拿了花样儿，舍不得放下，一手握了雪雁那小手儿直晃，喜的顿足，悄笑道：“好姐姐，真难为你了，我这便回去贴那窗子上，终日瞧去！”雪雁忙止他，道：“只夹在书里罢，贴窗上，不防姑娘见了，岂不骂我呢！”（脂砚未能与“阿颦”结“笔墨缘”，深感遗憾，若能见此剪纸，不知可略减否？）宝玉听了，忙将这幅调鹦也递与碧痕，命他在意拿好，乃向雪雁叹道：“只是我不该烦你剪这花样，你那双小手，如何能让剪子磨来磨去呢！”（好体贴，真不愧情痴情种。）说毕，谢过雪雁，自向贾母房里来。欲知贾母房里有何事，且听下回分解。

此回书为黛玉而设也，正笔甚少。龄官、蔷儿事是旁敲，看戏、评戏是侧击，论《夷犹图》，品《竹石图》，直到最后赞剪纸，少女调鹦，无一不是衬托隐喻之笔。

第八十三回 赏唐拓宝玉邀诗社 遗诗草香菱问苍天

此回书写香菱，除“眉犹未展，口已难开”八字外，无一笔正写，然香菱之身世、遭际、性情、识见、受人怜爱，无一不见，此所谓“不着一字，尽得风流”之笔法，此回为香菱正传可也。

话说贾宝玉来到贾母正房，见贾母正与众人讲究黛玉之病，说的是“那些药，也都用过，可那病总是轻一时，重一时，吃的药多了，也不知究竟是何药物有效验”。邢夫人笑道：“林姑娘先天生的弱，又每日里念书写字，绣凤描鸾的，只怕从这劳心过甚上不得早愈，也是有的。媳妇接甥女儿那院里住几天，歇歇心去，老太太看使得么?”贾母道：“敢情是好，再暖和些，你便接了去。”又向宝玉道：“你们也不想个新鲜样儿替你林妹妹散心?”宝玉笑道：“还等这会子呢，早想过一大堆花样儿了，无奈林妹妹都不喜欢，唯有喜欢作诗。往年我们起社，他总没大病。偏是老太太又怕他作诗耗了心血，可叫我们怎么样呢!”贾母笑道：“既然这样，明儿你们就起社。若是难为了他，我可不依!”凤姐在旁听贾母如此吩咐，便笑道：“老祖宗还怕难为他呢！那一社不是他考的状元？自从盘古到如今，开天辟地，谁也比不上林妹妹！老祖宗说话从来没有不准的，今儿可说偏了。”众人也都笑道：“老太太心疼林姑娘，哪有工夫记得这个。”贾母喜欢，乃向邢、王二夫人道：“趁明儿云丫头好日子，叫他们起社作诗。邢姑娘也来，姊妹们也热闹了。还有宝姑娘，连同他家香菱，可怜见儿的，昨日听姨太太说，又受他家大奶奶作践，明儿也来散散心罢。”（一提香菱，遭遇可伤。）又向宝玉笑道：“你可记住，别叫你那些没紧要的事儿缠住，给我忘了！”（大奇，贾母满张罗，居然社主架势。）

宝玉早兴头的一面答应，一面请邢夫人转知岫烟，并说还有好法帖鉴赏呢。又进套间告知宝琴，见宝琴正临窗绣花，窗台上还爬着两个蝈蝈，并两只粉蝶，一只抿了翅膀，低了头，另一只侧了身子扇着两翅，斜着往上飞呢！又有一只蜻蜓，后身弯垂，做出点水模样。仔细瞧去，原来都用长针扎了，钉在薄木片上，当花样子呢！宝玉喜的动手就要拿那只蜻蜓。宝琴忙道：“别动！待我绣成了你再玩。”宝玉忙缩回手，瞧宝琴手中是一条蛋青西洋布锁边方帕，上面绣了水边，青草数茎，草隙里露个蝈蝈头，张口瞪眼的，倒也神气。青草上两只小小粉蝶，都已绣成，单剩水面上这只蜻蜓还未绣妥。因笑道：“妹妹越发能干了，竟用不着花样子便绣出来！”宝琴笑道：“你如何就忘了，我又不会画，单为这点子事，何必去烦人，花样子虽多，总不如真虫儿像呢！”宝玉又赞道：“捉这些小东西可不是易事，难为你有这本事。”宝琴停了针，觑了粉蝶，笑道：“你瞧瞧，都干了。这还是香菱那年在园子里捉的。真难为他，摆弄的千模百样的，拿针扎了，藏在花样匣子里。（再提香菱，灵巧可疼。）前日四姐姐要画蜻蜓，命彩屏去借了来，我趁便挑这几个。”

宝玉赞赏不已，又叹道：“还是香菱姐姐心里清雅，谁知又如此命蹇！妹妹便中劝他想开些！”宝琴叹道：“我们家的事，你还有何不知的。空口白话有甚用！我们太太说，明年回南呢，到时候带他南边住去，他心里或者尚可安静。是你不知。每常姐姐劝他，他便病轻些，也能吃点子东西，说阵子话儿。隔儿日不劝，他便药也吃不下。大夫说，怕冬至，挨过冬至怕春分。眼看便是春分，谁知如何呢！”（三提香菱，令人担心。）宝玉叹道：“偏是昨儿晚上，林妹妹还说，要接他来潇湘馆做伴呢。”因又告诉宝琴，明儿趁着湘云的好日子，开社。宝琴笑道：“这手帕就是送云姐姐作贺礼儿呢。”

宝玉正要出房，却见一群丫鬟、媳妇抱这提那的，替湘云搬家。见鸳鸯也端了朱漆描金的粉奁镜匣走了进来，忙上前伸手去接，一面笑道：“姐姐走了这么远，快给我，你歇着去！”那鸳鸯不愿与他授受，回身要躲，前后都是人，竟难躲开，只得站定，发话道：“还不站开！”宝玉听了，急忙站开，笑道：“这么久了，好不容易听你这一声吩咐。”一句话，引笑了众人。那鸳鸯红了脸，嗔道：“越发油嘴滑舌的。”却也忍俊不住，“嗤”的一声，也笑了。宝玉笑道：“好了，好了，总算姐姐不生我的气了。你们收拾罢，我还请人去呢。”说着，自去了。（与晴雯撕扇一笑收场，同而不同。）

诸钗所居之处，只在园子西北一带，最近贾母卧室之后。（此处见于“题对额”回脂批中，原书后部残文也，细。）那贾宝玉便进贾母房后那园子角门，一径来至稻香村门前，恰见莺儿走了出来，忙上前笑问：“是那阵好风儿把你吹了来？又要何处去？”莺儿笑道：“明儿史姑娘好日子，我们姑娘命我送寿礼，还要瞧瞧这里大奶奶这几日病情如何。谁知史姑娘搬家，大奶奶随四姑娘上那斜坡上去了。”宝玉抬头望去，果见几个人在芭蕉坞后斜坡上指东说西。忙吩咐莺儿：“你先去，我还要就近先和三姑娘说句话！”可巧翠墨出院来，说是探春不在家，宝玉只得命他转告，明儿请探春赏帖作诗，都到怡红院。翠墨笑道：“什么大事，也值得亲自跑了来！”宝玉笑而不语，回身赶上莺儿，也上坡来。听惜春同李纨正讲究园子图儿呢！宝玉因劝惜春道：“依我之意，越性待眼好了再画，老太太又没的催你！”惜春道：“我这眼再治二年怕也难好，不如早些画成为是。”又道：“别处都妥当了，只此处未画，（久不提园子图，原来四姑娘病目。）不得主意，请大嫂子商议呢！你也来看，山下那一片冬青树，都这么粗，又这么矮，不知何意？”宝玉听了，笑道：“这片冬青极有妙用，你们何曾知道，且随我来！”于是，引众人转到葡萄架右端，指左端月洞门道：“你们瞧。”众人看时，只见月洞门外一片冬青，翠叶上浮着个圆亭，风动树梢，那亭子像艘小船，轻轻荡漾，背后青天白云，却又被月洞门限住，正不知圆圈外有多少奇情妙趣，但觉深邃浩瀚，遐思无垠。李纨、惜春都惊叹不已，又极口赞妙，道：“天天住园子里，却不道在这犄角里有如此妙景！”宝玉问道：“设如这片冬青往高处长，如何？设如没有这片冬青，又如何？”惜春点头叹道：“是必有这冬青，也必不可往高处长去。亏得那山子野当年如何想来！园子图必如此添上。”

宝玉笑道：“妙么？还有呢！随我来！”遂又引众人出左端月洞门，穿过冬青林，又绕过山脚，到山那面。只见山石嶙峋，踏肩爬背，偌大石坡，竟未栽树。只那山岩之间，曲曲折折一道小径，从俯绿亭边游下山来，落至河岸。河水汹涌，水流激石之声震耳不绝。河岸上也无一株树木，且岸不砌石，平沙细草，与别处不同。（一路写来纯用画家之笔。丁亥　昆吾闫震）宝玉道：“你们猜，这一点缀，其意如何？”惜春道：“不过换个样儿，免得处处雷同罢了，又有何奇！”李纨也不得其解。莺儿笑道：“那年，我们住园子里，也议到这儿，据香菱说，是什么千仞冈、万里流，种上树，砌了岸，何得有此境界！”（四提香菱，令人赞叹。）李纨道：“这话也是。但只是在园子里设此一景，有点子不谐和。”宝玉乃道：“原也要种树砌石呢，是我缠着珍大哥，要他如此。这么着，岂不添些天然之趣！”（此节文字补“题对额”回所未及，笔法重了芦雪广联句，人云补书人描红，信然。）一面说着，一行七八人扶将着，沿了石径，攀上山来，大家在俯绿亭栏杆榻板上坐了。宝玉指划着向李纨、惜春道：“往右瞧，一片冬青，几处花架，自是俯绿了；往左瞧，碧水绕山，相契无间，不像年前琴妹妹说的那大江南岸北固亭么？（带笔补往事，后文宝琴“述游踪”方不突然。）这山头园亭正是一物两景呢！”惜春听此言，忽然有所解悟，道：“这么说，那葡萄架、冬青林并这亭子是三物一景了？”宝玉笑道：“正是，妹妹自忖，如何画这最后一笔？”惜春自去出神，李纨早已支撑不住，闭目倚栏歇息，唯有宝玉纵目四顾，心胸为之一畅。（大观园佳胜处前书备矣，如今于无可补处补之，硬逼出两类“借景”来，真难为了补书人。）观赏多时，问惜春：“还不妥当么？”惜春叹道：“一物二景，尚可画出，这三物一景，我竟不能。谁知这末了一处，竟难落笔！”（原来“末了”最难，补书人有所感欤？）忽有王夫人房中丫鬟来请宝玉。宝玉因向莺儿道：“我原要亲去请你姑娘，竟不能了。姐姐回去代我请罢，连同香菱姐姐！”又吩咐秋纹到潇湘馆请黛玉。于是，众人散去。

到次日，史湘云自有一番常例应酬，无用备记。只说众人在贾母处吃过寿面，贾母等自听女先儿说书，还有一班百耍助兴。众姐妹进园，（替黛玉散心大家作诗，竟可不陪寿星在贾母面前玩笑，黛玉受宠备至，湘云处之泰然，真真的“英豪阔大宽宏量”。）一径来至怡红院，袭人等早已安插妥协，等候多时，见众人走来，忙往里让。怡红院虽是宽敞，却也被姑娘、丫鬟塞满了。秋纹、碧痕让莺儿、侍书等到下房去坐，又搬出一大堆各色果品，沏上香茶，让大家随意吃喝。都知道姑娘们要作诗，怡红院人多，用不着都去伺候，只管放心说笑。只为多时不曾聚会，今日一聚，倍感新鲜，这个问好，那个叙旧，这个夸那个鞋样儿好，要个样儿回家做去，那个又赞这个衣色艳。其中要数莺儿、篆儿最少会面，无不与其应酬，直是两张小嘴不够用了。满屋里，恰恰呖呖，比那夏日清晨林子里众鸟啼晴还耐听呢！各位看官如不信真，不妨闭目游神，自己摹拟去。废话休提。（要看官摹拟，非废话而何？）

上屋里，众人只问宝玉：“又是什么好帖，巴巴的请了我们来？”独袭人问着宝钗：“香菱妹子如何不来？不是说这几日轻些了么？”宝钗道：“天暖了，自然略轻些，我们家的事，你还有何不知的，前儿病又重了，黑瘦黑瘦的，便是我劝他，也不听了。（五提香菱，令人心惊。）得空儿，你倒是与他说话儿去，劝他想开点子，就好的快了。”说话间，便见雪雁搀了黛玉缓缓走了进来，（病体如此，可见不妙。）岫烟等都忙厮见，问好，宝玉忙自移了引枕，打发黛玉倚了。独薛宝钗含笑上前，拉出黛玉的手瞧瞧，又伸进袖里摸摸，笑道：“怪不的老太太不叫你作诗！这才是‘为问因何太瘦生，只为从来作诗苦’。”黛玉抽回手，笑推他道：“多日不见，见了面，便说这没据的话。我便不说你‘飞扬跋扈为谁雄’，也要说你‘佯狂真可哀’！”说的众人都笑了。独那史湘云见他二人如此，乃向众人笑道：“好新鲜的寒暄。倒不用咱们说那‘扫地收千轨，争标看两艘’，都让他二人自己说了去！”探春因笑道：“你这一批注，自然也是‘精诚忽交通，百怪人我肠’的。”（以李、杜、韩喻钗、黛、湘，只可作打趣看。补书人“掉书袋”了。）

众人正在嘲笑取乐，那宝玉已命碧痕取出法帖，展在窗下大案上。众人上前观看，但见朱色鲜润，香气袭人，自首迄尾，丝毫无缺，原来是唐拓朱砂本怀仁集的王逸少《圣教序》。探春仔细瞧了几页，又退半步鉴赏一番，赞道：“难为他怎么集来，汇集这么多字，居然就如一气写成。有些字咱们在《兰亭序》《大观帖》中也见过，精神面目，竟无不同。”（说得活灵活现，岂补书人见过此帖？）又问：“这法帖如何得来？”宝玉笑道：“昨日山东有人来，要送北府去，老爷命他先送家，给咱们见识见识。说是山东一位姓王的祖传家宝，老爷传北王之谕，好容易才借了出来呢！（齐鲁故实，贾政不枉济南一任。）姐姐妹妹赏鉴罢！”众人都道难得，一行观赏，一行品评。探春笑道：“上年咱们见那宋拓本，字画比这本肥些，是么？”宝钗道：“正是。大凡初刻初拓都瘦硬些，有骨有肉，神完气足。捶拓日久，字口便少见平坡，拓本字形反见灵活肥润。再久了，便又见瘦硬，神气却是仍存的。鉴别不慎，常有将初拓本看成翻刻的呢！这《圣教序》，咱们也见过几种拓本，独这本色色精绝，与众不同，真真的令人爱不释手。”（探春是行家，宝钗是杂家，一笑。）

秋纹
蕙香

说话间，平儿跟了巧姐儿走了进来，手里托了一个紫漆木盒，进前揭了盖请众人看，原是一包新配的柏子仁丸，（与前书末回“干血之症”针对。）并两壶酒，说道：“我们奶奶今日不能来，命送来郁金狸，请姑娘、奶奶品尝。这酒是老爷从山东打发人送来的。这一包是宝姑娘替香菱要的丸药。”宝钗笑道：“倒都惦着他，病好了，叫他给你奶奶叩头去。”（六提香菱，令人稍宽。）平儿笑道：“我们奶奶还说，上次莺儿妹妹剪的百花花样好，娘娘见了喜欢，命再剪些送进宫去，明儿太太进宫，想着带了去，不知莺儿妹妹可得工夫？”宝钗笑道：“有的是工夫，今儿晚上定准剪妥送过去。”语毕，立遣莺儿回家剪百花。彼时果品已是摆好了，众人围坐，麝月烫了郁金香来，袭人上前捧壶，替众人一一斟上。登时芳香四溢，无不赞好酒。那酒清冽冽的，色泽深黄，果然琥珀似的。平儿笑道：“这酒昨日刚送来，只有老太太品尝了。”众人都说：“回去就说，我们都谢你奶奶的好意呢！”（不如谢平儿，一笑。）黛玉夹了凤尾橘喂巧姐儿，巧姐儿笑道：“我还要喂么？”一面吃了，一面问道：“你们作的诗呢？我娘叫我记下，回家背给他听。”黛玉笑催宝玉道：“你听听，姐儿都来背诗了，你还没的出题！”

宝玉因向众人道：“这本《圣教序》，无论就王逸少的书法，怀仁集字的本领，以至镌石、捶拓都有独到之处。才刚宝姐姐、三妹妹也都如此说。据我想来，这今来古往，多少人，多少事，多少物件，但凡为众人称赞，无不具有独到之处。那些平庸无奇的，总不得久在众口。今儿这题目便是各说一位古人，就咏他那特立独行。咱们作诗，不过为的取乐，我竟别开生面，不限题，不限韵，诗、词、曲随意作去，一概不限，如何？”众人都道：“这个不费心，倒也罢了。只是没的这般做过，你且说个我们先听听！”宝玉笑道：“我说一个，你们未必赞许，便是阮步兵。”（妙在自知众人未必赞许仍要说出来，宝玉可爱。）史湘云笑道：“这宝哥哥怎么了？自古诗人最多，且轮不到他！”黛玉道：“且听他怎么说。”宝玉道：“诗人固然极多，有谁比的上他卑视礼法呢？”众人都不以为然，或举李白，或举《琵琶行》，一时议论纷纷，独有宝钗向宝玉点头，问道：“你何不说祝枝山？”又盯了他直笑。众人不解。宝钗道：“祝枝山作过一篇有点子见识的狂文，（既有见识，又是狂文，宝钗如此声口，也不稀奇，补书人应从“兰言解疑癖”揣摩而出。）名叫《烧书论》，要烧书呢！还说什么，八股制艺不算书，不值一烧。（诸公请看，宝钗是杂家不是？他还看过《烧书论》呢！）宝兄弟前几年也烧了书，可不是祝枝山的同道么？”宝玉听了，甚感惊异，颇为得意，不禁举杯，一饮而尽，笑道：“高论，高论！姐姐妹妹都赏鉴一杯才是。”众人都道：“你自吃酒便是，我们如何替你销酒？”宝玉道：“我便用祝枝山，古今疯狂第二，你们可没的说了罢！”（不恨古人吾不见，恨古人不见吾狂耳。）众人听了，都把眼瞪了，迷惘不解，及至回味过来，俱已笑倒。平儿并巧姐儿仍不解，悄问黛玉。黛玉忍住笑，细细与他二人分解明白，二人也掌不住，笑的前仰后合。（我也差点成了巧姐。）黛玉因按着胸口，笑向众人道：“你们说那个古人，可不许学他，让人笑断肠子！”宝玉笑道：“这么一笑，你可就病好了。”（点题。）

于是，湘云说了季布，宝钗说了岳武穆，惜春说了张翰，邢岫烟说了王冕，黛玉说了李易安，李纹说了谢道蕴，李绮说了扁鹊，探春说了王昭君。众人都没的说，唯独宝琴说了徐霞客，（各人所说古人皆与本人有相似处，正是宝钗所言之“同道”。）众人都道：“足迹半天下的多呢！且不说太史公，便是李白、杜甫等人，那个不是？”宝琴早已料到会有此一驳，乃笑道：“他们仆仆风尘，却不是专程出游呢！”众人听了，互视而笑，都道：“这个理说的通。”湘云见丫鬟们已是安笔放砚，磨墨觅笺，便道：“你们快作诗，我连题目也想好了，咱们十个人，十首诗，便叫个‘十独吟’如何？”（宝玉邀社却是湘云定题，大奇。第六十四回脂批：“‘五美吟’与后‘十独吟’对照。”）众人听了，颔首而笑，各自寻思。

忽见薛家一个婆子走来，向宝钗、宝琴回话，道：“香菱不好呢！大爷、二爷偏都不在家，大奶奶不知有何贵干，太太命人请他出来，也不知怎的，竟不出屋门。太太的话，就请两位姑娘立时过去，帮同料理！”（七叙香菱，危矣。）宝钗姊妹忙起身与众人作别。众人闻此，莫不惨戚，都不顾作诗，一个个起身随宝钗姊妹去。宝钗向林黛玉道：“他们去也还罢了，你这病身走这么远，如何使得！”又向宝玉道：“宝兄弟眼下也不必去，你好生照护林妹妹回潇湘馆才是！”众人都说：“这话是了。”黛玉无奈，乃向宝钗道：“我早想着回了妈妈，抬了香菱来潇湘馆住。每日里请大夫，煎药，我们一起都有了，无用另外费事。我那里又无家常杂务，我们作伴，只是说诗道赋的，于病都有益。便是有些子事，彼此也有个计议。姐姐此去，必是把我这话回了妈妈。也告诉香菱明白。明儿抬他来罢！”宝钗向众人笑道：“你们听，好可怜见儿的，原是想寻个作伴的。亏的他只收这一个弟子，要是收的多，那潇湘馆还容的下么！”又向黛玉叹道：“你想的自然是好，只怕妈妈不允。你也是个病人，还经的起他来闹你！”虽是这么说了，见黛玉再三分说，也便答应了。这里宝玉送众人出至院外，忽见绣凤走来，回说：“舅太太来了，请姑娘、奶奶和二爷前面去呢！”众人只得止步，商议了。宝钗姊妹并湘云、岫烟、李纹、李绮等一起去了，探春、惜春、李纨便向王夫人正房去。宝玉向黛玉摊手叹道：“我这一社，还不如你那桃花社呢，一首诗也没有。”因唤袭人亲送黛玉回家，麝月回道：“他跟着宝姑娘瞧香菱去了。我送林姑娘罢。”宝玉瞧着雪雁、麝月搀了黛玉，送回潇湘馆，方才过前面来。

彼时，舅太太正与王夫人叙说家常烦难。末了，提起他们家大姑娘，在婆家受小姑子谗言，每常心中不受用。昨日有内官去相看他小姑子，要赐与爪哇国王为配。因又趁心道：（且慢趁心，后面有你哭的。）“这往后瞧他还刁钻么？姑太太不知，那小姑子是属羊的，属羊的命不好么！走这么远，活该！俗话说，由命不由人，果然真的。”说毕，又笑，说的王夫人等都笑了。王夫人因问：“怎么着，要到那爪哇国？”舅太太道：“姑太太不知。我也是昨儿才听说的。原来那爪哇国，祖上是咱们闽省人氏，他爷爷带全家海外去住，不知怎的就当了爪哇国王。死后传了他爹，又传了他，继位两年，还虚着正宫呢！立意要寻咱们国姑娘。平常人家的姑娘也罢了，又必得家教好的名门女。姑太太白想，那名门世家，谁愿意送姑娘到海外去！谁知，那国王遣他叔叔，奉表归顺，带了多少好东西来进贡，什么象牙、片脑、胡椒、苏木、金文豹、白鹦鹉竟都有的，还带同管下三十六海邦，一起奉了正朔。当今龙颜甚悦，赏了他个什么南疆都统制爪哇王。便是这么着，他还不合意，必得聘个家教好的名门女呢！这可好，倒是个名门女，只可惜家教不好。”

说话间，众姊妹走了进来，都请安问好。探春口里只埋怨如何不带了小妹妹来。舅太太因笑问王夫人道：“别只管说人家的事，他姊妹的事如今怎么样了？”王夫人道：“探丫头呢，官媒说了家子，倒也不远，偏他父亲嫌人家不是书香门第。舅太太也留些心，有念书人家便好，路远路近的倒没的说。再远，也比那爪哇国近呢！”（岂不知正是爪哇国。叹！叹！）探春见说他姊妹婚事，拉了惜春避去，舅太太笑道：“不要走，又害羞了，我们便不说。”一时，人回：晚饭侍候下了。于是先酒后饭，又吃过茶，众人送王子腾夫人坐车去了。

谁知当夜一场春雪，香菱谢世。（八叙香菱，逝矣。）宝玉听说，倒在床上唉声叹气，自念天地之大，竟容不下这些人！千回万转，无限伤心。袭人见此，只得缓缓劝道：“香菱这一去，谁不难过！也是他命中如此，无可如何。再说他那一身重病，便是活着，能怎么样呢？薛大爷又惹不起那位奶奶，能叫香菱回去么！所以他这一死，也算受够了，你又何必悲伤！”一行劝宝玉，一行却忍不住掉下泪来。那宝玉心里盘算：不知他能像晴雯管个什么花么？或许他也会告诉小臻儿。便起身过那院去。袭人忙拿帕子拭泪，嘱咐了麝月，便跟了宝玉过去。一边走着，一边想着昨儿香菱的话，又不禁感伤。心里想着，宝玉虽不比那薛大爷，谁知日后来个什么样儿的二奶奶呢！想这人生在世，也没意味。越想越难过，趄趄趔趔的，倒不是他照护宝玉，宝玉反而搀了他走。待到一见香菱遗体，便再也忍不住了，放声大哭。

那宝玉见屋里人多，只得在门外含泪施礼；回身见薛姨妈去道恼。又寻了小臻儿，见他早已两眼红肿，便问他：“你姨奶奶临去时，有何言语与你？”小臻儿道：“没有。我们姑娘问他，也只是流泪，只喊了两声苍天，便咽气了。”说了，又回身进房，取出一页素笺，递与宝玉，说是在他姨奶奶床头捡的，宝玉瞧时，原是一阕《采桑子》，道是：

何堪料峭春寒重，自惜浮生。自惜浮生，茶尽香销残漏声。　遥知金阙云深处，禁断人行。禁断人行，一曲悲歌叩玉京。（跌宕起伏，悲愤激越。本来两声“苍天”可抵一道檄文，何必又加此绝命词，岂激情难抑，无法收笔耶？）

瞧毕，无言，仍递与小臻儿，便要回家。屋里众人听了，忙强拉起袭人，告诉他。袭人这才止哭拭泪，又上前揭了蒙面，见那香菱眉犹未展，口已难开，（九叙香菱遗容，“似有微词动绛唇”也。）由不的又失声哭了，众人劝止，方出来伺候。薛宝钗在旁，见宝玉脸色不好，忙遣两个婆子跟了，送他回家。

香菱既葬，宝钗检点香菱遗物，把他那诗稿翻阅一过，着实伤感。又仔细瞧了黛玉改过的几首，因念：这也是林妹妹的心血。只这草稿，抹改的难以传阅，我何不代为誊录一本，送给林妹妹作念心。随即誊录，只顺便点窜数字，未大改动，以存其真，又附一函，遣个婆子送到潇湘馆去。黛玉发函，领了宝钗之意。又看诗本，展读未竟，已是泪眼模糊了，只得合目，乃命雪雁："念与我听！"薄薄十数页，一时听毕，索笔为题封面曰《清瑟怨》，向雪雁道："他虽是初学吟咏，然愤激之音，闺中少见。"雪雁应"是"。忽见湘云走了进来，因与他看了。湘云翻阅一过，喟叹数四，因道："若说命苦，想也没有再苦于他的了。拿平儿来说，素日里受多少气恼，然二人景况，尚判若霄壤，难道因他学会作诗，便应如此遭际！我想的，咱们烦宝玉拿这诗本子，到坊间刻了，替香菱传出去，出口气。"（十结香菱，用钗、黛、湘合评。钗、黛、湘性情之微妙异同，又借香菱事，对比一写。）见黛玉不语，（非慢湘云，其内心深处，正介于女儿诗作应不应外传之间。）又要雪雁作首诗，写在诗本后面："这么着，我们这一社也不空无一诗了。"雪雁道："我何时会作诗来？姑娘又寻我开心。"香菱既逝，下回书再说他事。

"十独吟"与桃花社同而不同，与会人无一诗，独未与会之香菱有诗，补书人摸准《红楼梦》无复笔了。

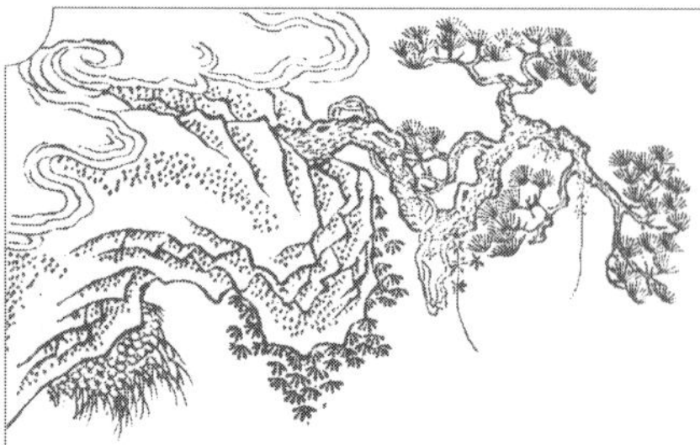

第八十四回
说桑梓喜交莫逆友　比宗室远嫁爪哇王

探春婚事，早在“掣花名签”便伏下一脉，又在迎春出阁前提到有官媒求说。八十二回以旁敲侧击之笔写黛玉，却又提一句探春婚事。八十三回主写香菱，而两夫人叙家常闲话，却提及爪哇国请求赐婚，观此回方知前文皆非闲笔。此乃蓄积细流，终成波浪之红楼笔法。

上回书王家舅太太提到爪哇国朝贡并请赐婚，如今且说那爪哇国贡使朝觐后，在宾馆里候旨，逐日自有馆卿相伴，且交谈不必通译，倒也不觉寂寞。这日，馆卿踱了进来，见那贡使头戴乌纱中净冠，身穿大红纻丝纱罗仙鹤袍，腰束碧玉带，正襟危坐，正在观书。尚未开言，那贡使早已闻声放书，迎上见礼，双双落坐，长随献上茶来。寒暄已毕，那馆卿谈了两句公事。公事能有几何？这谈锋便转至私谊了。妙的是这位馆卿祖籍河南，那贡使笑道：“若是如此，可要高攀，咱们原是同乡。”馆卿愕然，因问其故。贡使笑道：“敝族虽从闽北移居海外，远祖却是唐朝末年随王审知从河南迁闽的，岂不是俗语说的‘五百年前是一家’么？”见馆卿似不信真，又道：“尊卿如或见疑，现有凭证在此。”说毕，拿起手边那本《杜工部集》，随便指一首《桃竹杖行》与馆卿，道：“敝人献丑，吟诵一遍，尊卿听听如何?”于是轻轻吟诵一遍，又道：“尊卿不妨一吟，怕未必能够念的如此谐和呢!”那馆卿听他吟诵，早已犯了思索，这些韵字自己从不曾念的如此，此人必有妙诀。此时听他请自己吟诵，便道：“下官便果然不能如此。只是此中妙诀，不知肯相示否?”那贡使道：“若说妙诀，是没有的。只不过祖辈相传，是人口中都是这般，远臣不过顺口而念罢了。”馆卿道：“既然如此，必有个道理，若蒙见教，开我茅塞，幸何如之。”那贡使乃道：“岂敢。原本远在李唐，咱们河南之人，口中字音，尚多合诗韵，只是后来，战乱频仍，各方之人杂居中原，为时既久，彼此薰染，口音便变了。所以今日河南口音，反而多与诗韵相悖。敝族迁闽，不与当地人杂居，诸凡风俗习惯、饮食、礼仪，一概原来面貌，与当地人显然不同，便是迁居海外，也只说自家之语。所以口中这些字音尚多与诗韵相近 。”那馆卿听的心服，二人遂成同乡莫逆之友，天南地北，无所不谈。

那馆卿因道：“贵国所请赐婚之事，圣上天恩溥泽，无不应允，昨日遣人到宗室江宁将军府中，相看其次女了，依往年旧例，数日内当有旨意下来。”不想，那贡使听了，心内犯愁。稍停，起身进内，亲自捧出一个锦盒，呈到馆卿面前，放置几案之上，道：“微物不堪，聊申敬意。”说毕，又亲自掀了盒盖。馆卿瞧时，原是一粒大珠，晶莹圆润，煞是爱人。贡使道：“此物产于苏禄，重约五两，比那做贡的大珠也只是略轻些。”馆卿口中却之再三，心中自忖：他必有所求。因屏退左右，细细问他。那贡使道：“敝族虽是中华人士，已三代岛居，类同化外，实不敢当宗室闺秀，只求赐一平常人家四德女子，便已感恩不尽了。”馆卿闻此，认定他识礼知书，谦恭守分，（其然，岂其然乎?）因道：“我国规矩，下嫁藩王，必是宗室之女方可，你就恭敬不如从命罢!”无奈那贡使奉国之命，不敢违的，便再四恳求代为转奏。馆卿自念：圣上施恩，意在抚远，趁旨意未下，或可俯从，也未可知。因道：“事之成否，殊难预料，且尽绵薄。此纯属国家之事，不关乡谊，珍宝决不能领。”（还是想收。）那贡使道：“大人见教极是，此系公事。至于此珠，纯属乡谊，泾渭不杂。”（顺杆爬上来了。）馆卿无奈，只得收了，自去。不想三日后便有上谕，命在京各世袭勋旧并三品以上大员，其家凡有及笄未字之女，一概报名达部备选。那贡使闻知，自是感激。却不知这一来，为那爪哇国王一念之私，多少父母儿女愁眉不展，便是贾政，也告假归京，料理探春、惜春预选之事。

一日，仪礼房挑选已毕，依次是北王之妹水云屏、（云屏初提，尚在探春之前。唯有云屏无限娇也，又伏一段后文。）贾探春和文华殿大学士吴侑（无有也。）之长孙女，一并恭呈御览。钦批下来，点了贾探春，道是：自今以后与天朝为连襟之国，（圣眷正隆。）也不薄待他了。旨意降到贾府，荣、宁人众，莫不大惊失色。王夫人等都在贾母房内相对掩泣，（贾政升官，探春赐婚，皆荣府大喜之事，而其喜如此。）独凤姐向贾母掉泪道：“老祖宗且慢难过，咱们家出了娘娘，又出了王妃，正是大喜之事，还得老祖宗教给我们，如何料理这喜事呢!”贾母挥泪道：“我这心乱了，你自管料理，我且和你太太瞧瞧三丫头去。这几天，他早已茶饭无心了。”王夫人等拦阻不住，都跟往园中来。

谁知赵姨娘早已跑了报信来，又与探春对着脸儿说话，道：“这往后做了王妃，我也光彩。只可惜这么远，怕也得不了你的好处。”正絮叨间，听绣橘回说“老太太、老爷、太太都来了”，方才住口。那贾探春早已红了两眼迎出。屋门口，贾母一把拉入怀中，停脚哭道：“这便如何是好！”李纨忙命丫鬟移过几把椅子，扶他祖孙、父女坐了。贾政拭泪道：“探儿素常极识大体，自能善体圣意。我便放心。只可怜今后独处异域，我们竟不得照应你。”王夫人劝道：“千万要想开些，这也是命中注定的事。”（王夫人口中再见。）探春站起，一一应了，涕泣道：“世事幻化。富贵尚且无常，何况其他！女儿今日这般结果，也只可认命。（迎春之懦，犹不认命，探春之敏，却不得不认命，悲哉！）只是抛闪双亲，远离乡国，不孝之罪，竟无可推诿。”（自认不孝，含几多愤懑。）陈词既毕，立身不住，伏在王夫人身上，饮泣不止。彼时，日光暗淡，内外歔欷，众丫鬟竟都忘了上前搀扶。直待人回“前面请老爷”，众人方才觉醒。贾政劝贾母止悲，匆匆去了。贾母只得拭泪，劝探春道：“事已如此，哭也无益，再哭坏身子，可叫人怎么样呢！都怨你老爷，如是允了孔家，（官媒求说之家，“既非书香之族”，如何却是孔家？是寓有深意，还是信笔疏忽？）岂有今日？如今只尽咱们所能，不负你便了。”李纨等也都强作劝解，或说：虽是水远山遥，不得常会，须知即便许字国内簪缨之家，也不免你东我西；或说：三年一贡，届时妹妹趁便归宁，咱们不又见面了；或说：咱们亲眼见的，亲耳听的，那婚后远去，难得归宁的事，还少么？种种不一，（此等劝言，总为下文宝钗作衬。）那探春只不理会。王夫人唤了玉钏来，吩咐他：“请宝姑娘来，陪你三姑娘住几日。”（素知宝钗善劝也。）玉钏答应去了。这里众丫鬟已纷纷端来面汤，服侍众人净面、理妆，又捧上茶来。

一时，却见贾蓉进来，回道：“老爷的话：今上知咱们不晓宫廷规矩，防着沾染那番邦陋习，已选了两名谙事宫女，升作女史，一同前往；并挑选医药百工乐会多人随侍，实千古未有之恩。几处司监，都必得走到。那爪哇使臣也要来拜会，纳采。外头事极多，（如此总括数语，是文章剪裁耶？抑作书人伤痛之中，无此意绪耶？）里面的事，一应妆奁、陪嫁人等，均遵旨，依宗室女下嫁藩王例行事，请老太太、太太主张便了。”贾母听了，道：“既然这样，你也忙去罢！”贾蓉退出。这里贾母向王夫人道：“事情这么急，别的易办，只这妆奁，是一时可备齐的么！”王夫人道：“老太太只管放心。上年迎儿出阁时，照单子替探丫头置了一份，（自然是一次置两份方便。）首饰、家具一概现成，唯独衣裳不能早做，眼下赶着些，不误事呢。”贾母道：“那个使不的，你去细查了则例来，必得依例行事，不可逾制。（贾母知依迎春例必逾制，贾府势派可知矣。）那现成的，合用便罢，不合用的，赶着做来。”王夫人应了。众人又抚慰探春一番，簇拥着贾母去了。

且说贾宝玉，这日应陈也俊之邀尝鲜，吃桃花鲊，（时令佳肴。）诗酒流连，傍晚方归。听说探春的事，也不回房换衣，便直扑秋爽斋。彼时，暮色未笼，残阳如血，风过处，凄冷难名。进院来，只见探春倚坐栏杆榻板上，侧首遥望太空，宝钗在旁相陪，便唤了一声“三妹妹”，紧几步走上檐廊，一把抓住探春，满心的话，却没的说，只是流泪。半日，探春扶他坐下，自己回房，窗前大案上取了锦笺，写道：

蝶恋花

叵耐惊风寒栗烈，愁对庭槐，无力连枝叶。斜倚雕栏谁与说，断鸿声里伤离别。

若道今番非永诀，除是青天，调转云和月。笑语名园情正切，那堪绝岛双红帖！

钗、玉进前瞧了，尽皆伤心落泪。宝玉站脚不稳，倚案泣道："妹妹有话无人可说，我便连话也无。"（其然，岂其然乎。宝玉必有话，作者不敢写，补者学笔描红，岂能写？与见香菱绝命词无言，同。）宝钗拭泪道："我便有几句陈词滥调，只说与妹妹解烦。宝兄弟身上不太好，且又劳累一日，不听也罢，只管请便。"恰碧痕、春燕寻来，因吩咐二人："搀了你二爷，家去歇着罢！"

宝钗见两个丫鬟搀宝玉去后，乃拉探春坐下，叹道："王昭君塞外之行，为国家换来几十年太平，令人尊敬。今妹妹奉旨远适，正合着宣威域外、施化殊方的话。况且那爪哇国称雄南天，其民又乐业奉上，妹妹日后辅佐国王，得臻至治，到那时，圣教推行，中外无二，岂不是一番绝大事业！也不负妹妹大才！俗话说，因祸得福，只在人为，今日之事是了。我这话有无可取之处，妹妹且自想去。"（信是知己之劝。）因回头吩咐莺儿："在此侍候三姑娘，我到下屋去瞧瞧。"宝钗一径走到下屋门口，意欲看看丫头们在做何事，怎不去服伺探春。却见下屋里侍书、翠墨等几个丫头抱头哭泣，旁边无人解劝，心中犯了踌躇，脚下不禁止步。俄顷，忽见莺儿走来，回道："三姑娘有请！"宝钗吩咐莺儿去劝侍书等人，（看他面面俱到。）自与探春长谈，不消细表。

且说那爪哇贡使因进京日久，今见大事已定，急于返国，便择了行期报部，定于下月初六日启程归国。原来他们风俗仍中华之旧，讲究三、六、九宜行走的。贾府闻之，越发大忙。又是探春进宫，朝见皇后并元妃，领谕；又是两个女史来参见探春；又是宫里来人，颁赐妆奁；又是母舅王子腾等众亲友送来各色服饰器物；又是探春生日，贾母命请了京中近亲，并事族人等都来会面，全都在这十来天内。那王凤姐虽则是病未大好，自有尤氏、李纨共同照料，还说不上大忙大累。大忙大累的却是探春。只这几日，见这么多人，谁不说说道道。况且是上边的、下边的、亲近的、生疏的、贺喜的、挥泪的、不疼不痒说几句的，各色人等，无所不有。听书诸公自然是精明干练之至，且设身处地去酬应一番试试看，难欤？易欤？不道那贾探春却打起精神，酬应的各各称贺而不喜笑，人人伤感而不悲戚。唯有到那夜晚，方对灯拥衾，泪下如雨。幸有宝钗在旁为之开导、谋画，还觉有些依靠。

初四日，众姐妹在贾母房中吃饭，议定次日在园子里置酒送行，每人一诗，就题在送行图上，独凤姐笑道："这可反了，我也成诗人了？"李纨道："你只随意说几句，就像那次说的'一夜北风紧'便好。"饭后，宝玉回园，走近秋爽斋，忽听一片哭声，忙进院看时，下房里侍书、翠墨各各抱了他娘，一把鼻涕一把泪痛哭呢！原来四个陪嫁丫鬟，那两个无亲无故，只有侍书他爹瘫痪在床，他娘难跟了爪哇去；翠墨偏又不是家生子儿，一家子也不便跟去。已是接了他们回家，各自哭聚了几日，才刚林之孝家的套了车，亲去接了他们来。（林家的亲自去接，已待二人如抱琴了。）只这一去，也就永无见面之日，那有不悲苦！彼时，探春的奶娘张嬷嬷在旁，劝二人的娘道："他们这一去，路是远了些，也还能回京来；虽是外邦，那里中国人也正多呢。不要听别人说什么热风苦雨、瘴气蛮烟的，人受不了。那些话原有些影儿，也不过较京里稍热了些。你们没听说，前几天那贡使来拜，言谈举止都与中国人一样么？快别哭了！一会姑娘回来，听你们哭，又引他伤心，如何使得！到海外去，姑娘不一样么！”侍书听他如此说话，立即发话道："我们如何与姑娘比！你老人家素日说话知情知礼的，今儿怎么了？许不是你家女儿要死在海外！说现成话，谁个不会！”张嬷嬷不好再说何言语。偏巧，赵姨娘备了几样果子，又是一壶酒，命小丫头端了，来与探春叙别，兴兴头头的走进院来。张嬷嬷见了，忙撇下这边，满面笑容迎上前去，福了一福，口中说道："姨奶奶大喜。姑娘这一去，做了正宫娘娘，姨奶奶有福享呢。”林家的也忙向他道喜，秋纹、碧痕也只得随了上前。那赵姨娘都不理睬，只向林家的笑道："好嫂子，咱们都喜。这往后，你可不用怕我连累你了。”（隐隐补出多少往事。）回首见侍书、翠墨二人的娘还在抹眼拭泪，便瞪了两只眼，嚷道："你们哭什么！这天大喜事，都叫你们哭成丧事了！两个老不死的，也不忌讳些，还不趁早滚出去！”那侍书数日来一腔怒火，无从发泄，此时听赵姨娘混骂，便也混叫道："满嘴丧事丧事的，你忌讳么！老太太、老爷、太太那个没哭，你如何不问着他们去！那个像你这样，没肝没肺的，自己充什么皇亲国戚老丈母娘，叫我那个眼角瞧的上！”翠墨素昔好性儿，此时也忍不住，一把扯了赵姨娘衣袖，指了他的鼻尖叫喊。那赵姨娘气的双手打颤，结结巴巴的说不清言语。林家的也不便训斥他二人，只向赵姨娘谎说："太太立刻就来的，姨奶奶快回去罢！”一面推了他趔趔趄趄的去了。（前书有众女伶闹赵姨娘，此处学来无甚新奇，然却是本回要紧发泄处。）秋纹见他们生事，便与碧痕使眼色，两边搀了宝玉，早自离去。一路上宝玉垂头无语，自恨无才，不能为侍书、翠墨分忧。（群芳苦难，总从宝玉眼中写出。）

初五这天，宝玉等就便在晓翠堂设酒，为探春送行。晓翠堂本来宽敞，（晓翠堂宽敞又见了。）正中摆了两桌，凤姐道："不如换圆桌来，大家围坐有趣。”几个婆子七手八脚的换了，众人一定要探春面南坐定，宝钗执壶，湘云捧杯，斟上饯别酒来。探春总领一杯。众人落坐，各各寻些话来说。凤姐见众人皆是强颜欢笑，也觉无趣。宝玉已命人暖香坞取来《送别图》，拿针绾在墙上。众人出席观画，只见上画一舟泊于水湾，远处青山一抹，近处老树杈桠，船上一女回头告别，水边几个女子挥手致意，别意盎然，笔致疏朗，寥寥数事，却有偌大空白，留待题诗。探春向惜春道："妹妹的画，越发有功夫了。很有倪云林的笔意呢！”惜春道："这是第三稿。先是拿这园子作衬，二哥哥嫌熟惯，第二稿就画了水边，云姐姐说景物多，没地方题诗，我方想起倪云林，像不像我也顾不的。”大家品评一番，湘云见丫鬟们已磨了墨侍候着，便道："咱们人多。每人一首自不能长，我题首五绝罢！”惜春忙道："我画了半天，还要我做诗么？”众人都道："随你。”丫鬟取下送别图，展在临窗大案上。湘云拈笔题道：

迢迢江海路，寂寂故园春。
安得长房术，天涯若比邻！

宝琴念了，说道："虽然说海外远了些，然而海外自有一番天地，岂尽草莱未辟？其人物、制作，多有中土不及的。"说毕，也相度了位置，题道：

蓼风轩画我题诗，千里兰舟从此辞。
明岁秋风知再会，暂时分手莫相思。

探春看了，因问他道："你也见我们的菊花诗了？"黛玉道："他来的那年，我都与他看过，让他和，他懒的动笔，今儿偏有记性了。"李纨道："如何用三妹妹的句子？"宝钗道："也非自创。杜工部称孟襄阳'赋诗何必多，往往凌鲍谢'，正是孟句。今儿我也借两点。"题道：

三更倩影上秋轩，络络丝丝笼翠烟。
明日彩舟江海去，花方好处月方圆。

李纨看了不解，问道："这个，借的是那儿的？"湘云道："好大忘性，竟连'徒垂络络丝'也忘了！"李纨道："这么说，首句指的是海棠起社。"一面说，一面拈笔题道：

昨夜西窗犹剪烛，今朝南浦对沾襟。
何当重上高堂寿，却话相思两会心。

黛玉接过笔便题，众人看时，原是：

送君千里去，去住两心同。
为看虎丘下，今朝花可红。

湘云摇头道："这是从'一夜乡心五处同'而来，你怎的今儿也使懒？"黛玉道："连你那二十个字，谁不使懒！除了宝姐姐那两句，谁个说到题上！"（画儿本身便未到题，何况题诗？群芳心绪如见。）凤姐笑道："林妹妹代我写上！人常说：鹊儿叫，喜事到，我便从这儿说。"说道：

树上喜鹊叫，堂前与妹别。
烦难家事多，更与谁人说。（与"一夜北风紧"对读，变化不板。丁亥　昆吾闫震）

探春听了，疑惑不解，因道："这几句出语天成，倒真有点子古乐府味道儿。你是从何处记了来？"（我也要问。）凤姐、湘云微笑不语。宝钗道："所以国风、乐府出于里闾，后世文人虽极意模仿，却不易到。凤丫头只是本色话，便成天籁。（千奇百怪，王熙凤居然擅场。）别处没见过有这么几句。”又向宝玉道：“只剩你一个了！”宝玉道：“你瞧这画，空处虽大，题了这么多，再题，反不雅致。”原来宝玉吟了两句，不禁想起“况我今当手足情”，想想迎春，还不能起床，（迎春不来送妹，却在宝玉意中补出。）看看探春，悲苦不已。你道在这当儿能发这悲苦之音么！因便不愿题诗了。众人见他如此，也不相强。探春命侍书取出彩笺，也吟一绝，题道：

嘉会难逢晓翠堂，吟诗题画墨痕香。
分明人在清欢里，别梦谁怜山水长。

放下笔，凄然说道：“但愿三年后仍在此处相聚！”一语未了，便哽咽住了。众人忙道：“这个自然，何消说的。你只多记些稀奇事儿，回来说给我们听。”唯有宝琴望望探春，叹息一声，轻轻念道：“汉南春历历，焉得不关心。”于是，众人起身庭院里散一散，见堂前那两株杏树，就如才刚下过一场绛雪，烘霞耀日，光彩逼人。众人都赞好花，今年这般茂盛。忽的一阵风过，那花瓣儿纷纷辞枝，飘飘洒洒，越垣渡水而去。

独凤姐拉探春榻上坐了，说道：“妹妹明儿一去，虽则远别，却是大喜之事，一路上还要多多保重才是！到那里水土不同，必得留心。”回首拿个锦囊与他，道是：“这是咱们园子的好土，到他们国，把这土撒到清水碗里，澄清了，每吃饭时，淋上少许，免得不服水土。”探春接过，递与翠墨收好。又听凤姐道：“咱们家的事，一从我病了，累妹妹这二年。妹妹如今一去，少不的我再来料理。妹妹有何说的，只管告诉我明白。”探春素昔对家事早有定见，今当远去，原要说与凤姐等人，无奈事繁，心绪不佳，未曾说得，今听凤姐提到家事，因道：“论说呢，我能知道多少！嫂子管了这多年，还有何不知不晓的！咱们家行事，都按祖宗旧例，自然是的。只是情势不同，还要看眼下实情，也不为失了势派。如是祖宗尚在，眼瞧目前这般，想也要变通些。自然，这必得太太应允，单是嫂子有这心也不成！再个，环兄弟也委实该管一管，俗话说，不严不成器，过严防不虞。（着眼。）老爷居官在外，太太事又多，只有嫂子和琏二哥操心了。前几日，我数说他几句，要他学好，不要叫人引坏了。”凤姐听了，叹道：“为这些事，我黑更白日的操心，想枯了心肠，别人不知，妹妹有何不知道的。今儿听妹妹一说，咱们想到一起了。咱家的事，我心里有个樽节的小谱儿，正想着回了太太。（伏后回贾政理家。）环兄弟也比以前知晓道理，听说，诗也做上来了。你二哥还说，趁着有了好处，再教导教导，只怕还胜过他呢。妹妹放心。”（此话果真，探春当放心远去。）看看已是晚饭时刻，宝玉将《送别图》收好，交与侍书。宝钗、探春搀黛玉坐上竹椅轿，仍命莺儿伴了雪雁，送回潇湘馆。这里众人簇拥了探春，到贾母房内吃饭。

掌灯后，探春到王夫人正房领训诲。贾政自有一番教导，王夫人也道“到了他们国，是必及时修书，交咱们使臣带回，免得惦记”等语，又命他那屋里去见赵姨娘。赵姨娘拉他坐炕沿上，笑道：“姑娘明儿便走了，我便舍不的，也不好说什么言语。这天大的喜事，可把我又是乐又是愁的。你二舅也说，我招了个国王女婿，可在人面前站起来了。”一行说，却见探春垂头不语，想是又把话说错，忙住了口。及见探春未曾发话，便又道："我愁的是，你这一去环儿便孤单了。"探春闻此，触动素日所虑，因趁机劝道："姨娘说那里话。这么一大家子，还孤单？但凡一个人不能自外，如是自外，我在家，环兄弟也孤单。姨娘只听我说，凡事依靠太太，千万不要想着自立门户，争这争那。不然，环兄弟要吃大亏，一家子也便难以安宁。不能同宝哥哥比。姨娘瞧，琏二哥还不争这争那，（一语中的，好探春。）是罢？这话，我早想说，总是个女孩儿，说不好，还不如不说。今姨娘提起，且我又要远去，再不说，今后更难说了。姨娘要真疼环兄弟，便听我这话罢！我虽走的远，也就放心了。"那赵姨娘听说起贾琏不争这争那，心中却也信服，乃叹道："还不是怕你二人吃亏！你既如此说，我便认命。"正说着，便见鸳鸯来接探春到贾母房内安歇，不必多表。

到次日，贾政、王夫人带探春辞过宗祠，仍回贾母房中。待得吉时已到，贾蓉官服进来，回贾母，请探春动身。贾母一定要送到大门，探春跪止，泣道："老太太是必宽怀，我这一去才得放心！"贾母挥泪允诺，还是送出房门，看着众人簇拥探春去了。彼时，礼部执事人员自有人让在南大厅，陪坐吃茶。两位女史也早已来到，见探春穿一件大红纻丝金绣练雀夹袍，外罩二色金刻丝石青褂，并秋香色金绣披领，（探春衣饰只从女史眼中写出。叹！叹！）拭泪而出，忙上前参见了，并送行人等，一个个乘轿登车而去。

这日，恰值清明，黎明洒了几点小雨，一路上，清风习习，车不扬尘。看看到了河干，车停轿落。翠墨打起轿帘，侍书搀了探春，下的轿来。那贾探春举目望去，只见近处黑压压几艘大船，想必是爪哇国来的。远处一排货船、客船、渔艇，都规规矩矩泊在岸边，人都回避了。河堤上，几株柳树，略染轻黄。河那边，麦田里，几个顽童顿着籰子放风筝呢。忽然心动，不禁一惊，（我也一惊，前书第七十回放风筝及第五回"判词"齐涌心头，耳边似有人低吟"分骨肉"。）却也不在意。旋复转身四望，却不见大观园坐落何方，周围只是疏林瘦枝，隐几处村落，传几声鸡鸣犬吠，心中沉甸甸的。身边是送行帐篷，搭在洒泪亭两侧。帐前一簇簇送行人，都在静静候着，那贾蓉早已躬身立在面前，方才扶了侍书，进入帐篷。

那边帐篷内，礼部侍郎晋理（尽礼也。）带同众官员为两国使臣饯行。敕封使便是行人司右司副，副使便是那位馆卿。彼时，正使奉节，副使奉诏敕，均著特赐一品麒麟服。祖饯既毕，两国使臣并随从人等先行登船。这边帐篷内，贾府诸人并至近亲戚为探春饯行。探春领了送行酒，向贾政、王夫人垂泪道："但愿父母顺时颐养，常保康健，万勿悬念，只当没有这个不孝女儿罢！"众人尽皆掩面而泣。两位女史已是别过亲族，过来伺候，探春方才拭泪登船。这里岸上送行人众眼看着六艘大船缓缓启行，渐渐隐入村落树林后面，方才取道而归。

那贾政在京又略住数日，便赶回山东任所。王熙凤操劳过甚，又躺下了。赵姨娘也着实安稳一时，贾环却颇为自负了。下回分解。

前部场面之宏丽，仪注之详切，服饰器具之精致皆为佳胜处，后部则多不如是，莫非补书人无此素蓄而避难耶？抑或作书人写至后部，痛忿之，不欲如彼耶？细观前部贾母寿诞，中秋圆月已大不同于两宴大观园与元宵夜宴，可知事关全书安排与作书人心情。补书人无此经历，写之弥艰，虽属事实，却非症结所在，此意非仅批探春出阁也。

第八十五回 宗谱可查环儿发狂 青丝事发凤姐施威

此回贾琏之帆渐张。前书琏、凤之争，凤皆取胜，此回可谓打了个平手，正介于“二令三人木”之过渡处。

话说贾环，自探春出阁，心中越发得意，自为一个姐姐封了娘娘，一个姐姐又是王妃，谁人不敬，那个不怕！宝玉虽是众人都宠着他，就他那孤怪性体，便不是个袭爵的材料。无怪大老爷亲口许我袭爵，原是极有眼力的。因此，人面前总是我们大老爷如何如何，那双腿脚也就时时的跑起北院来。这日饭后，又来到贾赦外书房，恰见主文相公胡边与清客夏山对弈。那夏山手拈白子正踌躇难放，忽听靴声，抬头见是贾环进房，喜道：“三爷来了！”忙起身相迎，顺手一推，满盘棋子儿，稀里哗啦乱成一堆。那胡边一怔，抬头看时，见是贾环来了，心下明白夏山又借机使赖，且先与贾环相见。贾环也素喜此道，每常来此，总想学几着儿。彼时，因力促二人再来一局。胡边不肯，道：“世兄不知，我们有言在先，负者请酒。夏兄多次失误，负局已定，又这般玩笑，是必得请酒，方可再作手谈。”夏山道：“亏的老兄胡编，此局小弟胜定了。”贾环向夏山笑道：

“罢了，不必争论，明儿我请酒如何？再来一局，只不可又使赖招儿。”

语尚未了，便见贾赦迈了方步，进入书房，都忙起立相迎，胡边因问道：“老世翁今日下朝迟，莫非朝内有何大事么？”贾赦笑道：“倒也无甚大事。只为缅甸国多年未贡，朝廷遣大员前往责问，昨日使者还朝，缅甸国贡来一对小象。皇上龙心大悦，今日在上林苑内大宴朝臣，筵席间又纷纷赋诗志盛，因便回来迟了。”夏山笑道：“何不把诗稿儿赏我们见识见识。”贾赦道：“那是文官的事，咱这武荫便都省心了。听他们念那几首诗也还铿锵顺口，与环儿的诗不相上下。”胡边因向贾环笑道：“世兄近作果然极好，咱国朝若以诗赋取士，世兄定可步李太白后尘，金殿赋诗，状元及第。”说毕，又笑。贾环听此，十分得意，摇头晃脑的笑道：“李白的诗自然没的说，是好的了。究其实，还是我们远祖贾至那首《早朝大明宫》更妙呢。”胡边拍手笑道：“是极，那篇佳作确非寻常，不是把李白、杜甫、元稹、白居易比得不敢和诗么！”贾环听他如此不堪，微哂道：“这个，才真是胡编呢！杜甫自然和诗，李白也可算同时人，那元稹、白居易又如何使得？彼时，白傅还不识‘之无’呢！”贾赦见胡边红了脸，心想，准是他真个胡编的，不好再说何言语，乃向贾环道：“你知道贾至，也该知道贾复，那是咱家始祖呢！”贾环闻此，挺胸言道：“老爷说的是。查查咱们宗谱，各朝各代，咱家都有辅国良臣。贾复、贾至，都是文臣班首，老爷和珍大哥都是武将英豪。这文武两途，那能离了贾家！”贾赦拈须颔首，向胡边笑道：“环儿竟大进益了。”一时，又掏出金表，瞧了时辰，道：“还有事，你们说话罢！”随即起身，拱拱身，踱出书房。

这里，胡边向贾环道：“方才世兄高论，自然极是。只是我还有不得明白的去处，必得请教。听人说，这东汉贾复是武将呢，终究是怎么回事？”那贾环素昔虽不甚力学，亏他天性还聪明，举业、诗文皆有可观。前因贾赦赏识他那中秋诗，便每常看些诗论、诗话，自命诗人。诗人便是诗人，何需杂学！因此究竟汉、魏、宋、元若个在前，三山五岳散布何省，圣君贤相有何作为，诸如此类，便都没那闲心去理会，至于那宗谱究竟是何模样，也无缘请出一观。今见胡边请教，不便使其失望，不得长进，无奈嘴边没的词儿。忽然，灵机一动，便要告诉他：这文武大臣，文在前面呢！贾复先是武将，后来升到文臣了。尚未开言，却见胡边与夏山挤眼儿，心中自念：不妙。眼珠一转，便放下脸来，改词说道：“这个何用问的，那贾复如非武将，我们老爷如何能袭将军之爵？谁说他是文臣了呢！”（胡边者胡编也，论腹内物，与贾环相埒；夏山者下三〔赖〕也，论手段与贾环不相上下，而环兼有之。一笑。）

胡边闻此妙论，不禁失笑，也只得连声称是：“若非世兄指教，我便断乎不得明白。”因又笑问：“贾似道也在谱么？”夏山忙笑问：“贾似道是官儿不是？”胡边正色道：“怎么不是？大宋堂堂宰相。”夏山随即笑道：“这个，自然在谱。不信，你问三爷！”（是官皆是祖，真真的骂人不带脏字，夏山敢如此乎？）二人还待往下闹去，贾环自忖一张嘴说不过两张嘴，因道：“好早晚了，待明日请出宗谱查了，你们自然明白。”说毕，抽身去了。

走到角门口，偏遇见凤姐来北院请安，方才下了车，丫鬟、媳妇一大片，料是躲不及，只得一旁站了，振衣正冠。待凤姐提衣登阶，进得门来，忙抢上去见礼，问嫂嫂安。

凤姐随口问他："今儿没有学里去？"贾环垂首道："大老爷传我来作诗，才刚作毕。（你瞧他编得何等迅捷，可知我前说不谬。）我这就学里去。"说毕，抬头看时，王凤姐早已前呼后拥的过去了。呆一阵，悻悻回家，不在话下。

只说那王凤姐从北院请安回来，因恰有个急项，还短些银子，便吩咐平儿，开贾琏书箱，先用他些。平儿笑道："还是外头寻些为妙，免得二爷江西回来生事。"凤姐也笑了，道："不待他回来，咱就有银子，如数给他放进去。你只管取出，什么大事，有我呢！"平儿拿钥匙开了书箱，娇笑道："你二人自打交道，阿弥陀佛，只别再把我坑了！"（一个"再"字隐隐有多少往事。）偏巧碧月来问："平姐姐可得闲？大奶奶有话说。"凤姐忙命平儿就去。平儿笑道："我就去。你可自己锁箱子。"这里凤姐亲自打开书箱，倒也有几本书，书底下翻出一包银子，拣两块成色好的掂掂，且放箱外。正待合箱上锁，却见一个红纸卷儿，一头露出点子黑东西来。便顺手拿起，软绵绵的，只一抖，掉下来了。你道何物？原来是一缕青丝。那凤姐一见此物，还有何不明白的，立时心火上升，透胸冲鼻而出，一阵发酸，双眸含怒，欲待发作，又没人在旁听着，只得咬牙狠心，且放一边。越性又将别的包儿、卷儿都一一的打开。见也有装了书字的，也有包儿张契约的，还有尤二姐当年的几件物事。凤姐都不理睬，也顾不上再包好、装好，直往下翻。忽见一个封套，一头儿鼓起来，把手一捏，硬的顶手，倒出一瞧，不瞧犹可，只这一瞧，便两眼出火，双手发抖，"答郎"两声，掉在华砖地上，滚了多远。不是别物，原是两只戒指儿，不知是那个该死的淫妇戴过的！一时站身不住，由不的坐了下来，却好倚在靠背上，直喘粗气。暂且不表。

且说平儿同碧月一径来至稻香村，远远见李纨、贾兰在田边大槐树下纳凉。走近前去，却听李纨正教导兰哥儿呢。那李纨指着田里薅草的婆子，说："咱们吃的米，就是田里长的。叫你看看种田这般辛苦，日后做官治民，可不能刻薄百姓！我小时候，你外祖命我学纺花织布，就这么说：'像咱们这样人家，还用纺织？只为的知道这衣裳来之不易，就要爱惜衣裳。'话是一般道理。"贾兰点头领悟，道："怪不的刘姥姥说，咱们长在深宅大院，不知道饭食来的艰难，原也有理。"（《增评补图石头记》李纨、贾兰绣像与其题词确有这番意思。）李纨笑着点头道："这话是了。"回头要茶时，却见平儿站在身后，乃笑道："何时来的，也不说话？"又道："叫你来，也无别事，只为你奶奶的病，究竟如何？怎么着，才刚素云回我，说是今儿早上又在老太太房内说话呢？"平儿回道："我们奶奶那个脾性儿，奶奶还有何不知的？但凡略好些，便不肯躺着。这几日吃王太医的丸药，倒是轻些，今儿一早就上去了。说是三姑娘出了阁，那府里大奶奶也不能常来，不合只累奶奶一人。究其实，轻的有限，我们劝了几次，只不听，正想回明太太，讨个示下呢！"李纨点头道："这就是了。我原说，果然病好，有几件大事我与他合计去。既是这般，明儿还是回太太好了。你只经心服伺他，有何不便的，命小丫头来告诉我。"

平儿应了，见别无他事，正待要去，却听碧月向李纨道："趁平姐姐在此，奶奶说说小云的事。"李纨笑道："正是呢！不提着，我又忘了。前几天，素云的妈来求我，听说你奶奶要了红玉，还没有替宝玉补人，想叫我说句话，把小云补上。每逢遇见你，偏又忘了。可也不知补了没有？”平儿道：“还没有补。既这样就把小云补过去罢。”李纨道：“虽然如此，回去先回了你奶奶，是不是他心中已定人了？”平儿应了。素云拿了本字帖向李纨道：“奶奶不是说，把这个给巧姑娘么？”李纨向平儿笑道：“你瞧我这记性儿，竟平常了。他们不提着些，便一件也想不起来！”平儿也笑道：“自我们奶奶生病，这么多事全凭大奶奶主张，那里得工夫记得这些琐碎事。”又道：“留着兰哥儿用罢，我们家也有。”李纨道：“这里有好儿本呢，况这是唐寅的字，虽是秀媚，如今不合考场用，倒是闺中仿他好了。”于是，素云送出平儿，道：“小云的事要姐姐费心！”平儿笑道：“你听好儿罢！”

平儿回的家来。正值凤姐才刚送走邢夫人，见了他，也忘了问李纨唤他何事，只向他叹道：“你瞧，咱们太太这脾性儿，我去请安，却不说有何事情，才刚特地走来，传咱们老爷的话，说环儿衣冠不整，也没人照料，命替他弄个像样的丫头照管照管。”平儿笑道：“这可难为了咱们老爷、太太，那院里多少事，丢三撇四的顾不了，却有闲心管这里的事。”凤姐冷笑道：“便替他换个大些的，瞧他还有何话说。只要是个妥当人，只怕还能把他引到正路上。”二人议了几个皆不妥，再挑上一个来，也未必懂事，唯有怡红院大丫鬟多，只得再要宝玉一个。恰红玉侍侧，听如此说，忙向凤姐道：“奶奶不管挑谁罢，唯独别挑怡红院的。奶奶圣明，想那三爷心事，又有赵姨奶奶在里面，到时候，宝二爷吃了亏，太太、奶奶也都不便！”（红玉渐显。）一句话提醒了凤姐，心想，这丫头说的也是。不要钓不到鱼，倒把鱼钩给拖去。（两房斗智，又一注目处。）平儿见他点头，因笑道：“说也凑巧。方才大奶奶说，要把小云补红玉的窝呢。那小云也十六七了，何不就命他服伺三爷去。他娘也只是给闺女找个地方，不挑拣的。”凤姐依允，一时无语。

忽一日贾琏从江西回京，先叩见贾母。恰值薛姨妈、王夫人、李纨正陪贾母斗牌，贾琏一一叩见毕，又与李纨见过，大家坐下说话，鸳鸯收了牌。贾母头句话便问他：“在江西听到你三妹妹的事了么？”贾琏起身回道：“见到邸报，已是三月十九，把事情料理一下，二十三就动身，我想的，能在路上迎着，见三妹妹一面，瞧瞧有什么要照料的。谁知船到京口，一打听，他们已过去三天了，急的我骂了自己一顿。”贾母笑道：“我早知你赶不上的，方遣蓉儿去，不说这个了。外面有何新文，说说我听！”贾琏笑道：“别家的且不说，那济南府里都说老爷又要高升了，不是京堂，便是盐道呢。”贾母向薛姨妈笑道：“姨太太听这话，偏有许多舌头嚼的。放了知府才能几日，便又升官么！”薛姨妈也笑道：“虽是他们瞎猜，那高升的话，迟早要应了的。”贾母因问道：“为何今儿方才到家？”贾琏回道：“在老爷任上住了几日，那些师爷使起来不顺手，因命我帮着料理了几日，知老太太惦记，便赶着回来了。”贾母因向王夫人等笑道：“不道琏儿竟长才干了，比那些师爷还强。”那贾琏虽是贾母素昔疼他，像今儿当了众人夸奖他，还是第一遭呢。此时浑身舒坦，比在山东受到贾政嘉许还觉得意，乃笑道：“师爷们不错，只是宾主相处，遇事也只说个路数，有些事他们也不便作主。老爷又不常弄这些庶务，便觉得不合手。我瞧出来，便请示老爷，嘱咐他们，该办的就大胆办去，眼下不必老爷操心了。只是这下人里没个正经货，回了老爷，换他几个也罢了。”薛姨妈道：“还是他琏二哥见事准，办事干练。蟠儿能有你一半儿，我也就没的愁了。”贾母忙道：“姨太太过谦了。我看蟠儿就好，每常来请安、说话，极知礼数。”又命贾琏：“你也累了，且歇歇去，江西的事，明儿再说。”贾琏应了，退出，嘴里哼起江西学来的花鼓调，迈开八字步，径自归房。

平儿、秋桐、丰儿、红玉等都迎着叩见了，便分头去舀面汤，捧茶、传饭。平儿又拿出家常衣裳，服伺贾琏替换。那凤姐一见贾琏，便想起搜到的那缕青丝，不禁生气，却又碍着他才刚进门，只得忍着，少不得站起，淡淡的说了句：“回来了。”贾琏见他气色不对，不知何故，几句套话过后，便只叙些江西、山东之事。恰旺儿媳妇去舅老爷家送礼回来，见贾琏回家，便先上前叩见，又回了送礼的事。见凤姐无话，正要退出，不想那只狸猫跳在身后，只一步，恰踩了那猫，便立身不稳，倒在平儿身上。贾琏禁不的发话道：“蠢才，这模样儿，还到亲友家送礼么！”凤姐气的喝命：“叉出去！”又狠狠睨贾琏一眼，忍住。彼时，秋桐递茶来，因笑问：“江西瓷多好，替奶奶买了几件？”贾琏笑道：“江西瓷忒娇贵，不易带，只带了几件时新仿铜，进咱们老爷、太太，有两件仿竹的玩意，给巧姐儿顽。待明日兴儿送进来再瞧罢！”凤姐忍不住了，开口便道：“怎么今日不送进来？想必里面也藏了那相好的什么头发呀，戒指呀，可是不是？”贾琏想不到刚进家门就给下马威，难道他翻了那书箱子？想说些什么，又自知理亏，便故意嘻嘻哈哈，说道：“可就忘了给你捎几个好戒指儿，要头发好办，拿剪子来！”一面又盘过辫子，做势要剪。秋桐等人都笑了，平儿却知不妙。

这里凤姐干咳一声，见平儿等退出，便沉下脸来，道：“你不用和我嬉皮笑脸，谁做的事，谁心里明白，找你那相好去，给我离开！”贾琏听了，按捺不住，发话道：“这是怎么了！我才刚回家，就说这些话与我听，我在这屋里碍了谁的事？你说！”那王凤姐一向英雄惯了，尤其不把贾琏放在眼里，只今日，满心以为抓了真凭实据，贾琏自必俯首皈依。是以把丫鬟赶出，好使贾琏能赔小心，知错改错。却断乎没有料到，贾琏外出一趟，学问竟大有长进，居然敢这么着！（贾琏学问早臻此境，只阿凤未觉察耳。）只见那凤姐，一回手从炕席下摸出一缕头发，两个戒指，往桌上一撂，只问贾琏是那里来的，又哭道：“我在这屋里，丫鬟似的服伺你多少年，（岂敢，岂敢。）你何曾有一分情意在我身上！却把这淫妇、浪蹄子、天打五雷轰的臭东西锁书箱子里，珍藏密敛的！日后还把这种骚货、腥货、见不得天日的臭东西与你合葬不成！”贾琏一见那缕青丝，心里恼火：他真的偷开了书箱！忙起身去看那箱子，见果然未曾落锁，银子也少了几块，越发怒火上冲，叫唤着：“那个贼偷了银子！”凤姐听他叫唤银子，便不哭了，将昨儿晚上刚收来的利银随意取出两块，正待撂与他。谁知贾琏早趁他取银子时不防，一把抓了青丝并戒指去，也顾不的点检书箱里是否还少了别的物事，抬脚便走。来到前边，叫道：“兴儿呢！”兴儿闻声跑来，听贾琏问他：“行李到了么？”忙回道：“刚到，马上就送里面。”贾琏摇头，吩咐他：“不必！只在外面书房铺设。取出那几件仿铜送北院去！再一个，就在外书房侍候！”又拉过兴儿的手，将头发、戒指放他手内，悄道：“收起来，明

白么?”兴儿一瞧，心下明白，忙藏在怀里，口中只道：“明白。这个，奴才自然放在妥当地方。”（所谓心腹小厮。）贾琏这才往北院见贾赦、邢夫人去。一路走着，尚自恨声不绝。

这里，众丫鬟见贾琏已去，忙都赶来。只见凤姐铁青着脸，一拳捶在几上，恨道：“瞧你如何回来!”却不道只这一捶，不知怎的，瓶供倒了。瓶水流下，湿了凤姐衣襟，那月季花瓣也落了一地，唯有那时新短颈五彩孟光举案花瓶（五彩瓷，雍乾间确是“时新”。）尚未滚下案来。众丫鬟皆惊，也不敢则声。唯有红玉脚快，三步两步，上前双手抓住那花瓶，轻声劝道：“奶奶有病，还要保重才是!”众人有拿来抹布擦几的，有收拾地下的，有舀面汤来请凤姐净面的，有捧茶的，忙的不可开交。平儿已取出衣裳服伺凤姐替换。正忙乱间，早见宝玉走了进来。

原来那红玉听琏、凤角口，众人难以说话，又不便惊动上头，便使小丫头报与宝玉得知。（有见识，宜其不愿在怡红院当小丫头也。）宝玉料定这样一来，又不知多少丫头遭殃呢，没见平儿挨打么，便急急赶来，却是贾琏已走了，乃上前劝凤姐，道：“姐姐不必生气。哥哥刚回来，路上招了邪，说话不知颠倒，惹姐姐生气，我替哥哥赔个礼，看兄弟脸面，撂开手罢!”说着，打了一躬。凤姐余怒未息，不暇思量，便道：“你倒会撒谎，他招了什么邪?招了个女妖精，是不是?”一句话，众丫鬟都扭脸偷笑。宝玉便也笑道：“怨不的姐姐生气，原不怪哥哥，都是我的不是，谁叫我说谎了呢!”凤姐见宝玉如此解劝，倒不好再怎么着，忽想起一事，便道：“你不是要鹅掌么，（宝玉喜吃鹅掌，又见于此。）我这里恰还有的。”便吩咐小红：“把上年冬天糟的鹅掌都拿了来。”宝玉见是一个大肚小口通体纯黑的磁罐，掀开一瞧，竟还有不少，喜道：“还是姐姐惦记着我。姐姐不再生气呢，我就要；若还是生气呢，我要了也没趣儿。”凤姐笑嗔道：“别说废话！你何时见我生气了？我要生气，早气死了！你要回房，就带走。”宝玉知凤姐要歇着，便道：“正要回园子去。”（护花，搅过，撒娇，机灵，一齐来了。的是宝玉。）凤姐便命红玉捧了跟着送去。

出至院中，红玉命一婆子捧了磁罐先走，自己空着手儿，一面走着，一面向宝玉道：“二爷倒大方的，少了丫头，也不要个补窝的。明儿再有人要你的丫头，总不成连袭人姐姐也给了人么?”宝玉笑道：“只怕他不愿意走，若是愿意，我也拦不住呢!”红玉心中一动，乃道：“据我看，便是走了，也忘不了二爷，如不信真，你就等着瞧罢!”恰碧痕迎面走来，说是去问平姐姐这月的月例何时发放。红玉便道：“二奶奶生气呢，我劝你耐着些性儿罢，还能少了你的!”（心中有饯花日责问茶炉子一事在，除了红玉谁好意思如此。）乃向宝玉道：“叫他带去罢，我还有事呢!”说毕，返身而回。碧痕只得随了宝玉回园来。

且说这日傍晚时分，凤姐不见贾琏回房，便问平儿道：“外头送来行李了么?”平儿道：“没有，天也好早晚了。兴儿这孩子，竟是越来越不留神。”便命人唤了兴儿来，问他。兴儿回道：“二爷的话，把行李铺设在外书房，眼下都已妥当。姑娘有事，只管吩咐。”平儿心中明白，却支使兴儿道：“外书房能住人？还不快把行李送进来!”兴儿连声道“是”，却只不动。平儿还能没法子对付他？便道：“怎么不动？准是行李中有私物儿。不用说，这几个月你在外面引诱二爷，瞧我告诉奶奶，好叫你得意！”那兴儿只垂了头，连道：“不敢，不敢。”又偷偷觑那平儿一眼，却见他面上仍是一团和气，并无厉色，这才放下心来，回道：“求姑娘开恩，免了我两头挨骂罢！”凤姐在里间听的清楚，便命红玉出来，在平儿耳边说了两句。平儿道：“没工夫和你磨牙，回来再算账，走罢！”兴儿听了，如获大赦，赶紧低了头退出去，出得房门，长长吁口气，走了。房里，凤姐发话：“这不是和咱们使性子么？瞧的我病到这般模样，管不住他了。哼，等着罢，有他的好事在后头呢。一回半回的算的什么，有本事，永远别回来！”平儿在这分际竟无法插话，只使眼色与红玉。红玉会意，略一点头，正待说话，忽见巧姐儿走了进来，坐到凤姐身边，笑道：“才刚我父亲送几个铜盘子与老爷，却说是瓷盘子，又说最是时新不过的，不是窑上托了人，还买不到呢！老爷、太太都夸我父亲会买东西的。”

那红玉一见巧姐儿进房，心中便又得了主意，听他说完，便问：“姑娘来时，二爷还在太太房里么？”巧姐儿道：“说是外面有事，到外书房去了。”红玉道：“天也好早晚了，二爷还没有回来，我跟姑娘到外书房接二爷去罢？”平儿忙道：“你就跟姑娘快去！”红玉跟巧姐儿出得院门，便告诉他贾琏与凤姐角口使气，住在外书房的事。（好红玉，此出戏中主角。）巧姐儿点点头道：“知道了。”二人进了外书房，见贾琏独坐吃茶，巧姐儿便要铜盘子玩。贾琏开了箱子，取出一个竹笼，里面填了丝绵，丝绵里包着一个仙桃，煞是好看。巧姐儿噘了嘴，道：“谁没吃过仙桃！”贾琏笑道：“这都是瓷器。笼子也不是竹的。你要吃仙桃，防着伤了牙！”巧姐儿接了仔细赏玩，笑问：“有我妈妈的么？”贾琏道：“下次买来再给他。”巧姐儿缠着贾琏，道：“咱们去说，要不，我妈妈会要了这个，不给我。”说着，拖了贾琏便走。贾琏笑道：“我这里还有事呢！”巧姐儿不听，红玉忙道：“二爷快走罢！瞧，姑娘哭了。”巧姐听了此言，果真拿手抹眼，便哭。贾琏忙笑道：“不要哭，不要哭，咱们就走。”巧姐儿把手一放，笑道：“谁哭了，这么大人，还哭呢！”一面说，一面拖了贾琏去。（巧姐也不弱，此出戏中好配角。）这里红玉向兴儿发话道：“还不送行李进去，等着领骂挨棍子呢！”兴儿向隆儿努努嘴，收拾了行李，跟红玉送进去。欲知后事，下回分解。

看此回，是于写琏、凤夫妻关系之变化中为红玉立传耶？抑或为红玉立传之中写琏、凤夫妻关系之变化耶？批书人迷惑之中忽忆起“一喉两歌，一手二牍”之说。

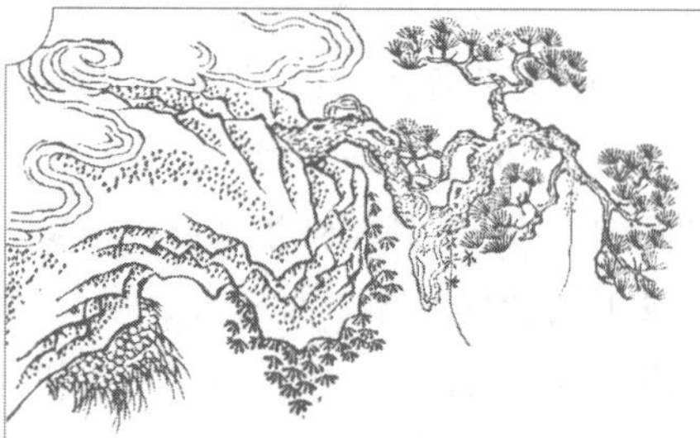

第八十六回

说山水旷怀倾素蓄
思家乡幽怨发哀吟

回初一节，写世态，骂官场，连“大手笔”亦未放过，才数百字。王梦阮云：“作者广布疑阵，多设闲文，俾阅者用心全注于女儿罗绮之中，不复有暇顾及他事，乃敢乘人不觉，抽毫放胆，振笔一书”者，此节有焉。

上回书说的是琏、凤角口，贾琏赌气而去，却被巧姐儿拖了回房。看看巧姐儿，琏、凤二人都免不的撂开手，不必细说。

忽一日，贾雨村生日，贾珍、贾琏带了贾琮、贾环并贾蓉都去贺寿。那贾雨村自升了兵部，又得协理军机，参赞朝政，真是得意之至。且渐入晚年，家事已丰，无用再有所希求，便想做几件正经事，百年后，那行状墓志上也有些光彩。却不道前因海疆事宜，议论不合，着实受了端揆的申斥。亏他素日交游颇广，且与几家豪门往来颇密，方得保全下来。此后，真心悔改。自为一介寒儒，得获如此高位，已不忝祖德。百年后，那行状墓志，自会有大手笔文饰。因便每日里依旧唯唯诺诺，做些例行公事。妙的是，既掌兵部，便不少央烦之人。此索彼予，周旋惬意，岂曰宦海浮沉，竟是如鱼在水。今年又值五十整寿，少不的有属下官员张罗庆寿。都中皇亲国戚、世袭勋旧、阁部大臣多来相贺。彼时，方要入席，忽有旨意下来，立召雨村进内，众宾朋莫不失色，不知是何兆头。雨村只得托了几位大员代为酬客，便匆匆去了。众宾朋有终席的，也有稍坐一坐便告辞的。唯有贾珍与几位来往素密的，席终之后，尚留下吃茶，等候消息。

待得雨村颓然回府，大家忙问："是何要事？"那贾雨村见都是切己之人，不及更衣，便屏退左右，打着手势，低声说道："要查究甄家党羽了。因我做过应天府，如今奉旨家居，不得乱动，正不知如何结果。诸位竟是早早请回为是，有甚风吹草动，还望相力一助！"贾珍等听了，不免宽慰几句，便都匆匆辞去。不数日，贾政也奉诏回京，与贾赦、贾珍等都不得外出，终日提心吊胆，只遣贾琏、贾蓉在外辗转打听。匆匆便是一月，方有旨意。贾雨村左迁京丞，两江总督夺俸，几家金陵望族久居都中，与甄案无关紧要，均著依旧供职，唯有北王仍不得自便。贾政得旨，立即赴任去了。贾珍也真个小心谨慎起来，除了公事便不出门，终日里不是与门客下棋、听曲，便是在后堂与妻妾嘲笑取乐。唯独贾赦心中不得安宁。你道为何？原来近日平安州节度突然奉诏进京，不知所为何事，又不便与人计议，只闷在心里。（当日事成，以秋桐赏贾琏，何其畅怀，岂料今日如此。）这诸般事体，家中女眷一概不知，依然是消暑纳凉，莺啼燕妒，不在话下。（连煞带转，好笔力。）

如今且说林黛玉，入夏以来，咳嗽慢上来了，却仍是精神不足。夜晚少眠，白日里时常昏沉沉的。方才邢夫人又来接他北院里住几日散散心，（应八十三回，虽小事不落空，好细密。）无奈如此，竟不能去。紫鹃因劝他，寻些事做就有精神了。黛玉道："可做什么呢？这几日，你管我这么多，那帕子还未绣成呢，便替我藏了，书本子也不许我摸一摸。"紫鹃笑道："念几句书罢了，可不要再作诗，好么？"说着，便替他寻书，忽又道："还是我和雪雁下棋好，你替我看着些，防他使马后炮。"（到底仍是不许摸书，紫鹃可爱。）黛玉笑道："还你使蹩脚马呢，还想胜他么？"紫鹃也笑了，道："只要替你开心就好，管他蹩脚不蹩脚呢！"（端的又一袭人，心里、眼里只有黛玉。）去唤雪雁，偏雪雁不知何处去了。忽见小红送来冰浸莲子，说是："宫里赏的，老太太、太太都有了，这个与姑娘解暑。"小红去后，紫鹃道："这个虽好，只是忒凉，还是咱们家常用的酸梅汤罢！"黛玉道："不必了。这屋子里阴丝丝的，（使人想到潇湘馆那千百竿翠竹掩映。）那儿用这个。"乃扶了紫鹃，走至窗子前坐了。见那架上鹦鹉也在打盹，不愿惊他，只端了茶，吃两口，放下，随手翻阅雪雁新誊出的那几首苏、扬纪行诗。（虚点一笔，引出下文乡思。）见中空两格，想是他不识此字，因唤雪雁，要告诉他。不防惊醒了鹦哥，只见他昂头伸颈，唤道："雪雁，送茶来！"便见雪雁掀帘走了进来，手里端一筐合欢花，放黛玉面前，笑说："今年这花儿开的好，蘅芜苑那边香满了。咱们还如那年，拿这花儿浸酒罢！"黛玉见那花绒球一般，色淡香淡，先就喜欢。便伸手一朵朵掐去残蒂，消遣永昼。（金闺闲情。）雪雁又道："那日，中秋联句，有个'棔'字，不知何树，恰史姑娘走来，他说就是这花儿树呢。"黛玉笑道："这云丫头，竟作字贩子了。"

一语未毕，忽听春纤回道："琴姑娘并各位姑娘都来了。"黛玉忙起身相迎。众人已走进房来，都殷勤问候，独宝琴向黛玉道："几日不见，你又清瘦许多，闲了也出去走走，听听家里外面的新鲜事儿，也换换心，不能总躺在床上作诗！"黛玉笑道："几日不见，你便学会说诳了，你又何时见我作诗了？”宝琴笑道：“才刚我们听老太太说的。”众人也都笑道：“老太太心疼你，说你病不见愈，都是作诗作出来的，今儿打发我们来劝你。”黛玉听了，没词儿，只道：“都是琴儿一来，惹出老太太这韶刀。你不是叫我听听外面的景况开心么？就罚你说说走过的山山水水，我好开心！”众人听闻，也便附和。

宝琴不得推辞，乃道：“打那儿说起呢？也罢，说些你们没走过的。那年，我在钱塘，那六桥烟柳，孤山古刹，你们见过画儿，究竟比画儿还好，自不必说。单是乘了小艇，漂在湖心，领略那山外风光，身边水意，就不虚此生了。最妙的是钱塘江水，清莹澄澈，一如山涧，却又碧波浩荡，悠然而去，可与那黄河、长江不同。那大河之水，远看、近看总是黄浊，那大江也时不时的有些黄意，便是那号称清澈的湖水，也比不上钱塘。唯有钱塘江，竟是越近越清呢！”又道：“就说大江罢！谁知同是一条江，上江、下江便不相同。我最喜欢倚在岳阳楼上，诵范仲淹的名句。登黄鹤楼看江，有武汉三镇点缀，只想他滋养万物，生生不息，却未曾有过什么‘烟波江上使人愁’的感叹。在浔阳楼上所见便不同，只见那大江与彭蠡相吞吐，石钟、匡庐，依凭左右，便觉其间奥秘难窥。唯有在北固楼上看江，这儿古迹最多，不由人不思潮起伏，多少朝，多少代，多少人物，令你顾不上观赏景色。唯有那年在海口，一眼望去，但见天水相连，茫茫无际，承通译见告，方知左面是江，右面是海。我便想起唐人的《春江花月夜》来，恰如置身九垓之上，一片空灵，竟忘了身在尘寰之中。”话到此处，那薛宝琴已是云霞焕彩，星月凝情，神驰魄荡，旁若无人了。（只看他所留意处便知非寻常流连景色之辈。写琴儿不同于钗、黛，便是探春也无此风神。）宝玉此时，早已耳为之倾，目为之凝，不觉动了羡慕之心，忽忆前时贾母曾有求配之意，探春曾有连宝钗在内都不及其美之说，今日观之，信然，不禁频频点头。（若不动羡慕之心，则非宝玉也。）正在胡思乱想，不防湘云截住宝琴的话，笑道：“这琴妹妹今日怎么了，竟真是生公说法，顽石点头么？”（湘云才捷屡见，却不知取笑之才也捷。）一句话，引的众人笑起来。

李纨道：“不要闹，让琴妹妹再说说登山的事儿。”宝钗道：“叫琴儿一说，就好上天了。人常说，看景不如听景。”宝琴不容说完，便笑道：“那是他没有见过好景致。如是见过，必要说听景不如看景。”那宝琴聪敏异常，更兼自幼随父游历，见多闻广，只是向无机缘，一倾所蓄。今日遇此，也要谈谈自己见识，或可遇到同心之人，便又笑道：“登山涉水，不仅要待机缘，也要有济胜之具方可。水行乘舟，自是容易，登山览胜，像你我这弱女子便困难重重。江南名山，青葱秀丽，少有险峻，所历较多。北方诸山，诸如岱宗、嵩、华、丈行、陇坂，除太行山外，我竟多未攀登。还是那太行山。单只是奇伟峻峙，浑涵宏壮，已是令人惊心眩目，气宇轩昂，别说他那深邃错综，千汇万状了。江南诸山，比如湖北龟、蛇二山，安徽东、西梁山，多有名气，若是搬到太行山里，可就算不的什么，还不如一条无名岭、未名冈有气势呢！自然，不能单说山。咱们想去，在这大江两岸，千里平原之上，龟、蛇虽小，在上面一束；天门虽低，在下面一放，这该是多大气势！（或曰：“作书人足迹不至大江中游，补书人疏忽了。”非也，宝钗曾言：“如都等见了再作，如今也没有这些诗了。”）还不值得放喉高歌一番。”宝玉由不的又点起头来，自念如此心胸，如此眼界，并世难觅其匹。（好评语，琴儿知己也。）因笑道："古人说：'山不在高，有仙则名……据我之见，这仙，就是形胜。（此解别致，尚不知刘老先生允否?）比如八达岭，上年我随舅老爷去居庸关，得从八达岭登万里长城。试想，这八达岭能有多高，骑马也可上去的。可你上去望望，在这丛峰杂峦之间，一条大道盘山爬岭而过，长城于此突开一口，启闭由人。我仿琴妹妹一句：这该是多大气势！所以这不高不大的八达岭，便上了史册，入了诗集。"宝玉又道："说起那次上长城，又想起笑话了，王家表兄并那柳湘莲，什么也顾不上观赏，只是遮了日阳寻沙漠。一个要看'大漠风尘日色昏'，一个要看'风吹草低见牛羊'，你们说，这可是不是两个书呆子？一个把方向弄错，一个把路程缩短了。"

众人说笑一番，见黛玉听来喜欢，都道："早知你喜欢这个，我们见过的没见过的编些来替你解闷，岂不于病有益!"紫鹃一旁笑道："可是这话。求姑娘奶奶常来坐坐，说说话，我们姑娘最喜欢的。只是那见过的，说一节也罢了；没见过的，顺口编的，我们姑娘可听的出来。想那年，宝二爷说什么扬州有黛山林子洞，又是什么耗子精变美人，我们姑娘听出假来，不依他。倒是琴姑娘头年说的那真女孩儿好，我们姑娘还背下了那首诗。"（自是紫鹃语，雪雁便不如是。）李纨听了不解，因问他："怎么是真女孩儿?难道还有假女孩儿不成?"雪雁恰在李纨身后打扇子，因笑道："紫鹃没的闹明白。不是真女孩儿，是真真国的女孩儿作的好诗。"紫鹃把脸红了，强笑道："真真国也好，假假国也好，姑娘、奶奶常来说话，便好。"宝琴因向黛玉笑道："果然喜欢，我每日来说一节，可不许你厌烦!"黛玉也笑道："我倒不烦。只不知，以后梅家如何允你每日来此?"宝琴闻听，把脸飞红了，无语。史湘云道："你也真个刻薄。饶是替你解闷，还打趣人!"林黛玉笑道："你这么说，我还不领情呢，你自向老太太领赏去!"说毕，拿帕子捂了嘴笑。恨的湘云伸手撕他那嘴。林黛玉不及招架，身子一歪，倒在李纨怀中，犹自吃吃的笑。李纨一手推开湘云，一手点黛玉额前刘海，口中笑道："你何时才能老成些呢?"（好看煞，如在眼前。）众人都笑道："好了，好了，这么一乐，明儿保管病好。咱们也该回去了。"

黛玉见众人起身，也忙站起相送。众人拦不住，紫鹃搀他送出房门，眼看着众人出了潇湘馆，方才回房。因念宝琴说的那江南风光，便乡思不已，愁绪无端，倚了床栏，闭上双目。一时，得词四阕，调寄《浣溪沙》，唤雪雁来，秉笔写出，其词曰：

其一

记是江村岁欲阑，独将珠泪洒新阡。一声风笛咽山泉。　　别梦犹萦吴日月，诗魂已入楚山川。舟行只解带愁眠。

其二

自别江南风露寒，行行归雁渡塘湾。不堪落日独凭栏。　　细浪何曾忘笠泽，疏钟都不似寒山。别时容易见时难。

其三

恰似霜筠瘦可怜，腰肢系得画罗宽。药炉镇日袅青烟。　　敢为知音矜雅调，悔曾识谱拨心弦。离魂销尽奈何天。（谶语也。）

其四

七里塘中水荇牵，儿心欲寄阿谁边？异乡风日一年年。　　纵是好花终有谢，料他明月伴无缘。（不忍卒读。）合归艳魄祖茔前。

雪雁写毕，因劝道：“姑娘有病在身，不合作此哀音。”那黛玉早已四肢无力，鼻息微微，瘫在床上。忽听人回：“二姑娘升天了。”便见他两目圆睁，双蛾振翅，呆呆的，不知是惊？是惧？是哀迎春？是伤自己？紫鹃、雪雁忙上前开导，不在话下。

只说迎春，结缡未及一年，备受折磨，含恨而逝，众人无不气愤。谁知那贾赦心中不宁，早已告了目疾，终日医药不断，竟不能过问，只凭贾琏处断。贾琏便要如何，只为目下情势，（着眼。）也不敢十分如何，只心中发狠，丧事上百般挑剔。那孙绍祖自知理亏，央了几个至近官员前来说事，无奈贾琏全不理睬。忽想起那位宪台，因尼姑之事使过他一笔银子，何不请教他去。谁知那御史因孙绍祖办事未能有成，自己在忠顺府也未能得脸，十分不快，今见他寻来，看在往日银子面上，少不的书房相见，却只埋怨他不会办事，自作自受。又道：“你如是会办事的，就该和令岳府上相处好，那件事成了，今日也不得如此为难，不这么想，还有脸来见我！”一席话，说的孙绍祖垂头而归，任贾琏作践，不则一声。贾府诸人无不伤痛，那贾宝玉越发疯了，一连几日喜怒无常，见人便抚掌喟叹：“这便如何是好！”袭人明知是为了迎春，只管多方解劝，又命春燕等人引他玩笑。

这日，葬过迎春，袭人又见宝玉凭窗痴立，因劝他外面走走，藉消烦忧。宝玉乃顺脚走了几处，无可系情，又走出仪门，忽见迎面走来一个小小子回话：“柳大爷回京了，现在北王府，请二爷会面呢！”说毕，匆匆自去。那宝玉闻之大喜，立时走进外书房，命小厮传话，要出门衣裳，又命备马侍候。一时，衣到。才刚穿戴齐楚，隔窗见一女子，穿一件水红绫衫，外加一件月白绫衬里，芙蓉纱面的夹纱坎肩，轻盈俏丽，缓缓走来，原来是林红玉。（红玉乃要紧人，岂可不着力一写。）忙唤他进房，笑问：“你今儿又怎么得闲，出来逛逛？”红玉一面拿了帕子在鬓边轻轻沾汗，一面笑回道：“那儿能得闲呢，我妈病三天了，才刚瞧了他回来。”宝玉道：“怪不的这几日都是单大娘查园子。你妈今儿如何？你又带了什么好东西去孝敬他？”红玉笑道：“我妈今儿不吃药了，只是吃饭还不多，斯斯文文的，只几口，便不吃了。二奶奶赏了好鲜嫩的莲实，并一壶良乡酒。现收拾了给他吃，他倒吃了点子。瞧那模样，一半天就能上来伺候了。”说毕，这才问：“二爷上那去？又换了出门衣裳。”焙茗在旁候着，见这丫头大煞煞的只管与二爷拉家常，心里不免生烦，且自己侍立无语，未免有失体统，还像宝二爷的头号长随么？没等宝玉答话，便忙拿了架势，（神气。）道："赶紧忙你的罢！二爷急着去北王府会柳大爷呢！"红玉听了，一惊，忙问："那个北王府？"（奇问。）焙茗发话道："还能有几个北王府！"红玉问宝玉："真的？"见宝玉点头，便又忙道："二爷且不要去，听我告诉。"因见只焙茗在旁，乃上前一步，探身悄道："前几天，我去书房里请琏二爷，那边珍大爷正和琏二爷说话，说是北王府要出事，眼下还不得自便呢！二爷做什么去！"（好险，宝玉大得其力了。）焙茗虽是久在外面，什么都经过见过，像这无关宝二爷的小事，他素日却顾不上分心垂询。此时，听这个不出三门四户的丫头如此一说，倒也心中一震，已是认定去不的了，却又不便称许过奖了他，只问得一句："这话当真？"红玉正色道："谁诳过你！不信，问琏二爷去！"宝玉一心惦着湘莲，且对这些俗事，从来视而不见，（叹！叹。此最令黛玉悬心处。）便道："柳大爷在那里，我还能不去会面？"又问："锄药他们呢？怎么还不备马来！"那焙茗见红玉说的当真，可就顾不的在这丫头面前失去体统了，只管央求道："好二爷，这可不能去！只当可怜奴才，别叫奴才丢了命，果然那柳大爷回了京，奴才到他府上请来相会，倒还使的。"红玉也劝道："二爷千金贵体，岂能随便到那是非之地！"又转向焙茗，大模大样的命他："还不快去打听明白了，来回二爷！"说着，又使眼色。焙茗豁然开窍，自念：到底是大管家的女儿，真有两招儿，（我亦如是说。）给我帮了大忙。便像奉了圣旨，连声称是，又道："我去哨探了来。"一面说，一面退出，急忙走开。宝玉见焙茗已去打探，只得随了红玉过凤姐院来。

可巧，贾琏、凤姐正在房内议事，见宝玉穿了出门的衣裳走了进来，凤姐忙起身让坐，又取笑道："宝兄弟来我们家走亲戚了？瞧我们这房子还没有收拾，倒把你这衣裳腌臜了。"一行说笑，一行大家落坐，贾琏也问他："到何处去？换了出门衣裳。"宝玉把方才的话一一说了，又道："待焙茗打探回来，湘莲果在北王府，再去。"贾琏闻此，不免犯疑：柳老二多年不见，今既回京，如何不亲自来拜，却要约到北王府相会，他与北王府并无瓜葛，为何偏在这种时候上北王府。因问宝玉："谁告诉你，那柳老二在北王府的？"宝玉道："一个小小子，不知是那行当上的。"一语未了，便见贾琏厉声唤来红玉，命他告诉林之孝，传齐小小子，请宝玉认人，又拍桌道："这分明是引人往火炕里跳么！"宝玉不解，忙问何故，贾琏怒气未息，直说了甄家与北王的事，又将今日之事，替他分解明白，又道："咱们家规矩，无论仆妇小厮，各有所司，岂有焙茗、锄药在家，不知这事，却是一个不认得的小子回你的！你也不想想，也不回明老太太，便要私自出门！真个去了，还了得！"宝玉见他发话，只得站起听着，心内这才明白，有人暗算，深赞红玉。（远应二十七回脂批，"且红玉后有宝玉大得力处，此于千里外伏线也"，近应八十五回红玉对宝玉之言，"便是去了，也忘不了二爷，如不信真，你就等着瞧罢"。）凤姐拉宝玉坐下，向贾琏道："这北王府的事，宝兄弟何曾知道，便是我也不知的。谁叫你不早来告诉明白，这时候却来我们面前逞能！"又止红玉："且慢！"待细细想过，乃道："既然有人这么着设谋儿，他是好容易让你查到根儿的？惊天动地一场，扑个空，倒助了他的威风！依我说，只命林之孝传命，但凡乱跑、乱回话的重责不贷。这么着，他们也必明白，咱们识破了，再往后，也必收敛些！"（到底还是凤姐。）宝玉也说道："这种事，不过是自家人做的。果然认真追究起来，不免惊了老太太，岂不是大家不安！今后，我只多留意些便了。”贾琏听二人所言有理，也便依了，只命红玉立时告诉林之孝去。又向宝玉、凤姐悄道：“今日这事，必得记取。且不说家中这些杂七杂八的事，你们何尝知道，眼下外面也必得多多留神。自今以后，所有世交、乡谊，各方之人，宁可少来往也罢。”

凤姐却笑道：“你瞧我说的是不是。又来我们面前逞能，教训人。既这样，何不扔了你那个同知，回南京当个平民百姓，岂不是省了提心吊胆的。”贾琏也笑道：“好，好，这回依你。明日我就告老返乡，同宝兄弟，一并连珍大哥、兰哥儿、菌哥儿都来，也起个什么诗社。遇到刮大风，下大雨，咱们也开社联句，岂不清韵！也省的宝兄弟说我是个禄蠹。”说了又笑。凤姐也便打趣他，道：“你又什么时候会作诗了？别去寻人代作！”贾琏笑道：“你别笑我。像我们这读书人，那个不是自幼能诗会赋？受了十年寒窗苦，还不会作诗？这个，你这巾帼裙钗可比不上。比方说，你送三妹妹那首诗，可是云妹妹替你改过的。（怪道呢，原来湘云改过。回风舞雪之笔。）我再不济事，总还不用请人改呢！”凤姐嗔道：“净说些没影儿的事。改不改，你管得着么？”贾琏笑道：“我自然不管替你改诗，我却替你背熟了，我还记得后两句呢，什么‘里外家事多，从今不怕说’，（这两句决非凤姐原句，不过是琏儿取笑。）是不是？一点子诗味也没有，倒是句句五个字，也便难为你了。”又道：“我们这诗社，你也算一个，咱两人岁数大，岂不是两位大诗人！”（作书人是“君诗曾未等闲吟”，敢不满当世诗坛风气。）宝玉见他如此有趣，（轻轻一抹，补书人也要瞒读者了。）忍不住笑道：“和你们打伙儿起诗社，真叫人笑掉大牙呢！”

三人说笑一阵，天也好早晚了，仍不见焙茗寻来，宝玉自忖，想必果然不真，便起身要回园里去。恰雪雁走了进来，传黛玉的话：明儿巧节，要各房丫头去漂针。凤姐乃吩咐平儿知会各房，又向宝玉道：“过巧节，你们准是又要作诗，（偏未作诗。）我明儿有要紧事，可不能去。”宝玉笑道：“作诗不作诗，我不知道。我只漂针去。”（不去，不是宝玉。）彼时贾琏忽想起一事，忙向凤姐道：“提起巧节，可别忘了姐儿过生日！”凤姐鼻子里哼一声，道：“难为你这做老子的，这时候才想起来，别人不提，你不是就忘了！还吩咐人呢，都指望你记着，姐儿就别想过生日了！”说毕，又睨他一眼。贾琏语塞，只笑道：“我还有正经事外面去呢！”说毕，同宝玉出去。下分回解。

家里家外，险象骇人，而以琏、凤取笑打诨收之，此法非补书人所创，前书第八回浪酒闲茶后，便以秦业送子读书寒瘦古拙之词收之。

第八十七回

潇湘馆漂针女儿节　怡红院伤情夜半时

此回书取对比法，漂针潇湘馆与作别怡红院其一也，宝玉之高情深致与黛玉之深思远虑其二也。黛玉不知宝玉即将出园，方能成其喜悦；宝玉不知黛玉即将病重，方能畅其神思。

且说七月初七牛郎、织女见面。时下风习，这日上至宫中，下至闾里，女儿们都要晒水乞巧，掐凤仙花染红指甲。一至晚上，便洒扫庭台，陈瓜果、列酒肴、燃香烛、礼拜双星，讲说故事，最是闺中盛事，故亦叫女儿节。在那些文魔诗精的笔下，则文绉绉的唤作“七夕”。愚夫妇、儿女子便嫌他拗口，依然只说巧节。大观园中年年聚会，人人乞巧。（多列异名，摇曳生姿，亦前书之一法。）

这日，彩屏、碧月、秋纹、碧痕等会了到潇湘馆来。秋纹见廊下栏杆上列几个定窑磁盆，水面上已晒出一层水皮，春纤正带几个小丫鬟各处扫除呢，便向雪雁道：“紫鹃姐姐呢？袭人姐姐不能来了，麝月来，要稍候一会儿，帮着袭人姐姐翻箱子呢！”碧痕、春燕、翠缕坐这边栏杆上比红指甲，彩屏去逗鹦哥，碧月便向雪雁要碟子，把李纨命送来的各色巧果、葡萄、蟠桃等吃食一一装好。说话间，麝月跟了宝玉进来。众丫鬟都道："二爷又来了，这里没二爷的份儿。"宝玉笑道："我来瞧热闹还不成?"雪雁笑道："你这一来可好，我们正缺个人讲古记儿呢!"一语未了，琥珀、丰儿、红玉、玉钏拥了巧姐儿走来。紫鹃隔窗望见，笑道："寿星来了。"便请黛玉、惜春、湘云院里漂针。那林黛玉这几日精爽些，因见巧节将至，往年众人在秋爽斋聚会，今年探春远去，便邀了众人来潇湘馆乞巧，自己也想卜一心事。（亏他想"卜一心事"，不然谁个作此雅兴。叹！叹！）彼时，随了湘云、惜春出得房来，见这么多人，高兴道："都放你们来了?"都笑道："姑娘讲得情，还能不让来?"紫鹃取出两箍极小的绣花针，抽出，放在一个小纸盒内。湘云抢先取一根，递与巧姐儿，笑道："今儿是你的好日子，还是你先来。"（往年推让之景如见。）那巧姐儿笑一笑，便挑选一盆水皮上纤尘不染的，将针取平，在水面上轻轻一丢，水皮略微动了一动，那针便躺好了，水面下却不见针影，诧异道："这是怎的，连个拙棒槌也没有?"大家抬头环顾，原是宝玉立在众人后面，看不见，挪了个杌子站上，挡住日阳了。湘云忙道："就是你能闹，还不快下来，跌下来，又该人听哎呀哎呀了。"宝玉笑着扶了秋纹的手，下得地来。大家见水底针影，倒还不粗，却也不是极细极尖的。惜春、湘云并黛玉都一一漂过，数巧姐儿的尖呢，却是黛玉的最细。那林黛玉心中仔细品味：极细，自然是个佳兆，却又不怎么尖，想是还不得十分如意。也罢了，八分如意也够我的了。想到这里，不禁喜上眉梢，忽见宝玉冲着他笑呢，忙回身看麝月等人漂针，（或云：补书人下了"描红"工夫，观此处诚然。然其"描红"却故意走样，对照三十五回贾母赞宝钗处可知。）众人评论一番，唯有雪雁和碧痕的最尖，像枝描花样儿的笔。紫鹃笑道："雪雁本也罢了，碧痕也巧起来，没别的说，你两个和巧姑娘一人给绣一朵花才罢。"

贾宝玉在旁早已手痒，见众人尽已漂过，乃上前取针，笑道："瞧我能胜过你们么?"众人见他随手扔下，那针便像苍鹰攫兔，一头扎进水底，无不笑倒。碧痕悄嗔他道："教你几次了，总不留神!"一面又教他如何拿针，手如何放低些，还必得轻轻松开手指。宝玉依言，谁知那手忒低了，触动水面，心中不禁发慌，忙抬手扔下，众人围上瞧时，只见那针这一头搁在碧月的针上，那一头碰着春纤的针，晃了两晃，都沉下去了。碧月笑嗔道："唯独二爷鲁莽，瞧你不赔我们。"说笑一阵，早又金乌西坠，彩霞满天。紫鹃、雪雁摆设香案，供上瓜果，却见绮霞来接宝玉，说是太太打发人来，请二爷就过去呢！宝玉只得站起来，麝月、绮霞随了去。

这里巧姐儿问湘云："这牛郎、织女怎的和那七仙姑、董永一样?都是仙女嫁了庄稼人，还都是神仙不让他们过日子。"湘云笑道："这可问的好，你们谁知道?"丫鬟们都猜起谜儿来，有说：这是一回子事，各地说的不一样，把人名都换了。有说：据宝二爷讲，女儿是水做的骨肉，男人是泥做的骨肉。水清亮自然是仙女，泥污浊自然只能去种地。（前两句名言，已是众人皆知，后两句却是发挥，发挥者当是春纤。）独有雪雁道："你们说的皆不是的，你们没听老太太讲过?有的人看书着魔了，他也想一个佳人，所以编出来取乐。你们白想，他想佳人想不到，便说这佳人是仙女，仙女能想到么?便是想到了，也还得再回去。他不舍这仙女，便赶呀赶的，赶到天上，也成星星了。你们瞧！那边双星都出来了，就是没赶上，还差那么远呢！”（如此驰骋想象，无怪下文湘云唤他“大诗人”。）大家真个听他的话，抬头望去，果然双星出来了，只是中间隔一条天河，都说有趣。紫鹃笑道：“难为你怎么诌来，还有凭有据的。”

雪雁回屋里拿一件银红纱白绢里对襟夹纱衫来，要黛玉加上，道：“姑娘这几天刚好些，不比别人身子壮实，别受了凉。”那林黛玉正有感于双星之事，不知他们是几分的如意，忽见雪雁要他添衣，便道：“刚进七月，那来的凉啊？”雪雁笑道：“姑娘忘了？‘天阶夜色凉如水，卧看牵牛织女星’，姑娘不添衣，就躺到床上去卧看好了。”恰这时知了在竹梢嘶叫，湘云因笑道：“雪雁大诗人，这知了还叫呢，能凉么？你给我比句诗来。”紫鹃忙向湘云笑道：“姑娘别引他！他那肚子里装不少诗呢，引得他说几大串，我们都不懂。”碧月等人也都截住话，只命雪雁：“去栊翠庵找你师傅乱扯去，我们不要听。”（妙，原是“诗从胡说来”。）黛玉也笑道：“咱们且拜了双星，吃巧果。”众丫鬟忙点了香烛，铺下红毯，黛玉、湘云等拜了，碧月、紫鹃等人分了几起也都拜过，又移了两张桌子，上面一桌，湘云、惜春、黛玉、巧姐儿坐了，又拉琥珀、玉钏、碧月作陪，下面一桌紫鹃等人围坐吃巧果。紫鹃又命婆子取刀来切西瓜，众人随意吃去。那雪雁穿一件藕丝对襟衫，下系白纱细褶儿裙子，外面刚加一件青绸掐牙背心，（诸公着眼，雪雁、茜雪、春纤、巧姐一流后部方为要紧人，文字较多，特写了衣饰，透此消息也。）拿了一块西瓜，拣一根粗竹倚了，独自吃去。黛玉看不过，便嗔他：“你这蹄子，又逞脸了，放着客人不陪着，却独自倚竹去！”雪雁笑道：“姑娘忘了？‘天寒翠袖薄，日暮倚修竹’呢。姑娘瞧，月牙都出来了，还不寒么？趁早给他们讲个故事，回房歇着去。”湘云指了他，笑道：“这丫头可不是疯了，众人不懂诗，你偏要一次又一次作诗谏。我问你这双星的事，你能用诗句答上，明儿就写帖子，请你入诗社。”雪雁笑道：“姑娘别说笑话，我不过跟我们姑娘念诗，记了几句，还不会作诗呢。入诗社岂不社社交白卷子，学宝二爷么？”秋纹忙嗔道：“净是瞎扯！你又何时见我们宝二爷交白卷子了！”（秋姑娘且慢护着你二爷，交白卷子还不止一次呢。）众人听了，俱已笑倒。湘云笑道：“待我问他。双星真的能相会么？”雪雁笑道：“‘泠泠一水会双星’，岂不是真的？”湘云道：“那是词，不算数。”雪雁道：“‘银汉会双星’，如何？”湘云点首，又问：“这双星会了还散么？”雪雁道：“岂不闻‘盈盈一水间，脉脉不得语’，要不散，如何又不得语呢？”黛玉笑推湘云，道：“快写请帖罢！你再问，他也有的。前几天在栊翠庵抄了好多呢！”（寥寥数语，雪雁现状，湘云后果，妙玉前尘，三者俱出，补书人善“偷势”，却瞒不过在下。一笑。）

谁知潇湘馆里，正当黛玉为他的伴读丫鬟喜悦之时，在怡红院中宝玉却正扶了他的栉沐丫鬟伤感呢。

原来王夫人唤了宝玉去，传贾母之命，要他搬出园子。说是：“老太太知你身子弱，时不时的闹病。这二年在园里住，离大人远了，照料不到是有的。这往后，人大了，要多在外面与弟兄相处，少去园子里和姊妹说笑。”又命彩云查时宪书，看日子。那贾宝玉上年听了王夫人发狠的话，就知道迟早不免出园，因贾母无话，且先混着。（映照前文在晓翠堂所云："我能够和姊妹们过一日是一日，死了就完了"之语。）今听此话，知是难以挽回，便只垂头吃茶，见王夫人别无他事，这才闷闷的回怡红院来。

袭人见宝玉垂首而归，忙问："太太唤你何事，去这一晌，却又痴痴的？"问了两遍，宝玉不语，麝月道："传老太太的话，命咱们搬出园子呢！"又将王夫人的话细说一遍。袭人笑道："原来是为这个，也不值得垂头丧气，谁叫你是公子不是小姐呢！"宝玉不以为然，摇头叹道："所以你不明白。你瞧那天上飞的大雁，老的、小的，雄的、雌的，不是都一起飞么？河里的鱼儿也没有分成一群雄的、一群雌的，还不都亲亲热热游在一起？偏这人，就要讲男女大防了？"（人亦物也。比得好，的是宝玉。）袭人铺好床，听了宝玉这番高论，不由笑道："躺下歇歇罢！什么不能比，却与大雁、小鱼儿比。"宝玉正色道："咱们拿人比。上年刘姥姥在咱这里说故事，你也听见。那村子上人家里，兄弟姊妹亲戚往来，都不讲什么男女大防，亲亲热热的，多好。偏咱们这样人家，便要这些酸讲究？"（村人，亦人也。）袭人笑道："依你说，这圣人立的规矩都不对了，是不是？"不料宝玉听了这话，呆性又发作起来，便道："那里是圣人立的规矩？都是那班腐儒闲着没事做，闭着眼睛胡叨叨！"（仅此两句便成一节假语村言，如有谴责，玉当回答"我骂腐儒护圣人耳"。）袭人听他又说呆话，（呆话乎？实话乎？）忙笑道："睡罢，睡罢！越说越疯了，这么大规矩，都成了胡叨叨！"宝玉掏出金表瞧了瞧，道："我告诉你一声儿，要防备着，玉钏查了通书，明儿、后儿都是好日子，宜搬动呢！"说了又重新盥漱。袭人等打发他睡下，也各自安寝。

谁知那宝玉躺在床上，竟难入眠，索性披了件衫子，倚在枕上，看着屏后残灯，心中不禁酸楚。明知道天下没有不散的筵席，只是为何散的这样早？不觉下泪，痴痴的歪了会子。想吃茶，又听袭人睡得正酣，不忍惊他，自己穿好衣裳，下的床来，悄悄倒茶，吃毕，知难入梦，索性走出房门，且到院子里散散。（"夜寒不去寝难成""却披衣重起临轩砌"也。）不料走至外面，却把麝月惊醒了。麝月赶紧穿好衣裳，跟了出来。见那宝玉，负了手在廊檐下发了阵子呆，又顺着回廊踱去。从西南角下了石阶，绕着女儿棠、芭蕉转了几个圈儿，只管点头。又踱到那棵柏叶松下，扶了树身，仰头从松针隙里望去，见一天星斗，越发闪烁不定，夜空越发深邃，那树头比入园时大了许多，不由一声长叹。（"树犹如此，人何以堪"也。）忽想起那只仙鹤，便问麝月。麝月四周环顾，轻声指与宝玉道："那不是？在水池沿上呢！"池里荷花正开，只是繁星之下瞧不清颜色，但见高低参差，侍立无语，池沿上白白的，正是那只仙鹤。院子里静悄悄，幽沉沉，只听见下房里嬷嬷们打鼾声。宝玉自忖：住了几年，今夜初次见到这般夜色，却又要走了。（"忽漫相逢是别筵"也。）又倚了那棵女儿棠，越过院墙，向西凝望，忽念一事，乃扶了麝月，走向院门。（怡红院西即潇湘馆，想是要辞黛玉去。）麝月道："那去？这般时候，人家都睡了。"（可谓宝玉知己，其服伺之周到，窥测之准确，不亚袭人，故后文代任。）宝玉无奈，只得止步，回至廊下坐了，向麝月轻声说道："咱们一走，园子里可就剩下这两三家了。如此景致，这般屋宇，旷废着，岂不可惜了的！怪不得白乐天发那感慨，（"青苔明月多闲地，比屋齐人无处居。"看他从别愁离恨中又作高一层。此类方是宝玉正文。）原也有的。"说着，垂下头去。麝月知他每每无端落泪，见他如此，便忙用帕子替他拭眼，却道："二爷，想开些，就像当年没有盖这园子，咱们不是也在前头住了么？"宝玉只觉浑身无力，命麝月并肩坐下，倚了他，下泪叹道："你何曾明白，这屋宇、花卉，也和人一样有情呢？你瞧，一听说咱们要走，他们也都惜别起来。（"草木亦知愁"也。）此后，只有清风明月来作伴了，有个不孤单、不寂寞的么？（虽非"驿外断桥边"，却也"寂寞开无主"。）士为知己者死，女为悦己者容，这怡红院为谁涂红抹翠呢？"（的是宝玉，不念自己出园寂寞，却念屋宇花卉无可为容——较"推己及人"尤进一层，所谓情之极致，与前书"莲叶羹"回，自己烫了手却问别人疼否有异曲同工之妙。）那泪直淌到麝月手上，麝月也不禁感伤，忙替他拭泪，复劝道："园门天天开着，咱们走亲戚似的，来看这芭蕉、海棠也是好的，（好麝月。）你又何必难过！"

二人只顾说话，不防却惊了廊下挂的白玉鸟，听的人声，惊叫起来。宝玉望望天，月牙儿早已沉没，北斗星转的看不到柄儿了。这才站起，扶了麝月回房，却见袭人正立在门口。原来那袭人早已惊醒，不见宝玉，忙起身寻时，见麝月已跟他出房，知他心中不畅，散散也好，便只远远望着，见他回房，忙捧茶与他吃。宝玉知道，自己不睡下，他们是不睡的，便忙上床睡下。袭人命麝月睡去，自己守了宝玉，不敢再睡。

次日一早，众人梳洗过后，便有王夫人处婆子来，知会袭人明日搬家。吃过饭，凤姐带了林之孝家的来，指派谁留下看房子，谁搬过去。谁知，听说宝玉要搬出园子，众姊妹便都来了，问是何故，又见这里忙乱，坐一会便说："走罢！咱们在这里碍事。"湘云嘱咐："挪移时要细心，自己写的字，诗社的稿子，别叫他们弄丢了。"（为失玉先伏一笔。）黛玉见众人都已出房，方悄问："还叫你进园子来么？"（要紧一问。）宝玉悄声道："我只管依旧进来，无人挡的。"又道："稍待些日子，我回老太太，把你也挪出去，咱们依旧住近。"黛玉不答，一任紫鹃、春纤搀了去。

那林黛玉回得潇湘馆来，倚在床上，命紫鹃捶腿，说是走乏了，心中可是乱糟糟的，理不出头绪。一会儿，又嫌紫鹃捶的紧了，将他遣去，却仍是不得安宁，越发又头疼了。只得唤紫鹃来，仍拿面巾湿了冷水，镇在额上，方得渐渐静下来。索性命雪雁搀了，到房外散心。却听老祝妈又在引春纤说呆话，听了数语，由不的好笑。那春纤见了，却道："祝奶奶就凭着会引姑娘发笑，时不时的欺负我。从今后，姑娘不要笑，（谁知竟成谶语。）瞧他还敢欺负我么！"紫鹃趁这当儿，又引他说了阵子呆话，替黛玉开心。那林黛玉腿又酸了，只得仍回房里上床卧下，雪雁替他盖上一条绛纱夹被，自去煮茶。这里黛玉又不免思前想后，辗转反侧起来。他想的是：宝玉挪前边去，真个是为了多病，便于照料么？自己却又不挪，凤丫头此话信不得。（一紧。）必是前几年大家还小，兄弟姊妹不妨在一起。一年大二年小的，再住一起不妥，这也是情理中应有之义。如此想来，便觉得心宽些。（一宽。）见雪雁送茶来，只要削个黄梨尝新。

雪雁拣了一把芜湖小刀来削梨，因道："宝姑娘走的最早，接着是二姑娘出阁，又是三姑娘，琴姑娘也回家等着出阁了，那云姑娘不出阁，也挪前头去了，宝二爷呢，这不是，也要挪走。数来算去，这么大园子，就剩咱们和四姑娘、大奶奶三家了，岂不冷清！姑娘何不回了老太太，咱们也挪前面去！"紫鹃笑道："你这蹄子，倒记的清，连个先后次序也没记错。宝二爷要替咱们回老太太呢，那里又要你操这份心呢！仔细削破你那小指头儿!”说了还笑。

谁知道，这一番话提醒黛玉，由不的心中一动：园中姐妹十几个，目下除他自家嫂子、妹妹外，就只我一个外姓人，要说回避，岂不是为了我么？（再紧。正是“才下眉头，又上心头”。）难道我二人心事，上头已是瞧出来了，故有此举？若果这样，上年紫鹃诳宝玉后，就该这么着了，岂能等到今日？想来想去，忽的想起凤丫头亲上作亲，便曾经回避过几年。一念及此，双颊不禁泛红，心头说不出是何滋味，怪不的昨日漂针传佳兆呢！就见那林黛玉揽衣推枕，下得床来，立命丫鬟“香烛侍候”，要答谢苍天了。（再宽。）及至雪雁设了香烛来请，却又痴坐不动。原来那林黛玉又想道：若果是定了，岂有我丝毫不知之理？便是上头不提，那凤丫头多损的一张嘴，就是湘云那个好玩笑的，岂无乘机取笑之事？那几年，没有丝毫影儿，他们还拿这个打趣我呢，（诸公可记得凤姐借“吃茶”打趣黛玉否？）何况定了！摇摇头，只命“收了罢”！那雪雁自幼服伺他，又伴他读书，又随了来京，多少年从没离过身边，向来姑娘的心事是知道的，可是这次却茫茫然，摸不住了，只得悄悄请教紫鹃。那紫鹃虽大了他几岁，又和姑娘最好，在这时候也是个不晓得。

只见那林黛玉又倚了床栏，面壁不动。思前不得，便又想后。他想的：宝玉出园已定，今后孤寂也是难免。且不说不让他再入园来，即令他不避嫌仍进园来，我见了他，又是什么意思！如不远着他，还能在这荣国府住么！若远着，岂不就散了。（三紧。正是“肠一日而九回”。）若果然明公正道的定了，那怕从今以后，也打上几年不见面，这心里也安稳。可又不是。观书诸公自然通达的紧，这世上之人，但凡遇到难以理清端倪的切己之事，常常似乱丝缠身，不得解脱。那林黛玉只管猜谜参禅，虽则是见微知著，绝世聪明，可就越想越觉着没有指望了。一时觉得天穷地尽，眼前无路，浑身无力，倚不住，由不的躺下。可躺下也不好，只是烦躁不安，面烧头胀，喘嗽不止。唬的紫鹃、雪雁慌忙上前，一个扶住，一个轻轻捶背，又替他拭那嘴角痰涎。直待黛玉喘定，漱了口，歇了会子，服伺他服了药。那紫鹃也猜到了些，乃劝道：“人常说，不如意事常八九。姑娘还要想开些才是!”那林黛玉因思：自古迄今，才貌女子有几个不是薄命人！况兼自己上失双亲，下无兄弟，诸事何能顺遂！素日里，多少烦难委屈，都认命了，这个，也只有随天意了。思念至此，由不的一声长叹，心中只得一念：到万般无奈时，削发为尼便了。一时，竟渐渐的睡了。（三宽。）只为病起非常，不敢怠慢，紫鹃命雪雁、王奶娘守着，自己亲自去回贾母。出了园子，又想着头年老婆子回的冒失，惊了贾母的事，不如先回二奶奶，讨个示下。便折进凤姐院里，回了凤姐。凤姐立命平儿先去照护，自己随后就到。

那平儿三两口吃了饭，便随紫鹃来到潇湘馆。见黛玉尚未睡醒，不敢惊动，便四下检点。窗格门户无甚进风之处，不至受凉。木器上油漆完好，地上华砖干燥，并无潮气。药罐、茶盏也都洁净，外感是不会有的。又将书橱绢帘撩起一瞧，见有几本书掀开放着，几叠字纸，放的也不齐整，且有零页乱夹。因轻声问紫鹃道：“姑娘病着还看书呢？你们也不替他归着归着?”紫鹃也轻声道：“病不病是一样，像今儿这样不摸书，实在少见。还有个脾气，你何曾知道？别的东西尚可，唯独这书橱我们不能动。头年，我嫌书橱乱，理了理，反说我给他弄乱了，还得找半天才能找着。自那以后，我们谁也不敢动，就是有了灰，也是姑娘自己去掸。”平儿道：“这个那能成呢？病好了是得劝劝。”

傍晚，凤姐来了，到床前瞧了瞧，黛玉还睡着，只见两颊鲜红，双目深陷，不禁脱口自语：“病到这般地步，这还了得！”忙使眼色，带平儿、紫鹃到外间，问道：“不是吃了王太医的方子，平和么？如何又突然病重？”紫鹃回道：“昨儿还说，王太医不像混饭吃的，药也平和，以后就多麻烦人家罢。今儿听说宝二爷要搬出园子，挣扎着要去瞧瞧，怎么劝也劝不住，我只好搀了去。从怡红院回来，就瞧的气色不好，一时不胜一时。”凤姐又问：“在怡红院有何大事了？”紫鹃道：“也没有。”便将如何去，如何来，都见谁，说何言语，一一学说了一遍。凤姐听了，点头沉思，便听的里间有转侧之声，雪雁轻轻唤人。平儿忙先进去，只见黛玉挣扎着要坐起来，雪雁在旁两手搀扶，忙上前相帮，扶他坐好。

彼时，黛玉睡了一觉，身上轻松些，见凤姐也在床边，忙先问道：“二嫂子何时来的？天黑了还没回去，你也是个病身子，又这么操心，如何使得！”凤姐笑道：“病人照护病人，才知疼知热呢！等你好了，也照护我去。”（得体。）说了又笑，又忙命紫鹃把里间门帘放下，道：“这往后就有凉气了。”又问黛玉：“这会子好些么？”黛玉道：“方才喘的说不成话。这会子倒觉得精爽了许多。”雪雁端来饭菜，黛玉摇头不吃，搁不住凤姐、平儿劝说，勉强拿汤泡了饭，吃了几口。平儿道：“奶奶先回去，这儿有我呢！姑娘也不宜多说话，免的劳神。”凤姐欲回贾母，见天色已晚，看样子，夜里不会有何大变，不如暂不惊动为是，便又问了茶水是不是现成？可有容易克化的点心？雪雁回道：“都是现成的。”凤姐出来，至院门，嘱咐雪雁：“夜里轮流支应，警醒点儿，有什么动静，回我去！”才带人走了。

黛玉醒清了，又吃了点东西，不能再睡，由不的又想白天的事。半日，忽念：我便认命，宝玉那情性儿是不认命的，岂不要他憋出病来！一念及此，立时心慌无主，引的又喘个不止，出气紧迫，较日里尤甚。（四紧。伤己尚可自宽，为宝玉悬心，无可宽解也。此所谓“儿女真情”，盖亦仿佛宝玉矣。）平儿忙扶起他，搂在怀内。看看窗色渐明，平儿让紫鹃换下，说要速回贾琏，请太医去。

且说宝玉一早醒来，便听的春纤在院里说话：（暗写春纤心急如焚，言语声高，如见。）“紫鹃姐姐叫回宝二爷，我们姑娘喘的紧呢，便请过去照护。”秋纹问：“没有回上头去？”春纤道：“平姐姐亲自回琏二爷，立请太医去了。”宝玉在屋里听了，叫一声：“不好！”忙披衣下床，趿了鞋便往外跑。袭人梳洗刚毕，忙问：“不梳洗就出去么？”又忙命麝月、春燕快去潇湘馆照护宝玉，看视黛玉，有什么事，让一个人先来说话。又命秋纹、碧痕收拾衾枕衣物，吩咐几个嬷嬷，归着粗笨用具，打点妥当，饭后小小子们来抬。又嘱咐丫头们包好各人的东西，别丢这失那的。又将原来的摆设，亲自与看屋子的宋妈交点清楚。（的是怡红院女管家作派。）吃过饭，林之孝家的领着小么儿们进院来，恰遇贾环、贾兰去潇湘馆探视黛玉。听说宝玉要挪出去，贾兰便要先见宝玉，（着眼。原是贾兰主意。）于是二人随林之孝家的进怡红院来。彼时，东西尚未妥当，小么儿们都在院门外候着，环、兰二人进房来，见宝玉不在，坐了一坐，（伏一段后文。）也就往潇湘馆去了。这里小么儿们抬了好几趟，才算挪清。袭人随着头一趟过前面来，指点着铺摆陈设，秋纹在最后检点，直至近午，方才停当。大家重又沐洗了，各自歇息。春燕回来说："林姑娘病重，上头全顾不上吃饭。"欲知黛玉病情如何，且听下回分解。

紫鹃遇事不免顾及贾府，雪雁为林家人，又初涉诗词，此后部书黛玉种种之所以侧重雪雁乎？惟入贾府时才十岁，仅略长于黛玉，不如紫鹃心细周到也。

周汝昌代序以宝玉搬出大观园前夕，夜不能寐，独自走向院中与花鸟树石"告别"一段为例，指出补书有"诗的境界"之重要特色，乃巨眼行家之评也，后文"潇湘馆哭黛玉""沁芳闸祭黛玉""雪雁南归守坟"，以及"宝玉遣婢"等处，亦此类。

寶玉

第八十八回

贾宝玉力孱临歧日 林黛玉泪尽奈何天

林黛玉重情之才貌女子耳，揆其素常言行，除挚情宝玉外，并无背叛当世规范之处，由于婚姻受阻，临危升华。其表现既不同于晴雯之示威，也不同于香菱之叩阍，而是激愤之壮举，金闺弱质，难得有此。此后部原稿难得传世之一端乎？

《新补》中黛玉临终所恨乃赐婚之制，所念惟恐宝玉招祸；《高续》中黛玉撕手帕，焚诗稿，恨宝玉。那一家切近雪芹之旨？诸公当有公断。

上回书说的是王夫人定要宝玉搬出大观园，林黛玉为此幽绪千般，愁肠百结，如堕深渊，如居绝谷，病上加病，惊动了合府人众。贾宝玉听的大早起便要请太医，知是林黛玉病情有变，来不及梳洗穿戴，便扑进潇湘馆。只见黛玉喘已止了，闭目倚在雪雁怀内，忙上前问话，黛玉无力回答，只略一睁眼，便又合目，宝玉瞧那痰盒内，缕缕血丝，由不的心疼，忙拿了黛玉的手，放雪雁腿上，看过脉息，又命春纤拿来近日药方，逐一看过，只是摇头，寻不出突然病重的道理。（宝玉知医，屡见。此所以宝钗评他“杂学旁收”也。）再看黛玉那受罪模样，恨不的躺到床上去替他，知是不能的，乃出房问紫鹃。紫鹃轻声说了昨儿情景，宝玉跌脚道："是了，是了，我怎么一时便忘了。"（囫囵语，诸公猜他忘了什么？）转身便要进房去，忽见凤姐、平儿到了，接着贾母、王夫人与众姐妹络绎前来，便是管家媳妇，各房大丫鬟，有头脸的婆子、媳妇，连那赵姨娘也忙忙的赶到园中，探望黛玉。潇湘馆内顿时衣香阵阵，屐印重重，与素昔风筠萧飒、水石丁冬，大不一般，唬的那鹦哥也闭了嘴。房子嫌小了，到迟的便不进房，只在廊下或倚或立。丫鬟、婆子见无插脚之地，都只向王奶妈、春纤说了句"待姑娘有了精神，说我们来请安"，便各自回去了。几个管家媳妇都不敢离开，防着呼唤，只远远在竹林边说话，听动静。忙乱间，邢夫人并尤氏婆媳也来了。又是贾琏引王太医进房看脉息。

一时，贾琏陪了太医出来，到绮霞斋看茶，（到潇湘馆正房，原是一明两暗"小小三间房舍"，众女眷避医之处尚难方便，无处"看茶"也。只可从贾母房后园子角门出园，绮霞斋是最近之地，细。）宝玉忙跟了去。那王太医自特诏回朝，治愈太后之疾，升了官，深感元妃保荐之恩，近为黛玉看脉，已是百倍细心，今见突然病重，也颇惊异。细细诊过，踌躇半日，方才想定，只有直陈无隐，方可大家合力，乃向贾琏道："脉象大变，五内郁结过甚，精神消耗忒大。前药暂停，小弟这里另开两大药方。一个养元气、定心神，服后如能睡个好觉，再服平肝舒气之剂。要紧的是，病人不可再有劳神伤气之处。切记，切记！"宝玉听了，正与所虑相合，忙道："实在高明。还要请教，服药易事，不劳心神却难，这便如何是好？"王太医道："正是这话。这要看各人性体。服药安神只是一时效用，必得把劳神伤气之事，从根上消除，（难办。）病还可以望愈。至于咳血、盗汗，只得随后再作斟酌。"说毕，开了药方，辞去。

贾琏、宝玉送过太医，命人取了药来，李纨、凤姐亲到下屋看着煎妥。春纤捧药来，众人上前打发黛玉服下，见他渐渐的睡稳了，乃请贾母回房。贾母起身到外间坐下，愁眉不展，一语不发，贾宝玉方得便向贾母悄声回了太医的话，又道："把林妹妹也挪到前面，照护方便些。"贾母低声道："使不的。病到这步田地，吃不住折腾，等好些再挪罢。"又命众人各各回房，道："这房子窄小，这么多人在此，于病人反倒无益。宝玉也前面去，瞧瞧新屋子收拾得如何，这里有我呢！"宝玉进里间，见黛玉睡的安稳，心内稍安，方才出园。

一时，只剩下王夫人、李纨、凤姐旁侍，贾母叹道："林丫头有些多操心，细究起来，也是人情难免的。我只不解，太医说这劳神伤气之处何在？难道又是宝玉那有口无心的，不防惹下他了？"凤姐道："这几年都大了，总没听说他二人拌嘴赌气。（此话不假。）据紫鹃丫头说的昨日那情景儿，想必是……"贾母忙问："想必何事？"凤姐乃将黛玉如何到怡红院，说何言语，一句不差，照紫鹃所述，轻声回了贾母。不想，贾母立即发话，道："怎不早来回我！"凤姐默然。贾母自叹道："他两个也忒好了，上年，听说这个要回南方去，那个便闹了一场病，这回，这个又病到这般模样。真真的我的天魔星！"那王熙凤正为自入贾门，第一次受了贾母的话，（不假。）却又不能自明，（自然。）心中不快，及听贾母此言，灵机一动，忙上前一步，试探着悄悄回道："宝兄弟该议亲了，林妹妹又是这样个拔尖的，可不是天生地设的一对儿！"（原是悄悄回话，也仗着黛玉已睡罢了。）见贾母轻轻颔首，忙接着说："他二人又这么好的分不开。老祖宗何不说句话，替他两个定了亲。一则呢，老祖宗一举完了两宗心愿；二则呢，他们两个心里安生。再替林妹妹加意调养，这病就慢慢好了。”又悄笑道：“到那时，又是嫡嫡亲亲的外孙女儿，又是心坎儿上的孙子媳妇，我们只管听老祖宗怎么叫罢！”那贾母正在犯愁，闻此，大悦，立即笑道：“倒是你说的是。（你看如何？刚受了谴责，只这一番话，便又得宠了。）便替他两个定了罢，省的倒着班儿闹我！”李纨、凤姐听此，尚在意中，却不知喜坏了雪雁。

那紫鹃在床边守着黛玉，隐隐约约，听外间几次提到病这病那的，因与雪雁使眼色。雪雁会意，便轻轻走到里间门口，隔了门帘的，想听听是不是有何高见为他姑娘治病。不想听到如此这般的天大喜信，喜的差些儿笑出声来，忙掩了口，转身便要唤醒黛玉，告诉明白，拼着再叫他克两句，也是乐意的。（一“再”字，知雪雁姑娘已挨过克了。想亦如“试莽玉”回，紫鹃、黛玉夜谈事。此处不写，避复也。此不写之写。）却又听外面王夫人说话：“老太太主张，自然极是。只是赐婚的事……”雪雁不禁一怔，正自不解，又听贾母大声“嗳”了一声：“这便如何是好？”又拍案发话：“宝玉的亲事，我倒作不的主了！”（人于情急，往往有失，虽贾母不免。只这一“嗳”一拍，岂是此时此地所宜。）不知中谁轻语两句，方听贾母轻叹道：“悔不该当日依允！”（此时李纨在场，与百日祭黛玉之李纨诗相映照。）那雪雁何等聪明，心中明白：宝玉的亲事要赐婚呢！三姑娘招了爪哇国王，不就是赐婚么！一时，五内如焚，不知如何是好。忽见黛玉醒来，问：“谁说话？何事？”那雪雁已如梦魇一般，心里满的盛不下，今见黛玉发问，什么忌讳也忘了，便走近前来，倾箱倒柜，忿忿的一口气说完，（终究还小，若紫鹃便“五内如焚”，也不至如此。）末了，又加了句转语：“想着有个外国公主要嫁给宝玉的。”却见那紫鹃一脸怒色，摆手儿止他，心知说话冒失了。

那林黛玉方挣扎着倚到紫鹃身上，闻此，面色陡变，双目圆睁，丹唇微颤，迸出四字：“原来为此！”（遥接上回“思前”“想后”。）便浑身无力，瘫在紫鹃身上。那紫鹃惊恐万状，忙搂了他，两人襟袖上早都湿了。那林黛玉两天来，种种思谋，般般猜测，怨愤忧愁，缠心纠骨，繁杂无端，至此，一如并刀过处，乱丝纷纷脱落，随风散去，唯余手执一绺，固结难破。只念：既要赐婚，我二人之事越发无指望了。他若一旦知道了，定必不从。到那时，违抗之罪，岂是他能担得起的！思念及此，登时一口气上不来，憋得头涨面紫，一身大汗。（与上回“我便认命，宝玉那性情是不认命的，岂不要他憋出病来”对读，方知超越崔莺莺辈，不可以道理计也。）慌的紫鹃忙替他轻揉胸口，口中连唤“姑娘”。待得他口中吐气，却又一阵嗽喘，半日方止，耳边厢才听得有人相唤，强展星眸，原来已倚在贾母怀内。正闹着，偏有人回：“娘娘差小太监来说话。”一语未毕，便听林黛玉“天呀”一声，只见他往后一挺，翻在床上，又饮泣不已。那贾母倚着床栏，叫着贾敏哭女儿，口中只道：“有你在，何用我这般为难！”别人听此犹可，林黛玉听此，早又五内摧伤，因见贾母白发散乱，涕泪交下，乃强劝道：“我妈妈下世早，没的孝顺了。我这病又招老太太难过……”贾母忙拭泪止他言语，道：“好孩子，别这么说，谁知咱们这样人家，反倒不如那——你这病易好的，只管放心。”彼时，王夫人已会小太监去了，贾母因命人请了贾琏来，吩咐他：“在意给你林妹妹医治。再难得的好药，也必买来；再难请的太医，也必请来。不要怕辛苦。病好了，有赏。如是有何不效力的，你可仔细！”贾琏忙躬身陪笑，连连应是，又道：“太医要星星作引子，我也上天摘去。老太太只管宽心！”说话间，薛姨妈母女赶来探病。那薛姨妈上前拉了黛玉，细细瞧他，忍不住两眼含泪，忙回头，因问道：“服药了么？”王熙凤这般如此，略回数句，又道：“正要打发人请姑妈来，和妹妹说话散心呢！恰姑妈就来了。”（也是病势急转，众人忙乱，顾不上遣人告诉他干妈。）贾母见宝钗、宝琴上前问候黛玉，忽的想起那年湘云卧病蘅芜苑，多亏宝钗好照应的事，便向薛姨妈求宝钗来此相伴，道：“说不的辛苦，这就与我分忧了。”（凤姐生病，请宝钗协理；探春出阁，请宝钗解劝；黛玉病重，请宝钗照应。宝钗之才能在贾母、王夫人心中如此。）薛姨妈忙连声允诺，又说：“看老太太说到那里去了，还不是该的。”（贾母之“求”自然是向薛姨妈，断无放着薛姨妈而“求”宝钗之理。此乃“礼数”，错不得，难为了当代的补书人。）众人待黛玉服过二和药方才散去。贾母带了王奶娘回房，屏退丫鬟，细细问了黛玉的饮食起居并宝玉之事，命他觑方便，着实劝导黛玉，又道：“你姑太太就这一个女儿，我自然十分经意，日后必要替他定个妥善人家。你又是随姑太太过去的，咱们家的事，自然都明白，不用我细讲。”（原来王奶娘是贾敏陪房。于百忙中得空补出。）又命鸳鸯取些东西、银钱赏了他。王奶娘叩头谢赏毕，贾母又嘱咐他道：“你也有岁数了，说话可得掂掂分量，女孩儿跟前可不能说的冒失了！”王奶娘应了，见贾母无话，方才退出，不在话下。

且说那贾宝玉，出了潇湘馆，垂了头一步一挪的沿沁芳溪，穿滴翠亭，意欲出园，谁知那双脚却从稻香村西绕去，过蜂腰桥，至缀锦楼、芭蕉坞一带走了一圈，方打从红香圃出贾母房后园子角门进入新居，便一头倒在炕上，心中自悔：千不该，万不该，不该听话搬出园子来！他若果然有个好歹，岂不是我的罪过！袭人走过来请他梳洗，只说：“免了罢。”问他黛玉病体如何，只道：“一言难尽。”无心讲说。秋纹端过饭来，胡乱吃了几口，便放下筷子，口也不漱，双手托腮，伏在几上。春燕上前收拾，见杯箸碗盘，全在他臂间颏下，乃笑道：“今儿怎么了，吃饱了还舍不得让我们散了去？想必滋味好的紧。”宝玉闻此，低头瞧去，不禁苦笑。这才撤了两臂，坐直上躯，任他收了碗箸。碧痕拿来前天未画成的《怡红行乐图》，展在大案上，向宝玉娇嗔道：“快给我画成才罢！给你磨了半日墨，调了一日色，三天了，还不画成么！”宝玉瞧时，见画中那袭人等都有了上身，唯独麝月全身画出，立在自己身旁，角落里画的那春燕，飘着衣带疾行而去。此外，一应景物均未落笔，乃浩叹一声，吩咐道：“收了罢，不画了！”（又伏后文，怡红院如是，如是。叹！叹！）秋纹知他惦着黛玉之病，乃怄他道：“你惦着林姑娘，何不去陪他说话，却在这里给我们脸色瞧！”宝玉听他恼了，勉强说道：“这一挪移，你们都累坏了。”又唤春燕：“斟茶来，给你姐姐们吃茶！”又略一环顾，口中便道：“如何想来，铺陈摆设全都合式！”众丫鬟都笑道：“哎哟，我们可当不起呢！少给我们脸色瞧，便阿弥陀佛了。”唯有春燕噘嘴道：“我们没有帮着搬家，自然该替他们斟茶。我们跟二爷来回跑这几趟，脚都跑大了，谁替我们斟茶呢？只罚二爷斟去才是！”众丫鬟越发笑倒。袭人见他勉强应酬，仍是心怀不开，方劝道：“林姑娘有老太太照应，有王太医看脉，咱们还有何不放心的？你再急出病来，不妨林姑娘听到，他岂不难过！于他那病有益么？”（惟有此言入耳，自是宝玉知己。）

说话间，忽听人回：“宝姑娘的铺盖送潇湘馆了，与林姑娘作伴呢！”宝玉心里自忖：他来照应，比别人胜些，又细心，又会开导人，只是我二人心事，他怎得明白！（也未必不明白。）他二人虽好，（前书有言：“宝玉见二人竟更比他人好十倍。”乃此语之据也。）别的也还罢了，这件心事，这一个如何讲的出口？（是难出口。）那一个尽管能言会道，也难以劝的。（且慢说死，待看下文。）况是太医说的厉害，不能消除烦恼，便难望愈。这可是生死关头，我不能迟疑等待，是必得亲回老太太，求准了，悄悄告诉他，便是不把他挪出园子，他那病也易治了。（是谓知己。）想毕，起身拿脚便走。尚未出房，一转念：且慢。我若说破，难免传开，也难免闲话，不说成事与否，他若一旦听到，那娇弱久病之躯，如何禁得！（全是体贴功夫。）由不的收步。（空有相怜意，未有相怜计。）

袭人见他欲行又止，便问：“那去？如何又不走？”宝玉方发觉袭人就在身边，待要和他谈谈这段心事，一时怎生谈得明白。正在犹豫，忽念：我二人之事，别人不知，唯独那年在他面前误露了些，也还罢了，且与他商议看。因遣出小丫头，向袭人细细说了两人心事，并黛玉病重之因，央他回贾母去，又道：“说不的，姐姐跑步路，透个风儿，就说你平常从我身上瞧出来的。果得老太太作主，事便成了，我们一辈子承情。便是旁人听见了，也不得坐实，可好？”袭人笑道：“亏你，怎么想了？叫我去说话，你们还不认账，到末了，我成什么人了呢！（此是袭人身份，前书讨王夫人示下，要宝玉搬出园子去，虽王夫人问到“与谁作怪”，也公然掩护“并没有这话”，而仅泛说大道理，花袭人岂卖主求荣者哉？）罢，罢，我不去。想说，你自己去，不然，叫紫鹃去。”宝玉见他不允，便打叠精神，百般央求，又道：“俗话说的：求人不如求己。不求姐姐求谁去？你能从我身上说，紫鹃能从我身上说么？若从林姑娘身上说，如何使得！”说毕，又好姐姐、亲姐姐的叫千百声。袭人见他那可怜模样，少不得点头应了。

果然，袭人指件事去见凤姐，待掌灯后，悄悄告诉宝玉：“你两个亲事，二奶奶已是向老太太提过了。”一语未了，便听见嬷嬷们来催宝玉睡觉，说是：今儿搬家都累了，早些歇了罢！袭人见他们走来，忙住了口，替宝玉脱衣，却不见那块玉，忙问：“你那玉呢？”宝玉想了想，道：“早起急着去潇湘馆，衣裳没穿好，玉也没带。”麝月道：“说的是。没顾上带玉便跑了去，想是还放在老地方。”秋纹道：“你说的多好，家都搬了，如何放在老地方！”秋纹这一说，众人像腊月里听到惊雷，人人失色，个个着慌，登时翻腾起来。所有箱笼包袱莫不翻遍，竟是连包玉的帕子也没有。秋纹早已急的泪流满面，见宝玉瞪了两眼，纹丝不动，便央求他：“好二爷，也可怜我们，替我们想想！”（秋纹在最后检点也。）袭人悄止他，道：“别闹他，林姑娘病重，还不够他难受的！”却听宝玉有气无力的说道：“人命不知如何呢，还在乎那劳什子！”麝月发急道：“你说这话容易！我们……”那宝玉披衣下炕，倚案而坐，痴痴的，一任丫鬟婆子折腾，不闻不问。便是随后凤姐、鸳鸯等人如何过问，王夫人如何嗔怪诸事，他都视有如无，只问袭人：“老太太如何说话？”袭人却道：“二奶奶没的告诉我。”无奈，索性出房避嚣，苦思冥想，一夜未眠。（失玉大事也，却只从宝玉身上说了几句，不陷喧宾夺主。）

忽听雪雁说话，抬头看时，果见雪雁站在面前。原来那雪雁为黛玉的事，心中翻腾了一夜。他想的是：这么一段好姻缘，又是老太太作主，谁知竟成就不得！我待不管，更没人管了。又恨那宝玉，成日价说亲道热，如今，竟没事人似的，（冤枉人了。）越想越气。早知这样，那年江南奔丧，不回京也罢了，（是必有之想。）如今只索寻他去。待得天明，向紫鹃说了一声有事，去去便回，扭身寻宝玉来。（雪雁可谓孤臣孽子，唯一真正林家人，大义当前敢作敢为，此为大勇，非紫鹃、王奶娘所能为也。）因见近处无人，便发话道："他病到这般地步，你也不管？"宝玉仰脸问道："你倒教给我，我可如何去管！"那雪雁发狠道："亏你们家还是国公府呢！"（"你们家"三字分得清，好雪雁！）娶孙子媳妇，自己也作不得主！逐日里，开口娘娘，闭口娘娘，到这时，怎不抬出娘娘来？你那双脚烂了？不会见娘娘去？"（是"发狠"，该"发狠"，好雪雁，为主生色。）贾宝玉听他这一番没头没脑的训教，（我如是宝玉也会感到"没头没脑"。）倒是心窍开了，忙起身施一礼，道："亏你教导，真是好姐姐！我这就去，你也回家照护他罢！"雪雁见他如此，方点点头，急忙回身去了。这里宝玉又细细思忖一番：还是雪雁之言为妥。于是也不唤人跟着，径去晨省，向王夫人道："夜里梦见大姐姐唤我，想必有话吩咐。明儿太太进宫，只说我想念大姐姐，唤我进宫才是！"王夫人道："不年不节，无缘无故，有何事唤你的？想想你那玉要紧！"（在王夫人自是最要紧事。）宝玉只管缠着不走，王夫人奈何他不得，只得应了，不在话下。

仍说那林黛玉，近因郁结不舒，万般难解，病越发重了。自料回天无力，不如速死，以绝宝玉之念，到他成亲时，方不至闹出大事来。因是，每日里食也不进，药也不服，一任湘云等开导，直如未闻。（上回书怕宝玉憋出病来，此回则怕其获罪，而以速死解之，古今钟情如是者，能有几人。真可惊天地而动鬼神。）独有宝钗，抽空儿说些南方景致并诗社旧事引他，方略说几句，却又泪下不止。每当饭时，莺儿请宝钗用饭，宝钗总命拿了来，与黛玉一同进食。黛玉不进，他也不食，只说闲话与黛玉解闷，常常凉了再温，温了又凉。黛玉看不过，反倒劝他，劝来劝去，也只得略进些饮食，以陪宝钗。却是仍不服药，竟令善于劝人的宝姑娘束手无策，只得回了贾母。贾母终究胜宝钗一筹：你不服药，我便不走。那林黛玉无可如何，只得当面服药，打发走贾母了事。因是每每浩叹：生既不可，死也难办。究其实，如此进食服药，能有何效？那林黛玉终究卧床不起了。

这日，阴沉沉的。宝钗、紫鹃才刚送走薛姨妈并宝琴，便见玉钏带一个婆子走来，送鲥鱼请黛玉尝鲜。跟脚尤氏走了进来，手举一对雕花透空红漆小葫芦，装了促织，说是贾珍命送来替林妹妹释闷。说话间，岫烟、湘云联袂而至，说是贾赦已回明贾母，礼聘玉皇阁张真人，焚章夜奏上清官，为林妹妹乞药。篆儿献上一枝秋海棠，岫烟指了道："昨日北院里开了两枝，一枝进老太太，一枝给林妹妹插瓶，别处尚未开花呢。"黛玉含泪道："我每常说，我生在福中不会享福。你们瞧，长辈的，平辈的，没一个不疼我。偏我就得了这病。只怪我命不好，旷费了你们众人的心。"人人见他那清瘦模样，早已含泪了，那堪更闻此语，忍不住尽皆扭过头偷偷擦泪。王嬷嬷在旁见了，忙道："姑娘、奶奶，早些请回去，外头下雨了！”众人方强换笑容，劝黛玉不要胡思乱想，作别去了。

彼时，房檐下淅淅沥沥，雨下紧了。宝钗命莺儿打了伞，向贾母回话，说昨晚今晨黛玉病情饮食诸事，又命雪雁加重帘避寒。乃坐黛玉身边，摸摸额上，又攥住手，瘦棱棱的，心里酸疼。于是打发紫鹃、雪雁等先吃饭去，方又劝黛玉道：“世事百折千变。多少事，当时似无指望，过后，遇个机缘就办成了。这里的事，妹妹还有何不知的，有老太太在，便困不住人。还是俗话说的好：留得梧桐在，自有凤凰来。你只听我说，万事且置度外，一意保养身子才是！”黛玉听这言语，心知宝钗已猜到自己心事，只是不便直说，才这么含混解劝，心中越发感激，知他不解赐婚一层，自己也难启齿说与他听。只得也含混答话，喘吁吁道：“姐姐在此，日夜操劳，感人殊深，又劝我这肺腑之言，原该听的——多少仁人志士抱恨而殁，（如何这般设比？）何况我这衰蒲弱柳！”（一段深闺悄语，写尽二人知己。）

语未毕，宝玉掀帘而入，问：“这会子如何？”回手从一媳妇手中接过半个菠罗蜜果，置于几上，那果子皮上起几个乳瘤，皮绿瓤黄，芳香沁人。宝玉道：“昨日宫中赏了两个，原是外国贡来供佛的。老太太切了一半，我们先偏过了。吩咐把这一半给姐姐妹妹尝鲜的。”回手又从傻大姐手中接过一个，捧向黛玉，道：“这个小些的，妹妹瞧着解闷儿。”不妨黛玉狠狠一推，一失手，“拍”的一声，那菠罗蜜果落在地上。早见那林黛玉忿忿作色，道：“不过蛮夷给的阿物儿！”（以当时华夷之见论，清廷正属夷狄，不知雪芹敢如此下笔否？——敢，前书已有“骚鞑子”之讽可证。）那媳妇忙俯身收拾了去。宝钗闻言一惊，忙替他岔开道：“可笑世人附会，便要以此度人。妹妹何必生他的气，气恼着，倒值多了！”黛玉喘道：“不过一死。只是不甘心。我那诗稿，便理不完了，竟要劳烦姐姐代我理出，也不用管他闺阁笔墨该不该落到外头去！”宝钗忙道：“你想到那去了。果然精神不足，我和宝兄弟、云妹妹合力替你理一理还使得，只宽心养病才是。”黛玉微微颔首，叹道：“难得姐姐这样疼顾我，我自宽心了。也不枉来这人间十六年。我那原稿就留给姐姐，做念心罢！”说毕，泪下。又看宝玉一眼，张口欲言，却咽住了。宝钗略有知觉，便道：“今儿煎二和药，必得我去看着，宝兄弟在这里照护一会罢！”说毕，自去。（可与前部芒种饯花，见宝玉进潇湘馆自己回避对看。）

林黛玉向宝玉叹道：“宝姐姐真好，比亲姐姐还亲，我如何报答呢！”歇了歇，断然说道：“我不中用了，把从前的事忘了罢，你的身子要紧。”宝玉忙道：“快别这样想，你但管放心，若不是近日宫中事繁，我已进宫求准了。大姐姐甚是疼我，他说句话，老太太也要听的。”林黛玉听此，待把赐婚之事告诉他，又怕他急出事来，只喘道：“自今以后，便有天大的不合意，你只耐着些！”说话至此，不禁下泪，复道：“这便是我的嘱咐，你可记住了？”（令人不可卒读。）说着便又喘成一团了。那贾宝玉自黛玉病重以来，也曾想到如果有这一天，却总是不忍往下想，便忙些他事混过去。谁知如今事已临头！先听他姊妹二人说诗稿之事，已是揪心摘肝，酸痛难忍，只为当着宝钗，不好如何。如今又听这番遗命，早已肝肠碎裂，口中只道得“记住了”三字，便立足不稳，身子一歪，恸倒床边，当是时，悲风振竹，苦雨敲窗，声声秋韵，唯伴凄怆耳。

门帘掀处，袭人、春燕来寻宝玉，恰鹃、雁也吃饭回房，见此大为惊骇，那两个忙扶起宝玉，传竹椅轿抬了去，（“此去何时见，襟袖上空惹啼痕。”）这两个急步上前扶起黛玉，倚在紫鹃身上。那黛玉渐次嗽止喘停，伸手理理鬓发，又要茶吃过，问道：“‘尔运何须问，赫日正当中’，雪雁，这是谁的诗呀？”雪雁听了，不禁诧异。这不是陈同甫的词么？刚昨儿叫我翻出来替他念的，今儿便记的错七乱八的，这病可如何说呢？一念及此，由不的滚下泪来。那林黛玉见他如此，乃道：“快别难过。你们瞧，我还笑呢！”说毕，尽力苦笑一声。可怜娇弱久病之身，那里承受的这般煎熬！便见他合目垂首，气息奄奄。正是：

一腔幽怨凭谁诉，可奈双鬟不解诗。

彼时，宝钗已闻声赶来，见此大惊，悄命莺儿：“速回老太太！”莺儿伞也不打，便飞去了。又示意紫鹃，打点黛玉所需之物，一面上前拉了手，轻唤妹妹。一时，众人已至，凤姐搀了贾母直扑床前。

彼时林黛玉合目微息，似觉身边添人，强睁双目，见是贾母，不禁涔涔泪下。一任众人叫唤，只是双唇似动，口噤难应了。倏而，目光散尽，香魂缥缈。列位看官，你道此系何时？时乃隆年盛月无可奈何之日也。（与祭晴雯之“日”同，与脂批“虽诔晴雯而实诔黛玉也”对看。）正是：

意傻情痴唯有泪，天高地厚曷无言。

黛玉临危，神志清醒，岂能记错陈亮名句，“自当中”改为“正当中”意承首句而作答，盖以“赫日”指“胡也”，“正当中”盛之极而衰之始，乾卦上九之象，大有看汝尚能煊赫几时之意，此“正”字应为黛玉所改，“胡运”易为“尔运”原来是词，易为诗，则非黛玉所改，看他“尽力苦笑”“愤火中烧”便知，应为补书人拟曹笔用假语村言法所改，既避祸又显意，以为如此则见黛玉临危神志不清，不是诅咒清廷，也不是作书人借机一抒积愤。然而如许描述，如彼联语，斑斑俱在，焉能瞒人？

黛玉未横死，应据省亲观剧《离魂》一出，脂砚斋批云“《牡丹亭》中，伏黛玉之死”，若横死则不得用杜丽娘事。

此回书，宝、黛婚事得凤姐、贾母以至雪雁、袭人之助。而不获成，黛玉病重，贾府上下无不怜爱关切而终于不治；钗、黛亲密，一个以“理诗”托“孤”于身后，一个以照护尽心于生前。黛玉临危所念者，宝玉安全，所不忿者，“胡运”尚张。桩桩件件，皆大异于清中叶以来，才子佳人，三角恋爱之义，亦不合近今之世阶级斗争以人划线之风，又与时下所论“爱情最自私”者相悖。初稿印行后，非之者多于赞之者，此亦一因也。然而学术观点之是非，常不可以票决。

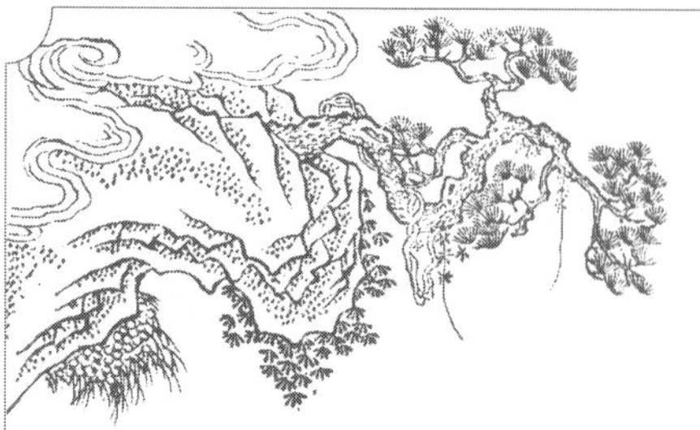

第八十九回

家计艰难愁葬甥女
琴书依旧痛失知音

此回“酸苦辞”为有韵之诗，“悼颦儿”“宝玉之梦”“黛灵南归”“雪雁守坟”为无韵之诗，或声情激越，或悲戚缠绵，情景相生，真诗笔也。

话说林黛玉谢世，哀声顿作，老少人等，莫不泪袖涕襟，哭泣不已，直待停床毕，又烧过纸，众姐妹方才收泪，劝贾母止悲。贾母犹自哭道：“我这老不死的，替了他去才是！”凤姐一行替贾母擦泪，一行劝道：“林妹妹好个灵秀人儿，这一去，岂不替王母娘娘当个玉女呢！老祖宗还要保重，料理林妹妹后事，还仗凭老祖宗拿主意呢！”忽见麝月走来，悄声回道：“宝玉闹着要来看林姑娘，请太太、奶奶去看看罢。”凤姐乃道：“太太只管去，这里有我呢。”一面命抬竹椅桥来，请邢夫人、尤氏等忍住悲哀，围随了过前边照护贾母，自己留下照料丧事，又遣人去薛姨妈处报丧，送宝钗回家。

且说王夫人来至宝玉新居，见众丫鬟围着宝玉，不让他出房。原来宝玉从潇湘馆被众人抬回。不过顿饭工夫，便听说黛玉已逝，登时便觉渺渺茫茫，无处置身，要随黛玉去。却为袭人等厮守不离，几次寻死不得。及至王夫人来了，又是数说又是劝的，方才渐渐平静下来。只是悲戚抑郁，难以排遣，又病倒了。每日里捶床抒恨，倚枕发痴，进食服药，都无滋味。也曾想到遁入空门，以报知己。再一转念，我便不怕别人口舌，林妹妹在天之灵如何禁得！（体贴至此，可谓情痴。）因此反复思索，不得其当，总是付之一哭，了此一日。（“须知此恨消难得”也。）

黛玉三七那日。贾母带领众人来潇湘馆烧纸，正都悲戚未已，忽报老爷奉调返京，已去吏部，即将到家。众人闻听，莫不惊疑。贾母忙命唤进来人细问，也不知其详。当下众人簇拥贾母过前面去。贾珍等至大门外迎候。待贾政进府，叩见贾母，未及问安，贾母便问：“何事诏取返京？”贾政回道：“仍回工部原任。（试用未及一载，必为北王府所累。）这是天恩体恤。往后又得朝夕侍奉老太太，正是求之不得呢！”贾母不语。贾政乃问贾母安好，众人方得参见，不见宝玉、黛玉，因问：“甥女儿呢？”贾母这才把黛玉谢世一节，连同宝玉病着，不能出来，慢慢告诉了，又不禁淌泪。贾政听了，虽是悲伤，却不敢带出，只含悲相劝。又说及料理后事，总依黛玉遗愿，待尽七后，送林黛玉灵柩回南。贾母又命一并连林家那宗银物带去，交其族人。

原来，当年林如海病重，因无亲支嫡派，只几家远房族人赶到维扬。如海遗嘱：将其中一个侄儿名温玉的过继了，将田庄土地、姑苏旧居与他。另外，历年宦囊并家中细软之物约有百万之数，（巡盐御史品级虽低，却是头等肥缺，雍正时期，仅盐商所出公务银每年就八万两，而此项收入尚不属贪污。）指与黛玉，作衣食之资及日后妆奁之费，统由贾琏带到荣府。荣府早已入不敷出，省亲时竟将林家银子挪用了。当时，贾赦、贾政、贾珍都道是林姑娘一时用不着，日后咱们替他补上。岂不知来源日涩，花费倍增，几年来竟丝毫未能补上。眼下拿出这宗银子自不易办。

次日，贾琏将近年景况如此这般，逐细回了贾政。贾政沉吟半日，计无所出，只得命请了贾珍都到北院商议。贾珍因系晚辈，且省亲究竟不是宁府之事，便不作声。贾赦思忖良久，道：“论说呢，甥女儿过去了，必要将这宗银子送还林家。只是我这里也没有这么多现银。田庄是祖宗留下的，咱们不置添就够没脸了，还能去卖？”（未出唇之语乃省亲是你次房的事，我管不着。叹！叹！）议了半日，皆不妥。贾赦道：“明日再议。”散了。回得西府，贾琏见贾政烦恼万状，不忍，且自搜肠刮肚，思谋一番。忽得了主意，乃道：“咱们且备下路上盘费并下葬费用。林妹妹在咱家多少年，他们没管过一丝一文。咱们不提那宗银子，他们好意思提么？若果提到，便告诉他：怕路上有闪失，暂时存京里，他们何时用，何时来取便了。老爷想，这话使得么？”贾政别无长策，叹道：“也只得如此推迟一步。以后还必得想着法儿补上，替林家送去。不然，好像咱们使了人家银物。”（已经使了，还说“好像”。）一语未毕，人回，司里许老爷拜，贾政忙迎出去。

一时客去，贾政回房，见贾琏尚在等候，便问：“还有事么？”贾琏道：“年时，林之孝说，要回老爷，把出过力的放他几家，也好省些吃嚼。侄儿有个糊涂想头：这送灵的盘缠，下葬的花费，还有日常的垫补，都不易办。（如此拮据，何来银物补送林家？）何不就此时放几家子出去，问他们可孝敬多少。有了这笔银子，咱们先办着事，待老爷有了闲，再合计家中诸般事务。不知老爷意下如何？”贾政闻言，叹道：“昨夜梦见娘娘归省，亲口劝我不要恋栈，急速抽身，（此恶谶也，自十二曲“恨无常”而来，有甄府事在，不容贾政不做此恶梦。）你想老太太现在京里，又有大老爷在前，告老、养亲，都不可，（实情如此。）我要能解职归田，也好亲自料理家事。”说毕又连声叹息。贾琏把脸红了，不敢言语。半日，贾政方问道：“回过大老爷么？”贾琏道：“回过。说是等老爷回京再办。”贾政思忖半日，道：“也罢了。他们都是富户儿，你就去办了罢。”贾琏应声去了。一时，便引着赖大、林之孝等五个管家进来。当场说妥，各家报效一万、五千不等，全家放出为民。（细，前书赖家虽已开户，却仅赖尚荣一个自幼放出，如今全家放出矣。）只留下赖大两口子，依旧照管内外，按衙门里请师爷相待。这五家，其富有是无用说的，不数日，便先后缴齐银子，（这就厉害。）各自为民去了。此事传出，自不免闲言，有说不过是拿府里的银子交报效的，有说府里恩宽的，有说府里装穷的，等等不一，也难尽述。

只说王夫人见贾政料理诸事初毕，方说起失玉。王夫人叹道：“宝玉生病，想是因失玉起的。”贾政道：“是何言语！往常每每生病，也丢了玉么？妇人之见如此！”因唤了贾琏来问他。贾琏回道：“尚无头绪，昨儿听说，遇赵村有位高人，独居，善起八卦，一依上古之法，断事如神，侄儿正打算求卦去。”贾政道：“听说此人不同寻常，遇到有缘的，一文不要，遇到无缘的，卦金高的唬人，若是平民百姓，那先生就不论有缘无缘了，一概不收卦金。”贾政听了，甚感诧异，道：“这么说，倒是位正经人，圣人之书，不可不信。明儿你就去求卦。”王夫人听的也来了精神，道：“老爷何不亲去走一遭，显见的咱们心诚。”贾政正有困惑，想的是，设如寻玉灵应，便再求决疑。于是一言定妥，求卦去。（狮子搏兔亦用全力，几经周转，逼出贾政亲去求卦。）

次日，恰值休沐，叔侄二人皆换了平常人衣着，带一个小厮前去求卦。一时便到。见村东头几株高柳，隐一所小院，柴门前一湾清溪。于是三人下马，但闻众鸟噪晴，清湍鼓曲，别是一番境界。门前有一老者，白发童颜，早已迎上，问道：“来人可是求卦么？”贾政忙上前见礼，道：“学生江南贾政，今来求卦。原是朝廷命官，不合欺罔尊翁，今日易服来见，还请谅察。”那先生笑道：“我见尊官举止，已知不是平民了。既是如此坦诚，便是有缘，请房内叙话。”二人揖让进房。贾政详叙因由。

那先生听毕，便引入卦室。只见室中一案，上设签筒、香炉、香盒，又有方砚、圆墨、漆板诸物。又一木架高约一尺，长与案等，中分数格，立于案上，不知何用。四壁、地面均甚洁净，砚中有水，盒内置香。二人盥毕。那先生偏西面南而立，请贾政面北上香。贾政捧香祝道：“今失一玉，敬恳代为请问天意，于何处觅之。”那先生道：“诺。”贾政扶香毕，退立一旁。那先生转身面北而立，双手捧签，举于香炉上，稍熏，祷天道：“假尔泰筮有常，假尔泰筮有常。江南贾政，今失一玉，未知去向，爰质于天，于灵，尚明告之。”祷毕，取出一签，仍放签筒内，（大衍之数五十，其用四十有九，一签置之，象征天地未开。丁亥　昆吾闫震）下余之签，忽分忽并，忽置忽取，忽查数，忽于黄漆板上画卦，约顿饭工夫，方合诸签，以帛裹之，仍放筒内。又将案上诸物，各归原处，焚香、敬礼，于是礼成。那先生另取一笺，照板上卦形画出，并写出卦名，卦辞，递与贾政。（果非时下习见之法。）贾政看时，见是：

☰ 履卦　兑下乾上　履虎尾　不咥人　亨

贾政看过，便请占断。

那先生道："此卦兑下乾上，兑为泽，为口舌。乾为天，为金，为玉。尊官所失之玉，来历不凡，似自天而降。其状不大，可纳于口，观兑卦上爻可知。尊姓贾，所失之玉，岂即京中盛传荣国府公子衔玉而生之玉乎？"贾政闻之，大惊，避席而言："先生，真神人也。正是此玉。敢求再指津渡。"

那先生道："卦辞已明，不必详说。虽履虎尾，虎不咬人。虽失玉，玉不远离。履者，小心行走也。只要细心寻查，自必复得。所以曰亨。亨者，通也。"贾政又问："可向何方寻觅？"那先生道："此卦五阳裹一阴，必为他物覆盖，他物一去，自必显露。所以不必府外寻觅，只在日常坐卧经行之处觅之便了。虽然如此，如不及时细寻，显露之后，必为他人所获，故不得怠慢延误。"语毕，立身。

贾政见此，不便再问，也便立起。贾琏忙取出一锭纹银，置于案上。贾政道："微物不堪言谢，权表敬意。"那先生不收，只道："野人只论缘法，不论财帛。"仍将纹银交与贾琏。又道："此卦在寻物之外，别有所示，今欲一言相赠，不知愿闻否？"贾政听了，正中心怀，忙道："实在求之不得，学生处处维谷，正欲再求指津，但请赐教。"那先生道："此卦危中有安。（着眼。）趋吉避凶，全在惊惧谨慎。否则，危存而安不得现。望好自为之。"（余昧于易理，不解卜筮，无从作批，且待高明。）贾政听了，悚然警悟，再拜受教，辞出。（余不通周易，试评一二：占法古，异于后世，侧重易卦，解卦颇有变通之道，盖心易之妙也。丁亥　昆吾闫震。）

回的家来，一一禀告贾母。贾母大惊，狠狠数说了几句："这玉是丢得的么？竟不早来告诉我知道！"因见失玉多日，并无异常事故，宝玉生病，明是为了黛玉，且已是渐渐的愈了，想必那先生的话是准的，便只命王夫人着意照料宝玉；命凤姐儿并贾琏速速查访，必得找回这块玉。

光阴荏苒，展眼已是黛玉尽七，宝玉也能下床行走了，乃央袭人搀他去潇湘馆，（一"央"字，可怜。）袭人道："老太太有话，不放你出房，你忘了？"宝玉知他素昔谨慎，不担事，无可如何。只可仿那古人，长歌当哭了。乃扶了袭人，大案前坐下，随手取出几页素笺，也不假细思，（细思焉能有此，自留地步以避祸也。亦前部已用之法。）奋笔疾书。一时，早已写满五六纸，掷笔凭窗，一脸阴云，两行热泪。袭人等虽不知写的是何言辞，却知是为了黛玉，明知劝也无用，且递茶与他吃。碧痕收拾纸笔，见页页素笺，都有许多涕泪，有些字已是模糊了，忽听小丫头回话："老太太并姨太太在潇湘馆烧过纸，来瞧二爷了。"宝玉乃扶了袭人迎出，贾母等人已是进房了，见他面色已是如常，只是举动尚见无力，也便放心了。因问他，想吃何物，只管命人要去。宝玉因央道："今儿林妹妹尽七，还不叫我去潇湘馆看看？"贾母知他兄妹情重，也便允了，只吩咐他，吃饭后再去，多带人跟着。贾母等略坐坐，去了。袭人悄悄留下李纨，与他瞧那几页素笺。（与前部拿偈语、"寄生草"请黛玉看，后文临去时自怨不会作诗，相映照。）李纨见上面写道：

酸苦辞

食梅不酸檗不苦，我生酸苦人不睹。酸在肝肠苦在喉，欲吐不吐泪如雨。旁人艳羡簪缨家，簪缨于我如泥沙。旁人争说玉为宝，宝玉于我空烦恼。为恼为欢俱费猜，一朝风送香车来。海棠一枝春带露，笑颜独为仙人开。仙人何处曾相识，仿佛同证三生石。杂剧携来并影看，落花葬罢同声泣。我遭笞楚君泣多，沾巾湿袖红秋波。竹石画成待相倚，云根青霭空婆娑。安得奋飞抉世网，同心人似隔天河。何物天河昏一溜，何事天心欺翠袖。惆怅清秋帘幕风，妆台人比黄花瘦。记向黄花问不禁，孤标傲世谁知音。毫端运秀临霜写，口角噙香对月吟。倘使名花解人意，何须孤雁鸣秋心。终风且暴迷烟雾，伐木拔屋那可度。黑云蔽日暗无光，夜幕塞空不识路。訇然响震云雾开，雹碎春红知何处。我心之忧胡可言，比檗尤苦梅尤酸。地不生养何为地，天不清明枉作天。江河有尽泪无尽，风檐秋雨正潺湲。

瞧毕，一声长叹，看那宝玉时，正在一旁垂泪，知无法劝的，乃向袭人道：“替他收起来罢！是哭林姑娘的。”说毕，也不作辞，只扶了素云，一摇一晃的去了。袭人忙命碧痕：“去送大奶奶。”

这里宝玉见众人已去，也不待吃饭，便扶了袭人，春燕、秋纹诸人都后面跟了，走进潇湘馆。只见落叶萧萧，寒烟漠漠，宝玉心中无限凄楚，脚下一软，撒了手，伏在竹林边石墩上痛哭。（应前部脂批“先为对景悼颦儿作引”。）众人强搀他入房。那宝玉一见黛玉灵柩，便手攀不离，直哭的喉干嗓哑，十分无力，方撒了手。众人抬他床上卧了，见他昏昏沉沉，似睡非睡，直至日落方才醒来。（尝见有吊丧者，未见灵柩时，犹在说笑，一见灵柩，立即放声大哭，夹杂诉说，盖做与活人看，诉与活人听耳。今宝玉哭灵，尽哀而已。）秋纹向袭人悄道：“劝二爷回去罢，哭出病来可怎么样呢！”袭人悄道：“哭的不少了，让他多守一会罢，过了明日灵柩便要回南呢！”因命传了饭来，打发宝玉饭毕，也与秋纹等下房里用饭去。

这里，宝玉见雪雁收拾东西，因问他：“收拾什么呢？”雪雁道：“这是姑娘遗物，老太太赏给我和紫鹃姐姐。我想着，姑娘不叫我们南边人留这里，他南边带来之物，想也不愿留下，因与紫鹃姐姐说了，凡这里给的，都归他，南边带来的，我自留下作念心物儿。他没有心思弄这个。我一人挑呢。”宝玉瞧着他，点头叹道：“不枉姑娘素日待你们的情意，总还知道他的心。”因顺手捡一条丝带，问：“这带子怎的没有见过？”雪雁道：“刚来的那年，你两个捉迷藏，便是这带子蒙的眼，你如何便忘了？”宝玉又见绢包里两截荷包，正是那年黛玉剪了的，便伸手拿了。雪雁一把夺下，道：“都是二爷惹的气，要此何用，随葬了为是！”却拣了几方鲛帕与他，道：“这是姑娘素常擦泪的，给你留下当念心物儿！”宝玉接过，因问：“还有晴雯送来的帕子呢？”雪雁拣出一条有字的递与他。宝玉见有字迹，忙展开瞧去，瞧到末尾：“窗前也有千竿竹，不识香痕渍也无。”自叹：“我尚未南游苍梧，他倒先归葬虎丘了。”（两句话抵一首追和诗，惟不押韵耳。）又不禁泪下。方欲将帕拭泪，见那字迹，忙收了。另换黛玉旧帕拭泪，随即付与雪雁，道：“这个也随葬了！”

乃走近妆台，开了妆匣看时，只见剩粉残脂，余香尚在，金钗翠钿，遗泽犹存。由不的心中酸疼，急忙合了，转脸闭目，喘息少顷。复看书橱内已有积尘，几本诗稿散置书上。又绕屋巡视，见屏帷依然，《夷犹图》仍挂壁上，口中自语：“‘帷屏无仿佛，翰墨有余迹，流芳未及歇，遗挂犹在壁’。”（此用潘岳《悼亡》句，初觉不妥，忽念尤三姐自刎后，湘莲亦口称“贤妻”，又觉无甚不妥。细究之，三姐受过聘礼，黛玉未曾受聘，岂可等而视之？三思不得其解。质之同好者，对曰：“情挚处何用细究？”余忽有所悟。）语尚未完，雪雁见他摇晃欲倒，忙上前扶住，问：“怎么了？”宝玉合目片刻，方道：“一时心慌，不碍事的，且到院里清凉清凉去。”

说毕，扶了雪雁出房，倚了栏杆坐雕墩上。见那月儿已挂竹梢，想起往日，二人竹林步月，曲槛望云，而今仍是这冷月疏竹，仍是这朱栏雕墩，却只独自孤苦。听听绕阶流水，望望天末微云，悲从中来，眼前模模糊糊，却是一片薄云。这薄云忽而裂隙，露几片锦旗，旗下一队队仙女，近得前来，却又倏而不见。微闻车声隆隆。又见一对对熊虎，一排排鸾凤，冉冉而至，又个个隐去，正愕异间，又闻细乐阵阵，一辆七宝香车排空而至，停于竹梢之上。车帘启处，黛玉缓步下车，手执一枝芙蓉，犹自滴下露珠。宝玉悲喜交集，急忙上前，扯住黛玉那淡绿褶裙，大喊道：“妹妹！叫我好想啊！”一声未了，便觉肩头微微一震。回头看时，却见春、秋二婢（偏用“春秋”字样。）正在轻拍肩背，口唤：“二爷醒来！”再望天上，依然一弯冷月挂在竹梢，林黛玉早已不见。风过处，秋凉浸骨，不禁一颤，（“忽魂悸以魄动，怳惊起而长嗟。惟觉时之枕席，失向来之烟霞”，有之。）哭喊：“妹妹！妹妹！何不带了我去！”身不由己，滑倒苍苔之上。（令人辍读。）众人忙上前搀起，要送他回前面去。宝玉央道：“好姐姐，我还没祭林姑娘呢！”袭人劝道：“便是要祭，也待明日备了祭品来才是！”宝玉道：“不必。”

回头吩咐雪雁，将那暹罗国茶叶沏了来，亲自捧到灵前，供了，（黛玉喜吃之茶，以此为祭，妥帖。）施礼毕，伏灵柩上，呜呜咽咽，哭个不休，（祭灵更无一语。——又何必有语。）众丫鬟婆子在旁，无不落泪。彼时，万籁俱寂，唯有那惨淡月色，透窗扑人而来。灵前灯豆荧荧，茶烟袅袅，照恨萦愁，恨愁难表！（总在闲笔处透露。）久之，紫鹃拭泪，拿一条起花洋毯与宝玉披了。宝玉随即取下，覆于棺上。因念那姑苏天气，虽比京中暖和，然而旷野风高，孤坟那能耐得霜露，衰草荒垄，有谁与他叠被铺床！辗转思想，便觉胸中一阵闷疼，“哇”的一声，吐了一口鲜血。袭人、紫鹃急忙扶住。雪雁递茶，请宝玉漱口，劝道：“二爷也得保重身子，姑娘在天上才得安心！”话未说完，由不的又哭了。（果是好宝玉！想补书人昔谓《芙蓉女儿诔》后宝玉必无悼亡复笔，而值此大关目，无作又觉有缺，乃欲以“后人有诗赞曰”作长句以赞宝玉。后，《酸苦辞》成，遂置之不用。其诗曰“赤瑕宫里醉流霞，太平朝世人争夸。抽身玉洞神仙府，投足钟鸣鼎食家。通侯甲第连云起，珠帘碧额祥光里。曲终皆赞紫云廻，筵开交错遵王履。忽见玉郎紫金冠，裼裘而来满座喜。胡扳乱扯睨紫朱，微辞杜撰惊鸿儒。天声今日下霄汉，为水为泥说太初。龟书龙图并注疏，芸编湘帙充庭储。一从杂学旁收后，不效上书效焚书。独行踽踽长安道，多情却被无情恼。每向闲庭伤落花，更倚曲槛怜芳草。栏杆拍遍有谁知，且伴芙蓉池上老。绛珠仙子辍晚妆，厌听鹦鹉唤茶汤。风摇翠竹影难静，知他笞痕几许长。鲛珠串串复粒粒，湿袖沾襟铜漏滴。罗帕无言人有言，不沾红泪沾诗笔。却教红泪沾诗笔，燕恨莺愁满胸臆。绛芸轩里夜沉沉，几番掷笔凭窗立。不道霜风中夜来，百花香尽百草衰。蟪蛄声咽寒蛩泣，唯余秋月临荒台。荒台一去客心惊，人间何处移孤舲。晚持松醪放眼处，寒烟漠漠山冥冥。幽情苦意凭谁诉，两间求索云迷路。独立苍茫余哭歌，杜鹃啼得斜阳暮。斜阳暮，春复秋，二百年似江东流。试为神瑛作棹讴，一曲粗成人白头。”　丙申　昆吾闫震。）

忙乱之际，窗上已现微明，袭人吩咐春燕去要一碗乳酪，与宝玉吃了。众人或倚或卧，都稍事休憩。待早饭时，宝玉方回前面去。因次日便要送灵南归，这日上上下下都忙的紧，众姐妹都在潇湘馆帮同料理，外面自有贾琏安插。独宝玉去瞧墓碣，见上面只镌了七个大字：“姑苏林黛玉之墓。”确是遵黛玉遗命，一字也未添改，方得放心。（有何可添可改之处，至劳遗命，亦所费解。）

次日一早，抬灵小厮进园来。待时辰一到，里面吩咐烧纸，众人齐声大哭。于是移灵出府，因贾赦病了，贾母命贾琏留下，改遣贾蓉、贾芸带了管家、小厮，以及紫鹃等人，前去送灵。宝玉也要跟去，却被贾政喝住，只命送至码头。码头上，早有人侍候，移灵入舟。宝玉定要上船，眼看着安顿妥当。又唤紫鹃来，要他亲眼看着下葬，回来细细告诉明白。又向雪雁道：“你是不回来的，这往后，全凭你照护姑娘了，别让姑娘墓上缺这少那。”话未说毕，早又泣不成声。雪雁都应了，噙泪道：“我自时常在姑娘坟前替他念诗。（囫囵语。）二爷不忘姑娘才是。”李贵、贾芸在旁，见宝玉伏在棺上涕泣不已，忙再三劝说，强把宝玉架上岸来。贾琏吩咐贾蓉、贾芸路上小心在意等话，二人一一应了，起锚开船。

一路山迎水送，那雪雁每日里痴痴的，只和紫鹃守在灵旁，饮食无心，思潮起伏，面庞儿早又消瘦许多。王嬷嬷看不过，乃劝他到舱口坐坐，引他散心。适值舟过维扬地面，见初上京时系舟的那棵杨柳，已长成老树了，树下，解缆回村的卖鱼船，沙岸上凌乱的脚印，以至那缕缕炊烟，阵阵归鸦，无不一如当年。正感伤叹息间，忽听箫声呜咽，如泣如诉，越野扑人而来，便禁不住泠泠泪下。王嬷嬷见此，不解，（此境，诗中有之，词曲中有之，今又见于雪雁心目中，王嬷嬷何能解之，有情原比无情苦也。叹！叹！）乃道：“叫你散淡散淡，你反来流泪。”便拉他复回舱里。一日，舟抵枫桥，早有先遣的家人、仆妇，并林姓族人在埠头迎候，都上船拜灵祭奠，又与贾蓉、贾芸厮见。彼此问询、述说，都不免掩泣。那林家祖茔坐落在城外虎丘之西，去昔日吴王之女小玉坟并枫桥，皆不甚远。（偏提吴国小玉事。）三日后下葬，葬毕，贾蓉、贾芸带了紫鹃等人，返京复命去了。这里雪雁、王嬷嬷送林温玉等林姓族人回城后，天色已晚，环顾四周，见村落萧疏，近处杂草偃风，白杨托月，（“料得年年肠断处，明月夜，短松冈”有之。）空荡荡杳无声响，唯有纸幡飘拂，石碣凝蹲，助人凄楚。二人伫立寒风冷月之中，久之，方进入新搭的那间守坟茅屋。（身后如此，是不幸？是幸？叹！叹！）世事冷峻，有道是：

> 昨日黄土陇头送白骨；
> 今宵红灯帐底卧鸳鸯。（借用《好了歌注》，倒亦现成。）

且听下回分解。

第九十回
徇痴情智尼抚遗孤 破窃案严父逐恶子

此回“贾芸求配”，上联前书遗帕换帕，“凤姐施恩”，下联桃花庵，又成一线。惟智能儿出场出人意外，秦钟者，情种也，安能一去了之，当合芹意。

话说贾芸随贾蓉送黛玉灵柩南归后，返京复命已毕，方要回家，忽见坠儿妈迎面走来，笑道：“好不容易见着二爷，叫我操了多日的心，今儿才遇见了。”又近前，瞧着贾芸的眼，悄道：“红玉姑娘常到我家说话呢！”那贾芸自林之孝家放出后，便思谋着托坠儿与红玉捎话，只是不得机缘。此刻听的如此，真如渴饮甘露一般，先就把坠儿妈视作比月下老人还令人尊重的观音菩萨了。就见他满脸是笑，又是打躬，又是拱手的，只差一点没有上前打千儿，说一声“请你老人家的安”，口中只道：“怎么着叫我见他一面才是。”坠儿妈笑道：“明儿午间去我家罢。”说毕，笑着去了。到次日，贾芸赴约，只见那林红玉偎在坠儿妈身边，见他走进房来，便低了头，不语。自己只得寻个座位坐了，满腹的话，一句也不得出口。坠儿妈见他二人如此，便笑着立身要走，却被红玉拉了不放，又附耳悄言，坠儿妈乃向贾芸笑道：“姑娘问你，从前的事，还算不算？”（我正想这话难以起头，却不想如此简便，如此现成。）贾芸听了，喜的无可措词，只得一句："我早就想问这话了。"于是红玉悄向坠儿妈交待几句，瞧贾芸一眼，自去。这里坠儿妈与贾芸细细合计妥当，分头行事。这日，贾芸故意早回家，抱怨他娘："要早娶了儿子媳妇，你老人家也不用这么忙来忙去，还忙不出饭来。"他娘道："又说这该掌嘴的话，谁叫你一头碰到南墙上，非等那丫头不成！快听话，（隐隐道出，催贾芸已非一次了。）明儿，我托对门李大婶，另替你说个罢！"又笑道："我还急着抱孙子呢！"贾芸闻听，便笑道："好叫娘知道，不用再等了，人家放出来了。还不是他一个呢，全家都放了。共是五家子呢！"他娘道："我早知道了。咱们合意，怕人家不合意。人家那么大富，能把姑娘给咱？"（好容易盼到时候了，却又不敢相信。莫非当今补书人又回到康乾之时，亲历主奴变易之心境哉？）贾芸道："那是另一档子事儿。我求琏二婶娘去。"他娘只说："随你。"

贾芸吃过饭，便来央求凤姐作媒。凤姐笑道："你倒有眼力，还真是门好亲事。只不知红玉心下如何。那丫头百样都好，唯独眼高心大，他若不愿，我也不去强他。林之孝两口子倒听话。"贾芸笑道："既是这样，事就成了。好叫婶娘得知，红玉早愿意了。果然他老子娘有甚说的，只命他问姑娘去，准成。"凤姐诧异。贾芸知道，这事不说实话，必难办成，只得将二人心事，如此这般略表数句。凤姐笑道："好个芸小子，谁知你不则一声，拐了我的丫头！"贾芸赶忙请安，央道："只求婶娘疼侄儿罢！"凤姐盯了他，点头，笑道："亏你。怎么就相中个丫头，还有脸来见我。若不看你娘盼儿媳妇，我才不管你这事呢！"又道："今儿林之孝家的要来，我自与他说，晚上你来讨信儿。"

晚上，贾芸来讨信。恰凤姐正忙着呢，丰儿让他在厢房里候着。半日，忽见平儿送出赖大家的，一面说："也难怪奶奶生气。这么久了，寻不到玉，如何回上头话呢！"那赖大家的像是受了委屈，低头去了。贾芸自念：怪不的几次不见宝二叔带玉了，原是丢了，众人还不知如何惊慌忙乱呢，二婶娘怕是不得工夫管我这闲事。忽又念：这几日不断进府，平平静静的，不像丢了要紧物儿，但愿是别的什么玉罢。那贾芸正自心神不安，忽见小丫头来唤他。及至见了凤姐，凤姐却笑着告诉他："你这孩子真走运。可巧，红玉也有件事跟他娘来。他娘虽是不好悖我，却意意思思的。我便命他娘儿俩面议，谁知，那红玉果真爽爽快快点了头，（蒙人者，人恒蒙之。呵呵。）你丈母娘没的说，只有应允。这便成了。怎么谢媒人呢？"贾芸听毕，心花怒放，赶忙起身，又请安，笑道："多亏婶娘。只怕大捧银子婶娘不稀罕。我们忘不了你老人家。"凤姐道："什么忘了忘不了！红玉可比个主子姑娘还胜许多，你小子是那辈子修的！日后你要给他气受，我定不依！"贾芸忙笑道："不敢！不敢！婶娘的好丫鬟，侄儿还不当佛爷供起来！"（瞧他得意的。）凤姐也笑道："别扯羞了。原是我一刻也离不了的，比你还强。我给他五十两银子作私房钱，不许你动！"贾芸闻此，越发得意，道："婶娘果然施恩，一赏就是五十两。其实，婶娘赏他五百两，我也不用一文钱。不信，婶娘试试看。"凤姐"嗤"的一声笑了，道："又来班门弄斧。（妙！自认了。）我是容易叫你激起来的？我只给他五十两。也罢，冲你这可怜模样，也给你五十两，（这不，还是被激起来了。凤姐每在贾母面前玩这一套，没想到今儿被贾芸学到家了。）拿去办事！"说毕，果命平儿取来银子，

交与贾芸。贾芸道：“这门亲事仗着婶娘成全，心里感恩不尽。又赏这么多银子，叫我说什么好?”凤姐道：“少说废话，好早晚了，回家和你娘商议，办你的事去！有何不方便，再来!”贾芸连声应是，又谢了赏，这才带了银子回去。此事一经传出，合府里上上下下都说小两口命好。唯独红玉心中转觉凄恻。原来，林之孝心里明白，在京里住，将多有不便，已是定妥迁回原籍去，只待老家回信一到，就要动身的。因此，喜事办的便仓卒了，一切陪嫁之物，都折合了银子，待他们婚后自去购置。不过半月，便六礼告成。

回九这天，林家的告诉林红玉：“老家来信了，一切都已齐妥，只待动身。你的事虽是完了，扫花和春燕的事却是难办。”叹口气，又道：“府里大不如前。咱们家几辈子效力，临了，还要报效大堆银子，何况春燕他娘儿俩。你爹的话，不如各自另择。偏是扫花不依，非要娶春燕不可。得工夫，劝劝你哥哥才是。”红玉道：“宝二爷说过，怡红院的人，都要放出去自便呢。何不求求宝二爷并琏二奶奶，早日放了小燕。”林家的笑道：“果然早日放了，咱们迟几日动身。那小燕伶伶俐俐……”语尚未，便听院内有人叫“林奶奶”，细声细气的，听不出是谁。便掀起门帘，只见一个小媳妇子，穿一件水红绫棉袄儿，外罩水田青缎子，还镶了绣花绦子，手拎一个小包袱，已站在台阶上，怪俊的，好面善，一时想不起是谁。那小媳妇子笑道：“几年不见，林奶奶不认的我了？我是智能儿。”（久违了。）说着就请了安。林家的方“嗳哟”一声，笑道：“你改了打扮，叫我如何认的?”便闪身儿让他进房，待他与红玉见过，又让他大炕上坐了，方告诉他，红玉今儿回门。那智能儿忙笑着站起来道喜。林家的因笑道：“只听说，你远走高飞，也不知后事怎么着。瞧这开了脸，越发齐整了。小女婿儿是那行当上的?”智能儿道：“说来话长，自庵里出来后，幸得秦相公的朋友陈公子相助，安置我住在这西边不远，守着秦相公留的那孽种，没的嫁人。（又一位特立独行奇女子。）这世道儿，不改了打扮，那能成呢!”红玉母女直听的点头嗟叹。智能儿又道：“如今，听说奶奶要回南，再不来，怕就难以见面了。今日特来请你老人家安。奶奶精神还真好，又放了出来，是个有福气的。”一面解了小包袱，取出两包市上卖的上等糕点，说是“头一次来，不成敬意”。林家的道：“这是那里的话，何用费事。住这么近，有事没事只管来。”因又向他诉说扫花和春燕的事。那林红玉在旁，先是惊讶，才两年，这小尼姑竟学会言谈应酬了，今日他来，明摆着必有所求，这时候，人忙事乱的，却又兜揽这个。正经打发他走了，咱们计议才是。谁知那智能儿见林家的一片真情相待，毫不外气，况此来有求于人，便献计道：“奶奶虑的是。府里虽是恩宽，许不会白放小燕，倒不如眼下且不提。”一面说着话，一面瞧着红玉，悄笑道：“叫小燕先跑出来，等奶奶离京时，悄悄带走他娘儿俩，岂不是好？只要机密些，谅是府里一时查不到。”（春燕逃跑事，借智能儿做引发，妙。）红玉听了这话，希罕的紧，一转念，心里笑道：这小尼姑儿要收徒弟了。林家的笑道：“恐怕小燕儿没的你那本事。”一句话说的智能儿把脸红了，却道：“人家来看望奶奶，奶奶却寻人家开心。”又笑道：“奶奶放心。春燕敢同扫花相好，便有本事跑出来。叫他娘儿两个先跑到我家，待你们动身时，一时手疾眼快，就带走了呢。”林家的听笑了，道：“你说的倒容易，你不怕日后受连累?”智能儿往前挪了挪身子，道：“实话说与奶奶。我寡妇失业的，总不能一辈子靠人接济。我老家在镇江。六月里，哥哥打发人寻到京里，留下盘缠，叫我母子回南方去。我想搭奶奶的船回镇江，既有春燕这档子事儿，我带了他们先坐车走，到下边码头候着，待奶奶的船过来，一起上船。”说着，从褂子里面抵制出一块银子递与林家的，道：“这是我娘儿俩的船资，只求带我去，路上有个依靠，平安些。”林家的自忖：别看轻了这小媳妇儿，到是有情有义，有些心胸胆识，（此所谓智能也。）推回银子，笑道：“偌大的船，还多你两个人？快收起这银子。难为你想这路数，我还感谢不尽呢。小燕的事，待我们计议了，叫扫花去告诉你。你的事，这就定了，赶紧收拾行囊好了。”智能儿闻言，乃向他母女作别，自去。这且不表。

且说那日王熙凤受了贾母数说，领命寻玉，仍命人传来几个得力管家媳妇，道：“这一时忙林姑娘的事，咱们寻玉，或有不细心处。如今不管何事，都靠后，先寻到那块玉要紧。”周瑞家的便要搜检各处，说：“头年司棋的私物，不是搜检，万查问不出的。”凤姐微皱眉头，只不开口。旺儿家的便要各处张挂失帖，善价购求，说：“想那偷玉的，已经卖银子了。”凤姐道：“越发不成体统，且不知要招出何等事来，使不的。”平儿因道：“有那年虾须镯的例，还是着实吩咐各处嬷嬷，细心访察，限期破案为是。”赖家的也说：“就是平姑娘的话，也还罢了。”凤姐见别无善策，乃留下赖大家的，余皆遣散。命他挑两个极可靠、极精细的嬷嬷，遣一个去宝玉房里，暂时补李奶娘的窝儿，遣另一个去贾环房里：“为的是三爷就要念夜书，添人服伺。此外，各房里，但管安置那为首的嬷嬷便是，不必另指派人，好么？”赖家的笑道：“还是奶奶想的周到。我自命他们实心办事，不可张扬，逐日回话。”见凤姐点头，方要退出，又听凤姐笑道：“兰哥儿也要念夜书呢，也要添个人才是。”（精细，防贾环起疑也。）又站住应了，自去。这里，凤姐又与平儿细细琢磨几番，仍然认定，只在贾环身上，却又没的证据。恰镇国府办喜事，便要试那贾环。凤姐乃命人传贾琏的话，唤贾环来，先告诉他，明日随贾琏到镇国府赴席。贾环喜的抓耳挠腮，忙问：“仍穿上次到赵侍郎家拜寿的衣裳，好么？”凤姐笑道：“眼下正好穿呢。你哥哥说了，命你预备几句诗，防备着。”贾环忙应了，笑道：“这个容易。”忽见平儿走了进来回凤姐道：“宝二爷搬家时丢的那块玉，他们算卦去了。他们说，卦是极准的。”（此言乃凤、平预设，竟瞒不过在下，呵呵。）凤姐因问贾环：“你宝哥哥搬家那天，你见丫头收拾那块玉没有？果能寻到，老爷、太太必要喜欢你呢！”不意贾环早已胸有成竹，见提这事，也不待凤姐说完，便一口咬定：“我和兰哥儿只在怡红院坐一坐便走了，那块玉在宝哥哥身上，他不在家，我怎见到？”（环儿亦有心计，非一味顽劣也。）凤姐见他如此，且笑道：“见不见都不大紧，赶紧预备明儿赴席罢！”

贾环去后，又唤平儿来问：“上年宝姑娘嘱咐的话，怎么说来着？你再说一遍，我琢磨琢磨！”平儿道：“还是彩云不则声拿玫瑰露那几天，宝姑娘在太太上房看家，那天晚饭后，刚进院门，见赵姨娘递给三爷一个包袱，三爷一溜烟去了。”凤姐便命：“觑太太不在家，叫玉钏来。”可巧玉钏来支月例银，凤姐命他坐了，问：“自那年失了玫瑰露，你们清点过太太的东西么？”玉钏回道：“没有清点。只是耳房里柜子开了，少了两副金镯子，一件雪褂子，还有些零星小物事，至今没着落。”凤姐道：“这个我知道。别的呢？”玉钏道：“别的，眼皮下瞧不出少了何物。”凤姐打发玉钏去后，立刻命平儿，加派心腹在赵姨娘房子周围哨探，时不时的说一些玉长玉短的话与他们听。平儿道：

“这么着，岂不打草惊蛇呢!”凤姐道：“早已惊了，只得逼他败露!”（拿得准，做得狠，高平儿一着。）

时间一长，众人不免懈怠。谁知这年冷的早，昨日下了雪，今儿午错便又飘雪花了。掌灯时分，因凤姐在贾母处斗牌，平儿便包了件雪褂子并一串钱，吩咐丰儿送去，偏是丰儿去薛姨妈处说话未归，自己也想出去散散，便踏着雪亲自去了。回至贾母后院，远远见贾环迎面走来，在穿堂门口一站，又回去了。那平儿是心中有事的，每常见了贾环，总要细细打量，想瞧出些可疑之处，今见他如此，不用思量，便追上去。待平儿穿过穿堂，已不见人影。那平儿不回房，直向王夫人正院去，又转到正房后面，见无何可疑之处，睡前，回了凤姐。那王凤姐寻玉多日，未见踪影，自觉无脸无面的，此时听说如此，精神陡然来了，立命丫鬟挑灯斟茶，与平儿细细琢磨，三更时分，方才就枕。次日天晴，小厮们赶着扫雪，凤姐扶了丰儿来至穿堂，细细察看，寻思一番，命平儿指出见贾环之处，划个圈，又命这里的小厮走开，平儿、丰儿亲自动手，替换着敛圈内之雪。那凤姐瞪了两眼，随着木锨头细细瞧去。眼瞧着圈内积雪已翻一遍，又轻轻扬到圈外，行将扬尽，尚无所获。

却听李纨说话：“你又犯了何病，却来这风口赏雪?”凤姐抬头，见李纨扶了小丫头，摇摇的走近前来，因笑道：“你跑这么远来请我的安，不出门迎接你，心里过得去么?”那李纨指了凤姐，扭脸向众人笑道：“亏他这张嘴，专会说反话。只为他这几日，一不进园子昏定，二不到稻香村晨省，我今儿特来教训教训他，他倒打肿脸充胖子，说我来请他安呢!”语尚未了，身子略一晃动，脚下失滑，倒向小丫头身上。亏得众人见他二人取笑，都停帚观看，一时，手疾眼快，忙上前扶住。凤姐早已笑问：“可闪了腰没有?”又命平儿、丰儿：“搀了大奶奶到咱们家歇歇。”又道：“一会儿去陪你。”李纨笑着向贾母房中去了。

彼时，只剩下凤姐。见圈内余雪，不过两锨，知无望了，心中犯愁，却不死心，便拿木锨去剑那余雪。谁知那锨不服使用，竟举不起来。扔下，换了扫帚，也只扫了两下，臂便酸了。恰平儿送李纨回来，忙接过扫帚，却也扫不动，因抬头换个小厮来。那小厮瞧了，道：“这雪有人踩过，自然扫不动。必得拿锨铲去。”说毕，拿了木锨，用力一铲，往圈外一扬，便见一块晶莹发光的小石子落到筐里，忙放下木锨，探身捡起。凤姐喝道：“什么阿物儿？拿来我瞧!”别的小厮都闻声住手，往这边望，四周静悄悄的。那凤姐就着平儿的手瞧去，不是他物，正是那玉，还带着金线络子呢！（试问石兄，此时置身冰雪，比之青埂峰下泉鸣莺啭之境何如？丁亥　昆吾闫震）忙一把抓来，紧紧握住，心中反吃一惊，外面却不露出，只问了小厮姓名，命他晚间领赏，自扶了平儿回房。

原来这通灵玉果是贾环偷了。那日，黛玉病重，宝玉搬迁，他同贾兰进了怡红院。见宝玉不在，丫头们归拢箱笼，连茶也不递，心中有气，便撇下贾兰，踱到碧纱橱前，回身便在宝玉床上坐了，歪了头生气，忽一眼见枕边隆起，便顺手摸去，硬硬的，知不是寻常物事。偷眼环顾，见丫头都各自忙着，无人留意，便顺手袖了，方与贾兰到潇湘馆，打了个花胡哨子。回房来，揭开外面鲛帕一瞧，不禁倒吸了一口凉气，原来是那块宝贝玉！（初非有意窃玉而竟窃玉，即脂批所谓“误窃”。）那贾环又是高兴，又是犯愁。高兴的是这宝贝归我了，看你还不急死！犯愁的是自己不能佩带，没用的，又没法与他送回，放外面又怕人瞧见，只好锁在箱内。心中只念：瞧着他们着急，也趁心解恨。乃打定主意，有人问时，只说未见。谁知，近来常见住房左近有人来往，又多是凤姐那边的人。人道是做贼心虚，贾环心中不禁害怕，每日里提心吊胆，疑神疑鬼，又不能与人商议，只可强支撑着。这天又见下雪，忽生一计，趁人不防，将玉撂到老太太院里去，自为让他们彼此咬嗓也好，省的自己藏着心中不安。这就遇见平儿了。

到次日，贾环听说找到玉了，也不见追查，自为此事了结。忽见贾琏差人来请，自为又要带他赴宴，便欣然随去。才刚坐下，却见凤姐把那块玉带着络子放到桌上，笑道：“老三，你瞧这是何物？”未容贾环答言，贾琏把两眼竖了，喝道：“说实话！昨儿晚上，你在穿堂口撂下这玉，只瞧见前面有人，可知穿堂内也有人么！”彼时，贾环目有所见，耳有所闻，心中由不的发慌：敢情他们全都瞧见了。那贾环早已预备下的许多推脱之语、辩解之词，眼下全都无用。再想新词，又没那个机灵儿，这就只剩下害怕，顾不上再想别的，由不的双膝跪下，哭着认错了。（一段公案终于大白。）贾琏看看凤姐，凤姐笑问：“那金镯子什么地方去了？”贾环闻听，略一思忖，先看桌子上只有那块玉，并无金镯，乃反问道：“你何时给我金镯来？”凤姐又笑道：“先别装糊涂。仔细想想，头年的事，和雪褂子一起拿去的。”贾环听如此说，知是瞒不过的，才吞吞吐吐说道：“给赵国本了。”凤姐又笑道：“这也罢了，还有几宗呢？一发都说了实话，我们替你讲情。不然老爷处治你，我们不管！”贾环自思事已至此，谅是别无他路，便又说了几宗，乃哭道：“只是这些，嫂子如再查出，任凭处治，只求嫂子讲情！”贾琏见凤姐点头，忙拉起贾环，道：“兄弟，这事可不小。我们替你讲情，以后必得改邪归正！”贾环唯唯。贾琏命他在东厢房歇息，又派人看守。夫妻二人忙去见王夫人，献上那块玉，并金镯等事，一一回明，讨示下。

恰贾政在家闻听，大怒，手拍炕桌，一迭连声，道：“捆了来，打死了事！”王夫人气的脸色变了。贾琏、凤姐都劝二人息怒，道：“环兄弟还小呢！教导他便是了。老爷、太太不可动怒，万万保重。”贾政不听，起身到外面去，命人传贾环。贾环刚到，贾赦也便过来劝解。列公，你道这贾政能一味刚愎，不听乃兄劝说么？何况这父子天性，纵在一时气恼上，雷霆震怒，此时见贾赦亲来劝说，也只得长叹一声，命人请了贾珍来，吩咐他在祠堂里，当了族中人，请出家法，重责二十，再把他母子单身撵出。贾赦道：“如此细事，便按之刑律，也不至此。”贾政道：“何必论律，只说天理便是。像这般逞纵人欲，盗窃货财，便打死他，也无所怜惜。既是大老爷说了，且外面给他一所小院，带走各自屋里物事，另行过活，除过年过节，不经呼唤，不准进府。”贾赦不悦，因道：“此是二老爷自家的事，我今日多言了。”说毕，自去。贾政也只送至厅外。回身又命将赵国本打一百大板，逐出，永不使用。又要处治袭人、秋纹诸丫头并嬷嬷们。因袭人系贾母给的，便在晚上省候时，亲自回了贾母，献上那块玉，讨示下。贾母忙接了，命拿眼镜来，翻来覆去，仔细瞧了，方命唤来宝玉，亲自与他带上，嘱咐道：“好生留意，千万千万！这是灵物儿，应验过的。”因向贾政道：“我原说是内贼，今日果然。再不想是环儿。既是撵出另过，也打了，停几日还是叫回来，免得在外头生事。”（又伏后文。）又道：“这事怨不的丫头、婆子，他们各有干系，岂能愿意出这事故？且也想不到看着爷儿们偷东西。只是平儿并那拾玉的小子要重赏的。凡出了力的，都赏一个月月钱。”又吩咐凤姐：“各房各院各行当，都倒着班歇两天，这一程子，事多人累，都操劳了。”正是：

治国空闻英杰策；
理家还让老成谋。

忽一日，贾政下朝回府，未及换外面衣著，便命：“唤宝玉！”干咳一声，见丫鬟们退出，方向王夫人道：“宝玉这畜生又惹祸了。”王夫人惊问：“怎的又惹祸了？”贾政道：“适才大理寺卿平大人关照，为北府事要遣书役寻他问话。大理寺问话是何事体！告诉他，与北府有何来往，都不许隐瞒！如若隐瞒，小事也就闹大了。明白么？”一面说着，一面倚在案上，一时便见宝玉走了进来，只死命盯他两眼，长叹一声。王夫人缓缓地一一告诉宝玉知道。不想宝玉听了，却没事人似的，只道：“我一向遵从老爷教导，不去北府。问我，我实说就是。”王夫人急了，道：“不叫你隐瞒，你还是隐瞒。那年你凤姐姐生日，北王小妾没了，你不是去北府道恼了么！”宝玉笑道：“其实没有去，我只带焙茗出城逛逛。不信，可问焙茗。我怕凤姐姐不高兴，撒了谎。”贾政便问：“那条什么汗巾子，不是北王的？”宝玉道：“那是琪官给我的，与北王无涉。”贾政怒道：“还说无涉。头年，不就是打那汗巾子惹的事么！不管谁给你，那是圣上赐北王的！知道么？”宝玉道：“既这样，咱们献上去可好？”贾政道：“还有何来往首尾，越发想想！”宝玉道：“再有就是蓉儿媳妇丧事上，北王赏的那串念珠。”贾政也想不出尚有何事，只问他：“那北王要你常去相会，你也很想去。总不成真的没有去过？若是去过，见何人，说何话，也必直说便罢。”宝玉道：“我确是想去，只为老爷有命，并不曾去。”贾政听了，立命人，园子里，速速将那汗巾子、念珠串取来，预备着。

次日，书役来问话，贾琏在外书房相陪、待茶，唤宝玉来，书役果问他，与北府有何来往。宝玉便将汗巾、念珠串献上，并一一回明。书役道：“那块玉呢？”宝玉因念：这块玉，北王曾经索看，还亲手替我带上，莫不是，这也算与北王来往？果真如此，倒可一说，乃道：“北王赏我念珠时，曾要我的玉观看，看毕，仍替我带上。”一面说，一面摘下玉来，呈上。那书役仔细看了玉上镌字，笑道：“这玉，京城里谁个不知！北王赏你的玉呢？”书役又向贾琏道：“还是让令弟明白些，如有隐匿，事体就很难预料。”贾琏也只得学说一遍，这可把宝玉难住了，北王并未赏玉，却拿何物与他，只说别无他物，那书役冷笑一声，把汗巾、念珠带走，回复上司，再作核对。

这里贾琏、宝玉来到王夫人房内，如此这般回了贾政。贾政也无可奈何，只命二人今后多留神些，事体究竟如何尚不清楚，便是家里人也不得传开。二人答应去了。

只说那贾宝玉回房，仍是痴痴的，倚在案上，丫鬟们送茶，不吃；问话，不理；传来晚餐，索性吩咐散了去，撵走众人，独坐。袭人等慌了，忙回了王夫人。王夫人亲来劝他想开些。熟料他双眼圆睁，竟不语不动，摸他额上不烫；摸摸鼻下，气如游丝；在他眼前晃晃手，眼皮一动不动，丢了魂似的。这才慌了。忙请来贾政。贾政眼前忽的一道亮光，逼得睁不开眼，只听有人说话，什么“此物已灵，不可亵渎”，强睁眼寻问，只见满屋的人，个个愁眉苦脸，无人言语。正猜疑间，王凤姐走来，看看宝玉，便欲遣人请太医。贾政道：“且慢。”沉吟半日，方道：“有了。”命摘下那玉，眯了眼细瞧，又递与王夫人，命凤姐念那几行字迹，待念到“疗冤迹”时，便道：“不必念了。”向王夫人道：“夫人，他这病，不正是蒙冤不得辩解，以至情志不舒，郁结难消么?”王夫人会意，点点头，便要把玉挂到门口。贾政道：“那年是驱除外邪，如今是内里有病，不一般呢。”凤姐这才明白，是要用玉治病，乃道：“头年巧姐病了，有一味药是刮的石头细面，是不是也刮些玉面儿煎了服用?”贾政仍不以为然，议来议去还是放在水里煎过，服下。谁知不过一盏茶时，那贾宝玉居然醒来，众人喜的如释重负，都问他：“你怎么了?”宝玉说：“不知怎的，我在荒郊野外一株梨树下听一位白胡子老人向一位黑胡子老人讲道，又不知怎的，便回到家来。”众人听了，莫不诧异，乱猜乱说，独贾政道：“原来一件小事，都不必再提，免的惊了老太太!”虽是如此说了，自己却思如乱麻，不觉转身而去，来至外书房，却见贾琏已先来候着。贾琏道：“老爷在济南时，家里出了一事，甚是蹊跷，如今想来，倒与今儿这事有关。”便说了那次小厮乱回话，引宝玉去北王府的事，因道：“总是那起没心肝的，没的献殷勤，又暗中施谋儿，陷害宝兄弟。”贾政听了顿时惊悟，沉思半日，却道：“无用疑这个、疑那个，总是宝玉素常行止不检点之过。还是那句话，今后无论内外何事，总是惊惧谨慎为要。只是大理寺里，还要打听打听才是。”贾琏道：“方才侄儿已亲自去过了。也只是蓉儿媳妇丧事上，有人见北王替宝兄弟戴玉，以为是赏宝兄弟的。老爷尽可宽怀。”

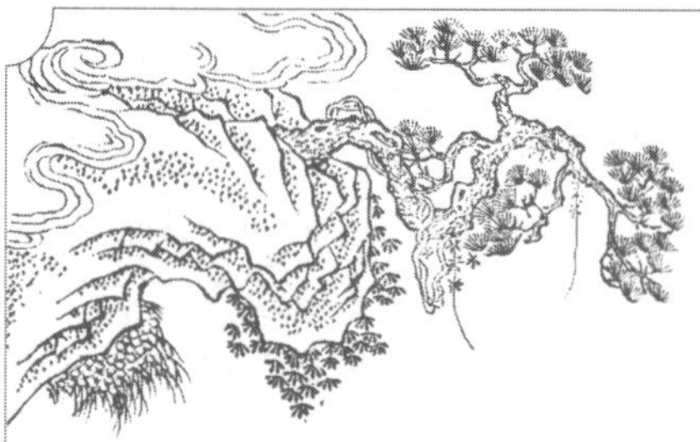

第九十一回

卫若兰射圃逞英豪　史湘云深闺立高节

湘云乃本书重要人物，前书已多次显示，此回又集中写之，谓湘云正传可也，敬借“骨气奇高，词采华茂”赠枕霞旧友。

此回湘云诸事皆正面叙写，与“遗诗草”回写香菱诸事全用侧笔者大异。

程、高伪续洋洋四十回中，关涉湘云之文字极少，竟成可有可无者。

且说史湘云见自黛玉灵柩南归后，贾母每常痴坐伤神，知是为的黛玉，不易劝的，总打起精神，与他说些史家往事，以破烦忧。谁知话不由己，就说到下世的老子、娘，或是远离京师的叔叔，不得见面，反而大家伤感，便不再说了。因念贾母是第一个喜热闹的，便想寻个机缘，或是那个生日，聚众寻欢。偏是重阳已过，冬至未到，又无谁生日，当家的太太、奶奶又极忙，除晨昏定省伺候两餐外，难得闲坐一会儿。只可向惜春说了，每来定省，多说会子话儿。又遣人与宝钗捎话，可巧宝钗病了，便是薛姨妈、宝琴偶尔来了，也匆匆便去，他家中烦难之事，一宗未了，又是一宗，竟忙的不得常来。那贾宝玉更不必说了，他那愁思，还不知待谁与他破除呢！只得与鸳鸯合计了，回了贾母，遣人接了喜鸾、四姐儿来。四个人每常在贾母身边，百样的恣意玩笑。渐次的，贾母笑口开了，气色佳了，（此湘云一大功也。）心中正自欣慰。谁知这日，贾母去瞧宝钗的病，路上受了些风寒，回房便懒懒的躺下了。太医请脉用药，一连两日，虽不见重，也不见愈。那史湘云正愁的无可如何，忽听贾母命人传话，从明日起，暂停参汤，不知是为何来。鸳鸯也慌了，忙遣小丫头请了众人来劝说。贾母却道："这么着，我这病就愈了。停儿日，你们自然明白，有何急的！"众人虽是不解，也只可依言。果然停了参汤后，略一发汗，便精爽了。众人见此，无不欢喜，都承欢说："天下事，老太太没有不知不晓的。太医无可如何的病，自己治好了。"贾母因向宝玉叹道："当年，你爷爷受了风寒，就是这样治好的，亏我想起来。你爷爷才是百事通呢，你能学他一半儿也好！"湘云听他说的感伤，便道："老太太不知，二哥哥把太爷的医书都背熟了呢！再习练习练就是个郎中了。"尤氏也凑趣道："真个的，明儿宝兄弟做官，放了郎中，咱们有病就不必传太医了。省得太医来了，又是回避，又是放帐子的。"贾母果然笑了。（尤氏才情敏捷，只是尚不得凤姐口才。）大家又伺候吃饭毕，散去。

史湘云这才放下心来，信步出房散一散，走了两处，见都甚忙，忽想起袭人多日未见，（二人亲密，方才忽然想起他，可知这一段时日全心在贾母身上。）便回身向宝玉院走来。却见佳蕙迎面出院，便问他："那里去？"佳蕙道："二爷园子里去了，花大姐姐使我赶上去听使唤。"

原来那花袭人，每每见宝玉独坐流泪，又要暹罗茶，放在桌上对着出神，明知是思念黛玉，不易劝的，只得怂恿他到园里走走，散散心，宝玉便日日饭后进园去了。此时，袭人听的二人说话，忙迎出来，向湘云笑道："是那阵香风儿把你吹了来？我还以为谁得罪了你，不来我们家了呢。"一面拉了湘云进房，又亲自捧茶。湘云便道："我不说你，你倒说我。一心只在宝哥哥身上，老太太有病，也不见你一个影儿。"二人说笑一阵，因说起宝玉近日光景，袭人又取一页素笺道："这是他前一时作的，也不知是何言语。"湘云接过瞧时，原是一首诗，道是：

孤灯对影自相亲，惆怅西风帘卷频。
容易邀来天上月，最难梦得意中人。
桂枝袅袅来香步，竹影姗姗见病身。
多少莺花春事了，秋来纵欲买无因。

乃道："我说你心里没算计，瞧这个，是不是？这首诗正是他进园子，想起林姑娘作的。你白想，园子里，那一处没有林姑娘的足踪，睹景思人，越来越甚，（湘云不怂恿贾母游园散心当是为了这个。）快不要叫他去了。"又叹道："一个过去了，一个再弄出大病来，可叫人怎么样呢！"袭人道："正是这话，你何不开导他！"湘云思忖片刻，方道："有了。"恰见宝玉走进来，便笑道："好快的脚步儿，我这盏茶还没吃完，你便回来了。"宝玉道："听说妹妹来我们家，（必是听佳蕙说的。）怕有事，便折了回来。"袭人向湘云笑笑，努努嘴。（画。）湘云会意，因向宝玉道："这些天，我总想林姐姐，成日家痴痴傻傻，别人笑话我。这便如何是好？”袭人听了，吃惊：（我也吃惊。）如何这样劝他？谁知宝玉却喜道：“果然么？我也有了作伴儿的，你说如何是好？想呢，也没有用。不想呢，也不由人。”（诱他自供，下文劝说，方不得抵赖。呵呵！）湘云道：“今儿早上，我想找个古人比方比方，便想起古人说的：‘昔日戏言身后事，今朝都到眼前来。’这沉痛悼念亡人，原来自古皆然，非独你我，他们有何好笑的，随他们笑罢。（欲擒故纵，好才情。）不料回过头来又一想，这是人家悼念亡妻之作，与咱们这姐妹兄弟之间，原自不同，何能作比！因来寻你，你替我寻一个姐妹兄弟之间的先例，帮我解一解。”（看他如何对答。）不意宝玉却道：“元才子那点难过，算得什么！”（天真朴实如此，这方是宝玉。）史湘云听此，禁不得“哟”的一声，大笑了。那宝玉茫然不知何意，待觉出说话不妥，禁不住把脸红了，没的说。湘云正待打趣他，见他如此，便改口劝道：（不打趣，不是湘云，再打趣，不是此时之湘云。）“这生死穷通，冥冥中都有个定数。这定数，每有透露。比方林姐姐的菊花诗，‘醒时幽怨同谁诉，衰草寒烟无限情’，如此凄飒，便非永年之兆。你能想想这个，便自解了。”宝玉因忆那葬花诗，较此尤甚，便点头叹息：“林妹妹曾经离伤，自不免这般意绪。”湘云道：“曾经离伤的都这样么？”那宝玉上下打量了湘云一番，却只痴痴的。湘云又道：“这个，你不以为然。难道你终日里想林妹妹，能想活了他么？反倒把身子弄坏了。太太知道便不说，老爷知道了，你少不的挨骂。（偏锋已胜，复以堂堂之阵临之。）林姐姐天上有灵，见你如此，也不安生。”宝玉无言可答，只好点头称是。（最后祭起“林姐姐”这件法宝，宝玉只得降伏，此湘云二功也。）

湘云要走。袭人道：“有工夫常来说话儿。”湘云道：“不提来你们家说话儿尚可，提起来，没的叫人心里凉半截子。那年我替他拾回金麒麟，还撵我呢，况如今没的任何功劳，岂不又要撵我！”说着又笑了。宝玉向袭人道：“提起那个麒麟，你替我放手边，近日要用。”湘云道：“又有何用？”一语刚了，秋纹走进来，回道：“冯大爷处有人来。”宝玉出去。袭人轻声向湘云道：“我说了，你可不许恼。”又小声笑道：“他早就说，你有个金麒麟，想把他的金麒麟送给卫姑爷，一对金麒麟多好！”湘云听了，道：“这也没有什么可恼的。姐妹兄弟在一起好，原是要互相体贴照应。（宝、湘间如此磊落，偏有嚼舌者胡言乱语。）他不过看了那书上、戏上的才子佳人，都有一点子物事作表记，便想着这么做，也不过是爱惜我的意思。其实，谁又才子佳人了？（好句。）男婚女嫁，谁家没有？难道就都得有点什么东西作配？他送人呢，是他们弟兄的情谊，他不送人呢，我也不必理他。（又是一个倒核桃车子的。）为这个金麒麟，还惹得林姑娘挂在嘴上，只怕一个金锁没完，又是一个……”说话到此，“嗤”的一笑，不说了。袭人盯了他，笑道：“怎的不说话了？再往下说好听的！”湘云红了脸，嗔道：“偏你耳朵尖！”（快人快语。）又道：“往后，我也带来说说话，他再想不开，你使人叫我去。”说毕，立身走了。一时宝玉回房，袭人问他：“何事？”宝玉道：“冯大爷家来了个郎中，极高明，请去吃酒相会。并说已请了陈世兄、卫世兄。”袭人道：“既然有卫大爷，你可带去金麒麟。”宝玉笑道：“也罢了。我原想送到卫府，明日趁便给他，也好。”

次日宝玉带焙茗、锄药几个小厮，骑了马到达冯府，紫英接了进去，让至凝碧轩。

那郎中姓林名和表字致中，（说郎中，郎中即到。）今日与宝玉初会，互道久仰，尚未攀谈，若兰也到了。接着陈家有人来，说有了远客，也俊不得脱身。这里紫英见人少，便命人到外书房请了吴、尤两位相公来陪。一时，摆好酒馔，众人入座。紫英斟上酒来，同饮三杯。紫英介绍林和，医道高明，其术与别个不同。要紧的是修养、锻炼，引导病人用体内之功，恢复元气。真个是着手回春。领教过的，无不称妙，大江南北竟无不知者。这番进京，应东王府之聘，为穆侯治病。今日特地请来相会。若兰、宝玉听了，无不起敬，吴法、尤满礼赞不绝口。紫英又向林和道："我这贾世兄，素昔也曾涉猎歧黄，今日特意请来，陪先生谈讲谈讲。"林和听了，忙道："今日得与诸位大爷相会，实在是三生有幸，贾大爷在此，小弟正好求教。"宝玉只道："林先生，他是随口乱扯，信不的。"众人说笑一阵，又说了些医道病案。

紫英见若兰无甚兴致，且下酒不多，便道："今日吃酒，还得行令才觉有趣。"众人称是，推让了一番，还是主人先出令。紫英吃了令杯，道："咱们还是飞花罢！雅俗共赏，不费心思。今日限用唐诗，不得飞别朝别代，至于古文、词、成语、俗语一概不用。诗句必得与本人有点子关合，无关合的，罚酒一杯。飞到自己头上，举席普饮一杯。"若兰笑道："你出令，只想着如何多销酒。不如飞到自己头上，罚本人笑话一个。"尤满礼忙道："两位大爷说得都好，竟是本人说个笑话，大家普饮一杯罢。"众人称妙。

小厮送上骰盆。吴法道："待我效劳。"随手一掷，是个一点，尤满礼笑道："好哇，抢酒吃了。"吴法吃了酒，便念道："无人不道看花回。"大家数去，正到尤满礼。尤满礼道："各位大爷在此，如何先给我酒吃？"吴法道："这个，你可不再说我抢酒吃了罢！"说的合席笑起来。林和便问："这句诗关合何事？"吴法道："首字是个'无'，岂不与贱姓同音？"尤满礼笑道："这可真是俗话说的：好个秀才，别字布袋。你虽坐过几天村馆，却连秀才也没的考取，只好算别字大缸了。我可不能学你。"便吃了酒，念道："'满身花影倩人扶'。首字即是贱名，敬林先生一杯。"林和端起酒杯，饮过，回顾几上晚菊，道："'长到花时把酒杯'，如何？"都笑道："还是林先生说的好，即事即景的。"下面若兰接令，说的是："落花时节又逢君。"林和问道："卫大爷莫非有江南之行么？"若兰道："人生行止，何能预定。此路不通，自有通路。行藏、行止，一字之异，其理一也。岂止江南、塞北，便是蓬莱、昆仑，只要我辈有意，便可命驾。各位前程无量，日后，安知不遇于山阴道上？到那时，君骑马，我戴笠，各位如能下车相揖，便是今番此会的交情了。"说毕，又连连嗟叹。（前书但知有卫若兰，此处初露音容，便觉慷慨悲壮，足配湘云。）紫英道："今日知友相聚，正是千金难买之乐，何发此言？是必罚酒！"若兰认罚，饮过。于是，紫英接令，只见他擎了酒杯，沉思不语。吴法道："大爷酒多了，我来代说一个。"紫英道："便有两个现成的。只是我想飞到自己头上，多销几个酒。有飞到自己头上的，又没甚关合。"说罢，又想了一会，笑道："亏得搜出一句，也还有些关合，说来请教。"便吃了酒，念道："'花近高楼伤客心'，（即景、即事，好句。）如何？"众人笑道："也罢了，你只想让我们吃酒，我们也想听你的笑话呢！说不笑人，我们一概不吃。"

忽小厮来回："老爷营中来人，立等大爷回话，说只是一两句，不误事的。"紫英笑问："来客是一人乎？两人乎？"小厮瞪了眼，想了想，道："是一个人。"紫英又问："是女人乎？男人乎？岂有要紧话哉？"小厮道："自然是男人。大爷说'乎'，我还能猜个意思。大爷说的'话哉'两个字我便不懂。"紫英肃然端坐道："孺子可教又不可教也。"众人没的听完，便都放声大笑。紫英道："下面该尤相公接令了。小弟暂且失陪，到前面说一两句话便来。"宝玉道："你还没有说笑话，怎便交令。"紫英笑道："笑话者，发笑之话也。各位俱已大笑，我如何不交令！"说毕，笑着去了。这里接着行令，一时，令到若兰，若兰道："我替主人多敬一杯，就请收令。'桃花净尽菜花开'，敬宝哥、主人各一杯，我陪一杯，不解释关合之处了。"紫英恰走进来，听说，便道："好，好，我多陪一杯，收令。"于是三人吃过，小厮送上面巾，大家擦面。紫英又让宝玉、若兰行令。

宝玉素知若兰射技无双，环顾在席的，有一半不能射，便打了主意。（看他心机如何？与在贾雨村之流面前，判若两人。）道："文武之道，一张一弛。方才飞花是文的，咱们再来武的，比箭如何？那位没有习射，可旁观监察。"林和道："极妙，正要观赏各位大爷的高艺。"紫英便领众人到射圃来，小厮搬了酒肴跟去。待得收拾停当，宝玉道："咱们还应赌个利物才是。"说毕，掏出金麒麟放在几上。若兰说道："今日恰带一件罕物儿。"说着，拿出一把折扇，打开，道："这是米襄阳真迹。三个月前，一个朋友送我，今儿特意带来，劳众位法鉴，就赌他罢。"林和接过细细赏玩，赞不绝口，又道："果然难得。"紫英已命人取来一支玉笛，说道："这不是常见的横笛，这是浙省竹子，冬日里伐竹制器，最为难得。"

若兰接过，瞧了竹节，欢喜道："果然好笛。"（行家，此笛当是独节。）先不射箭，就吹起一套《落梅花》，果然嘹亮清润。那宝玉目凝玉指，心逐行云，耳闻流水，恍处江城，（此"江城五月落梅花"也，岂寓日后随父远谪乎？）不觉呆了。曲终，众人叫好。紫英叹道："佳则佳矣，只是可惜了。"众人忙问端的。紫英道："昨儿原是差人去寻琪官，今日同会。谁知京城里竟无此人踪影。今日他如在座，婉转一曲，配此笛音，众位自想，当又是何等妙事！"若兰更不谦让，又把玉笛放到唇边，便听得金戈铁马，锹锹铮铮，狂风卷沙，呼啸而至，都不觉立起身来，大有临战之态。（箭尚未比，已先声夺人，叙来总不直至。）一时曲终，紫英等都道妙极。宝玉听着，并不用人让，取杯自饮，一连三杯，笑道："竟不知卫兄弟有此绝技！"于是众人共敬若兰一杯，方各自拈弓试力，活动肢躯。

紫英便请若兰先射，若兰也不推让，拈弓搭箭，真是个"左手如托泰山，右手如抱婴孩"，弓弦响处，已中鹄的。喝彩未了，第二箭又射中了。第三箭手略颤些，擦着鹄边，"嗤"的一声飞过，把鹄边擦了一块。大家喝彩，林和举酒相贺，若兰一仰脖子吃了下去。下面该宝玉，头两箭也射中了，第三箭却从鹄上飞过。林和也敬了酒，紫英笑道："宝兄胜不了，我更不成。"宝玉笑道："你天天练的，比不得我这手生。"紫英道："且试试看。"说罢，"嗤"的一声，恰中鹄边，那箭颤了几下，几乎坠地。第二箭却好，正中的心，众人正在喝彩，第三箭只差一尺未曾到的，便中途落下。林和笑道："冯大爷若非臂力稍差，这第三箭是要中的。"紫英接了酒，一饮而尽，笑道："果是卫兄胜了。”林和便将利物推与若兰，道：“卫大爷好箭法，好运气，今日得彩。”

若兰笑着，取了扇子递与林和，道：“知先生颇爱此扇，即以相赠，幸勿推却。”林和道：“无功受奖，如何使得？这真是却之不恭，受之有愧了。”接了扇子，又道了谢。若兰又将玉笛与金麒麟还给紫英、宝玉，道：“二物请代为保存。”宝玉笑道：“原是赌个彩气，何必如此！”若兰道：“宝哥有所不知，今后此身尚不知何属，况这些身外之物，竟是归还原主为是。”紫英道：“卫兄何出此言？令人不解。”若兰叹道：“此时不必说了，日后你自然知道。”宝玉道：“我不会猜谜儿。这只麒麟我不收回，也不准你转送别人，还要你时常佩在身上。仿你一句话，此时也不必说了，日后你自然知道。”说了，便与若兰佩上。紫英笑道：“这笛子也让我替你佩上么？”若兰见如此说，只得接了，回手递与小厮，命他在意拿好。众人说笑一阵，仍过前面来。若兰道：“酒够了，请赐饭罢！”一时饭毕，茶毕，宝玉、若兰称谢辞归。

宝玉因邀若兰相叙，若兰道：“近日将有大变，家中事繁，亟待料理。你不知北府事么？尊府也宜留意为是。”宝玉点头，又道：“既是这样，我便告诉你：舍表妹有个金麒麟，我因特意送你这个。”（此处，玉兄呆气，荡然无存矣。）若兰方得明白，便道：“宝哥如此厚爱，我自加意爱惜，决不转送他人。”说罢，分手而去。

原来若兰之姐是北静王弟媳，北王不得自便，卫家一日三惊，杜门谢客，若兰早已不出门了。今日紫英相邀，都是切已要好之人，方才与会。且说若兰回家，次日便有旨意，提卫功，讯问与北王府过从之事。卫功虽百口辩解，彼此仅系姻亲来往，不及他事，无奈过从之密，尽人皆知，却也难脱干系。不数日，便有旨意，将卫功迁三千里外，带原衔军营效力，并要妻妾随行，其子卫若兰年幼，不谙事体，不便独留京师，也著随侍其父母，俾尽孝道。卫家自然遵旨行事，一家五人全徙蛮瘴，也非甚难，只有若兰婚事，无法料理。当日史侯在京，已经允婚，双方亲友、媒人都知道的。正待择日放定，（与前书金麒麟回正合，已经允婚，故袭人道喜，未曾放定，故王夫人只说眼下有婆家了，好细。）不意史侯奉命，仓卒离京，赴任外省。当时，彼此都说，他两个都还不大，索性待史侯任满回京再办。谁知今日卫家离京，限期又甚短促，不得与史家商议婚事。若等待日后两家返京，真不知要等到何年何月。卫功道：“目前，咱们也是有罪之家了。虽是天恩浩荡，未曾问罪，此后究竟如何，实在难说。好在未曾放定，不如把话说明，各自另议亲事。第一，免得耽误人家女孩，咱们也省了操心。岂不比日后双方作难强！”只为史侯全家远离京师，当日媒人也不在京里，若兰之母便坐车来见贾母。当下寒暄已毕，便说起此事，请贾母主张。贾母沉吟半日，方道：“论说呢，咱们三家都极好的，虽是没有放定，也不应别议。若不另议呢，又没有成亲指望，空自耽误了两个孩子。他叔叔又不在京里，我也作难。且待我们商议了回话。”若兰之母听了，知即时难定，只得告辞而去。

这里贾母与王夫人、凤姐合计。那凤姐虽是足智多谋，此际也束手无策，（难在史侯不在，无人作主，凤姐纵多智，其奈贾母无此权何？）好在已听出贾母之意，便道：“史家叔叔那儿来不及捎信了，老太太如怕委屈了云妹妹，先给他透个信儿，听听口风，好么？”贾母道：“正是这话，你就去一趟。”（究其实，是叫湘云自己拿主意。）凤姐应了。知湘云在宝玉房中，便寻了来。

只见湘云帮袭人料理针线，便将袭人支使出去，悄声问湘云道：“妹妹可知卫家出事了？”湘云听说，吃了一惊，忙问：“何事？”凤姐道：“听说受北王府连累，还是从甄府事牵及的。卫家自身没别的罪，眼下全家就要迁出京师，到边远地方效力。”湘云听了，呆了半晌，由不得长叹，问道：“你听谁说的？”凤姐道：“卫家惦记着妹妹，又拿不出主意，才刚来请老太太主张。”说毕，只瞧湘云。湘云默思久之，眼中湿润，扭过脸去，不语。凤姐又道：“他家怕落埋怨，史家叔叔又不在京里，便把这个难处推与老太太了。”见湘云仍不言语，只得试探着说：“老太太也很为难。想着不如各自另议，两家都不作难，好在并未放定。这话还没有给卫家提，先把他们支吾走了。”

湘云听了，不以为然，立时扭过头来，红了脸，侃侃而谈，说道：“论礼我不该说，老太太也背晦了。议妥了这么多年，眼下又要另议，这成何话！老太太顾恋我，我知道。只是不该这样。别说此事，就是交友，也不能见人一时背运，便不作朋友了的！”（掷地有声，愧杀多少男子汉，补书人岂亦深有慨乎。）凤姐听了，忙问：“如是卫家怕耽误妹妹，也这么想，咱们应不应他？”湘云听了有气，乃道：“这也说不到耽误不耽误。他们要是嫌弃我，叫他们指出差错来！”凤姐见湘云辞严义正，毫不含糊，忙道：“卫家眼下这景况儿，只怕咱们嫌弃他们呢，如何能嫌弃咱们，都是一片好心，妹妹别会意错了。”湘云气犹未平，也不顾前虑后，也不管是不是女儿该说的话，冲口便说：“告诉他们，只管自去，日后呢，不管何等事体，总有个了。我能等他，就是等白了头，我也等他回来。”（苍天可鉴！苍天可鉴！湘云已知贾府诸人谁也难拿主意，只得自己开口。）一语方了，双手捂了脸，抽泣不已。凤姐啧啧称赞道：“妹妹真是心胸、志量、说话、行事令人赞敬。明日回他们就是。还有何言语，一发告诉我，知会他们。”见湘云又不言语，知他心中难过，便宽慰他道：“我回了老太太，请老爷写封书字，知会史家叔叔。妹妹只往宽处想，保重身子才是。”说着，也不禁伤心。又唤袭人来，命他伺候湘云理妆，自去回复贾母。卫功听说，仰天叹道：“不图天理人情，存于深闺弱质！”（着眼。此湘云第三功也，此功绝大，我欲振衣整冠，焚香礼拜之。补书人深谙“闺阁昭传”之意。）全家立即上道。

这里湘云因念自己命薄，自幼失去双亲，叔叔、婶娘虽百般照料，怎比得父母？多亏常在这里居住，姊妹众多，方解烦愁。听说卫郎才貌双全，文武兼备，心中喜欢，自许不虚此生，不想，又突然生此变故。言念及此，不禁扑簌簌掉下泪来。小丫鬟端来面汤，袭人一边替湘云挽袖卸镯，一边轻声问道：“出何事了？”见湘云不语，又道：“有何难处，告诉我，或许我能效力，也未可知。”湘云摇摇头，道：“不必。少一人知道，就少一人难受。（仁者爱人，如斯如斯！）且这些事我也不在意，竟不必再提。宝哥哥回来，叫他把这里的《全唐诗》给我送去，我好排遣日子。”（究竟难以释怀，方以读诗排遣。脂批云：“湘云是自爱所误”。自爱，诚然，湘云不以为误也。）袭人连声答应，湘云盥洗已毕，正要回房，却见惜春走了进来，只得止步，拉了手坐下。

袭人捧茶来，向惜春笑道：“姑娘好希罕，今儿得闲？”惜春道：“找你二爷问书，偏又不在家，那去了？”袭人笑回道：“有一徽州博士来拜，送一个葫芦为进见礼，喜欢的无可不可，外书房相会去了！”回手壁龛里拿下那葫芦来，众人瞧时，只见其形如倒伞，条蔓为伞柄，柄端有钩，刻鹦鹉嘴，伞面上天生长成斜风细雨纹景，又有阳文小方印，镌隶书“真趣”二字，刀法简净，朴雅之至，无不称妙。忽听院中老嬷嬷喊道：“黑云彩往南跑呢！谁晾的衣裳，快收拾罢！”接着“咯叭叭”一阵雷响，窗纸也震得发颤。惜春诧异道：“如何冬天还有这么猛的雷！”袭人道：“八月响雷，遍地出贼。冬天响雷，想必贼太多了。雷公老爷要殛贼呢！”湘云道：“多响几声才好，这坏人也忒多！”惜春见他恨声怨色，说的认真，笑道：“姐姐不见《雷虚篇》么？如何也信这个？”湘云却道：“这个，自然是妄言。你不见那方学士，犯的何事，连门生也没的躲过，那诬告他的坏人，也没见雷公去殛死一个！”惜春叹道：“这也难说。既不肯敛才就范，又不能避世远祸，多好的人品才学，可惜了的！”又道：“没听说殛死坏人，却听见把文庙殛了几处呢！”袭人听了，惊道：“怎么殛了圣人庙？雷公老爷不怕见怪？”一语未了，便见帘子掀处，宝玉走了进来，笑问：“何事？见怪不见怪的。”湘云笑道：“雷殛文庙，岂不见怪！”宝玉不解。惜春把才刚的话重说一遍。宝玉笑道：“天下自有明白人，那能怪得许多！《春秋》善五伯而孟子黜五伯，也没见说那个怪罪孟大夫。”（着眼。）一面说，一面接了茶，又让湘云、惜春吃茶。

惜春道：“不说这些闲打牙的笑话了。（一段深闺闲话，难陷锋芒，至此却轻轻扫过。）有个故典，不得明白，你们给分讲分讲。就是那范缜的事，当年两造各执一词，辩论不休，究其实，是神灭，还是神不灭？”（好大题目，惜春与佛如此。）宝玉不禁大笑道：“这个，争了千百年，再过千百年也未必不争。（好大口气。）我说了你也未必信可，何不自去参悟。”（一语过下，了无痕迹。）湘云听他又说参悟，禁不住鼻子里哼他一声，道：“还参悟呢！不记得那年林姐姐问的你一个字也吐不出！”惜春不解，湘云便将当年问机锋的事，细细说与他听。惜春抿嘴笑道：“二哥哥，难为你博览杂收的，竟没见六祖传下的秘诀！”宝玉因问：“是何秘诀？”惜春笑道：“听妙玉说，这叫话提两边，不认一面，怎么说都有理，极为圆通，还叫对手似解不解，才能见出高深。（好深佛理，妙玉与佛如此。）比方说，林姐姐问你：‘你有何贵，尔有何坚？’你便从亦贵亦坚与不贵不坚的夹缝里打个比方，再把话说得拐个弯儿，略含蓄些。或用个不大切当的典，叫他摸不清你要说的是何玄言妙旨，到那时，哑口无言的不是你，而是林姐姐了！”宝玉明白了这个真诀，不禁笑道：“说的好，待心闲了，咱们也来一段机锋顽儿。”（原来只是“顽儿”，宝玉与佛如此，却与“悟禅机”回“不过一时的顽话罢了”相对。）日后他们是否再顽一段机锋，那要看宝玉能不能心闲了。暂时说不着。

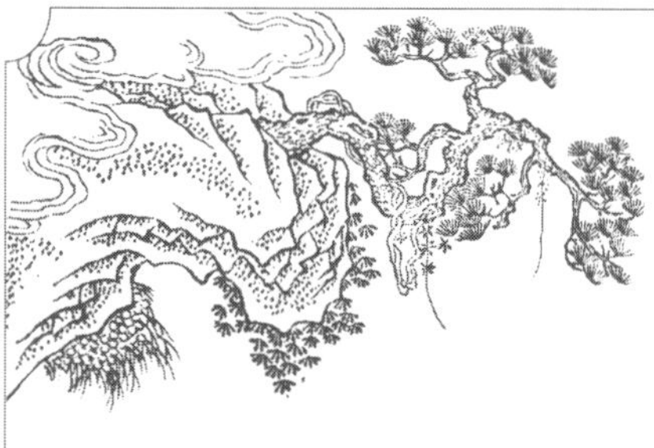

第九十二回

茜纱窗绿鹦留音韵 缃芸馆银蝶返家园

贾政料理家务，竟无从下手，所有措施皆来自凤、探、琏、赖，无一策为己所出，信是不识庶务。

前部“兰言解疑癖”宝钗不满读书做官之人。此回书用“读书明理”“辅国治民”又一点，其意岂在引人回顾前部理解后部宝钗之变乎。

话说贾政见宝玉受北王府牵连事，虽未酿成大祸，心里也沉甸甸的，不知如何方是。因念莫非那卦上说的危中有安，便是指此而言？若仅如此，倒不必犯愁了。不管如何，那先生的卦是准的，不见寻玉的事么。我只惊惧谨慎便了。只是家计艰难，比那寅年吃了卯年粮的尚且不如，林家那宗银子，更是填补无望。如是再任琏儿两口子这般做去，真不知将过到何等地步！是必得亲自料理一番。无奈素昔不惯生计，料理也无从下手，少不得仍唤他夫妻并赖大两口子来，（居其位，不明其事者如是。）吩咐道：“有何善策，只管说来，如属可行，我自主张。”那王凤姐自上年受了挤兑，心灰意懒，事不关己，便真个高高挂起，只做好好先生。公中的事，且喜探春出阁，仍是自己掌了，诸凡于己无益，便仍依祖宗旧例行事，不去逞能。（可与“生嫌隙”“抄园子”二回合看。）今见贾政决意要整饬一番，方将素日所虑说了出来，任贾政采择施行。其要是：核实各处庄田，重订规约，有庄头难以胜任的，都另换妥帖之人，再放一批能报效大宗银子的下人，各行当或并或裁，或减人员。计：古董房、银库，一概并入库房，裁去园中厨房，撤各院门并内、外书房当值，统归二门上答应；仓房、茶房、门房，连同园子角门上的，并长随、买办，均减三之一。（措施不外开源节流，对付目前局面尚属有见，前回送探春时所言非虚。）贾政都依了。独是购置祭祀产业并家塾供给二事，因眼下十分拮据，推迟办理。又因赖大之议，园子各角门上不减人，内外书房留下二人当值。赖大家的也道：“各房丫鬟、婆子、媳妇，人多事少，成日闲着，专管生事，是不是也减三之一？”贾政道：“这些人也太多，除老太太房中外，裁去二之一便了。”又赞赏探春之法，因目下园中空闲院落甚多，越发命各处看房的嬷嬷，照管本院竹树香花，所有空地，一概补种有收益之物；河池里养了鱼虾，普种莲藕；所裁丫鬟、婆子、媳妇便分到园中种植。园中收益，都折合了银子；各房停分年例。日用排场，除亲友往来与贾母份例外，都依次减等。（大家世族，无论如何拮据，这亲友往来上绝不能减等，所谓死要面子。）如此一来，从纸面上计算，一年日常收支，亏欠不大了。又依贾琏主意：遣赖大带几个相公到南京去，核查庄田、房宅，并及几处生意，裁汰浮员，不成事的田房，就地变卖，务期能较往年好些。以上种种，回过贾母，贾母允了，只命宝玉房中要多留几个大丫鬟，自己房中去几个，仍凑原数。（爱孙心切，如斯如斯。）因此，园中虽无往日繁华兴盛，却也还不怎么残破，只不过将一个女儿世界，变成老妇天地了。（诸公记清，大观园虽在，已非昔日风貌矣。）这且不表。

且说那薛宝钗照应黛玉多日，本已操劳过甚，黛玉逝后，薛蟠捐了驿丞外任去，夏金桂独自在家，每常生事，闹的日夜不得安宁。待送黛玉灵柩南归后，便一头倒下，医药不断。幸是夏金桂席卷细软，归宁不返，方得耳根清静，安心养病。看看病已大好，因念黛玉临终嘱咐代为理诗，着实该动手了，便遣莺儿先去知会宝玉、湘云。到次日，且喜天气晴暖，便过这边来，先请贾母、王夫人安，又与众姐妹见过。众人见他已是大好，自都喜欢，闲话一番家常。然后宝钗、宝玉并湘云出了贾母正房，去潇湘馆理诗。

湘云道：“好久未曾到园子来，咱们先各处走走罢！”于是三人下了大道，循小径，越溪沿山，迤逦行来。在犄角上河水弯处，见一藤架，倚岩临水，下覆一堆黄土。（此花冢也，其位置与“妙词通戏语”回合。细。）土堆上杂草从生，多已枯干。宝玉停步，凝视一番，便踏了石磴，下到水边，捧溪水来，洒到土堆上。湘云不知何意，巡视周围，见藤架柱上有一片削平之处，上镌“花冢”二字，因问宝玉。宝玉叹道：“这是进园子那年，林妹妹葬花之所，事后，搭了这架子，又移来这棵紫藤。如今紫藤满架，宿草盘根。”语未尽，眼已潮润了，忙扭过脸去。（睹物思人，谁不下泪。）宝钗道：“原来如此。想是取的秦少游词意？”宝玉点头不语。（补书人亦掉书袋了，何不将本事略叙两句。）宝钗叹道：“词人境厄，知友云亡，落花有知，也当伤心。”又道：“林妹妹高情逸致，古今无二，自不必说了。只这待人情真，便使人永不能忘。想上年，妈妈生病，林妹妹以多病之躯，侍奉汤药，数日不回潇湘馆，较我这亲女儿还胜几分。前日妈妈说起老家事多，应得回去料理，届时，定要绕道苏州，到林妹妹坟上瞧瞧。”宝玉道：“他娘儿两个真是有缘，林妹妹屡常说起，那年幸得姨妈照料，又开导宽解，才没有酿成大病。”说话间，湘云已命翠缕到栊翠庵借来笔砚，自向横楣上题了“天上人间”四字。宝玉见隔岸菊圃内竟尚有一枝黄菊未甚枯干，便命秋纹折了来，亲自插在花冢上。宝钗因叹道：“‘孤标傲世偕谁隐’，还记得罢？”湘云点头不语。（又是一个“点头不语”，伤感缅怀之状如见。）

三人又观望一会，绕道蘅芜苑流连一番，又沿翠樾埭行至花溆，方见丫鬟们往来。（与七十八回宝玉所见翠樾埭上境况合，细。）拐过去，循小径走至稻香村，看望李纨。宝玉道：“你们瞧大嫂子，我先知会祝妈收拾去。”说毕，带人自去。

钗、湘进入李纨卧室，见他也大愈了，在案边写什么呢。湘云且先瞧他写的，原是一阕《望江南》，道是：

江南望，悄悄问苍天：一代红颜何处去？千竿翠竹为谁妍？魂断谕初宣。

知是追和众人之作，只是不解其意，（凤姐为宝、黛提亲时，湘云不在场也。）正待问时，李纨收了，道：“还没的推敲呢，不比你们的。”随手把另一纸递与宝钗，命他瞧了也补作一阕。宝钗忙接过。只见上面写道：

望江南

潇湘子仙逝百日，妙玉等于大观园潇湘旧馆设奠遥祭，率成短章，聊寄情思云尔。

其一　妙玉

江南望，难忘共飘蓬。吟就曾看香絮起，梦回难觅玉犀通。倚槛数归鸿。

其二　湘云

江南望，难忘共依栖。冷月葬花芳沼上，寒烟萦竹画桥西。寻梦玉绳低。（事往情在，无一泛语，自是以此为最。）

其三　岫烟

江南望，难忘读君诗。信是风流高格调，一篇《问菊》铸新词。何以破愁思？

其四　宝琴

江南望，风日正凄清。千里孤坟何处是？山阳重过不胜情。玉笛正飞声。（化用前人语境，终不如妙、湘之实事实情也。）

一面默诵，早已珠泪盈眶，道：“偏是他百日，偏我病着。”素云送上茶来，大家吃茶，宝钗已是吟就，拈笔写出，湘云念道：

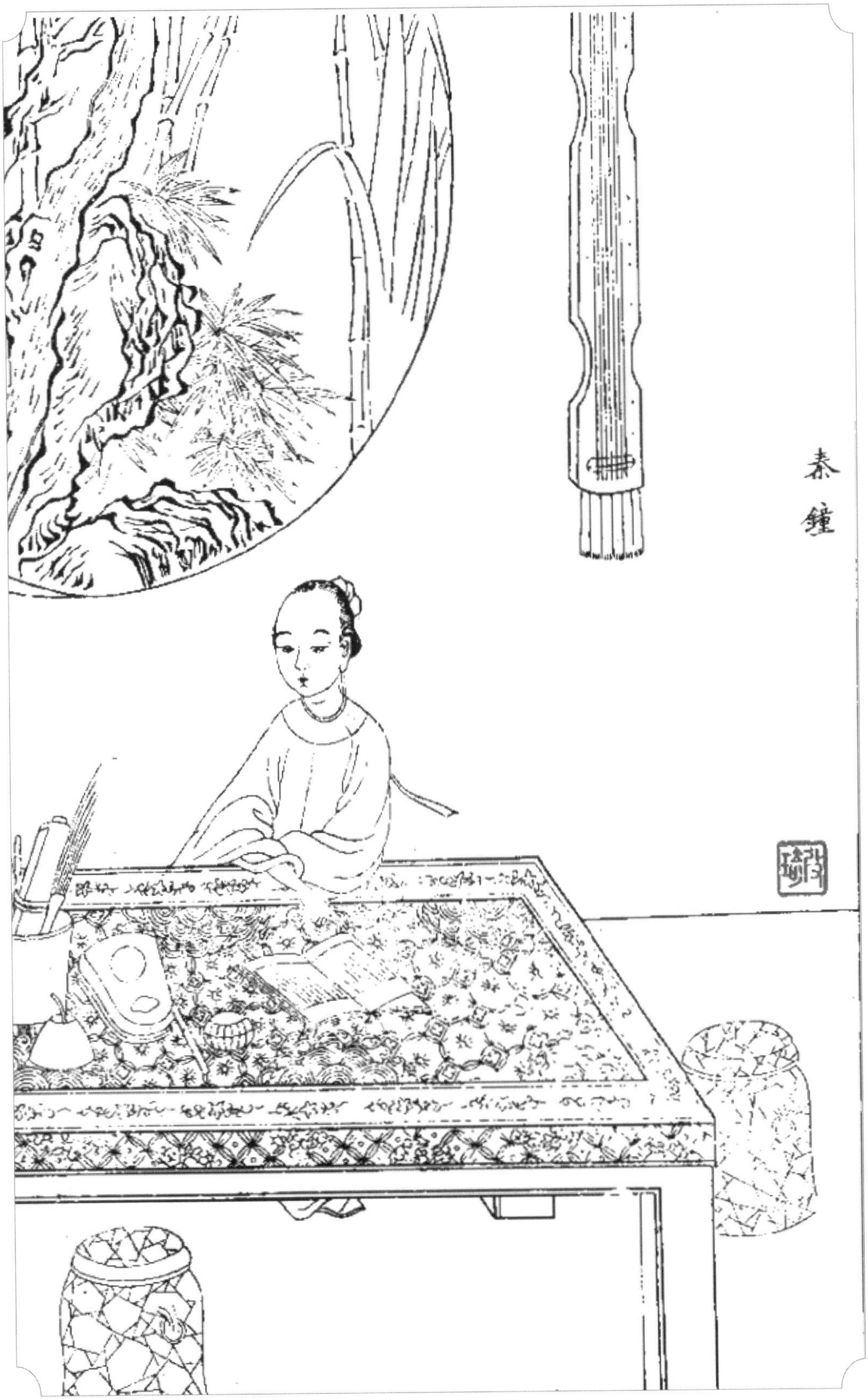
秦鍾

江南望，何处觅知音？一自潇湘人去后，便教寂寞到如今。争忍抚瑶琴！

宝钗向湘云道：“自从林妹妹辞世，心绪不佳，况家中七事八事的，竟未能作诗悼念他。你们怎的想起这个？”湘云道：“原是妙玉梦中得了一阕，百日那天，他念与我们听，因都作了。”宝钗因说起今日要与黛玉理稿，问李纨精神如何。李纨道：“躺了这多日，也真想出去走走。”于是，三人起身，出了稻香村，向西沿沁芳溪，穿滴翠亭，进入潇湘馆，看房子的老祝妈忙打帘子，让进屋来。只见烛焰摇悲，香烟萦惻，当中壁上挂了影像，三人上前凭吊一番，李纨道：“难为这位女史，只见过林姑娘一面，竟然画的如此逼真。”湘云叹道：“虽然逼真，林姐姐那股秀逸之气，终究不得传出。”众人这才步入里间，见依然是：

斜绣彩鸾金缕被；
淡描竹影茜纱窗。

果然，一切仍是生前摆设。那宝玉正看着丫鬟们移火盆、铺椅垫、陈列文具，见众人进来，叹道：“紫鹃也不在，往事竟难寻觅了。”（自“山河依旧，人事全非”化来。）李纨道：“先做好眼下事罢！”

宝玉掀起橱帘，把诗稿尽行拿出，四人随意坐下，先把未曾理过的放在一旁，只取黛玉自己理过的，各人随意看去。内中诗作多曾见过，也有几首连宝玉也未曾寓目。又共同看了几首改笔后，方看尚待整理的，宝玉因问宝钗：“如何着手?”宝钗道：“据我意，今儿只能大致翻阅一遍，缺那首，先补齐。随后再逐细商量。”众人称是。宝玉道：“还有一首《秋窗风雨夕》呢，无存稿，待我写出。”宝玉执笔，一时写成，湘云轻轻吟诵，到“已觉秋窗秋不尽”，突然听得黛玉念道：“那堪风雨助凄凉。”众人大吃一惊，（我也大吃一惊。）抬头看时，原来是那鹦鹦。湘云道：“好个灵物儿，林姐姐的音韵让他给留下了。只是他念的是‘助凄凉，你这里却写的是‘助秋凉’。”宝玉顾不上答言，忙站起来向鹦鹉作揖，央道：“好鹦哥，你多念几遍，让我们再听听!”莺儿、秋纹并翠缕等人，都在旁抿了嘴，相视而笑。

湘云念毕，宝钗道：“这首七古，职、锡、缉三韵相押，与《葬花词》相似，都不妥当。《葬花词》又是先、盐相押，那就更为不妥了。”宝玉道：“这是林妹妹与前人分争处。姐姐你瞧《桃花行》不也是缉、陌相押么？且是寝、梗相押呢！这就更出于韵书规矩之外了。”宝钗又看《桃花行》，果然。湘云因问宝玉道：“他既这样，定有主见，你且说说!”宝玉道：“林妹妹引古证今的说了许多，一句话，作近体，自然要依韵书，古体则不必。六朝以前，没有韵书，所以两汉诗赋，韵脚颇杂，只能是各依各的口音，其中自然也有不少人依当时帝都口音押韵。后人依韵书作古体，反失了古人真意。他这几首诗，依咱们口音读来，岂不正是押韵么？那次我当着老爷作诗，一时不及检点，也便纸韵、语韵相押。亏得当时人多口杂，老爷没有工夫推敲，不然，我要挨骂呢!”这却把三人说笑了。宝钗想了想，因道：“你那支《寄生草》齐微与鱼模通押，也是此意么?”宝玉道:“正是。如此押韵,不碍唱的。”宝钗点头道:“也有道理。”(补书人有《试析〈红楼梦〉中七古用韵与作者语音之关系》一文,论之甚详。)

又翻到《问菊》,宝钗道:“十二首菊花诗应以这首为最,谁知大嫂子睡的糊涂,却把《咏菊》算作擅场!只这章法,便出杜律之外,至于立意用情之佳,是不待言的。”李纨笑而不答,只道:“林妹妹作诗,意重于律,还是多留心立意为是。”宝玉点头道:“说的是。记得那年,因我偶尔兴至,续了一段《庄子》,林妹妹给批了一首绝句,三个韵脚倒有两个相同。连韵脚都不讲究,何况平仄!”李纨忙问:“那首绝句,怎么没听说过?”宝玉道:“他这稿本里也没有,想是游戏之作,未曾收。”说着,便念道:

无端弄笔是何人?作践南华《庄子因》。
不悔自己无见识,却将丑语怪他人!

才刚念毕,湘云便问他:“这‘无见识’的,自然指你了,但不知你又如何丑语怪人?”宝玉忙道:“咱只瞧这首绝句用两个人字押韵就是。”湘云听他如此遮掩,越发要问,宝钗也要他背诵所续《庄子》。宝玉扭捏了一会,方道:“我背了,你们可不许恼呢!”见宝钗颔首,也只好从“焚花散麝”一口气背到“彼钗、玉、花、麝者,皆张其罗而穴其隧,所以迷眩缠陷天下者也”。宝钗听了,焉得不嗔,便发话道:“这可是新文。你闲着无事,却拿我们醒脾!林妹妹批的极是,诗稿里定要补上这一首!”宝玉忙央求道:“好姐姐,我再不敢了。好歹别收这首诗!你瞧,林妹妹便未曾存稿!”宝钗见他面有惭色,只得罢了。

这里宝玉指《五美吟》中红拂一诗道:“红拂作为,自是可敬,李靖配他不上。”湘云听了诧异,便道:“你这话怎讲?李卫公能说是禄蠹么?(这“禄蠹”名言,前有袭人、贾琏,此有湘云,后有甄宝玉、柳湘莲皆知之。)怎么也不合你的脾胃了?”宝玉答道:“那红拂能看出杨素尸居余气,李靖却向他献奇策,岂不是李不如红?”湘云辩道:“李卫公终于离开西京,与红拂岂不是一条道儿上的?”宝玉驳道:“未必。若不是红拂夜奔,他怕杨素追查,恐怕还在旅舍里,等待杨素召见拔擢呢!”宝钗听了,也不以为然,因道:“就说是李卫公起初投人不当。然而有志之士,读书明理,原为了辅国治民。(语意自“解疑癖”回之“兰言”中化出。)隋势虽险,如擢用卫公,何尝不可因卫公之力,使那杨家天下稳下来?卫公日后佐太宗成就大业,也应是诸葛武侯一流人物。难道因世有权奸,武侯就高卧南阳,不以苍生为念么?”

宝玉听了,忙道:“好久不听姐姐高论,今日有暇,咱们且琢磨琢磨。先说杨素为人,能用卫公么?隋家那天下,还要叫他稳下来么?(令宝钗惊讶。)姐姐既请出武侯这位大贤。须知,武侯生当天下四分五裂、民不聊生之际,得遇同心之辈,大家协力,终于做出一番利国利民的事业来。若生在李林甫、严嵩当国之时,满朝唯事钻营,他又能有何作为?(令宝钗点头。)又如现今目下,天下一统,百废俱兴,人人安居乐业,四夷无不臣服。满朝官员,个个都是稷、契,人人皆怀经纶,(此论宝钗不能颔首。)又何必要武侯出山?况且制礼作乐,圣教推行,便有红拂,也必谨守闺范,见了李卫公,也不敢夜奔了。”（令宝钗沉思。）那薛宝钗听他一番说话，先是惊讶，继是点头，听来听去，却被他这番话“迷眩缠陷”住了，只扭过脸望那纱窗外，神驰目凝者久之。李纨听他三人争的有趣，也便拿起诗稿去看，原来写的是：

长揖雄谈态自殊，美人巨眼识穷途。
尸居余气杨公幕，岂得羁縻女丈夫。

看毕，又思量一番，乃道：“据我意，这首诗只是把李卫公、杨素作比，以见红拂有识，令人可钦可羡，没有什么过不去处。”

话未说完，便见鸳鸯捧了一盒子内造精细点心走了进来，说是老太太命送来的，还命慢慢来，不要赶出病，日子长呢！湘云、李纨、宝玉都站起来应了，宝玉因向宝钗道：“姐姐请用这点心。”宝钗回头却道：“你这点心，我领会了。”（领会了什么，诸公请猜。）李纨闻听此语，不禁失声笑道：“蘅芜君，你怎的也痴起来？宝兄弟请你用点心呢！”宝钗这才醒过来，把脸红了，嗔道：“就是宝兄弟，专会胡扳乱扯，这不成了作武侯论么？让人家通人听见，岂不笑掉大牙！明日闲了，专请你说顿胡话，倒开心呢！”（你看是否，原来宝玉只是作武侯论，“通人”请勿猜疑，作书人可未曾干涉世事，不过是宝玉“胡扳乱扯”寻“开心”而已，钗言可证。）宝玉也笑了。大家用过点心，吃茶，又商谈一阵，直到丫鬟来请吃饭，方过前面去。

自此，宝钗每日过来，连那妙玉听说了，也时来商议，每逢劳乏休息之际，宝钗总找个话头，引宝玉说些疯话。宝玉见他如此，便每每高谈阔论，无休无止，必得李纨发话截住，才得作罢。（钗自重，玉无瑕，二人迄未长谈，今借理诗，情有所通，钗有意，玉乐为，相互认识又深一层。）这日工竣，各人各抄一份。宝玉拿了原稿翻阅，舍不得放下，宝钗见了，因道：“我那里忙乱，别叫他们把这原稿弄丢了，宝兄弟存着罢！日后也便于替林妹妹传出去！”宝玉抬头瞧瞧宝钗，知不是戏言，便欲留下。一时，又还给宝钗，道：“还是依林妹妹遗言，姐姐留作念心为是。日后有机缘传出时，可用我抄的这一份。”（一个从黛玉遗言传诗着想，一个从诗稿留给宝钗着想。得此知己，黛玉当略可自慰。）于是，众人出得潇湘馆，散去，暂且无话。

谁知贾母年迈之人，经不住这一连串事故，先是探春远嫁，接着迎春、黛玉先后辞世，贾政左迁，贾环行窃赶出，湘云婚事偃蹇，李纨、凤姐妯娌二人倒着班生病。还不到一年呢！想想往日，看看目前，实实难以安心颐养，心里每常闷闷不乐。前儿赏雪，又着了寒气，不以为事，只要暖着点，竟不用药。谁知三日过后，越发添了头晕目眩，高热神昏，终日不得下炕，饮食又复大减，这才请医调服。一连换两次药方，风寒是散了，仍复晕眩，烦躁不安，时作谵语，几位太医计议了，要用牛黄丸，偏家里无这药，知东府里昔年配过，乃使人去问尤氏，恰上年与尤老娘用了。市面上的货，因真牛黄短缺，不可靠。到末了，还是太医送来一小包大内用的，说是先用着，赶紧的寻真牛黄，自己配制要紧，防着日后仍要用的。贾母服药后，果然见效。贾琏便命人唤了贾菖来，将配方与他，仍着他料理。贾菖瞧那配方，不过是：

牛黄　犀角　麝香　冰片　珍珠　朱砂

雄黄　黄连　黄芩　栀子　郁金

之属，便欣然领命。

那贾菖丧妻多年，原拟续娶他丈叔的独女银蝶儿，银蝶儿父母也合意，适逢他丈叔暴病过世了，家里塌了天，贾菖又无力供养，眼睁睁看着他丈婶把银蝶儿卖进宁府。这几年，贾菖在凤姐麾下办事，攒了几两银子，想着待攒够一办，把情由告诉贾珍明白，求一求，或许能放出银蝶儿来。如今奉命配药，便想寻个机缘见见银蝶儿。于是，力主仍在宁府缃芸馆制药，又攀了贾菱相帮，便带了对牌，领了银子，立即动手，乳、煮、炙、焙，大忙起来。贾珍就近也嘱咐他，要何物件，只管说话。

这日，药栈遣人送来两块牛黄，说是："好容易从西商手里得来，请府上目验，可否使用?"贾菖解包，取出一块，状如鹅卵，完整无缺，其色深黄，外罩一层乌金衣，近鼻嗅之，有清香，乃掐下少许，清水调和，涂指甲上，指甲立黄，洗之不褪。（是行家作为。）大喜，随即留下。另一块稍粗糙些，中有裂纹，仍放包内。于是，问价付银，打发来人去讫。

忽见门帘掀处，走进一个丫鬟，细挑身材，削肩膀儿，身穿蜜合色棉袄，外加一件青缎坎肩，容光焕发，秋水传神，正是银蝶儿。不禁满脸堆笑，急忙立身，笑道："我知道你会寻我来的。婶娘可好?"又忙让坐。银蝶儿笑道："正要问你家里的事，你倒先来问我。"说着话，把眼四下一瞄。贾菖笑道："两年不见，你却出落的这样，想必得意，连个口信也不捎一个!"银蝶儿把脸红了，却道："你有了人，还要口信何用。"贾菖听了，急的顿脚，发誓赌咒，又道："我何曾续过? 好容易见一面，你却拿话堵我。不信，回家问去!"一语未了，有人走来，银蝶儿忙摆手，止他言语，一面提高嗓门，喊道："太太命菖大爷掌灯后回话，别忘了。"说毕自去。那贾菖满腹的话尚未说出，加以尤氏呼唤，心中乱了。明知那年打发尤老娘丧事，办的不合尤氏之意，这二年总回避着。今既在此配药，料是难再回避。正在犯难，却见贾菱走进来，便得了主意，乃向贾菱诉苦，道："这几日忙的顾不上家里的事，我娘病了，也抽不出工夫请大夫去。才刚这里大娘遣人唤我，问配药的事，好兄弟，你见大娘去，就说我请大夫去了。"那贾菱早想去见尤氏，只没的因由，今见这机缘，忙道："你自请医家去，这往后，回大娘的话，一概我去便了。"正说着，忽见贾珍匆匆走出，二人忙上前请安，又将诸事一一回明，并问他要何丸散，一发配了出来。贾珍道："这时候不得工夫说话，问你大娘罢!"说毕，前呼后拥，一径去了。

贾菖这里，不过数日，便已按方配妥，亲自捧了，跟随贾珍、贾琏进与贾母。又将尤氏、凤姐各房要的丸散膏丹，一一配制齐全，包扎妥帖，遣贾菱去进凤姐，自己去进贾珍。（非薄凤姐也，观下文便知。）贾珍见此甚喜，赞他数语，道："怪不的你琏二婶娘时时赞你，原是会办事，以后再有大宗事儿，少不的还命你办去!"又赏了银物，又问："你倒是还娶媳妇不娶？如果银子不够，你说话!"贾菖一闻此言，正中心怀，满面笑容的先谢了赏，遂乘机说道：“回大爷的话，侄儿何尝不想早日续弦，好让我母亲歇歇？只为有个原故，还求大爷开恩！”贾珍诧异道：“又要我开的何恩，不就是要银子么？”贾菖忙上前一步，悄声笑着，将银蝶儿的事，来龙去脉，逐细说清。那贾珍听了，笑道：“原来他是你小姨子！何不早说？早说了，早早领去不好？还提什么身价不身价！你就进去领走完事！”（的是贾珍口风。）话刚说毕，忙又道：“且慢，那孩子不知怎的，与你大娘有缘法，行走坐卧，一刻不离呢！且待我先和你大娘说过。明儿，我们到东王府贺寿，竟是后日来领人好了。”贾菖听了，自是意外之喜，做梦也没想到这般容易，忙又请了安，又回了几句话，方才退出。赶着寻了他丈婶，告诉明白，大家高兴，自不必说。

隔了一天，贾菖带着他丈婶进了宁国府，回了进去，传出话来，说是老爷过西府去了，改日再说，太太只命菖大爷进去说话。贾菖知不是好兆头，只得先打发他丈婶回家，自己一步三挪的走了进去。及至进入正房，不容他请安，尤氏便发话道：“请你几次，这才得工夫来见我！还要领我的丫头！你大爷应了，我偏不应！”那贾菖闻此，低了头，“扑通”一声，直直的跪了，众丫鬟见此情景，纷纷退下。半日，贾菖方垂头而出。

尤氏唤了银蝶儿来，两眼盯他，银蝶儿忙把头低了。尤氏发狠道：“素日，我如何待你来？你却……”又道：“你不是要去么？命你娘称足银子来领你！”银蝶儿方才见贾菖受那几句话，心中已知事情僵了，善求，怕是不成。今听此话，果然。且敲打几句，看他如何。便道：“太太平素待我的恩情，天高地厚，一辈子不忘。眼下，我交了银子出去，总要逢人就讲，说太太这般那般的好处，说一辈子，报答太太。太太果然开恩，放我出去，连身价也赏了，那恩情就比天还高，比地还厚。俗话说：大恩不言谢。我这一出去，只管天天烧高香，请佛爷保佑太太百事顺心，对人便一句不讲。如何？”说毕，直视尤氏，等他说话。（好才情，尤氏必有短处在他眼中，看上文“行走坐卧一刻不离”思过半矣。也仗凭尤氏老实耳。若是凤姐，银蝶岂敢。）尤氏把脸扭了，略停，却道：“叫你娘来，今儿就领你出去，没的在我面前惹气！”又亲自取出几件东西，赏了银蝶儿，道：“瞧你还知好歹，跟我几年，留个念心罢！如是口不应心，我可不依！”说毕，又命：“人来，传他娘，领人！”银蝶儿忙插烛似的拜了下去，千恩万谢，口中说道：“祝太太多福多寿，诸事如意。我这回家，只请人写了太太的长生牌，日日供养！”银蝶儿后事不必再表，诸公也是明白的。（抗争自卫，抗争取胜，前部多有。银蝶作为，也非稀奇。）

这里尤氏刚打发走银蝶儿，便听人回：“姨太太打发个老妈妈来说话。”尤氏命他进来，叩见了，回道：“梅家便要返京，眼下正准备琴姑娘妆奁。我们太太的话，太太经多见广，请太太得便过我们家去，指拨指拨！”尤氏略谦两句，便应了。要知宝琴出阁之事如何，且听下回分解。

前书宝玉“文死谏”一节假语村言，固已隐然指出君非圣人，此回宝玉论隋家天下该亡，正是一脉承，惟前隐此显，似属不宜。岂作书人骨鲠在喉，不得不吐，抑补书人把握分寸未尽善耶？结用“作武侯论”，“胡拔乱扯”轻轻扫去，于此完成一段假语村言。

红学大师周汝昌先生说：“《新补》在安排与原书前半部的呼应中，巧妙地评议了雪芹所设置的那些韵语的格律韵脚等问题，也都极有见地，看得出，是非常精通此道的内行。”细读此章可知此评乃真知灼见之言。

第九十三回

李宫裁课子学制艺
花袭人劝主结丝萝

宝玉从不想成婚，到不得不成婚，到与宝钗婚，层层写来，实非易事，如欲简便，不外两途：一即高续使宝玉半傻，其不合甚明，不必论；一即一切不提，只述勉强从命，简便而易为，有如贾政对宝玉态度之转变，仅在第七十八回“婳词”一节介绍数行。然如此简介很难与脂批提示之婚后融洽、患难与共相适应。补书人不避艰难，曲曲写来，为后十数回扫清障碍。

宝玉不愿成亲，无非为着黛玉。不愿与宝钗成亲，加上不愿听逆耳之言，这二端又不能告诉上边。上边仅动用大道理，只可压服，难以心服，便是外边友好、家中姊妹弟兄亦不知内情，更难作有效劝说。难为补书人想出个袭人来，兼及麝月。惟有袭人知其情由，方得“相机劝他”。

话说这几日贾母病势渐轻，症候渐减，只是心里不得消闲，每每不说，一任王凤姐在旁千般巧言，万种令色，总不得如往常兴致，饭量总不得复原。贾政等都不敢懈怠。忽报，梅翰林举家返京，要迎娶宝琴。贾母闻之，十分喜欢，立命鸳鸯预备八件上好首饰并各色时新衣料送去添箱。又向王夫人道："孙女儿，干的，湿的一大片，唯有琴儿长的最可人意，我自给他添箱，你们该怎么送礼另送去！"王夫人应了，忽机栝一开，得了主意，要引贾母喜欢，便道："请老太太示下，早日办了宝玉的事，老太太再抱重孙子，岂不妙呢！"贾母闻听，果然更有了兴致，立命请来贾政，贾政笑道："这个，只待老太太示下，儿子即时办去。"贾母道："此事现成，宫里早有谕了。"因将元春赐婚之意说与众人知道。贾政听了喜欢，便道："老太太主张，极妥。（看他偏说是老太太的主张。得体。）那宝姑娘且不说德容言工，样样过人，只这学问一道，读书人中也百不挑一。果然宝玉有造化，得宝姑娘之助，只怕学问还有长进呢！"凤姐在里间听了此语，向李纨笑道："你听听，我是没法比，你还能比一比！"李纨笑推他道："小声些，老爷听见，你好意思的！"（细，贾政在座也。）又听王夫人问："既是赐婚，想不用合算八字？"贾母笑道："便合算八字，还有何说的？一个属兔，一个属虎，这虎兔相逢，（元春危矣。）一点妨克也没有，（且慢，待看婚后如何。）谁来算卦，也是大吉大利，上上婚。"一句话，说的里里外外都笑起来。贾母乃命王夫人："速求李亲家太太做媒。先求亲，再回娘娘下谕。别让人家说咱们霸道。"（赦、珍辈行事能略如此，岂至抄没哉！然赦、珍辈又岂能如此。）

恰次日李婶娘寿辰，王夫人便命备两份礼，送至赵副使家。且住。列位看官不免要问："一人过生日，如何送两份礼？难道王夫人和李纨，婆媳二人各送各的礼不成？"非也。只因这赵副使便是李婶娘之弟，曾与贾政同在工部供职，当年贾珠、李纨成亲，还是他作伐。（顺笔补出。赵副使为后文李纨、贾琏两家所系，非专为求大媒而设也，一笔作三用，巧妙。）三家往来原密，只为赵副使卧病多年，名利早灰，许多世路来往都早断了。家内人口不多，便是李婶娘全家在此寄居，也没得几人，今王夫人既来与李婶娘贺寿，自少不得要拜望赵家太太，岂不是要备双份礼么？那李家京中亲友不过两三家，赵副使又是病隐之人，原不拟大办，只为听说王夫人要亲来贺寿，方才传了一班百耍。酒席筵间，自然是王夫人坐了首席，依次是赵家太太，李纨姊妹等人另坐。席终，众人吃茶，叙些家常。王夫人才知道，李纹、李绮姊妹都许了人家，李纹许的是前翰林院庶吉士王公之长公子，李绮许的是已故太医院吕太医之独子。因趁势提到宝玉亲事，便逐细说了，并求李婶娘做媒。李婶娘笑道："这门亲事实在好，只是亲家太太何不早说？那北河观察使刘家，央人求宝姑娘，还来这里打听呢！"王夫人吃惊，忙问："何时的话？说定了没有？"李婶娘道："夏天的话，我倒不知后来怎么着。这刘农家与府上珍大爷有亲，珍大爷那里想是知道。"李纨忙立身笑回道："媳妇听东府里大嫂子说过，刘家那孩子才学是好，家计也罢了，只是模样儿配不上宝妹妹。大嫂子说，两头都是亲戚，不应说假话。因是姨太太不合意，一口回绝了。"王夫人听此，方吁口气，放下心来，道："我说呢！果然怎么着，岂有我不知的！"又千请万托的，说是贾母病未大好，盼着早日瞧宝玉成亲。李婶娘得知刘家并未说定，便允了做媒。原来自那年皇太后下谕，才人、赞善只在宗室里挑选，薛姨妈处便时有官媒来往。薛姨妈想的是，薛蟠不成材，靠不住的，唯有靠宝钗。却又为有薛蟠在身边，也不合招个入赘的。因便只想替宝钗定个近处人家。因嫌刘家是四川人，太远了，日后诸多不便，并未与人计议，便回绝了。这是前话，不必细说。

且说那日计议宝玉亲事，恰袭人因事回话，便听到些，自是十分合意，想来满天下再没有比宝姑娘好服伺的了，于是心中一块石头落了地。只是没了林姑娘，宝玉还成亲么？他执拗起来，岂不又要受老爷教导？是必相机劝他。恰这日宝玉说起宝琴出阁，又少了一个好女儿，袭人便笑道："盼着你早日成亲罢，娶来二奶奶，岂不多个好女儿。"宝玉嗔道："什么二奶奶不二奶奶的，你瞧林姑娘仙去，我还娶妻么！"袭人见他果然如此，便鼻子里哼了一声，扭脸笑道："你这个人，待人待己两个样。不记的那年藕官替菂官烧纸，你称赞藕官的话了？藕官续了蕊官，两个人好，又不忘菂官。你称奇道绝，还教给人家巧方儿，什么只在敬心，不在虚名儿，可是你说的不是？这会子轮到自己，便立志不娶，什么意思？你倒说说，让我也听听道理！"宝玉听了，不由"嗳哟"一声，也笑道："那日的话，你竟听到了，我都忘了呢！"袭人又笑道："你也没有忘，只是比另人高贵。藕官是何等人，自然只能那样。二爷是天地间至高无比的人，自然又要这样，可是不是？"宝玉忙道："好姐姐，你怎么挖苦我？藕官那样多情，真是尊贵呢！像我这浊物，何能提到话下！那年的话，我是说过，只是林姑娘待我情重，你难道不知的！"说着，又叹气。袭人道："依你说，人家菂官待藕官的情不重了？不管真的假的，人家总算是两口儿，你和林姑娘也是么？"说到这里，见宝玉无话可答，知其理屈，便又抬出贾母，笑道："老太太八十多的人了，一心在你身上。老爷太太更不用说，能够容你一生不娶？"

袭人见他垂头不语，（宝玉自知不能一生不娶，早在五十八回便说过：男女大事，不可不行。）越发盯了他，笑道："我听说上头替你定了亲，你还瞒着我么？"宝玉听了，大吃一惊，急的一把拉了袭人，瞪了眼问他："你这是顽话呢，还是真的？"袭人道："真的又怎样，顽话又怎样？老太太作主替你定了亲，你还能退了不成？"宝玉闻此，垂头半晌，乃央袭人道："好姐姐，我当如何？你替我引条路才是！"袭人笑道："今儿你又求着我了？上次替你跑腿，脚都跑大了，事后，也不请我。素日里又不听人劝。今儿，我还省着这口气儿，养养神呢！"一面便合了眼，倚在里间门框上。宝玉上前拉了手央道："我何时不听你劝了。请你容易。明儿我就办一桌全席，陪客随你挑，如何？"袭人睁眼笑道："我可当不起，有那功，也没那福。"宝玉知他已有主见，故意调皮，便挠他痒处，连问他："你说不说？"那袭人笑着躲开，方道："你教藕官的巧方儿不好？"（请君入瓮。）说了，瞧着宝玉直笑。宝玉不语。恰麝月走了进来，见此，笑问："怎么了，二爷又想林姑娘了，是不是？"宝玉忙摆手，道："罢、罢、罢，我出去逛逛，省得你们聒噪。"

宝玉抽身出房，顺脚走去，心中乱丝似的没个头绪，烦的紧，忽听鸡鸣鸭叫，原来已到了稻香村门前，抬头却见巧姐儿迎面走来，笑问："二叔叔见我大娘了么？"宝玉见他后面两个小丫头子拎了小包袱，并奶娘跟着，因问："又带了什么好东西瞧你大娘去？"巧姐儿笑道："我自己剪一条裤儿，不知何故，缝起来只是不平展，现拆了，找大娘改一改。"宝玉无话。巧姐儿又道："我们李妈只会改，却说不出道理来。虽说了两句，我听着也不得明白。"宝玉乃顺口赞他学针线认真。那奶娘却道："二爷，快走罢，才刚见你们秋纹找二爷呢！说是太太有请。”宝玉心里自念，必是为定亲的事，只有找老太太撒娇去。又想的老太太有病，不合叫他操心。（这当儿便见出不疯、不傻、不痴、不呆。）一面盘算，早已来至王夫人正房。

王夫人恰从佛堂出来，便命他坐下，告诉他，宫里有谕，老太太作主，要替他定宝钗，又道：“老爷也看准了，宝姑娘稳重和平，且彼此都知道的。这往后就成大人了，千万学好，替我争气！不可再像往年小孩子性儿，叫那些人背地里混说你！”末了，嘱咐他：“你可记住，从今儿不要到那院子去！”那宝玉一路上早得了主意，因道：“不是说，老太太的话，我时不时的每常闹病么，病病恹恹的，不成亲也罢了。”王夫人听此，不禁笑道：“又说呆话，你见谁到岁数儿不成亲来？”宝玉听此，尚在意中，便道：“老太太不是说，那和尚的话，我不宜早成亲么？停几年再议罢，让我专心念几年书。”（句句抬出老太太，又要专心念书，倒也拿稳了，这便是一路盘算所得。）王夫人笑的直念佛，又道：“可是佛爷显灵，你也想念书了。只这成亲的事，却拖不的。你成了亲，老太太一高兴，敢情病就好了，也不枉疼你这么大！”宝玉一时语塞，低头思索，忽又得了主意，因问道：“这娶孙子媳妇治病的话，四书上有么？”说了，满心中以为，如此奇策，不要说太太听了无话可对，便是老爷听了，也必没的说。（且慢，敢说与老爷听么！）不料贾政恰走了进来，听宝玉这话，又是气，又是笑的，喝道：“胡说！男大当婚，女大当嫁，谁个不知！但凡合圣人之意，四书上没有，也少不的要听。（儿子倒是会背四书了，老子却有四书外的圣人之意，论不得理也。一笑。）这一成亲，就成大人了，还不改了那小孩子脾气！”王夫人见贾政发话，忙道：“老太太先就打发人寻你呢！快去！”宝玉无奈，只好应一声，抬头看看贾政，见他怡然吃茶，这才放心退出，却自回房。一路翻来覆去，不得主意。

袭人见他怔怔的回来，忙问何故。宝玉长叹一声坐下，慢慢告诉他明白。袭人未曾听完，便笑道：“太太这么吩咐，可是没更移了。我唤秋纹他们来，给二爷叩喜。”宝玉忙摇手，道：“什么喜不喜的，你也不想想，我如何与宝姐姐在一起呢！”（宝玉对宝钗并非无羡慕之心，只为宝钗举止令人敬重，不曾造次。今日之言，亦因黛玉仙逝未久，伤心未已之故，看官不可全当真看，被瞒了去。丁亥　昆吾闫震）秋纹、碧痕等人都闻声进来，真个要叩喜，唯独麝月道：“宝姑娘虽则是属虎的，可不是老虎，怎么不能在一起？这倒好，林姑娘和宝姑娘最好，林姑娘有灵，知道二爷定的宝姑娘，敢情就放了心，也不枉你们三个人相好一场。”（没大没小，居然开主人玩笑。这才是怡红院丫鬟。）说的众人都瞅着宝玉笑。

原来宝玉这痴病，已非一日，也非一端。喜欢什么物儿，便十分爱惜，喜欢了那个人，便始终不拂其意。况自幼同林黛玉青梅竹马，多年来心心相印，每每行事，总是体贴黛玉之心，便是黛玉亡后，也未改这痴情傻意。（此话不假，观镌墓碣，存诗稿，无一不依黛玉遗言，可知。）即如目下眼前，麝月说林姑娘同宝姑娘最好，那宝玉不禁想起当年与黛玉打哑谜儿，“是几时孟光接了梁鸿案”，又想起钗、黛二人素昔亲近体贴情景。思前想后，他二人是亲密，怪不的黛玉临危感激宝钗，原是实情。麝月之言虽是取笑，却也不差。

忽听袭人催他睡觉，便无可奈何站起，对袭人道："这一来，你可省心了，宝姐姐比你还韶刀呢!"袭人笑道："嫌我韶刀，你可以回太太换个好的。嫌宝姑娘韶刀，你可一点路子也没有。这是宫里赐婚呢!"说毕，又笑劝他："你放心，人家宝姑娘不会韶刀。自那年你给人家难堪，直到眼下，人家还劝过你读书做官么?"宝玉仰头想了想，自语："且看今后罢!"仍拿了雪雁留下的那茶盅亲去斟茶。袭人随他斟去，只笑道："壶里的是那博士送的六安茶，暹罗国的茶叶用完了。"宝玉停下手，道："你何不早说，二奶奶家里还有，明日都要了来!"说毕，略一犹夷，仍斟了茶，轻轻放案上，重新盥洗了，上床睡去。

不过数日，李婶娘的回话到了，说是："薛府已允。我们只等着吃老太太的喜酒呢!"紧接着元春谕下贾、薛两府，又亲自择期，又赐了金玉如意各一双，西洋金表两挂，又有玉环、金瓶、各色尺头等物。自此，两家都大忙起来，李纨也顾不上问贾兰的功课。（一语过下，无迹。）

这日近午时分，李纨回至稻香村，却听贾兰窗里吟诵："小院回廊春寂寂。"再听，仍是此句，一连便是三四遍，心内诧异，进屋来问他。贾兰起身，扶他娘坐下，笑回道："太爷卧病，还不得愈，只传出这句杜诗，命我们集句做对呢！菌兄弟对了句'北湖南埭水漫漫'，我对了句'前峰后岭碧濛濛'，都不惬意，妈妈何不对一句!"李纨凝思片刻，道："'鸣环动珮暗珊珊'如何?"贾兰喜道："以动对静，动中有静，且两句相关，更妙。"李纨笑了，因问："你们还做这功课?"贾兰笑道："太爷最喜这个。素昔虽不做这功课，有了闲，也时常出句诗，命我们对，不过一时取乐罢了。这几日他病着，我们翻他那本子上，集句对子可多呢！有一页上全集的唐诗。"一面说一面寻出一页锦笺，递与李纨，道："这是我抄下来的。据太爷说，这些原是他梦中在一个仙人处记下的。"李纨看时，上写道：

其一

曙色渐分双阙外，语音犹在五云中。

其二

莺传旧语娇春日，凤吐流苏带晚霞。

其三

惊风乱飐芙蓉水，秋月空悬翡翠帘。

其四

竹叶岂能销积恨，杏花争忍扫成堆。

其五

自传芳酒翻红袖，似有微词动绛唇。

李纨反复看了几遍，默无一言。见素云送茶来，且吃茶。半日，叹道：“此等功夫，倒也可启发文心，为词章之助。我意不如集那经书有益些。你老子临死还嘱咐，叫你好生念书，一举成名，你还是在举业上多下些功夫，日后，果能博得一第，也好叫他九泉下喜欢些！”（李纨内心，前部并未表露，此回仅从依贾珠遗言着笔，仍归于一“情”字，作书人有知，当可勉强颔首。）贾兰忙起身应了，又道：“我们也集过些经书上的。”抬头想了想，道：“太爷出过‘敏而好求’，我对‘乐以忘忧’。还有，太爷出过‘是不为也，非不能也’，我对‘求则得之，舍则失之’。还有几个，一时想不出。”李纨点头道：“这才是呢！我幼时听你外祖讲究，有些好对子专用《左传》事，待我写出你瞧。”便拈笔铺笺写道：

楚取州来，适以挑吴；
晋城虎牢，实则逼郑。

免囚劝能，犹将十世宥叔向；
乡师引过，不以一眚掩孟明。

写毕，递与贾兰，道：“这便不只见人巧思，且可增长见识，于日后金殿对策也有益处。岂不比那只讲巧若天成，词如己出的胜些！”贾兰点头道：“妈妈说的是。素昔我们便没想到这道理，只赞那‘风吹不动铃儿草’‘雨打无声鼓子花’‘五风十寸黄梅节’‘二水三山李白诗’。如今想来，究竟无甚意趣。无论何等功课，总以有益于举业才是！”李纨因索窗课，贾兰道：“太爷病着，窗课送程相公，求他指点呢！饭后拿了来妈妈瞧罢！”李纨回房歇息，暂时无话。

掌灯后，李纨、凤姐尚在王夫人房内料理诸事。首饰、木器都是往年早备下的，只添置些时新花样便了，定了单子，交贾琏了。衣裳、被褥也定了数目、花色、式样，又将活计上的头儿唤来，一一吩咐：能赶出来便罢，实在不能，外面寻人去做，工钱宁可大些，必得上好的方可，别的一应杂使物事，也都开了清单，自有钱华等众办公头购置。王夫人见诸事略已就绪，因命二人早早回房歇着去，明儿还有别的事呢！

只说李纨回园，见贾兰房内灯还亮着，便走进来。见贾兰面前放了那本窗课，正悉心揣摩呢，便不惊他。那贾兰知他母亲忙于宝玉成亲之事，并不料到此时归院，只为几句改笔心里有些不悦，却又知那程日兴是个着青衫的，如此改动，必有道理。侧眉凝目，半晌，仍不得明白。忽想起一事，忙拉开抽屉，拿出一本《新进士墨选》，翻开一页，仔细瞧了几行，恍然大悟，手拍案边，抬头自笑，道：“原是从这儿来的。”又眯了两眼，不动。俄顷，扭头索茶，方见李纨站他身旁，忙起身笑问：“妈妈几时进来，怎不言语？”李纨且问他：“又领会何事了？”一面就前坐了，低头看去。贾兰见案头上有茶，端起要递与李纨，摸那茶盅已凉，另要热茶来与李纨吃。（一句闲言，也做两用，一见兰儿懂事，一见揣摩文章专心。）又手指改笔，对照《墨选》，逐细与李纨说去。李纨听毕，笑道："所以，你外祖常说，要背书，也要背文章。背的多了，下笔时，便不觉艰涩。这程相公改笔，与《墨选》上一字不差，便知他背过这文章的。"说着，又翻阅数页，见圈点颇密，批语多半鼓励，心下喜欢。

贾兰指了几处改笔道："妈妈瞧，我自己想的道理，都换成常见的话儿了。"李纨笑道："正是这样。这与作诗不同。作诗崇尚新意，这是代圣人立言，只能本了圣人的话说去，用不着另出主意，太爷没的讲过？"贾兰道："讲过。那可就见不出人的才学见识了。"李纨听笑了，忙截住他的话，道："下考场，求功名，只能按规矩去做。等功名到手，再讲那才学见识也不晚。懂么？"又指这本窗课，问："老爷见过没有？"贾兰道："没有。宝叔叔看过。妈妈再不知道宝叔叔怎么说。"说了又笑，见李纨高兴，便又道："宝叔叔说，'你这孩子，也学此道了，我给你个进士去做！'妈妈听，宝叔叔这话，什么意思？"李纨由不的笑了，道："傻孩子，你宝叔叔最厌这个。这本窗课，谁都可看，唯独不要给他看。他同你顽呢！"贾兰只道："宝叔叔这话可不是顽的，他还说，他弄不好这个，又说日后我一定能替妈妈挣诰封呢！"（有多少尊敬、怜悯、爱惜、嗟叹在内。）正说着，丫鬟铺好床，来请贾兰安息。

李纨瞧着他睡下，方过正房去，也不说话，也不睡觉，只倚着引枕，怔怔的。素云以为又犯旧病，便上来捶背。李纨道："病好了，不用捶，你们只管睡去，我只坐会子。"因贾兰说到诰封，李纨便想起贾珠来。贾珠下世，宝玉还没有兰儿这么大，如今要成亲了。又想着兰儿，手摸着也长这么大了，日后果能如宝玉所料么？思前想后，直到后半夜方才睡下。

次日，邢岫烟随邢夫人过来，请贾母安，见贾母果因宝玉亲事心里高兴，有说有笑。因邀湘云去看凤姐，有何忙不过来的，也帮着做些。李纨在旁说道："我才刚从凤丫头家来，见他正吃药呢！倒是前几日，妙玉打听你们了。"于是，二人偕访妙玉。入得园来，走上沁芳亭，远远见宝玉从潇湘馆中垂首走出，向那边去了。湘云不禁嗟叹，也不命丫鬟唤他，只随了邢岫烟一径向栊翠庵来，见妙玉正瞧着道婆妈往太阳地里搬越冬的盆栽呢。妙玉抬头见是他二人，忙让入静室，道婆送上茶。岫烟道："多日不见，甚是想念。今见脸面甚好，想必心情甚佳，当有新制，可肯见赐一读么？"妙玉笑道："诗言志。我早已无志，那来诗篇？只上次梦中得了一阕小令，你也见过的。"湘云道："果然如此，也过于寂寞。听说这长安城中，道高僧尼甚多，何不会会？"妙玉不答。岫烟向湘云道："云妹妹有所不知。这京中高僧，官位是高，道行却未必高，与他们相会，岂不有失体统！"说了，又与湘云使眼色。湘云会意，却笑道："姐姐说的是。况且释迦早已圆寂，无论走到何处，妙师父自然不能居于弟子之列。若与他们会面，那些人必得执弟子之礼才是！"妙玉道："这个自然，何消说的。"因取出一碟蜜饯莲子，笑道："这是我这鱼池里长的，仍依南方制法。你二人尝尝味道如何？"湘云、岫烟各尝一枚，笑道："人道是睹物思乡，咱们是尝物思乡了。"妙玉因问湘云："住这么近，如何也少来相叙？"湘云告诉他，为宝玉亲事，大家都忙的紧。三人又说会子闲话，岫烟、湘云起身作别。妙玉笑道：“慢走！这里原有一套宋刻建版《六祖语录》，原是四姑娘说，宝二爷要来翻检。刚昨日有人借去了。如今便请二位告诉四姑娘，不必来了。”（此从前部贺生日帖子、赠梅花等揣摩而来。隐藏虽深，却瞒不得在下也。）二人应了，自去探望凤姐儿。

不想凤姐儿才刚陪舅太太说话去了。小丫头捧茶来，二人因问凤姐儿的病，方知也无他症，只是劳累过甚，挺不住。岫烟因向平儿道：“这么大忙大乱的，你再不催着他抽空儿歇息，如何得了呢！”平儿叹道：“他要能得闲躺一会儿，可就是佛祖的恩德了。只盼着早日娶过来宝姑娘，替下他罢！”湘云笑道：“你这丫头，聪明一世，糊涂一时。不想想，这公中的事，宝姑娘能替的了么！便是那边太太依允，那宝玉能替下琏二爷么？总不成琏二爷掌外，宝姑娘掌内不成！”（简便捷断，无可辩驳。）岫烟也道：“不过是你想偷懒，盼的你奶奶清闲，你也好自在几日，可是不是？”平儿也笑了，道：“昨儿晚间，我也这么说的，你道他说何言语？”（惜凤姐之言不可闻，补书人亦惜墨如金了。）忽见小丫头走来回话：“旺儿媳妇有要紧事，不得见奶奶，要回姑娘呢。”平儿道：“又是什么要紧事，叫他掌灯后亲自回奶奶就是了！”二人知他事多，便立身要走，说是还要见老太太去。说毕，起身，一径回贾母房中来了。

恰见贾政正回贾母的话，说：“喜事上所用之物，已是安排了，赶着做，误不了。彩礼业已备就，请老太太过目。”回头唤一声“人来！”便见周瑞家的带人抬上彩礼来，放贾母榻前，随手揭了锦匣盖，退下。贾母瞧去，无非是金珠头面，金玉钏镯，各色绸缎并干鲜果品喜饼之属，计衣饰六品，食物八品。贾母不悦，因道：“怎么着，还没有琏儿当年丰盛，难道家计艰难到办不起彩礼了？”贾政立身禀道：“大老爷原要比着琏儿当年的例，只为儿子品级如此，（有的规矩。）且是赐婚，不好再多呢。还求老太太明鉴。”贾母听了，也只得罢了，只命王夫人，告诉姨太太明白，我自不负宝丫头。王夫人应了。这里抬下礼品，又议喜事上诸般仪注，直到伺候过贾母晚饭，方散。欲知后事，下回分解。

此回书写宝玉婚事，有众多反映。贾母、贾政、王夫人、袭人辈、诸丫鬟连同宝玉，自不必说，便是李纨、妙玉与凤姐主仆，也不能无动于衷，此势之必然，诸公可曾细嚼细品？

回目是“课子”在前，“劝主”在后，正文恰相反，此学前“悔娶”“误嫁”回之章法，无甚新奇。

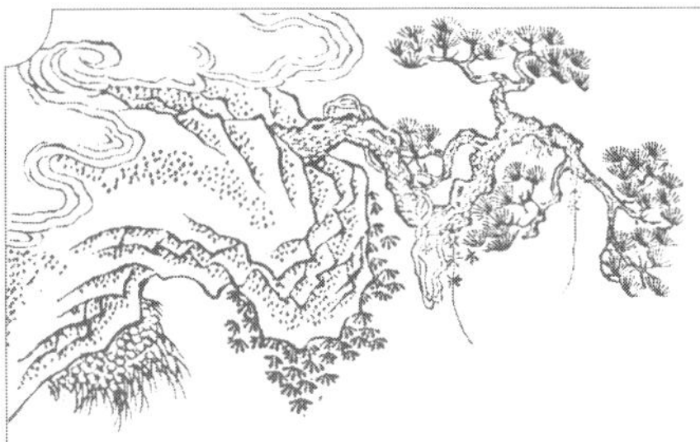

第九十四回 贾宝玉遵命成大礼 薛宝钗谈诗度良宵

宝玉成婚，就贾府言乃特大喜事，其排场气氛应详写细描，就宝玉言乃听人摆布之事，又不应如彼。难为了补书人，用概述之法，点到之笔为之，便是欢快气氛，也仅出现于宝玉不在场时。

钗之情乃夫妻之情，以其夫之安否而发，与黛玉之儿女情有同有别。知双峰并峙之说非误。

本回玉、钗叙旧一节，与前书“愈斟情”回对观，一则以假成疑，一则以真成释，一则以情相责，一则以情相解，此乃补书人极意经营处。写着后面，想着前面，非有手挥目送之功，难为此章！

话说这年十一月二十六宝玉迎亲，势派好大，单是门前朱牌便数他不清。举凡国公、部堂、节度、将军，又是寺卿、曹郎、卫尉、府道，应有尽有。有兴致者，不妨逐一抄下，当作职官志，向年轻人讲去。宾客好多，单是银顶之轿、带缘之车，就把宁、荣街路南一边排满了。至于那彩楼、鼓吹、服饰、迎客送宾的排场，等等，如有那有心之人，尽可一笔一笔记下，日后，进了史馆，纂著史志，编述掌故，可就有抓挠了。闲言少叙。且说这天贾赦、贾政黎明即起，趁着客尚未到，老弟兄两个便分头检点。贾赦并贾珍命几个管家逐细回了件件待客之事，竟也无甚忽略不备者。（我中华乃礼仪之邦，自古极重待客，大家族尤甚，非今之借机敛财、“讨欠”者可知。）贾政并贾琏命几个管家逐细回过种种排场仪注，也还无有逾制不当之处。检点已毕，方各放心，任凭贾珍、贾琏分头揽总。内里凤姐带病理事，自有李纨相帮料理，尤氏专掌新郎、新娘新房之事，惜春、湘云及族中几个玉字辈妯娌照护贾母，腾出邢、王二夫人款待照应各家诰命。上头倒还井井有序，只是下人不敷使用。贾珍乃命宁府下人，除留下来升夫妇带几个家人、媳妇、大丫头看守门户外，连同车轿夫役悉数拨归赖大两口子调度，因此，倒还未有多大竭蹶之处。（已不是贾母寿辰东府官客、西府堂客的排场了。）

如今只说尤氏，四更即起，梳洗已毕，吃两块和合糕，又吃一盅双喜茶，便更衣坐车来至荣府，直扑新房。彼时，袭人、秋纹带众丫鬟婆子已将铺陈妥当之物，重新一一点检，再无不妥之处。麝月、碧痕已将新郎衣冠逐件捧出，置于大案上。满屋里光生几案，香透帘栊，静悄悄只待尤氏来临。那尤氏多次经办婚嫁大事，虽是轻车熟路，只为此乃赐婚，不同寻常，自是郑重之至。便见他进得新房，立即一一巡视，细细考究，只待千妥万帖，方才坐下吃茶。又将此处一应丫鬟、婆子、媳妇与新拨来的宁府诸人传齐，有如国子博士登筵开讲一般，交待了种种仪注，说是大家细心，不得差错。又饬诸人各尽职守，闹房之际，人多事乱，尤应加意留神等语。又掏出金表看过，这才命人请宝玉出来妆新。

那贾宝玉，近日见众人忙碌，不得工夫说话，便拿本书卧游六合，或与古人晤对，成亲之事，听人摆布罢了。彼时听尤氏请他妆新，方才盥漱，毕，过新房来，与尤氏并贾菌之母娄氏见过。尤、娄二位少不的取笑数语，然后亲为宝玉换装，袭人、麝月贴近服伺。一时事毕。尤氏命宝玉走几步瞧瞧，见他摇头，乃笑道：“好兄弟，好新郎，不演习好，宾客要笑话呢！老爷听见，你又该受教导了！”宝玉只得依了，又打躬作揖的演习几番，尤氏方笑道：“好了。”于是，尤、娄、宝玉落座，尤氏讲述新郎须知。直待宝玉一一领会，这才众星捧月，簇拥到贾母上房。行礼毕，贾政自然有一番训勉，都不必细表。

吉时一到，傧相请新郎迎亲。上了马，仪从前导，彩舆随行，好在相距极近，说话便到。只见那薛蟠、薛蝌早已率领众人，在门外恭候。演相赞礼，引宝玉离鞍下马，升堂奠雁，毕，落座。薛家早请了京中亲友相陪。看看吉时已到，细乐再奏，方见薛宝钗盛妆艳服，霞帔上绣云霞鸳鸯文，镀金银钑花坠子，（用镀金，亦如彩礼不丰，乃贾政官品所限。）凤冠上蒙着盖头，扶了莺儿，众喜娘、丫鬟围随走了出来。傧相赞礼，宝玉作下揖去。待宝钗降级升舆后，傧相引宝玉辞出，抄近路先归。

这里彩舆启行，前面鸣锣开道，对对朱牌，双双彩旗，六对红灯后面，是十二名乐手，细吹细打。全副执事摆了一里多远。路上行人莫不倚墙屏息，两边店铺一时停业，全都出至门前观看。再后，方是彩舆并送亲车轿。迤逦行来，便已绕了几条大街，折入荣国府，暖阁停舆。但听鼓声咚咚，细乐阵阵，“咯叭叭”两挂千头百子响鞭，震天价响。傧相赞礼，请宝钗降舆。宝玉在前，牵了红绸彩结，步踏红毯，直至正厅，从西边升阶而上，左旋右转，缓缓进入新房。那新房里，早已设下东西两席，放妥杯箸，待宝玉、宝钗交拜毕，揭去盖头，莺儿、袭人分别引了新郎、新娘入席，相向而坐，馔肴既陈，奏乐进食，毕。莺儿、袭人各自取杯斟酒，奉与新郎、新娘漱口合卺。于是，大礼告成。然后引宝玉退出。众亲友少不的闹房。

外面处处结彩悬灯，围屏垂幕，觥筹交错，水陆纷陈，真个是喜气盈门，颂声充耳，说不尽的富贵风流。直至更鼓初敲，内外席散，那贾宝玉又被送进新房。只见满屋里烛影摇红，珠光射雪，花枝招展，绣带蹁跹，但觉眼花缭乱，手足无所措。新房里，薛宝钗垂首端坐，众姐妹围着谈笑，见宝玉走进来，又都说喜庆吉利话语，取笑一阵，方才散去。莺儿、袭人等请宝玉、宝钗更衣卸妆，又展衾安枕，悄悄退出。

且住，这婚嫁大礼，各地风习虽是不尽相同，其为繁缛则一也。除了那遵礼依制的外，自不免有许多不成文的习俗规矩，要一一做过。虽然贾政古板，却也并非醇儒，但凡不至惹是生非者，也就听之任之，随众人做去。这里所说，可真是挂一漏万呢！（简捷之笔，狡猾之笔。）

且说那贾宝玉见众人皆退，便对烛凝神，自思如何行事。无奈此乃破题儿第一遭，无可借鉴的，只得依尤氏所嘱，且先上前打话，乃把脸红了，走到宝钗面前作揖，道："姐姐久违了。"彼时，那薛宝钗见众人尽退，心头便突突的，说不清是何滋味，只是眼观鼻尖，丝毫不敢动的。忽见宝玉两只脚走来作揖，口称姐姐。忙扭过脸儿去，掩口道："有话坐下好讲。从那里学来这套繁文虚礼？"一面说，不由的也便立身，还了一礼。那贾宝玉搭讪着回到椅上，想了想，道："记得那年在园中饯花，三妹妹和我说话，姐姐打趣我们。今日三妹妹远在海外，咱们说话，他却不得来会。"宝钗听他叙旧，心头倒安静了，因抬头问道："三妹妹有书字来么？怪想他的。"宝玉道："去年秋天，老太太生日前，三妹妹遣专使送礼来，有安禀，说是都好，只为路远，不得归宁。及至问咱们陪嫁的那媳妇，却说三妹妹自到海外，便不服水土，常常闹病，思念京中。"说毕，叹气。宝钗也叹道："偏他是个拔尖的，偏是他这样，可叫人心里怎么样呢！"（从三妹叙起，极是，从林妹妹叙起可就糟了。）

宝玉因道："书字里还特意问候姐姐。（有是礼，有是情。）那几天正赶上林妹妹闹病，都心忙事乱，没顾上给姐姐瞧。"（顺手引出林妹妹。）宝钗因问："说起林妹妹，苏州有书字来么？"宝玉摇头摆手，（情动，话必走调，故摆手，无言。）片刻，方叹道："林妹妹临危，还说你好，比亲姐姐还亲，想报答你也不能了。"（片刻之内有诸多思绪，方有此突兀之叹，好细密。）说着，两眼含泪，怕宝钗看在眼里，忙回头拭去。宝钗闻此，触动素昔姐妹情常。见宝玉拭泪，知他心中难过，较己尤甚，（果然能体谅人。）因欲进言劝解，却为此时此地，不好启齿的。（是。）正犹豫间，又见他强颜欢笑道："今日天气甚好，亲友众多。"宝钗听他话不由衷，敷衍遮掩，不悦。因念：你思念林妹妹，我就不思念么！你思念他，何人不知，却如此掩饰，因扭头不理他。（是。）那贾宝玉见宝钗如此，以为恼他在这喜事上流泪，（亦必思者。）便要说句什么来解释。无奈一提起林黛玉，素日灵性儿便不知失落何处，难以寻觅，张了嘴，说不出话来。

那薛宝钗听他半日不语，偷瞧他一眼，见他那发急模样，由不的心疼。因念他素昔在姊妹们身上用心，从不得罪人的。（是。）今日此时为林妹妹流了泪，自以为开罪于我，心中不安，方作遮饰。仔细想来，那几句敷衍话虽是遮饰，也是取和之意，情有可原。（更是。）我何能瞧着他难过！况且来日方长，不如把话说明白为是。（是宝钗。）一念及此，也顾不的不好意思了，乃正色道："林妹妹待你情真，（一个情真。）与我意合，咱们都明白，何用掩饰！我自为还不是那心胸狭隘、不通人情世故之辈，你今日这般模样，未免把我看错了！"（令人震惊，却全是实话。）宝玉听他这番言语，说的坦然，一半去己之疑，一半谅己之心，语切意真，（一个意真。）不禁肃然起敬。再想往日，他二人相好也是实情。便倾心吐露，细细说了近来心境，适才流泪，实在是禁不住，请宝钗不要介意等话。（好宝玉。）宝钗听他说的真切，心中宽慰，便又爱惜起来，乃毅然道："你说的何尝不是。无奈父母作主，你我都只可依从。我已是贾家人了。你烦忧，我便烦忧，你不安，我便不安。只要你好，你只管从一而终；我只管孝敬老太太，孝敬老爷、太太便了。"（动人处在此，这才是宝钗。）一面说着，由不的淌下泪来。宝玉忽听此言，震惊不已："他居然能如此体谅于我！"不禁立身，正要施礼相谢，却见宝钗拭泪，方才想到他心中酸楚，由不的一声"天呀！为何生我这个祸害"！又跌坐椅上。宝钗见他如此，忙问："你怎样了？难道我说的错了？"（该问。）宝玉摇头，半日，（待激动之情平稳也。）方道："姐姐适才言语，可惊天地，可动鬼神，旷古绝今。（的评。）只是以前为了我，林妹妹含恨去了；如今岂可再为了我，让姐姐……（这才是宝玉。）罢了，不说这个了，天也好早晚了，姐姐劳乏一天，该早早歇息了！"宝钗想了想，道："我不乏。（是宝钗身份。）你若嫌坐着无聊，咱们剪烛谈诗。如何？"（连煞带转。）宝玉忙道："极妙。"

于是，二人从黛玉的《红拂》诗谈起，上下古今乱扯了半日，竟如旧友相逢。宝玉又斟两盅茶，二人润喉。宝钗又要他背诵姊妹们没见过的诗。宝玉道："我也不常作诗，园中的，你都见过；在外面偶有应酬，过后便忘；（以应酬诗填充诗集装点门面者来看。）唯有搜检园子那程子，当着老爷作一首'姽婳词'，还可背给你听。"说毕，轻声背诵一遍。宝钗道："诗长，听一遍难以全得明白。只觉得还有情意，不像逼出来的。（强人作诗和诗者愧否？）你心中必有别的事，趁便发挥几句，可是不是？"宝玉点头，道："竟瞒不了你。他们都不解，不想今日姐姐给点破了。"（借题发挥了什么，猜不准不准往下读。）宝钗笑道："这也无甚难能之处，只认真想想便会见到。"

彼时，天已发亮，莺儿等人早梳洗了，过来伺候，听的洞房里二人谈讲，不好进的。袭人向莺儿、素月悄笑道："二爷、二奶奶一夜没睡呢。天还早，咱们越发在这里听房罢！"你道这素月是谁？原来薛姨妈嫌文杏年幼，家中虽是艰难，也要陪送四个丫头，（旧族通病。）还是宝钗苦劝，说是："这几年出几桩大事，（着眼。）如今再买几个丫头，今后日子如何过得？这些话，本不是我应说的，如今也顾不的许多。（是宝钗。）便是喜事上一切排场，总以俭省为是。俗话说：数人下米，量体裁衣。从实守分，虽寒俭些，明白人自不笑话。糊涂人议论，不理他就是了。（这一番话，口气好熟，原来从前

部对岫烟语套来。呵！呵！）妈妈总依我这话方好！”薛姨妈总依女儿惯了的，且宝钗说的是实情，竟不得不允。虽是如此，也还买了这个素月，连同莺儿陪送过来。（应“慕雅女”回，议买丫头处之伏笔。又为后文茜雪慰宝玉作引。）这素月便是茜雪之妹。茜雪早已出嫁，不在京城。今遇年荒岁歉，其母又病，衣食医药都难筹措，这才将素月卖与薛家。一打听，都是知道的，薛姨妈便放心买了来。交待既毕，再说新房里，宝钗听外面有动静，朝窗户向宝玉示意。宝玉领会，悄声道：“叫他们听了去，怪不好意思的。你该歇息了。”宝钗笑嗔道：“该起了，叫他们进来收拾！”宝玉走至格门前，轻声唤人。袭人、莺儿等都进来叩头、请安。暂且不言新房之事。

且说吉期这天，众亲友知贾母有病，贾府事繁，多不肯住。只李纹、李绮住稻香村，喜鸾等几个近支姐妹住暖香坞，要听房、闹新娘的。只为贾母病中，急于要见新人，贾政、王夫人便于二十七日引宝玉、宝钗到祠堂行了大礼，然后来到贾母上房。宝玉、宝钗双双向贾母叩头，又向贾赦等长辈叩了头。平辈中贾珍、尤氏等都不肯受礼，彼此见过。王夫人等都赏叩头钱，不过依祖宗旧例行事，唯有贾母命鸳鸯取出二十两赤金，赏了宝钗。一时，礼成。

赦、政、珍、琏等并宝玉都退出。独贾珍忽念一事，要趁便回了贾母，转身复进房来，却听贾母正向李纨、凤姐、尤氏等人说话：“只为朝廷规矩，彩礼薄了，我不过意。这叩头喜钱比你们当年多。知你们心中明亮，不说什么。”王凤姐抢先凑趣，道：“这个，我们自然没的说。但只是老祖宗还是叫我们埋怨。怎么着，我们当年，宫里不下个谕，也叫我们荣耀荣耀?”（言外之音，彩礼虽薄却得了殊荣。）贾母听来高兴，随即笑道：“这可问的好。我也问你，谁叫你们心急，不待娘娘进宫，便一个跟一个来了?”（以攻为守，贾母了得。）那王凤姐凑趣时，原是面向贾母，不知贾珍又复进房，待他话毕，转身瞧见贾珍，便已觉出这个趣儿凑的不是时候了，早红了脸。（王凤姐居然也有红脸时，下文又有“不得张口”，补书人笔下凤姐羞涩了。）及至贾母又如此驳他，不管他如何千伶百俐，到此时也不得张口。众姊妹听了凤姐那两句，已是都拿袖子掩了，偷偷笑去，那还禁得贾母笑驳一番，便俱已笑倒。连邢、王二夫人并宝钗也都忍俊不住，扭过头去笑。只苦了贾珍，笑不的，又忍不住，便顾不的回话，扭身一步夺门抢出，大笑着去了。（换不得第二人，观下文再不提贾珍回话，只是添加欢乐气氛耳，许瞒不了在下。）

且说史湘云因夜来贾母梦见林黛玉，伤感不已，便立意要寻机取乐，替贾母开心，此时便要了一盅茶，捧与宝钗，宝钗忙伸手去接，未及谦谢，却听湘云笑道：“递盅茶虽是小事，你必得说明白，你是宝姐姐呢，还是宝二嫂子？不说明白，我可不撒手呢！”那薛宝钗双手业已接住，听此言，缩回，怕茶盅落地；不缩回，他又不撒手，十分尴尬，把脸飞红了，惹得众人又复大笑。贾母在榻上笑道：“就数云丫头捉弄人。到你出阁，不怕你嫂子捉弄你?”湘云笑道：“不怕。今儿我不捉弄他，日后他也要捉弄我，不如咱们今儿先取乐为是。”（的是湘云。）众人越发笑个不止。凤姐道：“云妹妹有了婆家，更爽快了。”湘云便转向凤姐，道：“你这个二嫂子不助我，还这么说话，我找琏二哥哥评这个理。”凤姐笑道：“你琏二哥正找我的差错呢，你一告状，可真助了他，显见得你们是哥哥妹妹，我是外人了。我也找卫姑爷评这个理去。”邢岫烟在史湘云身边，拉他衣襟，轻声笑道：“你可没的说了罢，快挂免战牌罢！”史湘云红了脸，笑嗔他：“你自为日后出了阁也是叫姐姐的，不必改嘴叫嫂子么？”（湘云才捷于此又见。）李纨在旁，见邢岫烟也红了脸，因见湘云到处树敌，放跑了宝钗，乃向湘云道：“今日这个阵场儿，都是你闹乱了。快过来，我替你两个引见引见。这是你最亲热的宝姐姐，又是你最称赞的宝二嫂子。要不听，还寻你那石凳子睡去！”贾母见这一群年轻姐妹互相调谑，早笑的流出眼泪来。又听李纨这话，却是不解，便问：“这石凳子又是何等典故？谁给我说说？”李纨笑着把红香圃行令，湘云醉卧芍药花下的事，告诉明白。凤姐听了，忙道：“这可是你当嫂子的领头闹的。趁老祖宗出门，你们背了我，自去热闹取乐，今儿必得受罚。”又向贾母道：“都是宝兄弟生日的事，今日他却躲到外面去。老祖宗何不把宝兄弟唤来，罚他斟茶，咱们岂不乐了！在座的没有一个生人，都是姐姐妹妹叫惯的，有何不可！”湘云从旁笑道：“那可不是易事。那年，你罚宝哥哥扫地，不请宝姐姐的示下可以。今日你罚宝哥哥斟茶，可得先问问宝二嫂子心疼不心疼。”众人正在取笑，李纨见贾母乏困，忙与众人摆手，请贾母歇着。贾母道：“你们只管说笑，我都听着呢！”李纨道：“老太太虽是有精神了，终究还是病中，该多歇会才是。”贾母依言，鸳鸯放下帐子，众人拥了宝钗到新房闹去。这里湘云催凤姐回家歇去，道：“这里有我和大嫂子，你病恹恹的，别再累倒！”凤姐道：“回家去，事还有个完？倒不如在这里歪着为妙！”说毕，自向碧纱橱里歇着去，不在话下。（唇枪舌剑，好看煞。不想这场热闹收到两个病人身上。）

掌灯后，宝玉回房。袭人见无他事，便命小丫鬟端来酒肴，说道：“这个还是那年二爷命留下的西洋红葡萄酒，（似有似无。）我和莺儿收拾了几样果子，爷、奶奶用一杯罢！”一面设了杯箸，剪了烛花，拉了莺儿出房。莺儿问道：“咱二人都出来，叫麝月、素月服侍呢？”袭人悄笑道：“使用的物件并茶水都是现成的，咱们只管睡去，唤时再答应。”

这里，薛宝钗见设下酒肴，乃向宝玉道：“昨儿一夜未眠，精神已是不好，今儿又叫云丫头硬灌了几盅，不敢再多吃呢！”一面说着，斟上酒来，举杯相陪。因说起日间湘云取笑之事，又笑道：“闹的你站不是，坐不是的。”宝玉听的有趣，乃笑道：“可惜了的，我没有赶上这热闹儿。”宝钗道：“你在那里，也必想找个地缝儿去钻。云丫头出阁，非还他几句不可。”又道：“凤丫头还要你去斟茶呢！亏的老太太拦住，说你在前面还有事。果真叫了你去，我当如何？”（宝钗心情于此补出。）宝玉听得忘情，因道：“那有何难的？你捧杯，我执壶，替他们逐一斟上。不就完事了！”宝钗娇嗔道：“这是那国的规矩，（原来不是中华规矩，补书人慨乎言之。）你不要怄人！”宝玉因说：“趁人多，明日邀众人联句。”宝钗道：“不可。老太太病着呢！况且尚未回九，他们闹起来，我又不得回嘴。且待回九后，老太太病也好了，我在这屋里邀一社，他们自然要你算个数，岂不畅快！”宝玉喜的摇头拍膝，赞道：“还是姐姐想的周到。”宝钗佯嗔他道：“又来了。今儿不赞我无书不知了？你再画画圈，不更像当年么？”说毕，盯着宝玉直笑。宝玉不解，忙问：“当年又怎么画圈了？”宝钗不答，只问他：“那年听戏，你为何央我念《寄生草》？”（又提前事，却在“悟禅机”回。）宝玉听此，方才解得，因笑道：“你竟还记得这事，今日却来打趣我。这个，必得罚一杯。”宝钗笑了，只得吃一口。宝玉陪了一杯，又斟上酒，道：“这酒放的时间长，却仍是不醉人的，多吃一杯何妨？”

宝钗不答，只道：“我作诗不多，想听听你的批评。”宝玉不烦思索，便道：“你那‘眼前道路无经纬，皮里春秋空黑黄’最妙。对这种人，是得痛痛快快骂几句。”（赏是讽也，不知正讽己也。）（傻宝玉。　丁亥　昆吾闫震）宝钗想不到赞这两句，只得一笑不语。（设如是我，我也无话可说。）宝玉因道：“你作诗善创新意，众人皆知。也有我不得明白的地方。比如那首《忆菊》：‘怅望西风抱闷思，蓼红苇自断肠时’，便大异于素日坦坦荡荡的情性。”宝钗道：“这个，云妹妹也瞧出了，当时便问我。大凡人的情性总是随境遇变的，你我也不例外。诗，总是要写情性遭际的，所以自香山谪江州前，与谪江州后，作的诗显然不同，像韩昌黎、苏东坡辈，前后期的诗也有差别。也有人情性偶然异常，诗中也就带出来了，杜少陵的‘孔丘盗跖俱尘埃’，便是。人常说诗如其人，仔细想来，不如说诗随其人，你道是么？”（借宝钗之口亮出己见，有理，新奇。）宝玉拊掌笑道：“妙论，妙论！这么说，那首《忆菊》是情性偶然异常呢，还是怎么着？”（该问你自己。）不想宝钗却避而不答，（为何避而不答，补书人故留悬案。）只道：“我实在不能再吃了。”宝玉知他不愿说的，不好再问，便将暖缸里泡的茶，斟了两盅，宝钗也起身剪了烛花，二人乃坐几旁吃茶。

那贾宝玉酒量本是不小，无如白日里在外面众人灌了许多，此时又多吃了几杯，便有些轻飘飘的，禁不的问道：“女儿作诗，每常以花自喻，姐姐必有佳句，念念我听！”（来了。）宝钗垂首，笑道：“没有。”宝玉不信，仰头想了片时，笑道：“有了。海棠诗‘淡极始知花更艳’岂不是么？”宝钗抬头看他一眼，笑而不答。那贾宝玉两眼盯了宝钗，缓缓点头，曼声长吟：“淡极始知花更艳。”由不的放声笑道：“果然，越淡越艳，竟是一幅绝妙自画像。”宝钗听了，忙拿衣袖遮了，扭过脸去。宝玉自觉得意，歪了头，想了片刻，乃笑道：“我的菊花诗也有两句，今日移来使用，你也赏鉴赏鉴。”说毕，一面长吟“黄花若解怜诗客，休负今朝拄杖头”，一面走到宝钗身边，拉了手，瞧他脸儿直笑。那薛宝钗早已红晕生颊，心中突突的，忙把脸又扭回这边，低垂下来。（敢是补书人从窗隙中窥见么！一笑。）一宿晚景无话。

到次日，宝钗到贾母房中请安，宝玉闲坐无聊，见袭人送来茶，又退一步，笑问：“昨夜的酒，还够吃么？”宝玉笑道：“很没吃完。你不该走去，咱们三人吃酒，岂不有趣些！”袭人扭半身，摆手笑道：“罢，罢！你们说诗赞花，我听了也不懂，（自供听房了。嘿！嘿！）还不早点子走开，等你们撵呢！”（调耶！妒耶！）一语未了，宝玉耳中、眼中早又不胜其情，一把拉他坐在身边，附耳说了几句。那袭人一时红了脸，道：“可没那规矩，奶奶再好性儿，我也不敢。”说着便欲起身，宝玉拉着不放，只叫：“好姐姐，有我呢！”袭人见他如此，便向窗外一望，道：“奶奶下来了！”宝玉由不的松手，袭人笑着赶紧走开，吩咐小丫鬟，屋里听使唤去。（伏下文。）

展眼回九已过，王夫人带宝钗进宫叩头。宝玉信步出院，却见丰儿走过。原来宝玉新房正与凤姐那院相近。宝玉便问他：“你奶奶在家么？”丰儿停步，回道：“在老太太屋里呢。请的那个刘姥姥来了，（此脂批之三进荣国府也。第六回脂批有“伏二进，三进，及巧姐之归着”。）带了几布袋干菜，还有蝈蝈儿。平姐姐命我回奶奶去。”原来，贾母因宝玉成亲，心中完了大愿，又见宝钗知礼孝顺，温柔厚道，较前更胜，心中欢喜。谁知连日狂风，干燥异常，阳气过盛，阴气未得转出，便又头晕目眩，有时神志不清，艰于起坐，饮食又复大减。众人忙成一堆，一面长、次两房轮番侍奉，宝钗要与李纨一同服侍，众人为他新婚，不允。一面依湘云之意，请刘姥姥来说古记儿，替贾母开心。彼时，贾宝玉听的刘姥姥到了，因踱到凤姐房里，果然，巧姐儿正缠着他，要先听一个古记儿呢。桌上放一个细篾编笼，装一对蝈蝈儿。又放两个透雕小葫芦，里面装了促织，外面挂着棉套儿。那刘姥姥认的宝二爷，忙站起请安，又道喜，笑道：“二爷大喜。我今儿才知道，可把大事误了。二爷这一成亲，就是小登科了，再往后，便该着点状元呢！到那时，前半月我便要来的。”宝玉见他身着贾母送他的那套衣服，因笑道：“两三年了，这衣裳还这样新。”刘姥姥笑道：“这样好衣裳，我如何舍得穿。今儿头一回上身呢，好叫老寿星瞧了喜欢。平姑娘给的衣裳，我也包了来，待见过老寿星，便要换的。”巧姐儿只催他讲古记儿。宝玉笑道：“你喜听古记儿，明日跟了姥姥乡间去住，成日成夜听他讲说，（谶语。）如何？”巧姐儿听了，心中不快，道：“我才不去那乡村野店呢，（最终还不是去了？叹！叹！）不如在家念唐诗为是。”宝玉听笑了，因问：“这儿天念的何诗，说说我听！”巧姐儿这才喜欢，笑道：“正念《琵琶行》呢。那‘间关莺语花底滑，幽咽泉流水下滩’，说的多好，真像詹老先生弹的琵琶声儿。二叔叔，你说是么？”一语未了，丰儿走进来，道：“老太太就请姥姥过那院子相叙呢！”平儿忙应了，打发刘姥姥去见贾母。（宝玉完婚却用刘姥姥、巧姐收局。可叹！）暂下不提。

宝玉完婚及下回初婚琐事，玉、钗、袭间种种，不仅与程、高伪续迥异，且与研红诸家所涉者不同，所据当是下条脂批：“知宝钗、袭人等行为，并非一味蠢拙古板，以女夫子自居。当绣幕灯前，绿窗月下，亦颇有或调或妒，轻俏艳丽等说，不过一时取乐买笑耳，非切切一味妒才嫉贤也，是以高诸人百倍，不然宝玉何甘心受屈于二女夫子哉？看过后文则知矣。”

此批见“庚辰本”第二十回，罕见引用者，特录于此。末句明显是见过后文之语气。批中宝玉甘心，与调妒轻艳而非妒才嫉贤两点极为重要，关乎后半部众多情节。以补书中钗、玉婚后生活对勘，大体合，不充分。然与程、高伪续让宝玉忽为呆傻之态、忽为半仙之体者则异若冰炭。

第九十五回
徒竟议师妙玉说经
优亦成佛刘妪施惠

妙玉说经，已令人惊诧，刘妪施惠则令人瞠目矣。二者互参，不得不作深思。

且说这日，宝钗遵谕进宫叩头，午错方归，袭人等忙上来服侍更衣，便听莺儿道：“姐姐忙着罢，我来！”又见素月捧来家常衣着，心中会意，悄悄退下，亲自捧茶来。待宝钗更衣毕，坐下吃茶，方回道：“琏二奶奶遣人说话：十二日舅太爷家请酒，命回了爷、奶奶。”宝钗问：“回你二爷了么？”袭人道：“回过了。”又笑道：“还是那情性儿，一提会宾客见亲友便烦。任我劝说，只说不去。”宝钗趁机向莺儿、素月道：“我这情性儿，饮食穿戴，你几个姐姐都知道的；你姑爷那情性儿，你两个可不大明白。往后，多问着你几个姐姐才是！”（你看他手眼如何？）莺儿低头应“是”。秋纹上前献言，笑道：“二爷不听我们劝，可听姑娘们劝呢。那年二爷不愿去会孙姑爷，林姑娘只说了句：‘我劝你把脾气改了罢，一年大二年小。’一句话，比圣旨还灵，终究去会了孙姑爷。（有此事。）王家请酒，关乎着太太、琏二奶奶两层子呢，得空儿，奶奶竟是劝劝的好。”袭人不以为然，笑道：“奶奶竟是不必劝了。”因轻声说了宝玉怕韶刀的话，见宝钗笑而不语，（是宝钗身份。）又道：“其实，那正经大事，便是林姑娘的话，也不听的。那年挨了打，林姑娘哭着劝他：‘你从此可都改了罢’，（是反问，是试探，是规劝，补书人还需琢磨。）二爷何尝理会，过后，仍是与那个什么蒋玉菡来往。”（补遗。）

忽见宝玉走了进来，宝钗起身相迎。宝玉道：“你歇着罢！”因问：“上次太太进宫回来，说大姐姐精神不大好呢，究竟怎么着？”宝钗对坐，答道：“前些时偶感风寒，太医请脉，说是重身之人不宜用药。近日病势渐重，每每不得入眠，举动艰难。几位太医都说是双胎，今上御宇多年，尚无皇子，圣眷自然更为优隆，诸凡起居饮食，脉状胎息，都按时奏闻，圣躬亲自过问，妃嫔以下都去探视呢。”（前书无此类事。补书人费翻检了。）宝玉忙道：“那王太医好脉息，没有请他看脉？”宝钗笑道：“比王太医高明的多着呢，这个，还用得着咱们举荐？”（一段闲言，无迹，却为后文失宠作势。）宝玉颔首，又问：“大姐姐还说什么来着？”宝钗笑道：“你的事完了，又惦着兰哥儿和巧姐儿了。”宝玉也笑道：“他们还早呢！”因道：“巧姐儿聪明。今日他说‘间关莺语花底滑，幽咽泉流水下滩’两句诗，很像詹相公弹的琵琶声。你听，说的多好！”宝钗因问：“不是他问过你，为何《列女传》上没有庄稼人么？”宝玉笑道：“正是。小小年纪，读书得间，真叫人待见。”（又作补遗，为巧姐生色。）宝钗听此，忙笑道：“看着巧姐儿面上，也该去他外祖家坐坐！”（与接见傅家婆子一节对看，同而不同。）宝玉听的合意，焉有不谨遵阃命的，便道：“是必得去。你也去！”（笑话，能单请你一个人？真是宝玉。）宝钗却道：“我不去。到那儿他们又该闹新媳妇了。”宝玉劝道：“这个有何怕的？果然闹个不了，我进里面替你壮胆。”莺儿在旁笑道：“罢了。人家在里面取乐，姑爷在外面吃酒，能知道么！”说的大家都笑起来。宝玉吃过茶，去见王夫人。袭人因向宝钗道：“还是奶奶会说话。这不是，反过来劝奶奶去呢！”宝钗脸上不禁笑出两个酒窝。（当然，当然。）

宝钗问：“这几日，每每见他独自在房里发呆，问他，一语不发。（这一笔必补。）究竟是怎么回事？”袭人叹道：“这几天还算好呢。自林姑娘灵柩南去，天天都痴痴的。不管怎么劝他，也少见喜欢。大奶奶、云姑娘都来劝过，云姑娘说的利索，方渐渐的好些。”因把湘云劝宝玉的话说了，又请宝钗相机劝导。宝钗叹道：“这个么，难免。今后也还会有的，竟不必劝了。只好生引他做些别的事，混过去也罢了！”（有胸怀，有见识。）因又问他：“你们都在院里顽笑，独留他在房里，好么？”（不能不问。）袭人低头微笑，不语。宝钗诧异，思索片刻，方得明白，也自笑了。自念：“这个么，也难免。（宝钗明白什么了？猜不着莫往下看，一笑。）我只如此而已，如此便是。”

忽一日，莺儿服侍宝钗晚妆既毕，悄声道：“不是姑爷说，这枝花戴到右边好看么，如何又戴到左边了？”宝钗乃对镜摘下花来，忽的把脸红了，轻嗔道：“偏是你有记性！我偏不听。”碧痕在里间门口，见他略一沉吟，终究戴到右边，（虽宝钗不免，所以脂批说他“并非一味蠢拙古板以女夫子自居”。）由不的捂了脸，来外间偷笑。麝月在他身后，扳他肩头，悄悄发话道：“你这蹄子，笑的何事！昨儿晚上，二爷刚说那画上美人挽的坠髻鬏耐看，今儿你便挽坠马髻了。难为你，竟不睁眼瞧瞧，这园子里，谁那样梳头了？

还敢捂了脸去笑！”袭人在外间，正开了抽屉寻什么呢，便接口笑道：“两个人都够瞧的。自那年二爷赞你绣的酴醾花儿好，这二年，打头上到脚下，一色酴醾花，竟不换样。一个半斤，一个八两，（补遗，调耶？妒耶？）不是？”碧痕把手一放，红了脸，啐一口，道：“这是你们当姐姐说的话！”扭身出去，转眼回来，头上松松的挽个慵装鬏儿。宝钗在里间，早已听出个大概，只装没听见，（是宝钗身份。）移步出房，众人围随送上去。

昏定已毕，宝钗归房，见秋纹等都在那里间说笑，袭人在外间呆坐，两个小丫头在这里间门内听使唤，里间仍然只有宝玉独坐品茶。这里莺儿、素月服侍宝钗更衣，秋纹等闻声赶过这里间来。那袭人捧了茶来，见宝钗直盯着他笑，不知何故，正待退下，却见宝钗向他笑道：“怎么着，都不来这里间与你二爷说笑？叫他闷出病来，你不心疼？”（哎哟，此等玩笑袭人受不了。调耶？妒耶？）袭人听此，越发红了脸，没意思起来。退出，不是，不退出，也不是。正尴尬间，可巧丰儿在院内唤他，送什么物儿来了。那袭人心中便念阿弥陀佛，口里忙道：“我瞧瞧去。”一掉头，匆匆去了。这里宝钗坐下，一面吃茶，一面向众人含笑道：“适才回了太太。太太的话：从今儿起，放袭人在这屋里，照护你二爷方便些。你们众人服伺你二爷久了，知道他那情性儿，况兼都是稳重知礼的，只管照常服伺。不要说有我来了，便这般那样的。设如叫他有何不便之处，那就不是上边看重你们的意思了。”众丫鬟低头应了，见无别话，各自退出。

袭人打发丰儿回来，莺儿忙嘻笑着上前见礼，口中悄声说道：“替新姨娘道喜，请新姨娘安。”（调耶？妒耶？）众人在旁都笑了。袭人一时不知所以，不免呆了。那莺儿又笑道：“姑娘有何吩咐，只管命我做去，好歹在二爷、二奶奶面前说我一句好话呢！”（调耶？妒耶？）那袭人耳中听着，眼中又见众人挤眉弄眼的，心中便猜中几分，由不的把脸红了，恨的牙痒痒的，一把拉过莺儿，捶他肩头，发话道：“坏透了的小蹄子，瞧我能饶了你！”这里碧痕却向莺儿道：“你这蹄子，今儿报喜，要抢头功，可是不是？你问问他们，前年添了月银，我就道过喜了。”（调耶？妒耶？）袭人越发不好意思起来，狠命唾了一口，道：“一个个坏的不知道怎么死才好呢！”一面掉头进入西门，咯噔一声，将格门闩了。麝月看不过，扫了众人一眼，方都止住。却听宝钗在东间唤袭人，袭人只得开门出来，莺儿、碧痕忙上前赔不是，袭人一笑，去了。暂且无话。

次日饭后，宝玉临窗作画，莺儿送茶去。袭人忙关照他道：“他这时专心作画，不喜人近前，等会子你再去才是！”（饶了饶了！还加意指点呢！）莺儿领会。一时，见宝玉放下笔，把一幅山水画儿拿针钉在墙上赏玩，莺儿方送茶与他吃。又见他晃首自得，因问道：“姑爷这画儿自然妙了，但不知比四姑娘画的园子图如何？”宝玉道：“你说呢？”那莺儿微笑道：“想是比四姑娘画的好，姑爷不便说，便反来问我们。我们个丫头家，还能识得那个更好？”宝玉听他颇会说话，回头瞧时，见他轻盈俊俏，娇语间关，真的一只黄莺儿。（莺儿姓黄，前书已叙。）知是宝钗教导出来的得意弟子，便想难他一难，却一时找不上好题目，只好拿他那尊名作戏，便笑道：“你不是叫黄莺儿么？黄莺儿天天在树林子里飞，还不知道那片树林子好呢！”莺儿娇嗔道：“就是姑爷爱顽笑，自己画的好就说好罢，总要牵扯了我们。我们怎么就变成一只鸟儿了？倒得给点子好食好水来。”（又“描红”了，与“红香圃”湘云行令时晴雯等说话对看。）宝玉见他朗慧似茜雪，温柔胜晴雯，且又心灵手巧，唯有当年檀云可以仿佛，（一笔四人，倒也有趣。）由不的看看宝钗，（好神情。）笑了。乃向莺儿道："这画儿还没敷色呢，赭石又用完了。你去藕香榭要些来！"宝钗因笑问他："何时又画吴装？"宝玉道："也不过半年。那青绿，金碧浓重的厌人！水墨也画絮烦了。"又命素月也跟了，园子里见识见识去："只别走迷了路！"莺儿看看宝钗，见他点头笑允，便拉了素月，笑道："放心罢，闭了眼也迷不了路呢！"二人携手去了。

二人入园，真个似黄莺儿破笼而出，满天飞去。此处听听，彼处看看，一亭一圃都是好的。一路行来，莺儿那张小嘴便难得闭住，一一指点与素月。说什么：咱们姑娘同姑爷在这儿钓过鱼，在那儿同林姑娘吟过诗，在这树下同云姑娘顽笑，如何丢了团扇。游的畅快，说的兴头，不防走到潇湘馆前，正待要告诉素月、宝钗如何照护黛玉，却听一个媳妇与祝妈角口，喊道："昨儿晚上，坠儿妈要你一个竹笋，你给他四五个。我借你一根竹竿，你便骂街。偏姑妈向姨妈的！那坠儿妈偷开角门，放跑春燕娘儿两个，（应前状后之笔。）你以为我不知道呢！亏你是坠儿他干妈，等着我告诉上头去！"又见那祝妈忙拿了两根竹竿给他，笑道："两根够用了罢！与你顽呢，你便恼了！还要不要竹笋？"莺儿见他们生事，便不进去，回头寻路，却见个小丫头迎面与秦显家的说话："舅母，这两天又赢了多少？瞧你满面红光！"那秦显家的却道："前天，你妈赢那么多，怎么着昨儿不来了？"小丫头道："不能天天来呢，叫赖奶奶知道了，什么意思！"那秦显家的道："这丫头倒会说谎，多少日子了，他何曾说过什么！（管家如此。）你妈不来，必是赢了钱怕再输去，可是不是？"这番话，把莺儿也说笑了，因道："秦大娘，好精神，夜晚斗牌，白日里也不见困模样。"秦显家的一面走，一面悄笑道："也只白日里顽，夜间还睡呢！"又问："姑娘今儿得闲，进园子逛逛？"莺儿道："宝二爷打发我们寻四姑娘，有事呢。"秦显家的笑道："寻四姑娘怎不到暖香坞去，却从潇湘馆走到这里？想是好久不来，迷了路。"（终究还是迷了路，愈见园大路歧。）莺儿不好意思的笑了。秦显家的四下打量，指了河对岸，向莺儿道："那不是！"莺儿顺手望去，果然，小桥上，惜春与妙玉并肩倚着栏杆，便别了秦显家的寻惜春去，乃向素月笑道："若不是走错路，到他家去也见不到人呢。"便相携绕过桥去。见了惜春，道明来意。惜春因吩咐小丫头，领他二人去，告诉彩屏，给他们些。（小小一节过脉文字，结喜启忧。）

这里妙玉指了那边山坳里一片火红并一片雪白，说道："那是我们庵里的梅花，今年蕾多花盛，咱们赏梅去。"惜春望去，果然，诧异道："竟不知庵里还有白梅花。"妙玉笑道："难怪你不知自家园中的事。你们赏梅总在雪后，趁着周围的雪，便只留意红梅了。"于是二人携手而行。途经暖香坞，妙玉见门口，阶上阶下，院门以内，满是枯草，因问："这么多草，出入甚不方便，何不薅去？"惜春道："原是我特意命他们种的。"（孤怀如见。）只此一句，并不让妙玉进去吃茶。妙玉不解，由不的止步，内外左右，环视一遭，又把惜春打量一番，方才问道："是杜门却扫的意思罢？"惜春颔首微笑。二人来至近处，见果然有三株白梅，却衬的那红梅更艳了。惜春因问："如何这么早梅花便盛开了？"妙玉道："岂不闻世事无常？这些花儿朵儿何能有常！"又指身后两株安石榴道："你瞧这秃枝上，尚挂几个空壳。也是一株红一株白。那山子野心里丘壑大呢，不论冬夏，总是红白相衬，引人沉思。”惜春点头领会，痴痴的。（果然发人深思。）

妙玉知他心中有事，也不便相问，因请他庵里吃茶。二人进入静室，落座，道婆进茶。妙玉道：“姑娘请茶，尝尝这茶还吃得否？”惜春细细品来，果觉轻浮无比，因问何水，妙玉笑道：“也不过旧年雨水，只是器物稍异。”惜春瞧那茶盅也不过青瓷填白，无甚奇异之处。妙玉笑命道婆取壶来，置几上。惜春见此壶也只通常式样，其色淡青黑，谁知才刚掀盖，便觉茶香扑人。仔细瞧去，清冽异常，并无茶叶。甚感奇异，因问端的。妙玉笑道：“此乃祖上旧物，也不知用过几世几代了。那年薛、林二位在此吃茶，（偏不提宝玉。）我也未曾拿出，今日与你见识见识。”（由他说嘴，待惜春重于薛、林，令人惊异，岂看在“杜门却扫”之故乎？）

惜春听此，不悦，乃道：“承你青目。但只一件，你出家之人，津津乐道此壶，如何能视色如空？”（说的是。）妙玉“嗤”的一声笑了，道：“难为你，还考究神灭神不灭呢，连这个道理尚不明白！（倒要领教。）我且问你：今来古往，空门里几个是果真心无世事？（问得奇。）若果然看破一切，胸无一事一物，随遇而安便罢，又何必要进入空门！（有道理。）只说释迦，心中便有众生在。（真空，不空也。丁亥　昆吾闫震）众生受苦便是世事，他又何曾视之为空呢！”（奇论，也的论。词旨渊放，出之平易，妙玉为何如人哉！）惜春素昔也知他怪僻，难以理论。此时便想：林黛玉当年尚不与之计较，我今日竟说他两句，是不自重了。（大家闺秀“自重”是大端，此非善争闲气者所可解。）乃道：“承教，承教。怪不的古人说，与君一席话，胜读十年书，今日之事是了。”于是，起身谢了扰，便要归去。不想妙玉定要留他再坐一会，自去翻查经书，要拿来与他看，道是：“出家人不打诳语。”惜春见他如此，倒不好便走，只得再坐下，（二僻相遇，终究不同。）顺手拿本书随便翻去，候着。忽见书内夹一页素笺，原是上年雪雁从苏州寄来的。上有：

> ……
>
> ……已遵姑娘遗命，放我并王嬷为民，又着林姓族人让出二十亩林老爷当年所遗庄田，作为姑娘墓前祭扫费用，交与我和王嬷经管。我父母安好，不必记挂。(原来二人尚有通家之谊。)只是村居苦少识字之人，更无知诗者。我父母已为招一农家子入赘。遭际如此，唯有自伤。今后只有在那花朝月夕，风雨黄昏，在姑娘墓前念诗了。（结雪雁，所谓“千红一哭”。）蟠香寺只一位旧人，已将师父书字付彼，待有回话，再行禀告。
>
> ……

惜春看过，有所不解，知妙玉孤僻，不能问的。一时，妙玉翻出经书与他看，果然不错，口中赞道：“怪不的人称你经典极熟，不同众人。”妙玉听了此言，方面带笑容，又殷勤劝茶，不禁关切，乃问道：“我见你心事重重，必有为难之事，不知可得闻否？”

惜春正有为难之事，多日不快，今听他好意相问，因思：他虽是好胜了些，倒是个不藏奸的，且是个出家人，于自己家里无何干涉，与之交谈，或可有些益处。因叹道："一言难尽。"遂将素昔离尘避祸之愿，告诉他明白，又道："近来寒舍多故，此意益坚，已向许多人求过了。无如谁也不愿作主依允，都推辞，说是要待我们老太太大安后再议。真不知要等到何年何月！"妙玉道："你看我说的如何，你也真真是个看不破的。若说因由，咱们也算同病相怜了，我便有一言奉劝。你这事与我当年不同。果然府上允你出家，也便甚好。若是不允，便只可静待时机。如是只想日后清静，不顾眼下，强行作为，眼下便要招出多少口舌，清静不得了！"惜春领会，心中感激，也便问他："你当年出家，怎的与我不同？"（只此一句，便又放下，不是补书人吊人胃口，其实说不得。）妙玉无语，少顷，只道："日后自然要告诉你明白。"惜春见他不愿提及旧事，也只得罢了，又闲言数语，作别而去。一路自念：一向杜门作画，不愿与众人来往，便弄得心窍不开。今日与他一番闲话，心中倒明白了一些。看来要想出家，这人世间还不能一概屏置，那妙玉何曾不与人来往了？一面想着，脚下早已过了暖香坞，走到溪边了，听彩屏在后唤他，方才觉出，笑了。乃转身，立命彩屏去吩咐本院婆子，将院门内外，阶上砌下，所有青草一概薅去，口中自道：

明月中天挂，只扶花影来。

忽见李纨穿了出门衣著走过，乃笑问："那里去？"李纨近前，悄道："奉太太命，天齐庙讨签去。"说毕，点点头，径自去了。原来王夫人为元春之疾，要去天齐庙进香，讨神签，轿子已侍候下了，王夫人也换妥出门衣裳，却因事关宫廷，怕惊动大，乃改命李纨代行，对外只说为贾母问病。那李纨来至天齐庙，焚香礼佛，祷告毕，讨了签，并不敢先瞧是何言词，只珍藏衣内，忙坐车回府，屏退下人，取出神签，双手捧上。王夫人命他念来，乃念道：

三更灯火五更鸡，正是男儿立志时。
七叶貂蝉何所贵，聪明一世不如痴。
讼宜和，行人至，婚难成，病将愈。
（辞意明白，却又难以捉摸，亏他如何拟来。）

王夫人听了，大喜，道："好个病将愈，虽不得立时便好，却也快了。"便如此这般回了贾母，又道："娘娘的病，原不过重身之人偶感风寒，不碍事的，今神签上又如此说，想必就要痊愈了。老太太只管宽心，停几日，媳妇侍候老太太进宫说话去。"岂知，别人得病尚可，元春得病，何能放心！从此，又添一层烦恼。贾母之病越发重了。

一日，邢夫人婆媳当值，先是贾赦遣人来请邢夫人，取要紧东西，后是赖大家的有急事回话，在堂屋里立候，王凤姐也去了。这里只剩下湘云、鸳鸯。丫鬟端来专为贾母做的清淡吃食，有啜菽、玉版、琼珠、水团、白粲诸品，以及豌豆黄、米粉枣肉切糕。

服侍贾母吃几口玉延粥，进两匙白粲汤便不吃了。刘姥姥见湘云日夜操劳，瘦的可怜，因与贾母说古记儿，道："我们村子里王大老爷家那排场儿，自然比不上咱们府里，倒也有十几个丫头、小厮。那公子、小姐也个个读书念文章。唯独那老夫人娘家侄孙女儿，好个品貌，就同那画上的一般，手脚又勤快，心地又极好，惜老怜贫的。见那老夫人两腿酸疼，行走不便，总是不住手地替他搓腿。得便又提笔写文章，求老天爷保佑老夫人多福多寿。每夜里，和他那表姊妹一例，总没有脱过衣裳，困了，只靠了枕头打盹。菩萨见他孝心，便化个姑子，送来神药，又是抹又是吃的，果然，腿就不疼了。如今老寿星欠安，云姑娘这么日夜操劳，自然要感动菩萨的，菩萨必要化个什么人，来指点太医，再吃几剂药，定然就大安了。"（姥姥竟是诗人，听他这番比兴如何，且卒章见意，正是白傅诗格。真个老妪能解。一笑。）贾母叹道："只可怜他父母下世早，如今他叔叔又外省做官去，我便不舍他。单是为了他，我也要再活几年呢！"（叹！叹！）

鸳鸯在旁，听贾母说的感伤，忙岔开话头，问刘姥姥道："姥姥在这里住，也想你那外孙女儿么？"刘姥姥立时笑逐颜开，道："姑娘说的可好，这天下老鸹一般黑，人越老，就越待见那下辈人。我们那青儿偎着我长了那么大，一时，我命他去做活儿，可欢呢！"鸳鸯听他比喻不伦，倒也好笑，因想起上年拿他取笑的事，便要引他说些村话，替贾母开心。便问："姥姥这几日到我们园子去么？滑跌了罢？"那刘姥姥听此一问，也便会意，因念：人病到这般模样，鱼肉也不得吃，多笑笑总是好的。只可惜姑奶奶事忙，不得工夫说笑话，只可我替他开心了。（阿弥陀佛，好姥姥。）便笑道："不瞒姑娘。昨儿我一人摸到园子里，谁知偏又进了那个小香馆，我左看右看的眼熟的紧。心里只掂掇，这是那处仙宫，不防脚底又走了滑，跌了。亏这一跌，我心里才跌出个小香馆来。爬起来思忖：还是小香馆呢，那大香馆不知更是如何的极妙呢！"贾母听他一路说来，居然也笑了。（岂非佛法无边。一笑。）

刘姥姥以为甚妥，乃又道："明儿病好了，老寿星到我们村子里去逛逛。村子里不会做茄鲞，却也有些新鲜东西。那王大老爷家，就做的有几样好菜，什么肉，什么蛋的，都会做，还有五香大头菜，味可鲜呢！只是老人咬不动。"鸳鸯因问他："你们王大老爷，什么官儿？"这一问，刘姥姥可编不上来。村子里莫大于保上的老爷，他掂掇：这保上的官小，再大的官名儿也说不出。正在犯愁，忽的想起周瑞家的，便道："我也记不的是什么官儿。他家里那排场儿，比府里周二爷还稍胜些呢！"鸳鸯想了半日，也不知这周二爷是谁，只得向他请教。刘姥姥却记不的那周瑞的大名，只得依实说："是我们姑太太的陪房，在后门上住呢！"鸳鸯一时明白过来，见湘云犹自不解，便道："他说的是周瑞呢！"众丫鬟看看贾母，都强忍着，不敢笑出声来。

忽见宝钗走来问安，贾母伸手拉他炕沿前蹲下，只见他眉开目朗，较前更加丰润，自是喜欢，因问："宝玉没的冲撞你罢？"宝钗含羞笑回："没有。"贾母道："咱们家唯独他有些气度，像你爷爷。只是任性，再不识劝的。以后万一有何冲撞于你，就看着我，让他些。你是个明白孩子，该劝的，也要劝，不听，也不强劝，总以和气为是。记住这话，我便放心了。"（言简意赅，宝钗受益多矣，临终挂心者惟此。）宝钗应了。便见红玉近前，回说："我们奶奶请奶奶外面说话。"究竟何事，下回分解。

宝钗婚后，极不易为。仅宝玉任性任情，便劝也不是，不劝也不是，何况一班丫鬟，个个了得，便是素昔相近如袭人者也因时移势易，心中难免隔膜，不料他举重若轻，仅数日，便一切妥帖。其要不外：趁机，灵活，举大端，置小节。于是宝玉听劝，赴王家之请，袭人收房，安众丫头之心， 两班丫鬟相处和融，界线全泯，内部大定。辅弼之才如此，宝玉“甘心”矣。

前半仍钗、玉初婚事，据脂批演义而来，后半人事较杂，写“出家人”却破宗教，有如前书“马道婆施术”回。只是“施术”回写得笔飞墨舞甚为引人，稍不细心，便被作者瞒过。此回寓意显豁，笔平墨淡，此补书人虽极意仿作，而终究远逊者也。

妙玉孤傲峻冷，本回冷不足而傲有余也，此亦足见补书之难。

第九十六回

奴陷主凑谋反罪状
主谄奴进治斑洋药

整回书惊风骇浪，相连不断，与此前事故层出，散见多回者异，当是已近抄家，风雨阵阵，情势所迫，不容悠闲之笔。此大异于程、高伪续于抄家前所写鬼魂出没，妖孽作怪一类之“异兆”。

话说宝钗出了套间，见凤姐儿在那边儿旁听赖大家的回话，招手儿请他近前，拉他同坐，悄悄说道：“家里出了事。好妹妹，替我服侍老太太罢！”宝钗因问他：“何事，这么下神似的？”凤姐儿悄声道：“又跑了几家子下人，回来我细细告诉你明白。”宝钗瞧瞧赖大家的，见他一脸愁容，两只眼没神了，乃向凤姐儿点点头，回套间去。这里，赖大家的接着回道：“这便有五家子了。刚刚昨儿听说，上次是坠儿妈替春燕开的后角门，今儿他母女也不见了。”凤姐儿道：“我的话如何？上次只是开头罢！倒不想赶死的又是一起。有头绪么？”赖大家的道：“据郑华家的说，风闻是林之孝回南时，带了春燕去做儿媳妇，只怕坠儿娘两个也投奔林家去的，也未可知。那两家子都是关外人，京里没亲没故的。”凤姐儿心中掂掇：郑华与林之孝不睦，他这话不可信。只是春燕跑了三天，林家回南，也未必无关。那坠儿妈原是个硬货，那个管家媳妇也不在他眼里，倒是个什么事也干得出的，却也不至与林家勾搭上。若说没他的事，他如何又跑了。这儿家子是有些不安分，偷点子物事也难免，何敢这么着！必是有人暗里主张。难道果然是林家的？红玉又在京里，他不怕连累女儿？想了多时，难有定见，乃问："回过老爷了么？"赖大家的道："一听说便回了。老爷气的饭也不吃，如今琏二爷并赖大，都还在内书房陪着挨饿呢！"凤姐儿又问："回过太太么？"赖大家的道："今儿太太进宫，如今尚未回家，方才郑华回来，打点吃食，说是不知何故，不让进宫，只命在宫门外候着。"（这就厉害。）一语未毕，见平儿寻来，慌慌张张的上前，悄声回道："太太回来了，气色不好，请奶奶速去议事！"凤姐闻言，脸色突变，顾不的再议下人逃跑，只向赖大家的一摆手，道："速速访查！"拿脚便走。（真是一宗不了，又是一宗。）

那王凤姐来至王夫人正房，见王夫人满面愁容，倚在榻上，见他来了，只说了一句："这可如何是好？"便说不下去了。因问绣凤，绣凤悄道："今儿在宫门外候了半个时辰，方见一个小太监出来，传夏太监的话，说是咱们娘娘已待罪两日了，只命速速回家，叫老爷防备着点儿。究竟是何因由，也不得明白。老爷已是遣人打探去了。"王熙凤未曾听完，耳中轰然一声，登时目瞪口呆。待得神定，方问："回老爷了么？"绣凤复道："老爷已是遣人打探去了。"凤姐乃立命唤来彩明，着他前边听信去。又宽慰王夫人道："娘娘那里，素昔圣眷极好，且又有孕在身，不应有何意外，便是怎么着，夏太监自有周旋。太太只管宽怀。"虽是如此说了，心中仍忐忑不已，起坐进出，不安的紧，竟不知此时此地做何事的好。（惊恐之状如见。）彼时，玉钏、平儿在房外守着，各处人等回事的，一概遣了去，便是本房丫头，也只在廊下听使唤，不许进房。人人猜测，个个犯疑，谁也不敢言语。

半日，方见彩明慌慌张张跑来，在堂屋里向绣凤招手儿。王熙凤一步抢出里间，把两眼盯了他，那彩明哭道："娘娘升天了。"王熙凤似未听真，急问："你说什么？"彩明抹泪道："适才，夏太监遣人送信来，说娘娘升天了。眼下老爷并二爷都在前厅哭呢！"语未毕，王熙凤已哇的一声哭倒在绣凤身上。待听的王夫人在里间悲啼，方忙止哭拭泪，上前侍候。一面命人传来管家媳妇，三言两语的告诉他们明白，又道："这几日，大叛小乱接连不断，如今娘娘又升天了，那些人正不知要安什么心呢！说不的辛苦，你们几个，必得加意防范。有不规矩的，该打该罚，只管行去；难缠的，立来回我。如是遮掩枉法，你们可仔细！听明白了？"待众管家应声去后，复遣平儿："悄悄告诉你二爷，要他在外面也这样安置。"随即悄命来旺媳妇叫来旺速速报与舅老爷得知。（兼领内外，不暇待命，舍凤姐谁能如此。）安插已毕，便见宝钗、李纨并惜春都闻信赶来，满屋里愁云惨雾，一个个掩面悲啼。彼时，已放众丫鬟入房侍候，偌大正房，塞满了人。上下人等，谁也顾不上吃饭，一夜也未曾好生睡的。直到次日近午时分，方见贾琏、宝玉两边搀了贾政，蹒跚进房。众人起身。贾琏扶贾政大炕上坐了，返身向众人挥泪道："适才旨意到了，外面议妥：老太太高年重病，经不得哀伤，娘娘的事，待老太太大安了再回。如今只可说有位别家的娘娘薨了，大家必得每日进宫。眼下有品级的立即穿戴了，进内哭灵；无品级的照应老太太，照管家事。轿子已传去了，便请太太节哀，预备进宫。”

原来不合命王夫人带宝钗进宫。不知怎的，皇后知道了，怪罪下来，十分严峻。那贾元春重身之人，兼是病体，何能经的起这层事故！不过两天光景，昨日午初一刻小产了。临褥之际，难产而薨，得强寿二十有五。两位皇子也可惜了。如今旨意已下，说是虽有小过，念多年敬谨勤肃，不加严谴，唯着削去贤德封号，依制安葬。仍着贾氏亲丁遵制尽礼。

那尤氏、凤姐侍候邢、王二夫人日日进宫，家中自有李纨、宝钗带同赖大家的、来升家的协同料理，又接了喜鸾、四姐儿来，与湘云、惜春共同照护贾母；外面贾蔷、贾芸、贾菖等跟了赖大、来升学着理事。独有刘姥姥原惦着家中，住了几日便要去的，只为见贾母病重，虽是顾不上再听他胡诌，却为湘云私下里再三求他多住几日，今又见太太、奶奶日日进宫，老寿星跟前人少，越发不好提那回家之事了，每日里在贾母房内，替姑娘、丫鬟仗胆儿，尽心而已。（刘妪施惠此又一端，却见姑娘、丫鬟不安之状。）

那李纨、宝钗计议了，凡各处看守门户之人有不安稳的，都换了，又命赖大两口子挑几名干练可靠的，轮班彻夜巡查，又唤来鸳鸯、玉钏等各处大丫头并为首的嬷嬷们，责令他们实心照管，不得懈怠。外面赖大等人也都日不回家，夜不脱衣，凡有要事，便到厅上隔帘回话。里里外外，安插的十分妥当。宝钗、李纨犹不分日夜，轮班在厅上起坐，不敢大意。（一节综述笔力尚可。）除了贾母医药，贾政、王夫人等进宫送灵诸事外，宝钗的话：“凡百事体，能缓便缓，必不可缓，只照旧例施行。”各处新出弊端，小事且不理睬，大事也不过叫来数说几句，告诉他们：“一概留待太太并琏二奶奶闲了再作处置。”各处人等见此作派，摸不透深浅，知不得底细，反倒各各收敛些，倒也大事化小，小事化了，落了个暂时安稳。一日，元春事毕，众人归府，便都仍按旧规行事。宝钗向李纨道：“娘娘新葬，老太太病重，且是年紧节近，零杂事也多，老爷、太太心必甚烦，所有事故，暂时不回，如再生事，一并处置。如何?”李纨依了，不在话下。

只说元春薨逝，贾氏哀戚自不必说，便是众多亲友，也莫不伤悼。然而额手称庆的，也大有人在，如今不说别人，单表那赵国本。

这赵国本乃是赵国基的哥哥，赵姨娘的叔伯兄弟，为人诈变多端，心眼少说也有千百个，且嘴上又颇来得。素日里时常揽些闲事，混混吃喝，手下也有一帮同气之人。在人面前总谦称行二，说是按赵姨娘排的，姨娘尊贵，自己决不能僭越。背着主子，小辈的呼为舅爷，平辈的呢，称二哥，便是比他为尊的，也只在取笑时，方以赵老大呼之。行起事来，也居然有那首领的势派。赵姨娘但凡遇事，只命婆子告诉他一声，莫不办的妥当。数年来，姊弟二人互通声气，互为羽翼，竟也打出个小小局面。（观“魇魔法”回，总不解五百两欠契何来，此回方见补述。）这便是赵姨娘竟敢屡试身手的老底。不想，因贾环误窃通灵玉，牵连往事，赵国本挨打被撵。虽暂时日子尚可过的，今后如何，却甚茫茫，心中不忿，却也无可如何。忽闻元妃薨了，真是喜从天降，狠狠心，便要作为一番。

这日，见钱槐回京，约定晚上到贾环处一聚，又吩咐赵姨娘备了酒肴。掌灯时分，钱槐、彩霞爹并何老大接踵而至。你道这何老大是何人物？他媳妇便是秦可卿丧事上，领了王凤姐二十大板之赏，口谢心感，至今不忘盛德的那一位，诸公自然记的。连同贾环，五人吃酒。赵国本先替众人一一斟上酒，道：“今儿没甚好酒好肴，事成后，咱们天天吃蓟云楼去。”那钱槐不待人让，早已端起酒杯一口吃干，往桌上一撂，叹口气道：“先不用太高兴，还差的远呢！张华那小子不是东西，瞧那神气，便是独自告状，他也敢的。”乃伸出食指，又道：“只是没这个整数，他连面也不出。说是当年旺儿给他这个数，他才告到都察院。咱们那里有银子先给他？”说毕，摇摇头，夹块鸡脯嚼去。彩霞爹把啃过的鸭头扔了，道：“这卤鸭味道还正，只是忒瘦了。”见赵国本等他说话，便忙舔了嘴皮，道：“西府里那些裁下来的，各各胆小如鼠，前怕狼，后怕虎，只能充个数，不顶大用。据我估摸，这事难办。”原来彩霞过门后，没到回九，便死了。他爹胡思乱想，跟了赵国本。何老大道：“东府里连跟着起哄的也难找，一个个肥头大脑，谁舍的倒了衣食靠山！别人指望不的，只有咱们拼命了。”

赵国本听的如此，略一盘算，却笑道：“好叫你们得知，小河沟里没水，那大江大河却是满满流呢！三天前，那位大相公领我去见王爷。偏巧王爷在大堂上宴客，一屋子侍郎、尚书， 划拳行令，好不热闹！人回进去，王爷听说是我，抛下一桌子黄马褂，便迎了出来，笑吟吟的拉了我的手，说：‘咱们书斋里说正经话，不跟他们在这里闹。’你们自想，咱是何等之人，岂敢同王爷拉手？无奈王爷礼贤下士，亲热的紧，咱们也只得恭敬不如从命，直凭王爷拉着，走进书斋。那位大相公见我这衣襟不展，一路上替我拽了八回。在书斋里密谈，足有一个时辰。王爷高兴，说：‘事成了，愿意当官的，给官做，不愿意当官的，赏银子。’又命那大相公，把咱们几个都记在王爷客簿里。末了，拉着手又送我十几步。我一直打躬苦辞，王爷才恋恋不舍放了手，又命人赶我的车来，亏的那位大相公说，‘此事不能声张，来时没敢坐车’，王爷这才罢了。你们想去，此事还有何难办的！”

众人见他眉飞色舞，沫星四溅，也都不禁洋洋得意。唯独贾环不语，似不信真。那赵国本正色道：“三爷虽则是进过几次官府，何曾会过这家王爷？但凡会过的，想都深知，须不是舅舅扯谎。”那贾环真个未曾进过王府，且值用人之际，还能不信？便道：“当了王爷，自然礼贤下士。我只愁日后向他要什么官做。”赵国本知他所虑在此，嘿嘿大笑，道：“便是我们几个，谁还不在王府当个管家？何况你老！只管等着点翰林罢！”贾环不以为然，摇头道：“翰林官，还是给那帮寒酸做去。你只对他说，这世袭的前程，必是我的！这个，大老爷早许给我了。”赵国本笑的眯了眼，道：“王爷原是这么说的，三爷袭爵，顺理成章。方才的话，是我想的，不如翰林威风。既这么着，仍是袭爵便了。”彩霞爹点头道：“这话极好。只要除了琏二奶奶，咱们贾府凭三爷作主，天通地泰，熟车熟路的，不比另投主子强！”钱槐放下酒盅，向贾环道：“到时候，任我挑个强似柳五儿的丫头，可要作数！”何老大道：“你这小子，气量好小。便是三爷的丫头，三个五个的，随你挑去。”扭头向贾环使眼色，贾环乃道：“正是这话。你还有何屁放，一总说来。”众人听此，越发兴头。一时壶干盘光，赵姨娘收拾了去，大家吃茶。（好一幅群丑图，难为补书人有兴致作此漫画。）

赵国本拿来纸笔，道："咱们一面吃茶，一面把事情凑到一起，三爷写下来。"贾环摆手道："我可不会写状子。"（会写状子，便不是三爷了。）赵国本闻听此言，鼻子里笑出声来，道："你便会写状子也无用。我们能出头告状么？便是三爷出头，也必先治罪的。今儿只把事情一件件写明白，算作个节略，递给王爷，王爷另写状子告去。到提咱们对质时，咱才能说话，明白了罢，这里面讲究大着呢！"（此话何其明白。）众人这才点头晃脑的明白起来。一时便凑了五六件。赵国本听着，只是摇头，道："芝麻大的事，再写两张纸也是废话！须是有谋反的事，咱们才能报仇。"那贾环闻听此言，大吃一惊，忙道："他们不敢谋反，这个，我清楚。"彩霞爹有气无力地也说："这谋反的事，想是没有。"赵国本瞧着众人，只是不语。赵姨娘看不过，插话道："一堆废物！省亲时，做过几件内用衣物，还不是谋反！"赵国本仍是不语。忽见何老大拍案而起，两眼闪光，笑道："有了。珍大爷与北王府来往甚密，单是我去送礼，就有两次。北王坏了事，这不是谋反！"赵姨娘因又笑道："这般说来，那年甄家几个婆子还搬来一些东西。甄家不是也坏了！"赵国本闻此，方才面带喜色，笑道："论说呢，那一件也说不到谋反。咱们只把这三件事合作一件。这就叫交通叛臣，私制御衣。不为谋反，又为何来！至于那些鸡毛蒜皮的事也有用。比如：琏二奶奶放账吃大利，琏二爷服中纳妾，岂不是目无王法？王法是天子的旨意，这就是藐视当今。这就和谋反连上了。（小人伎俩自古已有。叹！叹！）明白了罢！"众人心中开窍，便如此这般，搜肠刮肚的，凑了许多谋反罪状。赵国本道："不是咱们让狗吃了良心，须知不如此，咱们如何混的上去？"（卒章见意，此处赵国本尚说真话。）众人频频点首，连连称是。一时，贾环写毕，数去共是九条罪状，又换纸誊清。

忽见一人掀帘而入，厉声说道："好大胆！家奴告主，于律当斩！"众人尽皆大惊，愕然起身，又见此人向贾环拱手，笑问："三爷别来无恙？"贾环定睛看时，不是别人，原来是周瑞的女婿冷子兴，这才放下心来，坐下，说道："你又何时来的，如此促狭？"冷子兴道："闲话以后再说，且都归座。"众人听那冷子兴道："王爷的话：你们眼下就要打发家眷离京，喜事快了！明白么？"众人点头不语，盯着他，犹有所待。冷子兴又道："还是那句话：喜事一过，你们想的，盼的，都包在我身上，只是各人嘴上，必得多贴几张封条！去罢！"众人这才又喜形于色，散去。

冷子兴回过头来，冷笑着问赵国本，道："你这张嘴怎么了，还有把门的没有？信口开河！这也罢了。我又何时替你拽了八回衣襟？你那件烂货，只一拽便是八瓣！"数说既毕，见他直赔不是，方叹道："才刚你们那些话，我已尽知，都不妥。这谋反大事，岂能经的起审问？他家娘娘没了，也还有成群亲友，谁能等着受连累？到末了，一条有分量的罪状也没有，成么？"赵国本听了，如冷水浇头，立时清醒，忙道："你老说的是。这便如何方好？"冷子兴冷笑道："原来你也只如此本领！（叫冷二爷见笑了。）也罢！念咱们多年来往，不忍瞧你受罪，我少不的亲自出马。只是事成后……"赵国本忙道："你老放心。那个雌儿包在我身上。"冷子兴见他如此明白，这才轻声笑道："大老爷为二十把古扇，弄得石呆子家破人亡，听说过么？"赵国本不知。冷子兴道："你只写上，是经雨村老爷之手，一切前前后后，问我便知。"又叹道："为了你，我也顾不的他

们了。但只一件，三天内把那个女的替我送去！”说毕，起身便走。赵国本忙送出来，又轻声道：“那雌儿早已说通，喜事一到，三天内我自有人把他顶换出来送去，决不食言。只是谋反的事还写不写？”冷子兴嗔道：“如何不写？至于如何立言，我自然斟酌！”说毕，自去。

原来冷子兴自那年获释，深感贾府大德，便要竭力图报，曾多次献计进策，谋购珍贵古玩。无如贾政不喜此道，只遭际了贾赦，得以买了石呆子二十把古扇。其后奉命随同王善保下江南，选采购求了嫣红，冷子兴颇有不轨之意，为贾赦所闻，立即逐出荣府。这便衔恨在心，反恩为仇，必欲得嫣红而后快。后因其岳父大人周瑞之力，辗转入了忠顺府，数年来，颇得老王爷赏识，故得如此，（省亲剧目《豪宴》下脂批：“一捧雪中，伏贾家之败。”应是以冷子兴拟《一捧雪》中之汤勤。冷子兴欲得嫣红拟汤勤欲得莫怀古之侍妾雪艳。）暂且不提。

展眼已是正月十三，只为元春之丧，贾母之病，大年也未曾好生过的。众人心中烦难，也不消多记，只说这日，轮着邢夫人、凤姐休沐，各人家中虽无大事，那年下细务却也不少，邢夫人料理半天，方得倚在引枕上歇息，却见贾赦下朝回来，忙又坐起。嫣红等人服侍贾赦换衣吃饭。邢夫人见贾赦无甚要紧话，便道：“老太太的病看来不好呢，昨儿又添了腹泻，不知太医如何说的？”贾赦道：“倒也未有何等言语，三个人斟酌了方子，必要我们都瞧过，方命打药。这还不明白！”说着医药，又说到后事。贾赦因问：“二太太有何话讲？”又道：“论说，咱们是长门，有些事该咱们先说。比如寿木、寿衣等物，虽说都是现成的，那杂项使费也要好多银子，那里寻去？此时不打算，事到临头，还顾的么？二老爷又是个不虑事的。你给琏儿媳妇说话，要他及早备妥，不得有误。”邢夫人道：“现成的话，他要问动用那宗银子，咱们如何说呢？”贾赦笑道：“他那路子多呢，你不必犯愁。”邢夫人因想起那年贾琏借当，笑了，道：“老爷说的是。他必求鸳鸯，动用老太太私房。”贾赦因问：“老太太的体己，你心中有数么？这个，不为别的，要防丫头们鼓捣了去！”邢夫人由不的叹道：“这个，除鸳鸯外，便是二太太也未必明白。偏你又弄巧成拙，惹下了他。老太太有个好歹，他虽不敢吞了去，还不向着二老爷？”贾赦听此，不禁心火上冲，狠狠说道：“不是老太太护着，我早拿他问罪了。一脸雀斑，还自以为是个西施呢！”又道：“眼下就看你的了。”邢夫人听的腹内好笑，也不便说何言语，只道：“也只有我时常去侍候老太太，一来呢，是该的。”语犹未毕，贾琏走进来回道：“平安州遣人来求见老爷。”

贾赦吃惊，思忖片时，吩咐贾琏去会：“就说娘娘薨后，我悲哀过甚，病了，不能会客。不必问他何事来此。果然有必说之话，你只管听了。告诉他，待我病愈再议。”贾琏心中不以为然，口里说道：“老爷吩咐，自然极是。只是大年下遣了人来，必是有紧迫事，况且有往日交情，如今似不宜这样。”贾赦嗔道：“你不知娘娘归天了！不只此事，一应内外诸事，都必得谨慎！况且这么打发他，他自必明白，我有为难之处。”贾琏唯唯，自去打发来人。

一时，又见他急急忙忙走进来，回道：“回老爷，兵马司锁了王善保去。”贾赦突闻此言，“当郎”一声，手中茶盅落地，急问：“究竟所为何事?”贾琏亲自换了茶，献上，方慢慢回道：“才刚打发走平安州的人，夏相公来告诉的。年前五城兵马司巡夜，抓了一双私奔男女，方才过了一堂。”贾赦听他说话不着边际，不禁有气，喝道：“谁问你这些废话来！王善保究竟犯了何事？快说!”贾琏应“是”，忙道：“老爷不知。那女的便是服侍过迎妹妹的司棋丫头，是王善保的外孙女儿。那男的叫潘又安。兵马司便觑着王善保上街，一抖铁链锁去了。”贾赦未曾听毕，便拍桌瞪眼的发狠道：“这些奴才，如此可恶，只知道替主子惹事，一个个打死了才罢!”稍停，向贾琏发话：“我的话如何？兵马司竟敢不则声便来锁人，你只道还是当年呢!”又扭身向邢夫人发话：“都是你的好陪房!”却不见邢夫人，乃喝问：“你太太呢?”（贾赦不多见，偶一露面便有声有色。）不知邢夫人早已坐车去西院，估摸贾母私房了。

且说那邢夫人坐车来探望贾母，见贾母方才入眠，王夫人、李纨都去用饭，只湘云、惜春并刘姥姥旁侍，不见鸳鸯。湘云悄道：“他几夜没睡了，（贾母病重总如此顺笔透出。）方才我撵他下房里睡去。”邢夫人转身出房寻鸳鸯去。那鸳鸯躺下不久，却被傻大姐唤醒，说他的裙子不见了。才刚打发他去，尤氏又使人来，问贾母近日喜吃何物？怎么着一连几次进的吃食，都原封退回？此人去后，才刚躺下，还未睡着，又见邢夫人走了进来，心里甚烦，也只得站起。邢夫人忙按他坐下，道：“好孩子，别动，只管歇着。这屋里上上下下，全凭你操心呢！大老爷那日不说，你比姑娘们还强，为人又和气，又公平，又听话，偏又能服侍好老太太。老爷省了多少心。日后要作主，放你自便呢，这会子要不要吃点子东西?”（尚是体恤下人应有之义。）又道：“昨儿外头得一盒西洋药，专治雀斑。我怕他们混用了，特意带来，赏你用罢!”（有意拉拢。）一面说，一面从荷包里取出一个小圆盒赏他。鸳鸯也只得接过，谢了赏。邢夫人拉他并坐，叹道：“老太太病重，请医吃药，用银倒还有限。万一事儿出来，只杂项使用便没个着落，琏二奶奶同你合计了罢？这儿的银子还够用么?”（笨嘴笨腮。）鸳鸯闻此，方解邢夫人来意，却道：“这般大事，自有老爷太太主张。便是二奶奶主事，自然听老爷太太吩咐，我们丫头何能听说!”那邢夫人见他果然推脱，便道：“你倒不要这样说，没见那年你琏二爷借当，不是你有主见，中秋节就别想过了。”鸳鸯红了脸，道：“那是请示过老太太的。太太不信，只管问老太太去。我可没有趁着那事，弄银子使用。”（互抓把柄，好瞧。）邢夫人原是心慢嘴慢，有何话说，必得预先拟就，今听鸳鸯答言，与他原拟的路数不合，且提到弄银子使用，便也红了脸，心知此路不通，只得搭讪着说道：“别说话了，好好睡一觉罢!”起身出房。

鸳鸯心中有气，便真个躺下，并不相送，正生气间，忽又见凤姐走来，便把邢夫人的话学说一遍，乃道：“你今后别来我这里，免得人说我闲言!”凤姐不理这话，只道：“分给各房的物事，你可仔细挑选，值多值少大不一般呢!”

鸳鸯扭了脸，道：“值多值少，都是你们的，与我何干?”凤姐见他如此，由不的情急，道：“今儿你与我拿班作势了!”忙又挨着鸳鸯耳朵，轻轻说了几句，鸳鸯笑了。

谁知邢夫人走不远，便见凤姐进了下房，自忖：他二人素昔意合，此来必有要事，莫不是又来借当？便转身回到窗下，但听说话，却不得清楚。因命小丫头从窗缝里瞧去，恰见他二人耳语，心中越发明白，且待他出房再问。一时，凤姐事毕出房，见邢夫人正盯住他的眼，问道："事情如何？可有成儿？"那凤姐一见邢夫人，倒也吃了一惊，立时料定，他在窗外不会听见，便忙笑着迎上前来，轻声道："回太太，鸳鸯病了，下红不止，又害臊不说。我悄悄告诉他，应该怎么着，这便去命人给他送药来。"又道："太太何时过来的？天好早晚了，先到那院里找补点零食罢！"王熙凤又当着邢夫人吩咐丰儿："去告诉鸳鸯，稍停，命小丫头送药来，可得按我交待的吃去，不可多吃呢！"（瞧他机变之速，"不可多吃"，一语双关。）一席话，说的邢夫人信真，只得撂开，扶了凤姐去。

这里不说他婆媳回房吃点心，只说那鸳鸯，果然依凤姐之意，趁便将贾母分与各房的东西，挑出几箱好的，先与王夫人、凤姐等人送去。又将自己与琥珀的体己，连同贾母一个箱子，也送到凤姐处，转交琥珀娘。看官不知，那鸳鸯曾与琥珀拜过干姊妹，所以如此如此，那琥珀娘指个事，来寻琥珀，与鸳鸯见面，交待清楚，数目不差，各各放心。刘姥姥一一看在眼里，只暗暗自叹："不知那个有福的娶鸳鸯做媳妇呢！"（内忧外患迭出之际，勾心斗角，争贾母私房，便不抄家，岂能久乎。）

傍晚，贾赦、贾政陪同三位大医看过脉息，商议着开了药方，说是病情有变，要防备点儿。贾赦听了，立时唤人，请了贾珍、贾琏来，又命先请出寿衣、寿木，又命贾珍开出向亲友、世交、同僚各处报丧的单子，又命外面相公们拟报丧帖，又命赖大分派众家人执事。（长子气派。）正忙乱间，偏生川宁侯家大夫人七十整寿，五城兵马司袭老爷第五位如夫人产了公子。又有人来回：工部赵侍郎奉调回京；白水村庄头（黑山白水凑来有趣。）有紧急要事上来回话；宝玉启蒙师荐一江南大儒来京谋馆等诸般闲杂事项。这里贾琏命赖大先派人分头送礼，并知会凤姐，又出至外面听那庄头回话，直忙到夜半。方欲回房，忽想起岫烟回九之事，问那兴儿，知北院里已是准备了，（越是忙乱，越是添事，颇得雪芹笔致。）这才归寝。

到次日早饭后，贾母竟撒手去了。（史太君殁于抄家之前，亦算是享了一辈子福。丁亥　昆吾闫震）顿时哭声大作，众婆子急忙上前停床，外面赖大带领众家人，早已预备齐妥，登时动作起来。贾珍遣人分头报丧去后，突见两人搀了赖大，气喘吁吁的跑了进来，只回得一句："忠顺亲王驾到。"便喘的说不出下文。贾珍甚是诧异：怎的这时候便来吊丧？这里贾赦、贾政刚刚穿上孝服，少不的立时脱下，迎出大门。贾珍也待赶上去，又听人回："有位不知是何衙门的老爷到东府了，请爷急速过去！"（抄家的到了。）究竟是何事体如此突然，且听下回分解。

子弟不肖，家奴卖主，所谓"自执金矛又执戈，自相戕戮自张罗"也，亦探春所云"必须先自家自杀自灭起来才能一败涂地"。叹！叹！

元春逝后，凤姐、宝钗手段虽不尽同，均极意严防，岂料赵国本于府外谋之，防范再严，还是落空，益见逐贾环之失，贾母有先见也。

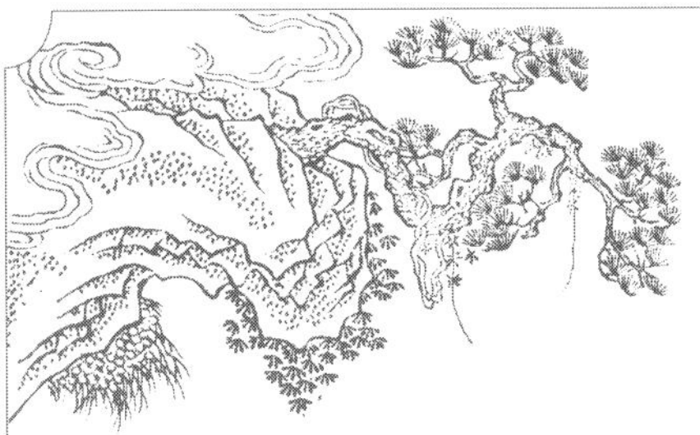

第九十七回

蠹生木中两府籍没　祸来天外众艳遭殃

此回以刘姥姥起，以刘姥姥结，中间诸事皆刘姥姥耳闻目睹，寓意良深，令人顿醒。

此回少见凄惨悲戚，唯见惊心怵目与愤慨，议者各执己见，所论不同。窃以为作书人写至此回，心情如何，是判断当否之唯一尺度。

话说刘姥姥见贾母升天，众人呼天抢地，齐声号哭，也不禁在角落里哭了一阵。又见丫鬟、婆子个个忙这忙那穿梭似的，知道插不上手，反倒碍了别人行事，便踱出房来，顺脚走了几处院落，都不得有说话之人。也不知拐几个弯，过几层院，竟走出西角门外。刘姥姥靠墙立定，看众人撤彩灯，糊门子，搭孝棚，竖牌楼，来来往往，出出进进，正在眼花缭乱应接不暇之际，忽听人报："忠顺亲王驾到。"（此三十五回索要琪官之忠顺王也。）便见几个穿号衣的老爷走来，吆喝几句，不知是何言语。便见上上下下、里里外外登时大乱，挤作一团。众家人原本眉开眼笑，趾高气扬，大显身手的神气，（可叹！可叹！）顿时没了。那刘姥姥只怕挤倒了他，忙退回角门内，门内也难站稳，只得寻路回贾母正房。见弯便拐，见人便躲，一时竟摸到南大厅前面。一眼看去，那前殿后殿比老寿星的正殿还高还大，心知走错了路。正掂掇间，却见一大群老爷从那边走来，刘姥姥忙环顾周围，意欲觅一隐身之所。谁知这个比打麦场还大的院落连个麦秸垛也没有，竟无处藏身，只得推开西耳房躲进去。只听外面靴声飒沓，唬的闭目屏息。片刻，方悄悄转身，隔窗窥视。

只见满院是人，连那角门上也有人把守，那大殿上，过年的华灯尚未撤下，华灯下，居中站定一人，蟒袍玉带，插两枝花翎，身旁雁字般排两行老爷，个个补服朝褂，足登皂靴，伺候着。刘姥姥认定，这戴花翎的自然是忠顺王了。台阶下，有两个老爷向上跪了，两侧又有几行将爷，个个按剑持刀，威风煞气，竖眉瞪眼的好不怕人。自忖：想是忠顺王要出征了，瞧这模样，果然比戏台上唱戏的势派大。正胡思乱想，又见赶来几个穿孝衣的，跪在那两个老爷后面。忽听大殿上一声闷雷："与我拿下！"（密不容针之文。丁亥　昆吾闫震）便有一群凶神拥上去，抡臂蹬腿，登时，把那跪着的，一个个全都捆了。再看那忠顺王，两眼铜铃似的瞪着阶下，咬牙切齿的叫道："那贾赦，抬起你那狗头，可认得本爵！"两旁人众，接声吆喝，声如雷震。便见为首脆的那人抬起头来，却又慌忙叩头，只为两臂反捆，不得扶地，头未叩成，便歪倒地上了。

正闹着，忽见那王爷改容换色，正冠振衣，忙忙走出殿来。原来又有一位老爷骑马来了，许多人围随着，至檐前下马。（好势派。）少顷，众人散开，只听那新来的老爷说什么"暂缓办理，静候新旨"，说毕，又一挥手，下面便有人将跪着的，个个解绑，拉他们在两边排队侍立。彼时，大殿上，院子里，鸦没雀静，便是绣花针掉在地上，也听的响声。上上下下，个个瞠目结舌，傻乎乎的，一动不动，好像唱戏的晾了台。（点睛，官场如戏场，借村野无知识点出，似雪芹要说又要避祸之笔法。）心中只念：这是怎的，一会儿捆人，一会儿放人？思索半日，不得其解。刘姥姥两眼闭不的，趁这空儿，逐一认人，谁知竟全不认的。忽见对面那排末尾一人，慢慢举头四顾，猛地认出了，心中惊叹：这不是宝二爷么，我的天呀，老寿星才刚过去，便捆他的心肝肉了，这世道可怎么说呢！

又过了不知多久，方听有人禀报："义忠亲王赍旨到。"便见殿上那群老爷忙忙迎了出去。姥姥忽觉腿疼，便坐到炕沿上，自己捶腿。捶了一阵，下地踱几步，心里惦着宝二爷不知如何，便又跫到窗前，向外张望，却认不出宝二爷了。

只见大殿上，忠顺王立在一边，居中站的也是个穿蟒戴翎的人，却拿了一块黄布，挡着脸念书。刘姥姥虽是眼不花、耳不聋，四周又极静极静的，无奈离的远，竟是听不真切。只中间几句慢些，说什么隐瞒罪臣财物，又是什么勾结地方，逼死良民，还有私埋人命等语。一待念毕，便有人上前，只把为首两个跪着的重新捆了，押着他两个，并其他几个跪着的，分几起走了。院子里，抬出几张大桌、大椅、大条案来。

也不知停了多久，便见各路人众纷纷来报，这院那院都查封完毕。押去的那几个老爷也回来了，一个个垂头哈腰的，依然跪台阶下，末后一个想是走的慢了，挨了拳脚，待他转过身来，瞧那眉眼，竟十分面善，似在何处会过。想了半日，方才记起，是在姑奶奶屋里见过的琏姑爷。刘姥姥可真的明白起来，是贾府爷们犯了王法，抄家了。想那琏姑爷，金枝玉叶的长了这么大，何曾受过这个罪！那刘姥姥正在替他琏姑爷委屈，却听那大条案边喊喊喳喳，拨里拨拉响了一阵，又见内中一人拿一本大账，高声念道：

赤金首饰八十八件，珠宝俱全。淡金盘四件，金碗两对，金执壶两把，金匙四十把，三镶金象牙箸两把。银碟一百二十件，银酒杯四十个，银碗七十二个，银盘七十二个。各色狐皮、狐腿皮四十张，貂皮十张，各色杂皮一百张。

洋呢四十度，倭缎四度，天鹅绒一卷。各色缎、绒、呢二十卷，纱、绞二十卷，葛布五捆，各色布二十捆，各色皮衣三百件，棉夹单纱绢衣五百件。铜锡等物三百件。

西洋大玻璃镜两块，各色西洋药一匣，钟、表三十件，西洋自行船之属六件。

上用蟒缎引枕靠背三份，宫妆衣裙八套。

公孙彝一件，人面杯等卮、匜、杅、尊觚、觯之属八件。双磺、衡牙、带钩、弁星、步瑶，以及玉含之属玉饰五十件，蠲忿犀、望舒犀各一，象简笏一，水晶数珠一挂，灵粟珠一盒，官珠八，各国宝石、车渠、玛瑙、琉璃之属一匣，朝珠十挂。古扇二十把，慧纹缨络一副十六扇俱全，（此可比大内之物也。）戏班行头两副。（细。）

麸片金、豆瓣金三十两，（仅有此数么？是果然穷到如此？抑为抄家番役匿入私囊？）各色银一千零四十二两，钱六千吊，洋钱四十圆。房地契文二十纸，重利契文、（凤姐之物。）家人文书、当票（着眼，盛耶？衰耶？）各一箱。

古今名人字画法帖八十二件，珍本古籍二百套，扬刻诸书一百套，各色杂书八百套，端石、澄泥诸名砚五方，程君芳、吴去尘诸名墨各两匣，柳絮池塘、小紫颖诸名笔各两匣，各色宣纸四刀。（载此字画、法帖、书籍、笔墨纸砚，深得雪芹孤怀，与高续只见金银绸缎者大异。）

动用家伙，一应摆设以及日用粮油另具清单。（真真扫地出门了。）

男女下人在册二百一十八口，实有一百一十四口。下人财物，另具清单。

寄居亲友薛蟠、史湘云，以及女尼妙玉之财物，别作封存，另具清单。

那刘姥姥耳里听着，口里已悄声念了千万声佛号。且住，那刘姥姥一字不识，这抄家清单如何能听的明白，只是蠢物所记了。在他听来，虽多有不得明白的物事，自为定然都是值钱之物。只难为他们家，怎么着就置了这么多好东西，又是银子又是地的！国公爷就这么多官俸？想必是他家娘娘赏的，却又抄没了。真是俗话说的，来时容易去时快。由不的一声长叹。谁知这一声长叹，惊动了两位穿号衣的将爷，寻了来赶他。却不道那刘姥姥一口气站了半天，早已两腿酸软，双脚麻木，见有人赶他，只得扶了墙慢慢移步，那双脚一如踏在棉絮上，使不上力，便失脚跌倒了。耳边厢只听得吆喝叱骂，知是两位将爷动怒了，忙要爬起，无奈手脚不听使唤。他二位只得两边拽了臂膀，拉他起来，赶到一处院落。

刘姥姥浑身骨节疼痛，两臂难得举起，自语道：“悔不早早回家去！”却是后悔迟了，无可如何，且寻台矶坐下。放眼四顾，只见满院子都是女人，一个个穿了孝衣，浑身雪人似的。有披头散发掩面悲啼的，有瞪了两眼失神落魄的，有站脚不稳倚墙哽咽的，也有席地对坐抱头而泣的。那刘姥姥左顾右盼，仔细端详了半晌，好容易认出平儿，便蹭过来，悄问："姑娘，人全在这儿，谁守着老寿星？"（从刘姥姥语中点出。可叹！）平儿忙摆手，不让说话。刘姥姥只得倚了墙自己歇乏，心中只念：那么多好东西，抄了去给谁受用呢？我如是个有福的，只得一两件便够置庄田、买丫头使唤了。（的是刘妪。）半日，忽听院门口一声狼嚎："全带走！"便有几个二爷过来，一如赶羊，把众人赶进一个好大庙堂，比镇上那玉皇殿还大呢，却又没有神像，倒有大桌、大椅、大几案，东一张、西一把的胡乱摆着。刘姥姥两脚还不得站稳，又见探进一个头来，恶眉凶目，左右看了一眼，回身喊道："容不下了，后面去！"话音刚落，"咯冬""喀叭"两声，关门落锁而去。刘姥姥虽是世路上都阅历过，此时，可就不得明白了，不禁自问："这些人也都是有罪的么？"（着眼。）且找个墙根，就地坐了歇乏。仍悄悄望去，慢慢的也便认出人来。只见大太太坐大椅上闭目喘息，姑太太就地坐了，小丫头子心神不在的替他捶腿呢。玉钏儿躺在他身后倒气，想是又病重了。姑太太的两个儿媳妇靠在一处，垂头无话。东府里大奶奶两眼发直，瞪着屋门。姨太太想是犯了病，他家新媳妇，一手替他捶背，一手自揉胸口。平姑娘并那些媳妇丫头，个个惊恐失神，多好的模样儿，如今也这么难瞧。唯有他姑奶奶与众不同，只见他一身重孝，倒俏丽了许多。

那王熙凤四面一望，点了人数，才看清楚，连薛姨妈、邢岫烟、史湘云以至刘姥姥都赶了来，心知事体不小，累及亲友。主子里头一个不缺，奴才里头却少了几个管事媳妇，丫头、婆子也不知少了多少，身边常见的几个倒都在此。巧姐儿拉了他的手，悄问："妈妈，这是做什么呢？"那王熙凤虽是同众人一般惊惧，却哄他道："不怕。我在这儿，怕的何事？"又招手儿叫来赖大家的、郑华家的，悄道："究竟为的何事？打听打听才是！"一语未了，便听格扇声响，走进一个面生女人，好大嗓门，向众人叫道："出来几个人，搬席子铺盖！开饭！"赖大家的也不知来者是谁，敢在这时候来发令，自必有恃，赶忙应声，点几个媳妇去搬东西；郑华家的也带几个人去端饭。一时回来，众人忙就地铺设了，乱坐，却无人盛饭。（逼真。）赖大家的回凤姐道："方才那个女人还好说话。据他说，两府一起抄了。老爷们都捆了去，没有官职的也带走了。"郑华家的回道："外面有兵役守着呢！那做饭的头领说，这是暂时收管，等候旨意。"凤姐听了点头。

正要回王夫人，又见方才那个女人走了进来，环顾四周，略一沉思，招手儿叫赖大家的出去，冷笑道："都不吃饭么？不如吃山珍海味好，是不是？还是要你们放明白些，这是何等事体？连女眷都圈禁了，是小事么？只为你们有人情，上头不让罗嗦，还让你们带了丫头服侍，还给席子铺盖，又现派人做饭。不然的话，哼！"又道："话要说回来，上面虽是说了，我们这下面的，喝西北风长大的？"赖大家的待他发作毕，回来一一向凤姐学说。凤姐听是这般发话，知是索取财物，摸摸身上，任何物件也无的，只得向别人要点东西打发他。这才看出太太、奶奶、姑娘们都是一身孝服，首饰全都卸了。低头一瞧，自己也是一身纯素，不禁伤心掉泪。就是这一群孝子，守灵似的关在荣禧堂。（是虚？是实？每用作诗之法描述。）

赖大家的见凤姐摸寻东西，也便摸摸身上，无奈自己也是浑身上下只有衣衫鞋袜。

放眼四顾，只有妙玉仍是道姑打扮，便向凤姐使眼色。凤姐会意，走到妙玉跟前，提着坐了，小声告诉他此时景况。那妙玉何曾经过抄家，便是听也未曾听过。赶出栊翠庵时，原已丧魂失魄，如何来到此处，全然不知。眼下听凤姐如此一讲，才得明白。凤姐又道："众人都是孝服，无有任何物事，你有何值钱的，拿出来，先给他，免得与咱们为难。事情过后，我照样赔补。"妙玉道："在这种时候，只有拼着一死了事。既你如此说了，且这么多人，怪可怜的。也罢，我身上还有个护身佛，我可不能和这种人打话，只交给你。"说毕，从里面掏出个金彩辉煌的护身佛，递与凤姐。凤姐伸手去接，不料妙玉缩回手，道："我戴过的，何能与这种人！"凤姐只得乞求，道："佛有好生之德，你就可怜众人罢！且是一经我手，便不是你的，给了他，何妨？"妙玉无奈，只得撂与他，道："这可不是我的了，你日后也不应还我！"凤姐忙道："这个自然，岂有把你的东西，给这种人的理！"说毕，转手交与赖大家的。（是妙玉，是凤姐。）

赖大家的出去，递与那女人，道："论说，我们府里，太太奶奶有的是东西，那些小姑娘身上也有。只是我们老太太才刚过去，一应人都卸了首饰、佩戴。这金佛还是那出家人的。没奈何，请老爷担待些，收了。我们出去，再补报老爷！还请多多关照！"那女禁子见他说的是实情，除那道姑外，只有那个老年仆妇没有戴孝。且喜是个金佛，虽则是小，也还值几两银子，便笑着接了过来，道："你们只管用饭！没有人给你们过不去。有事，只管回我，（是"回我"。可叹！可叹！）自然给你们方便！"赖大家的回了凤姐。

凤姐因连同方才探悉的话，一并悄声回了王夫人等，又道："都放心好了。这只是暂时收管，有指望放出。且是已有人替咱们说话了。这般大事，敢来说话，可知不是寻常人。能在这里说话，也能在朝里说话，只管放心，用饭罢！"王夫人等听他说的有理，便不似先前那样惊惧，也便觉出饿来，（上文"无人盛饭"，此云惊惧稍减便觉出饿来，补书人必历过惊惧。）主仆人等，依次用饭。心惊胆怕的饿了一天，如今腹内方才有了些东西，便都聚在一起说话。说起贾母灵旁无人烧纸，说起家产物事一旦精光，又说起不知男人们目下如何受罪，个个垂泪。丫鬟媳妇也在远处聚作几堆，交头接耳。荣禧堂上有人埋怨，有人追悔，有人恨声不绝，有人一语不发，有人盼着来人解救，唯独无人劝解，皆不知何等事体，何从劝解！独那尤氏向李纨叹道："人常说富贵春梦。我想的，这抄家也是一场梦。等到梦醒了，依然是咱们两府的热闹，皇亲国戚，时常来往，连年过节，咱们陪着老太太吃酒取乐，那才是老天睁眼呢！"李纨也叹道："谁知如今是做梦呢，还是梦醒了！"（人之不同，各如其言。叹！叹！）

那刘姥姥自度插不上言语，便只静静的耳听四路，眼观八方，看众人行事。不防史湘云在旁问他："姥姥你何不告诉他们，你是乡下人？"刘姥姥闻听，拍着手叹道："我听那个老爷念完大账，只叹了一声，他们便不依了，瞪眼竖眉的唬我一跌，又是推又是搡的赶了我来，那里有分说的工夫！这时候两个膀子还疼呢！"湘云问道："念何大账？"刘姥姥道："先念一块黄布，念了就捆人。又念金银物事。"凤姐等人听了，不约而同聚拢来，问他："念的何等言词？你又如何听到？"刘姥姥便说起怎么独自走到角门上，如何见那王爷捆人等语。众人一路听来，尽皆骇愕。凤姐自忖："逼死良民，必是石呆子那事。私埋人命，还不是尤家姊妹的事？”一念及此，立时心惊肉跳，也不知有净虚鼓捣的那件事么。王夫人想的是那隐瞒罪臣财物，明知指甄府寄物，却不知上头如何知道的，幸而老爷并不知晓内情，银物彼已取走，想无大碍。唯独邢夫人一声惊叫，向后倒下，头碰壁上。岫烟在旁，忙双手扶住，问他怎么样了。那边尤氏听刘姥姥一席话，顿时坐立不安，忙挪到刘姥姥身旁，叫声：“姥姥，还听到何事？”无奈那刘姥姥只听清这几句，这种事，又不敢像说古记儿那样，信口诌去。尤氏大失所望，心中忐忑不已，只念：老天爷保佑，那件事千万别犯出来！又听惜春说话，心中越发不安。

那惜春向湘云道：“我早知道有这一回，想出家躲开，谁知竟不能的。他们犯罪，让我受委屈！天理何在！”（是。）湘云道：“你还是头一次，我可是两番受惊了，有天理么！（更是。）今日如此，日后如何？”由不的鼻子一酸，两眼模糊，落下泪来。宝钗素知湘云心胸宽广，从不挂事。只今日这等大事，他一直不动声色。唯独此时说到两次受惊，便掉眼泪，定是想到卫家获罪远去，老太太也过去了，这里又抄了家。日后即便无罪放出，伶仃一身，却向那里去！如此想来，湘云艰难，较己尤甚。此次抄没，估摸着二老爷未必有何大罪，宝玉无职之人，更不至有何意外，不过家败人散，还不至无路可走。妈妈也被撵来，显系住在此处挂误的。（还是他清醒。）湘云可就不同。因劝道：“妹妹难处，比我们还多几层，虽然如此，也不必过于忧戚，无论到何地步，咱们生死与共。但凡能得出去，咱们自然仍在一起。到那时，给史叔叔、卫世伯寄书字，自有可行之路，你只安心等待便是。”（真真知己作为。）湘云拭泪道：“姐姐别担心。才刚不过气极了，无可如何，不由人的。”

李纨见邢夫人双手按住胸口，垂首合目，心中不知如何煎熬，丫头们在近处一动不动，只岫烟在旁照应，便向凤姐、宝钗道：“可怎么样呢，连丫头也变了！”宝钗道：“眼下这步田地，能怎么样？谁知下一步如何？”凤姐扬起头，向宝钗道：“话不是这样说，规矩一坏，更不知要出何等事故。先按房分开，说话方便。管家媳妇跟我坐。妹妹屋里人多在此地，也最听话，该说的说几句，给别的做个样子。咱们都在太太跟前伺候。”（见识自高出宝钗。）李纨点头。宝钗道：“只是要防备激出事来，宁可说话缓和些。”凤姐道：“这个自然。你只管吩咐，那个不听，我在这里呢！”（凤姐已知“私埋人命”事发，自己难以无罪，日后料理事务，非宝钗莫属，必得及时培植。）宝钗闻此一怔，略一思索，见李纨也向他点头呶嘴儿，乃向鸳鸯道：“传琏二奶奶的话，命琥珀、翠云、平儿、素云、袭人、麝月并几个管家来！”待人到齐，代替凤姐吩咐了。（宝钗“一怔”“一思”之下，深会凤姐之意，勇受此任，观命鸳鸯传话，不命袭人可知矣。）便有几个媳妇上前将桌椅移到一边，平儿等扶邢、王二位夫人并薛姨妈坐了。赖大家的也忙领众媳妇按房依次铺排。虽则是仍然挤在一室，却有了上下之别。

凤姐亲自替邢夫人揉胸，换下岫烟去照看薛姨妈。翠云见如此情势，也便上来服侍，换下凤姐，道：“奶奶歇歇。”宝钗知东府并薛家丫头多不在此处，便命素月、秋纹去服侍尤氏婆媳，命莺儿去服侍薛姨妈。又见邢、王二夫人的大丫头也不在此，只几个小丫头，不顶事，便命袭人、麝月去服侍。（好宝钗。）麝月劝道：“那里有人，我们再去了，这里只碧痕一个。奶奶吃不好饭，再这么劳神，在这时候累出病来，可叫人怎么样呢！”袭人也劝道：“奶奶再累出病来，日后，我们还有脸见二爷么？”（是。）那宝钗闻此，禁不住流泪，道：“你们只知其一，不知其二。倘或太太有个不便，我有脸见你二爷么？（更是。）又如何见老爷去！”说着，又忙拭泪。鸳鸯在旁，冷眼已久，凤姐心意，已全摸清，点头昏忖：还是二奶奶。我岂能不帮一手！因思那刘姥姥讲的，逼死人命之事，只这一款，那大老爷定准难以回家，有何可怕？老太太过去了，只靠着二太太便是了。因走到凤姐跟前，附耳悄语。凤姐听了，心里想道：这丫头也忒精灵，在这种地方就扑新主儿了。又想：他这么一做，于事甚是有益。便点头，领他到邢、王二夫人面前，道：“回太太，玉钏犯病，不能服侍，命鸳鸯服侍太太罢！”鸳鸯不待王夫人答话，便坐下来替王夫人捶腿。琥珀等见鸳鸯如此，也就各自闲不住，有侍候薛姨妈的，有侍候尤氏、邢夫人的。

那李纨见凤姐、宝钗一番料理，屋内肃然无哗，这才放下心来，便又想起稻香村。他想的是：贾兰的窗课还放在枕边，自然也被抄了，可惜了的。兰儿虽已懂事，毕竟年轻，此时不知在何处受罪呢！别的身外之物，都还可有可无，只这命根子，万一有个三惊两怕，百年后，又如何见得他父亲。（妻情母恩一总在兰儿身上。）心中一急，立时头晕，两眼发黑，由不的向旁倒下。碧月、素云急忙扶住，轻轻叫唤：“奶奶醒来！”立时惊动了满堂人众。凤姐大步近前，摸摸头脸，不见发烧，摸摸手腕，脉息甚细，向王夫人道：“不像犯了病。”王夫人问丫鬟：“你大奶奶吃饭了么？”凤姐瞧瞧身边那个馒头，只咬了两嘴，碗里米汤，还剩大半，便道：“这些没良心，挨千刀的，拿了金佛，就给这个吃么！”回头命郑华家的换饭去。这里李纨躺了一会，渐渐醒来，见周围这多人，心知是惊了众人，便要坐起，却被湘云按住。一时郑华家的仍端了一碗米汤，拿了一个馒头进来，说是：“没有别的，只把米汤热了，馒头烤了，且请大奶奶吃些，肚子里暖和暖和也好。”湘云接过，众人劝说李纨吃了米汤，又吃几口馒头。

刘姥姥见大家搓手嗟叹，无计可施，方信了当年王凤姐告诉他的那句话：“大有大的艰难去处。”万想不到，艰难到这般地步！正在胡思乱想，忽听人说：“妙师傅病了！”刘姥姥放眼寻去，（般般件件尽入刘姥姥眼中。）只见墙椅角里，妙玉躺在道姑怀内，另一个道姑一口一口喂他水吃。那妙玉心里比别人更加烦难十分，只不能说的。他那苏州老家，已是多年不通音信，本师又坐化京师。素昔，自为一生毕于大观园中，晴赏花光，雨听蕉韵，日调鹦鹉，夜习黄庭，了此一生。不意又遭此劫。虽自分无罪，日后可望放出，放出之后，又如何过活？史湘云尚有叔叔可寻呢！他如此去想后事，那前事可也就又扑上心头了。惊恐，愤恨，思念，失望，种种不安，丛杂无序，（仍是囫囵语，盘马弯弓故不发。）躺在道姑怀里，竟不能坐起。那两个道姑，原都是他奶娘，随他进京的，在此时此地越发对他百般怜惜，嘴里哼着什么，一手拍着他，那神态，逼真的是奶娘哄小儿模样。众人各自心烦，皆不理会，独是薛宝钗见此，诧异之余，反复寻思，却不道最是留心世事的薛宝钗，也有不知之事，不解之谜，又不好问的。知妙玉别无下人，便吩咐碧痕，过去帮两个道婆服侍。

忽听门响，那女禁子走来，问道：“那个是贾琏家的？随我来！书役问话。”众人吃惊。王熙凤一去不归，巧姐儿倚在刘姥姥怀里哭个不休，一任王夫人等劝说，只如未曾听见。宝钗忙命赖大家的等人设法打探，究竟出了何事。王夫人并平儿、刘姥姥个个思前想后，疑虑万端。待到赖大家的回来，方知凤姐过堂去了，至于如何不归，仍然不晓。宝钗也难说何言语，只命再探。众人各有心事，听巧姐儿哭的惨伤，一时，像是时气不好，瘟疫过了人，各各掩面啼哭。（有此情理。）此夜，灯油已尽，众人尚自难眠。一个个俯仰兴亡，流连今昔，揣测将来，欷歔哀叹不绝，荣禧堂内只听到刘姥姥鼾声如雷。（补书人感慨深矣。）究竟凤姐如何，且待下回分解。

抄没尚待动手，便传口谕，暂停候旨，最后另换使臣抄没，必朝中有人或为贾府说话，或揭忠顺王有所不宜。其间种种都付于暗场，正凡例所云："凡有不得不用朝政者，只略用一笔带出。"

第九十八回 桃花庵红玉救风姐 狱神庙茜雪慰宝玉

上回书说至贾府抄没，众女眷圈禁在荣禧堂内受苦，此回自然要接着说这桩案子。只是像这般大案，震动必大，牵连必广。那朝廷审理，自不必说，定是详密谨慎，揆情度理。那贾府对头也必多端设计，处处下石，那贾府相与之人，缩头盖脑说风凉话的固然甚多，也不免有休戚相关，暗中维护的。（真个是“称功颂德眷眷无穷”，“虽一时有涉于世态，然亦不得不叙者”。）至于那街头巷尾，茶馆酒肆之中，花街柳巷之内，却也要平添几许消闲打浑的口资。若是逐一细细说来，势必收拢不住，这里只说一两个细微之人的几件小事。

且说荣、宁抄没，贾氏京中各房无不一日三惊，都怕牵连受害。唯独贾芸，自贾母归天，奉贾琏差遣，到几处要紧人家报丧回来，尚未走到宁荣街，便听说两府抄了，一时心慌无主，立马呆了半日，这才想到求亲友去。那贾芸原系荣府近派，往日也曾跟随贾琏会过几家亲友，此时也未想到那明哲保身的圣人之训，只想着祖宗基业毁于一旦，贾姓一门，幸还有自己这条漏网之鱼，是必得有日后可以见祖宗之处。便计算了路径，逐一求见。（当从脂批“孝子可敬”生发出来。）谁知家家门上二爷，好像约定了似的，一听说姓贾，便说老爷外出未归，他人也各各有事，不能会客，何时老爷回府，也难料定。一连几处，无不碰壁。无奈，且回自家来，告诉了母亲与红玉。红玉已是知道了，说道："适才璜婶娘来过，说是两府抄了，咱们府外住的原不相干，你且吃了饭再说。"贾芸胡乱吃过饭，起身出门，他母亲忙一把拉住，道："这可是险事，不要把咱们牵连进去！"（偏有此一阻。）贾芸道："不相干，妈妈放心。事到如今，只有咱们往前走了。"说毕，拿脚便走，找了贾璜、贾蓝族中诸人商议，自然，也都托不上门路。因从倪二门前经过，忽念倪二交游颇杂，或许有门路可寻，便进门拜访。倪二娘子道："一早出门，不知何处去了。" 只得罢了。（偏有此一顿。）

一日，贾芸听得倪二归家，便寻了去。那倪二一面让坐，一面便问："知道两府的事罢？"贾芸道："正为此事来见二哥，如何解救才是？"倪二道："两府那么多高亲贵友，没有托他们想个门路？"贾芸摇头摆手，道："告诉二哥不得，平素他们相与，到如今一个个缩了头，连面也不见。"倪二笑道："那路人原不是正经货。（惊人之语，平民百姓心中自有一杆秤也。）你可知道，此案与忠顺府有点儿瓜葛？"贾芸诧异，道："与忠顺府素无交涉，且是忠顺府又未坏事，二哥此语，我倒不解了。"倪二摇头道："不是这个。我在外面听说，是忠顺府一个摺子弄出来的。明白了罢！"贾芸"哦"的一声，道："怪道呢，我家琏二叔嘱咐我，不要与忠顺府打交道。"（隐隐约约，两府宿怨久矣！）倪二道："你认的冷子兴罢？那个卖假古董的，前些年拿件假玩意儿，诳了王短腿三百银子。是我路见不平，托个朋友把那小子弄到衙门里，他才退了原价。自后，我不作兴同他说话，没的恶心人。" 贾芸道："他那事，我如何不知？想当年，还亏我们二太太替他料理，不然早递解回原籍了。那几日，偏赶上我家琏二叔着了凉，出不得门，还是我带着八行书，亲自为他跑了一趟，方才了事。"（所谓如常山之蛇，去其中间而前后皆应。）倪二笑道："这不得了。不知是何因由，那小子竟相与了忠顺府。每日里，衣裳也换了，屁股后头也跟个小厮，见了人，两只眼只瞧天。听说在老王爷面前，很能说几句话。事到如今，你何不找他去！只要他肯应承，大小总有些益处。再不济事，也可摸摸底细。"贾芸听此，犯愁道："偏他丈人不在京里，（周瑞。）我也把他瞧不上眼。如今说不的了，只得走一趟。只是此人未必念旧。"倪二听了，不禁哈哈大笑，道："我的爷，他不念旧情尚可，他不念他的旧事么？同这种人打交道，可不能一味软求！"（一路提示，的是熟谙世路之侠义人也。）贾芸点头领会，乃别过倪二，径寻冷子兴去。

不料，大门上锁。邻居都说："冷二爷高升，两年前就搬进忠顺府去了。"贾芸来到忠顺府前，却又不敢通名报姓，怕那冷子兴也不见面。只得近处一家茶馆里吃茶，等候机缘。谁知老天作巧，刚一盏茶时，却见冷子兴走出忠顺府，后面果然跟了小厮，踱了方步，大冷的天，手里拿把扇子，一摇一摇的。贾芸急忙迎上，在他面前一站，堵了去路。那冷子兴倒吃了一惊，待瞧清是贾芸，乃后退一步，二人拱手相见。贾芸道："此地非讲话之处，且到尊寓。有话说。"不容他多想，便又道："请罢！"冷子兴一时也想不到他事，只以为贾芸穷疯了，要打抽丰，只得豁出去扔给他二两银子，便回身进府，与门上二爷打个招呼，带贾芸进去，拐几个弯，让他进房坐下。

没想到贾芸竟开门见山的说道："几年不见，冷二爷大发了。今儿还真念旧，（出口就赞念旧，好心计。）引我进了王府，也不枉当年咱们相与一场。眼下我艰难的紧，求你照应照应。”冷子兴闻此，自以为不出所料，摸摸下颔，笑道：“那里话。咱这交情，自应效力。多了不能，十两八两的只管拿去。”贾芸道：“一个青钱不用，只用你一句话，我就感恩不尽。”于是，将贾府事略提三两句，便请他在老王爷面前善言一二，求王爷开恩，在朝里相力搭救。那冷子兴万不料到贾芸竟敢为此事寻来，如不应承，现住王府，也委实搪塞不过，思索一阵，方道：“你们分家门，另处住，何必多此一举！况事体甚大，不要把火引到自己头上！”（此欲挡回去也，不料替芸儿搬了梯子来。）贾芸道：“二爷此言差矣！从公说，我们一笔写不出两个贾字。两府获罪，根究往事，我还能躲过去？从私说，我们二太太待我恩重如山，我就扔了身家性命，也要报往日之德。总求冷二爷俯允才是！”冷子兴听他如此隐提旧事，不禁两颊泛红，站起身来，在房里踱来踱去，半日，方道：“你直说罢，究竟是何打算？”贾芸道：“两府周贫济困，谁个不知！莫须有的罪，只有老王爷能代为剖白。果能无事，贾家南北千余人，定当结草衔环，报答大恩。”说毕，站起来，打了一躬，立等回话。冷子兴摇头啧嘴，并无一言。贾芸自然明白，两府素日作为，也有可议之处，况是忠顺府上的摺子，今来求他，怎能无罪开释！乃道：“老王爷从来济困扶危，忠心报效皇上。国有国法，家有家规，也不敢妄想老王爷枉法。只恳求老王爷仗义执言，有罪治罪，无罪开恩。果然天恩恤念功臣后裔，（所仗在此。）从轻发落，贾家全族也必肝脑涂地，报答皇上，报答老王爷，也要报答冷二爷。”冷子兴叹道：“是你岁数小，不解世故。你自想，我倒是能见到王爷，只是人微言轻，如此大事，王爷岂能尽听我言？便是老王爷济困扶危，怜念你们贾姓，在朝秉公说话，那朝廷上多少王公大臣，又岂能个个如此！只是你说的可怜，咱们又是老相与，我一定求王爷去。事成，是你们福气，无用谢我；不成，却不要怨我无能！”那贾芸何等机灵，岂能听不出这虚词应付，便径直说道：“成与不成，我也不知。冷二爷遭际老王爷，这可是满京城都知道的！”那冷子兴又把贾芸上下打量一番，见他仪态从容，目光刚毅，谦恭倔强，难以虚词应付。二则也真怕他狗急跳墙，破罐子破摔，做出何等令人过不去之事，（为倪二料中。）方拉他重新坐下，说道：“你也无用打着葫芦震着瓢，二太太大德我岂能忘？我自竭尽全力，必是有报答二太太去处。还有一说，自今以后，往事休提，（这便是条件。）明白么！咱们一言为定，你就请罢，在此时间长了，于事无益！”贾芸会意，起身道：“冷二爷果然慷慨，我也决不糊涂。往后日子长呢，瞧我们贾家的心意罢！”说毕，辞出，冷子兴送他出了王府，拱手两便。

次日，红玉去西府进吃食回来，一见贾芸，便嗔道：“你怎的还在家里坐着？琏二婶娘单独提走多日了，押在天牢里呢。你没听说？”贾芸一惊，忙问：“谁说的？”红玉道：“用女禁子说的。赶紧的设法探监才是！”贾芸听此，犯愁。原来，昨晚贾菱告诉他，来升、赖大两个总管，两府几个紧要家人并山东任上的下人，都捆了去拷问，有风声还要传凤姐麾下管事的爷们。此时，躲尚不及，反倒探监去？如是不去，还像个人么？乃毅然起身，仍寻倪二托门路。倪二命他明日讨信。到次日，倪二告诉他：“典狱老侯还真够朋友，竟是允了，今儿晚上便可探监。”

掌灯后，夫妻二人拎了吃食，径去天牢，好在相距不远，一时便到，见倪二已先到了。侯典狱唤牢头来，领他夫妻去。一行三人，曲折走来，穿过一个院落，满是污秽血腥之气。贾芸忙掩了口鼻，只见灯影里，靠院墙几根木桩上，都锁了人，各各不得动弹，哀号之声，彼歇此起，不知那个嘶叫着："求老爷开恩，砍了头罢，实实受不住了！"贾芸一把拉了红玉，急忙跑过去。出了院，凄厉惨叫之声尚萦绕耳际。一时，进入狱神庙，绕过萧王堂，折向西北，来至桃花庵。原来这狱神庙位于天牢西北隅，狱墙外隔一片空地便是桃花庵。但凡有不合监禁又无法安置的女犯，便寄押庵中。后因庵中老尼厌其骚扰，躲于他处修行，此庵空旷无主，便索性将其圈入狱神庙中，天牢中人仍叫他桃花庵，只今便是荣国府女当家的，琏二奶奶受委屈的所在了。林红玉见这旧日静室年久失修，户牖不整，窗上残灯摇影，破纸吟风，心中伤感：二奶奶往日何等声势，今日竟困在破庙里。忙上前推开屋门。只见窗台上一盏昏灯，西墙下一领苇席，王凤姐鬟鬓不整，形容憔悴，倚在墙椅角里。那里还有几日前的模样！脚下一个快步，扑到凤姐身边，禁不的下泪了。那王凤姐惊叫一声，定睛瞧时，原是他夫妻来了，心中又喜又愧，垂下头来。（可叹。）红玉拭泪道："奶奶受惊了。"凤姐长叹无语。红玉道："奶奶想开些，保重身子为是。我们只不解，奶奶为何独自在此？"凤姐道："只为那放账的事，利银重了些。"红玉闻言，心中不平，说道："这京城里使重利的，多呢！不过咱们势去运倒，这事也认起真来！"（着眼。）说毕，凝目沉思。贾芸上前打听此地景况，知他受了不少折磨，也不禁心酸。凤姐自然问他并芹、菖、菱各家是否遭受连累？你二人今日又怎能进来？你母亲好？贾芸一一回了。凤姐忙道："既是如此，你们赶紧去罢！不要连累了你。"贾芸道："怕事，侄儿也就不来。（掷地有声。）婶娘有何门路，只管告诉我，好去行事，总不能……"

话未说完，却见红玉向凤姐悄声道："有了。放账的事，不都是旺儿经手么？奶奶又不识字！"又道："旺儿两口子去舅老爷处，他还回京么！"（好机灵，难怪当年赏识他。）说毕，直视凤姐，瞧他懂也不懂。只见那王凤姐秋水披风，曙星闪电，欣欣然面有喜色，一把抓了红玉的手，狠狠晃动，说道："不错，不错，一丝不错！我何曾知道利银这么重！我何曾知道！就是这样。"彼时，凤姐精神陡起，依然一团英气，侃侃而谈："估摸着大老爷不免获罪，二老爷不该有何大事，你二叔么，谁知他在外面如何，他那种傻子也不会做出何等罪孽，放心好了。别的么，府里的事，你们何能知晓？（指路。）就是管点子事儿，也是鸡毛蒜皮，没有不可告人的。"又道："若说求亲告友，大可不必！你们白想，那官场上的相好，谁还出头？几家至亲，有的不在京里，有的你们没有会过。且是不找他们，他们只要能出力，自然相助。（料事如此。）竟不必劳神费气。觑方便见见老爷、太太，听听有何吩咐。"二人称"是"。红玉掏出几两碎银，分塞到凤姐身上并席片儿底下，道："此地没银子使，万万不可，奶奶且先用着！"不想那王熙凤见此碎银，竟呜呜咽咽的哭了。（愧、悔、感动都是有的。）红玉忙劝住，又问道："还有何言语，奶奶快讲，也就是时候了！"凤姐拭泪道："也没甚说的。回家去，代我请老嫂子安。我这里不必惦记，得了工夫，如何照看照看你巧妹妹才是！可怜那么一点年岁，便跟着大人受罪。"语未毕，门启处，小牢子探身唤二人出去。红玉将吃食留下，又悄向凤姐道："只管宽心，一切我自料理！"

于是起身作别。一径回至前边，见倪二尚与侯典狱叙旧，乃当众向贾芸道："二婶娘的事，咱们求求侯老爷，瞧着咱们倪二爷的金面，成全恩助罢！"（好发端。）倪二听他这般说话，因问："何事？"红玉便将凤姐放账是实，只为不识字，旺儿经手，暗中使了大利钱，一一说过。贾芸也道："求侯老爷费心。内中不免有所费用，我们几家近支敛齐了，一二日即可送来。"倪二望着老侯，问他："如何？"老侯思索一番，向倪二道："实告诉二哥。这审案的事与我不沾。既是二哥有意，少不的我寻朋友去，那犯人只依实说去便了。"倪二心中明白，乃起身作别。三人回至家门口，贾芸忙上前代倪二叫开门，又千恩万谢，直待倪二进家，方才回自家来。这才是：

贵友何如仗义者；
高亲谁似隔墙邻。

且说贾宝玉，在天牢中与瑞、蔷、琮、兰并薛蝌等无职之人关在一处，不似贾赦等单独监禁。多日来，真个是见所未见，闻所未闻，惊心怵目，事事不得其解。岂只是孩提之时，未曾听李、赵、张、王四位奶嬷嬷说过，便是束发授书后，那五经四书之中，也未曾提及，唯有那佛经上曾有记载。难道这就是十八层地狱？我竟是死过了的？每每吃不下，睡不着，终日里痴痴傻傻，也不与别人交谈。亏得薛蝌懂事，事事关切，总是强他吃几口饭食，进些汤水。

这日，晚餐已毕，忽听门响，探进一个人头，喊道："贾宝玉，随我来！"薛蝌因嘱咐他："不管何事，第一不得惊恐，只管心里安静，方可处置得宜！"宝玉点点头，起身随那牢头而去。曲折行来，时闻镣铐叮当，呻吟号痛，见一些蓬头垢面带锁披枷之人。也不知都犯了何等大罪。少时，走到一座庙前，抬头看那匾上，大书"狱神庙"三字。庙内小小一座院落，上面三间萧王堂，左右各有几间厢房，原是给那使了银子的重囚住的。那牢头领他进入东屋北端一间房中，宝玉环顾屋内，只见墙上白泥剥落将尽，后墙半腰已全鼓出，眼看便要圮毁，屋角里网封尘积，潮气扑鼻，独那门窗倒还管用。北墙根设一木床，窗下一张旧紫漆单桌，旁有一把褪色木椅，此外，空荡荡别无一物。正不知何意，那牢头道："有人来会，你且这里候着！"说了，锁门径去。宝玉乃隔窗望去，见那庙院里倒也有两株龙爪槐，遮天蔽日，满院里阴沉沉的，对面厢房内偶尔有人出入。拉拉房门，纹丝不动，知是上锁了，便靠在椅背上想静下心来，竟不能的。只好学他父亲，负了手，来回踱方步。

起更后，那牢头送来一盏油灯，回手一招，走进来一个三十来岁男子，体格魁梧，两目闪光，后随一女子，十分面熟。牢头出房锁门去了。二人也不客套，都坐在床沿上，宝玉也在椅子上坐下，问道："二位尊姓大名，今日来此，必有话讲。"那女子悄问："二爷，认不的我了？"宝玉仔细一瞧，只见他修眉入鬓，凤眼含春，左眼窝里微微一点墨珠，由不的大吃一惊，道："这不是茜雪姐姐么？这位又是何人？"茜雪忙示意他悄声些，方笑道："我先给你们认识认识。"便指那人道："他叫游义。那年太太放我出去，父母作主，把我配了他。宝姑娘那陪嫁丫头叫素月的，是我的亲妹子。我们来瞧素月，谁知并不在此处，却听说你在这里受困。念当日情常，因来宽慰你。凡事想开些，有何为难，只管告诉我们明白！”宝玉闻听，喜道：“难为你了。这些日子烦闷的紧，不图今日得会故人。”又与游义握手谈说，问：“居住何处？做何生计？待我这里事毕，必去相会。”游义道：“住西山。我原跑口外，贩皮货，只为被税关上的老爷鼓捣的精穷。不合一时使气，把几个老爷打了，现今无处安身，没有做什么正经事儿。”宝玉闻此，由不的替他犯愁，叹道：“原来如此。竟无个安身之处，这便如何是好！”忽又喜道：“有了，你们如不嫌弃，我家闲房甚多，待我禀过家母，便请到舍下安歇，又能时常聚首，岂不是好！”（真真的有人无已。）

茜雪见他辫发散乱，两颧高起，一颈似鹤，双肩如峰，恰恰摆一个“山”字，便是眼神也有些凝滞，若在他处相逢，断然认他不出。忽听他如此说话，知他又犯呆症，也不便说何言语，只问他：“曾否受刑？吃食如何？为何瘦成这般模样？”那贾宝玉道：“一言难尽。在这种地方，我恨不的一死，若不是薛家表弟逼我吃几口饭食，早见祖宗去了！我竟不知，孔夫子在何处讲过这种道理！”（囫囵语。）茜雪劝道：“二爷还要耐心些。俗话说：‘车到山前必有路’，走过山冈，便是平地。”又指了游义，道：“他也在这种地方煎熬过。若是当日绝粒一死，我们这一家大小，如何过到今日。”游义也劝道：“像我这般，念书识字虽不及你，总比你多吃几回腊八粥，风里雨里也多经了些。那世上不平的事多着呢，你就不用管他孔夫子不孔夫子了。（囫囵答。）据我瞧，你也该不着砍头，受点子罪，有何要紧！”茜雪又道：“二爷富里生，贵里长，衣食两项也不会料理，况在这等去处，诸多不便，自然觉得十分艰难，一时拙念，自也难免。自今后，万万保重，叫我们放心些。今日留几两银子与你使用。”一面取出几块纹银，一面又问：“太太和袭人姐姐可好？当年多亏袭人姐姐照应，太太恩德。这几年那日里我不替他们念佛，可惜了的，这次进京，竟不得一会。”

忽见那牢头开门进来，催二人离开。茜雪向他道：“贾二爷没有经过艰难，我留两块银子给他买些吃食。这一块给你，不成敬意的，托你照应他！”牢头接过银子，道：“既然如此，何不依例纳赀，住了这间旧日班房？”（居然也有纳赀例，与捐官同。叹！叹！）又伸出两个手指，道：“也不过这个数。但凡住到此处，便无人罗嗦，买吃食，会宾客，都方便。不要下看这间旧班房，这可是天堂呢！”正说着，却听院里有人断喝：“等这分儿上，还拖什么！去！唤他家领尸！”接着“扑通”一声，随后脚步声散了。宝玉闻此，不禁扼腕，环顾破房，点头道：“天堂！天堂！一丝不错！”茜雪悄向游义说两句，游义乃向牢头道：“你且出去，我们计议！”见牢头去后，问茜雪：“你身上还有多少？”宝玉忙止他，道：“这个，断乎不可！你们不知如何省吃俭用，积攒银钱，岂可为我用了去！果然这样，我便住此，心也不安。”茜雪一面取出银子，一面笑道：“还是不改那脾性，只念着我们。眼下该我们念着你了。（惊魂夺魄之语。）只听我说便是。还有一说，二爷日后有甚艰难去处，只要看的起我，（居然绿林豪侠口吻。）尽管到京西子午镇找大顺店店东，咱们便见面了，一概都易办的。”又笑道：“可别找茜雪，别人不知这名儿！”说毕，回头示意游义，外面唤了那牢头来，当面说定，交过银两。牢头向宝玉

賈薔

道："贾二爷，（真个的钱能通神，这便改称呼了。）冲他们二位，咱们交个朋友。从眼下起，你就住此，稍停给你送被褥饭食来。只管安心打官司好了。"茜雪、游义起身作别，宝玉拿了游义的手，道："难得你夫妻如此！日后定当谋面。"游义道："是你不知。原是我夫人说的，你是个人物。今日看来，也还像个朋友。（夫人，朋友，如此称呼，游义究竟何等样人。）别了罢！咱们后会有期。"说毕，二人随牢头走了。

一时，那牢头带了小牢子，果然送来被褥，还拿来小米粥、白面馒头并一碟儿菜，看不出是何等佳肴，与他吃。宝玉此时，别说吃饭，坐也坐不安生，只背了两手在屋内踱来踱去，总想茜雪、游义之事，别的例都一时忘了。半日，忽然觉出饿来，拿起馒头咬一嘴，倒还可口，忽地念起一事，忙放下馒头，面向东南，默祷数语，忍不住下泪了。又半晌，方才就餐。吃毕，尚觉余香满口，上床睡去。正是：

不是当年怜婢仆；
何能今日住天堂。

那茜雪、游义离开狱神庙，回得家来，一一告诉妈妈明白。到次日，茜雪、游义来至荣府，好在钱能通神，何况是鬼，那女禁子也收了银子，趁天黑，把素月叫到荣禧堂后一间耳房内，让他们说话。话休絮烦，姊妹二人换了外面衣衫，救走素月。素月之母也不再说穷家难舍，都随游义去了，不在话下。

这里茜雪进入荣禧堂，先在墙角坐下，好在他姊妹长相极似，众人心中各有烦难，也未留意。到次日，茜雪寻个时机，便将宝玉的景况，悄悄告诉王夫人、宝钗，并道："太太、奶奶只管放心，也不必问我如何知道，也不必告诉别人。"王夫人听了，自是宽慰，还要细问时，宝钗道："太太竟依他，不必再问了。"忽见那女禁子走了进来，命王夫人到别屋去，与那日提凤姐去时一样，也说是书役问话。众人正在担心，谁知不过半刻仍回来了，脸沉沉的，谁问也不答言。开饭时，赖大家的又亲去提饭，却听那女禁子和一个厨役说话。那厨役道："既是今儿问的大事，为何不带了走，上次问那小事，却带了人去呢！"女禁子道："这就难说了。想必有的有罪，有的无罪。有罪的自然带走，无罪的仍旧留下。"赖大家的正待插言打探，那女禁子拿脚走了，只得提饭而返，逐细回了宝钗。众人闻此，更不想想，此话不过常情推测，并无甚要紧，却风声鹤唳，当作大事，登时议论纷纷。那个有罪，那个无罪，前三年后五载的翻起老底，（了不得。）有的还起了争执。原本一片同甘苦，共患难，顿时变了，（可怕。）三个一堆，五个一片，交头接耳，嘁嘁喳喳。（遭难中人一遇风吹草动，便无限惊疑，补书人似有此体察。）

那薛宝钗见此情景不禁惊心：凤丫头提去未归，自己若不出面料理，这些人如此口无遮拦，不知要说出何等事体，闹出何等乱子呢！乃周密思虑一番，向邢、王二夫人并尤氏、李纨等道："两府都抄了，想必都有罪。像咱们这样世职人家，皇上自然要怜恤功臣后裔，大不了夺职。岂不知，便是夺职，贬家为民，也要放回的。太太、嫂子只管宽心候旨。（先稳住上层。）只是下人不该这样乱说，请太太示下，叫管家媳妇来，告诉他们明白，好么?”邢、王二夫人皆点头依允。宝钗立命鸳鸯传来几个管家媳妇，当着邢、王二夫人、尤氏等，环视众人一眼，端坐发话道：“婶子大娘，这几日操了不少心，打探了许多事，两位太太都瞧在眼里了。（闲闲引入。）只为东府大奶奶的人不在这里，要多打探那边的事儿。咱们一笔写不出两个贾字，无论到什么时候，总是有罪同担，有福同享，不能只管这里的事，不管那里的事。又有一说，凡事都得顾大体，说话尤其要有规矩。事体究竟如何，朝廷自有明断，主子还静候旨意呢，下人何得私议！这些，你们几辈子的旧人了，自然明白。那些丫头婆子，怕是心里不得明白，见抄了家，没了规矩。还得婶子大娘多说说他们才是!”（敲下震上，力有千钧，吾服其才。）赖大家的等人对宝钗的言谈行事，前几年早就领教过，此时见凤姐不在，宝钗如此发话，便都应是，又道：“太太、奶奶只管放心，我们再不尽心，也就不是几辈子的旧人了。”王夫人也道：“正是这话，你们也想想，还有何事没行到的，只管做去!”说毕，命众人散去。

湘云向惜春悄声道：“你瞧，宝姐姐大忙了。这也是的。这么多人，没个都统，乱纷纷的不像。”惜春摇头道：“难为宝姐姐，竟有心情出这力气，你不记的古人说的‘可怜无补费精神’么，听旨意下来再议。”欲知旨意如何，且听下回分解。

红玉、茜雪、贾芸诸事前部有伏笔，脂批中有提示，只是连缀不易，难为补书人了。

此回根植前部处甚多，稍不熟悉便难尽解，如宝玉“放下馒头面向东南默祷数语，忍不住下泪了”。如不熟五十八回宝玉嘱芳官之语便会茫然。

此回不少人物心情、事件一一叙出，虽畅达而少回味，补书人欲偷懒省力耶。

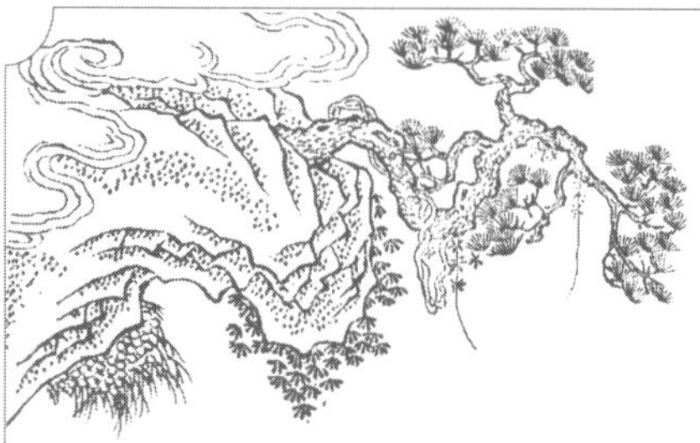

第九十九回 天恩降新旨示宽贷 猢狲散旧梦破繁华

前部贾政出场不多，后部更少，此回主角却是贾政，谓为贾政正传可也。

话说义忠亲王奉旨查看宁、荣家产已毕，又奉旨审理贾案，于是带了久经参案的能员，就便在大理寺设座。一面严刑拷问几个要紧家奴，一面分别提审贾赦等人。石呆子一款，贾赦供认买扇是实，未曾逼索，待到发签传冷子兴对质，贾赦方知为其所卖，后悔当年不合受他怂恿，买那几把灾殃屌扇，冷子兴尚未露面，便招认了。事及贾雨村。义忠王又奏闻取旨传讯。那贾雨村自知难脱干系，立即俯首称罪，便顾不的同宗之谊，一心立功赎罪，急忙发了贾赦几件隐秘。义忠王听了，微微一笑，也命将他暂时单押在天牢内。（应《好了歌注》“困嫌纱帽小，致使枷锁杠”句旁脂批：“贾赦、雨村一干人。”）宁府聚赌事，珍、蓉供认不讳。独于秦氏之死，贾珍断然供称，只是病死，未有他故。虽是何老大供出其妻曾经目睹，（又作囫囵语。）并牵及宝珠知情，现住铁槛寺内，却为宝珠供词只得四字：“全然不晓。”（应前部宝珠不肯回城之伏笔。）只得不了了之。至于御用衣物，赦、政、珍供词相同：原系省亲时备用之物，省亲后，敬谨封存，不敢启动。唯有甄家存物，皆不知情，乃差书役去问王夫人。（规矩如此。）王夫人供认实有此事，当时甄家尚未获罪，是贾母主意收下，未曾告诉男人们。事后不久，于某年某月已全部取走。虽实情如此，依律，比“妇人容留拐带罪，坐夫男”，不得以世谊往来作遁词。交通长安节使，拆人婚姻，逼出人命一款，因云光先已败露，搜出贾琏书字，便问贾琏。那贾琏一听“交通外官”四字，早已魂飞魄散，（时忌如此，非贾琏胆小。）究竟是何事由，并未听真，只把两眼瞪了，说不出一句话。及见扔下写与云光之信，方才安下心来，心里道声万幸，不是平安州的事。（怪不得九十六回贾赦拒见平安州来人。）却为委实不知，自难招认。主文相公供称：是旺儿传贾琏之命叫写的。旺儿在逃，着即移文海捕。其他罪款尚多，不及备载。唯有与北王府来往一款，义忠王知道，他款尚在其次，只此乃是案中要款，所供世谊来往，不便轻信。反复核查对证后，（既隐又彰，吞吞吐吐，于此要紧处更是如此。）才将各人所犯及应议之状，题本请议。（清律有八议制度，赦、珍犯罪自必列入八议。）议定，又奏闻取旨。

这日旨意下来，其要有八：

一是从宽革去宁国世职，贾珍押回原籍，交江宁县严加管束；贾蓉着革去职衔，免罪释放；所有宁国府第、金陵老宅、各处田庄、房产、生意，并一应财物、下人，悉数没入。

二是从宽革去荣国世职，贾赦充发三千里；贾琏着革去职衔，免罪释放；所有荣国府第、大观园、金陵老宅、各处田庄、房产、生意，悉数没入；一应财物、下人除贾政一股外悉数没入。

三是指控贾政诸罪，事出有因，查无实据。唯治家无方。有忝祖德，着迁外省，以州府佐二用。其本股财物、下人均按册发还。恩准贾政暂借荣国府第，料理其母丧事，不得开吊。（贾母下场如此。）丧事一毕，立即离京，在任守制。其妻子家人愿随任者，听。（通常迁转之命，原不必及此，岂此为发落大案而及之乎。）

四是王熙凤供词反覆，且来旺海捕未到，不便暂交本夫收管，随衙听候；也不便监禁，即着大理寺收管，另案发落。（此红玉之功也。）

五是宁、荣之茔田、庙产不予籍没。

六是宁、荣无职男子及其族人在押者，均省释。

七是贾赦、贾珍亲丁若干人，着从其房田中酌予些微，以资过活。贾政子孙也拨予房舍居住。

八是他姓亲眷，因暂住宁、荣，在押者，省释，并按册发还财物、下人。

宣旨已毕，贾政等向上叩头谢恩，又叩谢王爷。义忠王垂训数语，方才退堂。彼时，贾氏弟兄父子相见，贾珍等人忙上前叩头，贾政、贾赦执手垂涕。俄顷，贾政撒手退步，整衣掸灰，上前与贾赦见礼，说道：“幸得圣上怜恤，今日方得重见。咱们今后改过效力为要。”贾赦、贾珍也略致数语，便有执事者强他二人仍回天牢监禁，听候押送。贾政忙嘱咐道：“家中诸事，自必遵旨办理，不必惦记，千万保重。”语尚未毕，眼见二人垂首走远，（卸去两个。）心酸不已。乃带领琏、蓉出来，便见宝玉并贾瑞、薛蝌等人早在门外等候，众人行礼相见毕，出了大理寺。贾琏忙上前回道："老爷慢走，先命蓉儿雇轿子来，越是这时候，越要按规矩行事方是！"贾政听了，摆手道："顾不的了。"因问："那个头前带路?"众人互视无语，独贾蹁上前说道："老爷、哥哥、弟弟随我来。"于是一行人取路回府。

守门官兵已有知会，问得明白，并不阻拦，又引到荣禧堂领女眷。彼时，鸳鸯顶了玉钏，平儿顶了素月。茜雪向那女禁子说，他不是贾府之人。又掏出一封银子，递与女禁子，道："贾家人都穿孝服，身上会有这银子?"女禁子一想，此言有理，便收下银子，改过名册，一齐放出。唯有妙玉，只为如今大理寺正堂与其父同乡、同年，怜其孤苦无依，欲送返原籍，另作寄顿，暂且不表。（又卸去一个。）只说那王夫人，一见宝玉扑过来行礼，便双手捉他两膀，流泪道："我的儿，可盼的又瞧到你了！这不是做梦罢！"（"犹恐相逢是梦中"也。）那边李纨揽了贾兰，巧姐儿扑到贾琏怀里，其母子、父女抽泣便咽之状，众人不忍目睹，尽皆回首拭泪，忘了礼数。

那贾政抹泪，吩咐贾琏，速与看管府第的巡检说话，借用几个院落；又命宝玉、贾兰随了薛蝌带人去领财物，自己扶了贾蓉带王夫人等一应女眷，急急忙忙奔到贾母灵前，泣血稽颡，哀号痛哭，声震内外，仰承上扑簌簌尘如霰落。刘姥姥等人劝解半日，方都渐渐止悲。唯独贾政力竭声嘶，晕倒在地，动弹不得。彼时，贾琏已与巡检说妥，借用贾母、王夫人、宝玉并自己所住四个院落，进得房来，见此情景，忙与贾蓉上前扶起贾政，众人高声共唤，逾时始苏。

王夫人立命："传参汤！"（叹！叹！）丫鬟们齐声答应，纹丝不动。贾琏忙悄声回道："尚未升火呢！也该备饭了。"（叹！叹！）王夫人闻听，"哦"了一声，便命鸳鸯、袭人、绣凤、平儿等各自回房寻觅，有无劫余银物。俄顷，鸳鸯寻来一盘散钱碎银，交与贾琏。贾琏出去交与李贵，带几个小厮备办今晚、明晨两顿饭食。众婆子升火烧水。一时，麝月、素云等送上茶来。贾琏捧与贾政，李纨捧与薛姨妈，宝钗捧与邢夫人，岫烟捧与王夫人。众人也都个个漱口吃茶，慢慢喘息方定。

贾政、王夫人等这才起身，抚摩贾母灵柩，仔细瞧了，倒还是原来备用之物，只棺头上仍未题字，便问贾琏。贾琏道："方才那巡检说，抄没那日，无人照管老太太，他们禀报上去，义忠王命雇人入殓。（贾母下场如此，然不目睹其家之败，也属侥幸。）想必未曾听到老爷吩咐，不敢随意题字。"众人回想当日景况，无不悲从中来，又复下泪。贾政捶胸顿足，哭道："要这些不肖子孙何用！（活画。丁亥　昆吾闫震）众人劝解半日方住。于是，众人环顾屋内，只见：案几欹侧，箱柜翻空，彝鼎不见，字画飘零，枕衾散秽，户牖号风，一派劫余景象，伤心惨目，未有如是之甚者。（如此文法，前书未见。丁亥　昆吾闫震）满地碎瓶破匣，一榻残锦断缨，处处蛛网尘封，竟无一片可以坐立之地，不知方才如何跪哭，又如何吃茶了的。（哭灵之后，方出此景象，极是。）于是，都出至廊下暂候，命丫鬟媳妇打扫。然后众人重复进房，分内外坐地。

贾政命请两位太太也来外间席地坐下，乃向众人道："这般大变，如何收拾，已是作难，况是我赴任外省，限期甚促，不得耽延。这其间诸事纷繁，件件不得回避。我此际方寸已乱，你们众人都出主意我听！"（实情实话。）语毕，忽听人回："看管府第的巡检求见老爷。”贾政忙命：“请到绮霰斋相会！”又吩咐众人且自计议，扶了宝玉去了。这里议论纷纷，主见不多，难题成堆。尤氏道：“大老爷、凤丫头在天牢里受罪，如何给他们送些银子使用才是！”（不提贾珍，自有贾珍在，想见向人张口难。）巧姐儿因问贾琏：“何时去瞧我妈妈呢？”贾琏哄他道：“待发送过老太太便去。”贾兰也回头问贾琏：“二叔，下人少了许多，是在押呢，还是跑了？必得报官追查呢！”贾琏道：“方才那巡检说已在南门外发买完了。”那边李纨悄问王夫人道：“老爷外省做官，远不远？是全家都去呢，还是怎么着？”王夫人摇头不语。

唯有史湘云思忖半日，向宝钗道：“依我之见，还是发送老太太是第一要事，别的自然要靠后些。”（是。）宝钗道：“妹妹这话固然极是。只是眼下还说不上发送老太太。你瞧，这吃住两项尚无着落，如何办事？”（更是。）贾琏因道：“钦限甚急，事情又多，咱们就这几个人，几只手。”说话间，便见宝玉搀了贾政进来，急忙住口，上前扶贾政坐下。贾政道：“你只管说！”贾琏先将方才众人议论一一回明，又道：“依侄儿糊涂之见，钦限甚急，事情又多，咱们人手有限，势必难以一齐办理。他事放后，先发送老太太要紧。只是银子从何处支领，还要老爷太太吩咐。待老太太事毕，再议今后过日子，再议老爷赴任。其他诸事可缓即缓，必不可缓，立时去办。至于眼下，先定吃住两项，然后一件件做去，方不至手忙脚乱。”贾琏这一席话，说的众人心中敞亮。贾政便命贾琏总揽诸事，又道：“请姨太太带珠儿媳妇都住在正房，（语中自有王夫人在。）请大太太带珍儿媳妇都住琏儿那院子，他们小姊妹都住宝玉那院子，我们爷儿几个便在这院守灵。宝玉如今成家的人了，必得学着办事，这每日吃食便交你料理。打谅你也不能的，命李贵随同教你行事。至于银子，手边怕也没有几两，抬几个箱子换去罢！”众人听了，都说妥当。王夫人便唤绣凤来，吩咐他发出几箱物事，交贾琏换银子去。

众人吃过饭，各自归房歇息。李贵进来呈上花名册，回道：“琏二爷吩咐造的，请老爷过目。”贾政命贾兰念了，眼下是亲丁男六人，女十一人，合计十七人；下人男八口，（“人”“口”分用，规矩如此。）女二十口，又小厮七、丫鬟二十四，合计五十九；亲戚五人，下人十口。合总九十一。贾政听毕，叹道：“只这几个人，如何发送老太太！”贾兰劝道：“爷爷宽心。虽是不准开吊，咱这本族人等自必要来。来者都可办事，又不必照应宾客，我琏二叔、芸哥哥当能妥善料理。”贾政听此，心中稍宽，向贾蓉等道：“兰儿也懂事了！”一宿晚景无话。

次日，族中子弟一早就都来了，随后便是女眷。众人各各行礼、痛哭、请安、问好，彼此诉说不尽。一连忙了几日，到十六日，送灵铁槛寺。京中亲友除薛、梅、李、王四家并赵副使外，余者一概不曾劳烦。那贾琏仗凭贾芸协力，无日无夜，跑前跑后，总算完了大事。只因薛姨妈暮年受惊，一病多日，不得医药，薛蝌早已将都中那所仅存旧宅收拾妥当，过去自便。彼时，刘姥姥见贾母事毕，也便辞归。（又卸去两家。）

贾政命人请来京中各房并两府亲丁，商议茔田、庙产如何分用。一时议定：南方祖茔除坟墓外，尚有大片隙地并近处土丘、草泽、丛莽均可垦种，且有守坟家人所住庄院可用。因贾珍返籍，就着贾珍会同金陵各房及京中回南诸房，依实分配。现有贾蓉在场，今后四时祭祀，即由贾珍这房承办。京里、上头所拨房屋田地，自不必说，归本房所有，各自过日。唯拨与贾珍之房地与家庙庙产，便由留京各房一总平分。贾政因道：“我这房有发回财物，比众人宽裕，除留下所拨住房外，不必再分庙产。”又命贾琏总领京中诸事，以及家庙、贾母灵柩等，又详细写出分单。各房无话。因又议及如何启程赴任，如何送行等话，直至掌灯方散。

王夫人因问湘云行止：“是在京中等你叔叔遣人来接呢？还是随我赴任呢？”湘云道：“太太只管赴任，既是二哥哥暂不南归，我还是在家里随二哥哥、宝姐姐暂住为好。日后既接我时，岂不路近些！”王夫人命绣凤拿四十两银子给他，日后路上使用。又命与邢夫人、尤氏各四十两，手中先使用着，又命与惜春、巧姐儿各二十两，换换衣裳。不想，邢夫人不收，只端坐不动，眼也不看，说道：“我这里有官家拨的田地，够吃嚼。二太太长途跋涉，路上花费多，留着自用罢！”宝钗见此，忙与王夫人悄语。王夫人点头，乃另取四十两亲自捧与邢夫人，说道：“这个给琏儿探望大老爷路上费用。”又道：“才刚宝丫头说，大太太有岁数了，身边离不了人，仍命平儿服侍去，他那里还有莺儿呢！”湘云等都劝邢夫人收下。邢夫人收了，道：“都艰难的，叫我说什么好？”王夫人命李纨另取四十两与尤氏，说是留作回金陵路上盘缠。又闲话片刻，方各自归寝。

次日，惜春拉了湘云来见王夫人，跪下求道：“老太太的事完了，婶娘即将赴任，我不随哥哥回南。还是上年回婶娘的话，令允我出家罢！”一语未了，泣不成声。邢王二夫人、尤氏等早知此事，只为当时贾母病重，劝惜春待贾母病愈再说。今见惜春如此，知难劝说，都由不的心中难过，也难有甚话说，只是拉起惜春，对哭不已。惜春望望湘云，湘云毅然向王夫人道：“四妹妹这事，迟早也得依他，倒不如……”话未说毕，也咽住了。又道：“就请太太依他罢！”王夫人只得命鸳鸯请了贾政来。贾政见此，满心不悦，且问王夫人道：“珍儿家的知道么？”尤氏忙回道：“回老爷，四姑娘的事，早已提过，眼下大老爷不在，便请老爷作主。”那贾政长叹一声，垂首多时，只得向惜春道：“你既意坚如石，也只好按着圣人讲的，匹夫不可夺志说话。好在古圣先贤，也有人洁身远去，走上此路。以忠孝为本，独善其身则可；妄信虚诞，欺世盗名则不可。你既决意要去，但望你能记住我这话。”（料理家务一节，最难办者在此，难为补书人替贾政想出这一番意思来。）惜春拭泪道：“叔叔教导的是。身体发肤，受之父母，不敢毁伤。”（带发修行也。）贾政忍不住下泪道：“既是这样，与庵里说了，再给你两个丫头，并一百两银子使用。”惜春道：“人各有志，不可相强。丫头也是人家女儿，岂能强他随我枯槁？勉强行去，万一生出事来，如何使得！且庵里无甚杂事，衣食一端，我会慢慢学着料理，竟不必指派丫头。还有一说：古人云：多藏诲盗。银子，叔叔留着别处用。我只认命，吃庵里一碗粗茶淡饭便了。（所谓缁衣乞食。）叔叔总依我这话才是。”贾政只好点头，便命人知会水仙庵住持。自此，惜春与世隔绝，每日读书而已，（当据“庚辰本”惜春判词中“看书独坐”而来。）连画儿也不作了，此是后话。

这日，贾政遣贾琏、宝玉去几处要紧地方谢他恩助：“我即日离京，不便前去辞行、领训。” 见二人去讫，乃自到部里领取文凭，赴徽州司马之任。

这徽州水陆方便，离金陵不远。（左迁却似归乡，与上“恩助”合观。）这司马之职，最是闲散，自古便是安置降级京官、犯事大员或州县官迁转暂栖之位。那宦情内热的，最烦此职；那淡于名利以官为隐的，却愿终身居之。那贾政虽是早有归隐之意，无奈现是抄家之臣，得此迁职，已是十分合意，因向王夫人道：“夫人，你每常说我，自己不作诗，却总叫宝玉、兰儿去作。今日有兴，且作一首你们听。”因念道：

> 莫因相聚苦相离，惭愧无才答圣时。
> 不见江州白司马，琵琶声歇水澌澌。

（不意贾政亦有诗才，此时竟敢于作诗，“假正”也。应七十八回贾政起初天性也是诗酒放诞之人。）

念毕，放声大笑。又道：“这官职甚好，既无专属职责，又不值得别人来排挤，可以安心做官。我这一去，虽不能兼善天下，有益朝廷，却也可独善其身，不违圣人之训。逢到春秋佳日，或泛舟于新安江中，或攀登黄山诸峰，为圣朝点缀升平，亦乐事也。”宝钗闻此，不禁凄然。

彼时，宝玉、湘云、贾兰并李纨等都在此昏定。贾政因向众人道：“日后倘蒙天恩，诏取回京，团圆可望。眼下只有各自过活。宝玉和你嫂子各自屋里的物事、下人便归各自所有。珠儿家的艰难忒大，我这里另留两箱物事与你，垫补着使用罢。撙节些，也还过得数年，数年之后再说。京中各房，唯有咱们还有些物事，遇事要有照应。兰儿灵慧，念书用心，略可望成，可让他去应试，日后衣食有凭即可，万万不可入世过深。（入仕者，岂可不三思斯言。）我这里给他留两封银子，只作念书、应试使用。宝玉也应寻个差事，有穆侯在京，想必无甚大难。至于那不通庶务，较我尤甚。是必多多习练才是！唯独任情任性，我难以放心。（可谓知子莫若父。）然人之习性也自难改，好在你媳妇还明白，事事要多同你媳妇商议，（岂知后文到要紧处，仍是任性，真个是“人之习性，亦自难改”。）万万不要任性，这便是我的嘱咐了。”话到此处，不禁老泪纵横。王夫人听到难过处，一手抓住李纨，一手抓住宝钗，嚎啕大哭，众人无不涕泣。亏得湘云、鸳鸯百般解劝，方都渐渐止住，小丫头打来脸水，鸳鸯等上前拧面巾请众人擦面。宝钗见李纨强扶了素云，方未哭倒，宝玉、贾兰在贾政身边涕泣，抬不起头来，自己便顾不的新妇腼腆，乃拭去眼泪，回道：“祸福倚伏，吉人天相。目前困顿离散，安知不是日后再兴朕兆。媳妇们虽是年轻无知，也必要恪遵庭训，勤俭度日，正直为人，不负祖宗荫庇，老爷、太太教导，但请老爷、太太宽心赴任。何时盼得再能堂上承欢，便是我们的大福。只是老爷、太太高年远去，身边无人侍奉，委实放心不下。能事丫头只剩绣凤一个，竟是命麝月、秋纹跟去才是，他二人还懂事些。”

王夫人正在擦面，听了这话，因道：“说起丫头，鸳鸯怎办？他顶了玉钏出来，按说跟我南去才是。只是这孩子做事令人疼。不说别的，若不是他，如何能多这几箱银价？且是服侍了老太太多少年。我的意思，问问他，愿意跟去，就带他走，日后替他找个好人家。不呢，就放他自便。老爷心下如何？”贾政颔首。王夫人便问鸳鸯。鸳鸯回道：

“老爷、太太恩典，奴才一辈子忘不了。等送老爷、太太赴任后，我先服侍四姑娘，再慢慢打听我哥哥的下落。”说毕，磕了头，见贾政、王夫人无话，方才退下，忙拿了茶盘去端茶。出得门来，脸上那番得意，漫说点翰林，进清秘，出将入相，大约立刻叫他受万众叩贺，（竟用“叩贺”，实为“宝天王，宝皇帝”之类。）成佛作祖，他也不换的。

闲言少叙，且说王夫人听鸳鸯此言，知他不愿跟去，便道：“麝月、秋纹，你们还留着，我的人不少，都带去也无用处，别人看去也不象。再给你妯娌两个一家留两房男女，无论到何等地步，都是有用的。日后，无大艰难便罢，若有艰难，速回金陵。刘余（留余也，“守大郡”回，王夫人三家陪房当即指刘余等人。）他们几家子经管的那三处生意，万幸保全了，过日子是不愁的。”众人一一答应了。李纨又问如何整顿行装，王夫人道：“还有两天呢，你们都回去歇息罢！”众人答应散去。

二十三日在王夫人正房饯行，一一把盏毕，贾姓族中女眷连同李婶娘、王仁媳妇、邢岫烟等都送到大门外，看着贾政、王夫人带了周姨娘、丫鬟婆子上车，众家人围随而去。贾琏、宝玉、贾蓉、贾芹、贾芸、贾兰、贾菌、李纨、宝钗、宝琴、（王夫人干女儿也自不与亲戚同列。）巧姐等都送至码头。早见薛蝌、梅姑爷等亲友晚辈，已等候多时。众人相见，举酒送行。祖饯既毕，王夫人等登舟入舱，贾政在舱门口正襟危坐，压下心头别绪，向岸上挥手。一时，船头掉转而去。

这里众人回城。贾琏、贾蓉已到拨给的住处看过。贾琏的恰在李婶娘兄弟赵副使家东邻，原是先世一所外宅，贾蓉却要暂住到东南城角老宅的一隅，（偏也是有处老宅在东南城角。与曹府同。）唯有贾政在城外铁槛寺近处，原是一所旧日下房。李纨、宝钗决意不到乡下去，各自暂依娘家居住。李婶娘、邢岫烟早已为他们收拾妥当。

贾琏因与李纨、宝钗商议了，备几色果子请看守府第的巡检来坐了，谢他这几日多给方便。酒毕，贾琏等都到王夫人正房，见李纨去。却见李纨等正在院内徘徊，说是要再瞧瞧这地方。贾琏自寻了巡检去诉说，那巡检慷慨，便允了。于是贾琏、宝玉、李纨、宝钗带领众人，前后走了几个院落，又进贾母卧房后那园子角门，（此也见于“题对额”回脂批中之“后文”句也。细。）在诸钗居处一带，遍览一过，方都流涕而出，更无一语，各自归寝。说是归寝，可无一人睡了觉的。历历往事，凄凄目前，不知东方之既白。于是，众人互道珍重，离开荣国府，散了。宝玉自度一曲道此。（回末一段叙文诗意已浓，何必再加一曲，岂以为整回书不叙宝玉一言一行，而于回末补之以曲乎?）曲云：

名园易主门斜敞，何处觅，旧风光！衰草斜阳，掩映着雕栏画栋；翠阁朱廊，却处处尘封蛛网。枯枝横小桥，败叶下回塘，太湖石畔苔痕长，扑拉拉惊起鸱鸦飞向密林藏。昔闻马家宅，改作奉诚园；今见大观楼，卷入芦花荡。一霎时风流云散，地老天荒。

蓦然见“怡红快绿”，紧几步咫尺潇湘，人去空余燕子梁。鹦哥儿落到谁家呼名唱！竹影摇情拂断墙。落花流水无须葬，犹剩香丘近路旁。最难忘，“杏帝在望”，清韵流芳，赢得宫妃赏，体贴“魔星”意更长，孤零零江南归去神凄怆！说什么竹石风情，木石精诚，铁石人闻也断肠！

“山渊平”不是非非想，盈虚交替证沧桑。真亦假，有还无，一瞥千秋空色相。金满箱，笏满床，镜花水月，利锁名缰，总是南柯梦一场。蓼风轩，蘅芜苑，藕香树，浣葛山庄，都变了前时样，栊翠香消，木鱼声断礼佛堂。甚荒唐；依翠偎红，团酥握雪，玉质金钗脂粉香，不用细思量。

休道结社吟诗、传令飞觞，才消得几日清欢，却赚来万般惆怅。裁云揽月焕文章，不是文章，是沥血千行。诗魂冷爱花魂丧，谁与话兴亡！潺潺雨送三春景，剪剪风飘一夜霜。鸣蟪蛄，泣寒蛩，泪花零落风襟上。百年浩劫，万绪悲凉，再回首，一片白茫茫。

下回分解。

两府全部抄没，合于“一片白茫茫”。然贾政一股如不发还，岂不更合，不知补书人以为然否？

纵观群奴揭发，圣旨明点与审案中提及之罪有十，其中明确可定者有：逼死石呆子，收留甄家寄存，聚赌三款；服中娶二房与私理尤二、尤三两款罪证易寻，应亦可定者，合计五款。除重利盘剥属凤姐另案发落外，赦、珍之罪显然大别，竟皆革去世袭，抄没家私，琏、蓉之罪相去甚远，竟皆革职。北王府往来含糊不明，拆人婚姻，致出人命未能结案，交结平安州未能发现，秦氏死因被瞒过，合观之，罚不当罪，宽严无据，真讽刺满目矣。然述之极简约且隐晦，必因关涉朝政耳。

本回自审案起，至星散止，事多而杂，竟一口气写下，也颇费经营。据《名人传记》载，为写此书，补书人曾通读《大清律例》，信然。

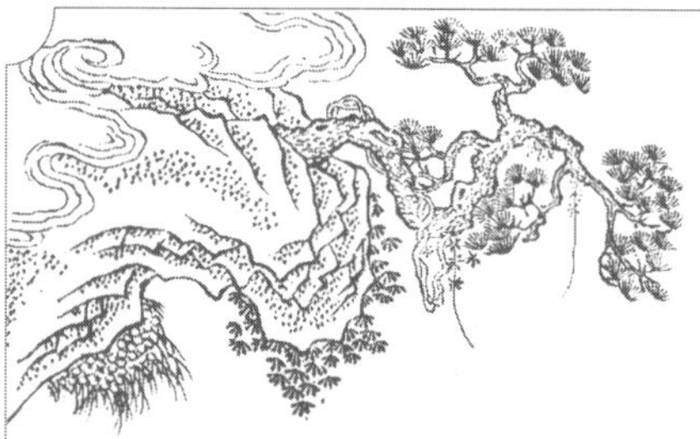

第一百回

同舟谊湘云问市价 知己情岫烟作诗笺

抄家后，情势大变，凡败后景况，人物情性变迁，命运归宿，均尚待逐细叙写，方得从今昔对比中，揭示全书主旨。

此回于疾风暴雨，惊天动地之后，另换一副笔墨，写离散之情，终古之恨，形同另打鼓，别开张，却又事事植根于此前，且看他如何闲闲叙来。

上回书说到贾赦充军，贾珍押回原籍编管，贾政远谪，贾琏、宝玉、贾兰分居，赫赫宁、荣二府一败涂地，除市井细民于茶余饭后谈说当年外，唯余故宅废园，供过往行人隔墙凭吊。这都不表。

单表史湘云随同宝玉、宝钗迁入薛宅。（偏从湘云叙起。）薛家这所旧房，位于玉成坊西头，西墙外是鱼市口，乃一二等热闹之处。薛宅坐北向阳，如意大门。垂花门里五开间上房，东西厢房各有三间，全是硬山顶带檐廊，院里华砖铺成十字甬路，四隅也有几株梨枣松柏，阶前也有几根翠竹。那二进院也是这般规模。二进院后，方是下房，并厨房、磨房、水井俱全。大门之内，东边有一月洞门，入门拐北是一长夹道，与二进院并后院相通。目下，薛家人口甚少，只占头进院。宝玉、宝钗便住了二进院上房，湘云住了东厢房，几家下人分住后院下房里，锄药、焙茗等人只在临街群房东头，守门听差，李贵掌一切庶务，便在西头两间设座。贾家诸人出入，只从东夹道行走，不经头进院。一门两家，倒也居便。迁来这日，自有薛蝌、邢岫烟帮同照料，直到傍晚，方才收拾出眉目，众人都草草安寝。次日，一面逐细安排，一面便升火做饭，过起日子来。

这日，湘云又来后院帮厨，听的厨房里麝月“哎哟”一声，又听李贵家的笑嚷：“什么要紧，也这样蝎蝎螯螯！”忙紧两步走进厨房，只见那李贵家的正一手摸着发髻拔针，一手捉了麝月的指头，要拔刺呢，口里还直笑说：“像我这粗手硬皮的，成年劈柴也不见刺，谁叫你们细皮嫩肉的呢！柴没劈成，倒耽误了工夫。”一面说着，不过三两针，便拔出刺了。那麝月疼的不语不动，只垂了头。（想见素昔娇嫩。）

湘云见无他故，便不说话，瞧那面案上已排了几行包子，一旁另有几张面片，黑磁盆里有半盆韭菜虾米粉条馅儿，知道要蒸包子了，便坐下来帮忙。麝月见了，忙对面坐下。李贵家的擀片，见那史湘云，一手托，一手捏，虽用了全身之力，无奈那包子竟不易封口，心里好笑，又不好说的，便向麝月道：“少填些馅，便易封口了。”那麝月听了不悦，发话道：“才刚说我填的馅少了，这个还没的填馅呢，便又嫌馅多了，既这么多嫌我，何不回了奶奶，换个有本事的来帮忙？锄药今儿不来劈柴，你便支使我，刺了手，你又唠叨，我倒愿意来的么！”（越误会越好，把个锄药给误会出场了。）李贵家的忙赔笑道：“好姑娘，我眼花了，多担待些罢！”

彼时，锄药一脸笑容，走了进来，口内说：“今儿好运气，奶奶赏我六钱银子买果子吃。李大娘，买来果子有你一个。”忽见湘云在此，忙闭了嘴，寻了斧头劈柴去。湘云抬头，正见麝月瞪了锄药两眼，知要发作锄药，忙使眼色，笑道：“锄药今儿又去卖衣裳了。”因唤锄药来，问他近日粮价、菜市行情，估衣销路可好不好？李贵家的笑问：“姑娘还操这心呢？”湘云道：“你们奶奶事多，一时想不到是有的。我闲着无事，打听打听，遇事岂不助他些！”那锄药近日帮厨，时常见到湘云，（湘云帮厨，非偶而遣兴也。）偶值问着了，也回句话，却是不敢多说。今见湘云问他这么多，便只管低了头，聚精会神，一一回答，生怕说错话。李贵家的见他如此，便笑他道：“姑娘问你，好生回话才是，却从何处学成结巴了！你瞧人家焙茗，不管回谁的话，总是慷慷慨慨，有来有去。”

锄药这才打开话口袋，长篇大论，说道：“姑娘何曾得工夫理会这些细事。价钱也不是死的，说变就变。俗话说：早晚时价不同。比如今儿，我去卖那件皮货，在庙门外，几次有人还价，总不上十两银子。末了，在庙里一个馄饨摊旁，卖他十二两六钱。我便仿上一句，这就叫，庙里庙外，时价不同。回家来，奶奶夸我精明，还把六钱零头赏我买果子吃。”李妈笑道：“要是我，便不赏你那六钱银子，谁知你体己下没有？”锄药一听，便急了，也不顾当着湘云，便一手拍着胸脯，嚷道：“人总得凭这个。我从小儿跟二爷。”湘云道：“看你这小子，这有何好急的！你二爷时常夸你又精明，又老实。李妈逗你顽呢！”李贵家的见湘云别无他话，乃命锄药：“火不旺，快劈柴，我给你留个包子吃！”锄药腹中自笑：好大的恩德，一个够吃么！便先将劈妥的柴放炉膛里，又劈了一大堆，方才放下斧头。因见李贵家的已将馒头、包子全排在笼扇上，忙上前抬笼，先落下面几层馒头，又抬起那层包子落到上层，盖上笼头帽。李贵家的又燃上一炷香计时，（想不是诗社里燃的梦甜香。）吩咐道："没事了，都歇着去罢！"

偏巧秋纹、碧痕来洗衣裳了，唤锄药绞水，那锄药兴头的一步跑出厨房门外，比宝玉唤他还机灵呢。却见碧痕正把几件丝绸衣裳，放到皂荚水里翻浸，秋纹向几幅白刮布被里上撒碱面，又从厨房里提一壶热水，浇烫了，二人坐台阶上候着。那锄药一口气绞了六桶水，看着秋纹问道："秋姑娘，够用了么？"秋纹探头一看，笑道："难为你，这会子够了。"顺手拿起碱面盒，嗔道："瞧这碱面，就想起你那好处了。说你两次，还是买这个，灰土似的！"锄药听的舒坦，笑道："你们姑娘家，不出三门四户，怎知道市面行情。那白碱倒好，贵呢！这如今，事事都讲俭省呢！"碧痕没容秋纹说话，便白他一眼，道："俭省，俭省，想当年，琏二奶奶主事，那里听的这样说过？不吃不喝，不是更俭省么？你又那里学来的主子腔！"秋纹见他二人又要斗口，忙道："都少说两句罢，还能把你们当哑巴卖了！"又命锄药："拿你换下的衣裳来！"稍停，又道："还有李大爷、李大娘的。"锄药笑道："你们今儿人少衣多，不能再劳驾了。"说毕，见秋纹扭头不理，心下发慌，立刻谨遵台命，忙去拿了两件衣裳来，且不走，又找话搭讪，道："今日如何不见莺姑娘？"碧痕鼻子里"哼"一声，道："人家副小姐，能比着我们这降级使唤的！"（总与秋纹声口不同。）秋纹从旁扛他一膀，笑道："又说这尖酸话了。姨太太不好呢，莺儿做寿衣去，你不知道？"麝月看不过，因发话道："你们省些事罢，如今日子艰难，便是史姑娘还下厨帮忙呢！不俭省，可怎么着！"又叹道："也怨不的奶奶，一句话，比不得当年了！"碧痕因停下手来，道："既是这么着，何不早日打发我们回家去，岂不省了吃嚼？"锄药在旁忍不住，笑道："你想的可好，放你回家，你有银子报效么？"碧痕道："当年在怡红院，二爷亲口说过，放我们出去自便呢！你不知，问他！"说着话，拿脸扭向秋纹。锄药笑道："我只问你，这儿是怡红院么？"（好锄药，要害处一语便明。）犹待往下说去，却听李贵家的唤他掀笼，忙应声去了。一时，小丫头走来吩咐开饭，又请湘云过前面去。

湘云来到上房，见已调开桌椅，于是三人围坐，莺儿、翠缕送上木樨汤。宝玉掰了半个包子尝尝，笑道："味还不错。"便命袭人送包子与薛姨妈。袭人因道："那包子，病人怕是吃不下，今儿早上进的那香露拌藕粉，倒是吃了几匙，如今进碗木樨汤，想是还能吃点子。包子，请蝌二爷佐餐罢！"说毕，见宝玉点头，自去了。

一时饭毕，都漱了口，净了手，（此作派在黛玉初入荣府时见过，复笔也。彼见荣府势派，此见虽败而旧习未改也，是特犯不犯之笔。）宝玉又要去苇潭边散一散。宝钗因道："既是去苇潭，何不顺路唤芸儿来。昨儿后晌，李贵陪唐掌柜瞧了几件东西，也说了个价，听那口气，他操心的，倒是另外几件木器，说是为儿子娶亲用。据我想来，不管何物，他总是能少给必少给，咱们又不大知道行情，若是尽依他，三分不值二分的卖出去，也不是太太留给咱们的意思。多找几个买主，谁给的价钱大，就卖给谁。好在芸儿说过，不缺人买。"宝玉道："不管卖给谁也罢了。费这么多心思，能多卖几何？真的能这么着兴家立业？"宝钗笑道："你不要小觑了这几两银子。一只母鸡还能致富呢，你没的听说过？”宝玉笑道：“你这话，理是不错，只是这么着，忒费心了。瞧你近来瘦损多了，还不歇歇心！”宝钗正待辩说，湘云已从旁笑道：“好哇，到底还是哥哥心疼姐姐。”又问着宝钗：“上次我说的如何？”（想见患难夫妻之情人所共见。）宝钗见众人扭头偷笑，不理论，只道：“据我想，贾氏祖德深厚，今日如此，不合天意，日后定当再兴。刘玄德贩席卖履，得武侯相助，不也是重开帝业！自来齐家治国一般道理。（着眼。）旧家大族，倒了再起的，那朝那代没有？况是咱们还有这发还的财物！你哥哥既厌弃仕宦，便走经商致富之路也好。我们薛家祖上，不是弃官经商，兴盛多年么！况是二十几口人的衣食，也必得有着落的。”（虚实兼论，远近在胸，元辅之识见也，谁知后文，数年心血，一旦成空，此脂批所谓“宝钗为博识所误”乎。）宝玉听不下去，道：“越发来了。我何尝会做那论锱较铢的事。”说毕，自去了。

宝钗知他安富尊荣惯了的，便只管向湘云道：“昨儿晚上，李贵来回，说是有两家子用银。一家是东边匡大爷捐官用；一家是酱菜园唐掌柜，生意兴隆，想再添个作坊，咱如合意，可入个股。你说，那项整数给谁合适？”史湘云深知宝钗独掌家政，担子忒重，既寄居此处，便不合袖手旁观，何况往日情常，因便事事相助料理。今听宝钗问他，乃问道：“二哥哥怎么说的？”宝钗笑道：“不用问，还不又是那句老话：‘你瞧着办就是了，我何尝明白这些。’”湘云也笑了，想了想，道：“做生意有赔有赚。不如放出去，虽则孳息慢些，却无赔本之虞，只不学凤丫头违律取利便了。”一句话提醒了宝钗，便唤李贵来，交待他明白。

忽一日，薛姨妈病情有变，宝钗仍吩咐袭人照护宝玉，自到前院守护薛姨妈。恰见邢岫烟端了盘子走来，盘中置一粗磁大碗，温浸一杯汤药。宝钗忙伸手端下，放炕桌上，掀了盖，晾着。一时，又端起药杯，尝了，道：“正好，妈妈吃药罢！”于是，岫烟上炕，扶起薛姨妈，搂在怀中，宝钗跪炕沿上，轻轻灌一匙药，听的他喉中作响，知系咽了，众人稍放心些。进药毕，仍放下躺好，盖上绵被。地下小丫头收拾了药杯。岫烟自去料理杂事，又薰沐了，待着。看看斗柄已沉，玉绳低转，乃带小丫头，庭院中设了几案，亲自焚上高香，面北礼拜，跪蒲团上，祝祷上苍，道：“薛门邢氏，敬告苍天：家门不幸，迭遇烦难；不自陨灭，祸延伯婆，愿减寿元，起婆沉疴。”祷毕，垂泪不动。直至香尽，方才含泪站起，（前部写其高士风度，此处见其伦常情性。）进房替换宝钗，要他睡下。宝钗早听小丫头说了岫烟祷天之事，心中翻腾不已，彼时便只说睡不着，二人挑灯细语，时而喟叹，时而下泪，待到后半夜，薛姨妈喘息紧了，一时不胜一时，天尚未明，也不得请大夫去，二人唯有念佛祷告，竟一宿无眠。

谁知苍天竟不赐福，次日昧爽，薛姨妈逝世。薛家男女举哀成服，宝玉、梅姑爷也在灵前尽礼。那薛家产业，薛蟠早挥霍了，只剩南北两所宅院。近来只是变卖旧物糊口，全靠宝钗照应。那薛宝钗当此大事，也只得节哀理事，立遣焙茗速速报与薛蟠；又命李贵带领下人小厮办理丧中诸般庶务，所用银钱另立账簿；吩咐袭人专掌后院，照料宝玉并家中诸事。自己只在前院持总。幸得薛家京中亲友不多，除贾氏族人外，只有王仁、梅姑爷两家，自有薛蝌、岫烟、宝琴照料，一应诸事都不必细表。

至头七第三日正午，薛蟠方奔丧到家。一进街门便嚎陶大哭，哈了腰跑至灵前，伏地不起，直哭的天昏地转，众人都上前劝他。半日，方才爬起身来，忙又打着自己的脸，骂道："什么下流东西！枉养活了你这么大，竟没的服侍了一日！"又打骂着："当个什么狗屁官儿，千乡百里的回不的家！白念了几年书，连那'父母在，不远游'都没的记住！"宝钗见众人劝他不住，乃发话道："你这般时候才赶来，也不瞧瞧妈妈，也不理事，还这么闹！"那薛蟠听的此话，忙站好，拭泪道："妹妹说的是。我也哭糊涂了。"于是，上前揭开蒙面瞧了，又下泪不止。见薛蝌拿来孝服，忙接过穿了，又与宝玉等人叩头。薛蝌乃逐细向他述说，薛姨妈病中如何请医服药，丧事如何料理，宝玉、宝钗如何拿了银子举家照料。那薛蟠听了，说道："我一见焙茗，便知出大事了，却不想是妈妈归天。知道要用银子的，恰手边有买麸料的二十两公款，便一总带了来。"说着，便解行囊，取银子。宝钗道："这时候一概齐妥，你又忙的问事！还不歇歇去！"又命人打点他的饭食。那薛蟠明白，妹妹强似自己，虽有时与妈妈牛头倔犟，妹妹面前却总是听话的。况是在这个份上，自然更是言无不从。一时饭毕，众人见他归来，有事都来和他说话。他却是凡百事儿自不作主，只听宝钗之话行事。

七日后，蟠、蝌意欲扶柩南归，请宝钗、宝琴来商议定了，恰宝琴夫妻也要南下，到定海安家，两家打帮同行。原来梅姑爷未能博得继母欢心，其父已与之分居，给了一所老屋，些许银米，并无下人。那梅姑爷年轻，不谙世路，竟无生计可寻。前几日，他亲舅舅的回信到京，说是已在定海县王老爷处替他谋了个录事参军，命他速速前往。这日，在家才刚写了卖房文契，便与宝琴一同来了。这且不表。

只说那贾宝玉，因听说薛家南归，便吩咐宝钗拿一千银子作行仪。宝钗"嗤"的一声笑了，道："可叫人如何说呢？那有这大宗银子。"宝玉也知道家中现银无多，便吩咐他："且将放出的索回几宗！"宝钗听他如此说话，知他不解世道，只得耐心与他解说："凡是放债，都立有借券，不到期不应索还呢！"宝玉道："这个，易事。将归本日期提前些，少要利银不就是了。"宝钗心中不由好笑，嗔道："世上那有这规矩！你自想，借银的，谁不是手中缺银子使？不到期，他会先预备下么？"宝玉语塞。半日，愁叹道："那年珍大哥送柩南去，便带了上千银子，何况他弟兄扶柩回南，还要料理日后生计，赠他一千两未必够呢！"（但知有人，不知有己，与狱中会游义处合看。）恰宋富家的来回："大爷、二爷请两位姑奶奶议事。"宝钗道："还有几日耽延，明日同李贵合计了，好歹给他们凑一百两也够费用了。"说毕，匆匆去了。这里宝玉心中不快，又无可行的主见，因唤秋纹东屋里请来湘云，如此这般说了此事，向他请教。湘云听了，不禁大笑，笑毕，方道："你夫妻真是别样新文。人家都是媳妇向着娘家，男人不允。那个像你们这么反着道儿行事的！据我瞧，你既不解世路，便听他主张才是。他说一百便够，想必够了。"又细细告诉他，宝琴夫妇日内即将南下，到海沿子落户。宝玉叹息无语。

掌灯后，宝钗方回二进院来，因说起薛家之事，向宝玉道："你如此顾恋他们，我还有何不合意的？他们家，外头买卖虽是一处不存，老家也还有几间房子可住，哥哥驿站里也还有些物事，日后度日不难。目下难的是路上盘费，所以我说一百两便够他费用。

你若十分不过意，咱们设法给他凑二百罢，再多可就难办了。果然日后他们有何大项急用，咱们再助他也好。此时，纵多给些，哥哥那情性你还不知道？今儿有酒今儿醉，银钱到手存不下的，岂不是助了他花钱。”宝玉一心念着宝琴远去海疆，难以再得相见，顾不的此事，只点头依允。

看看已届行期，先一日，宝玉备了酒饭，为两家饯行，不必细述。只说那邢岫烟，今当南归之际，第一难舍的是宝钗。回顾生平，入京前深得妙玉指教，入京后备受宝钗照应。人生得一知己，便可死而无憾，我今竟遇此二人，足可自慰了。（令人羡煞。）只今一个不知下落，一个又要长别，怎不令人感伤。因自忖如何报答知己。思索半日，别无可行之事，乃援笔为诗一首，收了，且与众人话别。那邢岫烟素昔寡言少语，即在此时，也不过说了句：“明日一别，此生不知能否再见！”便敛目垂首，不胜其情。宝钗、湘云都由不的感伤。宝琴道：“人生穷通，自有定数，难以强求，也不值得介意。只这姊妹们难以会面，乃世间第一憾事。话虽如此，细细想去，你我也无用难过。自古聚散无常。想当年咱们都住园子里，每日吟诗作画，不想如今四离五散。眼下虽要远别，日后自然还要团聚。这是一理，何必过于悲伤？日后干娘在徽州安下根，接姐姐去。嫂子在金陵，我在定海，都不远。说见面，不过几日水程，正方便呢！俗话说：北方不暖南方暖，南方不暖，还有爪哇国呢！咱们在南方时相过从，优游岁月，岂不赛过神仙！那神仙也不过自在二字，尚不能一家子亲热呢！便是云姐姐，卫家也是南方人，安知不归原籍，所以都不必难过！”口中说着，眼里含泪。（说来旷达，终难掩其情。）湘云随了宝琴，强词劝道：“还是琴妹妹见的世面大，胸襟不寻常。天下之大，何处不能安身？世事多变，焉知不变出好来！”语未毕，已泪下沾襟。宝钗收泪，道：“正是这话。分合聚散，自有前缘，寿夭穷通，莫非天定，正不必枉自悲伤。天下大势还是分久必合，合久必分呢，何况这亲族戚里之间！老天至公，日后自必团聚。但愿你们两家都安安稳稳过日子，我也就放心了。”（所望仅此，孰料尚难如愿。）说话间，小丫头来回：“梅姑爷要回去了，问二姑奶奶今儿住这儿呢，还是回家？”众人听说，起身送他夫妻到大门外。傍晚，邢岫烟、薛蝌又特意买了礼物去辞邢夫人、贾琏。

那贾琏自放归分居后，一家四口，开门七件事是少不了的，总思谋着寻个差事，以顾家口。每日里不是拜这位世叔，便是访那位世兄。亏的他处境虽是艰难，却把脸皮磨练出来了，腿脚之功也颇有造诣。转瞬几个月过去，他如此孜孜不倦，悉心以求，竟然感动了佛祖道尊。便有几个泼皮胆大不怕连累的，或是脸嫩心软经不起恭维的，也便真个替他打主意，好推出他这絮聒。一日便在都察院捧了个饭碗。家里巧姐儿和平儿替别人洗浆缝补，也就凑合着够吃嚼了。

这日，平儿在院内洗衣，忽听有人连声叩门，乃向西屋唤贾琏出来，那贾琏趿了鞋出房，口中说道：“你不能开门？这如今还讲究不出三门四户呢？”一面自开了街门，见是薛蝌夫妻，手中还提了东西，忙上前接过，笑道：“兄弟来走走就是了，不该花这钱。”又往里让。岫烟、薛蝌走进上房，只见满屋里空荡荡的，只摆一张旧书桌，旁边几把靠背椅上，露着嵌大理石的旧槽，此外，任何摆设也无的。原是迁出荣府时，央了看守的巡检，搬了几件上不了簿籍的家具，配不成套的。见邢夫人已闻声迎出，忙上前请安，又与贾琏见过，大家落座。寒暄毕，因说起举家南返，明日起程，特来辞行，并问邢夫人有何言语与邢大舅。邢夫人在薛家丧事上原已听说，今听如此，乃叹道："你们回南，自然比在京中强些。这里呢，两个世袭，如今剩了这儿张嘴，只盼着大老爷活着回来罢！"又道："这些不要说与你父亲，只说都好便了。"岫烟应了。贾琏乃邀薛蝌西屋叙话。

这里邢夫人拉着岫烟，不禁下泪。岫烟劝道："姑妈，不想那前事罢，只想想在荣禧堂受的那罪，如今也就是天堂了。"邢夫人拭泪道："是你不知，如今吃琏儿一碗饭，不容易。比他老子还可恶。"恰平儿端来两杯白茶，一一送上，乃问岫烟："宝二奶奶可好？我每日里祷告，求菩萨给他送个哥儿，报他的恩德。"邢夫人因道："善有善报，恶有恶报，丝毫不爽的。行恶的坐了监牢，行善的五子登科，你们等着瞧罢！"那邢岫烟瞧瞧这个，看看那个，多少话都没法出口。半日，方道："宝二奶奶全家都好。史大姑娘虽是亲戚，也一家人似的，便是那些媳妇丫头，也都还听话。日子自然比咱们胜些，却也大不如前了。好的是大家一心一意过日子。俗话说，三人一条心，黄土变成金，不管如何艰难，大家一心，就有盼头。姑妈，你说我这话是么？"（与探春别赵姨娘对看，岫烟更难立言。）语方了，门响处，李纨扶了巧姐儿走了进来。原来赵副使古道热肠，为的照应方便，早已在两家界墙上辟了角门，来往极便的。李纨早已打发了下人，只留一个小丫头并阎祥两口子听使唤。这日命小丫头唤了巧姐儿去，改一件年轻时的颜色衣裳与他穿，又亲自送过来。巧姐儿一见岫烟，便上前请姑妈安，岫烟揽在怀里，抚摩这没娘的孩子，由不的掉泪了，忙又推开他，与李纨见过，述说南归的事。李纨道："正经回南的好。只管动身，琏二爷有差事了，我住的极近，彼此都有照应，放心好了。"岫烟乃从衣内取出一件物事，揭开外面帕子，原来是一件璧玉佩，递与巧姐儿，道："这还是你三姑妈送我的，舍不的换了米吃。你留着顽罢！"巧姐儿手里拿着，口中说道："我有六块呢，如今不知便宜了那一个。"一面谢过姑妈。说话间，便见薛蝌、贾琏进来，说是天好早晚了，回去还有些杂事要料理。于是，岫烟起身，邢夫人道："你们到家，是必早日寄书信来，免我挂念！"二人应了，作别回家。到次日，梅、薛两家到河干会齐，坐船南去。

这里宝钗等人送两家回来，正吩咐下人打扫头进院，要挪前面去，却见莺儿走来，呈上一页素笺，说："舅奶奶留给奶奶的。"宝钗看去，原是一首诗，道是：

一别关山几万重，唯凭明月问高踪。
吟哦欲比春溪水，瞻仰难忘秋岭松。
六出七擒成底事，三分一统竟何从。
白衣苍狗朝朝变，谁信人间不改容。

看毕，沉吟久之。（中有多少思量，不写之写。）后回分解。

此回写生离，别情浓酽，不似探春远去回，有碍于事属喜庆与宫中赐婚两层，众人不得各尽其情愫也。

第一百一回 空肮脏红颜从枯骨 重恩义村妪救千金

妙玉身世，前书曾三次透露，自是以出自岫烟之口者为准，周瑞家的所言，显为妙玉自为遮掩之词，此外即妙玉多有奇珍异玩而已。至其结局，十二曲、册子词中，不过“金玉质”“陷泥淖”“不洁”“不空”耳，惟脂批“瓜洲渡”一条较具体。此回实综合演义也。

上回书说的是薛姨妈病逝，薛家南返，这回书不再细表。只说自贾案了结后，大理寺为安置妙玉，行文姑苏，月前回文方到，说是妙玉之父为前任知府陷害，目前家无一人。蟠香寺只有老尼静悟曾与妙玉相处。为此，差役遣送妙玉回蟠香寺。一路上，兵船粮船甚是拥挤，好容易船到瓜洲，恰遇封江，又滞留两日，不期遇见静悟，妙玉忙上前施礼相叙。那静悟见有公差、女役在旁，只道：“前些日子，知府衙门有命，知道你快回寺了。京里的事，我已尽知。这里冯知府早死了，不用怕他。只是严公子随他父亲在云龙山剿寇，下落不明。我在这里乡绅家作佛事，还有几天耽延。你先过江，待我回寺后备细说与你知道。”说毕，瞧那女役一眼，匆匆去了。

这日黄昏，风止浪平，云开月现，公差、女役急于交差北归，便催船家速渡大江。舟离北岸，妙玉推窗眺望，新月迎人，桨声扑耳，环顾江天，苍茫无际，因念当年仓皇北上，经此大江，何敢仔细看他一眼？今日仇人已死，无所畏惧，倒要见识见识。于是越发骋怀纵目，细细领略起来。这妙玉正遐思未已，忽见一艘快艇擦舷而过，艇上数人，中一少年，两眼盯了自己，便急忙关窗。俄顷，只听一片喧嚷之声。待船回北岸，便有两个生人闯入舱来，立逼妙玉上了岸。那妙玉心知遇寇，站脚不稳，席地坐了，索性闭了两眼等死。听的有人问他身世，也只不理，谁知两个嬷嬷替他一一回答了，心中正自嗔恼，又听问话人吃惊道："真的？果是实情？你们可知道有个严季良么？"妙玉听此，心中一惊，不禁微启双目，只见那少年居中坐定，左右环侍几个彪形大汉，两个嬷嬷并公差、女役，都在自己身边跪了。那嬷嬷道："严家是老亲，严公子十来岁时曾到苏州拜年，我们见过。"那少年大喜，道："这便好说。我就是严季良，今日幸遇。"嬷嬷吃惊，细细打量他一番，道："我们听说严公子被强盗杀了，恐怕不是一个人。"那少年又将两家琐细之事，备述一番，道是："小姐祖上，人品才学，极有根底，声誉甚好，乃赵松雪一流人物。（此册子词所谓"金玉质"也，怪不得藏有奇珍异玩。）岳父大人原本供职史馆，年未五旬，便告休了。小姐自幼多病，带发出家，十六岁病愈返俗。苏州知府仗势要娶小姐替他做儿媳妇，岳父不允，为此被害。小姐随寺里老尼并两个奶娘，远逃他乡。（此"寿怡红"回岫烟所说"为权势所不容"也。）我说这话，可有一丝一毫差错？"两个嬷嬷道："你家的事呢？"那少年道："我家祖居白下，家父是山东总兵官。咱们是几辈子的老亲了。我十一岁时，两家订了秦晋之好。我随父在军营习武，征剿云龙山时，家父遇难，我也被擒。这几年，我多曾打探小姐下落，始终不得。不料今日邂逅江边，实是老天可怜。"两个嬷嬷与妙玉附耳悄道："这大王所说全合，定是严公子了。"妙玉此时，惊魂未定，又逢此异事，只道："他早死了。"

岂不知此人果真就是严季良，所说不假，只是不全。当年他随父剿贼，被俘后，因那山大王的独女喜他相貌出众，武艺超群，山大王将被俘官兵一概杀死，单单留他一个，招为东床佳婿。上年山大王失事丧生，他夫妻袭爵为王。（袭爵如此，袭爵扫地矣。一笑。至此妙玉前缘方才补明。）谁知这严季良虽是武艺出众，却又好色若狂。山外各地，多有外室，谁也没有查清过他有多少嫔御。今晚劫江未能得手，正自不悦，忽见一尼凭窗眺望，秀色夺人，便命手下劫了来，谁知却是妙玉。彼时，他也不暇细想日后设如妙玉与女大王争起正宫来，如何处置，只略一思忖，便道："事隔多年，偶然相遇，难怪小姐不信。那冯知府虽死，他那狗崽子名唤冯稠，却在镇江为吏。我为小姐报此大仇，以明本心。"说毕，便命两人使舟载妙玉与两个嬷嬷在这瓜步山下、芦苇深处等候，（此脂批所谓瓜洲渡口也。）自己带领其余之众渡江而去。

次日二更时分，便劫了冯稠来。唿哨一声，两船相会。那严季良当着妙玉审问冯稠，骂道："替你讨老婆的事，你那龟孙老子，怎么着居官欺民，枉害无辜，从实招来！"那冯稠自有许多冤孽，被劫后，心中早无生望，此时一听，竟只是那死鬼老子的事，方得放下些心来，却又是与自己讨媳妇的事，心里已知是为妙玉了，只得战战兢兢回道："家父生前，爱民如子。至于害人，我时年幼，不知底里，还请青天大老爷明鉴。"（这话头乃府吏习闻，妙！）严季良听了勃然大怒，骂道："放屁！那个为官的不害民，偏你那老子是好货么？你既不知底里，何以又说什么爱民如子！（驳得好。）人来，掌嘴！"身旁两个大汉应声上前，轮流掌嘴，那冯稠脸上便开了染坊，红、紫、黑、朱，变幻一阵。那大汉想是手疼了，（有趣。）便喝问他："你招也不招？"那冯稠知是躲不过的，只得从头到尾，一一供认。末了，说道："这都是家父不合，与卑职无干。"（吏员口吻，妙。）严季良因问妙玉如何处置。妙玉听到父母遇害之状，早已哭的上气不接下气，那里还能说话！彼时，冯稠方知这女尼原是妙玉，便浑身筛起糠来，向妙玉叩头求饶，直叫唤："大慈大悲观音菩萨，口边超生，饶了我罢！"两个嬷嬷向严季良道："替老爷、太太报仇就是了，还问什么！"严季良见妙玉悲不能语，便命："拉出去，赏他个囫囵尸首！"（沉江也。是山大王口吻。）

待得事毕，严季良命一个嬷嬷在舱中侍候妙玉，带另一个嬷嬷到别船说话。那严季良径直说了与妙玉成亲，并许了嬷嬷许多好处。这嬷嬷过船来一一回明。妙玉愁思不答。这嬷嬷劝道："这大王是严公子，不必说了。只这替老爷、太太报了大仇，也是恩德不尽的。小姐允了为是。"那嬷嬷也劝道："据我想，严公子不假。允了，也不是私订终身。有当年老爷、太太之命，还是允了好。"那妙玉隔窗初见，便觉严季良淫邪不堪，今又亲见他杀人如同儿戏，虽是代自己报了双亲之仇，也不愿的。便道："我怎么能与强盗过日子！"这嬷嬷只得过船去回了严季良，心中惴惴不安，只怕惹他强盗性起。不想严季良听了，哈哈大笑，道："好了。待我亲自过去说话。"

便过船来，却见舱门紧闭，那嬷嬷在舱内发话道："姑娘的话：僧俗异途，男女有别，在这荒郊野外，要讲究一个礼字。大王不能进舱，请早早离开这里为是。不然，喊叫起来，官兵要来捉拿的。"那严季良闯荡江湖多年，何事不曾干过，岂能为官兵二字唬退？只淡淡一笑，说道："小姐嫌我强盗，岂不知我也是不得已耳。想咱们都是官宦人家，怎能一辈子落草为寇！从今日起，我洗手不干，改邪归正，如何？"又道："咱们官宦人家，知书明理，既要讲究一个礼字，又必讲究一个信字，要言而有信。咱们是父母之命，媒妁之言，还能悔婚？果然悔婚，百年后，地下如何见得双亲？"片语毕，便听妙玉哭他双亲，严季良一发隔舱劝道："岳父母大仇已报，人死不能复生，还请小姐保重才是。"舱内直哭，别无言语，几条大汉纷纷高声言讲："大王何必与他费这唇舌，强他成亲了事，等生米做成熟饭，不怕他不做压寨夫人！"严季良断喝一声，道："住口！此乃你家主母，不得无礼！"

半晌，那嬷嬷方在舱内说道："你们且过那船去，待我们商议了。"严季良率人过船而去，这嬷嬷方得进舱。又是半晌，这嬷嬷方才过船来，向严季良说道："姑娘的话：必得依礼行事，不然，唯有一死。"严季良闻言大喜，当即吩咐开船，到镇江一户农家，草草行过大礼。那妙玉高傲孤洁，几乎无人能入其眼，不想世路坎坷，一波未平，一波又起。只为当年父母之命，竟被强盗骗为外室！可叹，可叹！（此十二曲所谓"风尘肮脏违心愿，无瑕白玉遭泥陷"也，与程、高伪续同涉强盗，而境界大不同。）后人有词伤妙玉道：

种玉影萧疏，栊翠香寒月上初。除是神仙无懊恼，麻姑，话到沧桑怨彼姝。
冰蕊转泥污，陨石飞来落野途。芦荻萧萧云水黑，嗟呼，瓜步江头恨有余！
——调寄《南乡子》

严季良住了几日，留下银子安顿妙玉在此，便回山去了。这家乃山上耳目，有一养老之女与妙玉相伴。自后，严季良多曾来往，一日，犯事丧生，那妙玉经此波折，看破红尘，复至蟠香寺，寻到静悟，毅然出家。此系后话。

仍说都中。忽一日，贾琏奉命随侍郝御史赴关中，家中事便托了李纨照看。这日，王仁买了一篮油炸果前来送行。原来那王仁一向仗势胡为，行止不端，自其父受王子腾连累，也在外省拿问后，早已坐卧不安了。近日王子腾一案已结，王子腾瘐毙，家口没为官奴。王仁之父充边，罪不及家口，王仁方才决意南归，又苦于盘缠无着，正在犯愁。今见贾琏外出，便不顾一切，（与马道婆拿银子时“不顾一切”对看，补书人又在描红了。）要在巧姐儿身上谋划，待送贾琏动身后，便要带巧姐儿舅舅家住几日去。平儿知他为人，上前拦阻，无奈邢夫人一口应了，只说这么着，家中岂不省一人吃嚼，也不与李纨说一声，便命巧姐儿随王仁去了。（邢夫人之过也。）那王仁略停数日，便放出口风，要替巧姐儿寻个人家，童养了去，（先虚陪上一个童养。）使几两银子与他祖母养老。无如京里人家，心里仔细，见贾家无人出头，便不敢轻易揽这闲事。

王仁见此路不通，又想到贾芹。知那贾芹趁着贾府败落，卖过几个小尼姑，认得人贩子的，因寻了去。只说曾收养过一个幼失双亲的远族侄女儿，现今替他找个婆家使几两银子。（再虚陪上一个找婆家。）那王家人口，贾芹心中有数的，从未听说他有侄女儿，心中不免犯疑，因试他一试，便瞧了他，道：“这个难办。你要舍的卖了他，别管婆家不婆家，倒还有条路。”那王仁一听便答应了。贾芹立即笑道：（送财使者来了，焉能不笑。）“老舅，你别在神讪面前要拂尘！真是你侄女儿，你岂能愿意卖给人贩子！事情我能办，这要看你拿什么谢我。”说毕，合了眼，摇头摆尾的嘻嘻直笑。那王仁发誓赌咒，说是真的，只为日子艰难，才出此下策。二人几经折中，方才说妥，无论多少银子，停半分，（你瞧是否。）并细细计议了，分头行事。

王仁回家，托言有本族太太在城西乡间居住，今办喜事，要带巧姐儿去贺喜等语，哄的巧姐儿信真。又与他改了打扮，以防贾芹认出。（倒也细。）便雇车带巧姐儿到子午镇来，大顺店里下榻，专候贾芹引人贩子来会。

那贾芹到了子午镇，却要先瞧瞧这女子长相如何，要与他鬼混一日再卖。便走过女客房门口，两眼向内一溜，见仿佛是巧姐儿独坐炕沿上，心中一惊，仔细瞧他两眼，虽改作市井人家打扮，这面庞儿丝毫不错的，心里骂道：这王仁果然忘了他是人，竟敢如此！（看这话，贾芹还是个人。）猛回头，只见王仁买来吃食，忙随他进入男客房。随手把门一拴，不管隔墙是否有耳，（着眼，伏下文。）便拍桌瞪眼，骂道：“你这忘八，如何把姓贾的当作姓王的来卖！”王仁一听，知事机已泄，唬得“咚”的一声跪下，叩头不已。贾芹且自坐下，瞧了他，笑道：“尿泡，亏你还敢卖人！你说怎处？是私和，还是官了？”（你敢报官么？）王仁向上跪一步，哀求道：“自然是私和。老贤甥，看着琏二奶奶金面，（竟能抬出凤姐求情。）只别报官才是！”贾芹道：“也罢。不管卖多少银子，给你二十两跑路钱，下余你就别操心了。”一面说，一面起身出房。那王仁一听，免不的双手抱了贾芹的腿，叩头哀诉，说：“二十两银子还不够这几天吃喝花费呢！无论如何，老贤甥高抬贵手，给我个回南的盘缠。”贾芹瞧他那可怜模样，少不的发了慈悲之怀，（慈悲如此，慈悲扫地矣。）道：“也罢了。琏二奶奶待我极好，看他的脸面，给你再加二十两。”（竟还记得凤姐待他极好，拿来卖人情，与王仁相比，诸公可能轩轾甲乙？）那王仁自然再三央求多分些，求了半日，无奈贾芹闭目不理，也只得扶了床沿站起，拍拍膝上土，送吃食与巧姐儿去。

谁知女客房中不见巧姐儿，只一个村妪。心中一惊，忙转身出房，转着脖子四下打量，却是连影儿也没有。忽的想起，一准是如厕了。看看满院里只那村妪是个女人，只得上前央他到女厕中寻人。不想那村妪偏是个半聋，说了几遍，他只是听不真。叹口气，拿脚往后院寻去。只两步，便听那村妪唤他回来，说：“你不是寻个十二三的姑娘么？他到前面柜房去了！”王仁这才放下心，忙向老妪拱手称谢，匆匆向柜房而去。迎面见一女子从柜房出来，以为便是巧姐儿，方要说话，却见他约摸二十往上，穿一件银红罗小袄，外罩天蓝布衫，下着蓝绸绵裤，并不系裙，虽是乡间装束，却是安详沉静，大家风范。彼时，王仁两只眼珠不知怎的出了毛病，转不的了，也便忘了寻找巧姐儿，直待那女子问他何事，方才醒来，且不答言，忙推开柜房门，探头瞧去，见空无一人，由不的倒抽一口凉气，呆住。身后那女子早听的王仁房里二人角口，却不知何故，今见他如此神魂不定，便再三追问。彼时，贾芹已跟了来，一切情由尽知，心中猫抓似的，便在旁使眼色，比手势。不意那王仁只顾心疼即将到手的四十两银子，未能领会贾芹之意，便径直说：“侄女儿不见了！”那女子何等精细，察言观色，便知必有别情，乃道：“我是这里店东，你们随我进柜房细说，我自然替你寻找。”贾芹见王仁不会意，径直说出，正要躲开，却听女店东娇滴滴一声断喝，唬的寸步难移，又见几个店伙围上，又是拉又是推的，二人只好随他进入柜房。

你道这女子是谁？乃是此店女店东。这家车马店原是西山上的耳目。上年贾环领赏后，带领赵国本、赵姨娘潜往太原享福，中途失踪，便是在此店住了一夜后出的事。（捎带一笔了结贾环。）如今话休絮烦，只说当下，女店东盘诘出真情，见他二人无甚油水，便立时交与镇上，转送官府。真个是天理昭彰，报应不爽，这且不在话下。

只说那巧姐儿蒙在鼓里，万万想不到逃跑的，如何不见了？看官不知，原来那刘姥姥便住这子午镇上。那王仁、巧姐儿坐车到店时，偏巧王板儿在店门口说话，见个城里打扮的人下车进店，心里稀罕，跟到柜房。听他说姓王，带侄女走亲戚，暂住一日。又见他出店，唤个姐儿下车。一眼认准，是贾府的巧姐儿。那王板儿心中喜的便要上前打话，不知怎的，又有些害臊，一转念，由不的犯疑。瞧着巧姐儿进了女客房，便急急回家，这般如此，告诉刘姥姥。刘姥姥却是不信，一面喂鸡，头也不抬，只道：“别是你也眼花，认错人了罢！那巧姑娘何能到这儿住店！”板儿道：“那几年多曾一起顽耍，人是没有认错。只不知他如何不姓贾又姓王呢！此事跷蹊，你老人家速去瞧瞧为是。”刘姥姥听了，心中也便犯疑，因停下手，略一寻思，便拍拍身上尘土，正待动身去看巧姐儿，却听板儿他爹在身后发话，说："你这孩子招揽余事。这人既姓王，想必是他舅舅，你把甥女儿听成侄女儿，眼倒不花，耳却邪了。甥女儿跟他舅舅出门，还能有何事故！况且咱们这样亲戚，还有他舅舅近？不如随他去罢！"刘姥姥且不理这话，只吩咐板儿："眼下拐卖人口的事多呢，你先跑去看着些。"这才回首，白板儿爹一眼，说道："你那话错了。近不近，瞧人心。姑太太、姑奶奶是怎样待咱们来着？便真个是他亲舅舅，咱们既知道了，也该瞧瞧去。果然不去，良心上过的去么！况是来到咱们镇上，还能叫人家在店里住，不请到家里来！"一面说，一面往外走。（与第五回二人议家事相较，刘姥姥显为不同，岂为当年乞援之功乎？）

那刘姥姥进的店来，直扑女客房，果见巧姐儿在此，便上前一把拉了，问他道："姑娘到此何事？跟谁来的？"巧姐儿万不料在此地见到刘姥姥，彼时，十分欢喜，听他这般问话，便笑着将如何到此，略略一表，并不在意，随即问道："姥姥好？这许多日子不见你到我们家，却如何也在这店里住？"刘姥姥在这分际，何能顾上同他叙家常？且不答言，只凝神忖度一番，向巧姐儿道："姑娘听我说。今儿这事实在跷蹊。那王家族中人都在江南呢，京城里只舅爷家那几口人。这村子里，王姓只板儿他们一家，且没有办喜事呢！便是来贺喜，舅奶奶怎的不来？一辆车上坐三个人，不多呢！他是姑娘的亲舅舅，怎的又说你是他侄女儿？"那巧姐儿一向喜欢刘姥姥，况自他娘出事后，刘姥姥百般照护他，竟比邢、王二夫人还觉亲近，刘姥姥的话总是依从的。今听这么说，便觉分讲的十分有理，惊觉之下，细细想去，也便觉出这贺喜的事，实在难解，乃道："姥姥说的是。既是来此贺喜，到你家去便了，又何用在此住店？这究竟是怎么回事？"

一语未了，却见王板儿掀帘急入，悄声的把才刚在王仁窗外偷听到的一节话，这般如此，一一告诉了。（果然隔墙有耳。应了上文。）巧姐儿听了，唬的不知如何是好，倚在刘姥姥身上流泪不止。板儿见他如此，急道："哭什么！还不快跑！"一语提醒了巧姐儿，（此脂批所谓"佛手者，正指迷津者也"。）顾不的拭泪，拉了刘姥姥，便要躲到他家去。刘姥姥一心救人，便不顾一切，命板儿悄悄引巧姐儿出后门回家，自己不放心，还要看个究竟再走。二人走后，展眼工夫，便见有人寻来，又央他去女厕中唤人，心中明白，这便是王家舅爷，恨的只要上前打他那脸，又怕惹下事，露出巧姐儿来，只是心里骂他，外面却装聋作哑消磨时光。又见他往后院寻去，心中一惊，怕赶上巧姐儿。一时情急生智，忙唤住王仁，诳他到前面柜房去。直到亲见店里将那二人送镇上去，这才放心回家。正是：

不期恩义存村枢，愧杀顶冠束带人。

彼时板儿娘已打发巧姐儿吃过饭，刘姥姥因向众人备细说知店里之事。巧姐儿痛定思痛，自怨自艾，哭道："自家没见识，不是姥姥相救，不知被他们卖到何等去处。"刘姥姥劝道："老天长眼，姑奶奶积德，他们自己败露了，姑娘不要哭，明儿送你回家去！"

住了两日，板儿探得镇上已把贾芹、王仁送巡检衙门去了，大家方才放心。这日饭后，送巧姐儿回家。那巧姐儿几日来心惊胆怕，房门也不出的，今日要走了，看着这一家人，有些不舍，便趁着板儿备车的工夫，在院子里观望。只见五间上房，青砖青瓦，石头台阶，只是已极残破。东边两间厨房，西边新起两间厢房，沙灰捶的坡顶，门窗尚未涂漆，门帘窗纱全无。院子畸角里有猪圈鸡窝，当院散植几株梨枣槐杨。板儿娘带他走进西屋，见外间也有几件新制桌椅，南墙下有一辆旧纺车，巧姐儿早听刘姥姥说过纺车，是认得出的。进入里间，见当窗大炕上只铺一领旧席，北墙下一张双屉桌，后墙下有大柜，一概尚未油漆。（巧姐结局所在，自不能草草。狗儿家已是自食其力之小康农家也，王夫人所赠之银当与有力焉。与程、高伪续大相悬殊。）板儿娘说："这木器都是板儿做的，虽是粗笨些，比不上城里的好，可也够他娶媳妇用了。姑娘在城里住烦了，来我们家散散心。"一面说话，车已备妥。刘姥姥又命车上搭个席棚，围上布帷，说是不能让巧姐儿抛头露面。巧姐儿拜谢了板儿爹娘，洒泪登车。

一路扬尘飞雾，好半天，方才进得京城。走上大街，板儿见行人车辆甚多，拥挤的紧，忙跳下车，慢慢赶着。忽听身后一声吆喝，回头瞧时，脸上早挨了巴掌，疼痛难忍。原是一个穿号衣的命他闪路，后面还有一群人。板儿忍了疼，忙把车赶至一边，却见后面几个肥壮妇人，半搀半扯着一个蓬头垢面的妇人走近前来。那板儿细细打量一番，登时顶门上轰的一声，唬了个魂飞魄散，原来这妇人正是他姑奶奶，贾府女当家的，琏二奶奶，不禁惊叫一声，赶紧把头伸进车篷里，悄悄告诉刘姥姥。那刘姥姥听了，心中又惊又喜，便伸腿下车，要会凤姐，谁知尚未立稳，不防后面又来个骑马的老爷，马前两个大汉，推着骂着开道。那大汉只一推，刘姥姥手脚朝天跌在地上。偏巧巧姐儿急着见他娘，顾不的什么抛头露面，一撩车帘，跳下车来。（偏偏抛头露面了。）那巧姐儿自来娇生惯养，何曾跳过这么高，只听扑通一声，也跌在地上，起动不的，哭了。这一阵哭闹，闹的那老爷心烦，发作两句，又问："怎么回事，这般乱闹？"彼时，那板儿正搀刘姥姥站起，一听此问，也不知那来的机灵，忙丢下刘姥姥，跪上一步，禀明原委，求见他姑奶奶一面。那老爷并不理睬，只唤个人来，轻轻吩咐数语，便催着人马走过。却有个二爷走来，说道："掌灯后，到前面路北衙门口见你姑奶奶去，不得有误。"说毕自去。

这里，刘姥姥一行且不寻贾琏住所，先在近处寻店住下，待到黄昏，一径寻到那衙门口，并不见王熙凤。正迟疑间，那位二爷走出来，一语不发，招招手，带他们进了狱神庙，推开桃花庵门，方道："有何言语，自去讲来！"那巧姐儿一步跳进门内，叫一声："妈妈！"扑向王熙凤身上，嚎啕大哭。王熙凤两手捧了巧姐儿的脸，细细瞧他，问道："上次来好好的，（是必补出。）今儿如何这般痛哭？"自王熙凤委屈于狱神庙后，刘姥姥还是头一次见面，此时却顾不的请安问好，说那套话，也来不及问问官司如何，便忙道："姑奶奶还不知道，姐儿差一点……"王熙凤闻此，心中一震，忙瞪了两眼，问道："差一点怎么了？"刘姥姥道："我告诉姑奶奶，可不要生气，事情已了。"王熙凤心中明白，知是出了大事，探身一把拉刘姥姥近前，央道："快说，我不生气。"刘姥姥这才把巧姐儿之事，一五一十告诉他明白。那巧姐儿听着，越发大声哭喊："妈妈，我可不能离了你！”双手紧紧搂住他娘，把脸贴到怀内，哭个不了。那王熙凤尚未听完，便气的顿拳蹭脚，发疯似的骂那王仁、贾芹：“一个个素日得我多少好处，今日竟敢卖我女儿，良心叫狗吃了！”

正闹着，门开处那二爷进来，见此情景，骇异，因问端的。板儿上前一一回过，那二爷也不禁叹息，向凤姐道：“不必再哭，这种事儿多呢！总算救出来了，也是逢凶化吉，遇难呈祥的。我们老爷的话，今儿过了这一堂，你的事也快了结。出去后，再好好照管你女儿，此处也不是哭的地方！”刘姥姥听他说话和气，他老爷又这般顾怜，心中感激的紧，上身向前一探，忙问：“老爷是谁？这么可怜我们，告诉我，回去替他老人家做个长生位牌供养！”那人道：“上次来探视的那贾芸两口子知道，你们回去，叫他两口子告诉倪二爷今儿这事就够了。别的什么也不稀罕！有何话快讲了，我带你们出去！”王熙凤一见那二爷走进，便不敢怎的，只搂了巧姐儿垂头不语。及至听他未曾斥责，（可知已屡屡斥责了。叹！叹！）方放下心来，向巧姐儿道：“别哭了，才刚你也听见，这里的事也快了结，待我出去，找那不是人的算账！”又咬牙裂眦的道：“饶不了他们！”又向刘姥姥承情，又夸赞板儿，说是：“待我出去，定准替你说个好媳妇。”刘姥姥见那二爷连催离开，顾不上再说别事，作别回店。次日一早，套了车送巧姐儿回家。

这日李纨命小丫头端了几只烂熟的羊蹄跟子，来请邢夫人的安，见屋里冷清清的，邢夫人端坐炕边，脸上带愁，眼中含泪，知他时常如此，无法劝的。那邢夫人见他来了，指指炕边，意思是让坐。随即摸到手帕子，拭泪。（有神理。）李纨由不的也掉泪了。平儿见他二人又在对泣，（“又”字用得妙！）知是解不开的，叹口气，自去做饭。跟脚，贾兰走来请安，去后，邢夫人方缓缓说道：“兰儿好，少叫他外面去，防着叫人引坏了。如今世道大变，那像咱们当年，有礼有义的！”又道：“命谁去王家接回巧姐儿才是！昨儿午间，宝二奶奶又遣人来接姐儿去量尺寸，说是要给他做件衣裳呢！”（带写一笔，方不落空宝钗。）李纨愁叹道：“已是遣阎祥打听多次了，只为谁也不知王家住处，只好等他家送回来罢！”邢夫人越发悲叹不已，想着当年一呼百诺，如意称心，不想如今竟是这般艰难，口中无语，只自擦泪。忽听院子里似是巧姐儿说话，李纨隔窗望时，见果是巧姐儿，竟搀了刘姥姥急急走来，与平儿答话呢，喜道：“姐儿回来了。”一面起身迎出。邢夫人听说，急忙伸腿下炕，才刚站稳，众人已是进屋了，大家厮见过。刘姥姥顾不的坐下，便将王仁拐卖巧姐一层，细细告诉众人明白。众人一团高兴，顿时没了。李纨拉了巧姐儿，泪下不止。平儿气的蛾眉倒竖，凤眼圆睁，骂出口来：“狼心狗肺的东西，一个个不知要怎样死的，丧了天良，五雷劈死的混账行子，做出这般下流无赖，见不的人的勾当，待我明儿不唾他一脸！”（是平姑娘声口。）邢夫人气的面色大变，浑身抖颤，一句话也说不出来。刘姥姥见他们哭的叫的，闹成一团，让茶让饭也顾不的，乃上前劝说几句，见谁也听不进，只得向板儿使个眼色，告辞。平儿听他要回去，这才住了口，转向刘姥姥道谢、道乏，又留他吃过饭再回去，又说：“我们二爷回来，定要到村子里相谢。”刘姥姥见他家如此景况，心知不便扰饭，定要赶着回去。送走刘姥姥，半日，邢夫人才转过气来，发话道：“才刚说着如今世道变了，你们瞧，这般没廉耻的事，竟也做出来了！送官，便宜了他，那里来个强盗，揭了他的皮才解恨呢！”从此，再不放巧姐儿出门，便是探望他娘的事，也只要等贾琏回京再议。欲知后事，下回分解。

救巧姐，过于巧，非红楼常用笔法，想是从前部“遇难呈祥，逢凶化吉，都从这‘巧’字上来”悟出。刘姥姥作用之大，也甚为明显，程、高伪续则刘姥姥之有无非关紧要。或据前书“好了歌解注”“流落在烟花巷”以为巧姐结局是卖入烟花。“解注”关涉人物结局之句，脂批多有明指，而此句则无，知此句非指巧姐也。

第一百二回 无可奈何宝玉遣婢 似曾相识袭人证缘

宝玉遣婢事，第六十回正文，春燕与其母语中提过，此回要紧处在宝玉之别情离绪，其次是袭人。

上回书说的是王仁、贾芹拐卖巧姐，幸得刘姥姥相救，送回家来，合家盼望贾琏归来，去谢刘姥姥相救之恩。

忽一日，贾琏回京，未容到子午镇去，便有公差寻来，传他去领出凤姐。那贾琏事出意外，忙问端的。公差道：“好叫你喜欢，尊夫人获释了。旺儿那小子畏罪潜逃，海捕不到。此案几番展限，未能了结，眼下本官离任，急于清理积案，昨日以为家奴蒙蔽，违律取利结案。（红玉之功也。）你可作速领人去!”这话倒把贾琏说的犯了踌躇。贾琏心里明白：若不是他从中捣鬼，自己何能因服中娶二房丢了前程。他老死监毙倒也罢了，不想又要放出。再想想巧姐儿，还是领他回家为是。（是。）少不的取了一百个青钱与公差买酒吃，又换件衣裳，跟了公差去领人。公堂上，见王熙凤鹑衣百结，瘦骨嶙峋，垂首听训，又不禁心中酸楚。（是意外光景。想贾琏从未探监。）听那执事人发话道：“这违律取利，必得笞四十。今日上头开恩，免了行刑，你该知恩，今后改邪归正！”又对贾琏道：“贾王氏（琏二奶奶也！抄家时女禁子呼唤则是“贾琏家的”。叹！叹！）着本夫领回，严加管束，不得再作违法盘剥之事！妻子犯罪，罪及本夫，上头念你已承天恩免罪，兹不罪及。设如再犯，连你也要治罪的！”贾琏唯唯称谢毕，便扭回头，当众申斥王熙凤，道：“你可听见了，老爷命我管束你。以后再不听话，我可不依！”王熙凤低着头，翻起眼皮，瞧他一眼，也只得称是。（心情毕见。）于是二人向上叩了头，退出。怎奈那王熙凤长年困居一室，四体不活便，行走艰难，贾琏见此，也少不的狠狠心，拿钱替他雇了车。

一时，车至贾琏新居，王熙凤挣扎着下得车来，见门口有几个顽童围观，忙低头进家，入门来，方长吁一声，抬眼望望。见是一所小小四合院，倒也干净，却较小花枝巷尤二姐那院子还逼仄些，（偏用尤二姐一比，醒人醒世之笔。）心中喜悦，总强似那桃花庵了。（可叹！可叹！）忽念见了太太如何说话，立时止步不前，恨不的躲个地方，永不见人才好。（可叹！可叹！）正迟疑间，便听贾琏催行，不敢违抗，只低了头一步一挪，一边想着，忽听一声“妈妈回来了！”便见巧姐儿扑来，忙揽到怀里，垂泣无语。平儿迎上前来，替他拍打身上灰土，口里道：“奶奶可回来了，把人都想疯了。”王熙凤见他忙作一团，忘了参见，（可怜，还记得平儿应该参见。）自扶了巧姐儿进房，不想邢夫人已迎至里间门口。王熙凤忙上前行了大礼，又请安问好，又双手扶邢夫人坐炕沿上，这才满口愧悔，自怨自艾的说话，道：“媳妇一时不留神，竟不知旺儿那杂种羔子背地里捣鬼，连累的坐了牢，也是自作自受。只是这一向不得服侍太太，反叫太太操心，真真的罪有万重，太太打我骂我都是该的。如今见太太脸面甚好，怪不的人说吉人天相，往后定准还要享大福。媳妇替太太当个使唤丫头，服侍一辈子，补报太太恩德。只请太太宽心保养千金贵体。”说着，又请了安。邢夫人道：“什么后福不后福的。想当年威风荣耀，比那家公侯差了？谁知还有今日？”又向贾琏道：“你能争口气，我和你媳妇也沾光些。”说话间，见李纨扶了小丫头走来，王熙凤忙上前相迎，正要请安，李纨拦住，二人见过。凤姐让李纨坐了，自己站在地上，说道：“才刚进门，还没去拜见嫂子，却劳乏你先走了来。”贾琏插言道：“你还不知，这西邻便是赵老爷家，嫂子跟婶娘都在西院住。叫巧姐儿替你找件干净衣裳换了，去叩见婶娘要紧，别等婶娘又先过这院子来！”王熙凤耳中听着，口里连连称“是”。见巧姐儿端来面汤，平儿也拿来自己的干净衣裳与他换。一时收拾已毕，李纨带他去叩见李婶娘，又叩见赵家太太，从此王熙凤又见天日了。因见巧姐儿、邢夫人也是做这弄那，双手不闲，另是一番景象，自为刑余之人，更不敢偷闲，也便想着与巧姐儿同做针线。无奈他虽是穿过多少上等活计，却是连个香袋也做不成的。每日里只打扫房院，洗涮锅碗，不想让人多嫌自己，一身病症也不便言讲，只自忍着。（可怜。）平儿已将被褥搬到邢夫人、巧姐儿那房里去。贾琏每常在家，也总在那房里说话议事，到这房里来，总是一脸严霜，冷冰冰的。平儿也不来服侍。家里事，摸不着，也不敢问，倒是平儿指东说西，说了算数，便是邢夫人也居然听他。因此，每每背人暗叹。还是巧姐儿闲话家常，告诉他：“当日放归时，咱们的丫头一概入官，只二老爷那房放回。那边二婶娘的陪嫁丫头里，不是有个素月么？不知怎的不见了，平姑娘顶了素月的名儿放回来，论理，该去服侍二婶娘。二婶娘的话，那边丫头多，命他来服侍太太的。”王熙凤方得明白。

这日中午，邢夫人扶了巧姐儿，寻李婶娘闲话未归。王熙凤独在房中呕吐，唤茶漱口也无人答应，只自己扶了墙，挨到厨内，舀冷水漱了，又洗手净面，回得房来，歪在炕上，自念：这孤凄日子，虽是在狱神庙里受惯了，可这里总是家，不是天牢呢！思前想后，不禁珠泪盈眶。也不知过了多久，忽见平儿送一盅酒来，浓香扑鼻，馋涎自出，忙接来吃一口，因叹：“酒是果然好的，可惜没有肴！”平儿笑道：“奶奶瞧那盅底上！”王熙凤低头瞧时，见盅底上有只鸭头，惊喜过望，忙捞出来撕吃。又听平儿回道：“方才周瑞家的来回话，见奶奶乏困，不敢惊动。说是周瑞还京，有要紧事须得求奶奶开恩，问奶奶何时得闲。还留下两颗夜明珠，请奶奶务必赏脸收了。”王熙凤忙命：“拿来我瞧！”平儿笑道：“奶奶手里是什么？”王熙凤举手瞧时，原来那两只鸭眼，竟然都是夜明珠，宝光四射，逼他两眼难睁。用力睁时便醒了，原是一梦。彼时，夕照当窗，金光灿烂，犹自刺眼。（刚离牢狱，便想权势。与前部红玉梦见贾芸时对看，信在描红。）那王熙凤想想梦境，看看眼下，万感交集，无可奈何，暂时不在话下。

且说宝玉、宝钗自迁入薛家旧宅，展眼就一年了，凭着发还的银物，下人又多，从外面瞧，还像个小康之家，比那穷京官并素封之家，似还胜些，殊不知内囊早不堪问了。那宝钗理家自是干练通达，且得湘云之助，应是功效卓著，谁知不然。只为时移势异，人心大变，兼以宝玉仍旧不理庶务，内外百事，集于一身，只此主仆上下不足三十人的家事，便有些困于应付了。也曾卖物得了低价，也曾放债空了利息，以及施舍不当，种种失误，不一而足。放债生息，尚不敷杂支零用。况是亲族之间，都知他这股发还了财物，事无大小，莫不前来乞援，费用之大，非所预料。亏得李贵夫妻并焙茗、锄药诸人还有些良心，没有因经手方便，就中取势，而大为中饱。（可见中饱还是有的。已是有良心的了。）家内丫鬟、媳妇一概不知内情，还只抱怨少这没那，不似琏二奶奶当年主事的好。（实情如此。）这还不把姑嫂二人给累坏了！（焦首朝朝还暮暮，煎心日日复年年。）

这年年前打春，连日晴暖，过年便不甚寒。加以年下事简，方才十三，宝钗、湘云便议起家事，先命李贵取账来，逐细问过。又据这一年所积经验，将卖剩之物估了价，细细算来，照目前这般度日，难以过得几年。四目相视，一计无出。半日，薛宝钗叹道：“如此看来，那放出去的几宗，迟早也要渗进去。我们薛家，当年家底比这个强多了，还不是也渗干了！想是我命不好，挂累了他。”湘云道：“这几日我也想过。我们史家，那么着省吃俭用，还少不的拆东墙补西墙的，成日价哀叹时运不济。究竟不过是旧日势派，舍不的放下，该省的却不省。据我看，还是唐大嫂头年说的，发卖了下人为是！”宝钗叹道：“我何尝不想这样，不过是怕你哥哥受委屈。”湘云因将头年碧痕洗衣时一番要去的言词说了，怂恿他与宝玉商议，或发卖下人，或放出去。宝钗此时再不敢存那中兴贾氏之念，只求不至沦入饥寒困境。只是百年后无颜见祖宗去，（宝钗才识俱备，犹有此蹶，所谓“运败金无彩”也，所以岫烟留诗云：“六出七擒成底事，三分一统竟何从。”大势如此，不抄家也必衰败。）今听湘云之言，只可依从，正是：

自觉分寸长，用之终已短。

因命锄药到苇潭边上请来宝玉，将账簿摊开，逐细说与他明白，听他有何主张。

那贾宝玉经历了抄家、坐牢、家族离散之后，并未有丝毫闭门思过、痛改前非的模样。（的是红楼笔法。）他把家事全委宝钗，终日里不是闲庭伫立，便是泽畔徘徊，或是掷书浩叹，或是舞笔弄墨，依然是痴痴傻傻，不像个一家之主。看来消闲，岂不知心中翻波滚浪，忙的紧。唯有少了和丫头们厮混，花朝月夕，不得再与众姐妹吃酒猜谜、评画论诗，便是怀念林黛玉，竟然也顾不上了。（着眼。）何曾得工夫想过柴米油盐！此时听了宝钗之言，方知大远的请自己回家，却是为的生计，心中不悦，冲口说道："既是还可过得二年，便过了这二年再议！"宝钗见他这般可笑，反觉可怜，盯了他，道："再过二年便渗干了，若出一大事，便难以过得二年。到那时再议，岂不晚了！"见宝玉无策，因叹道："你我既然都拿不出主张，头年那唐大嫂发卖丫头的话，可否施行？"宝玉不假思索，便道："他那话，却不好依着。这些人跟了我这么多年，如何在他们身上找银子使！"半日，又道："既然如此艰难，放他们各自回家便了。虽不得开源，岂不也节流了！"宝钗听的如此，心中自念，也只可如此。

忽听人回："后廊上芸哥儿来了。"宝钗命："快请。"便见贾芸随了丫鬟，笑吟吟走了进来，一一请安毕，又代他母亲问好。宝钗忙命坐下，又问他母亲好，日子过的如何："有何不便的，你说话。"贾芸道："我母亲精神还好，日子也还过的。原打算来借几两银子，南边去一趟，贩些年下物儿来。适有朋友回京，说是贩年货的多，把那儿的行情抬高了，竟是无利可图的，不去了。"说着话，小丫头送上茶来。贾芸一面吃茶，一面说道："年初一，侄儿去琏二叔家贺节、行礼，因说起这一时，各房全都事乱心烦，爷儿们会面极少。如今各处都安置妥当，十四便是老太太周年。琏二叔命我来回叔叔、婶娘，是不是商议了，爷儿们都去铁槛寺祭柩烧纸？又给老太太送钱粮，又得聚会一处，也可出城散散心。因来请叔叔示下。"宝玉道："这话极是。顺便咱们看看你四姑去。"宝钗道："咱们这里雇了车，都来这里会齐罢！但不知有几人要去？"贾芸回道："如今在京的不过十来个人，想必都要去的。唯有兰兄弟功课忒紧，素日里除了随菌兄弟听娄家舅舅讲制艺外，从不出门。那娄家舅舅是前科榜眼，制艺一道是极精的，立意要造就他二人，一点工夫不叫闪。琏二叔说，不叫他两个去了。"（顺笔带出贾兰、贾菌近况，为后文赴试作张本。）一时议定，贾芸自去知会族中诸人，不表。

湘云因赞贾芸。宝钗笑道："比琏二哥还干练呢！老太太事上，全凭了他。怪不的老爷夸他日后定有作为。"宝玉道："不说这个了。据我瞧，丫鬟中也有不愿去的，或是无家可归，咱们不能一例行事。"宝钗笑道："这个自然是的。岂可将好事办成坏事？再有一说，越发给他们些银子，才成体统。"于是议定，所有下人一概放出。那史湘云见钗、玉行事，虽是时或相左，却是相敬如宾，长江大河终究同归东海，自为夫妇之道，已臻极至，每每艳羡不已。今见二人议事，归根又到一处，乃从旁称赞，（却从湘云眼中意中点明。）又笑道："我那丫鬟奶娘，这次一起放出，可没的说了罢！"宝玉犹欲再次留下，宝钗因道："妹妹是谁，咱们是谁？今日非同前次，只好依他，（顺手补湘云一笔。）才是处常之道。"宝玉依了，乃唤锄药跟了，出门散心。

宝钗、湘云深知：小厮易办，难在丫鬟。丫鬟中能有几个碧痕？唯有袭人率先回家，别人也就易于打发了。袭人回家，谈何容易，况乃率先！二人筹划半日，仍无善策。然事在必行，不可中辍。且晓之以势，动之以情，想袭人贤慧，或可听从。设如不谐，便只可少待，断乎强行不的。强他一人，众必怨谤，大违宝玉之意，如何使得！于是，宝钗寻到西里间，与袭人一起做针线，缓缓的将眼前家中艰难景况，并不得不遣发下人之意，告诉他明白，听他如何说话。却见他呆呆不语，知非数语可办，且先放下。那袭人也知家中艰难，却未曾想到要打发下人，尤其未曾想到也要打发自己。乍听宝钗之言，先是一惊，后是难过，最后呆呆不语，掉下泪来，满心委屈，没法说的。见宝钗去后，坐不住，一偏身，伏枕上抽泣。碧痕走来见此情景，忙问："为的何事？"袭人不语，被子蒙了头，越发呜咽起来。麝月、秋纹都来了，又问又劝。那袭人止住哭，只命他们各自忙去。麝月见问不出因由，也只可拿帕子与他拭泪，又递茶与他吃，方慢慢散去。袭人愁思不已，看看眼前，宝钗说的是实情。又想着只留自己一人也好，何必都打发去？一时也想不透，只得起身，胡乱找些事去做。

到次日，湘云寻来问他，见他垂头不语，乃道："我知道，连那几个小丫头也不愿出去。话说回来，你二爷的情性，咱们谁不知道？他能强大家出去么？你奶奶也是顺从惯了，且与你最好，自然也不会强命大家出去。果然都不出去，末了，还是坐吃山空，大家受罪。你二爷瞧着岂不难过？眼下你二爷艰难，要人助他。你果能愿意回家，别人也便没的话说。这便给你二爷帮了大忙，不枉素日待你二爷的情意了。（不去，情也；去，更见情。）至于那难以分舍的话，果然有的。就咱二人说，是愿意分舍的么？况且你是明白人，你奶奶与你商议，足见看你很重。太太在南边知道了，也要说不枉往日提携你的。"湘云反复解说，袭人拭去眼泪，痴痴的半晌，方道："姑娘讲的是。像我这样，打发出去的，也听说过，我如何能说不出去！只是恋恩不舍。"说毕，又哭。湘云道："若是从前呢，不必说，你做姨奶奶，服侍你二爷一辈子，岂不是好！只是说不的从前了。是不是？"袭人只得依从，道："二爷这般艰难，我但凡是个人，只有助他，如何能为难他！（好袭人。）眼下不能服侍了，日后也要对得住二爷。"湘云道："正是这话，相处的好，在于心真。"

湘云见袭人已允，便去告诉宝钗。二人又与莺儿、翠缕、秋纹、碧痕等人说话，众人有道家中艰难，回了家，日子没法过；有道没了父母，回了家，兄嫂又要卖于别家当丫头，还不知是何主儿呢。只是听说袭人尚听从回家，便都噙泪无话。唯有麝月、春纤，父母俱已没入官府，自不能打发他们寻父母去。还有焙茗，那老叶妈早已过世，家中别无他人，自不可命他单身过日子，乃暂时留他三人，待婚嫁后再走。原来自黛玉归葬，贾母的话，紫鹃服侍黛玉，颇著劳绩，便施恩放他为民，命他父母领去，择个好女婿。又因葵官病故，便将春纤指与湘云，这往后，就是湘云仅有的使唤丫头了。

这日，宝玉与贾母送钱粮会族人回来，听说这般，明知如此行事，于大家都有些益处，却为多年亲昵，一旦分散，实实难以为情，便又不忍割舍了。立时浑身无力，倚了檐柱，凝望远空。但见晚霞渐暗，暮色骤笼，庭院里鸦没雀静，凄凉的紧，心中空荡荡没个抓挠，只要看看丫鬟去。及至转身来到二进院，却听袭人在上房里说话，道是："二爷日子艰难，大非昔比，日后这些旧衣裳，怕是都还派得上用场。趁咱们还没有走，一齐动手，凡是脱针掉线开缝磨破的，全都补好，方不负二爷、二奶奶的恩情。"宝玉在廊檐下听此，热泪盈眶，由不的止步，扭身回去，歪在炕上，听那风拂庭树，虫鸣屋阶，心中越发不得宁静。那绛云轩的春花秋月，怡红院的莺嬉燕嗔，曾几何时，如今便要花飞萍散！真个是当年只道是寻常了。

半晌，忍不住还是到二进院来，走进上房，见大炕上堆了几叠洗净、补妥的旧衣，窗下案前，碧痕拿支笔，在几件衣襟背面写字。宝玉逐一瞧去，一件一个名字，正是他们八个丫鬟之名。写毕，各人认了自己的名字，配了丝线绣去。那边放一幅青缎，上绣五彩瓶供，褐色花瓶内百花竞放，鲜艳夺目，好不精致！落款也是八个丫鬟之名。秋纹垂泪道："日后你穿这几件衣裳时，就想到我们了。这个，挂画案旁，代我们替你解闷罢！"一语未了，宝玉已泪下沾襟，（每读此处也不禁泪下。）道："难得你们深情如此，我也就不算福薄了。"碧痕见他难过，忙道："莺儿在东屋织好东西呢！二爷快瞧瞧去！"

宝玉踱到东屋，灯光下，见大案上放几堆各色绫子条儿，裁的一般宽。莺儿面前放一方天蓝色薄绫，四边甚宽，中间竖裁成条。他手里拿一根竹签，薄薄的，一端片成上下两层，夹了绫条儿，在竖条中横穿去，或压、或藏，有长、有短，十分熟练灵巧。一旁放了纸剪的花样子，却是两只鸟儿，双栖在竹枝上。一个小丫鬟立他身旁，另把几根竹签，一根根夹了绫条儿，备他换用。莺儿听的有人来，抬头见是宝玉，并不停手，只道："姑爷先瞧我这花样子如何？"小丫头也问他："你可知这是何鸟儿？"宝玉道："自然是好的，只瞧不出是何鸟儿。"又看那蓝绫上，已织成大半幅，两只鸟儿已有了上半身，头上都是白绫条儿。因问："这么下工夫，做何使用？"二人都不答话，只叫他猜去。一时便织成了，袭人等都赶过东屋来瞧，说道："我们还说不过织一半呢，你便全妥当了。"碧痕拿来方才剪出的四个字，贴在绫框上端，宝玉近前瞧时，却是"白头偕老"四字。碧痕的手笔自然比不上雪雁，倒也是一笔一画，端端正正。这才悟到织的是两只白头翁。碧痕选线穿针，一边递与莺儿去绣，一边向宝玉道："我们走了，留这个给爷、奶奶，也是我们八个人一点心意。"宝玉道："你们盛意，我们都领了，但愿你们日后各各顺心合意。"碧痕道："我们几个都还在京里，逢年过节必是来请安叩头的。有事，只焙茗去告诉一声，我们立时便到。"又向袭人道："姐姐搀二爷歇着去罢，绣成这四个字还要半日呢！"

袭人搀回宝玉，见宝钗仍在东里间看账，宝玉便不惊动，进西间来。袭人打发他睡下，解下他拭泪的帕子，洗了。又瞧中衣，都是今儿才换上的，唯有那双素袜已有潮晕，也便顺手洗妥，又刷了鞋面灰尘。再环顾一周，见无甚应做之事，便剪了烛芯，独坐伤神。（有神理。）忽听那里间尚有动静，知宝钗尚未安歇，便悄悄走过来，见宝钗已看过账，麝月正归着案上什物，乃低声道："奶奶还不歇着，也是时候了！"宝钗拉他并坐炕沿，见他脸上泪痕未干，乃道："你又何必过于难过！往后日子长呢，你便走亲戚一般，时常来瞧你二爷，咱们叙旧，岂不是好！”见袭人又低头垂泪，忙道：“你如不乏，咱们后院里瞧你几个妹妹去！”于是，宝钗扶了麝月，带袭人到二进院来。

彼时秋纹等都已将各人衣物打点妥当，尚未安歇，见宝钗、袭人走来，都忙迎上。宝钗当中坐了，命众人随便坐下，道：“这往后，你们都是自便人了。百姓面前，与他们平起平坐，便是咱们见了，也不拘往日规矩，都是姊妹一般，亲亲热热的。还有一说，离了此处，总还要有大家子气度，不要学那市井之人的言行才是！”众人都道：“奶奶教导的，我们总记了，不给咱们贾府丢脸。还要时常来请爷、奶奶的安，主子总是主子，我们不敢随便。”（有是规矩。）宝钗又问众人：“还有何为难的事，告诉我！”众人都道：“日后作难，自必来求奶奶的。这往后，奶奶身边人少事多，事事多保重，我们去了也便放心！”于是，秋纹拿那块绣花缎与宝钗瞧，莺儿也将那编绫递与宝钗，说道：“我们没甚好东西，只留下这两件，表表我们八个人的心意。”宝钗一一瞧过，喜欢，乃向众人道：“这个可是忒费事了。我和你二爷都道谢呢！”又闲话一回，方回前院来，听的东屋里湘云与翠缕等尚在叙说别情，宝钗自向东间睡去。

那袭人进了西间，见宝玉痴痴的倚枕拥衾，忙上前劝他卧下，盖好绵被。宝玉下泪道：“你必恨我。”（意外之笔，却是开端精语也。）袭人强忍着酸楚，道：“但凡于你有益，便是死，我也自去。只恨我的命不好。也恨我竟不会作首诗，给你留下当念心物儿。”（相思已是不曾闲，又那得工夫咒你。）宝玉道：“便给我留个什么物件也好！”袭人含泪道：“那是我的？那些东西并我这个人都是你的。竟没甚自己的东西给你。”话到此处，禁不住哭出声来，又道：“明儿，我人去了，把这心给你留下罢！”（极平常语，极至情语。）一面说，扑在宝玉身上，饮泣不已。宝玉拭了泪来抚慰他。二人恩怨不已，一夜未曾睡得，直到天已大明，袭人打发宝玉梳洗已毕，待宝玉过东里间去后，也只得收拾衣物。

彼时宝钗取出大小不等几包银子，向宝玉道：“给袭人三十二两，麝月、秋纹、碧痕、莺儿、焙茗、锄药各十六两，三个小丫鬟各八两。日后各人成亲时，添补点东西，好么？”宝玉道：“很是。我这里也找出几件顽物分给他们，日后各人成家立业，便可当作传家之物，长存永念，岂不比在这里一件件的卖了好？”宝钗瞧时，有一对青花小瓷杯，一寸多高，口径不足二寸，其薄如纸，从里往外瞧，还能瞧清外面画的桃花翠鸟。翻过底儿来，双圈内有六个字，原来已是二百年前之物。此外，还有几只玉佩、两对雕漆梅花瓣小香盒，几把锦扇，上有名人书画。另有二十个古钱。宝钗别的不取，只将那些古钱一个个赏玩。见大小不等，钱文不同。那钱文有旋读的，有直读的。背纹有星，有月，也有瑞雀或祥云的，也有光背的。还有剪边、綖环等凿过的五铢钱。更有合背、广穿等。因笑道：“你送他们这顽物儿，好吃呢，好穿呢？”宝玉这才笑道：“今日他们一去，我这一生事业虽无成功之期，却也没有尽付东流。”说着，却又泪下沾衣。

说话间，便见王夫人留下的两家子，并李贵等几家，都捧了报效银子走进来。宝钗命麝月收了，各自叩了头，出去开户为民。这里众丫鬟上前叩头。宝钗见他们一概不穿外面衣裳，莺儿、秋纹、碧痕，连同身旁麝月，一色的上穿桃红河西罗水田夹袄，青紬掐牙坎肩，下系松花色杭绢裙；唯有袭人，上穿秋香色河西罗白绢里夹袄，下系玉色百褶裙；几个小丫头也都是银红绫夹袄，松花色夹裤，束着柳绿色汗巾子，十分齐整。乃笑道："打了春才几日，就穿这么单薄，岂不冻着！"众人笑道："带着外面衣裳呢，走时再穿。"麝月笑道："我们商议了，为着二爷喜欢。"宝钗"啊"了一声，颔首而笑。原来这几件衣裳还是宝玉成亲后，赏丫鬟时新做的。彼时，依袭人的话：难得众人都添新衣裳，预备着二爷生日，大家拜寿穿吧。又是莺儿的主意，索性颜色也是一样，大家穿了，让姑爷在月下认人，瞧他会认错么。因有宝钗的话：袭人的不能一样，所以如此。（补遗之文。）且说那莺儿爹，早在抄没前，便报效薛家一宗银子，放出为民。今听贾宅放莺儿出来，便来领人，又见赏了银物，忙叩头谢赏。那焙茗自他娘过世，单身一人，洗洗浆浆，多亏了莺儿这个干妹子。几次想求宝玉把莺儿赏他为妻，总是不便出口。今见都放了出来，心下欢喜，便打定主意求李贵作媒。彼时，见莺儿爹要走，便忙上前见过，又与莺儿作揖。莺儿还个万福，抬起头来，见那焙茗正瞧他呢，忙合目垂首，依他爹身旁。（东边日出西边雨。）焙茗要送他父女，莺儿爹却不喜他那顽皮，心眼儿多，恰宝钗吩咐焙茗，去知会邢夫人并平儿：这里丫鬟小厮全放出了，平姑娘自然一例放出。（看官记住，平儿自便了。）莺儿爹因道："你别送，姑奶奶有事使你呢！"说毕，父女二人自去。碧痕、秋纹、翠缕、锄药等人都不必细述，一个个垂泪感恩而去。袭人走在最后，其难舍难分之情，自甚于众人，也不能细表。宝玉等送到大门之外，花自芳道："爷、奶奶、姑娘都请回，我家还在老地方，焙茗知道路，得了闲，到我家散散心。"说毕，拿眼瞧袭人，袭人只得洒泪登车，花自芳走了几步，也便登车而去。宝钗等人早已进家，那宝玉犹自兀立痴望，心里念着：不知袭人在车里如何哭呢！（"泪滴千千万万行，更使人愁断肠"也。）

那袭人回家后，自不免与兄嫂、邻居、亲戚相会，另有一番景况，不消细说，只说他那姨妹，当年宝玉见的那个穿红的，（细致，应十九回脂批："一树千枝，一源万派，无意随手，伏脉千里。"）婆家在城东紫坛堡，便替袭人说媒。说的是本村蒋二爷，家赀富饶、人材出众，百里不挑一的。父母过世，只单身一人，进门便当家管事。花自芳托人打听了，又借故亲到蒋家相看，回来说果然是好。便备了礼物来看望宝玉，回了这门亲事。宝玉等都说极好，又添了箱。及至六礼既成，说起原委，袭人方才知道，此人便是蒋玉菡，那年与宝玉换了汗巾的，不禁抚今思昔，感慨无际。暂且无话。

湘云深知袭人好胜，先从待宝玉之情立言，次从感宝玉、王夫人之恩补足，不容袭人不允。脂批云："袭人是好胜所误。"此节话只合湘云说，宝钗不宜也。

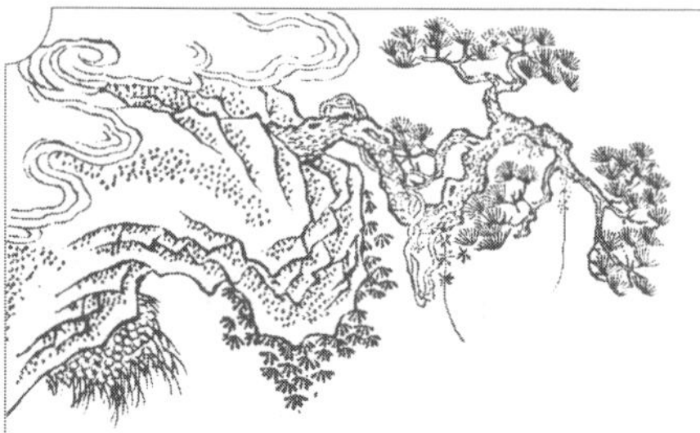

第一百三回 薛宝钗措词含讽谏 王熙凤知命强英雄

此书借宝玉写雪芹，触处可指，仅此回便有解衣质酒、拒入画苑二事。

统观全回笔韵文心与前联后伏之状，知为补书之要紧章回，大费经营，盖回目乃存于脂批中极少数雪芹原文之一，作为重点宜也。

话说贾宝玉打发丫鬟后，虽是家事有了安排，心里仍是闲不住，出去，进来，都不是滋味，又无从自解。这日晏起，听霜风凄紧，零雁哀鸣，顺口念句熟话：“拣尽寒枝不肯栖，寂寞沙洲冷。”趿了鞋到那里间，见钗、湘等人正忙家中杂务。这些粉净脂纯之外的家事，他一概不解，插不上手。麝月打发他梳洗既毕，见他又痴痴的，因劝他：“外面谋个事，挣多挣少没的说，岂不散散心，省的闷出病来！”宝玉道：“我竟想不出外面有何事可做。”宝钗因道：“东王府不是有个不同流俗的人么？何不寻他谈讲谈讲，或许有个路数。” 宝玉因取笑道：“你不是说，有人笑我到王府去，是攀权势，谋进阶，耐不的凄凉么？你瞧，到如今我便没有迈过他们的门槛。今日又劝我上东王府，真真的我可听你那一句呢？”宝钗“嗤”的一声，笑而不语。湘云笑嗔他，道：“就是二哥哥说话胡搅蛮缠。宝姐姐何时劝你去弹铗了!”春纤也笑道：“谈家早已迁走，还寻他何事?”一句话把众人说的大笑。独湘云说：“我说你少说话，偏要多说，你又何尝明白！什么谈家不谈家的!”原来，东王之孙世袭一等侯穆礼，素昔谨慎勤肃，门庭萧然，便是戚友世交，也止乎义礼，大为今上赏赞。唯有京师人李敬，淡泊宁静，且居左邻，每于穆侯闲处无聊之际，得共清谈。宝玉因与相识。此刻经宝钗一提，便要去会李敬。乃命麝月唤焙茗来，遣他去李府知会：翌日一早到东王府，并与林和相会。

到次日，宝玉梳洗已毕，麝月送来溛果（荷包蛋也。）并一碟芙蓉糕，道：“外面阴沉沉的，想是要下雨，不出门也罢了。”宝玉不从，食毕，一径去了。进了东王府，只见外书房檐下，有一人负手缓踱，五短身材，眉宇间一团英气，原来李敬早到了。那李敬一见宝玉，便抢步迎上前来，握手大笑道：“久违，久违。老弟心情尚郁结不开么，何相见之不易?”于是，二人见礼，进了外书房，寒暄已毕，李敬见他似有郁闷不乐之状，乃道：“尊府之事原无甚紧要，明白人谁个不知！且是早已结案，你又何必萦心绕怀，愁眉不展！难道真的还在想那‘天命反侧，何罚何佑’么?”宝玉道：“非也，那柳柳州早已对过：‘天邈以蒙，人厶以离，胡克合厥道，而诘彼尤违’，我只是在家闷的紧。”言谈间，便见院中落下罗面细雨，像一层轻纱。李敬道：“眼下吃酒最妙。只是还忒早些，此地吃不到，咱们外面吃去，如何?”宝玉道：“待林先生出来一道去罢。”李敬笑道：“大同节度使请走了，你不知道?”

宝玉起身随他步出东王府，只一拐弯，便见一家酒肆，挑个幌子，一面绣个斗大的酒字，一面绣只彩盘，中置杯壶。门两旁壁上挂几块黑漆木牌，上有填金大字：太白遗风、洞宾旧迹、兰陵郁金、杏花竹叶诸般字样。门侧挂两块梨木对联，上刻着：

劝君更进一杯酒；
与尔同销万古愁。

宝玉笑道：“此联既巧又切，店家当非俗人。”李敬也颔首而笑。二人进得门来，环顾店内，见墙上挂几轴装裱精致的字画，并一张告白，上写“代售法家墨宝稀世珍玩”。（伏宝玉卖画。）几处座头尚空无一人。酒保引至小小一个套间，二人临窗坐下，要一壶一夕酒，四样肴馔。一时酒保送来酒肴，有：兔脯、鸭蛋、咸栗肉、煮酒豆。二人慢慢吃酒闲话。

宝玉问李敬道：“近日作何消遣?”李敬道：“还是老例，吃酒吟诗。月前，随家兄去看赵州桥，他要考证一番鲁班推车过桥是何年代，我便不得工夫理他，想作一首怀古诗，才有了两句，偏遇到一位绸缎行里亲戚，死拉活缠，要请吃酒。这一场酒把诗兴给驱散了。你道气人不气人?”说毕，叹气，又连道：“霉气!”拿起酒盅，放唇边，一仰脖子，干了，还向宝玉照照盅底。宝玉笑了，也便陪了一盅。听李敬劝道：“外面逛逛，散散心罢！前几日林先生有书信来，说那云冈石佛极妙。待得放晴，咱们去一趟如何?你我又非官场中人，正可享此太平清福。路上使用，你不必操心，我统打点便了。”宝玉笑道：“这个可真散心，只是我与佛无缘，果然去云冈看佛，不是他冲撞了我，便是我冲撞了他，（后竟不免出家，总出人意外。）你在旁瞧着岂不为难?”说毕，二人大笑。宝玉又道：“得了闲，咱们游西山去，（顺手一笔，又伏一段后文。）倒还易办。”说话间，那小厮来回：“下大了。”李敬吩咐他：“你先去王府，侯爷寻我时，便说我与贾二爷在此说话!”又举杯劝宝玉吃酒。宝玉一面吃酒，一面道明今日来会之意。李敬擎杯不饮，想了多时，也无好路数，只道：“往日我比你困顿，目前你比我更艰难。若是一味闲居，似也不合时宜。目前这府里主文师爷返里了，侯爷要我相助，我未曾应承，想你也不愿去。”宝玉摇头道：“‘宫中府中，俱为一体’，（借用此两句，未免太露。）不提这个了。”

二人又吃几杯，宝玉探首外望，雨真大了，店家已吃早饭，乃道：“天好早晚，酒也够了。”李敬因命小厮付酒钱，小厮不在，二人相顾而笑，那个身上也未带着银钱。李敬道：“这个难不倒人。”便脱下那件青缎马褂，付与酒家，道：“权作抵押。稍停我那小厮来赎。”酒家不接，只说：“二位爷只管请便，小店候了。”宝玉知他不俗，乃道：“有了。你且取纸笔来，我画幅画儿给你如何?”酒家听了，上下打量宝玉两眼，方去取过文房四宝。（原来认不得宝二爷。）宝玉挥笔作画，一时画就。那酒家见纸上两本芭蕉，一只仙鹤，（“梦兆绛芸轩”回有“连两只仙鹤在芭蕉下都睡着了”，如此细节，补书人亦未放过。）笔势洒落，墨色苍润，落款是“怡红旧主”。这家酒肆乃都中老字号，店主人姓程，颇有知识，是他这贵行的才子呢。今见此画，笔意非凡，已是喜欢，又见落款，不禁惊道：“这位爷莫非是荣国府衔玉而生的那位宝二爷么?”李敬笑道：“原来你知这个。”程店主一脸得意，笑道：“只这怡红院谁人不知?那个不晓?何况小人!（失敬了。）好了，二位爷请多坐会儿!”回头命酒保：“拿鱼来!”便见两个酒保抬了大木盆，中养数尾活鱼，挑一尾活蹦乱跳的金鲤，请他二人瞧了，当面掷毙，拿去付与掌勺，吩咐加了调料做来。程店主又请教李敬尊姓大号，宝玉一一代为告诉明白，程店主“嗳”了一声，笑问：“莫不是前年拔贡，推病不仕的那位爷么?”（如此补出李敬人品，妙。）李敬缓缓点头，道：“正是敝人。”程店主越发大喜，乃道：“今儿我好造化，竟蒙二位上仙光顾。”因命库房里取那多年陈酿来，重整杯盘。又向二人笑道：“二位爷必得赏脸。”一时齐备，忙一一斟上酒，举杯相劝。李敬、宝玉开怀再饮。

程店主有兴，便禁不住卖弄两句：“莫说我是个生意人。这京师里高人名士多曾光临小店，今日幸会，小店增光了。”又引二人来到柜房，打开一个樟木箱，取出百十件字画，请二人观赏。李敬见有诗，有画，也有联对，或题几句古人格言、诗句，种种不一。其中有题赠店主的，有寄卖的。多系昔日北府名士或时下大僚亲笔。心知其意，略一俯仰，便索纸笔，立就《解衣质酒歌》一首为赠，付与道：“来不及推敲，权志今日之欢。”程店主忙双手接过，恭恭敬敬捧了，顺顺溜溜念一遍，只是还多有不解之处。宝玉趁着酒兴，与他讲说一番。程店主欣喜过望，唤酒保来，命他将诗、画放到别屋阴干，天晴后，装裱了好挂，然后都回套间归座。程店主又频频劝酒、劝菜。二人原已吃了不少酒，彼时，诗兴伴着酒兴，不免都醉了。程店主问了小厮住处，雇车送二人回府。不在话下。

忽一日，史湘云午梦初醒，犹自流泪，衾枕上早已湿了一大片。春纤见他学那林黛玉模样，（是春纤眼里。）忙送茶来，又拿帕子替他拭泪。湘云漱了口，吃过茶，随手向枕边拿起那本书，一眼瞧去，偏还是那句“平芜尽处是青山，行人更在青山外”，（欧公名句原是“春山”，补书人又在仿“花气袭人知昼暖”乎？）便又放下，痴痴的。春纤劝道：“姑娘烦闷，同二奶奶闲话一回，岂不是好？若再闯出病来，又要我几日不得好生睡觉！”湘云因问他道：“二奶奶醒了么？二爷还没回来？”春纤道：“二爷没有回来，二奶奶也没有打盹儿，做针线呢！想必惦着二爷，不得睡了。”湘云由不的笑嗔他：“你这丫头，如何知他惦着二爷呢？”一行说着，一行理理鬓发下炕来。那春纤道：“这有何奇的。每常提起卫姑爷，姑娘便不得睡觉，那二奶奶还不也是这么着！”（妙语解颐，湘、黛、钗俱到，却凭春纤挽合。）湘云听他又说呆话，不理他，拿脚寻宝钗去。

上房里，果见宝钗手里拿个棉垫，才刚做成，不曾断线呢。炕上一个已是做成了，有书本大小，不知何用，因问。宝钗忙笑着让坐，又道：“昨儿晚上，见你哥哥上台阶腿软，想必膝盖受凉，做双棉垫替他缀这中衣里，暖着些也好。”湘云伸手相帮，比划着缀到何处。宝钗笑着要过中衣，道：“你果然闲不住，替我换换那暖缸套儿罢！他那毛病儿，每常夜里醒来总要吃茶。这几日那茶水总是不温不暖的，吃下去，还要脏腑去暖，岂不闹病！”湘云摸那暖缸，果然棉套已是硬的顶手，也不知多少日子没换过了，转身回东屋寻棉絮换去。

一时，宝玉回来了，宝钗忙服侍他换了衣衫，又斟上茶，仍上炕缀那棉垫，口里问他：“今儿又吃酒了，想必又遇到希奇事？”宝玉且不答，只瞧他手中针线，因问：“是何活计？从未见过。”宝钗比划着告诉他：“这么着，暖着膝盖，上台阶，腿就不软了。”宝玉笑道：“难为你。吩咐麝月做去便了，又亲自弄这个，控头费眼的，回来又该嚷背沉了。”一面坐下吃茶，一面说些听林和从大同回京说的，那塞外风光如何奇异，云冈石佛如何耐看，“招出李先生口涎一大串”。宝钗因问：“那位李先生？”宝玉道：“便是前几日，我们在程家酒店作画吟诗的那位。”又道：“今日他还说，画苑胡主事有意荐我供奉画苑，要来相会，托他先容呢。”宝钗闻此，喜道：“此事甚好。这待诏虽居画苑，并非官吏，凭技艺吃饭，算不得禄蠹，倒也与你素昔志趣相合！（此言全从宝玉之志，然犹未合，愈见宝玉之志弥高。）且是画苑内高手甚多，大家取长补短，互相琢磨，正开心呢！”宝玉不语。宝钗因抬头瞧他，问道：“你想何事？如何不说话？”宝玉道：“我想顾士端父子的事儿。”（“苑召难忘立本羞”现成典，偏不借用。决绝如此，又作高一层。）

宝钗素知宝玉特异，难以常情衡量，却未想竟傲到如此地步，乃停了针，细细思忖一番，方得了主意，乃道：“昨日云妹妹满腹牢骚，说是要当隐士呢！”宝玉闻听，不禁惊讶，又笑道：“真是新文。从来没听说过女隐士。况且自古以来，隐士虽多，并非都受尊敬，何能走此一步！”宝钗道：“我也是这么说。你道云妹妹怎讲？据他说，隐士虽多，也不过真假两种。像那周颙，隐而不终，一篇《北山移文》已经骂的不轻。至于以终南为捷径之徒，就更提不到话下了。唯有陶潜种豆南山下，王冕耕渔于浙东，方可算得真隐士呢！”宝玉听了，不禁拊掌大笑，道：“好，好，好！云妹妹不谈他的仕途经济，却来平章隐士，（用平章也非新鲜，“海棠社”回宝玉已用过了。）真个的人人有变，日新月异！”

宝玉说的高兴，要吃茶，不见麝月，自己拿起茶盅子，斟了两盅，递与宝钗一盅。宝钗忙放下针线，笑着双手接过，道声“生受”，吃一口，放下，仍低头做活计，一面抿嘴笑道：“真难为你，今日才知道人都有变。”宝玉道：“话虽如此。云妹妹任管怎么变，他可做不成隐士！”宝钗忙问：“为何？”宝玉放下茶盅，答道：“云妹妹不过一时气愤。那帮假隐士不必说他，云妹妹岂能看的上眼！凡是真隐士，不是生遭君国之难，不事新朝，像林霁山、郑所南那样；就是奸佞当道，正人退位，像靖节先生那样；再不然，便是乱世无主，隐以待时，像诸葛武侯躬耕南阳。这才令人钦佩呢！从来没有生当圣明之朝，欣逢天下太平之日，却要隐居的。若果然隐居，那将置君父于何地！”（与“武死战，文死谏”一节合看，便知补书人又在描红，不应画师之荐，岂非不顾“置君父于何地”么？）宝玉犹待往下说去，不料宝钗接过此话，忙道：“这么说，自然也就没有人钦佩了，还是不当隐士为妙。”说毕，偷眼瞧瞧宝玉。（着眼。）宝玉笑道：“还想叫人钦佩么？果然这样，他隐了何物？”（天外之笔，又作高一层。）宝钗听此，由不的发嗔，停住手，抬头说道：“不和你缠嘴，越说越前言不照后语，这不又说成只有那山坳里自耕自食，名姓不传的才是真隐士么！”（确是自相矛盾处，与下文越发信口胡扯合看，又一节假语村言。）那贾宝玉说的兴致勃勃，越发顺口胡扯了半日。宝钗知不可动，（此处定有宏论警语，宝钗方知其不可动，可惜补书人省略了，当是估计到雪芹处境，不能写足也。）只得放下针线，问他：“你直说罢，王冕算不算真隐士！”宝玉道：“自然是呢！”宝钗犹欲问他，（亦必有妙问，妙答，惜不得闻。）却见麝月、春纤端了饭菜，跟在湘云后面走了进来。

麝月笑道：“吃饭罢！统共来了一个客，你们连面也没的见，便迎三迎四的了。”（“迎四”乃“隐士”谐音，雪芹语音如此，前书屡见。一场唇枪舌剑，以一笑了之。）一语未了，宝钗、宝玉、湘云都笑起来。麝月一面摆好饭菜，一面笑道：“焙茗方才说，东街口住的老唐，午间来见二爷，有话说。听说不在家，留下一封南边来的书字，便回去了，说是晚上再来。”宝玉问道：“又是那个酱菜行里的老唐么？”麝月道：“正是。”原来唐掌柜生意兴隆，算计着添个作坊，知贾家多有闲房，且有水井，要买房呢。前次来说，宝玉因系薛家之房，不卖。今日又来了。宝玉因问宝钗道：“咱们只留下头进院，此外一概赁与他，好么？”宝钗允了。（偏不接着瞧书字，补书人学着吊人胃口了。）

于是，宝玉接过书字，拆封瞧过，忽然一脸怒色，骂出口来，直气的双手颤抖，书字落地，口中嚷着：“毁容拒污，毁容拒污！”（宝琴最美，前部多曾叙及，及其结局则毁容拒污，此岂宝玉一人之恨。）众人见此，尽皆惊愕，湘云忙捡起书字，念与众人听。原是薛蝌自金陵托京中客商捎来的。说是南归金陵，江边遇事，（所遇如是盗，断无以“事”书之者，其事当为雪芹不敢书者，观下文宝钗“幽恨”可知。）薛蟠死难，宝琴毁容拒污，银物一空。幸得柳湘莲搭救，（书近终结，湘莲露面，却又草草带过，必尚有要事在后。）又助了两家银两。薛姨妈、薛蟠早已安葬，宝琴夫妇已在定海安家，薛蝌设酒肆度日，岫烟亲自当垆等语。（岫烟，高人也，而结局如此，非所料及。）众人听了，谁也吃不下饭，唯有薛宝钗自此深有所思，每每无端喟叹，幽恨难名。当下，湘云劝二人道：“世事原只如此，哥哥姐姐看破些。亡人已葬，活着的也总算暂时安生了，且不说这个罢！”彼时，宝玉接过面巾，擦脸毕，倚案沉思，半日，乃向宝钗道：“不说这个了。画苑的事，我还是不想去。虽是这样，今日倒开了心窍。我便每日作起画来，托程家酒店代卖，岂不有些进项！也正合着你说的，凭技艺吃饭。既无用供人役使，也非谋虚逐妄，岂不极妙！想姐姐必能助我。”又问湘云：“妹妹以为如何？”湘云道：“果能如此，倒也是葛天氏之民了。只是上古之人，并无什么新愁旧怨，也无用悲天悯人，（句句针对，宝玉之知己也。）所以日出而作，日入而息，无忧无虑。这个，想你是知道的！”宝玉答道：“今日只做今日之事便了，何必去寻烦恼！”宝钗闻此，方才心宽些，道：“阿弥陀佛，刚刚儿的明白了。这往后，可不必瞧着你心事重重的，替你担心了。”（我也要念佛，但恐宝二爷口不应心，且看后文如何。）因吩咐麝月热了饭来。饭毕，见宝玉果然不去苇潭闲步，只在案前打点画具。忽念凤姐困顿，已届深秋，未必有御寒衣着，乃遣焙茗送几件旧衣去，并说：“问琏二奶奶有何不居便的，叫他只管说话。”

焙茗来至贾琏新居，正值王熙凤烧胡了水，受了平儿几句话，生气呢。且住，列公听此，必然摇头，大不以为然，那平儿岂能数说他的旧主？王熙凤岂能受他那话？原来诸君不知，那些年，发迹之人是不认六亲的，攀上高枝便忘了根本。这是官场、市井都通兴的。何能像现今目下，圣人在位，教化有方，人心淳厚，世道未曾沦亡，（好一个“未曾沦亡”！“那些年”不是已经沦亡了。）郁郁乎文哉呢！君不见，当年晴雯骂红玉：“怪道呢！原来爬上高枝儿去了，把我们不放在眼里了。”又不见，当年赵姨娘骂探春：“如今没有长翎毛就忘了根本，只拣高枝儿飞去了。”红玉、探春自然不是那号人，晴雯、赵姨娘如此声口，却不是深宅大院之内，琼闺绣阁之中，也染上了外头男人气味了么？况是如今平儿在这里，类如国之客卿，（此时之平儿乃宝钗已放出之丫鬟，非贾琏房中人也。）又上得邢夫人欢心，下得贾琏恩宠，其在众人眼中，自然不同一般了。那王熙凤却是犯罪坐过牢的，大不如当年晴雯、赵姨娘！这便是时移势异，说不的当年了。所以每每见琏、平二人相好，偷言密语，心中再酸，也只扭扭脸躲开，况兼也真是自己无才，把水烧胡了。因此只得受了平儿的话，却是心中窝气越发大了。今见送来旧衣，又问他有何艰难，只管说话，当着焙茗便下泪了。打发焙茗去后，自念：大嫂子、宝妹妹都这么瞻顾我，我也忒不争气了。他二人不把我放在眼里，全族中人还是把我当人看的。我便坐过牢，他贾琏还受过刑呢！我是官家明公正道放出来的，他平丫头可是冒名顶替，好不好，替他嚷出去，还怕官家不拘他去么！却又碍着是宝钗带平儿出来的，不能混闹。思忖半日，方得了主意：我只如此如此，不怕他二人不听我摆布。于是自为稳操胜券，必可重整旗鼓，再立旧规，不信妯娌三个就我是个窝囊废物！（一节话，连叙带议兼内心自白，纵横四生，笔力尚可。）

主意一定，待贾琏回家，拿那几件衣裳与他瞧，说道：“宝妹妹命焙茗送来的，问起时，宝玉病了。咱们理应去探望才是。便请太太带姐儿去一趟，一来显得亲热，二来叫老的小的换换饭食。”贾琏听的在理，便依了。又命巧姐儿去知会李纨，回来说：“大娘眼疼，明日只兰哥哥去。”贾琏上街买了礼物。次日，恰值贾琏休沐，打发邢夫人、巧姐儿去后，王熙凤向他道：“适才小丫头传大嫂子的话，要我去帮着替兰哥儿改衣裳。”说毕，也去了。这里贾琏吃过茶，忽起一念，便也踱到那院，果见李纨在做什么呢，王熙凤在旁，拿件当年贾珠的半旧撒花大袄，左比右划的。贾琏搭讪几句闲话，便忙回东院来。知平儿独在上房，也不管大天白日，进房求欢。见平儿不依，便口里说道：“不用怕那干柴棍儿，还有几日他不见阎王去？如今在西院改衣裳呢！”平儿少不的依他。突然听得一声冷笑，便知王熙凤进来了，二人急忙起身，又听他发话：“这还比得往年，糟踏我的丫头！现今目下，平姑娘放出为民。你们这叫什么，是偷汉子，还是奸逼好人家女儿？咱们进祠堂请族中人评评这个理，到西院请赵老爷公断也可，或到坊上，请甲首、邻居评理去！”一面说着，早已伸手抓了一件中衣举了，笑道：“这便是证据！”那贾琏听他说话咬理，回不的嘴，又怕他真的嚷出去，左邻右舍的难以见人，便不敢怎么着，慌忙间，也抓件中衣便穿。谁知不是他的。又见凤姐来夺，只得撂在一旁，捉住凤姐双手，跪下地来赔不是。（已近阿凤被休，偏有贾琏下跪，云龙雾雨，总不直下，石头记之秘法也。丁亥　昆吾闫震）凤姐嘻笑一阵，要拉平儿，两手早被贾琏紧紧捉住了。

彼时，平儿已是理妥衣衫，见贾琏那窘样儿，又恨又疼的，想怎么着，又不便怎么着，只得抽身出去。（当从脂批：“他日之琏已不能救”而来。）凤姐笑笑，并不拦阻，只命贾琏站起，叹道：“难为你，这么大人，做事小孩子似的，也不思前虑后，倘或平姑娘叫起来，你如何见人！便是他心里合意，别人撞见，又如何是好，只这么下去，岂不叫我为你们担心！”贾琏见他声色和缓，大异昔日，心知经了大故，人也大变了，乃涎皮赖脸的笑道：“好二奶奶，把中衣赏我罢，今后全听你的！”凤姐瞟他一眼，笑道：“我这低三下四的人，听你，你还不要，还敢指望你听我么！”说毕，扭过脸自笑。贾琏乘机夺下中衣，急忙穿了。那凤姐也不嗔他，只道：“快穿好，太太也该回来了。”见贾琏收拾妥当，赏他坐下，（“赏”字妙。）却又叹道：“咱们平素那么好，自不必多说，只是没有替你养个儿子，是我心里一块病。我的意思，娶了平姑娘作二房，一来呢，盼个孩子，二来呢，随了你二人的意，正大光明的，你道如何？”那贾琏见凤姐不闹，已觉侥幸，今听此话，喜的一句话也说不出，只笑着跪下叩个头，站起来与凤姐亲热。凤姐一把推开他，说道：“我不希罕，找你那心坎上的去！今后。外事够你忙，家里事还是我来，（原来主意在此，非其时而强为其事者必蹶，即脂批所谓“阿凤为机心所误”。）你也养养精神。”一面说，一面得意起来，仿佛平儿正赔小心，服侍他上车，要去东府料理秦可卿丧事。心中只念：瞧你平丫头不听我的。（人在逆境中，本不合如此形容他，可凤丫头此时，的是这般心情。）

却见贾兰走来，那王熙凤人逢得意精神爽，便忙带笑问他：“你回来这么快，是惦念着书？真不闪功夫，咱们贾家全指望你了！你宝二叔病的如何？请的那位太医？（昔日惯语，一时亦难改过。）又吃何药？你宝二婶娘可好？你妹妹还不回来？路上可叫车马撞着了没有？你吃过饭么？我替你做去。”贾兰见他问个不休，竟难答言，好容易听到一声咳嗽，这才急忙回话，却又记不全问的那些言语，只好说自己的，笑道：“宝二叔没有病，只是前几日，外面吃醉了，酒店里送了家来。宝二婶娘问婶娘好。刚听人说，史家出了事，不知其详，二叔如是知道，早些告诉那边，史家姑姑惦念的紧。”贾琏道：“早出事了，同王家一齐参了的，眼下史老爷尚在狱中。原为怕你云姑姑惦念，和你宝二叔合计不说的，不知如何又知道了。唯有薛家没事。”贾兰因问何故。贾琏道：“原也有事的，只为他们家早已败落，不值一参。（顺手带出王、史、薛三家俱败，又应第四回“一损皆损，一荣俱荣”处脂批：“早为下半部伏根。”）这才是塞翁失马，安知非福呢！”一语未了，便见巧姐儿搀着邢夫人回来了，王熙凤忙端来面汤，平儿上前服侍，掸灰、净面。贾兰见他们闲话家常，赶紧说了一声，回西院去了。

掌灯后王熙凤涮洗了锅碗，回房来，却见贾琏在房里躺着，直着眼看那房顶，不知想的何事，乃笑道：“好好歇歇，养养精神，我替你回太太去。”不想贾琏这时静下来，慢慢明白了王熙凤今儿这番言行，今见他如此兴头，本待说：你情愿，我偏不这么着。又念有方才平儿一事，怕他混闹，便只板了脸，道：“免了费心。”王熙凤诧异，因问端的。贾琏说不出，追的急了，只得顺口扯道：“回过太太了，太太不允！”说毕，拿脚便走。

彼时王熙凤听说邢夫人从中作梗，挡了他的道，不禁想起那年贾母生日，受邢夫人挤兑，心中越发有气了。却又为目下孤身独自，处境艰难，只得按下这口气，和颜悦色的寻到那屋去，想说动邢夫人，允了这头亲事。一进门，尚未开言，却见巧姐儿拿一叠花样与他瞧，笑道：“这是当年莺儿剪的，二婶娘全给我了。”邢夫人便乘机敲打，瞧着王熙凤，道：“宝姑娘待人真好，世上少有。疼了小的疼老的。面条儿捞出来，又回锅再煮，怕我克化不动，说是上年纪的不比年轻人。这还是照应他大娘，如是他婆婆，不知更如何周到呢！”王熙凤听的已不受用，邢夫人却不理会，又道：“宝玉那日子也够苦了，难为宝姑娘还那么如常，真是经得起富贵，也经得起艰难，（“风雨阴晴任变迁”也。）大家子姑娘就是好教调。谁也比不上！”那王熙凤心中明白，这是明赞宝钗，暗讽自己。这可就不管做儿子媳妇的礼数了，一扭身，拿脚出房，心中只得一念：好容易想了一条扭转乾坤的妙计，你给毁了！又这样敲打人，一宗赶着一宗，这不是不让人过了么！这么想来，什么规矩都忘了，那双脚也就走不动了，索性站在院里，高声发话：“谁叫你家娶我时，不先打听清楚，谁不知我们王家教调不好？瞎管闲事！面条硬了不能吃，没吃的日子还有呢！混管我们房里的事，就有软面条吃么？”那邢夫人何曾受过这话，便是往日贾赦发脾气，也没有这么夹七夹八混给气受，此时听到这些半懂不懂的发作，心中早已无名火起，浑身颤抖，在房里也便发话：“你做的都是好事么？你行的正，说的响么？我但凡管过你，你也犯不了王法，坐不了监！你……”一时气结喉堵，亏得平儿在侧，急忙上前替他轻揉胸口，半日方透过气来。那贾琏闻声走来，见邢夫人如此，一屁股坐椅上，也是越想越气，前三皇后五帝的事儿，一齐涌上心头，酸甜苦辣咸，竟是般般俱全的，一拍方桌，起身向那屋里去了。这里打发邢夫人吃过水，睡下，平儿并巧姐儿都不敢睡，只无语对坐。

只听那屋里拌嘴声越来越高。贾琏的话：“咱们也不用对嘴磨牙，这是我亲笔写的休书，（一从二令三人木也。）明日我雇个车，你回王家去！”稍停，听王熙凤叫道：“别做你那好梦，世上没有这样便宜事！我不犯七出，你休不动！”接着又是贾琏的声音：“犯七出不犯，你心中明白，我也不糊涂！悄悄回娘家去，好多着呢，不要叫我说出好听的！”再往下，声低，听不清。又听王熙凤厉声道：“休书，我不收，离开你，也不能叫你安生！”听到这里，巧姐儿由不的“哇”的一声哭了，拉了平儿，跑过那屋里去，扑到他娘身边，向贾琏道：“这都是家里艰难，人心里不顺，从前，我妈妈就没有和太太闹过，不是么！”平儿少不的也劝贾琏道：“二爷，这是怎么着，人家生气斗口的有的是，那里就写起休书来！”谁知贾琏今日心如生铁，任凭巧姐儿苦劝，再没有活动口气。王熙凤向巧姐儿道：“睡去罢，我也乏了，明儿再说。”巧姐儿只不离他娘。平儿望望贾琏，见贾琏竟寻了一本书，只管瞧去，心中大奇，多少年来，何曾见他瞧过书！也不好问的，便道：“都睡罢！不管何事，说说就算了。”见二人都不言语，立即抽身而去。平儿走后，贾琏问巧姐儿：“你怎么睡呢？”巧姐儿道：“爹不生气，我怎么睡都行。”说毕，把休书塞到贾琏身上。贾琏瞧瞧他，不好怎样，只道：“你也睡罢！”便自向小炕上睡去。巧姐儿向他娘哭道：“妈妈，你不能走。”王熙凤鼻中一酸，两眼模糊，哄他道：“去睡罢，妈妈不走。”那巧姐儿到底还小，没有经过事，听他娘说不走，又见他老子躺下不再吵嚷，便放心了，拿被子替贾琏盖上，见他娘不睡，便偎在怀里，只不离开。王熙凤搂了他，轻轻拍着，片刻，巧姐儿竟入梦了。贾琏忽听邢夫人在屋里呻吟，便掏出休书，放在王熙凤身边桌上，自向那屋里去。

只有王熙凤瞪大两眼沉思：回家几个月，受尽白眼，直到今日方有些意思。不想，人一得意，便出失着，一时大意，惹了太太，给他一个口实，写了休书。有拐卖巧姐一层，嫂子也难如何，不如叫他送回金陵侍奉老母，到金陵，自有族中众人与他理论。主意一定，便伸手托巧姐儿上炕。谁知竟托他不起，反倒差些儿栽倒。满屋里凉森森的，那门帘一闪一闪的进风，竟像仍监在桃花庵里，禁不的一声长叹。忽念父亲出了事，族中人谁还出头！回了金陵岂不更多难堪！长吁一声，只得认命，由他休去。便满屋里扫了一眼，除李纨、宝钗给的几件衣衫外，竟无甚可带去。想当年，大把银子赏人，珠宝钗钏多的压塌箱底，如今竟两手空拳回娘家去，天老爷待我，可够苛刻了。半日，忽得一路，他那见不得人的去处多呢！只索摆出与他较量，看他还敢休我么！我要是个男人，还休了他呢！于是桩桩件件，检点往事，两三件过后，便觉不可。这些往事一概与己有干，一旦喧嚷出去，再去坐牢么！况自那年种下病根，总未能好，又受天牢折磨，如今百病缠身，若再坐牢，岂能活着出来！思念及此，方才万般无奈，且在京里依嫂子度日，他们家素昔得我多少好处，理应养我到老。又念：不妥。哥哥坐牢，嫂子自己吃饭尚难，如何养活我！真个是路路断绝。于是，气恨伤愧，一时俱到。恨的是贾琏无情，气的是娘家势败，伤的是贾母归天，愧的是未曾养个儿子，无人扶持。心煎肠煮，气喘神疲，（此类笔致似曾相识，当也从前书模仿而来。）实实承受不住，倒不如一死了事。

想到这里，浑身一颤，却又立时定下神来：死就死，活一百岁也是个死，有何可怕的，岁数不大，可这世上的荣华富贵也算享尽了。年轻轻的管了荣国府这么大家业，办了那么多男人也办不来的大事，死了还有何亏的？只是这口气难以忍下，死也不甘心。

不禁咬牙切齿，自道：“不是我撑拄着，你们家早塌了，不念我的功劳，反说我吃大利，带累你们抄了家，忘恩负义的东西！”寻思良久，发狠道：“便死在他这屋内，瞧他如何安生！”主意一定，便有了精神，正待站起，方才发觉怀里还搂着巧姐儿。因念：自己一死，巧姐儿怎么过？没见拐卖的事么！立时心如刀剜，差些哭出声来，强自忍住。只翻过袄儿里子，擦擦泪。因念不如明日求大嫂子讲情，只为巧姐儿有个娘，任什么难堪也必忍住。自己一向怜贫惜老，难道老天爷就不保佑孩子！才刚想到这里，不禁想起自己也有不少冤孽，不如死了，应到自己身上，免得报到孩子身上才是。摸摸巧姐儿，又流下泪来。把巧姐儿轻轻放在炕沿上，又替他盖层被子，再瞧巧姐儿，又难舍了。忽的想起贾琏说的，那年病中和尚所念言词，什么“沉酣一梦终须醒，冤债偿清好散场”，自语道：“这话是的。是梦终醒，有债必偿，是该散场了。”（此乃癞僧持玉所诵之语，原来为了今日凤姐作决断。脂批云：“僧因凤，道因玉，一丝不乱。”如此数字批语也未放过。）便毅然走到桌前，揽镜自照，理理衣衫鬓发，口中说道：“我王熙凤临死，也是齐齐整整的。”一把抓起那纸休书，咬咬牙，撕个粉碎，摔在地上，鼻子里哼贾琏一声，道：“同你阴间算账！”于是，步了秦氏后尘。（不取前书正文，取册子图，此亦删而未删之文乎？真真“机关算尽太聪明，反误了卿卿性命”。）后人有一阕《南乡子》单表王熙凤云：

钗凤灿明殊，出水新荷日照初。高下随心权在手，踌躇。眼底人间几丈夫。
势去影儿孤，欠命能还半个无？一纸休书千滴泪，谁扶？风荡雕梁落燕雏。

凤姐英雄气概，虽历牢狱，未曾磨灭，观其出狱前后，勉强服输之神色、心情，已约略见出，及至重整旗鼓，一出手闻威立振，休书写出，尚要多方反击，最后一死，也无丝毫退意，所谓“知命强英雄”也。

宝钗从夫与婚前以大姐姿态待宝玉者不同，实乃封建礼教教育之所致，非故作矫情者也。宝钗之变化立根于前书，大显于后部，脉络易寻。

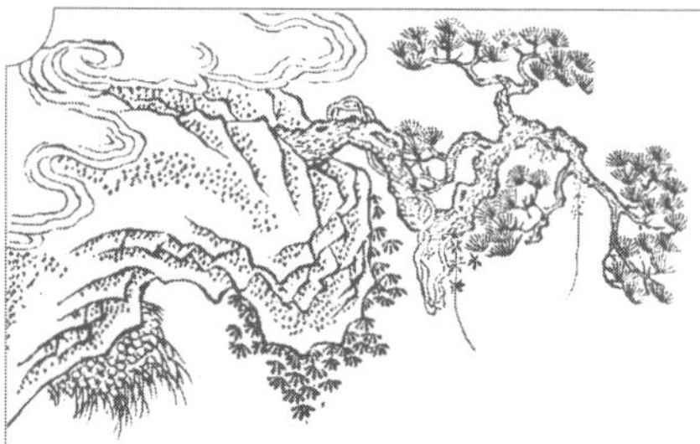

第一百四回

醉金刚小鳅生大浪　痴公子余痛触前情

二十回脂批云："闲上一段儿女口舌，却写麝月一人。有（在）袭人出嫁之后，宝玉、宝钗身边还有一人，虽不及袭人周到，亦可免微嫌小弊等患，方不负宝钗之为人也，故袭人出嫁后，云'好歹留着麝月'一语，宝玉便依从此话，可见袭人虽去，实未去也。"

此条脂批特为紧要：一、从袭人之言留麝月不遣，此事定在抄家之后，否则宝玉便不能作主。二、此本事关大局。虽是抄没，必又发还部分财物下人，否则宝玉将无婢可遣。故余前批"不发还更干脆"者，非允。

话说王熙凤撕了休书，投缳自尽，真个闹的贾琏不得安生。幸得赵副使出面，好容易坊上方才无话，只以家境艰难，一时拙见了事。王仁媳妇因王仁拐卖巧姐儿一层，本是没脸再登贾门，今见贾家前来报丧，王仁又在狱里，两个女儿也不愿去，只得独自腆颜来吊。施礼毕，只管掩面而哭，不敢有何言语。别人见他来了，并不上前，只远远的。巧姐心地厚道，不记前愆，又可怜妈妈只这个娘家人，依然以礼相待，见无人相劝，乃拭去眼泪，上前口称舅母，劝他止哭。又依赵家太太之意，把昨日晚间之事说与他听，又道："闹到官府，定要追究因由，大家都不便的。"平儿在旁也说："二爷一没打，二没骂，身上没有伤，报了官，也问不了罪，还是听姑娘的话才是。"王仁媳妇只道："总依姑娘便了！"可怜王熙凤轰轰烈烈半生，强落了个贾氏冢妇，遵礼殡埋。事毕，刘姥姥见贾家日子艰难，巧姐儿受罪，因央平儿代为求准了，将巧姐儿配与板儿，眼下先接到子午镇童养去了。待得开春，趁天长日暖，贾琏要赴安西探望贾赦去，家里事难得放心，乃奉邢夫人之命，续了平儿。贾琏外出不久，邢夫人病重，虽有李纨、宝玉照应，也终于不起。平儿孤苦无依，幸得李纨收留，帮他照料家事。（五百字了结凤姐死后，贾琏一房之诸般艰难，顺势引入下文。行文简净。）

那李纨有发还的财物，逐件变卖典当，也还不愁衣食。又将几件古董托贾芸设法变卖了，替贾兰捐了例监。这年，贾兰年已十七，恰值大比之岁，这就准备南下赶考了。有贾政留下的银子，路上盘费是不愁的，只管忙着整顿行装，好在有平儿相帮料理，便都妥当了。

这日，李纨又见贾兰在书房门口活动肢躯，摆几个骑射架势，知他读书乏累，心疼不已。忽见平儿走进房来，乃遥指贾兰，向他愁叹道："想当年，兰儿在大门里各处走走，还跟着嬷嬷丫头一大群。如今，十几岁的孩子，这么千乡百里的赶考去，我心里如何放的下！"平儿道："那阎祥，几辈子的人了，且又老成历练，有他跟着，大奶奶只管放心。"李纨道："若是他琏二叔在京，也好送他去。或是等他中了举再抄家，（人在困厄中，往往有此念头，勿笑大嫂子。）今日岂不少犯愁些！"那平儿闻此，不禁又想起贾琏，一去数月，书信全无，谁知他今日如何！虽则是同他做了平头夫妻，今日守这活寡，不也是服侍人么，便又想起凤姐许多好处，痴痴的。李纨见他如此，便问怎么了，平儿只道："我想的，哥儿这一去正是暑天，那南边天气，怕是受不了，且是长途行路，那避瘟散、解暑丹断不能少；是不是赵太太家寻些来？"（不禁失态，急忙掩饰，寄居者良苦。）李纨见他心中有事，不愿说，自己也不便再问，乃道："正是。待吃过饭，我带兰儿去辞行，顺便问他们要些来。"正说着，小丫头来回，预备下饭了。平儿"嗳"的一声，道："你瞧，怎么就忘了正事。"说着，转身出去。一时，端了银苗菜来，道："舅太太使人送来的，正好配过水面。"小丫头送来加蒜过水温淘面，又去请了贾兰来尝新。平儿因道："记得那年夏日，巧姐儿抢吃银苗菜，他老子却骂我，不多向厨房要些。如今巧姐儿童养去，他还不知在那里挺尸呢！"贾兰因劝道："婶娘只管宽怀，再得几日，人不来，也必有书字来。不来，我寻叔叔去。"平儿笑道："好哥儿，几千里呢，那能叫你出门去！只要他今儿晚上赶回京来，不耽误送你赶考，就谢天谢地了。"一时饭毕，贾兰便不再读书，只陪着李纨说话儿，直到夜深，方才就枕。

次日便是行期。李婶娘、赵家太太都有行仪相赠，宝钗、红玉并银蝶儿、金氏等众族中人也都赶来相送。彼时，阎祥已是雇了车，在外面候着。李纨犹在千叮咛万嘱咐，叫他路上小心在意，考场里专心做文章，出了场，到徽州请老爷、太太的安等话。贾兰一一应了，叩辞了众人，到贾菌家会齐，一起径赴通州，乘船去了。

只说宝钗送贾兰启程后，回的家来，正与宝玉、湘云说那贾兰如何孝顺，会博他娘喜欢，便见袭人走了进来，上前请爷、奶奶、姑娘的安，又与麝月、春纤见过，麝月便问他："你那口子呢？怎的这次不送你来？"袭人笑道："瞧你说的，我不知道路不成，他南边贩货去了。"宝钗因命麝月："今儿有远客，多备几样菜。"袭人笑道："怎么着，我成客人了？"一面脱下外面衣衫，拉了麝月下厨去。饭后，宝钗与袭人闲话家常，要打发麝月出嫁，道："我瞧他时常愁眉不展，心中不舒畅。这也难怪的。父母不得见，这里又放了，也无个投奔处，日后可怎么着？你也留心些，早日替他寻个好人家才是！他父母是靠不得的。"袭人叹道："我只愁的，我们都去了，爷、奶奶跟前少人服侍，受委屈。更兼二爷诸般事务都不会料理，奶奶担子忒重，不由人心疼。虽是云姑娘情热，终究是客，也难怎么着。依我的小见识，他既无处可走，何不收了他？他心里嘴里都还有的，也多少可以助奶奶些。（书近收篇，犹作伏笔。力避仓猝收结。）不知奶奶意下如何？"宝钗笑道："你这主意也还罢了。只怕你二爷古怪，不依。昨儿晚上还说，早些替他外头说个平头夫妻呢！你能说妥，我便谢你这媒人！"于是，袭人先寻麝月说话，一时出房来，向宝钗笑着点头，又去与宝玉说话。掌灯时，袭人回娘家去，临行又嘱咐宝玉，道："二爷总依我方才的话，好歹留着麝月，（此语乃残存于脂批中之曹公原文，仅数字，亦照录，信是为曹公补书。）我才放心。"宝玉依了。只是心中常念往事，忽想起茜雪。因雇了车，随宝钗到子午镇大顺栈去拜茜雪，（"随"字有斟酌，一丝不苟如此。）谢他往日探监相助之情。茜雪备细问了近况，便请他举家来此，就便供奉。宝玉婉言辞谢了。又顺便看了巧姐儿方才回城。事后，游义也曾造访，请宝玉帮他记账、写信。宝玉辞以右臂不便，动不的笔，碍难效劳。（似有王夫之却聘影子。）游义不悦而去。此系后话。（随手了却一事，却是宝玉正文。）

如今且说那贾菌、贾兰到达金陵，寻到贾蓉，住下。贾蓉领他二人逐一拜见了族中长辈，又说南来不易，何不趁此机缘，一访六朝遗迹，并那江山之胜。菌、兰都说："路上劳乏，场期不远，出场后再去不迟。"

展眼中秋已过，捷报传来，贾菌中了南直乡试第九名，贾兰第二十一名。二人便忙忙赶到徽州叩见贾政、王夫人。

谁知贾政奉委，会议赣、皖、浙三省接壤处地界纠纷，三日前已赴南昌府去了。王夫人一手一个，拉二人挨身边坐下，瞧瞧这个，摸摸那个，叹道："终究长成人了！"一语未了，泪下。菌、兰也皆垂泪，乃扶王夫人坐好，行礼参见，又代各人母亲请安，呈上李纨、宝玉等的安禀，见王夫人虽是康健如昔，却是苍老多了。丫鬟端来面汤，贾兰忙上前先拧出面巾，请王夫人擦面，二人也洗了脸，丫鬟献上茶来。王夫人命传饭，又命先拿雪梨来与他二人品尝。二人落座，说何日离京，何日进场，何日动身来此。又取出喜报展开，请王夫人看过，又向王夫人道喜。王夫人见他二人一齐中了，便喜欢起来，却道："你爷爷老了，别的都指望不着，你二人果能会得进士，重振家声，也叫那黑心烂肺的气死几个才好呢！"又命丫鬟香烛侍候，领他二人在天地前叩过头，二人又向王夫人叩头毕，重新屋里坐了吃茶说话。

王夫人问场内，并京中各房，及各至亲家眼下光景。二人逐一回过，王夫人不免又是欣慰，又是伤感。听到宝玉卖画，宝钗亲自做针线，已是流泪了，更那堪听到凤姐辞世，巧姐童养，便由不的哭出声来，挥泪道："我说都回金陵罢，偏你爷爷说，朝廷给了房子田地，还是在京为宜。（原来宝玉留京是贾政主意，当是揣测朝廷之意而定，抄没八条中三、七两条可参。）当时都回了金陵，何能至此！"二人忙站起，婉言相劝。待王夫人净面毕，又说些都中闲话，替王夫人解烦。贾菌因说起他舅舅如何指点帮衬，王夫人可不记的他舅舅是谁，贾兰道："这娄家舅舅，上冠下仁，大号义堂，与我外祖家也有亲呢，还来过咱家呢。"王夫人想了会子，因笑道："原来是他。他姑妈便是赵家太太，什么冠仁冠义的，他小时只叫钟儿。比个小姐还脸嫩呢，见了人，揖也不作。这如今成人了，都叫学名儿，我可那里知道呢！"说话间，丫鬟来回："哥儿的饭伺候下了。"王夫人忙命拿了这里来，要瞧着他兄弟吃饭。又命人传来郑华，打发人向贾政报喜去。乃叹道："你爷爷早已算着日子盼你们，偏又上了江西。一大把胡子了，还要奔东走西，这也算做官呢！这两年里，何曾有几个安生日子！"说话间早已掌灯，菌、兰就在书房里住下。

次日，王夫人命郑华带两个小厮领他二人街上逛逛。二人见那市面虽比不的京师，却也应有尽有，且是天气晴和，人物灵秀，只是说话不易听的明白。二人一住三日，知贾政近期难以返回，又惦着京中，便见王夫人回明。王夫人便命备酒，又命带去几封纹银并各色土物儿，不过是屯溪绿茶、宣城蜜枣、精品徽墨之类，也无用备记。

王夫人一一瞧了，又命丫鬟取来两方宝砚，说是贾政的话，他弟兄一人一方，那个中了那个领去。贾兰接过瞧时，见那砚高近七寸，宽约半尺，厚可六分，澄泥所制。体轻理致，润密如玉，扣之清越，洵所谓玉色金声者。受墨处正圆、微凹，墨池环为渠，深可四分。池外梅瓣五出，周侧通雕梅枝，枝隙有阴刻隶书四字"苍雪珍藏"。砚背喜鹊跗三，覆手内镌东坡砚铭四十六字，曰："石出西山之西，北山之北，或以发剑，予以试墨。剑止一夫敌，墨以为万世则。吾以是知天下之才，皆可以纳诸圣贤之域。"（录此砚铭，补书人其有慨乎。）皆正书。是砚遍体墨华斑斓，贾兰早在梦坡斋见过，（梦坡斋中砚，镌东坡砚铭，的是贾政作为，想当日为斋命名，应取此砚。）知是贾政极爱之物，喜的不知如何说话是好。那贾菌见他那砚，高可四寸半，宽可两寸余，其厚近寸，乃端溪旧石所制。瓦形，紫色，声清质坚，砚首墨池也作瓦形，深可三分，受墨处平坦细润，覆手内隶书六字"建安二十五年"。通体质朴无饰，斑驳古雅，墨锈深厚，喜道："原来是邺瓦！"王夫人笑道："傻孩子，你不见是端石所琢么？那几个字信不的，如今世上那儿找真邺瓦去？据你爷爷说，虽是仿汉，也足珍贵。（单是端石所制已足为珍了。）如今都中了，都拿去用罢！"弟兄二人一齐叩头谢赏。次日，菌、兰叩辞王夫人，王夫人又嘱咐贾兰："告诉你宝二叔，既是这般困顿，早日南来为是。你若会了进士，选了官，自不必说。若是不得意，奉你母亲也来此地便了。"二人应了，洒泪而去。

这日，回至都中，贾菌、贾兰各自归家。那贾兰叩见了李纨，取出喜报双手呈上。只见李纨笑得一声，突然下泪，立身不稳，将欲跌倒，幸得平儿在旁，急忙扶住。贾兰也忙上前扶他坐下。片刻，李纨方才拭泪，眼瞧贾兰道："你竟真中了！"丫鬟送上茶，贾兰接了，捧与李纨，然后向李纨、平儿道喜，又要叩头。李纨止他，道："且慢。"乃回头吩咐丫鬟，把贾珠遗像在外间正中挂起，引贾兰出了里间，自己像旁坐了。贾兰这才向父母叩头，李纨吩咐他："告诉你老子，我日后总可以见他了。"一语未毕，早已哽咽住了。那贾兰叩了头，长跪着，一一照说，不禁悲从中来，伏地而哭，引的李纨呜咽不已。贾兰听的母亲哭声，连忙止哭，扑在李纨膝上，劝道："母亲且莫悲伤。儿子今日当着父亲遗像说话。凭父亲阴灵护佑，果然能有一官半职，必要正直为人，上报君亲，下抚黎民，不负母亲多少年辛苦勤劳。只请母亲止悲才是！"（每阅此节，泪下不止，不禁仰面辍读。遥想当年，欧阳公母子当也如是。孝为百善先，观后文种种，此誓言真诚，不负其母教养。）平儿也在旁劝道："哥儿中了，天大喜事，大奶奶该高兴才是。"李纨收泪，拉起贾兰。丫鬟早已面汤伺候。母子二人盥洗已毕，贾兰搀了他娘里间炕上歇乏，慢慢回了贾政、王夫人诸般景况，又随他娘去叩见李婶娘并赵副使夫妇，都不必细表。

到次日，贾兰将带回京的银物书字送与平儿、宝玉、湘云，又托人下乡送与巧姐，又会同贾菌备了礼物去叩见娄冠仁。平儿因念这几年一家儿相见，总是一脸愁容，何不藉此开贺，大家欢喜一番。因与李纨计议。李纨道："虽是有了这些银子，咱们是抄过家的，开贺怕是不妥。"（也必有之意。）恰贾芸走来道喜，乃道："这个无碍。考官敢点兰兄弟做状元，咱们为何不敢开贺？依侄儿之见，还要大动亲友，越发连当年来往的皇亲勋旧，也叫大家知道，贾家还有人呢！"又拍胸脯笑道："不是侄儿放肆，出了事，侄儿一人担着。婶娘就依了罢！"一席话说笑了李纨，因道："可是你说的，考官敢点状元，咱们便敢开贺。"贾兰因道："这点小事，请什么皇亲勋旧？况是当年有来往的，咱们全不知晓，琏二叔又出了远门，难道请宝二叔辛苦一趟不成？"李纨笑道："这样的客，别说他亲自去请，便是客来了，搁不住他不见，是难的。"贾兰犯愁道："还有一说，在京的一家儿，就数宝二叔辈分在前，他不出面会客，可是不好。"众人无语，独平儿向李纨笑道："宝二爷身子生的弱，时常染病，就说又病了，好么？"李纨答道："也只可随他的意。倒是请四姑娘来家散淡散淡，连同鸳鸯。"贾芸立即笑道："依侄儿说，都免了罢。老太太周年那日，我随宝二叔去看望四姑姑。四姑姑叫捎信，一家的以后别再来回跑了。如今去请，他可是愿意来的？那鸳鸯的哥哥说是卖在江南一个什么将军府里。他一个人早就改了打扮，化着缘，寻兄去了。"李纨因道："既是这样，别的，同你蔷哥哥裁度着料理罢。"当下拿银子与他。贾芸应了，自去与贾蔷合计，一应周全承应。

展眼便是十一月二十，趁李纨生日替贾兰开贺，众邻居听说贾兰中举，纷纷来贺，也有两家同坊乡绅赶着前来相与，或送银物，或送小厮。贾兰见他们心诚，盛意难却，便谦谢两句都收了。又请了族中诸人并几家至亲，又遣人去接巧姐，适值刘姥姥辞世，（结刘姥姥。）王家全不得进城，也不及备礼，只央去人带来纹银八钱致贺。

这日一早，李纨梳洗了，正要出房各处检点。平儿见他仍穿那件深蓝绉绸棉袄，只外面加一件半旧天青缎银鼠褂，便开了衣柜取出昔日那件青哆罗呢对襟褂子来，要他换上，道："今儿下了雪珠儿，且是待客，穿上这褂子也还罢了。"李纨望望空中，果然，略一犹疑，只说："不必。听说宝二奶奶那避雨之衣全卖了。你们不穿，只我穿这个，不好。"（好大嫂子。）平儿只好收起。那李纨乃扶了小丫头，里里外外亲自检点一番，忽听前面有吵嚷之声，原来是焙茗见院门外尚有落叶，便命那赵知县赠来的小厮再扫一遍。那小厮便道："你也有手，自己不会扫么？我服侍的是老爷，你服侍的是二爷，在我面前逞的何事！"（这就厉害。）焙茗闻此，立时放下脸来，骂道："把你这狗杂种，有奶便是娘，见官便叫爷，我们宝二爷，人家请他去当官还不去呢，你老爷见了，还要叩头请安叫二叔呢！你茗大爷如今良民百姓，（得意在此一句。）你这奴才竟敢回口，等着我明儿送你统领衙门去！"那小厮不再回嘴了，只说："不干了，回我们赵府去！"正闹着，贾芸闻声赶来，两边相劝，焙茗方吆喝一声，道："不是芸二爷讲情，一脚把你那蛋黄子踢出来！"正闹着，遥见宝钗、湘云进了大门，这才都住了口。

那李纨见钗、湘走进院来，忙迎上拉了手问好，便往里让。宝钗见房中木器都还是当年旧物，与稻香村相比，只少了诸般陈设，唯有那幅《停机夜课图》仍挂西墙上，因叹道："还是嫂子会持家。"一语未了，便听李纹、李绮在外间嚷："贺喜的踏破门槛子，寿星还不出来受礼！"一面都掀帘走了进来，彼此取笑一阵，厮见过。众人方才道喜，又要拜寿，却被李纨拦住了，平儿也走来厮见。于是落座献茶，李绮因问宝钗，道："怎么宝哥哥不下场，姐姐也不劝劝他？"宝钗道："妹妹还不知他那性子，别事犹可，唯独此事不好劝说，况是人各有志，不可相强，这也是各人缘法。"又道："听说妹夫弃儒行医，济世活人，岂不也是甚好！"李绮笑道："还甚好呢，每日里只同那黄柏、黄连打交道，那才真苦呢！"（妙语解颐。）众人闻此妙语，无不绝倒。李纨问："如何不见无双？"李纹道："院里舅太太留他说话呢。"众人不知这话说谁，细问方知这无双是李纹替其夫新娶的二房。其父乃一寒士，早下世了。时值兵乱，与其母失散，辗转入了王家。李纹见他温顺，又粗解吟咏，便作主娶作二房。说话间，无双来了，李纹替他引见，那无双逐一与众人见过，然后站在李纹身后。宝钗忙拉他在身边坐下，瞧时，但见额覆丝帘，鬓裁蝉翼，朱粉不施，早自白里透出红来，真个是艳若桃李，果然无双，只是眉宇之间，隐见幽恨。今日喜庆之事，那无双原不想来，无奈为人侧室，身不由己的。当下宝钗因问他年岁、家乡、几岁学诗，却见他眉蹙目敛，似未听真。李纹向他笑道："二嫂子想听听你的诗呢，何不念几首请教！"那无双闻此，略一迟疑，念一首《浣溪沙》，道是：

> 风絮池塘满眼愁，栏杆几曲思悠悠。非关双燕说温柔。　　画笔空将新茗伴，吟笺枉有旧醅酬。萱堂何处梦中求。

念毕，珠泪盈盈。众人赞好，又宽慰他："吉人自有天相，只细细访求便了。"一面请来李婶娘、赵家太太，并贾菌之母娄氏、贾图之妻金氏、红玉、银蝶儿、麝月等人，同吃寿面。李婶娘见满屋里唯有李绮上穿绿闪红缎子对襟袄儿，外罩一件青缎面灰鼠褂，下系一条软黄团花裙；李纹与无双一般，上穿一件大红妆花缎袄，外加一件沉香色貂鼠褂，下系娇绿遍地金皮裙。虽是都无避雨之衣，却较之众人荆钗布裙的大不一般，心中自是欢喜，却又无端伤感。（李婶娘尚伤感，众人可知。"无端"二字有趣。）一时，吃过寿面，听两个女先说书。外面自有贾菌、贾芸、贾菖张罗款待，整整热闹了一天，至晚客散，不消多记。

谁知李纨经不住这般劳累，旧疾复作，因留湘云缓去，拉了手儿，瞧着他，央道："有一事求妹妹，好歹疼嫂子些，把春纤赏给兰儿罢！随后打听两个知底细的，买了来妹妹使唤！眼瞧着便要会试，我这一病，琏二奶奶照料家事，怕是顾不上照料兰儿。因见春纤这孩子虽是痴憨些，竟是福相，心眼儿又甚好，且大兰儿两岁，放在屋里，我便放心些。不知妹妹意下如何？"湘云笑道："这可是春纤的造化。只是我早放了他，且待和他商议了，料是必成的。"李纨也笑道："原来他也放出去了，这便不可作屋里人，先娶了来作二房罢。随后给老爷太太写禀帖，想必没有不依的。"恰春纤走了进来，湘云因说与他听。那春纤做梦也没有想到有这番结果，没听湘云说完，便红了脸，及至湘云再三问他合意不合意，方才抬起头来，扭过脸去，说道："我也不知什么放出不放出，屋里屋外的，只知道服侍主子，听主子吩咐。姑娘说好，自然是好。不要说做二房，便是做大房，我也合意。"说毕，扭身去了。湘云听的有趣，笑的合不住嘴唇，把个李纨也笑出眼泪来。湘云笑道："这么一来，你可呵呵呵的成日价乐罢，我可免不的寂寞。"李纨忙命这里的小丫头收拾了，要他随去服侍湘云。湘云打趣他，道："真个的，这一来做了老太太，把你喜糊涂了不成？难为你，竟不知道宝哥哥那里景况。那里少一个人，便少一张吃饭的嘴呢！"说毕作别，带了春纤回去。李纨知他说的是实情，只得遇时机再补报他。不过数日，草草娶了春纤来，李纨方得安心养病。

展眼春闱随榜，又轻取了。朝考时，有司见贾兰年未二十，且书法出众，便要荐入庶常。这原是年轻新进盼望不得者，谁知贾兰却因李纨多病，（着眼处。）立意早为母亲请得敕封，便恳辞了。（好兰儿。入馆，便要等到散馆授职之后方得请封。）放了大兴县丞。这些都是后话，不必细表。

如今仍说宝玉。自春纤出嫁后，见湘云孤单，乃遣麝月去东屋与湘云作伴。这日，见宝钗吩咐焙茗买鱼，并配几样果子，便笑道："真希罕！怎么着想起吃鱼？"宝钗也笑道："好大忘性，明儿花朝，林妹妹冥寿都忘了？"（答曰："不思量，自难忘。"）焙茗从旁笑道："二爷倒是没忘，前几天还问我，沁芳闸还流水不流，说是到林姑娘生日还要去上供呢！"（此话出自焙茗，却要待考。）宝玉盯了宝钗，连连点头，乃道："既买鱼，就买河豚，有芦芽一齐买来，林妹妹最喜吃的！"又叹道："展眼便三四年了，也不见雪雁书字，求佛爷保佑，坟墓无恙才好。"到次日一早，宝玉带了焙茗径向广利桥去。只一拐弯，便见一条小溪，问焙茗道："这不就是流入沁芳闸的水么？"焙茗道："正是。二爷这回可没有记错。"又拐几个弯，便见到大观园后墙并那闸口，不想竟塌了好长一段。见里面秃树疏林，枯蒿掩径，几乎认不的了。原来这府第乃先皇敕建，园子乃为贾妃所筑，均不得随便住人或发卖，只是派人看守，便荒废了。那贾宝玉见有缺口，便要越过那圮墙，寻潇湘馆去。焙茗忙拦道："不可。上月里有人偷着进园，带到兵马司去，眼下还未放出呢！"宝玉只得站在沁芳闸外，痴痴的。（盈盈伫立，无言有泪，断肠争思回顾。）蓦然间，省亲的热闹，诗社的清欢，怡红月落，潇湘竹寒，件件往事，逐个涌上心头。（念月榭携手，露桥闻笛，沉思往事，似梦里，泪暗滴。）不防焙茗在旁唤他，眨眨眼，眼前只几处残垣断壁，裂石冻壤而已。不禁长叹一声，回身寻至沁芳溪出口处。彼时，春寒犹酽，蟠蛰尚眠，唯溪冰稍解，幽咽作声。（碧野朱桥当日事，人不见，水空流。）宝玉道："仍是这里也还罢了。这溪水里有过林姑娘影子呢。"（伤心桥下春波绿，曾是惊鸿照影来。）焙茗掀了竹篮盖儿，取出两碟果子并一个大海，放在石上。宝玉揭了盖，见是清蒸银鱼，因问："怎不买河豚？"焙茗道："今年河豚来的少，全进大内了，市上只得本地银鱼并鲫鱼。"宝玉长吁不语，（着眼。）半晌，舀碗溪水，放石上，向东南施礼毕，（东南姑苏也，与前"慰宝玉"回，向东南默祷同。与前书宝玉所论"即值仓皇流离之日，虽连香也无，随便有土有草，只以洁净，便可为祭"合榫。）呆坐石岸上。是时阴霓漫漫，寒风习习，路无行人，唯邻鸡长啼，巷犬短吠，倍添凄凉。直待饭时已过，方命焙茗收拾了，循原路而归。

进入垂花门，见宝钗正在分菊花根呢。上房里，湘云在窗下剪了满案百花：蔷薇、荼靡、桃花、海棠都有，一边桌上摆着一碟酱甘露儿，一盘油炸果子。又见麝月端了木盘走进来，上置四碗红豆粥，一面啧道："什么时候了，方才回家！我们陪你受饿也没的说，还有史姑娘呢！"宝玉忙道："是我欠仔细了。"一面忙去安箸。麝月放下木盘，笑嗔道："坐那儿歇歇罢！这个还用你动手？"宝钗也洗了手，四人围坐吃饭。宝玉因问："焙茗有油果子么？"宝钗道："在厨房吃呢，全是一样。"一时饭毕，宝钗递与他一封书字，道："是冯府遣人送来的。"宝玉接过，看了一纸，颇感欣慰，向宝钗道："原来冯世兄在蛮徼历练了这几年，怪道总不见面。"又看另一纸，惊喜过望，原来是卫若兰的书字，冯紫英捎了来，忙匆匆浏览一过，便递与湘云，道："妹妹看此，便可宽心。"湘云接过细看，原来那书中说的是：北王一案已了，水溶圈禁不久，仰药自尽，其弟先已伏诛。一应悖乱违碍之事，卫功并不知情，已免予追究。因此蛮徼节度见卫功效力甚好，要题本请旨放还。看毕长叹一声，无话。宝玉忙命焙茗街上买礼物去，说是冯世伯有疾，要立即探病。

"一进荣国府"回脂批云："老妪有忍耻之心，故后有招大姐事"，知巧姐之嫁板儿也。论者或据"忍耻"一语指巧姐曾被卖入烟花，而刘姥姥忍了此耻，纳为板儿妇。余观此条脂批在"只得忍耻说到"句上方书眉间，所思之耻只是指向人张口乞援，意谓若非今民忍耻乞援，怎能导致日后招了大姐。

叙贾兰赴试只写一平儿，叙贾兰探亲，只写一王夫人。返京后，方以重笔浓墨写纨、兰，皆出人意外，是雪芹笔致，至于焙茗、无双、春纤诸处，更非通常说部之蹊径。

宝琴貌美而毁容，岫烟品高而当垆，李纹善计其夫不配，李绮涉俗而其夫弃儒行医，雪雁配以庄稼汉，只能对黛墓吟诗，此皆天地间至为无情之事，均薄命司中人也。

此书写夫妻情，于钗、玉、湘、卫外又得一李纨，岂"我爱你"所可望其项背。

薛蝌

第一百五回 西山游春诗意重重 书斋遇艳情思漭漭

雪芹晚居西山，穷困已极，而高怀逸致，人所难窥，必在其书中有所涉及，此回不可或缺。

话说贾宝玉卖画度日，虽是苦些，却自为无愧于天地之间，大有老于此乡之意。作画之余，开畦种菜，引水养鱼，倒也乐业。宝钗见他心里舒坦，不生杂念，自己也便高兴起来。这日，夕阳西下，贾宝玉浇灌了那畦春韭，坐石阶上歇息，口中自吟：“夜雨剪春韭，新炊间黄粱。”忽听叩门声，喜道：“果有故人来会么?”忙起身开门，却是李敬遣小童送书信来，约宝玉明日游山，赏玩春光。说是：云冈路遥，未能偕往，西山近在眼前，请践前约。并附两首《山中即事》，说是他那同窗好友王日宣的近作。（或指王日宣乃雪芹友人张宜泉影子，观后文是有相似之处。）宝玉看过，打发小童去后，又拿与宝钗、湘云看了。二人都说：“果然好诗，多好的景色！难为他僻居深山，却如此胸襟!”宝玉笑道：“我且去一趟，果然山中惬意，咱们过去落户。”一宿晚景易过。

到次日，李敬果然套车来，仍带了他那个小童，名叫随啸的，说是：“今日难得回城，少则两天，多则三日，老弟告诉家里，免得悬念。”宝玉说与麝月知道，登车去了。

出西门，穿过关厢，李敬便命脱去车围，尽情饱览田野风光。稍走几步，车把式也跨上车沿，扬鞭赶路。一路上车把式谈讲这京西风物，众人听的有趣，颇不寂寞。忽见一曲小溪，婉蜒道左，两岸绿杨成阴，风过处，砧韵清绝。又见一浣纱少女上岸晾衣，红衣称体，风韵天成，在这绿杨丛中点染胜画。（此类诗笔，别小说未见。丁亥　昆吾闫震）贾宝玉不禁问李敬道：“那村姑可胜西子？”李敬道：“恕我老眼昏花，竟无所见。”宝玉道：“如此岂不深负造物！”（所谓“奇而正”，非宝玉无出此言。）忽见那车把式鞭梢一指，说道：“到蝴蝶村了。（村名奇。丁亥　昆吾闫震）这里蝴蝶最多，成年家成群结队，数也数不清。”李敬便命停车赏蝶。众人下得车来，见大群蝴蝶，翩翩飞舞，回旋往复，彩色缤纷，令人眼花镜乱，果然耐看。路边几树海棠，红里透白，白里渗红，轻柔俏艳，娇嫩的经不起日晒，受不的风吹。李敬乃向宝玉道：“比老弟那株女儿棠如何？”宝玉道：“自然还是那株名贵。只是深藏后苑，赏者原少，如今寂寞无主，便比不上此处海棠能有众多知己。”（论花？论人？）李敬又问车把式：“海棠花期极短，此村何得常年招致蝴蝶？”答道：“老爷不知，这儿海棠不多，多的是丁香。丁香、海棠能开几天？这村子里里外外到处是野菊花，不等花开便香满了。远远近近，各地蝴蝶谁不飞来赶会？这才贺了个大号，名叫蝴蝶村！”众人都听笑了。往前走，果然，满村里丁香成林，紫白相间，香浓色艳，蜂绕蝶环。几只蝴蝶竟落到宝玉头上。那贾宝玉怕惊了他，便一步一挪的，惹的随啸扭过脸笑去。出了村，众人重行登车，一路上坡。车到山口来家庄时，已是斜阳衔山，霞影铺地。李敬遣随啸拿了拜帖，去寻王日宣住处。

这王夫子虽也下过几次考场，无奈命中不该发迹，且又家境清贫，便只得教几个蒙童糊口。只为此处地僻，他人不愿远来设帐，因而束脩较丰。他家里只有老妻、独女，挪移方便，这才一家四口，（岂不自己掌嘴？老兄往下看，还有云屏呢！哈哈。）乔迁于此。这日，忽见李敬名帖，喜的赶忙出房迎接。忽又遥见别有生客，忙回身进房，加一件长袍，稳步出门，含笑相迎，揖让进房。正房内，墙上贴着先师牌位，前列几张书桌，大小不一，隙地极小，勉强可供人来往，不能面北再揖，日宣从权，让客人进入西间，分宾主坐下。李敬道明来意，又为二人引见。日宣方知这位生客便是贾宝玉，精神为之一爽，放声笑道：“怪不的今朝喜闻鹊噪，原来应在贾先生身上。如说久仰，未免俗气！究其实也真是久仰。”（开口便在李敬、宝玉之外。）一语未毕，都笑了。贾宝玉见大案上斑管成编，堆几部子书史籍，最上一部是《毛氏改错》，又有手抄范成大《田园杂咏》，壁上一条隶书横幅“山水有清音”，又乃日宣亲笔。原来这小小三间正房，外面作学会，这西间算作日宣书斋，别有卧室、厨房俱全，极方便的。彼时，随啸献上礼物，日宣客套数语，收下。随即到外面打发学童回家，安置随啸与车把式住处，又顺手泡了一壶茶来。李敬、王日宣不免说一番别来各人景况。

一时，听外面有女子唤道：“爹爹，饭到。”日宣起身出去，接了进来，就在桌上摆了，说道：“山居寒俭，不成敬意。”饭毕，恰见两个学童走来，各自手中都端了柳条簸箕，说是：“听说先生有远客，家里大人命送豆面条来，先生待客。”接着又有几个学童，或拿大葱，或提甘薯，或包鸡蛋，接踵而至。日宣收下，笑道：“这里全有，别让他们再送，替我向你们各人令尊道谢！”那贾宝玉见此，早已痴了，两眼直送众学童退出，瞪眼竖指，赞道：“桃花源，桃花源！”（一如真临其境。）日宣笑笑，轻轻说道：“明日看了山景，你才知道，比桃花源更妙！”李敬、宝玉等不的明日，便要先在近处观赏，日宣相陪。

山中日短，已是暮色苍茫，归鸦阵阵，山民正荷锄归村。三人步到村外，听坡下流水较日间更响，越觉山居宁静，爽适宜人。一时，见那边远处山脚下现出一条灰白色长带，非烟非雾，渐次展宽，又冉冉上升，将峰峦裁成两截，又复越过峰顶，横亘空际，久之，方才消失。贾宝玉缓缓点头，细细领略，极口赞妙，又向日宣笑道：“王兄长年居此，真有福气。”日宣也笑道：“明日进了山，就更有福气了。今日早些歇了罢！”于是，三人缓步归塾，一宿晚景不提。

到次日，早餐已毕，日宣引路，李敬、宝玉游山，随啸携了食盒酒榼随行。出得村来，见农夫在地里撒粪，学童因塾中放学，多在河滩拾石块，帮大人垒岸头；见先生走过来，老老少少，纷纷打话。日宣一行顺石径下到溪边，逆水而上。才刚转两个弯，宝玉回头，便不见宋家庄了。只见叠嶂重峦，四周环抱，流水断途，朝岚拥树，不觉痴了。日宣笑问宝玉：“那云端古松，气韵如何？”宝玉点头，赞道：“难得难得，极似荆浩笔意！”便要李敬口占几句，谁知李敬也痴痴的，早已迷惘起来，（诗笔耶？画笔耶？）那里还顾的作诗！日宣笑道：“方才踏入佳境，便要作诗，作诗还能有个了么？且随我来！”说毕，一手撩衣，脚踏冒出水面的几块青石，只几步，便渡过溪水那边。于是众人依次渡过，仍复逆水而行。眼见水断山连，都停下步来，瞧瞧日宣。日宣笑道：“只管跟我来！”及至走到尽头，左手闪出缺口。沿溪行，不百步，豁然开朗，有成百亩麦苗，将群山连成一片，绿树丛中早又露出灰瓦白墙，好大一片庄园，鸡鸣犬吠，居然仍在人间。都笑道：“妙极，妙极，咱们今日岂不也在游西山村么？”日宣道：“如此佳境，山中颇多，只是山峻水浅，与山阴道上略异耳。”一行说，一行回顾，寻觅平整山石，让众人歇歇再走。都说不乏。（如此山间岁月，补书人必有亲历。丁亥　昆吾闫震）

越往前走，那前面大山倒越往后退，眼下冈峦反而越来越高。终于，大山隐去，冈峦却掺掺连连，正如风涌洪涛，迎面扑来。及至绕过村庄，脚下小径已上高岸。岸下两丈深处，奔湍激石，堆雪飞珠，涛声震耳，恰似虎啸雷鸣，在群山中回荡不绝。彼时，便是日宣这多曾游山之人，也迈不开步了。各人随地坐下，或凝神远睇，或倾耳细聆，尽情尽致，领略起来。随啸将酒肴摆妥，又一一斟上，也倚了块山石歇着去。李敬向日宣叹道：“此地风光，佳则佳矣，其奈冷板凳无助国计民生何！”日宣点头，道：“还记的东三斋赏月吟诗么？当年气概，何等不凡，谁能料到今日仍然一事无成！山居固然寂寞，足下日处闹市，所获几何？况且，阅历日增，壮志日销，世人所为，难以入眼，何如教几个蒙童度日！虽非圣人之志，也是藏拙避辱之道。”日宣尚要往下说去，却听有人喊：“王先生！”原来是两个学童向日宣招手，日宣也忙举手示意。（定有高论，惜不得闻。）宝玉顺着望去，见山涧那岸，高高一簇人家，背负青天，脚踏赤城，褐石垣外，几树杏花绽出一挂锦帐，衬的两个学童越发像那玉洞仙子，乃向李敬笑道：“你瞧，这季节了，此处尚开杏花！古人云：‘人间四月芳菲尽，山寺桃花始盛开。’原非欺人之语。”

李敬称是。众人再吃一盅，便命随啸收拾了，往前行去。一路，或虬松，或怪石，或摩崖佛龛，或渗壁细流，或林中闻山雀噪晴，或身后有滚石坠壑，或惊栖鸟，或踏异葩，山陡路险，日宣皆不停步。一时，攀上一处平台，四人气喘吁吁，更不打话，忙坐石上，喘息一阵。见右面三间石房，后墙便是苍崖，松挺藤垂，鹰愁云伏；左面有麦秸垛、干草堆，一群母鸡寻食。

日宣向宝玉道："贾兄不知，此地名唤寨门口，原是一条樵径，从这崖壁裂缝上去，到那极高处，方有开阔地带。也不知是何朝何代，天下大乱，有人率众来保此境，筑这高台，以为守卫之所。"又道："还有前朝大员的摩崖题字，二位近前一观便知。"说毕，引二人转过石房，果见苍崖中断，仅可容人，崖壁高处，大镌"天险"二字，落款一行行书小字，已剥蚀多处，仅辨"大""布政""题"数字。正都赞这字体雄浑与山势相称，忽听颤巍巍一声："这不是王先生么！"众人回头看时，见一老妪踱了过来。日宣忙笑道："是我。你老人家竟还硬朗，记性也真好！"又指了李敬、宝玉道："这都是我的朋友，今儿同来游山。"老妪听说，便往房里让，众人都道："在外面好看山的。"宝玉见他比当年刘姥姥还有精神，问起来，却已八十七岁了。那老妪端出几碗汤来。宝玉吃时，微觉甜涩，吃到碗底，却见一撮小米，几片菜叶。问时，说是上面蒸甘薯，下面放米菜，做的汤。李敬吃一口，放下，且说别的。三人指点山川，闲谈今古一番。待随啸洗过碗，送还石房内，便都站起，谢了老妪。正待启行，恰见两个牧童赶一群绵羊，从断崖中慢慢走了下来。日宣道："从此进寨去，上下要一个时辰，不如从这边绕过紫石岭，经石板村，过白草棚回去。"李敬、宝玉笑道："但凭导引。"

一行四人从右手下去。俄见一片春林，却有满地红叶。喜的宝玉、李敬忙俯身拾取，又细细挑出那红而不紫，干而不焦的，递与随啸拿了。出了楝林，便见一岭横前，石色绛紫，日光照处，闪烁耀目，上无草木，中无蹊径。李敬啧啧称赞，连连道奇。日宣问他："此岭为何这般特异？"李敬摇头，道："不曾理会。"日宣笑道："这个，足下可真真不及令兄。去秋，令兄专程来此考察，便有一番高见。"李敬听了，赶忙截住话，笑道："这个，我自然明白。"于是，顿一顿，干咳两声，捋须点头，拉长语调，说道："这个么。想当年天倾西北，地陷东南，娲皇悯世，大发慈悲，便炼就那么多灵石，补起天来。谁知补天已毕，还剩下一块无有用处，随手一撂，落在此处。此处不正是西北么？你瞧这紫光熠熠，还带着当年八卦炉中的炭火呢！不想世人懵懂，多不识货，只骂他横在此处，坏了风水，要移到外国去呢！"（岂非指《石头记》乎，晚清有一酸臭文人毛庆臻者，曾说"聚此淫书，移至海外，以答其鸦片烟流毒之意"，真真无独有偶。）话未说完，日宣早笑的流出眼泪。李敬正色问道："如何？像也不像？"日宣点头笑道："格调逼真，只是高见不尽相同。令兄断为：'世人好奇，便将这无用之石，当作宝贝，而今竟成一方名胜了。'"（果然指《石头记》。如此隐喻，妙。）又道："依我瞧，这紫石岭不过一条石冈。你誉也罢，毁也罢，他又何尝理会！（品格自见。）咱们今儿所说，不过取笑解乏。"（原来只是取笑解乏。）因回头问宝玉："是也不是？"却不见人，（紫石岭，岂即宝玉化身？不然为何面对它而不见宝玉。）随啸道："贾二爷那边出恭去了。"

众人绕过紫石岭，只见沟壑纵横，兔狐出没，那王日宣竟也认不出路来。众人犯愁，只得停步。忽听丁丁之声，忙循声寻去，见那边山坳里有一壮夫凿石起板。随啸忙上前问路。那人停下手来，细细打量众人一番，方答道："顺路走，拐过这岭角，就是石板村。"随啸又陪笑问道："怎么瞧不出路？"那人也不禁笑了，指指身后敲下的碎石块，道："这便是路。"宝玉见此，深有所悟，（宝玉正文，毕竟慧心之人，安得不悟。）乃随众人脚踩碎石，转过山脚，果见向阳坡上有十几户人家。随山建屋，参差错落，不成街道，倒也别致。无论层楼平房，尽皆墙不泥灰，顶不铺瓦，一概石墙石顶，齐整结实。再前行，见一矮岭，岭这面一坡白草，深可没膝，偃仰起伏，宛如芦涛雪海。那面垒石为圩，圩中不过几尺见方，也种了小麦。上上下下，星罗棋布，尽是这般圩田。日宣道："这围田石块，原杂土中，山民刨出石块，方有这零星土地。"宝玉、李敬都颔首领会。一行人过白草棚，绕南岸头，回到宋家庄时，天刚过午。

众人进入塾中，见已备下茶水，盥洗已毕，落座吃茶，稍事休息。忽见门外走进三个庄户人，向日宣略一招呼，便问："这就是京里来的远客？"日宣早含笑起身，答道："正是。"于是，一一引见过，各自随便坐下。日宣向宝玉、李敬道："此处淳朴。一家有客，全村是主，或就来相叙，或邀去用餐，亲热的紧。"为首一位王大伯便问道："也都设馆么？"宝玉道："我是卖画的。"李敬答道："家事繁多，不得分身。"王大伯道："两位先生今日远来，又和我们王先生相好，便请到我家过午。"又笑道："年时总算风调雨顺，秋天收成还好，除去给人的，也还有吃嚼的，不要怕我供不起。"宝玉道："来的仓促，未曾带来礼物，空手到你家去，什么意思！"李成坐在门口，听宝玉说话，便觉合了脾胃，乃笑道："这个好说。往后，我们到你家去，也不带礼物。"宝玉听来越发有兴，大忘其情，拊掌笑道："这里真好。我来落户，好么？时常亲近亲近。"谁知刘保却冷冷发问："你会种地？还是会打柴？会起石板也顶用。要是只会画画儿，在这村子里就只有冷水可吃。"（山村里居也非易。叹！叹！）一句话，说的宝玉如冷水浇头，又听他道："你能帮我们告倒首户，出了这股冤气，我们保你有吃有穿。"乃知这桃花源中也罹世网，怪不的老爷说我坐井观天！（宝玉正文。）不言宝玉胡思乱想，（补书人又放烟幕。）且说一旁那王日宣向王大伯笑道："你不是娶儿子媳妇，要我写中堂么？我这位同窗，写的一笔好字，京城里向他求字的多呢！你只管拿纸来！"李敬也笑道："你不嫌丑，要字要画都是易事。"王大伯笑道："不管谁写，都是好的。"说话间，王大伯见日宣在窗下大案上设下杯箸，乃道："何不就过我家去！"李敬笑道："谁家都好。三位竟不必客气，这里同吃几杯罢！"刘保见是这般，便向王大伯道："既是这样。咱们回去便来。"三人匆匆去了。

这里刚摆妥酒肴，便见刘保一手提个酒葫芦，一手端一大盘风干兔脯走进来，道："尝尝我家自酿的良乡酒！"李成也端两个大碗，却是咸花生和嫩椿芽麻油拌豆腐。末了，王大伯也提个酒葫芦，领着小孙子。小孙子双手端了条盘，中置一大海，堆满新炖的山鸡。李敬等都道："如何又这般费事！"又要拉他孙子吃菜，那孩子笑笑，甩手跑了。众人落座，也不用敬酒，便杯箸交错，随意吃喝。（想当年五柳先生潜居乡里，也必如此随便。）李敬只赞山里人善于就地取材，说起石板村的石房、白草棚的草屋，便悠然神往，说道："理家如治国，（何不说治国如理家？）总以就地取材，材尽其用为是。可惜世人只知金玉珠宝之贵，不晓草木土石之用。"（李敬又在骂世。）李成笑道："李先生到我们家瞧瞧，有的是树根做的小凳，石板垒的方桌，白草绳打的门帘，白干土抹的粉墙，连炕上铺的褥子，也填了厚敦敦的白草，比你们那皮褥子还强呢！"又叹道："山里出产多，只为没有人照管，换不成青钱。前几年，西冶村挖出许多碎铁块、破铁锅，是个有学问的先生说，那是古时候炼铁留下的，西冶村的'冶'字，就是证据！地下准是有铁。可惜无人理睬，还不白放着？"宝玉忙问路程，要去见识见识。李成道："也不过六七里路。"众人说话投机，酒便吃多了。日宣见宝玉已有七分醉意，便端来新蒸的馒头。一时，酒饭已毕，李敬、宝玉乘兴挥毫，与他三人各留下一幅中堂画、一副对联。大家赞赏一番，王大伯等方才别去。这里三人吃茶，说些都中新文，不免述旧感伤，交声喟叹。一时，宝玉听二人说起同窗旧事，无可插言，神色少怠。忽听细细叹息之声，仔细听去，又寂无声响，自念劳乏过甚，耳邪了。（稍稍一示，轻轻撇开。）只为明日还要到西冶村去，便都早早安寝。次日清晨，宝玉头疼腿酸，又有些发热。日宣道："这便如何是好？山村无有大夫！"宝玉道："不过略受风寒。我且在此歇息，你二位只管上西冶去。回来告诉我，岂不是好！"李敬见他并非大病，无非不惯劳乏，（为下文开路。）便嘱咐他："好生歇息，我们去去便归。"说毕，二人坐车去了。

这里贾宝玉不耐寂寞，正要出房闲步，忽听一女子声音相唤。门启处，果见一女子进房。二十余岁，清姿绰约，恍如宝钗，而语音清婉，逼真黛玉，却又农家装束。（写如不写，却是不写之写。从秦可卿套来。岂补书人亦以可卿非寻常人乎？）正自惊异，早见此女福了下去，也便急忙还礼，问道："姐姐何人？怎便到此？"那女子坐下，（一个未曾让坐，一个不让自坐。）答道："妾，北王府云屏也。想君子不至惊惧。家破之日，舅氏寄妾于王先生处，得匿居于此。每伤五月霜飞，一门香断，而无可如何。不意昨晚于壁隙得睹君子，又谬承称扬，（从说些都中新文中来。）甚感知己，竟彻夜无寐。今日趋见，殊嫌冒昧，还祈谅之。"宝玉闻听，大吃一惊，想这云屏姑娘，乃水溶之妹，世家望族，谁个不知！只为无缘得见，久引为憾。昨晚偶尔谈及，谁知今便相逢，又不觉大喜，忙道："久慕芳仪，无缘相会，今日不期而遇，实三生有幸，何惊惧之有。但不知姐姐此来，有何见教？"云屏道："人生百年，如白驹过隙，自当珍惜勖勉。然漏网之鱼，何敢有所希冀！妾尝读《霍小玉传》，为之流涕。其愿非奢，却也难酬，红颜薄命，不及阶柳庭花。然而妾之今日，便望霍小玉而不得矣！况宗嗣无续，尤足伤悲！君子名满京师，私心久慕，今日邂逅，愿托终身。虽幽微之人，难以明侍巾栉，然续嗣之志，或可垂怜俯遂。唯觉于礼似为不合，愿君子有以教之。"（一段自叙，百折千回，有不得不然之势，无招人弃绝之理。）说毕，娇羞脉脉，垂首弄带。宝玉此际，目睹宝钗，耳接黛玉，那堪更闻此语！因道："此乃至性至情，正经大事，岂可拘谨！后世小儒之论，不合圣人出处去就之典型。只是我早有家室。清华玉质，岂敢委屈！（也必有之说。）这番归家，当为姐姐另择佳偶，未知姐姐意下如何？"（这就不是宝玉了，且看下文。）

云屏拂袖而起，道："妾虽薄命，自为尚非俗物，难与凡夫相对，以至耽延岁月，早逾摽梅之期。自经历险阻，心如古井之水，无复婚姻之念。如今得遇知己，方复起仰慕之心，与宗嗣之愿。不意君子竟泥于礼，守身如玉，不复他顾，实为大儒高徒，难得难得！不过，妾既一言出口，即属贾门，死生以之，今后各行其是便了。（又是一个宝钗，宝玉不肯负钗而忍负屏乎？）妾惟自恨有目无珠，致误宗嗣，尚何面目见先人于地下！”说毕，抽身别去。宝玉闻言，早已汗流浃背，（不汗流浃背，也非宝玉了。）愧悔无地，忙上前拦阻，道：“请容一言。姐姐人间仙子，爱慕久矣，爱而敬之，乃不敢亲昵。今承错爱，复示深衷，虽愚拙鄙陋，尚愿知过能改。（这才是宝玉。）昔日阮嗣宗曾云：礼，岂为我而设！未知此时，姐姐尚容阮步兵否？”云屏见宝玉诚惶诚恐，憨态可掬，方改容相视，莞尔而笑，顿觉寒谷生春，旱禾得雨。绸缪间，（且不提云屏为宝玉素所仰慕，仅就其深情苦志而言，亦必允诺，否则非宝玉矣。批书人每读至此，便觉语有未切，曾请教于补书人，对曰：“遵敝业师命，删易若干字。”哈哈。又一个“删”，却是未删之笔。）忽听车声渐近，隔窗便见李敬、日宣乘车下坡，不禁大惊，捽手欲去。宝玉伏肩执手，遽难分舍。云屏秋水情深，春山愁聚，喟然叹道：“缘尽于此，无可奈何。”乃抽出鲛帕，为宝玉拭泪，又轻推宝玉，道：“去矣！今日一会，终身有托。君子幸自珍重，无以贱妾为念。”语毕，飘若惊鸿，一去不返。宝玉嗒然倚门，无限酸楚。（自古小说有如此情事乎？若那冯梦龙见了，岂不也要奋笔疾书，录入他那部《情史》？）

李敬、日宣归来，不及盥洗，先问候宝玉，知他已是歇过来了。乃说一番西冶之事，稍事休憩。饭后，李敬、宝玉乃向日宣道了扰，约定麦收塾中放学时，日宣进城相会，便作别登车。

一路下坡，车行甚速，到柳林镇下车。只见大街两侧，列儿家酒肆，排两行货挑，吆喝叫卖。虽也甚是热闹，毕竟与都中市廛大异其趣。一行人步至十字街口，见围了一圈人，来往车辆竟不得通行，只得停步。但听议论纷纷，有说这妇人着实可怜！有问他丈夫到底那儿去了？宝玉、李敬走进前去，见一妇人垂首盘坐，怀中抱一小儿。那小儿头上，红绳绑个朝天锥，不过两岁光景。那妇人头裹一块浅蓝布巾子，穿一件旧月白布交领袄儿，下系一条青布裙。面前铺一纸告白，上写道：

> 小妇人李门王氏，家住本镇。丈夫进京卖山货，一年不归，不知死活。眼下婆母病重，无药无食，愿卖亲子李小虎与仁人君子，价银二两。日后为子为奴，一听尊便。

又见一老者进前问道：“小虎娘！你卖了儿子为婆母治病，孝心是好的了。还有一说！圣人说过：不孝有三，无后为大。你可想过？”那妇人抬头一看，噙泪说道：“吴爷爷，我不能瞧着婆母病死。”宝玉见他抬头，甚是面善，忽的想起，原是可卿丧事上见过的那个二丫头！不禁凄然。因念：这蓬门少妇，可谓循礼守分了，那赐福天官，如何竟不怜他些儿！（着眼。）又听那吴老者道：“我助你二百青钱，不要卖孩子了！”周围人众见他把二百钱放在告白边上，便有几人也从身上摸出钱来，或多或少，纷纷投去。宝玉摸摸身上，只得两星碎银，递与随啸，示意给那王二姐。李敬已命随啸将碎银取出一半赏他，想是二两。随啸把银子放到那妇人面前，道：“贾二爷和我们爷赏你。回去请医治病要紧，不要卖小儿了！”那王二姐抬头，见一堆散钱并这银子，扑籁籁掉下泪来，又赶忙抹去，四顾寻找赏银之人。一眼望见宝玉，待要说话，却又不敢。随啸指了宝玉、李敬，道：“这是贾府的贾二爷，这是我们李府的老爷。”王二姐闻听，心知未曾认错，果是那年见过的贾府小爷。却又无话说的，只向二人叩头谢赏。又向吴老者叩头，转过身来，又向四周人群叩头，说了句“求老天爷，保佑老爷们升官发财”，便咽不成声。一时，又吩咐小虎向众人叩头。那李小虎那么点子，又瘦皮瘦骨的，何曾学过叩头！王二姐复把他搂在怀里，轻轻按他那头，向众人叩谢，口中说道：“你可有命了。”（怜惜，承情，千言万语尽在五字之中。）这才收了银钱、告白，抱了李小虎，随吴老者去寻医家。走了两步，扭回头，把宝玉、李敬盯了两眼，牢牢记住，方慢慢转身去了。（朴直之情如见，我知其将逐日为二人祈福。）四周人众也都嗟叹而散。李敬见宝玉两眼含泪，乃道：“如此苦命人，着实可怜。何当再出个白太傅，作几首新乐府才是！（点睛。）天好早晚了，咱们且赶路！”于是众人登车。掌灯时分，便至玉成坊。李敬待宝玉下车，道声珍重，驱车回府。欲知后事，下回分解。

王二姐之夫究竟下落如何？李敬为何要作新乐府，便是宝玉埋怨赐福天官，意岂无指？“凡例”所云：“此书不敢干涉朝廷，凡有不得不用朝政者，只略用一笔带出。”

写山势，写水貌，写物候，写人情，若非曾经山居，静察默会，无四季，无早晚者，必不能，然其要尚不在此。此不过为宝玉欲为葛天氏之民而不得，作一阶梯，观李敬、日宣之论，刘保、壮夫之言，云屏、二姐之遇已透消息矣。且观后回。

“书斋遇艳”一节，文辞笔致近于唐人传奇，与他处不甚一致。岂以为前部掺有“风月宝鉴”中之几节文字如花枝巷凤姐会尤二者，此节也蓄意仿之乎？若然，则大可不必。

第一百六回

花袭人知有始有终　史湘云痛乍合乍离

积思沉恨，春窗冬梦，纷纷扰扰难理清。觉来更比梦中苦，去留岂由衷，空浩叹，对残灯。自古世间本如此，谁叫你，情情情。

话说贾宝玉游山归来，心情不舒畅，翻腾了半夜，未曾入眠。朦胧间，已是麦秋季节，不见日宣前来赴约，便只身进山探望。只见山川依旧，门巷全非。正自犹疑，却见王二姐抱了李小虎走近前来，向他万福，谢过向日赠银之恩。宝玉问他：“为何在此山中？”王二姐凄然说道：“贾二爷，你评评这个理。小虎爹随了官家修长城去，也不告诉我明白，害的我过了这几年苦日子，还要惦着他。这不是？前几天捎了口信来，叫我与他送寒衣去。贾二爷，你说说，我可知道那长城在天南呢，在地北呢！却是夫妻一场，也少不的与他送去。（二姐之夫下落在此，却出之梦中。）只这孩子累人，我就交与你，你可在意抚养好！”说毕，双手递过孩子来。宝玉仔细瞧时，原来不是王二姐，却是云屏。只见他神色仓皇，眼含乞援之意。正待问话，忽听一声狼嚎，半空中两只利爪，伸向云屏。说时迟，那时快，贾宝玉上前一把，拉来云屏，横身护住。不防那双狼爪从两旁绕过，几阵雷声过后，终究抓了人去。眼前只剩一片烟雾，重峦叠峰，尽皆不见，唯闻隐隐哭泣之声，此起彼伏。四面望时，原来是宝钗、李纨、惜春、湘云一干人，圈禁在荣禧堂里，王凤姐抓着窗棂，叫着“宝兄弟”，向他求救。贾宝玉心中无限难过，一步上前，便打开隔扇。却见雪雁第一个抢先走了出来，道：“我们姑娘又犯病了，你还不打发人请太医去！”宝玉心中发慌，顾不的说话，忙穿出竹林，掀起湘帘，正待进房探病，却见妙玉迎了出来，后面芳官捧了经卷，说是：“正要与二爷送去，恰就来了。”宝玉忙道：“你先交给袭人罢！我今儿心里烦的紧，不得工夫看书。”方要与妙玉施礼，只见他头上一团乱草，身上百结鹑衣，却也手执白玉麈尾，浑身仙风道骨，像画儿上的铁拐仙，笑问：“施主别来无恙？何故烦恼？”原来不是妙玉，却又十分眼熟，似在何处会过。宝玉无心与他相叙，乃道：“仙凡殊途，说了你也不解。咱们竟是两便罢！”拱拱手，便欲别过。又听那道人笑道：“岂不闻，合则留，不合则去么？何不与贫道相伴，深山炼药去！”说毕，哈哈大笑，声如洪钟，震的那贾宝玉便醒了。贾宝玉望着残灯，痴痴的淌了半日眼泪，心里想道：活着烦恼，死了不该，不如随那道士去休。一念及此，不禁回眸瞧瞧宝钗，想想湘云、麝月、焙茗，心中不忍。（此宝玉脱俗处，“不忍”二字，待细读。）由不的浩叹一声，复滚下泪来。（人生自是有情痴，此恨不关风与月。）却不知这一声长叹，惊醒了宝钗。见他如此，便问：“怎么了？”宝玉无语，半日，方说：“有些不舒畅，想是游山不惯劳乏，又受了凉。”

次日，宝玉便病了。宝钗因吩咐焙茗去请大夫，道：“手边这点钱，不够请大夫费用。你且先到匡大爷家，收了利银来。”焙茗应了，自去。半日，匆匆而归，一头扎进上房，上气不接下气的回道：“回奶奶，大事不好！”宝钗见他这般慌张，不禁吃惊，忙问：“何事？你且坐下歇歇，慢慢说来！”麝月递茶与他吃，那焙茗何能顾上吃茶，也不坐下，便一面拭汗，一面回道：“匡老爷（匡者，诓也。）全家不知去向，他那所老宅也换主儿了。如今不必说利银，便是本银也无处收去！”焙茗这番话不大要紧，登时，人人惊骇，个个失色，那贾宝玉倚不住，伏在枕上。麝月心里明白，这宗银子是卖了不少物事，连同几宗现银，一总放与他的。今日这般闪失，日子可如何过！恨骂之余，叹息数声，由不的说了句：“还不如与唐掌柜入个股，倒还丢不了。”那史湘云思前想后，早已垂头而泣。原来，当日湘云曾主张放债的，谁知今日如此。彼时宝钗听说匡家拐银潜逃，数年经营毁于一旦，焉得不怒！忽见湘云如此，只得强按下心头怒火，向麝月使眼色，止他言语，口中只道：“且不必惊慌，他跑到天边也寻得的，随后细细打听他家去向再议。”（的是宝钗。）又吩咐焙茗：“先到后院作坊里借两串钱，请大夫要紧！”

忽听袭人在院里说话：“拜寿的来了，快拿寿面来吃！”麝月忙迎出，接过提篮，打起软帘，道：“这几日也不知忙的何事，连二爷寿辰也忘了。”袭人笑着走进里间，见宝玉犹自卧床未起，忙上前一一请安毕，又与麝月、焙茗见过，因问：“二爷生病了么？究竟怎么样？请的那位大夫？见轻不见轻？”焙茗见袭人来，心中便得了主意，乃道：“眼下请大夫要现拿轿马费，一时银子不凑手。我正说找唐掌柜借银子呢，偏你来了。”袭人忙道：“偏我今儿才来，早来几天岂不好了！这里有银子，快请去。”一面说，一面掏出几块碎银，递与焙茗。焙茗匆匆去了。这里袭人又埋怨麝月不早吩咐焙茗送个信去。

说毕，连连叹息。宝钗道："知你家里里外外一大堆事儿，全凭你料理。况是病又不重，没的叫你大远的来回跑！你妹妹倒是说要告诉你去，是我拦住了。快坐下歇歇。昨儿进城的么？"袭人回道："昨儿掌灯才到。"又问湘云："春纤呢？"湘云略略几句，告诉他明白。袭人道："你瞧瞧，我才几天没进城，兰哥儿也做官了，春纤妹妹也出嫁了，多喜人！怎的二爷偏又病了，叫人心里可怎么样呢！"忽又笑道："你瞧，我做什么来的？还没的拜寿呢！"一面说着，起身便要叩头。宝钗忙拉他坐下，宝玉笑道："你又来怄我了。"众人这才落座，瞧那袭人，穿一件蜜合色绫夹袄，领上一对蝴蝶金银扣，外罩一件樱桃红清水纻丝对襟褂，上绣团花双蝶闹春风，柳叶云肩上绣了折枝花，下著一条玉色绫百褶裙。都道："你何时学会这般打扮，越发见的俊俏了。"袭人把脸红了，道："年前有人从南边回来，说是大户人家都这么着。如今，京里也学这时样。"（实情如此。）众人说会子别来景况，并那王熙凤、平儿、巧姐诸事，又不免伤感不已。说话间，麝月已将袭人带来的薰肠、糟鹅掌、鸭信并酥酪等吃食收拾妥当，端了来与宝玉瞧。宝玉道："袭人姐姐知道我这口味，虽是这病体弱，不敢多吃，每样我都尝尝，方不负你的心。"麝月夹几片鸭信、薰肠，放在一个五福云龙粗瓷盘里，（着眼。）端了与他尝，道："可惜不能吃酒。"宝玉一行夹了吃，一行笑道："这个也还罢了，还敢吃酒？"又赞味道正。

一时，焙茗请来大夫，众人避过。看过脉息，说竟是小伤寒，嘱咐仔细些，留心保养，（怎能既是伤寒，又要留心保养？是医家误诊，是补书人不明医理？且待后文。）又写了启帖、病源、药案。焙茗送走大夫。袭人因道："既要保养，想必得滋补。他家有枝灵芝，叫焙茗拿来用罢！"麝月道："听说那是祥瑞，祥瑞也能吃的？"袭人笑道："也不过像块干木头，什么祥瑞不祥瑞的。（又干涉朝廷了。雍正好祥瑞。与上回乾隆好"福"字同。）那年替二爷煎过一次，怎的就忘了？"宝玉听的如此，忙拿了药方来亲自过目，却瞧笑了，命取笔来，换了几味药，才吩咐焙茗打了药来。袭人见麝月占着手，便到厨下煎药。煎妥，捧了来，依旧上前服侍宝玉服下。知他一向服过药要睡一觉，又替他盖好，方随湘云出至檐下。见那台阶上，花盆里种的扁豆已有了绕儿，爬架呢！阶下鱼池里有几条小鲫鱼，倏然悠然的正自得意。唯有那棵拗松还是那样扭七歪八的，颇碍观瞻，便道："二爷可是越来越傻。怡红院那棵柏叶松，也没见他喜欢过，偏喜这不成材的。"又道："这么种花养鱼，想必心闲。"湘云道："这往后又难心闲了。"因将匡家借银潜逃一节告诉他明白。袭人听了，也甚震惊。自忖：我说呢，今儿怎么着，一个个不是愁眉苦脸，便是一团怒气，见我来，都无喜欢模样。因问："这可是大事，没有打听他家去向？"湘云道："起先，只知他们老家是湖北的，捐了官，尚未署事，不知怎的便丢了官。才刚问邻居，方知他家迁走一个月了，咱们竟丝毫不晓。"因又自怨那年不合主张贷银与他。恰宝钗也出房来，听他二人谈说匡家，乃道："谁长着前后眼呢？况是他京里有房产，又是官面儿上的，咱们能料到他是拐骗么？这几日，我正念着南边去呢，头一件老爷、太太身边无人侍奉。谁知他仍不愿南去。这可巧，趁匡家这事劝他，想会允的。"又向袭人道："你来的好，也劝劝他，老爷并不拿举业逼他，有何不回南边的！"袭人应了。饭后，车把式来，接了袭人回花家去。

到次日，宝钗服侍宝玉吃粥，见袭人走了进来，进二十两银子，作医药之赀。又见车把式扛进一布袋小米，一布袋白面，正要说话，忽见那宝玉推碗下泪，二人骇异，忙问何故，宝玉道："昔日杜子美偃蹇秦州，便少个袭人，岂不令人感伤！"（痴绝，却是宝玉正文。）宝钗听的原来为此，禁不的笑道："这个，你正该宽慰才是，却又如此。岂不是袭人一番好意，却惹你难过了么！"宝玉听了，忙拭泪，道："这话是极。"袭人也听笑了，道："二爷越发痴了。真真的，叫人说什么好呢！"看看午错，袭人辞归，说是今儿出城，路远，必得早些动身，停几日再来。麝月拿了装米面的布袋来，要袭人带去。于是，湘云等送袭人坐车去了。

那花袭人回到紫坛堡，见了蒋玉菡，述说城中诸事。提到宝玉生病，缺医少药，"我哥哥还的那笔钱，留了几两与他"。原来玉菡早已纳赀脱籍，现今与人合股行商。彼时，玉菡喟然叹道："多大的家业，挥霍光了。难为宝二爷竟不虑后！若是早留下些，此时何用为难！"袭人道："你又说现成话。你不知他家抄了，又无进项！"玉菡笑道："这个谁人不知！单那发还的也就不少。若果思前虑后，岂能到今日这般地步！你听听满京城舆论，许不是我说现成话。"袭人只管带个小丫头料理玉菡出外行装。蒋玉菡道："你今儿走了远道，且歇着罢，还有三天呢！"见袭人不理，自为必是方才的话惹他不耐烦，因道："若论宝二爷，我们相与多年，今日咱们还方便些，待我动身之日，顺路送银子与他养病。"一时，又自道："不可。他是个无底洞，助他多少也填不满。"那袭人先听玉菡背后论人，已是不快，又听他此语，由不的发话，道："你助他，是你们的交情，不助他，他也没来求你。我才不管你们相与不相与呢！"玉菡笑道："岂有不助之理，只不过思谋如何助他。"又道："有了。我只包揽了医药。日常生计，他自己料理便了，你道是么?"袭人不答。

展眼便是行期，蒋玉菡车装马驮而去。进的城来，先到西大街拐弯处请大夫。原是位老相识，姓陈，同车来至贾宅，焙茗延入，见了宝玉，道明来意。陈大夫看过脉息，又瞧了现用药方道："这药方甚好，无用另拟，再服三剂，便当痊愈。"玉菡乃当面嘱咐："日后，但凡贾、花两宅去请，医药都不动现钱，只管记账，我自不亏先生。"又与宝玉殷勤数语，留下一封纹银，嘱他在意调养，作别去了。（应脂批提示：琪官虽系优人，后回与袭人供奉玉兄、宝卿得同终始。）那宝玉医药不缺，调养又好，那病也就渐渐愈了。宝钗见他虽是照常作画，却不得病前兴致，时不时的又到苇潭边散心去，不知何处着了魔来。（真个是"栏杆拍遍，无人会，登临意"。一"又"字照应"遗婢"回景况，只不过彼时"心中翻波滚浪，忙得紧"，此时默思静虑，既深又远耳。）

忽一日，贾宝玉又踱到苇塘西沿。只见柳垂荒径，蒲满废塘，心中沉甸甸的，席地坐了半日，却又被几个嬉戏顽童闹的不得心静，只好起身离去。绕至潭南，倚了棵老槐，凝视苍穹，心中早又上穷碧落下黄泉，不知何处问道去了。忽见焙茗来回，道："冯大爷、卫大爷遣人知会，随后就要来拜，奶奶请爷速速回家！"宝玉忙问："那个魏大爷?"焙茗笑回："好叫二爷喜欢，是卫若兰卫大爷。"那宝玉何堪闻此，二话不说，拿腿便回。恰在街口与冯、卫相遇，忙抢上前，拉了二人的手，说不出话来。（有神理。）还是紫英劝道："等家里再说罢。"于是一同进入贾宅。这时，湘云等已是避过了。堂屋里，大家落座，焙茗献茶。紫英先取出贾政家书，立身双手递与宝玉，道："这是世伯家书，家兄前日返京捎来的。"宝玉早已起身，便双手接了，将书字放妥，且与二人说话。谈讲这几年卫、贾两家种种事体，自不免彼此辛酸，时时挥泪，幸得紫英在旁设喻解劝。原来蛮徼节度果已题本，请旨放回卫功。若兰奉父命往见史侯，当面一语，婚事就算放定了。昨日入京，下榻冯府，今来拜会，并带了史侯书字与宝玉。宝玉一看封套，便道："这是表叔亲笔。"又取出两页素笺，展开瞧时，只见上面写道：

愚表叔某顿首致书于

宝玉贤表侄文几：多年不通音问，甚是想念之至，遥维

令尊表兄大人并

令堂表嫂大安，阖第安顺为颂。某居官不慎，有负

圣眷，身陷囹圄，不得自便，幸蒙

天恩恤念功臣后裔，得令在狱候审者，全家恭颂

圣寿无疆，固已感激涕零矣！兹为舍侄女湘云寄居

贵府，备承照应，一应衣食诸事相累！舍下诸人并某深感盛情。兹复因其婚事与卫府说定有年，尚未成礼。现以两地遥隔，某又不得亲自料理，身不自便，未克晋京，奈何奈何！祇烦代为操劳。所有种种筹划并斟酌繁简，一应事宜，即可便宜从事，无不依从。有所费用，日后自必全部偿还。并望转告舍侄女，亦必体谅家道维艰，诸事从简，为叔甚是惭愧者也。不尽欲言。便颂

潭第清吉

月 日

宝玉瞧毕，心里自忖：这信，的的是表叔口风，且别笑他这文法，（也不过彼时满人习气，罗嗦累赘，不合文法与奴才本色。）他能在囹圄中写信，还不知如何大费周章了呢！我虽不合推诿，到底也与云妹妹计议了才是。乃向若兰道："此事，表叔要我代筹，也不敢推辞，但不知世伯之意如何？冯世伯又如何说话？"若兰道："家父有命，一切总依史府。眼下世兄主张便了。"紫英也道："依家父之意，目前朝中正有大事，那节度之本，一时怕是难以批下。不如趁卫兄来京，办了喜事。日后准了更好，即或不准，也便于打发他夫妇同赴蛮徼，岂不免得两地长年牵挂？虽是这样，也还是要你拿主意的。"宝玉道："既是这样，且待计议了，明日回话罢。"冯紫英因说起陈也俊目前大发了，"月前，他家太夫人做寿，引众宾朋进了他们家的珍宝斋，真个的琳琅满目，说全是皇家之物。你猜是怎么的？原来他认戴内相做干爹了。说起宝哥近况，他说，知你的情性儿，不敢来见你"。宝玉道："他不来，实在知己。若是来了，我如不见，往日情谊，岂不一举荡灭了么！"（意外之笔，情理之中。）又命焙茗打酒。若兰笑道："改日再领罢！"宝玉知他在此吃酒不便，也就罢了。三人又闲谈数语。若兰、紫英别去。

宝玉送客回来，先将两封书字置于几案正中，并宝钗、湘云都请了安，乃拆贾政书字，细细看去，信上说是：前因经办屯溪架桥事，超支国帑若干，今蒙恩宥，未曾加罪，

祇如数追赔，现正拼凑赔项。（贾政银物尽矣。）今后行止难定，若无要事，可不必南来等语。又问都中近况，说是待赔项缴清，或可返京团聚。湘云、宝钗将史侯书字共同看过，宝钗道："老爷之事随后再议，且先定妥妹妹婚事。"又向湘云道："卫姑爷从史叔叔处径来都中，想是要近日在京迎娶。据我想，这官场的事，暮雨朝云，没有定准，（伏后文。）万一不允放回，再让他一人到蛮徼去，就更为不妥。但不知妹妹意下如何？"湘云道："哥哥、姐姐主张便了，何必问我。"语毕自去。宝玉道："既然这样，早日办了喜事罢！只是怎么着再弄些银子，替云妹妹做几件衣裳才是！"宝钗道："我也这么想呢！只是咱们目下，匡家那宗银子不必提了，别的几宗零项收了来，全用在凤姐姐、琏二哥两宗事上。作坊房钱，大太太事上预支了一年。手边不过两串青钱，并这些日常衣着，手使器皿，不值钱的。做几件衣衫用银还有限。我担心的，老爷那赔项为数甚多，怕是南边一时难得凑齐，拖累着老爷不得自便呢。据我定见，将这房子卖给唐家罢。整数汇徽州去，不能添斤，也可添两。下余的办云妹妹的事，想也够了。你道如何？"宝玉听此，心中感激，（便是别人听了也必感动。）一面站起，一面口中说道："难得姐姐如此，我这里有礼了。"宝钗笑嗔道："不希罕！瞧，谁来了！"宝玉闻听，急忙垂手、直腰，望望窗外，（原来向妻子施礼是见不得人的。哈！）并无一人。回头来，见宝钗早已出去吩咐焙茗，与唐掌柜回话，先使二十两来，急用。

到次日，宝玉亲到冯府，定了吉期，言妥彼此都不声张，以防口舌。归途又买了衣料，回得家来，请湘云过目。湘云不悦，道："咱们是如何过日子的，我岂不知！（知道。）那来这些闲钱？什么好衣裳没有穿过？（穿过。）偏在这时候，下顿不接上顿的，偏要这么着！哥哥、姐姐不想想，我如何忍心穿去，（是不忍穿。）速速退了便罢！"（这却不可。）宝玉、宝钗苦苦相劝："只这一次，妹妹总依了才是。说不的当年，目下穷人家办事，不也都有几件衣衫？（实话。）如何能让妹妹随身衣着成亲呢！"（实心实意。）素日，湘云总依顺的，此时固执的紧。正闹的无法收结，忽见春纤走了进来。众人见他，上穿秋香色河西罗对衿衫，下系白杭熟绢挑线裙，（偏在嫁衣难办时写此衣衫，与上文袭人衣着同。惟彼时众人揪心，顾不上先及袭人之妆也。）丰姿绰约，盈盈下拜。说是奉李纨之命，带来几色绫罗布匹，替湘云做嫁妆，并要住几日，相帮料理针线。宝玉因笑道："大嫂子可会算卦不成？迟不送，早不送，偏今儿送来了。又是衣料，又是人手的。"宝钗盯了湘云，笑道："神佛保佑。不做几件衣裳还成么？"湘云只要宝玉退衣料去。宝玉瞧瞧宝钗，宝钗道："只得依他。"原来麝月见家中艰难，无力备办湘云嫁妆，怕委屈了湘云，因悄命焙茗报知李纨、春纤。彼时，春纤向湘云道喜，又道："这往后，我就有姑爷叫了。省得听莺儿姐姐叫姑爷，叫的我嘴馋，却没的叫。"那史湘云听此，百感交集，成诗一首，走到上房，取宝玉画笔写道：（才女至于无笔，叹叹！——岂止湘云，宝玉也只有糊口之画笔耳。）

茫茫大空静，落落钟声疲。
莺花眼底过，岁月忽如遗。
旂鼓壮朱户，风日丽瑶墀。

北堂广开宴，霞阁频敲棋。
幻化人间世，罡风折绣旂。
汤沪五月渡，梁狱三年羁。
铁槛遗白骨，风窗补缁衣。
荧荧灯豆小，漠漠天云低。
蒲柳伤情怯，蝼蛄鸣数奇。
一从来帝乡，十载常相依。
竹梅同本性，藜藿共甘之。
恨海方无际，星桥渡有期。
泪湿红锦冷，潺潺那可持。
年来不知味，欲辨心先迷。

写毕，拿与宝玉、宝钗看了。宝玉不禁泪下。宝钗道："在这喜事上，不应如此！"只此一句，便也哽咽住了。（真是：年来不知味，欲辨心先迷。）

看看吉期已到，若兰迎娶湘云，洞房相见，彼此歔欷感叹不已。自后，若兰敬重湘云高情苦熬，诸事总依湘云之意。湘云礼敬夫子，恪尽妇职。灯前月下，也是寻诗觅句，说古论今。也曾一同看望宝玉、宝钗，别处则绝不走动。虽是寄居冯府，日子还过的松心，专等旨意下来，再定行止。（笔势一纵，为下文作势。）

谁知好景不常。蛮徼节度因事卸任。那新节度上任后，到处寻事生非，献功邀宠。寻来觅去，竟发觉卫若兰不在蛮徼，便以私逃报到京中来了。（险恶小人，可恶之极。）这日，冯老爷闻知此事，下朝回府，不及更衣，径到外书房，恰见若兰、紫英对弈，忙告诉他二人明白。若兰如闻惊雷，一时不知所措。冯老爷道："事不宜迟，贤侄速速整顿行装，明日一早，送你夫妻上路，早回蛮徼自理，免得祸及令尊。"若兰依言自回房收拾。这里紫英向冯老爷道："据孩儿想来，卫世兄并非军流，只是奉旨侍奉双亲。今奉父命来京完婚，如何诬为私逃？只是目下仕途险恶，如无得力之人代为分说，必难自明。还请父亲与那王副使写一书字，托彼从中相助才是！"冯老爷不以为然，道："他寄居此处，咱们已有干系。如今不说回避，反要出面说情，岂非寻事！"紫英道："卫家亲友虽多，眼下唯有咱们还可相助，如是袖手，莫非不妥。且王副使为人，善善恶恶，又与父亲生死之交，似无用过虑。"冯老爷益发不悦，叹道："孺子之见如此。他带去书信，万一有些闪失，我这官还作的成么？"说毕，起身出房。紫英心内发急，忙迎面扑通一声跪下，（此从顾梁汾为救吴兆骞屈膝事化来。）道："父亲果然怕有闪失，孩儿亲自送他南去，面见王副使，如何？总求父亲疼他！"冯老爷勃然大怒，退后半步，指了他，骂道："越发胡言！别人见你这畜生送他去，祸至无日矣！"紫英听此，心内自道："骂的是。"又见他父亲举步出门，忙一把拉了衣襟，顾不的摘帽，便叩头有声！哀求道："只求父亲修一书字，那卫家父子素昔谨慎，此事性命攸关，自必更加在意。如是眼瞧他蒙冤受屈，闹出事来，必然究其行迹，父亲难免不便。"（无此数语，书不修也。）冯老爷闻此，止步，沉思片刻，命他立起，顿足叹道："设如因此获罪，我自怨溺爱不明罢。"乃回身走至案前，立即修书迄，付与紫英，道："你自打发他夫妻上路，越早越好！"说毕，起身走出书房。这里紫英心下稍安，乃掸土正冠，唤人来，跨院里请来若兰，执手道："不意出此变故，只得暂时分别。这里有家父手书一封，世兄可面交王副使，必有可以照应之处。此信极有关系，小心在意，勿得遗失，千万千万！"若兰收了信，又复谢了。二人款叙数语，紫英催他回房收拾，又道："吃食、车辆我自备妥，明晨再得相送。"又命人拿来行仪，送他回房。若兰辞谢不得，只好拜领，去了。

若兰一路盘算，进的房来，见湘云已将衣物打点停当。忽念一事，由不的呆了。史湘云见他呆住，因道："早就料到有此一步，不能放归，便都到蛮徼去，不想又添事故。咱们只管南去，总比一南一北，空自悬念强。你又何必如此！"若兰倚案坐下，道："此言固是。我想的，贤妻是重身之人，坐不的车呢！且待我向紫英说过，暂时留你在此，产后再南行罢！"湘云不从，乃道："即便小月了，也是常事，并未听见有几个小月之人怎么样了的，竟不必多虑！"若兰叹道："如今说的是路上呢，比不的在家，到那时，哭皇天也不灵。小儿自不必说，你的身子要紧。在那荒郊野道上，我这两只手能做的何事？"湘云细细想来，果真不可随去。如是不去，又那里舍的！这多年含辛茹苦，熬日煎月，所为何来！只今新婚才得几日，便又要长别。况且他这一去，吉凶未卜，怎能令人放心！素昔只怜织女命苦，那织女也未曾为牛郎担心害怕！那嫦娥寂处广寒，尚是咎由自取，我有何差错，竟然遭际如此！（应"金麒麟伏白首双星"。）

若兰见他一脸严霜，两汪恨水，神色大异，心里明白，他又想到别处去了！也不禁凝目扼腕，却又忍下，口中劝道："贤妻想开些！冯世兄说了，我不过奉旨随侍双亲，又不是军流人犯，奉双亲之命来京完婚，原无碍的。兼是有冯世伯书字，那副使必有照应。日后举家返京，自然极好。即或还要在那边长住，待你产后，冯世伯自然打发人送你母子去。此别不过一年，你又何必过于伤悲！"那史湘云痴坐半晌，不禁下泪，说道："世路坎坷，为宦无常。纵然冯世伯古道长存，咱们能断定他宦途风平浪静么？送我一节，怕是难以办到。"又泣道："你且作速回南自理，待事情了结，及时遣人来京接我，别叫我久寄他人篱下才是！"卫若兰耳听此言，一时浊气上涌，一拳击下，震的桌上什物当郎乱响，发狠道："上不能解救双亲，下不能卫护妻子，枉立天地之间，有何面目见人！"一边转身回手，摘下壁间佩剑，霍的一声，掣出一道寒光，便要自刎。（刚烈如见。）那史湘云正一腔幽怨难以自解，更那堪见他如此，早扑上前来，抢那利刃，尚未到手，便肝崩肺裂，倒在若兰身上。那卫若兰经他一撞，倒清醒了，忙扔了佩剑，双手抱起湘云，倚怀内，泪流满面，口中只唤："贤妻醒来！"待得湘云哭出声来，睁眼瞧时，见若兰好端端的，方才渐渐平息，因嗔道："眼下是何时候，岂能如此任性使气！"那卫若兰益发愧恨交织，垂首合目，泣不成声。湘云细细思谋一番，说道："眼下不是伤痛时候，速速南去，堂上双亲还不知如何呢！都中的事，据我想来，冯世伯现职，我住他家，万一如何，不免牵连于他。不如仍到贾宅暂住。我在彼处已有多年，遇事有话可讲，况且他已是平民百姓，不致再有人为他操心。你道是么？"见若兰称是，便推开他，道："你立即回了世伯才好，一发到宝哥哥处先知会一声。"若兰依言，理理衣衫，去了。

忽的风起空庭，穿帘扑人而来，湘云因念：他不过几件单衣，如今长途跋涉，怎禁的那板桥霜冷，茅店月寒。因回手解开那水红印花布包袱，取出几件自己的衣衫，与他套在里面，也好御些风寒。又取出李纨、袭人添箱的几件钗钏，帕子裹了，与他带去，到万般无奈时，也还换得些银子使用，连同紫英赠银，一并替他包妥。再想想，无甚必做之事，于是，寻了针线，拣一条鲛帕坐窗下拉花去。待得若兰归来，流着泪递与他，道："但愿明年能得相见！"若兰瞧时，帕上拉的是喜鹊桥上双星弄子，（点睛。）禁不住又滚下泪来。这一夜，二人诉不尽的旧怨新愁，道不完的离情别绪，多年相思，数月恩爱，何曾料到今日又生这番变故！其哀伤幽怨难分难舍之情，彻夜不眠之状，听书诸公何曾经历！蠢物也不忍再说下去了。

次日一早，湘云拜辞冯府诸人，二门外上车，出了府门。紫英携了若兰，又送一程，见若兰再三请他留步，乃执手悄嘱，道："此去事或不顺，是必委屈求全。如今圣人在位，泽及草木，（此所谓"称功颂德，眷眷无穷"也。）弟于京中，自当尽力。蛮徼边陲之地，局势无常，谨慎留意为是。知兄刚烈异常，祈勿赴险，千万千万！"言讫泪下。若兰叹道："兄之深情厚意，弟岂不解？只是丈夫贵在有为。（好个"贵在有为"。）设如不顺，自不能弓留漠外，无已，旆入扶余耳。别了罢！"于是拱手别过，登车径至贾宅。见了宝玉，若兰道："即此便要上路，余意无用启齿。"说毕，深深一揖。宝玉急忙还礼，口中说道："尽管放心，但愿早日返京，再得聚首。"若兰又将紫英所赠行仪取出一封，放到桌上，道："且留下些。"宝玉仍与他放行囊中，道："长途跋涉，料不定有何意外费用。这里纵寒素些，还不愁粗茶淡饭。"说毕，不待若兰再说，便携了手送出房来。又示意麝月，拉湘云一同送至门外。（你看他如何周到，的是宝玉。）若兰强自镇定，从容拱手，向三人道声珍重，揽衣登车而去。湘云见宝玉两眼含泪，反劝他，道："这种事，天下多有，不记的少陵的《新婚别》了？"宝玉凝视前方，一动不动，只道："如今天下升平，并无战事，（耐人寻味。）咱们都不必伤心。"欲知湘云如何，且听下回分解。

匡家欠债逃跑，与用在贾琏一家之花费，使宝玉家计陷入极困之境，已是一贫如洗。加以贾政尚在拼凑赔项，宝玉便愿离京南下，亦无可依托，景况大变，逼出后文"噎酸虀""围破毡""打更""捡煤渣"来，此回亦一关键也。

第一百七回

卖字画寒冬噎酸齑　做针黹雪夜围破毡

十二钗中，巧姐事最少，在前部年幼，尚可，后部则不可。而卖巧姐回显充配角，此补书之一失也。赖此回作一补救，写其劳苦，无怨，安贫若素，全系农家情怀，又不失其诗书教养，大有太白两孙女之风致，不愧为十二钗正册人物。处处与春纤对比，愈比愈明。

贾兰弃官虽未形成事实，其不能飞黄腾达也明矣。“课制艺”“中举”并此回皆着重写李纨。似补前书待足之处。

上回书说的是，卫若兰再赴蛮徼，史湘云重居贾宅。时值重阳将至，宝钗因遣焙茗去接春纤来走娘家，过重阳，与湘云会面。宝玉道：“越发告诉大嫂子，今年别接巧姐儿，让咱们接来过节好了。”焙茗领命去讫，忽见李敬那书童走来，说道：“我们爷请二爷节间同至城外登高辞青。嫩蟹香糟，全已备妥，二爷别再费事。小的还要去请林太医，也不敢在此领茶。”说毕，匆匆去了。

次日，湘云、麝月正爬高上梯的在户牖上贴菊叶应景，便见春纤先到了。那春纤将带来的吃食，一件件取出，有新蒸的三层糖面花糕，夹着红枣肉卷的莲子，并糖炒黄栗等诸般细果，另有糟蟹、烤肉、黄芽菜并菊花酒，乃向史湘云笑道："你侄儿说，姑娘喜吃黄芽菜，特意遣人到安肃买来这的真地道货。"湘云下的地来，笑道："你这丫头，少在我面前扮妖作怪！他如何知我好吃黄芽菜？必是你告诉了他，可是不是？"恰宝钗抱了几件半干的衣衫走来，便笑道："瞧，你这作姑妈的，孩子们孝敬你，你还不领情么！"说的众人都笑了。说笑间，巧姐儿也来了。只见他一身村姑打扮，唯有那面庞儿、身段儿如先前一般。宝钗没容他见礼，忙放下衣衫，一把揽在怀里抚摩他，禁不住眼中含泪。湘云拉了手儿与他说话，瞧那双手又干又瘦，比自家的手还要粗涩，（一笔两人具见。）乃举了与众人瞧，口中说道："王家亲家也忒不心疼人。"又问他："你也下地做活儿呢？"巧姐儿道："素日里我只帮着做饭涮洗，夜里学纺花。唯有秋头、五月，才下地做些轻活儿。村里人都是这样，我还没有他们做活儿多呢！"（实情如此，非故意宽慰娘家人也。）这里麝月已将巧姐儿带来的提篮拿了来，掀了盖，见有新黄米面包红枣做的煎糕，荞麦面和秦椒压的合酪，又是腌擘蓝、韭花菜等家常自做的诸般食品，都道："又叫亲家费这事！"彼时，巧姐儿并春纤方得便上前一一见礼，问宝玉时，已会李敬去了。众人都问李纨好，问贾兰公事忙，问王亲家好，村子里日子过的如何，做农家活儿极劳累的罢？巧姐儿道："眼下好了。日里做活，不觉很累，夜里纺花，总打盹儿，每每向炕上一躺，手脚便不想挪动了。"众人听的无不心疼，都要他在城里多住几日。

说话间，天阴了。俄顷，细雨霏霏。春纤噘嘴沉腮的说道："天也可恶，人家回娘家，他偏要下雨。"巧姐儿笑道："重阳无雨盼十三，十三无雨一冬干。今儿下雨，明年吃好麦呢。只是今儿不得出城了。"乃拉了春纤出至廊檐下赏菊。见十几盆菊花堆成一座小小的九花塔，巧姐叹道："这个比当年的耐看，只是少了些。"春纤道："衙门里有几盆，叫什么黄金带、白玉盘的，又有唤作桃花扇、方金印的，听说都是最雅最细的，我却瞧不出什么雅。"巧姐笑道："那么肥，那么艳，有何好瞧？还是这几盆瘦棱棱、淡淡的好。这才配的上秋风秋日呢！"（到底在大观园长大，念过诗，想雪雁结局也近此，只不像巧姐安之若素耳。）

一时吃食都已收拾妥当，麝月先搬出街上买来的酸枣捣糕、火炙脆枣、卤作油糖果并自蒸的发面垒果花糕，又将他二人带来的诸般吃食并菊花酒摆了满桌子，请众人围坐吃喝。巧姐道："二叔还没的回来呢。"宝钗笑道："他回来就醉了。咱们只管吃喝。"饭后，雨止。春纤带了巧姐，（一"带"字，令人鼻酸。）坐车走了。

谁知这日史湘云脚下偶滑，跌倒炕边，竟真个小月了。麝月请来东邻宋大娘相帮照料。宋大娘瞧了，说道："孩子可惜了，大人伤血过多，治病要紧。"西大街那位陈大夫开了胶艾汤，两剂后，方止住下血，却仍是胸膈痞闷，精神短缺，不能起床。众人商议要请李绮之夫来看脉，焙茗道："竟不必去了。上次我去县丞署送信，听说那吕大夫病废，李家三姑奶奶虽是代夫行医，那医道可就差远了。"（顺笔又涉李绮。）麝月因道："别的大夫不请也罢了，姑奶奶这病必得名医，如能请到当年王太医方可。"宝钗赞道："很是。"便问宝玉："焙茗去请，定准不来，你又不登官府，这便如何是好？"宝玉二话不说，只道："我上太医院去。"（如此际尚不登官府，岂宝玉哉？）宝钗、麝月闻听大喜。宝钗亲自开了坐柜，柜底上翻出一个雕漆小木匣，抽去匣盖，取出一个大红洋布小包儿，内包两块碎银，掂了掂，拣那大块放桌上，道："这个不足一两，作轿马费也不算轻了。总以请来为要！"一面又包起那小块装入匣中，（贫困之状如见。）忽又拿出，道："索性放外边罢，还要买些厚味补补身子。"（这才是宝钗。）于是，打发二人去讫。

二人寻到太医院，方知王太医早已高升院判，掌六直，给事外延，此时已回下处。又问了下处，急忙折回，直到午错方得见到。那王院判倒还念旧，细细问过，说道："今日已晚，明日准去看脉。"焙茗取出银子，放在桌上，宝玉躬身求道："舍表妹卧病多日，仰俟高明，如大旱之望云霓。"王院判无奈，便吩咐小厮备轿，又估量着带了药物、戥子。一时轿到贾宅，看过脉息，宝玉让到上房落座，献茶。王院判道："病势是险，也尚无碍。原是气恼所致，不比寻常。设如仅按小月亏损用药，自然不妥，必加平肝顺气舒郁之味方可。究竟这也只是医家手段，尚非愈病妙诀。必得寻找气恼所起之由，认真开导，方得药半功倍。"说毕，写了医案药方。宝玉瞧时，也有补益之味，却别加乌药、槟榔、木香、厚朴诸物，便道："足见高明。"王院判随即称了药，坐轿去了。

麝月立时添水煎药。宝玉来至东屋外间，隔着软帘说了王太医之言，劝湘云道："还望妹妹真真想开些。今来古往，大凡成就一番事业的，莫不备受委屈。盲左腐迁不必说了，便是韩昌黎斥逐海隅，辛弃疾蛰居带湖，谁个不是！卫世兄此番遭遇，（湘云病根在此。）也应作如是观。日后也必将成就一番事业，遗惠后人。妹妹如是闷闷不乐，一旦酿成大病，于卫世兄何益？"那史湘云听此，越发呜咽起来。宝钗在里间发话，道："这些话不必说了，正经画画儿去罢！"吃饭时，宝钗向宝玉道："你那话自然是的，我也这么劝过多次。但凡劝他，他必说想开了，反来劝我，只怕咱们为他难过。实在的郁结未解。据我之意，那些道理，他何尝不知，只是难以排遣。不如接春纤来，与他开心，（绝妙医术，正合王太医所论，想是从前书"张太医论病细究源"演化而来。雪芹精于医理，补书人循径以求，大致不背。）比吃几剂药还强呢！"宝玉点头，立即修书。

到次日，焙茗持书一径到了贾兰衙门，通报进去，立即在后堂传见。焙茗叩见了李纨、贾兰，呈上书字，李纨命人带他下去用饭。彼时贾兰念了书字，李纨叹道："我正念叨他们呢，谁知你姑妈竟如此命蹇！作速预备了，我亲自带春纤去！"贾兰道："母亲尚未大安，只命他带个丫头去也罢了。"李纨执意不可，且不准带丫鬟。贾兰依了，又道："上次送的三百银子，原封退回了。眼下我姑妈大病，正要银子使，母亲亲自带去罢！"李纨道："你究竟年轻，不知他们。我亲自带去也不收的。况且你姑妈早放出他了，如何再作丫头卖！咱们抬举春纤，他就合心合意了。你只管多备吃食，少备银两，再备车我们坐。"贾兰道："现成的轿，现成执事，何用备车？"李纨笑道："这是去你二叔家，不是别处，（写李纨而宝玉、湘云并见。）明白了罢！"贾兰领悟。李纨又吩咐春纤："穿几件上好颜色衣裳，并把我往年旧衣找出。"（一般探病，两般换装，大嫂子用心深矣。）一时都已齐备。李纨见是七品命妇之车，又命："速换庶民用车。"（是已请得敕封了。"戴珠冠""披凤袄"也。）说话车到。李纨见是黑漆、平顶、皂幔，这才点头。（有嫂如此，玉、钗、湘足以感慰。）春纤搀他踏了车蹬子，上得车去。管家媳妇搀春纤上了车，将车帘放下，又伏在车窗前往里瞧，道："太太往老太太这边靠些。"又摆正辕口新换的那块猩红毡车垫，这才走开，唤小厮进来抬了车拉出去。两个车把式上前套两匹驯骡，拴好夹板，一人一边站了，鞭梢一响，如飞而去！（贾兰既已居官，家中势派也不可少。）

车到贾宅，宝玉、宝钗忙迎出来，不及相叙，便领到东屋，先瞧湘云。那李纨见湘云玉容惨戚，心里一阵酸疼，忙上前拉了手说话，然后春纤上前拜见了。湘云见他衣着华丽，体态越发丰盈，轻轻笑了，向宝玉、宝钗道："你们瞧，大嫂子多会调理人。"春纤听了，把脸一红，道："就是姑娘能说这些话。多时不见，见了面也不给人说句知心话儿，开口便打趣人。"宝钗见他仍是这般有趣，笑道："咱们快走开，让他二人亲亲热热的说知心话儿，别叫咱们听了去。"李纨也忍不住，笑道："从今儿起，仍服侍你姑奶奶。黑天白日的说知心话，可好？"春纤笑应了，脱了外面衣衫，拉了麝月去做饭。麝月见他洗菜仍是哗哗的，水星四溅，便笑道："做了官太太仍这么着，也不怕湿了你那好衣衫？"春纤猛的站起，伸出两只湿手向他脸上抹来，口里笑说："你做大姐姐的，还这么打趣人，瞧我不抹你一脸水！"麝月忙偏过头，那肩上早湿了一片。（好看煞。）二人顽笑一阵，见药已煎好，便换上锅做饭，端了药去。李纨见了，上前扶起湘云，搂在怀内，笑道："咱们亲热亲热，就在嫂子怀里吃苦水罢！"湘云佯嗔道："你要与我开心，就长住这儿，不许回家！"李纨喂了药，说些大观园里的往事，又说些近年新文，与湘云解闷。问起贾兰，李纨叹道："这几个月，为一件乡绅霸占小民房产案子，三番五次要掼了那顶纱帽。如今为民作主的官，并没听说过，他这么不合时宜，日后艰难不小呢！"说话间，饭到，请李纨用饭。李纨便命春纤一同来吃，省的又费事。春纤一一让过，侧坐相陪。麝月又端来几个盘子，满满摆一桌子：酱瓜、酱笋、酱萝卜、酱落花生、酱甘露儿，竟都有的。（妙，唐掌柜作坊中之物也，艰难之状可见。）春纤心里只念：宝二爷口味变了，这么喜吃酱菜。一时饭毕，麝月捧上茶来。宝钗又将李纨带来的吃食、银两等事告诉湘云，又说："让春纤服侍妹妹，麝月去服侍大嫂子。"湘云道："有春纤在这儿呢，你也回上房睡罢！好好歇歇，这程子够你累的！"夜里，春纤真个和他姑娘说了会子知心话儿，又要回了李纨，接湘云衙门里去住，道："这里吃用都不居便。"湘云摇摇头，合眼自睡。

李纨一住三日。见湘云果然精神不同，便留下春纤，独自去瞧李婶娘。半月后，湘云已能下床，停了药，又保养数日，方命焙茗雇车，送春纤回衙。临行，春纤向湘云道："姑娘再有了病，还叫我来。服侍他，不如服侍姑娘省事。"湘云忍不住笑道："我永不生病了。想来，就告诉你们老太太，就说我叫你呢！"春纤道："用敢情好。但只是我想来的话，姑娘不要说。上次我生病，他们都说是想姑娘想出病来。他们不知的，我还想宝二奶奶和麝月姐姐呢。他们都没的猜全。"湘云笑着赶忙打发他回去，不在话下。

光阴荏苒，早又秋去冬来。这日云滞长空，冰凝大地，霰如星碎，雪似絮飞。只为程家酒店索画甚急，宝玉只得临窗作画，一幅未毕，手指便冻的不服使用了。乃搁笔搓手，又放下袍袖，袖起手来。身上虽寒，腹中却热的紧。方才专心作画尚可，此刻一闲，便受不住这寒热交迫了。锅里舀杯开水，吃茶取暖。又在房中快步走几遭，然后脱了那件头年新作的褡裢布棉褂子，戴上紫黑檐毡帽，步出房门，廊檐下站了。学那走江湖卖艺的，伸臂蹬腿，乱蹦一番，直待气喘吁吁，浑身出汗，方才收住。（说部中有冬晨绕城疾步，谓之暖脚者，当也类此。）麝月忙把棉褂子替他穿了，又进房捧一杯热水来与他。见他仍是一手持杯，一手握拳，叉于腰际，两目凝视遥空。那褂子虽是旧了，却仍整削合体，倒也衬的人还有些气度。不禁笑问："今儿大雪，还要做你那旧功课，一站半日的？"宝玉一面吃水，一面笑道："今儿只吃一杯茶了事。"谁知只吃的两口，便忙扭身进房。问他何故，笑道："留点暖气，画完这幅画才是！"一时画成，袖了手，吩咐麝月收拾画具。那麝月瞧了画，惊问道："你这墨笔如何画出白雪来？"宝玉笑道："不希奇，卖画的都会这个。这叫不画之画，全在衬托。古人弹琵琶诗说的'此时无声胜有声'，与此可通。"又问道："你瞧那竹子，像院子里的么？"麝月比着细细瞧过，摇头道："不甚像呢，那几竿竹子，雪压的垂了头，这画儿上的，倒也有些子弯，却是还往上挺呢，你如何不比着院子里的画？"

宝玉正待答言，却见焙茗手里端一盆什么菜，走进房来，放在桌上，一面掸雪，一面说道："这么天寒地冻的，二爷还作画呢！"又道："今儿唐掌柜来作坊，进这虀菜替二爷下饭！"（"进"字，妙！是焙茗口吻。）宝玉喜道："妙。这大雪天，多日吃不到菜了。"彼时，麝月裁了纸条糊那门窗缝隙，听他这话，不禁笑道："多日没菜吃，都为下雪么？"宝玉悟道："是了！你说过，这街上没有卖菜的！"（君子可欺之以方耶？抑不忍伤玉之心耶？）焙茗闻此，忍住笑，且向麝月发话："没菜吃，何不早告诉我！二爷纵然顾不上这些，你如何也不说话？"麝月道："少说废话！瞧这房顶，露着天，冷气灌了满屋子，人受的了？你也不雇个人收拾！这可是我告诉你多次的呢！"焙茗抬头望去，果见那露天处，风吹下雪花来，只得搭讪道："我只道露天不漏雨，也还罢了，反正明春就要给唐家腾房，何必咱再费事呢？却忘了冬天漏风！"又笑道："老房露天，升火冒烟。明儿升火，不必支窗，那烟就跑了，岂不省了烟囱！（的是焙茗，认了不是，也得来句笑话解嘲。）待明日天晴，我上房收拾便了。"麝月听他今儿的话，像是真的，便不再言语，自去切了虀菜，盛上粥，四人围坐吃饭。

那宝玉多日未曾吃菜，一伸箸，夹了许多，满口嚼去，酸的他龇牙咧嘴，又舍不的吐出，忙一口咽下，不防噎住了，噎的掉下几滴眼泪，直待那菜渐渐下完，方长出一口气，问道："是何阿物儿，这么酸？"焙茗笑道："这可是俄罗斯的宝货呢，在京东足足十万八千里，又飘洋过海的，好容易才贡了来。那果子大的足有二斤，小的也有八两，甜丝丝极好吃。谁知他这蔓条叶子却酸的倒牙。咱们也都吃过，想想看，是何物儿？"众人停了箸想去，竟都想不出。麝月道："你直说了不就完了，又这么卖关子！"焙茗拊掌笑道："就是那山芋呢。不信，你问二爷。是不是外国来的？"众人听此，莫不发笑，焙茗道："进贡的话，没一千年也五百年了。这如今，山庄水村那儿不种，也便不值钱了。这条蔓叶子，只用洗净，沤上几天便成，各色调料一概不用。说是咸菜，却一点盐味也无的，只是酸的利口，吃多了，是有些顶不住呢！"宝钗笑道："我吃着好，不知你们的脾胃怎样？"（宝钗喜酸，从未见过，莫非喜兆？待后文。）忽想起一事，问焙茗道："你在作坊里帮什么活儿，那唐掌柜待你如何？"

焙茗回道："有时在酱菜坊里替他绞一桶水，也在蒸锅坊里劈几斧柴。干不干，吃饱饭。主客相处，不错。"又笑道："那唐掌柜做买卖倒是精，只是不会拨算盘，时不时的，背了他那账房先生，烦我替他盘账呢！"宝钗因道："他有个外甥女儿，和你同岁，好个齐整模样儿，又念过两年书，没爹没娘的，自幼在他家长大。你二爷要替你说来做媳妇，你道如何？果真成了亲，你还怕没吃的？还怕没做的？"焙茗想了想，笑道："人家那么大富大贵，愿意嫁我这个一人吃饱全家不饥的？少公没婆，日后生儿育女，又没的人照应！"宝玉笑道："这个，你便放心。他见你能写会算，想招你入赘，替他管账呢！上次在作坊里说话儿，他亲口托我作大媒。昨日你奶奶到他家相看了。"焙茗因念：二奶奶见过本人，这么称许他，想必是好，便笑道："我总听二爷的话。既是爷、奶奶都说好，便应了他。"湘云因瞧着宝玉，打趣他，道："人常说，说成三个媒便要成仙。你再说成两个，白日飞升罢。"宝钗也趁便打趣他，道："成了仙，如何到苇潭边散心去？"众人一面说笑，早已饭毕。麝月收拾碗箸，焙茗方才笑问："明儿给程掌柜送回么？"宝玉道："原是水西庄的人急着回去，他才来催画儿。已是说定，酒店里有人来取，你竟不必去送了。明儿没事。"焙茗又闲话数语，自回作坊里睡去。

这里麝月掌灯，放炕桌上，三人围坐做针线，宝玉独自向炉取暖。麝月刚说起前晌厉大嫂来串门儿，宝钗便道："何必提他，他那嘴里能有正经话！"宝玉因向湘云道："这厉大嫂可够厉害的。今日当着他二人抱怨我一大堆！"湘云听的诧异，便问："又怎么抱怨你？井水不犯河水的。"宝玉道："抱怨我糊涂，不去作官，每日里吃不饱穿不暖的。说话便是冬至，姑娘、奶奶都还没穿上寒衣。这也罢了，原是实情。又抱怨我不作官，连累他沾不了光。"湘云笑道："这不疯了！邻居作了官，他有何光可沾？"宝玉叹道："一人成佛，鸡犬升天。他大概洞明世事。"宝钗见他又发了疯傻症，便道："冬寒十月，人家都盖上被子睡觉呢，你却有精神闲磕牙，还不闭了眼，吸气养神去！"宝玉道："人家是人家，咱们是咱们。你们还替人家赶活计，熬夜呢！我且外面赏雪去，回来告诉你们知道，岂不添些兴致！"麝月笑他黄柏树下弹琴，苦中取乐。宝钗笑说："也还罢了，总比愁天闷地的少叫人担心些。"

那宝玉出至檐下，见空中犹自大片大片的落雪，房前梅枝、竹叶上早已厚厚的了。因思那年栊翠庵吃梅花雪，我且收这竹叶雪来吃茶，岂不清韵？便回身进房，笑道："我弄点好东西犒劳你们。"便拿个磁盆，涮洗净了，放桌上空水珠儿。又换上木屐，戴上那顶旧年竹笠，先站在台阶上收了半盆，又拖条长凳放台阶下，站上，将向南那几枝上的雪也轻轻收了，已是满满一盆。口内呲哈着，端到炉边化雪水。又忙将两手擦干，伸到火边取暖。湘云乃道："你也真闲不住。缸里那水还不够你用？却外面受冻去！"宝玉只道："这是竹叶雪，咱们品一品，比妙玉那梅花雪如何。"宝钗道："妙玉那话，我却不信。他自为雪花极轻，又从梅花上收来，便说什么梅花雪味道轻浮了。其实，只不过茶味轻浮罢了。你不信真，不妨到腊月里，也收些梅花雪，别泡好茶叶，试试瞧！"一面说着，只觉冷气袭人，抬头环顾，只见屋门开着，知系宝玉进屋忘记关的。因停下针，起身关了门。又把身上那条破毡裹紧些，笑道："说起茶来，便想起笑话儿了。那年，我们游惠山，买一壶惠山泉，沏了洞庭炒青。除了茶味，只不过有点子光滑，没甚妙处。

亏一个当地老人指教，不沏茶方好。便换了一壶，果然不同，满口光滑，另有一种滋味，不甜、不香，有点子像漂白衣裳时那味道儿，细品，却又不是，竟比各色名茶还妙呢！还待细细品尝，不料哥哥走进来，满口嚷渴，端起壶，一口气吃干了。”说的都笑了。宝玉笑道：“除薛大哥，再没人是这么吃法。”宝钗又道：“归途路过京口，我们上妙高台。那金山寺住持请我们吃天下第一泉，果然妙，比惠山泉味儿浓，一口下去，舌上便厚了许多，咽喉里也就有味了，只有古人说的那个‘醇’字，略可形容。怪不的说是天下第一呢！”

湘云刚绾了线疙瘩，停了手，因道：“这第一泉我也品过。据我揣测，便是唐人记的南零水。唐朝江水大，泉眼在大江中，与江水不易区分，便有认不准地方误取的。而今江水落了，泉眼却在地面上。”宝玉问他：“何据？”湘云道：“你忘了？‘中泠南畔石盘陀，古来出没随涛波。’泠与零，同音字，中泠之南，不是南零么？宋人已说他出没无常，时至今日，便出而不没了。”宝钗笑道：“这话虽与方志所载不合，也还有点子意思。”说话间，雪水已沸。宝玉拿来四只碗，每人浅浅半碗。都停了针线，细细品尝。麝月道：“倒是清爽利口，又有些甜味，却不觉舌厚。”宝玉道：“这个自然。天上来的，还能与石头缝儿里冒出的一样。”乃向宝钗笑道：“这竹叶雪是不轻浮，想那梅花雪不放好茶叶，自必与此无甚大异，还是你说的是。”

宝钗听了，因瞧着他，笑道：“哟，可听了你一句称赞的话！”一语引的众人都笑了。宝钗乃检点针线，向湘云道：“我这件齐了，他那件只剩两对扣子。这会子还不乏，咱们也赏夜雪去！”湘云道：“这么大风大雪的，我不去。”宝玉因道：“妹妹怎么就忘了，没有卷茅的大风，何来‘广厦千万间’的名句？没有马不能前的蓝关雪，那儿有韩退之的佳构？当年琏二哥要趁大风大雨开社联句，虽是取笑，果然那样，有好诗可瞧呢。都是‘无风仍脉脉’‘瑞释九重焦’，也就忒熟烂了。”宝钗听他又信口开河，便不理他，只向湘云道：“多少年没的闲情作诗，好容易这几日心闲，赏雪联句不好？你怕冷，我围的这条毡子给你披上。”湘云起身道：“不必，我也围着呢！”宝玉由不的又劝道：“今儿成了王家这袄儿，明儿赶着做你们的棉衣罢！成日家围条破毡子，倘或冻出病来，如何是好！”

三人出至檐下，彼时大雪已淹没一层台阶，犹自赶着往下落。空中似亮不亮，似灰不灰，较之日间别觉深邃。宝钗道：“这雪景可与白日大不相同，咱们联句，当重不了芦雪广。”湘云道：“古人咏雪最多，重不了芦雪广，怕也难出《昌黎集》。我便不喜韩退之，难为他竟说出那么多形似之语，后人咏雪竟难觅空处。”正说着，有几大片雪花竟扑到宝玉脸上。宝玉拭了，笑道：“雪花如此亲热，不作诗，对不住雪花呢！”湘云道：“我却想学那柳子厚，弄条小船，独钓寒江去。”宝钗正要说话，不防鼻中一痒，打个嚏喷，接着又是一个，忙把湘云揽入怀内，紧紧搂住取暖。湘云笑他体弱，经不的寒气。宝钗笑道：“你别笑人。你浑身打战呢！”又道：“那柳子厚在南方，自然那样，你在北方也去效颦，怕不把你冻坏了，岂止打嚏喷呢！还不如学那岑嘉州，躺到帐篷里，吟什么‘忽如一夜春风来，千树万树梨花开’去。”湘云也笑了，却道：“梨花似雪，尚可。雪似梨花，除了松柏树，别的树上不像呢！”宝玉瞧墙椅角里那棵拗松上，成堆成块的积雪，点头道："妹妹这话也有道理。"一面说着，忽然心动，道："有了。我先说几句你们听听，随后再联句罢。"乃指了拗松，吟道：

势不干霄材构堂，未藏蛟凤为乖张。
何当横逸织大帐，尽纳寒虫遮雪霜。

湘云笑道："不来咏雪，却自比这不成材的拗松，想必才尽！"彼时，麝月缀完衣扣，抱着肩出房来，听湘云这么说，便取笑道："他可不敢自比松树。不记的那年说的话，什么'松柏不敢比'，不怕羞臊的才拿他混比呢！难道今儿不怕羞臊了？"因向钗、湘说了那年晴雯生病，宝玉自比坟圈里杨树，不愿比松柏的事，都听笑了。宝钗因道："倒还是那杨树有点子意思。枝叶不多，又那么笔直高耸，可也是风吹不折，雪压不弯，只那气势，就益人心智不少。"麝月指东墙外，笑道："那不是杨树，高的戳破天，唬死人，什么罕物儿！"湘云倚在宝钗怀内，道："我可不去说那杨树，还是这竹子有趣。"因吟道：

昨夜星辰今夜风，虚心高节自凌空。
幽情孤绪谁相伴，也舞清姿大雪中？

宝钗把脸挨靠湘云鬓边，笑道："别怕，作伴儿的有的是。"因吟道：

霜里精神雪里花，篱边槛外尽横斜。
一从嫁与林和靖，香彻山隈与水涯。
（几欲断炊者却有如是之高雅情致，阔论高谈。前部一群才女，后部一帮高人。）

湘云听了，扭脸问他："宝哥哥何时改姓了？"宝钗捶他一拳，顺手推开湘云，笑嗔道："不和你作伴，让你调皮去！"却听麝月道："黑更半夜的，又瞧不见写字，到明儿还不忘了？有这会子冷风朔气冻的人直哆嗦，倒不如早些歇了为是！"湘云拉了他，笑道："咱们歇着去，瞧你奶奶明儿养只仙鹤当娃娃才好呢！"宝钗只道："常听说，官场里有什么应酬诗，原本并无诗意。今日咱们口占这几句，也是应酬之类了。"（补书人也学着瞒读者，却是欲盖弥彰。）宝玉听他们取笑，无话说的，早已转身进房，拿了木锨来，敛出一条路，通到东屋门口，又敛了台阶上积雪。麝月搀了湘云去。要知后事，且听下回分解。

如此饥寒交迫，补书人必曾经历。否则，便欲描红也无红可描。

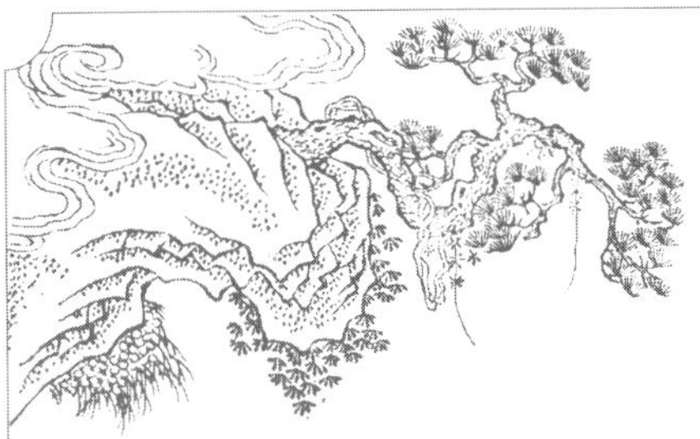

第一百八回

怜产妇且沿街乞食　避穆侯竟悬崖撒手

湘云行乞，当取某旧时真本。宝玉行乞显据《好了歌注》之脂批。湘云实写，宝玉虚点，芦雪广吃鹿肉，乃湘云主谋，宝玉承办，黛玉指为一群叫花子，岂为此处伏笔乎？

湘云行乞，异于乞儿，其言辞心情，动人心弦，即令补书人未曾经历，也必耳闻目睹，深知其事者。

第二十一回脂批云：“宝玉看（有）此世人莫忍为之毒，故后文方能有悬崖撒手一回；若他人得宝钗之妻，麝月之婢，岂能弃而为僧哉？玉一生偏僻处。”论者依此称高续写宝玉结局出家为不谬。细品此批，“悬崖撒手”一回非最终归宿也，《新补》所述者当合，宝玉终不为僧，拙著《真伪鉴红楼》有详说。

上回书说到贾宝玉画竹噎酸齑，赏雪围破毡，尽管心里闲愁万种，倒也十分安分。人常说，四海之内，莫非王土；率土之滨，莫非王臣。况在辇毂之下，历朝历代，何曾有一个遗贤？今当圣明之朝，更是群英尽举了。（又是称功颂德，眷眷无穷。）那贾宝玉虽算不得一个读书人，却也难为他，在京师竟小有声名，当道诸公，公余啜茗，竟也提及此人，聊作谈助。何况有穆莳这位识货的，便要上荐章了。这便使得那贾宝玉清闲不得，愤懑又生，言谈荒谬，举止乖张，真真的怪诞邪辟，非后生小子之楷模也。（全从“寄言纨绔与膏粱，莫效此儿形状”套来。）且说次日，雪仍不止，程家酒店没来取画儿。大雪一连数日，这可就见了贾家囤底儿了。幸赖焙茗冒着雪将鼓楼大街王家几件衣裳送去，拿回手工钱，买了煤米，总还未曾断炊。

展眼又是春暖花开。一日，宝钗临产，麝月仍请东邻宋大娘来。谁知却是难产，整整一天，方听得呱呱坠地，那宝钗早已晕过数次。宋大娘收拾停当，出至外间，向宝玉道喜，又道：“托老天爷的福，二奶奶总算有命了，只是身子不好，必得加意调养呢！快滚米汤做滟果与他吃！”说毕，又忙回里间看视宝钗。半晌，方见宝钗睁开双目，乃向他道喜，又道：“人常说先开花，后结子的好，恰先生了一位千金小姐。长大了，心灵手巧，叫他描鸾绣凤，招个好女婿，二奶奶有福享呢！停二年再抱个公子，长大了，叫他念书，中举人，点状元，放八府巡按，当朝一品，二奶奶便是老封君了。”宋大娘只顾兴头，何曾知道这鸡蛋一物与贾家久已绝缘，除日常衣物外，连那块通灵玉并金锁也早拿去卖了。（着眼。）宝玉只得找那程掌柜去，送几张画儿，预支些银钱，买鸡蛋小米回来。宋大娘见其家境委实艰难，怕湘云留饭，便向麝月交待，如何照料产妇，如何照护小儿，一一告诉明白，方作别回自家去。宝玉、湘云向他道谢、道乏，湘云又送至门外。

不料，一连几天，宝钗奶水不下，只能喂小姐儿米汤。宝钗产后虚弱，饮食不足养生，时常头晕目眩。宝玉再找程掌柜时，偏又到海口水西庄去了。那宝玉成日家呆呆的，一筹莫展，每当饭时，只吃几口便说饱了，都端给宝钗吃。麝月也是一天难得吃饱一顿。这日子别人尚可，第一是宝钗，吃不饱，如何得了！目下只得一途：求助于人。求人之事，不必说宝玉，便是宝钗也难办到。上次贾兰遣人送银子接济，没等宝玉说话，宝钗便命原封拿回，还赏送银子的五十个钱打酒吃。何况向人张口！这些事，史湘云看在眼里，想在心里，认定求人之事只得自己去，也说不的背后忍饥易，人前张口难了。（圣人作为，犹未必高此。）京中亲故，有数的几家。第一贾兰，只为审理一件霸占民产案，开罪乡绅，便被上司参了一本，左迁外省县丞，李纨虽是重病在身，不放心，便不顾死活也跟去了，眼下怕是凶多吉少。（了结李纨，所谓“也抵不了无常性命”。）贾芸为此气的卧床不起，红玉月间病早过去了。贾菖年轻轻的瘫痪在床，银蝶儿带着孩子苦熬，一日两餐，也是难的。巧姐、袭人远在乡间，秋纹等人又不知住在何处。李纹随婿家全徙关外极寒之地。冯家外任湖北。（顺笔了结了几处，冯家左迁莫非是若兰寄居事发？）唐掌柜处已吃过人家许多酱菜了，也不好再张口。算来算去，竟是无可告贷之处。狠狠心，抛头露面，侍候人去。日后告诉卫郎，想他雅量高致，必能谅我。于是，拭去眼泪，见那宋大娘去，将贾家景况说了，因问：“这近处可有雇人帮忙的？我去帮工，先支点钱替嫂子养养身子。”宋大娘道：“这后街上王掌柜家找人做饭，偏前日我领这院里黄二嫂上了工。别的还没听说。”（告贷无门，帮工难觅，逼出下文乞食。）说毕，从筐里拿一捆菜，道：“我儿子卖菜，家里不缺这个，姑娘只管拿去！”湘云不肯，告辞回来。

一进门便听小姐儿啼哭，刚几天的小儿，若有奶吃，何能终日如此，眼中扑簌簌掉下泪来。忙进入上房，只见宝玉歪在窗前大炕上，一脸蜡黄，困顿的紧，不忍见这模样，忙扭头进里间。见麝月已在炕沿上抱了小姐儿喂米汤。宝钗气短神疲，身上盖条旧被，合目而卧。听有人进屋，强睁双目，见是湘云，往里挪了挪。湘云坐下，拉了他的手，要宽慰几句，又没的词儿，不如不说，还实在些。春天风高，庭院里呼呼作响，里间门帘也应声摆动，满屋子寒森森的，竟似未曾升火。忙起身通火，又到后院作坊里抱些柴禾来，塞进火内，劈劈啪啪，登时烟腾雾起，呛的人干咳，不得睁眼，却是有了些暖意。

又听焙茗进房与宝玉说话。焙茗走后，宝玉两手抱了几个馒头进里间来，说是焙茗从后院作坊拿来的，（叹！叹！）自己已是吃过了，这是给他三人吃的。湘云忙取了一个馒头掰一块，撕了皮，揉碎，撒到米汤碗内，搅匀，眼瞧着喂了小姐儿。又将一个揉了，盛一碗米汤，扶起宝钗，命他吃下，又留出一个放到桌上，蒙上布。这才将剩下的切成薄片，泡入米渣内，盛三碗分着吃了。（早知宝玉未吃也。）掌灯后，湘云独自回东屋，歪在炕上苦苦思索，只有行乞一途，也说不得侯门千金了。想到此处，由不的酸痛难忍，泪下成行，心中只念卫郎何曾知我此时苦况！又怕惊了宝玉、宝钗，一把抓了被子，蒙头哭去，也不知何时竟哭睡了。

次日，湘云只说去宋大娘家，出得门来，便往东走，为的是避开大街，少几人看见。又沿路记了方向。转过两道街，见路北有一大门，旗竿石后大凳上，坐一老人守门，知是官宦府第，心想：我便向他开口，他也不会为此去回老爷、太太。不远一家悬灯结彩办喜事的，人来人往也还热闹，方要近前，又念他们必要盘问，同着这么多人，如何回话？长叹一声，不如改个门儿罢！低头匆匆走过。不数步，见一破门楼，石阶上坐一老娘，抱一小儿晒日阳儿呢，衣衫褴褛，比宋大娘尤甚。在此讨饭，也是让人家为难，便一步不停。一条街走尽了，再拐个弯，还是走上大街了。见那路两边商号里熙熙攘攘，只有一个膏药铺无人进出，便毅然进入门面，倚了柜台喘息。

柜台里一个十五六岁的小厮，正在洒扫。又有一个五十来岁妇人，慈眉善目，坐账桌后，想是女掌柜的。这女掌柜忽见进来一个清瘦媳妇，身着褪色绿云布旧式对襟袄儿，下系一条半旧浅蓝布玉裙，（后部写服饰不多，有，只在必要处。）一脸忧郁气色，倚在柜台前羞涩不语，便觉诧异。一面打量，一面起身相迎，问道："买膏药么？治何病症？"连问两遍，见来人张口无言，垂下头去。因道："有事请里面说话。"那史湘云见他和气，便随他进入里间，相对坐下，方才备细说了求乞之意。说毕，垂首叹息。女掌柜的听了，点头道："我就知必有难说的话。既然这样，不能叫你空手回去。只是瞧你言谈举止，不是市井人家！如何这般艰难？"湘云垂首道："不说这些，没的辱没先人。"女掌柜盛来一碗小米粥并一个馒头，让湘云用饭。湘云不肯，只道："这样抛头露面，只为嫂子产后饮食不足。如没有鸡蛋小米，就不打搅了。"站起来便要告辞。那女掌柜道："吃了罢！有米给你！"接过小布袋，装了二斤小米并几个鸡蛋，复递与湘云。因见他仍不吃饭，（乞食乎，乞助乎。）只得罢了，道："我这小生意，没甚大施舍，带回这些许蛋米，给你嫂子用！还有一说，你如合意，可来我这里帮工，一天两顿小米饭是不愁的，年终再有些银钱相送。我这店里，后面是作坊，都是本族几个侄媳妇熬膏药，只这门面上两个孩子，一个跑外，一个支应男雇主，我在这里承总。你道好么？"（原是盛情。）史湘云听了，道："多谢大婶好意。这样我的饭食便有了，也还是照应不了嫂子。如能先用几串钱，与我嫂子将养才是！"（不离宗旨。）那女掌柜想了想，却道："还有一说，施粥厂现今还没有关门，离此不远。从脚下向北，拐东，走尽了，一拐弯便是。不妨领粥去。"湘云道谢，携了蛋米，循原路回家。

将至家门，抬头望时，却见宝玉在前，双手捧一大碗，小心翼翼的走进门去，忙紧几步赶上。原来他手捧一碗稀粥，泡两块馒头，不知是何原故。待要问时，心中忽然明白，失声道："你也乞食去了？"那宝玉忽听身旁有人如此问话，却不想是湘云，便忙止步。抬头瞧时，见湘云满面惊讶惨戚之色，携一布袋，心中明白，他也方才乞食回家，鼻中一酸，由不的失了手，碗掉地上，碎了。可惜一碗稀粥，尚未沾唇，便摊了一地。那湘云见他失手，便要伸手去接，忽念手中鸡蛋、小米，只紧紧抓住米袋，怕也落到地上。谁知麝月正在院内洗褯子，忽听街门内有声响，又听似是宝玉、湘云说话，忙起身出了二门，果然是二人说话，耳里听的明白，禁不住"呀"的一声，上前向二人哭道："便是讨饭，也该我去！"湘云忙止他，道："小声些！惊了你奶奶如何是好！"又将米袋递与他，命他熬粥去。麝月不接，回身来至厨下，拿了头年宝玉化雪水的那个小盆来，自去施粥厂领粥。自此以后，宝玉、麝月逐日领粥，留湘云在家照护宝钗。幸得袭人念着，打发人送来五斗小米，方才不再乞食，待程掌柜差人送来回资，众人才喘过气来。

忽一日，李敬来访。上房里落座，不及寒暄，便笑道："恭喜老弟，准备出茅庐罢。穆侯要题本，专荐你我，嘱我亲来知会，明日都到东王府细谈。"见宝玉愕然，便问："年前穆侯遵旨荐一小校赴福建军前效力，知道么？"见宝玉颔首，乃道："谁知这小校擒了贼首，龙颜大悦，赞穆侯识人，谕穆侯无论已仕未仕，再荐贤能，要量才录用，破格拔擢呢。"不想宝玉却冷冷的说道："我正无路可走呢，难得穆侯乡谊情深，今日施恩。这一来，我便没的愁了。只是李兄当年，曾经拒入仕途，今日我如应荐，岂不令你齿冷！"李敬一腔兴头，顿时塞住，虽知他素昔任性，却不料乖谬如此。自不合与之计较，只说几句自明："此番推荐贤能，并非通常科举仕宦，果能借此机缘，做一番利国利民之事，岂非不负双亲教养之恩！忝在契末，方敢应他请托，前来说话。出处去就乃一生大节，只凭老弟裁夺。"宝玉闻此，不好再说他语，乃改容谢道："见教极是。茅塞顿开，请稍待数日，却再回话。"又闲言数语，李敬辞去。

宝玉送客回房，宝钗说他："李先生此来，虽欠斟酌，却是好意，你不合大动肝火，开罪朋友。况兼还有穆侯一层呢！"宝玉道："你说的是。想那李先生正人君子，还不至向穆侯学舌。"自此，那贾宝玉旧烦宿怨之中，又添一段新愁。现下且说不着。

次日，小雨连绵，宝玉不得出门，因说起靠程家酒店卖画儿，救不的急，依湘云之意，便要命焙茗拿画到市上去卖，麝月道："焙茗去卖画儿，便不能去作坊帮活儿了，如何好意思去端人家饭碗？倒不如二爷亲去卖画儿，也好散散心，这也无甚难为情处。"宝玉依了。待到初八，开元寺庙市，恰值天也放晴，一早，宝玉收拾了，妙在相去仅里许，一时便到。只见卖吃食的早已升火支锅，炸油馍的、炸黏糕的、卖豆汁的、卖茶汤的，都正忙着。各处墙根廊下，亭外殿旁，都搭了亮棚，支了板案，摆好了摊子。本地面测字的、外省卖艺的也各占一方，挤满了。宝玉前院后院转了一圈，见只有右面进入云会堂的月洞门边，尚空着一片干净墙根。便也学那赶会卖字画的作为，先钉钉子，再扯细绳，然后将画儿挂在绳上。收拾齐楚，因见上庙的人群尚未来到，便踱到左手卖泥娃娃的摊前观赏。观之不足，便蹲下，拿在手里细瞧，不禁全神贯注，引的那摆摊的老者问他："掌柜的，要两个与小孩子耍罢。"宝玉因笑道："我想买一个，自家顽去，只是我还没有开张呢。"说话间，见已有上庙的游客，这才回到自己摊上，在月洞门口一块青石上坐下，静候顾主。

赶会上庙的逐渐多起来。拥拥挤挤，攘攘熙熙，各色人等都是有的，无不喜笑颜开，寻东问西，置办用品。宝玉自思：今日人多，定要多卖几幅，便是价钱让他些，也比在酒店里代售为宜。谁知这么多进香赶会置物取乐的人，竟无人买画儿。偶有几个问问价钱，却又嫌贵，脚不停便过去了。好容易有一老者赏鉴一会，又戴上花镜，近前细瞧一番，赞几句，连价也没问，走过去了。又有几个小厮，围一个十五六岁的哥儿走来。那哥儿尚穿一件紫绨裘，却手持招风扇，脚下着一双轻丝履，点头晃脑，走了过来。一见画摊，难为他竟也停了脚，一双眼上下左右，观看一番，拿扇子指点着，说道："不如腊月里买的那幅胖娃娃，红的绿的那才耐瞧呢！像这满纸黑墨，无甚意思！"说毕，又摇摇摆摆的走了。宝玉因念，这是都中，人烟辐辏之地，尚且卖不出去，若在山村里，卖与谁去！怪不的往日刘保那么说话，不禁长叹。直到午错，方才卖了一幅。

宝玉肚里早已发热，有了钱，便要先买吃食去。忽见一个年轻道人匆匆走来，猛然间停下脚步，呆呆的盯了自己。便也仔细瞧他，但见他头戴混元巾，穿一件青褐色道袍，下著青布双梁鞋，白布长袜，十分干净，只那眉眼之间却与自己相仿，正待问他要那幅画儿，却见他回转身，出寺去了。宝玉且买了一碗豆腐花，撒上辣椒，这便是名士们艳称的"雪里寻梅"，又买个硬面馒头，仍回至摊前，坐青石上进餐。

才刚吃毕，便见一人迎面走来。头戴八块瓦青布帽，身穿二蓝布夹袍，脚蹬一双福字履，文质彬彬，前来施礼，问道："足下可是贾先生吗？"宝玉放下碗，起身还了一礼，抬起头来，对面一瞧，分明是才刚见的那个道人，不觉怔了，也忘了答话。那人又躬身问道："足下可是贾先生，上宝下玉的么？"贾宝玉听了，豁然解悟，忙问："如此说来，足下是甄先生了？"那人闻听，立即喜形于色，琅琅大笑，乃道："这可真是踏破铁鞋无觅处，得来全不费功夫。"忙上前携手，（甄宝玉初现，书至结局又开新篇。）又环顾四周，道："此处不是说话之所。"贾宝玉见果是甄宝玉，跌足笑道："请到舍下相叙，待我收拾了摊子。"一面就摘下画儿卷好，又与卖豆腐花的送碗。甄宝玉望望天色，道："天好早晚了。仓卒造府不恭。何不在左近寻个说话去处，明日专程拜访世兄，你道如何？"贾宝玉怀中有钱，便道："极妙。"于是，二人出得庙来，见东边路南有家饭馆，便相将进入，寻一处僻静座头坐下，跑堂的过来，还未张口，甄宝玉便掏出一块碎银付与他，道："先来一壶酒，四样菜，下两碗面。"那跑堂的接了银子，吆喝着自去。贾宝玉道："你如何反客为主！"说话间，便见跑堂的先端了酒肴来。这甄、贾二玉神交已久，今始识面，却又各值破败零落极为困顿之时，其欣慰感慨都是有的。一面吃酒，一面各述往事，话便多了。

贾宝玉这才知道，甄案了结后，甄老爷发往三千里外，未曾到达，便辞世了。他母子二人辗转返里，不久，其母抑郁而亡。甄宝玉道：“自此，小弟孑然无依，日处愁天苦海之中，也曾往访旧日友好，不料无不遭逢忧患，他们不能助我，我也难助他们。只得缁衣乞食。咱们千里同心，都对出家人不甚尊敬。方才我见你卖画儿，心中早已认定，只为道装，怕你嫌弃，才出寺换这套俗人衣着来会。”贾宝玉闻此，怔了半日，方缓缓问道：“世兄就这么着厌世了？”甄宝玉发狠道：“说什么厌世，不过无能！”（语不惊人死不休。）一面举杯自饮，一连三杯，方才停手。贾宝玉劝他：“且耐着些，遇个机缘，返俗便了。”甄宝玉道：“倒也不忙。我穿道袍也还有点好处，你何曾明白！那些人只要谋制我，见我出家，方才放心，不再打我的主意。我今日能自由自便，四出云游，还是我那道袍所赐呢，与厌世不厌世无何关涉。”（着眼，下文宝玉僧装，也当如是观。）贾宝玉听此，不禁叹息。甄宝玉又道：“头年冬天，先师甄真人士隐老先生升天，临去，给我一块玉，说是在都中见到，买了来的，想玉主必非常人。如能见到玉主，度他入道，也是一件盛大功德。我一瞧那玉上字迹，知是世兄之物。我想着，你的处境自必也甚艰难，却未必像我这般，除了出家便无路可走。且遵了本师遗命，进京一趟。若果然你也无路可走，咱们作伴云游。若还有路可走，把玉还你，咱们乐他几日。”（轻轻一拍，便又撇开。）又斟酒时，贾宝玉道：“吃饭罢！酒多了，你如何回庙里去？”甄宝玉笑道：“倒是忘了这个。”便命拿面来。一时饭毕，约定明日送玉，（妙。应了脂批：“《邯郸梦》中，伏甄宝玉送玉。”）二人分手。

贾宝玉回家，趁便买了米。进得家来，麝月忙接下米袋，又服侍他脱外面衣裳，闻到酒气，笑道：“卖了画，还不早回家来！也不管人家挂心，自己且吃酒高乐去。”宝玉放妥画囊，歪在炕边歇乏，笑道：“今儿遇见生客，又是老世交，他请吃酒，好意思不吃？”因将甄宝玉之事一一说了。麝月听笑了，道：“这甄大爷怎么就一个亲人也没有，又这么串戏似的，一会儿公子，一会儿道人。我瞧他明儿穿什么来，若果穿了道袍，我便不替他端茶送饭。”宝玉接过小姐儿抱了，笑道：“那能呢？见我时他还换了衣裳呢！来拜，不会做道士打扮。”

宝钗因吩咐麝月后面作坊里唤来焙茗，细说东王府穆家老三来拜。焙茗回道：“是李老爷陪那穆三爷来的，说侯爷有请，要二爷明日饭后，一准到东王府，有要事相商。如二爷不得闲，侯爷要亲来议事。”因劝道：“二爷还是去一趟东王府罢！二爷不知，那传话的凶神似的，定要二爷出去迎接。我那敢说二爷在开元寺卖画？只哄他：‘出门访友，不知去处。小姐儿还没有满月，也不得请到家里待茶。’谁知他们不信，定要在临街房等候二爷回家，随从倒都在街门外。我去送茶，在窗外听觑，那穆三爷发作，说什么：‘不识抬举，敬酒不吃吃罚酒，我看你躲到何处去！便是躲了和尚，也躲不了寺！’”焙茗又环顾屋内，（看湘云是否在屋也。细。）又悄声回道：“他还说什么，‘他老子官司还没了呢！家里竟窝藏了卫功的儿子媳妇，（这就厉害。）只当人不知道呢！’二爷圣明，听这话，还是去一趟东王府罢！大不了，做几天官，穆侯面上好看些！做不惯，再辞官，到那时他便没的说了。”说毕，见宝玉铁青了脸，一语不发，宝钗泥塑似的，一动也不动。正待退出，忽听宝玉问道：“那李先生有何言语？”焙茗答道：“李老爷只得一句，说是想必真访友去了。临走又说：‘今日之事，务必回了你二爷！’”宝玉挥手，焙茗退出。

掌灯后，湘云、麝月已东屋里安歇了。这里小姐儿索奶，闹的宝玉心烦，起身去西间独坐。心中翻波滚浪，坐立不安，烦躁的紧。半日，舀盆冷水擦面，方得清爽些，复倚案出神，又不知过了多久，却见宝钗走来，对坐，问他：“穆侯相请，你意如何？”宝玉叹道：“竟无妥善之策可以应付。”那薛宝钗哄小姐儿睡后，也未曾合眼，倒也想出一条路来，今听如此，乃道：“他两次遣人来，再不回话，委实不可。面辞也难获允。不如咱们打点了，你且别处躲避数日，留个禀帖与穆侯，就说老爷任上不顺，放心不下，江南省亲去了。想穆侯雅量，且又累世交好，当不至相逼过甚。穆三那言语，恐非穆侯之意。”（也在情理之中。）宝玉道：“非也。眼下他已动怒了。不然，那穆老三如何能那般言语！我便躲了，还有老爷呢，况是你现在京中！”薛宝钗道：“既是他动了怒，便不留禀帖也罢。你只管放心远去，老爷远在江南，并不知情。你不在家，断无向我索人之理。便是云妹妹住此，原是我留下的，果然借此寻事，我自承担。”贾宝玉闻此，连声“不可”，道：“岂有委事于姐姐之理！”那贾宝玉复又侧首沉思一番，忽得一路，乃道：“若说躲，唯有空门尚可。穆侯是个奉佛的，见我入了空门，自然也就罢手了。明儿甄世兄来送玉，我随他去，也还罢了。”那薛宝钗听此，明知宝玉素昔毁僧谤道，出家之意是被逼出来的，也不禁惊愕失色，心如刀绞。那薛宝钗自来恪遵庭训，三从四德，自为无忝名门淑媛、世家哲妇。家败之后，虽然日子艰难，宝玉乖僻，内外事务劳累的紧，正如邢夫人所赞，经的起富贵，也经的起贫贱，依然气度雍容，言行令人起敬。对贾宝玉礼敬逾常，一向依从惯了。此时宝玉竟要出家，实实事出意外，非同寻常，比之晴天霹雳，未为不可。正在万分难过之时，又听宝玉道：“只是苦了姐姐后半辈子，你就恨我这无能之人罢！”说话到此，声泪俱下，伏身呜咽不已。宝钗也不禁泣道：“你既知我这苦楚，就不要出家，别的都依你，只此不可。还是那句话，你只管躲远些。无论我到何等地步，总比瞧着你做和尚好。”

二人房里说话，不防窗外有人。那麝月晨起扫除庭院，听的上房里二人争执，便近前听到了几句，忙回东屋，如此这般，哭着告诉湘云明白。史湘云听了，早已呆如木鸡，魂灵儿早不知那里去了。还是麝月推他，方才醒来。便匆匆赶至上房，叫开门。究竟是何原故也未问的，只想的夫妻不和，才生出这桩事故来。一进屋，冲着宝玉发话，道：“二哥哥，这是那国规矩？成了家，生了子，况你两口子一向你尊我敬，今日有何撒手要去的？俗话说，一日夫妻百日恩。便是彼此之间，你言我语，谁家没有！难为你如何想的？”见宝玉垂头不语，便坐宝钗身旁，慢慢问他，暂且不表。

且说麝月，擦了泪，也顾不的做饭，只管一人到后院告诉焙茗。恰焙茗占着手呢，又等他料理清楚，叫到外面，一五一十的告诉了。焙茗听说，倒把那穆侯放一边了，只想宝玉出家，搓手顿脚，急的想不出路道，忽听领班的遣人与唐掌柜送东西，忙向麝月道：“我找唐掌柜来开导他，唐掌柜有时说点子什么，二爷还听。你可叫二奶奶劝他！”说毕，向领班的讨了这个差使，一溜烟出了街门。彼时，甄宝玉已是来了，正听贾宝玉诉说要随他出家之意。麝月在院内细细想过，进房来，见湘云正与宝钗低声细语，便道：

“我请二爷进来，奶奶劝劝他，不能事事都依着二爷。”宝钗道：“劝过许多，一句不听！”麝月道：“既是这样，我拿道理排他去，试试瞧。”说毕，一掀里间门帘，走了出来。那麝月来至外间，也不想当着甄宝玉不该如此，便问宝玉，道：“二爷要做和尚么？二爷做和尚，奶奶和小姐儿如何过活？”宝玉没想到麝月会出来拦阻，乍然一听，却也惊异。又听麝月问道：“这位爷没了父母，出了家，咱们家老爷、太太健在，二爷写过禀帖么？”（问得好！）话未落音，甄宝玉忙起身向贾宝玉道：“世兄上有双亲，下有妻女，出家一事，不应再提。今儿我来，只为送玉，即此便要告辞。”麝月不管他说的是何言语，只管自说：“自从家败后，这几年不亏奶奶照料，二爷能过的这么心闲？二爷不愿下考场，不愿做官，又不愿入画苑供奉，那一条奶奶没有依着？不想这时候你兴的新文，要做和尚。这是有情、有义、有道理的么？能成佛作祖么？别说奶奶，就是我服侍了这多年，却服侍出一个和尚，我也是不依的！”（说的是。）宝玉语塞，只道得一句：“我有艰难，你又何尝明白！”麝月冷冷说道：“我也未必不得明白。仔细想想，家产物事全已卖光，失了依靠，奶奶又有病，助不了你，此时不走，更待何时？一家五口，每日吃食从何处来？你做了和尚，自有管饭的，别人饿死也不必操心，多清闲！但凡我是个男人，也要做和尚去，不在这儿服侍二爷。我敬的是四姑娘，抄家前便要出家。四姑娘能修成神仙，二爷修不成。话说回来，二爷陪着奶奶受点子苦，把小姐儿抚养大，我去要饭来供养，心里也高兴。”（显是误解“艰难”一语，却误解出一节令人无法下台的话来。）那宝玉听此，早已羞愧满面，欲答不能。无奈只此一途，少不的叹一口气，强自起身，踱到里间。见宝钗端坐沉思，湘云把脸扭过一边。麝月跟了来，抱起小姐儿递与他。（好麝月，复以小姐儿动之。）那贾宝玉心中又酸楚了。末了，还是颤抖着说道：“姐姐、妹妹保重，我去了。”一面把小姐儿并留与贾政、王夫人的禀帖，递与宝钗，低头要走。却被麝月拉住，死命不放。湘云也忙起身，堵住门口，只为甄宝玉在外间，不好大声，只悄道：“不能去！”宝钗见如此情景，知其意决，难以回转，便是黛玉在世，在这事上也劝不了的，（天外飞来之笔，难为补书人如何想来。）只得依他。又想：虽然如此，也必得把话说到，日后境遇有变，或可回头。乃吩咐麝月，道：“放了他！咱们长了两只手，还能没饭吃！”又向宝玉正色道：“天塌了，自有地接，怕的何事！难为你素昔一番事业心肠，今日那儿去了？入了空门，做那阿弥陀佛的事业去！言行如此，匹夫也比你强些！”又向湘云使眼色，道：“妹妹过来，何必与他怄这闲气！”宝玉见湘云走开，那里顾的去想宝钗的话，只一步，迈出里间，向甄宝玉挥手，道：“走！”跑出门去。正是：

谁知宝玉不光日；
却在悬崖撒手时。

玉、钗、湘于极困苦中，相濡以沫，书中一再及之，此有慨于世道者。补书人能及此，颇不易。

宝玉尚未出家，已遭妻妾唾弃矣。其逃禅避荐，自为养志，自为爱人，而宝钗视之，正为失其素志，大伤他人，此所以“山中高士晶莹雪”也。然宝玉不悟，必得下回甄玉之论，方使宝玉得登日观峰。

麝月温柔不及袭人，娇妒须让晴雯，然其心地纯厚、言谈爽利、机谋多端，大非袭、晴所及，前书“弹妒意”“召将飞符”诸回，已有叙写，此回写其劝主，先哭诉于湘云，搬大将也；再诉于焙茗，召诸侯也；复进言于宝钗，请大帅也。均无获，乃披挂上阵，以堂堂正正之师，出沉舟破釜之策，拼着失宠，既攻其前，又拊其背，网留一面，曰：“我去要饭来供养，心里也高兴。”复不得逞，方挥出杀手锏抱起小姐儿递与他。嘻！此回为麝月正传不亦宜乎？无怪袭人荐之。前书虽曾写麝月，直至本回已逼近尾声，方大显身手，真所谓“开到荼蘼花事了”也。

补书人以李纨病重怕是凶多吉少为其结局，暗点其不寿，“慰亡灵”回对李纨特为怜悯尊敬，岂于其死不忍直书乎。

北静王

第一百九回

石破天惊甄玉说法　风餐露饮贾玉打更

甄、贾二玉，众说颇为纷歧，程、高伪续以回头是岸，归于读书仕宦为真玉，其谬甚明，不必论。或倒之，以贾玉为真玉，以甄玉为假玉之说，也不符“合二为一”之意。《新补》则以二玉一高一低，分属真假，其低者经锻炼方得升高，近芹意，与雪芹自道其差距所谓：“当日之女子，觉其行止见识皆出我之上”，“实愧则有余，悔则无益”者，不背。

话说贾宝玉悬崖撒手，出家去了，甄宝玉见他如此，反倒呆住了。忽听里间悲声顿起，先是一人之声，接着便大人小儿哭成一片，惨不忍闻。乃转身走向里间门前，隔了门帘，躬身泣道：“请嫂夫人宽心止悲，小弟即去，定将世兄劝回。”说毕，回头抹泪便走。出得贾宅，东西张望，不见贾宝玉。自忖：必是开元寺去了。便寻到寄顿道装之处，换衣回寺去，果见那贾宝玉坐在寺前阶矶之上相候，便紧几步上前拉了手，劝他回家，言谈之间，可巧住持出寺来，问甄宝玉道：“此系贵友么，何不请到寺里说话？”二人起身，那住持瞧清贾宝玉面貌，吃惊道：“这不是贾二爷么，快请到方丈献茶！”甄宝玉睨贾宝玉一眼，只得随他进寺。茶堂里，三人落座，小沙弥献上茶来，那住持开言相问："二爷多年不见，一向纳福？怎么便不得工夫来寺里逛逛？"贾宝玉因告诉他，荣、宁抄没，族人星散。住持道："这个，贫僧尽知。也听说二老爷宦游江南，你这房发还了财物、下人。只为不知新居何处，不得请安去，却不想今日幸会。又如何与甄道长相识，却在寺前说话？"贾宝玉正为甄宝玉劝他返家，心中不悦，今听这住持说话情热，便将出家之意一一道明，只不提拒荐一端，诳他道："只为与贱内不合，全无生趣，今日看破红尘，要修来世，特来投奔，愿为弟子，终身奉佛。"说毕，还打一躬，央那住持剃度。住持不意如此，惊愕间，早听那甄宝玉连声"不可"，两手比划着，起身而言，说道："贾先生上有双亲，下有妻女，今日如此，只为……"那住持不容他语毕，便念阿弥陀佛，合十道："甄道长何得如此痴情！贾二爷生于富贵，长于繁华，又有天伦之乐，今日幡然悟道，正是我佛大慈大悲普度众生之宏德所感召，真乃佛法无边，善缘自结。不枉他前世礼佛敬僧，积下功德，日后成佛作祖，实贾氏之幸，佛门之光也。有何不可！甄道长今日乏了，且去客房休憩！"甄宝玉犹欲说话，见贾宝玉向他挥手命去，只得浩叹一声，揭帘而出。

这里，住持含笑悄向宝玉道："话虽如此，眼下有上谕，不得随意剃度僧众。每年度若干人，何等人方可出家，都有规矩。（此非瞎编，雪芹之世正是如此。）二爷此时出家，委实不可。我且悄悄与你剃度了，充一游方僧人，在此挂单，你道如何？又有一说，如此行事原不可的，只为咱们几代交好，你又如此诚心，我岂可不助你与佛结缘？只是日后如何行止，必得听我吩咐。"宝玉听他如此用心，忙又打躬作揖的相谢。那住持当即引他进入密室，一不鸣钟聚众，二不佛前点烛，只与他剃去烦恼丝，拣一件合体僧袍与他换了，（如此进入佛门，不怕我佛生嗔乎？一笑。）然后引他到甄宝玉客居之室，向二人道："知你们素昔交好，同住一室，免了寂寞罢！"（僧道杂置也不稀奇，乃雪芹板定大法。）你道这住持为何如此？原来他料定贾宝玉出家，断难久长。其家虽败，尚多有财物，必是要寻找的。待他家寻来，再放他回去，自必与寺里有些好处。（僧俗同途。叹！叹！）那住持说毕，自去了。

只说那贾宝玉送主持出房，回头见甄宝玉闭目端坐，满面怒容，一言不发，知是为了自己，乃赔小心，寻些闲言相叙。见那甄宝玉竟如未曾听见，只瞪他两眼，便又合目。乃上前央道："我这遭际，世兄尽知，不出家，难道我去应荐出仕么？还望世兄体谅下情！"甄宝玉闻此，突然站起，背身昂首而言。问道："佛说慈悲，庄说爱人。（孔子曰"仁者爱人"，不举此而举庄子，临文有避也。）请问：何谓慈悲，何谓爱人？这个，或可说是些微知识，不值一答。我再问你：如何慈悲？如何爱人？"听贾宝玉无声，乃又道："那观世音拿条柳枝，蘸些露水，洒向众生，便自谓慈悲为怀。如今雷公发怒，击碎露瓶，扰得观音不得清静，便不顾众生苦难，别觅深山清修去。这是你的慈悲呢，还是你的爱人？"说毕，转身俯视贾宝玉，又问道："你要人体谅，你体谅人么？方才，你撒手离家，全家放声大哭。这且不说，只说堂上双亲晚年失子，丫鬟小厮顿失倚傍，你都忍心？多少亲邻故旧，若知此事，谁不难过！给这么多苦命人增添悲苦，你体谅人么？往日，咱们但尽己力，为他人消灾除难；今日却为一己之私，（石破天惊之语。）令他人千痛万苦，是何道理？你且讲来！”（这才是真玉，高假玉一层，此作书人呜咽惭愧处，亦补书人慧眼独到处，若非对前书深研细究，岂有此睿识？）说毕，双目逼视，待他答言。

那贾宝玉如闻轰雷，登时目瞪口呆。便见柳湘莲、芳官、惜春、王二姐母子一个个扑入眼帘，又见卫若兰托妻，麝月父母念女，王夫人痛哭。眨眨眼都不见了。却见宝钗一脸怒容，数说他：“你一番事业心肠，今儿那里去了？匹夫也比你强些！”立时痛彻心骨，自念：他们讲的道理，原是自己素昔卑视世俗，自命高超之处，（宝玉在女儿面前，分惭形秽，与在世人中自命高超不背，前书梦游太虚与秦钟遗嘱处均可见出。）何以今日竟离了正途，走上绝路！（我也要问。）贾宝玉愧悔交织，拍案而起，自恨道：“天地之间，要我何用！”拔脚便走，刚迈门槛，却被甄宝玉一把拉回，跌坐僧床之上，由不的放声大哭。甄宝玉犹道：“岂止无用，竟是害人！一死便可谢众人么！”（振聋发聩。）一句话，说的宝玉突然止哭，两眼直视，张了口，半晌合不住。甄宝玉见他如此，方才改容相劝道：“人谁无错，倘能悔改，何尝不能补过！”又递茶与他漱口，乃叹道：“此事也怪我多事。人常说：我虽不杀伯仁，伯仁因我而死。我不来京送玉，世兄也未必想到这条绝路，人世间岂不少些苦痛！”又道：“前事不必再提，只说如今，究竟如何，还要世兄决断！”贾宝玉起身道：“再无别话，回家便了。想老天生人，原要有益于世，如今我虽不才，也决不可有害于人。这道理原极浅显。谁料我昏聩、糊涂，一至于此！虽非意在沽名，（顺手一笔，批倒多少为沽名离尘者。）却较沽名尤为不齿于人。今承指教，如醍醐灌顶，岂能还有别的言语！至于穆侯相逼，我只不去，便是他羞恼成怒，不过再下天牢，于亲故之间，也可问心无愧！”（好宝玉，立即悟出“一己之私”所指。二玉一番谈讲动人心魄，触动灵魂深处。可与“悟禅机”对看，人物气氛尽管有别，而宝玉幡然解悟，即时改变则同。）说毕，深深一揖，出房而去。那甄宝玉忙一把拉他进房，笑问：“就这么回家？”贾宝玉瞧瞧身上僧袍，不禁摇头苦笑。甄宝玉道：“换衣蓄发，都非难事。问心无愧，何如计出万全？既已到此，且耐烦一二日，待明日我打探后，再作计议！”贾宝玉依言，躬身谢过。暂且不提庙中之事。

如今且说贾宅。那薛宝钗产后不得调养，兼以宝玉出家，气恼着了，越发支持不住。麝月每常背人垂泪，无精打采。家事全仗湘云。那史湘云遣焙茗各处寻访宝玉下落，一连数月，毫无音信。这日，焙茗刚走至西城门口，忽见迎面走来一人，十分面善，略一眨眼，便想起来了，原来是打过呆霸王的柳湘莲。心中大喜，自念：他回了京，极妙。缠住他，叫他替我跑几步路。忙拉拉双袖，抢上去打千儿请安。那柳湘莲一见焙茗，早已喜出望外，上下打量他一番，笑道：“几年不见，你这猴儿也长成人了。你二爷现住何处？快领我见他去！”焙茗垂手道：“回柳爷的话。我们爷这几年那日不念你老几声，却不想你老回京，我们爷却做和尚去了！临去时还嘱咐小的，说是待你老回京，务必请你老见他去，有要紧话要说呢！”因将近日之事以及如何到处寻觅不见，备细说与他听，语毕，又加上一句：“我们爷去时，别的不念，只念着你老！”（好鬼头，此所谓“缠住他，叫他替我跑几步路”。）湘莲闻此，甚是惊异，细细想了，道：“瞧你这猴儿，往日聪明那去了？这分明是随甄宝玉离京了。我且去开元寺会那住持，知道姓甄的去向，寻姓贾的也是易事。一旦知他去向，不管天南地北，我揪住辫子也能拖他回京。你只管回了你家奶奶，就说此事包在我身上，叫他着意抚养好小姐儿要紧！”又问了贾宅方位里巷。不言焙茗，只说那柳湘莲不回下处，直奔开元寺而来，见了住持，只问江南甄道长去向，说是“我们江南相识”。那住持道：“仍在此处挂单。”即命小童引了他去。

柳湘莲进了禅堂，不见什么甄宝玉，却见贾宝玉披了袈裟打坐呢，不禁心里笑他，原来你躲在这里。（踏破铁鞋无觅处，得来全不费工夫。）且不言语，旁边坐了。那贾宝玉耳听门响，以为甄宝玉归来，睁目看时，却见柳湘莲客商打扮，旁坐笑他，立时惊喜交集，急忙站起，双手拉住他，口中说不出话来，止不住扑籁簌泪下成行，引的柳湘莲顿生感伤。半日，方都做手，退步见礼，款款落座。贾宝玉因问他别来无恙？湘莲笑道：“这些，慢慢再讲。你的事，焙茗全告诉我了，也不必再提。我只问你，你在此处倒安心？还打坐呢！”贾宝玉听他已知前事，正待答言，门启处，见甄宝玉进房。贾宝玉替两人引见，甄、柳不免套话一番。甄宝玉外面打探归来，原有要紧话讲，因不知湘莲为人，只得放下，且听他两人叙旧。那柳湘莲一面与甄宝玉周旋，一面想着如何说话。明知贾宝玉任性，越劝越犟，不如不劝。忽听贾宝玉问他：“你不是出家了么，如何这般装束？”乃趁机现身说法，向他笑道：“告诉你不得。方外立不住脚，只得返俗。说来话长，自那年拙荆辞世，我一时情痴，随个道人去了。他带我到金陵大通寺，交与住持圆通大师，我便有了个安身立命之处，忏悔宿孽，修修来世。谁知不过两年，便不得安身了。你二位猜去，却是为何？”双玉猜了半日，皆不是的。柳湘莲笑道：“是我官星高照。不只要我做官，还是个大僚呢！见得督抚，会得夫人，便是名门闺秀，外国使节，都平起平坐呢！”二玉自然不信，说他胡扳瞎扯。

那柳湘莲这才细细告诉他二人明白，说道：“忽一日，不知怎的，那圆通大师突然圆寂。首座唤了我去，道：‘从今日起，升你知客。知你世居首善之区，且是旧家子弟，谙悉官场故事，定能膺此重任。’又交给我一纸疏头，命我带同原有知客，见督抚去。说是：‘近年各大寺住持，多是内遣，（不错，有此情况。）果然来个新人，僧众都不能合意，不如本寺高僧作住持为妙。’据说，这疏头便是合寺僧众，公举首座承继圆通之位。知我与抚台同乡，好说话的。并告诉我：‘这抚台极重乡谊，且与寺里有旧，你去见他，必可成事。’又许我许多好处。我若是果然看破红尘，随遇而安，这差使倒也使的。（新解，妙在更深一层。）无奈我这情性儿，终究看不破。你两位白想，这知客倒是受人尊敬，但只是，每日里与官绅周旋，岂是我辈能做得来的！况是奔走权门，代人谋官！这越级拔擢，与我无缘，只得婉言辞谢，推说嘴笨才疏，误了寺里大事不是耍的。谈讲半日，首座发怒道：‘不料你竟如此不识抬举，限你两日回话，如不应承，你可当心！’（真是僧俗同途。）你两位说，我当如何？”甄宝玉道：“俗话说：此地不留人，自有留人处，换个庙便了。”湘莲道：“说的容易。那么大寺院，几百僧众，我便会使拳脚，也难跑脱！好在身边有当年衣著，我便暗中换上，乘香客拥挤时混出庙门。就这么着，我便还俗了。”说毕，拊掌大笑，问道：“二位想不到罢！”见双玉感叹，湘莲也叹道：“早知如此，当年何苦出家！”（下边该顺势劝宝玉了，却口边截断，做一顿挫。）

贾宝玉因问：“既已返俗，何不早日还京？”湘莲道：“是我想起，那年咱们在长城上发的愿，学古人游三山五岳五湖四海去。路遇不平，也便忍不下，收拾几个倒霉的；

缺了银子，也找那官老爷借过些，其中是非曲直，也难尽述。一晃便又是几年，南方名胜古迹都访过了，这才想起家乡来。年前动身北上，前数日回到京里。谁知家里那几间旧屋，我那个杏奴早给卖了，他却不知去向。目下权且在小客栈安身。只不知宝哥寓在何处，不想今儿相会。天幸，又会到甄兄。但不知甄兄因何在此？”甄宝玉道：“小弟前遭家变，孑然一身，无处落脚，也入了空门。却不知这方外内情如此，悔之晚矣！”（再次轻轻拍题。）湘莲道：“话虽如此，出家人中，也有为生计所迫，走投无路投入的，也有避祸躲灾或情场忏悔的，也有虔诚奉佛的，倒也不可一概而论。只不过都是些芸芸徒众。至于那各级僧官，却与禄蠹无别呢！”（明通之言。）说毕，又笑问：“这禄蠹二字，乃宝哥拈出，甄兄知其所指否？”（再次顿挫。）甄宝玉道：“往年听家祖母说过。贾世兄之意，深得弟心。”湘莲乃瞧瞧贾宝玉，向甄宝玉笑道：“宝哥一向不与官场交涉，不图却来这方外打坐！甄兄，你说好笑不好笑？”（一再顿挫，这才扑题。）贾宝玉听他一路说来，早已面红耳赤，垂首无言。甄宝玉见二人如此亲昵，又听他这番言谈，已是合意，便把今日听的新文说与二人知道。因道：“有一奇事相告，贾世兄便可从速回家。”二人忙问：“何事？你快讲来！”

原来，穆侯得知宝玉拒荐，十分震怒，一面命人各处寻查，一面先荐了李敬。这日，引李敬陛见，圣上垂询数语，见李敬奏对称旨，龙颜大悦，赏了五品衔，着在光禄寺行走。不料那李敬竟一口气上不来，伏地不起，恩也未曾谢得。及至抬出午门，人已过去了。圣上立斥穆侯，昏庸糊涂，所荐非人。总是天恩浩荡，只夺俸一年，未加重罪。那穆侯退朝回府，杜门思过，再也不寻贾宝玉了。甄宝玉将此事说毕，柳湘莲连连称奇，只不知那李敬是何等人物，又为何如此？贾宝玉道：“那位李兄，是小弟故交。其为人自没的说，只是情热些，一不合意，便任性使气。”（应荐得官，有甚可以任性使气处。猜不准莫往下看。一笑。）于是，三人见住持去，道明回家之意。住持欣然笑道：“贫僧早知贾二爷难在此地久居，只管请便。只是此寺藏经阁年久失修，颇碍观瞻。贾二爷这番来此结缘，何不做此功德！”湘莲见贾宝玉面有难色，便道：“贾二爷实为家贫无以为生，方才出家。（前宝玉自云“与贱内不合”，此处湘莲又代为设词，虽均非其实，却与常论合，补书人深有慨乎。）既是住持好意，也不可悖回，统由在下打点，明日送二十两银子来便了。”

当下，宝玉谢了住持，换上俗装，与甄、柳两位拱手作别，独自回家，（宝玉终于未能得渡“迷津”。）心中念着家中诸人，不知如何苦熬，两脚生风，一时便到。可巧唐大嫂从垂花门走出，一见宝玉，惊喜道：“哟！这不是贾二爷么？快到后院去罢，可把二奶奶想疯了！”见宝玉发怔，才想起他不知近日情由，因告诉他明白。原来，宝玉出家后，这所薛家旧宅也就到交割之期了。宝钗打发焙茗与唐掌柜说妥，家无男人，住乡间不便，因将铁槛寺近处，官家留给的那所小院，换了这里后院五间下房。目下唐掌柜已举家迁此，宝钗、湘云已挪至后院了。宝玉听说如此，别过唐大嫂，扭身穿过夹道，来到后院，推那下房院门，院门闩了，便拍打门环。

彼时，麝月正在淘菜，听人打门，知道不是焙茗，便不作声。又听叫门却是宝玉声音，心里吃惊，这才悄悄走到门后，从门缝中张望，不是宝玉，又是那个！不禁失声大喊："二爷回来了。"（第二十二回《寄生草》预示宝玉出家不久返俗，此应之。）一面急忙开了门，一头扑在宝玉身上，呜咽不了。那宝玉原未哭的，见此情景，也不禁眼泪夺眶而出，双手扶住麝月。那史湘云才刚在作坊捡煤渣回来，尚未洗手，忽听麝月大喊，并未听清喊的是何言词，以为又出了何等大事，震恐不已。忙跑至外间，掀帘一望，竟是宝玉回来了，只见他在门楼下扶了麝月，二人对哭呢！湘云惊喜交集，只得一句："宝姐姐，二哥哥回来了！"一面便跑上前，伸手去拉宝玉，忽见手上煤灰，忙缩回手，顿足，向宝玉道："你可不要再走了！"（千言万语只此七字已足。）一语未毕，便哽咽住了。宝玉此时，万语千言竟无从说起，待向湘云见礼，他已前面相引，只得搀了麝月而行，早见宝钗抱了小姐儿在屋门口垂泪相迎。麝月忙擦着泪，去打帘子。那宝玉且不进房，走上前去，向宝钗、湘云作揖，道："一时偏私，顿违素蓄，苦了姐姐、妹妹这许多日子！"（今所谓深刻检讨也。一笑。）湘云嗔道："赶紧进房罢！替你打着帘子呢！谁稀罕你这虚情假意！"（却不出于钗、麝之口。）宝玉听了，垂头称是。又向麝月作揖赔话，见他扭头不语，乃接了小姐儿，亲亲腮帮儿，道："几日不见，胖了。"这才大家进房，不待归坐，便都问他："不再走了罢？"宝玉道："穆侯不再荐我了。便是还要荐我，我也不当和尚，听你们的。"众人方长出一口气，放了心。宝玉又道："我虽躲过这场劫难，却可惜了李先生，全亏甄世兄、柳二弟帮衬。"宝钗长叹一声，道："且做饭，吃了再说罢！"麝月忙道："只顾说话，忘了还熬着粥呢！定是熬煳了。"一面说，一面抽身出去，湘云拧了面巾，递与宝钗擦脸，又命宝玉净面，又端来三杯水，大家吃茶，这才互相瞧瞧，各人脸面都瘦了许多。

宝钗向宝玉道："小姐儿这几日泻肚，那褯子要垫严些。"宝玉低头一瞧，问道："是何褯子，这等鲜艳？"湘云上前一瞧，由不的回身指了宝钗，笑的前仰后合，道："你如何把黄家的衣料当褯子垫？"（黄、皇音同。好大胆，冷不防骂皇家了，是雪芹笔致。）宝钗瞧去，果然，不由的把脸飞红，忙接过小姐儿，换褯子，一面嗔道："都是你，一见你哥哥，叫得那么声响，我还顾的仔细瞧么？"（宝钗如此，实脱胎于谢安"不觉履齿之折"。）说毕，也不禁抿嘴笑了。回头又向宝玉发话，道："都是你闹的。还不歪那儿歇歇，这几日跪经还不累么！"（你看他，落了笑柄，反而一再拿别人出气。活现。）一语未了，听得焙茗在院里同麝月说话，便见他一面进房，一面笑道："还是唐掌柜猜的准。他说：'二爷素常最厌僧道。这番出家，想必是耐不的日子艰难；过几天他忍不的那寺庙凄苦，自然要回家的。'（又是一种说法，"贫穷难耐凄凉"，其然，岂其然乎？）今日，果不其然！"宝玉听此，悔恨不已，竟落得如此贬谤！那焙茗一见宝玉，忙抢上前来请安，规规矩矩说了两句话。（焙茗出场总觉可爱。）

众人因说起这许多日寻找他，除城中寺庙外，贾姓本族及秋纹、锄药、李贵、莺儿各家，李敬、程家酒店，以至紫坛堡、子午镇等处，焙茗都曾到过。各处人等，听说宝玉跟和尚跑了，便各各带了米面、鱼肉、银钱纷纷前来宽慰宝钗，打探宝玉消息。其中唐掌柜尤多效劳。焙茗比划着道："这几日，我在外面跑，姑奶奶并麝月奶奶（此称呼乃焙茗所创，惜无人仿用。一笑。）他们在家待客，忙个不休，吃食诸物堆了许多，比二爷在家胜好多呢！何时若缺了吃的，二爷再出家去，我向他们报个信，便都不缺了！”湘云等听了，无不绝倒，独宝玉俯首愧作，自拟粪土。一时说定，明日焙茗引宝玉逐一走访，免得众人惦记。次日起，一连跑了几日，唯独唐掌柜出城结算账目，未能见到。

一日，听说唐掌柜回城，宝玉又亲到前院道谢、道乏。那唐掌柜必要留饭，推辞不得。说话间，酒肴纷陈，又拉焙茗来一同吃酒。唐掌柜说话离不的生意经，三杯过后，向宝玉道：“我只不解，你们卖画儿的，如此死心眼儿，穆侯相请，有何不可去的？果然有甚不放心处，像我们买卖人儿似的先立一合同，请两个中人担保，不就妥帖了！”焙茗听此，腹内好笑，因道：“这么说，合同上必得写明，年终结账，四六分红，是罢？”唐掌柜一听笑了，也仰起脸，又翻了眼皮，摇头道：“分的多，怕是他不情愿。如是二八分红，他便没的说。”一句话，说的宝玉掷了酒杯，捧腹大笑，乃道：“我不会打这个交道，不提也罢！”唐掌柜仍是谈笑自若，道：“做独股生意与合伙生意各有妙处。既是二爷不愿与人合伙，现今目下，倒有一件好差事，与他人并不交涉，且不用本钱，一年到头，也有两石粮食可使，不知二爷意下如何？”宝玉因问：“何事？”答道：“咱们玉成坊上，打更的老王回了原籍，正找替手呢！二爷如果有意，只我去说句话便成。”宝玉想了想，向焙茗道：“打更的事也还罢了。每日里惊惊那酣眠痴梦之人，也可以赎赎我这一事无成、半生潦倒之罪。”（应卷首。语意警拔，振聋发聩，乃醒人醒世之箴语也。）于是，谢过他这美意。唐掌柜道：“小事，不值一谢。二爷做了大媒，我也必有点心意才是。这也算是一色礼罢，成了亲，一总再谢。”

饭毕，立即引宝玉到坊上，当面说妥。坊上执事将金锣、木柝取出，一一嘱咐明白。宝玉道谢，欣然而归。从此，伴星随月，踏雪御风，过起那击柝生涯。玉成坊里，每值灯火初熄，或是曙光将临之际，人们总听到，更鼓之中夹杂了沉重的脚步声，时不时的一声长叹，细若龙吟，亢如鹤唳，破壁透窗，萦人耳际，每每惊心动魄，难得安宁。都知道，荣国府的宝二爷又打更呢！（每读此段，总是心灵震颤，神志摇荡，继以唏嘘感慨，不能不批。及握管，无从下笔。）正是：

天若有情天亦老；
地如无恨地当平。

忽一日，阴云四合，春雨潺潺，整整下了一天。起更时分，宝玉穿上那双旧日木屐，戴上草帽，挟柝袖手，低头出门，忽听有人唤他。便见麝月点了明瓦灯从那屋出来，说道：“阴雨路滑的，提了这个去。”见宝玉寒瑟瑟的抽出手来接灯，心中一阵酸楚，便不给他，乃道：“罢了。我前面替你照亮儿，陪你打更去！”宝玉笑道：“你说的好笑。普天之下，那有女子打更的！白天还不出门呢，半夜三更的，如何使得，快给我！”麝月不语，只在前面提灯引路，出至大门口，方递灯笼与他，嘱咐道：“慢着些，头上是雨，脚下是泥，你可仔细！”盯着他走了老远，方才关了门，顺夹道摸回小院。诸公自然知道，京师有名的“无风三尺土，有雨一街泥”。若非上次春纤走时，留下这盏荣国府当年的明瓦灯，那宝二爷便是酒足饭饱之后，也是寸步难行的。如或不信，不妨扶了尊价试试看。

且说那贾宝玉小心翼翼，绕着灯亮儿拣路而行。走了好远，至匡大爷旧居门口，踏着石阶歇息喘气，方才想起打更。叹口气，梆、梆、梆的敲了一阵，这可就记住了。再往前走，不数步，便双脚叉开，泥里站稳，敲上几声。手持木柝，如握冰块，几番指僵，差些儿失手落地。如此行至街东口，早已臂酸腿沉，气喘吁吁，雨淌满面。偏偏此处低洼积水。那宝玉正绕着灯光，寻下脚之地，不防一队巡夜甲士走过，撞他个趔趄，歪倒墙上，木屐又不灵便，连扭带滑，一失脚，跌倒泥污之中，木柝、灯笼一并撒了。那宝玉何曾经过这个，早已嗳哟啊的唤人，无奈竟无人前来扶持！少不的挣扎着自己爬起。幸而残烛未熄，借着余光，先抓起灯笼，拾起木柝、草帽，又摸到木屐。四周漆黑的，只得提了诸物，架起两臂，赤着双脚，步步试探，叹息而归。一路上，从头到脚湿淋淋的，雨水混着泥水，渗肌透骨，冰冷的紧。浑身打战，牙齿叩击有声，想咬咬牙挺下去，谁知竟咬不住。心中只得一念：回到家就好了。（一段雨中击柝，备记艰难，补书人必曾雨中夜行。）下回分解。

前书对三教皆不尊重，后部也大体如是。此回甄玉之劝，从孔孟、释迦、老庄沟通处立言，使宝玉幡然惊悟者，非教门之力，乃学说之威也，作为学说，三家原各有千秋，也有相通处。

第一百十回

证前缘再会灵河岸　议情榜独倚青埂峰

话说贾宝玉雨中打更，跌于泥水之中，摸黑归来，尚未进房，便听房中哭闹。原是小姐儿遗矢，索奶。那薛宝钗久病之人，更兼饮食不足，早已气喘汗流，手忙脚乱，炕上炕下，狼藉不堪。宝玉见麝月已在旁替他收拾，乃放下手中之物，先洗了手，顾不上别的，先急急的妥一杯热水，大口吃下。五脏六腑顿时热乎乎的，每根汗毛都极其熨帖舒适，（实有此境，惟未经困苦者不知。）真是有生以来尚未经受者，乃笑道：“这白茶最妙，竟是天降甘露，比当年吃的诸般名茶都合人意。”又舀一杯与宝钗吃。宝钗占着手呢，忙笑止他，道：“我不吃。这样好东西，留着你受用罢！”宝玉方才顾上洗足，换上干净衣鞋，袖手坐下，向他二人诉说一路狼狈情景。麝月见他一身泥水，早知路上失脚了，今听又撞到墙上，忙问他：“可撞破头了么?”又瞧他脸面，见并无伤痕，只头脸上尚有泥渍。便洗了手，上前替他收拾了。顺手将两件湿淋淋的衣裤外间晾了，又清理了灯笼、木柝诸物上泥污。瞧那宝玉，比放出天牢时还瘦几分，禁不的心中酸楚。想当年，他从潇湘馆出来，不过下几滴小雨，婆子提明瓦灯，小丫鬟捧玻璃绣球灯，前引后随一大串人。如今隔世一般，可叫人怎么样呢！因向宝钗道：“二爷打更，忒苦。不如仍旧作画，咱们替人家做针线，奶奶看使得么?”宝钗笑道：“你问他，我说过几次了。”宝玉笑道：“怎么你二人想的竟一模一样。卖画、做针线如是靠的住，还用袭人接济？况是他吐血旧症，每每不得下炕。如今打更，粮米虽是不多，也算够吃嚼。苦是苦些，天下受苦的人多呢，又有何妨!”宝钗哄小姐儿睡了，下炕来，盥了手，也舀杯热水，坐下吃茶，乃向宝玉道：“今儿，前院唐大嫂说了个路数，叫你睡到街口堆子里，我们都挤到那边屋子里，腾出这屋子，在西墙上开个门儿，卖茶水。西墙外便是大街，不愁吃茶的。这院里有井，又有蒸锅铺、酱菜作坊，他们有的是煤渣堆，可拣煤渣烧水。你道如何?”宝玉笑道：“如此添补着过日子，也还罢了。只是打更的事不可辞去。你们白想，刚接了手，就辞去，叫人听着，什么意思。还有一说，卖茶能有两石粮米么?”宝钗点头称是。二人议定，宝玉、麝月支应门面，宝钗拣煤渣，小姐儿交与湘云照看。唯有麝月道：“请姑奶奶随意料理点儿杂事罢，还是奶奶照护小姐儿，我拣煤渣，二爷一个人支应门面罢。”宝钗笑道：“我知道，你不愿抛头露面，可是不是？你不知的，舅奶奶在金陵，不是当垆卖酒么？或者，我陪你支应门面，叫他拣煤渣。”麝月道：“我偏不。叫你一人支应门面，瞧你不怕抛头露面的。”说了，又笑，偷瞧宝钗一眼，（从前书平儿在凤姐面前学来。）便扭头向宝玉道：“人家想叫你少受点子罪，这不是，反倒加了一份苦。这往后，不叫你二爷，只叫卖茶掌柜的。”便提高嗓门笑叫：“掌柜的，我这话如何?”宝玉、宝钗都笑的合不拢口。这且不表。

且说那甄宝玉，此番进京，极想游览上国风光，却为贾宅之事，跑前跑后，一向未能如愿。直待贾宝玉归家，方才得闲。妙的是有柳湘莲这位土生土长的道友相引，乃得遍历名园，多经险要，那茶楼、酒肆、道观、兰若也莫不走访。会了些奇人异士，三教九流，其中也不乏向热之人，同心之辈。大家今日赏雪，明日纳凉，也曾南山射虎，东海钓鳌，虽无丝竹管弦之音，山珍海馐之味，却是放浪形骸之外，无所拘系。或击筑高歌，或徘徊低咏，或对花挥泪，或望月驰怀，日子倒也过的。（一段惊心动魄文字，为甄宝玉留照。）有武四公子者，便多曾相会。此人交游颇广，近日拟邀请友好，西山雅集。（武四者，无事也，偏要好事雅集。）因久慕贾宝玉之名，又知甄、柳二位与他交好，便恳二人代致仰慕之意，邀贾宝玉与会。恰二人正拟看望贾宝玉，便允了。

这日，甄、柳联袂来访，贾宝玉肃客进房，彼此见过，落座。那柳湘莲见这小小三间平房，西间门口挂一条褪色的洒花布门帘，条儿上有笔筒、砚盒、颜色碟，也有两套书，都已尘封了；壁上挂两幅自画的山水画。此外一应陈设均无，不禁伤感。自念：才得几日，这如宝似玉的贵胄公子，便已困厄至此。想这人生一世，究竟没甚意味！当下，三人寒暄既毕，甄、柳便要拜见宝钗。宝钗在里间已听的明白，见宝玉进来示意，便理理衣衫，整整鬓发，随宝玉出来。湘莲一见，不待宝玉说话，便上前见礼，道：“小弟柳湘莲拜见嫂嫂。”甄宝玉也忙上前见礼，道：“嫂嫂在上，小弟甄宝玉拜见。”宝钗一一回礼毕，道：“两位贤弟远来辛苦。”又道：“寒舍此次变故，多承二位贤弟鼎力相助，方得破而复全。家中大小衷心铭感。愚嫂这里道谢了。”说毕，福下去。甄、柳二位还礼不迭，口称：“岂敢!”待他回里间去后，方才归坐。因问贾宝玉近况。湘莲听他打更度日，笑道：“莫说穆侯不再荐贤，便是他仍然痴心作为，知你击柝，怕也没心思请你了。这倒是个绝好差使。”三人谈笑一回，甄宝玉将出武四公子请帖，如此这般，代为致意。那贾宝玉瞧过请帖，略一犹夷，乃道：“既是你二位有此兴致，且赴盛会。我逐日打更，难以抽身。武四公子盛意，我都领了，容日趋访谢罪。”湘莲道：“何不命焙茗代劳两三日？”宝玉道：“是你不知。他才刚入赘唐宅，正值新婚，不便烦他打更呢！”二人知难强劝，吃过茶，辞归。

真个是乐处光阴易过，愁时岁月难挨，眨眼间，西山雅集已毕，甄、柳兴致犹浓，便不同众人回城，又住几日，探幽寻胜。这日，二人步出黄叶废寺，口渴的紧，近处别无人家可以索茶。湘莲指了左边山沟，道：“沿沟行，不过二里，有一尼庵。只是脚下无路，甚是难行。”甄宝玉道：“既有尼庵，必可进入，且寻茶去。”于是，二人下到沟底，踏石而行，几经曲折，方见绿树阴中露出庵墙。乃跨谷攀崖，爬了上去，又绕一山角，便到庵前。原是一所小小尼庵，不过三四座屋宇，庵门虚掩了，不便径入，湘莲上前叩门。俄而，见一眇而跛者出迎，乃道明来意。那眇者引他二人到佛殿檐下坐地，自去烧水。二人见各房都落了锁，便觉罕异，乃起身近前，从窗格望去，见殿内佛像庄严，钵盂洁净，案上香烟缭绕不绝，心中不解。复环顾庭院，只见青松筛日，翠柏引风，鸟啼花落，土润苔青：好个修行所在。又到东西两房窗前瞧了，也只通常摆设，独有东房壁上，挂一幅《行乐图》，上绣一所农舍，一人倚案而坐，旁有一行字迹，却瞧不清是何言辞。唯有那人面貌酷似甄宝玉，二人吃惊，便见那眇者提一壶水，并两个大碗，走来，请二人润喉。

二人一面吃茶，一面问他家乡、年纪、因何在此？各房为何落锁？眇者道：“说来话长。我原在姑苏葫芦庙出家，受不的那凄凉，便蓄了发，在应天府衙门充个门子。不知何故，被本官贾雨村老爷流放多年，气瞎了这眼，跌坏了这腿。忽一日，听说我那老爷下在天牢。他一向享福惯了，如今入狱，难免不大受用。我想教给他如何受罪，（奇语。）便讨着饭来京，直直走了一年多。谁知他果然受不了那罪，早已重病在身。及至见面叙旧，不过一盏茶时，他便上极乐国拜如来佛去了。（了结雨村。）他死的容易，我可作了难，大远的进京来，却落了个身居异乡，没的吃住，只得重理旧业，再进佛门。不想京中各庙，一概不度人的，才寻到这山里来。独有此处老当家的瞧我可怜，留我守门，他自云游去了。每日里各房打扫了，敬过佛，即时锁门。这是老当家的临去交待。”湘莲听了，便要他引到东房随喜，见他面有难色，身上摸出一星碎银与他。那眇者把银子在手上掂了掂，（不失门子故态。一笑。）乃道：“二位是正人君子，瞧瞧也无妨碍。只是任何东西都不得动的。”柳湘莲道：“这个自然。”眇者取出钥匙，开了东房门。三人进入，甄、柳随意观赏一番，然后细瞧《行乐图》上那行字迹，原来是：

> 云飞霞散，屏撤帷卷。有间有间，子其蕉展。
> (原来云屏有子。)

柳湘莲道：“这意思倒还明白，无用深求，（越说无用深求，越是令人深求。此也是雪芹板定大法。）只是此人却如何这般面貌？”便向眇者求买此图。眇者道：“不可。

老当家的说，这是少当家的亲手所绣，要交给那画上之人呢！”湘莲笑道：“我这兄弟便是画上之人，不信，你细细比着瞧去！”那眇者也吃惊，忙比着细细瞧了，垂头片刻，却道：“虽是如此，也只索待老当家归来，你先生再来讨取，我万万不敢给人。老当家的待我恩德，又把这庵子全交与我，我可不能对不住人家。”

彼时，甄宝玉因听的贾雨村那般结果，只顾伤感，《行乐图》一节，他竟见如未见，闻如未闻，只想着雨村，因问那眇者：“你家老爷见你去看望他，终不成没有言语与你？”眇者道：“一见我，他喜的像见了亲人，两只眼都流了泪，（妙语。）说是不图在这种地方得见故人。及至听我叙旧，便变了脸，说什么，你我都是咎由自取，不配作人。（人之临终，其言也善，雨村有焉。）二位听听，我有何差错，竟也不配作人！这不是见阎王爷还要拉个作伴儿的么！”正说着，忽见一只野兔跑过，窜入厨内去了，想是饿疯了，便转身，口里吆喝着撵兔子去。这里甄宝玉叹道：“柳兄不知，他老爷便是小弟的启蒙师。想当年，我替他找了不少麻烦，烦了他多少心，他竟全不在意，临去，还劝戒我，说：‘贤契天资颖慧，日后定有所成，留意敛情束性为要。’不想他今日这般结果。”湘莲道：“常听贾府琏二哥说，令师爽快、豁达，气象不俗，依小弟看来，只为最初一念之差，（不意有此理学功夫。）步入仕途所致。”甄宝玉道：“细细想来，他也是为仕途所惑，方有那最初一念之差。这仕途犹如上古洪水，吞噬万物，必得有鲧、有禹，父子协力，方制伏的了。但看历朝历代，多少有识之士口诛笔伐于他，便知。我这话，无意为敝业师开脱。”湘莲道：“如此说来，那不为仕途所惑，仅能独立特行，尚属小乘。”（如此口诛笔伐，怕是雪芹不敢。——敢。岂不闻骨鲠在喉，不吐不快么，此后部所以不得传也。）

甄宝玉方欲答言，却见那眇者彳彳亍亍的走来，问道：“二位在此过午罢，庵里有现成的小米，门外种的好青菜。”柳湘莲道：“不必忙了，我二人今儿还要回城。我且问你，这庵子里少当家的怎的不见？我想亲自求他，买那幅《行乐图》。”眇者不应，沉着脸便要走开。湘莲心知必有原故，焉可不问个明白，略一沉思，便得了主意，向眇者道：“两个尼姑都不在此，必是你害了他二人，霸占此庵！”一句话，可把眇者唬住了，一面用手指着，说道：“上有天，下有地，你先生不可血口喷人！我们老爷那么大官，还吃了报应，我这残废人怎敢害人！”湘莲只问他：“你从南边来，可听说大江两岸有个柳二郎？”眇者道：“如何不知！好厉害人物，那官兵见了都怕呢！”湘莲笑道：“岂敢，岂敢！谬承奖许了。今日你在我面前不说实话，你可当心些！”说着，挥拳相示。那眇者瞧他半天，方吞吞吐吐说道：“我来此之前，那少当家的已被官府捉了去，详情不知。”湘莲点头，留下香火钱，与甄宝玉起身出庵。归途，顺便寻了贾宝玉告知此事。贾宝玉口中也只叹奇，待二人去后，立即修书，托焙茗送至城南王日宣新馆。（写来藏头露尾，烟云模糊。）

一日，甄宝玉忽的心中烦躁，知是驿马星动了，便向湘莲道：“京师事毕，该朝峨嵋去，柳兄有意入川否？那里山川人物想必甚好。”柳湘莲道：“正合我意。明日上道如何？今日且别过宝哥去！”于是，二人一径来至贾宅，可巧贾宝玉朝眠初醒，刚从堆子里回家。只见他头上挽了小小双丫，都笑道：“发短，如此倒好瞧了，也不枉你素昔推尊女儿。”贾宝玉笑而不答，（不以为然也，因思“双丫”故典，实在腹俭，惟记曾见《竹林七贤图》中有挽双丫者，不知是否。）沏上茶来。甄、柳道明作别之意。三人话别，自有一番常言熟套。甄宝玉见贾宝玉闷闷不乐，别绪甚浓，乃劝道："世兄寂寞，何不到玉皇庙听听说书，那说书人口齿清利，尤多顿挫，较江南艺人，竟是有过之无不及。那日说的是《流寓记》，说到沉痛处，众人多有掩面垂泪的，也有捋袖捉拳，要打抱不平的。谁知那说书人却放声大哭。原来说的正是他自家之事。（着眼处。）真真有益人心不浅。"（自许如是。）湘莲也道："此人在京已久，往年便曾会过。且莫说市井细民，这市井之中也有人物。"（高论。）贾宝玉领了此意，又道："卫世兄离京将及两载，杳无音信，（湘云结局与夫不得再见也，应前书"白首双星"。）不知何故。我这里众人惦念的紧。你们既要入川，离蛮徼不远，是必去一趟，探明确凿消息，告我得知。"甄、柳都道："此事易办，放心好了。"说毕，二人回庙，辞了住持，带来包袱，当天即住作坊内，三人长谈，夜半方眠。

到次日一早，贾宝玉备了几样果子，为甄、柳饯行。一时，酒饭既毕，贾宝玉取出两双鞋递与二人，说道："知你们今日长行，你嫂子只赶出两双鞋，路上替换罢！"甄、柳忙起身接了，谢过，又道："嫂嫂病中，何得如此劳累！越发请出来拜谢，就便辞过。"一时，宝钗出来，彼此见过。甄、柳谢道："有劳嫂嫂费神做鞋，我二人心中不安。只今便要辞过。"宝钗道："这里的事，劳你们多少神，做双鞋又不费事，只怕不合穿。"又道："沿途自然平顺，日后得便来京，你弟兄再得相叙。"甄、柳忙都应了。贾宝玉顺手戴上那顶老年刮白布做的凌云冠，送出门来。又送出几条街，出城门，越吊桥，还要再送，甄、柳再三苦辞，只得止步。三人约了再会，洒泪别过。那贾宝玉伫立桥头，目送甄、柳没入车马行人之中，方才归家。顺手掩了门，心中自念：不知他们还再来否？（山中相送罢，日暮掩柴扉；春草明年绿，王孙归不归。）

那贾宝玉寄宿在街口堆子里，夜晚打更，白日卖茶，身著犊鼻裈，（扬州旧梦久已觉，且著临邛犊鼻裈。）亲自沏茶涤器，每每与众茶客演说当年，（与《流寓记》映照，应卷首"统述一记，以告普天下人"也。）以广招徕。当年旧人，唯有焙茗入赘唐宅，还时相过从。

光阴荏苒，日月跳丸，又不知过了若干年月。（留此大片空白也好。丁亥　昆吾闫震）那神瑛侍者幻缘已了，尘心未断，（难为补书人铸此八字，非此，后文便站不住脚。）升天入地，有所寻觅。忽一日，行至灵河岸上，远远见一女子云鬟荷裳，仰天长啸，其音凄楚激越，（此女子亦尘心未断也。）向所未闻。心中诧异，待其声歇，趋前见礼。及至对面一瞧，原是林黛玉！心中不知是喜，也不知是悲，两行热泪便止不住了。正待说话，忽见他闻声止步，惊道："原来是你！"一语未毕，便不见了。环顾四周，竟连个影儿也无。眼前只一株异草，迎风摇曳。嗒然久之。待得明白过来，向那草泣道："妹妹，你好忍心，一别多年，今始相逢，却又作此模样哄我。难道你忘了那几年的春花秋月？忘了临危那刻骨铭心之言？是墓碣写的不好，惹你不快？是我未曾瞧着下葬，惹你生气？"絮叨半日，仍是空山寂寂，流水澌澌，四围凄风酸雾而已。忽见那草叶上滴下成串露珠，因复泣道："多年暌违，或许竟信不及我，我也难以表白。待你有闲时，问问那只鹦鹉，我是如何念叨你的！问问那天灵地神，我是如何寻了你这多时候！”说毕，瞪了两只大眼，口中央道：“你倒是说话啊！”见那草仍是纹风不动，（“欲话姻缘恐断肠”也。）不禁一声长号，恸倒地上，口中喃喃不清。不知过了多久，忽听耳边有人泣道：“你到警幻处销了号，便都明白了。”睁眼瞧时，原是那草口吐人言。一时惊喜交集，忙起身见礼，问他端的。那绛珠草道：“我受你甘露灌溉之恩，立意要将一生泪珠儿还你。谁知这痴情傻意，居然感动的天怜地悯，得有几年聚首；又得你一片真情，万般体贴，以为不负尘寰历劫之苦。谁知薄命人终究命薄，竟遭了造物之忌，泪未尽而气息已绝，命实如此，夫复何言！今日又承你多情寻来，慰我枯寂。只这番谈讲，撩动尘心，数年修炼之功，又为你抛弃了！”又叹道：“罢了。你且销了号，我陪你遨游汗漫，弃此灵河罢！”（情情。）神瑛听了，大喜，忙道：“我去销号，妹妹可不要再躲起来。”说毕，别过绛珠草，一径向太虚幻境而来。（无甚新意，脂批所谓不出士隐梦中。）

恰值警幻仙子正在审定情榜，一见神瑛走了进来，便笑道：“你如何此时方来销号？单等你了。快来瞧这情榜，共同审定。”彼时，神瑛也忘了如何销号，便忙瞧那情榜，只见上面写了许多字迹，道是：

离恨天灌愁海放春山遣香洞太虚幻境情榜

宝玉　情不情

（自来议者，多以宝、黛分任男女主角，其着眼于儿女之情甚为明显。后颇有以宝玉、凤姐分任男女主角者，其着眼处显然较前者为高。此榜则脱出旧套，置宝玉于三榜之外，独踞鳌头，为唯一主角。）

正榜

黛玉　情情

宝钗　情时

元春　情悱

探春　情敏

湘云　情真

妙玉　情隐

迎春　情懦

惜春　情洁

熙凤　情才

巧姐　情惇

李纨　情静

可卿　情荡

副榜

香菱　情愊

平儿　情权

麝月　情忮

云屏　情怼
春纤　情朴
尤二姐　情苦
秋桐　情泼
侍书　情激
翠墨　情惋
佩凤　情憨
偕鸳　情恣
嫣红　情寂

又副榜

晴雯　情悻
袭人　情惓
鸳鸯　情识
紫鹃　情慧
莺儿　情巧
金钏　情烈
抱琴　情愔
司棋　情炽
入画　情怨
绣橘　情健
红玉　情挚
素云　情澹

神瑛瞧过，问道："以宝琴之超，岫烟之逸，可入情榜者尚多，为何仅有这么几人?"警幻道："人皆有情，虽村姑丑妇也然，何况琴、岫！纵再续几张大纸，也难遍书呢！这里不过在各类中，择其紧要者列榜而已。"神瑛点头道："这么说来，不入情榜者，非尽庸常之辈了?"警幻听了，触动往事，只觉脸上发烧。神瑛又道："列香菱于晴、袭、鸳、紫之前最合我意，各司执事允有卓识!"警幻道："非也。香菱、云屏，立身行事皆有过人之处，置于正榜方宜。只为世上尚爵之习，竟也波及仙境，只得屈居妾侍副榜!"神瑛听此，有所解悟，乃问："雪雁、芳官不入又副，当亦尚爵残余么?"警幻道："正是。晴、袭、鸳、紫一列，名虽为奴，实有半主权势，非雪雁等人可比。此处出你意外么?"

神瑛因问："然则春纤何以竟入副榜？那麝月、侍书也只宜列入又副呢？岂不尚应斟酌!"警幻听他如此一问，却出意外，只道得"这个"二字，便无下文，只把两眼看那情榜，半日，方才叹道："想当日，打发他们下凡之际，可巧我卧病在床，医药不断，这里各司执事，代为理事，容或有误置之处。也如世间大儒编纂坟典，常有错简者，至于鲁鱼亥豕，更属难免。今日承你指出，然情榜既成，大改也难，与我这仙境留些脸面罢！”神瑛闻此，轻轻颔首，不禁微哂，道：“既然仙境也如此瞻顾，我也有句话讲，想不致推辞。”说毕，便指了那秦可卿名字，道：“所评之语，或赞或悯，都极明白，何独此人之评，用此‘荡’字？俗话说：人情遮盖两三分，便请仙子略示宽洪，易为‘惠’字方是！”警幻听了，并不思索，忙笑道：“此处虽是仙境，也未能免俗，（前书神鬼也讲利益，后补仙境不能免俗，遥遥相对。丁亥　昆吾闫震）竟徇所请便了。再有何话，越发讲来！”神瑛见他这般爽快，甚喜，乃道：“三榜之内，无大可议之处，且一字之评，极难妥帖，也还罢了。三榜之外，可议正多。只这‘不情’一评，便期期不敢苟同。”警幻笑问：“依你如何方妥？”神瑛道：“也无用大改，只将‘不’字易为‘情’字便妙。三情字连书，这才真是天下古今之至文。但不知仙子可肯俯从？”那警幻却不依从，只笑道：“我以为你已了悟，说到底，还是怪僻妄诞。这个评语原空着，各司执事难以下笔，是我才刚写上，此时却不得工夫为你解析。自去参悟罢！”神瑛闻言，郁郁不悦，当即扬长而去。出了太虚幻境，便不回赤瑕宫，也不赴绛珠之约，（已被定为“情不情”犹不赴约，知神瑛之情，非警幻可范围。）只在青埂峰大松树下，倚了一块怪石，与过往行人交谈，期有知者。（妙，从“谁解其中味”来。）

那石上所记，至此了结，不知诸公阅后，作何等评说。在下虽作增删，却万万不敢篡改原意，混作主张，以媚世俗。只为那石上所书，旨趣闳深，时有难解之处，兼以在下腹仅草莽，笔乏文采，总是力不从心。虽有脂砚先生从旁指点，得以杀青，然质之石兄，恐还不免罪我。因时值中秋，（千里一线。）金风送爽，恰将此书增删初毕，也不禁痴情傻意，乃题一律于书之空处，以慰神瑛。（着眼。）自今而后，便将歇息心力，检点那茶箧药灶去了。律云：

> 自执金矛又执戈，自相戕戮自张罗。
>
> 茜纱公子情无限，（这就无怪神瑛要改评语“情情情”了。）脂砚先生恨几多。（有脂批在，非虚言也。）
>
> 是幻是真空历遍，（似幻实真。）闲风闲月枉吟哦。（何曾是闲风闲月。）
>
> 情机转得情天破，情不情兮奈我何。（的是神瑛口吻。）

宝玉之情，实雪芹之情，乃中华历史文化之结晶，周汝昌先生之《红楼梦与中华文化》一书，论之甚详，与此回神瑛要改“情不情”为“情情情”不谋而合，其情乃古今天下之至情也。警幻“不情”一评之所指，前书后补均未作阐述。或指其婚于宝钗为不情于黛玉，或指其出家为不情于宝钗，均有所据。盖警幻“司人间之风情月债，掌尘世之女怨男痴”，专意“布散相思”者，其着眼于儿女之情，以“不情”评之，宜也。然宝玉议藕官一节，知其婚于宝钗非不情于黛玉，宝玉议出家一节，知其出家非不情于宝钗也，书斋艳遇一节，知其非不情于云屏也，“不情”云云，宝玉岂能俯就乎？此所以要改为“情情情”，以成就一部“天下古今之至文”乎？

甄寶玉
玉壺山人改琦寫

慰芹庐诗词二首

张之

甲子除日题扉

一从泪尽了辛酸，又续辛酸二百年。
壮志翻成昌谷恨，微忱拟结褚生缘。
探珠碧海随贫子，揽月青天待谪仙。
筠管暂停叉手拜，蘋蘩行潦荐前贤。

沁园春

《红楼梦新补》初版后答读友问

长夜悲风，文曲星沉，巨著支离。叹书商收购，居然全璧；文人襄理，潜换灵旂；金剑沉埋，暮钟阒寂，入目祥云笼玉墀；何从觅，白茫茫一片，大地凄其。　　年年杜宇清啼，每相对空庭残月低。试寒灯敲韵，但尊曹则；蓬窗修史，惟认芹蹊。一介书生，几双草履，水远山遥安可期。权凭着，那砚中脂净，笏外人畸。

雨窗挑灯曲并序

评后三十回

唐孝方

纵观三十回大书，文心奥博，旨趣宏远，境界奇高，笔韵俊逸，谨遵前书伏笔、暗线与脂批提示，吸收红学研究成果，演义八十回后之故事，娓娓叙来，与芹意相合。其笔法、章法、句法均推敲研练，竭力摹仿前部。且时有妙文诗境引人入胜，时有醒世箴言振聋发聩，其旨不离芹意，其美也非一端。我中华文化之风韵流露各章，难怪是书问世，轰动海内外，供不应求，一时洛阳纸贵。

《新补》自多有不足之处，如语言四字为句者颇多，与前书有异；讥讽辛辣而欠隐者时见。宝钗之婚似简，黛玉之去何速等等，此皆不可掩玉之瑕也。芹脂有知，当含笑九泉矣！

初批至此，夜深烛残，且度俚曲一支，有待再批云尔：

> 雨窗下，夜挑灯，细品后梦。恰便似，身处庐山，心迷佳境：方觉得，幽谷独步，苔滑石冷，瘦月怜孤松；忽又如，脚踏千仞顶，奔眼底，云遮雾罩，奇山怪峰。多丘壑，是心胸。

任挥洒，极尽那，世态人情。吐块垒，假语村言，疑阵朦胧。方才见，笔飞墨溅，倒峡逆波，狂雪舞回风。忽又是，眼前风浪静，耳边厢，泉流冰下，莺啼花丛，文锦绣，韵玲珑。

蓄文势，墨凝重，冰弦紧绷。好一似，河经三门，江穿峡峰，一忽儿，泼墨纵笔，飞流直下，一泻万里程。衔接处，连转带煞轻，端的是，风从猛虎，云伴蛟龙。真也是，好笔功。

索隐逸，寻脂砚，细问萍踪。追芹笔，浮中写沉，败中写兴。时也见，一喉两歌，手挥目送，前书风韵生。燕归来，旧巢似相逢。欲借问，谁家学就，鬼斧神功？却原来，巧描红。

——附记之一：

补书人研究红学时有创见，反映于书中，兹再举数例于下：

一、情不情

情榜有评语，脂批曾作透露，“庚辰本”第十九回双行夹批云：“后观情榜，评曰‘宝玉，情不情。黛玉，情情。’此二评自在评痴之上，亦囫囵不解，妙甚。”明说批者不解。又同回“蒙府本”，叙至宝玉想望慰一美人图处旁批云：“天生一段痴情，所谓‘情不情’也。”这里批者却非囫囵不解了。双行夹批显系脂砚所为，而“蒙府本”旁批却未必亦是脂砚所为，未可为确据。若亦视作脂砚所为，而引以为据，以首字“情”作动词，则其他人之评语便极难下笔，宝钗、湘云等众多人该对什么有情？又如何用一二字表达？况是宝玉并非仅对不情之物付之以情，更对有情之人有情。看来“蒙府本”旁批对“情不情”之解非当。《新补》增订加注本注解“情不情”云：“‘张补’首字‘情’为名词，如‘情不情’即宝玉之情。不情，黛逝钗婚，警幻以宝玉为不情之人。”此解甚合警幻原意。观第五回警幻自我介绍，彼之职责是，“司人间之风情月债，掌尘世之女怨男痴，因近来风流冤孽绵缠此处，是以前来访察机会，布散相思”。以如是之警幻评黛逝钗婚之宝玉为“不情”，可以理解，因其着眼处仅在儿女之情也。然警幻原意甚谬，宝玉岂不情之人哉？

二、甄贾二玉

贾宝玉诚高矣，尽管世人指摘，不掩其光彩，然一遇势难违抗之重压，便违素怀而逃禅，此所谓贾（假）宝玉，“观世音”之喻极切。甄（真）宝玉则不如是，其胸襟固无异于贾（假）宝玉，而其守志，其箴友，大胜之，作书人以真假别二人，实深自惭愧而有托意。二百年来于此胜义，指说者寡，恶劣如程、高伪续者，则以败子回头，仕途经济为真玉，最使作书人难以瞑目，补书人亦为之齿冷，然甄（真）贾（假）二玉，实为一人之少长，一楼之两层，贾（假）玉闻过而改，幡然从箴，亦人之难以企及者。历览史事，极少真玉，能为假玉且能纳入良言，勇于改过者即真玉矣。此所以雪芹惭愧之余，能“编述一记以告普天下之人”，而余子难望其项背也。

三、结尾诗

《新补》结篇一律，原见于“弹妒意”回脂批中，而补书人作为雪芹自题诗，是不可解，补书原极慎重，不合有此。为此细嚼此律，忽有所悟，且记于此，质之补书人以为然否？脂批云：

> 有客题《红楼梦》一律，失其姓氏，惟见诗意骇警，故录于斯：
>
> 自执金矛又执戈，自相戕戮自张罗。
> 茜纱公子情无限，脂砚先生恨几多。
> 是幻是真空历遍，闲风闲月枉吟哦。
> 情机转得情天破，情不情兮奈我何？
>
> 凡是书题者不可此为绝调，诗句警拔，且深知拟书底里，惜乎失石（名）矣。

此批末句，误以“石”为“名”，误得奇巧，笔误耶？有意为之耶？若笔误则无话，若有意为之，则明（名）失而实（石）存也。“石”为“名”，“名”即是“石”。“石”，即宝玉，亦即雪芹也。如此推测未敢确信，复品其诗：

此诗首联洞悉贾府败因，确属骇警，出自雪芹、脂砚均可；次联宝玉、脂砚对举，宜出雪芹，脂砚亦可；三联逼真是过来人语气，除雪芹外唯有脂砚；末句针对“情不情”而发，意谓：你给我个“情不情”评语又能把我如何？即常言：“其奈我何？”则非宝玉（雪芹）莫属。综观之，诗归雪芹很是，果然他人（包括脂砚）能够“深知拟书底里”，则雪芹无用慨叹“谁解其中味” 了。至于此批，也应为雪芹所作，脂批中有雪芹手笔恐无异议。此批除引诗外，仅四十九字，便“诗意骇警”“诗句警拔”并存；“失其姓氏”“惜乎失名矣”重见，重复前者引人正面体会，后者重复启人反面思索，正是芹书假语村言之一格，而非众多脂批所曾有。补书人慧眼识珠，以此律归于雪芹而作结，大为《新补》增色！

事有凑巧，程、高伪续也以韵语收结云：

> 说到辛酸处，荒唐愈可悲。
> 由来同一梦，休笑世人痴。

并云此偈语“为缘起之言更进一杆”。何为缘起之言？乃雪芹开篇之一绝：

> 满纸荒唐言，一把辛酸泪。

都云作者痴，谁解其中味。

雪芹首联意谓：休看这满纸尽是荒唐之言，实浸透我一腔痛苦之情、一把辛酸泪水。而程、高上联却是：休看他说得如此辛酸，实乃荒唐可悲之言。芹诗下联，慨叹世人未能理解作者之意，而程、高下联，则把雪芹与程、高眼中之世人等而视之。明讽雪芹莫笑世人之痴也。此四句韵语使程、高伪续反雪芹之意自明于世。

——附记之二：

红学大师周汝昌先生曾说："此书（《红楼梦新补》）的问世，是我国文化史上的一件大事！它的意义恐怕不是三朝五夕就能为一般人所估量得到的。"受先生的启示，我决定下番笨功夫研究这本书，便逐句、逐节、逐章地琢磨起来。每遇心有所感，便随手记下，整理成这些批语。其中有许多是我在作一般阅读时，未曾发现的东西。我作的这些批语，只是个人的一些体会，未必妥当，趁《红楼梦新补》又一次出版的机会，把它公之于众，与读者诸公作一次交流，也为听听同好的批评意见。

——附记之三：

戊子昆吾闫震先生有记曰：

减兰

因《红楼梦新补》补评事，戊子春再赴邺下，竟逢慰芹先生晚居之补石园中月季现楼子花祥瑞，且惟此株为先生手植，感而有赋，调寄《减字木兰花》：

神瑛埋恨，青埂畏途人不问。壮士补天，老去南山三十年。 脂芹含笑，壁月先辉铜雀道。暗送东风，叠绽人间楼子红。

初版后叙

在曹雪芹先生的《红楼梦》前八十回遗文和张之先生的后三十回补书（即《红楼梦新补》）合订而成的《百十回全评石头记》面世之际，有一些心里话和相关情况想告诉尊敬的读者。

张之先生的《红楼梦新补》，是以前八十回书的伏笔、脂砚斋批语和前贤今人的红楼梦研究成果为据，认真研究曹雪芹著红楼的总精神，细心探佚后三十回中的情节、大意，以及整部书的最终结局，拟补而成三十回书。补书是处处以曹意为准的，十年心血，舍己从芹，从不肯自作主张。书成后，在海内外引起了巨大轰动，先生本人获得全国五一劳动奖章。是书连续出了四版，世人评价较高。著名学者、红学家周汝昌先生就曾说："评《新补》有二比：一是与雪芹原书相比，二是与程、高伪续相比。与雪芹为比，可能是比上不足。但与程、高为比，那就大是比下有余了！"所以摆在读者面前的这个百十回本，相对于前八十回进行了多处篡改，又违背曹公本意续了四十回书的百二十回本，是曹著原意和原貌的回归。因为是首次，所以也是一种创新。

近几年国内出版了不少红学读物，加上电视上也多处在讲《红楼梦》，新一轮的《红楼梦》热似正在形成。我们是不是受了这个环境的影响，心血来潮要推出百十回本《红楼梦》呢？非也。2009年，我们曾做过一次出版百十回本的努力，因其他原因最终未能付梓。当时我们与张之先生在他的书斋"慰芹庐"中有过一次长谈。先生这样说道：

"早在五四时期，胡适等人以科学考证的方法研究《红楼梦》，对其中几个主要问题已经得出初步结论，虽红坛意见尚未统一，然而对于通行的百二十回本，只有前八十回是曹雪芹所著，高鹗所续之后四十回有违曹意等，这些最基本的结论已在许多研究者之中成为常识。那时就有人要按照曹雪芹原意续补后三十回，后因抗日战争爆发未见成书。"

"建国初，周汝昌先生所著《红楼梦新证》问世。书中以相当篇幅对程、高百二十回本，特别是伪续四十回进行了认真、严厉的批判，并从前八十回文字及脂批中搜茸剔理出许多八十回后曹雪芹原笔的信息。"

"1982年，《红楼梦新补》初稿告成，这是抛开高续另依曹雪芹原意作补书的初次尝试。山西出版社要出版此书，其责任编辑李锐夫先生在审稿过程中，曾向我征求意见，提出用脂本前八十回与《红楼梦新补》三十回合起来，出百十回本《红楼梦》，当时我辞以《新补》尚属初稿，待印行后，听听各方意见，修订完稿后再议。七年后，即1989年，《新补》在台湾出版繁体字竖排本后，南开大学教授朱一玄先生建议，连同脂本八十回谋求出版全集，未果。1992年，河南人民出版社总编刘义质先生提出，该社要出版百十回本《红楼梦》，前八十回用脂本，后三十回用《新补》，后因客观条件不足，改出《新补》第三版本——增订加注本。1993年，中共河南省顾问委员会副主任韩劲草先生建议出版连同脂本八十回的百十回本。1994年，时任河南省濮阳市委书记的张世军先生与时任海燕出版社社长的刘建生先生议定，合作出版百十回《红楼梦》，后因前八十回脂本有待校订而作罢。次年（1995年），尚任海燕出版社社长的刘建生先生又对我说：'先生为曹雪芹补书，我社愿为曹雪芹出书，拟觅一今人校订之脂本与《新补》合出百十回本如何？'后因刘建生先生调动作罢，改出《新补》评批本。"

从先生所谈，不难看出，出版《红楼梦》百十回本是多年来《红楼梦》热爱者的一种期盼。

今天，我们合力推出这部《百十回全评石头记》，就是想大白曹意于天下。我们把脂砚斋批语和唐孝方先生（亦前八十回校订者）对后三十回的补批录于其中，以求和正文相表里，同时也愿为红楼梦研究者拓展思路尽一份微薄之力。

惟所恨者，今岁初秋，书将成而先生竟驾鹤西归，悲夫！故书之印行，不仅可期告慰雪芹先生，也将告慰慰芹先生的在天之灵。

本书在出版过程中，得到了江苏大学出版社董国军先生的支持，出版社的编辑们付出了艰辛的劳动。濮阳市文联为理稿提供过诸多方便。还有很多曾经关怀和支持过百十回本《红楼梦》的朋友，如王国钦先生、解国记先生、杨好月先生、李景奇女史，包括已故的王文学先生，以及研究支持过《红楼梦新补》的诸位专家学者，等等，在此对他们一并深表谢忱。

闫震　张林洗

于丙申中秋

再版后记

戊戌（2018年）早春，《百十回全评石头记》终成全璧，广为读友关注，所闻者多褒赞之语，偶有探讨局部细节不同看法者，实先获研红雅趣，尤益是书。

初版之憾事，莫过书稿交付出版前夕录排者误删甲戌本“凡例”。惜哉！“凡例”作者，一说脂砚，一说雪芹。“……漫言红袖啼痕重，更有情痴抱恨长。字字看来皆是血，十年辛苦不寻常……”实谓石头记正文，不可分割也。

因上，故有再版之举，增“凡例”，订疏漏，以全事功。

合编曹著张补之背景历程，初版后叙已述明梗概。另有若干琐事，权补记于此：戊子（2008年）冬，余应知时斋主同赴信阳固始，途有百十回本之请托。知时先生以供职出版社发行能力不足另荐古汴某社，名之“曹张本”。社中数人临郯洽谈，慰芹先生引“凤尾森森，龙吟细细”，不禁哽咽：“非为己，皆为芹也。”余与孝方先生赴汴沟通顺利，编辑人员颇努力，直至全书清样排出，终因脂批取舍与该社分歧而搁置。慰芹先生尝言：“微脂批，不足说明前书后补为一整体，脂批焉可无。”此即今日“全评”之由。

又数年，慰芹先生年老日衰。余赴郯下补石园，有自刊百十回本之议。先生考虑经年，复藉郯下诸子与林洗女史之请，始命余三人协理自刊事宜。未半，值得京口岘堂先生之助，乃以苏版初行。

慰芹先生生前于病榻曾见初版书稿排版式样，遂颔首微笑，圈定书名。

闫震　戊戌岁杪

学术指导委员会

江苏省镇江经济技术开发区

江苏省镇江经济技术开发区（以下简称镇江经开区）是国家级经济技术开发区，为镇江主城区“一体两翼”总体布局中的“东翼”，总面积222平方公里，常住人口26.4万人，下辖丁卯、大港2个街道和丁岗、大路、姚桥3个镇。1992年5月，镇江经济开发区在丁卯设立；1993年10月，镇江大港经济开发区设立；1998年6月，合并成立镇江经开区；2010年4月，镇江经开区升级成为国家级经济技术开发区。

◎ 区位交通

镇江经开区因港而生，地处长江和京杭大运河十字交汇处，拥有天然深水岸线17公里，作为国家一类开放口岸、长江第三大港口、上海国际航运中心组合港，已实现与全球71个国家和地区的288个港口通航。经开区有三大机场（南京禄口机场、常州奔牛机场、扬州泰州机场）环绕、三条高速（沪宁高速、扬溧高速、江宜高速）串联，铁路（京沪高铁、沪宁城际高铁、连镇高铁）穿境而过，五峰山大桥连通长江两岸，形成铁、公、水、空立体化交通网络格局。

大港现代化港区

美丽心湖

镇江经开区企业常青科技成功登陆上交所，搭上主板注册制“头班车”

大学科技园（局部）鸟瞰图